2023年度國家古籍整理出版資助項目

國家社科基金項目"汲古閣藏書、刻書、抄書研究"
（14BTQ023）之附屬成果

聊城大學資助項目

汲古閣毛氏書跋校箋

丁延峰　周廣騫　校箋

人民出版社

汲古閣圖（局部）

題跋一卷

跋唐人選唐詩　　　　　海虞毛晉著 一名鳳苞

唐人選唐詩約十種餘予數載遍搜僅得八冊或
選聲而奏丹陛或別調而秘青緗或流美于既湮
或表章于復振三百年來風運文流已大備於斯
編凡百類選盈案溢篋俱可束之高閣矣至有一
人一詩錯見更張不過佐者郵瓢相示偶定推敲
選者甲乙迻衡微商思息固無俟炫異以標新亦
何必強同而畫一若乃瘝龍未辨漫易刑天者恐

明崇禎十二年汲古閣刻本《題跋》二卷

題跋續集卷之一

海虞毛晉著　一名
鳳苞

跋郭茂倩樂府詩集

樂蓋六藝之一也樂部諸書孟堅著諸経籍之首
貴與列諸経解之後陳氏直厠諸子錄雜藝之間
愈趨而愈微眇迨陳三山撰樂書二百卷凡雅俗
胡部音器歌舞下及優伶雜戲無不備載博則博
矣但腐氣逼人而泉飛雲散之趣湮沒殆盡能不
為之三歎邪太原郭茂倩集樂府詩一百卷采陶
唐迄李唐歌謠辭曲略無遺軼可謂抗行周雅長

此閟賀詩也少年為僧號清塞与
無可齊名寶曆間姚合為杭州讀
其哭僧詩云凍鬢亡夜剃遺偈病
中書藥詞嘆賞加之冠巾字南卿
坊刻清塞閟賀離為二集篇章誤
混其間辭姚卿中至送僧四十五
首乃荷澤李和父編入唐僧弘秀
集中者也因沐其重複又編四十
五首鏧為上下奉仍其舊名余嘗
謂詩禪古梅韻品惟唐時範公翻
其反初不知何意如韓吳豢亦欲冠
中觀靈二芸改冤觀霜髭種云為之
潛狀惜其無又失䇳謂其善戟謹
兮不為塞兮狀手召卿隱湖毛晉跋

明末汲古閣鈔本《清塞詩》二卷毛晉手跋

籍甚新除刺史，斐然舊殿靈光詔書催發權歌

忙沙路徙今穩上，有喜刊除戎索無勞遠撫

聞疆日高龍影轉槐廊想見清光注望

南渡而下詩之富實維放翁文之富實維為父先

董爭仰為大家與歐蘇並稱但卷帙浩繁我

明嘗未刪棄余于寅卯間已鐫放翁詩文一百三十

卷有奇行笈而益公省三諸稿二百卷僅得一抄

本句錯字湧未散安就剞劂儷海內同志或宋刻

五月初九日識

或名家訂本肯不惜荊州之借俾平園史與渭陽

伯其威渡登真蓺林大勝事也茲近體樂府數闋

特爲剞劂耳先祥之必當相樷笏湖南毛晉識

宋詞六十家從收藏家稀僅諸鈔本牧面贛廿年夾雜益公諸年以景藏
集本付梓先君所謂之鈔字潛者此本付刻已卯外失次平比校遊照
甘目因杜莵卅從高經堂借得集本向日返梓刻家已辰外旁三音此较退照
歸府前一首脈後段復一首原脫與五圖二音惜是翻扣書首看凌字頗便按
程去所以仍書必當影寫方無卅失而卅以可爲武漢市役人毛晨謹識

汲古閣刻《宋名家詞》本《近體樂府》一卷毛晉刊跋、毛扆手跋

洛陽伽藍記世傳如隱堂刻本內多缺字第二卷中脫三紙好事者傳寫補入人各以

同余昔年于市肆購得抄本取而校之知從如隱板影寫者行間字面為朱筆改竄

大都恭以御覽廣記諸書其無他書可考者以意為之空白處亦自填補大失此書

本來面目矣後又得何慈公抄本則又從改本錄出真偽雜揉竟無從辨三本之中

此為最劣大抵古人著書各成一家言所見異辭所聞異辭所傳聞又異辭故爾

里姓氏互有不同魯魚後先為知軌是士生千百世而後而讀古人流傳轉寫之書

苟非有善本可據亦且依樣葫蘆頓在心領神會不可擅加塗乙也顧寡自用致

誤非淺特才妄作貽害更深惡似而非者蓋以此也家刻原藁想從慈公所來似其處

而依增入注一作者即脫改字也惜乎付梓之時未見竄筆踪遂致涇渭不分深痛

此書之不幸而今日苟仍入朱手得以從流溯源考其以誤之由則不幸之中人有

深幸焉校畢漫記于此并戒後之讀我書者柔兆執徐之歲如月十日燈下毛扆識

明末綠君亭刻《津逮秘書》本《洛陽伽藍記》五卷毛扆跋

先君昔年以一編授余曰此杜工部集乃王原叔來本也余借得宋

扳命蒼頭劉臣影寫之其筆畫雖不工然從宋本抄出者今世行杜

集不可以計數要必以此本為祖也汝其識之余受書而退開卷細

讀原叔記云甫集初六十卷今秘府舊藏通人家所有稱大小集者

人自編摭非當時第次乃搜裹中外書九十九卷古本一卷略十五卷二

稷晃序小集六卷孫光憲序二卷鄭文寶序一卷雜編三卷孫僅一卷

陵集二序小集二十卷別題小集三卷序一卷除其重複定取一

千四百有五篇凡九古近詩三百四十六起太平時終湖南所作視居行之

次若歲時為先後分十八卷又別錄賦筆雜著二十九篇為二卷合

二十卷寶元二年十月記二十卷末有嘉祐四年四月望日姑蘇郡

守王淇後記此後又有補遺六葉東西兩川說僅存六行而缺其

後而第十九卷缺首二葉宋方知先君所借宋本乃王郡守鏤板

於姑蘇郡齋者深可寶也謹什襲而藏之後二十餘年吳興賈人持宋

刻殘本三冊來售第一卷僅存首三葉十九卷亦缺二葉補遺東西

兩川說亦止存六行其行數字數悉同乃即先君當年所借原本

也不覺悲喜交集急購得之但不得善書者成此美事且奈何又七

餘年有甥王為玉者敎導其影宋甚精覓舊紙從抄本影寫而足成

之嗟乎先君當年之授此書也豈意後日原本之復來乎之

書也豈料今日原本復入余舍設使書買歸于他室終作獻歲之棄

爾縱歸于余而無先君當年所授不過等閒殘帙視之爾焉能悲

其源委我應是先君有靈不使入他人之手也抄畢記其顛末如

此歲在己卯重九日隱湖毛扆謹識時年六十

宋刻本《杜工部集》二十卷毛扆跋

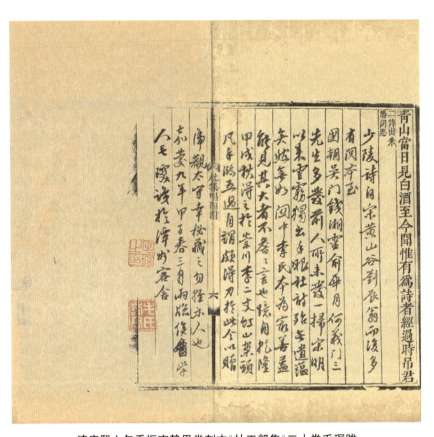

青山當日見白酒至今聞惟有爲詩者經過時吊君

少陵詩曰宋黄山谷劉辰翁而後多

有闡亦玉

國朝吳門錢湘靈俞舜日何義門三

先生多覺前人所未發一掃宋明

以來雲霧獨出手眼杜詩豈年道福

矢妙筆如閩中李民本爲最善蓋

經見其大者不啻口言也憶自乾隆

甲戌秋浮之推崇川李二文好山菜頭

凡予游五過自謂頗浮刀推此今以贈

觀太守幸按藏之勿輕示人也

志亦养九年甲子春三月兩臨侯會学

人毛琛誌於潯州客舍

六

清康熙六年季振宜静思堂刻本《杜工部集》二十卷毛琛跋

目　　録

前　言

誕生於明末江南腹地的毛氏汲古閣，是中國文化史上的一顆璀璨明珠。閣主毛晉(1599—1659)爲明末清初著名藏書家、刻書家、鈔書家、校書家，其子孫亦承其學、繼其業。經過幾代人不懈努力與積累，汲古閣藏書多達八萬四千册，且多宋元善本、名鈔精校。毛氏不僅收藏，還專於刊刻、傳鈔、校勘之業，刻書九百餘種，鈔書五百餘種，校書數百種。明末清初，朝代更替，文獻散佚嚴重，毛氏保存、傳播了大量經典與稀有文獻，爲傳承中華優秀傳統文化作出了巨大貢獻。同時，毛氏還是學者、文學家，勤於學術研究及文學創作，撰就多部學術著作、數百篇書跋、數千首詩歌。毛氏著述豐富，書跋是其中重要部分，對研究毛氏刻書、藏書、鈔書、校書及其學術思想有著最爲直接的作用，對探究汲古閣這一獨特文化現象有極其重要的價值，亦是解讀江南地域文化的珍貴文獻。

一、毛氏生平事跡

汲古毛氏綿延數代，源遠流長。① 毛晉高祖毛垍(《西河毛氏宗譜》載第九世)，字希尚，號愛湖，子一，璽。曾祖璽，字朝用，次子賢。賢子有倫，國子監監生，布政司經歷，加二級，誥授奉政大夫。祖聖，字心湖，行一，子五，澄、溢、清、鴻、沼，澄、溢、清皆爲邑庠生。澄著有《讀易便解》《三江遺稿》等。溢，字端吾，子三，鳳鳴、鳳岐、鳳翥。鳳鳴，國學生，候選從九品。鳳岐，歲貢生，考授訓導、國子監，薦舉候補知縣，敕授文林郎。鳳翥，候選國子監典籍，誥贈中憲大夫。毛晉父清(1566—1623)，字虛吾，一字叔漣。以孝悌力田世其家，曾辟田數千畝，精於農事水利。楊漣"爲常熟令時，察知邑中有幹識者十人，遇有災荒工務倚集事，清其首也"。爲人善良仗義，救荒賑濟，活人無數，口碑載道，威望甚高，實爲一方賢良，"寬然長者"。毛清雖無官職，却"爲鄉三老"，執掌教化之職。家有藏書，諳曉經義，精於《周髀》。母戈氏於家族教育上亦發揮重要作用。錢謙益爲撰《毛母戈孺人六

---

① 關於毛氏家世淵源，毛褒等撰《毛府君行實》及《東湖汲古閣毛氏世譜》《西河毛氏宗譜》《毛子晉年譜稿》及毛氏傳記史料等皆有介紹，本部分有所參考。

十序》云:"毛生子晉之母戈孺人,年六十矣。誕辰在今年孟秋,而稱慶以履端之月。子晉之父,以孝弟力田稱爲鄉老,而孺人以勤儉佐之。廣延名人碩儒,縱其子游學,以成其名。"

　　毛晉,原名鳳苞,改名晉。弱冠前字東美,後改字子九、子晉,號潛在,別署汲古閣主人、篤素居士。室名有綠君亭、汲古閣、目耕樓、讀禮齋、載德堂、寶月堂、追雲舫、續古草廬等,其中以汲古閣最爲著名。晉初生即"有異姿",八歲時"手不釋卷""風氣日上"。十三歲,從父學習農事,"躬耕宅旁田二頃有奇,區別樹藝,農師以爲不逮"。十四歲時,娶范濬源之女,長子毛襄生。十五歲時,赴蘇州應童子試,受業於高伯璋。後入太學。十九歲,與馮班、沈春澤同受業於魏沖門下,並與馮班訂交。是年,在戈汕指導下首次刻書,兩人共同編撰、刻梓《屈子》四種,並輯錄諸本異文且附考證。二十歲時,拜錢謙益爲師。二十一歲時,范氏亡。二十二歲時,娶康時萬之女爲繼室。天啓四年(1624)秋,常熟大水,毛晉捨財購石買木,捍災救民。冬,與邑人楊彝、張溥、顧夢麟、楊廷樞等同創應社。天啓五年,刊竣《蘇米志林》三卷,其後編入汲古閣本《津逮秘書》。天啓七年,赴金陵參加鄉試,未取。崇禎元年(1628),繼室康氏亡。是年始梓《十三經注疏》《十七史》。崇禎二年,娶文靖公嚴訥曾孫女嚴氏爲妻。崇禎九年秋,赴南京鄉試。崇禎十二年,赴吳門華山寺訪釋汰如,獲贈鈔本《牧潛集》等。崇禎十三年,五子毛扆生,師魏沖卒,王渢投於門下。崇禎十五年夏,常熟大水,地租大減,無奈賣地以助刻書。除夕夜,停止家宴,出糧遍施災民。秋,赴南京鄉試。清順治元年(1644),與釋道源等游吳門橫塘,重修唐寅墓祠。清兵入關,將書版藏於隱湖邊草舍中。順治二年五月,毛晉與釋道源於智林寺創辦德香社;七月十三日,清兵南下至常熟,繡衣使者召見毛晉,因其於當地素有威望,最終有驚無險。是年,兵科主事同邑王時敏避難毛家;友人吳拭被劫,一家八口身無分文,投奔毛晉。順治三年,與友創辦尚齒詩社。順治四年正月初五,於陸氏頤志堂設宴,度四十九歲生日。順治五年三月,與錢曾定交於尚湖舟中;秋,吳偉業來訪,作《汲古閣歌》《毛子晉齋中讀吳匏庵手鈔宋謝翱〈西臺慟哭記〉》。順治六年七月,毛晉到蔚村拜訪陳瑚,邀移汲古閣,爲毛褒、毛扆授課,並協助校書,同館者顧夢麟。順治七年八月,於水東結庵"曹溪一滴";十月,絳雲樓失火。順治九年,三子毛衮亡,享年二十歲。順治十三年,陳瑚爲翌年毛晉花甲徵集賀壽詩文,並撰《爲昆湖毛隱君十六乞言小傳》。順治十四年正月初五日,慶六十大壽,子侄輩奉觴稱慶,楊補、王發祥、吳克孝、顧湄、陳衡、陸世儀、方夏、嚴勛、陳帆等赴宴慶賀,"客排闥而入,繞座一匝,掛九節杖而立於前"。是年,孫綏眉(毛褒之子)、綏萬(毛表之子)、綏履(毛扆之子)生。順治十六年七月二十七日戌時卒,葬於戈莊祖塋,享年六十一歲。

毛晉持家重孝禮、勤儉,秉性善良仁義,爲人磊落坦蕩,好施濟困,威望著於鄉邑。曾道:"平生有三大願:一願讀盡世間好書;二願友盡世間好人;三願看盡世間好山水。"縱觀毛晉一生,清心寡慾,簡樸單純,酷好讀書,精審治學,收藏宏富精善,刻書、鈔書、校書數千種,很多爲自己編訂。同時著述等身,至今存世者如《毛詩草木鳥獸蟲魚疏廣要》二卷、《虞鄉雜記》三卷、《香國》二卷、《明僧弘秀集》十三卷、《屈子評》一卷《屈子參疑》一卷《楚譯》二卷(戈汕、毛晉合著)、《陶靖節詩總評·章評》一卷《參疑》一卷《雜附》一卷、《詞海評林》三卷、《和友人詩》《和今人詩》《和古人詩》《野外詩》《隱湖倡和詩》等,所撰題跋今存仍有三百餘篇。而今不存者,如《毛詩名物考》《明方輿勝覽録》《救荒四説》《永思録》《宗譜先賢》《海虞古文苑》《海虞今文苑》《昔友詩存》《明詩紀事》《毛子晉章次》《隱湖小識》《隱湖遺稿》等十餘種。毛晉慷慨好客,待人真誠,友人無不讚佩,皆成摯友至交。以毛晉爲中心,形成一個龐大的交游場。其特點是交游範圍廣,師友、官員、僧道各類皆有,人數三百多,積極成立社團,持續時間長,倡和吟詠成爲風尚,《隱湖倡和詩》《和友人詩》《和今人詩》等記載頗詳。毛晉亦喜游山水,吟詠自然,倡和古今。《虞鄉雜記》雖輯録常熟古代人物、古跡及事跡,但其中有很多內容爲毛晉親歷所記,《野外詩》即爲毛晉游歷山水古跡之作。毛晉有多方面才能,集收藏家、刻書家、鈔書家、校書家、學者、文學家於一身,所取得的文獻、學術及文學成就有目共覩,不僅創造了獨特的汲古閣文化,而且對江浙地區的書業發展、文化昌盛、文學繁榮亦産生了重要作用。

毛晉育有五子四女,長子毛襄爲原配范氏所生,次褒、衮、表、扆四子皆爲繼室嚴氏所生。毛襄早逝。次子毛褒(1631—1677),字華伯,號質庵。順治五年(1643),褒入常熟縣學,邑庠生,入太學。曾從師於陳瑚,陳瑚《從遊集》卷一《毛褒傳》云:"華伯天性醇謹,所居宅西南有古墓當道。青烏家以爲來龍處,説華伯夷之。華伯笑而不應,加封植焉。弟補仲早夭,令次子爲其後,視媥婦有加禮,人皆以爲難。居家喜遵司馬儀,巫祝、尼媼無敢造其室者。其爲詩多入隱湖社刻中,予選而梓之。近有《西爽齋倡和集》,人酬一首,尤多警句,予特備録於篇。"因長子毛襄早亡,毛褒成爲實際長子。"令次子爲其後,視媥婦有加禮",可見這些都是長子所爲,符合"醇謹"天性。詩作亦佳,惜其集今佚。毛晉卒前,毛褒與弟衮一起編撰《汲古閣制義》,與三弟共同校勘《大學衍義》。清順治間汲古閣刻本《禊帖綜聞》十五卷,卷尾題有"海虞門人毛褒、衮、表、扆訂正";清康熙五年(1666)汲古閣代刻本《三才彙編》六卷,卷一、卷六分署"毛襃、毛表、毛扆校正",《隱湖倡和詩》首卷署名"汲古後人毛襃華伯訂",此三書皆由襃率弟校刊。毛襃等撰《毛府君行實》是了解毛晉生平事跡的最重要文獻,《隱湖倡和詩》及陳瑚《從遊集》等載有毛襃詩多首,書跋未見。

毛衮(1633—1656),毛晉三子,字補仲。室名看山書屋。《隱湖倡和詩》載順治六年釋通門《題毛補仲看山書屋》,毛衮和之。陳瑚《哭毛補仲》詩云:"落木蕭蕭作雨聲,魂游應向月華明。青山舍北平生友,綠水門前舊日情。退筆滿床人不見,殘燈如夢鳥空鳴。比來頗學懵騰睡,哭汝重教恨未平。"覩物思人,愛戀、痛惜之情溢於字裏行間。《從遊集》卷下載毛衮和詩《中秋昆湖文會次確庵師韻》,詩云:"八月湖平一鏡開,蒹葭蘸水碧於苔。天香正向云中落,經袖遥從海外來。倒屣慚非文舉坐,點頭幸有子昂才。一輪湧出高林表,處處笙歌次第催。"末自注云:"是日與者三十人,備五經之選,課制義五篇,論、表、策各一道,又成詩二首,一時傳爲盛事。"毛衮早逝,故所作留存不多,書跋未見,《從遊集》《隱湖倡和詩》載詩多首。

毛表(1638—1700),字奏叔,號正庵。毛晉四子,以醫鳴世。順治十一年(1654),十六歲入常熟縣學。室名爾室、霄馨館。早年主要從事藏弄、校刊之業,中年移志醫診。現存詩作十二首,僅次於兄衮。毛晉卒後,與兄襃、弟扆同訂《隱湖倡和詩》。毛表十九歲手録《詩學禁臠》一卷;二十三歲,與陸貽典合刻《寄巢詩》兩卷。康熙元年(1662)校刊《楚辭章句》十七卷,每卷末皆鐫有"汲古後人毛表字/奏叔依古本是正"雙行長方牌記。毛表校本今存仍不少,如康熙二年校汲古閣刻《唐人八家詩》本《丁卯集》二卷《續集》一卷,校明末汲古閣刻《唐人八家詩》本《長江集》十卷;康熙九年(1670),校明末汲古閣刻《津逮秘書》本《貴耳集》三卷;康熙十年(1671),校勘明末汲古閣刻《津逮秘書》本《老學庵筆記》十卷;康熙二十二年(1683),校明葛澄刊本《傷寒明理論》三卷《方論》一卷等,並撰多篇書跋。

毛扆(1640—1713),字斧(黼)季,號省庵,毛晉幼子。由於毛晉於很短時間內刻書數百種,質量上難免出現問題,毛扆窮盡全力校補、剜刻、重刻,校書二百多種,撰寫題跋數百篇,今存於世仍有近百篇。故毛扆可爲汲古閣事業的主要繼承人。毛扆治學重在小學,錢謙益云:"其季子扆精小學,傳寫諸家金石書畫記及古五曹九章算經,思盡刊刻以行,可謂善述先人之事者已。"鄭德懋《汲古閣主人小傳》亦云"精於小學,最知名"。如魏禧記毛扆得元板《五經》後,"因隨手指示《毛詩》經文與世本不同者三十三字"。毛扆治學以小學之校勘爲手段,所校各書涵蓋經史子集四部,重在經部、集部。從校勘方式上看,死校、理校皆用,並形成了一套自己的獨特校法,爲後人所效法。由於毛扆所用校本大多不存，據今存所校底本，可見不少早期版本（校本）的文字面貌及版本狀況，其學術價值頗高。毛扆一生專心治學，心無旁騖，而於其他則甚少關注。如於作詩吟誦似亦不感興趣，今僅存三首，與兄長相比是最少的。據馮武《遥擲稿·遡洄集》載馮武和詩，如"金山和斧季韻""次和斧季舟中燈下八韻""浩歌答斧季"等，亦顯示出一定水平，或無暇抑或不屑於此。綜其一生，並無其他事跡流傳，所撰最多者幾乎皆與校書、藏書、刻書有關。從性格上看，毛晉縱橫捭闔，游刃有餘，詩文皆具，交游甚廣，而毛扆給人的印象則如書癡，沉浸於自己的書籍世界裏，安静淡泊，不嗜交往，亦無他好。陸貽典詩云："禁酒那成國，巢書即面城"，首句注云"斧季不飲"，可知毛扆更無嗜酒之好。交游事跡亦不多見，其岳父陸貽典《觀庵詩鈔》曾載《斧季招同夜泛昆湖》，爲僅見的一首交游詩。陳瑚《從遊集》載三子傳，唯毛扆無傳。其孜孜於學，看淡名利，由此可見一斑。

諸子孫輩中，亦有不少藏書治學之較有名者。毛綏萬（1657—?），字嘉年，號破崖。毛表長子。治學有名，著有《破崖居士詩稿》等八部，多部批校、題跋本今亦存世。藏書多部，毛晉臨終曾分授一部墨筆鈔本《玄英先生詩集》。毛晉卒時，綏萬兩歲，足見毛晉對其疼愛有加，並寄厚望。毛文光，字炳若，號怪魁、怪魁子、服菊生，毛晉之孫，毛扆姪子，亦有多部題跋批校本存世。毛琛（1733—1809），字寶之，號晼香、壽君、俟盦，毛晉玄孫，毛表曾孫、毛綏萬孫。寧化尹秉綬《葉廷勛〈梅花書屋詩〉序》云："一日開閣賞牡丹，招予與馮魚山及毛壽君、黄虚舟宴飲賦詩，壇坫極盛。"王元讓撰《静妙軒吟稿》一卷，載有王氏與毛琛倡和詩多首，兩人交游倡和頗多。可見毛琛賦詩倡和，宛然有毛晉之風。嘉慶六年（1801），吴翌鳳在長沙與毛琛相會，其《懷舊集》卷七"毛琛"條云"辛酉冬重晤於潭州"。武進黄景仁到常熟與毛琛、吴蔚光等會，見《兩當軒集》卷二十。今存毛琛藏書、批校本多部。國圖藏有一部清康熙六年季振宜静思堂刻本《杜工部集》二十卷（96502），鈐有"毛琛之印""毛氏壽君""壽君""毛壽君""俟盦"等，每卷末皆有毛琛過臨題記，其中《杜工部集目録》末題曰"李子德先生杜詩批本　壽君手臨"，卷一末題曰"嘉慶二年丁巳八月初八日俟盦臨"，卷十八末題曰"嘉慶二年丁巳秋九月壽君凡臨第五部矣"；《唱酬題詠附録》末有毛琛朱筆跋，云："少陵詩自宋黄山谷、劉辰翁而後，多有閔本。至國朝吴門錢湘靈、俞犀月、何義門三先生，多發前人所未發，一掃宋明以來雲霧，獨出手眼，杜詩殆無遺蘊矣。然無如關中李氏本爲最善，蓋能見其大者，不詹詹言也。憶自乾隆甲戌秋得之於崇川李二丈餌山，案頭凡手鴻五過，自謂頗得力於此。今以贈虎觀太守，幸秘藏之，勿輕示人也。嘉慶九年甲子春三月雨牕，俟盦學人毛琛識於潭州客舍。"從毛琛跋、臨記可知，此本爲清嘉慶二年（1797）毛琛第五次過録李因篤批注，時間持續一個多月。至嘉慶九年（1804），毛琛又將其贈與"虎觀太守"，並囑"幸秘藏之，勿輕示人"。毛琛手臨李天生批注前後多達五次，因李注"最善，蓋能見其大者"，可謂獨具慧眼。毛琛還是清中期著名詩人，著有《揚州詩草》一卷、《俟盦剩稿》二卷《補編》一卷《續編》一卷、《五益齋五律》一卷、《毛簡香詩稿》一卷等。

毛晉諸子中，從治學上看，以毛扆成就最大，次爲毛表。從詩歌創作上看，以毛褒最多，成就最大，水平較高，次爲毛表。毛褒參與校書、刻書不多，主要精力當是用在家族事務上，其中以整理編刊毛晉文獻用力最多。但由於毛褒壽僅四十六歲，所存著述不多。從才氣上看，以毛袞最大，由於早亡，除留下一些詩作外，其餘鮮見。毛表參與校書、刻書亦不少，由於中年移志，難與弟扆比肩。雖水平有高低、成就有不同，但諸子有一個共同特點，就是謹守家業，且皆品格端正，爲人忠厚善良，雖未逮毛晉之能力與學識，但皆繼承了毛晉的優良品性與毛氏家風，這些都是毛氏家族得以延續數代、不墜家學的重要原因。

二、書跋特點及内容

題跋是指題寫在書籍、字畫、碑帖上，以記事、考釋、品評、鑒賞等爲主的文字。寫在前面的稱"題"或"序"，寫在後面的稱"跋"或"後序"。宋代以來，這類文字形成了一種專門的文體，產生了一些題跋專著，如《集古録跋尾》《金石録題跋》等，亦有不少個人總集中單列題跋卷者。由於汲古閣毛氏題跋幾乎全是有關書籍的，故稱書跋，實際上既包括書在前面的"題""序"，亦包括書在後面的跋。毛晉初刊時名以《題跋》，潘景鄭再輯時題作《汲古閣書跋》，當即此意。

汲古閣毛氏由於其特有的從業與治學特點，其題跋内容皆與刻書、藏書、鈔書、校書相關，以刻書之跋最多，其次爲校書、藏書等。其中毛晉以刻書題跋爲主，毛扆及後代等則以校書題跋爲主。由於毛氏數代皆從事藏書、刻書、鈔書、校書之業，因此書跋内容往往交叉融合，雖以刻書爲主，但亦多涉藏書、校書，甚至鈔書。而校書亦離不開收藏，特別是毛扆校勘的大多是家刻本，故與刻書緊密相連。總之，藏、刻、鈔、校四者融爲一體是毛氏書跋的鮮明特點。毛晉藏書、雕版分授子孫，鈔書、校書亦延及後代，故毛氏書跋從作者淵源上，常貫通數代世系。毛晉子毛表、毛扆及孫毛綏福、毛文光、第五代孫毛琛等皆有書跋，一書多人題跋，一跋涉及數代，進而形成綿延一體的毛氏書跋文化。

　　於諸多文體中，毛晉極鍾情於題跋這種短小精悍、輕巧靈活的體裁，不僅直接編輯、刊印了二十餘種宋代名家題跋，如《東坡題跋》《山谷題跋》《淮海題跋》等，還親自撰寫數百篇，這是非常難得的。在此，我們先通過幾個個案書跋，以見其風采。明崇禎十五年（1642）汲古閣刻《群芳清玩》本《畫鑒》一卷（元湯垕輯），毛晉跋曰："采真子妙于考古，在京師時，與今鑒畫博士柯君敬仲論畫，遂著此書。用意精到，悉有據依。惜乎尚多疏略，乃爲刪補，編次成哀，名曰《畫鑒》。後有高識，賞其知言。采真子，東楚湯垕君載之自號也。鄧公壽云：'其爲人也多文，雖有不曉畫者寡矣；其爲人也無文，雖有曉畫者寡矣。'自南齊至今，評論續事，不下數十家，求其甄明體法、講練精微者，頗難其人。予向梓謝赫、姚最、李嗣真、沙門彦悰、張彦遠、郭若虛、鄧椿、董逌、米芾及宣和諸書，可稱畫海矣。但未見陳德輝《繼畫紀》，凡乾道三年以後諸名家，無從考據。因取夏文彦《圖繪寶鑒》、韓昂《續編》補其尾。惜乎二公文妙不足，未免弩末之歎。壬午秋，於秦淮遇虞部周公浩若，酷嗜祕書，收藏之富，不亞癸辛、草窗，出一編示予，廼湯君載《畫鑒》也。筆力遒簡，可與公壽頡頏。予狂喜授梓，不五日而書成。""湯君載與柯敬仲友善，蓋勝國時人。其中多評金元諸家畫，猶自稱宋，豈亦鄭思肖意耶？聞其《法帖正誤》一書，力排伯思以護元章，恨未見耳。卷首載曹弗興，考之唐以前俱名不興，紀其墨點誤蠅、畫龍救旱之事頗詳。宋以後俱弗興，或不、弗二字通用耶？"先敘湯垕撰寫此書原委，再述其人，三論此書之價值與不足，四述刊梓緣由與過程，五言作者與柯九思的獨特關係，注重知人論世。這篇跋文全面展現了毛跋特點與基本內容，可謂毛跋之標本。毛跋不僅内容豐富，還講究辭藻，極富文采。天啓五年（1625），毛晉爲《詩詞雜組》本《三家宮詞》所撰《總序》云：《小星》《雞鳴》，三百篇之宮詞也。著金環而御夕，鳴玉佩以驚晨。其萬世彤管之輝，耀與嗣後。昭陽寂寂，褕翟之凝彩聯篇；鈎翼沈沈，弓韣之貴章累牘。至於玄雲失護，蕉草同塵，或倚徙雲日，徘徊風月。思雉扇於鳳墀，想羊車於鸞闕。莫不飛華振藻，繪景攄懷，白滴齊紈之泪，紅拭楚袖之血。迨夫才人學士，感思無聊，身設永巷之幽，情寄增城之邈。繡坐移來，疊花牋而屬草；碧窗瑣却，展素紙而揮毫。無非言噴玉屑，筆落珠霏，多者百篇，少亦幾什。"跋文旁徵博引，辭藻華麗，汪洋恣肆，酣暢淋漓，頗有騷賦之風。

　　從書跋的具體内容類型上看，或述書名、卷册，或品評、議論，或校勘、辨僞，或敘書林掌故，或論鑒藏之道，或談編撰原委，或言刊刻經過。王象晉序言"或剔前人之隱，或揭後人之鑒，或單詞片句，扼要而標奇；或明目張膽，核訛而黜謬。平章千古，薈萃百家，用意良已勤矣"①。李毂云："敘題跋書，昔人每游戲取勝。如蘇長公、黄涪翁、劉後村諸公，妙處多見於題跋，然不過襲詞賦風流之一派耳。子晉不盡然也。子晉自甲子以來，校刻經史子集及唐宋元名人詩詞，凡二百餘種。每刻必求宋元善本而折衷焉，或爭勝於前哲，或兼俟之後人，輒跋數語於篇終，俾讀者考其世，知其人，非僅僅清言冷語逞詞翰之機鋒已也。予讀其書，必録其跋，積有若干則，山居寡歡，輒以披對如親串。昔太史公作《史記》，著有論讚，讀論讚而紀傳之意備矣。予謂不及讀汲古全書者，請讀其跋語可乎？"摩訶衍人云："典籍之斡旋也，于跋則全經在跋。宋之蘇長公、山谷老人、陸放翁，每每擅斯勝場。我明則鳳洲先生有《讀書後》，近屬吾友毛子晉焉。子晉家類積書巖，凡邁善本而海内所寡者，必梓之以公同好。既授梓矣，嘗搜剔古人不刊之秘旨、不罄之剩義，綴諸末簡，標如月星，耀若珠貝，令人弗掩卷而興嗟，誠快心矣！漢高帝之撼秦若項也，韓彭蕭曹，亦無不偉，然奏績列坐分功，獨婁敬以都關中一節爲喫緊，故不勞弓刀血戰，而賜姓班爵，与諸將垺，何也？敬蓋籌之熟矣。子晉跋書，嘗賤此術，其二十一史中之婁敬也。人其妒之否？"②自以上諸家所序，可見毛跋内容豐富，品類多樣，精見迭出，得到學界廣泛認可與讚賞。

毛氏這些題跋從内容大類上，大體可分三部分。

（一）交代撰者事跡，敍明著作原委，評騭藝術、學術或文物價值

有交代撰者生平及事跡的。毛跋大多將撰者介紹置於首位，一般要介紹其姓名、履歷，事跡典故，有的則加以考證。如毛晉跋《津逮秘書》本《魏公題跋》（宋蘇頌撰）曰："丹揚蘇紳在兩禁時，人病其險誦。其子頌，字子容，器局與父迥異。元祐末爲相，未嘗臧否人物。諸臣多奏事于宣仁，獨頌奏諸哲廟，其後獨免於遷謫，一時陳止齋輩無不仰止其爲人。晚年自敍百詠，可謂生平本傳。雖汪彦章、周子充二序，不若其自序之詳而覈也。所藏法書甚富，但鑒别真贋，未必具頂門上慧眼。如智永《千文》半卷，珍爲秘寶，米南宫一見，知是唐人臨本，大概可見矣。後封魏國公，年踰八十，豫知時至，自草遺表，豈冥冥于生死之際者哉？"毛晉對蘇頌的履歷、人品、鑒藏等予以介紹，實爲閱讀本書提供背景史料。毛晉跋明末汲古閣刻《宋名家詞》本《珠玉詞》（宋晏殊撰）曰："同叔，撫州臨川人也，七歲能屬文，張知白以神童薦。真宗召見，與千餘人並試廷中，神氣不懾，援筆立成。帝異之，使

---

① （明）王象晉：《引》，《汲古閣書跋》，上海古籍出版社 2005 年版。
② （明）李毂、摩訶衍人等序，皆出《汲古閣書跋》卷首，上海古籍出版社 2005 年版。

盡讀秘閣書。每所諮訪,率用寸方小紙細書問之。繼事仁宗,尤加信愛,仕至觀文殿大學士,以疾請歸,留侍經筵。及卒,帝臨奠,猶以不親視疾爲恨,特罷朝三日,贈諡元獻。一時賢士大夫,如范仲淹、歐陽修等,皆出其門。擇婿又得富弼、楊察。賦性剛峻,遇人以誠,一生自奉如寒士。爲文贍麗,應用不窮,尤工風雅,間作小詞。其暮子幾道云'先公爲詞,未嘗作婦人語也'。"此跋介紹晏殊的事跡品格,並對其創作特點等進行概括。毛晉在歷敘撰者生平時,一個重要特點是常巧用典故,生動有趣,活靈活現,使撰者形象性格躍然紙上。如明末汲古閣刊《唐三高僧詩》本《白蓮集》十卷(唐釋齊巳撰),卷末載毛晉兩跋,首跋曰:"齊巳,俗名胡得生,性喜吟,頸有瘤,人戲呼爲詩囊。跡不入王侯門,惟醉心於鄭都官,投詩謁之云:'高名喧省闥,雅頌出吾唐。疊巘供秋望,無雲到夕陽。自封修藥院,別下著僧床。幾夢中朝事,久離鵷鷺行。'谷覽之,云:'請改一字,方可相見。'經數日,再謁,稱巳改得云:'別掃著僧床。'谷嘉賞,結爲詩友。既因後唐明宗太子從榮招入中秋大醮,巳公窺從榮懷不軌,有'東林莫礙漸高勢,四海正看當路時'之句,幾被戮辱,賴荊帥高公匿而獲免。其不屈節王公,詩寓諷刺,往往如此。後同慧寂仰山禪師住豫章觀音院,總轄庶務,作《粥疏》曰:'粥名良藥,佛所讚揚。義冠三檀,功標十利。更祈英哲,各遂願心。既備清晨,永資白業。'此《疏》堪與《食時五觀》並傳,惜未有揭示學人者。其後居西山,金鼓示寂,塔存焉。'龍盤'乃其書堂云。"崇禎十四年汲古閣刻本《載之詩存》不分卷[1],撰者釋宗乘(1608—1638),字載之,俗姓鄔氏,常熟人。住江蘇常熟東塔寺,從釋汰如於華山,後圓寂於嘉定(上海)。性靜僻,與衆落落不合,遂棄去。興有所之,輒爲短章,亦不求人解。素清羸善病,世壽三十有奇。錢謙益招居山莊,不久亦去。毛晉跋曰:"載之乘公,姓鄔氏,嘗熟人,幼薙度於邑之東林結。性耿介,好讀幽異書。每到山水深秀處,或遇素心人,相視莫逆,輒留短句而去。一瓢一笠,居無定著。嘗有鉅公讀其詩,慕其人,結茆菴招之,不宵留,留亦突不黔也。傾風蓮子峯汰公,追隨久之。已而汰公往月明古刹,遂挈杖之練川,遇心石堅公,同上徑山,堁餅匄大師塔,復經練川。忽示疾化去,世壽三十有奇。心石爲舉火,藏其骨于西隱寺旁,是爲崇禎戊寅秋也。嗟乎! 載之殆所謂'其生若浮、其死若休''實際裏地,不染一塵'者欤! 越三年,石林源公出其詩一編,授予曰:'載之,孤冷人也。向唯子能賞之,今唯子能傳之,惜其詩之存者寥寥耳。'余爲之淒然,復怡然曰:'載之不死矣,平生寡交,交公一人足矣。'其詩如干不已,多于趙倚樓、鄭鷓鴣耶?

---

① 國家圖書館藏本,索書號04901。

復有雪濤拾其殘墨數幅,如'花落雨過寒食寺,烏鳴人到夕陽扉'之句,前後俱已脱落。予重其能存死友也,併授諸梓,而紀其略云。"寥寥數語,宗乘之個性和盤托出,如此出衆才情及獨特個性焉能不刊刻留世?

　　有交代校編刊梓原委的,如《津逮秘書》本《五色線》,毛晉跋曰:"掇百家雜事記之爲類門,舊跋亦不著年月姓氏。因披閲所載,多密藏異蹟,雖不逮《容齋五筆》,亦迥出《雲仙》諸册矣,亟訂梓之。凡我同好,勿与《碧雲騢》共置,幸甚。"《碧雲騢》,相傳爲宋梅堯臣撰,葉夢得辨爲魏泰作。今《説郛》尚存部分文字。是書出於北宋晚期,集慶曆前後上層士大夫軼事,涉及當時名公鉅卿間恩怨與矛盾,内容多屬揭發隱私,言辭多有詆毀而無少避忌,如云"范仲淹收群小,鼓扇聲勢,又籠有名者爲羽翼,故虚譽日馳,而至參知政事",故招致不滿,後人多有辨之。雖皆爲"密藏異蹟",但兩書截然不同。毛晉所刻大型叢書,皆撰詳跋,如《十三經注疏》《十七史》及《津逮秘書》《六十種曲》等。毛扆、毛褒刻書亦然,如刻《松陵集》《隱湖倡和詩》等,亦以敍刊梓原因爲要。

　　有介紹書籍内容的。明末崇禎間汲古閣刻《津逮秘書》本《廣川書跋》十卷,宋董逌撰,毛晉跋曰:"鄭康成,漢世碩儒,弗識犧牛之鼎。歐陽修宋朝宗匠,誤辨靈臺之碑。甚矣,博古之不易也。董子在政和間,鑒定秘閣所藏,悉三代法物名器,一一詳論精核,若故有之物而素所習玩者,此豈天欲顯神寶於世,必生畸人爲之發揚宣暢耶?同朝惟校書郎黄長睿相與商確,爲千古知己。長睿著《古器説》四百餘篇,載在《圖經》。董子則有《書跋》十卷,雜入金石字蹟之類。岐陽鼓文,從來盡謂宣王獵碣耳,獨反覆辨其非。何故鄭漁仲便居之不疑?是以讀書貴具隻眼也。"董逌爲北宋藏書家、書畫鑒定家,靖康末,官至司業,遷徽猷閣待制,以精於鑒賞考據擅名。《廣川書跋》十卷爲董氏供職於秘閣時,鑒賞點評内府所藏金石碑帖。其中前五卷跋先秦至漢之鐘鼎銘文、石刻,後五卷跋魏、晉、南北朝、隋至唐至北宋書跡,共二百二十六則。一方面,此書所録皆爲北宋内府所藏,體現北宋朝廷的收藏水平及文物價值,欲知北宋内府所藏"三代法器名物",非此書不可;另一方面,董氏鑒評"一一詳論精核",考辨是非,如"岐陽鼓文,從來盡謂宣王獵碣耳,獨反覆辨其非",代表了當時這類著作的最高水平。《廣川書跋》中數次提及"秘書郎黄伯思""黄伯思學士",可知董逌在秘閣供職時與黄伯思(字長睿)相友善。其時,黄伯思以古文名家,奉詔於内府集古器考真偽。兩人相商榷、通有無,亦是政、宣年間文物鼎盛之時的文人樂事。此即四庫館臣"逌在宣和中,與黄伯思均以考據賞鑒擅名"之説之由來。故而《廣川書跋》與《東觀餘論》兩書,在内容與體例上都有相似之處;不同處則《東觀餘論》

偏重於法帖,而《廣川書跋》於金石與法書碑版並重。兩書共同特點是考辨甚細,甚至蓋過歐陽修《集古録》。《津逮》本《東觀餘論》,亦有毛晉跋詳論是事,云:"長睿嘗與董紫薇貶《集古録》,謂歐陽公文章冠世,不可跂及,大要考校非其所長。直自負此書壓倒永叔矣。因不入本集中,故名'餘論'。自號雲林子,別字霄賓。"毛晉所敘此書撰寫過程及内容時,並有鑒評,信息量很大。

　　其中以評騭創作高下、治學水平及風格等最爲引人注目。毛氏書跋並不僅僅停留於史事的敘録考釋上,尚有對其創作及學術水平高下的評價。蘇軾、黄庭堅爲宋代大家,世稱蘇、黄,其文如何?毛晉跋《津逮秘書》本《東坡題跋》六卷云:"元祐大家,世稱蘇、黄二老,二老亦互相推重。魯直云:'東坡文字言語,歷劫讚揚,有不能盡。'東坡云:'讀魯直詩,如見魯仲連、李太白,不敢復論鄙事,略不啓爭名見妒之端,令人有不逮古人之慨。'但同時品題,尤推東坡。如韓子蒼云:'東坡作文,如天花變現,初無根葉,不可揣測。'洪覺範云:'東坡蓋五祖戒禪師後身,其文俱從《般若部》中來,自孟軻、左丘明、太史公後,一人而已。'凡人物書畫,一經二老題跋,非雷非霆,而千載震驚,似乎莫可伯仲。吾朝王弇州先生又云:'黄豫章遜雋,此亦射較一鏃,弈角一著。'持論得毋太苛耶?"廣引諸說,立論有據,觀點鮮明。元人宋無存詩僅《翠寒集》一卷,但毛晉評價頗高:"司空圖序生平警句,如'人家寒食月,花影午時天',又如'得劍乍如添健僕,忘書久似憶良朋'云云,即令郊、島操觚,恐不免斷數須而下一字。既讀馮海粟、子虚詩序,拈出若干聯,新琢驚人,不讓表聖。亟覓《翠寒全集》讀之,語語如煅歲煉年者,然出之甚易。質之白家老嫗,應亦解頤,直前無唐人矣,元人不足言也。"毛晉跋論《稼軒詞》云:"但詞家爭鬪穠纖,而稼軒率多撫時感事之作,磊砟英多,絶不作妮子態。宋人以東坡爲詞詩,稼軒爲詞論,善評也。"可謂恰中肯綮。毛晉亦臧否時人,《山谷題跋》跋云:"諸家題跋魯直者,其卷帙反多於魯直題跋矣,豈容更添蛇足耶?但其款識不一,因考其甥洪玉父云:'舅氏魯直,愛山谷石牛洞,故自號山谷道人。謫黔戎時,假涪州別駕,故又號涪翁,或曰涪皤。在黔中,又號黔安居士。至宜州,又號八桂老人。皆班班見於詩文。'後來米元章、倪元鎮亦多别號。今人效顰三老,名字百出,亦甚無謂矣。"品評不乏灼見,如毛晉跋《西山題跋》(宋真德秀撰)云:"故其題跋雖無坡、谷風韻,余編入函中,却如三公衮衣象笏,拱立玉墀之上,其巖巖氣象,可令寒乞小儒望之神懾。"毛晉跋《竹山詞》時,針對詞作者蔣捷之作云:"昔人評詞,盛稱李氏、晏氏父子,及耆卿、子野、少游、子瞻、美成、堯章止矣,蔣勝欲泯焉無聞。今讀《竹山詞》一卷,語語纖巧,真《世說》糜也;字字妍倩,真六朝隃也;豈其稍劣於諸公耶? 或讀'招落梅魂'一詞,謂其磊落橫放,與辛幼安同調,其殆以一斑而失全豹矣。"其見解高於俗見。毛晉跋《滄浪詩話》云:"諸家詩話,不過月旦前人。或拈警句,或拈瑕句,聊復了一段公案耳。惟滄浪先生詩辯、詩體、詩法、詩評、詩證五則,精切簡妙,不襲牙後。其《與吳景仙》一書,尤集大成,真詩家金鍼也。故其吟卷百餘章,如鏡中花影、林外鶯聲,言有盡而意無窮。自謂參詩精子,豈虛語耶?"關於唐皇甫湜詩藝水平,毛晉跋《皇甫持正文集》曰:"其歌詩亦不傳。洪容齋曰:'皇甫湜、李翱雖爲韓門弟子,而皆不能詩。'嘗見《浯溪詩》一篇,爲元結而作,其辭云:'次山有文章,可惋只在碎。然長於指敘,約潔多餘態。心語適相應,出句多分外。於諸作者間,拔戟成一隊。中行雖富劇,粹美君可蓋。子昂感遇佳,未若君雅裁。退之全而神,上與千載對。李杜才海翻,高下非可概。文於一氣間,爲物莫與大。先王路不荒,豈不仰吾輩? 石屏立衙衙,溪口揚素瀨。我思何人知,徙倚如有待。'此詩乃評論唐人文章風格,殊無可采也。"毛晉以具體事例證其"不能詩"。又評李翱詩云:"總集凡十有八卷,共一百三首,皆雜著,無歌詩,今逸其《疏引見待制官》及《歐陽詹傳》二首,惜無從考。邇來鈔本末附《戲贈詩》一篇云:'縣君好博渠,繞水恣行游。鄙性樂疏野,鑿池便成溝。兩岸植芳草,中央漾清流。所尚既不同,博鑿各自修。從他後人見,境趣誰爲幽。'鄙拙之甚。又《傳燈錄》載其《贈藥山僧》一篇云:'煉得身形似鶴形,千秋松下兩函經。我來欲問西來意,雲在青天水在瓶。'風味亦不相類。又韓文公《遠游聯句》,亦載一聯云:'前之詎灼灼,此去信悠悠。'其詩句僅見此耳。或病其不長於作詩,信哉。"[1]關於詩詞文評的這類品鑒書跋較多,且多爲《四庫全書總目》徵引,充分説明毛晉不僅是刻書家、藏書家,更是一位典型的文士、具有頗高鑒賞水平的學者。

(二) 記敘得書、版本、優劣、刊印及典故等

交代得書經過往往與版本鑒定、刊印等繫於一體,如毛晉敘得宋槧《孔子家語》於蔣氏酒家、得見宋槧版片《吳郡志》、毛扆敘尋找宋槧《松陵集》等等。毛晉跋《片玉詞》云:"余家藏凡三本,一名《清真集》,一名《美成長短句》,皆不滿百闋。最後得宋刻《片玉集》三卷,計調百八十有奇,晉陽强煥爲敘。"跋《溪堂詞》云:"時本《溪堂詞》,卷首《蝶戀花》以迄禪尾《望江南》,共六十有三闋,皆小令,輕倩可人。中間字句舛謬,無從考索。既獲《溪堂全集》,末載《樂府》一卷。今依其章次就梓。"先敘得書,再敘書之如何。若

①　(唐)李翱:《李文公集》卷末載毛晉跋,明末汲古閣刻《三唐人文集》本。

稀見且珍貴,則予以刊行,藏、鑒、刊交融,是這類書跋的特點。

毛晉家富藏書,孜孜以讀,日積月累,博學多聞,故於題跋以引徵諸家史料及典故爲常事。如毛晉跋宋葉夢得撰《避暑録話》云:"藏碑千餘秩,更得善釀法,可與玉友、鶴觴騎驢酒、白墮酒並美。拈出六一居士詩云'一生勤苦書千卷,萬事消磨酒十分',書之座右,慨然有當余心。且究心醫學奇方,如中暑,'取大蒜一握,道上熱土雜研爛,以新水和之,濾去滓,剉其齒灌之即蘇';又中毒菌、笑菌,'掘地以冷水攪之令濁,少頃取飲,皆得全活';獨活湯治產婦頭足反弓奇疾之類甚多。'仁人之言,其利溥哉!'許昌賑荒一事,尤可師也。"所敍葉夢得家藏、釀酒、醫方、解毒、賑荒諸事,其中"白墮鶴觴"典出北魏楊衒之撰《洛陽伽藍記·城西法雲寺》:"河東人劉白墮善能釀酒,季夏六月,時暑赫晞,以罌貯酒,暴于日中。經一旬,其酒不動,飲之香美,醉而經月不醒。京師朝貴多出郡登藩,遠相餉饋,逾於千里。以其遠至,號曰鶴觴,亦曰騎驢酒。"後因以"白墮"別稱良酒。北魏永熙中,游俠中曾流傳"不畏張弓拔刀,惟畏白墮春醪",可見酒力強大。宋蘇轍《次韻子瞻病中大雪》詩:"殷勤賦黄竹,自勸飲白墮。"毛晉以此典較葉夢得釀酒,八百年佳話得以續篇,可謂異代知己矣。類此者不勝枚舉。

毛扆一生大部分精力用在校書上,有些長篇校勘記,如《松陵集》《説文解字》等即其代表。其中多數是記録校勘時間、情景及版本的,毛扆更多的精力用在校勘實踐上,其内容體現於文本具體校勘文字之中。

(三)　釐定卷帙、考訂糾誤

釐定卷帙次序。有些版本流傳中卷數不一,情況較爲複雜,爲確立一個定本,需要下大力氣審閱校訂。《陶淵明集》有八卷本、十卷本、九卷本、五卷本等,毛晉彙集衆本,重新釐定,合詩一卷、文一卷,成爲二卷本,並刊於明天啓五年(1625),即緑君亭刻本《陶靖節集》二卷。毛晉跋曰:"按先生集卷數章次古今不同,齊梁以前無考矣。至梁太子編入自撰序傳及顏誄爲八卷,而少《五孝傳》及《四八目》。北齊楊僕射以《五孝傳》《四八目》離爲二卷益之,共編十卷。《隋志》云九卷,又云梁有五卷、録一卷,《唐志》云五卷,俱泯没無傳。至宋,《宋丞相私記》云:'晚獲先生集十卷,出於江左舊書,其次第最若倫貫。'疑即楊僕射所撰。其序並昭明序、傳、誄等合一卷,別分《四八目》,自《甄表》《狀杜喬》以下爲十卷。今晉徧搜宋元善本,合以今刻,更博稽嚴訂,汰彼淆訛,而卷次互殊,無可確據。特彙詩爲一卷,文爲一卷,而《四八目》附焉。"此二卷本是按文體樣式來編排歸併的,體現出毛晉由散歸整、按體分卷的編輯思想。毛晉在釐定卷次時,常按古人目録著録重新編定卷帙，以期恢復舊觀。如《宋六十名家詞》中《淮海詞》原本三卷，毛晉“集爲一卷”。《六一詞》原本三卷、《樂章集》原本九卷、《東坡詞》原本二卷、《放翁詞》原本二卷，毛晉均合爲一卷行世。《稼軒詞》原本十二卷，所據爲元大德廣信書院刻本，毛晉併作四卷，以合於馬端臨《文獻通考》之著錄。毛晉跋《宋六十名家詞》本《六一詞》云：“廬陵舊刻三卷，且載《樂語》於首。今刪《樂語》，彙爲一卷。”此指將《歐陽文忠公集》中《近體樂府》三卷合併爲一卷，並將羅泌跋刻在卷首。當然，如此人爲重編，改變了舊本原貌，有利有弊。繆荃孫跋吳昌綬雙照樓《景宋吉州本歐陽文忠公近體樂府》云：“泌跋云‘世傳公詞曰《平山集》’，此曰《近體樂府》，汲古名之曰《六一詞》，似誤以跋中六一詞爲詞名者。且可此三卷，又不盡依舊刻，毛氏往往如此。”①

　　毛晉在輯刊宋詞上下了很大功夫，最主要的工作是按同調歸一分類、同調者按字數多少編次詞集。在毛晉以前，詞集編次方式主要有按宮調、按內容分類、按時間編年等幾種情況。明嘉靖間顧從敬改編本《草堂詩餘》首次按詞調字數多少編序，毛晉亦遵此序法。由於汲古閣輯刊宋詞數量多，產生了巨大影響。自此之後，這種編次方式幾乎成爲定則，如四庫館臣輯自《永樂大典》的詞作即以此編序。毛晉輯刊的宋詞主要爲《宋六十名家詞》六十一種及《詩詞雜俎》兩種，由於是“隨得本之先後，次第付梨”②，而且底本來源複雜，編例不一，毛晉需要進行統一編序。首先同調歸一，然後再按詞調字數多少重新編次，對於同調異名的情況則基本上歸併於通行詞調，如《珠玉詞》《東坡詞》《淮海詞》《中州樂府》等等。秦觀《淮海詞》收詞七十七首，毛晉將舊本按相同詞調字數由少到多重新編次，並新輯佚詞十首。宋高郵軍學刻本《淮海集》之《淮海居士長短句》三卷中《醉桃源》“碧天如水月如眉”詞調下注云“以《阮郎歸》歌之亦可”，毛晉遂將之列於《阮郎歸》諸詞之末，並於調下注云：“舊刻《醉桃源》另見，今並入。”任德魁云：“按照詞調字數多少排列雖然便於翻檢，卻有一個很嚴重的弊病，就是泯滅了舊本的編次，損失了有價值的信息。並且如果毛晉這樣把自己新輯得的詞作也歸入同調詞下，更使得一些因誤讀總集體例而輯出的僞詞與舊本所載詞作混淆起來，變得難以甄別。”③所幸毛晉於新輯之作皆加注以明之，尚不至於混同舊作。再如宋朱淑真撰《斷腸詞》一卷，收錄於明末汲古閣刻《詩詞雜俎》本，與《漱玉詞》同帙，毛晉跋《漱玉詞》云：“庚午仲秋，余從選卿覓得宋詞廿

---

① 吳昌綬、陶湘輯：《景刊宋金元明本詞》，上海古籍出版社 1989 年版，第 43 頁。

② （宋）黃機撰：《竹齋詩餘》卷末載毛晉跋，明末汲古閣刻《宋六十名家詞》本。

③ 任德魁：《毛晉校勘學體系考論》，陳慶元主編：《明代文學論集》（上），海峽文藝出版社 2009 年版，第 550 頁。

餘種,乃洪武三年鈔本,訂正已閱數名家。中有《漱玉》《斷腸》二冊,雖卷帙無多,參諸《花菴》《草堂》《彤管》諸書,已浮其半,真鴻寶也。急合梓之,以公同好。”可知所據爲洪武三年(1370)鈔本,刊於崇禎三年(1630)。《雜俎》本共載十六調二十七首,其中原集所收《生查子》“去年元夜時”非朱氏作,乃歐陽修所作,載《廬陵集》卷一百三十一。檢《雜俎》本仍載此首,説明並未對底本進行刪減,反而增補《生查子》兩首。其一首爲《年年玉鏡臺》,《雜俎》本題下注云:“世傳大曲十首,朱淑真《生查子》居第八,調入大石,此曲是也。集中不載,今收入此。”其二首爲《去年元夜時》,《雜俎》本題下注“見《升庵詞品》”,顯係據楊慎《詞品》輯入。這兩首洪武本皆無。又,明弘治間戴冠撰《邃谷詞》附《和斷腸詞》一卷(今存趙萬里輯《明詞彙刊》中),與《雜俎》本區別有二:一是《雜俎》本比戴冠本少《西江月》“辦取舞裙歌扇”一首,多《生查子》毛晉輯補兩首。二是戴冠本按季節排序,而《雜俎》則按調排列,將戴冠本中同調者歸一,如將戴冠本《浣溪沙》第七首“玉體金釵一樣嬌”同調歸列於第二首“春巷夭桃吐絳英”之下,列爲第三首;將《點絳唇》第十九首“風勁雲濃”同調歸列於第一首“黄鳥嚶嚶”之下,列爲第二首。明嘉靖以前,按詞調編次方式尚未使用,據此可知,洪武本當按季節排序,戴冠本沿襲了舊本;又戴冠本僅比洪武本多一首,或爲其本人所補,而《雜俎》本則進行了同調歸一的重新編輯。《雜俎》本出於洪武本,而戴冠本亦當出於洪武本。金元好問編《中州樂府》,毛晉跋汲古閣刻本曰:“第詞俱雙調,淆雜無倫,一一按譜釐正,如《望海潮》諸闋,與譜不侔,未敢輕以意改。”毛晉在跋《漱玉詞》中言“訂正已閱數家”,當指除校對文字之異並加輯補之外,即指打亂原作按季節編次,而改編爲同調排序的工作。再如《山谷詞》一卷,毛晉跋中並未言其所據版本,諸家于是考證其底本來源。如朱孝臧云:“《直齋書録解題》‘《山谷詞一卷》’,虞山毛氏刻本疑從之出,故仍沿舊名。明嘉靖刻寧州祠堂本《豫章黄先生詞》一卷,詞同毛刻,而編次前後則異。”①即底本爲源於《直齋》著録的宋刻一卷本,饒宗頤亦持此見。② 而龍榆生則云:“明季毛晉汲古閣刊《宋六十家詞》本《山谷詞》一卷,除了刪掉舊刻誤收東坡詞《醉落魄》(蒼顔華髮)一首,《虞美人》(波聲拍枕長淮曉)一首,《浣溪沙》(西塞山邊白鳥飛)一首,淮海詞《畫堂春》(東風吹柳日初長)一首,六一詞《訴衷情》(珠簾繡幕卷輕霜)一首,另增《滿庭芳》(注:雪中戲呈友,或刻《惜香樂府》)(風力驅寒)一首。又依詞調長短改編外,所有篇目和許多誤字都和嘉靖本相同,這淵源是不難推定的。"①顯然,龍氏從篇目及誤字來推斷其源於嘉靖本是有道理的。其實,毛晉對嘉靖本的改造除了删增篇目之外,就是重新按詞調編序,而朱氏、饒氏未悉毛晉的編例,導致其判斷失誤。當然,這種重編的情況不僅僅見於宋詞,在其他叢書如《津逮秘書》、唐集叢書以及《六十種曲》等都出現過。這充分説明毛晉在二度整理出版時,有自己獨到的編輯思想與理念,在尊重作品特點的基礎上,不斷嘗試如何以一種合理、科學、檢索方便的編次方式,將所輯有序地呈現在讀者面前。

　　考訂撰者。撰者涉及著述創作的背景與原委,甚至直接關係到著述的真偽問題。《京氏易傳》三卷爲西漢京房撰,但漢時有兩京房,皆治《易》,此書究爲誰所撰,毛晉從學術淵源上考之,跋曰:"一爲梁人,焦延壽弟子,成帝時人,以明災異得幸。一爲淄川楊何弟子,宣帝時人,出爲齊郡太守。顏師古亦謂别是一人,非延壽弟子,爲課吏法者,或書字誤耳。按殷嘉、姚平、乘弘諸家所傳京氏之學,迺受焦氏學者,《易傳》四卷亦其所作。卷帙多寡不同,晁氏言之詳矣。至鬱林太守注本,向傳四卷,後有雜占條例法一卷,今止存三卷,所亡實多。"京房(前77—前37),東郡頓丘(今河南清風西南)人,早年受《易》於焦延壽,漢元帝時以言災異得幸,後爲石顯答所妒,出爲魏郡太守。焦氏視《易》爲純粹占候之術,京房繼承並發展此説。京房又授殷嘉、姚平、乘弘諸家,由是京氏之學遂顯。今傳此書通篇皆爲占筮之術,故爲焦氏弟子京房所撰,而非楊何弟子所撰,毛晉所考當是。明崇禎元年汲古閣刻《唐人選唐詩》本《篋中集》一卷爲唐元結編,卷首有乾元三年(760)元結自序,曰:"盡篋中所有,總編次之,命曰《篋中集》,凡七人,詩二十四首。"今此集恰爲七人二十四首,即爲元結自編無疑。《館閣書目》入於别集類,似以爲元氏自撰之作,其卷末載崇禎元年(1628)毛晉跋,曰"或謂漫士自作,編入别集,謬矣"。明末綠君亭刻《詩詞雜組·三家宫詞》本《花蕊夫人宫詞》一卷,署"花蕋夫人"。關於是書作者究竟爲誰,史上一直有不同説法。對此,毛晉考爲"實孟昶妃費氏作",並以詩作爲例,證其才華,同時駁斥了後人"狗尾續貂"之説,洗白誣名。毛晉跋曰:"按蜀主王建納徐耕二女,姊爲淑妃,妹爲貴妃,俱善爲詩,有藻思。妹生衍,衍即位,册貴妃爲順聖太后,淑妃爲翊聖太妃。或即以順聖爲花蕊夫人,如《詩話》所稱小徐妃者是也。及唐莊宗平蜀後,孟知祥再有蜀,傳孟昶。青城女費氏,幼能屬文,尤

①　龍榆生:《豫章黄先生詞·后記》,《蘇門四學士詞》之二,中華書局1957年版,第82—83頁。

長於詩，以才貌事昶，得幸，賜號花蕊夫人。然則花蕊夫人果有二耶？但徐妃以汙亂失國，孟昶繼之，寵溺後宮，而猶襲亡國夫人之號，豈大惑者固不知其不祥也。乃陶宗儀以孟昶納徐匡璋女，拜爲貴妃，別號花蕊夫人，而以費氏爲誤，蓋未詳王建之有徐妃、孟昶之有費妃也。意蜀主有前後之異，而世傳夫人爲蜀主妃，不及考其爲王、爲孟、爲徐、爲費、爲順聖、爲花蕊耶？今《宮詞》百首，實孟昶妃費氏作，不聞小徐妃云。""宋太祖平後蜀，花蕊夫人以俘見。問其所作，口占一絕云：'君王城上竪降旗，妾在深宮那得知？四十萬人齊解甲，更無一箇是男兒。'楊用修云，《宮詞》之外，尤工樂府。蜀亡入汴，《書葭萌驛壁》云：'初離蜀道心將碎，離恨綿綿，春日如年，馬上時聞杜鵑。'書未畢，爲軍騎催行。後人續之云：'三千宮女昔花貌，妾最嬋娟，此去朝天，只恐君王寵愛偏。'花蕊見宋祖，猶作'更無一箇是男兒'之句，焉有隨昶行而書此敗節之語乎？續之者不惟虛空架橋，而詞之鄙，亦狗尾續貂矣。"此則考辨可謂言之有據，邏輯清晰。

　　考釋書名。探究書名由來，實與創作原委有密切關係，或與本書真僞相關，不可小視。關於《瑯嬛記》書名，毛晉跋《津逮》本曰："前人著書，多取名於本册中。如席夫所輯三卷，首載張茂先至瑯嬛福地，歷觀奇書，因名《瑯嬛記》。"宋周必大編《玉蘂辨證》一卷，毛晉曾於崇禎間刻入《津逮秘書》中，其考辨書名甚當，跋曰："周益文忠公雜著二十餘卷，獨此卷辨證名花，真堪與六一居士《牡丹譜》並傳。第唐昌觀之玉蘂，至唐始著，而揚州后土祠之瓊花，漢延元間祠，祠因花而有封號，則其由來甚遠，何不云《瓊花辨證》，乃云玉蘂，豈避瓊爲赤玉耶？其中猶有未詳者，如首載嚴休復詩，實詠長安業安坊仙游故事，其本集題作楊州唐昌觀，謬哉。劉杳稱爲梧汁可作酒，似又一種。端伯呼爲瑒，何如容齋呼爲米囊名稍佳也？若山谷所云山礬，意即野人所云鄭樹，土人所云八仙花，故江南野中多有之，安得輕視瓊之無雙，而存疑似之見也？至葛常之謂非玉蘂，則又過爲異同矣。庶幾杜斿《瓊花記》、馮子振《瓊花賦》、單安仁《瓊花辯》，可互證云。"《周髀算經》，毛晉跋《津逮》本云："惟《周髀筭經》二卷，尚未湮滅。但命名之義，或云周公受之商高，周人志之，故曰周；或云髀者股也，伸圓之周而爲勾，展方之周而爲股，故曰周髀；或云天行健，地體不動，而天周其上，故曰周。其説不倫，余未能駁正，所謂'天文不到，徒窺星漢之高'也。"關於宋毛滂撰《東堂詞》名稱淵源，毛晉跋明末汲古閣刻《宋名家詞》本云："澤民自敘少時喜筆硯淺事，徒能誦古人紙上語。嘗知武康縣，改盡心堂爲東堂，簿書獄訟之暇，輒觴咏自娛，托其聲於《鴛山溪》，如圖畫然。凡詩文畫簡、樂府，總名《東堂集》，盛行於世。昔人謂因《贈瓊芳》一詞見賞東坡，得名果爾爾耶？"宋葛立方撰

《歸愚詞》，毛晉跋其名曰："豈文人平生得力處，至死未能已已耶？其自題草廬曰'歸愚識夷塗，游宦泯捷徑'，故文集與詩餘，俱名'歸愚'。"唐僧釋貫休集名歷來不同，姓名亦有誤認。毛晉考曰："貫休集名不一，卷次亦不倫。計氏云：《西岳集》十卷，吳融爲之序，蓋乾寧三年編於荆門者也。或又云《南岳集》，謂曾隱跡南岳也。馬氏云：《寶月詩》一卷。未知何據。其弟子曇域於僞蜀乾德五年編集前後歌詩文贊，題曰《禪月集》，重爲之序，誚吳序或以文害辭，或以辭害志，或以誕飾饒借，殊不解休公意也。宋人相傳凡三十卷，余從江左名家大索十年，僅得二十五卷。其文贊及《獻武肅王詩》五章章八句，俱不載，不無遺珠之憾。今略補一二於後。又工書，人號姜體，以其俗姓姜也。不知者指爲姜白石，何異章草緣章帝得名，誤稱章氏草書耶？"毛晉故署爲《禪月集》二十五卷。

　　考訂僞作。古人之作在流傳中常常會出現一作多人的現象，故確定究竟爲誰作就是一個非常重要的問題。詩詞短小，容易誤入他集，這種情況最多。例如，毛晉在整理宋杜安世《壽域詞》時，發現同一首《折紅梅》，作者竟有三人之多。其跋《宋六十名家詞》本曰："本集載《折紅梅》一首，龔希仲又謂是吳中丞《紅梅閣詞》，紀之甚詳。吳感字應之，以文章知名。天聖二年省試爲第一，又中九年書判拔萃科，仕至殿中丞。居小市橋，有侍姬曰紅梅，因以名其閣。嘗作《折紅梅》詞，曰：'喜輕澌初泮，微和漸入，芳郊時節。春消息，夜來陡覺，紅梅數枝爭發。玉溪仙館，不是箇尋常標格。化工別與一種風情，似勻點胭脂、染成香雪。重吟細閱，比繁杏夭桃，品流真別。只愁共彩雲易散，冷落謝池風月。憑誰向説。三弄處，龍吟休咽。大家留取，倚闌干，聞有花堪折，勸君須折。'其詞傳播人口，春日群宴，必使倡人歌之。吳死，其閣爲林少卿所得，兵火前尚存。子純，字晦叔，文行亦高，鄉人呼爲吳先生。楊元素《本事集》誤以爲蔣堂侍郎有小鬟，號紅梅，其殿丞作此詞贈之。可見詩詞名篇互淆者甚多，同時尚未能析疑，何況千百年後耶？"如果針對某集而言，他集亦載，則需要辨析考證，而如確定非其所作，則實際上就是僞作。

　　古代僞作有兩種情況，一是無意誤成，這種現象較爲普遍。由於古人傳授知識或引用他書時多憑記憶，因而這種現象屢見不鮮。毛晉在刻書中，每書必讀必考，從中發現很多誤入他人之作。如宋洪瑹撰《空同詞》一卷，毛晉發現混入連可久之作，跋曰："既讀《空同詞》一卷，真真如游金張之堂，而攬嬙施之袂，宜《花菴》全錄之。但卷尾《清平樂》一闋，是連可久作。可久十二歲時，其父攜見熊曲肱，適有漁父過前，命陳詞，援筆立成，四座嘆服，後果爲江湖得道之士，何竟混入耶？"遇有此種情況，毛晉的做法是刪去，並在題跋中指出。如毛晉跋明末汲古閣刻《宋名家詞》本《東坡詞》云："東坡詩文不啻千億刻，獨長短句罕見。近有金陵本子，人爭喜其詳備，多渾入歐、黃、秦、柳作，今悉刪去。"毛晉跋明末綠君亭刻《詩詞雜俎·三家宮詞》本《王建宮詞》一卷云："余閱王建《宮詞》，輒襍以他人詩句。如'奉帚平明金殿開，暫將紈扇共徘徊。玉顔不及寒鴉色，猶帶昭陽日影來'，此王少伯《長信秋詞》之一也。'日晚長秋簾外報，望陵歌舞在明朝。添爐欲爇熏衣麝，憶得分時不忍燒'；'日映西陵松柏枝，下臺相顧一相悲。朝來樂府歌新曲，唱著君王自作詞'，此皆劉夢得《魏宮詞》也。'淚盡羅衣夢不成，夜深前殿按歌聲。紅顔未老恩先斷，斜倚熏籠坐到明'，此白樂天《後宮詞》之一也。'新鷹初放兔初肥，白日君王在內稀。薄暮午門臨欲鎖，紅粧飛騎向前歸'；'黃金桿撥紫檀槽，絃索初張調更高。盡理昨來新上曲，内官簾外送櫻桃'，此皆張文昌《宮詞》也。'銀燭秋光冷畫屏，輕羅小扇撲流螢。天街夜色涼如水，臥看牽牛織女星'，此杜牧之《秋夕》作也。'聞吹玉殿昭華琯，醉打梨園縹蒂花。千年一夢歸人世，絳縷猶封繫臂紗'，此又杜牧之《出宮人》之一也。意宋南渡後，逸其真作，好事者撼拾以補之。余歷參古本，百篇具在，他作一一刪去。"宋程垓撰《書舟詞》一卷，毛晉所用底本混入蘇軾之作，遂檢出刪正，其跋曰："正伯與子瞻，中表兄弟也，故集中多混蘇作。如《意難忘》《一翦梅》之類，今悉刪正。"當然，如非本集之作，而他集不載者，則入他集。如《夢窗詞稿》四卷，毛晉先得丙、丁兩稿，並刊梓行世，後得甲乙兩稿，但"錯簡紛然，如'風裏落花誰是主'，此南唐後主亡國詞讖也。'無可奈何花落去，似曾相識燕歸來'巧對，晏元獻公與江都尉同游池上一段佳話，久已耳熱，豈容攘美？又如秦少議'門外綠陰千頃'、蘇子瞻'敲門試問野人家'、周美成'倚樓無語理瑤琴'、歐陽永叔'佳人初試薄羅裳'之類，各入本集，不能條舉。但如'雲接平岡''對宿煙收'諸篇自注附某集者，姑仍之，未識誰主誰賓也。"毛晉跋明末汲古閣刻《宋名家詞》本《六一詞》云："凡他稿誤入，如《清商怨》類，一一削去。誤入他稿，如《歸自謠》類，一一注明。然集中更有浮艷傷雅，不似公筆者，先輩云：疑以傳疑可也。"對於互著者，一一註明；疑而無徵者，則存疑待考，亦不失爲一法。從中可見毛晉於編校時，一一校核是否本作，且進行有序處理，其嚴謹負責之精神可敬可佩。

　　二是有意託名僞造古書。這種現象可謂由來已久，至漢代今、古文經學出現，僞書亦伴隨而生，並逐漸增多。唐劉知幾《史通·因習》云："而揚雄撰《蜀記》，子貢著《越絶》，虞裁《江表傳》，蔡述《後梁史》，考斯衆作，咸是僞書，自可類聚相從，合成一部。"明胡應麟《少室山房筆叢·經籍會通二》："余意欲取此類及緯候等書，《亢倉》《鶡冠》等子，總爲僞書一類，另附四部之末。"可見對僞書的整理編目早已開始。汲古閣刊印如此海量之書,自然亦要遇到僞書問題。《四庫全書總目》云:"晉家富藏書,又所與游者多博雅之士,故較他家叢書去取頗有條理,而所收近時僞本如《詩傳》《詩説》《歲華紀麗》《瑯嬛記》《漢雜事秘辛》之類,尚有數種。"①因清代考據學繁榮,辨僞學發展到清初時已比較發達,但在明末毛晉時尚有很多僞書並未發現。毛晉憑藉一己之力,雖有所辨釋,仍有不少未能辨明,故而招致四庫館臣批評。但是細研發現,毛晉仍然對有些僞書進行考辨,如《詩傳孔氏傳》,舊題孔子弟子端木賜所撰,《津逮秘書》第一集收錄此書時,總目題"子貢詩傳",正文卷端題"詩傳孔氏傳",次署"衛端木賜子贛述",但毛晉提出了質疑。卷末載毛晉跋曰:"秦焰之餘,《易》以卜筮而傳,《詩》以諷誦而傳,《書》以藏壁而傳。始信三經與莨墜相終始,殆聖而不可知之之謂神耶? 若子夏《詩序》,子貢《詩傳》,載在竹帛,非叶於管絃者,豈亦有神物護持至今耶? 但《詩序》先儒辯論紛紛,未聞有詳覈《詩傳》者。或因宣聖'可與言詩'一語,後人附會其説而作是傳,亦未可知……余亟依其釋文授梓以傳,其真贋未敢臆決,姑俟博雅君子。"通過對比子夏《詩序》與子貢《詩傳》,前者流傳頗廣,先儒辯論紛紛,而後者則《漢志》《隋志》《崇文總目》等皆不見著錄,因而懷疑可能是後人附會孔子"賜也,始可與言詩已矣! 告諸往而知來者"之語,而偽託子貢所作,從源流統緒上對其提出質疑,恰與胡應麟所言契合。胡氏云:"凡核偽書之道,核之《七略》以觀其源,核之群志以觀其續,核之並世之言以觀其稱,核之異世之言以觀其述,核之文以觀其體,核之事以觀其時,核之撰者以觀其托,核之傳者以觀其人。核茲八者,而古今贋籍亡隱情矣!"②胡氏明確了考定僞書的八大方法或原則,實可歸納爲從傳授統續上辨別與文義內容上辨別兩個方面。毛晉深諳其道,辨此書是從書籍來源上提出質疑。事實上,此書係明代豐坊所作,入清後毛晉爲師錢謙益所撰《列朝詩傳》豐坊小傳云:"存禮(豐坊字)高才博學,下筆數千言立就,於十三經皆別爲訓詁,鉤新索異,每託名古本或外國本。今所傳《石經大學》《子貢詩傳》皆其偽撰也。"遺憾的是,毛晉尚未能進一步深入考證,直到後來始有發現。

　　糾正誤説。古籍流傳中,常有誤説,毛氏刊印古籍自然亦要遇到。毛晉或通過分析作品或廣引史料,或以集中內證予以更正。如汲古閣刻《唐人六集》本《鮑溶集》,《崇文總目》疑即《鮑防集》,毛晉跋曰:"余讀南豐曾氏敘略云'《崇文總目》與史館書,俱疑《鮑溶集》爲《鮑防集》'。余甚不解,鮑

　① (清)永瑢等撰:《欽定四庫全書總目》卷134,中華書局1965年版,第1138頁。
　② (明)胡應麟:《四部正訛》(下),《少室山房筆叢》本,中華書局1958年版,第423頁。

防字子慎，襄州襄陽人，工詩，與中書舍人謝良弼友善，時號鮑謝。其列傳甚核，但《藝文志》不載集名，今亦罕傳。其所著《雜感》一篇，洵切當也。代宗時中外轟傳，以御史大夫歷福建江南，嘗與謝良輔十二人分《憶長安》十二詠，與嚴維十二人分《狀江南》十二詠，又與吕渭十四人中元聯句，皆在江南時事也。詠江南而憶長安，其意可見矣。諸詩昭昭可考，並未渾入溶集。況敏夫亦子固同時人，分别紀載防、溶兩人事，亦昭昭可考，姑附卷末，以析曾敘之疑。後之讀者存而不論可也。"毛晉跋汲古閣刻本唐釋貫休《禪月集》云："時貴戚同座，休公欲諷之，作《公子行》，貴倖皆不悦。先是錢鏐自稱吴越國王，休公以詩投之，有'一劍霜寒十四州'之語。鏐令改爲'四十州'，乃可相見。休曰'州亦難添，詩亦難改。孤雲野鶴，何天不可飛？'乃入豫章之西山，後入蜀。此事見《釋氏通鑑》，《唐詩紀事》亦然。惟《高僧傳》云獻詩甚愜王旨，遺贈亦豐。復考《吴越備史》暨錢氏功臣碑，則知贊公之説謬矣。"唐末五代時期，吴越國時據兩浙之地，號稱十四國。此爲糾正贊公之誤説。毛晉跋宋周紫芝《竹坡詞》三卷，發現其中"《減字木蘭花》一調，誤作《木蘭花令》"，於是加以釐正。

　　以上這些釐訂考誤，是毛氏建立在廣泛掌握、充分閲讀大量相關文獻基礎上所作的探究，消除了諸多疑點，解決了諸多問題，爲讀者閲讀此書掃清障礙，極有學術價值。同時也説明毛晉嚴謹、完備的編輯思想。當然，這類書跋由於篇幅短小，多未展開，有些僅是點到爲止，精詳不足，考述不謹，不似胡震亨、戈汕、錢謙益等序跋，皆長篇敘考，洋洋灑灑。但這恰恰是毛氏書跋的特點。汲古閣刻書具有很高的學術性，流露出濃厚的治學氣息，這與一般的坊間刻書有絶大不同，其標志之一就是刻書題跋。坊本很少撰跋，而汲古閣本卷後或卷首多撰有題跋。這些題跋大多是刻書主人毛晉或毛扆、毛表所撰，且多聘請名家以行草手寫上版，特别醒目。這些與原書緊密聯繫的題跋，是研究汲古閣本最爲直接的材料，充分體現了毛氏收藏、刻書、校書的理念，以及編輯思想、原則與具體做法等，同時亦揭示出毛氏嚴謹的治學精神。

三、編刊源流

　　關於首次輯刊毛晉題跋的情况，國家圖書館藏有兩部汲古閣刻本《題跋》、上海圖書館藏一部汲古閣刻本《題跋續集》，通過比對可以見出題跋編刊原委。國圖所藏一部爲不分卷本（16691），卷首依次有王象晉《引》、崇禎仲春陳繼儒《敘》、夏樹芳《毛子晉諸書跋語題詞》、胡震亨《毛子晉諸刻題跋引》、崇禎六年李轂《敘》、孫房《敘言》、天台摩訶衍人正止《跋引》，次爲"題跋目録"，共收一百一十篇，卷端首題"題跋"，次行下署"海虞毛晉著"，首篇低二格題"跋唐人選唐詩"，正文頂格。半葉十行，行十九字。版心黑口，單黑魚尾下題"題跋"及葉次，下鐫"汲古閣"。據王象晉《引》末署"題於海虞公署之恒足堂"，其於崇禎二年(1629)至崇禎七年(1634)任職參政道，督蘇、松四郡糧儲，爲當地高官，駐節常熟，自然爲毛晉《題跋》作序亦在此時，期間所著《二如亭群芳譜》曾委託毛晉刊梓，毛晉並撰小序。又據李轂跋云："予讀其書，必録其跋，積有若干則，山居寡歡，輒以披對，如親串。昔太史公作《史記》，著有《論贊》，讀《論贊》而紀傳之意備矣。予謂不及讀汲古全書者，請讀其跋語可乎？然即其所刻種類之後先爲纂集，略無詮次也。海内氣類有同予好者，於此可以窺子晉之一斑矣。"跋於崇禎六年(1633)，可知最初《題跋》一卷本實由李轂輯録於是年，並由汲古閣刊梓行世。再者從所録跋文創作時間及刊本時間上來看，所收皆爲崇禎六年(1633)以前的。如刊於天啓間的《渭南文集》《劍南詩藁》《詩詞雜俎》《陶靖節集》，刊於崇禎元年的《唐人選唐詩》、崇禎二年的《唐詩紀事》、崇禎三年的《南唐書》，以及崇禎早期的《三唐人集》《五唐人詩集》，《宋六十名家詞》《元人集十種》《津逮秘書》部分崇禎早期刻本等等。故此可定其爲明崇禎六年汲古閣刻《題跋》不分卷本或一卷本。但《題跋》在流傳中，亦有失去李轂序者(見下)，而且卷首諸序由於都是單葉獨立刊梓，故常有順序不一者，蓋亦裝訂時所致。

　　國圖所藏另一部爲《題跋》二卷(A00410)，卷首依次有錢謙益、陳繼儒、王象晉、胡震亨、夏樹芳、摩訶衍人正止、孫房序言七篇，無李轂序，其中錢謙益所跋時間爲崇禎十二年。次爲"題跋目録"，卷端首題"題跋一卷"，次下署"海虞毛晉著一名鳳苞"，第三行篇題低二格題"跋唐人選唐詩"，正文頂格。次爲"題跋二卷目録"，共收四十二篇，正文卷端首題"題跋二卷"。與不分卷本相較，兩本相同之處有：卷首諸家序中，雖次序不同，錢謙益序與李轂序一入一出外，其餘皆同，字體排版完全一致。第一卷篇目、内容文字以及字體、版式、版心悉同不分卷本。第二卷行款與第一卷完全相同。其不同爲：兩卷本增加了第二卷，並將卷端題名改爲"題跋一卷""題跋二卷"，次下署名中增加小字"一名鳳苞"。顯然，汲古閣刻成"題跋二卷"後，將兩卷合併，卷端所題亦相應增加序號"一卷""二卷"。再從《題跋》第二卷所載篇目來看，所收皆爲崇禎十二年以前的刻本，如崇禎十一年刻本《元人集十種》，甚至崇禎六年的《洛水詞》《句曲外史集》及更早的綠君亭刻本《浣花集》等，最晚的是崇禎十二年的《松陵集》《毛詩草木鳥獸蟲魚疏廣要》，而自此之後的未收,甚至包括刊於崇禎十二年的《唐人八家詩集》《丁卯集》諸跋未收録,刊於崇禎十三年的《華嚴懺儀》《芝山雲薖集》等七種、崇禎十四年刻本《周易本義》《元四大家》《四書六經讀本》、崇禎十五年刻本《姚少監詩集》諸跋均未收録。錢謙益跋文時間爲崇禎十二年,這與入選題跋時間下限完全一致,説明錢跋就是爲《題跋》第二卷而作。因此有充足理由相信《題跋》第二卷刊刻時間應在崇禎十二年。以上兩卷合收一百五十二篇。

上海圖書館藏有一部《題跋續集》一卷(792120)①,卷首依次載有雷起劍、徐波、林雲鳳、殷時衡四家題跋,次有目録,卷端題"題跋續集目録",共三十八篇,次行題"卷之一",正文卷端題"題跋續集卷之一",版心上魚尾下亦題"卷之一",次行下題"海虞毛晉著一名鳳苞"。正文實載五十三篇,另有十五篇目録不載,皆在第三十八篇之後,蓋目録殘缺佚去。篇目命名上與《題跋》不同,《題跋》均以書名命名,而《續集》多以姓+字命名,且首字必有"跋"字,如"跋晁无咎題跋""跋黄魯直題跋"等,亦有用書名者,如"跋孔子家語王肅注",對總集或作者較多者,徑稱書名,如"跋史記索隱""跋花間集"等,但數量較少。凡一書多跋者,皆在次跋上加標題"又",以此隔開,《題跋》無此字。可見《續集》在體例上有所調整,更突出了書寫對象與文體特徵。其中徐波、殷時衡跋作於崇禎十五年(1642),林雲鳳跋作於崇禎十六年。徐波跋云:"子九業有書癖,遍萃古本并未刊之書,一一鏤而傳之。其題跋亦自成編。牧翁一序,足解人頤。續刻復百什餘種,跋如其數……"顯然是針對《題跋續集》而言。再者,就所收題跋撰寫時間(見原書題跋末署時間),皆在崇禎十六年以前。故可定其《續集》刊於崇禎十六年。從卷端所題"卷之一"來看,應該還有第二卷、甚或第三卷,但上圖藏本僅存此第一卷。是上圖藏本佚去第二、三卷?抑或第二卷及其以後未編刊?目前尚未可知,如是前者,當俟訪求。由上亦可看出,上圖藏本實際上是一個獨立的《續集》本。從時間上看,《題跋》一卷與《題跋》二卷相差至少六年,而《續集》又在十年之後,故三集雖字體秀雅精緻,皆爲細筆小楷,細細比較,字跡仍有不同,顯然非一時一人寫刻。至此,由於《題跋續集》被發現,可以進一步理清汲古閣編刊題跋的原委過程,三次刊梓分别在崇禎六年、十二年、十六年,共收二百零五篇。因《續集》本題"卷之一",當有卷二甚至卷三,但今未見。此外,《續編》本卷首四家序跋,再次對毛晉題跋的特點、貢

① 錢大成《毛子晉年譜稿》之"順治十六年己亥六十一歲"條云:"《隱湖題跋》二卷《續集》一卷,汲古閣刊本、《稽瑞樓書目》《恬裕齋書目》《虞山叢刻》重刊本、《孝慈堂書目》刊本作汲閣題跋。"《國立中央圖書館館刊》1947年第1卷第4號。

獻及編刊原委進行了介紹；卷中共四篇《申培詩説》《羅昭諫甲乙集》《丁卯集》《魏鶴山題跋》，其汲古閣刻本今查均未録；《續集》所有題跋，均對原書進行校改，有的則是大幅度修改，如《史記索隱》，比原書又增加近二百字的校勘實例。因此《題跋續集》價值不可小覷。

　　當然，因《題跋》刊印較早，故崇禎末及入清後刊跋皆未能收録，因此所謂"定本"僅是相對而言。又據胡震亨《引》曰："子晉既刻其所藏書若干種，各爲之題辭行世矣。"再者從跋篇目及内容來看，所收皆爲刻書題跋，不含藏書題跋及其他題跋。因此存世《題跋》三卷實際上是毛晉中年亦即四十四歲之前的刊書題跋。但由於這一時期刻書甚多，三次輯刊仍有未收之跋，而其他藏書、讀書類題跋則更未涉及。

　　1915 年至 1919 年間，丁祖蔭輯刊《虞山叢刻》，將《題跋》二卷收録其中。其卷首依次有陳繼儒敘、崇禎六年李穀敘、孫房敘言、夏樹芳題詞、王象晉引、胡震亨跋引、天台摩訶衍人正止跋引七篇，未收錢謙益序。次爲首卷目録，首卷題作"隱湖題跋"，次署"海虞毛晉著"，正文卷端亦題"隱湖題跋"；次卷首有目録，卷端署"續跋目録"，正文卷端題作"隱湖題跋卷二"。收録篇數没有變化。因是重刻，行款已改爲半葉十三行，行二十四字。但與汲古閣本相較，一是缺少錢謙益跋，當所據底本亦無；二是出現不少異文，如汲古閣本《題跋》之《跋竇氏聯珠集》"清冷逆旅秋"之"冷"，《虞山叢刻》本誤作"涼"；同跋"御爐香焰暖"之"焰"，《虞山叢刻》本作"燄"，屬於異體字；汲古閣本《題跋》之《國秀集》"景文氏僅僅覓之夕陽亂流中"之"之"後，《虞山叢刻》本衍一"於"；等等。由於《題跋》傳本較少，至今流傳不廣，《虞山叢刻》成爲民國時期的通行本，影響甚大。但《虞山叢刻》所收僅是《題跋》二卷，上圖藏本《題跋續集》一卷未收。

　　近人潘景鄭於 1949 年以前又廣爲搜集，補輯九十七篇，共得二百四十九篇。1958 年，古典文學出版社和中華書局上海編輯所據潘氏所集，以《汲古閣書跋》之名出版，潘氏撰序置於卷首。2005 年，上海古籍出版社又予重印。卷首依次有錢謙益《隱湖毛君墓志銘》、榮陽悔道人《汲古閣主人小傳》、《常昭合志稿·毛晉傳》及陳繼儒、李穀、孫房、王象晉、胡震亨、摩訶衍人正止、夏樹芳序，未收錢謙益序。從收録題跋種類上，不限於刻書，還有藏書、鈔書、校書及鈔書類題跋，遠比《題跋》豐富。從作者上，除毛晉之作外，又增加其子孫如毛表、毛扆、毛綏萬三人。從篇數上，在增補的九十七篇中，有六十九種爲毛晉所撰，二十八種爲其子孫所撰。《汲古閣書跋》是目前收録毛氏題跋最多的本子。潘景鄭《序》云"毛晉自刻《隱湖題跋》，丁祖蔭重刊入《虞山叢刻》中"，但並未交代所據底本。校勘發現，凡《虞山叢刻》本與

《題跋》之異文者,《汲古閣書跋》均同《虞山叢刻》,而與《題跋》不同。如明末崇禎間汲古閣刻《津逮秘書》本《老學菴筆記》,毛晉跋"秦會之殺岳飛於臨安獄中"之"會",《題跋》作"会",《虞山叢刻》本作"檜",《汲古閣書跋》亦作"檜";明末崇禎間汲古閣刻《津逮秘書》本《續詩話》毛晉跋"每每借詩文托褒刺"之"托",《題跋》同,《虞山叢刻》《汲古閣書跋》皆作"託";明末崇禎間汲古閣刻《津逮秘書》本《詩品》毛晉跋"謂表聖之言"之"謂",《題跋》同,《虞山叢刻》《汲古閣書跋》皆作"爲";明末崇禎間汲古閣刻《津逮秘書》本《誠齋雜記》毛晉跋"以公同耆"之"耆",《題跋》同,《虞山叢刻》《汲古閣書跋》皆作"嗜";等等。《虞山叢刻》《汲古閣書跋》均未收錢謙益跋。這説明:所用底本爲《虞山叢刻》本。當然《虞山叢刻》本誤者,《汲古閣書跋》亦沿其誤。潘氏爲何以《虞山叢刻》本爲底本,而不取原汲古閣刻本《題跋》? 或因前者易得之故,而國圖藏《題跋》二卷與上圖藏《續集》本皆因未見而未用之。

　　二十世紀八十年代,南京圖書館館員潘天禎在《汲古閣書跋》基礎上,輯得毛扆書跋四十一篇,連同《汲古閣書跋》中的二十六篇,總得毛扆跋六十七篇,另輯得僞跋三篇,總編爲《毛扆書跋零拾(附僞跋)》,收録於《潘天禎文集》①中。潘氏所輯由於多爲間接迻録,故間有與原文不同或誤録者。

　　至此,我們對汲古閣毛氏書跋之編刊源流可作一清晰梳理:初由李毂輯録毛晉刻書《題跋》一卷,由汲古閣刊於崇禎六年;其後毛氏又補輯一卷,合成二卷,並於崇禎十二年由汲古閣刊行;至崇禎十六年再刊《續集》。民國間,丁祖蔭將二卷本重刻入《虞山叢刻》。其後潘景鄭據《虞山叢刻》所載擴編爲《汲古閣書跋》,數量遠逾底本,但兩者皆未用《續集》本。今人潘天禎則專輯毛扆跋,所獲甚豐。自李毂至潘天禎,歷經三百五十餘年,在這一搜集、整理、編刊過程中,毛氏序跋輯録漸多,同時亦產生不少異文。

四、輯　録　整　理

　　汲古閣刻本《題跋》二卷是李毂、毛氏將毛晉書跋輯録並梓行的,所據自然是原書。然經與原書之跋相較,已有諸多不同:一是篇名有變化,有的與原書卷端所題有區别,如原書卷端題"遺山先生詩集",《題跋》改作"遺山詩集",使用簡稱。古代文論史上有兩部《詩品》,卷端均題"詩品",爲區别兩者,毛晉將鍾嶸的改作"鍾仲偉詩品";將司空圖的改作"表聖詩品"。唐

---

① 上海科學技術文獻出版社 2002 年版。

李翱撰《李文公集》，卷端題作“李文公集”，《題跋》改作“李習之集”。李翱，字習之，毛晉取其字以命集名，以與他集一致。

　　二是刪去卷末所署題跋時間、籍地及姓名。原書所載書跋卷末幾乎都有籍地及署名，有的還有時間及撰寫場所，但編入《題跋》時全部刪去。如明崇禎元年（1628）汲古閣刻本《唐人選唐詩》八種，毛晉共撰總序及八篇跋，皆署時間，《題跋》悉數刪去。明崇禎五年（1632）汲古閣刻本《唐詩紀事》卷末署“崇禎歲在玄默涒灘陽月下浣，海虞毛晉識”，綠君亭本《陶靖節集》卷末署“天啓乙丑孟秋七日，東吳毛晉子晉識”，汲古閣《津逮秘書》本《芥隱筆記》卷末署“崇禎庚午花朝後五日，湖南毛晉記於虎丘僧寮”等等，皆刪去。意者毛氏當時或以爲這些尾署並不重要，爲求整齊劃一，始作如此處理。但這些刪掉的文字，在今天看來，對於交代撰著背景及毛氏的日常活動軌跡非常重要。

　　三是文字校改或校刊疏誤，有的則是在刊入《題識》時有意修改，包括四種情況。

　　其一，有些是異體字或繁簡字，並不影響字義。如明末崇禎間綠君亭刻《津逮秘書》本《洛陽伽藍記》毛晉跋“以寓其褒讥”之“褒讥”，《題跋》作“褒譏”。《津逮秘書》本《後村題跋》毛晉跋中“匄”字，實爲“丐”的異體字，《題跋續集》改作正字“丐”。明末崇禎間汲古閣刻《津逮秘書》本《紫薇詩話》毛晉跋“陳后山”之“后”，《題跋》作“後”。這種情況不少。其二，有些字統一改過，如原跋“余”字，《題跋》皆改爲“予”，“鈔”多改爲“抄”、“于”多改作“於”、“邪”多改爲“耶”，等等。其三，有些是刪改個別字，如明末崇禎間汲古閣刻《津逮秘書》本《搜神記》毛晉跋“子不語神，亦近于怪也”之“亦”，《題跋》刪去。如《津逮秘書》本《竹屋癡語》，毛晉跋原刻“陳造序云”之“序”，《題跋》作“敍”；本跋原刻“周、秦之詞”之“詞”，《題跋》作“流”，等等。有些原本之誤，《題跋》刊入時作了校改。如毛晉跋《唐人選唐詩》本《極玄集》“此皆詩家鵰射手也”之“鵰射”，《題跋》改作“射鵰”，是，《虞山叢刻》《汲古閣書跋》皆從之。《津逮秘書》本《水心題跋》，毛晉跋：“茲集所載陳秀伯、張聲之隱蹟洎《進故事》《義役》數條，無婢李肇《國史補》云。”原書跋“婢”，《題跋續集》改作“媿”，案上下文，的是。《汲古閣書跋》又誤作“神”，亦未改過。毛晉跋《宋六十名家詞》本《小山詞》“晏氏父子具足追配李氏父子云”之“具”，《題跋》改作“真”，是，《虞山叢刻》《汲古閣書跋》皆從之。毛晉跋《宋六十名家詞》本《竹山詞》“子游”，《題跋》改作“少游”，是，《虞山叢刻》《汲古閣書跋》皆從之。但有的校改似有不妥，當然亦有可能是校刊疏忽而致。如明《津逮秘書》本《異苑》毛晉跋“陳仲弓德星可采”

之“星”,《題跋》作“量”,語出《異苑》“陳仲弓從諸子侄,適荀季和父子,于時德星聚,太史奏:五百里内有賢人聚”,“量”或爲形近而訛。《津逮秘書》本《搜神記》毛晉跋“語云:‘叩盆拊瓴,相和而歌,自以爲樂矣’”之“叩”,《題跋》改作“聞”。此句語出《淮南子·精神訓》“今夫窮鄙之社也,叩盆拊瓴,相和而歌,自以爲樂矣”,顯然“聞”字不通。兩字字形差異較大,當有意改之,然却改誤。這些都是新生訛誤。其四,有些是整句或整段校改。有個別作了較大修改,修改後的更加文簡意達,如毛晉跋《津逮秘書》本《六一詩話》:“或云:居士不喜杜少陵詩,今讀其《陳舍人》云云,雖一字,嘆人莫能到,其仰止何如耶? 或又云闌西崑體亦未必然,大率説詩者之是非多不符作者之意。居士嘗”,刊入《題跋》時則改爲“六一居士作詩,蓋欲自出胸臆,不肯蹈襲前人。凡《詩話》中褒譏,亦多與前人相左,非好爲已甚也。其”。毛晉跋《津逮秘書》本《滄浪詩話》云“其《與臨安表叔吳景仙》一書,尤詩家金鍼也”,《題跋》改作“其《與吳景仙》一書,尤集大成,真詩家金鍼也。”毛晉跋《三唐人文集》本《孫可之文集》云:“可之,一字隱之。其爵里始末已署見于自序中。《通志畧》載其《經緯集》三卷,今考其集十卷,乃震澤王守溪先生從内閣録出者,其卷次篇目適符可之本序,真善本也。可之與友人論文書,云:‘某頑朴無所知曉,然嘗得爲文之道于來公無擇,來公無擇得之皇甫公持正,皇甫公持正得之韓先生退之。’及与王霖《秀才書》又云:‘意平生得力真訣,不覺反復自道耳,蘇子瞻謂其不逮持正。’豈定評耶? 湖南毛晉識。”《題跋》改爲:“可之,一字隱之。晁氏云:‘有《經緯集》三卷。’今已不傳,既獲正德間刻本,乃震澤王先生秘閣手鈔也,其序頗詳,凡卷次篇目俱合可之自序,真稱完璧矣。可之與友人論文云:‘嘗得爲文真訣於來無擇,來無擇得之皇甫持正,皇甫持正得之於韓吏部退之。’至與王霖《秀才書》亦云:‘非自信昌黎後一人耶? 蘇長公謂其少遜於持正。’恐未可雌雄云。”足見此跋在刊入《題跋》時,毛晉已做較大修改。《續集》亦然。從中可見毛晉在治學爲文上精益求精、嚴謹細密的特點。

　　總之,《題跋》及其《續集》的删削、增補、校改利弊兼之,有些校改確有可取之處。但删去篇末所署以及改誤、新生訛誤等,皆爲《虞山叢刻》《汲古閣書跋》繼承下來。

　　其後的重刊本《虞山叢刻》儘管絶大部分與底本相同,但細校仍有異文。當然亦有可能因疏忽致誤,有的則屬妄改。如毛晉跋《津逮秘書》本《東觀餘論》云:“長睿嘗與董紫薇貶《集古録》,謂歐陽公文章冠世,不可跂及,大要考校非其所長,直自負此書壓倒永叔矣。”其中“貶”字,《題跋》同,《虞山叢刻》作“編”。《集古録》乃歐陽修自編,而非黄伯思等編,此“貶”乃批評其"大要考校非其所長",即有"貶斥"之意。《虞山叢刻》作"編",並未準確理解毛晉所要表達的意義。兩字音同,或爲疏忽之誤;但字形差異大,亦有可能妄改。再如毛晉跋《唐人四集》本《竇氏聯珠集》云:"《秋砧送包大夫》云:'斷續長門夜,清冷逆旅秋。'其中"冷"字,毛晉跋引不誤,《題跋》同,《虞山叢刻》作"凉",顯誤。類此者尚有不少。這些皆爲《汲古閣書跋》採用下來,以訛傳訛。

《汲古閣書跋》亦有不少新生之誤。如毛晉跋《津逮秘書》本《毛詩草木鳥獸蟲魚疏廣要》曰"右《毛詩疏》二卷,或曰吳太子中庶子烏程令陸璣作也",其中"璣"字,原本及《題跋》《虞山叢刻》皆不誤,獨《汲古閣書跋》誤作"機"。有的《題跋》不載,而爲《汲古閣書跋》補録者,常有訛誤。如毛晉《重鑴十三經十七史緣起》云:"是年,余居城南市,除夕夢歸湖南載德堂……元旦拜母",《汲古閣書跋》"除夕"誤作"朝夕"。"及築簡方興,同人聞風而起","簡"誤作"翁"。毛晉跋《群芳譜》:"孰非含蘤吐蕚,秀造化之精英也"之"秀"字,《汲古閣書跋》誤作"香";"錦洞之天不設"之"洞",誤作"銅";"冥鬱蔭如何之樹,翠矣凌重思之米"之"矣",作"奚"。毛晉跋明末汲古閣刻《宋名家詞》本《壽域詞》"吳感,字應之"之"字",誤作"是"。毛晉跋明末汲古閣刻《宋名家詞》本《知稼翁詞》云:"其居官始末,詳于龔茂良《行狀》、林大鼐《墓誌銘》中。"《汲古閣書跋》"官"誤作"家"。毛晉跋《津逮秘書》本《龍川詞》"殆所稱不受人憐者歟",《汲古閣書跋》脱"者"字。

《汲古閣書跋》間有不識者以"□"標之,如毛晉跋明末汲古閣刻《詩詞雜俎》本《河汾諸老詩》"會合聯句"四字,《書跋》作"□□□□"。毛晉跋《群芳譜》:"張騫略采乎西域"之"采",《書跋》作"□"。這種情況或當時所用底本已缺,或没有識別出來,但無疑給閱讀帶來障礙。原書跋文名與字皆以大小字區分,或正文補注亦小字別之,如毛晉跋《谷音》云"方韶卿鳳、唐玉潛珏、林景熙德暘",《汲古閣書跋》皆用大字,不易辨別名與字。《汲古閣書跋》採用舊式標點,釋讀不便,同時標點亦間有不妥之處,如毛晉跋《津逮秘書》本《樂府古題要解》"吳兢,汴州人,少勵志,貫知經史,方直寡諧。比魏元忠薦其才堪論譔,詔直史館,修國史。"《汲古閣書跋》斷作"吳兢,汴州人,少勵志,貫知經史,方直寡諧比。魏元忠薦其才堪論譔詔,直史館,修國史"。顯然斷句有誤。類似此者尚有不少。此外,《汲古閣書跋》沿襲《題跋》體例,删去卷末所署題跋時間、籍地及姓名等,亦缺失很多信息。總之,《汲古閣書跋》存在問題不少,主要有沿襲之誤,新生之誤,不識者、標點誤等;當然仍有不少跋文未收,作爲通行本,實有補苴完善之必要。

潘天禎《毛扆書跋零拾(附僞跋)》實際上是毛扆題跋的集成之編。截

至目前,該文收録毛扆跋文最多,但亦有訛誤之處。如毛扆跋明崇禎十五年
汲古閣刻清初修印本《大學衍義》,云:“大人喜曰:‘一卷正一字,不爲無功
矣。’”“字”誤作“卷”。“疾亟時,冠帶起坐”,“坐”誤作“作”。“皆切當世
要務”,“世”誤作“時”。“奔擁出關曰”,“關”誤作“笑”,短短二百餘字的
跋文竟有四處迻録之訛。且亦有非毛扆跋而混入者。由於部分跋文委託同
仁所録,屬於間接迻録,故亦間有與原文不合者。

　　以上是針對專輯而言,毛跋所涉各整理本亦間有訛誤。如《中華大典》
本迻録毛跋甚多,幾乎每篇都有異文,其中訛誤不少。毛晉跋《津逮秘書》
本《周髀算經》,《中華大典》本“惟渾天者,近得其情”①之“情”字後衍一
“狀”字。《〈周髀算經圖解〉譯註》②後附毛晉跋,其中“未能較正”之“較”,
《〈周髀算經圖解〉譯註》誤作“駁”,“校”字乃明熹宗朱由校名諱,避作
“較”。“擬擅孝轅、叔祥二翁而析之”之“析”,《〈周髀算經圖解〉譯註》誤作
“折”。再如毛扆跋《算經》七種,其中“字畫端楷”之“畫”,陳國勇編著《周
髀算經》③誤作“書”;“真希世之寶也”,脱“希”。又如毛晉跋《群芳譜》,其
中“取其材者”之“材”,伊欽恒《群芳譜詮釋》④誤作“林”;“客有嘲之”之
“客”,《群芳譜詮釋》誤作“各”;“昨葉何殊”之“昨”,《群芳譜詮釋》誤作
“作”;“蟠紅而顧青”之“顧”,《群芳譜詮釋》誤作“顔”。毛晉跋《津逮秘
書》本《芥隱筆記》云“購宋刻數種”,龔頤正整理本⑤“宋”誤作“宗”。在一
些專門輯録序跋的整理本中,引用毛跋時出現的訛誤更是屢見不鮮。如毛
晉跋《津逮秘書》本《誠齋雜記》云:“因復覓而閲之。凡二卷,所記百二十餘
條。”其中“復”及第一個“二”字,陳昕煒《中國古典小説序跋語篇之互文性
研究》⑥誤作“後”“一”。毛晉跋《津逮秘書》本《東觀餘論》云:“混爲一段,
款銘首尾,無從摸索。”“段”字,《歷代金石考古要籍序跋集録》⑦誤作“長”。
而如《文禄堂訪書記》等書,則訛誤更多。

　　除了毛跋整理中出現的訛誤問題,另一個重要問題是,儘管前人屢次搜
集,但仍有遺漏。毛氏刻書達九百餘種,藏書凡八萬餘册,又鈔書、校書無

① 《中華大典》編纂委員會編纂:《中華大典·數學典·數學家與數學典籍分典》,山東教育
　　出版社 2018 年版,第 29 頁。
② (日)川邊信一:《〈周髀算經圖解〉譯注》,徐澤林、劉麗芳譯注,上海交通大學出版社 2015
　　年版。
③ 廣州出版社 2003 年版。
④ 農業出版社 1985 年版。
⑤ 中華書局 1985 年版。
⑥ 復旦大學出版社 2018 年版。
⑦ 浙江古籍出版社 2010 年版。

數，雖經《題跋》《題跋續集》《汲古閣書跋》《毛扆書跋零拾（附僞跋）》多次輯録，篇數亦有二百九十餘篇。但事實上，毛跋遠遠不止此數。以毛晉於崇禎十一年輯印《元人集十種》爲例，十種詩集均有毛晉題跋，有的則一書多跋，但《汲古閣書跋》却迻録其中十篇，脱四篇。毛晉於崇禎十四年所刻《元四大家詩集》之四篇題跋，《汲古閣書跋》則全部佚去。《題跋續集》五十三篇中，竟有四篇原書未載，等等。筆者因作汲古閣專題研究，在前人基礎上再次對毛氏題跋進行搜輯整理。當然，由於各種原因，有些題跋仍然無法找到，有書目著録者，如汪憲《振綺堂書目》著録“少岳道人手鈔本”李璟、李煜《南唐二主詞》、馮延巳《陽春集》一卷、陳與義《簡齋詞》一卷、韓奕《韓山人詞》一卷合一册，云“末有毛扆朱筆跋”；又著録“（小山堂鈔本）《武林舊事》三册十卷，宋周密撰。自序並録汲古閣舊本二跋。”鈔本今佚不見。毛扆手校鈔本《説文解字繫傳》，據《匪石日記鈔》乾隆五十九年（1794）四月十三日記云：“又觀鈔本《説文繫傳》，毛斧季手校，後有跋語。惜有闕卷，而校之汪刻則大勝。蓋楚金之説，汪刻多删去，此則尚全也。”[1]董婧宸從相關録副本中，輯録出毛扆校語四條。[2] 因此本下落不明，而毛扆跋之進一步詳情亦無從知悉矣。2004 年春季嘉德拍賣品毛鈔本《李群玉詩集》亦載毛晉跋，至今不知爲何人所藏。蘇州西園寺藏有元釋善繼血書《大方廣佛華嚴經》亦有毛晉跋，無由得見，等等。相信隨著思想觀念的開放、閲讀條件的改善，尚未面世的毛跋定會公之於世。

同時，輯録毛跋時發現毛跋之真僞，亦是一個不可迴避的問題。有署名毛氏的，可能是後人僞造。台灣地區圖書館藏一部“明天啓間清稿本”《詩經闡秘》不分卷四册，明魏沖撰，《“中央圖書館”善本題跋真跡》著録有“清毛表、毛扆、丁斌各手跋”，《汲古閣書跋》亦著録爲毛表、毛扆跋。潘天禎《毛表、毛扆師事魏沖質疑》經考證魏氏生卒，“魏沖卒時毛表兩歲多，與毛扆生年相同”“看來只能認爲所謂表、扆‘手跋’‘真跡’不真，他們根本没有師事魏沖的可能，跋文其他内容就不必再分析了。”所論的是。再如國圖藏清初影宋鈔本《漢書》，卷末有跋文，國圖書目數據庫著録爲毛晉跋，經考證非是。有些不署名的更易誤録爲毛跋。如國圖藏汲古閣刻本《臺閣集》一卷（11374），跋文云“甲辰中秋后四日，宋本校於汲古閣下。宋本九行十六字，共計三十二葉。”《藝風藏書續記》卷六著録爲毛扆跋。該書爲傅增湘舊

---

① （清）鈕樹玉：《匪石日記鈔》，《叢書集成初編》本，商務印書館 1939 年版，第 3 頁。
② 董婧宸：《毛扆手校〈説文解字繫傳〉鈔本源流考述》，《民俗典籍文字研究》第 23 輯，商務印書館 2019 年版。

藏，著録爲陸貽典跋，國圖書目數據庫同，《藏園訂補郘亭知見傳本書目》卷
十二"康熙三年陸貽典據宋刊本校。宋本題李嘉祐詩集，九行十六字，共三
十二葉"，《藏園群書經眼録》卷十二亦著録爲陸貽典校跋本。經核對筆跡，
確爲陸氏筆跡。國圖藏一部汲古閣刻本《宋六十名家詞》(06669)，陸貽典、
毛扆、黃儀等校跋，其中有多家將黃儀、陸貽典跋著録爲毛扆跋。如《皕宋
樓藏書志》《静嘉堂秘籍志》《汲古閣書跋》《毛扆題跋拾零》等。還有其他
一些研究著述不加辨析，亦隨之誤録，如佚名編《善本書題輯存》及《宋金元
詞籍文獻研究》等。經仔細辨析，毛扆與黃儀、陸貽典筆跡及題寫習慣等皆
有明顯區别：其一，筆跡字法明顯不同，將毛扆與黃儀之相同位置所跋比較，
毛扆筆畫較厚一些，黃儀字偏柳體，筆跡較細，同字寫法不同，如"校""月"
"日"等等。其二，題識用語習慣不同，黃儀題識末常用"讀""讀訖"，毛扆
則多用"挍"，或不用尾語。其三，黃儀題識多不署名，毛扆多署名"毛扆"
"扆"等，但亦有的不署名，不署名的這一部分容易混淆。其四，時間上不
同，各自有相對一致的校勘時間，參見《樂章集》條注釋。其中一些跋文顯
然非毛扆所撰。

　　另有一些書目著録的亦要分辨。汲古閣本《群芳清玩》中《刀劍録》《鼎
録》《硯史》等，卷首均有手寫上版之小序，《毛晉汲古閣刻書考》著録爲"殆
仍毛氏序"，實非。如梁陶弘景著《刀劍録》，於毛晉刊梓之前，已有如明刻
《廣漢魏叢書》本、明弘治間無錫華氏《百川學海》本等，皆載此小序。諸序
皆不署名，極易誤判。再如《上善堂宋元板精鈔舊鈔書目》著録近五百種，
其中著録汲古閣藏宋元版書三十七種，毛氏藏影宋鈔本和舊鈔本六十六種，
校本三種，共一百零六種，占總目五分之一強。該目是清代私家目録著録毛
氏遺書最多的一家，這就不得不引起我們的注意。其中著録毛晉、毛扆父子
題跋者計有"宋板《周易義疏》二十卷，十行本，缺三卷，馮已蒼鈔補，有毛子
晉跋""宋板《草木鳥獸魚蟲疏》二卷，汲古閣藏本，有錢牧齋、毛子晉跋"
"宋板《張仲景方》十五卷，汲古閣藏本，有毛子晉跋。""宋板《十牛圖》一
本，汲古閣藏本，有毛斧季跋""宋板《孔子弟子先儒傳》十卷，缺二卷半，毛
斧季補鈔，有跋，又有錢牧齋跋""宋板《唐文粹》一百卷，補四卷半元板，汲
古閣藏本，有跋""元板趙岐《孟子》七卷，缺一卷，汲古閣補鈔，有毛子晉跋"
"元板《文章正宗》一部，汲古閣藏本，毛斧季照宋本校過，有跋。""元板《十
三經註疏解》六十本，毛斧季照宋本校，有跋""葉石君手鈔景宋司空圖《一
鳴集》三十卷，汲古閣有跋""祝枝山手鈔《野記》一部，毛斧季跋""景宋鈔
孫光憲《鞏湖編玩》三卷，有毛子晉跋""景宋鈔《寒山拾得詩》一本，汲古閣
有跋""趙凡夫小字篆勾印宋搨石經《論語》十卷，有凡夫自記，錢牧齋、毛子

晉跋”“舊鈔《戲鴻堂藏古書法帖目》三卷,汲古閣跋”“舊鈔《職官分紀》四十卷,錢遵王藏,汲古閣有跋”“舊鈔項子京《萬卷樓書目》二本,汲古閣藏,毛子晉有跋”“舊鈔《天祚承歸記》一卷,汲古閣藏本,有跋。”共十八篇。但據陳偉文《孫從添〈上善堂宋元板精鈔舊鈔書目〉辨僞》①一文考證,此目實爲書賈僞造,所謂毛跋亦自然不可信。

　　書跋的真僞鑒定與辯誤,關乎兩事:一是卷中校勘內容作者究竟爲誰;二是後續研究者在利用這些校記時往往張冠李戴。兹舉一例,國圖藏陸貽典、毛扆、黃儀等校跋汲古閣本《宋六十名家詞》(06669)之《夢窗詞》四稿,其中《夢窗乙稿》卷末毛晉跋後載“五月十二日,讀訖”“辛亥六月廿一日,底本校。”《夢窗丁稿》卷末載“六月二十日校”。《夢窗補遺》卷末載“甲寅五月十三日,讀訖”。四跋皆無署名。《皕宋樓藏書志》卷一百二十著錄《甲稿》爲“毛斧季手校本”,《静嘉堂秘籍志》卷五十著錄同,國圖藏本《甲稿》後無跋,故陸心源藏本亦未錄。然從陸氏所題“毛斧季手校本”來看,其他三集及補遺無疑視作毛扆校並跋。戈載《吳君特詞選》跋曰:“後其子斧季深明其弊,曾求善本重校。今六十一家中,或刻本,或鈔本,自宋至今,尚有流傳……惟夢窗詞則絕無宋本。略有斧季校語,惜不全備。”②可見戈載亦是將其視作毛扆跋。孫虹、陽國梁《吳夢窗詞校勘札記——毛晉本及毛扆校本》③云:“毛扆等校夢窗四稿時,明鈔本尚未行世,毛扆本校語雖然不多,但對於無宋元舊槧留傳的夢窗詞集來説,因所見爲自宋至明的善本,校勘價值亦不言可知。下面也以明鈔本爲參照,對毛扆校語分類縷述”,以下並分三點剖析“整理出脱字、奪字、衍字、錯字”“從韻律的角度校改”“校句”,並舉出具體實例,言必稱“毛扆校曰”,可見該文是將題跋及卷中校記視爲毛扆所作。然經鑒定,“五月十二日,讀訖”“甲寅五月十三日,讀訖”兩條爲黃儀作,其餘兩條爲陸貽典作,毛扆並未校勘此集。以上三家未經勘定即作毛扆,可謂疏漏過甚矣。通過鑒定,還原真相,實事求是,既不没毛氏之功,亦不無謂加功於毛氏,最終爲研究汲古閣毛氏奠定一個客觀真實的文獻基礎。

　　通觀以上,可見毛跋的著錄與整理確實存在不少問題。一方面,《題跋》與原書原跋已有改變與不同;另一方面,尤其是經過《虞山叢刻》《汲古閣書跋》兩次出版後,文字與原書文字、原刊《題跋》有較大出入。而收錄最多的《汲古閣書跋》作爲當下通行本,存在問題頗多,實有必要對其校勘,更

---

①　《古典文獻研究》第 19 輯上卷,鳳凰出版社 2016 年版。

②　(清)戈載:《宋七家詞選》,《曼陀羅華閣叢書》本,清光緒十八年(1892)席氏掃葉山房重刊本。

③　《井岡山大學學報》2012 年第 6 期。

需編輯出一個新的通行本,以滿足當前研究汲古閣的學術需求。筆者經十餘年搜集,共新輯一百一十五篇,加上前人所輯,共得四百零六篇(僞跋除外)。尤其是上海圖書館所藏《題跋續集》一卷,尤爲珍貴,《虞山叢刻》《汲古閣書跋》皆未利用過。同時析出非毛跋者三十篇(含潘文兩篇毛表、毛扆跋《詩經闡秘》)。在編輯本書時,爲釋讀方便,重新制定編序體例。在分類上,《題跋》是按刊梓時間排序,故各書類别上時有竄亂;《汲古閣書跋》大致按四部分類,然小類亦有倒置;同時按作者歸類。本次整理則以《中國古籍善本書目》爲准,分經史子集四大類,小類中以撰者時代先後爲序。同一書有多位作者跋之,按世次先後排序歸爲一類,這樣更有利於研究本書。底本選擇上,皆按原本文字録出,同時出校《題跋》《題跋續集》《虞山叢刻》主要異文,特別是校出通行本《汲古閣書跋》之誤。毛氏書跋涉及書籍、人物、典故、生詞等較多,且與當時刻書、藏書、校書等有密切關係,故加注釋與案語。注釋關注跋文内容本身釋讀,案語則對其書跋之背景、淵源及相關問題進行追蹤調查考釋,以明晰原委,助解原文。本書將校、注、案語合於一體,以期全面、立體、系統深入地注解毛氏書跋,爲學界提供一個較爲齊全、訛誤少的工作用本。

　　汲古閣毛氏通過幾代人努力,創造了豐厚獨特的汲古閣文化,不僅爲後人留下一筆巨大的藏本、刊本、鈔本、校本文獻資源,尚有很多撰述傳世。其中毛氏所撰書跋是其得意之作,是全部著述中一道光彩亮麗的風景線。作爲汲古閣整體研究不可或缺的組成部分,摸清其書跋家底,並加以全面、深入的整理,對推進汲古閣及其相關研究有重要意義,同時對於文體學、藏書史等相關研究,亦當有重要價值。

丁延峰書於曲園小汲古閣

2021 年 11 月初稿

2024 年 1 月改

凡　　例

一、本書所收書跋，主要録自原刻本、原藏本、原校本。録文除特殊難識異體字之外，一律按原字迻録。另有原書不存或未見者，據《藏園群書經眼録》《"中央圖書館"善本題跋真跡》《"中央圖書館"善本序跋集録》等迻録。因《題跋》《題跋續集》《汲古閣書跋》《毛扆書跋零拾（附僞跋）》收録不全，且有删改，如《題跋》《題跋續集》《汲古閣書跋》將卷末毛晉署名及時間等皆删去，《題跋》《題跋續集》乃毛晉編刻出版，又有修訂，已與原作題跋有所不同。故將後出三書及其他著述迻録者作爲校本。

二、凡原文與《題跋》《題跋續集》《汲古閣書跋》《毛扆書跋零拾（附僞跋）》等形成的異文，字義已改變者或其中有意項不同者均出校，凡脱文、倒文、衍文均出校。底本之誤者，仍録之不改，《題跋》《題跋續集》《汲古閣書跋》有所校正者，均出校記。

諱字"挍"均改爲"校"，不再出校。一些多次出現的常用詞，如原跋"余"字，《題跋》《題跋續集》皆改爲"予"，"抄"多改爲"鈔"，"于"多改作"於"，"邪"多改爲"耶"，等等，皆按原文迻録，不再出校。

三、本書按《中國古籍善本書目》四部分類，每類各書按作者、編者時代排序。《汲古閣書跋》按毛晉、毛表、毛扆、毛天回世系排序，本書則同書跋以毛氏世系排序，以方便集中查閱研究。

四、卷首目録及内文目録中，凡不加署名者均爲毛晉，凡加署名者，均爲毛晉子孫。

五、行款按半葉統計。

六、注釋主要對人名、書名、地名、典故、生僻字詞等進行簡釋，對部分紀年亦出注，已爲學界較熟知之人名、書名等不再出注；每條均加案語，主要揭出録文出處、版本及背景，包括録文書名、卷次、撰者，版本包括底本、版本淵源，以及其他相關問題及事跡等。

七、《和古人詩》《和友人詩》《和今人詩》《野外詩》《隱湖倡和詩》《以介編》等録有毛氏多篇序跋，僅取首尾序跋録之，卷中題跋不録。

八、部分多次引用的書目、藏所等，爲節省篇幅，改用簡稱，如《欽定四庫全書總目》簡稱《四庫提要》、《欽定四庫全書》簡稱《四庫》、《直齋書録解題》簡稱《直齋》、《郡齋讀書志》簡稱《郡齋》、《文獻通考》簡稱《通考》等，中國國家圖書館簡稱國圖、上海圖書館簡稱上圖、北京大學圖書館簡稱北大、南京圖書館簡稱南圖、臺灣地區圖書館簡稱臺圖、臺北故宮博物院簡稱臺博等。

《題跋》序跋

敘

陳繼儒

吾友毛子晉，負妮古之癖，凡人有未見書，百方購訪，如縋海鑿山，以求寶藏。得即手自抄寫，糾訛謬，補遺亡，即蛛絲鼠壤、風雨潤濕之所糜敗者，一一整頓之。雕板流通，附以小跋，種種當行，非杜撰判斷、硬加差排於古人者。蓋胸中有全書，故本末具有脉絡。眼中有真鑒，故真贋不爽秋毫。無論寒膚嗛腹[1]之儒，駭未曾有，雖士大夫藏書家李邯鄲[2]、宋宣獻[3]復生，無不侈其博而服其鑒也。故敘而行之。眉道人陳繼儒[4]題於頑仙廬，崇禎仲春二十日燈下。

注：

[1]"寒膚嗛腹"，生活窮苦，難於維持溫飽。寒膚，指因受寒凍而攣縮的皮膚；嗛，空乏，不足。

[2]"李邯鄲"，即李淑（1002—1059），字獻臣，號邯鄲。徐州豐縣人。天聖五年（1027），賜進士出身，曾官集賢校理，參與纂修《宋真宗實録》。景祐元年（1034），與翰林學士張觀、知制誥宋祁等人編《崇文總目》六十六卷。

[3]"宋宣獻"，即宋綬（991—1041），字公垂。趙州平棘人。大中祥符元年（1008），賜同進士出身，累遷户部郎中，權直學士院，累官至兵部尚書兼參知政事。卒諡宣獻。宋綬藏書甚豐，手自校理，至其子宋敏求時藏書益富。著有《天聖鹵簿記》《内東門儀制》《歲時雜詠》《本朝大詔令》等。

[4]陳繼儒（1558—1639），字仲醇，號眉公、麋公。松江府華亭人。諸生出身，自二十九歲起，即隱居小昆山，後居東佘山，閉門著述，工詩善文，書師蘇軾和米芾，擅長墨梅、山水，有《梅花册》《雲山卷》等傳世。著有《陳眉公全集》《小窗幽記》《妮古録》等。

案：載《題跋》卷首，明崇禎六年（1633）汲古閣毛氏刻《題跋》不分卷本，今藏國圖（16691）。

引

王象晉

此海虞毛生諸刻跋詞也。生於書無所不窺，聞一奇書，旁搜冥探，不限近遠，期必得之爲快。然不以秘帳中，而以懸國門。必手自讐較，親爲題評，無憾於心而始行於世。今觀其跋，或剔前人之隱，或揭後人之鑒。或單詞片句，扼要而標奇。或明目張膽，核譌而黜謬。平章千古，會萃百家，用意良已勤矣。倘所謂鶩書成淫、好奇成癖者非耶？每一披閱，擊節賞歎，嘖嘖不忍捨去。因爲題數語而弁之簡端。濟南王象晉[1]題於海虞公署之恒足堂。

注：

[1]王象晉(1561—1653)，字藎臣、子進，又字三晉，一字康候，號康宇。桓台新城人。萬曆三十二年(1604)進士，授中書舍人，官至浙江右布政使。著有《群芳譜》《救荒成法》《保安堂三補簡便驗方》《賜閑堂集》《清寤齋心賞編》《剪桐載筆》等。

案：載《題跋》卷首，明崇禎六年(1633)汲古閣毛氏刻《題跋》不分卷本，今藏國圖(16691)。《陳繼儒全集》卷十一亦載，文末無署名及題時。(上海人民出版社2021年版)

毛子晉諸刻題跋引

胡震亨

子晉既刻其所藏書若干種，各爲之題辭行世矣。友人愛其書，尤愛其題辭，勸子晉盍單行之，於是又有題辭之刻。書之有題辭也，昉劉向較上《敘錄》，以數言言作者著書大意，惟簡質精確爲得體。後世若晁公武《讀書志》、陳直齋《書錄解題》稍近之。若曾子固《諸書錄》，汪洋辨博如序論然，既失之。其他蘇、黃《書傳跋》，寥寥韻致，言取自適，未必盡中于其書，尤去《敘錄》遠矣。今子晉語雖多雋，不爲蘇、黃之佻；辨雖多詳，不爲曾氏之冗。大抵原本晁、陳兩家，以持論爲主，而微傅之綵繢。以合于都水氏序錄[1]之遺，則信可傳者，宜同調之多愛也。世人嗜高文大篇，往往不如其嗜短行小藻，擊節吟咀不能已。雖俗好之偏有然，迺吾謂子晉自雅足當之。友弟海鹽胡震亨[2]識。

注:

[1]"都水氏序録","都水氏"即劉向(前77—前6),曾任護左都水使者。劉向原名更生,字子政。沛郡豐邑人。漢宣帝時,授諫大夫、給事中。累任宗正卿、光禄大夫、中壘校尉。曾奉命領校秘書,撰有《別録》。

[2]胡震亨(1569—1645),字孝轅,自號赤城山人,晚號遯叟,浙江海鹽人。萬曆二十五年(1597)舉人,由固城縣教諭知合肥縣,薦補定州知州、德州知州,擢兵部員外郎。先世業儒,家多藏書,藏書樓名"好古樓"。輯有《唐音統籤》一千零三十三卷。又輯刻《李詩通》《杜詩通》《秘册彙函》,著有《靖康資鑑録》《赤城山人稿》《海鹽圖經》《讀書雜録》等。其中《秘册彙函》爐餘版片售歸汲古閣,毛晉掇拾殘餘,補綴再版。

案:載《題跋》卷首,明崇禎六年(1633)汲古閣毛氏刻《題跋》不分卷本,今藏國圖(16691)。

毛子晉諸書跋語題詞
夏樹芳

子晉居琴川七星橋下,好淫書。中通而貌叡,寓目流覽,輒能濯秀搴靈,津津自立門伐,與賢豪長者揚扢上下,輒喜嘉惠後學,以示來兹。剷劂者肩摩而進,懸之國門,海内悉知有毛氏書云。諸所鐫刻,亡慮數百餘家。上得之金題,下得之醬瓿[1],顯得之傭肆,奧得之橋山,劍鳥之間,一縱一橫,披賞跌蕩。或芟薙其踳駁,或補亡其滲漏,或考躓其贋譌,片語單詞,往往發人所未發。而又按之紀載,弗以聰明小家自逗。觀者一再行,不自知其口噴珠而目流虹也。昔班彪網羅子史,父黨揚子雲以下,咸造其廬。張華好讀異書,天下奇秘皆在華所,一時名宿,若摯虞[2]輩皆資華之善本以取證焉。公能湏洞汲古,傾不資之囊以善世,頓令千秋作者與今時之喆士,窳寐馨欬而磅礴無涯。其藻略也泓,其風澤也遠。咄咄子晉,度越一世無兩矣。延陵友弟夏樹芳[3]識。

注:

[1]"醬瓿",用班固《漢書·揚雄傳》典:"鉅鹿侯芭常從雄居,受其《太玄》《法言》焉。劉歆亦嘗觀之,謂雄曰:'空自苦!今學者有禄利,然尚不能

明《易》，又如《玄》何？吾恐後人用覆醬瓿也。'雄笑而不應。"此處極力讚揚毛晉眼光獨到，能從看似無價值的書裏發現好書。

［2］摯虞（？—311），字仲洽，西晉京兆長安人。舉賢良，拜中郎，累官至衛尉卿。惠帝永興元年（304），從帝至長安。旋流離鄠杜間，入南山。後還洛，官至太常卿。懷帝永嘉中，洛陽荒亂，以餒卒。著有《文章志》《文章流別集》等。明人輯有《晉摯太常集》。

［3］夏樹芳（1551—1635），字茂卿，號習池，別號冰蓮道人，江陰人。幼年家貧，刻苦自學。萬曆十三年（1585），考中舉人，後與母隱居毗山東麓，設塾授課爲業。善詩能文，著有《消暍集》，纂輯《茶董》《玉麒麟》《棲真志》《詞林海錯》等。

案：載《題跋》卷首，明崇禎六年（1633）汲古閣毛氏刻《題跋》不分卷本，今藏國圖（16691）。

跋　引
摩訶衍人正止

文章家取要言不煩、以少爲貴者立三格，曰讚，曰銘，曰跋，皆具體而微。譬諸蜿蜒以分寸之身，頭角四肢，宛然屈信，變化与神龍無異，非所謂小之可以敵大也。夫讚與銘祇擬一人拈一事，面乎形勢，出我剗裁，惟行止自如而已。至若文跋者，則士生千百世之後，而誦讀千百世以前之書，乃神与之游，意與之接，聲心皆與之應和，欲寥寥數語，通部會歸，偶揭一端，從來未發。是非手眼明快，胸次玲瓏，必不能置喙瑜瑕而苴補缺陷，儻當時作者留此餘地，以俟後人成之。不然，何樂贅疣爲也。麟之仁物也，於趾則全麟在趾；麎之引群也，于尾則全麎在尾。典籍之斡旋也，于跋則全經在跋。宋之蘇長公、山谷老人［1］、陸放翁，每每擅斯勝場。我明則鳳洲先生［2］有《讀書後》，近屬吾友毛子晉焉。子晉家類積書巖，凡遘善本而海内所寡者，必梓之，以公同好。既授梓矣，嘗搜剔古人不刊之秘旨、不罄之剩義，綴諸末簡，標如月星，耀若珠貝，令人弗掩卷而興嗟，誠快心矣！漢高帝之撼秦若項也，韓彭蕭曹亦無不偉。然奏績列坐分功，獨婁敬［3］以都關中一節爲喫緊，故不勞弓刀血戰，而賜姓班爵，与諸將埒，何也？敬蓋籌之熟矣。子晉跋書，嘗賤此術，其二十一史中之婁敬也。人其妒之否？謹敘。天台摩訶衍人正止［4］撰於寶月堂。

注：

[1]"蘇長公、山谷老人"，"蘇長公"即蘇軾；"山谷老人"與下文李穀序中"黃涪翁"，皆黃庭堅。

[2]"鳳洲先生"，即王世貞（1526—1590），字元美，號鳳洲，又號弇州山人，南直隸太倉州人。嘉靖二十六年（1547）進士，累官至南京刑部尚書，卒贈太子少保。"後七子"之一。著有《弇州山人四部稿》一百七十四卷。

[3]婁敬，西漢初齊國盧人。本爲齊國戍卒，因同鄉虞將軍引薦，得見劉邦，力陳都城不宜建洛陽，而應在關中。漢高祖七年（前200），出使匈奴，認爲不可擊，劉邦率軍北進，被困白登。解圍後，封二千户，爲建信侯。建議與匈奴和親，並徙六國後裔及强宗豪族十餘萬人至關中。

[4]"摩訶衍人正止"，指明末高僧釋正止，法號衍門，長洲人。崇禎間，住錫常熟智林寺、天龍庵等，時與諸名士有交，爲方外之秀。毛晉知交，多次爲其撰引題序，襄其校讎典籍多部，參刻《嘉興藏》。鼎革後，寄身嘉善水月庵、智證庵等處，與陳子龍、夏完淳、錢士升、錢旃等抗清義士交善。釋正止博學多識，工詩善文。因恪守"詩戒"，故存詩稀少，詩風頗近"竟陵"。

案：載《題跋》卷首，明崇禎六年（1633）汲古閣毛氏刻《題跋》不分卷本，今藏國圖（16691）。

敘　言
孫　房

盖緹緗弗富者，不足訂柳卯之譌[1]；識力不張者，難以悟桃萊之失[2]。慨自簡編雖夥，共秘青箱[3]，間有流行，金根[4]誤改。海内綴學之士，莫不搤擘于兹，思得一充汗之儲，加聞持之慧者，起而仔肩其任，開示後來焉。兼而兩之，竊有人矣。海虞子晉兄者，圖書耽嗜，性莫能遷，雅好既純，奇緣巧集。以是鴻文秘册，皆不脛而前，而蠹嚙鼠餘，更時靈合。豈鬼神逞異，陰相之然，抑歷襪文人，敷斂餘蘊，現身而出也耶？余幸承清翠，見其偶獲一編，則静暢綿宵，頓忘食息。欲流布一集，見其含咀英華，披尋參錯。既徧窮於繙閱，復取斷于文心。歡惜不禁，平章斯在，遂濡筆墨，跋以數言，綴之篇終，供其來葉。積時成帙，彙作鉅觀，使覽者釋疑團而拓陋痼，彈所恨而飫所望。真豎可神契千秋，横可締交九圍矣，非侈語也。敢以見聞，質諸同志。鹿城社弟孫房[5]題于湖南之寶晉齋。

注:

[1]“柳卯之譌”,古大篆“卯”字讀當爲“柳”,古“柳”“卯”同字。

[2]“桃萊之失”,《後漢書·馮衍傳》:“衍遺田邑書曰:内無鉤頸之禍,外無桃萊之利。”章懷太子注云:“案《左傳》謝息得桃邑、萊山,故言無桃萊之利也。且爲‘萊’字似棗,文又連‘桃’,後學者以‘桃’‘棗’易明,‘桃’‘萊’難悟,不究始終,輒改‘萊’爲‘棗’。衍集又作‘菜’,或改作‘乘’,展轉乖僻爲謬矣。”

[3]“青箱”,收藏書籍字畫的箱籠。《宋書·王準之傳》:“曾祖彪之……博聞多識,練悉朝儀,自是家世相傳,並諳江左舊事,緘之青箱。”

[4]“金根”,即金根車,指文字遭謬改。李綽《尚書故實》:“昌黎生者,名父子也,雖教有義方,而性頗暗劣。嘗爲集賢校理,史傳中有説金根車處,皆臆斷之,曰:‘豈其誤歟?必金銀車。’悉改‘根’字爲‘銀’字。”

[5]孫房,字月在,號草座,明末江蘇昆山人。毛晉跋《津逮》本《谷音》云:“予初閲杜伯原《懷友軒記》,喜其孤往風標,倏然雲上。急覓本傳讀之。月在從吳門來,攜得《谷音》二卷,乃伯原所集宋末逸民詩也。”與毛晉倡和交游,《隱湖倡和詩》有載,如崇禎十四年(1641)四月,毛晉與王咸、孫房游京口,各有賦詩。

案:載《題跋》卷首,明崇禎六年(1633)汲古閣毛氏刻《題跋》不分卷本,今藏國圖(16691)。

叙

李　毅

　　叙題跋書,昔人每游戲取勝。如蘇長公、黄涪翁、劉後村[1]諸公,妙處多見於題跋,然不過襲詞賦風流之一派耳。子晉不盡然也。子晉自甲子以來,校刻經史子集及唐宋元名人詩詞,凡二百餘種。每刻必求宋元善本而折衷焉,或爭勝於前哲,或兼俟之後人,輒跋數語於篇終,俾讀者考其世,知其人,非僅僅清言冷語逞詞翰之機鋒已也。予讀其書,必録其跋,積有若干則,山居寡歡,輒以披對,如親串。昔太史公作《史記》,著有論贊,讀論贊而紀傳之意備矣。予謂不及讀汲古全書者,請讀其跋語可乎?然即其所刻種類之後先爲纂集,略無詮次也。海内氣類有同予好者,於此可以窺子晉之一斑矣。崇禎癸酉春,拂水山樵李毅[2]識。

注：

[1]"劉後村"，即宋劉克莊。

[2]李穀，字孟芳，明末常熟人，曾與毛晉等交游倡和。此敘作於崇禎六年癸酉（1633）。崇禎八年乙亥（1635）春，毛晉於寶晉齋後辟一小軒，軒北種植牡丹，李穀與林雲鳳、王僧遠、倪佐諸友方舟見過。毛晉與之賞花吟詠，把酒倡和。

案：載《題跋》卷首，明崇禎六年（1633）汲古閣毛氏刻《題跋》不分卷本，今藏國圖（16691）。

序

錢謙益

子晉家南湖之濱，杜門却掃，以讀書汲古爲事。是正典籍，窮日分夜。朱墨錯互，丹鉛狼藉。讐勘得善本，即付梓人，輒爲標舉其指意，鉤玄纂要，與海內學者共之，兹集則其已行世者也。昔人之著書，以題識著稱者，考核簡質，則無如晁公武之《讀書志》[1]；援據詳贍(1)，則無如董逌《書畫跋》[2]。子晉兹集，簡而能核，詳而有體，庶幾兼晁、董而有之。吕氏有言："善學者如齊王之嗜雞也，必食其跖數千而後足"[3]。此亦子晉之雞跖也已。余老而失學，每思梁人黄妳[4]之語，願以古書爲乳潼(2)，晨夕厭飫，爲還丹却老之藥。今且以子晉之雞跖，爲吾之黄妳，不尤快乎？遂喜而書於卷首。己卯中秋，友生錢謙益[5]書於丙舍之明發堂。

校：

(1)"瞻"，誤，當作"贍"，《牧齋雜著》作"贍"。

(2)"潼"，誤，當作"湩"，《牧齋雜著》作"湩"，乳湩即乳汁。

注：

[1]"晁公武之《讀書志》"，晁公武（1105—1180），字子止，南宋濟州鉅野人。紹興二年（1132）舉進士第，官至吏部侍郎。著有《郡齋讀書志》，分經、史、子、集四部，四十五小類，著錄圖書一千四百九十二部。書有總序，部有大序，多數小類前有小序，每書有解題。

[2]"董逌《書畫跋》"，董逌，字彦遠，北宋東平人。靖康末官至司業，

遷徽猷閣待制,以精於鑒賞考據擅名。著有《廣川藏書志》《廣川畫跋》《廣川書跋》《廣川詩故》等。其中《廣川畫跋》六卷,收題跋一百三十四篇,多考古畫中所畫故事、物象,亦言畫理、畫法。《廣川書跋》十卷,前三卷記述周代以前銅器銘文,第四卷記述秦代銘刻,第五卷記漢代金石銘文及石刻,第六卷記魏晉南北朝至隋代碑帖,第七、八、九卷爲唐代書法家碑帖,第十卷爲五代至北宋書法家作品。

[3]此句語出《吕氏春秋》卷四《用衆》,高誘注:"跖,雞足踵。喻學者取道衆多,然後優也。"後因以"食跖"引爲善學之典故。

[4]"黄妳",又作黄嬭,即書籍。梁元帝《金樓子·雜記上》:"有人讀書握卷而輒睡者,梁朝有名士呼書卷爲黄妳,此蓋見其美神養性如妳媼也。"

[5]錢謙益(1582—1664),字受之,號牧齋,晚號蒙叟、東澗老人,明末清初蘇州常熟人,毛晉師。萬曆三十八年(1610)探花,後爲東林黨領袖。天啓四年(1624),主持纂修《神宗實録》。崇禎元年(1628),任詹事、禮部侍郎,因與温體仁爭權失敗而被革職。明亡後,任南明禮部尚書。順治二年(1645)降清。三年,任禮部右侍郎管秘書院事,充修《明史》副總裁,旋辭官返常熟。著有《牧齋詩抄》《有學集》《初學集》《投筆集》。

案:載《題跋》卷首,明崇禎十二年(1639)汲古閣毛氏刻本《題跋》二卷,今藏國圖(A00410)。《牧齋雜著》之《牧齋外集》卷三收録此序,題"毛子晉題跋序"。

《題跋續集》序跋

跋語續集題辭

雷起劍

　　題跋之體,雕龍者不知。自韓、柳迄廬陵、眉山而盡其致,非敘非贊,微拈一二,而前人之鬚眉已勃勃向人欲動。是猶賈堅之射牛[1]也,一矢拂脊,一矢摩腹,皆附膚落毛,翻以不中爲奇耳。近日惟雲間董、陳二先生最工此技,吾友海虞毛子晉尤爲崙長,其筆妙與之侔,而功較過之。曷爲言乎功也? 名人題跋大半爲書品畫苑、標字賞鑒耳。子晉所跋,皆竭力購古人名山水火之遺,而游泳咀啜。盡其旨趣,辨其魯魚,而後鋟以公之海内,惟恐海内之不得見也,又恐其忽於見也。故附以約略數行,亦嚼橄欖之回味,使人舌端津出耳。故齋素於上計率會,不足言其勤也。校讐於天禄、石渠,不足言其富也。春明坊之儥直騰倍[2],不足言其普也。勞薪焦桐[3],不足言其鑒也。忽然而睡,渙然而興,不足言其情也。是可以知毛子。

　　同社友人蜀雷起劍[4]撰。

注:

　　[1]"賈堅之射牛",賈堅(? —358),字世固,十六國時期前燕大臣,以箭術精妙聞名當時。司馬光《資治通鑒》卷九八稱:"堅時年六十餘,恪聞其善射,置牛百步上以試之。堅曰:'少之時能令不中,今老矣,往往中之。'乃射再發,一矢拂脊,一矢磨腹,皆附膚落毛,上下如一,觀者咸服其妙。"

　　[2]"春明坊之儥直騰倍",語出朱弁《曲洧舊聞》,記述宋敏求家富藏書:"世之蓄書,以宋爲善本。居春明坊,昭陵時,士大夫喜讀書者多居其側,以便於借置故也。當時春明坊宅子比他處儥值常高一倍。"

　　[3]"勞薪焦桐","勞薪",語出《世說新語·術解》:"荀勖嘗在晉武帝坐上食筍進飯,謂在坐人曰:'此是勞薪炊也。'坐者未之信,密遣問之,實用故車脚。"指人辛苦勞作。"焦桐",語出《後漢書·蔡邕傳》:"吴人有燒桐以爨者,邕聞火烈之聲,知其良木,因請而裁爲琴,果有美音,而其尾猶焦,故時人名曰'焦尾琴'焉。"指名貴之琴。

　　[4]雷起劍,字雨津,井研人,崇禎七年(1634)進士,曾任鎮江推官、兵部郎中。與毛晉多有往還,崇禎十六年曾合修唐寅墓,見《隱湖倡和詩·穀雨日邀同人遊石湖道經唐六如先生墓委没荒棘愴然興懷井研雷司李文以記之遂賦其事》。

　　案:載《題跋續集》卷首,明崇禎十六年(1943)汲古閣刻本《題跋續集》一卷,今藏上圖(792120)。

續題跋引

徐　波

　　文中題跋,一種寥寥短章,非具筆妙,無以取妍。古人讀書,偶寫胸臆,展閱書畫,間出議論,不過散見集中。若畢陳群書,書系一尾,藉我筆之變化,呼作者之精神,尤非易事。其體昉於劉中壘[1],而辨於韓、柳。子九業有書癖,遍萃古本并未刊之書,一一鐫而傳之。其題跋亦自成編。牧翁一序,足解人頤。續刻復百什餘種,跋如其數,或全帙意思所在,或當身出處攸關,或采其散軼,或裁其傅會,勞而孤行,引而合符,作者有靈,必當銜感。兼之辨析毫末,無聚訟之譏;兩存疑似,無私心之失。虛衷妮古,吾無間然。全而見畀,得盡讀之。凡習見之書,經其指點,如樵人入山,忽逢聖境,非復向所行歷;未經見者,被伊拈示,如讀《名山記》[2],艸石廬舍,皆可披尋,亟思裹糧,不憂迷路,恨無力盡致其書案頭,存其名字,以當臥遊可耳。

　　崇禎壬午閏冬廿一,社弟徐波[3]。

　　注:

　　[1]"劉中壘",即劉向。劉向曾任中壘校尉,故有此稱。

　　[2]《名山記》,《四庫全書總目》稱:此書"蓋因何鏜之書而增葺之。凡北直隸二卷,南直隸十卷,浙江十卷,江西四卷,湖廣四卷,河南三卷,山東二卷,山西一卷,陝西一卷,福建二卷,廣東二卷,廣西一卷,四川二卷,雲南一卷,貴州一卷。前爲圖一卷,略繪名勝之跡。末爲附録一卷,則荒怪之説,《神異經》《十洲記》之類也。"并稱此書出自坊賈之手。《四庫全書存目叢書》收録,爲崇禎六年(1633)墨繪齋刻本。

　　[3]徐波(1590—1663),字元歎,號浪齋、頑庵,明末清初吳縣人。徐申從侄。以庠生入國子監。錢謙益與之善,贈以詩,頗推重之。明亡後居天池,構落木庵,以枯禪終。工古文辭,爲"竟陵派吳門四家"之一,著有《謚蕭

堂集》《落木庵集》等。曾爲崇禎十四年(1641)汲古閣刻本《載之詩存》撰敘。

　案:載《題跋續集》卷首,明崇禎十六年(1943)汲古閣刻本《題跋續集》一卷,今藏上圖(792120)。

汲古閣跋語敘
林雲鳳

　　盟友毛子晉氏南湖卜築,橋久著於七星[1];北海開尊,酒頗饒於千日。家藏秘本,書富瑯嬛。筆掃宏詞,賦鏗金石。其所纂述,則累牘盈箱;其所流行,則懸金貴紙。乃獨持此跋語,索余弁言。夫跋語,特文中小品。然非具翻海才、射鵰手,莫敢道隻字。自坡仙、涪翁聯鑣樹幟,惟宋人當家,譴浪細碎,皆有趣味。多載法書名畫,或評詩得失,或辨碑銘異同,間及山水幽深處,一經題跋,非雷非霆,而千載震驚。子晉已自道之,余復何贅?方今烽塵遞起,羽檄紛馳,正尊俎[2]談兵之秋也。請以兵爲喻可乎?蓋兵不難於用衆,而難于用寡。五千深入,十萬橫行,如韓淮陰之多多益善,此易辦耳。至於寸鐵殺人,一旅成師,岳家軍以少擊衆,而金虜爲之破膽,誠得用寡之法也。惟文亦然。闊幅長箋,崇論弘議,滔滔洊洊,極其才情之所至,是亦何難?僅以掌大薄蹄,率題數語,往往顯幽表微,旁引曲證,搜其遺以補其缺,撮其要以賅其全,豈不難之難者哉?余願子晉時抽精騎,益出銳師,余且憑軾觀之矣。雖然,子晉鬖髮朱顏,以彼其才,自應策足要津,大展經濟手,揮羽扇談笑而靖流氛,毋徒耗精於墨兵[3]已也。余辱知最深,故于簡尾效他山之攻,未卜有當於芻蕘[4]否?

　　歲在昭陽協洽病月[5]上澣,僊山社弟林雲鳳[6]題于香月窓。

注:

　　[1]"橋久著於七星",七星橋,在虞山隱湖之南,毛晉所構汲古閣附近。

　　[2]"尊俎",即古代盛酒肉的器皿。樽以盛酒,俎以盛肉。後來常用作宴席的代稱。《戰國策·齊策五》:"此臣之所謂比之堂上,禽將戶内,拔城於尊俎之間,折沖席上者也。"

　　[3]"墨兵",即史書。陳繼儒《珍珠船》卷二:"孫樵謂史書曰墨兵。"

　　[4]"芻蕘",割草打柴,也指割草打柴的人。《詩·大雅·板》:"先民有言,詢於芻蕘。"此指淺陋見解,自謙之辭。唐劉禹錫《爲杜相公讓同平章

事表》:"輒思事理,冀盡芻蕘。"

[5]"昭陽協洽痟月","昭陽協洽"爲太歲紀年法之癸未年,即崇禎十六年(1643)。"痟月",即農曆三月。《爾雅·釋天》:"三月爲痟。"

[6]林雲鳳(1578—1652?),字若撫,號仙山、三素老人,室名研齋、草寄廬,長洲人。著有《得硯齋草》《寄庵近草》《紅樹吟》等。詩名頗盛。毛晉密友,對毛晉刊梓襄助頗多。崇禎四年(1631)花朝,毛晉訪林雲鳳,見其藏《元官詞》,借以付梓。

案:載《題跋續集》卷首,明崇禎十六年(1943)汲古閣刻本《題跋續集》一卷,今藏上圖(792120)。

跋語續集顯辭

殷時衡

涪翁云:觀人題壁,可以定人文字[1]。大都寥寥短章,著筆苦無經營。雖有哲匠,不能盡用其巧,而況崎嶇笨伯耶? 跋語眎題壁一間耳。然而博綜典核,尤不易出手。譬諸泰豆教馬[2],足無餘投,而能使趨走往還,了無跌失。又如千丈浽流,隱入地脉,投罅抵虛,爭奮而出。即眡波尺瀾,已極一往奔放之勢,自非通身手眼,二十分識力,二十分意量,未易一時湊泊也。跋語古無崇集,集自子晉氏始。兹且再焉,或箴往譌,或砭今是。點睛益頰之妙,視昔有加。他家摸象,我乃探驪。衆且掇皮,已獨取髓。人一割而鈍,此屢駕而馳。故知枯煤蝕壁,着潘能飛;[3]鄰女端居,引鍼知痛。精之所至,物不得而間之。能使千百年來飛沈銷歇之古人鬚眉面目,一一從楮上躍出,與吾人手眼相質,對若衹帶間也。韓退之詩云:"汲古得脩綆。"[4]古人去我遠矣,非得萬丈長繩,安能從太華峰頭撈出古人影子耶? 汲古閣主人筆端顧不知從何時代得此八角轆轤床[5]也。

時崇禎壬午涂月[6]朔,社弟殷時衡介平[7]撰書。

注:

[1]此句誤作涪翁語,實爲歐陽修語。《夢溪筆談》卷十四:"歐陽文忠嘗言曰:'觀人題壁,而可知其文章。'"

[2]"泰豆教馬",泰豆,造父之師,亦名"大豆"。《呂氏春秋·聽言》:"造父始習於大豆。"《列子·湯問》:"造父之師曰泰豆氏。造父之始從習御也,執禮甚卑。泰豆三年不告,造父執禮愈謹。乃告之曰:'古詩言:良弓之

子,必先爲箕;良冶之子,必先爲裘。汝先觀吾趣,趣如吾,然後六轡可持,六馬可御。'造父曰:'唯命所從。'泰豆乃立木爲塗,僅可容足,計步而置,履之而行,趨走往還,無跌失也。造父學之,三日盡其巧。"

[3]"着瀋能飛","瀋",指磨好的墨汁。此處用張僧繇畫龍點睛之典,以喻毛晉題跋之文筆鮮活生動。張彥遠《歷代名畫記·張僧繇》:"武帝崇飾佛寺,多命僧繇畫之……金陵安樂寺四白龍不點眼睛,每云:'點睛即飛去。'人以爲妄誕,固請點之。須臾,雷電破壁,兩龍乘雲騰去上天,二龍未點眼者見在。"

[4]"汲古得脩綆",語出韓愈《秋懷詩》之五:"歸愚識夷塗,汲古得脩綆。"

[5]"八角轆轤床",古代井欄又稱"井干""韓""銀床"等,井欄上置轆轤以汲水。段玉裁《說文解字注》:"韓,井上木欄,其形四角或八角,又謂之銀床。"此句以從太華峰頂引長繩從井底汲水爲喻,誇讚毛晉功力深厚,所作書跋探幽索微,深中肯綮,發前人所未發,頗有獨得之妙。

[6]"涂月",即農曆臘月。

[7]"殷时衡介平",即殷時衡,字介平,號寒明,長洲人,與馬弘道皆受毛晉延請,教授諸子。崇禎末,毛晉校刻《嘉興藏》,自崇禎十五年至十七年,校經凡一百六十餘種,刻經五十餘種,殷氏多參與校對。

案:載《題跋續集》卷首,明崇禎十六年(1943)汲古閣刻本《題跋續集》一卷,今藏上圖(792120)。

《汲古閣書跋》序言

潘景鄭

　　毛晉自刻《隱湖題跋》[1]，丁祖蔭[2]重刊入《虞山叢刻》[3]中，都一百五十二篇。案晉畢生致力雕槧之業，即今目覩所刻跋文，已不止此，奚論籤題縹緗耶？僕二十年前曾爲補輯，總得二百四十九篇，較所刻逾三之一。據近人陶湘[4]輯《汲古閣刻書目》，檢校晉跋，尚缺《九易正音》(1)等數種，訪而未得，外此晉代刻之書，及讐校題評之帙，公私藏家，定多見存，責全求備，歲月攸稽。今《隱湖》原本，稀如星鳳；即丁槧種子，流布亦至未廣。爰不揣譾陋，就篋存舊輯，重爲排比，勒成此編。就余補輯所得，題上加＊號識別。夷考晉五子，表、扆爲知名，閒嘗搜輯遺文，計得表一篇、扆二十六篇；又晉孫綏萬一篇，並以附入。俾汲古一家授受略存梗概，猶冀海內藏家，錄示未備，拾遺補闕，後業有期，銘心之感，企予望之。

　　一九五八年元旦潘景鄭[5]。

　　校：

　　(1)《九易正音》，實爲《九正易因》。汲古閣刻本《九正易因》今存遼寧省圖書館，《續修四庫》《四庫存目》收錄，《四庫提要》著錄。此書爲明李贄撰，李贄序云："《易因》一書，予既老，復游白門而作也……更兩年，而《易因》之舊者存不能一二，改者且七八矣。侍御曰：樂必九奏而後備，丹必九轉而後成，《易》必九正而後定，宜仍舊《易因》而加'九正'二字。予喜而受之，遂定其名曰'九正易因'也。"此書卷端亦題"九正易因"，可知《汲古閣書跋》書名錄誤。今檢此本，未見毛晉跋，《汲古閣刻書目》亦未著錄。

　　注：

　　[1]《隱湖題跋》，指毛晉撰寫的刻書題跋，凡二卷，一百五十二篇。李毅、毛晉將崇禎十二年以前毛晉部分刻書題跋輯爲《題跋》二卷，並刊梓行世。民國間丁祖蔭重刊入《虞山叢刻》中，題名改爲《隱湖題跋》。民國間潘景鄭在此基礎上增輯重編，共得其題跋二百四十九篇，並收錄毛晉之子毛表題跋一篇、毛扆題跋二十六篇、毛晉孫毛綏萬題跋一篇，易名爲《汲古閣書跋》，有上海古典文學出版社1958年鉛印本，上海古籍出版社2005年再版。

[2]丁祖蔭(1871—1930),字芝孫,號初我、初園居士,別署緗素樓主人,江蘇常熟人。光緒十五年(1889)庠生。辛亥革命後,歷任常熟、吳江縣知事。精版本校讎之學,喜聚書,築有"緗素樓"。曾主持刊刻《虞山叢刻》《虞陽説苑》及《松陵文牘》《虞陽説彙》《逸史》等。

[3]《虞山叢刻》,凡十一種三十八卷。丁祖蔭素喜聚書,於鄉邦文獻尤為留意,所得清初常熟先哲遺書若干種,遂參酌衆本,手自校讎輯補,於民國四年至八年(1915—1919)編刊,分爲甲、乙、丙三集。其中乙集收録毛晉撰《和古人詩》《和今人詩》《和友人詩》《野外詩》《題跋》《虞鄉雜記》六種及張宗芝、王鴻輯《以介編》。

[4]陶湘(1871—1940),字蘭泉,號涉園,江蘇武進人。光緒二十八年(1902),任京漢路養路處機器廠總辦、上海三新紗廠總辦。民國十八年(1929),應聘故宮博物院專門委員。晚年居上海。陶湘注重明本及清初精刊,尤嗜毛氏汲古閣刊本,閔氏、凌氏套印本,武英殿刻本及開花紙本,編訂《明毛氏汲古閣刻書目録》一卷。藏書處名"百川書屋""涉園""百嘉室""喜詠軒"等。

[5]潘景鄭(1907—2003),名承弼,字良甫,江蘇吳縣人。幼習訓詁之學,從章太炎治經史,從吳梅學詞,從俞粟廬學曲。編有《海鹽張氏涉園藏書目録》《上海市合衆圖書館石刻拓本分類目録》等,與顧廷龍合編《明代版本圖録初編》。喜好藏書,多明末史料、鄉賢文獻。供職於上海市歷史文獻圖書館、上海圖書館。從家藏中選出未刊先人手澤、師友遺著及其他罕傳秘笈,編印《陟岡樓叢刊》甲、乙兩集。編校輯成錢牧齋《絳雲輯題跋》、沈復燦《鳴野山房書目》、馬瀛《金香仙館書目》等。著有《日知録補校》《寄漚賸稿》《著硯樓書跋》《著硯樓讀書記》等。本篇序言即爲其所輯《汲古閣書跋》而作。

案:載《汲古閣書跋》卷首,上海古籍出版社 2005 年版。

《毛扆書跋零拾(附僞跋)》序言

潘天禎

　　明清之際,常熟毛氏汲古閣是我國突出的私家出版兼藏書事業的室名,歷時約百年,中外鮮有。起萬曆之季,毛晉創業,迄順治十六年晉卒,垂四十年。主要繼承者是晉幼子毛扆,享高壽,終生從事校補家刻,訪求傳抄宋槧名抄達五十多年,至康熙五十二年卒,閣業始衰。可惜迄今尚無一部系統的汲古閣史,是我國書史的遺憾,有待補撰。毛晉的事迹,編撰者尚多,毛扆資料除《汲古閣珍藏秘本書目》經黃丕烈雕版傳世外,皆爲零篇書跋,極爲難得。潘景鄭先生校訂《汲古閣書跋》(1958 年印本),載晉跋二百四十九篇,還有缺佚;而附錄扆跋不過二十六則,佚者不知多少。筆者[1]偶見扆跋,錄存備查,已達百篇,雖真僞雜糅,對研究毛扆事迹,不無點滴之助。粗按四部排列,輯爲《零拾》,略加附注,注明出處,以便覆按,潘校有者,書名前加※號別之,已識爲跋錄辨於末。《零拾》目錄列下。

　　注:

　　[1]"筆者",即潘天禎(1919—2004),四川榮昌人。曾就讀於成都府屬私立中學(現爲石室中學),1945 年畢業於重慶國立中央大學歷史系,1950年進南京圖書館,1956 年任蘇州圖書館館長。1957 年起,先後擔任南京圖書館閱覽部主任、書目參考部主任、古籍部主任、副館長、研究館員等職。曾擔任《中國古籍善本書目》副主編,著有《潘天禎文集》。

　　案:《毛扆書跋零拾(附僞跋)》,序言見本篇首,載《潘天禎文集》,上海科學技術文獻出版社 2002 年版,第 282 頁。

經　部

京 氏 易 傳

漢時有兩京房[1]，皆治《易》。一爲梁人焦延壽[2]弟子，成帝時人，以明災異得幸。一爲淄川楊何[3]弟子，宣帝時人，出爲齊郡太守。顏師古亦謂別是一人，非延壽弟子，爲課吏法者，或書字誤耳。按殷嘉、姚平、乘弘諸家所傳京氏之學，迺受焦氏學者，《易傳》四卷，亦其所作。卷帙多寡不同，晁氏言之詳矣。至欑林太守注[4]本，向傳四卷，後有《雜占條例法》一卷，今止存三卷，所亡寔多。但京氏以積算占候爲主，卜氣用六日七分。葉石休(1)病其言龐雜，朱子又云動便算得，静便算不得。石顯譖言已動，不能先幾遠害，豈占算獨未灼然耶？隱湖毛晉識(2)。

校：

(1)休：誤，《題跋續集》《汲古閣書跋》作“林”。葉石林即葉夢得。

(2)《題跋續集》《汲古閣書跋》無“隱湖毛晉識”。

注：

[1]“兩京房”，指西漢兩位京房，於易學皆有研究。一位受學於楊何，其學傳梁丘賀，官至太中大夫、齊郡太守。另一位爲西漢今文《易》京氏之學創始人。京房（前77—前37），字君明，東郡頓丘人。元帝時立爲博士，官至魏郡太守。屢以卦氣、陰陽災異推論時政，後因劾奏中書令石顯專權，遭誣下獄死。京房師從梁人焦延壽，對《周易》象數多有發明。京房死後，其學傳東海段嘉、河東姚平、河南乘弘，形成西漢易學中的京氏之學。京房撰有《京氏易傳》四卷，今存最早刻本爲《范氏二十一種奇書》本，即三國吳陸績注《京氏易傳》三卷。

[2]焦延壽，字贛，西漢梁人。漢昭帝時，曾任郡吏察舉，補小黄令。因“愛養吏民，化行縣中”，舉薦赴外地爲官。由於政績優異，深得朝廷信任。自稱得易學大師孟喜真傳，長於以災變説《易》，注重易象。推演《周易》，並在每卦之下以韻文繇辭作解，以占驗吉凶，撰成《焦氏易林》十六卷。這一

占斷方法後來被其弟子京房繼承和發揮。

[3]楊何,字叔元,西漢淄川人。曾受《易》於田何。漢武帝時任中大夫。著有《易傳楊氏》二篇。

[4]"欝林太守注",陸績(187—219),字公紀,三國吴人。廬江太守陸康之子,官至欝林太守,精於天文、曆法,曾作《渾天圖》,注《易經》,撰《太玄經注》。

案:《京氏易傳》三卷,漢房京撰,吴陸績注。

明末崇禎間汲古閣刻《津逮秘書》本,卷端次署"吴欝林太守陸績註",卷末載晁氏跋、毛晉跋。《題跋續集》載毛晉跋,題名"跋京房易傳"。葉德輝《郋園藏書志》云據《范氏二十一種奇書》重刊,對校兩本悉合,葉氏所言當是。

蘇 氏 易 傳

放翁(1)云,易道廣大,非一人所能盡,堅守一家之説,未爲得也。漢儒治(2)易入神要路,宋儒則未免繁衍,或流於術數(3),或(4)釋老互發,議論荒唐,如人眩時五色無主矣。惟東坡匯百川丈(5)流,滴滴歸源,而滔滔汨汨以出之,萬斛不能量也。《易》曰:神而明之,存乎其人。自漢以來,未見此奇特。但宣和中方禁蘇氏學,托之毘陵先生[1],得以不滅,此書亦危矣哉。隱湖毛晉識(6)。

校:

(1)"放翁",《題跋續集》作"陸放翁"。

(2)"治",《題跋續集》作"論"。

(3)"於術數",《題跋續集》作"于讖緯"。

(4)"或",《題跋續集》作"甚至"。

(5)"丈",《題跋續集》作"支",《汲古閣書跋》作"大"。

(6)《題跋續集》《汲古閣書跋》無"隱湖毛晉識"。

注:

[1]"毘陵先生",即指蘇軾。蘇軾於宋徽宗建中靖國二年(1101)病故於常州。兩年後,即發生元祐黨案,蘇軾著作亦遭禁。《四庫提要》引陸游《老學庵筆記》,稱《蘇氏易傳》"遭元祐黨禁,不敢顯題軾名,故稱毘陵先生,

以軾終於常州故也"。

　　案:《蘇氏易傳》九卷,宋蘇軾撰。

　　明末崇禎間汲古閣刻《津逮秘書》本,卷端次署"宋蘇軾子瞻著",卷末載毛晉跋。《題跋續集》載此跋,題名"跋蘇長公易解"。此書原爲九卷,在明有四刻,首見萬曆陳所蘊刻八卷本,削去《説卦》之名,以與《下繫》合,將九卷併爲八卷。次刻爲萬曆二十五年畢三才刻《兩蘇經解》本,焦竑輯並序,其後汲古閣本及烏程閔氏朱墨刻本皆從此出,均爲九卷本。《四庫》據畢氏本採録,《四庫提要》卷二云:"明焦竑初得舊本刻之。烏程閔齊伋以朱墨板重刻,頗爲工緻,而無所校正。毛晉又刻入《津逮秘書》中。三本之中,毛本最舛,如《漸卦》上九,併經文皆改爲'鴻漸於逵',則他可知矣。今以焦本爲主,猶不甚失其真焉。"

子 夏 詩 序

　　《漢·藝文志》云:《春秋》分爲五,謂左氏與公羊、穀梁、鄒、夾也。《詩經》分爲四,謂毛氏與齊、魯、韓也。但諸家俱云,某傳某説,惟毛氏系之于經,曰《毛詩》,不知何以推尊至此。世謂毛氏解經最密最簡,禪家所謂句中有眼[1],坡仙所謂字中有筆,非深解旨趣,豈易言哉? 故自漢迄隋唐,讀詩家並主于毛氏,轉相尊信,無敢擬議者。自紫陽先生[2]詫之爲妄,幾乎與三家共淪落矣,然猶謂其從來也遠,真有傳授證驗而不可廢者。既採以附傳中,復爲一編,以還其舊,始信先儒之藩終難夔也。若石林[3]、東萊[4]諸君子,無不歎其深解旨趣,而辨論之快,莫如鄱陽馬氏云。隱湖毛晉識(1)。

校:

(1)《題跋續集》《汲古閣書跋》無"隱湖毛晉識"。

注:

　　[1]"句中有眼",黄庭堅《豫章黄先生文集》卷二九《自評元祐間字》稱:"字中有筆,如禪家句中有眼,非深解宗趣,豈易言哉?"

　　[2]"紫陽先生",即朱熹(1130—1200),字元晦,一字仲晦,號晦庵,晚稱晦翁,又稱紫陽先生、考亭先生。諡文,又稱朱文公。南宋著名理學家、思想家、哲學家、教育家、詩人,爲孔子、孟子之後最傑出的儒學大師。

　　[3]"石林",即葉夢得(1077—1148),字少蘊,號石林居士。蘇州長洲

人。紹聖四年(1097),登進士第,歷任翰林學士、户部尚書、江東安撫大使等職。著有《石林燕語》《石林詞》《石林詩話》等。通《春秋》學,著春秋《讞》《考》《傳》三書。

[4]“東萊”,即吕本中(1084—1145),原名大中,字居仁,世稱東萊先生,壽州人。少以蔭補承務郎,累任太常少卿、中書舍人,兼權直學士院。創紫微學派,主要弟子有林之奇、李楠、李樗、汪應辰、王時敏、周憲、王師愈及其從子吕大器、吕大倫、吕大猷、吕大同等。著有《春秋集解》《紫微詩話》《東萊先生詩集》等。

案:《子夏詩序辨説》一卷,宋朱熹撰。

明末崇禎間汲古閣刻《津逮秘書》本,卷首有崇禎十一年(1638)陳函輝《毛氏津逮序》,序末鑴印“陳函輝原名煇字木叔”“寒山木叔”,卷端首題“詩序”,次接朱氏辨説,正文爲大序、小序申説,卷末載石林葉氏、東萊吕氏、鄱陽馬氏及陳氏四人論説,末載毛晉跋。《題跋續集》載毛晉跋,題名“跋詩序”。《四庫》採爲底本,將《小雅》《大雅》析出訂爲下卷,共兩卷,《四庫提要》卷十五著録,題作“詩序”,云:“今參考諸説,定序首二句爲毛萇以前經師所傳;以下續申之詞,爲毛萇以下弟子所附,仍録冠詩部之首,明淵源之有自。併録朱子之《辨説》,著門户所由分。蓋數百年朋黨之争,兹其發端矣。《隋志》有顧歡《毛詩集解敍義》一卷,雷次宗《毛詩序義》二卷,劉炫《毛詩集小序》一卷,劉瓛《毛詩序義疏》一卷(案序、敍二字互見,蓋史之駮文,今仍其舊)。《唐志》則作卜商《詩序》二卷,今以朱子所辨,其文較繁,仍析爲二卷。”

詩傳孔氏傳

秦焰之餘,《易》以卜筮而傳,《詩》以諷誦而傳,《書》以藏壁而傳,始信三經與莫墜相終始,殆聖而不可知之之謂神耶? 若子夏《詩序》[1]、子貢《詩傳》[2],載在竹帛,非叶於管絃者,豈亦有神物護持至今耶? 但《詩序》先儒辯論紛紛,未聞有詳覈《詩傳》者。或因宣聖“可與言詩”一語,後人附會其説而作是《傳》,亦未可知。范石湖謂《傳》即《魯詩》。今觀其章次,約略相似。余家向藏宋搨石碑,古文大篆,漫滅難辨。然焚香展對,古色焙心,恍遨神于殷周十五國間,肅然不敢睨視。忽一日失去,深嘅神物不易保也。既又得郭中丞[3]公新刻,云是秘閣石本,前列篆書,未知亦出宋皇祐間張紹文、楊南仲輩手筆否? 余亟依其釋文授梓以傳,其真贋未敢臆決,姑俟博雅君子。隱湖毛晉識(1)。

校：

(1)《汲古閣書跋》題"子貢詩傳"，《題跋續集》《汲古閣書跋》無"隱湖毛晉識"。

注：

[1]"子夏《詩序》"，《詩序》即《毛詩序》。東漢鄭玄《詩譜》認爲"大序"爲子夏作，"小序"爲子夏與毛公合作。子夏，春秋末年晉國人，卜氏，名商，晚年居西河教授，傳授《春秋》《儀禮》《論語》《易》等儒家經典。稱他序《詩》，爲漢儒通説。大毛公名亨，據稱其詩學傳自子夏，作《毛詩故訓傳》。

[2]"子貢《詩傳》"，爲明代人僞作。毛奇齡曾著《詩傳詩説駁義》五卷，以證此書與申培《詩説》之僞。姚際恒《古今僞書考》認爲，子貢《詩傳》、申培《詩説》均爲明豐坊僞撰。

[3]"郭中丞"，即郭子章(1542—1618)，字相奎，號青螺，自號蠙衣生，泰和縣人。隆慶五年(1571)進士，累官兵部尚書兼都察院右副都御史。曾與王時槐、鄒元標等講學於吉安青原山和白鷺洲，提倡正學。著有《六語》三十卷、筆記小説《黔類》十八卷。嘗刻《孝經二家章句》《國語》等。

案：《詩傳孔氏傳》一卷，舊題端木賜撰。

明末崇禎間汲古閣刻《津逮秘書》本，總目題"子貢詩傳"，正文卷端題"詩傳孔氏傳"，次署"衛端木賜子贛述"，卷末載毛晉跋。《題跋續集》載此跋，題名"跋詩傳"。卷中空格頗多，蓋底本缺字如此。據毛晉跋，可知據明郭子章刻本重刊，郭本後由何澄刻入《漢魏叢書》。

跋申培詩説

先儒云：漢初魯人申培[1]、齊人轅固、燕人韓嬰爲詩家三傑，皆列于學宫。轅固因與黄生爭論湯武事，致上有"食肉毋食馬肝"之論，後復爲諸儒嫉毁。韓嬰雖與董仲舒論於上前，未嘗少遜，但其教行於燕趙，與齊魯間殊。惟申公徒衆最盛，瑕丘大江公得其傳，傳子至孫，世爲魯詩宗。更有韋、張、唐、褚諸氏竝策爭先于鄒魯間，豈猶洙泗之流風歟？但唐人云，魯詩亡于晉，廣川董氏亦云：班固言魯詩最近，今僅于佗書時得之，則此書之亡久矣。兹豈後人捃摭而成者耶？

注：

[1]申培，生卒不詳，西漢魯人。受詩於荀卿弟子浮丘白，後爲楚王劉郢召爲太子戊傅，文帝拜爲博士。以詩故訓傳授弟子，弟子數千，所傳之詩爲"魯詩"。事見《史記》卷一百二十一、《漢書》卷八十八《儒林傳》。所著《詩說》，見於《漢魏叢書》《津逮秘書》，或係明人偽作。

案：《詩説》一卷，漢申培撰。

明末崇禎間汲古閣刻《津逮秘書》本，卷端題"詩説"，次署"漢大中大夫魯申培著"，卷首末無序跋。此毛晉跋據《題跋續集》迻録。此書在毛晉之前有明萬曆間《漢魏叢書》本，核之悉合，汲古閣本當據之而出。

毛詩草木鳥獸蟲魚疏廣要

陸璣[1]《草木鳥獸蟲魚疏》一書，向來傳播《詩》人之耳，聲若震霆，思一見而不可得。余乍得，而鼓掌曰："將逮二酉之岩，適五都之市，可以盪目遨魂，披叢吾十年聲瞀。"及展卷讀之，皆前梧影來移，而卷帙已告竣矣。嗚呼！昔人所謂窘于採擇，非通儒所爲，信非虛語。況相傳日久，愈失其真，安忍葬之蠹魚腹中，湮没無遺耶？時余方訂正《十三經注疏》，於《詩經》尤不敢釋手。遂因陸氏所編若干題目，繕寫本文，旁通《爾雅》郭、鄭諸子，衆有補經學之書，芟其蕪穢，潤其簡略，正其淆訛，又參之確聞的見，自左庭以及山巔水湄、平疇異域，凡植者、浮者、飛者、走者、鳴而躍者、潛伏而變化者，無不蒐引，命之曰《廣要》。更有陸氏所未載，如"葛桃""燕鵲"之類，循本經之章次而補遺焉。置之几上，雖不敢曰婁氏之五侯鯖[2]，或差勝於東坡之晶飯[3]矣。追維秦焰之餘，説《詩》者無慮數十家，自大毛公、小毛公連鑣並轡，俾齊、魯、韓三傑亦退避三舍。一時學者尚崇毛氏，系之曰《毛詩》，迄今不易。豈料千百年來，絕無繩武之孫，竊比於解頤析角之倫哉！余小子妄率井見，欣然爲陸氏執鞭，亦僅效王景文十聞之一耳。倘今吾宗兩公見之，得毋詫耳！孫之不肖，其猶正墙面而立也歟？崇禎己卯孟秋既望，後學毛晉撰。(1)(卷首)

右《毛詩疏》二卷，或曰吳太子中庶子烏程令陸璣(2)作也，或曰唐吳郡陸璣作也。陳氏辨之曰："其書引《爾雅》郭璞注，則當在郭之後，未必吳時人也。"但諸書援引多誤作機。案：機，字士衡，晉人，本不治《詩》，則此書爲唐人陸璣字元恪者所撰無疑矣[4]。後世失傳，不得其真，故有疑爲贗鼎

者。或又曰：贋則非贋，蓋摭拾群書所載，漫然釐爲二卷，不過狐腋豹斑耳。其説近之。海隅毛晉識（3）。（卷末）

校：

（1）《題跋》《汲古閣書跋》失載此序。

（2）“璣”，《題跋》同，《汲古閣書跋》作“機”。

（3）《題跋》《汲古閣書跋》無“海隅毛晉識”。

注：

［1］陸璣，字元恪，吳郡人，仕至太子中庶子、烏程令。著有《毛詩草木鳥獸蟲魚疏》二卷，專釋《毛詩》所及動物、植物名稱，對古今異名者，詳爲考證。自唐孔穎達《毛詩正義》至清陳啓源《毛詩稽古編》，多采此書之説。

［2］“婁氏之五侯鯖”，佳餚名，西漢婁護創。五侯，漢成帝母舅王譚、王根、王立、王商、王逢五人同日封侯，故名。鯖，魚和肉的雜燴。葛洪《西京雜記》卷二稱：“婁護、豐辯傳食五侯間，各得其歡心，競致奇膳。護乃合以爲鯖，世稱五侯鯖，以爲奇味焉。”

［3］“東坡之皛飯”，皛飯謂米飯、白蘿蔔和清湯。三者皆白，故稱。曾慥《高齋漫録》：“一日，錢穆父折簡召坡食‘皛飯’。坡至，乃設飯一盂、蘿蔔一碟、白湯一盞而已，蓋以三白爲‘皛’也。”

［4］“此書爲唐人陸璣字元恪者所撰無疑矣”，跋中誤題作者陸璣爲唐人，實爲吳人。《四庫提要》卷十五著録陸璣原本時詳辨：“明北監本《詩正義》全部所引，皆作陸機。考《隋書·經籍志》，《毛詩草木蟲魚疏》二卷，注云烏程令吳郡陸璣撰。陸德明《經典釋文·序録》陸璣《毛詩草木鳥獸蟲魚疏》二卷，注云字元恪，吳郡人，吳太子中庶子，烏程令。《資眼集》亦辨璣字從玉，則監本爲誤，又毛晉《津逮秘書》所刻，授陳振孫之言，謂其書引《爾雅》郭璞注，當在郭後，未必吳人，因而題曰唐陸璣。夫唐代之書，《隋志》烏能著録？且書中所引《爾雅注》，僅及漢犍爲文學樊光，實無一字涉郭璞，不知陳氏何以云然？姚士粦跋已辨之，或晉未見士粦跋歟？”

案：《毛詩草木鳥獸蟲魚疏廣要》二卷，吳陸璣撰，明毛晉注。

明崇禎十二年（1639）汲古閣刻《津逮秘書》本，卷首末有毛晉兩序跋，皆爲手寫上版，首序卷端題“序略”，序後鐫墨印“戊戌毛晉”“寶晉”。“戊戌”爲萬曆二十六年（1598），即毛晉出生年，按虛歲計之，實生於萬曆二十七年，“戌戌毛晉”乃生年印。序末“己卯”即崇禎十二年。序後爲目録，正文卷端題“毛詩草木鳥獸蟲魚疏廣要卷上之上”，次署“唐吳郡陸璣元恪撰”“明海隅毛晉子晉參”，卷下次署“參”作“補”，版心上鎸“毛詩陸疏廣要”，中題卷次、葉次，下鎸“汲古閣”三字。凡陸疏頂格，毛晉參注皆低一格。九行十九字，左右雙邊，無尾，白口。每卷分上下，故《千頃堂書目》《稽瑞樓書目》等亦稱四卷。

　　《四庫》底本，《四庫提要》卷十五著録此書，云：“吳陸璣撰。明毛晉注。晉，原名鳳苞，字子晉，常熟人。家富圖籍，世所傳影宋精本，多所藏收。又喜傳刻古書，汲古閣版至今流布天下。故在明季，以博雅好事名一時。嘗刻《津逮秘書》十五集，皆宋元以前舊帙，惟此書爲晉所自編。陸璣原書二卷，每卷又分二子卷。蓋儲藏本富，故徵引易繁；採摭既多，故異同滋甚。辨難考訂，其説不能不長也。其中如‘南山有臺’一條，則引韻書證其佚脱；‘有集維鷃’一條，則引《詩緯》證其同異。其考訂亦頗不苟，至於嗜異貪多，每傷支蔓。如‘鶴鳴于九皋’一條，後附《焦山瘞鶴銘考》一篇，蔓延及於石刻，於經義渺無所關，核以詁經之古法，殊乖體例。然雖傷冗碎，究勝空疏。明季説詩之家，往往簸弄聰明，變聖經爲小品，晉獨言言徵實，固宜過而存之，是亦所謂論其世矣。”《四庫全書簡明目録》云：“《毛詩陸疏廣要》四卷，明毛晉撰。因陸璣之書，爲之注釋。旁通博引，互相參證。雖傷冗碎，終勝空疏。謹案：凡注古人之書者，其次第先後，仍從所注之書，不拘注者之時代。故晉以明人，得列于唐人之前。後皆仿此。”

詩　外　傳

　　《韓詩内傳》[1]專解詩家三昧，《漢志》雖列四卷之目，湮没既久，隋時僅存《外傳》六卷，析爲十卷，想即今行本，晁氏所謂文辭秀婉，有先秦風者也。但所載詩句，與本經互異，或漢時刊於石碑者，與今不同。如“南有喬木，不可休思（1）”一章，疊用四“思”字，確然可憑。又如“歧有夷之行”，“歧”字連下句讀，便覺“彼作矣”“彼徂矣”，句法雙妙。陳氏謂多載雜説，疑非當年本書，此亦强作解事矣。予家藏宋刻，與《容齋隨筆》相符，因録其跋語于前。據焦氏云：“佛典引《韓詩外傳》曰：死者爲鬼，鬼者歸也，精氣歸於天，肉歸于土，血歸於水，肝歸於澤，聲歸于雷，動作歸於風，眼歸於日月，骨歸于木，筋歸于山，齒歸於石，膈歸于露，毛歸于草，呼吸之氣復歸於人。”今本俱無之。隱湖毛晉識（2）。

校：

(1)“休思”：“休”同“休”，《題跋續集》作“休思”，《汲古閣書跋》誤作“休息”。

(2)《題跋續集》《汲古閣書跋》無“隱湖毛晉識”。

注：

[1]《韓詩內傳》，韓嬰撰。韓嬰（約前200—約前130）。西漢燕人。治《詩》《易》。《史記·儒林列傳》記其“推《詩》之意，而爲《內外傳》數萬言，其語頗與齊、魯間殊，然其歸一也”。“《內外傳》”即班固《漢書·藝文志》所錄《韓詩內傳》與《韓詩外傳》。《內傳》至遲亡於宋時，馬國翰《玉函山房輯佚書》輯有遺文。

案：《詩外傳》十卷，漢韓嬰撰。

明末崇禎間汲古閣刻《津逮秘書》本，卷首爲韓嬰本傳，卷末載洪邁跋，次有毛晉跋，《題跋續集》載毛晉跋，題名“跋韓詩外傳”。《漢志》著錄《內傳》四卷、《外傳》六卷。《隋志》載《外傳》十卷，無《內傳》。《直齋》著錄《外傳》十卷。《四庫提要》云後人所分。近人楊遇夫《韓詩外傳疏證》析首四卷爲《內傳》，後六卷爲《外傳》。毛晉跋引今傳本或有不載者，則已有散佚，或非舊帙。此書明代有嘉靖十四年蘇獻可通津草堂本，嘉靖二十五年（1546）舒良材刻本、沈氏野竹齋本及《漢魏叢書》本，《郋園藏書志》言通津草堂本爲諸本祖本，《津逮秘書》本據之重刻。然毛晉跋云“家藏宋刻”，殆出宋本耶？據洪邁跋稱，慶曆中李用章命工刊於杭州，則確有宋槧。又考通津草堂本，由吳郡蘇獻可刊於嘉靖十四年（1535），見卷末《志韓詩外傳後》，該本卷首有韓嬰本傳，後有至正十五年（1355）龍集乙未秋曲江錢惟善序，言“海岱劉侯貞來守嘉禾，聽政之暇，因以其先君子節齋先生手鈔所藏諸書，悉刊置郡庠”；又蘇獻可《志韓詩外傳後》云：“余間讀而愛之，惜其未有善本也。嘉靖乙未之夏，游雲間得之，蓋勝國時刻於嘉者。歸而與二三同志校焉，因重刻諸家塾，期年告成。據錢曲江序稱，嘉禾本成於至正乙未，而甲子三周……”則可知先有元至正十五年劉貞刻本，劉氏據其父所藏抄本刊印。嘉靖十四年蘇獻可得之重刊，抑或抄本出於慶曆間杭州刻本耶？考《津逮秘書》本與通津草堂本悉合，但不載卷首元至正間錢惟善序及卷末蘇獻可跋，毛晉所刻或真據宋槧，亦未可知。

又，《中國善本書提要》著錄經部詩類《漢魏叢書》本《韓詩外傳》十卷，

載朱學勤跋曰："《韓詩外傳》十卷,近流行者武進趙億孫新雕本,所據乃《津
逮秘書》本也。此書宋槧不存,惟毛本據以雕版。但校刊不甚精,未必盡存
宋本之舊。趙氏依毛本爲底,又以通、津諸本改之,更增補以《荀子》等書,
殊失蓋闕之意。"

左 傳 紀 略

予紒結受《左氏傳》,意章句之法,有裨於射策而已。長而汎濫其中,知
不可以章句求也。且妄意其意義,即杜氏注有未盡然者。客秋,從蕭高鄭父
母[1]署中,得鍾伯敬[2]先生評本,曰:"伯敬平生得意二書,其《古唐詩
歸》久已紙貴都門。唯新編尚爲枕中秘,子爲之廣其傳,可乎?"予向於名公
評注本子多未究心,即殊尤如鍾氏者,未遑及也。明年春,鄭父母復昭堂予
邑楊父母[3],云:"伯敬向以《左傳》托王六瑞[4],六瑞復以見托。必得汲
古主人訂行,方成快業。"予不敏,承兩先生嘉惠至意,仍其鉛丹而加讎焉。
卒業披玩,其語事析義,真正點睛妙手。今丘明而起,必當一笑相見。其爲
元凱補闕,不待言矣。昔蘇長公無病而多蓄藥,不飲而多釀酒,或謂其勞己
爲人。笑曰:"病者得藥,吾爲之體輕;飲者得酒,吾爲之酣適,專以同爲
也。"予自十三經以下,及唐宋諸名家之未傳者,已皇皇流傳之不晦,而後濫
竽此書,固兩先生之意,亦長公蓄藥釀酒之意也。辛未七月,古虞毛晉漫題
於華山僧舍。

注:

[1]"鄭父母",即鄭友玄,字其山,號淡石,京山人。天啓五年(1625)
進士,因疏論閹寺、變置軍政等事,被逮謫戍。性孤刻,爲文別辟蹊徑,詩語
高寒,有孟郊之風。

[2]"鍾伯敬",即鍾惺(1574—1624),字伯敬,湖廣竟陵人。萬曆三十
八年(1610)進士,曾任工部主事,官至福建提學僉事,旋謝官歸鄉,閉戶讀
書,晚年入寺院。與譚元春選《唐詩歸》《古詩歸》,著有《隱秀軒集》,爲竟
陵派代表人物。

[3]"楊父母",即楊鼎熙。《(光緒)重修常昭合志》卷二十一:"楊鼎
熙,字緝庵,京山進士,崇禎元年知常熟縣。能理繁劇,案牘日常累百,剖決
如流。初,常熟漕法不一,大戶易輸,而鄉民倍肩其難。鼎熙言於撫按,一例
水次輸兑,勞逸乃均,勒石永遵。九年,左遷去。"

[4]"王六瑞",即王鳴玉,字六瑞。天啓二年(1622)進士,入庶常,改

給事。以直節著。魏閹憎其不附己，出爲隴西觀察。抵任，會旱久，所部獷悍騷然，犯禁發礦。衆議動師剿之，鳴玉耐心曉諭，嘯聚皆解散。崇禎帝即位後，特旨召還，補刑科，以失糾司寇逸囚降外。尋遷膳部郎，以疾引歸。

案：《鍾評杜林春秋左傳合注》三十卷，晉杜預注，明鍾惺評。

明崇禎四年（1631）汲古閣刻《四書六經讀本》本，卷首載崇禎四年楊鼎熙序及同年毛晉序，次有杜預序及目錄，次爲“春秋左傳杜註卷首”，下署“批評　鍾惺　伯敬　景陵人”，“參訂”共有十二人，分別爲“王鳴玉　六瑞　景陵人”“鄭玄友　澹石　京山人”“毛晉　子晉　常熟人”“陳繼儒　眉公　華亭人”“戈汕　莊樂　常熟人”“張星炳　仲虎　京山人”“李穀　孟芳　常熟人”“夏樹芳　茂卿　江陰人”“胡震亨　孝轅　海鹽人”“黃廣　無蛙　無錫人”“吳一標　蒼木　長洲人”。楊鼎熙序云：“斯帙也，友人王六瑞、鄭澹石兆其謀，毛子晉董其事，而余與張仲虎（張星炳，字仲虎）參魯較亥，憑繩尋墨，得觀厥成焉。庶乎伯敬嘔心鏤手者，不没於簏笥耳。今而後，請奉左氏爲俎豆之主，兩楹翼祀，則特進伯敬，以追配公、穀、杜南諸公可也。辛未重陽前一日，京山楊鼎熙題於古虞公署之喜雨亭。”“杜南”即杜預。中央黨校圖書館、北京市委圖書館、河南省圖書館皆有藏本，其中國圖藏本（67127）列入普通古籍，内封鐫“雲林大盛堂藏板”，蓋版歸他人後刷印。此書先以單行本行世，後收入汲古閣刻本《四書六經讀本》，今遼圖、川大圖書館、山大圖書館等皆藏有全帙。《四庫》底本，《四庫提要》卷三十著錄。

此書通行本爲五十卷本，明代尚有吳門養正堂刻本《春秋左傳杜林合注》五十卷，晉杜預注，宋林堯叟注，唐陸德明音義，明鍾惺評，其中國圖藏本（T01774）爲清吳騫批點並跋。次有明萬曆二十二年（1594）潭城書林楊閔齋刻五十卷本，晉杜預注，宋林堯叟注，唐陸德明音義，明閔蒙得、閔光德輯。又有中國科學院文獻情報中心藏明崇禎間陳子龍刻三十卷本。汲古本，無閔氏輯，或據養正堂本而出。清刻本多部，蓋不出三十卷、五十卷本。

孟子音義
毛　扆

余在京師得宋本《孟子音義》[1]，發而讀之，其條目有《孟子篇叙》，注云“此趙氏述《孟子》七篇所以相次叙之意”，茫然不知所謂。書賈又挾北宋板《章句》求售，亦係蜀本大字，皆章丘開先[2]藏書也。卷末有《篇叙》之文,狂喜叫絶,令僮子影寫携歸,附于《音釋》之後。後人勿易視之也。虞山毛扆識。

虞山毛氏從蜀本大字宋板影寫,謹識於汲古閣。

注:

[1]《孟子音義》,二卷,宋孫奭撰。奭以趙岐注爲底本,兼采張鎰《孟子音義》、丁公著《孟子丁氏字音》,參稽唐陸善經《孟子注》著成。有《通志堂經解》本、《四庫全書》本、盧文弨《抱經堂》校刊本、《續粵雅堂叢書》本等。

[2]"章丘開先",即李開先(1502—1568),字伯華,號中麓子、中麓山人及中麓放客,山東濟南章丘人。明代文學家、戲曲作家、藏書家。嘉靖八年(1529)進士,歷官户部主事,吏部考功主事、員外郎、郎中,太常寺少卿。二十年(1541),以抨擊夏言内閣被罷官。推崇戲曲小説,曾創作傳奇《寶劍記》。喜藏書,尤以戲曲爲多,有"詞山曲海"之稱。

案:《孝經今文音義》一卷、《論語音義》一卷,唐陸德明撰;《孟子音義》一卷,宋孫奭撰。

清初毛氏汲古閣影宋抄本,今藏蘇州圖書館。據宋蜀刻大字本影寫,其卷端首行頂格題"孝經今文音義",尾題同,次行低一格半題"唐國子博士兼太子中允贈齊州刺史吳縣開國男陸德明撰",第三行頂格題"開宗明義章",第四行頂格爲摘句及音義,卷末尾題後有"序音",下小字注"舊本有此音,非陸氏所撰,今存之"。《論語》卷端首行頂格題"論語音義一",尾題"論語音義一",次行低二格題署同《孝經》,首爲何晏《論語序》。《孟子》卷端首行頂格題"孟子音義序",第二、三行低一格題"朝散大夫尚書兵部郎中充龍圖待制知通進銀臺司兼門下封/駁事兼判國子監護軍賜紫金魚袋臣孫奭辭撰進",序文頂格,序末徑連《音義》正文,首行頂格題"孟子音義上",尾題同,次行頂格題"孟子題辭",卷分上下,《孟子音義》末載漢趙岐撰《孟子篇叙》,首行頂格大字題"孟子卷第十四",次行頂格雙行小字,頂格題"孟子篇叙"。《篇叙》末有毛扆跋。《孟子音義》末及《篇叙》末皆題有"虞山毛氏從蜀本大字宋板影寫,謹識於汲古閣"一行,下鈐朱文方印"汲古閣"。書品特大,書高35.7釐米、廣23.6釐米,框高24.2釐米、廣16.7釐米。十行十八字,小字雙行十行二十五字,左右雙邊,白口,《孝經》第三葉,《論語》第十一、十二、十八葉爲單魚尾,其餘爲單橫線。橫線或單魚尾下題"音""孝音""俞音""論音""吾音""吾上""吾""孟音上""孟音下",下題葉次。全書凡四十六葉,《孝經》凡四葉,《論語》凡二十一葉,《孟子》凡二十葉(上十一葉、下九葉），《篇敍》一葉。鈐毛氏印有“開卷一樂”“宋本”“甲”“汲古閣”“毛晉之印”“毛氏子晉”“毛晉私印”“子晉”“毛扆之印”“斧季”“汲古主人”“墨妙筆精”“希世之珍”等，其他印記“席鑑之印”“席氏玉照”“虞山席玉照氏考藏”“莧山珍本”“汪文琛印”“長洲汪俊昌藏”“雅庭”“小有壺齋”“詠周孔之圖書”，及“趙文敏公書卷末云：吾家業儒，辛勤置書。以遺子孫，其志何如？後人不讀，將至于鬻。頹其家聲，不如禽犢。苟歸他室，當念斯言。取非其有，尤寧舍旃”。毛晉、毛扆、席鑑、周錫瓚、黃丕烈、汪文琛、汪士鍾、汪俊昌舊藏。其後散出，“文革”期間，原蘇州圖書館館長許培基於廢品收購站中得之，論斤購回，可謂奇遇也。《蘇州圖書館藏古籍善本提要·經部》著錄曰：“是書紙質潔白如玉，墨如點漆，與真刻無異。裝幀美觀而考究，用紙硏光光滑，封葉用絳紫灑金皮紙，楠木夾板，古雅可愛。清楊守敬在《藏書絕句》中稱是書‘墨妙筆精，與真刻無異’。”謝國楨《江浙訪書記》著錄曰：“是書匡高二十四釐米，廣一六·二釐米，左右雙邊，白口，每半葉十行，原文行二十二字，注文相同。汲古閣毛氏精鈔，一筆不苟，紙白如玉，點墨如漆，天地頭寬大，封面用絳紫色灑金織絹裝訂，古雅可愛，爲我國文化遺產嘉本名鈔，稀有的藝術品。楊守敬《藏書絕句》中說：‘《經籍跋文》影寫北宋蜀大字本，《論語音義》《孝經·孟子音義》同一格式，汲古閣所藏，墨妙筆精，直與真刻無異。今藏周氏香巖書屋，爲黃蕘圃所得。’按是書已刻於《士禮居叢書》中。”

　　據毛扆跋可知，毛扆於京師得宋本《孟子音義》兩卷，其中《孟子音義》卷下尾題前有趙岐《孟子篇敍》音義，頂格大字云“《孟子篇敍》”，下小字雙行注云：“此趙氏述《孟子》七篇所以相次敍之意也”，但並未有具體內容，僅有“其行（下孟切，下同）；當期（音朞）；括（古活切）”三個摘字釋音，故“茫然不知所謂”。其後又得北宋刻本趙岐注《孟子註疏》十四卷，卷末附有《篇敍》正文，于是《篇敍》一文釋然，即令童子影抄攜歸，附於影抄本《音義》之末。今存毛氏影抄宋本《孟子音義》後附《孟子篇敍》，卷端題“孟子卷第十四”，即可知其出於《孟子註疏》卷十四末附錄。此即毛氏影抄宋本《孟子音義》及《篇敍》的原委。由此亦知，《孟子注疏》與《孟子音義》皆爲“北宋蜀刻大字本”，《孟子音義》附於《孟子注疏》卷十四之後，趙岐《篇敍》則附於《註疏》之後。兩書原爲同版同帙，皆爲李開先舊藏，後來兩書分開，致使毛扆對《篇敍》困惑不解，其後見到《孟子注疏》卷末附錄《篇敍》後遂釋前疑。毛扆言《章句》者即《孟子注疏》，這是與《音義》加以區別。但稱其爲《章句》，則非毛扆首創，《直齋》卷三著錄：“《孟子章句》十四卷，後漢太僕京兆趙岐邠卿撰。”那麼毛扆何以要影抄《孟子音義》呢？原來宋刻本《孟子注疏解經》卷末皆不失載孫奭《音義》，抑或國子監刊印此書時，並未撰作。

《中國古籍善本書目》失收。《毛扆書跋零拾（附僞跋）》曰：“‘余在京師’。毛扆幾度至北京不詳，此似康熙二十年辛酉事也。扆跋《五色線集》云：‘辛酉夏日，余訪書于章丘李氏中麓先生之後。’王士禛《漁洋續集》辛酉年詩有《送毛斧季歸常熟》五律詩，時士禛在京官國子監祭酒，與扆有世誼，故作詩送之。”“何焯《義門先生集》卷九收錄《跋孟子音義》云：‘《篇叙》自世綵堂以下諸刻皆闕，毛丈斧季爲東海司寇購得章丘李中麓少卿所藏北宋本乃有之，余又傳於毛氏也。壬辰（康熙五十一年）夏六月廬江何焯記。’世綵堂，宋末廖瑩中堂名；東海司寇，即崑山徐乾學，康熙時官至刑部尚書，故稱司寇。《善本書目》雖著錄《孟子趙氏注》及《孟子音義》，皆未見宋本，則毛氏影宋抄《音義》彌足珍貴。何焯跋毛扆爲徐氏購得北宋本《音義》，蓋微言也，不及焯《跋中州集》云：‘斧季丈曾從都下得蒙古憲宗五年刊本，爲東海司寇公豪奪以去，今汲古閣止有壬、癸及閏集三卷耳。’較直率也。”

四 書 集 註
毛 　 扆

校人宋板凡三部

最初用朱筆校人者，係大板。度宗咸淳九年癸酉，衢州守長沙趙淇[1]刊於郡庠，板心下有“衢州官書”四字，行數字數不復記憶矣。後淳祐壬子二十年，更六年而宋祚亡矣。

又宋本一部末卷缺，不知何年所刻，字俱從正體，惜乎不全，《大學章句》後有《或問》，則《中庸》雖缺，亦必有《或問》矣。但指爲中字，宋本半幅八行，每行十六字。

最後用青筆校人者，理宗淳祐十二年壬子當塗守金華馬光祖[2]刊於郡齋，《集注》與本文一體，大字次行低一格起，半幅八行，每行十五字。

朱子四書次序

大學第一　論語第二　孟子第三　中庸第四

朱子跋臨漳[3]所刊《四子》云：《中庸》雖七篇所自出，然讀者不先於《孟子》而遽及之，非所以爲入道之漸也。見《朱子大全集》八十二卷。陳北溪《嚴陵講義》[4]四篇，其四《讀書次序》曰：“《中庸》之爲言，大約上達之意多，而下學之意少，非初學者所可驟語。必《大》《論》《孟》之既通，然後可以及乎此。"則先儒教人之序,彰彰著明矣。如《二程遺書》趙考古[5]《學範》《程氏讀書工程例證》皆《大學》一、《論語》二、《孟子》三、《中庸》四,舊本大全亦同,不知何時倒置,所不解也[6]。

己丑三月五日,小宋本校。宸。(朱筆)(《論語》卷三末)

己丑三月初八日,雨窻,從小宋本再校。毛宸。(朱筆)(《論語》卷四末)

己丑三月九日,從小宋本再校此卷。毛宸。(朱筆)(《論語》卷五末)

己丑四月十四日,從中字宋本校。毛宸。(朱筆)(《論語》卷六末)

己丑四月十四日,從中字宋本再校此卷。毛宸。(朱筆)(《論語》卷七末)

己丑四月十七日,雨窻,從中字、小宋本再校一過。毛宸。(朱筆)(《論語》卷八末)

己丑四月十八日,又從中字、小宋本細校一過。毛宸識,時年七十。(朱筆)(《論語》卷九末)

己丑四月十八日,又從中字宋本再校一過。毛宸,岀年七十。(朱筆)(《論語》卷十末)

辛卯八月二十一日,用青筆從淳祐本校。(青筆)(《論語》卷十末)

己丑三月三日,從中字宋槧殘本校一過,所謂大宋本者,即咸淳癸酉衢州郡庠本也。小宋本者,即此中字本也。惜乎殘缺,僅存首二册尔。毛宸識。(朱筆)(《孟子》卷一末)

辛卯八月,用青筆從當塗郡齋本校。(朱筆)(《孟子》卷一末)

己丑三月初四日,從中字宋槧殘本校,岀年七十。毛宸。(朱筆)(《孟子》卷二末)

辛卯八月,用青筆從當塗郡齋本校。(朱筆)(《孟子》卷二末)

辛卯立秋日,从淳祐本校,花溪。毛宸。(朱筆)(《孟子》卷五《萬章章句下》地脚)

辛卯八月二十二日,用青筆從淳祐本校。(朱筆)(《孟子》卷五末)

辛卯年八月二十日,用青筆從淳祐本校。(青筆)(《孟子》卷七末)

注:

[1]趙淇(1239—1307),字元德,號平遠、太初道人,潭州衡山人。曾任四川宣撫大使司、浙東路提點刑獄兼知衢州等職。德祐元年(1275),授大理少卿。景炎二年(1277)降元,授中奉大夫、湖南道宣慰使。善畫墨竹,有《湘皋雨竹圖》《清風苦節圖》等畫存世。

[2]馬光祖，字華父，一字實夫，號裕齋，婺州金華人。寶慶二年（1226）進士。景定五年（1264），知建康府兼江東安撫使、沿江制置使。咸淳三年（1267），拜參知政事。五年（1269），遷知樞密院事兼參知政事。尋以金紫光禄大夫致仕。卒諡莊敏。

[3]“臨漳”，朱熹撰成《四書章句》後，於光宗紹熙元年（1190）知漳州時首次刊印。次爲南宋嘉定十年當塗郡齋刻本，據馬光祖跋稱“蓋正肅吳公所刊”，吳公即吳柔勝。《宋史》本傳曰：“吳柔勝，字勝之，宣州人……並主朱熹之學，不可爲師儒官，自是閒居十餘年。嘉定初，主管刑、工部架閣文字，遷國子正。柔勝始以朱熹《四書》與諸生誦習，講義策問，皆以是爲先……改知太平州，除直祕閣，主管亳州明道宮。改直華文閣，除工部郎中，力辭，除祕閣修撰，依舊宮觀以卒，諡正肅。”又康熙間纂修《太平府志》“名宦傳”中記載“吳柔勝，嘉定十年以朝奉郎知太平州，次年轉朝散郎直華文閣”。可知嘉定十年（1217）吳氏確曾在太平府爲官，而太平府治所即在當塗，其主持刊印《四書》完全可能。因定南宋嘉定十年（1217）當塗郡齋吳柔勝刻本，當爲不誣。蓋此本刊印以後，版片漫漶，不斷修補，據版心所鐫換版時間，可知有嘉熙庚子四年（1240）、淳祐戊申八年（1248）、淳祐壬子十二年（1252）。其他尚有中字本、淳祐本等，參見本條案語。

[4]陳北溪《嚴陵講義》，宋陳淳撰。陳淳爲朱熹高足，學者稱北溪先生。嘉定十年（1217），應嚴陵（今浙江桐廬）郡守鄭之悌之邀，講學郡庠，並撰成此書，收入《北溪字義》，分道學體統、師友淵源、用功節目、讀書次第四章。

[5]“趙考古”，即趙謙（1351—1395），字撝謙，餘杭人。博覽六經，尤精六書，與朱右、徐一夔等有交。洪武十二年（1379），徵修《洪武正韻》，授中都國子典簿。著有《聲音文字通》《六書本義》《考古文集》等。

[6]此序辨《四書》順序，汲古閣本《四書集註》是按《大學》《中庸》《論語》《孟子》之序，而今存宋淳祐本則爲《論語》《孟子》《大學》《中庸》，次序不一，故有辨証。毛扆認爲應該“《大學》一、《論語》二、《孟子》三、《中庸》四”。

案：《四書集注》二十一卷，宋朱熹注。

明崇禎十四年（1641）毛氏汲古閣刻《四書六經讀本》本，九行十七字，小字雙行字數同。版心有“汲古閣”字樣。卷首有毛扆“校入宋版凡三部”“朱子四書次序”兩篇序文。每卷卷端下皆鈐有“虞山毛扆手校”長方朱印。鈐印“虞山毛扆手挍”“稽瑞樓”“暫得於己，快然自負”“領略人間清福”“菱花館”“常熟曹大鐵鑒定印”“虞山曹鼎審定真跡”“大鐵父”“吳郡曹鼎”等，毛扆、陳揆、曹大鐵舊藏，今藏上海圖書公司。陳先行撰《中國古籍稿抄校本圖録》收録，2007 年廣陵書社影印出版，陳先行撰《弁言》。

此爲毛氏晚年手校本，分朱、青、墨三色。所據三本爲宋咸淳九年衢州刻大字本、殘宋本（毛氏稱爲“中字本”）、淳祐十二年當塗郡齋刻本，其中前兩本今已不存。由毛扆諸跋可知，毛扆校勘家刻本《四書集註》時，共使用了三個宋刻本，校勘五次，即分别於康熙四十八年己丑（1709）三月至四月、康熙五十年辛卯（1711）八月間先後四次校勘，之前又以大字咸淳本校勘過一次。《汲古閣書跋》《毛扆書跋零拾（附僞跋）》皆不載毛扆跋。

鄭注爾雅

舊有《尔疋注》十餘家，如劉歆、樊光、李巡、孫炎、沈旋、施乾、謝嶠諸子爲尤著。先輩病其漏略，湮而不傳。惟郭景純[1]考采二九載，詮成三卷，最爲稱首。第晉代迄今，幾千餘年，况本文多江南人語，而郭氏居河東，古今世殊，南北俗異，意義音聲之間，誠有未盡合者。迨宋邢昺[2]、杜鎬[3]九人疏之[4]，非不詳洽，漁仲[5]又懼後人舍經而疑箋注，復舍箋注而泥己意，别出手眼，採經爲證，不畔(1)作者本旨。郭氏所謂擁篲清道，企望塵躅者[6]，其在斯乎？予家向藏抄本，未甚精確。客秋，從錫山購得殘編數篋，獨斯帙完好，實南宋善版，狂喜竟日(2)，亟授梓人。其間淆訛如㓺胹、蜜密、蚔蚚、鼯鼬之類，一一更定。又如“弇同也”“葦醜芀”“蛵蠟倉庚黧黄也”，及“由膝以下爲揭，由膝以上爲涉，由帶以上爲厲”數條，俱已脱落，未見其注何似，不敢妄補。始信落葉難埽，雖宋刻不無遺憾云。海虞毛晉識(3)。

校：

(1)“畔”，《汲古閣書跋》同，《題跋》作“伴”。

(2)《題跋》《汲古閣書跋》無“狂喜竟日”。

(3)《題跋》《汲古閣書跋》無“海虞毛晉識”。

注：

[1]“郭景純”，即郭璞（276—324），字景純，河東郡聞喜縣人。晉元帝時拜著作佐郎，與王隱共撰《晉史》。後爲大將軍王敦記室參軍。著述甚多，曾注《爾雅》《三蒼》《方言》《穆天子傳》《山海經》等。

[2]邢昺（932—1010），字叔明，北宋曹州濟陰人。太平興國中，舉九經及第，授大理評事，知泰州鹽城監。咸平元年（998），改國子祭酒。次年，爲

翰林侍講學士。終禮部尚書，卒贈左僕射。奉詔與杜鎬、孫奭等校定《周禮》《儀禮》《公羊》《穀梁》《春秋傳》《孝經》《論語》《爾雅義疏》等。

[3]杜鎬(938—1013)，字文周，常州府無錫縣人。宋太宗即位，歷任直秘閣、集賢校理，遷著作佐郎、國子博士，遷駕部員外郎。拜右諫議大夫、龍圖閣直學士。大中祥符三年(1010)，累遷工部侍郎。參修《宋太祖實錄》《冊府元龜》。

[4]詔命杜鎬等人詳定七經，文獻多有記述。《玉海》卷四十一："至道二年，判監李至請命李沆、杜鎬等校定《周禮》《儀禮》《穀梁傳疏》及別纂《孝經》《論語正義》。從之。"《宋史》卷二百四十四《李至傳》載李至上言："五經書疏已板行，惟二《傳》、二《禮》、《孝經》、《論語》、《爾雅》七經疏未備，豈副仁君垂訓之意？今直講崔頤正、孫奭、崔偓佺皆勵精强學，博通經義，望令重加讎校，以備刊刻。"

[5]"漁仲"，即鄭樵(1104—1162)，字漁仲，南宋興化軍莆田人，世稱夾漈先生。著有《通志》《夾漈遺稿》《爾雅注》《詩辨妄》等。

[6]郭璞《爾雅序》："輒復擁篲清道，企望塵躅者，以將來君子爲亦有涉乎此也。"

案：《爾雅注》三卷，宋鄭樵撰。

明末崇禎間汲古閣刻《津逮秘書》本，卷首載鄭樵自序，卷末載"江南人謹後序"及毛晉跋。《四庫》底本，《四庫提要》卷四十著錄(兩淮鹽政採進本)："惟作是書，乃通其所可通，闕其所不可通，文似簡略，而絕無穿鑿附會之失，於説《爾雅》家爲善本。中間駁正文，如後序中所列饎餾、訊言、禰袍、衮黻四條，峨峨、丁丁、嚶嚶三條，注中所列《釋詁》台、朕、陽之予爲我，賚、畀、卜之予爲與一條，關關、噰噰當入《釋訓》一條，《釋親》據《左傳》辨正娣姒一條，《釋天》謂之景風上脱文一條，星名脱實沈、鶉首、鶉尾三次一條，《釋水》天子造舟一條，《釋蟲》食根蟊一條，《釋魚》鯉鱣一條，蝮虺首大如臂一條，皆極精確。"《郡齋》未著錄，《直齋》始著錄"鄭樵《注爾雅》三卷"，或刊印已在南宋末年。南宋刻本今已不存，今存世唯一元刻本，舊爲汲古閣、海源閣收藏，今藏國圖(855)。不過，毛晉跋中將其定爲"南宋善版"，楊紹和《楹書隅錄續編》著錄："其鎸印精良，較諸本猶勝"，並因此將其與所藏北宋單疏本並稱雙璧。① 此書鈐有毛氏鑒定印"元本"，蓋毛晉初定爲宋本，

---

① （清）楊紹和撰，王紹增、崔國光等整理訂補：《訂補海源閣書目五種·楹書隅錄》，齊魯書社2002年版，第343頁。

後改爲元本。經鑒定實爲元刻本。《中國版刻圖録》云"純係建本風格"，《北京圖書館古籍善本書目》《中華再造善本總目提要》皆定爲元刻本。考《津逮秘書》本與此元本卷末皆有"江南人謹後序"，文字上很多異體字亦同，則《津逮》本即據此而出無疑。但元本訛誤較多，毛晉重刊時進行了校正。

説文解字
毛　扆

（一）

　　《説文》自《五音韻譜》[1]盛行於世，而始一終亥，真本遂失其傳。案徐楚金鍇(1)[2]撰《繫傳》四十卷，中有《部敍》二卷，學《周易·序卦傳》而爲之。推原偏旁所以相次之故，則五百四十部一字不容倒置矣。即每部之中，其先後各有意義，亦非漫然者。《説文韻譜》亦楚金所撰，蓋爲後學檢字而作。其兄鼎臣鉉序曰："方今許、李之書，僅存於世，偏旁奧密，不可意知，尋求一字，往往終卷，力省功倍，思得其宜。舍弟楚金，特善小學，因取叔重所記，以切韻次之，聲韻區分，開卷可覩。今此書止欲便於檢討，無恤其他，聊存訓詁，以爲別識。凡十卷。"曰"無恤其他"，言體例與説文迥別也。"聊存訓詁"，不載舊注也。乃巽岩李氏燾割裂《説文》，依韻重編，起東終甲，分十二卷，名曰《五音韻譜》。扆案：平上去入爲四聲，宮商緑徵羽爲五音。書中次序，皆依四聲，而名曰"五音"，何也？有前後二序，原委頗詳，載《馬氏通考》中。今世行本删去，而以《説文》舊序冠之，譌謬甚矣。先君購得《説文》真本，係北宋板，嫌其字小，以大字開雕，未竟而先君謝世。扆哀毀之餘，益增痛焉。久欲繼志，而力有不逮。今桑榆之景，爲日無多，乃鬻田而刻成之，蓋不忍墮先志也。叔重偏旁在十五卷，是時未有翻切，但編其次序之先後爾。今卷首標目有音釋者，乃徐鼎臣[3]所增也。按歐陽公《集古目録》有郭忠恕小字《説文字源》，扆今不得而見。但夢英《篆書偏旁》，延平二年[4]所建者，陝搨流傳甚廣。中有五處次序不侔，始竊疑之，及讀郭恕先忠恕《汗簡》次序，與此悉同，乃知夢英之誤也。即繫傳部敍之次，亦有顛倒闕略處。而書中之次與標目無二，要必以此爲正也。扆每讀他書，其有關《説文》者，節録於後，以備博覽之一助云。汲古後人毛扆謹識。

校：

（1）"鍇"，《汲古閣書跋》作大字，與正文同，下"鉉""扆"等皆同。

注：

[1]《五音韻譜》，李燾編。取《説文》文字，按《類篇》次序，依五音先後分部，每部中又以筆劃簡繁編排而成。有弘治十四年(1501)刻本、嘉靖十一年(1532)刻本、天啓七年(1627)世裕堂刻本等。

[2]"徐楚金鍇"，即徐鍇(920—974)，字鼐臣，又字楚金，原籍會稽，徐鉉之弟。南唐元宗保大元年(943)，爲秘書郎，累官至右内史舍人，與其兄鉉同爲帝王侍臣，號爲"二徐"。著有《説文解字繫傳》《通釋五音》《方輿記》《古今國典》等。

[3]"徐鼎臣"，即徐鉉(916—991)，字鼎臣。揚州廣陵人。初仕南唐，爲吏部尚書。後歸宋，爲太子率更令，累官散騎常侍，淳化初貶爲静難軍司馬。與弟鍇俱以文名，號"二徐"。精通文字學，與句中正等校訂《説文解字》，世稱"大徐本"。曾續編《文苑英華》，著有《騎省集》。

[4]"夢英《篆書偏旁》，延平二年"，夢英，法號宣義。北宋衡陽郡人。工書法。《篆書目録偏旁字源碑》由夢英篆書並題額，附刻夢英自序及郭忠恕答書，亦由夢英楷書，咸平二年(999)刻石，西安碑林博物館收藏。此處"延平二年"應作北宋真宗咸平二年。

案：《説文解字》八卷，漢許慎撰。

清初汲古閣刻本，卷末載毛扆跋。《汲古閣書跋》《毛扆書跋零拾(附僞跋)》亦録。據毛扆跋可知，一是毛晉購得"北宋版"《説文》，鈐有毛晉、毛表印記，蓋晚年分授於毛表，後歸季振宜收藏，今存國圖(09588)，實爲南宋初刻宋元遞修本。毛扆校改時，毛表已卒(康熙三十九年，1700)，未能以此本校。二是由"桑榆之景"可知，此書最終首刻刷印出版已至毛扆晚年。毛晉雖藏有宋版《説文》，但並未以之爲底本刊梓，而以明趙均(字靈均)抄大字本(今藏日本大谷大學)爲底本，段玉裁《汲古閣説文訂序》曾云"明趙靈均所抄宋大字本，即汲古閣所仿刻之本也"，董婧宸《毛氏汲古閣本〈説文解字〉版本源流考》更有詳考："首先，趙均抄本在'嬾、臻、妻、申、報'等字下，有不同於其他各本的特殊異文或行款。……上述諸例，毛試印本的版刻文字，與僅見於趙均抄本中的抄寫異文乃至特殊行款一致，説明汲古閣本的底本，當即祖出趙抄本。"①

---

① 董婧宸：《毛氏汲古閣本〈説文解字〉版本源流考》，《文史》2020年第3期。

（二）

乙酉中秋前一日，早稻登場，塵坌中閱此。宸。（卷二上末，藍筆）

乙酉中秋日，崑山返棹，閱完此卷。毛宸。（卷二下末，藍筆）

甲申三月晦，閱此卷，正一字：説。省庵。（卷五上末，硃筆）

甲申三月晦，閱。省庵。（卷五下末，硃筆）

甲申四月朔，閱此卷。是日西北風，老農占驗，其應必潦，殊有杞人之憂也。省庵。（卷六下末，硃筆）

三月二十六日上午，閱。（卷七上末，硃筆）

三月二十六日，閱，精神困倦，恐多挂漏。（卷七下末，硃筆）

甲申三月二十五日巳時，閱畢，正五字：聞、偷、備、取、厄。省庵記。（卷八上末，硃筆）

甲申三月二十三日，雨窗閱。多所是正。（卷九上末，硃筆）

甲申三月二十四日，閱竟此卷。省庵。（卷九下末，硃筆）

甲申三月二十九日，修過再閱。（卷十上末，硃筆）

甲申三月二十二日，閱此卷。省庵。（卷十下末，硃筆）

甲申三月二十有一日，眸窗閱此卷，正二字：千、木。省庵。（卷十一上末，硃筆）

甲申三月二十一日，泊莫閱此卷。省庵。（卷十一下末，硃筆）

甲申三月十九日，閱一過。省庵。（卷十二上末，硃筆）

甲申四月二日，燈下復閱一過。正當戌時立夏之候，德兒侍後。省庵。（卷十三下末，墨筆）

案：此十六條校跋，載南圖藏汲古閣刻《説文解字》試印本（GJ115366）。試印本黃紙刷印，硃筆校改頗夥，間有藍筆和墨筆。校語多爲《説文》正篆校正注文中的楷書點畫，另有少量取字書以考訂異文、反切。所跋時間自"甲申三月十九日"至"乙酉中秋日"，即康熙四十三年甲申（1704）三月十九日至康熙四十四年乙酉（1705）中秋日，此時毛宸六十四歲至六十五歲，"省庵"乃毛宸之號；"德兒"即宸第三子綏德。

潘天禎《毛宸書跋零拾（附僞跋）》收錄，輯注曰：跋文抄自南京圖書館藏毛宸手校刻書樣稿原書。前無扉頁，後無"汲古後人毛宸謹識"及宸節錄前人有關《説文》論述十一則。自"標目"至雍熙三年（986）十一月牒文雖全，仍是汲古閣本《説文》未刻竣之書。宸校跋硃墨燦然，多是點劃鈎捺，改字很少。除眉批外，卷一、卷三、卷十三至十五均無校筆，當是校改未完。所校十卷,改僅八字,即:説、聞、偷、備、取、厄、千、木。"聞"字的"耳",原刻左豎未刻到位,係筆畫填補;其余七字,原刻"説"作"就"、"偷"作"愉"、"備"作"憊"、"取"作"耴"、"厄"作"見"、"千"作"于"、"木"作"水"。今傳世汲古閣諸印本,均同毛扆校改,不同原刻。南圖藏汲古閣印本四種。一是毛扆手校樣本,牒文末行原刻"有明後學毛晉從宋本校刊　男扆再校",扆用墨筆圈去"有明"二字,又在書眉硃批"鑿深些",這是毛扆要求刻工剜去"有明"二字的指示。二是毛扆校改八個字,均已照改,獨"有明"二字未改。三是"有明"二字已剜去,但鑿得不夠深,刷印又重,在"後學"上仍微顯墨迹。四是"後學"上無墨迹,但多出"汲古後人毛扆謹識",今傳世剜改後印本即段玉裁《汲古閣説文訂序》所謂"斧季親署"本有之。

(三)

家刻《説文》校改第四次樣本。

癸巳年修板第五次。凡上方有青圈者要修,無者不動;若大字内要增者,邊頭增一小字。

第一册標目一上下二上下三上下

第二册四上下五上下六上下

第三册七上下八上下九上

第四册九下十上下十一上下十二上

第五册十二下十三上下十四上下十五上下(以上皆在扉頁後首葉)

癸巳四月初六日,以郭恕先《汗簡目録》[1]校一過,方知徐騎省之是,夢英石刻之謬也。但恕先亦有倒置處,必以騎省本爲準也。汲古後人毛扆,嵩年七十有四。(《説文解字標目》末)

四月十九日,鳩工修葺戈莊丙舍。携此往校,燈下完此卷。(卷七上末)

癸巳四月廿三日,携至戈莊丙舍,午刻校完此卷。(卷七下末)

癸巳三月十一日立夏。是日校八卷上起,直至十三日校完此弓。因有疑難處,遍檢小學諸書以證之,所以若是其遲也。隱湖毛扆識。嵩年七十有四。(卷八上末)

四月十四日,聞嚴思庵卒於湖廣貢院,三月廿一日卯時事也。四月初八日,家中聞訃。今日爲一七日,余入城往唁之。次日方校完此卷。(卷八下末)

四月十五日,止校半卷。十六日,譚道興兄弟叔侄來,留飲。別後,擬往戈莊丙舍,雨大而止。十七日,續添《説文》後附録,未曾開卷。至十八日午後,校完此卷。(卷九上末)

癸巳四月二十六日,雨窓,校完此卷。省庵(卷九下末)

四月廿七日入城。廿八日校此卷,至十六葉止。

四月廿九日,錫山王子任來訪,盤桓竟日。至五月朔,校完此卷。(均在卷十上末)

癸巳五月初三日,泊暮,校完此卷。(卷十下末)

癸巳端午,燈下校完此卷。時狂風大雨。(卷十一上末)

癸巳五月初六日,燈下校完此卷。(卷十一下末)

注:

[1]“郭恕先《汗簡目録》”,郭恕先即郭忠恕(? —977),字恕先,洛陽人。五代末至宋初畫家,兼精文字學、文學,善寫篆、隸書和八分體,以楷書最爲著名。著有《三體陰符經》《汗簡》《佩觿》等。《汗簡》體例全仿《説文》,按“始一終亥”五百四十部排列文字,析爲四卷,收二千九百六十一字。其正編收字體例是每字一體,即使相同之字,亦不做歸併,正文用古體,釋文用楷體,爲古文字研究重要文獻。

案:此十三條校跋據清光緒七年(1881)淮南書局翻刊毛扆第四次樣本抄録,均爲鐫刻。該本首葉大字題“説文真本”,背葉題“光緒七年八月淮南書局翻刊汲古閣弟四次樣本”。開首爲五册目録,首有大字篆文“毛斧季書衣題字”,下爲首七條題記及目録,末有“光緒辛巳八月閩高行篤素謹識”,次有段玉裁、顧廣圻序,次爲標目,末有毛扆跋。卷末鐫“有明後學毛晉從宋本校刊　男扆再校”,下有《汲古閣説文解字校記》,包括張行孚識、各卷校記、張行孚又識。

關於淮南書局本之底本問題,孔毅《汲古閣刻〈説文解字〉略考》(《古籍整理研究學刊》1989 年第 2 期),潘天禎《汲古閣本〈説文解字〉的刊印源流》(《北京圖書館館刊》1997 年第 2 期)、《毛扆四次以前校改〈説文〉説質疑》(載《圖書館學通訊》1986 年第 3 期),楊成凱《汲古閣刻〈説文解字〉版本之疑平議》(《古典文獻與文化論叢》第 2 輯,杭州大學出版社 1999 年版)均有論述,潘氏據毛扆所題時間及署稱等,以爲淮南書局所據毛扆校樣本乃後人僞作,而楊成凱等力證其不僞,確爲毛扆第五次校改本,亦即第四次校樣本。董婧宸云:“毛扆係以第四次校改完成的樣本爲底本,故稱底本爲‘第四樣本’,其上的藍筆、原硃筆校語,是爲了‘修板第五次’。根據毛扆這一次校樣上的校語修板後的印本,亦即汲古閣第五次剜改本。”①筆者以爲

---

①　董婧宸:《毛氏汲古閣本〈説文解字〉版本源流考》,《文史》2020 年第 3 期。

是,故仍逐録毛扆跋如兹。

　　《毛扆書跋零拾(附僞跋)》還據段玉裁《汲古閣説文訂》序云"斧季親署云'順治癸巳汲古閣校改第五次本'",將"順治癸巳汲古閣校改第五次本"視作毛扆僞跋,云:"段氏所據'斧季親署'不可信。因爲'順治癸巳',毛扆年方十四,毛本《説文》是否開雕尚難肯定,不可能有校改第五次本;其次'汲古閣校改'非毛扆行文習慣,除'親署'外,筆者所輯毛扆書跋百篇左右,從未見有'汲古閣刻'或'校改'者,僅有'家刻'或'家塾刻'之稱;所謂'斧季親署'是僞證。"但事實上,段玉裁蓋因見第四次校樣本書末題"有明毛晉從宋本校刊"字樣,故誤將毛扆所題"癸巳"繫爲順治"癸巳"。毛扆校跋中只言"癸巳"未言帝名,故"順治"者實爲段氏誤加。段序中還有如"然至順治癸巳已校至第五次",可見此誤乃根深蒂固。根據毛扆第五次校改本(淮南書局本各卷所鐫校跋,見上逐録)的校記時間均在癸巳(1713),即康熙五十二年,此時毛扆七十四歲,而順治癸巳整整早了一甲子,十四歲的毛扆怎能擔此重任? 再者,卷首扉頁毛扆原跋爲"癸巳年修改第五次",而段序作"順治癸巳汲古閣校改第五次本",可見段氏引用時亦並非原話逐録,這也是古人習慣的意引。因此,潘文一是將其視作毛扆原跋,二是作僞跋,皆誤。詳見楊成凱《汲古閣刻〈説文解字〉版本之疑平議》。

干禄字書、佩觿

毛　扆

己未五月二十日讀畢,海虞毛扆。

　　案:《干禄字書》一卷,唐顏元孫撰;《佩觿》三卷,宋郭忠恕撰。《四庫提要》卷四十一著録:"《干禄字書》一卷,唐顏元孫撰。元孫,杲卿之父,真卿之諸父也……是書爲章表書判而作,故曰干禄。"又録:"《佩觿》三卷,宋郭忠恕撰。"余嘉錫《四庫提要辨證》亦有考辨。

　　清初毛氏汲古閣影明抄本,一册,清毛扆校並跋。八行十七字,小字雙行字數同,白口,左右雙邊。鈐印"汲古閣""毛氏子晉""子晉私印""子晉書印""汲古主人""毛晉之印""三十五峰園主人所藏""汪澂別號鏡汀圖章"等,毛晉、毛扆、汪士鍾、海源閣、周叔弢舊藏,今藏國圖(7971、4466),《北京圖書館古籍善本書目》《自莊嚴堪善本書影》著録爲清初毛氏汲古閣影明抄萬玉堂刻本。毛扆跋在《佩觿》之末,"己未"即康熙十八年(1679),時毛扆四十歲。《楹書隅録》卷一題:"影宋精鈔本《干禄字書》、校影宋精鈔

本《佩觿》三卷，共一册。"云："二書皆汲古閣影宋精鈔之本，字極工雅。《佩
觿》中硃筆校正尤詳，則斧季手迹也。"《毛扆書跋零拾（附僞跋）》收録。
《自莊嚴堪善本書目》《自莊嚴堪善本書影》著録，行款版式與萬玉堂刻本
同，或即據其影抄，《楹書隅録》作"影宋鈔本"，當誤。又何焯跋國圖藏周叔
弢舊藏清康熙四十九年（1710）張士俊刻澤存堂刻本《佩觿》等五種云："毛
斧季一生不曾見宋槧《佩觿》"。

五　經　文　字
毛　扆

　　吾家當日有印書作，聚印匠廿人刷印經籍。扆一日往觀之，先君適至，
呼扆曰："吾縮衣節食，遑遑然以刊（1）書爲急務。今板逾十萬，亦云多矣。
竊恐秘册之流傳者，尚十不及一也。汝曹習而不察，亦知印板始於何時乎？
蓋權輿於李唐而盛於五代也。"後夏日納涼，請問其詳。先君曰："古人讀
書，盡屬手抄。至唐末益州始有墨板，皆術數、字學、小書，而不及經傳。經
傳之刻，在於後唐。"自後考之，後唐長興三年，詔用西京石經本雇匠雕印，
廣頒天下[1]（原注：見《五代會要》第八卷）。宰臣馮道[2]等奏曰："請依
石經文字刻九經印板。"又按《國史志》："長興三年，詔儒臣田敏[3]校《九
經》，鏤本於國子監。"扆購得《五經文字》一部，係從宋板影寫者，比大曆石
本注益詳備。前有開運丙午九月十一日田敏序。按丙午，開運三年也，則田
敏之奉詔在後唐長興三年。越十六年，至石敬塘[4]之世而雕成印本。由
此觀之，蓋祖於（2）五代本矣。石刻舉世有之，但剥蝕處杜撰增補，殊不足
據，要必以此本爲正也。虞山毛扆識。

校：

（1）"刊"，原誤寫爲"看"，後描改爲"刊"。
（2）"於"，《汲古閣書跋》無。

注：

　　[1]"詔用西京石經本雇匠雕印，廣頒天下"，後唐長興三年（932），奏
准中書門下依《石經》文字，刻《九經》印版，即《易》《書》《詩》《周禮》《儀
禮》《禮記》《春秋左氏傳》《春秋公羊傳》《春秋穀梁傳》。至周廣順三年
（953），共印經書十二部。《九經》之外，包括《論語》《孝經》《爾雅》，同時刻
印《五經文字》《九經字樣》兩部字書。

[2]馮道(882—954)，字可道，號長樂老，瀛州景城人。歷仕後唐、後晉、後漢、後周四朝十帝，稱"十朝元老"，始終擔任將相、三公、三師之位。後周顯德元年(954)，病逝，追封瀛王，謚文懿。

[3]田敏(880—971)，五代宋初淄州鄒平人。少通《春秋》之學。梁貞明中進士，後唐天成初，爲國子博士。受詔與馬縞等同校"九經"。歷仕後晉、後漢、後周，拜太常、檢校左僕射，加司空，改太子少保致仕。家富藏書，精校讎。

[4]石敬塘，即石敬瑭(892—942)，太原人，五代十國時期後晉開國皇帝。

案:《五經文字》三卷，唐張參撰。

清初席氏釀華草堂影宋抄本，三冊，卷末載毛扆跋。鈐印"趙宋本""墨妙筆精""席鑑之印""席氏玉照""別字萐山""汪印士鐘""三十五峰園主人""周暹""儀晉觀堂鑒藏甲品""東郡楊紹和字彥合藏書之印""宋存書堂""關西節度關西""釀華草堂""楊以增字益之又字至堂晚號冬樵行一""憲奎""秋浦""東郡楊二""紹和藏印""希世之珍""學然後知不足""虞山席鑑玉照氏收藏""平陽汪氏藏書印""楊彥合讀書""楊氏協卿平生真賞""東郡楊氏鑑藏金石書畫印""儀晉觀堂""協卿珍賞""袁廷檮借觀印""聊城楊承訓珍藏書畫印"等，每冊又鈐有"興國福壽院轉輪大藏經"圓印，席鑑、毛扆、海源閣、周叔弢舊藏，顧之逵、袁廷檮經眼，今藏國圖(7973)。

《汲古閣珍藏秘本書目》著錄"五經文字三本，宋板影鈔，六兩"，當即此本。《楹書隅錄》卷一著錄"影宋精鈔本《五經文字》三卷三冊"，並迻錄毛扆跋。《毛扆書跋零拾(附僞跋)》曰:"扆跋未記年，但兩稱'先君'，蓋撰于康熙年間。'西京石經本'即唐文宗開成二年(837)刻成的石經，世稱《開成石經》，今猶存西安碑林。'大歷石本'。大歷爲唐代宗年號，'歷'當成'曆'。《楹書隅錄》成於清同治，改'曆'爲'歷'，乃避乾隆帝諱弘曆改。《四庫全書總目提要》卷四十一云'《五經文字》三卷，唐張參撰。參里貫未詳，自序題大歷十一年六月七日，結銜稱司業，蓋代宗時人……初書於屋壁，其後易以木板，至開成間乃易以石刻也。'扆跋稱'大歷石本'，蓋參合自序題年及開成石經本爲一，不確。張參事迹，余嘉錫《四庫提要辨證》卷二謂'參爲河間人'，有所補正。"

九　經　字　樣

毛　扆

余當年有《九經字樣》[1]，與《五經文字》並得。昆山校《經解》時，兩書皆携去。歸時,失去《九經字樣》,不勝悵快。聞武林趙師道[2]書坊有宋板者,覓之不得。後聞錢遵王往彼影寫一本,亦未之見。昨過錢壻家(原注:遵王孫也),始得見之。借歸,與石刻細校。石刻"宀"字之末,多"宐宐"二字,此本無之。據注云"一十一字、五字重文",則無者爲準。又"乏"字注"文反正爲乏",石刻誤作"人反正"。《雨部》"霝"字音"靈",石刻誤音"灵"。則此勝於石刻矣。至釋"看"字,云"凡物見不審,則手遮目看之,故從手";釋"蓋"字,云"今或作盖者,乃從行書艹,與苔、若、著等字皆譌";俗釋"鼎"字,云"上從貞,下象析木以炊,篆文米如此,析之兩向,左爲爿,爿音牆。右爲片",今俗作"鼎",云"象耳足形",誤也。釋"晨"字,云"從曰,象叉手,辰省之義"。其於小學,可謂精詳矣。此書既得之,又失之。今復宛轉而得之,殆彼蒼憐余篤好小學,投老而使之一樂乎? 亟命友人影寫一通。寫畢述此,以識生平之幸云。庚寅秋八月虞山毛扆識。當年七十有一。

注:

[1]《九經字樣》,一卷,唐玄度撰。據大曆十一年(776)張參所作《五經文字》,補其未備,撰集爲《新加九經字樣》一卷,與《五經文字》一同刻於石經之末。

[2]趙師道,平陸人,嘉靖間曾任藍田令,後遷臨洮府通判,曾刻呂柟《四書因問》六卷。

案:《新加九經字樣》一卷,唐唐元度撰。

清初毛氏影宋抄本,三册,卷末載毛扆跋,"庚寅"即康熙四十九年(1710),時毛扆七十一歲。鈐印同前《五經文字》,今藏國圖(7974)。《汲古閣珍藏秘本書目》著錄云:"九經字樣一本,影宋精鈔,二兩。"《楹書隅錄》卷一著錄"影宋精鈔本《九經字樣》一卷一册"。

據毛扆跋,可知《新加九經字樣》乃由毛扆影寫自錢曾孫家藏影抄宋本,並非席氏影抄宋本,而原與《五經文字》一起的席氏影抄宋本《九經字樣》後爲徐乾學借去未還,故兩書影寫風格略有不同。《汲古閣珍藏秘本書目》著錄兩書時敘述用詞不同,《五經文字》作"宋板影鈔,六兩";《九經字樣》作"影宋精鈔"。凡署"精鈔"者爲汲古閣毛氏所抄,而"舊鈔"或"影鈔"者則爲前人所抄。此書與《五經文字》共裝一函。民國間,周叔弢自楊敬夫處得此二書,後捐贈北京圖書館,其《楹書隅錄》批注:"白紙精抄,席氏原裝,書品寬大",均著錄作"清初席氏釀華草堂影宋抄本",《北京圖書館古籍善本書目》《中國古籍善本書目》均著錄爲"清初席氏釀華草堂影宋抄本",

皆誤。席氏影宋抄本、毛氏影宋抄本皆爲此書最早之本，直至康熙五十四年，始有項絪翻刻本行世，並流傳開來。設非毛氏藏抄，兩書不知是否能流傳下來。

《毛扆書跋零拾（附僞跋）》曰："《四庫提要》卷四十一云：'《九經字樣》一卷，唐唐元度撰。元度里籍未詳，惟據此書，知其開成中官翰林待詔。考《唐會要》稱"大和七年二月，敕唐元度覆定石經字體。十二月，敕於國子監講論堂兩廊創定石九經"。元度《字樣》蓋作於是時。'《四庫提要辨證》卷二辨證《字樣》時，元度已作玄度，是唐氏本名。玄改元，乃避諱改字。不過宋、清兩代皆避玄，唯宋刻多缺末筆，此改作元，蓋清避康熙帝諱玄燁也。'"'崑山校《經解》時'。徐乾學崑山縣人，蓋指徐氏校《通志堂經解》時。葉德輝《書林清話》卷九有《納蘭成德刻〈通志堂經解〉》三篇，其二云：'《通志堂經解》本爲徐乾學所刻，何焯所校。'又云：'《通志堂經解》一書，或不必盡爲徐氏所代刻。'其三又引姚元之《竹葉亭雜記》云：'《通志堂經解》，納蘭成德容若校刊，實則崑山徐健庵家刻本也。高宗有成德借名，徐乾學逢迎權貴之旨。成德爲明珠之子，徐以其家所藏經解之書，薈而付梓，鐫成德名，携板贈之，序中絕不一語及徐氏也。'則《經解》究竟是誰校、誰刻？是徐乾學校刻，還是納蘭性德（原名成德）校刻？異説紛紜，迄今莫衷一是。北圖《中國版刻圖録》著録刻于北京，《竹葉亭雜記》説又似刻於江南。無論校者、刻者、校刻者及刻地，均待考定。但扆跋言：'崑山校經解時，兩書皆携去'，自是事實，唯傳世《經解》並未收録兩書，蓋僅借校而已。""扆跋據影宋鈔本校開成石經本諸字，謂'此本勝于石刻'，恐不確。如'雨部霝字音靈，石刻誤音灵'；蓋字'今或作盖'等皆訛。現行簡化漢字，靈正作灵，蓋正作盖，與石刻同，足證唐刻石經已有簡化字。扆據影宋鈔而謂唐代石刻爲訛誤，蓋緣迷信宋本，不明漢字有從繁變簡的演化規律。其實傳世宋刻宋印本亦往往有簡體字，北圖藏宋刻曾慥《類説》即是實證。"

史 部

史 記 索 隱

　　讀史家多尚《索隱》，宋諸儒尤推小司馬《史記》[1]與小顏氏《漢書》[2]，如日月並炤，故淳熙、咸淳間官本頗多。廣漢張介仲[3]削去褚少孫續補諸篇，以《索隱》爲附庸，尊正史也。趙山甫[4]病非全書，取所削者別刊一帙。澄江耿直之[5]又病其未便流覽，以少孫所續，循其卷第而附入之。雖桐川郡有三刻，惟耿本最精。余家幸藏桐川本有二，擬從張本，恐流俗染人之深，難免山甫之嫌，擬從耿本，恐列《三皇本紀》爲冠，大非。太史公象閏餘而成歲之數，遂訂裴駰《集解》而重新焉。每讀至舛逸同異處，如"宰我未嘗從田橫"之類，輒不能忘情於小司馬。幸又遇一《索隱》單行(1)本子，凡三十卷，自序綴於二十八卷之尾，後二卷爲《贊述》，爲《三皇本紀》，迺北宋秘省大字刊本。晉亟正其譌謬重脱，附于裴駰《集解》之後，真讀史第一快事也。倘有問張守節《正義》者，有王震澤先生行本在。古虞毛晉識(2)。

　　按汴本釋文演注與桐川郡諸刻微有不同，如"鄭德"作"鄭玄"，"劉氏"作"劉兆"，姓氏易曉其訛。如"詩含神霧"？援引書目，豈得作"時含神霧"，但"樂彥"通本作"樂産"，未知何據。《高祖本紀》中"人乃以嫗爲不誠，欲笞之"，諸本皆然，《漢書》作"欲苦之"，茲本獨作"欲告之"。此類頗多，不敢妄改。至如"世家""世本"，俱作"系家""系本"，避李唐諱也，後人輒爲改易。小司馬能無遺憾耶？(3)晉又識(4)。

校:

　　(1)"單行"，《題跋續集》同，《汲古閣書跋》無。

　　(2)《題跋續集》無"古虞毛晉識"。

　　(3)"至如'世家''世本'，俱作'系家''系本'，避李唐諱也，後人輒爲改易。小司馬能無遺憾耶?"《題跋續集》改作"其後條論'本紀'宜降爲'系家'，'系家'宜降爲'列傳'及'紀、傳'中宜分宜合者，可謂允愜矣。但據云司馬相如、汲鄭列傳不宜在西南夷之下，仍依舊次，而衛將軍驃騎、平津侯主父列傳未嘗拈出者，反提于匈奴傳之前，想亦偶然顛倒耳。至於'世家''世本’，俱作‘系家’‘系本’，蓋爲唐太宗諱也。唐時極重避諱，即僞蜀孟昶時石刻九經，凡淵、世、民三字皆缺畫，何況小司馬氏耶？但如武肅王名鏐，凡‘劉荆州’改作‘婁荆州’之類，併同音俱避之，亦太過矣。”

（4）《題跋續集》無“晉又識”。

注：

[1]“小司馬《史記》”，即司馬貞撰《史記索隱》。司馬貞，河内人，開元中官朝散大夫，以國子博士除弘文館學士，後出任潤州别駕。著有《史記索隱》三十卷。

[2]“小顔氏《漢書》”，即顔師古所著《漢書注》。顔師古（581—645），名籀，字師古，雍州萬年人。官至秘書監、弘文館學士。唐貞觀中，與魏徵等撰修《隋書》。太宗以五經傳寫多訛誤，詔師古詳加校訂。著有《漢書注》《匡謬正俗》《大業拾遺》等。

[3]“張介仲”，即張杅（？—約1178），字戒仲，一作介仲，漢州綿竹人，張浚兄滉之子。幼以能文稱。紹興中，隨張浚居連州、永州。乾道中，居吴興（湖州）候闕，淳熙二年（1175），知廣德軍，合刻《史記》裴駰《集解》、司馬貞《索隱》二家注，爲最早的合刻本之一。

[4]“趙山甫”，即趙希仁，字山甫。淳熙二年（1176），知奉化縣。四年（1178），召赴都堂審察。五年（1179），繼張杅知廣德軍。張杅刊《史記》，凡褚少孫所續悉削去，學者謂非全書。趙希仁守郡，取所削别刊爲一帙，示不敢專，而觀者復以卷第不相入，覽究非便，置而弗印。

[5]“耿直之”，即耿秉，字直之，江陰人。乾道二年（1166），任新城知縣。遷户部侍郎，出爲轉運使。耿秉刻《史記》在淳熙七年（1181），繼趙希仁知廣德軍，補刻《史記》集解、索隱，將張杅删掉者重新附入，以便采擇。

案：《史記索隱》三十卷，司馬貞撰。

明末汲古閣刻本，二册。卷首有裴駰序，卷二十八末載司馬貞後序，卷二十九、三十爲述贊，卷三十、卷末載毛晉兩跋。《題跋續集》載兩跋，次跋改動較大，題名“跋史記索隱”。卷一卷端頂格題“史記索隱卷第一”，下題“小司馬氏撰”。扉頁右上題“宋本校正”，中大字題“史記索隱”，右下題“汲古閣藏板”。除卷三十外，每卷卷端下長方木記“琴川毛鳳苞氏審定宋本”，有些卷次卷末亦有此木記。每卷首尾兩葉版心中題“汲古閣”，下題“毛氏正本”。筆者藏本中騎縫處又有“新安義生字號定廠名氏”，當是紙號。

　　司馬貞著此書成於唐開元初年。此前雖已有裴駰《集解》、鄒誕生《音義》、劉伯莊《音義》等書，但因褚少孫補篇多踳駁，自東漢延篤至隋秘書監柳顧言等諸家《音義》失傳，劉伯莊、許子儒等《音義》多疏漏，於是“探求異同，采摭典故，解其所未解，申其所未申”，因作《史記索隱》三十卷。其體例上採用《經典釋文》經傳別行注釋之法，不錄原文，摘字列注音義。南宋時，先後有張杅、蔡夢弼將其與裴駰《集解》合刻，于是二家注合刻本流傳開來。其後黃善夫又將張守節《史記正義》與二家注本合刻，形成三家注本。關於單注本《索隱》，《遂初堂書目》著錄，《唐志》《崇文總目》《郡齋》卷七及《宋志》《直齋》卷四皆著錄爲三十卷，《直齋》著錄更詳：“采摭異聞，釋文演注。末二卷爲《述贊》，爲《三皇本紀》。世號《小司馬史記》。”此與汲古閣本同，其底本當即《直齋》著錄之本。這説明，其單行本自撰成後，種子不絕，一直流行，只是因三家注本之盛行，遂使單行本不顯於世。

　　單行本問世後，評價甚高，毛晉在跋中將其與顏師古注《漢書》譽爲“日月並焰”，朱東潤道：“《索隱》語頗詳密，又少異同，其所以陵駕裴、張，取重後世者，非無故也。”①賀次君道：“司馬貞之爲《索隱》，繁徵博引，包羅萬有，於《史》文深奧難解之處，多多發明，雖或義有未安，亦不失爲《史記》功臣。”②程金造曰：“小司馬《索隱》，於《史記》正面訓釋之外，兼疏裴氏《集解》，或申辨其意旨，或原證其事實，推闡發明，有功讀者，固已人所盡知，無待稱説。至其博引《史》《漢》各家注釋之義，若徐廣、鄒誕生、劉伯莊，以及胡廣、應奉、應劭、服虔、蘇林、包愷、鄧展、李奇、文穎、項岱、郭璞、張揖、晉灼之輩，則不惟糾正之牴牾，明裴注之得失，而先儒之舊説，傳本之同異，賴此亦得以考見。”③當然《索隱》亦有紕漏及訛誤之處。汲古閣本作爲唯一存世之本，在傳承《史記索隱》文本過程中，發揮了獨一無二的作用。《四庫》採爲底本，《四庫提要》卷四十五著錄曰：“其注司馬遷書，則如陸德明《經典釋文》之例，惟標所注之字，蓋經傳別行之古法。凡二十八卷，末二卷爲述贊一百三十篇及補《史記》條例。欲降《秦本紀》《項羽本紀》爲系家，而吕后、孝惠各爲本紀，補曹、許、邴、吳芮、吳濞、淮南系家，而降陳涉於列傳，蕭何、曹參、張良、周勃、五宗、三王各爲一傳，而附國僑、羊舌肸於管晏，附尹喜、莊周於老子，韓非於商鞅，附魯仲連於田單，附宋玉於屈原，附鄒陽、枚乘

①　朱東潤：《司馬貞〈史記索隱〉説例》，見《史記考索》，武漢大學出版社 2009 年版，第 93 頁。
②　賀次君：《史記書録》，商務印書館 1958 年版，第 48 頁。
③　程金造：《史記索隱引書考實·自叙》，中華書局 1998 年版。

於賈生。又謂司馬相如、汲鄭傳不宜在西南夷後，大宛傳不合在游俠、酷吏之間，欲更其次第，其言皆有條理。至謂司馬遷述《贊》'不安'，而別爲之，則未喩言外之旨。終以《三皇本紀》自爲之註，亦未合闕疑傳信之意也。此書本於《史記》之外別行，及明代刊刻監本，合裴駰、張守節及此書散入句下，恣意刪削。如《高祖本紀》'母媼''母溫'之辨，有關考證者，乃以其有異舊説，除去不載。又如《燕世家》'啓攻益'事，貞註曰：'經傳無聞，未知其由。'雖失於考據，《竹書》（案，今本《竹書》不載此事，此據《晉書·束晳傳》所引）亦當存其原文，乃以爲冗句，亦刪汰之。此類不一，漏略殊甚，然至今沿爲定本，與成矩所刊朱子《周易本義》，人人明知其非，而積重不可復返。此單行之本爲北宋祕省刊板，毛晉得而重刻者，録而存之，猶可以見司馬氏之舊，而正明人之疎舛焉。"

　　關於所用底本，毛晉言"北宋祕省大字刊本"或"汴本"，即刊於北宋祕書省，刊地即開封，因是官刊，故稱大字刊本。不過，諸家以爲並非刊本，程金造以爲前人未著録，且無牒文、牌記等，所採爲宋初抄本："毛氏當初所據之本，是唐初傳下來小司馬舊規模的一個抄本。"①張玉春則從文字校勘上，以實例證之，認爲源於唐寫本："此本無論在體例、篇次上，還是在文内容上，均可證其非毛晉所僞造，其同於唐本的特點是明顯的，而其多異於諸宋本，即可證毛晉所據北宋祕本並不可信。此本完全可能同於現存的唐抄本，毛晉正是以流傳下來的唐抄本，或以唐抄本爲底本的宋抄本上版的。宋抄本雖不如刻本之多，但在明代亦不乏見，明清藏書家書目可證，正因爲是抄本，宋代或未刊刻，故不見諸家著録。"②源於唐本的另一個證據是避諱，毛本多處避唐太宗李世民名諱，如"世"改作"代"，"民"改作"人"。諸家作抄本當然是有道理的，但筆者以爲毛晉所言北宋官刊本，亦並非全無道理。如果官本採用唐寫本作底本刊印，有的也保留唐本特點，如避諱、文字甚至編排方式等。官刊本亦並非都有牒文；再者，司馬貞撰此書是否奏進，迄今沒有證據。即便有，這些一般在卷首尾，非常容易佚去的。至於牌記，今存多部北宋本幾乎未見。至於不見諸家著録，因爲南宋初三家注本的出現，單注本肯定會很快隱没不聞。再者，三家注本採用的單注本究竟是刊本，抑或抄本，亦沒有著録。以當時刊印三家注本之頗夥，刊本流傳的可能性不小。但不管怎樣，毛本爲我們保留下《索隱》單注本，且在文獻價值上可校補三家注本，則毛氏之功莫大焉。

---

① 程金造：《史記管窺》，陝西人民出版社 1985 年版，第 239—240 頁。
② 張玉春：《〈史記〉版本研究》，商務印書館 2001 年版，第 105 頁。

晉　書

此書爲王弇洲[1]先生所藏，"貞元"本唐德宗年號，印恰符先生名字，故其秘冊往往摹而用之。下必繼以三雅[2]印，此屬"仲雅"者，嚮曾遭割裂，想經先生改正。余全史中原本亦係宋刻，每多缺字，而此本特全，洵可寶也。湖南毛晉識。

注：

[1]王弇洲，即王世貞。

[2]"三雅"，典出魏曹丕《典論》："荆州牧劉表，跨有南土。子弟驕貴，並好酒。爲三爵，大曰伯雅，次曰仲雅，小曰季雅。伯雅受七升，仲雅受六升，季雅受五升。"王世貞以"伯雅""仲雅""季雅"三印區別善本等級。"貞元"本爲唐德宗年號，以恰符其名字（王世貞字元美），故特愛之，專製此印識之。

案：《晉書》一百三十卷，唐房玄齡等撰。

宋刻小字本，五十冊。卷八至十、二十八至三十、四十三至四十五、一百零一至一百零五、一百一十五至一百二十一配明抄本。卷首載清丁丙跋，卷末載毛晉跋。卷中有朱筆批點。鈐有"仲雅""漢晉唐齋""貞·元""毛晉""汲古主人""宋犖收藏""馬瀛之印""八千卷樓所藏""鴻寶私印"諸印，王世貞、毛晉、宋犖、宋筠、馬瀛、丁丙、徐森玉舊藏，今藏南圖（GJ/EB112086）。《汲古閣書跋》載毛晉跋。

此本避北宋諱，"朗""敬""殷"等字缺筆，"桓""敦"字不避。據字體、避諱等，可定爲南宋初福建刻本。《善本書室藏書志》卷六曰"宋諱多缺筆，字畫精雅奪目"。百衲本《二十四史》收入此本，張元濟跋曰："是書嚮爲王弇州、項子京、毛子晉、宋牧仲所藏。毛氏且稱爲可寶。中有數卷，鈔配極精，即《東湖從記》所云王弇州手鈔補缺之善也。《晉書》素乏善本，嘗以是本並別本一宋本及元刻十行本、明覆宋刻九行大字本與殿本互校，雖各有可以訂正殿本之處，而各本之訛字脫文亦往往發見，故均未能認爲佳刻。是本'構'字缺筆，而'禎'字仍作'御名'，猶爲紹興中翻雕北宋監本。數本之中，要爲差勝耳。"《藏園群書經眼錄》卷三著錄靜嘉堂藏元翻宋本時，言及此本曰："江南圖書館藏南宋初建本……密行細字，精勁異常。然余曾校過，舛誤滿紙，轉不如此本之善也。"此爲孤本，可校正他本。又案毛晉跋，原本"特全"，今本所缺配明抄本，或毛晉之後所爲。

又，國圖藏一部元刻明正德十年司禮監嘉靖萬曆南京國子監遞修本（00030），徐鴻寶校並録毛晉跋，《藏園訂補邵亭知見傳本書目》卷四著録。

大唐創業起居注

安撫太原，即私喜以爲天授，而突厥達官亦曰唐公天所與者。又曰天將以太原與唐公，而帝復曰地名賈胡，天其假吾此胡以成王業。及獲青石龜文[1]，又曰"上天明命，貺以萬吉"，明乎知天命之有歸矣。至于晉陽夜光及法律子、桃李子、白雀、紫雲種種諸符瑞，而又加以亢陽膏雨，遠近思附。大郎、二郎一同義士，等其甘苦，欲不代隋，不可得已(1)。甲子之期，乃曰相逼之甚，真盛德耶。温公[2]與開國功，宜其鋪揚點綴之芳密也。湖南毛晉識(2)。

校：

(1)"已"，《汲古閣書跋》作"也"。

(2)《汲古閣書跋》無"湖南毛晉識"。

注：

[1]"獲青石龜文"，《大唐創業起居注》卷二："辛丑，太原獲青石龜形文，有丹書四字，曰：'李治萬世。'齊王遣使獻之。翠石丹文，天然昭徹。上方下鋭，宛若龜形，神工器物，見者咸驚奇異。帝初弗之信也，乃令水漬磨以驗之。所司浸而經宿，久磨其字愈更鮮明，於是内外畢賀。"

[2]"温公"，即温大雅（約572—629），字彦弘，并州祁縣人。隋時歷任東宫學士、長安縣尉。大業十三年（617），參加晉陽起兵，出任大將軍府記室參軍，典掌機要。唐朝建立後，擔任黄門侍郎。武德二年（619），任工部侍郎、陝東道大行臺（李世民）工部尚書，出鎮洛陽。李世民即位，升任禮部尚書，封黎國公。貞觀三年（629）去世，謚曰孝。

案：《大唐創業起居注》三卷，唐温大雅撰。

明末崇禎間汲古閣刻《津逮秘書》本，卷末載有毛晉、胡震亨跋。此乃《秘册彙函》舊版，卷端署"明毛晉、胡震亨同校"。《四庫》底本，《四庫提要》卷四十七著録："是書《唐志》《宋志》皆作三卷，惟《文獻通考》作五卷。此本上卷記起義旗至發引四十八日之事，中卷記起自太原至京城一百二十六日之事,下卷記起攝政至即真一百八十三日之事,與《書録解題》所云記三百五十七日之事者,其數相符。首尾完具,無所佚闕,不應復有二卷。《通考》殆譌'三'爲'五'也。"

南 唐 書

是書凡馬令[1]、胡恢[2]、陸游[3]三本。先輩云:"馬、胡詮次識力相似,而陸獨遒邁,得史遷家法。"今馬本盛行,胡本不傳,放翁書一十八卷,僅見于鹽官胡孝轅[4]《秘册(1)函》中,又半燼於武林之火。庚午夏仲,購其焚餘板一百有奇,斷蝕不能讀。因簡家藏抄本訂正,附梓於全集逸稿之末。至若與馬玄康異同繁簡,已詳見胡、沈兩公跋語云。湖南毛晉識(2)。

校:

(1)"秘册"後脱"彙"字,原胡震亨輯刊叢書《秘册彙函》。

(2)《題跋》《汲古閣書跋》無"湖南毛晉識"。

注:

[1]馬令,北宋常州人。其祖父馬元康世居江寧府,多知南唐故事,未及撰次。崇寧四年(1105),馬令繼承先志,撰成《南唐書》三十卷。《直齋》有著録,《宋志》未著録。現存較早的本子爲明初刊本、嘉靖二十年(1541)姚咨抄本、嘉靖二十九年顧汝達刻本及汲古閣舊藏明抄本。

[2]胡恢,北宋中期金陵人。仕宦不顯,曾任華州推官,因事被罷免。後得朝中高官推薦復官,精通書法,奉帝命書《石經》。撰有《南唐書》。黃虞稷《千頃堂書目》卷五載:"宋胡恢《南唐書》。"可知胡書在明末似仍有蹤跡,後遂亡佚。

[3]陸游《南唐書》在宋時已有傳本,周南《山房集》卷八稱:"近時陸放翁作《南唐書》,文采傑然,大得史法。"元天曆初年,金陵戚光因纂輯《金陵志》,訪得陸書,爲之音釋,博士程塾等校定鋟板。

[4]"胡孝轅",即胡震亨。

案:《南唐書》十八卷,宋陸游撰,《音釋》一卷,元戚光撰。

明末清初汲古閣刻《陸放翁全集》本,卷首有元集賢大學士、奎章大學士、光禄大夫、知經筵事趙世延序,卷十八末載毛晉跋。《音釋》次署"習氏明晉紹漢比宋,論乃章漢事失于陳志,唐尚有是書,戚光既校之,并音釋"。

趙世延序云：“天曆改元，余待罪中執法，監察御史王主敬謂余曰：公向在南臺，蓋嘗命郡士戚光纂輯《金陵志》，始訪得《南唐書》，其於文獻遺闕，大有所考證，裨助良多，爲之音釋焉。因屬博士程塾等就加校定鋟板，與諸史並行之。”據毛晉跋，崇禎庚午三年（1630）購《秘册彙函》爐餘一百餘版片，又據家藏抄本校訂而刊之。所謂“家藏抄本”，即毛晉、毛扆舊藏明嘉靖四十三年（1564）錢穀抄本，今藏國圖（07425）。其卷末附《南唐書音釋》一卷，卷首有趙世延序，後有錢穀録嘉靖二十九年王穀祥跋，曰：“聞陸子虛家藏宋刻本，借而讀之，夏日課農田舍，攜之篋笥，因手録一帙，計百五十有六葉。”次有嘉靖四十三年三月初七日錢穀跋，云：“嘉靖甲子上元，大病初起，静坐齋閣，屏謝人事，日無聊藉，遂借録一過。”明抄本抄録精審，是存世最早之本，後爲《四部叢刊》收録，張元濟跋曰：“是書原爲元刻，王酉室誤爲宋槧，嘗借自陸子虛家，手録一部。”此書在宋時或有刊梓，《宋史·藝文志》載“《新修南唐書》十五卷”，未知是否此書。王士禎《古夫于亭雜録》云：“大名門人成文昭，字周卜，相國曾孫也。寄陸務觀《南唐書》，宋槧本也，凡十五卷，與今刻十八卷編次小異。”疑即《宋志》著録者。元天曆初年，金陵戚光因纂輯《金陵志》，訪得陸書，爲之音釋一卷，博士程塾等校之，鋟版梓行。明嘉靖間，王穀祥得金陵本並“手録一帙”，錢穀又從王氏抄本“借録一過”，錢穀抄本是爲今存最早之本。萬曆間，明胡震亨刊入《秘册彙函》，毛晉得殘版並校以錢穀鈔本，是爲汲古閣本。《四庫存目》收録，《四庫提要》卷六十六著録。

　　汲古閣本又有初印本與剜改本之分，國圖藏一部陸貽典、黃丕烈校跋初印本，鐵琴銅劍樓舊藏，“舛誤特甚”，幾乎每葉可見，十八卷中陸校誤字合計竟達二百四十餘處，此外尚有四段脱文，共缺文一千二百四十餘字，詳見《鐵琴銅劍樓藏書目録》卷十校記。上圖藏三部剜改本，初印本之訛脱，剜改本大多已修，剜改之痕猶可見之。剜改刷印時間當不早於陸貽典題記之康熙十三年，而校正之功首推陸貽典。①

五 代 史 補

　　右《五代史補》[1]五卷，潯陽陶岳[2]撰。每代爲一卷，凡一百四條。岳，雍熙二年進士也，宋開寶中詔宰相。薛居正監修梁、唐、晉、漢、周五代史一百五十卷，久不傳于世。六一居士病其繁猥，汰卷帙之半。潯陽陶介立復病其闕，略爲之補，先輩稱爲嘉史。第墮小説家習，恐難免六籍奴婢之誚。

---

① 　參見郭立暄：《汲古閣刻〈南唐書〉版本考》，《圖書館雜志》2003 年第 4 期。

馬氏云:吳縝[3]撰《纂誤》五卷,《雜録》一卷,指摘六一居士舛謬二百餘事。當覓佳本並傳。虞山毛晉識。

注:

[1]《五代史補》,五卷,陶岳著。采五代十國遺事,成書於大中祥符五年(1012)。《郡齋》謂記載一百零七事,按今本載後梁二十一事,後唐、後晉、後漢各二十事,後周二十三事,共一百零四事,當有脱漏。所載難免有疏失處,但敘事首尾詳具,文筆簡潔,爲《新五代史》《資治通鑑》等書引用,可補薛居正《舊五代史》所未及。

[2]陶岳(?—1022),字介立,又字舜咨,東晉名臣陶侃之後,湖南永州祁陽人。雍熙二年(985)進士,官太常博士、尚書職方員外郎,後出爲郡守,有廉潔名。著《五代史補》《零陵總記》《荆湖近事》《陶康州文集》等。

[3]吳縝,字廷珍,北宋成都府人。治平中,登進士第。元祐中,累官至朝散郎、知蜀州。平生力學,精於考證。以歐陽修所撰《新唐書》有八失,特摘其繆誤爲二十門、四百餘事,著《新唐書糾謬》五卷。另著有《五代史纂誤》。

案:《五代史補》五卷,宋陶岳撰。

明末汲古閣刻本。卷首爲大中祥符五年陶岳自序,序後爲目録,卷末載毛晉跋。毛跋爲小字十行十五字,四周單邊框欄,以牌記形式出現。内封右上小字題"宋本校正",中間大字題"五代史補闕文",其中"補闕文"爲小字雙行,左下爲"汲古閣藏板"。每卷首末葉版心中題"汲古閣",下小字題"毛氏正本"。每卷卷端及卷末鑴有"琴川毛鳳苞氏審定宋本"。《題跋》《汲古閣書跋》未載毛晉跋。

《郡齋》《直齋》《通考》著録爲"五代補録",按陶氏自序,名曰"五代史補",則諸目所載書名有誤。又《郡齋》《直齋》載一百零七條,汲古閣本尚缺三條,恐已缺佚不全。《知聖道齋讀書跋》卷一載此本,曰:"毛子晉後跋,謂六一病薛史繁猥,汰卷帙之半矣。陶氏復病其闕略,補之。陶氏撰此書當真宗時,序云祀汾陰之後,歲在壬子,乃真宗大中祥符五年,在歐史前,所補者薛氏也。汲古閣刻書,後多有跋,大半紕繆如此。"據其牌記,毛晉所刊當據宋本,然宋本無考。此書存世刻本僅有汲古閣本,國圖、臺圖等皆有藏本。

五代史闕文

晁氏稱范質[1]撰《五代通録》六十五卷,凡乾化壬申以後五十三年,碑碣遺文掇摭略備,恨未得見。鉅野王元之[2]採諸《實録》三百六十卷中,撰進一十七篇,所謂少少許勝人多多許,迺未得睿思殿寶章以尊寵其書,惜哉!元之自選生平著述三十卷,撲蓄得乾之小畜,遂以名集,其曾孫汾哀録遺文,凡太宗實録奏議暨是書,傳不載。虞山毛晉識。

注:

[1]范質(911—964),字文素,大名宗城人。後唐長興四年(933)進士,官至户部侍郎。後周建立後,歷任兵部侍郎、樞密副使等職。陳橋兵變後,與宰相王溥、魏仁浦被迫擁立趙匡胤爲天子。乾德元年(963),封魯國公。次年罷相,旋卒。以《五代實録》文繁事雜,不便循覽,乃删取其要,撰《五代通録》,凡六十五卷,記後梁開平元年(907)至後周顯德六年(959)五十三年歷史。

[2]“王元之”,即王禹偁(954—1001),字元之,濟州鉅野人。太平興國八年(983)進士,歷任成武縣主簿、右拾遺、知制誥、翰林學士,爲北宋詩文革新運動先驅,詩作多反映社會現實,風格清新平易。著有《小畜集》《五代史闕文》。

案:《五代史闕文》一卷,宋王禹偁撰。

明末汲古閣刻本,附於《五代史補》末,與之同刻同帙,行款相同。卷首有王氏自序,卷末有毛晉跋。卷端及卷末鑴有“琴川毛鳳苞氏審定宋本”。毛跋形式同《五代史補》。《郡齋》《直齋》《通考》著録,但流傳鮮少。此書獨有汲古閣刻本,他刻未見。《題跋》《汲古閣書跋》未載毛晉跋。

石 林 奏 議

從李中麓[1]先生宋本、影宋本影寫,希世之寶也,惜有糜爛處。子晉。

注:

[1]“李中麓”,即李開先。

案:《石林奏議》十五卷,宋葉夢得撰。

汲古閣影宋抄本,十行二十五字,墨格,版心下鑴刻工姓名。卷末有開禧二年丙寅(1206)知台州軍州事侄孫葉篯跋及毛晉跋。卷首有趙文敏長言印及“子晉”“毛晉”“毛扆”“斧季”“汲古閣”“汲古得修綆”等,今藏中國社會科學院文學研究所,《國家珍貴古籍名録圖録》著録(01635)。李開先舊藏南宋開禧年間刻本，後歸陸心源，今藏静嘉堂文庫。

傅增湘校以陸心源翻刻宋本，頗有異處，參見《藏園群書題記》卷三《校影宋本石林奏議跋》。《藏園群書經眼録》《藏園訂補邵亭知見傳本書目》《文禄堂訪書記》《宋人別集叙録》《藏園群書校勘跋識録》皆著録。

淳熙玉堂雜記（1）

公[1]集中有《奉詔》《親征》《龍飛》《間居》《思陵》諸録，託言未刊，爲多傷時事，不欲令人見耳。兹紀[2]亦在隱顯之間，然多載朝制及君臣禮遇、同官一心之事，堪補全史之遺，非若小説家瑣褻眩目也。至其始末，已詳具本序，及丁、蘇兩公跋語云。湖南毛晉識（2）。

校：

（1）《題跋》《汲古閣書跋》皆作“玉堂雜記”，今據卷端題作“淳熙玉堂雜記”。

（2）《題跋》《汲古閣書跋》無“湖南毛晉識”。

注：

[1]“公”，即周必大（1126—1204），字子充，一字洪道，自號平園老叟。吉州廬陵人。紹興二十一年（1151）進士，官至吏部尚書、樞密使、左丞相，封許國公。慶元元年（1195），以觀文殿大學士、益國公致仕。卒贈太師，諡文忠。主持刊刻《文苑英華》，著有《省齋文稿》《平園續稿》《玉堂類稿》等。

[2]“兹紀”，即《玉堂雜記》，凡三卷，五十七則。爲周必大於孝宗時兩入翰苑，有所間對思考，筆録成文。以翰林故事爲主，凡鑾坡制度沿革、一時宣召奏對諸事，多有記述。

案：《玉堂雜記》三卷，宋周必大撰。

明末崇禎間汲古閣刻《津逮秘書》本，卷首有淳熙九年（1198）自序，卷末有紹熙九年丁朝佐、紹熙二年蘇森及毛晉跋，卷端題“淳熙玉堂雜記卷上”。南宋紹熙四年（1193）周必大《周益國文忠公全集·書稿》卷十三《程元給事劄子》云：“近用沈存中（括）法，以膠泥銅版移換摹印，今日偶成《玉堂雜記》二十八事。”可知此書已有單行本，也是目前可知的除佛經之外最早的泥活字本。趙希弁《讀書附志》著録爲二卷，《宋志》著録爲一卷。《百川學海》乙集著録爲三卷，亦有丁朝佐、蘇森跋，毛本當出於此本。國圖藏明祁氏澹生堂抄本《周益文忠公集》二百卷之卷一百七十四至一百七十六爲《玉堂雜記》三卷,卷末載淳熙九年自跋,但不載丁朝佐及蘇森跋,故毛本不出於此本。

國圖藏一部金氏文瑞樓抄本《周益文忠公集》,其中卷一百七十四至一百七十六爲《玉堂雜記》三卷,但卷末附有紹熙九年丁朝佐、紹熙二年蘇森及毛晉跋,當從《津逮》本抄録而來,並纂爲全集。

焚 椒 録

讀《焚椒》[1]者,輒酸鼻切齒爲蕭氏惜,予竊爲蕭氏幸。凡古來才貌女子,多不克令終。倘蕭氏不有乙辛[2]、單登[3]輩奸構十香淫案詞,則《回心》《懷古》諸篇,亦泯没無傳,而絶命二十餘言,又何自發詠耶? 此不過終身受幸,而史臣筆之曰"懿德皇后"云爾,何以使後之騷人韻士,欽其德,美其才,悲其遇,嘖嘖不去口哉? 人曰"乙辛、單登,后之罪人",予曰"乙辛、單登,后之功臣也"。湖南毛晉識(1)。

校:

(1)《題跋》《汲古閣書跋》無"湖南毛晉識"。

注:

[1]《焚椒》,即《焚椒録》,王鼎撰。王鼎,字虚中,涿州人,遼道宗清寧五年(1059)擢進士第。咸雍、太康之際爲翰林學士。此書記述遼道宗懿德皇后蕭觀音被耶律乙辛誣陷冤死案之始末。

[2]"乙辛",即耶律乙辛(?—1081),字胡覩衮。五院部人。遼道宗朝權相。大康元年(1075),誣陷宣懿皇后蕭觀音與伶人趙惟一通姦,造成"十香詞冤案",致宣懿皇后被處死。又構陷太子耶律濬謀反,使其冤死獄中。因試圖暗害皇太孫耶律延禧遭貶,後坐罪縊死。

[3]"單登",原爲因謀逆被誅的皇太叔耶律重元的家婢,後入宮爲婢,曾參與誣告蕭觀音。

案:《焚椒録》一卷,遼王鼎撰。

明末崇禎間汲古閣刻《津逮秘書》本,卷首有大安五年(1090)自序,卷端署"大遼觀書殿學士臣王鼎謹述",卷末有西圃歸老、吴寬、姚士粦及毛晉跋。

　　據《鄭堂讀書記》，此書爲“明陶珽輯所補，故有叔祥以上三跋”，則《津逮》本乃據陶珽重編《説郛》本刊入。此書流傳不廣，僅見《寶顏堂秘笈》《津逮秘書》和《續百川學海》本。

蘇米志林

　　唐宋名集之最著者，無如八大家。八大家之尤著者，無如蘇長公。凡文集、詩集、全集、選集，不啻千百億本，而《寓黃》《寓惠》《寓儋》《志林》《小品》《艾子》《禪喜》之類，又不啻千百億本，似可以無刻。然其小碎尚有脱遺，余己未[1]春，閉關[2]昆湖之曲，凡遇本集所不載者，輒書卷尾，得若干則；既簡題跋，又得若干則，聊存痂嗜，見者勿訝爲遼東白豕[3]云。湖南毛晉識(1)。（《蘇子瞻外紀》卷末）

　　余覓寶晉齋二集十餘年矣，惜乎不傳。凡從《稗官野史》或法書、名畫間見海岳[4]遺事遺文，輒書寸楮，效白香山投一磁瓶中，未可云全鼎一臠肉也。辛酉[5]秋，偶編《東坡外紀》，友人索余合《元章》梓行，因簡向來拾得者録成一册，略無詮次，至其《净名齋》《西園》諸名篇，久已膾炙人口，不敢復載云。湖南毛晉識(2)。（《米元章志林》卷末）

校：

　　(1)《題跋》《汲古閣書跋》無“湖南毛晉識”。
　　(2)《題跋》《汲古閣書跋》無“湖南毛晉識”。

注：

　　[1]“己未”，即萬曆四十七年(1619)，時毛晉二十歲。
　　[2]“閉關”，佛教名詞，即閉居修養道業。《禪餘内集》云“閉關守寂”“閉關學道”。指在一定期間内，在某一場所所作的閉門修持或研學，此指毛晉舉業研修。
　　[3]“遼東白豕”，語出《後漢書·朱浮傳》：“伯通自伐，以爲功高天下。往時遼東有豕，生子白頭，異而獻之。行至河東，見群豕皆白，懷慚而還。若以子之功論於朝廷，則爲遼東豕也。”
　　[4]“海岳”，即米芾，號海岳外史。
　　[5]“辛酉”，即天啓元年(1621)，時毛晉二十三歲。

　　案：《蘇米志林》三卷，蘇軾、米芾撰，明毛晉編，其中《蘇子瞻》二卷，凡二百二十七篇;《米元章》一卷,凡一百一十二篇。

明天啓五年(1625)綠君亭刻本,無行界,八行十八字,四周單邊,白口,無魚尾,版心上題"子瞻""元章",下題"綠君亭"及葉次。每卷次署"明東吴毛鳳苞子晉輯"。首冠天啓五年魏浣初①序,卷末分别載毛晉跋。《汲古閣書跋》按兩種著録,收録毛晉兩跋。《四庫存目》收録,《四庫提要》卷六十著録。

魏浣初序曰:"文人之筆何以謂之文也? 必待其鄭重授簡,抽思而出之,及爲春容大篇,累千百言,而後歎其工,天機之玄,賞不與焉。惟夫偶然落墨,雜于醉夢之餘,小言率語,動有意思,碎金殘璧,皆成至寶,是爲不可及耳。大蘇、老米各擅筆妙,而游戲于一時,至今人不敢輕稱子瞻,相与尊之曰'坡仙'。米在當日遂得顛號,今猶群然而顛之。其實兩公俱仙也。蘇其猶龍乎? 黑云滃郁,不見其首,或掣其尾,或示鱗爪,使人驚怖未定,便生歡喜,謂見神物。米則虎豹所向,狰獰欲來攫人,人亦猝不可近,略捫一斑,時有腥風盲霧之氣存乎其間。余偶發此論,而阿甥子晉夙敦尚友之好,在座躍起曰:'得之矣,兩公各有志林,合之雙美,不其韻事乎?'亡何梨棗告竣,删次既當,字畫精好。讀之者恍遇蘇得意時,漫裂短幅,乞得其枯木竹石之供。而米家片石,所謂鉗空玲瓏可愛者,不必袖中取,具列紙上矣。且併兩公同堂相對,一則長髯偉身,揮灑談笑,一則摩挲翰墨、狂走叫絶之氣,儼然並作蘇米圖。快哉,誠韻事也。天啓五年十一月六日,魏浣初題並書。"凡大家之作不缺刊本,然其"小言率語"往往遺漏不得見,將其纂輯梨棗,保存後世,其功甚大。而輯録編刊《蘇米志林》早在毛晉二十歲時已經開始。以此可見毛晉編刊旨趣。

《東坡志林》是蘇軾原計劃寫作百篇的史學雜著,僅完成十三篇,單列一卷保存於宋刻本《東坡七集》之《後集》中。此爲一卷本之源頭。蘇軾去世後,後人將散於《七集》之外的札記手稿,編爲《東坡手澤》三卷。南宋初,《手澤》與十三篇合編爲《東坡志林》五卷,此爲五卷本之源頭。至明代,於五卷本基礎上,又進行了增補,出現十二卷本。五卷本、十二卷本亦不僅局限於史學内容,其他如雜感、見聞等亦收録,與一卷本大異其趣。今存一卷本、五卷本、十二卷本三個系統:宋左圭《百川學海》所載爲一卷本,僅録史論十三篇,宋刻本及明成化刻《東坡七集》本、《説郛》本、《龍威秘書》本均收録,其中《説郛》本十五篇;五卷本有明萬曆趙開美刊本、《學津討原》本、

①　魏浣初,字仲雪,明末蘇州府常熟人,萬曆四十四年(1616)進士,官至廣東提學參政,工詩,著有《詩經脉》《四如山樓集》等。

涵芬樓據趙氏本校印本、《四庫全書》本、《宋人小説》本,十二卷本有明萬曆
商濬《稗海》本、《筆記小説大觀》本、《叢書集成初編》本,1981 年中華書局
點校本爲五卷本。毛晉所輯《蘇米志林》本與上述諸本不同,實爲毛晉自輯
的二卷本,"凡遇本集所不載者,輒書卷尾,得若干則;既簡題跋,又得若干
則",上卷一百零七篇爲集外紀事,下卷一百二十篇爲題跋小品。故此緑君
亭本篇目有不少爲五卷本、十二卷本不載。《善本書室藏書志》《鐵琴銅劍
樓藏書目録》云從趙開美五卷本出,當非。或許毛晉參用過以上諸本,實爲
不著一本,自有裁奪。

《米元章志林》,《明史·藝文志》及《國史·經籍志補》著録爲范明泰
輯本,即范氏無蚊軒萬曆三十二年刻《米襄陽外紀》十三卷本,外加《遺集》
《海岳名言》《寶章待訪録》《研史》各一卷,合爲十七卷。《四庫全書存目》
收録十三卷本,《四庫提要》卷六十傳記類著録。此一卷本,乃毛晉於天啓
元年據《稗官野史》或法書、名畫見所見米芾遺文遺事,新輯而成。其時除
范本外,尚有郭肩吾編《蘇米譚史》,晉跋未及,當亦未見。

家　世　舊　聞

余于放翁逸詩遺文,凡史籍載記及稗官野册,摭拾幾盡。又訂正《南唐
書》及《老學菴筆記》附之,意謂放翁小碎,亦無遺珠矣。既簡《説郛》《學
海》,又得《家世舊聞》[1]若干則,喜而讀之,真不啻登積書岩者。第其卷末
載蔡京述妖異事獨詳,不解何也。湖南毛晉識(1)。

校:

(1)《題跋》《汲古閣書跋》無"湖南毛晉識"。

注:

[1]《家世舊聞》,宋陸游撰。此書約成於南宋淳熙三年至九年(1176—
1182)間,其内容與陸游高祖陸軫、曾祖陸珪,及祖父陸佃、叔祖陸傅、父親
陸宰等諸多先輩事蹟有關,而以陸軫、陸佃和陸宰事蹟爲詳。此外,還包括
一些陸游外家唐氏家族前輩的遺事軼聞,涉及社會政治、制度、道德、陸氏先
人交游以及官場掌故等。

案:《家世舊聞》一卷,宋陸游撰。
明末清初汲古閣刻《陸放翁全集》本,卷末載毛晉跋。此書《國史經籍

志》《文淵閣書目》皆著録，但未言卷數。今國圖藏一部二卷抄本，與此本不同，載一百一十八條，蓋即《文淵閣書目》著録者。據毛晉跋，此刻取自《説郛》《學海》，僅收七條，實爲毛晉輯録。而《文淵閣書目》所載，毛晉未見。

倪雲林遺事

語云"米顛[1]之後，復有倪迂[2]"。即殘箋斷素，珍之不啻吉光片羽，至其詩文輒存而不論，何貴目而賤心也。然詩文特語言文字耳。若元章葬其親，不封不樹。元鎮欲母病速起，及奉養無嗣師終其身，一種不可緇磷之摯性，真堪敦薄。凡後世游戲翰墨，自詫爲非顛即迂者，寧但逕庭耶？湖南毛晉識(1)。

昔年從天竺僧寮見《雲林遺事》，如載"飲食"一條，似乎贊歎殺法。又載"溷厠"諸事，俚陋之甚，今悉删去。偶從《輟耕》諸書採拾種種，末附題畫詩百餘篇，展卷一過，覺雲山竹樹，恍然座右，亦貧士几上一古玩也。晉又識(2)。

校:

(1)《題跋》《汲古閣書跋》無"湖南毛晉識"。

(2)《題跋》《汲古閣書跋》無"晉又識"。

注:

[1]"米顛"，即米芾，以其行止違世脱俗，倜儻不羈，故稱。米芾（1051—1107），字元章，祖居太原，後遷湖北襄陽，與蔡襄、蘇軾、黄庭堅合稱"宋四家"，主要作品有《張季明帖》《李太師帖》《紫金研帖》《淡墨秋山詩帖》等。

[2]"倪迂"，即倪瓚，以性情狷介，怪癖多，人稱"倪迂"。倪瓚（1301—1374），字泰宇，號雲林子，江蘇無錫人。擅畫山水和墨竹，與黄公望、王蒙、吳鎮合稱"元四家"。畫風平淡天真，疏林坡岸，幽秀曠逸，筆簡意遠，惜墨如金。書法從隸書入，有晉人風度，亦擅詩文。存世作品有《漁莊秋霽圖》《六君子圖》《容膝齋圖》，著有《清閟閣集》。

案:《倪雲林遺事》一卷《雲林題畫詩》一卷，元倪瓚撰，毛晉輯。

明末毛氏緑君亭刻本，八行十八字，無直格，白口，四周單邊，版心上題"雲林"，下題葉次及"緑君亭"。卷首有目録，並附題畫詩目録，卷端題"倪雲林”,次署“明東吳毛晉子晉輯”,卷末載毛晉兩跋。鄭振鐸跋稱“一九五二年十月二十八日購於富晉書社,價一萬元”。今藏國圖(15589),題《倪雲林》。《汲古閣校刻書目》著録此書六十葉,實有五十一葉。

此書有明顧元慶輯《雲林遺事》,所記潔癖事傳之愈廣。毛晉不信其書,乃從《南村輟耕録》等書重新輯出兩卷刊出。

楊大洪[1]先生忠烈實録

苟生也晚,未得親侍公門墙,而先君子[2]辱知于公。公方陟内憲,聞先君子訃,輒手書遠及,慰勉諄諄,如家人父子然。嗚呼,小子何以得此於公哉? 蓋先君子慕義急公,忠烈公矢忠報國,氣味相感如針芥,公故惓惓于先君,而因以朂小子也。客冬,公之胄子來邑,衿紳縶維其駒,小子因爲下榻,追念遺事,相對歔欷,繼之慟哭,恨先君之早世,而不及從公於難也。雖然,庇甘棠之佳蔭,接令子之鴻儀,小子竊有厚幸焉。矧公鑒在聖明,芳傳史册,有如此集,夫復何憾? 爲之重刻,以廣其傳,諒君子之所樂觀也。海虞門人毛鳳苞頓首拜跋。

注:

[1]“楊大洪”,即楊漣(1572—1625),字文孺,號大洪,湖廣應山人。明末著名諫臣,東林黨人,“東林六君子”之一。登進士第,初任常熟知縣,舉全國廉吏第一,入朝任户科給事中、兵科給事中。明神宗病危,力主太子朱常洛(明光宗)進宫服侍神宗。光宗即位,極力反對鄭貴妃求封皇太后。光宗病重,上疏力陳其過失,得以獲光宗召見,受顧命之任。光宗逝世後,李選侍欲挾太子朱由校(明熹宗)把持朝政。説服朝臣,挺身而出,徑入乾清宫,擁熹宗即位,並逼李選侍移出乾清宫,安定朝局。累遷左副都御史。天啓五年(1625),因彈劾魏忠賢二十四罪狀,被誣陷受賄,慘死獄中。崇禎元年(1628),獲平反,追贈太子太保、兵部尚書,謚忠烈。有《楊忠烈公文集》傳世。

[2]“先君子”,即毛晉父清(1566—1623),字虚吾,一字叔漣。以孝悌力田世其家,曾辟田數千畝,精於水利。楊漣對毛清頗爲認可,“爲常熟令時,察知邑中有幹識者十人,遇有災荒工務倚集事,清其首也”(《清史列傳·文苑傳》),可與毛晉此跋相印證。

案:《楊大洪先生忠烈實録》一卷,《附録》二卷,明胡繼先編,毛晉訂。

明末世美堂刻本,卷端署"廣漢年弟胡繼先肖山甫編,海虞門人毛鳳苞子九甫訂"。版心下鐫"世美堂"三字。首有崇禎元年(1628)李長庚、梅士焕、周嘉謨、胡繼先諸序,後有陳以聞、毛鳳苞跋。今存上圖。《實錄》記楊氏作《奏逆閹二十四罪疏》及《内比屢降》諸文,又《告岳廟文》《逮時原揭絶筆》諸文,附録載《移宫記事》及牧齋所撰《誌銘》,又附《鳴冤録》。

楊漣任常熟知縣時,與毛晉父毛清私交深厚。毛清輔佐縣事,深得楊漣青睞。毛清卒後,楊漣爲撰《寄奠虞山毛公文》。楊漣卒後,毛晉聞耗,即與胡繼先編刊此書,並以門人自謙。毛晉顏以"世美堂"之名刊書,只此一種,似有讚美之意,亦有可能爲避嫌之舉。據諸跋時間,當刊於崇禎元年。國圖、上圖、遼圖均有收藏,唯上圖本卷末載毛晉跋。《著硯樓書跋》著録上圖藏本云:"此爲汲古閣所刊,而版心下鐫'世美堂'三字,當是别行之帙,與尋常汲古諸書迥異耳。此爲獨山莫氏銅井文房藏弆。十年前莫氏書散,故人丁初我先得之。戊寅亂後,丁書亦傾篋市廛,予偶從松石齋主人獲覯斯帙,以賤值得之。攜在行篋,忽忽兩度寒暑矣。"①明末清初,兵燹禍亂,版片毁佚不存。康熙四年(1665),楊苞又重刻世美堂本,卷首順治十八年(1661)楊苞序曰:"先嚴遠搜廣購,苦心校訂,已得其概,曾授子九毛世翁家工鐫。庶幾無郢書燕説之訛,不意□□疊見,兵燹風生,向所鐫版又歸於金戈鐵馬中矣。"今見者多爲楊氏重刻本,但卷末毛晉跋多佚去。《叢書集成續編》收録,但前後皆有缺葉,序跋補全,毛晉跋未見。《中國善本書提要》著録兩部,均題明崇禎間刻本,未見毛晉跋。

又,國圖藏一部《實錄》三卷本(153518),卷一爲奏疏,卷二詩、序等,卷三書,卷末殘缺。其中卷一卷端下題"漢東楊漣文孺甫著　新安洪斌漢青甫重訂　安陸甘和森丹梓甫編次　黄安盧爾愷未一甫較正　冢孫苞竹如甫重刻"。已與毛晉、楊苞本不同。

洛陽伽藍記

魏自顯祖[1]好浮屠之學,至胡太后[2]而濫觴焉,此《伽藍記》[3]之所緐[4]作也。鋪揚佛宇,而因及人文,著撰園林、歌舞、鬼神、奇怪、興亡之異,以寓其褒訊(1),又非徒以記伽藍已也。妙筆葩芬,奇思清峙,雖衛叔寶之風神[5],王夷甫之恣態[6],未足以方之矣。顧高宗[7]以北地質魯,遷都洛陽,立國子太學、四門小學。如李沖、李彪、高閭、王肅、郭祚、宋弁、劉

---

①　潘景鄭:《著硯樓書跋》,古典文學出版社1957年版,第63頁。

芳、崔光輩,皆以文雅見親,制禮作樂,蔚然可觀。有魏一百四十九年間,最爲希有,又未可以永平以後專尚釋氏而少之也。湖南毛晉識(2)。

校:

(1)"襃訊",《題跋》作"襃識",《汲古閣書跋》作"襃識"。

(2)《題跋》《汲古閣書跋》無"湖南毛晉識"。

注:

[1]"顯祖",即北魏獻文帝拓跋弘。拓跋弘(454—476),代郡平城人,太安二年(456)立爲太子。和平六年(465)登基,崇文重教,輕徭薄賦,喜好佛老。皇興三年(469),立長子拓跋宏爲太子。皇興五年(471),禪讓於太子,專心修佛。延興二年(472),大敗柔然。承明元年(476)暴斃,諡獻文,廟號顯祖。毛晉此《識語》稱拓跋弘"好浮屠之學",《魏書》卷六《帝紀第六》稱"帝雅薄時務,常有遺世之心"。

[2]"胡太后",即北魏宣武靈皇后胡氏。胡氏(?—528),安定郡臨涇人。稟性聰穎,多才多藝,爲宣武帝元恪妃,生皇太子元詡,累封貴嬪。孝明帝即位後,尊爲皇太妃。精於權謀,臨朝稱制。武泰元年(528),在爾朱榮發動河陰之變中被殺。

[3]"伽藍",梵語"僧伽藍摩"簡稱,指僧衆所住的園林,後泛指佛寺。《洛陽伽藍記》凡五卷,按地域分爲洛陽城内、城東、城南、城西、城北,記述佛寺七十餘處。其體例是以北魏佛教盛衰爲線索,以洛陽城幾十座寺廟爲綱領,先寫立寺人、地理方位及建築風格,再敘相關人物、史事、傳説、逸聞等,在對諸多佛寺形制規模描摹和始末興廢勾勒中,反映廣闊的政治經濟背景和社會風俗人情。

[4]"繇",同"由",《汲古閣書跋》作"由"。

[5]"衛叔寶之風神","衛叔寶"即衛玠(286—312),字叔寶,河東郡安邑人,官至太子洗馬,爲繼何晏、王弼之後的清談名士和玄學家,以風神著稱。《晉書·衛玠傳》稱:"玠字叔寶,年五歲,風神秀異。祖父瓘曰:'此兒有異於衆,顧吾年老,不見其成長耳。'"

[6]"王夷甫之恣態",王夷甫即王衍。王衍(256—311),字夷甫,琅邪郡臨沂人。西晉大臣,玄學領袖。清明俊秀,篤好老莊學説,歷任黃門侍郎、中領軍、尚書令、尚書僕射等職。光熙元年(307),升任司空。次年,又任司徒。永嘉五年(311),爲羯人石勒俘殺。《晉書·王衍傳》稱:"衍字夷甫,神情明秀,風姿詳雅。總角嘗造山濤,濤嗟歎良久。既去,目而送之曰:'何物

老嫗，生寧馨兒！’”

[7]“高宗”，即北魏高祖孝文帝拓跋宏。拓跋宏（467—499），皇興三年（469），立爲皇太子。太和十八年（494），以南伐爲名，遷都洛陽，收藏古今漢家典籍，大力推進漢化。太和十九年（495），洛陽金墉宮建成後，詔令在洛陽城内設立國子學、太學、四門小學。

案：《洛陽伽藍記》五卷，北魏楊衒之撰。

明末緑君亭刻本，卷首有楊氏自序，卷末載有毛晉跋。版心下鐫“緑君亭”三字。後入《津逮秘書》第十集。《隋志》《舊唐志》《直齋》皆著録爲五卷，《郡齋》《通考》《宋志》等著録爲三卷。此書存世最早刻本爲明如隱堂刻本，或刻於明嘉靖間，其後刻抄多出於此；次刻爲明萬曆間吳琯輯刻《古今逸史》本，與如隱堂本來源不同，文字有異，或取於《永樂大典》，《讀書敏求記》卷二著録《地理輿圖》曰：“歲己亥，覽吳琯刻《古今逸史》中《洛陽伽藍記》，讀未數字，輒齟齬不可句。”此兩種國圖皆有收藏；毛氏緑君亭本即爲第三刻。據國圖藏毛扆校跋本，跋曰此刻據何慈公抄本刊出，而何本出自如隱堂本。但何本有改竄、增注，已與原本不同。

洛陽伽藍記
毛　扆

《洛陽伽藍記》（1）世傳如隱堂[1]本，内（2）多缺字。第二卷中脱三紙，好事者傳寫補入，人各不同。余昔年于市肆購得抄本，取而校之，知從如隱板影寫者。行間字面爲硃筆改竄，大都參以《御覽》《廣記》諸書，其無他書可考者，以意爲之，空白處妄自填補，大失此書本來面目矣。後又得何慈公[2]抄本，則又從改本録出，真僞雜投，竟無從辨。三本之中，此爲最劣。大抵古人著書，各成一家言。所見異辭，所聞異辭，所傳聞又異辭，故爵里姓氏，互有不同，魯魚後先，焉知孰是！士生千百世而後，而讀古人流傳轉寫之書，苟非有善本可據，亦且依樣葫蘆，須在心領神會，不可擅加塗乙也。顧寡薄自用，致誤非淺；恃才妄作，貽害更深。惡似而非者，蓋以此也。家刻原稿，想從慈公所來，似是處亦依增入，注一作者，即臆改字也。惜乎付梓之時，未見點竄筆迹，遂致涇渭不分，深痛此書之不幸。而今日者仍入余手，得以從流溯源，考其是誤之由，則不幸之中又有深幸焉。校畢，漫記於此，並戒後之讀我書者。柔兆執徐之歲[3]如月十日燈下，毛扆識。

校：

（1）《毛扆書跋零拾（附僞跋）》無“洛陽伽藍記”五字。

（2）“内”，原書缺下半，當作“内”，《毛扆書跋零拾（附僞跋）》作“均”，當誤。

注：

［1］“如隱堂”，指明嘉靖間如隱堂刻本《洛陽伽藍記》，今國圖藏有一部，版心下鐫“如隱堂”三字，爲現存最早刻本。

［2］“何慈公”，即何大成（？—1643），字君立，晚自稱號。常熟人，藏書家，室名“娱野園”，藏書印有“何慈公娱野園珍藏書籍印”，卒後無子，藏書流散。嘗與毛晉、馮舒、馮班、趙均等人有交。《藏書紀事詩》有詩咏之，所引資料可見大成爲人。曾有詩自稱：“吾儕真書淫，餘事了遊癖。”

［3］“柔兆執徐之歲”，“柔兆執徐”爲歲星紀年法。“柔兆”爲“太歲在丙”，“執徐”爲“太歲在辰”。丙辰年爲康熙十五年（1676）。

案：明末绿君亭刻本，國圖藏一部（02738），清毛扆、黄丕烈、周星詒、周寅校並跋，薛雪、顧廣圻跋。《汲古閣書跋》未收，《毛扆書跋零拾（附僞跋）》收録。“柔兆執徐之歲如月十日”，即康熙十五年（1676）二月十日，扆年三十七歲。跋後鈐印“西河季子之印”“汲古閣”。自跋中可知據校者即明如隱堂刻本，校後“深痛此書之不幸”，可見對父毛晉刊此書之失誤並不諱言。

洛陽名園記

昔人記載山川園林之勝，稱洛陽爲天下第一。顧即不乏少文之興，而銅狄［1］已不可問矣。及讀《伽藍》《名園》［2］二記，雖文筆差殊，而感慨係之，中妙風景尚依然在目也。因合刻以公之同好。晉王右軍慨想成都，作《周益州帖》［3］，展斯編者，亦可（1）卧游矣。湖南毛晉識（2）。

校：

（1）“當”，《汲古閣書跋》無。

（2）《汲古閣書跋》無“湖南毛晉識”。

注：

[1]“銅狄”，即“銅人”。班固《漢書·五行志》：“秦始皇二十六年，有大人長五丈五，履六尺，皆夷狄服，凡十二人，見於臨洮……是歲始皇初併六國，反喜以爲瑞，銷天下兵器，作金人十二以象之。”

[2]《名園》，即《洛陽名園記》，爲北宋李格非所著游記。李格非（約1045—約1105），字文叔，齊州章丘人。熙寧九年（1076）進士，元祐六年（1091），“再轉博士，以文章受知於蘇軾”，與廖正一、李禧、董榮俱有文名，稱蘇門“後四學士”。紹聖二年（1095），爲校書郎、著作佐郎，撰成《洛陽名園記》。《洛陽名園記》記錄其親歷著名園林十九處，對所記諸園總體布局以及山池、花木、建築景觀描寫具體翔實。

[3]《周益州帖》，王羲之法帖，又名《益州帖》，拓本，二行，十五字，草書，其文爲：“周益州送此邛竹杖，鄉尊長或須，今送。”此帖入刻《淳化閣帖》《大觀帖》《澄清堂帖》。

案：《洛陽名園記》一卷，題李廌撰。

明末崇禎間汲古閣刻《津逮秘書》本，卷首有紹興三年（1133）張琰序，卷末有李格非跋及毛晉跋。卷端次署“宋華州李廌撰　明東吳毛晉訂”。此書有陳繼儒輯刻《寶顏堂秘笈》本，亦題“李廌”，汲古閣本蓋源於陳氏本。此書實爲李格非撰，而非李廌撰。《四庫》底本，《四庫提要》卷七十著錄，於作者已有詳辨。

東京夢華録

宗少文[1]好山水，愛遠游。既因老疾，發《臥游》之論。後來凡深居一室，馳神一遍者，輒祖其語，作《夢游》《臥游》以寫志。坊間乃與《夢華》合刻，不知《臥游》諸録，特作汗漫游耳。若幽蘭居士華胥一夢，直以當《麥秀》《黍離》之歌，正未可同玩。況昔人所云木衣綈繡，土被朱紫，一時艷麗驚人風景，悉從瓦礫堆中描畫幻相，即令虎頭[2]捉筆，亦在阿堵間矣。庶幾與《洛陽伽藍記》並傳，元老[3]無遺憾云。湖南毛晉識（1）。

校：

（1）《題跋》《汲古閣書跋》無“湖南毛晉識”。

注:

[1]"宗少文",即宗炳(375—443),字少文,南陽郡涅陽人。東晉末至宋元嘉中,屢次被召,均未出仕。擅長書法、繪畫和彈琴。信仰佛教,曾參加廬山僧慧遠主持的"白蓮社",著《明佛論》。漫游山川,西涉荆巫,南登衡嶽,後以老病回江陵。曾將游歷所見景物,繪於居室之壁,自稱"澄懷觀道,臥以游之",著有《夢游》《臥游》。

[2]"虎頭",即顧愷之(348—409),字長康,小字虎頭,晉陵無錫人,東晉著名畫家、繪畫理論家、詩人。顧愷之博學多才,擅詩賦、書法,尤善繪畫。精於人像、佛像、禽獸、山水等,時人稱之爲三絕:畫絕、文絕和癡絕。謝安深重之,以爲蒼生以來未之有。顧愷之與曹不興、陸探微、張僧繇合稱"六朝四大家"。

[3]"元老",即孟元老,原名孟鉞,號幽蘭居士,北宋東京開封人,曾任開封府儀曹,北宋末年在東京居住二十餘年。北宋滅亡後,孟元老南渡,常憶東京之繁華,於南宋紹興十七年(1147)撰成《東京夢華録》。

案:《東京夢華録》十卷,宋孟元老撰。

明末崇禎間汲古閣刻《津逮秘書》本,卷首有紹興十七年自序,卷末載孟氏自跋及毛晉跋。卷端署"宋孟元老撰,明胡震亨、毛晉同訂"。此據《秘册彙函》燼餘版片修補後刷印,原有胡震亨跋,此本未録。

毛晉、毛扆舊藏元刻本一部,今存國圖(08676)。其卷末有淳熙十四年(1187)趙師俠跋,蓋宋時已有刊梓,元刻本當據此而出。《汲古閣珍藏秘本書目》著録曰"宋板東京夢華録一本,二兩"。毛氏曾誤以爲宋槧,説見《中華再造善本總目提要·金元編》李致忠《提要》。毛氏並影抄兩部,其一,今藏臺圖(04047),羅振玉署"汲古毛氏景宋本東京夢華録",其書目數據庫亦録影宋抄本。其二爲涵芬樓舊藏,《涵芬樓燼餘書録》著録爲影元本。毛晉用《秘册彙函》本爲底本,蓋初時未得元本,抑或有,已成雕版,不再重新刊雕,亦未可知。

宣和奉使高麗圖經

毛　扆

此本鈔手最劣,且多錯簡,久置不觀。甲申五月,從宋中丞[1]借得宋槧本,自六月十五日校起。時方校訂《詩詞雜俎》,鳩工修板,因多間斷,至七月二十三日方畢。他日從此録出，可稱善本矣。惜宋本亦缺三葉，無從是正爾。二卷四，八卷五、六。虞山毛扆識。

注：

[1]"宋中丞"，即宋犖（1634—1713），字牧仲，號漫堂，晚號西陂老人，歸德人。歷官山東按察使、江蘇布政使、江西巡撫、江蘇巡撫、吏部尚書。能詩文，工書畫，精鑒賞，尤以詩享盛譽於清初文壇，一時文士多與之交游。撰有《西陂類稿》《漫堂説詩》及《江左十五子詩選》。宋犖與毛扆有交，毛扆藏書散出後多歸宋犖。

案：《宣和奉使高麗圖經》四十卷，宋徐兢撰。徐兢，字明叔，號自信居士。甌寧人。

此書係明末鈔本，卷首有宣和六年（1124）徐兢撰序、乾道三年徐蔵序，次爲目録，卷末有《宋故尚書刑部員外郎徐公行狀》。卷首序及目録、每卷卷首尾題下皆鈐印"虞山毛扆手校"，其他鈐有"松諺齋藏""汪士鍾印""三十五峰園主人""鐵琴銅劍樓"諸印，天頭、行間皆有據宋本校字，並鈎勒行款，卷末有小字題"一百六十九葉"，皆爲毛扆校題。毛扆、何夢華、張金吾、汪士鍾、瞿氏鐵琴銅劍樓遞藏，今藏國圖（04215），但毛扆跋佚去。此據《愛日精廬藏書志》迻録。據跋，毛扆曾借宋犖所藏宋本校明抄本。《毛扆書跋零拾（附僞跋）》收録此跋。

嚴元照《悔庵學文》卷七有"書《宣和奉使高麗圖經》後"一文，云："此書有毛斧季於康熙甲申（四十三年）從宋中丞借宋版校正，裁割補綴，用力甚勤。紙之黏接處，皆以'虞山毛扆手校'朱文長印鈐縫，甚精，後有斧季題字，在錢塘何氏夢華館。"今存校宋本卷末"一百六十九葉"當即嚴氏所指毛扆題字。《愛日精廬藏書志》卷十七著録此校宋本，並迻録毛扆跋，云："毛斧季照宋刊本手校""此本據宋槧校補二百五十三字，可稱完善。"《鐵琴銅劍樓藏書目録》亦著録。《中國古籍善本書目》《北京圖書館古籍善本書目》著録爲明抄本，毛扆校，未著録毛扆跋，今查未見，或已佚去。明抄本經毛扆以宋本校後，成爲繼宋本後存世最早的本子，堪稱佳本。原宋本曾爲錢謙益、錢曾舊藏，後入清宮，今藏臺圖，未見宋犖之印，是否爲宋犖所藏不敢擅定。惟《愛日精廬藏書志》《鐵琴銅劍樓藏書目録》著録，按毛氏跋語所記宋本缺葉，與校宋本正同，知毛氏所借校者，亦即錢氏、宋氏藏本。當錢氏卒（康熙四十年）後，爲宋犖所收，三年之後，毛扆借校於宋犖。"甲申五月"，爲康熙四十三年甲申（1704）五月，扆六十七歲。次年十一月二十四日，宋中丞犖奉旨升補吏部尚書，將自蘇州赴京，離江蘇巡撫任。①

虞鄉雜記(1)

余家(2)隱湖之(3)曲，每遇風日晴美，輒游(4)山水佳處，搜訪(5)古迹。間有所得，或展一編，凡有涉於吾鄉者，隨書竹册，存諸研北(6)〔1〕。時代先後，略無詮次，若遮來沿革，多載新志。至於國朝(7)人物之盛、詩文之富，則非草莽臣所敢紀録者(8)，姑俟當今名世君子(9)。毛晉識(10)。

校：

(1)抄修本殘缺，僅存"虞"字；《虞山叢刻》本作"虞鄉雜記"，原《借月山房彙鈔》本作"虞山雜記引"。

(2)"家"，抄修本殘缺。

(3)"之"，抄修本殘缺。

(4)"輒游"，抄修本殘缺，《汲古閣書跋》空格。

(5)"搜訪"，抄修本殘缺；"訪"，《汲古閣書跋》空格。

(6)"間有所得，或展一編，凡有涉於吾鄉者，隨書竹册，存諸研北"，抄修本與《虞山叢刻》本、《汲古閣書跋》皆作"間有所得，或展卷之際，有涉吾鄉，並志一編，存諸研北"；"有"，抄修本殘缺。

(7)"國朝"，抄修本與《虞山叢刻》本、《汲古閣書跋》無。

(8)"則非草莽臣所敢紀録者"，抄修本與《虞山叢刻》本皆作"備傳梨棗，非草莽臣所敢紀録"；《汲古閣書跋》作"備傳梨棗，非草莽臣所敢紀録云云"。

(9)"姑俟當今名世君子"，抄修本與《虞山叢刻》《汲古閣書跋》本無。

(10)"毛晉識"，抄修本與《虞山叢刻》本、《汲古閣書跋》無。抄修本殘缺，在前文第二行僅存"隱湖毛　在"四字；《虞山叢刻》本亦在第二行作"隱湖毛　晉潛在"。

---

① 又，曹之《毛晉刻書功過考》認爲此跋僞，云："這裏'甲申'即崇禎十七年(1644)，'宋中丞'當指宋犖，明清兩代多稱巡撫爲中丞，因宋犖曾任江蘇巡撫，故名。然而，宋犖任江蘇巡撫的時間是康熙三十一年(1692)。宋犖生於崇禎六年(1633)，到崇禎十七年(1644)，剛滿11歲，怎麼可能擔任巡撫之職呢？毛扆生於崇禎十三年(1640)年，到崇禎十七年(1644)，剛滿4歲，也不可能從事借書、校書活動。因此似可斷言，此跋係書賈作僞。"(《出版科學》2001年第1期)據毛扆、宋犖之生卒及任官，曹氏所言誤。

注:

[1]"研北",即硯北,宋張邦基《墨莊漫録》卷十:"唐段成式書云:'杯宴之餘,常居硯北。'"謂几案面南,人坐於硯北讀書、寫作。此代指讀書、著述之所。

案:《虞鄉雜記》三卷,毛晉撰。

此書卷首所載毛晉"小引",據張海鵬《借月山房彙鈔》本《虞山雜記》迻録。在張本之前,尚有抄修本《虞鄉雜記》,不分卷,一册,每半葉十行二十一字,左右雙邊,白口,雙魚尾。版心下題"汲古閣"三字,乃以汲古閣專用紙抄之。其卷首毛晉"小引",缺字不全。涵芬樓舊藏,今藏國圖(07452)。

此書所記常熟地理沿革、古迹、人物、詩文等,間有毛晉按語,對文獻牴牾處間作考釋。抄修本通本不分卷,卷中有塗改删補,天頭朱墨校記頗多,常見朱筆標識分爲"考古""可師""可鑒""鬼神"等類,朱筆、墨筆如"此段在後""此段在前""此後當接檀弓云三段""此以下三段移在前"等,天頭又有頗多大段補文,當是初稿後修改本,或爲刊前校訂本。民國間,丁祖蔭據此刻入《虞山叢刻》,並於卷末附以《補目》。但抄修本並不完善,存在問題尚多。此後毛晉又有定本,爲同邑張海鵬收藏,刻入《借月山房彙鈔》,析爲三卷,與抄修本互有異處。其中卷首毛晉"小引"完整,故據以録之。

中 吳 紀 聞

吳中風土人文,范文穆公《吳郡志》[1]無餘憾矣。崐山龔希仲[2]又考新舊《圖經》及《地志》不載者曰《中吳紀聞》[3],命次子昱驁爲六卷。自敘云:"效范宣(1)文公《東齋紀事》暨蘇文忠公《志林》體,皆取其有戒於人耳。"即中援引詩句,居十之五,往往借説詩寓感時索隱之意。其卷首載范文正公條陳急務十條,且云:"抱負奇偉,不容不見于設施。自非聖君賢相,委曲信任之,亦安能行其所學? 殆亦蹭蹬名場,昌黎所謂不得其平而鳴者欤?"二百年後,武寧盧熊[4]修《蘇州府志》,輒取材焉。讀其跋,可想見其尚友深情云。或曰,字熙仲,宗元之曾孫。父況,與蘇過齊名于朝,人號龔、蘇。居崑山黃姑别墅,作期頤堂,日飲其間。年九十二,臨終預知時至,遺命二子晃、昱,曰:"毋設仙釋像于樞前,供一花一水,誦《論語》《孝經》足矣。"

其孝行詳本傳。虞山毛晉識。

校：

（1）"宣"，《汲古閣書跋》作"忠"。

注：

[1]"范文穆公《吳郡志》"，"范文穆"，即范成大（1126—1193），字至能，號石湖居士，平江府吳縣人。紹興二十四年（1154）進士。乾道三年（1167），出知處州。七年（1171），出知靜江府。淳熙二年（1175），調任敷文閣待制、四川制置使。五年（1178），升參知政事，此後相繼知明州、建康府。晚年退居石湖。卒贈少師、崇國公，謚文穆。《吳郡志》凡五十卷，爲范成大彙輯唐陸廣微《吳地記》、北宋朱長文《吳郡圖經續記》等書，廣采史志，補充新事，約於紹熙三年（1192）撰成。

[2]"龔希仲"，即龔明之（約1091—1182），字希仲，號五休居士，蘇州昆山人。紹興二十年（1150），舉鄉貢。乾道年間中恩科進士，授高州文學，敕監潭州南嶽廟。淳熙五年（1178）乞歸，作期頤堂，吟嘯其中。著有《中吳紀聞》。

[3]《中吳紀聞》，龔明之撰，六卷。中吳爲蘇州府之別稱。《中吳紀聞·中吳》稱："隋爲蘇州，大業末，復爲吳郡。唐武德復爲蘇州……後唐爲中吳軍節度。皇朝興國中，置平江軍節度，復爲蘇州。"多記蘇州昆山一帶風土人物、逸聞逸事。

[4]盧熊（1331—1380），號公武，昆山人。元末爲吳縣教諭，留心典故。洪武初，舉秀才。以故官赴京，母卒竟歸。後授中書舍人，遷知兗州。少從楊維楨學，工文章，尤精篆籀，著述數十種。纂有《蘇州府志》。

案：《中吳紀聞》六卷，宋龔明之撰。

明末汲古閣刻本，卷首有淳熙元年（當爲"九年"之誤）龔明之自序，次有目錄，卷末有至正二十五年（1365）盧熊跋及毛晉刊跋，並附《宋史》龔氏本傳。版框高廣爲20.5釐米×14.9釐米，半葉九行，行十八字，左右雙邊，版心大黑口，三魚尾，上兩魚尾間題"紀聞卷幾"，每卷卷首尾葉版心中題"汲古閣""毛氏正本"，卷一卷端次署"宋崑山龔明之希仲紀、明虞山毛晉子九訂"，毛扆重修本每卷末題"虞山毛晉校刊，男扆再校"。扉頁中間大字題書名，右上小字題"毛氏正文"，左下小字題"汲古閣藏板"。

是書流傳甚少，宋代書目不載，《國史經籍志》《續通考》始有著錄。汲古閣本卷末盧熊跋曰："《中吳紀聞》六卷,凡二百二十五則,其子昱所敚行實附後,熊之外王父王君家所藏,前後散脫數紙,先大父録本以傳。先大夫既没,熊於外家始覩元本,缺帙比前甚多。至正二十五年,周正道以録本見示,所存二百條,其餘亦缺失,遂得校正增補,尚恨未完。"可知此書由盧熊於元至正二十五年(1365)刊版行世,明弘治七年(1494)嚴春翻刻,次又有明若墅堂刻本。汲古閣曾藏一部元刻本,今已不存,其影元抄本今藏臺博(贈善022373—022375,巴西聖保羅圖書館1985年12月10日捐贈),黃丕烈跋,錢謙益、黃丕烈舊藏,封籤題"景元中吳紀聞絳雲餘燼品",後序末有"丁卯季冬借毛氏汲古閣藏元影抄"。毛本或據此元刻本翻刻。陶湘《汲古閣刻書目》云汲古閣刻本內有嘉靖四十三年朱曰藩跋,今本未見。此後《墨海金壺》本、《知不足齋叢書》本均據毛本翻刻。

是書有毛晉初印本與毛扆重修本之分。其中國圖藏本(07449)爲初印本,陸貽典以朱筆校並跋,毛扆以墨筆校,毛扆、顧錫麟、涵芬樓舊藏,卷末有陸貽典跋云:"戊子穀日刻本校一過,覯庵。"《中華再造善本續編》收入。毛晉於明末刊成初印本,並未正式開印流通。毛晉卒後,初印本及殘餘版片分授毛褒。康熙十六年(1677),毛褒卒,毛扆於毛褒處無意中發現"家刻樣本"及殘版。康熙十八年,毛扆借葉盛、葉九來舊藏洪武八年(1375)抄本,得校初印本,陸貽典再校。經過校補、修版、補版後再印發行,是謂康熙十八年毛扆重修本。經核對,毛扆、陸貽典所校諸字幾乎全部改入毛扆重印印本中。由此可知,此毛扆、陸貽典校本即毛扆重印本的校改底本。毛扆重修本每卷末均鐫"虞山毛晉校刊,男扆再校",而此初印本僅卷四末鐫此十字一行,蓋因毛扆修版重印時於卷四末二葉增入《著作王先生》一篇(此本目録中朱筆補入"著作王先生",可知毛晉原刻無此篇,爲後補入),亦即毛扆修版重印後抽換(參見《中華再造善本續編總目提要》包菊香提要),而其他卷次未及剗改重修,故不鐫此"男扆再校"四字。今存者均爲毛扆修後印本,即流通本,而毛晉之初印本僅存此一部,彌足珍貴。《涵芬樓燼餘書録》著録曰:"此爲汲古閣刊成最初印本,版心上下尚作墨丁,全書據刻本、別本及范、盧二志,《吳中舊事》書中所舉各人本集校過。原本訛奪一一訂正。其鐫版偶誤或未刻者,均記明或注'修'字,蓋爲指示手民而作。卷四末有'著作王先生'一條,爲楊刻所無。毛氏及校者,均未言補自何書。楊刻冀序用寫本上木,序中'其借新、舊《圖經》及《吳地志》所不載者'句,又卷一'丁晉公拜老郁先生'條'吳人至今以爲美談'句,兩'吳'字均作'矣'。此本一改作'夫',一校改作'矣',殊欠審慎。校改諸字,有筆意端凝者,當爲斧季手筆。卷末有'戊子穀日刻本校一過,覯庵'朱字一行,或敕先當日亦與於參閱之列歟?""楊刻"即弘治七年(1494)楊子器刻本。

中吳紀聞

毛 扆

世傳《中吳紀聞》,大約嘉靖以前刻本,其式雖古雅,而字句紕繆甚多,後有若墅堂本亦然。丁巳秋,先兄華伯[1]歿,檢其遺籍,得家刻樣本,方知先君子曾付剞劂,但未流通耳。遍搜其版,惜十缺其三矣。今年自春徂夏,鳩工重整,缺者補之,譌者正之,始復爲完書。中元前四日,訪昆山葉九來[2],以一册贈之。九來爲文莊公[3]後人。文莊書甲天下,天下所傳《菉竹堂書目》[4]者也。因訪其藏本,答云:"此書尚屬文莊故物,目前未遑遽檢。"時余將詣金陵,丁寧再三而别。秦淮返棹後,造九來申前請,則已檢得矣。並指示是正者一百三十餘處,且多補録一則。不覺狂喜叫絶,遂與借歸,窮一日夜之功乃校畢焉。菉竹藏本,係棉紙舊鈔,行數字數,俱無定準,每卷首尾間一行連寫,開卷有文莊名字官銜三印。卷末一行云"洪武八年從盧公武假本録傳",蓋是書賴公武搜訪之力,表章至今。此從其借録者,焉得不善?余獨念先君藏書,自經分析,廿年之内,散爲雲煙。葉文莊子孫不啻數世,尚能守而弗失,健羨之餘,感慨係之矣。讀吾書者,亦將有感於斯焉。己未[5]重陽前四日,毛扆識。

七月間,予游金陵,訪書於黄俞邰[6],攜一册贈之。次日,俞邰造予曰:"昨惠《紀聞》,序文有一訛字,應改。"予問何字,俞邰曰:"'文人行'應是'丈人行'。"予曰:"恐'行'下有脱耳"。俞邰不以爲然。及歸,借菉竹堂本,"行"下果有一"士"字。因思昔年抄李燾《長編》,中載翰林之選甚難其人,有"詔畫出人盡咂之"七字。馮寶伯[7]語予:"'畫'字應改'誥'字。"予反覆詳玩,乃"詔書一出人盡咂之"傳寫之誤,合"書一"兩字爲"畫"耳。因知校書以缺疑爲第一要義,不可妄加塗乙。吾子孫其善佩之哉。汲古後人扆。

注:

[1]"華伯",即毛扆兄毛褒,毛晉次子。

[2]"葉九來",即葉奕苞,字九來,諸生,江蘇昆山人,葉盛七世孫,即跋言"九來爲文莊公後人"。少從葛芝、葉弘學。康熙間應博學鴻詞科,旋歸里,築半蘭園,考訂碑刻,搜集地方史料。擅詩,工書法。著有《金石録補》《鋤金堂詩文》《花間續草》等。

[3]"文莊公",即葉盛(1420—1474),字與中,號蛻庵,自號白泉,江蘇昆山人。正統十年(1445)進士,授兵科給事中,後擢山西右參政。天順二年(1458),擢都察院右僉都御史、兩廣巡撫,累官吏部左侍郎。卒諡文莊。葉盛博學,素有才名,性喜聚書,又喜抄書。每購一書,或抄一書,手自勘録,皆用官印識於卷端。撰有《菉竹堂書目》《兩廣奏草》《菉竹堂稿》《水東日記》《水東詩文稿》《文莊奏疏》等。

[4]《菉竹堂書目》,爲葉盛家藏目録,凡六卷,録書二萬二千七百餘卷、四千六百餘册。葉盛平生嗜書,手自録校,藏書數萬卷。此録首列聖制類,乃官頒各書及賜書、敕書之類。末曰後録,爲其家所刊及自著書。前有成化七年(1471)《自序》:"先之以制,尊朝廷也。葉氏書獨以爲後録,是吾一家之書也。"其敘列體例,大體依據馬端臨《文獻通考·經籍考》。

[5]"己未",即康熙十八年(1679)。

[6]"黄俞邰",即黄虞稷(1629—1691),字俞邰,號楮園,明末清初晉江安海人。幼承家學,聰穎過人,於典籍"問無不知,無知不舉其精義"。與丁雄飛等人同立古歡社,盡出家藏秘本,互通有無,參訂發明。康熙十八年(1679),入《明史》館任纂修。後又參與編纂《大清一統志》。博學多才,尤以目録學見長,所編《千頃堂書目》按四部分類,下分四十三門,收録明人著作一萬四千餘種,是今存明人藝文最全目録。

[7]"馮寶伯",即馮武(1627—1708),字寶伯,號簡緣,常熟人。常熟馮知十子,馮班侄,毛晉之婿,毛扆姊夫。在汲古閣讀書、校書十餘年,有"世夛堂",爲藏書刻書之所。著有《書法正傳》二卷、《遥擲稿》十卷等。

案:明末若墅堂刊本《中吳紀聞》六卷,清陸貽典、毛扆校跋,鮑廷博跋、劉燕庭跋、蒙伯觀觀款。鈐印"西河季子之印""汲古閣"等,毛扆、鮑廷博、劉燕庭、涵芬樓舊藏,今藏國圖(07448)。除毛扆兩跋之外,又有:"葉抄舊本重校,己未九月十七日,親庵陸貽典記。"(朱筆)"乾隆己酉十二月廿七日購於吳郡紫陽居書肆。知不足齋記。"(朱筆)"道光戊申五月二十八日得此本於杭郡吳山積書堂,距鮑淥飲得此書時花甲一周矣。燕庭志。"(藍筆)"越三日再讀,浙藩公廨蓬巒軒。燕庭。"(藍筆)"康熙庚辰孟春,從虞山汲古閣借得,校正對録一過。蒙伯觀識。"(黄筆)毛扆用黄筆,陸貽典用朱筆,其中毛扆兩跋載卷首。

今存毛扆後修印本有多部過録毛扆校跋,可知者有臺圖藏一部(04056),清光緒間鄧邦述手跋,並傳録毛扆、陸貽典、鮑廷博、劉喜海諸家題跋;國圖藏四部過録本,其一傅增湘傳録本,並録毛扆兩跋及陸貽典、鮑廷博、劉燕庭跋、蒙伯覲觀款（00086）；其二清王峻、胡珽傳録本，王峻校並録毛扆題識，胡珽校跋並録，程世鎡題識，程鍾跋（13763）；其三清勞權傳録本，勞權跋並臨何焯、盧文弨校跋，勞健跋並録毛扆題識（08089）；其四清曹炎傳録本，曹炎臨毛扆校跋（08088）。而目録中著録者頗多，如《寒瘦山房鬻存善本書目》卷七、羅振常《善本書所見録》卷二、傅增湘《藏園群書經眼録》均載有兩跋，潘景鄭《汲古閣書跋·附編》載首跋。《毛扆書跋零拾（附僞跋）》據《藏園群書經眼録》收録兩跋。但諸家過録稍有異文。

《涵芬樓燼餘書録》著録云：“毛斧季、陸敕先校藏。前後序目跋文，均據汲古閣鈔補。全書卷節均同。卷六‘石湖’等八條亦缺。以毛斧季所校核之，似刊刻尚在汲古之前。斧季所據，有原本、舊本、別本，均不言其所自出。丹黃二色，爲斧季手筆。今以楊氏弘治本對勘，其所謂原本，並非楊刻。所謂舊本，則與楊刻同，惟訛誤較多。陸氏實親見楊刻者，故凡遇斧季臆改之字，均以墨筆訂正之。”檢核校本，毛扆實用包括“舊本”楊氏弘治本、“原本”汲古閣刻本等在内的多本校勘一過。但毛扆跋並未言及校若墅堂本之事，而是詳敘汲古閣本修版及用葉氏舊藏抄本校勘原委，當校若墅堂本時隨性所記。

《藏園群書經眼録》卷五著録，云“明末汲古閣刊本。清陸貽典以朱筆校過，又蒙伯覲以黃筆校過”。《藏園群書題記》卷四著録傅氏傳録本，曰：“原本爲汲古閣本，而毛斧季取葉文莊家鈔本手自校正者。斧季勘訂最爲詳審，校筆用雌黃，凡字體之不同者，悉爲照改，手書二跋於卷首。前跋言是正者三百餘處，補録一則。後跋述黃俞邰誤改本書‘文人行’爲‘丈人行’句，馮實伯誤改李燾《長編》‘詔詰出’一事，均足爲校勘家之逸聞。卷中朱筆爲陸敕先重校，凡紀元年號皆考其朝代、甲子，注於行間，余當時未暇傳録也。此外更有乾隆己酉十二月知不足齋朱筆記一行，道光戊申五月劉燕庭筆記二則。鈐有鮑氏藏印四方，劉氏藏印二方。此書三百年來，既經毛、陸二公之精勘，俾得留此善本，又爲鮑、劉二氏所珍儲，流傳有緒，咸屬名人，益足增重。但市賈居奇，此二冊乃懸高價至二百金，恐王城如海，無此大力者負之以趨耳。”“又斧季言世傳嘉靖以前刻本，式雖大雅，而字句紕繆甚多。余曾藏有小字本，號稱元至正刊者，同年董大理遂取以覆校。茲以覆本對勘既記，字句紕繆，果如其言。不特汲古本訛奪弘多，即小字本亦榛蕪滿紙。乃知斧季謂嘉靖以前所刻，即此本也。嗚呼！鑑別版本，非多聞博見，寧可輕肆評斷乎！”傅氏所謂“小字本”“元至正刊者”，當據元至正盧熊序刻本，黃丕烈舊藏一部影元抄本，即前揭臺博藏本，毛扆校記中稱“別本”者或即此本。

吳　郡　志

　　余舞象之年[1]，應童子試，入郡受業于伯暐高師[2]。師爲府學博士員，率余登大成殿，禮夫子像。次謁韋刺史祠，見西廡方策半架，塵封蠹蝕。抽而視之，迺《吳郡志》，不知何人所作，何代所鎸也。臮[3]從太史公錢師榮木樓[4]獲宋刻范文穆公《吳郡志》，珍爲髻珠，亦不知其板何在也。適禹修方公[5]爲雲間刺史，葺理郡志，馳書招余與眉公[6]先生共事，因攜此帙入頑仙廬。眉公開卷，見門類總目，擊節歎賞，得未曾有，題數語于後。時有史辰伯[7]在座，眉公指謂余曰：“貴郡文獻都在此老腹笥中。”史因掀髯縱談，撫卷曰：“此志爲趙宋紹定刻板，藏學宮韋刺史祠中。”余恍然昔年所見，深媿童蒙覿面失之。亟理棹入吳門，再拜韋祠，但見朽木五片，叠香爐下。摸板尋行，與藏本無二。叩訪其餘，已入庖丁爨煙矣。嗚呼惜哉！異代異寶，不遇賞音，竟付煨燼，尚留蠹餘木屑，豈神授余耶？亟鋟諸梓，以畣(1)神貺。惜《文穆公全集》杳不可得。活字詩稿，亥豕不堪着(2)眼。僅存《田園雜興》石版在石湖草堂，當與白太傅《詩石記》爲一郡雙璧。郡人毛晉識。

　　校：

　　（1）“畣”，《汲古閣書跋》作“答”，同。
　　（2）“着”，《汲古閣書跋》作“著”，同。

　　注：

　　[1]“舞象之年”，指古代男子十五至二十歲，爲成童代名詞。《禮記·內則》：“成童，舞象，學射御。”疏曰：“成童，謂十五以上；舞象，謂舞武也。”
　　[2]“伯暐高師”，即高伯暐，蘇州府學博士員，毛晉第一位老師。
　　[3]“臮”，同“暨”。
　　[4]“榮木樓”，即錢謙益讀書、藏書之所。錢氏出生於常熟城中坊橋東故第榮木樓，是其祖宅。
　　[5]“禹修方公”，即方岳貢（？—1644），字四長，號禹修，湖廣穀城人。天啓二年（1622）進士，授戶部主事，進郎中，累官左副都御史兼東閣大學士。李自成克北京，被執，自縊死。崇禎間，嘗刻印陳繼儒纂《松江府志》、徐光啓《農政全書》等；又輯刻《國瑋集》《諸子國瑋集》《歷代古文國瑋集》等。
　　[6]“眉公”，即陳繼儒。

[7]"史辰伯"，即史兆斗(1576—1659)，字辰伯。明末清初長洲人。明藏書家史鑒裔孫。少年時受學於劉鳳、王穉登，爲諸生，尤熟吳中典故。汪琬《史辰伯傳》稱其"喜蓄書，所購率皆秘本。或手自繕録，積至數千百卷。齋居蕭然，惟事讐校。或偶有所得，輒作小行楷疏注其旁。"嘗刊印《王百谷集》《眉公集》等，抄本有《樓居雜著》《野航詩稿》等。

案：《吳郡志》五十卷，宋范成大撰。

明崇禎三年汲古閣刻本，卷首有紹定二年(1229)趙汝談序，次有門類總目及目録，目録後並有宋劉九思、李起、汪泰亨、李宏之校勘名銜，卷末載毛晉跋。每卷首尾兩葉版心中題"汲古閣"與"毛氏正本"，卷末鑴有牌記"同郡後學毛晉訂正，重刊于虞山汲古閣"。該書開本宏大，版框高廣21.6釐米×14.6釐米，半葉九行十八字，大黑口，三魚尾。版式與汲古閣本《中吳紀聞》頗似。陶湘《汲古閣刻書目》云有汪端齡跋，今本未見。

據趙汝談序可知，是書乃范成大晚年所作，未及刊印而卒。當時有求附傳於籍而不得者，藉機喧譁，謂其書非爲范氏作，遂不得刊，藏於郡齋。紹定元年，李壽朋爲郡守，以周必大所撰范氏墓誌，定是書確爲其作，始鋟木。紹定二年，趙汝談爲之序。《直齋》亦載其刊行風波。《通考》所載俱同。《宋志》史部傳記類載范成大《吳門志》五十卷，當即此書。據毛晉跋，可知所刊以宋紹定刻本爲底本，行款與紹定本悉合，皆爲九行十八字。宋紹定刻本，今存四部，但皆無汲古閣藏印，汲古閣藏本或已不存。墨海金壺本及守山閣本據毛本翻刻，其中後者又據宋本、文瀾閣本及《吳郡文粹》校訂，並作校勘記一卷附於後，較勝毛本。

汲古閣珍藏秘本書目

毛　扆

抄本書看字之工拙，筆貲之貴賤，本之厚薄，其書之秘否，然後定價；就宋元板而言，亦看板之工拙，紙之精粗，印之前後，書之秘否，不可一例；所以有極貴極賤之不同。至於精抄之書，每本有費四兩之外者。今不敢多開，所謂裁衣不值緞子價也。在當年抄時，豈料有今日哉！然余之初心，本欲刊刻行世，與天下後世共之，今此心並以托之太史矣。

案：《汲古閣珍藏秘本書目》，清毛扆撰。

清嘉慶五年(1800)吳門黃氏士禮居刻本，卷端下鑴"毛扆斧季書"。毛扆跋在"宋版永類鈐方"條目後、"續寄書目"前；書末鑴毛琛跋，見下條。琛跋“時乙酉”,即乾隆三十年(1765),三十五年後,即嘉慶庚申黃丕烈方刻之行世。

《毛扆書跋零拾(附僞跋)》曰:“其實此乃扆鬻書隨意抄目,並非有意著作。而某些藏書家信口雌黄。如《書林清話》卷七云:‘毛氏汲古閣藏書,當時欲售之潘稼堂太史未。以議價不果,後遂歸季滄葦御史振宜。’此妄説也,流傳甚廣,應糾正。筆者嘗撰《〈秘本書目〉收録書的歸屬問題》,載上海《圖書館雜志》1986年第1、2兩期,可供參考。”潘氏所言此目“並非有意著作”,似不合事實。雖是鬻書目録,但從卷中所編目録内容及所附題跋來看,亦當爲毛扆用心之作,詳見丁延峰《〈汲古閣珍藏秘本書目〉的著録體例與價值述論》(《圖書館理論與實踐》2009年第6期)。

汲古閣珍藏秘本書目

毛 琛

此卷琛從曾叔祖[1]手寫與潘稼堂[2]先生底本。記髫齡時彬曜從父[3]攜以見贈,謬承以汲古後來之秀相屬。老大無聞,殊增愧恧。琛謹識。嵗乙酉[4]花朝。

注:

[1]“曾叔祖”,指毛扆。

[2]“潘稼堂”,即潘耒(1646—1708),字次耕,一字稼堂、南村,晚號止止居士,吳江人。康熙十八年(1680),舉博學鴻詞,授翰林院檢討,參纂《明史》,主纂《明史·食貨志》。博通經史、曆算、音學,藏書室名遂初堂、大雅堂,著有《類音》《遂初堂詩集》《文集》《别集》等。

[3]“彬曜從父”,從父,《爾雅·釋親》云“父之從父晜弟爲從祖父”,祖父親兄弟之子稱爲從父。此當指曾叔祖毛扆之孫即從父彬曜贈送毛扆手寫本《汲古閣珍藏秘本書目》於毛琛。此亦説明毛琛曾祖並非毛扆,當爲毛表(參見《白氏長慶集》條案語)。

[4]“乙酉”,爲乾隆三十年(1765),時毛琛三十二歲。

案:《汲古閣珍藏秘本書目》一卷,清毛扆撰。

清嘉慶五年(1800)吳門黄氏士禮居刻本,一册,扉頁牌記題“嘉慶庚申十月吳門黄氏士禮居藏版”,卷末載乾隆三十年毛琛跋。毛扆晚年生活拮据,欲將家藏善本整體售與翰林潘耒,于是編成此鬻售書目,故詳注版本及每書價格。可能由於價格未能談攏,此目著録之書最終並未售與潘未,而是陸續散出。毛扆手編《汲古閣珍藏秘本書目》後傳於子孫,最終爲毛表曾孫毛琛所得,毛琛並於乾隆三十年跋之。該目撰成後,並未印行,而是以抄本廣泛流行。現存最早抄本爲四川圖書館藏毛琛跋本,亦即毛扆原編本。其卷末毛琛跋後有陳鱣跋,跋曰:"乾隆四十五年,毛君寶之琛在吳杭邵闇谷太守幕中,以是書歸于鮑氏知不足齋。余借録之,并校閲一過……是年三月既望,海寧陳鱣記。"次爲嘉慶三年吳德慶抄本,又有清同治八年劉履芬抄本、清光緒鄭文焯抄本等。黃丕烈得某抄本後,刊於嘉慶五年,收録於《士禮居叢書》中。

責　備　餘　談
毛　琛

是册同《焚椒録》《海虞世家》《碑銘志傳》,皆明人舊鈔,馬氏玲瓏山館之敗鱗殘甲也。尚有《嘯紀》一册十餘葉,分天籟、地籟、人籟三門,悉四六致語,題曰"陳黃門散騎侍郎王叔齊[1]著",後有馮鈍吟班跋語,云用韻舛雜,當是近人假託云云。惜先爲一傖父[2]攫去。兹記紙尾,以冀他日再覩,第未識翰墨緣何如耳。

壽君記於吾歡齋燈下,時小春[3]之朔。

注:

[1]王叔齊,字子叔,新蔡人。七歲能誦六經,兼曉詩歌,入隋爲國子司業。嘗推屈原之旨,著《天籟》三卷。

[2]"傖父",晉南北朝時南人譏北人粗鄙,蔑稱之爲"傖父"。《晉書·文苑傳·左思》:"初,陸機入洛,欲爲此賦,聞思作之,撫掌而笑,與弟雲書曰:'此間有傖父,欲作《三都賦》,須其成,當以覆酒甕耳。'"

[3]"小春",農曆十月。《歲時事要》:十月天時和暖如春,花木重花,故曰小春。

案:《責備餘談》不分卷,明方鵬撰。

明鈔本,一册。卷首載毛琛跋。十一行二十四字,藍格,白口,左右雙邊。鈐印"文獻家風""鐵琴銅劍樓",今藏常熟圖書館。《常熟圖書館古籍善本圖録》著録。此書《知不足齋叢書》本分上下卷,此鈔本卷端題"責備餘談",不分卷。

子　部

孔子家語

毛　晉、毛　扆

嗟乎！是書之亡久矣！一亡于勝國王氏[1]，其病在割裂；一亡於包山陸氏[2]，其病在倒顛。先輩每慶是書未遭秦焰，至于今日，何異與焦炬同煙銷耶！予每展讀，即長跽宣尼像前，誓願邁止。及見郴陽何燕泉[3]敘中云云，不覺泣涕如雨。夫燕泉生於正德間，又極稽古，尚未獲一見，余又何望哉！余又何望哉！撫卷浩歎，愈久愈痛。忽丁卯[4]秋，吳興賈人持一編至，迺北宋板王肅[5]注本子。大書深刻，與今本迥異，惜二卷十六葉已前皆已蠹蝕，因復向先聖焚香叩首(1)，願窺全豹。幸己卯[6]春，從錫山酒家復覯一函，冠冕巋然，亦宋刻王氏注也。所逸者僅末二卷，余不覺合掌頓足，急倩能書者一補其首、一補其尾，二冊儼然雙璧矣！縱未必夫子舊堂壁中故物，已不失王肅本注矣。三百年(2)割裂顛倒之紛紛，一旦而垂紳正笏於夫子廟堂之上矣。是書幸矣！余幸矣！亟公之同好。凡架上王氏、陸氏本俱可覆諸醬瓿矣。即何氏所注亦是暗中摸索，疵病甚多，未必賢于王、陸二家也，但其一序亦可(3)參考，因綴旒于跋之下。虞山毛晉識(4)。

《孔子家語》雖不列六經，然志藝文者，每敘於《論語》之後，實經部之要典也。乃一譌於勝國王氏，謬在割裂；再譌於包山陸氏，謬在倒置。余每願邁止古本，一正迄今之失。今見郴陽何燕泉序，憮然爲之三歎。夫燕泉生當盛隆之代，且號稽古，竟未獲一見，余又何望哉？乃數年前，吳興賈人持一編售余，猶是蜀本，大字宋版，亟付剞劂，惜二卷十六葉以前皆已蠹蝕，未得爲完書。今年秋，南都應試而旋，汲泉於惠山之下，偶登酒家蔣氏樓頭，見殘書三冊，亦大字宋槧王注，恰是前半部，驚喜購歸。倩善書者用宣紙補抄，遂無遺憾。子邕本書庶幾得以復存也。崇禎丙子[7]重九，隱湖毛晉識。

先君當年初得此書也，缺二卷十六葉以前。崇禎丙子秋，從錫山酒家見殘書幾冊，乃其覆瓿之餘也，亦係宋槧。其八卷至十，已供酒工之用，而前半尚全，喜而購歸。倩善書者互爲補治，儼然雙璧矣。後酒家本爲錢宗伯所奪，亦燼于絳雲之火，而此本獨存。扆又借得小字宋本參校，至《六本》篇見

第四卷小字本作"良藥苦于口而利于病"，此本獨作"藥酒"，及讀《鹽鐵論》，見第五卷亦同，益證此本之善。蘇文忠所謂"蜀本大字最爲善本"，豈不信夫！汲古後人毛扆謹識。

校：

(1)"向先聖焚香叩首"，《題跋續集》作"焚香叩首于先聖"。

(2)《題跋續集》"年"後有"來"字。

(3)《題跋續集》"可"後有"以"字。

(4)《題跋續集》無"虞山毛晉識"。

注：

[1]"勝國王氏"，或爲王廣謀，字景猷，號猷堂。著有《標題句解孔子家語》三卷，今存元刻本，毛晉舊藏，藏於臺圖，其正文卷端題"標題句解孔子家語卷上　猷堂王廣謀景猷句解"。此書於明爲通行注本，然多遭病詬，明朗瑛《七修類稿》卷四十二《事物類·家語舊事不同》斥其"舊乃王廣謀所注，庸陋荒昧"。

[2]"包山陸氏"，即陸治(1496—1576)，字叔平，號包山，別署包山子，南直隸吳縣人，諸生。隱居支硎山，自守泊如。能詩善畫，尤工山水。爲人倜儻重義氣，以孝友著稱。與周天球、王世貞、王世懋交誼頗深。著有《包山遺詩》一卷、《纂注孔子家語》十卷等。

[3]"何燕泉"，即何孟春，字子元，號燕泉，郴州人。曾注《孔子家語》，由張公瑞刊於正德十六年(1521)，其底本爲王廣謀本，汲古閣刻本卷末附其序文。

[4]"丁卯"，即天啓七年(1627)。

[5]王肅(195—256)，字子雍，東海郡郯縣人。師從大儒宋忠，歷任散騎常侍、秘書監、崇文館祭酒，外放廣平太守、河南尹，遷中領軍、散騎常侍。卒贈衛將軍，謚曰景。王肅遍注群經，好賈逵、馬融之學，創之"王學"。

[6]"己卯"，即崇禎十二年(1639)。

[7]"丙子"，即崇禎九年(1636)。

案：《孔子家語》十卷，魏王肅注。

明末汲古閣刻本，每卷首末二葉版心中間題"汲古閣"，其下小字又題"毛氏正本"。卷首有王肅序，卷末載毛晉首跋、正德二年(1507)何孟春跋。今之傳本，汲古閣原刻本不多，而以吳郡寶翰樓印本爲多。毛晉第二跋與毛

宸跋，則載於毛晉舊藏"宋蜀大字本"卷末（今已不存，見光緒二十四年劉氏
玉海堂影宋本，見下）。毛晉、毛宸跋《題跋》《汲古閣書跋》《毛宸書跋零拾
（附偶跋）》皆不載，毛晉首跋載於《題跋續集》，題名"跋孔子家語王肅注"。
《四庫》底本，《四庫提要》卷九十一著錄。

　　由毛跋可知，毛晉分別得到兩部宋刻本，一缺首二卷，一缺末二卷。今
核之毛本，首兩卷訛誤較多，與後八卷不類。故知毛本據先得缺首二卷殘宋
本爲底本，又據卷末所補何孟春跋可知，首二卷據當時通行本即明正德何氏
刻本而重刊之。毛本刊於何時？從毛晉跋"丞公之同好"來看，當刊於毛晉
"丁卯秋"初得"北宋"本之後的一兩年之中，亦即天啓七年（1627）至崇禎
元年（1628）之間。《鐵琴銅劍樓藏書目錄》卷十三子部儒家類著錄一校宋
本（今藏國圖），題云："此陳氏子准傳錄。毛斧季氏校宋本，朱筆從北宋，墨
筆從南宋。按：子晉跋，謂丁卯秋得北宋刻本，其卷二第十六葉以前已盡蝕，
繼於己卯春復得一本，闕末二卷，合之始全。今校改注字脫落顛倒者，自卷
首至卷二第十六葉以前爲多。蓋初得宋本即刻，其闕者仍參通行本，迨續得
全本，不及追改矣。"案瞿氏云，毛本錯誤最多的是在卷二第十六葉以前，亦
即毛晉所得第一個宋本所缺的部分，並由此推斷毛晉在得到第二個宋本續
刻時"不及追改"。《邵亭知見傳本書目》卷七亦著錄毛本："二卷十六葉以
上毛本訛脫殊甚，注文闕漏尤夥，與宋本迥異（即初得"北宋"本又據後得南
宋刻本補全之本），十七葉以下諸卷，則與宋本悉合，蓋毛氏刊是書時，尚未
得酒家本，故但據家藏殘帙，其所缺者，以別本湊合付梓耳！"毛晉首跋中
"己卯春"，實爲崇禎十二年（1639），即得第二個宋本之時。毛晉在次跋中
署"崇禎丙子重九"，即崇禎九年（1636），且跋中云"今年秋"。再者，毛宸
跋中亦言"崇禎丙子秋"，可知原"己卯"者似爲誤記。但毛晉兩跋皆在刊梓
之後多年，故兩跋當爲後印時所補，而毛宸跋或爲毛宸刷印時補上。

　　關於兩宋本之去向，其一，"北宋板"其後歸幼子毛宸，《汲古閣珍藏秘
本書目》著錄此本，曰："北宋板孔氏家語五本，有'東坡居士'折角玉印，係
蜀本大字，舊爲東坡所藏。南宋本作'良藥苦口利於病'，此本作'藥酒苦口
利於病'，及讀《鹽鐵論》亦作'藥酒苦口利於病'，方知北宋本之善，意欲每
本十兩，惟高明酌行之。"其後流出，同治初，爲姚世培收藏，轉歸蕭敬甫。
"同治初，友人姚世培有舊藏本，託友人姚伯厚出售。伯厚旋攜此書過余
齋，余因與商余所，因致資於世培，得之，即毛氏舊藏宋槧大字本也。凡五巨
册，據毛子晉及其子毛宸跋云：'購之吳興賈人，二卷十六葉，皆盡蝕，未爲
完書。崇禎丙子秋，南都應試而旋，汲泉於惠山之下，偶登酒家蔣氏樓頭，見
殘書三册，亦大字宋槧王注，恰是前半部，購歸，倩善書者用宣紙互爲補抄，

遂成雙璧。後酒家本爲錢宗伯所奪，亦爐於絳雲之火，而此本獨存'云云。蘇文忠公云'蜀本大字最爲善本'，此本字畫古健似顏柳，古香襲人，洵爲至寶。上有'東坡居士'折角印章兩方，細閱字畫，缺筆間有避南宋帝王嫌名者，似爲南宋刊本，抑或爲北宋蜀中刊本至南宋時重印，特將南宋主嫌名補剜版片印行之。而東坡居士兩印章，當是宋元間好事者爲之也。此書有'良藥苦於口而利於病'，毛扆云：'借得小字宋本，參校至《六本篇》見第四卷，小字本作'良藥苦於口而利於病'，此本獨作'藥酒'，及讀《鹽鐵論》見第五卷亦同，益證此本之善。'余以爲是本之善不必在此，《史》《漢》《張良傳》又皆作'毒藥苦口利於病'，大抵古語相傳，各有所本，義皆可通，不必以此本偶同《鹽鐵論》即以爲善也。"①同治十一年（1872），孫詒讓在江寧得見此本，並借校汲古閣本，校跋云："宋大字本，半葉九行，行大十七字，小廿五字。二卷十六葉以前缺，影宋鈔補。每冊首有'宋本'二字小長圓印，'甲'字小方印，'毛晉之印'方印，'毛氏子晉'方印，冊後有'毛氏子晉'方印，並朱文。宋諱缺筆至'桓'字止，蓋南宋初年刊本。毛斧季跋以爲即東坡所謂蜀大字本，非也。卷十卷末葉有'東坡居士'白文方印，亦書賈僞作。""宋本藏余友桐城蕭敬甫穆許。同治壬申，在江寧假校前二卷景寫宋本，異同頗多，不甚可據。光緒丙子冬，重審一過，擇其礭然抌誤者，依景宋本改補；其可兩通者，悉仍其舊。中容記。"孫氏校本今藏浙江大學圖書館。原"北宋板"於清光緒二十三年（1897）歸貴池劉世珩，劉世珩跋影劉氏本云"屬江陵喻茂才在鎔影寫，黃岡陶子麟刻"於武昌，是謂清光緒戊戌（二十四年）貴池劉氏玉海堂景宋蜀刊朱印本。劉世珩跋曰："此書鄉先生桐城蕭敬穆藏之有年，歲丙申，質吾戚家，得番錢四百。吾愛之甚，越歲，如直價之，乃來齋中。蕭丈云，往歲桐城大旱，友人姚士榮欲售此賙戚族，以白米四十石畀之，易得是書，事在咸豐六年丁巳夏，時米一石直七八千錢，當日之貴重，固何如耶？丁酉九月，蒕石又記。"（2014年齊魯書社將劉氏本影印出版）二十年之後，原宋本毀於浦口旅邸，是宋本種子幸而爲劉氏保存下來。劉本卷末有毛晉（第二跋）、毛扆跋，敚及得書及版本，其中毛晉跋後鎸印"毛晉私印""子晉""汲古主人"，毛扆跋後鎸印"毛扆之印""斧季"，蓋即原本摹刻而來。其二，從酒家所得南宋本，後歸毛晉師錢謙益，絳雲樓失火，毀佚不存。

關於汲古閣本之優劣，除首二卷重刊明本外，毛氏對後八卷亦有校改或誤刻，從而降低了汲古閣本的整體質量，成爲後人詬病汲古閣本的重要原因。葉德輝曾得一毛刻本，以宋本校之，發現訛誤較多，《郋園讀書志》卷二

---

①　（清）蕭穆：《敬孚類稿》，項純文點校，黃山書社2014年版，第100—101頁。

曰:"明毛晉汲古閣藏書多善本,而刻書皆惡本。非獨《十三經》《十七史》《津逮秘書》諸大部巳也,即尋常單行各種,往往後綴一跋,不曰據宋本重雕,即謂他本多訛字。及遇毛氏所藏原本校之,竟有大謬不然者,如此《孔子家語》,即其一也。據毛跋,自稱如何欲得是書,長跪宣聖像前誓願遘止如何,讀何燕泉敘不覺泣涕如雨如何,得北宋本,惜二卷十六葉以前蠹蝕,復向宣聖前焚香叩首,願窺全豹如何,從錫山酒家復覯一函,冠冕巋然,逸末二卷,倩能書者一補其首,一補其尾,而卒以公之同好爲幸云云。是毛氏之於此書,好之篤,求之誠,公之天下之心久而不懈,宜乎根據宋本,不再迷誤後學也已。乃取宋本校之,其改易行款猶爲小疵,乃至不通假借,妄改舊文。如改'德'爲'得'、'翟'爲'狄'……試取此毛刻校之,段落既非原書,注文尤多刪易。假使宋本不再見于世,僅憑毛刻一跋,幾不信其書如此之變亂舊文。昔人謂明人刻一書而書亡,其不如毛晉者,正復何限? 安得好事人見一宋本即重模刊行,則其表彰載籍之功,不亦德言不朽哉!"校勘發現,"北宋板"卷四"六本"中"藥酒苦口利於病"一句,毛本仍作"良藥苦口利於病",並不從"北宋板",蓋又在刊印時有所校改,是亦並非全按"北宋板"刊印。可見葉氏所言不誣。今國圖藏毛本中有毛扆校記,於此句天頭有校記云:"藥酒,南宋本作'良藥',北宋本作'藥酒'。及讀《鹽鐵論》亦作'藥酒'。甚矣,北宋本之古也。"意者,毛本的更大意義在於充分發揮傳播作用。

鹽　鐵　論
毛　扆

戊午[1]中元後二日,燈下讀。(卷一第九葉末)

十八日辰刻。(卷一末)

十八日未刻。(卷二末)

正月十八日,燈下。(卷三末)

十九日,偶閱他書,至燈下,讀此卷。(卷四末)

二月十日,蕭亞來,盤桓半日,未曾觀書,至燈下,讀此卷。(卷五末)

注:

[1]"戊午",即康熙十七年(1678),時毛扆三十八歲。

案:《鹽鐵論》十卷,漢桓寬撰。

明弘治十四年(1501)涂禎刻本,清毛扆校並跋,馮知十跋,馮武抄補並跋,楊沂孫校。書末朱格夾簽一紙,毛扆舊藏,今藏國圖(11051)。《中華再造善本》收錄。卷端卷末及毛扆校記下間鈐"虞山毛扆手校"長方朱印。除毛扆校勘之外,天頭朱筆校記下還多署小字"沂記""沂孫記",即楊沂孫校勘,如卷五天頭朱筆校曰"'有',當作'友',沂記""'珠',當作'妹',沂記""'通',當作'道',沂記""'以成事',或是'以成字',沂記"等,卷中所標水滴符號、斷句符號等亦楊氏所為。其中汪氏札曰:"……《鹽鐵論》,歸檢《汲古閣秘本書目》,其北宋板《孔氏家語》下斧季自注:'南宋本作"良藥苦口利於病",此本作"藥酒苦口利於病"。及讀《鹽鐵論》,亦作"藥酒苦口利於病",方知北宋本之善。意欲每本十兩,望高明酌行之。'可為兄本得一佳證。又馮寶伯係毛氏館甥,汲古所刊書籍多經校定。兼工楷法,著有《書法正傳》。書後錄涂跋,字體遒美,當係馮氏手迹無疑。介青係鴻城蔣培澤子,蔣氏亦吳中藏書家,即士禮跋中所稱壽松堂蔣氏者,拳石山房亦其藏書處也。此書當自毛氏歸邑中席氏,轉入吳中蔣氏。惟沂孫校字,弟前疑係王沂孫(憶係王芑孫昆仲,芑孫號楞伽山人)。近檢《常志》,有楊沂孫,係李兆洛弟子,好諸子學,同居琴川,豈其人乎?惜無印記,未敢臆斷爾。兄此行可謂獲一珍珠船。"

《毛扆書跋零拾(附僞跋)》僅錄末兩條,曰:"兩則跋文係北圖友人據北圖藏明弘治涂楨刻本抄寄。雖無毛扆署名,然北圖善本目及《中國古籍善本書目》均著錄此本有'毛扆校並跋、馮知十跋、馮武抄補並跋'。故丁抄扆跋當不誤。弘治涂楨刻本傳世極罕,涵芬樓影印《四部叢刊》誤信葉德輝謬說,將其他明本作涂本,流傳甚廣。傅增湘《藏園群書題記》卷六載《明涂楨刻本〈鹽鐵論〉跋》辨之,極是。此書林一大掌故,故記之,幸讀《叢刊》者勿以訛傳訛也。"

大 學 衍 義

盧紫房[1]侍御董漕江南,見余重訂《十三經註疏》,鏤版行世,邀余會于丁卯埭上,把酒快論讀書法、讀杜詩法。臨岐旴衡而誥曰:"經學久蕪,炳然重光,子誠今日之真西山[2]也。繼《十三經》而出者,願以《大學衍義》。"余時慄然意下,既歸,搜諸篋。《衍》迺西山先生《讀書記》[3]之乙也。尋繹其源流,何侍御期余之隆、教余之正也。西山與鶴山[4]同事寧宗,繼事理宗,同抱致君堯舜之志,逢彼史彌遠[5]以策立功,怙寵樹黨,交章伐異,致有真德秀真小人、魏了翁僞君子之毀。聖明雖不為已甚,竟同日罷職,連袂出都門,相期一意纂輯,鳴其不平。鶴山至靖州,著《九經要義》;

西山歸浦城，修《讀書記》。《記》凡甲乙丁三集。逮理宗親政，改元端平，彌遠既死，四木三鷹犬昵現日消，西山被召，遂表進《大學衍義》。雖曰君天下者之律令格例，其反覆嚴辨，尤極形容，實不忘“真小人偽君子”六字，所謂“雖共兜雜進于堯朝，豈魑魅能逃于禹鼎”，蓋指彌遠輩也。直至帝憬然自悟曰：“人主之職無他，惟辨君子小人。”蔣重珍對曰：“君子指小人爲小人，小人亦指君子爲小人，則宸聰四達，而西山、鶴山人品心事，始豁雲霧而見青天矣。”余每讀至“畎畝微忠，無所報稱”及“侍御握手叮嚀”等語，媿汗淫淫下。今老矣，三黜且再矣。學稼湖濱，不能自課，因而課子，左甲右乙，朝丹暮黃，掃葉拂塵，兄先弟後，梨棗一新，藏之家塾，是或齊家之一道也。縱未免爲在下之小人，庶幾無罪于名教之君子，未知侍御盧先生肯假手西山，俟時而獻否？壬午九月九日，虞山毛鳳苞識。

注：

[1]“盧紫房”，即盧世㴶（1588—1653），字德水，又字紫房，晚稱南村病叟，德州左衛人。天啓五年（1625）進士，官至禮部福建道監察御史，入清不仕。對杜甫詩頗有研究，著有《讀杜私言》《尊水園集略》等。時與顧炎武、錢謙益、毛晉等過往，毛晉曾代刻《讀杜私言》。

[2]“真西山”，即真德秀（1178—1235），始字實夫，後更字景元，又更爲希元，號西山，福建路建寧府浦城縣人，南宋理學家，人稱“西山先生”。慶元五年（1199）進士，歷任太學正、中書舍人、直學士院等，官至參知政事。卒贈銀青光禄大夫，謚文忠。師從朱子高足詹體仁，爲繼朱熹之後理學傳人，創“西山真氏學派”。著有《大學衍義》《西山文集》《文章正宗》《心經》《政經》等。

[3]“《讀書記》”，即《西山先生真文忠公讀書記》，宋真德秀撰，爲研究宋代理學思想重要著作。今存南宋開慶元年（1259）福州學官刻元修本《甲集》三十七卷、《乙集》上《大學衍義》三十四卷、《乙集》下二十二卷、《丁集》二卷。據湯漢序可知，《讀書記》原擬四集，惟甲、乙、丁爲成書，甲、丁二集先刊行；端平元年（1234），《大學衍義》進於朝，備受推崇，因之單行。乙集下未及刊行而真德秀卒。其門人湯漢抄得真氏家藏稿本，校定卷次，授之福州郡學，於開慶元年與甲、丁集並刻。

[4]“鶴山”，即魏了翁（1178—1237），字華父，號鶴山，邛州蒲江縣人。慶元五年（1199）進士，歷任國子正、武學博士、試學士院，後改秘書省正字，出知嘉定府，曾權禮部尚書兼直學士院。卒謚文靖。著有《鶴山全集》《九經要義》《古今考》《經史雜鈔》《師友雅言》等。

[5]史彌遠(1164—1233),字同叔,號小溪,別號静齋,明州鄞縣人。尚書右僕射史浩第三子。淳熙十四年(1187)進士。開禧三年(1207),與楊皇后等密謀,殺韓侂胄以請和。嘉定元年(1208),升任右丞相。十七年(1224),擁立理宗。史彌遠降金乞和,理學家真德秀、魏了翁等人起而反對,先後以"謗訕""誣詆"罪名,落職閒居(事見《宋史》本傳)。此後真德秀、魏了翁隱居著述,《九經要義》《讀書記》即爲此時之作。毛晉跋中所言即此。

案:《大學衍義》四十三卷,宋真德秀撰。

崇禎十五年毛氏汲古閣刻清毛扆重修本,今藏南圖(GJ/119755)。半葉九行二十字,四周單邊,白口,單魚尾。魚尾上題"大學衍義",下題"汲古閣"三字,下題葉次。每卷末皆署"後學毛鳳苞,男褒、衮、表、扆訂正",卷末鐫父子五人跋各一篇,其中四子跋皆低毛晉跋一格。而獨缺晉長子毛襄名及撰跋,當襄已卒未及。《汲古閣書跋》未收。案其署名,可知此本由毛氏父子五人訂正校刊。據毛晉跋,"壬午"爲崇禎十五年(1642),此時毛褒不過十三歲,毛衮不過十一歲,毛表不過五歲,毛扆不過三歲,故四子跋文不可能作於此時。此書雕成後,並未立刻刷印,因戰火正遍,版藏高閣。至清初時,烽煙漸熄,毛晉命子再校訛誤之後印行。故今存毛本實爲明崇禎十五年刻清初修補本,四子之跋當作於清初修版之時。但毛晉跋曰"掃葉拂塵,兄先弟後,梨棗一新,藏之家塾",老大毛褒亦言"余兄弟晨昏過庭,家君命取《衍義》互較二葉"(見下條毛褒跋),故知此時,如毛褒、毛衮兄弟亦參與了校勘,但參校有限,因爲畢竟年齡尚幼,毛扆、毛表則不過三、五歲。而清初毛晉卒前,最小的毛扆亦有二十餘歲,完全可以參與進去。毛扆跋曰:"愧不能跋,敬錄《通鑑》一則,以備參考云。"可知此時毛扆年且尚幼,無力作跋,僅"敬錄《通鑑》"代之,而其他三兄所跋皆有自得之處,意者當即清順治初,毛扆不過十餘歲而已,不然不會言之如此。此書在教子方面有獨特作用,恰如毛晉跋言"齊家之一道也"。毛晉使四子飽讀一過,並參與校刊活動,且使分别作跋以識之,對四子而言就是一件很有意義的事情。由此可見,毛氏對其子孫之教育用心良苦,殷殷期待蘊含其中。

大 學 衍 義
毛 褒

按真文忠公《讀書記》惟甲乙丁爲成書,未嘗有丙集。陳氏云"其書有甲乙丙丁",誤矣。甲三十七卷、丁二卷,開慶間三山學官已刊行;乙集上四十三卷,則《大學衍義》端平改元文忠公進呈,乙夜[1]之覽,遂流布朝野,與性理諸書並傳。其乙集下卷二十二卷,考論古今相業,自稱是非優劣,若燭照龜卜有不能遁者,未及繕寫而歿,僅見大德間一版,惜乎未廣。余兄弟晨昏過庭[2],家君命取《衍義》互較二葉,藏之巾笥,開雕于壬午九月,告成于癸未十月,不負紫房先生托也。後學毛褒敬記。

注:

[1]"乙夜",爲二更,約夜間十時。《後漢書·百官志三》"左右丞"劉昭注引蔡質《漢儀》:"凡中官漏夜盡,鼓鳴則起,鐘鳴則息,衛士甲乙徼相傳。甲夜畢,傳乙夜,相傳盡五更。"

[2]"過庭",指接受父親教誨。《論語·季氏》:"鯉趨而過庭,曰:'學《詩》乎?'對曰:'未也。''不學《詩》,無以言。'"

案:《大學衍義》刊於何時則不得而知,今存單行本有宋刻十行二十字本、九行十七字本,臺圖、臺博等皆有藏本,中有元大德補刊之葉;亦有元刊十一行二十一字本、九行十七字本,國圖、北師大亦有藏本。據毛褒跋,汲古閣本據元大德本刊梓,開雕於崇禎十五年(1642)九月,迄於崇禎十六年(1643)十月,歷時一年有餘。

大學衍義
毛 袞

宋理宗寶慶元年,西山先生落焕章閣待制,罷祠。既歸蒲城,修《讀書記》,語門人曰:"此人君爲治之門,如有用我者,執此以往。"蓋總括甲乙丁而言也。不知何故,僅僅以《衍義》上之帝所,讀之經帷。其番陽門人湯漢又盛稱乙集下卷,爲先生佐王之學,與天地相終始,惜其塵編蠹簡,久蟄屋壁,與先生嗣子仁夫抄録,以廣其傳。但朱子《綱目》[1]訖于五季,而先生僅纂至李文饒[2]而止。蓋暮年未竟之書也,未知何日得與上卷並垂不朽。至其一種披誠獻納,撐柱于薰蕕同器[3]、涇渭雜流[4]之日,命如縣絲,舌如劍鋩,則一敘一表一狀已委曲自陳矣。後學毛袞[5]敬記。

注:

[1]"朱子《綱目》",即朱熹撰《資治通鑑綱目》,凡五十九卷,爲綱目體

編年史書。以《春秋》筆法爲義例，體例仿《春秋左傳》，綱如經，目如傳，記事起周威烈王二十三年（前403），迄後周世宗顯德六年（959），主要據司馬光《資治通鑑》縮編而成。

[2]“李文饒”，即李德裕（787—850），字文饒，趙郡贊皇人。與其父李吉甫均爲晚唐名相。累任監察御史、中書舍人、鄭滑節度使、淮南節度使等職，受牛李黨爭傾軋，多次被排擠出京。武宗即位後，入朝爲相，外攘回紇、內平澤潞，以功拜太尉，封趙國公。宣宗繼位，貶爲崖州司户。著有《次柳氏舊聞》《會昌一品集》《姑臧集》《雜賦》等。

[3]“薰蕕同器”，謂香草和臭草同藏一器，喻善惡好壞混雜在一起。《孔子家語·致思》：“回聞薰蕕不同器而藏，堯桀不共國而治，以其異類也。”

[4]“涇渭雜流”，涇渭即涇水、渭水。謂是非好壞不分。王勃《上劉右相書》：“夫豈知世終異數，涇渭同流。”

[5]毛袞（1633—1656），字補仲，常熟人。毛晉第三子。

大學衍義
毛　表

《西山先生文章正宗》[1]家讀户誦。邇年，儇薄子[2]以陳腐弃之。家君教余兄弟曰：“芟蕪屏異，翼經正學，案頭不可無此帙。又有《續編》二十卷，先生晚年所編宋朝鉅文及論事宗簿，梁公以原稿手授金華倪澄者，當與《讀書記》並傳于世，今先以乙集《大學衍義》公之同學。”或見余兄弟聯膝共榻，丹黄從衡，听然[3]曰：“此非幼學急務，何孜孜乃爾？”家君亦听然曰：“雖是躐等，惟教以正。吾邑有先達周近仁先生，六歲，老蒼頭負之就外傅[4]，問曰：‘讀書何爲？’曰：‘爲事君。’後果爲名儒。因兒曹未能作是語，故以此教之。”或謝慚而退。後學毛表敬識。

注：

[1]《西山先生文章正宗》，真德秀輯，凡三十卷，分辭命、議論、敘事、詩歌四類。辭命、議論、敘事選自《春秋三傳》《國語》《戰國策》《史記》《兩漢書》《三國志》以及韓愈、柳宗元、李習之之文，詩歌有古逸詩、漢魏六朝詩及唐李白、杜甫之詩等。四類皆按時代順序編次。

[2]“儇薄子”，巧佞輕佻之人。宋濂《臨海方府君墓銘》：“持身有威儀，不妄譁笑。儇薄子過其家，踏步傾耳，不敢出聲。”

[3]“听然”，從容地笑。《史記·司馬相如列傳上》：“無是公听然而笑。”裴駰集解引郭璞曰：“听，笑貌也。”

[4]“外傳”，古代貴族子弟至一定年齡，出外就學，所從之師稱外傳。與内傳相對。《禮記·内則》：“十年，出就外傳，居宿於外，學書記。”

大 學 衍 義
毛 扆

是書鐫于午、未間，余未毁齒[1]。因烽烟四起，庋板高閣。今余讀完《四書》《五經》，家大人以三兄所訂本子命余覆閲，又改正四十三字，大人喜曰：“一卷正一字(1)，不爲無功矣。”媿不能跋，敬録《通鑑》一則以備參考云。德秀字景元，後更景希，建之浦城人。疾亟時，冠帶起坐(2)，神爽不亂。遺表聞，上震悼輟朝，贈銀青光禄大夫，謚文忠。德秀立朝不滿十年，奏疏將數十萬言，皆切當世(3)要務，直聲震朝廷，四方人士誦其文，想見其風采。及宦游所至，惠政深洽，不愧其言，由是中外交頌。都城人時驚傳滇[2]洞，奔擁出關(4)曰：“真直院至矣！”果至，則又填塞聚觀不置。史彌遠以是忌之，輒擯不用，而聲聞愈彰。且慨然以斯文自任，不因學禁之餘而少有疑沮，後學有賴。後學毛扆謹識。

校：

(1)“字”，《毛扆書跋零拾(附僞跋)》作“卷”。

(2)“坐”，《毛扆書跋零拾(附僞跋)》作“作”。

(3)“世”，《毛扆書跋零拾(附僞跋)》作“時”。

(4)“關”，《毛扆書跋零拾(附僞跋)》作“笑”。

注：

[1]“毁齒”，指兒童乳齒脱落，更生恒齒。漢劉向《説苑·辨物》：“男八月而生齒，八歲而毁齒……女七月而生齒，七歲而毁齒。”後借指兒童七八歲。毛扆生於崇禎十三年(1640)，而此初刊於崇禎十五壬午(1642)、十六卷癸未(1643)，毛扆只有三四歲，故稱“余未毁齒”。

[2]“滇”，同“傾”。

案：據毛扆跋曰“今余讀完《四書》《五經》，家大人以三兄所訂本子命余覆閲”，可見“家大人”毛晉仍在世，故毛扆修版應該在清初順治間。以上毛氏父子五跋，《汲古閣書跋》皆不載。

《毛扆書跋零拾(附僞跋)》曰：“扆云：‘是書鐫於午未間，余未毀齒，因烽烟四起，庋板高閣’。按扆生于崇禎十三年庚辰，十五年爲壬午，十六年爲癸未。書刻于午未，扆年三歲多。次年甲申年三月，明崇禎朱由檢縊死煤山，扆跋當撰于清順治。”而跋自然是長大之後爲之。“三兄”，即毛晉三子毛褒。然《毛扆書跋零拾(附僞跋)》又云：“‘敬録《通鑑》一則’。今名《通鑑》的書，基本上是宋司馬光撰《資治通鑑》的簡名，然該書記事下限至五代。真德秀南宋人，扆所‘敬録’，斷非光書。扆所引當是元、明人所撰簡名《通鑑》者，與光書無關。”經查，毛扆跋所敍之事，主要引自《宋史》本傳及《宋史紀事本末》卷九五《真魏諸賢用罷》。

管 窺 外 編

毛　扆

史文璣伯璿先生既撰《四書管窺》[1]，以其緒餘爲外編。舊有刻板在溫州，歲久漫滅。成化間，其同邑吕大正洪復校刻之，即此本也。嚮爲焦澹園竑[2]太史所藏，後歸于余。其“天帝”一條内缺二紙。偶訪郡友，見案頭有殘本，又屬大字翻板，而所缺處獨全，因借歸抄補，遂成完書。但其漫漶處翻本亦缺，無從是正，爲可惜爾。辛巳四月下浣，汲古後人毛扆識。

注：

[1]“史文璣伯璿先生”，即史伯璿(1299—1354)，一名史伯璇，字文璣，號牖巖，温州平陽人，元代儒學名家，譽稱“東海大儒”。著有《四書管窺》八卷，引趙順孫《四書纂疏》、吳真子《四書集成》、胡炳文《四書通》、許謙《四書叢説》、陳櫟《四書發明》及饒魯、張存中諸説，取其與《集注》異同者，各加辨論於下；諸説互相矛盾者，亦爲條列而釐訂之。定稿於至正六年(1346)。十年(1350)，又寫成《管窺外篇》二卷。

[2]“焦澹園竑”，即焦竑(1540—1620)，字弱侯，號漪園，又號澹園，生於江寧。萬曆十七年(1589)狀元，授翰林院修撰。明代著名藏書家，有“北李南焦”之説，藏書樓有“澹園”“抱甕軒”“竹浪齋”“萬軸稷”“五車樓”“欣賞齋”等，自經史至稗官雜説，無不收羅，以抄本和宋明刊本居多，曾編《焦氏藏書目》。

案：《管窺外編》不分卷，元史伯璿撰。

明成化九年（1473）吕洪刻本，卷首有至正十年史伯璿自序，卷端署“平陽史伯璿文璣述／後學吕洪校正重刊”，卷末有成化九年癸巳廣東按察使平陽吕洪重刊跋及毛扆手跋，鈐印“毛晉之印”“毛氏子晉”“汲古主人”“汲古閣”“西河季子之印”等，焦竑、毛扆舊藏，今藏上圖（780366—67）。

“辛巳”即康熙四十年（1701），時毛扆六十一歲。《毛扆書跋零拾（附僞跋）》曰：“扆跋撰於四月，跋末雖鈐‘毛晉之印’‘西河季子之印’等印多方，是否是毛晉卒前分授毛扆，難説，因跋時晉已卒四十二年。”毛扆所收之書，常鈐有毛晉之印。此有兩種可能，一是毛晉分授之書，二是敬鈐父印，以示祭奠。《上海圖書館善本題跋輯録附版本考》亦録此跋。《藏園群書經眼録》卷七與《藏園群書題記》卷六《明本管窺外編跋》即録此本，並録毛扆跋，唯後者“下浣”作“下旬”，又云“全書不分卷，疑《四庫》之二卷，乃館臣所分，非其舊也”。《藏園訂補邵亭知見傳本書目》卷七亦著録。

玉蕊辨證

周文益忠公[1]雜著二十餘卷，獨此卷辨證名花，真堪与六一居士《牡丹譜》並傳。第唐昌觀之玉蕊[2]，至唐始著，而揚州后土祠之瓊花[3]，漢延元間祠，祠因花而有封號，則其由來甚遠，何不云瓊花辨證，乃云玉蕊，豈避瓊爲赤玉耶？其中猶有未詳者，如首載嚴休復[4]詩，實詠長安業安坊仙游故事，其本集題作揚州唐昌觀，謬哉！劉杳稱爲桮[5]汁可作酒，似又一種。端伯[6]呼爲瑒，何如容齋呼爲米囊，名稍佳也。若山谷所云山礬，意即野人所云鄭樹，土人所云八仙花，故江南野中多有之，安得輕視瓊之無雙，而存疑似之見也？至葛常之[7]謂非玉蕊，則又過爲異同矣。庶幾杜斿《瓊花記》、馮子振《瓊花賦》、單安仁《瓊花辯》可互證云。湖南毛晉識（1）。

校：

（1）《題跋》《汲古閣書跋》無“湖南毛晉識”。

注：

[1]“周文益忠公”，誤，當爲“周文忠益公”或“周益公文忠”。關於周必大的封號及謚號，可參見《淳熙玉堂雜記》注釋。

[2]“唐昌觀之玉蕊”，唐昌觀在唐京都長安安業坊南，因唐玄宗女唐昌公主得名。内有唐昌公主親植玉蕊花，每當花開，唐昌觀即爲京都游賞勝地。唐代詩人楊凝、王建、武元衡、楊巨源俱有《唐昌觀玉蕊花》詩。

[3]"揚州后土祠之瓊花",周密《齊東野語》卷十七:"揚州後土祠瓊花,天下無二本。絶類聚八仙,色微黄而有香。仁宗慶曆中,嘗分植禁苑,明年輒枯。遂復載還祠中,敷榮如故。淳熙中,壽皇亦嘗移植南内,逾年憔悴無花,仍送還之。其後宦者陳源命園丁取孫枝移接聚八仙根上,遂活,然其香色則大减矣。"

[4]嚴休復,字玄錫,吴郡人。憲宗元和初爲拾遺,歷任膳部員外郎、吏部郎中、杭州刺史、右散騎常侍。唐文宗大和七年(833),出爲河南尹,旋以檢校禮部尚書充平盧軍節度使。《全唐詩》録存其詩二首《唐昌觀玉蘂花折有仙人游悵然成二絶》。

[5]"㯶",《南史·劉杳傳》:"杳在任昉坐,有人餉㯶酒,而作棖字。昉問杳,此字是否? 答曰:非也。葛洪《字範》作木旁㯶。"《集韻》:"㯶,棖。木名,汁可爲酒。"

[6]"端伯",即曾慥。曾慥,字伯端,南宋晉江人。曾編《道樞》《類説》等,多爲傳世之作。

[7]"葛常之",即葛立方,字常之,南宋湖州人,著有《歸愚集》《韻語陽秋》等。

案:《玉蘂辨證》一卷,宋周必大編。

明末崇禎間汲古閣刻《津逮秘書》本,卷端題"玉蘂辨證",次下不署編者,卷末載慶元二年(1196)周必大跋、續添後載慶元四年周必大跋,末載毛晉跋。國圖藏一部明祁氏澹生堂抄本《周益文忠公集》二百卷(03584),卷一百八十四即《玉蘂辨證》一卷,篇目及次序與毛本相同。但抄本頗雜亂,且有訛誤,難以卒讀。毛晉跋《宋名家詞》本《近體樂府》云:"益公省齋諸稿二百卷,僅得一抄本,句錯字淆。"蓋指源於此本的毛氏收藏抄本。如抄本上下篇銜接不分者頗多,如"續添"本爲正文後續補部分,但抄本"續添"二字徑於周跋後,不另起行,而毛本另行分段,眉目清晰。抄本作者常有脱漏的,毛本一一補上,如"續添"第一首爲《唐昌觀玉蘂花》,抄本不署名,毛本題"楊巨源一首"。毛本於題名下及正文末常加注,如抄本康駢《劇談録》末徑接"……俱有聞玉蘂院真人降詩",毛本將詩題"聞玉蘂院真人降"另起行標題,並於標題下題"集作《揚州唐昌觀玉蘂花所有仙人游悵然成二絶》",第一首"味道齋心禱玉宸,魂消眼冷未逢真。不如滿樹瓊瑤蘂,笑對藏花洞裏人"下,毛本題"考《唐詩紀事》:味道作終日,眼冷作目斷。"毛本不僅作上下分斷,且補上注文,更正了原本。經過修正後的毛本,目文分明,訛誤極少,從中可見毛晉在修正底本時確實下了很大功夫。《四庫存目》收録,《四庫提要》卷一百十六著録。

采 菊 雜 詠

宋元菊譜凡數家,其評香判色,不辱花神者,惟吾郡范氏、史氏[1]。殆後五岳山人[2]製治菊月令,故吳下蓺菊家頗得三昧。非但園丁圃老習而安焉,即幽人逸士往往夜讀其書,朝擇其種,或抱甕東籬,或攜鋤北牖。及至花時,交手相賀,且相詡曰:"古人謂春秋佳日,無過寒食、重九。"但寒食錦天繡地,姹女妖童,幄裙歌扇,如迷香蝶,如醉蜻蜓,流連忘返,非吾輩事。惟東坡云:"菊花開時乃重陽。"[3]別有味外之味。或顧影自悦,悠然見山;或呼友開樽,頹然倚石,真所謂"春叢莫輕薄,彼此有行藏"[4]也。吾友人伯願[5]學斜川處士,招尋伊水元孫,掛席百里,拖筇五日,日涉成趣,發爲歌詩,高平、京兆二譜,收拾錦囊尺幅中。余恨不得追隨杖履,挹露餐英,相與相羊[6]乎東皋、北郭之間,未知轉睫秋光,許我續游否? 社弟毛晉題。

注:

[1]"吾郡范氏、史氏",即范成大《范村菊譜》、史正志《史氏菊譜》。《范村菊譜》一卷,記所居范村之菊,自序稱所得三十六種,而今存所載凡黄者十六種,白者十五種,雜色四種,實止三十五種,尚闕其一,疑傳寫有所脱佚。《史氏菊譜》,所列二十八種,主要介紹花心、花瓣顔色形狀等。有《百川學海》本、《説郛》本、涵芬樓排印《説郛》本等。

[2]"五岳山人",即黄省曾(1490—1540),字勉之,號五岳山人,吳縣人。舉嘉靖十年(1531)鄉試。《明儒學案》記其少好古文,解通《爾雅》。多藏書,詳聞奥學,好談經濟,交游極廣。著有《五嶽山人集》《西洋朝貢典録》《擬詩外傳》《騷苑》等。曾刊刻《山海經》《水經注》《楚辭章句》《嵇中散集》等。

[3]"菊花開時乃重陽",語出《苕溪漁隱叢話》後集卷六《記〈次韻淵明九月九日〉詩》:"嶺南氣候不常。吾嘗云:菊花開時乃重陽,佳月涼天即中秋。不須以日月爲斷也。"

[4]"春叢莫輕薄,彼此有行藏",語出羅隱《菊》:"籬落歲雲暮,數枝聊自芳。雪裁纖蕊密,金拆小苞香。千載白衣酒,一生青女霜。春叢莫輕薄,彼此有行藏。"

[5]“伯願”，即馬宏道，字人伯，號退山，長洲人。喜吟詠。著有《采菊雜詠》。崇禎間移居虞山，與毛晉友善。

[6]“相羊”，徘徊，盤桓。《楚辭·離騷》：“折若木以拂日兮，聊逍遥以相羊。”

案：《采菊雜詠》一卷，明馬宏道撰。

清順治間汲古閣刻《群芳清玩》本，卷首有順治十一年（1654）自序，卷末有王咸跋，末署“甲午陽月社盟弟王咸題於荻溪旅次”，次爲毛晉跋，後附范成大《菊譜》。《汲古閣書跋》不載毛晉跋。毛跋未署時間，但據王咸所署，且皆爲盟社成員，所題亦當在甲午年或其前後。“甲午”爲順治十一年（1654）。崇禎二年（1629），李璵編、毛晉刊《山居小玩》十種，首有崇禎二年徐亮刊序，至清順治間重新刷印時又增加兩種《畫鑒》《采菊雜詠》，改名《群芳清玩》，凡十二種十六卷。毛晉與宏道相交，晚年首刻是集。《四庫存目》集部第一百九十四册收録，《四庫提要》卷一百八十云：“今觀其詩，乃明季山人刻爲投贄結社之具者耳。”

王咸（1591—？），字與公，號拙庵，蘇州人。尤善書畫。咸與毛晉爲同時代人，交往頗多，館於汲古閣十餘年，寫書校勘，曾爲毛晉作《汲古閣圖》，共校《樂府詩集》，皆藏國圖。

傷寒明理論
毛　表

借玉峰徐氏[1]宋本是正，時癸亥重陽前三日，正庵。

注：

[1]“玉峰徐氏”，即徐乾學（1631—1694），字原一，號健庵、玉峰先生，昆山人，與弟元文、秉義稱“昆山三徐”。康熙九年（1670）探花，授編修，曾任順天鄉試副主考官、日講起居注官。後任《明史》總裁官及《清會典》《大清一統志》副總裁，官至左都御史、刑部尚書。輯刊《通志堂經解》，著有《讀禮通考》。酷好藏書，建“傳是樓”，藏書甲於康熙一朝，撰有《傳是樓書目》四卷。

案：《傷寒明理論》三卷《方論》一卷，金成無己撰。

明葛澄刊本，首有壬戌八月嚴器之舊序，又方論序及開禧元年張孝忠跋，目録次行題“古濠葛澄刊”。清何焯校，並録毛表跋，徐坊、周叔弢舊藏，今藏國圖(08159)。《藏園群書經眼録》卷七、《藏園訂補邵亭知見傳本書目》卷七著録"何煌校並録毛表跋。蟠青書室見"。

　　此爲毛表借徐乾學家藏宋本校明葛澄本,目録後朱筆描摹"建安慶有書堂新刊",即毛表所爲;何煌又依汲古閣本校明本。何煌跋曰:"依汲古閣本校,此本行款悉同宋版,其文與新刻本異者,咸是宋本原文也。"此書今存宋刻本一部,序末有抄補牌記云:"景定辛酉建安慶有書堂新刊",清怡府、李之郇、劉履芬、黄彭年、袁克文、潘宗周舊藏,今藏國圖(8690)。徐氏藏書散出後,歸入清宫不少,此或即其一。"癸亥"即康熙二十二年(1683),爲毛表向其借書並校之時間,而毛表原校本今不知何所。

周 髀 算 經

　　蔡邕云:"言天體者有三家,一曰周髀,二曰宣夜,三曰渾天(1)。惟渾天者,近得其情。"故耿壽昌、錢樂輩各鑄銅爲之象,而鄭玄、陸績、吳時王蕃、晉世姜岌、張衡、葛洪諸家,論説甚詳,至今猶存其制。若宣夜者,僅見虞喜云:"宣,明也;夜,幽也。幽明之數,其術兼之,故曰宣夜。"惜乎絶無師説,莫得其傳。惟《周髀算經》[1]二卷尚未湮滅。但命名之義,或云(2)周公受之商高,周人志之,故曰"周";或云髀者,股也,伸圓之周而爲勾,展方之周而爲股,故曰"周髀";或云天行健,地體不動,而天周其上,故曰"周"。其説不倫,余未能較正,所謂"天文不到,徒窺星漢之高"也。偶因鹽官殘本補而傳焉,尚有疑團一二,擬撢孝轅、叔祥二翁而析之[2]。虞山毛晉識(3)。

校:

(1)"二曰宣夜,三曰渾天",《題跋續集》"二""三"皆作"一"。

(2)"或云"及下一句"或云",《題跋續集》皆作"或曰"。

(3)《題跋續集》無"虞山毛晉識"。

注:

[1]《周髀算經》,算經十書之一,約成書於公元前一世紀,主要闡明當時的蓋天説和四分曆法,唐初列爲國子監明算科教材。

[2]"鹽官",即浙江海鹽人胡震亨,"鹽官殘本"即指明沈士龍、胡震亨共同輯刻《秘册彙函》燼餘舊版。"孝轅",指胡震亨。"叔祥",指海鹽人姚士麟。因舊版而殘缺不全,故需修補,但"尚有疑團一二",需"孝轅、叔祥二

翁而析之”。

　　案:《周髀算經》二卷,漢趙嬰注,北周甄鸞重述,唐李淳風等注,《音義》爲宋李籍撰,附《數術記遺》一卷,漢徐岳撰。

　　汲古閣刻《津逮秘書》本,卷首有趙嬰,嘉定六年(1213)鮑澣之、沈士龍、胡震亨四序,卷端署“漢趙君卿注”“北周漢中郡守前司隸臣甄鸞重述”“唐朝議大夫行太史令上輕車都尉臣李淳風等奉敕注釋”“明毛晉校”,卷末載有毛晉跋。《題跋續集》亦載,題名“跋周髀算經”。毛晉跋,國圖藏本有,而哈佛大學哈佛燕京圖書館藏本則無。《題跋》《汲古閣書跋》未著錄。據毛晉跋,此據《秘冊彙函》殘版修補後刷印。毛氏舊藏有宋本算書多部,並有影抄,但印此書時蓋尚未得宋本。

算　經

毛　扆

　　按《唐書·選舉志》制科之目,明算居一。其定制云:“凡算學,《孫子》《五曹》[1]共限一歲,《九章》《海島》[2]共三歲,《張丘建》《夏侯陽》[3]各一歲,《周髀》《五經算》[4]共一歲,《綴術》[5]四歲,《緝古》[6]三歲,《記遺》《三等數》[7]皆兼習之。”竊惟數學爲六藝之一,唐以取士,共十經。《周髀》家塾曾刊行之,餘則世有不能舉其名者。扆半生求之,從太倉王氏得《孫子》《五曹》《張丘建》《夏侯陽》四種,從章丘李氏得《周髀》《緝古》二種,後從黃俞邰又得《九章》,皆元豐七年祕書省刊板,字畫端楷,雕鏤精工,真希世之寶也。每卷後有秘書省官銜姓名一幅,又一幅宰輔大臣,自司馬相公而下,俱列名於後,用見當時鄭重若此。因求善書者刻畫影摹,不爽豪末,什襲而藏之。但焉得《海島》《五經算》《綴術》三種,竟成完璧,並得好事者刊刻流布,俾數學不絕於世,所深願也。康熙甲子仲秋,汲古後人毛扆謹識。

注:

　　[1]《孫子》《五曹》,《孫子算經》,未著錄作者姓名,今本分上、中、下三卷。卷上敘述算籌記數的縱橫相間制與籌算乘除法則,卷中舉例說明籌算分數算法與籌算開平方法。卷中和卷下所選皆爲應用問題,淺近易曉,注重實用。《五曹算經》五卷爲算經十書之一,一般認爲北周甄鸞作,李淳風等注。甄鸞通曆法,曾編《天和曆》。“五曹”指五類官員。“田曹”是田畝面積計算

問題，"兵曹"是軍隊配置、給養運輸等軍事數學問題，"集曹"是貿易交換問題，"倉曹"是糧食稅收和倉窖體積問題，"金曹"是絲織物交易等問題。

[2]《九章》《海島》，《九章算術》十卷爲算經十書之一，成於公元一世紀左右。一般認爲經歷代各家增補修訂，西漢張蒼、耿壽昌曾經做過增補和整理。内容豐富，採用問題集形式，收録二百四十六個與生產、生活實踐有聯繫的應用問題，分隸方田、粟米、衰分、少廣、商功、均輸、盈不足、方程及勾股，總結戰國、秦、漢時期數學成就。《海島算經》一卷，劉徽撰，成書於三國魏景元四年(263)，本爲《九章算術注》之第十卷，題爲《重差》。唐初始單行，研究對象爲有關高與距離的測量，利用兩次或多次測望所得數據，推算目標之高深廣遠。

[3]《張丘建》《夏侯陽》，《張丘建算經》，北魏張丘建著，共三卷。今本保存九十二個問題，大部分爲當時社會生活中實際問題，如有關測量、紡織、交換、納稅、冶煉、土木工程和利息等，涉及面廣。就數學内容而言，包括分數乘除、直角三角形、聯立一次方程、二次方程等。《夏侯陽算經》，上卷明乘除法，辨度量衡；中卷求地稅；下卷説諸分。書中有若干簡化乘除方法，變三行布算爲一位布算。以十進小數表示奇零部分的方法，促進了十進小數概念的發展。

[4]《周髀》《五經算》，《周髀》即《周髀算經》，注釋見上文。《五經算》二卷，北周甄鸞撰，對《易》《詩》《書》《周禮》《儀禮》以及《論語》《左傳》等經書的古注中有關數字計算的地方進行解釋。

[5]《綴術》，亦作《綴述》，六卷，南朝齊祖沖之撰，唐王孝通《〈緝古算經〉進書表》謂爲祖暅之作。彙集祖沖之和祖暅之父子數學研究成果，包括精密圓周率、三次方程解法和正確球體積計算等，内容深奥，以致"學官莫能究其深奥，故廢而不理"。北宋時亡佚。

[6]《緝古》，即《緝古算經》一卷，唐王孝通撰。王孝通高祖武德年間(623年前後)擔任算學博士，奉命與吏部郎中祖孝孫校勘傅仁鈞制訂的《戊寅曆》。其最大貢獻是在前人研究基礎上，於武德八年(625)撰成《緝古算術》，爲我國現存最早解三次方程著作。

[7]《記遺》《三等數》，《數術記遺》，一卷，題漢代徐岳撰，甄鸞注。書中載有命數法和算籌、心算以及其他各種計算共十四種。"珠算"之名，首見於此。《三等數》爲唐代算學館學生必讀之書，《舊唐書·經籍志》之"曆算類"著録"《三等數》一卷，董泉撰，甄鸞注"。此書今無傳本。

案:清康熙間毛氏汲古閣影抄宋嘉定六年(1213)鮑澣之汀州重刊元豐

七年(1081)祕書省本《算經》八種,包括《孫子》《五曹》《張丘建》《夏侯陽》《周髀》《緝古》等,其中《緝古算經》卷末載此毛扆跋,跋末鈐有"毛扆之印""斧季"兩印。鈐印"宋本""希世之珍""汲古閣""毛氏子晉""子晉書印""汲古得修綆""五福五代堂古稀天子寶""八徵耄念之寶""太上皇帝之寶""乾隆御覽之寶""天祿繼鑑""天祿琳琅"等,毛扆、清內府舊藏,今藏臺博。其中《九章算經》存卷一至五,缺末四卷,其他皆全。毛晉、毛扆曾藏有宋嘉定六年鮑澣之汀州刻本,今藏上圖和北大,毛扆據其影抄。1932年北京故宮博物院影印入《天祿琳琅叢書》,《續修四庫》則收入毛氏等舊藏宋刻本。

　　從毛扆跋可知,此集由毛扆購得,所鈐毛晉印,當是毛扆出於敬奠父親。《毛扆書跋零拾(附偽跋)》著錄,云:跋年"康熙甲子仲秋"即康熙二十三年甲子(1684)八月,扆年四十五歲。"唐以取士共十經",經扆多方訪求,尚缺三種。據《四庫提要·天文算法類》著錄,輯自《永樂大典》者有《海島算經》一卷、《五經算術》二卷,獨不見《綴術》。《藏園群書經眼錄》著錄即此本,"按:斧季跋謂皆元豐七年祕書省刊版,然各書仍有嘉定序,蓋是南宋汀州覆本"。

範　圍　數

毛　扆

　　此妻黨盛翁手抄者。翁姓盛名守,字公約,邑人,余妻陸氏之姑父[1],又其母舅也。生平不妄言笑,目不視博弈,最好數學。設有疑義,終夜兀坐而思,及旦又算焉。人笑其愚,而耽癖自若,蓋誠朴君子也。此書自首至終,一筆不苟,可以識其梗概矣。翁没後,其孫與書賈易時藝[2],因轉售余。余識其筆跡,以五金購之。今暫歸於余,他日又不知歸於誰人也。康熙壬申十月既望,隱湖毛扆識。

注:

　　[1]"余妻陸氏",即陸貽典之女,盛守爲毛扆妻陸氏姑父。盛守,字公約,常熟人。

　　[2]"時藝",八股文別稱。

　　案:《範圍數》十卷,不著撰人。此爲推命術書,以易卦占人祿命吉凶,皆以經文引申比附而立説,屬子部數術類。

　　清盛守抄本,卷首書衣載毛扆跋,卷首有吳萊序,又載吳淵穎集中,題

"王氏範圍要訣後序"，則爲元人王姓所撰。版心題"海虞盛氏樹德堂繹"。鈐有"樹德堂收藏""汲古後人""宋犖之印"等。蓋此書後歸宋犖，今不知何所。"壬申"即康熙三十一年(1692)，時毛扆五十一歲。《藏園訂補郘亭知見傳本書目》卷九著録，《藏園群書經眼録》卷七及《毛扆書跋零拾(附僞跋)》收録。國圖藏一部元刻本《新刊範圍數》二卷，當源出於此。

法書要録

陶隱居[1]每患無書可看，願作主書令史。晚愛楷隸，又羨典掌之人。且曰："得作才鬼，猶勝頑仙。"世有若人，則蕺山之扇愈可增錢，凌雲之臺無煩誡子矣。迄唐河東張氏，三世藏法書名畫，彥遠[2]又能彙其祖父所遺，成二書，以記録書畫之事。令陶隱居復生，不知又作何願也。余讀其《法書要録》[3]十卷，載漢魏以來名文百篇，不下一註脚，不參一評跋，豈其鑒識未精耶？蓋謂昔賢垂不朽之藝，後人覩妙絶之蹟，自有袁昂、二庾[4]及竇臮[5]諸人月旦在。海虞毛晉識(1)。

校：

(1)《題跋》《汲古閣書跋》無"海虞毛晉識"。

注：

[1]"陶隱居"，陶弘景居室名。陶弘景(456—536)，字通明，號華陽隱居，卒諡貞白先生，南朝梁丹陽秣陵人。道教思想家、醫藥家、文學家，人稱"山中宰相"。著有《本草經集注》《真誥》《真靈位業圖》《陶氏效驗方》《補闕肘後百一方》《陶隱居本草》《藥總訣》等。

[2]"彥遠"，即張彥遠(815—907)，字愛賓，蒲州猗氏人。初爲左補闕，累任祠部員外郎、舒州刺史、大理卿。其高祖張嘉貞、曾祖張延、祖父張弘靖皆官至宰相，時號"三相張氏"，喜收藏書畫，善書法，軸帙滿架。父張文規，官至殿中侍御史，"少耽墨妙，備盡楷模。彥遠自幼及長，習熟知見"。著有《歷代名畫記》《彩箋詩集》《三祖大師碑陰記》《山行詩》等。

[3]《法書要録》，十卷，唐張彥遠編撰。書法學論著總集，輯録東漢至唐元和(806—820)年間的書法理論著作三十九種，除存目外，實有三十四篇。其中趙壹《非草書》、羊欣《采古來能書人名》、王僧虔《論書》、張懷瓘《書斷》、衛鑠《筆陣圖》、王羲之《題筆陣圖後》等皆爲古代書論名篇。

[4]"袁昂、二庾"，袁昂(461—540)，字千里，扶樂人，南朝梁書畫家。

仕齊爲吴興太守，梁武帝用爲吏部尚書，遷尚書令，位司空。卒諡穆正。與劉繪、謝赫同時，善書畫。陳思《書小史》稱："昂以孝稱，善書畫，嘗著《書評》一卷。""二庾"，張彦遠《法書要録》收録梁庾元威《論書》、庾肩吾《書品論》。

[5]寶泉，字靈長，扶風人。寶蒙四弟，唐校户部員外郎、宋汴節度參謀。工書，師承張論家。寶蒙《〈述書賦〉語例字格》："吾弟尚輦君，字靈長，翰墨廁張、王，文章凌班、馬，詞藻雄贍，草隸精深。平生著碑誌、詩篇、賦頌、章表凡十餘萬言。較其巨麗者，有天寶所獻《大同賦》《三殿蹴鞠賦》，以諷興諫諍爲宗，以匡君救時爲本。"

案：《法書要録》十卷，唐張彦遠撰。

明末崇禎間汲古閣刻《津逮秘書》本，卷首有張氏自序，次有目録，次署"唐河東張彦遠集""明海虞毛晉校"，正文卷端次署"唐河東張彦遠集"，各卷卷首載本卷細目，卷末附張氏本傳，次載毛晉跋。此書存世者有明刻本及明王世懋抄本，傅增湘曾以王氏抄本校毛本，訛誤頗多。《藏園群書經眼録》著録，曰："余取《津逮》本對勘之，則補佚訂訛，多至不可勝舉。惟卷七、八、九録張懷瓘《書斷》，節約頗多，其他各卷，文字均視《津逮》本爲勝，卷十右軍書帖增益至十數則。"經核對，毛本出於明萬曆十九年(1591)刻王氏《書畫苑》本。

廣　川　書　跋

鄭康成，漢世碩儒，弗識犧牛之鼎[1]。歐陽修，宋朝宗匠，誤辨靈臺之碑[2]。其矣，博古之不易也。董子在政和間，鑒定祕閣所藏，悉三代法物名器，一一詳論精核，若故有之物而素所習玩者，此豈天欲顯神寶於世，必生畸人[3]爲之發揚宣暢耶？同朝惟校書郎黄長睿[4]相與商確，爲千古知己。長睿著《古器説》四百餘篇，載在《圖經》。董子則有《書跋》十卷，雜入金石字蹟之類。岐陽鼓文，從來盡謂宣王獵碣耳，獨反覆辨其非。何故鄭漁仲[5]便居之不疑？是以讀書貴具隻眼也。海虞毛晉識(1)。

校：

(1)《題跋》《汲古閣書跋》無"海虞毛晉識"。

注：

[1]"弗識犧牛之鼎"，典出《梁書·劉杳傳》："杳少好學，博綜群書，沈

約、任昉以下，每有遺忘，皆訪問焉。嘗於約坐語及宗廟犧樽，約云：'鄭玄答張逸，謂爲畫鳳皇尾娑娑然。今無復此器，則不依古。'杳曰：'此言未必可按。古者樽彝，皆刻木爲鳥獸，鑿頂及背，以出内酒。頃魏世魯郡地中得齊大夫子尾送女器，有犧樽作犧牛形；晉永嘉賊曹嶷於青州發齊景公塚，又得此二樽，形亦爲牛象。'約大以爲然。"

[2]"誤辨靈臺之碑"，典出洪適《隸釋·成陽靈臺碑》。洪適指出靈臺即堯葬其母慶都之地，而歐陽修《集古録》所説"堯母無葬處"不對，並引書論證。《廣川書跋》卷五也提及"慶都碑"。

[3]"畸人"，有獨特志行、不同流俗之人。《莊子·内篇·大宗師》："子貢曰：'敢問畸人？'曰：'畸人者，畸於人而侔於天。'"成玄英疏："畸者，不耦之名也。修行無有，而疏外形體，乖異人倫，不耦於俗。"

[4]"黄長睿"，即黄伯思（1079—1118），字長睿，自號雲林子，邵武人。元符三年（1100）進士，官至秘書郎。工詩文，書畫均佳，尤嗜古文奇字，各類鐘鼎彝器款識體制，皆能識別辨正。曾校定《杜甫集》二十二卷、《楚辭》十卷。伯思以古文名家，奉詔於内府集古器，考真偽。《廣川書跋》數次提及"秘書郎黄伯思""黄伯思學士"，可知董逌在秘閣供職時與其相商榷、通有無。此即四庫館臣"逌在宣和中，與黄伯思均以考據賞鑒擅名"之説之由來。故《廣川書跋》與伯思《東觀餘論》兩書，在内容與體例上均有相似之處；不同之處，則《東觀餘論》偏重於法帖，而《廣川書跋》於金石與法書碑版並重。

[5]"鄭漁仲"，即鄭樵。

案：《廣川書跋》十卷，宋董逌撰。董逌，字彦遠，東平人，北宋藏書家、書畫鑒定家。靖康末，官至司業，遷徽猷閣待制，以精於鑒賞考據擅名。《廣川書跋》爲其著録金石碑帖並鑒賞點評之作，其中首五卷跋先秦至漢之鐘鼎銘文、石刻，後五卷跋魏、晉、南北朝、隋至唐至北宋書跡，共二百二十六則。

明末崇禎間汲古閣刻《津逮秘書》本，卷首有紹興十七年（1147）董逌子弅序，卷端署"宋廣川董逌著　明古虞毛晉訂"，卷末有毛晉跋。據弅序，其裒集父所撰者，爲《書跋》十卷、《畫跋》六卷，繕寫藏諸家廟，是否刊梓未知。宋代書目皆不著録，至《國史經籍志》始有著録。明代吴寬叢書堂紅格鈔本爲今存最早之本，今藏國圖；次有明錫山秦氏雁里草堂抄本，今不知何所。刊本有明嘉靖間韓氏刻本、明萬曆間王氏《畫苑》本。《藏園群書經眼録》卷七著録一部明抄本《廣川書跋》十卷附《東觀餘論》上下卷，綿紙墨格，十行二十四字，鈐印"古吴錢氏收藏印""清白傳家""汲古主人""毛晉私印""子晉""毛扆之印""斧季""子晉書印""汲古得修綆""半在漁家半在農""書香千載""仲雍故國人家""筆硯精良人生一樂"等,錢叔寶、毛晉、毛扆舊藏,今不知何所。《汲古閣珍藏秘本書目》著録一部抄本,當即此本。《津逮》本當據此出。

翰　林　要　訣
毛文光

己亥[1]夏六月,琴上汲古裔文光[2]避暑於道東軒,揮汗謹識。

注：

[1]"己亥",爲康熙五十八年(1719)。

[2]"文光",即毛文光,毛晉之孫,毛扆之侄,藏書室爲道東軒。曾輯抄《五代紀略》一卷,署"汲古閣後人毛文光(炳若)輯",與葉林宗鈔自馮舒藏本《五代春秋》二卷(宋尹洙撰),合裝一册,鈐印"汲古後裔""文光私印""炳若",今藏上圖(788580)。

案：《翰林要訣》一卷,元陳繹曾撰。陳繹曾(約1286—1345),字伯敷,處州(今浙江麗水縣)人。元統中舉進士,官至國子助教。口吃而聰敏異常,諸經注疏多能成誦,文辭汪洋。善書法,著有《文説》《文筌》《詩小譜》《法書論》等,《翰林要訣》爲論述學書諸法。余紹宋《書畫書録解題》著録,責其煩瑣。

清康熙間毛文光抄本,卷首載此跋,下鈐印"文光""服菊生",今藏常熟市圖書館(16217)。

歷代名畫記

馬氏《經籍志》云："《名畫獵精》六卷[1],唐張彦遠纂,記史皇以降,至唐畫工名姓及論畫法,並裝背裶軸之式、鑒別閱玩之方。"今此書罕傳,即彦遠自敍,亦止云《歷代名畫記》[2]而不及其名,意大略相似耳。既讀兹集,敍述畫之興廢。自董卓幒囊而外、侯景煨燼之餘,其載入江陵者,又投後閣舍人之一炬[3],能無雲煙過眼之歎耶? 然三百七十餘人,垂不朽于天壤間,即謂張氏千箱萬軸,至今存可也。海虞毛晉識(1)。

校：

(1)《題跋》《汲古閣書跋》無“海虞毛晉識”。

注：

[1]“《名畫獵精》六卷”，《郡齋》稱此書爲張彥遠纂記歷代畫工名姓，自史皇以降至唐朝，及論畫法，並裝褙褫軸之式、鑒別閱玩之方。馬氏《通考》著錄同。周中孚認爲張彥遠《歷代名畫記》是在此書基礎上擴充而成。

[2]《歷代名畫記》，十卷，張彥遠撰。前三卷通論畫學，並談及用筆、鑒識、跋尾等理論；後七卷則述歷代畫家傳略軼事。此書記述三百七十餘位畫家傳記資料，客觀評述畫家成就得失，是一部體例完備、史論結合、内容豐富的中國古代畫史要籍。

[3]張懷瓘《二王等書錄》：“承聖末，魏師襲荆州，城陷，元帝將降。其夜，乃聚古今圖書十四萬卷，並大小二王遺跡，遣後閣舍人高善寶焚之。”

案：《歷代名畫記》十卷，唐張彥遠撰。

明末崇禎間汲古閣刻《津逮秘書》本，卷端次署“唐河東張彥遠愛賓撰”“明東吳毛晉子晉訂”，卷末有毛晉跋。《四庫》底本，《四庫提要》卷一百十二著錄。經核，此本源於明萬曆王氏《畫苑》本。

宣　和　畫　譜

古來帝王家好尚翰墨者，真米顛所云奇絶陛下[1]也。如唐太宗篤嗜字蹟，宋徽宗專心繪事，可稱同調。按貞觀初，整理御府古今工書真蹟，已得一千五百餘卷，命舍人崔融爲《寶章集》[2]紀其事，而王方慶[3]所進不與焉。裴孝源則撰《公私畫史》[4]，一時珍玩大備。數百年來，唯《宣和》二譜[5]足以當之。即多寡未必侔，或時代損益之不同耳。徽宗一日幸秘書省，發篋出御書畫，凡公宰親王使相從官，各賜御畫一軸，兼行書草書一紙。上顧蔡攸[6]分之。是時既恩許分賜群臣，皆斷佩折巾以爭先，帝爲之笑。此與唐太宗宴三品已上於玄武門，親操筆作飛白書，衆臣乘醉競取，常侍劉洎登御床，引帝手，然後得之，千古同一佳話也。海虞毛晉識(1)。

校：

(1)《題跋》《汲古閣書跋》無“海虞毛晉識”。

注：

[1]"米顛所云奇絶陛下"，語出《錢氏私志》："徽皇聞米芾有字學，一日，於瑤林殿張絹圖方廣二丈許，設瑪瑙硯、李廷珪墨、牙管筆、金硯匣、玉鎮紙水滴，召米書之。上映簾觀賞，令梁守道相伴，賜酒果。米反繫袍袖，跳躍便捷，落筆如雲，龍蛇飛動。聞上在簾下，回顧抗聲曰：'奇絶陛下！'"

[2]《寶章集》，王方慶進獻武則天之王羲之、王獻之、王導等二十八人書帖，共十卷。則天令中書舍人崔融編爲《寶章集》，以敘其事，復賜方慶。宋岳珂始稱《萬歲通天帖》，今僅存七人十帖。

[3]王方慶(？—702)，名綝，以字顯，雍州咸陽人。武則天時封石泉縣子，歷遷鸞臺侍郎，同鳳閣鸞臺平章事。卒贈兗州都督，謚曰貞。王方慶每還私第，必請鍾紹京盛論法書。方慶常疾，須紹京言書輒瘥。

[4]《公私畫史》，即裴孝源撰《貞觀公私畫史》。裴孝源，絳州聞喜人。貞觀時爲中書舍人，考隋室舊藏古畫名目，作《貞觀公私畫史》。後任吏部員外郎、度支郎中。書前有貞觀十三年(639)《自序》，謂受漢王李元昌之命，記録魏晉以來宫廷、佛寺及私家所藏前人畫跡。每件作品，前列圖名，後列作者。

[5]"《宣和》二譜"，即《宣和畫譜》《宣和書譜》。《宣和畫譜》二十卷，著録宋徽宗時宫廷所藏魏晉以來歷代繪畫作品，共計畫家二百三十一人，作品六千三百九十六件，分爲道釋、人物、宫室、番族、龍魚、山水、畜獸、花鳥、墨竹、蔬果十門。《宣和書譜》二十卷，著録宣和時御府所藏歷代法書墨蹟，凡一百九十七人，作品一千三百四十四件，每種書體前有敘論，次爲書法家小傳、評論，最後列御府所藏作品目録。

[6]蔡攸(1077—1126)，字居安，興化軍仙游人。歷任龍圖閣學士、淮康軍節度使、宣和殿大學士等職。宣和五年(1123)，代王黼領樞密院事，任開府儀同三司、少保等職。不思處理政務，唯知在帝側論道家神變之事，演市井淫穢之戲以邀寵。宣和末年，參與策劃宋徽宗内禪。靖康元年(1126)，宋欽宗即位，貶爲太中大夫，旋賜死。

案：《宣和畫譜》二十卷，不署撰者。

明末崇禎間汲古閣刻《津逮秘書》本，卷首有宣和二年(1120)御製序，次有敍目及目録，卷端次署"明海虞毛晉訂"，目録及正文皆不署撰者，卷末載毛晉跋。此書版本有元大德吴文貴刻本、明嘉靖刻本、明萬曆三十六年高拱刻本、明抄本等。元本今亦不存，存世嘉靖本、萬曆本及明抄本等，所載目次及正文一以貫之。嘉靖本有楊慎序,《津逮秘書》本無,而與萬曆本文字上異文最少,或出於萬曆本。

畫　　繼

　　郭若虛論畫,專重軒冕、巖穴二途,極中肯綮,惜尚未截然分疏。鄧公壽作《畫繼》[1],更擴其旨,不獨敍列九十餘禩之事而續之也。大凡廊廟之士留心翰墨,識力便迴出雞群,況内府之秘玩、巨室之名蹟,一一恣其雌黄,率尔揮毫,無非天趣。至若隱逸者,春秋佳日,山水清音,探奇討幽,神境都韻,而以手筆出之,豈復尋常丘壑耶? 舍此二者,則無畫矣。朱景真撰《唐賢名畫録》[2],於二品之外,更增逸格,政此意也。是編既与張、郭二書首尾相銜,成數千年繪事一大公案。乾道而後,其或繼之者,當拭眼望之。海虞毛晉識(1)。

校:

(1)《題跋》《汲古閣書跋》無"海虞毛晉識"。

注:

[1]"鄧公壽作《畫繼》",鄧椿,字公壽,四川成都雙流人,官至通判,家富書畫,見聞頗廣。因感郭若虛《圖畫見聞志》後九十餘年,無人續著繪畫史,遂撰《畫繼》十卷,載北宋熙寧七年(1074)至南宋乾道三年(1167)間畫家二百十九人小傳。搜輯遍及私家所藏畫目,評畫所論及畫苑軼聞,頗具史料價值。

[2]"朱景真撰《唐賢名畫録》",朱景真,吳郡人,元和初應進士舉,曾任咨議,歷翰林學士,官至太子諭德。毛晉跋所稱《唐賢名畫録》,即《唐朝名畫録》,凡一卷,著録唐代畫家一百二十六人,列"神、妙、能、逸"四品,各爲略敍事實,據其所親見立論。

案:《畫繼》十卷,唐鄧椿撰。

明末崇禎間汲古閣刻《津逮秘書》本,卷首宋乾道三年(1167)自序,卷末有毛晉跋。今存宋陳氏書籍鋪刻本、王氏《畫苑》本。陳氏書籍鋪本卷首鄧椿序後有書牌云"臨安府陳道人書籍鋪刊行",《畫苑》本與其行格、空格悉同,異文絕少,基本保留宋本面貌,其出於書棚本無疑。毛晉藏有一部王氏《畫苑》本,毛本當出於《畫苑》本。

圖畫見聞誌

　　張彦遠紀《歷代名畫》，絶筆於唐之會昌元年，得三百七十餘人。又別撰《法書要録》，每自言曰："好事者得予二書，則書畫之事畢矣。"唐末迄于五季，繪藝如林，若李成、關仝、范寬山水開闢，天資絶技，肯讓前哲？徐熙、滕昌祐[1]諸人寫生獨步，更入北宋，畫品清空神化，如韓退之作文，振起八代之靡靡也。郭若虛[2]生熙寧之盛時，就所見聞得若干人，以續彦遠之未逮，但有編次，殊乏品騭。政弗欲類謝赫[3]之低昂太著、李嗣真之空列人名耳。至深鄙衆工，謂雖畫而非畫者，而獨歸於軒冕、巖穴[4]，自是此翁之卓識也。海虞毛晉識(1)。

校：

　　(1)《題跋》《汲古閣書跋》無"海虞毛晉識"。

注：

　　[1]滕昌祐，字勝華，唐末五代蘇州人。廣明元年(881)，隨唐僖宗入蜀避亂。擅繪花鳥、草蟲、蔬果，兼善製作夾苧果實，隨類賦彩，宛然如生。工書法，當時蜀中寺觀牌額多出其手筆，號稱"滕書"。

　　[2]郭若虛，太原人。宋真宗郭皇后侄孫，歷任供備庫使、遼國使節接待官、左藏庫副使、涇州通判。熙寧七年(1074)，爲赴遼國賀正旦副使。祖父、父皆好書畫鑒賞，家富收藏。著有《圖畫見聞志》六卷，輯録唐會昌元年(841)至宋熙寧七年(1074)間畫家七百三十人事跡，加以評論，敍述流派本末，被馬端臨稱作"看畫之綱領"，爲唐張彦遠《歷代名畫記》續篇。

　　[3]謝赫，南朝齊梁畫家、繪畫理論家，善作風俗畫、人物畫。著有《古畫品録》，評價三世紀至四世紀重要畫家，提出中國繪畫"六法"。張彦遠《歷代名畫記》稱："昔謝赫云：畫有六法：一曰氣韻生動，二曰骨法用筆，三曰應物象形，四曰隨類賦彩，五曰經營位置，六曰傳移模寫。"

　　[4]"軒冕、巖穴"，軒冕，古時大夫以上官員的車乘和冕服，借指官位爵禄顯赫者；巖穴，即隱士。古時隱士多山居，故稱。《韓非子・外儲説左上》："其君見好巖穴之士，所傾蓋輿車以見窮閭隘巷之士以十數，优禮下布衣之士以百數矣。"

　　案：《圖畫見聞誌》六卷，宋郭若虛撰。

　　明末崇禎間汲古閣刻《津逮秘書》本,卷首郭氏自序,次爲標目,卷一爲
敍論,卷二至四爲記藝三卷,卷分上中下,第五卷爲故事拾遺,卷六爲近事,
卷端次署"宋郭若虛撰　明毛晉訂",每卷首載本卷細目,卷末載毛晉跋。
今宋臨安陳氏書籍鋪刻本、明刻本皆有存世,此據王氏《畫苑》本刊出。

畫　　鑒

　　采真子[1]妙于考古,在京師時,與今鑒畫博士柯君敬仲[2]論畫,遂著
此書。用意精到,悉有據依。惜乎尚多疏略,乃爲刪補,編次成袠[3],名曰
《畫鑒》[4]。後有高識,賞其知言。采真子,東楚湯垕君載之自號也。(1)

　　鄧公壽云:"其爲人也多文,雖有不曉畫者寡矣;其爲人也無文,雖有
曉畫者寡矣。"自南齊至今,評論績事,不下數十家,求其甄明體法、講練
精微者,頗難其人。予向梓謝赫、姚最、李嗣真、沙門彥悰、張彥遠、郭若
虛、鄧椿、董逌、米芾及宣和諸書,可稱畫海矣。但未見陳德輝《續畫紀》,
凡乾道三年以後諸名家,無從考據。因取夏文彥《圖繪寶鑑》、韓昂《續
編》補其尾。惜乎二公文妙不足,未免弩末之歎。壬午秋,於秦淮遇虞部
周公浩若[5],酷嗜祕書,收藏之富,不亞葵辛草窗[6],出一編示予,廼湯
君載《畫鑒》也。筆力遒簡,可與公壽頡頏。予狂喜授梓,不五日而書成。
虞山毛晉識(2)。

　　湯君載與柯敬仲友善,蓋勝國時人。其中多評金元諸家畫,猶自稱宋,
豈亦鄭思肖[7]意耶? 聞其《法帖正誤》一書,力排伯思,以護元章,恨未見
耳。卷首載曹弗興,考之唐以前俱名不興,紀其墨點誤蠅、畫龍救旱之事頗
詳。宋以後俱作弗興,或不、弗二字通用耶? 晉又識(3)。

校:

(1)《題跋續集》無此段。
(2)《題跋續集》無"虞山毛晉識"。
(3)《題跋續集》無"晉又識"。

注:

[1]"采真子",即湯垕,字君載,號采真子,山陽人,元代書畫鑒賞家。
雅好書畫,見佳作,賞玩不忍去手;見精於賞鑒之人,即孜孜求學。早年任紹
興路蘭亭書院山長,後辟爲都護府令史,卒於官。

[2]"敬仲",即柯九思(1290—1343),字敬仲,號丹丘、丹丘生、五雲閣

吏，浙江仙居人。至順元年(1330)，任鑒畫博士，湯垕時常與其論畫。

[3]“袠”，同“帙”。

[4]《畫鑒》，一卷，元湯垕撰。評述三國至元代一百餘位畫家，分吴畫、晉畫、六朝畫、唐畫、五代畫、宋畫、金畫、元畫、外國畫等，多以作者目覩佳作爲例，剖析名家用筆用墨用色特點，見解獨特。

[5]“周公浩若”，即周鼎瀚，字浩若，江西安福人，家富藏書。崇禎十五年(1642)秋，毛晉訪浩若，浩若曾以《河汾諸老詩》見示，見《河汾諸老詩》條。

[6]“癸辛草窗”，代指南宋周密。周密曾住癸辛街，又號草窗。周密藏書宏富。周密《齊東野語》卷十二“書籍之厄”：“吾家三世積累，先君子尤酷嗜，至鬻負郭之田以供筆劄之用。冥搜極討，不憚勞費。凡有書四萬二千餘卷，及三代以來金石之刻一千五百餘種，庋置書種、志雅二堂，日事校讎，居然籯金之富。”

[7]鄭思肖(1241—1318)，宋末畫家，連江人，官至奎章閣學士。宋亡後改名思肖，字憶翁，號所南。曾以太學上舍生應博學鴻詞試。元軍南侵時，爲朝廷獻抵禦之策，未被採納。後客居吴下，寄食報國寺。擅長作墨蘭，花葉蕭疏，而不畫根土，意寓宋土地已被掠奪。著有《心史》《鄭所南先生文集》《所南翁一百二十圖詩集》等。

案：《畫鑒》一卷，元湯垕輯。

明崇禎十五年(1642)汲古閣刻《群芳清玩》本，卷末有題辭，不署年月及作者，次有毛晉跋。《題跋》《汲古閣書跋》不載此跋，《題跋續集》有載，題名“跋湯垕畫鑒”。“壬午”即崇禎十五年，“予狂喜授梓，不五日而書成”，可知此書刊成於是年。據毛晉跋，所據爲周鼎瀚藏本。考此書有《百川學海》本、明《説郛》本、嘉靖沈氏野竹齋刻本等。周氏所藏究爲何本，待考。

此書卷末題辭云：“采真子在京師時，與今鑒畫博士柯敬仲論畫，遂著此書……惜乎尚多疏略，乃爲删補，編次成帙，名曰《畫鑒》。”毛本卷端署“宋東楚湯垕君載輯”，湯垕實爲元人。《宋史藝文志補》《國史經籍志》及此刻皆誤作宋人，《四庫提要》已詳辨之。

群芳譜

譜《群芳》[1]者何？凡兩間之夭喬無不卉也，無不芳也。故桐以乳擷，荈以旗蔽。稻、麻、黍、麥落其穫者，稱以穗；榛、梗、楠、梓取其材者，著以本。

之數者,孰非含蘤吐蕚,秀(1)造化之精英也邪? 譜之者,敘其類也。客有嘲之,而且詰曰:"品物有萬,不出一色一香。小者南强,大者北勝,業已九命而榮辱之矣。甚且寵木爲僊,尊草爲帝,呼花爲聖人,奚啻氏錦心而郎繡腹也。段記室之《廣植》[2],足裨見聞。陸師農之《埤雅》[3],寔資荒漏,則兹編者,弗既贅疣乎?"予曰:"吁! 胡爾見之逕庭也。錦洞(2)之天不設,誰悟蕉迷? 紅雲之宴久虛,疇司花禁。是以揚雄之'舊菜增伽',小菰非誤。崔融之'瓦松作賦',昨葉何殊。人第謂草木顯繡,蟠紅而顧青,豈知崔葦乎性,乃霜辛而露酸矣。"新城憲伯王公嘗讀《氾氏之書》[4],深悲無稯。每稽《尹君之録》,差可徵葵。嵇含僅狀夫《南方》,張騫略采(3)乎《西域》。此雖后圃云未能灌園,誠不足也。況徹六合之外,八荒之表乎! 是願世有神瓜,人爲桂父。冥鬱蔭如何之樹,翠矣(4)滄重思之米;墮英舞山香之曲,相贈殿娑尾之春。其爲書也,顯集幽通,橫馨竪窮。鼓吹農皇,臣妾國風。碧杜紅蘅,男紫女青。葳蕤擬貌,穇稗成形。湖目思蓮,齈面咒桃。引之齊趙,鼻選舌交。至蚺蟀之怯,曼殊之沙,可散而可貫者,皆佛國鹿苑之華,又存而不論者也。更若文章之樹瓏璁,科名之草茸茸,調五宜而進百益者,無非九錫[5]吾之王公。謹敘。海虞門人毛鳳苞頓首拜譔。

校:

(1)"秀",《汲古閣書跋》作"香"。
(2)"洞",《汲古閣書跋》作"銅"。
(3)"采",《汲古閣書跋》作"□"。
(4)"矣",《汲古閣書跋》作"奚"。

注:

[1]《群芳》,即《二如亭群芳譜》,彙集十六世紀以前古代農學大成,按天、歲穀、蔬、果、茶竹、桑麻葛棉、藥、木、歲、花、卉、鶴魚等十二個譜分類,詳敘每種植物形態特徵、栽培、利用、典故和藝文。各譜首皆有小序,簡介該譜概貌;後接"首簡",概括本譜要點及内容。每一植物項下大都記述藝植(包括栽培、管理、留種、加工、制用等措施),系參考前人著述,並結合個人經驗寫成,具有較高資料價值。

[2]"段記室之《廣植》","段記室"即段成式(約803—863),字柯古,臨淄鄒平人。累擢尚書郎,爲吉州刺史,仕至太常少卿。著有《酉陽雜俎》《漢上題襟集》《鳩異》《錦里新聞》《破虱録》《諾皋記》等,"廣植"即《酉陽雜俎》卷十六至十九《廣動植》。

[3]“陸師農之《埤雅》”，陸佃，字農師，越州山陰人。熙寧三年(1070)進士，授蔡州推官，選爲鄆州教授，後任中大夫，出知亳州。著有《爾雅新義》二十卷。又著《埤雅》二十卷，專釋名物，始於釋魚，繼之以釋獸、釋鳥、釋蟲、釋馬、釋木、釋草，末爲釋天。作爲《爾雅》補充，故名。

[4]《氾氏之書》，即《氾勝之書》，爲西漢晚期氾勝之彙録的農學著作，一般認爲是中國現存最早的一部農書。《漢書·藝文志》著録作“《氾勝之》十八篇”，《氾勝之書》乃後世通稱。此書與《齊民要術》《農書》《農政全書》並稱爲中國古代四大農書。

[5]“九錫”，古代天子賜給諸侯、大臣的九種器物，爲最高禮遇。《公羊傳·莊公元年》：“錫者何？賜也；命者何？加我服也。”漢何休注：“禮有九錫：一曰車馬，二曰衣服，三曰樂則，四曰朱户，五曰納陛，六曰虎賁，七曰宫矢，八曰鈇鉞，九曰秬鬯。”

案：《二如亭群芳譜》三十卷，明王象晉、毛晉編。

明崇禎七年(1634)刻本，首冠王象晉、申用楙、張溥、陳繼儒序、崇禎七年夏樹芳序、方岳貢、徐日曦、崇禎二年朱國盛及毛晉等序，次有義例、王象晉小序、總目，卷首王象晉撰往折芳踪小序，卷首卷端題“二如亭群芳譜卷首”，次署“濟南王象晉臣甫纂輯　虞山毛鳳苞子晉甫較正　濟南男王與齡孫士瞻曾孫啟淳詮次”；卷一卷端題“二如亭群芳譜天部卷之一”，次署“濟南王象晉藎臣甫纂輯　松江陳繼儒仲醇甫　虞山毛鳳苞子晉甫　寧波姚元台子雲甫全較　濟南男王與胤孫士和曾孫啟泓詮次”，卷末有天啟元年(1621)王象晉跋。其中毛晉序《題跋》不載。此書初有天啟元年刻本，至崇禎間再度刷印時，卷首序文增加陳繼儒、夏樹芳、朱國盛序。流傳過程中，卷首諸序常有佚去不全，且卷内亦常有佚去。據康熙《新城縣志》卷七《人物》云：“乙巳(崇禎二年)，通州奸民亂猝起，聚衆數千，燒劫豪家，勢洶洶，且及官府。象晉自泰州馳赴之，擒戮其首事者數人，亂遂定。俄以參政督蘇、松、常、鎮糧儲。”王象晉孫王士禎爲兄王士祜所作《行述》云：“兄諱士祜，字叔子，一字子側，號東亭，先方伯公第十孫，家君祭酒公第三子也，先慈孫恭人。以崇禎壬申(五年)十二月八日，生於常熟官署。時方伯公以參政督蘇、松四郡糧儲，駐節此縣，因小字虞山。”(《漁洋山人文略》卷十一《賜進士出身先兄東亭行述》)又據《漁洋山人自撰年譜》云：“故明崇禎七年甲戌閏八月二十八日亥時，山人生。布政贈尚書公官河南按察使，尚書公(王與敕，王士禎父)及孫夫人隨侍。山人生於官舍，故小字豫孫。”又云：“祖象晉……戊辰(崇禎元年)春報命，升按察司副使，兵備淮陽。下車摘伏如神，十城憚其風采。甲戌(七年)升河南按察使。"據上可知,王象晉曾於崇禎二年至七年以參政道駐常熟。王氏與以刻書、藏書知名的毛晉相知相熟,並囑刻自著,當是自然之事。王士禎《漁洋山人自撰年譜》云:"先祖方伯贈尚書公著《群芳譜》刻於虞山毛氏汲古閣,流傳已久,康熙四十四年奉旨開館廣續。"(《漁洋山人精華錄訓纂·年譜》卷下)又於《歷仕錄》後序云:"先方伯著書大富,版在常熟毛氏汲古閣者已多散軼,惟《群芳譜》一書,亦歸吳中質庫。士禎於二千里外多方贖歸,告諸家廟。"可見,毛晉當時尚刻過王象晉其他書,惜書版不存,惟存《群芳譜》,王士禎運回新城。現存《群芳譜》多部,皆爲後修本,但皆署毛晉之名,而版心未有"汲古閣"三字,亦無汲古閣其他標識,則爲毛晉代刻無疑。武進陶氏《汲古閣所刻書目》云"晉代刻"。據王氏任職常熟時間,當刊於崇禎二年至七年(1629—1634)之間。其後蘇州、江寧等皆有翻刻本,均出於毛氏代刻本。

香　　國

　　《華嚴》云:滕根長者,名曰普眼,善和合一切諸香要法。余恨未得接香光明照我身心,然願无盡也。春來避蹟湖頻,爇名香一主[1],供養檀象,頂禮《華嚴》,得象藏、无勝若干則,豔閱《雲極》[2],又得飛气、振靈[3]若干則,合爲一卷。因意客烁病榻飜閱《本草》《廣記》諸書,偶有所錄,亦附而梓焉。每展讀罟,覺蓮華、奪意[4],拂拂青[5]東,迷迭、都梁[6],盈盈研北。至若此中真意,欲采[7]忘言矣。海嶽[8]云:"衆香國中來,似香國中去。"[9]余愧馨非同薰,竊幸臭有同心,庶乎普眼長者起大香雲,徧熏閻浮提界,接引我爲衆香國中人乎?庚午浴佛日[10],古虞毛晉題于四香扗[11]。

　　注:

　　[1]"一主",即"一炷"。

　　[2]"豔閱《雲極》",豔,同"繼"。"雲極",即《雲笈》,指《雲笈七籤》。

　　[3]"飛气",即"飛氣",指"飛氣香",出自《三洞珠囊》:"真檀之香,夜泉、玄脂、朱陵、飛氣之香,返生之香,皆真人所燒之香也。"毛晉誤記出處爲《雲笈七籤》。"振靈",即"振靈丸",又稱"驚精香",出自《雲笈七籤》卷二十六:"山專多大樹,與楓木相類,而林芳葉香,聞數百里。此爲反魂樹,亦能自作聲,如群牛吼,聞之者皆心振神駭。伐其木根,置於玉釜中,煮取汁,更微火煎如黑錫狀,亦可丸之,名曰驚精香,或名之爲振靈丸,或名之爲返生香,或名之爲振檀香,或名之爲人鳥精,或名之爲却死香,一種六名。斯靈物

也,香氣聞數百里。"

[4]"蓮華、奪意",均爲香名。《大方廣佛華嚴經》卷六十七:"善男子
阿那婆達多池邊出沈水香,名蓮華,藏其香一丸如麻子大,若以燒之,香氣普
熏閻浮提界,眾生聞者,離一切罪。""善男子善變化天有香,名曰奪意,若燒
一丸,於七日中普雨,一切諸莊嚴具。"

[5]"青":音què。原爲帳幕的裝飾,代指床帳。《說文解字》:"幬帳之
象。從冂。屮,其飾也。"

[6]"迷迭、都梁","迷迭",即"迷迭香",一種香草,唇形科,又稱艾菊、
海洋之露,曹植、王粲、陳琳、應瑒等皆有《迷迭香賦》,《藝文類聚》卷八十一
引《廣志》云"迷迭出西域";"都梁",即"都梁香",爲澤蘭之別名。酈道元
《水經注·資水》:"縣(都梁縣)西有小山,山上有淳水,既清且淺,其中悉生
蘭草……俗謂蘭爲都梁。"

[7]"采","辨"的古字。像獸爪分別之形,義爲辨別。

[8]"海嶽",即米芾。

[9]"眾香國中來,似香國中去",吳之鯨《武林梵志》卷八:"米芾……爲
文奇險,不剽前人一語,特妙於翰墨,沉著飛翥,得獻之筆意……後知淮陽
軍。卒……前七日,不茹葷,更衣沐浴,焚香清坐而已。及期遍邀郡僚,舉拂
示眾:'眾香國中來,眾香國中去。'擲拂,合掌而逝。""似",即"眾"。

[10]"庚午浴佛日","庚午"爲崇禎三年(1630)。"浴佛日"即四月初
八日。相傳農曆四月八日爲釋迦牟尼生日。佛教信徒於是日用拌有香料的
水灌洗佛像,謂之"浴佛",亦稱"灌佛"。《後漢書·陶謙傳》:"每浴佛,輒
多設飲飯,佈施於路。"

[11]"扗",即"在"。

案:《香國》三卷,明毛晉撰。

明崇禎二年(1629)汲古閣刻《山居小玩》本,卷前載毛晉自序,字體採
自《說文解字》篆書,序後鎸有"晉子晉""湖南水隱"木記,接題"籀閣伍柳
書"一行。《題跋》《汲古閣書跋》皆不載。此書屬子部藝術類,《四庫提要》
卷一百六十六云"蹖駁不倫,爲坊賈射利之本",且有不少舛漏之處,然纂輯
一百零三種香,保留文獻之功不可沒。《四庫存目叢書》據中科院圖書館藏
本影印。1935年上海中央書店排印《國學珍本文庫》第一集《群芳清玩》
本、1936年上海神州國光社排印本《美術叢書》四集第十輯均收錄。

《山居小玩》十種十四卷,毛晉編。該書所收均爲藝術譜錄類著作:明
戈汕《蝶几譜》一卷、明袁宏道《瓶史》二卷、明王思任《弈律》一卷、宋王貴

學《王氏蘭譜》一卷、明屠本畯《茗笈》二卷附《品藻》一卷、宋杜綰《石譜》一卷、梁陶宏景《刀劍録》一卷、梁虞荔《鼎録》一卷、宋米芾《研史》一卷、明毛晉《香國》二卷。其中《王氏蘭譜》《香國》《采菊雜詠》《蝶几譜》入《四庫存目》，《四庫提要》卷一百六十六、一百六十八著録。

集古印譜

毛　琛

　　無意中以青蚨[1]七百得之，可謂有緣。珠聯合璧，俟諸異日。西河毛琛記。

　　此顧氏《印藪》[2]底本也，俱從秦漢銅玉印章原印拓下，非臨摹失真者比也。惜失去首册，僅得其半，然亦足珍重，勝木刻多矣。壽君記，乾隆丁未[3]清明一日，竹平安館收藏。

　　顧汝修氏《集古印譜》[4]敘曰“余既集古印若干枚，用硃用墨印越楮上，作譜凡二十册矣，間爲好事者相購去”云云。此册即二十册中之一無疑也。珍重珍重，他日覓得前一本，當裝潢什襲，傳之其人耳。丁未清明後三日，毛琛記于竹平安館。

　　刻本中所有此本中所無者，皆采諸前人所譜。如趙子昂、王順伯、楊宗道、吳孟思諸人，惜未注出。

　　得見此真本，視木刻《印藪》如糞土矣。

　　注：

　　[1]“青蚨”，當作“青蚨”，原爲昆蟲名，古代用作錢的別稱。

　　[2]《印藪》，六卷，羅王常編，顧從德校。

　　[3]“乾隆丁未”，爲乾隆五十二年（1787）。

　　[4]“顧汝修氏《集古印譜》”，“顧汝修”，即顧從德（約1520—?），字汝修，武陵人，居上海，嗜金石。自祖顧世安起，搜購印章，無論遠近，不遺餘力，至從德得玉印六十餘枚、銅印一千六百餘枚，於明隆慶六年（1572）輯成《集古印譜》六卷，爲今見最早印譜。

　　案：《集古印譜》，明顧從德稿本，存一册。卷首載乾隆五十二年（1787）毛琛跋。鈐印“顧汝修”“潘氏珍藏”“龐君量借閲過”等，蓋經顧從德、毛琛、鐵琴銅劍樓舊藏，原藏上圖（849591），曾爲抄家之物，今已退還。上圖書目數據庫著録爲：《顧氏印藪初稿》一卷，明鈐印本（明萬曆三年顧氏芸閣

刻集古印譜底本)(退)。《鐵琴銅劍樓藏善本印譜目》所載第一種即此,云:
"集古印譜一册,稿本。明顧從德藏印。從德,字汝修,上海人,好古印章,
所蓄多至一千八百餘鈕。是帙爲其原印墨渡稿,惜僅存下册,私印板格墨
刷,每頁表裏橫列二行,行一印,至四印不等。私印三十九頁,六百二十四
鈕,以四聲爲次;古鉢吉語雜印二十頁,二百七十五鈕。末附漢銅虎符一頁,
不載鈕製,亦無考釋,蓋初成彙拓稿也。"

　　《集古印譜》原由顧從德藏輯,成書於明隆慶六年(1572),收印一千七
百多方,以原印精心鈐蓋而成。當時僅印行二十部,由於遠遠不能滿足需
求,顧氏以此爲基礎增補後,於明萬曆三年(1575)以木版翻刻印行,名曰
《印藪》,但卷中仍題《集古印譜》,收印三千多方,半葉十行,行十九字,細黑
口,四周單邊,下象鼻鐫刻"顧氏芸閣",卷首有太原王穉登序和萬曆三年顧
從德引言、集古印譜凡例以及所收其他諸家之序等,卷端題"集古印譜卷之
一",次署"太原王常延年編""武陵顧從德汝修校",世謂明萬曆三年顧氏芸
閣朱墨刻印本。今各館多有收藏,而原鈐印本今僅見上圖所藏殘帙一册。

嚴髻珠先生印稿

毛　扆

　　圖書以秦漢爲宗,而唐宋次之。至於元印,日趨紆巧,已爲印譜不收。
吾虞髻珠先生[1]力追漢法,湖山閑暇,扆曾與參考焉。邇來揚州湃[2]行
世,度非必傳之業,望□(1)雅同志共同鑒之。虞山毛扆書。

　　校:

　　(1)"□",《毛扆書跋零拾(附偶跋)》曰:"所缺的字,疑是'大''博'
字,'大雅'或'博雅',乃常用語,跋文缺一字,遂難讀通。"

　　注:

　　[1]"髻珠先生",即嚴栻,字子張,晚號髻珠,崇禎進士,常熟人。歷官
河南信陽知州,南明福王授兵部主事。善騎射,有武略,能詩,工書畫,擅篆
刻,編有《嚴髻珠先生印稿》一册。此印稿爲明、清名家刻印譜録,成書於清
初,存印一百二十二方,有爲錢謙益、王時敏等諸家所刻印。

　　[2]"揚州湃",即"揚州派",揚州著名篆刻流派,以汪關、林臯、沈世和
等爲代表。《毛扆書跋零拾(附偶跋)》曰:"揚州湃,扆跋後有嘉慶二十四年
己卯秋五日改琦識云:'髻珠先生當有明迄命之際,究心漢法。邇時沈石

民、汪杲叔、林鶴田、王亦懷輩，俱以揚州派風行海內。其後吳家樹、錢泓浽、顧丹山諸先輩，復互相衣鉢，漢法幾絕響不彈。'又咸豐八年戊午季錫疇跋《印稿》謂：'有沈石民、林鶴田、王亦懷諸君，宗法三橋，習爲妍秀一派。'明文徵明長子文彭，號三橋，爲當時篆刻大家。故跋文所謂'揚州泙'，即'揚州派'，宗法文彭篆刻，習爲妍秀。此關涉明清之際篆刻的流派，故釋之。"

案：《嚴罄珠先生印稿》一卷，明嚴栻篆刻。

清初鈐印本，清毛宸、黃達、黃步昌、改琦、季疇跋，毛宸跋下鈐"西河季子之印"，毛宸經眼，黃達、黃步昌、改琦、鐵琴銅劍樓舊藏，今藏上圖（844104）。常熟瞿熙邦、龐士龍輯《鐵琴銅劍樓藏善本印譜》著錄爲清初本，曰："明嚴栻印。栻字子張，號罄珠，邑人。文靖相國孫，文文肅女夫。崇禎進士，工書畫，精篆刻，有秦漢人淳樸之致。是冊爲黏本，每頁兩印至九印，有錢謙益、王時敏、查士標、錢圓沙諸家所刻之印。"《中國古籍善本書目》《上海圖書館善本題跋輯錄》皆題明鈐印本，後者曰："此本蛀損頗烈，所鈐之印與諸題跋皆經後人剮割重裱，裝池失次，且復遭蟲噬。"按宸跋云："湖山閑暇，宸曾與參考焉。"則《印稿》或爲清初鈐印本。

黃達跋曰："此稿是昔年昺雲禪師所贈，欲究心篆法者，當以此爲正宗，不可忽也。戊申立秋日，石儔書。"黃達，字儀逌，號玉壺山人，一字石儔，號木蘭老人。原籍浙江山陰，明亡后，棄諸生，渡江北來，先依人於山西，後流寓泰州。步昌跋曰："乾隆癸卯秋八月，偶閱此稿，回溯戊申立秋日先嚴所書，已越五十餘年，手澤如新，而音容已邈，可勝感念？靜軒三兄精通六書，仰遵先嚴'不可忽'之語，因以奉贈。"（末鈐"步昌""信之"二朱文方印）改琦跋曰："罄珠先生當有明迓命之際，究心漢法。邇時沈石民、汪杲叔、林鶴田、王亦懷輩俱以揚州派風行海內，其後吳嘉樹、錢泓浽、顧丹山諸先輩復互相衣鉢，漢法幾絕響不彈。至黃石儔題語始表而出之，□印學之正宗□□殿歸然獨存矣。此稿本湖□□存豀所藏，嘉慶戊寅，余以二金易得，重加裝治，如覯嚴師，因並記此。己卯九秋五日，枕梅仙史七薌識。"季錫疇跋曰："此虞山嚴罄珠司馬所製印稿。司馬爲文靖相國之孫，文文肅女夫，學有原本，詩文著撰外，留心金石，故餘事爲篆刻，有秦漢人淳樸之致。後來邑之名此技者有沈石民、林鶴田、王亦懷諸君，宗法三橋，習爲絹秀一派，□□明媚悅目，然古意漸矣。可□□技之工□根柢學術而出之，非可襲取也。文村居士以鄉先賢手製遺迹珍重藏弄，屬爲題識，爰書以質之。咸豐戊午歲季夏，季錫疇記。"諸跋可見其書形成、流傳及印派特點。

漢　官　儀

從李中麓先生宋本影寫,惜乎缺序。

案:《漢官儀》三卷,宋劉攽撰。

明末毛氏汲古閣影抄宋紹興九年(1139)臨安府刻本,一册。卷端題"漢官儀卷上",卷末載毛晉手跋一行,末鈐"毛·晉"連珠朱方印。卷末鈔題"紹興九年三月臨安府雕印",次後又有手書篆字題記一行"光緒己亥四月溧川居士借觀"。版框高廣23.5釐米×15.5釐米,半葉十行,行十七字,小字雙行,行二十六至二十八字不等。左右雙欄,白口,單魚尾。中縫中記"漢官儀",下記葉次。刻工愈忠、陳才、潘俊、董明、宋道、徐真、李石、鍾遠、李昱等。避北宋諱。鈐印"宋本""希世之珍""毛晉私印""汲古閣""毛晉""子晉""汲古主人""毛扆之印""斧季""趙文敏公書卷末云:吾家業儒,辛勤置書。以遺子孫,其志何如? 後人不讀,將至于鬻。顧其家聲,不如禽犢。苟歸他室,當念斯言。取非其有,尤寧舍旃""瓻齋"等,毛晉、毛扆舊藏,今藏臺博(平圖010459)。又,宋紹興九年(1139)臨安府刻本,今藏國圖(08189),鈐"李開先印"印,其他尚有"文淵閣印""傳是樓""健菴收藏圖書""徐乾學印""黄金滿籝不如一經""天禄繼鑑""乾隆御覽之寶""太上皇帝之寶""八徵耄念之寶""五福五代堂古稀天子寶""周暹"等,明文淵閣、李開先、徐乾學、清内府、徐乾學、朱文均、周叔弢舊藏。毛氏抄本即出於此李開先所藏宋本。

硯　史
毛綏福

雍正八年庚戌重陽後七日,錫園假儒珍侄大父子閲本録,頗疑其中或有訛也。綏福[1]。

注:

[1]"綏福",即毛綏福(1661—1730?),字景思、號錫園,毛扆次子。配嚴氏,子一復植,女一。毛綏福曾藏有舊抄本《説文解字篆韻譜》五卷,有朱筆校字,七行,字數不定。鈐有毛晉、毛扆及綏福三代藏印,毛晉、毛扆、毛綏福、陳揆、黄庭、鐵琴銅劍樓、張乃熊舊藏,今藏臺圖。

案:《硯史》一卷,宋米芾撰。

清雍正八年(1730)虞山毛綏福手抄本,一册。卷首有米芾序,卷末有鄧邦述跋,毛綏福跋下鈐印連珠印"景·斯"。版心下方題"汲古閣"。鈐印"潤·雨"朱文連珠方印、"隱湖草堂""毛綏福印""汲古""綏福""錫園""元宰""載見詩第十三句""元子世家""日午當天塔影圓""群碧樓""殷印亦傅"等,毛綏福、鄧邦述舊藏,今藏臺圖(06830)。據《東湖汲古閣毛氏世譜》,七世毛文彬,字儒珍,毛表次子綏慶(洪有)之次子,大父即毛表。雍正八年撰跋時,毛綏福已届七旬。

鄧邦述《寒瘦山房鬻存善本書目》卷五著録"毛氏汲古閣寫本",曰:"汲古閣當明末時藏書最富,而尤致力於影鈔。世所傳景宋毛鈔,真天壤瓌寶也,其世澤比之絳雲、述古爲長。此册雖寥寥數葉,而字體研雅,與寶晉相似,信毛氏之多才也,不可不什襲珍之。"

紹興内府古器評

大司馬范質翁[1]好藏異書,出張掄《紹興古器評》[2]上下二卷示余,云是"于司直[3]抄本"。因慨論司直介行績學,未介上壽,著述罕傳。其手抄眼正祕書數種,凡我同好,爭弄而珍焉。余亟梓之,附於《宣和書畫譜》之後。案:張掄,字材甫,南渡故老,好填詞應制,極其華艷。每進一詞,上即命宮人演入絲竹譜中。嘗同曾覿、吳琚輩進《柳梢青》《西江月》《壺中天》《醉江月》諸篇,上極稱賞,賜賚甚渥。曾見汴都之盛,故多感慨。《草堂》《花菴》諸選,惜不多録。虞山毛晉識(1)。

校:

(1)《汲古閣書跋》無"虞山毛晉識"。

注:

[1]"范質翁",即范景文(1587—1644),字夢章,一字質公,號思仁。河間吳橋人。明萬曆進士,授東昌推官,累官工部尚書。崇禎十七年(1644),兼東閣大學士,入參機務。李自成攻克北京,投井死。著有《大臣譜》《昭代武功録》《師律》等。

[2]"張掄《紹興古器評》",張掄,字材甫,雲間人。南宋初人,官知閣。好填詞,每應制進一詞,宮中即付之絲竹。著有《蓮社詞》《紹興内府古器評》等。《紹興内府古器評》爲存録南宋紹興年間皇室所藏漢代以前青銅器

的考辨金石之著,共著録歷代青銅器物一百九十五件。上卷所收商虎乳彝、周言鼎、周尹鼎、周獸足鼎,下卷所收商祖癸鼎、周乙父鼎、周公命鼎、周方鼎、商立戈父辛鼎、商父辛鼎、周南宮中鼎等,北宋《宣和博古圖》未收。

[3]"于司直",即于奕正(? —1635),字司直,順天宛平人。嘉靖二十五年(1546)舉人,歷任文水縣、介休縣知縣。好金石。晚年游江南,客死南京。著有《天下金石志》《樸草選》,並與劉侗合著《帝京景物略》。

案:《紹興内府古器評》二卷,宋張掄撰。

明末崇禎間汲古閣刻《津逮秘書》本,卷末載毛晉跋。據毛晉跋,此本據范景文所與毛晉之于奕正抄本刊梓。該書稀見,毛晉之前未見著録,傳世僅有汲古閣本。《四庫存目》收録,《四庫提要》卷一百十六著録,考爲僞書,云:"考《館閣續録》所載南渡後古器儲藏秘省者,凡四百十八事。淳熙以後續降付四十事,别有不知名者二十三事。嘉定以後續降付八十三事,與此書所録數既不符,而此書所載商冀父辛卣、父辛鼎、周南宫中鼎、周孌女鼎,皆嘉定十八年十一月所續降付,何以先著録於紹興中? 其爲明代妄人剟《博古圖》而僞作,更無疑義。毛晉刻入《津逮秘書》,蓋未詳考其文也。"

雲 林 石 譜
毛　琛

有一品連中綴數品者,俟暇日提出,當適如升庵[1]所記一百十七種之數耳。惟訛脱處惜無好本校正之。隱湖初刻《山居小玩》本,比此鈔本不如遠甚,並未刻序跋,不足存也。甲寅七月廿有七日,壽君手記。

乾隆癸丑冬十一月,俟盦[2]手校,惜訛脱覆甚多,學識弇陋,不敢率意增改也。俟訪之藏書家,或有精本對核,乃大妙耳。手記。

注:

[1]"升庵",即楊慎(1488—1559),字用修,初號月溪、升庵,又號逸史氏、博南山人。四川新都人。正德六年(1511)狀元,授翰林院修撰,參與編修《武宗實録》。明世宗繼位,復任翰林修撰兼經筵講官。明穆宗時追贈光禄寺少卿,明熹宗時追諡文憲。楊慎博覽群書,後人論及明代記誦之博、著述之富,推爲第一。後人輯爲《升庵集》。

[2]"俟盦",爲毛琛號。

案:《雲林石譜》三卷,宋杜綰撰。綰字季揚,號雲林居士,山陰人,宰相衍之孫。

明萬曆二年(1574)夢覺子抄本，一冊。九行二十二字，無格。清毛琛校並跋，跋載卷首，次跋載卷末。卷首有紹興三年癸丑(1133)闕里孔傳序，次有楊慎跋，末署"萬曆癸巳首夏四日偶閱楊子巵言，補録此跋，距甲戌歲又二十年所矣。五嶺山人"。可知楊慎跋乃爲萬曆二十一年(1593)五嶺山人(夢覺子)補録，次有目録，卷末又有萬曆二十一年夢覺子跋，交代抄録原委："右《石譜》三卷，從蔡君石岩借録成帙。此書故五川楊翁家物，翁故後，其書散失於石井間，爲月谿顧君所得。蔡又從月谿轉假惠我，蓋所從得之難若此。譜中所載石頗詳，而石墨、石鐘，其傳最久，乃固不載。又如閩之將樂、滇之大理，咸石中之英，亦所不録，豈聞見有所不逮耶？因知著書實難，非博古通今之不可。甲戌夏五下澣日。夢覺子識。"卷首尾毛琛兩跋分別作於乾隆五十八年(1793)十一月和五十九年七月廿六日。《鐵琴銅劍樓藏書目録》卷十六著録："此明萬曆甲戌歲夢覺子從楊五川藏本所録。案：楊升菴《巵言》跋此書，謂石凡一百十有七品，此本祇有九十三品，豈一品中有連綴數品，升菴並數而得之耶？毛氏《山居小玩》刻本有訛脫處，孔傳原序亦未刻。(卷末有"毛壽君"朱記)"楊五川即楊儀，參見《樵隱詞》條。此本遞經毛琛、鐵琴銅劍樓舊藏，今藏國圖(03493)。夢覺子，未知何人。其人喜抄書，曾於萬曆十二年(1584)抄録《録鬼簿》，後世所傳諸本均源於此本。

毛琛校藏本爲存世最早之本，極爲珍貴。據核對校記，毛琛實據汲古閣刻《山居小玩》本校明抄本。《山居小玩》本三卷併作一卷，録一百零七篇，未録孔序。此書現存最早刻本爲明萬曆四十三年(1615)程輿刻本，卷端署"宋山陰杜綰季陽氏著""明新安程輿幼輿氏、胡之衍平仲氏閱"，其他尚有明萬曆間金陵荆山書林刊本、明末《唐宋叢書》本，兩本所録篇目皆爲九十三篇，當同源於一本，皆晚於毛琛校藏本。

石　墨　鎸　華

陝西西安府學宋向拱鎮長安，摹搨古碑三千餘本。民以爲害，往往鑱削其字。韓縝修壩橋，督工急，民磨碑石供之。遭此二厄，故闕者甚多[1]。宋搨有未遭厄者，或全且不剥蝕，所以珍貴。

注：

[1]此跋所述北宋年間毀唐碑修葺灞橋史事，見《大明一統志》卷三十

二《西安府》上，詳見清阮葵生《茶餘客話》卷十七“石碑之厄”：“王摶嘗薦向拱討鳳翔有功，拱後得鎮京兆，思有以報，摶曰：‘長安多碑篆高文，願悉見之。’拱至。分遣吏督匠摹打，深林邃谷，無不搜剔，凡得石本三千餘以獻，分隸爲《琬琰集》一百卷。先是拱訪求時，毀垣穿塚，蹂田害禾，深爲民害。聞者輒私鑱文字，踣毀碑石，或爲柱礎帛砧。宋元祐間，韓玉汝帥長安，修石橋，督責甚急，民迫期限，率磨碑石以應。景祐時，奉太后意建廟，悉取長安碑石爲塔材。關中之碑經此數厄，所存亦寡矣。”

案：《石墨鐫華》八卷，明趙崡撰。

明萬曆四十六年（1618）趙崡刻本，一冊。卷首有趙崡序、康萬民序；趙崡序後有毛晉跋，卷末載黃丕烈跋，毛晉、毛扆批校。毛晉跋未署名，跋末鈐印“毛晉秘篋”朱文方印。跋文筆跡與今存毛晉書信手跡仿佛，再從校記常有“搨本”及鈐印來看，序後題跋者毛晉無疑。鈐印“錢唐徐象梅家藏圖書”“仲和氏”“晉”“西河”“毛晉秘篋”“黃山”“席氏玉照”“叔藩”“甲子丙寅韓德均錢潤文夫婦兩度攜書避難記”“韓繩大印”“密均樓”“吳興張氏韞輝齋曾藏”“希逸”“祁陽陳澄中藏書記”等，徐象梅、毛晉、席鑑、黃丕烈、韓德均、蔣汝藻、張珩、陳清華舊藏，今藏國圖（9598）。各行間有朱筆標抹或校記，凡校讀均在本行上頭鈐小方印“晉”字，另有更小印“晉”字，當爲兩次校讀以別之，並有圈圍或兩個圈圍。天頭校記亦常鈐有毛扆印“西河”，則毛扆亦曾校讀一過。其中卷首目錄校讀印甚多，正文較少。

此爲趙崡自撰自序自刻本，刊本後爲徐象梅收藏。徐氏生卒不詳，字仲和，錢塘人。明萬曆時人，諸生。善書畫、篆刻，著有《兩浙名賢錄》五十四卷《外錄》八卷，曾刊印宋洪遵《泉志》十五卷。徐氏收藏後轉歸汲古閣毛氏父子、黃丕烈、韓德均。黃丕烈跋曰：“余嚮收《石墨鐫華》，爲金耿庵手錄本，重其名抄也。頃從試飲堂顧氏復得此明刻舊本，兼爲毛氏父子收藏，中多手跡，古香尤覺可愛，因與金耿庵抄本並藏。明抄舊刻，一書而兩全其美，豈不幸歟。壬戌仲冬，蕘翁丕烈。”[1]《雲間韓氏藏書題識》史部著錄，題“明萬曆戊午初刻本”“卷中朱、墨筆均爲毛氏父子手跡”。

六　一　題　跋

自漢訖隋唐五季，未有集錄金石文字者，蓋自六一居士[1]始，後來

---

① 黃跋又載《蕘圃藏書題識再續錄》卷四，見《黃丕烈藏書題跋集》，余鳴鴻、占旭東點校，上海古籍出版社 2013 年版，第 885 頁。

趙德父、王順伯、黄長睿輩接踵博訪,樹幟辨論。惟長睿掊擊歐陽公爲甚,自謂證據精確,無毫髮之恨。四明樓大防又指摘其璇題甘蔗云云。以是益知考古著書之不易。韓元吉、朱仲晦所以三復歎息云。海隅毛晉識(1)。

據文忠公自序云,上自周穆王以來,當以周穆王刻石《吉日癸巳》一篇爲卷首。又据《古敦銘跋》云作序目後,復得《毛伯敦》《龔伯彝》《伯庶父敦》三銘具列如左,則此三銘宜在卷末矣。況自序又云,有卷帙次第,無時世先後,即公子棐亦未敢妄爲詮次。兹本乃周益公所編,但列時世之先後,不大背文忠公取多未已之意邪。蓋周益公著作,大率臺閣氣多,而未能精於考訂。如《韓城鼎》《商雒鼎》《古器終南古敦》《叔高父鬵簠》諸銘,考其歲月,俱得諸作敘以前,何故不列穆王之後,殆所謂耳觀而乖譌者歟? 今姑仍其舊。《集古録跋尾》十卷附外集雜題跋一卷,惟削去其篆書。杜子美云"棗木篆刻肥失真",古(2)今所恨尔。晉又識(3)。

校:

(1)《題跋續集》《汲古閣書跋》無"海隅毛晉識"。

(2)"古",《題跋續集》同,《汲古閣書跋》作"故"。

(3)《題跋續集》《汲古閣書跋》無"晉又識"。

注:

[1]"六一居士",即歐陽修(1007—1072),字永叔,號醉翁,晚號六一居士。盧陵人。天聖八年(1030)進士,歷仕仁宗、英宗、神宗三朝,官至翰林學士、樞密副使、參知政事。卒贈太師、楚國公,謚文忠。北宋詩文革新運動領袖,繼承並發展韓愈古文理論,著述甚豐,"唐宋八大家"之一。主修《新唐書》,獨撰《新五代史》,著有《歐陽文忠公文集》。

案:《六一題跋》十一卷,宋歐陽修撰。

明末崇禎間汲古閣刻《津逮秘書》本,卷首嘉祐八年(1057)自序、熙寧二年(1069)修子棐序、無年月周必大序,次爲目録,卷端次署"宋盧陵歐陽修撰　明海虞毛晉訂",卷末載有毛晉兩跋。《題跋續集》載兩跋,題名"跋歐陽永叔題跋"。

據毛晉跋,此據《集古録跋尾》十卷翻刻,末一卷則録自《外集》之《雜題跋》一卷。考汲古閣藏一部明刻本《歐陽文忠公文集》一百五十三卷,清末轉歸莫伯驥收藏,《五十萬卷樓藏書目録初編》卷十六著録"明天順刊本,汲古閣舊藏"①,今藏國圖(13395)。其中卷一百三十四至一百四十三爲《集古録跋尾》十卷,與此刻悉同;卷七十三《外集》卷二十三《雜文》一卷收二十七首,與此刻第十一卷悉同,蓋此刻據明刻本出。

元 豐 題 跋

宋興,五星聚奎,歐、蘇繼武,文運大振於天下。而曾子固[1]尤爲歐陽公嫡嗣,不特士類見稱,即歐陽公亦曰:"此吾昔者願見而不可得者也。"嘗集古今篆刻爲《金石録》五百卷,不得與趙氏《金石録》三十卷並傳。豈曾子固賞識反出李易安夫婦下耶? 始信書之顯晦不可思議也。若其收藏之富、寵遇之隆,讀王震序《韓維神道碑》,可謂贊歎無遺矣。東平丁氏逎云"曾文定之文價,至陳文定而後論定"[2],何哉? 海隅毛晉識(1)。

余嘗論《東觀餘論》力排六一居士《集古録》瑕處,將謂吹求無剩矣。及閱子固跋中,如江紅、二三、周昕、李翕之類,不得不正永叔之失。子曰:"吾猶及史之闕文也,今亡已夫。"蘇子瞻所以痛戒妄改古人文字云。晉又識(2)。

校:

(1)《題跋續集》《汲古閣書跋》無"海隅毛晉識"。

(2)《題跋續集》《汲古閣書跋》無"晉又識"。

注:

[1]"曾子固",即曾鞏(1019—1083),字子固。江西撫州南豐人,世稱"南豐先生"。嘉祐二年(1057)進士,任太平州司法參軍。熙寧二年(1069),任《宋英宗實録》檢討,不久外放越州通判。五年(1072)後,歷任齊州、襄州、洪州、福州、明州、亳州、滄州等知州。元豐四年(1081),任史官修撰,管勾編修院。卒謚文定。"唐宋八大家"之一,著有《元豐類稿》《隆平集》等。

[2]"東平丁氏",即丁思敬。此語出丁思敬《元豐類稿後序》。丁思敬,元代大德中東平人,曾刻《元豐類稿》。

---

① 莫氏云"天順刊本",即程宗明天順六年(1462)刻本;《趙萬里文集·明清刻本鈔本經眼録》著録"明隆慶刻本""南豐後學邵廉校刊":"此廉知建寧府時所刊。從天順本出。天順本卷后附校記,一仍宋吉州本之舊,此本俱删去,非善本矣。"經核對,三本字體皆不同。蓋毛氏藏本從隆慶本出,隆慶本則從天順本出。莫氏言天順本,誤。趙氏言廉氏刊,亦誤。

案：《元豐題跋》一卷，宋曾鞏撰。

明末崇禎間汲古閣刻《津逮秘書》本，卷首有目録，卷端次署“宋南豐曾鞏撰　明海虞毛晉訂”，卷末載有毛晉跋。《題跋續集》載此跋，題名“跋曾子固題跋”。

毛晉舊藏一部明刻本《南豐先生元豐類稿》五十卷，每卷標題次行鐫有“南豐後學邵廉校刊”八字。鈐印“得知千載外　正賴古人書”“汲古閣”“毛晉私印”“字子晉”“季振宜藏書”“御史之章”“滄葦”“季振宜印”等。《天禄琳琅書目》卷十《明版集部》著録，已毀於火。國圖今存邵廉刊本（08444）第五十卷爲《金石録跋尾》，所收與此刻悉同，當出於邵廉本。

又《明清稿抄本鑒定》著録一部清抄本《元豐金石略》，今藏上海生命科學院圖書館。其卷末亦有毛晉兩跋，次跋尾並鈐“毛氏子晉”，又有畢沅跋。毛跋實從此《津逮》本迻録而來，並非毛氏真跡。

魏　公　題　跋

丹揚(1)蘇紳在兩禁時，人病其險譎。其子頌[1]，字子容，器局與父迥異。元祐末爲相，未嘗臧否人物。諸臣多奏事于宣仁[2]，獨頌奏諸哲廟，其後獨免于遷謫，一時陳止齋輩無不仰止其爲人。晚年自叙百詠，可謂生平本傳。雖汪彦章、周子充二序，不若其自述(2)之詳而覈也。所藏法書甚富，但鑒別真贋，未必具頂門上慧眼。如智永《千文》半卷，珍爲秘寶，米南宮一見，知是唐人臨本，大概可見矣。後封魏國公，年踰八十，豫知時至，自草遺表，豈冥冥于生死之際者哉。海隅毛晉識(3)。

吳儂見物之黑白分明者，輒云“漆黑雪白”，雖諺語，具有文理。余家藏宋版《蘇魏公集》七十二卷，紙白如雪，煤黑如漆，頗與吳語相券。嘗憶東坡云“方欲白時嫌雪黑，方欲黑時嫌漆白”，如此集庶幾兩無嫌矣。兹題跋一卷，其末卷云。晉又識(4)。

校：

(1)“揚”，《題跋續集》作“陽”。

(2)“述”，《題跋續集》同，《汲古閣書跋》作“序”。

(3)《題跋續集》《汲古閣書跋》無“海隅毛晉識”。

(4)《題跋續集》《汲古閣書跋》無“晉又識”。

注：

[1]“其子頌”，即蘇頌（1020—1101），字子容，潤州丹陽人。慶曆二年（1042）進士，神宗時曾參與元豐改制。宋哲宗即位，歷任刑部尚書、吏部尚書、尚書右丞，元祐七年（1092）拜相，後以太子少師致仕。宋徽宗時，進太子太保，封趙郡公。卒贈司空，封魏國公。著有《本草圖經》《新儀象法要》《蘇魏公文集》等。

[2]“宣仁”，即宣仁皇后高氏。高氏（1032—1093），小字滔滔，宋英宗皇后，宋神宗母，亳州蒙城人。慶曆七年（1047），適趙宗實（趙曙），封京兆郡君。嘉祐八年（1063），趙曙（英宗）繼位，高滔滔被立爲皇后。元豐八年（1085），神宗駕崩後，被尊爲太皇太后，正式開始聽政。反對王安石變法，任用司馬光爲宰相。執政期間，勵精圖治，政治清明，經濟繁榮。

案：《魏公題跋》一卷，宋蘇頌撰。

明末崇禎間汲古閣刻《津逮秘書》本，卷首有目録，卷端次署“宋溫陵蘇訟撰　明海虞毛晉訂”，卷末載有毛晉兩跋。《題跋續集》載此跋，題名“跋蘇子容題跋”。署題“蘇訟”，誤。又，目録、卷端及版心皆題“卷之一”，實只有一卷，蓋爲續刻預留而題。

據跋“余家藏宋版《蘇魏公集》七十二卷”“茲題跋一卷，其末卷云”，蓋據宋本中最末一卷抽出別行者。《蘇魏公集》宋刻本有乾道七年（1171）施元之三衢刻本、淳熙十三年（1186）張進當塗刻本，兩本區別爲三衢本無周必大序，當塗本有。據毛晉跋“晚年自敘百詠，可謂生平本傳。雖汪彥章、周子充二序，不若其自述之詳而覈也”，其所藏宋本有周必大序，可知其底本亦爲當塗本。《津逮秘書》本無周序，亦無其他序跋，蓋爲照顧體例而刪。宋版今已不存，今存爲清陸心源影宋抄本及清道光二十二年（1842）蘇廷玉刻本，皆爲七十二卷，卷數相同，源於宋槧無疑。其中卷七十二爲雜著，共二十六篇，刪去開首六篇、末四篇，此刻別裁中間十六篇而成。又據趙瑞《〈津逮秘書〉宋人題跋版本考論》云：“《魏公題跋》異文承宋本而來，幾處優於蘇本，且能正影宋本誤抄，具有校勘價值。”①

---

① 趙瑞：《〈津逮秘書〉宋人題跋版本考論》，《古典文獻研究》第21輯上，鳳凰出版社2018年版，第257頁。

東 坡 題 跋

　　元祐大家，世稱蘇、黃二老，二老亦互相推重。魯直云："東坡文字言語，歷劫贊揚，有不能盡。"[1]東坡云："讀魯直詩，如見魯仲連、李太白，不敢復論鄙事。"[2]略不啓爭名見妒之端，令人有不逮古人之慨。但同時品題，尤推東坡。如韓子蒼云："東坡作文，如天花變現，初無根葉，不可揣測。"[3]洪覺範云："東坡蓋五祖戒禪師後身，其文俱從《般若部》中來，自孟軻、左丘明、太史公後，一人而已。"[4]凡人物書畫，一經二老題跋，非雷非霆，而千載震驚，似乎莫可伯仲。吾朝王弇州先生又云："黃豫章遜雋，此亦射較一鏃，弈角一著。"持論得毋太苛邪(1)。海隅毛晉識(2)。

　　校：

　　(1)"毋"，《題跋續集》作"無"；"邪"，《汲古閣書跋》作"耶"。

　　(2)《題跋續集》《汲古閣書跋》無"海隅毛晉識"。

　　注：

　　[1]黃庭堅此語出自《跋王介甫帖》："余嘗評東坡文字言語，歷劫讚揚有不能盡，所謂竭世樞機，似一滴投於巨壑者也。"

　　[2]蘇軾此語出自《書黃魯直詩後》："讀魯直詩，如見魯仲連、李太白，不敢復說鄙事。雖若不適用，然不爲無補於世。"

　　[3]此句出自《詩人玉屑》卷十七《陵陽先生室中語》："東坡作文，如天花變現，初無根葉，不可揣測。如作《蓋公堂記》，共六百餘字，僅三百餘字說醫。《醉石道士》詩共二十八句，却二十六句作假說，惟用兩句收拾。"

　　[4]"洪覺範云：'東坡蓋五祖戒禪師後身，其文俱從《般若部》中來，自孟軻、左丘明、太史公後，一人而已。'""洪覺範"，即北宋僧人惠洪。此段語出惠洪《石門文字禪》卷二十七："東坡蓋五祖戒禪師之後身，以其理通，故其文渙然如水之質，漫衍浩蕩，則其波亦自然而成文。蓋非語言文字也，皆理故也。自非從般若中來，其何以臻此？其文自孟軻、左丘明、太史公而來，一人而已。""東坡蓋五祖戒禪師後身"，語出《冷齋夜話》卷七《夢迎五祖戒禪師》："蘇子由初謫高安時，雲庵居洞山，時時相過。有聰禪師者，蜀人，居聖壽寺。一夕，雲庵夢同子由、聰出城迓五祖戒禪師。既覺，私怪之，以語子由。語未卒，聰至。子由迎呼曰：'方與洞山老師說夢。子來，亦欲同說夢乎？'聰曰：'夜來輒夢見吾三人者，同迎五祖戒和尚。'子由拊手大笑曰：'世

間果有同夢者,異哉!'良久,東坡書至,曰:'已次奉新,旦夕可相見。'三人大喜,追筍輿而出城,至二十里建山寺,而東坡至。坐定無可言,則各追繹向所夢以語坡。坡曰:'軾年八九歲時,嘗夢其身是僧,往來陝右。又先妣方孕時,夢一僧來托宿,記其頎然而眇一目。'雲庵驚曰:'戒,陝右人,而失一目,暮年棄五祖,來遊高安,終於大愚。'逆數蓋五十年,而東坡時年四十九歲矣。後東坡以書抵雲庵,其略曰:'戒和尚不識人嫌,強顏復出,真可笑矣。既是法契,可痛加磨礪,使還舊觀,不勝幸甚。'自是常衣衲衣。"

　　案:《東坡題跋》六卷,宋蘇軾撰。

　　明末崇禎間汲古閣刻《津逮秘書》本,卷首有目錄,正文卷端次署"宋眉山蘇軾撰　明虞山毛晉訂",卷末載有毛晉跋。《題跋續集》亦載,題名"跋蘇子瞻題跋"。明萬曆間茅維刊《東坡全集》七十五卷本,其中卷六十六至七十一專收題跋,卷數、次序及篇數與《津逮》本悉同。《津逮》本當出於茅本。

山　谷　題　跋

　　從來名家落筆,謔浪小碎,皆有趣味。一時同調,輒相欣賞贊歎,不啻口出。余竊謂相知如蘇、米兩公,尚有知不盡處,莫若本人自道"全提全示,無有少剩"[1]爲快耳。嘗見山谷云:"家弟幼安,求草法於老夫。老夫之書,本無法也,但觀世間萬緣如蚊蚋聚散,未嘗一事橫於胸中,故不擇筆墨,遇紙則書,紙盡則已(1),亦不計工拙與人之品藻譏彈。辟如木人舞中節拍,人歎其工,舞罷則又蕭然矣。"[2]余恍然曰:"此數語即可以跋山谷題跋矣。"殆所謂"順贊一句,屋下蓋屋,逆贊一句,樓上安樓,不如借水獻花,與一切人供養"。海隅毛晉識(2)。

　　諸家題跋魯直者,其卷帙反多於魯直題跋矣,豈容更添蛇足耶?但其款識不一,因考其甥洪玉父云:"舅氏魯直,愛山谷石牛洞,故自號山谷道人。謫黔戎時,假涪州別駕,故又號涪翁,或曰涪皤。在黔中,又號黔安居士。至宜州,又號八桂老人,皆班班見於詩文。"[3]後來米元章、倪元鎮亦多別號。今人效顰三老,名字百出,亦甚無謂矣。惟古人小字,可喜可法,當覓小名錄數種以傳。晉又識(3)。

　　校:

　　(1)"已",《題跋續集》作"止"。

（2）《題跋續集》《汲古閣書跋》無"海隅毛晉識"。

（3）《題跋續集》《汲古閣書跋》無"晉又識"。

注：

[1]"全提全示，無有少剩"，語出黄庭堅《題黄龍清禪師晦堂贊》："三問逆推，超玄機於鷲嶺；一拳垂示，露赤體於龍峰。聞時富貴，見後貧窮。年老浩歌歸去，樂從他人，喚住山翁。元祐八年十二月，通城陳修己爲智嵩上座寫晦堂老師影，絕妙諸本。予欲雕琢數句，莊嚴太空，適見西堂清公所作，全提全示，無有少剩。順贊一句，屋下蓋屋。逆贊一句，樓上安樓。不如借水獻花，與一切人供養。黄某題。"

[2]此段語出黄庭堅《書家弟幼安作草後》："幼安弟喜作草，攜筆東西家，動輒龍蛇滿壁，草聖之聲，欲滿江西。來求法於老夫，老夫之書，本無法也。但觀世間萬緣，如蚊蚋聚散，未嘗一事橫於胸中。故不擇筆墨，遇紙則書，紙盡則已，亦不計較工拙與人之品藻譏彈。譬如木人，舞中節拍，人嘆其工，舞罷則又蕭然矣。幼安然吾言乎？"黄庭堅，字魯直，號山谷道人，晚號涪翁。洪州分寧人。北宋著名文學家、書法家、江西詩派鼻祖。

[3]"洪玉父"，即洪炎。此段語出洪炎《豫章黄先生退聽堂録序》："魯直嘗游蜀皖，愛山谷石牛洞，意若將老焉，故自號山谷道人。謫黔戎時，假涪州別駕，故又號涪翁，或曰涪皤。在黔中，又號黔安居士。至宜州，又號八桂老人，皆班班見於詩文。然世士言魯直者但曰山谷，蓋以配東坡云。"

案：《山谷題跋》九卷，宋黄庭堅撰。

明末崇禎間汲古閣刻《津逮秘書》本，卷首有目録，正文卷端次署"宋豫章黄庭堅撰　明海虞毛晉訂"，卷末載毛晉跋。《題跋續集》亦載，題名"跋黄魯直題跋"，次跋上題名"又"。按《山谷全集》中有題跋六卷，此刻首六卷即從中輯出，後三卷則從他卷中零星輯出。

姑 溪 題 跋

余梓《姑溪詞》[1]一卷，行世久矣，恨未見其全集。戊寅歲莫（1），遇蕭伯玉[2]先生於吳門舟次，見余集宋元諸名家題跋，盛稱姑溪老人可比阿師，雖同門四學士、六君子不能及也。因出抄本見貽，不啻盲人索途而俄與之策矣。但此老好用古字，如互作牙、尺作赤、帙作秩之類甚多。讀者每訝余刻之譌，輒爲更易，何異認"就理"爲"袖里"，改"出就入就"爲"出袖入袖"耶？其辨論《瘞鶴銘》,迺曰："吾知爲佳字,何必紛紛於晉唐。"恐南邨老人見之,未免噴飯矣。海隅毛晉識(2)。

校:

(1)"莫",《題跋續集》作"暮"。

(2)《題跋續集》《汲古閣書跋》無"海隅毛晉識"。

注:

[1]《姑溪詞》,李之儀撰。李之儀(1048—1117後),字端叔,自號姑溪居士、姑溪老農。濱州無棣人。哲宗元祐初爲樞密院編修官,通判原州。元祐末,從蘇軾於定州幕府,朝夕唱酬。元符中,監内香藥庫,遭劾停職。徽宗崇寧初,提舉河東常平。後因得罪權貴蔡京,除名編管太平州,遇赦復官,晚年卜居當塗。著有《姑溪詞》《姑溪居士前集》《姑溪題跋》等。

[2]"蕭伯玉",即蕭士瑋(1585—1651),字伯玉,江西泰和人。有雋才,性澹泊,通佛法。萬曆四十四(1616)進士。崇禎元年(1628),遷光禄寺典簿。五年(1632),官南大理評事,後轉南禮部祠祭司主事。福王時,遷光禄寺少卿,拜太常卿。移疾還鄉。著有《春浮園集》《起信論解》等。曾與毛晉一起捐資刊刻《嘉興藏》。

案:《姑溪題跋》二卷,宋李之儀撰。

明末崇禎間汲古閣刻《津逮秘書》本,卷首有目録,卷端次署"趙郡李之儀撰　海虞毛晉訂",卷末載有毛晉跋。《題跋續集》載此跋,題名"跋李端叔題跋"。"戊寅"即崇禎十一年(1638)。據毛晉跋,此所據爲崇禎十一年蕭伯玉所與抄本,當然亦有可能是蕭氏抄本。

李之儀集今有《姑溪居士前集》五十卷,南宋吳芾守當塗時所編;又《後集》二十卷,不知編者,《直齋》已著録,則亦出宋人之手。今二集俱存,其中《前集》有明吳寬叢書堂抄本,"中華古籍資源庫"收録,卷三十八至四十二凡五卷爲題跋,蕭氏之抄本當源出於此。核之汲古閣本《姑溪題跋》悉合,蓋併五卷爲二卷。《汲古閣珍藏秘本書目》云:"《姑溪居士文集》五十卷《後集》二十卷,十四本,舊抄。"毛氏所據或爲此蕭氏鈔本。

淮 海 題 跋

四學士並轡眉山之門,秦、黃名尤早著。凡同門推重少游[1],似出魯直之右。晁无咎詩云“高才更難及，淮海一髯秦”，張文潛云“秦文倩麗紓桃李”，可謂無溢辭矣。其後集不知何人所編，輒混他人詩句。陸游(1)嘗辨《悼王子開》五詩是賀鑄作，恨(2)未能一一釐正耳。題跋直可頡頏坡谷，惜(3)不多見。然幽蘭一榦一花，迥勝木犀滿園也。海隅毛晉識(4)。

　　從來贊歎秦七文者頗多，惟江都盛儀全集一序，摭拾甚詳，因錄以備同賞。序云：“嘗聞蘇長公謂李廌[2]曰：‘少游之文如美玉無瑕，琢磨之工，殆未有出其右者。’張文潛則謂：‘少游平生爲文甚多，而一一精好可傳。’呂居體則謂：‘少游雖從東坡游，而其文乃自學西漢。’邢和叔則謂：‘少游文如鐘鼎，然其體質重而簡易，其刻畫篆文，則後之鑄師竭力莫能彷彿。’是非公文章之定品乎？長公初見公《黃樓賦》，以爲有屈宋才。及居惠州，得公書詩讀之，歎曰：‘如在齊聞韶也！’王介甫則謂：‘公詩清新婉麗，鮑謝似之。’呂氏則謂：‘少游過嶺後詩，嚴重高古，自成一家。’朱晦翁則謂：‘少游詩甚巧，亦謂之對客揮毫，想渠合下得句便巧[3]。’是非公詩賦之定品乎？史謂：‘少游長於議論，文麗而思深。’黃魯直亦謂：‘議論文字，乃特付之少游。’是非公議論之定品乎？陳后山云：‘今之詞手，惟秦七、黃九[4]。’朝溪子則謂：‘少游歌詞，當在東坡上。’是非公歌詞之定品乎？後學熟味而精擇之，真見如諸公之所評品者，而更權度於吾心，斯爲善讀《淮海集》者也。抑公雖與長公同升，而不坐其放言之失；雖爲介甫賞識，而不入于熙、豐之黨。文章華國，議論通達國體，而不爲詭遇少貶以狥人。當時孫莘老、徐仲車皆安定先生[5]門人也，公與之詩文往復，麗澤切磋甚多。且其少年高志，非爲親養，則不復應舉登第。教其弟覯、覿及子湛，相繼皆以詩文名世。”晉又識。

　　予昔在西湖僧舍，見王摩詰《江干雪霽圖》，恍然策杖金焦絕巘，遇快雪初晴，身在琉璃世界中，心目都瑩。恨主人矜秘，不得從容展玩。無日不往來於胸中，愧未曾捉筆記之。頃讀太虛《輞川圖跋》云：“恍然若與摩詰入輞川，度華子岡，經孟城坳，憩輞川莊，泊文杏館，上斤竹嶺並木蘭砦，絶茱萸沜，躡槐陌，窺鹿柴砦，返於南北垞，航欹湖，戲柳浪，濯欒家瀨，酌金屑泉，過白石灘，停竹里館，轉辛夷塢，抵漆園，幅巾杖屨，棊奕茗飲，或賦詩自娱，忘其身之匏繫於汝南也。”快哉，予又恍然復見此二圖矣！每見人讀名家游記，輒云“如畫”。如是，是如畫矣。晉又識。

校：

（1）“游”，《題跋續集》作“務觀”。

（2）“恨”，《題跋續集》作“惜”。

（3）“惜”，《題跋續集》作“恨”。

（4）《題跋續集》《汲古閣書跋》無“海隅毛晉識”，以下三跋亦無。

注：

［1］“少游”，即秦觀（1049—1100），字少游，一字太虛，號淮海居士，高郵軍人，北宋婉約派詞人。元豐八年（1085）進士。元祐初，因蘇軾薦，任太學博士，遷秘書省正字兼國史院編修官。後送遭貶謫，卒於藤州。秦觀善詩賦策論，與黃庭堅、晁補之、張耒合稱“蘇門四學士”。著有《淮海詞》。

［2］李廌（1059—1109），字方叔，號齊南先生、太華逸民，華州人。少以文爲蘇軾所知，爲“蘇門六君子”之一。中年應舉落第，後絕意仕進，定居長社。著有《師友談記》《德隅堂畫品》等。

［3］“想渠合下得句便巧”，此句出《朱子語類》卷一百四十：“‘閉門覓句陳無己，對客揮毫秦少遊。’無己平時出行，覺有詩思，便急歸，擁被臥而思之，呻吟如病者，或累日而後成，真是‘閉門覓句’。如秦少遊詩甚巧，亦謂之‘對客揮毫’者，想他合下得句便巧。”此處“閉門覓句陳無己，對客揮毫秦少遊”爲黃庭堅詩句。朱熹先引用黃庭堅詩句，句末又加自己評論：“想渠合下得句便巧。”

［4］“秦七、黃九”，指秦觀、黃庭堅。

［5］“安定先生”，即胡瑗（993—1059），字翼之，泰州如皋（今江蘇如皋）人。北宋學者、思想家和教育家。因祖居陝西路安定堡，世稱安定先生。和孫復、石介合稱“宋初三先生”。提倡“以仁義禮樂爲學”，講求“明體達用”，開宋代理學之先聲。先後主持蘇、湖兩州州學，創“經義”“治事”兩齋。歷任太子中舍、光祿寺丞、天章閣侍講等。嘉祐三年（1058），因病赴臨安其長子胡志康處頤養。次年病故，謐文昭，葬浙江烏程。著有《尚書全解》《春秋要義》《周易口義》《皇祐新樂圖記》等。

案：《淮海題跋》一卷，宋秦觀撰。

明末崇禎間汲古閣刻《津逮秘書》本，卷首有目錄，卷端次署“宋高郵秦觀撰　明海虞毛晉訂”，共收十四篇，卷末載有毛晉跋。《題跋續集》載此跋，題名“跋陸少游題跋”。目錄及正文卷端、卷末、版心皆題“卷之一”，似未完待續。毛晉、毛扆舊藏一部宋乾道九年（1173）高郵軍學刻紹熙三年（1192）謝雯重修本槧本《淮海集》四十卷，今藏國圖（12369），《汲古閣珍藏秘本書目》著錄，其中卷三十四、三十五爲題跋卷，毛本十四篇皆存兩卷中，《津逮》本當從中別裁而出。但從《淮海集》所載來看，其中題跋絕不止十四篇,故卷端所題"卷之一",當亦爲預留未及刻者而題。

海 岳 題 跋

　　淳化間,王著[1]受詔緒正秘閣法帖十卷(1),一時推爲墨王。惟米元章力排其僞帖大半,無不異其賞識。故凡法書名畫,一經米老品題,則巧僞不能惑,臨摹不能亂,古人所謂能識書家主人者也。余數年前,曾采其遺事一卷行世,今復采題跋數則,附以《寶章待訪録》,彙成一册,非但欽其討究之精。朱文公嘗云:"此老胸中丘壑最殊勝處,時一吐出,以寄真賞耳。"[2]至若人外高踪筆墨妙薦紳間,讀張伯雨《中岳外史傳》、陳眉公《米襄陽志林序》,豈曰"更有知不盡處?"海隅毛晉識(2)。

　　校:

　　(1)"十卷",《題跋續集》同,《汲古閣書跋》無。
　　(2)《題跋續集》《汲古閣書跋》無"海隅毛晉識"。

　　注:

　　[1]王著(?—992),字知微,成都人。工書,曾任著作佐郎、翰林侍書與侍讀。淳化三年(992),編次内府所藏歷代墨蹟,摹勒上石於禁内,名《淳化閣帖》,共十卷。南宋陳槱《負暄野録》稱:"今中都習書詔敕者,悉規仿著字,謂之'小王書',亦曰院體,言翰林院所尚也。"可見王著書風影響。

　　[2]此段語出朱熹《跋米元章〈下蜀江山圖〉》:"米老《下蜀江山》,嘗見數本,大略相似。當是此老胸中丘壑最殊勝處,時一吐出,以寄真賞耳。蘇丈粹中鑒賞既精,筆語尤勝。頃歲嘗獲從游。今觀遺墨,爲之永歎。"

　　案:《海岳題跋》一卷,宋米芾撰。

　　明末崇禎間汲古閣刻《津逮秘書》本,卷首有目録,共收七則題跋,末附《寶章待訪録》一卷,卷端次署"宋襄陽米芾撰　明海虞毛晉訂",卷末有毛晉跋。《題跋續集》載此跋,題名"跋米元章題跋"。卷首目録、卷端、卷尾及版心皆題"卷之一",蓋爲預留續刻之題。今存《寶晉英光集》僅有《跋快雪時晴帖》《跋晉太保謝安石帖後》兩則載入此刻。又,毛晉、毛扆曾藏一部舊抄本《寶晉山林集拾遺》八卷,今藏上圖,其中卷五爲《寶章待訪録》,但此刻亦有五則不在《拾遺》中。故《津逮》本或另有所據。考汲古閣舊藏一部明萬曆間舊抄精本《清河書畫舫》十二卷,首有張丑丙辰中秋清河書畫舫引,署“吾郡張丑青父編”，各卷首皆有目録。十一行二十或二十一字，無格。
鈐印“虞山毛氏汲古閣考藏”“吴興劉氏嘉業堂藏書記”等，汲古閣、劉承幹、
鄭振鐸舊藏，今藏國圖（15607）。其中《津逮》本中《跋殷令名帖》《跋顔平
原帖》《跋自畫雲山圖》《跋歐率更史事帖後》《跋快雪時晴帖》五篇載於《清
河書畫舫》。《跋煙巒晚景卷》見於明萬曆間郁逢慶《續書畫題跋記》。蓋此
七則或爲毛晉從諸本中摘録於此，附於《寶章待訪録》，合併刻梓。故知題
跋遠非此數，則卷端題“卷之一”預留續刻之。

无咎題跋

　　无咎[1]之父君成，居官深静，能文與詩，亦不求人知，藏集十卷有奇。
无咎能乞東坡一序以傳，東坡以君子稱之，並稱无咎於文無所不能，博辨俊
偉，絶人遠甚，將必顯於世[2]。後果爲神宗所舉，御批其文曰：“是深於經
術，可革浮薄。”其題跋(1)絶無浮薄之調，極慕陶靖節爲人，忘情仕進。方
踰知命之年即引退，茸歸來園，自號歸來子。嘗游戲小道，撰《廣象戲圖》一
卷，惜不得與李翱《五木經》並存，以作戲兵。海隅毛晉識(2)。
　　余始見東坡先生所記《豬母佛》[3]，不勝驚異，擬援唐文宗蛤中觀世音
像等事，標諸戒殺文之首。繼讀无咎先生所作《豬齒曰(3)化佛贊》及
序[4]，益動捨熱血汁想。昔馮具區先生見斯文，極爲歎賞，曰：“朗誦一過，
不覺毛竪皮粟(4)，汗出泣下。”无咎嘗參圓通、海覺(5)二士，晚年又見揩
老，而東坡、山谷，俱爲師友，故其見解卓絶如此。至文章華妙，又剩事爾。
余向誓願集唐宋以來弘道明教之文，續梁僧祐、唐僧道宣(6)之後，以羽
翼法門。如无咎此篇，寧(7)可不入大藏邪？因刻題跋之後，以爲嚆矢
云。晉又識(8)。

校：

(1)《題跋續集》“題跋”後有“亦”字。
(2)《題跋續集》《汲古閣書跋》無“海隅毛晉識”。
(3)“曰”，《汲古閣書跋》無。
(4)“粟”，《汲古閣書跋》作“栗”。
(5)“海覺”，《題跋續集》作“覺海”。
(6)《題跋續集》“道宣”後有“二集”。
(7)“寧”，《汲古閣書跋》無。
(8)《題跋續集》《汲古閣書跋》無“晉又識”。

注：

[1]"无咎"，即晁補之(1053—1110)，字无咎，號歸來子，濟州巨野人，"蘇門四學士"之一。元豐二年(1079)進士，授澶州司户參軍。元祐間調京，歷任秘書省正字、揚州通判，又召回秘書省。紹聖初，出知齊州。因修《神宗實録》失實，連貶應天府、亳州、信州等地。宋徽宗立，召拜吏部員外郎、禮部郎中。著有《雞肋集》《晁无咎詞》等。

[2]此段語出蘇軾《晁君成詩集引》："乃者官於杭，杭之新城令晁君君成諱端友者，君子人也。吾與之游三年，知其爲君子，而不知其能文與詩，而君亦未嘗有一語及此者。其後君既殁於京師，其子補之出君之詩三百六十篇……君之詩清厚静深，如其爲人，而每篇輒出新意奇語，宜爲人所共愛。其勢非君深自覆匿，人必知之。而其子補之於文無所不能，博辯俊偉，絶人遠甚，將必顯於世。吾是以益知有其實而辭其名者之必有後也。"

[3]《猪母佛》，此文載《東坡志林》卷三："眉州青神縣道側有小佛屋，俗謂之'猪母佛'，云百年前有牝猪伏於此，化爲泉，有二鯉魚在泉中，云：'蓋猪龍也。'蜀人謂牝猪爲母，而立佛堂其上，故以名之……此地舊爲靈異。青神人朱文及者，以父病求醫，夜過其側，有髼而負琴者邀至室，文及辭以父病，不可留，而其人苦留之，欲曉乃遣去。行未數里，見道傍有劫殺賊，所殺人赫然未冷也。否者，文及亦不免矣。泉在石佛鎮南五里許，青神二十五里。"

[4]"《猪齒白化佛贊》及序"，載晁補之《雞肋集》卷六十九："猪齒白化佛者，崇寧二年三月一日，衛州獲喜縣民職氏殺猪祭神，而民劉氏獵犬得其棄首骨，衛之狤狤，四日不食。民使其子析之，其左牡齒白中得肉如拇色……諦視之，如來像也。髻有珠如粟，瞑目跏趺，瞳子隱然，莊嚴畢具，觀者萬人。補之從弟新鄉令載之目覩其事，記於石以示補之。"

案：《无咎題跋》一卷，宋晁補之撰。

明末崇禎間汲古閣刻《津逮秘書》本，卷首有目録，正文卷端次署"宋南陽晁補之撰　明東吴毛晉訂"，卷末載有毛晉跋。《題跋續集》載此跋，題名"跋晁无咎題跋"。此刻與《雞肋集》卷三十三《題跋》卷之篇數及次序悉同，别裁而成，惟多出最後一篇《〈猪齒白化佛贊〉並序》，乃自卷六十九中輯出。又，汲古閣舊藏一部明抄本《濟北晁先生雞肋集》七十卷，《愛日精廬藏書志》著録。《郋園讀書志》卷八著録曰："此本前有'汲古後人'四字朱文篆書方印，蓋毛晉家藏書。字體出鈔胥，非毛鈔善本，殆其所收得者耶？鄭德楙《汲古閣校刻書目補遺》有晁武無咎《雞肋集》七十卷，或即據此抄本重刊，然其書亦罕見。或當時印行不多，如《四唐人集》之版早經毀滅耳。"今不知何所。《津逮》本殆據此而出。

宛　丘　題　跋

元祐間，蘇子瞻方爲翰林，豫章黄魯直、高郵秦少游、濟北晁无咎、譙郡張文潛[1]俱在館中，趨學蘇門，世號四學士。子瞻遇之甚厚，每集必命侍姬朝雲取蜜雲龍[2]飲之。一時文物之盛，自漢迄唐未有也。陳后山《與李端叔書》云："黄、晁、秦則長公客也，張文潛則少公[3]客也。"二公及三子相繼云亡，文潛巋然獨存，士人就學者衆，分日載酒殽飲食之，故著作傳於世者尤多。晚年詩效白樂天，樂府效張文昌，故陸放翁云："自文潛下世，樂府遂絶。"知言哉！蘇長公嘗品第諸子云："晁无咎雄健俊拔，筆力欲挽千鈞。張文潛容衍靖深，若不得已于書者。"又云："秦得吾工，張得吾易，而世謂工可致，而易不可致，以君爲難云。"其題跋數條，皆讀史時偶書，其胸中成竹，絶無殿最[4]詩文、補亡析疑之語，聊以存少公之客云爾。海隅毛晉識(1)。

校：

(1)《題跋續集》無"海隅毛晉識"。

注：

[1]"譙郡張文潛"，即張耒(1054—1114)，字文潛，號柯山。淮陰人，蘇門四學士之一。宋神宗熙寧進士，歷任臨淮主簿、著作郎、史館檢討。哲宗紹聖初，以直龍閣知潤州。宋徽宗初，召爲太常少卿。著有《柯山集》《宛丘先生文集》《柯山詩餘》等。

[2]"蜜雲龍"，茶名。蘇軾《行香子·茶》："看分香餅，黄金縷，蜜雲龍。"楊慎《丹鉛總録·飲食》："蜜雲龍，茶名，極爲甘馨。宋廖正一，字明略，晚登蘇門，子瞻大奇之。時黄、秦、晁、張號蘇門四學士。子瞻待之厚，每來，必令侍妾朝雲取蜜雲龍。"

[3]"少公"，即指蘇轍。胡仔《苕溪漁隱叢話後集·東坡五》引《復齋漫録》稱："當時以東坡爲長公，子由爲少公……其後張文潛《贈李德載》詩亦云：'長公波濤萬頃海，少公峭拔千尋麓。'"

[4]"殿最"，古代考核政績或軍功，下等稱作"殿"，上等稱作"最"，泛指等級高低上下或評比之意。

案：《宛丘題跋》一卷，宋張耒撰。

明末崇禎間汲古閣刻《津逮秘書》本，卷首有目録，共收十一篇，正文卷端次署“宋淮陰張耒撰　明海虞毛晉訂”，卷末載有毛晉跋。《題跋續集》載此跋，題名“跋張文潛題跋”。目録及正文卷端、卷末、版心皆題“卷之一”，似未完待續。《題跋》《汲古閣書跋》皆不著録。

毛晉舊藏一部南宋建安余騰夫刻永嘉先生標註《張文潛文集》十卷本。北大藏明嘉靖郝梁刊本（李144），卷首馬馴序云：“龍渠子嘗得宋集本，取而刻置山房。”徐葵以此校並跋明嘉靖本，跋曰：“昨吳興書賈鄭甫田以宋建安余騰夫所刊永嘉先生標註《張文潛文集》來，上有‘季滄葦’與‘毛子晉圖書’書印，共十卷。與此本校對，篇目正同，惟分卷異。因知此本即南宋初十卷之本，後人亂其卷次耳。”《藏園群書題記》卷十四著録《校宋本永嘉先生標註張文潛集跋》：“標註本録文凡八十一首，分爲十卷，視郝梁本卷數雖異，而文之篇目悉符，始知郝氏所出正爲此本，而析其卷第耳。”可知嘉靖本出於宋建安本，建安本今不知何所。毛晉又藏一部明嘉靖三年（1524）郝梁刻本《張文潛文集》十三卷，今藏國圖（13378），其中卷十二、十三收録雜著十四篇，有十篇收録在《津逮秘書》本中，另有一篇《書五代郭崇韜卷後》當從他本録之，故汲古閣本當源自嘉靖本，當然亦有可能出於建安本。趙瑞《〈津逮秘書〉宋人題跋版本考論》云：“十三卷本《張文潛文集》底本爲宋余騰夫刊本《永嘉先生標註張文潛集》，二本篇目完全相同，只是分卷不同。而毛晉曾藏宋余騰夫《永嘉先生標註張文潛集》，所以《宛丘題跋》可能是直接從宋刊《永嘉先生標註張文潛集》録出。”今存明抄本《張右史文集》六十五卷、清抄本《宛丘先生文集》七十五卷皆不載嘉靖本所載雜著。然《宛丘先生文集》卷五十二、五十三爲題跋卷，收録二十二篇，僅有《書五代郭崇韜卷後》一篇載《津逮秘書》本中。《津逮》本卷端題“卷之一”，當有之二或三，或當時預留後補而題，只是未及補刻而罷。

又毛晉尚藏明抄本《宛丘先生文集》四十一卷，今藏上圖（線善786798—802），是否包括題跋卷，待查。

石 門 題 跋

宋僧能工詩文者不少，輒有所附托，以名天下。如惠勤因歐陽永叔，道潛因蘇子瞻，秘演因石曼卿，雲丘因陸放翁，祖可因徐師川，長吉因林和靖，不得盡録，皆非能特立者也。求如雷霆發聲，萬國春曉者，惟洪覺範[1]一人而已。謝無逸[2]稱其得自在三昧於雲菴老人，故能游戲翰墨場中，呻吟馨欬[3]，皆成文章。陳瑩中喻其"如山川之有飛雲，草木之有華滋，于道初不相妨"。[4]未知覺公下一註脚否？客有謂予輯蘇、黃、晁、陸諸家題跋，不應置此佛門史遷，予亦不暇深辨，戲答云："《西園雅集》[5]凡十有六人，皆名動四夷之雄豪，倘未得圓通大師披袈裟，坐蒲團，而説無生論，不令一坐無色邪？"客亦首肯而去。然笠澤老人[6]嘗云："此卷不應攜至長安逆旅中，亦不許貴人席帽金絡馬傳呼入省而觀。"海隅毛晉識(1)。

校：

(1)《題跋續集》《汲古閣書跋》無"海隅毛晉識"。

注：

[1]"洪覺範"，即惠洪(1071—1128)，字覺範，又名德洪、寂音尊者，北宋臨濟宗黃龍派，僧人、詩人、畫家，筠州人。俗姓喻，十九歲試經於東京天王寺，得度，冒惠洪名。後被誣爲僞度牒，責令還俗。丞相張商英特奏再得度，郭天信奏賜寶覺圓明禪師。政和元年(1111)，張、郭得罪，惠洪亦刺配崖州。赦還次年，又被誣入獄。著有《冷齋夜話》十卷。

[2]"謝無逸"，即謝逸(1068—1113)，字無逸，號溪堂，臨川城南人。與汪革、謝薖同學於呂希哲，與其從弟謝薖並稱"臨川二謝"，與饒節、汪革、謝薖並稱"江西詩派臨川四才子"。兩次應科舉，均不第。然操履峻潔，安貧樂道，家居著述。著有《溪堂集》《春秋廣微》《樵談》等。

[3]"馨欬"，當作"謦欬"。指談笑，談吐。

[4]此句出《石門文字禪》卷二十《明白庵銘》："余世緣深重、夙習覊縻，好論古今治亂、是非成敗，交遊多譏訶之。獨陳瑩中曰："於道初不相妨，如山川之有飛雲，草木之有華滋。所謂秀媚精進。"余心知其戲，然為之不已。

[5]《西園雅集》，西園爲北宋駙馬都尉王詵在汴京修造的宅第花園。宋神宗元豐初年，王詵曾邀蘇軾、蘇轍、黃庭堅、米芾、秦觀、李公麟、晁補之、張耒以及日本圓通大師等當時十六位文人名士游園聚會，期間倡和題辭，談文論畫，輯爲《西園雅集》。李公麟並繪《西園雅集圖》，米芾序之。

[6]"笠澤老人"，陸游自稱。

案：《石門題跋》二卷，宋釋德洪撰。

明末崇禎間汲古閣刻《津逮秘書》本，卷首爲目錄，卷端次署"宋沙門德洪撰　明古虞毛晉訂"，卷末載有毛晉跋及盧世㴆跋。《題跋續集》載毛晉跋,題名"跋洪覺範題跋"。盧氏跋曰:"異哉,覺範徑欲與蘇、黃諸公高揖相嚮,可謂禿髮文宗。然每見其慷慨嗚咽處,氣出涕流,肩搖骨湧,又天下一片有心人,非區區文字禪也。子晉刻各家題跋,而殿之以寂音尊者,真具一雙眼。山東盧世淮書於潤州使院,時漏下二鼓。"盧跋多有不載,唯臺圖本有之。

明萬曆二十五年(1597)徑山藏本《石門文字禪》三十卷中卷二十六、二十七凡二卷爲題跋,《津逮》本別裁二卷而成。又德洪門人所編《憨山老人夢游集》亦有題跋二卷,《津逮》本未收,則所收未全。

容　齋　題　跋

題跋似屬小品,非具翻海才、射雕手[1],莫敢道隻字。自坡仙、涪翁聯鑣樹幟,一時無不效顰。鄱陽洪容齋[2],升蘇、黃之堂而嚌晴(1)其胾[3]者也,恨未見其全集。己卯秋,從長干里[4]獲其《題跋》二卷,尾有"匏庵吳氏"[5]印記,較之《隨筆》所載,互有異同。予珍之不異木難[6],遂與六一居士《集古錄》並付梓人。嘗憶數年前,眉公[7]與予論題跋一派,惟宋人當家,惜未有拈出示人者。予因援容齋自序云:"寬閑寂寞之濱,窮勝樂時之暇,時時捉筆据几,隨所趣而志之。雖無甚奇論,然意到即就,亦殊自喜。"此獨非拈出示人者耶? 眉公點頭撫掌曰:"襪村(2)今萃于子矣。"海隅毛晉識(3)。

校:

(1)《題跋續集》無"晴"字。

(2)"襪村","村"當爲"材"。語出蘇軾《文與可畫篔簹谷偃竹記》:"與可畫竹,初不自貴重。四方之人持縑素而請者,足相躡於其門。與可厭之,投諸地而罵曰:'吾將以爲襪材。'士大夫傳之,以爲口實。及與可自洋州還,而余爲徐州。與可以書遺余曰:近語士大夫,吾墨竹一派,近在彭城,可往求之,襪材當萃於子矣。"

(3)《題跋續集》《汲古閣書跋》無"海隅毛晉識"。

注:

[1]"射雕手",《北齊書·斛律光傳》:"嘗從世宗於洹橋校獵,見一大鳥,雲表飛揚,光引弓射之,正中其頸。此鳥形如車論,旋轉而下,至地,乃大雕也……邢子高見而歎曰:'此射雕手也'。"借指技藝出衆的能手。

[2]“洪容齋”，即洪邁（1123—1202），字景盧，號容齋，南宋饒州鄱陽人，洪皓第三子。官至翰林院學士、資政大夫、端明殿學士，封魏郡開國公、光禄大夫。卒謚文敏。洪邁精通四書五經，廣獵稗官野史、道釋經籍、醫卜星算，著有《野處類稿》《史記法語》《經子法語》《南朝史精語》《夷堅志》等。所撰《容齋隨筆》廣涉歷史、文學、哲學、藝術，考證漢唐以來歷史名實、政治經濟制度等。

[3]“嚌晴其胾”，“嚌”，嘗食、嘗滋味，《禮記·雜記下》：“小祥之祭，主人之酢也，嚌之。”“胾”，大塊切肉。韓愈《送高閑上人序》“不造其堂，不嚌其胾”。“晴”，或爲衍字。

[4]“長干里”，位於今南京市秦淮區内秦淮河以南至雨花臺以北，江南佛教聖地。地勢高亢，雨花臺陳於前，秦淮河衛其後，大江護其西，秦淮河入江通道。秦、漢、六朝直至明代，長干里爲南京最繁華之地，書肆林立，商貿發達。

[5]“匏庵吳氏”，即吳寬（1435—1504），字原博，號匏庵、玉亭主，世稱匏庵先生。直隸長州人。明代名臣、詩人、散文家、書法家。成化八年（1472）狀元，授翰林修撰，曾侍孝宗讀書。孝宗即位，遷左庶子，預修《憲宗實録》，進少詹事兼侍讀學士。官至禮部尚書，卒贈太子太保，謚文定。善抄書，齋名叢書堂。著有《匏庵集》。

[6]“木難”，寶珠名，曹植《美女篇》：“明珠交玉體，珊瑚間木難。”

[7]“眉公”，即陳繼儒。

案：《容齋題跋》二卷，宋洪邁撰。

明末崇禎間汲古閣刻《津逮秘書》本，卷末載有毛晉跋。《題跋續集》載此跋，題名“跋洪景盧題跋”。據毛晉跋，崇禎十二年（1639）從南京長干里得吳寬藏本《題跋》二卷，與《容齋隨筆》“互有異同”，珍之木難，于是刊梓。當另有所本，待考。

放翁題跋

余於渭南縣伯[1]諸書，已七跋矣，又復何言？但其詠《釵頭鳳》一事孝義兼摯，更有一種啼笑不敢之情溢於筆墨之外，故併記之。按放翁初娶唐氏，閎之女也，伉儷相得。弗得于姑，出之。未忍絶，爲別館往（1）焉。姑知而掩之，遂絶。後改適同郡宗子士程，嘗於春日出游，相遇禹蹟寺南之沈氏園，放翁悵然賦一調云：“紅酥手，黃藤酒，滿城春色宫牆柳。東風惡，歡情薄，一懷愁緒，幾年離索。錯錯錯。春如舊，人空瘦，淚痕紅浥鮫綃透。桃花落,閒池閣,山盟雖在,錦書難托。莫莫莫。"令人不能讀竟。海隅毛晉識(2)。

校:

(1)"往",《題跋續集》同,《汲古閣書跋》作"住"。
(2)《題跋續集》《汲古閣書跋》無"海隅毛晉識"。

注:

[1]"渭南縣伯",即陸游。陸游於開禧三年(1207)進爵渭南縣伯,故有此稱。陸游(1125—1210),字務觀,越州山陰人。紹興二十三年(1153),兩浙轉運司鎖廳試第一,後任福州寧德主簿、大理寺司直兼宗正簿。孝宗即位,遷樞密院編修官,賜進士出身,後知嘉州、榮州。淳熙二年(1175),范成大帥蜀,任成都路安撫司參議官。三年(1176),被劾攝知嘉州時燕飲頹放,罷職奉祠,因自號放翁。後提舉江南西路,知嚴州,除軍器少監,遷禮部郎中兼實錄院檢討官。嘉泰二年(1202),詔同修國史,翌年致仕。著有《渭南文集》《劍南詩藁》等。

案:《放翁題跋》六卷,宋陸游撰。
明末崇禎間汲古閣刻《津逮秘書》本,卷首有目録,卷端次署"宋山陰陸游撰　明古虞毛晉訂",卷末有毛晉跋。《題跋續集》載此跋,題名"跋陸務觀題跋"。《渭南文集》之卷二十六至三十一凡六卷爲題跋,《津逮》本之卷數、篇數及次序等皆合,蓋據之别裁而出。據毛晉跋汲古閣刻本《陸放翁全集》之《渭南文集》所言,《渭南文集》乃據家藏錫山華珵明弘治十五年(1502)銅活字本翻刻,則此六卷題跋當據華氏活字本出。需要注意的是,《津逮》本《放翁題跋》與汲古閣刻本《陸放翁全集》之《渭南文集》六卷題跋並非同版,行款不同,一爲八行十九字,一爲八行十八字,亦即毛晉將此六卷題跋刊刻了兩次。

益 公 題 跋

諸家題跋,多載法書名畫,或評詩文(1)得失,或辨碑銘異同,間及山水幽勝處,未有臚列御批劄子者。(2)周益公迺開卷紛紛,無恠乎後邨[1]病其洗滌詞科習氣不盡也。集中凡稱述歐陽文忠公者,居十之三,併公子仲純叔弼,亦推重不已。先輩謂盧陵以文章續韓昌黎正統,蓋以文忠與益公衣缽單傳,又皆盧陵人爾。海隅毛晉識(3)。

校：

（1）《題跋續集》無“文”字。

（2）《題跋續集》“周”前有“若”。

（3）《題跋續集》《汲古閣書跋》無“海隅毛晉識”。

注：

[1]“後邨”，即劉克莊。

案：《益公題跋》十二卷，宋周必大撰。

明末崇禎間汲古閣刻《津逮秘書》本，卷首有目録，卷一卷端次署“廬陵周必大撰　海虞毛晉訂”，惟卷二卷端題“省齋題跋卷二”，其他皆署“益公題跋卷幾”，卷末載有毛晉跋。《題跋續集》載此跋，題名“跋周益公題跋”。

國圖、臺博藏明抄本《周益公文集》五十卷多部，其中《平園續稿》卷六至十一所載六卷題跋與此刻首六卷悉同，《省齋文稿》卷十四至十九所載題跋與此刻後六卷悉同。又靜嘉堂文庫藏一部宋開禧二年（1206）刻本《周益文忠文集》二百卷，殘存七十卷四十册，包括《省齋文稿》目録及卷一至八、卷二十八至三十六，《平園續稿》序目及卷一至十五、二十七至三十、三十六至四十，皆無毛氏印記。《津逮》本當出於上述諸本之一，其中卷二卷端題“省齋題跋卷二”，並非取自《省齋文稿》，而是源自《平園續稿》卷七，當是題誤。《汲古閣珍藏秘本書目》著録“周益公全集五十本”，或爲抄本，今不知何所。趙瑞《〈津逮秘書〉宋人題跋版本考論》以爲“底本有可能即此抄本”。

晦　菴　題　跋

先生爲絕學梯航，斯文菽粟，即童蒙皆能道之，故先喆尚論者，輒作“道巍德尊”等語。至若癖耽山水，跌宕詩文，一往情深，幾爲理學所掩。惟壽昌吳氏[1]一贊，頗具隻眼。贊云：“先生每觀一水一石，一草一木，稍清陰處，竟日目不瞬。飲酒不過兩三行，又移一處，大醉則跌坐高拱。經史子集之餘，雖記録雜説，舉輒成誦。微醺則吟哦古文，氣調清壯。某所聞見，則先生每愛讀屈原《離騷》、孔明《出師表》、陶淵明《歸去來辭》並杜子美數詩而已。”[2]余今獨梓其題跋若干卷，亦即與壽昌同欣賞云。海隅毛晉識（1）。

按先生年譜，紹興十八年戊辰春登進士第。予幸見《同年小録》，有冷世光、冷世脩係吾(2)常熟縣人。父母具慶，兄弟聯捷，真盛事也。又有弟名世南，同入太學，時稱爲三冷。《邑志》載其各有文集，惜乎今已不傳，因附記於此。晉又識(3)。

校：

(1)《題跋續集》《汲古閣書跋》無"海隅毛晉識"。

(2)"吾"，《題跋續集》作"吳郡"。

(3)《題跋續集》《汲古閣書跋》無"晉又識"。

注：

[1]"壽昌吳氏"，即吳壽昌，字大年。邵武軍邵武縣人。初謁佛者疏山，後爲朱熹門人。淳熙十三年(1186)，偕其子吳浩同往武夷精舍問學，録《問答略》，内容偏重朱熹論佛之論，以正己失。慶元初，續學於滄洲精舍，請朱熹賜醉墨。朱熹爲大字小字三幅，又爲其扇題詩"長憶江南三月里，鷓鴣啼處百花香"。

[2]此段語出《朱子語類》卷一百零七。

案：《晦菴題跋》三卷，宋朱熹撰。

明末崇禎間汲古閣刻《津逮秘書》本，卷首有目録，卷端次署"宋新安朱熹撰　明古虞毛晉訂"，卷末載有毛晉兩跋。《題跋續集》載此跋，題名"跋朱晦菴題跋"。

今存宋刻本《晦菴先生文集》一百卷多部，明清刊本多源於此本。其中卷四十一至四十五凡四卷爲題跋，《津逮》本收録其中卷後三卷，當出於此百卷本；或未刊完、或底本不全。又毛晉舊藏一部宋刻本《晦庵先生文集》十一卷《後集》十八卷，毛晉之後入清内府、長春僞滿宮、沈仲濤舊藏，今藏臺博。其中卷九載題跋、序及雜著，與此刻不合。

止　齋　題　跋

嘉邸生辰，詩獻者盈庭，獨陳傅良[1]與黄裳寓意警誨，不失虞周頌體，上特嘉賞，各手書一本以贈。及登極之日，擢裳爲禮部尚書，傅良爲中書舍人，可謂恩寵極矣。故其題跋卷首屢載被遇事，但以能辨鼠豹，不失蟛蜞，自誇小學之博，得毋貽笑于韓昌黎耶！至若師友之淵源，葉水心《墓誌》中可謂述之詳矣。海隅毛晉識(1)。

校：

(1)《題跋續集》《汲古閣書跋》無“海隅毛晉識”。

注：

[1]陳傅良(1137—1203)，字君舉，號止齋。溫州瑞安人。乾道八年(1172)進士，官至寶謨閣待制、中書舍人兼集英殿修撰。多年講學不輟，門牆極盛，卒諡文節。陳傅良爲學主“經世致用”，反對空談性理，與同時期的學者陳亮近似，世稱“二陳”。著有《止齋文集》《周禮説》《春秋後傳》《八面鋒》等。其中《八面鋒》爲宋孝宗擊節讚歎，御賜書名，流傳甚廣。

案：《止齋題跋》二卷，宋陳傅良撰。

明末崇禎間汲古閣刻《津逮秘書》本，卷首有目録，卷端次署“宋永嘉陳傅良撰　明海虞毛晉訂”，卷末載有毛晉跋。《題跋續集》載此跋，題名“跋陳君舉題跋”。

陳傅良集今存最早之本爲明正德元年(1506)林長繁刻本《止齋先生文集》五十二卷，底本爲王瓚抄秘閣藏本。其中卷四十一、四十二兩卷爲題跋，《津逮》與之悉合，或從中別裁而成，但間有異文。趙瑞《〈津逮秘書〉宋人題跋版本考論》云：“異文若非毛晉校改，《止齋題跋》所據底本應是正德本之前的刊本。正德本之前，《止齋集》有宋、元兩種刊本，今均不可見。《止齋題跋》所據底本不可確知，但應是正德本的上位本。”姑存一説。

水 心 題 跋

葉忠定公[1]爲南渡後名家，著作甚富，其論林栗一書，尤爲先輩所推重。同時，雷孝友謬以附韓侂胄用兵劾之，遂致奪職，史臣所以爲之歎息也。其居水心邨落十有三年，與農蓑圃笠共談隴畝間事，自謂每得前輩舊聞，耳目鮮醒，何嘗一日忘情經濟邪！兹集所載陳秀伯、張聲之隱蹟[2]洎《進故事》《義役》數條，無婢(1)李肇《國史補》云。海隅毛晉識(2)。

校：

(1)“婢”，《題跋續集》作“媿”，《汲古閣書跋》作“禆”，“婢”“禆”皆誤。
(2)《汲古閣書跋》無“海隅毛晉識”。

注：

[1]“葉忠定公”，即葉適（1150—1223），字正則，號水心居士，温州永嘉人。淳熙五年（1178）榜眼。歷仕孝宗、光宗、寧宗三朝，官平江府觀察推官、太學博士、尚書左選郎、國子司業、兵部侍郎等職，參與策劃“紹熙内禪”。卒贈光禄大夫，謚文定。葉適反對空談性命，所代表的永嘉事功學派，與當時朱熹的理學、陸九淵的心學並列爲“南宋三大學派”。著有《水心先生文集》《水心别集》《習學記言》等。

[2]“陳秀伯、張聲之隱蹟”，指本書中《題陳秀伯碑陰》《題張聲之友于叢居記》。

案：《水心題跋》一卷，宋葉適撰。

明末崇禎間汲古閣刻《津逮秘書》本，卷首爲目録，卷端次署“宋永嘉葉適撰　明虞山毛晉訂”，卷末載有毛晉跋。《題跋續集》載此跋，題名“跋葉正則題跋”。其卷首目録及正文卷端卷末、版心皆題“卷之一”，或爲預留補刻而題。

今存明正統十三年（1448）黎諒刻本及明末刻本《水心先生文集》卷二十九爲雜著，《津逮》本與之悉同，蓋出於明本。

西 山 題 跋

山谷評帖云：“宋齊間翰墨之工，皆藉（1）師友淵源。凡作文亦然。”語云：“岷山之源，僅若甕口，桐柏之流，僅能泛觴，卒之成江注海，其源遠也。”真文忠公[1]慮文詞多變，欲學者識其源流，自幸與朱子同郡，宗之若岷山桐柏。恨爾時權相立異學之名，力錮善類，慷慨上奏，真可謂（2）底柱灧澦堆巋[2]壯矣。其選《文章正宗》若干卷，以詩歌一門屬劉後邨[3]。後村所取者削其大半，如漢武帝《秋風辭》，因文中子“悔心之萌”一語，不肯編入，貽誚于趙儀可[4]董。然風教陵夷之日，亦政不可少此一派。故其題跋雖無坡、谷風韻，余編入函中，却如三公袞衣象笏[5]，拱立玉墀之上，其巖巖氣象，可令寒乞小儒，望之神懾[6]。海隅毛晉識（3）。

校：

（1）“藉”，《題跋續集》《汲古閣書跋》作“籍”，“藉”通“籍”。

（2）“可謂”，《題跋續集》《汲古閣書跋》無。

（3）《題跋續集》《汲古閣書跋》無“海隅毛晉識”。

注：

[1]“真文忠公”，即真德秀。

[2]“勩”，同“勇”。

[3]“劉後邨”，即劉克莊（1187—1269），初名灼，字潛夫，號後村，福建莆田縣人，南宋豪放派詞人、江湖詩派詩人。歷任靖安主簿、真州録事、建陽縣知縣、帥司參議官、樞密院編修官。淳祐六年（1246），宋理宗因其久有文名，賜同進士出身，後任秘書少監，累任工部尚書、建寧府知府。景定五年（1264），以焕章閣學士致仕。卒謚文定。著有《後村先生大全集》。

[4]“趙儀可”，即趙文（1238—1314），初名宋永，字儀可，一字惟恭，號青山，廬陵（今吉安）人。與其弟趙强同出文天祥之門。宋景定、咸淳間，曾冒姓宋，三貢於鄉，後入太學爲上舍生。元軍東下，與弟强隨文天祥抗元，參與軍政大事。元軍陷汀州，其弟死於軍中，又與文天祥失去聯繫，遂返回故里。宋亡後，隱居不出，在鄉講學。後以耆年碩學，授爲南昌東湖書院山長，升任南雄儒學教授。著有《青山集》。

[5]“三公衮衣象笏”，出自唐韋莊《秦婦吟》“翻持象笏作三公”，象笏，象牙朝笏；三公，官職名，或説司馬、司徒、司空；或説太師、太傅、太保；或説丞相、太尉、御史大夫。嘲笑義軍領袖作了三公，仍將笏版拿顛倒了。

[6]“愯”，同“竦”。

案：《西山題跋》三卷，宋真德秀撰。

明末崇禎間汲古閣刻《津逮秘書》本，卷首爲目録，卷端次署“建安真德秀撰　海虞毛晉訂”，卷末載有毛晉跋。《題跋續集》載此跋，題名“跋真希之題跋”。

真德秀集今有明刻清康熙補刻本《西山先生真文忠公文集》五十五卷《目録》二卷，明楊鶚重修，明丁辛重校，藏於天津圖書館，其中卷三十四至三十六凡三卷爲題跋，與此悉合，《津逮》本蓋從中别裁而出。

鶴　山　題　跋

華父[1]負神童之稱，十五歲著《韓愈論》，居然有作者風。時方諱言道學，獨與真西山力爲仔肩，以接濂伊（1）[2]一派。士子負笈相從者，不遠千里。築室古白鶴山下，御書“鶴山書院”四字賜之。其立朝風範，被寧、理兩朝殊尤之遇,史臣載之甚詳。兹集題跋七卷,無論(2)嚴君子小人之辨,袞鉞凜然,即偶載一句一物,如黎莫、椰子酒、橄欖詩之類,亦寓表廉訓儉之懷。所謂稻粱之養正,藥石之伐邪,具足華父散卓間。海隅毛晉識(3)。

校:

(1)"伊",《題跋續集》作"洛"。

(2)《題跋續集》"無論"後有"其"字。

(3)《汲古閣書跋》無"海隅毛晉識"。

注:

[1]"華父",即魏了翁,見《大學衍義(毛晉)》條注釋。

[2]"濂伊",指周敦頤開創的濂溪學派及程頤、程顥的"伊洛之學"。

案:《鶴山題跋》七卷,宋魏了翁撰。

明末崇禎間汲古閣刻《津逮秘書》本,卷首有目錄,卷端次署"臨邛魏了翁撰海虞毛晉訂",卷末載有毛晉跋。《題跋續集》載此跋,題名"魏華甫題跋"。

魏氏集有宋開慶元年(1259)成都府路刻本《重校鶴山先生大全文集》一百一十卷《目錄》二卷,今藏國圖(8728),其中卷五十九至六十五凡七卷皆屬題跋,其後明嘉靖三十年(1551)高姚吳鳳刻本、明刻十三行本等所載悉同,卷數、篇目皆與此刻合,只是次序間有不合,或有所調整,《津逮》本當從中別裁而成。至于是宋本抑或明本,尚待考校。又趙瑞《〈津逮秘書〉宋人題跋版本考論》通過校勘,又云:"開慶本之前,《鶴山集》尚有宋姑蘇、溫陽二本,今已失傳,《題跋》可能據其中一本刊刻。"姑存一說。

又跋魏鶴山題跋

魏鶴山之女,初適安子文家。既寡,謀再適人。鄉人爭欲得之,而卒歸于朔坒[1]。以故不得者嫉之,朔坒以是多嘖言。晚喪偶于建寧,王茂悅櫹自臺歸雪,繼而朔坒亦以口語歸,王輅之近郊。皆有伉儷之戚,語相泣也。王告別歸舟,得疾,竟至不起。王,劉所愛也。劉歸吳中,未幾亦逝。二人皆蜀之雋人,識者無不惜之,時戊辰、己巳之間也。偶閱周草窗《癸辛雜識》,見此事,深慨鶴山庭訓甚嚴,不能使女守從一之操,能毋遺憾耶!閔康侯云:劉朔坒,名震孫。

注：

[1]“朔垒”，即劉震孫，字長卿，號朔齋。此“垒”字當爲“齋”之誤。關於魏了翁女改嫁劉震孫一事，可見周密《癸辛雜識》別集卷上《劉朔齋再娶》。

案：《鶴山題跋》七卷，宋魏了翁撰。

此跋載於明崇禎十六年（1643）汲古閣刻本《題跋續集》，標題爲原文所載。又遍查今存多部明末崇禎間汲古閣刻《津逮秘書》本皆不載此跋，當爲後補，是未及補刊，抑或今存本佚去此跋？　未可知也。

後 村 題 跋

人傑地靈，自古云然。滕王閣不得王子安一序，難掩元嬰帝子之醜。石鍾山不得蘇子瞻一記，幾傳持斧搏擊陋事矣。故往往騷人墨客遇有勝地，輒徘徊不忍去，且必脩復之而後快。劉後邨所居近金鳳池，隨役三百夫，疏鑿其窿者，復池之舊，句（1）復齋陳公書額表之，謂可尚友少陵浣花溪矣。第杜老草堂舊址，復有韋端己[1]芟夷結茅，取浣花名其集，以襲餘芳。劉後邨而後，其所重濬之池湮没無存，豈地有顯晦，抑唐宋人不相及邪！後邨集頗浩繁，予偏喜其題跋，因廣其傳。猶憶是本廼戊午年外舅濬源范公[2]所貽，云是秦氏秘藏宋刻。其字法之妙，直追率更，昬如蟬翼，煤瀋光澤如漆，可稱三絕云。今外舅墓木已拱，彦昭兄弟能讀父書者，又相繼云亡，爲之廢卷賈涕。虞山毛晉識（2）。

校：

（1）“句”，《題跋續集》作“丂”。
（2）《題跋續集》《汲古閣書跋》無“虞山毛晉識”。

注：

[1]“韋端己”，即韋莊（約836—910），字端己，京兆郡杜陵縣人。晚唐詩人、詞人。乾寧元年（894）進士，任校書郎。四年（897），隨諫議大夫李詢入蜀宣諭。天復元年（901），入蜀爲王建掌書記，累升宰相。卒謚文靖。著有《浣花集》十卷。

[2]“外舅濬源范公”，即毛晉原配范氏之父。范濬源，貢生。毛晉與范氏

子彥昭兄弟相交甚好。“戊午”指萬曆四十六年(1618),是年毛晉十九歲。

　　案:《後村題跋》四卷,宋劉克莊撰。

　　明末崇禎間汲古閣刻《津逮秘書》本,卷首有目錄,卷端次署“宋劉克莊撰　明海虞毛晉訂”,卷末載有毛晉跋。《題跋續集》載此跋,題名“跋劉後邨題跋”。

　　據毛晉跋,《津逮》本當據“秦氏秘藏宋刻”《後村全集》中《題跋》四卷抽出別刊者。劉克莊集今存版本主要有兩個系統,一是《後村先生居士集》五十卷,今存宋刻本、宋刻元修本、明抄本、清抄本多部;又宋刻殘四十卷本(含目錄二卷),然與上五十卷本編排不一,究竟多少卷未知。二是《後村先生大全集》一百九十六卷,今存世者僅有宋槧殘本一部,藏於上圖,元明鮮少刊印;其次為明抄本、清抄本五部,皆出於宋槧本。而毛晉舊藏本一部明抄本《後村先生大全集》,今存十三卷四冊,卷八十二至八十七、卷一百四十一至一百四十七,清姚覲元手跋,清勞格手校,鈐有“天一閣”“毛·晉”朱文連珠方印、“汲古主人”朱文方印等,天一閣、毛晉、席鑑、姚覲元舊藏,今藏臺圖(10669);另一部宋槧殘本,項元汴、林佶、季振宜舊藏,未有毛氏印,今藏上圖(754382—85)。《大全集》卷九十九至一百一十二凡十四卷皆為題跋;今國圖藏海源閣舊藏宋刻本《後村先生居士集》五十卷本中,卷三十一、三十二為題跋。國圖藏鐵琴銅劍樓舊藏另一部宋槧殘四十卷本中,卷二十九至三十二為題跋。趙瑞《〈津逮秘書〉宋人題跋版本考論》據校勘,云:“《後村題跋》與宋刊足本《後村居士集》‘題跋’在文字與篇目上均相同,與《後村先生大全集》‘題跋’則存在差異。且中國國家圖書館藏宋刻足本《後村居士集》殘刻形製與毛晉跋語描述相合。所以《後村題跋》底本‘秦氏秘藏宋刻’當為宋刊足本《後村居士集》。至於《題跋》《居士集》與《大全集》的差異,多是在《居士集》併入《大全集》時產生的。”所謂“足本”者即國圖藏宋刻殘四十卷本。所考甚是。《津逮》本當從“足本”卷二十九至三十二別裁四卷而成。但今存“足本”為邵彬、鐵琴銅劍樓舊藏,未見秦氏、毛氏諸印,毛晉所據或為另一帙。

錦　帶　書

　　休圃翁[1]注《錦帶序》云:“梁昭明太子《錦帶》敘陳情事,啓發後人。”《淮南子》曰:“錦帶者,燦爛身之富也。實濟眚之端、助文之備也。”遂鏤諸棗,以作兒曹月課。馬氏《通考》云:“梁元帝撰。比事儷語,在法帖中《章草》《月儀》之類也。"余考元帝紀、昭明太子傳,俱不載,未知確是誰作。坊刻《昭明集》中題云"十二月啓",或又云"昭明方九歲時述以錦帶十二"。蓋法一年十二月之節令氣候也。豈永福省中秘笈,至元帝時,始流布人間耶?端臨與休圃翁時代不甚相隔,何牴牾至此?休圃翁杜姓門名,宋大觀間南湖人,注大繁冗未録。第休圃翁序作于己丑正月一日,余跋適成于己丑正月一日,亦異事也。琹川毛晉識。

注:

[1]"休圃翁",北宋末杜開之號。著有《錦帶補注》一卷,並作兩序,後序末署"大觀己丑正月一日",即北宋大觀三年(1109)。時隔五百四十年後同月同日,毛晉再跋,故稱"異事"也。

案:《錦帶書》一卷,舊題梁蕭統撰。

清初汲古閣刻《津逮秘書》本,卷端署"梁蕭統撰　明毛晉訂",卷末載毛晉跋。《題跋》《汲古閣書跋》未著録毛晉跋。

《直齋》《通考》著録,均無"書"字,前者云梁元帝撰。《四庫提要》著録,考爲宋人僞作。此書按十二月月令排比駢詞麗句,以供寫作箋啓之用,又如錦帶富於文采,故名。又名《十二月啓》,收入蕭統《昭明集》。明萬曆前未見單刊本,明胡文焕於萬曆間輯刻《格致叢書》,所收爲宋杜開《新刻錦帶補注》一卷,卷首有杜開兩序。《津逮》本爲存世首刻單行白文本,但不知爲何未載杜開兩序,或底本即如此。跋中"己丑"爲清順治六年(1649),當即刊梓之時。《學津討原》本出於《津逮》本。

南 部 新 書

毛　宸

甲辰年,訪書于李中麓先生家[1],見有此本。彼以其皮相而忽之,予即命童子影抄携歸,復假舊本校正一過,依此録出,可稱善本矣。陬月人日[2],汲古後人省庵宸誌。

注:

[1]"甲辰年,訪書于李中麓先生家",李中麓即章丘李開先。《毛宸書跋零拾(附僞跋)》曰:"又據史載,正月初七爲人日。則宸撰跋之日,正在春節期中。除走親訪友外,一般不會離家遠游,安有遠行千里外訪書可能。故

撰跋日必不與訪書章丘同在一年,似不可理解跋時爲甲辰年陬月人日。"所斷當是。康熙三年甲辰(1664),辰二十五歲。既云訪書中籠家,則赴章丘雖有可能,而京城訪書於李氏後人可能性更大。

[2]"陬月人日",即正月初七。

案:《南部新書》十卷《補遺》一卷,宋錢易撰。

清毛氏汲古閣抄本,卷首有嘉祐元年(1056)錢易子明逸序,卷末有洪武五年(1372)清隱老人跋及己卯九月酉陽山人跋,及清康熙三年(1644)毛辰校並跋。十行二十字,無格。鈐印"毛子晉""古虞毛氏奏叔圖書記""汲古主人""汲古閣""席堯之印"等,毛辰舊藏,今藏國圖(17216)。王文進《文禄堂訪書記》卷三著録,云是"清毛斧季校鈔本""毛氏手跋"。按康熙三年甲辰,爲晉卒後五年。書爲毛辰命童子影抄,晉印當爲補鈐。又鈐有毛表印,辰跋後或書歸毛表。國圖又藏一部明抄本(08215),序跋內容皆同毛抄本,袁克文、周叔弢舊藏,或出於此本。

湘 山 野 録

《湘山野録》三卷、《續録》一卷[1],錢塘僧文瑩所著也。多紀録北宋事蹟,凡名公鉅卿,高僧韵士,風雅酬酢,著筆更詳。嘗述柳仲塗贈贊寧句云詩中有"空門今日見張華"[2],其自負可想見矣。自號道溫,與蘇舜欽友善,嘗題其詩。或強之謁六一居士,堅辭不往。終老於荆州之金鑾,有《渚宮集》,鄭毅爲之序。琹川毛晉識(1)。

校:

(1)《汲古閣書跋》無"琹川毛晉識"。

注:

[1]"《湘山野録》三卷、《續録》一卷",北宋僧人文瑩撰。湘山即洞庭湖中的君山,一名洞庭山。熙寧中,文瑩曾寓荆州金鑾寺。是書成於神宗熙寧年間。《四庫提要》稱:"以作於荆州之金鑾寺,故以湘山爲名。"主要記述朝章國典、宮闈秘事、將相軼聞,下及風俗風情,多爲朝廷高官顯貴的趣聞軼事,間及五代之事,涉及鬼怪神異及道釋之事者亦不少。

[2]此段記述詳《湘山野録》卷下:"僧録贊寧有大學,洞古博物,著書數百卷。王元之禹偁、徐騎省鉉疑,則就而質焉,二公皆拜之。柳仲塗開因曰:

余頃守維揚郡,堂後菜圃纔陰雨,則青燄夕起,觸近則散,何邪? 寧曰:此燐火也。兵戰血或牛馬血著土,則凝結爲此,氣雖千載不散。柳遽拜之曰:掘之,皆斷鎗折鏃,乃古戰地也。因贈以詩,中有'空門今日見張華'之句。"

案:《湘山野録》三卷,《續録》一卷,宋釋文瑩編。

明末崇禎間汲古閣刻《津逮秘書》本,卷端署"吴僧文瑩著　虞農毛晉訂",卷末載毛晉跋。《郡齋》著録四卷,當合併《續録》一卷,《通考》著録同,《宋志》著録爲三卷,可知宋時當有刊梓,今國圖有藏。此書流傳甚少,元明期間,除汲古閣本外,未見其他刊本,僅以抄本流傳。毛扆曾以宋本校抄本,静嘉堂文庫藏一部抄本,黄丕烈跋曰:"余家有宋刻元人抄補本,又有毛斧季校宋本,實同出一源,而毛校失宋刻元抄之真,但云校宋,非原書之舊矣。"國圖藏宋槧本亦有黄丕烈跋,亦提及毛扆校宋本,可知毛氏藏有宋槧本。後世所傳抄本皆直接或間接源於宋本,並删去宋本卷端"重雕改正"四字,毛本亦無。《學津討原》本據毛本翻刻。

夢　溪　筆　談

沈括[1],錢唐人,兄邁徙蘇州,括以蔭任沐(1)陽主簿。縣依沐水,即《周禮》所謂"浸曰沂、沐"。故蹟久爲汙澤。括新其二坊,疏水爲百渠九堰,以節宣原委,得上田七千頃。復以吴縣藉登嘉祐八年進士第,編校昭文書籍,爲館閣校勘。删定三司條例,遷太常丞。同修起居注,加龍圖閣學士。坐事謫均州,徙秀州,以光禄少卿分司居潤,卒年六十五。括學術浩博,文藝深長,經史之外,天文、方志、律曆、音樂、醫卜諸家,無不通練,皆有論著。喜建事功,所著《夢溪筆談》行於世。此《姑蘇志·名臣小傳》謂括與邁兄弟也。但馬氏又云:"沈括,字存中,有《長興集》四十卷;沈遘,字文通,有《西溪集》十卷,俱爲翰林學士。括于文通爲叔,而年少于文通,世傳文通常稱括叔,今《四朝史》本傳以爲從弟者,非也。文通之父曰扶,扶之父曰同,括之父曰周,皆以進士起家,官皆至太常少卿。王荆公志周與文通墓及遘志,其伯父振之墓可考。"合諸家之説參之,當從馬氏。蓋兄弟命名偏旁取義相肖,古今人皆然。沈氏曰同曰周,一代也;曰振曰扶曰括,二代也;曰遘曰邁,三代也。則《四朝史》與《姑蘇志》之誤無疑矣。括坐永樂事貶[2],晚居京口,自號夢溪。其自序云:"予退處林下,深居絶過從。思平日與客言者,時紀一事于筆,則若有所晤言。蕭然移日,所與談者,唯筆硯而已,謂之《筆談》。"其亦玩世不恭之詞歟。虞山毛晉識(2)。

　　余閱范文穆公《志》[3]云:"嘉祐中,王琪以知制誥守蘇郡,始大脩設廳,規模宏壯,假省庫錢數千緡。廳既成,漕司不肯除破。時方貴《杜集》,人間苦無全書。琪家藏本讐校素精,即俾公使庫鏤版。印萬本,每部爲直千錢,士人爭買之,富室或買(3)十許部。既償省庫,羨餘以給公厨。"今讀湯教授[4]《夢溪筆談跋》亦云:"刊行是書,以充郡帑,以爲養士無窮之利。"二事約略相似,不覺爲之撫卷而歎。夫以吳郡、廣陵劇郡,絲費乃取給于浣花、夢溪二老片紙隻字間,不聞征助之令,不見輸獻之苦,上恬下熙,相忘于無事,始信古人用心之不擾民也。方今人間願見未得之書,豈無百倍於杜詩、沈談者乎?況伍卒如飢鵰。田廬如縣罄,倘得天下司鐸師長各就其風氣所嚮,留心簡策,步趨王琪、湯修年故事,不惟右文,兼可備武,是或一道也。晉又識(4)。

校:

(1)"沭"及下兩字,《題跋》《汲古閣書跋》皆作"沭"。《周禮·夏官司馬第四》載:"正東曰青州……其浸曰沂沭"。

(2)《汲古閣書跋》無"虞山毛晉識"。

(3)"買",《汲古閣書跋》無。

(4)《汲古閣書跋》無"晉又識"。

注:

[1]沈括(1031—1095),字存中,號夢溪丈人,杭州錢塘縣人。嘉祐八年(1063)進士,授揚州司理參軍。宋神宗時參與熙寧變法,受王安石器重,歷任太子中允、檢正中書刑房、提舉司天監、史館檢討、三司使等職。元豐三年(1080),出知延州,兼任鄜延路經略安撫使,因永樂城之戰牽連被貶。晚年移居潤州,隱居夢溪園。所作《夢溪筆談》内容豐富,集前代科學成就之大成。

[2]"括坐永樂事貶",大安八年(1082),西夏王聞宋在夏、銀、宥三州界築永樂城,屯兵戍守,遂遣軍三十萬,與北宋軍激戰於城下曠野,宋軍盡被擊潰。西夏軍主力繼圍永樂城,截斷水源,堵絶饋運,城内北宋軍渴死大半,城終被攻克。此役,西夏殲滅宋兵二十餘萬,宋廷被迫與西夏議和。

[3]"范文穆公《志》",即范成大纂修《吳郡志》。

[4]"湯教授",即湯修年,字壽真,丹陽人,紹興二十四年(1154)進士,仕左迪功郎,終廣陵教授,乾道二年(1165),刻印沈括《夢溪筆談》。生平見俞希魯《至順鎮江志》卷十八。

　　案:《夢溪筆談》二十六卷,宋沈括編。

明末崇禎間汲古閣刻《津逮秘書》本，卷首有自序，次有總目，卷端次署“宋吳門沈括存中述　明虞山毛晉子晉訂”，卷末有乾道二年（1165）湯脩年跋、毛晉跋。

《郡齋》《直齋》《通考》等均著録，惟《宋志》著録爲二十五卷。今日本静嘉堂文庫藏一部“宋刻本”，原爲陸心源舊藏，《儀顧堂續跋》卷十著録曰：“卷七‘登明’下注曰‘登字避仁宗御名’，卷十二、十三‘瑋’字、‘慎’字，卷二十六‘完’字，皆爲字不成。是書揚州公庫先有刊本，乾道二年周某知揚州，復刊版置郡庠。此其初印本也……毛氏《津逮秘書》本即從此出，惟語涉宋帝不空格。”經查，今藏多部，實爲明翻刻宋本。①《津逮》本與此本悉合，當即據之刊梓。《學津討原》本據《津逮》本翻刻。

塵　史
毛　扆

辛卯五月十一日，從舊抄三本校畢。一爲何元朗[1]所藏，一爲欽仲陽所藏，一爲舅氏仲木[2]所藏。三者之中，何本最善？推其所自，皆出於一。惟此册則又是別本，然亦大有佳處，亦可稱善本矣。汲古後人毛扆識，時年七十有二。

辛卯五月十一日校畢，毛扆。

注：

[1]“何元朗”，即何良俊（1506—1573），字元朗，號柘湖。松江華亭人。嘉靖時爲貢生，薦授南京翰林院孔目。後辭官，歸隱著述。善藏書，好戲曲。自稱與莊周、王維、白居易爲友，題書房名爲“四友齋”。著有《柘湖集》《何氏語林》《四友齋叢説》等。

[2]“仲木”，即嚴陵秋，字仲木。順治二年（1645），清兵至常熟，嚴陵秋曾避難於昆承湖邊，因與毛晉多有往還倡和。

案：《塵史》四卷，宋王得臣撰。

明抄藍格本，毛扆手校並跋，另卷末有韓應陛朱筆題語：“《塵史》四卷本，毛斧季用何元朗、欽仲賜及其舅氏仲木藏三本校，末有朱筆題語。”“咸豐己未十一月朔日得之金順甫，價洋三元。”毛扆、汪士鍾、韓德均、張乃熊

---

①　郭立暄：《明代的翻版及其收藏著録》，《文獻》2012年第4期。

舊藏,今藏臺圖(07261)。《雲間韓氏藏書題識彙録》《荘圃善本書目》均著録。康熙五十年(1711),毛扆七十二歲,此跋作於卒前兩年。《毛扆書跋零拾(附僞跋)》《"中央圖書館"善本題跋真迹》皆迻録毛扆跋。

又一部明抄本,宋筠、劉承幹舊藏,傅增湘、羅振常經眼,毛扆跋,今藏臺圖(07262)。行款俱同毛扆校跋本,第二條校跋即據此迻録。《嘉業堂藏書志》卷三著録曰:"明抄毛斧季校本""此明抄本,卷下末有'慶元五年郡守鄱陽洪邁重修'一行,蓋猶出自宋本。毛斧季以宋本校之,末有'辛卯五月十一日校畢,毛扆'朱書一行,殊可貴也。"《善本書所見録》卷三著録"明抄,前有政和乙未鳳臺子王得臣字彥輔自序。毛斧季朱筆手校,卷末題'辛卯五月十一日校畢',有毛斧季題識。"《藏園訂補郘亭知見傳本書目》卷十著録:"清初影寫宋刊本,毛扆校並跋,云據何良俊等三家藏舊寫本校。劉承幹嘉業堂藏,余曾取校鮑氏知不足齋叢書本。"《藏園訂補郘亭知見傳本書目》卷十著録:"清初影寫宋刊本,毛扆校並跋,云據何良俊等三家藏舊寫本校。劉承幹嘉業堂藏,余曾取校鮑氏知不足齋叢書本。"以上兩本所録校勘時間相同,頗疑後者爲傳録之本。

又一部清嘉慶五年(1800)趙嘉程家寫本,吳翌鳳、徐波跋,有"嘉慶五年七月純趙趙嘉程命胥喻盛才重鈔於瀏陽官署"識語,蓋從吳翌鳳鈔校本轉録,吳本據徐波、毛扆、盧文弨三家校本校定。《藏園訂補郘亭知見傳本書目》卷十補著録。傅增湘亦曾傳録毛扆校跋本一部,傳録本今藏國圖。

冷齋夜話

浮屠之裔,求其籍籍於述作之林,殆不多見矣,習小說家言者尤鮮。宋僧自文瑩[1]而外,覺範洪公[2]亦喜弄此事。洪公自是宗門傑士,盍不守面壁祖風,往往著書不憚,且有目爲文字禪者,何哉? 嘉祐間,嵩禪師[3]住西湖三十年,撰《輔教編》,詣闕上之。仁宗嘉歎其才,書盡賜入藏,明教之名遂聞天下。洪公之《林間録》《僧寶傳》[4]諸編,清才妙筆,不讓嵩老,而其書竟不入藏。豈時至大觀,風會又一變耶!《冷齋夜話》[5]雖微瑣零襍,如渴漢嚼榴子,喉吻間津津有酸漿滴入,所以歷世傳之無窮也。湖南毛晉識(1)。

校:

(1)《題跋》《汲古閣書跋》無"湖南毛晉識"。

注：

[1]“文瑩”，字道温，號玉壺。錢塘人。北宋僧人，與蘇舜欽爲詩友。舜欽嘗介紹其到滁州謁歐陽修，又游丁謂門下，謂待之甚厚。熙寧中，居荆州之金鑾寺。著有《湘山野録》三卷《續録》一卷、《玉壺野史》十卷。

[2]“覺範洪公”，即北宋僧人惠洪。

[3]“嵩禪師”，即北宋僧人契嵩（1007—1072），俗姓李，字仲靈，號潛子，藤津人。慶曆中，居杭州靈隱寺。皇祐中，入京師，兩上萬言書，仁宗賜號明教大師。尋還山卒。博通内典，著有《鐔津集》二十二卷。

[4]《僧寶傳》，即《禪林僧寶傳》，北宋釋惠洪撰，三十卷，爲禪宗僧傳，所記凡八十一人，主要爲記事，與燈録、語録記言不同。初刊於宋徽宗宣和六年（1124），有侯延慶序。通行本爲嘉興續藏本、南京刻本，均爲三十卷。

[5]《冷齋夜話》，北宋釋惠洪撰。其體例介於筆記與詩話之間，但以論詩爲主。論詩多稱引元祐諸人，以蘇軾、黃庭堅爲多。書中常借引述詩句提出並闡述詩歌理論。

案：《冷齋夜話》十卷，宋釋惠洪撰。

明末崇禎間汲古閣刻《津逮秘書》本，卷首有目録，卷端次署“宋筠州惠洪輯　明海虞毛晉訂”，卷末載毛晉跋。

《郡齋》《直齋》均著録爲十卷，今傳諸本亦爲十卷。今存最早之本爲元坊刻九行十七字本，陸心源舊藏一部，今存静嘉堂文庫，國圖亦藏一部殘本。《儀顧堂續跋》著録爲元刻本①，目録後鎸有“至正癸未春孟新刊　三衢石林葉敦印”。陸氏跋云：“《學津》本出自《津逮》，《津逮》本似即從此本出，惟標題又有删節，而其大謬處仍未改正。”核之確如陸氏所言。《學津討原》本、日本《螢雪軒叢書》本、《叢書集成初編》本等據《津逮》本翻刻。

避暑録話

石林[1]著述甚富，種種爲士林推重。如《建康集》鎮建康而作，《玉澗雜書》居玉澗而作，《石林燕語》作于宣和五年，《避暑録話》[2]作于紹興五年，《岩下放言》則休致後所作也。其詩話詩餘，余既梓行久矣。諸種各無

---

①　傅增湘目驗一過，其《藏園群書經眼録》卷八著録，題明刊本，中華書局 2012 年版，第573 頁。

善本,僅見宋刻《建康集》,又逸去第三卷書唐李弼告後諸篇。既得宋刻《避暑録話》,迥異坊本。自敘藏書三萬餘卷,藏碑千餘秩(1),更得善釀法,可與玉友、鶴觴騎驢酒、白墮酒[3]並美。拈出六一居士詩云"一生勤苦書千卷,萬事消磨酒十分",書之座右,慨然有當余心。且究心醫學奇方,如中暑,"取大蒜一握,道上熱土雜研爛,以新水和之,濾去滓,剟其齒灌之即蘇";又中毒菌、笑菌,"掘地以冷水攪之令濁,少頃取飲,皆得全活";獨活湯治産婦頭足反弓奇疾之類甚多。"仁人之言,其利溥哉!"許昌賑荒一事,尤可師也。虞山毛晉識(2)。

校:

(1)"秩",誤,當作"帙"。

(2)《汲古閣書跋》無"虞山毛晉識"。

注:

[1]"石林",即葉夢得。

[2]《避暑録話》,二卷,宋葉夢得撰。多記北宋時期朝野雜事,於經史、地理、詩文、典章制度等多有考證。所記宋代軼事有不少珍聞,如記平山堂景觀、兩宋之際社會動亂等。

[3]"白墮酒",良酒別稱。北魏楊衒之《洛陽伽藍記·城西法雲寺》云:"河東人劉白墮善能釀酒,季夏六月,時暑赫晞,以甖貯酒,暴於日中。經一旬,其酒不動,飲之香美而醉,經月不醒。京師朝貴多出郡登藩,遠相餉饋,踰於千里。以其遠至,號曰鶴觴,亦曰騎驢酒。"

案:《避暑録話》二卷,宋葉夢得撰。

明末崇禎間汲古閣刻《津逮秘書》本,卷端次署"宋葉少蘊著　明毛晉訂",卷末載毛晉跋,小字楷體,較少見。

《遂初堂書目》《直齋》《通考》《宋志》均有著録,除《遂初堂書目》不著録卷數外,其餘皆作二卷,可知此書在宋代亦有刊本,今已不傳。元時未見刊梓,明代主要有三刻,商氏《稗海》本及《津逮秘書》本皆作二卷;此外嘉靖間項氏宛委山堂刻本作四卷,據陳忠醇抄本刊梓,宋諱皆避缺空格,黄丕烈藏有四卷抄本,跋"惟自序一篇,商、毛二刻所無"。① 國圖藏一部徐乾學舊藏抄本(05212),前有葉氏自序。據毛晉跋,毛晉曾得"宋刻""迥異坊本",

---

① （清）葉昌熾:《藏書紀事詩附補正》,上海古籍出版社 1999 年版,第 379 頁。

《津逮》本據之翻刻,然無葉氏自序。《汲古閣珍藏秘本書目》著録抄本,並附《補遺》一卷,爲他本不見,惜未見流傳。《四庫》底本,《四庫提要》卷一百二十一著録。

春 渚 紀 聞

江南藏書家,指不易屈。姚叔祥[1]謂沈虎臣[2]多蓄隱異,遂抽伊架上何薳《春渚紀聞》[3],與陳眉公梓入《秘笈》,亦知有脱遺。余今喜得全本凡十卷,亟公同好。据云《野駞飲水》已上,録自名(1)舊家。今按此止五卷,其中《劉仲甫國手碁》《魚菜齋僧》《李朱(2)畫》三則,或失一葉,或失五行。又補記墨二十三則,凡東坡事實、詩詞、事略及琴研、丹藥種種失載。故云所載多神仙耳目外事,豈知紙窗竹屋間珍玩一一具在。然半璧亦能寶藏,叔祥可謂身到處莫放過矣,因録其跋於右。去非,字正通,浦城人。琴川毛晉識(3)。

崇禎庚寅,從宋本校一過。潛在。

校:

(1)“名”,《汲古閣書跋》作“各”。

(2)“朱”,《汲古閣書跋》作“米”。

(3)《汲古閣書跋》無“琴川毛晉識”。

注:

[1]“姚叔祥”,即姚士麟(1562—1644),字叔祥,一作士粦,庠生,海鹽人。學問奥博,喜藏書,精考據校雠,與胡震亨輯刻《海鹽圖經》,著有《蒙吉堂詩集》《見只編》《後梁春秋》《北魏春秋》等。《藏書紀事詩》卷三載有詠詩及事迹。

[2]“沈虎臣”,即沈德符(1578—1642),字景倩,一字景伯,又字虎臣。嘉興人。萬曆四十六年(1618)舉人。隨父寓於京邸,精音律,熟諳掌故,歸鄉後撰《萬曆野獲編》,多記萬曆以前朝章國故,並保存戲曲小説資料。著有《清權堂集》等。

[3]“何薳《春渚紀聞》”,何薳(1077—1145),字子遠,一字子楚,號韓青老農。何去非之子。北宋末建州浦城人。因對章惇、蔡京執政不滿,終身不仕。晚年居富陽韓青谷,縱情山水之間,時人“比之和靖處士林逋”。所著《春渚紀聞》,卷一至卷五引仙鬼報應事,又及談諧瑣事;卷六記蘇軾

逸聞軼事；卷七收録唐宋詩人詩句；卷八記古代音樂及制墨工藝；卷九記各種名硯及形制特色、硯銘之類；卷十記宋代煉丹術盛行及達官貴人生活。

　　案：《春渚紀聞》十卷，宋何薳撰。

　　明末崇禎間汲古閣刻《津逮秘書》本，卷端署“宋韓青老農何薳撰　虞鄉老農毛晉訂”，卷末有姚士麟及毛晉跋。是書姚氏僅藏五卷，後毛晉購得抄本十卷，始補足付梓，惟缺卷九一葉。張海鵬《學津討原》收録時，據盧文弨《群書拾補》補入，並借黃丕烈舊藏宋本校之，是爲佳本。《四庫》底本，《四庫提要》卷一百十六著録。

　　毛晉次跋載明抄本卷末，並以宋本校，考崇禎無“庚寅”年，即“庚寅”爲清順治七年（1650），抑或崇禎十三年“庚辰”（1640）之誤，亦未可知。《儀顧堂題跋》卷八著録爲“宋明抄本”，題“毛子晉校”，《静嘉堂秘籍志》卷二十八著録《皕宋樓藏書志》亦著録，毛晉、錢曾、孫慶增、陸心源舊藏，今藏静嘉堂文庫。《津逮》本或據此明抄本刊梓。

春渚紀聞

毛 扆

　　《春渚紀聞》姚叔祥止半部，先君購得抄本十卷，欣然付梓。扆後復得宋刻尹氏本[1]，命德兒[2]校之，九卷中抄本脱一葉，家刻仍之（原注：《南皮遺瓦》脱後，《烏銅提研》脱前，《蓮葉風字》全缺）。蓋前輩抄書，板心書名、數目俱不寫，往往致有此失。急影寫所缺並目録八紙，裝入家刻，以存宋本之典型如此。嗟呼！據叔祥跋語，方其得之也，句抹字竄，朱墨狼藉，質訂不啻再三，而先君所得抄本又益其半。就其半而校之，則或益一葉，或益五行，固爲大快矣。而九卷之缺文，直至宋刻而始全。只此一書，幾經辛苦若是，則凡留心校勘者，其可不廣搜秘笈，精詳考訂哉！惜其板歸叔兄[3]，今質他所，不得即爲補刊，與天下好學者共之，爲深惜耳。汲古後人毛扆。

　　注：

　　[1]“宋刻尹氏本”，即南宋臨安府太廟前尹家書籍鋪刊行本。
　　[2]“德兒”，即毛扆第三子綏德。
　　[3]“叔兄”，毛扆兄毛表。

　　案：明末崇禎間汲古閣刻《津逮秘書》本，毛扆校並跋，民國葉啓勛、葉啓發跋,今藏湖南圖書館(善393.1/260)。據毛扆跋,毛扆校本爲宋尹氏書籍鋪刻本校家刻本,今已不存。《藏園群書題記》卷七《臨勞季言校〈春渚紀聞〉跋》載毛扆跋,《毛扆書跋零拾(附僞跋)》據其迻録。

葉啓發《華鄂堂讀書小識》卷三著録此毛扆校宋本,曰:"坊肆有持虞山毛斧季手校《津逮秘書》本《春渚紀聞》求售者,皆以無毛氏印記疑之。仲兄定候亟以二十餅金購得,喜告余曰:'此的爲斧季手筆'。曩年,余等避亂滬上,曾於張菊生年伯元濟許見斧季校本《鮑氏集》,字跡與此正同,《鮑集》已影印行世,可以取按也。""此書宋本久佚,賴此傳校之僅存。觀斧季手跋,則黃復翁、顧思適之詆諆毛氏者,適成一重翻案矣。宋本每半頁九行,行十八字,大題'春渚紀聞卷第幾',次行題'韓青老農蓮撰',首列十卷目録。目録尾行題'臨安府太廟前尹家書籍鋪刊行'一行,書中廟號及語涉宋帝均空一行,宋諱缺筆。卷第一'李右轄抑神致雨二異'條,'時郡倅曾綏帥郡官'下,毛本脱'賀雨之次'四字……其他卷一二字句之訛脱,則幾於無頁無之。書貴宋槧,信然。"

東　觀　餘　論

曩從《百川學海》中讀《法帖刊誤》兩卷,即《東觀餘論》之綱領也。別行已久,而全本罕見。秀水項氏[1]倣川本重鐫,又增其所删,惜乎弗廣流布。王氏《書苑》[2]與諸書同梓,大是坊賈伎倆,譌謬脱簡甚多。如周雲雷鐘跋,原與周疊、周洗及一柱爵各自著説,條然四簡,混爲一段,款銘首尾,無從摸索。又劉原父跋《弡仲医銘》,全文百五十餘言,僅存二行半,不大失長睿本色耶? 長睿嘗與董紫薇[3]貶(1)《集古録》,謂歐陽公文章冠世,不可跂及,《輟耕録》大要考校非其所長,直自負此書壓倒永叔矣。因不入本集中,故名"餘論"。自號雲林子,別字霄賓。其爵里詳見李忠定公《誌》中。海虞毛晉識(2)。

校:

(1)"貶",《題跋》同,《汲古閣書跋》作"編"。
(2)《題跋》《汲古閣書跋》無"海虞毛晉識"。

注:

[1]"秀水項氏",即項篤壽(1521—1586),字子長,號少溪,別號蘭石主人。秀水人。明嘉靖進士,授授刑部主事,歷官兵部郎中。與弟項元汴同好

藏書,見秘册則令書童傳抄,儲於萬卷樓中。刻書如《二十四史論贊》《鄭端簡公奏議》《今言》《金史論贊》《鄭端公奏議》《今獻備遺》等皆爲精品,著有《今獻備遺》《全史論贊》等。此指明萬曆十二年(1584)項篤壽萬卷堂翻刻宋本《東觀餘論》。

[2]"王氏《書苑》",王世貞編,收著名書論四種:唐張彦遠《法書要録》十卷、宋米芾《海岳書史》一卷、元蘇霖《書法鉤玄》四卷、宋黄伯思《東觀餘論》二卷及黄訥輯《東觀餘論附録》一卷。其中記録米芾本人收藏的書畫及平生所見書畫,考釋真僞,兼及評價、印章、紙絹、服飾、裱褙、收藏、考訂等,内容詳盡。

[3]"董紫薇",即《廣川書跋》十卷撰者董逌。董逌、黄伯思兩人曾同供職於北宋秘閣,編校考辨法器名物等,見《津逮》本毛晉跋《廣川書跋》。

案:《東觀餘論》二卷、《附録》一卷,宋黄伯思撰。

明末崇禎間汲古閣刻《津逮秘書》本,開首卷端題"東觀餘論卷之上",次題"法帖刊誤敍",次署"左朝奉郎行秘書省秘書郎黄伯思撰",序文爲末署"大觀戊子歲六月七日西都府院陳齊序",次有總目,卷端署"宋武陽黄伯思長睿撰　明古虞毛晉子晉訂",正文卷端題"法帖刊誤卷上",次署"宋黄伯思長睿父著"。卷上爲《法帖刊誤》上下兩卷,可見《法帖刊誤》曾單獨刊行;下卷爲跋、序文;附録原《東觀餘論》不載者一卷,卷末載紹興十七年(1147)黄訥跋、嘉定間四明樓鑰跋及毛晉跋。

黄伯思卒後,由其次子黄訥取《法帖刊誤》《古器説》及平時議論題跋輯成《東觀餘論》十卷,初刻於建安漕司。《直齋》《宋志》皆著録作二卷,《文獻通考》作三卷,蓋加附録一卷,《四庫提要》卷一百十八云:"黄訥稱共十卷,今本僅二卷,或後來傳寫所合併。"今存最早之本爲上圖藏南宋寧宗嘉定三年(1210)溫陵莊夏刊二卷本,明代尚有萬曆十二年秀水項篤壽萬卷堂翻刻宋本、萬曆間建寧李春熙校刊四卷本(析爲四卷)、王氏《畫苑》本等。毛晉跋《百川學海》本、王氏《畫苑》本等不善,又毛氏藏明抄二卷本一部,《汲古閣珍藏秘本書目》亦著録"四本",或據此刊梓,見《廣川書跋》條注釋。

却　掃　編

野史中能不涉荒唐譎誕新奇飾説,而簡次朝寧之鉅典法制,一代史館之所未嘗蒐羅者,雖曰小説,實有攸關。班孟堅諸君敍列於百家之末,蓋非無謂也。沈存中《筆譚(1)》，吳處厚《青箱雜記》[1]，每鄭重此類而載之於首，然襪以他事，不免爲方技蟲魚所涸。獨徐吏部寥寥三卷，頗有裨諶之風，所謂謀之野者得之也。是編也，當與我明元美氏《異典》二述[2]同一軌轍云。湖南毛晉識(2)。

校：

(1)"譚"，《題跋》同，《汲古閣書跋》作"談"。
(2)《題跋》《汲古閣書跋》無"湖南毛晉識"。

注：

[1]"吳處厚《青箱雜記》"，吳處厚，字伯固，邵武人。北宋皇祐五年(1053)進士，授汀州司理參軍。元豐四年(1081)，爲將作監丞，遷大理寺丞。元祐四年(1089)，知衛州，未幾卒。著有《青箱雜記》十卷。"青箱"爲收藏字畫之箱籠。此書多記五代至北宋年間朝野雜事，尤以詩詞爲著。

[2]"元美氏《異典》二述"，指明王世貞(字元美)《弇山堂別集》之《皇明盛事述》五卷、《皇明異典述》十卷。

案：《却掃編》三卷，宋徐度撰。

明末崇禎間汲古閣刻《津逮秘書》本，卷首有自序，卷端次署"宋睢陽徐度敦立撰　明古虞毛晉子晉訂"，卷末載毛晉跋。此書《直齋》《通考》及《宋志》皆著録爲十三卷。《汲古閣珍藏秘本書目》著録一部舊抄本，此刻或據之刻梓。元明未見刻本，汲古閣刻本爲存世首刻。是書僅存明抄本，卷中語涉宋帝均提行或空格，卷末有"門生迪功郎貴陽軍司法參軍王傑校正"一行，或據宋本傳録，今藏國圖，涵芬樓舊藏，汲古閣所藏抄本與之或爲同一系統。

西　溪　叢　語

讀姚令威《西溪叢語》[1]，喜其破人幾許疑團也。即如淵明詠《山海經》，風雅輩無不日把玩之，其間烏、焉難分，朱黄罔措，寧不遺譏老蠹哉。予舊刻是書，竊嘗作辨證，令威先得吾心同然矣。神女見夢於宋玉，千古誣爲襄王故事，援李義山詩證之，亦一快事也。雖然，令威得之義山，不知義山又何所據而然。是耶非耶，吾不得而知也。孟子曰"盡信書則不如無書"。崇禎癸酉禪月望後一日跋，湖南毛晉。(1)

校：

（1）《題跋》《汲古閣書跋》無"崇禎癸酉禪月望後一日跋，湖南毛晉"。

注：

［1］"姚令威《西溪叢語》"，"姚令威"，即姚寬（1105—1162），字令威，號西溪。南宋越州嵊縣人。吕頤浩、李光帥江東，皆招至幕中。秦檜執政，以舊怨抑而不用。後以賀允中、徐林、張孝祥薦，權尚書户部員外郎、樞密院編修官。博學强記，精天文曆算。善詞章，工書法。著有《西溪叢語》《西溪集》《五行秘記》《玉璽書》等。《西溪叢語》以考證典籍爲主，兼述南北兩宋及金朝諸事。

案：《西溪叢語》二卷，宋姚寬編。

明末崇禎間汲古閣刻《津逮秘書》本，卷端次署"宋剡川姚寬令威輯明海虞毛晉子晉訂"，卷末載毛晉跋。是書今存最早刻本爲明嘉靖二十七年（1548）俞憲鴝鳴館刻本，《儀顧堂題跋》言毛本據之翻刻。"癸酉"即崇禎六年（1633），或即刊梓之時。清嘉慶間黃廷鑒以毛本及商氏《稗海》本校讐不審，遂合二本訂爲定本，《學津討原》本據以翻刻。

五　色　線

考《中興館閣書目》［1］，稱不知作者。撫百家雜事記之爲類門，舊跋亦不著年月姓氏［2］。因披閱所載，多密藏異蹟，雖不逮《容齋五筆》，亦迥出《雲仙》［3］諸册矣，亟訂梓之。凡我同好，勿與《碧雲騢》［4］共置，幸甚！己巳竹醉日［5］，湖南毛晉漫書于白龍潭舟次。（1）

校：

（1）《題跋》《汲古閣書跋》無"己巳竹醉日，湖南毛晉漫書于白龍潭舟次"。

注：

［1］《中興館閣書目》，七十卷，南宋陳騤等編。成書於淳熙四年（1177），分五十二門，著録南宋國家藏書四萬四千餘卷。此目仿《崇文總目》體例，每書均有解題。嘉定十三年（1220），張攀編《中興館閣續書目》三

十卷,著録淳熙五年(1178)後新增藏書一萬四千餘卷。兩書均已亡佚,有近人趙士煒輯本。

[2]按今存汲古閣刻《津逮秘書》本不署撰者,《宋元學案》卷二十七著録爲羅叔恭撰。叔恭名竦,開封人,徙居江都,與兄靖私淑程氏之學,當即南宋初人。《遂初堂書目》類書類著録,無卷數及撰人姓名。《宋志》類書著録爲一卷,亦不題撰者。宋周紫芝《太倉稊米集》卷二十一有詩題引及"羅叔共《五色線》",當即叔共。

[3]《雲仙》,即《雲仙散録》,又名《雲仙雜記》,舊署後唐馮贄編,爲五代時記録異聞的古小説集。如記杜甫在蜀貧寒生活(《黄兒米》《一絲二絲》),記王維居輞川地不容塵、日十數掃潔癖(《兩童縛帚》)。

[4]《碧雲騢》,相傳爲宋梅堯臣撰,葉夢得辨爲魏泰作。今《説郛》尚存部分文字。是書出現於北宋晚期,集慶曆前後士大夫軼事,涉及當時名公鉅卿間恩怨與矛盾,内容多屬揭發隱私,言辭中多有詆毁而無少避忌,如云"范仲淹收群小,鼓扇聲勢,又籠有名者爲羽翼,故虚譽日馳,而至參知政事",故招致不滿,後人多有辨之。

[5]"己巳竹醉日","己巳"即崇禎二年(1629);"竹醉日",即五月十三日。竹醉時移竹,竹子不知,故易成活。范致明《岳陽風土記》稱:"五月十三謂之龍生日,可種竹,《齊民要術》所謂竹醉日也。"

案:《五色線》二卷,不著撰人。

明末崇禎間汲古閣刻《津逮秘書》本,卷分上下兩卷,卷端次署"東吳毛晉子晉訂",卷末載無年月無名氏跋及毛晉跋。此書世行本皆三卷,如明弘治九年(1496)華陰刻本、明刻黑口本等,則毛本缺中卷未刊,毛扆跋舊抄本亦言及(見下條),顧氏及《武進陶氏汲古書目》均注此刻曰"中卷未刻",蓋底本已缺。《四庫》底本,《四庫提要》卷一百四十四著録。

五　色　線
毛　扆

《五色線集(1)》凡三卷,先君舊藏止上下二卷,遂刊入《津逮秘書》。辛酉[1]夏日,余訪書于章丘李氏中麓先生之後,于亂帙中得冀京兆[2]刻本,乃有中卷者,其序述原委甚明。喜而攜歸,已十年矣[3]。兹因上伏曝書,令鈔入家刻中,並録其序,且附冀公事略於後,以見其人之足重如此。但此板(2)當年分授先兄[4],已質他所,不得補刊,與世共之,爲可惜爾。庚

辰六月,毛扆識。(3)

校:

(1)《寒瘦山房鬻存善本書目》無"集"字。

(2)"板",《寒瘦山房鬻存善本書目》作"版"。

(3)南圖藏傳録本毛扆跋後有"男綏和書"四字,即毛扆撰、四子綏和抄録之,然原本不見,或爲抄者妄加。

注:

[1]"辛酉",即康熙二十年(1681),時毛扆四十一歲。

[2]"冀京兆",即冀綺(? —1510),字汝華,一作文華,揚州府寶應人。成化五年(1469)進士,授户部主事,累官應天府尹。嘗陳邊務及捕盜、輯民二十餘事,頗見採納。後爲言官論劾,致仕歸。

[3]"已十年矣",《毛扆書跋零拾(附僞跋)》云:"扆得書在'辛酉夏日',即康熙二十年辛酉(1681)夏日,跋時'庚辰六月'乃康熙三十九年庚辰(1700)六月,相距二十年,跋文'十年'當作'二十年',疑傳抄誤。"按原文即十年,蓋毛扆計算有誤,非傳抄之誤。

[4]"此板當年分授先兄",《毛扆書跋零拾(附僞跋)》云:"毛襃卒於康熙十六年秋,毛表卒於康熙三十九年四月二十四日,均早於扆跋,先兄當指毛表。襃卒年,扆尚未得書也。"自毛扆跋可知,毛晉卒前,不僅將藏書分授其子,其書版亦分授之。

案:《五色線》三卷,不著撰人。

舊抄本,存卷中一卷一册,卷首有毛扆題識、弘治二年(1489)七月既望淮南冀綺謹識及冀綺生平,卷前扉頁有鄧邦述跋,卷中有朱墨合校,毛扆、鄧邦述舊藏,今藏臺圖(08526)。《寒瘦山房鬻存善本書目》著録,並迻録毛扆跋文。

又南京圖書館亦藏一部抄本(0110761),丁丙舊藏,亦只有中卷,卷首亦有冀綺謹識,卷末有佚名傳録毛扆跋。《毛扆書跋零拾(附僞跋)》即據其迻録。從皆存卷中及毛扆序、弘治二年七月冀綺謹識來看,南圖本當即從臺圖藏本迻録而來。《汲古閣書跋》《毛扆書跋零拾(附僞跋)》皆收録。

老學庵筆記

兹集[1]向編《稗海》函中,人争謂其拾得小碎,如《五色線》《酉陽雜俎》之類。讀至仁宗飛白;哲宗宸翰;張德遠誅范瓊于建康獄中,都人皆鼓舞;秦會(1)之殺岳飛於臨安獄中,都人皆涕泣;王仲信守父書而不願官秦熺;任元受視母病而不肯就魏公諸則,真足補史之遺而糾史之謬,寧僅僅杜宇爲謝豹,不律爲綠沈,多識于鳥獸草木之名耶? 湖南毛晉識(2)。

校:

(1)“會”,《題跋》作“会”,《汲古閣書跋》作“檜”。

(2)《題跋》《汲古閣書跋》無“湖南毛晉識”。

注:

[1]“兹集”,即《老學庵筆記》十卷,凡五百七十六條。以其鏡湖岸邊“老學庵”書齋得名,多記遺聞軼事,考訂詩文,間采民間傳說。李慈銘稱其“雜述掌故,間考舊文,俱爲謹嚴,所論時事人物亦多平允”,“亦説部之傑出也”。

案:《老學庵筆記》十卷,宋陸游撰。

明末崇禎間汲古閣刻《津逮秘書》本,卷端次署“宋陸游務觀”,卷末載毛晉跋。《直齋》《通考》均著錄爲十卷,蓋宋時已有單行本流傳。據毛晉跋,此刻或據《稗海》本翻刻,核之悉合。《學津討原》本據以收錄。

老學庵筆記
毛　表

辛亥[1]八月二十有四日,借蕭瑤彩所藏鈔本勘校。是日陰,時洒微雨,夜風雨竟夕。農家占米薪價貴賤,以此日晴雨卜之,今未知主何驗也。奏叔記。（卷一後）

四月十七日酉刻校畢,舊本有跋,録於上方,正庵識。（卷十後）

注:

[1]“辛亥”即康熙十年(1671),毛表三十三歲。

案:《老學庵筆記》十卷,宋陸游撰。

明末汲古閣刻《津逮秘書》本,二冊,佚名録毛表跋,鐵琴銅劍樓舊藏,今藏國圖(03334)。《鐵琴銅劍樓藏書題跋集録》卷三著録。卷末尾題下又有衛氏跋,曰:“雍正癸丑四月十一日,硯谿衛氏閱,時年五十有二。”《北京

圖書館古籍善本書目》著録"佚名録"。毛表迻録舊本之跋,在卷十末葉天
頭之上,曰:"老學庵筆記,先太史淳熙、紹熙間所著也。紹定戊子刻之桐江
郡庠,幼子奉義郎權知嚴州軍州兼管內勸農事借紫子通謹書。"可知此書原
爲陸子通曾於紹定元年(1228)刊於桐江郡庠,當即《直齋》著録之本。毛表
校跋原本不知何所。

揮　塵　前　録

　　余讀史至宋,每病其蕪蔓糜腐,輒爲掩卷。因搜洪容齋、姚令威諸家小
説,梓而行之,以補其一二。既閲王仲言《揮塵録》[1],多載國史中未見事。
昔武夷胡氏[2]讀温公《通鑑》,喟然歎曰:"若登(1)喬嶽,天宇澄澈。周顧
四方,悉來獻狀。"[3]蘇文忠公見曾公亮《英宗實録》,謂劉義仲云:"此書
詞簡而事備,文古而意(2)明,當爲國朝諸史之冠。"[4]若王仲言,殆兼二老
之長矣。茲録凡四卷,末載程可久、郭九惠二跋、李賢良一簡。其自跋云:
"丘明、子長、班、范、陳壽之書,不經它(3)手,故議論歸一。"真得史家三昧
矣。虞山毛晉識(4)。

校:

(1)"登",《題跋續集》同,《汲古閣書跋》作"能"。

(2)"意",《題跋續集》作"易"。

(3)"它",《題跋續集》作"他"。

(4)《題跋續集》《汲古閣書跋》無"虞山毛晉識"。

注:

　　[1]"王仲言《揮塵録》","王仲言"即王明清(1127?—1202?),字仲
言,汝陰人。乾道初,奉祠居山陰,鑒於南渡後史料散亡,遂多方搜采舊聞遺
事,撰《揮塵録》,記宋代政事、制度頗爲詳盡。紹熙三年(1192),居臨安七
寶山,撰《揮塵後録》。五年(1194),添差通判泰州,撰《揮塵三録》。

　　[2]"武夷胡氏",即胡安國(1074—1138),又名胡迪,字康侯,號青山,
謚文定,學者稱武夷先生,後世稱胡文定公。建寧崇安人。哲宗紹聖四年
(1097)進士,曾提舉湖南學事,後遷居衡陽南嶽。提倡修身爲學,主張經世
致用,開創"湖湘學派"。著有《春秋傳》《資治通鑑舉要補遺》等。

　　[3]此段引文語出紹興四年(1131)胡安定爲《資治通鑑》所作序言:
"予既遠跡林壑,數嘗繙閲,究觀編削之意。竊伏自念志學以來,涉獵史篇,

文詞汗漫,莫知統紀,徒費精神而無得也。一及讀此書,編年紀事,先後有倫,凡君臣治亂、成敗安危之迹,若登乎喬嶽,天宇澄清,周顧四方,悉來獻狀。”

[4]此段引文語出《揮麈三録》卷一:“英宗實録,熙寧元年曾宣靖提舉。王荆公時已入翰林,請自爲之,兼實録修撰,不置官屬,成書三十卷,出於一手。東坡先生嘗語劉壯輿義仲云:‘此書詞簡而事備,文古而意明,爲國朝諸史之冠,不知秦何所據而云。’”

案:《揮麈前録》四卷,宋王明清撰。

明末崇禎間汲古閣刻《津逮秘書》本,卷首有慶元元年(1195)《實録院牒文》,次爲前録目録,末題“前四卷秀州已嘗刊行”,卷端次署“宋汝陰王明清輯　明海虞毛晉訂”,卷末有自序、淳熙十二年(1185)自跋、乾道五年(1169)程迥跋、郭久德跋、李賢良跋及毛晉跋。《題跋續集》載此跋,題名“跋揮麈前録”。此書有毛氏影宋抄本,所據底本爲宋龍山書堂刻本,抄刻皆藏國圖。將《津逮》本與毛抄核對,悉合,則從毛氏影宋抄本刊梓。《四部叢刊》據毛氏影抄本收録。

揮　麈　後　録

雪溪公[1]嘗著《國朝史》,述仲言其仲子也。其祖授學於歐陽永叔之門,仲言又授學於李仁甫[2]之門,不惟家傳史學三世,其師友淵源,蓋有自矣。前集中多載國朝巨典盛事,兹集十有一卷,法戒具見毫端。自稱“無一事一字無所從來”。俾趙甡之竊婦翁張鑑書以爲己有者聞之[3],不惄惶無地耶! 虞山毛晉識(1)。

校:

(1)《題跋續集》《汲古閣書跋》無“虞山毛晉識”。

注:

[1]“雪溪公”,即王銍,字性之。汝陰人。子王廉清、王明清。銍擅長編寫宋代典故史事,嘗撰《七朝國史》。紹興初,爲樞密院編修官。著有《雪溪集》八卷、《續清録》一卷、《四六話》二卷、《默記》三卷、《補侍兒小名録》一卷。

[2]“李仁甫”,即李燾(1115—1184),字仁甫,一字子真,號巽岩,眉州

丹棱人。紹興八年(1138)進士,授華陽縣主簿,後歷官州縣及朝廷史職,宋孝宗朝仕至同修國史。淳熙十一年(1184),以敷文閣學士致仕。贈太師、溫國公,謚文簡。仿司馬光《資治通鑑》體例,撰成《續資治通鑑長編》九百八十卷。

　　[3]趙甡之曾撰《中興遺史》六十卷(一作二十卷),寧宗慶元中上進。此書記載宋欽宗靖康元年(1126)至宋高宗紹興三十二年(1163)間約三十七年史事,於南宋初年軍事甚詳,而於朝政則甚略,今已亡佚。陳振孫《直齋書錄解題》謂書中有記張浚攻濠州一段,自稱姓名爲開封張鑑,因疑此書非甡之所作。

　　案:《揮塵後錄》十一卷,宋王明清撰。

　　明末崇禎間汲古閣刻《津逮秘書》本,卷首有紹熙五年(1194)自序及王禹錫跋、毛晉跋。《題跋續集》載毛晉跋,題"跋揮塵後錄"。據毛氏影宋抄本重刊。

揮 塵 三 錄

　　茲集凡三卷,記宋高宗東狩事甚詳。如劉希范《責鄒志全書》[1]、婁陟明《上高宗書》、秦會之《諫(1)議狀》、王幼安《草檄》、曾空青《辯謗錄》云云,俱可備史官采擇。其餘閑情小趣,正所謂雞肋之餘味爾。虞山毛晉識(2)。

　　校:

　　(1)"諫",《題跋續集》同,《汲古閣書跋》作"陳"。
　　(2)《題跋續集》《汲古閣書跋》無"虞山毛晉識"。

　　注:

　　[1]"劉希范《責鄒志全書》",王明清《揮塵三錄》稱:"鄒志全既以元符抗疏徙新州,繼又遭溫益、鍾正甫之困辱,禍患憂畏,瀕於死所。建中靖國之初召還,自流人不及一年,遂代言西掖。傷弓之後,噤不出一語。吳興劉希范時爲太學生,以書責之,陳義甚高。"

　　案:《揮塵三錄》三卷,宋王明清撰。

　　明末崇禎間汲古閣刻《津逮秘書》本,卷有慶元元年(1194)自跋及毛晉跋。《題跋續集》載毛晉跋,題名"跋揮塵三錄"。據毛氏影宋抄本重刊。

揮　塵　餘　話

　　茲集僅二卷，凡百則，末附浚儀趙師厚跋[1]。雖載朝野事跡，亦及詩文碑銘之類，先輩所謂塵譚之緒餘也。余讀第三錄中，如湯進之封慶國公及王穎彦錢穆記錄云云，俱補前後錄所未備。傾仰前賢著述，其詳慎如此。今讀其《餘話》所載李元叔《上廣汧賦》，未列其文，代爲補之云。（以下爲《上廣汧賦》，略）。李元叔，名長民。虞山毛晉識(1)。

校：

　　(1)《題跋續集》《汲古閣書跋》無"虞山毛晉識"。

注：

　　[1]"揮塵餘話"卷末載浚儀趙師厚於慶元六年（1200）所作《跋》。《跋》稱："仲言著《投轄錄》《清林詩話》《玉照新志》《揮塵錄》，昆季之所作，類皆出人意表，且學士大夫之所欲知者，益信夫父子之博洽。雖名卿鉅公無不欽服敬慕，蓋有自來。"趙師厚，即趙不譓，字師厚，宋宗室。慶元六年（1200），知邵武軍。嘉定二年（1209），由知汀州任放罷。

　　案：《揮塵餘話》二卷，宋王明清撰。
　　明末崇禎間汲古閣刻《津逮秘書》本，卷末有慶元六年趙不譓跋及毛晉跋。《題跋續集》載毛晉跋，題名"跋揮塵餘話"。據毛氏影宋抄本重刊。按李元叔《上廣汧賦》夾毛晉跋之中，共二十二葉，皆爲手寫上版，文長不錄。

芥　隱　筆　記

　　昔人稱史論之覈，莫如容齋，音訓之精，莫如芥隱[1]。第五筆流播海內，而筆記没没無傳。己巳春杪，購宋刻數種，得快覩斯編。雖借字母以析疑，實本意匠而傳妙，非但如吳材老[2]某音某切某反已也。若夫龔公品望，已詳見劉跋[3]云。崇禎庚午花朝後五日，湖南毛晉記於虎丘僧寮。(1)

校：

　　(1)《題跋》《汲古閣書跋》無"崇禎庚午花朝後五日，湖南毛晉記於虎丘僧寮”。

注：

[1]“芥隱”，即龔頤正（1140—1201），字養正，號芥隱。南宋歷陽人。本名敦頤，因避光宗諱改。嘗著《元祐黨籍列傳譜述》一百卷。淳熙末，史院取其書，以備編輯《四朝國史》采擇。洪邁奏請敘用，授和州文學。慶元間爲太社令。嘉泰元年（1201），爲秘書丞、實錄院檢討官，預修孝宗、光宗實錄。著有《中興忠義錄》《續稽古錄》《元輔表》《芥隱筆記》等。

[2]“吳材老”，即吳棫（約1100—1154），字才老，建安人。宣和六年（1124）進士。紹興間任太常丞，後轉泉州通判。著有《韻補》五卷。

[3]《芥隱筆記》卷末劉薰《跋》評述龔頤正稱：“檢討龔公以學問文章知名當世，諸公要人爭欲令出我門下。自六藝百家諸史之籍，無所不讀，河圖洛書、山鑱冢刻、方言地志、浮屠老子、騷人墨客之文，無所不記。至於討論典故，訂正事實，辨明音訓，評論文體，雖片言只字，必欲推原是正，俾學者知所依據。”

案：《芥隱筆記》一卷，宋龔頤正著。

明末崇禎間汲古閣刻《津逮秘書》本，卷端次署“東吳毛晉子晉訂”，卷末有嘉泰元年（1201）劉薰跋及毛晉跋。據劉薰跋，可知最早刊本爲寧宗嘉泰元年東寧郡庠刻本。“己巳”爲崇禎二年（1629），“庚午”爲崇禎三年，當即毛晉刊梓之時。《百川學海》未收，萬曆間《格致叢書》本收錄，胡文煥校，與《津逮》本頗有異文。據跋可知，《津逮》本據所購宋刻數種之一翻刻，則其底本或爲嘉泰本。如是此刻則保留宋槧種子，甚爲珍貴。

桯　　史

唐迨宋元，稗官野史，盈箱溢篋，最著若《朝野僉載》《桯史》[1]《輟耕錄》者，不過數種。人尤膾炙《桯史》，命予刻入史外函中，以補正史之缺。予意不然。亦齋[2]捉筆，豈不能如歐陽永叔別立一番公案？乃圖讖神怪、街衢瑣屑之類，都率筆書之，正欲後之讀是書者，于游戲謔浪時，不忘忠孝本性。其一種深情妙手，可以意逆而不忍明言者，意或有在矣。至若鄂王肝膽事蹟，載在史册，與嵩、華等高，雖五尺之童，亦能言其忠義，何待《桯史》而後表暴哉！湖南毛晉識（1）。

校：

(1)《汲古閣書跋》無"湖南毛晉識"。

注：

[1]《桯史》，十五卷，宋岳珂撰。此書分別記述兩宋人物、政事、舊聞等。所述宋金和戰、交涉諸事，皆較正史詳備。所錄詩文，亦多資考證。

[2]"亦齋"，即岳珂(1183—1243)，字肅之，號亦齋，晚號倦翁，南宋文學家。相州湯陰人，岳飛之孫，岳霖之子。曾居嘉興金陀坊，嘉泰末爲承務郎監鎮江府戶部大軍倉，歷光祿丞、司農寺主簿、軍器監丞、司農寺丞。嘉定十年(1217)出知嘉興。累官至戶部侍郎、淮東總領制置使。家富藏書，設刻書坊"相台家塾"，曾刊刻《九經》《三傳》《孟子注附音義》《論語集解附音義》等。著有《玉楮集》《棠湖詩稿》《金陀粹編》《愧郯錄》《寶真齋法書贊》《九經三傳沿革例》等。

案：《桯史》十五卷，《附錄》一卷，宋岳珂撰。

明末崇禎間汲古閣刻《津逮秘書》本，卷首載目錄，每卷卷端下皆記則數，共一百四十則。附錄包括本傳、著述、題跋、律詩、詞、亦齋雜著，附劉瑞雜著，卷端次署"相州岳珂亦齋著　海虞毛晉子晉訂"，卷末載毛晉跋。

《直齋》著錄作十五卷，今國圖、北大等存宋刻元修本多部，九行十七字；明成化十一年(1475)江沂刻十行二十字本從宋本出，陳文東批點；至嘉靖四年(1525)錢如京據成化本翻刻，並增益《附錄》一卷。此刻有《附錄》一卷，蓋據其出。《學津討原》本據此翻刻，刪去附錄最末一篇《王公祠記》。

游宦紀聞

毛文光

甲辰[1]十月十七日，予舊病復發，雨窗校對此卷，藉此以忘片刻之腹楚[2]。怪魁識。(卷一後)

校畢二三卷。服菊生。(卷三後)

十月十八日雨窗校畢，中有三則舛錯難讀，幸乃對校，識爲是正。文光[3]。(卷四後)

嘉平月[4]朔校畢此卷。怪魁子。(卷六後)

下午對畢，舛譌不能讀，幸得影宋本增定，殊快心意。文光。(卷八後)

雍正甲辰臘月望日校完,是日更餘,雷電交作,大雨傾盆,未識有關人事、世事耶? 志之以俟後驗。文光怪魁。(卷十後)

注:

[1]"甲辰",爲雍正二年(1724)。

[2]"腹楚",腹痛。

[3]"文光",即毛文光,見《翰林要訣》注釋。

[4]"嘉平月",農曆十二月別稱。劉子翬《次韻蔡學士梅詩》:"凌晨燦爛忽驚眼,客中又過嘉平月。"

案:《游宦紀聞》十卷,宋張世南撰。

明商氏《稗海》本,卷首載毛璋跋,毛文光校並跋,鐵琴銅劍樓舊藏,今藏國圖(6906)。卷首毛璋跋曰:"此册爲汲古諸孫以家藏宋板影鈔本籌校,行款字畫,纖細無譌,亦藝林舊物也。輒以一星置之。秋雨間霽,作半日消遣,殊妙殊妙。海虞末學毛璋伯尹識,時庚寅中秋後八日,雨慅。"毛璋跋稱"汲古諸孫"云云,雖與汲古閣毛氏同鄉,當非毛氏後人。《鐵琴銅劍樓藏書題跋集録》著録,"毛璋"誤作"毛琛"。

齊 東 野 語

公謹[1]因曾大父扈蹕南渡,僑居癸辛里,遂作《癸辛雜識》[2]。其先居齊之華不注山,因其大人云'身雖居吳,心未嘗一飯不在齊也',又作《齊東埜語》[3],大概皆據其内外兩大父私記有裨文獻者,損益彙粹,積二十卷。其自序云:"國史凡幾修,是非凡幾易,而吾家乘不可删。"[4]三言蔽之矣。向見坊本混二書爲一,十失其半,余故各各全梓,以質賞鑒家荊其是非,庶幾公謹一段反本藥俗之懷,犁然于弁陽、歷山兩地云。琹川毛晉識(1)。

校:

(1)《汲古閣書跋》無"琹川毛晉識"。

注:

[1]"公謹",即周密(1232—1298),字公謹,號草窗,又號四水潛夫、弁陽老人。祖籍濟南,流寓吳興,置業於弁山之南,居於杭州癸辛街。曾任兩浙運司掾屬、豐儲倉檢查、義烏令。南宋亡後,周密入元不仕,專心著述。著

有《草窗舊事》《絶妙好詞箋》《武林舊事》《齊東野語》《癸辛雜識》等。

[2]《癸辛雜識》，周密撰。宋亡後，周密寓居杭州癸辛街，以南宋遺老自居，著書以寄憤。此書分前、後、續、別四集，凡四百八十一條，主要記載宋元之際瑣事雜言、遺聞軼事、典章制度，並記及都城勝跡雜録。

[3]《齊東埜語》，二十卷，周密撰。其曾祖秘自濟南遷居吳興，至密四世。是書用《齊東野語》之名，乃不忘祖籍之意。書中所記多宋元之交朝廷大事，如“李全始末”“端平入洛”“二張援襄”等，頗可補史籍之不足。

[4]此句爲周密父親之語。周密《齊東野語自序》：“先子出曾大父、大父手澤數十大帙示之曰：‘某事然也。’又出外大父日録及諸老雜書示之曰：‘某事與若祖所記同，然也。其世俗之言殊，傳訛也；國史之論異，私意也。小子識之。’又曰：‘定、哀多微詞，有所辟也。牛、李有異議，有所黨也。愛憎一衰，論議乃公。國史凡幾修，是非凡幾易，而吾家乘不可删也，小子識之。’”

案：《齊東野語》二十卷，宋周密撰。

明末汲古閣刻《津逮秘書》本，卷首有自序及至元二十八年（1291）戴表元序，卷端署“齊人周密公謹識　虞農毛晉子晉訂”，卷末有明正德十年（1515）盛杲跋、同年胡文璧跋及毛晉跋。據此刻卷末載明正德間兩跋，可知據明正德十年胡文璧刻本刊梓。《善本書室藏書志》卷十九著録云：“汲古閣從明正德本刊入《津逮秘書》。”又，《汲古閣珍藏秘本書目》著録“《齊東野語》二十卷，四本，周密字公謹，舊抄”，又著録“《齊東野語拾遺》一本”，此刻《拾遺》一卷未刊之，或爲後收。《四庫》採爲底本，《四庫提要》卷一百一十六云：“明商維濬嘗刻入《稗海》，删去此書之半，而與《癸辛雜識》混合爲一，殊爲乖謬。後毛晉得舊本重刻，其書乃完。”

癸辛雜識前集

唐宋末諸家小説，多稱某年，盖祖五柳先生但書甲子之意，以自寓其悲憤云。別有似紀年而寔紀地者，如許用晦《丁卯集》[1]，周草窗《癸辛雜識》之類是也。（1）余向酷嗜是書，可與《芥隱筆記》《南邨輟耕録》並傳，苦坊本舛謬。喜閔康侯[2]緘正本見示，亟梓以公同好。載“吳興園圃”，不愧《洛陽名園記》。讀至趙子固[3]《梅譜》二詩，因取余家所藏子固《四香畫卷》，展覽一過，筆筆寫生在阿堵間，所謂畫中有詩也。花（2）光[4]、逃禪二老不得專美矣。跋尾有仇遠詩云：“淡墨英英妙寫真，一花一葉一精神。綹香曾入廬山夢,遺佩如行湘水春。小白凝珠還勝雪,輕黃承襪不生塵。老僧懶作浮華想,空谷猶疑見似人。"錢良右詩云:"名卉交加迥絕塵,芳香秀色映清真。歲華相對空山晚,不羨長安桃李春。"令弁陽老人見之,當亦採入集中矣。虞山毛晉識(3)。

校:

(1)《題跋續集》"余"前有"至若潘勺自號癸甲先生,則又不在此例矣"。
(2)"花",《題跋續集》誤作"苑"。
(3)《題跋續集》《汲古閣書跋》無"虞山毛晉識"。

注:

[1]"許用晦《丁卯集》",二卷,續集二卷,續補一卷,集外遺詩一卷,許渾撰。許渾(791—858?),字用晦,潤州丹陽人,故相圉師之後。大和六年(832)進士,歷官當塗、太平知縣,潤州司馬,監察御史,睦州、郢州刺史。工詩善書。晚年退居鎮江丁卯澗村,自編詩集,故名。

[2]"閔康侯",即閔元衢(1580—1661),字康侯,號歐餘,烏程人。明考據學家、方志學家、刻書家。隱居於草堂,擁書萬卷,泛覽百家,留心郡縣志乘。著有《歐餘漫錄》《吳興備志》《文藝補》等。

[3]"趙子固",即趙孟堅(1199—1264),字子固,號彝齋,宋宗室,海鹽廣陳人。寶慶二年(1226)進士,授集賢殿修撰,曾任湖州掾、轉運司幕、諸暨知縣、提轄左帑,官至朝散大夫、嚴州守。景定初,遷翰林學士承旨,不久罷歸。工詩善文,家富收藏,擅梅、蘭、竹、石,尤精白描水仙。有書法墨蹟《自書詩卷》,繪畫《墨蘭圖》《水仙圖》《歲寒三友圖》等傳世,著有《彝齋文編》四卷。《四香畫卷》實爲《四香圖卷》。

[4]"花光",即釋仲仁(1053?—1123),字華光,會稽人。居衡州花光山花光寺,自號花光長老。以善畫墨梅著稱,與楊无咎(號逃禪)甚密。

案:《癸辛雜識前集》一卷,宋周密撰。

明末崇禎間汲古閣刻《津逮秘書》本,卷首有周密自序,次有目錄,卷端次署"宋弁陽周密輯　明海隅毛晉訂",卷末有毛晉跋。毛氏所刊此書全集,包括前、後、續、別集四集。《四庫》底本,《四庫提要》卷一百四十一著錄:"明商維濬《稗海》所刻,以《齊東野語》之半誤作《前集》,以《別集》誤作《後集》,而《後集》《續集》則全闕,又併其自序佚之。後烏程閔元衢於金閶小肆中購得鈔本,毛晉爲刻入《津逮秘書》,始還其原帙。"按此書今存最早

刻本爲明萬曆間商氏《稗海》本，但缺周序、無續集、後集，前集誤收半部
《齊東野語》，且以《別集》誤收《後集》。據前集、別集毛晉跋可知，毛晉
欲刊此集久矣，"苦坊本舛謬"，後烏程閔元衢於金閶小肆購得抄本四集，
毛晉"亟梓以公同好"，刊入《津逮》第十四集，則此書全部四集始得以保
存下來。而後清康熙間振鷺堂刻本續補《稗海》本，將毛氏所輯續集、後
集又補入其中。

癸辛雜識後集

　　余閱陸、王諸家小名録，歎其書闕不具。如兹集烏孫、闞孫之類，一一續
補，可以傲董彥遠家子弟矣。宋末《文體之變》(1)《三學之橫》[1]，被此老
痛言之，真堪醫俗。但《恨(2)男娼》《過癲》穢褻之語，亦並存耳。其《游閱
古泉》[2]一段不遜陸放翁《閱古泉記》，放翁獨見誚于世，惜哉！虞山毛晉
識(3)。

校：

(1)"文體之變"，正文作"太學文變"。

(2)"恨"，正文作"禁"。

(3)《題跋續集》無"虞山毛晉識"。

注：

[1]《文體之變》《三學之橫》，見《癸辛雜識後集》，後者兹節録其文於
下："三學之橫，盛於景定、淳祐之際。凡其所欲出者，雖宰相臺諫，亦直攻
之，使必去權，乃與人主抗衡。或少見施行，則必借秦爲喻，動以坑儒惡聲加
之，時君時相略不敢過而問焉。其所以招權受賂，豪奪庇奸，動摇國法，作爲
無名之謗，扣閽上書，經臺投卷，人畏之如狼虎。若市井商賈無不被害，而無
所赴訴。非唯京尹不敢過問，雖一時權相，如史嵩之、丁大全不恤行之，亦未
如之何也。"

[2]《游閱古泉》，見《癸辛雜識後集》，兹節録其文於下："至元丁亥九
月四日，余偕錢菊泉至天慶觀訪褚伯秀，遂同道士王磐隱游寶蓮山韓平原故
園。山四環皆秀石，絶類香林、冷泉等處，石多穿透嶄絶，互相附麗。其石有
如玉色者，聞匠者取以爲環珥之類。中有石䃡，杳而深，泉涓涓自内流出，疑
此即所謂閱古泉也。䃡傍有開成五年六月南嶽道士邢令開、錢塘縣令錢華
題名，道士諸葛鑒元書，鑱之石上。又南石壁上鑴佛像及大字《心經》甚奇

古,不知何時爲火所毀,佛多殘缺。又一洞甚奇,山頂一大石墜下,傍一石承之,如餖飣然。”

案:《癸辛雜識後集》一卷,宋周密撰。

明末崇禎間汲古閣刻《津逮秘書》本,卷端次署同前集,卷末載毛晉跋及崇禎十五年(1642)六月閔元衢跋。《題跋》《汲古閣書跋》皆不載,《題跋續集》載此跋,題名“跋癸辛雜識後集”。

閔元衢跋曰:“勝國周弁陽先生,其先本齊人,緜曾大父中丞公寓湖,遂爲湖人。先生才既高,而不甚顯用,發憤著書,世所膾炙,《癸辛雜識》《齊東野語》是也。《野語》刻於正德間,《雜識》雖列《稗海》,而前集外俱屬《野語》。余向應試留都,道經金閶,從小肆購抄本,始全。大抵宋南渡後事居多,而我湖文獻亦藉以有徵。每念與其私諸己,孰若公諸世? 適琴川子晉毛君手書相訊,喜而緘致,因語之曰:‘不佞嘗閱眉公札泊《六硯齋筆記》,知先生又有《志雅堂雜抄》《浩然齋視聽抄》,意皆可觀,使得一時傳布,詎非藝林快事?’昔魏常永昌遇新異,則勤訪求,或質買,則期必得。以門下殫精斯道,竊有望焉。廼若鵲華齊魯之山,松雪以先生本齊人,故畫鵲華穠色卷贈之。先生之稱四水潛夫,則以我湖有雪溪,合四水爲一也。朗仁寶易四爲泗,謂出山東魯縣,謬矣。至於癸辛街在杭,先生自湖寓之,因以名書,而實非杭人也。否則,何以復稱弁陽老人也? 客讀之笑曰:‘子亦欲借之爲閭里光耳,而要非虛語也。子晉當有以成子志矣。’”

本集《賈廖刊書》一篇,於論賈似道、廖瑩中兩家刻書之故事頗有價值,錄之於茲:“賈師憲常移《奇奇集》,萃古人用兵以寡勝衆如赤壁、淝水之類,蓋自詫其援鄂之功也。又《全唐詩話》乃節唐《本事詩》中事耳。中自選《十三朝國史會要》,諸雜說之會者,如曾慥《類説》例,爲百卷,名《悅生堂隨抄》。板成未及印,其書遂不傳。其所援引多奇書。廖群玉諸書,則始《開景福華編》,備載江上之功,事雖誇而文可采。江子遠、李祥父諸公皆有跋。《九經》本最佳,凡以數十種比校、百餘人校正而後成,以撫州萆抄紙、油煙墨印造,其裝襀至以泥金爲籤,然或者惜其刪落諸經注爲可惜耳,反不若韓、柳文爲精妙。又有《三禮節》《左傳節》《諸史要略》及建寧所開《文選》諸書,其後又欲開手節《十三經注疏》、姚氏注《戰國策》、注坡詩,皆未及入梓,而國事異矣。”

癸辛雜識續集

斯集二卷凡二百條,與後集一卷凡七十餘條,皆《稗海》所未刻者。字句之間,雖多本(1)夲(2)、飢阢之嫌,向守東坡妄改古人文字之戒,故闕疑耳。其辨論后妃馮婦,確然可據,以翼經傳。如《吳妓徐蘭》[1]採附《虎丘志·貞娘墓》之後,亦足資少年場劇譚(3)也。淳祐間,吳妓徐蘭擅名一時。吳興烏墩鎮有沈承務者,其家巨富,慕其名,遂駕大舟往游焉。徐知其富。初至,則館之別室,開宴命樂,極其精腆。至次日,復以精縑製新衣一襲奉之。至于興臺,各有厚犒。如此兼旬日,未嘗略有需索。沈不能自已,以白金五百星,並綵縑(4)百疋饋之。几(5)留連半年,糜金錢數百萬而歸。於是徐蘭之聲播於浙右,豪俠少年無不趨赴。其家雖不甚大,然堂館曲折華麗,亭榭園池無不具。至以錦纈爲地衣,乾紅四緊紗爲單衾,銷金帳幔,侍婢執樂十餘輩,金銀寶玉器玩、名人書畫、飲食受用之類,莫不精妙,遂爲三吳之冠。其死後(6)葬於虎丘,太學生邊雲遇作《墓銘》云。虞山毛晉識(7)。

校:

(1)"本",《汲古閣書跋》作"夲"。

(2)《題跋續集》無"本夲",替之以"馴訓"。

(3)"譚",《題跋續集》作"談"。

(4)"綵縑",《題跋續集》同,《汲古閣書跋》無。

(5)"几",《題跋續集》《汲古閣書跋》作"凡"。

(6)"死後",《題跋續集》作"後死"。

(7)《題跋續集》《汲古閣書跋》無"虞山毛晉識"。

注:

[1]《吳妓徐蘭》,茲節録其文於下:"淳祐間,吳妓徐蘭擅名一時。吳興烏墩鎮有沈承務者,其家巨富,慕其名,遂駕大舟往游焉。徐知其富。初至,則館之別室,開宴命樂,極其精腆。至次日,復以精縑制新衣一襲奉之。至興臺,各有厚犒,如此兼旬日,未嘗略有需索。沈不能自已,以白金五百星,並彩縑百匹饋之。凡留連半年,糜金錢數百萬而歸。於是徐蘭之聲播於浙右,豪俠少年無不趨赴。"

案:《癸辛雜識續集》二卷,宋周密撰。

明末崇禎間汲古閣刻《津逮秘書》本,卷末載毛晉跋。《題跋續集》載此跋,題名"跋癸辛雜識續集"。

癸辛雜識別集

　　余與康侯閔先生[1]相去二(1)百餘里,鱗羽往來,補亡析疑,如促膝几席間,尚論古人之外,無一旁語。余正訝《秘笈》《稗海》諸書甚多贗鼎,即真者十逸其五,每思拈出有關風雅者,逐一釐正流播,爲古人吐氣,何康老寔獲我心也? 如《稗海》渾《齊東野語》入《癸辛雜識》,辨之甚確。余更核之前集,逸去弁陽老人自序,別集誤作後集,俱未列目。兹集卷首載汴梁雜事,下卷又載汴京宮殿,可補周美成、李元叔二賦[2]之闕。"楊髠發陵""史嵩之始末"詳于正史。菊花有子一條,惜范、史、劉三公《菊譜》[3]未及爾。虞山毛晉識(2)。

　　校:

　　(1)"二",《題跋續集》作"三"。
　　(2)《汲古閣書跋》無"虞山毛晉識"。

　　注:

　　[1]"康侯閔先生",即閔元衢,即下稱"康來"者。
　　[2]"周美成、李元叔二賦",指周邦彦《汴都賦》、李長民《廣汴都賦》。
　　[3]"范、史、劉三公《菊譜》",即范成大《范村菊譜》、史正志《史氏菊譜》、劉蒙《劉氏菊譜》。

　　案:《癸辛雜識別集》二卷,宋周密撰。
　　明末崇禎間汲古閣刻《津逮秘書》本,卷末載毛晉跋。《題跋續集》亦載此跋,題名"跋癸辛雜識別集"。

輟　耕　録

　　南村[1]平生著書四種:《説郛》百卷,未能卒業。《書史會要》,不過廣海岳《名言待訪録》所未備。《四書補遺》,又泯没無傳。惟《輟耕録》[2]三十卷,上自廟廊實録,下逮村里膚言、詩話小説,種種錯見。其譜靖節、貞白世系,尤簡韻可喜,意自負爲陶氏兩公後一人耶。至若載發宋諸陵事,未免謾逸。已詳見彭跋云。湖南毛晉識(1)。

　　校:

　　(1)《題跋》《汲古閣書跋》無"湖南毛晉識"。

注:

　　[1]"南村",即陶宗儀(1329—約1412),字九成,號南村,台州黄巖人。元末明初文學家、史學家。築草堂以居,開館授課,課餘墾田躬耕。明洪武四年(1371)、六年(1373),朝廷詔徵儒士,知府兩次薦舉,陶宗儀均以病辭。晚年任教官。著有《南村輟耕録》《南邨詩集》等。

　　[2]《輟耕録》,即《南村輟耕録》,凡三十卷五百八十五條。記述以元代爲主,宋代爲次,舉凡天文地理、典章制度、皇家秘聞、歷史文物、社會言情、小説戲曲、文字小考、詩詞俚語、書畫碑刻、民間習俗、因果報應、神怪妖異等均有涉及,其中元朝典章文物制度甚多,特別對宫闕制度及各類建築之位置、名稱、室内陳設等記載詳盡。

　　案:《輟畊録》三十卷,元陶宗儀撰。

　　明末崇禎間汲古閣刻《津逮秘書》本,卷首目録,次有至正二十六年(1366)孫作序,大寫行草手寫上版,首卷卷端題"輟畊録卷第一",次署"南村陶宗儀",卷末有成化五年(1469)彭瑋跋及毛晉跋。此刻據明成化五年彭瑋刻本翻刻。該書現存有元刻本、成化十年戴珊刻本、明初本、明玉蘭草堂本、明萬曆六年(1578)徐球重修本等,然皆與此刻不同,不僅異文甚多,而且體例亦不同。此刻每條前皆加標題,如卷二"至元六年二月二十五日"條前皆"聖聰","文定王"前加"隆師重道","累朝皇帝受佛戒"前加"收佛戒",現存元明刻本皆無。此刻體例當源於成化五年彭瑋本,惜其今已不存。胡玉縉《四庫全書總目提要補正》引沈濤《十經齋文集·元槧本南村輟耕録跋》云:"陶南村《輟耕録》,海虞毛氏刻入《津逮秘書》中,蓋據成化間華亭彭氏之本,末有成化己丑中秋日華亭彭瑋跋語,予在洺州得一本,於帝后、太子等字皆空一格,其標題曰'南村輟耕録',蓋元時初刊本,前有青溪野史邵亨貞募刻疏一篇,爲毛本所無,目録後有'凡五百捌拾肆事'一語,較毛本二十二卷少'禽戲'一事,餘俱相同。其中可訂毛本之誤者不一而足,即如第七卷官制資品一條,'從七從仕郎者',考《元史·百官志》文散官四十二,有從事郎從七品,《元典章》作從仕,予所見元人碑刻,皆作從仕郎,無作從事郎者,此本作仕,正與《元典章》合,而毛本作事,蓋淺人據誤本《元史》所改也。"①此言元刻本者,即毛氏汲古閣藏本。

　　汲古閣舊藏元刻本,十行二十二字,黑口,四周雙邊。卷首有元至正丙

---

　　①　胡玉縉:《四庫全書總目提要補正》,上海書店出版社1998年版,第1124頁。

午孫作大雅序及青溪野史邵亨貞摹刻疏,鈐印"毛氏子晉""黄丕烈印""潘祖蔭藏書記",毛晉、黄丕烈、潘祖蔭舊藏,今藏國圖(17563)。《滂喜齋藏書記》卷二著録題元刻本,曰:"前有青溪野史邵亨貞摹刻疏。按亨貞字復孺,有《野處編》四卷。《四庫》著録,又著《蟻術詩選》八卷《蟻術詞》四卷,見《拏經室外集》。此書《沁園春》二闋即其筆也。其人與南村同時,則猶爲元刻,有毛氏子晉朱記,《津逮》刊本當即此本出也。士禮居藏書。"國圖目録數據庫著録爲明成化十年(1474)戴珊刻本,當誤。經核對,戴珊本卷首載錢溥刊序,《津逮》本不載,兩本雖行款一致,但字體並非相同,卷中有錯行異文,顯非同刻。潘氏言元本當不誤,但言《津逮》本出於元刻本,非是。

誠 齋 雜 記

余初從書目見《誠齋雜記》[1],誤謂伊洛淵源之類,貯之宋儒道學籖中,未曾寓目。偶披伊席夫《瑯嬛記》,援引《鳳凰臺倡和》及《吳淑姬張子冶合簪》二則,注云出《誠齋雜記》,因復覓而閲之。凡二卷,所記百二十餘條,皆小碎褉事,新異可喜,絶無腐氣,頗似《太平廣記》,又不墮於淫褻迂誕,真小説家不多見者。急付梓人,以公同耆(1)。據周達夫序云,林載夫所著書併詩文凡十二種,恨未窺其全耳。湖南毛晉識(2)。

校:

(1)"耆",《題跋》同,《汲古閣書跋》作"嗜"。

(2)《題跋》《汲古閣書跋》無"湖南毛晉識"。

注:

[1]《誠齋雜記》,林坤撰。林坤,字載卿,會稽人,曾官翰林。其室名誠齋。《誠齋雜記》二卷,雜采漢代以來小説、筆記故事,尤以唐宋兩代居多,金元佚事較少。

案:《誠齋雜記》二卷,元林坤撰。

明末崇禎間汲古閣刻《津逮秘書》本,卷首有至元二十三年(1286)周達觀序,卷末載毛晉跋。山東省圖書館藏一部毛氏抄本,卷首有周達觀序,半葉八行十九字,白口左右雙邊,版心題"汲古閣",蓋《津逮》本所據之本。此書成後,一直以抄本形式流傳,《津逮》本是爲首刻。《四庫》底本,《四庫提要》卷一百三十一著録。

瑯　嬛　記

前人著書,多取名于本册中。如席夫[1]所輯三卷,首載張茂先至瑯嬛福地,歷觀奇書,因名《瑯嬛記》[2]。或以小説置之,然豈可與《虞初志》"陽羨書生"云云同視耶？其間如琴爲暗香,棋爲鬼陣,舞有百華,歌有雙曲之類,奇名奇事,不可悉舉,非惟足飽貧腹,即鍛月煉年之藻匠,亦未免醉心矣。向有新安黄氏刻本載枝指生《序》[3],言頗病吾邑民懌先生[4]私爲帳中藏,更有先達爲兩先生解嘲,云"此皆文士常態"。何如傳其書,隱其序,與海内博雅公諸人者共快云。湖南毛晉識(1)。

校：

(1)《題跋》《汲古閣書跋》無"湖南毛晉識"。

注：

[1]"席夫",即伊世珍,字席夫。元代人。著有《瑯嬛記》三卷。

[2]《瑯嬛記》,分上中下卷,凡一百四十一條。爲彙編諸書異聞事的小説類筆記,多爲佛道怪異、詩文佚事、名物藥草等。每條後均注明引用書目,所徵引書籍包括《采蘭雜誌》《致虛閣雜組》等四十六種,大多不見著録。

[3]"枝指生《序》",枝指生即祝允明(1461—1527),字希哲,長洲人,因長像奇特,而自嘲丑陋,又因右手有枝生手指,故自號枝山,世稱"祝京兆"。明弘治五年(1492)中舉,正德九年(1514)授廣東興寧縣知縣,嘉靖元年(1522)轉任應天府通判。擅詩文,尤工書法,與唐寅、文徵明、徐禎卿並稱"吴中四才子"。毛晉跋"《序》"即今存萬曆刻本《瑯嬛記》卷首所載序言,《津逮》本不載。

[4]"民懌先生",即桑悦(1447—1513),字民懌,號思亥,南直隸常熟人。成化元年(1465)舉人,會試得副榜。除泰和訓導,遷柳州通判,丁憂,遂不再出。工辭賦,所著《南都賦》《北都賦》頗有名。

案：《瑯嬛記》三卷,題元伊世珍撰。

明末崇禎間汲古閣刻《津逮秘書》本,卷端次署"元伊世珍席夫輯",正文每篇皆有出處,卷末載毛晉跋。《四庫全書》收録,《四庫提要》卷一百三十一云："錢希言《戲瑕》以爲明桑懌所僞託,其必有所據矣。"此書罕見,至明中葉始出。明萬曆刻本爲存世最早刻本,今藏遼寧省圖書館,《四庫全書

存目叢書》收録，署"元伊世珍席夫輯　明黃正位黃叔校"，首有曹學佺
（1574—1646）及祝允明序。祝序稱，桑悦有枕中秘藏，允明略其侍者，得抄
録一部。曹序云："予觀希哲之序，其一匿一竊，固文士常態。善乃民懌
□□而不怨，希哲徵詞以自解，亦可謂達者之流矣。姑蘇沈從先所抄本，攜
至予署中，新安黃黃叔見欲梓之，本郡王元直尤力爲從，更此三君，蓋以博雅
公諸人者，皆予友生（下缺）。"可知此書先有明中葉祝允明抄録本，後有萬
曆黃正位刻本，乃據沈從先抄本。此後又有明末稽古堂刻《新鎸群書祕簡》
本（明高承埏編）。由毛晉跋，可知《津逮》本據黃氏刊本翻刻，然又不載祝、
曹二序，不知爲何。

鹿苑閒談
毛 琛

　　此卷[1]爲勝國遺編，文質而事核。吾邑文獻可徵，其在斯乎！惜有譌
脱，爰隨筆點正數十字。儻好事者能剞劂流傳，勝詅癡符多多矣。乾隆癸卯
季夏竹平安館，壽君閲竟記。

　　注：

　　[1]"此卷"，即《鹿苑閒談》，明錢達道撰。達道，字五卿，號培垣，萬曆
間常熟人。萬曆元年（1573）舉人，任霸州知州。曾刊梓宋錢愐《錢氏私志》
及宋范坰、林禹《吳越備史》等。

　　案：《鹿苑閒談》不分卷，明錢達道撰。
　　清抄本，二册。十行二十四字，無格。清毛琛批校，所跋載卷末，"癸
卯"即乾隆四十八年（1783），時毛琛五十歲。鈐印"壽君""脱穎而出""稽
瑞樓""楊瀔之印""繼梁""鐵琴銅劍樓"等，毛琛、陳鱣、楊瀔、鐵琴銅劍樓
舊藏，今藏國圖（9499）。"中華古籍資源庫"收録。
　　又，上圖藏一部（792446）民國常熟丁祖蔭淑照堂抄本，過録毛氏校跋，
並跋曰："丙辰夏季，假瞿氏藏本傳録。壽君爲子晉後人毛琛寶之之別字，
此卷蓋手定之本也。初我校畢記。"

山海經
毛 扆

　　《山海經》嚮無善本，于泰興季氏[1]見宋刻三册，係尤延之校刊者，槧

李項氏故物也,有文三橋跋[2]。滄葦没,其書散爲雲煙,後聞歸于崑山徐氏[3],無由得見。近爲郡友所購,隨與借校。板心分上中下。其尤序、文跋(1)亦影寫之,行數、葉數皆鈎以識之。他日從此録出,亦可稱善本矣。乙酉季春,毛扆識。

校:

(1)“跋”,《毛扆書跋零拾(附僞跋)》作“序”。

注:

[1]“泰興季氏”,即季振宜(1630—?),字詵兮,號滄葦,泰興人。順治四年(1647)進士,官浙江蘭溪知縣,升刑部主事,累官至浙江道御史,後巡視河東鹽政,不久乞歸。家富藏書,宋元佳槧與名抄頗多,藏書樓名“静思堂”。藏書多歸於徐乾學“傳是樓”和清内府。編有《季蒼葦書目》一卷,著録一千二百餘種,分《延令宋版書目》《宋元雜版書》《崇禎曆書總目》《經解目録》四部分。

[2]“文三橋跋”,文三橋即文彭。文彭跋稱:“己亥六月既望,獲觀《山海經》於沈辨之有竹庄,後有尤延之跋尾,敘之甚詳。古書之流傳於世日漸散落,而新刻又多舛謬,能不爲之三歎? 文彭。”根據文彭、毛扆跋,可大致鈎勒出所用校本亦即宋尤袤刊本實況:尤本原爲三册,“板心分上中下”,卷末有尤袤刊跋,原爲沈辨之(嘉靖時期人)收藏,至嘉靖十八年己亥(1539),文彭曾獲一觀,並跋之。後歸檇李項元汴(1525—1590)。入清,先後爲季振宜、徐乾學收藏,再後爲毛扆郡友收藏,並借以校勘明刻本。自毛扆後,尤袤本不知何所。今國圖藏宋淳熙七年(1180)池陽郡齋刻本,卷末脱去尤袤刊跋,宋諱缺筆至“慎”字,汪士鍾、海源閣、周叔弢舊藏,無文彭、毛扆兩跋,亦無沈辨之、季振宜、徐乾學藏印,蓋清初尚有另一部尤袤本流傳,其後遂不知何所。

[3]“崑山徐氏”,即徐乾學。

案:《山海經》三卷,晉郭璞傳。

明刻本,卷首有郭璞序,次有總目,末附劉秀上表,正文卷端次行署“郭氏傳”,卷末有毛扆影録淳熙七年(1180)尤袤跋,跋後有毛扆影録文彭及毛扆手跋,毛扆以宋淳熙七年尤袤刻本校。文彭跋前録印“竹塢”“文彭印”“文壽承父”,每卷首末鈐墨記“虞山毛扆手校”,今藏國圖(12274)。原爲張金吾收藏,《愛日精廬藏書續志》卷三著録,云:“《山海經》三卷,毛氏斧季手校宋尤袤本。晉郭璞傳。每卷首末俱有'虞山毛扆手校'印記。郭璞序，劉秀校定山海經上言。"以下以次迻録尤袤刊跋、文彭跋、毛扆識。《毛扆書跋零拾(附僞跋)》據其迻録。毛扆校宋本的另一個重要價值是完整保存尤袤長篇刊跋，使我們可以清晰了解到尤袤刊印此書的原委。因今存宋尤袤池陽郡齋刻本尤袤跋佚去，故校宋本尤爲可貴。

搜　神　記

子不語神，亦(1)近于怪也。顧宇宙之大，何所不有？令升[1]感壙婢[2]一事，信記載不誣，採録宜矣。元亮[3]悠然忘世，飲酒賦詩之外，絶少著述，而顧爲令升嚆矢耶？語云："叩(2)盆拊瓴，相和而歌，自以爲樂矣。嘗試爲之擊建鼓，撞巨鐘，乃性仍仍然，知其盆瓴之足羞也。"[4]囿于耳目之常者，請作是觀。湖南毛晉識(3)。

校：

(1)"亦"，《題跋》《汲古閣書跋》無。

(2)"叩"，《題跋》《汲古閣書跋》作"聞"。

(3)《題跋》《汲古閣書跋》無"湖南毛晉識"。

注：

[1]"令升"，即干寶(？—336)，字令升。祖籍河南新蔡，幼隨父瑩南遷，定居海鹽。年輕時勤奮好學，召爲著作郎。後參與鎮壓荊湘流民起義，賜爵關內侯。東晉初，經王導推薦，領修國史。歷任山陰令、始安太守、司徒右長史、散騎常侍等官。所著《搜神記》爲魏晉志怪小説，多述神仙鬼怪故事、民間傳説，不乏名篇，如《董永賣身》《相思樹》《干將莫邪》《李寄斬蛇》等。

[2]"感壙婢"，源出《晉書・干寶傳》："寶父先有所寵侍婢，母甚妒忌。及父亡，母乃生推婢於墓中。寶兄弟年小，不之審也。後十餘年，母喪，開墓，而婢伏棺如生，載還，經日乃蘇。言其父常取飲食與之，恩情如生。在家中吉凶輒語之，考校悉驗，地中亦不覺爲惡。既而嫁之，生子。又寶兄嘗病氣絶，積日不冷，后遂云見天地間鬼神事，不自知死。寶以此遂撰集古今神祇靈異人物變化，名爲《搜神記》，凡二十卷。"

[3]"元亮"，即陶淵明(約365—427)，字元亮，晚年更名潛，字淵明。別號五柳先生，私謚靖節，世稱靖節先生。潯陽柴桑人。東晉末到劉宋初傑

出詩人、辭賦家、散文家,被譽爲"隱逸詩人之宗""田園詩派之鼻祖"。《搜神後記》又名《續搜神記》,題東晉陶潛撰。此書凡十卷一百一十七條,略爲妖異變怪之談,而多言神仙。與《搜神記》體例大致相似,内容多爲《搜神記》所未見。

[4]此段引文出自《淮南子·精神訓》。"仍仍",悵惘失意貌。

案:《搜神記》二十卷,晉干寶撰,《搜神後記》十卷,晉陶潛撰。

明末崇禎間汲古閣刻《津逮秘書》本,首冠胡震亨序,卷端次署"明胡震亨、毛晉同訂",《搜神記》卷末載毛晉跋。此刻原爲《秘册彙函》舊版,毛晉修版後再印。《四庫》底本,《四庫提要》卷一百四十二著録。

西 京 雜 記

卷末記:"洪家有劉子駿《書》百卷,先公傳之"云云。按所謂先公者,歆之于向也,而《館閣書目》以爲洪父傳之,非是。陳氏云"未必是洪作",晁氏云"江左人以爲吳均[1]依託爲之",俱未可考。至若邇來坊刻作劉歆[2]撰,抑可笑矣。據《唐·藝文志》亦只二卷,今六卷,後人所分也。余喜其記書真雜,一則一事,錯出別見,令閱者不厭其小碎重疊云。湖南毛晉識(1)。

校:

(1)《題跋》《汲古閣書跋》無"湖南毛晉識"。

注:

[1]吳均(469—520),字叔庠。吳興人。天監二年(503),吳興太守柳惲召爲主簿。建安王蕭偉召爲記室,掌文翰;蕭偉遷江州,補吳均爲國侍郎。後爲待詔,累官至奉朝請。著有《廟記》《十二州記》《錢唐先賢傳》《續齊諧記》等。

[2]劉歆(約前50—23),字子駿,劉向子,西漢皇族宗室,著有《七略》。關於《西京雜記》作者及成書經過,其卷末載葛洪跋云:"洪家世有劉子駿《漢書》一百卷,卷無首尾,題目但以甲乙丙丁紀其卷數,先公傳之。歆欲撰《漢書》,編録漢事,未得締構而亡。故書無宗本,止雜記而已。失前後之次,無事類之辨,後好事者以意次第之,始甲終癸,爲十帙,帙十卷,合爲百卷。洪家具有其書,試以此記考校,班固所作殆是全取劉氏,有小異同耳,並固所不取不過二萬許言。今鈔出爲二卷,名曰《西京雜記》,以神《漢書》之

闕。爾後洪家遭火,書籍都盡,此兩卷在洪巾箱中,常以自隨,故得猶在。劉歆所記世人希有,縱復有者多不備足,見其首尾參錯,前後倒亂,亦不知何書,罕能全録。恐年代稍久,歆所撰遂没,並洪家此書二卷,不知出所,故序之云爾。""洪家復有《漢武帝禁中起居注》一卷,《漢武故事》二卷,世人希有之者,今並五卷爲一帙,庶免淪没焉。"據此,則此書或爲漢劉歆撰、晉葛洪輯抄。《四庫提要》云舊本題晉葛洪撰。

案:《西京雜記》六卷,晉葛洪撰。

明末崇禎間汲古閣刻《津逮秘書》本,卷首黃省曾序,卷端次署"晉丹陽葛洪集　明海虞毛晉訂",卷末有葛洪及毛晉跋。毛晉跋字體同正文,皆爲"明朝體",低正文一格。據葛洪跋,是書原爲二卷。《隋志》《郡齋》皆作二卷,《新唐志》作一卷,或誤,《直齋》《宋志》皆作六卷,今傳諸本多爲六卷,當是後人所析。今上圖藏一部明抄本《西京雜記》二卷,清盧文弨校,毛晉、黃裳舊藏。然卷數與《津逮》本不同,當爲後收,故仍用六卷本爲底本。此書明刻本較多,如明嘉靖三十一年(1552)關中官署刊本、明萬曆三十年(1602)陝西布政司刊本、明嘉靖元年(1522)沈與文野竹齋刊本、明《稗海》本、明吳琯《古今逸史》本等皆爲六卷。毛晉舊藏一部明抄本六卷,盧文弨校,黃裳跋,九行十六字,四周雙邊,白口,無魚尾。卷首有序,次有目録。鈐印"毛晉私印""子晉""武林盧文弨手校""草亭藏""木雁齋""黃·裳""黃裳藏本""黃裳青囊文苑""黃裳流覽所及"等,毛晉、盧文弨、黃裳舊藏,今藏上圖(802223—24),核之與此刻悉合,殆即底本。

王子年拾遺記

毛　扆

癸亥[1]中秋前四日,從舊録本校勘。
丙辰[2]仲春抄閱畢。

注:

[1]"癸亥",即康熙二十二年(1683),時毛扆四十三歲。
[2]"丙辰",即康熙十五年(1676)。

案:《王子年拾遺》十卷,題後秦王嘉撰。

明嘉靖顧氏世德堂刻本,四册,卷末載毛扆兩跋,毛扆據舊録本校並跋,鈐印"汲古閣""西河季子之印""虞山毛扆手校""清河仲子""斧季""張成

之印”“東方文化事業總委員會所藏圖書印”，今藏傅斯年圖書館（A
857.2033）。

《藏園群書經眼録》卷九著録曰：“《王子年拾遺記》十卷，題後秦王嘉
撰。明嘉靖顧氏世德堂刊本，十行十八字。毛斧季宸據舊録本手校。所據
凡二本，一爲十二行二十三字，一爲九行十八字，末有斧季手記兩行（略）。”
《毛宸書跋零拾（附僞跋）》據其收録，云：“康熙二十二年癸亥，十五年丙辰。
抄閲在前，校勘再後，是自然順序。今跋文毛宸手記爲校勘在前，抄閲書後，
次序不順，不知何故。”至於“次序不順”，乃題寫位置有別而已，與前後並不
矛盾。

異　苑

予嘗以古今怪異之事，不可勝記，及讀劉敬叔《異苑》[1]幾備矣。然載
秦世謡而不及仲舒修履之奇，載高陵龜而不及毛寶鑄印之驗[2]。陳仲弓
德星(1)可采而客星犯座，胡以獨遺？沙門慧熾真奇，而佛圖澄豈容盡逸？
至于絡絲之女、鞠通之琴，及郭璞韓友杜不愆董，種種異趣，悉不一收，不知
敬叔意何居也。姑存之以俟博覽者廣焉。湖南毛晉識(2)。

校：

(1)“星”，《題跋》《汲古閣書跋》作“量”。
(2)《題跋》《汲古閣書跋》無“湖南毛晉識”。

注：

[1]“劉敬叔《異苑》”，劉敬叔（約390—470），南朝宋彭城人。初爲東
晉南平國郎中令及長沙景王驃騎參軍。及劉裕建宋，召爲征西長史。元嘉
三年（426），遷給事黃門郎。所著《異苑》十卷凡三百八十二條，所記多爲神
仙鬼怪故事，亦記載晉宋之際士人軼事。

[2]“毛寶鑄印之驗”，皆爲放生靈驗之事，典出毛寶、孔愉。《搜神
記》：“毛寶字碩真，義陽人也。爲邾城守將。初，寶在武昌，軍人有於市買
得一白龜，長四五寸，養之漸大，放之於江。後邾城之敗，寶投江，覺如墮一
石上，水急不得下。須臾，有物推著岸，視之，乃向所放白龜，長二丈餘。寶
既得免，遂以過江。”《會稽後賢傳》：“孔愉字敬康，嘗至吳興餘不亭，見人籠
龜於路，愉求買而放於溪中。龜行至水，反顧視愉。及封此亭而鑄印，龜首
回屈，三鑄不正，有似昔龜之顧。靈德感應如此。”

案:《異苑》十卷,南朝宋劉敬叔撰。

明末崇禎間汲古閣刻《津逮秘書》本,卷首有崇禎八年(1635)胡震亨題辭、劉敬叔傳,卷端署"宋劉敬叔撰　明胡震亨、毛晉同訂",卷末載有毛晉跋。此乃《秘冊彙函》舊本。《學津討源》本、《古今說部叢書》本、《說庫》本等皆出於毛本。

酉　陽　雜　俎

此録二十卷,天上天下,方内方外,無所不有。柯古[1]多奇編秘籍,博學強記,故其撰多非耳目所及也。嘗于私第鑿池得片鐵,命周尺量之,笑而不言,實之密室,則有金書二字報十二時[2]。其博物殆張茂先之流耶! 予向欲梓其全集,與溫飛卿[3]諸公並行,而姑先以此爲嚆矢云。湖南毛晉識(1)。

校:

(1)《題跋》《汲古閣書跋》無"湖南毛晉識"。

注:

[1]"柯古",即段成式。

[2]此條記述語出《太平廣記》卷一百九十七引尉遲樞《南楚新聞》:"唐段成式詞學博聞,精通三教,復強記。每披閱文字,雖千萬言,一覽略無遺漏。嘗於私第鑿一池,工人於土下獲鐵一片,怪其異質,遂持來獻。成式命尺周而量之,笑而不言,乃靜一室,懸鐵其室中之北壁。已而泥户,但開一牖方才數寸,亦緘鐍之。時與近親辟牖窺之,則有金書兩字,以報十二時也。其博識如此。"

[3]"溫飛卿",即溫庭筠,原名岐,字飛卿,太原祁縣人。唐懿宗時曾任方城尉,官終國子助教。其詩與李商隱齊名,時稱"溫李"。其詞注重文采聲情,爲婉約派代表,"花間派"鼻祖。著有《握蘭集》《金荃集》《漢南真稿》《漢上題襟集》等。

案:《酉陽雜俎》二十卷,《續集》十卷,唐段成式編。

明末崇禎間汲古閣刻《津逮秘書》本,卷首有段成式自序,次有目録,卷端署"唐臨淄段成式柯古撰　明古虞毛晉子晉訂",卷末載毛晉跋。據段序"書凡三十篇,凡二十卷",則恰與正集合,則先著正集二十卷,其後補缺續集十卷。《新唐志》《崇文總目》《玉海》《通志》載三十卷,不分正續,《郡齋》《直齋》《中興書目》《通考》均分載之,可見南宋時已單行流傳。此書首刻者爲南宋嘉定七年(1214)周登刻本《酉陽雜俎》二十卷,無續集,嘉定十六年武陽鄧復等刊印三十卷本,南宋淳祐十年(1250)廣文彭氏再刊。但宋槧皆不存,元代未見刻梓。明代有十行十九字本、十行二十三字本、商氏《稗海》本、萬曆三十五年(1607)李雲鵠刻本,其中李雲鵠本卷首有段成式、周登、鄧復、淳祐佚名序,國圖藏趙琦美校勘本,是爲較佳之本。《津逮》本卷首總目缺佚《物革》一篇,且無周登等序,核之與明十行十九字本接近,殆出於此本。《四庫》底本,《四庫提要》卷一百四十二著録。

酉陽雜俎續集

《酉陽襍俎》前集,余既已梓之矣,兹續集也。前後俱有諾皋記[1]。其命名之義,從來難解。宋人有以中行獻子許梗陽人巫皋事[2]爲解,理或近之。或曰“《靈奇秘要》辟兵法有咒曰‘諾皋’”,則益近於誕矣。寺塔記載長安兩街梵刹,徵釋門事甚委,更著壁、障、繪畫,而不及土木之宏麗。蓋以文皇帝掃靖一處煙塵,便建一伽藍爲功德。其輦轂之下,已有燕許諸公立金石而表彰之,柯古不作贅疣也。若與楊衒之對案,西京東都,各自生面。癸酉[3]嘉平月鐫工告竣,漫爲識。湖南毛晉識(1)。

校:

(1)《題跋》《汲古閣書跋》無“湖南毛晉識”。

注:

[1]“諾皋記”,《酉陽雜俎》篇目名。其意晦澀難通。葛洪《抱朴子内篇·登涉》載隱身術稱:“往山林中,當以左手取青龍上草,折半置逢星下,歷明堂入太陰中,禹步而行,三祝曰:‘諾皋,太陰將軍,獨開曾孫王甲,勿開外人;使人見甲者,以爲束薪;不見甲者,以爲非人。’則折所持之草置地上,左手取土以傅鼻人中,右手持草自蔽,左手著前,禹步而行,到六癸下,閉氣而住,人鬼不能見也。”“皋”或爲禱告時習慣呼喝的語氣詞,具有咒語啓動標誌的功能。

[2]此段記述語出《左傳·襄公十八年》:“秋,齊師伐我北鄙。”“中行獻子將伐齊,夢與厲公訟。弗勝。公以戈擊之,首隊於前,跪而戴之,奉之以走,見梗陽之巫皋。他日見諸道,與之言同。巫曰:‘今兹主必死,若有事於

東方,則可以成。'獻子許諾。"

[3]"癸酉",即崇禎六年(1633),《酉陽雜俎續集》刊於此年。

案:明末崇禎間汲古閣刻《津逮秘書》本,卷端署"唐臨淄段成式柯古撰明古虞毛晉子晉訂",《續集》卷末載毛晉跋。《四庫》底本,《四庫提要》卷一百四十二著録。

《藏園群書經眼録》卷九著録一部明抄本《續酉陽雜俎》十卷,九行二十一字,鈐印"毛鳳芭印""謙牧堂藏書記""謙牧堂書畫記"各印,今不知何所。據毛晉跋,《續集》刊於崇禎六年,並非與《正集》同時刊刻,或據抄本而出。

劇　談　録

唐人最拈弄小説,雖金紫大老,趨蹌殿陛之餘,使命一方,鞅掌簿書之暇,盡日有所記録,積久成編。李文饒、劉賓客[1]尤兢兢耳。時至咸通,以迨乾寧,其間韻事足新耳目。況三輔曲江士庶,都冶景物,爲之點次,事事俱堪捃拾也,康較書[2]能無技癢乎?古人讀《漢書》至留侯遇高帝於下邳,便浮一大白。想此時長安酒壚間,聲價不啻倍蓗矣。湖南毛晉識(1)。

校:

(1)《題跋》《汲古閣書跋》無"湖南毛晉識"。

注:

[1]"李文饒、劉賓客","李文饒"即李德裕,生平見前《大學衍義》條釋。"劉賓客",即劉禹錫(772—842),字夢得,籍貫河南洛陽,生於河南滎陽。唐貞元九年(793)進士,曾參與"永貞革新",屢遭貶謫。會昌二年(842),遷太子賓客,卒於洛陽,贈户部尚書。著有《劉夢得文集》。二人均勤於著述。唐肅宗上元中,史官柳芳獲罪流放黔中,高力士流放到巫州,二人交往密切。高力士向柳芳講述了許多唐玄宗時期宫廷中事,柳芳將這些内容記録下來,編成《問高力士》一書。太和八年,唐文宗下詔尋找這本書,但没有找到。李德裕的父親李吉甫曾與柳芳的兒子柳冕在貞元初年一同擔任尚書郎,二人在被貶官東出的途中交談,李吉甫從柳冕那裏聽聞了《問高力士》中的内容,並常常講給李德裕聽。於是李德裕根據自己的記憶,將這些事情編輯成書,名爲《次柳氏舊聞》,呈獻給唐文宗。劉禹錫《劉氏集略

説》自述稱:"及謫沅、湘間,爲江山風物之所蕩,往往指事成歌詩,或讀書有所感,輒立評議。窮愁著書,古儒者之大同,非高冠長劍之比耳。"

[2]"康較書",即康駢,字駕言,池陽人。唐乾符四年(877)進士,後因事貶黜,退居田園,曾避黃巢之亂於故鄉池陽山中。後復出,官至崇文館校書郎。所著《劇談録》二卷凡四十條,皆記唐天寶以來事,雜以鬼神靈驗等"新見異聞"。《四庫提要》稱"稗官所述,真僞互陳,未可全以爲據,亦未可全以爲誣"。惟《津逮秘書》本誤作宋人,《新唐志》誤作"軿"。

案:《劇談録》二卷,唐康駢撰。

明末崇禎間汲古閣刻《津逮秘書》本,卷首有目録,卷端次署"宋池州康駢述　明海虞毛晉訂",卷末載毛晉跋。

《郡齋》《通考》《宋志》皆作三卷,惟《崇文總目》作二卷。《四庫》採録本末有"臨安府陳道人書籍鋪刊行"牌記,蓋據宋刊,外間流傳只有《津逮秘書》本。《藝風藏書續記》卷八著録,曰:"首缺自序,次行題'宋池州康駢述',誤唐爲宋。上卷二十條,下卷二十二條,與《提要》所云四十條不合,爰取談《廣記》對核,只採二十條,並非全部收入。《廣記》三百九十四'元稹'一條,《廣記》四百'裴度'一條,今書所無。'桑道茂'一條、'李德裕'一條均在《記》所引之外,字句訛錯,不如《廣記》遠甚。況乎館臣所見,既係影鈔,其爲舊本流傳,更無可疑。不必以爲鈔合也。爰取《廣記》及《類記》《紺珠集》《角力記》等書校勘,並取舊藏明刻稽古堂本補録自序一篇。餘篇字句異同,均爲訂正。雖未見影宋舊抄,固已出《津逮》本上矣。"傅增湘用涵芬樓藏明傳抄宋陳道人書籍鋪刻本校汲古閣本,又據《太平廣記》引文校,校本今不知何所,《藏園訂補郘亭知見傳本書目》卷十一著録。宋刻本今已不存,今存明刻十行十九字本、黃丕烈跋明抄本等,實皆出於宋本,《津逮》本殆據明刻本刊出。

甘　澤　謡

予昔年訂《陶靖節集》,推其後裔,從《命子》詩注中見《陶峴》[1]一則,古異可喜,相傳本於《甘澤謡》[2]。亟欲睹其全帙,既從友人處見抄本二十餘條,乃就《太平廣記》中摘出者,非郊原書。甚哉,贋抄之欺世也。今得兵憲楊公[3]重訂善本,參之《廣記》,略有異同,與端臨《經籍考》相合,惜乎原序亡逸耳。庚午上巳前一日,湖南毛晉題于鹿城舟次。(1)

校：

（1）《題跋》《汲古閣書跋》無“庚午上巳前一日，湖南毛晉題于鹿城舟次”。

注：

[1]《陶峴》，語出《甘澤謠》：“陶峴者，彭澤之孫也。開元中，家於昆山，富有田業。擇家人不欺而了事者悉付之，身則泛艚江湖，遍游煙水，往往數歲不歸。見其子孫成人，初不辨其名字也。峴之文學，可以經濟，自謂疏脱，不謀宦游。有生之初，通於八音，命陶人爲甓，潛記歲時，敲取其聲，不失其驗。撰《樂録》八章，以定八音之得失。”

[2]《甘澤謠》，一卷，唐袁郊撰。袁郊，字子乾（一作之儀），蔡州朗山人。唐懿宗咸通間曾官祠部郎中，又爲虢州刺史，與温庭筠有交往。《甘澤謠》爲晚唐傳奇小説，所記均爲怪異及傳奇故事。

[3]“兵憲楊公”，即楊儀。

案：《甘澤謠》一卷，唐袁郊撰。

明末崇禎間汲古閣刻《津逮秘書》本，卷首有嘉靖三十二年（1553）楊儀《重校甘澤謠序》，手寫上版，次有目録，共收九篇，附有蘇軾刪改圓澤傳並跋、贊寧記觀道人三生爲比邱篇，卷端署“東吳毛晉子晉訂”，卷末載五川居士楊儀跋及毛晉跋。考此書《新唐志》《崇文總目》《郡齋》《直齋》《宋志》均著録爲一卷，《郡齋》曰：“咸通中，久雨，臥疾所著，故曰《甘澤謠》。”《直齋》曰：“唐刑部郎中袁郊撰，所記凡九條。咸通戊子自序以其春雨澤應，故有甘澤成謠之語，遂以名其書。”可知此書成於咸通九年（868）春節袁郊患病期間。今傳本爲楊儀輯本，據楊儀序稱，明代幾乎絶跡，多方搜求，始獲一舊本：“其書爲九章，悉完好，但袁郊自序、首卷則缺損不可復讀。”雖無自序，但篇目與《郡齋》等所載吻合。清周亮工《書影》稱：“皆從他書抄撮而成，僞本也。”對此，《四庫提要》予以駁正：“與《太平廣記》所引者一一相符，則兩本皆出《廣記》，不得獨指儀本爲重儓。又袁輯散佚，重編成帙，亦不得謂之贋書，所論甚爲未允。”楊儀本，明崇禎十三年（1640）孫明志抄録一部，並校跋，今藏國圖（06939）。據毛晉跋，此刻乃據楊儀本付梓。卷末“庚午”，崇禎三年（1630），殆即刊時。《津逮》本爲此書首刻。《四庫》底本，《四庫提要》卷一四二著録。

茅亭客話

休復[1]字歸本,通《春秋》三傳,自言授道李諶[2]處士。鬻丹養親,兼精畫學,嘗撰《益州名畫記》[3],自李唐乾元初迄趙宋乾德間五十有八人,釐爲四品。旁通百家小説,所居一茅亭,多蓄古人異蹟,凡賓客往來,拂拭展玩,評論無倦色。偶及仙佛、神鬼、謡俗、卜筮。雖異端而合道旨、屬懲勸者,皆録之,命曰《茅亭客話》[4]。陳氏曰:"所記多蜀事,蓋蜀人也。"虞山毛晉識(1)。

校:

(1)《汲古閣書跋》無"虞山毛晉識"。

注:

[1]"休復",即黄休復,字歸本,一作端本。北宋蜀人。好道術,曾受道於處士李諶,鬻丹養親,隱居不仕。通《春秋》學,曾校《左傳》《公羊傳》《穀梁傳》,兼精畫學,收藏甚富。著有《益州名畫録》《茅亭客話》。

[2]"李諶",蜀地處士,精《春秋》學,教授蜀中四十餘年,多與蜀地文人道士來往,居於蜀地道士劉蟾之宅。黄休復曾及門受教。

[3]《益州名畫記》,黄休復撰。以列傳體形式記載自孫位至邱文曉等五十八位畫家生平及繪畫作品,按"逸、神、妙、能"四格編排,共分上、中、下三卷。

[4]《茅亭客話》,十卷,宋黄休復撰。《郡齋讀書志》卷十三稱:"茅亭,其所居也。暇日,賓客話言及虚無變化、謡俗、卜筮,雖異端而合道旨、屬懲勸者,皆録之。"書中所記,始於五代前後蜀,終於北宋真宗朝,主要記述蜀中神仙、異僧及文人處士的事蹟及風土人情、社會政治歷史狀況等。

案:《茅亭客話》十卷,宋黄復休撰。

明末崇禎間汲古閣刻《津逮秘書》本,卷首有目録,卷端署"宋江夏黄休復集　明海虞毛晉訂",卷末載毛晉跋。此書《郡齋》《直齋》皆著録十卷,其最早刻本爲北宋哲宗元祐八年(1093)石京刻本;至南宋,臨安府太廟前尹家書籍鋪重刊,清咸豐三年(1853)胡珽活字排印《琳琅密室叢書》收録。據《增訂四庫簡明目録標注》著録,尚有元延祐刊本,未見流傳。明代主要以抄本形式流傳,有明秦焌穴研齋抄本及錢罄室抄本。《汲古閣珍藏秘本書目》著録"舊抄"一本,當即此刻底本,但無石京後序,蓋底本已無。《學津討原》本據其重刊,補入石京後序及《四庫提要》,後附邵恩多後序。《四庫》底本,《四庫提要》卷一百四十二著録。

重刊增廣分門類林雜説

庚午[1]秋九月,虞山毛晉借觀一過。

注:

[1]"庚午",即崇禎三年(1630),時毛晉三十一歲。

案:《重刊增廣分門類林雜説》十五卷,金王朋壽撰。

元抄大定本,三册。卷首封葉題"金王朋壽著　十五卷　遐寄齋散逸影大定本增廣類林",内文卷首有金大定二十九年己酉(1189)王朋壽序,次有總目。卷末有周穆、毛晉、陸貽典、林佶、張蓉鏡、張本淵跋,毛晉跋下鈐印"寶晉",其他鈐印"王子裕""原博""沈度""毛晉過眼""汲古閣""天州趙氏""席玉照""孫從添印""莬圃過眼""陳鑾曾觀""虞山張蓉鏡鑒藏""密均樓"等,王子裕、吳寬、沈度、華夏、周稼墨、孫士鎔、孫從添、蔣郁文、席鑑、張蓉鏡、蔣祖詒、劉承幹舊藏,今藏國圖(09614)。《文禄堂訪書記》卷三著録。

此書由平陽王朋壽(字魯老)撰成於金大定二十九年(1189),並由其鄉人李子文刊之。錢曾《讀書敏求記》著録家藏元人抄本一部。清嘉慶間,張蓉鏡、張金吾各得一明抄本,蓉鏡借金吾藏本校勘,知二本同出一源,俱從金大定刊本影寫。1920年劉承幹得蓉鏡本,刊入《嘉業堂叢書》中,《續修四庫》據嘉業堂本收録。道光元年(1850)張蓉鏡跋曰:"卷首有王氏子裕方印,係明王仲山先生正字,下'酉堂'二字則王禄之別字也。吳原博、沈民則俱有印記,首行邊有吳補庵藏長方印。是册曾入錫山華氏,華氏所藏奇籍,幾於充棟,曾刻《真賞齋法帖》行世,其鑒別不在項氏下。觀此則是書在前朝已爲世重。入我朝爲孫慶曾購得,慶曾即著《藏書紀要》者。册面有'遐寄齋散逸'五字,遐寄爲蔣郁文從氏齋名,陸敕先素與之交,故得借閱也。毛子晉又從周氏借閱一過。數百年來輾轉還瓿,毫無所損,抑足爲是書幸矣。"毛晉跋前有周稼墨跋:"《類林》一册,共七十三頁,沈民則、王仲山先生舊藏。壬子秋,予得之同里黃氏,内缺五葉,假雅廉兄藏本補足之,置諸篋中,已十七年矣……崇禎己巳孟夏中澣,稼墨氏周穆識",毛晉跋後題有"崇禎五年春日，吳郡孫士鎔得于武陵書棚，子孫寶藏之"。"崇禎己巳"即崇禎二年，蓋毛晉於崇禎三年從周稼墨借得一讀，其後旋歸孫士鎔。

説　郛
毛　扆

此本《説郛》[1]與世行本迥異，所未詳也。其卷二十載《雞肋編》，紕繆百出，幾不可讀，家藏有元人王元伯[2]手抄本，取而校之，改正如右，然掛漏尚多，未能盡除也。歲在庚寅[3]重陽前四日，虞山毛扆識，時年七十有一。

注：

[1]《説郛》，一百卷，元陶宗儀編。是書名取自"天地萬物郛也，五經衆説郛也"，仿南宋曾慥《類説》，分類選輯自漢魏至宋元罕見的各種筆記小説，旁及經史、諸子、詩話、文論等，凡一千餘家，但多是採取精華，摘録各書部分内容，未能收原書足本，而仍保留原書名。

[2]"王元伯"，金壇人，四世同居，家百餘口，至元間榮獲旌表。《天禄琳琅書目》卷六著録王元伯舊藏元刻本《北户録》，卷端鈐有"王元伯氏""王氏家藏"兩印。

[3]"庚寅"，即康熙四十九年(1710)。

案：《説郛》六十卷，元陶宗儀輯。

明抄本，陶珽重輯本。明楊維楨序，王舟瑶跋。第二十卷爲毛扆校並跋，鈐印"虞山毛扆手校"長方朱文印。其他印有"馬玉堂印""笏齋藏本""玫伯""黄岩九峰圖書館藏書之印""曾經民國二十五年浙江省文獻展覽會陳列"等。毛扆、馬玉堂、王咏霓(字子裳，號六潭，黄岩人)、黄岩九峰圖書館舊藏，今藏臨海市博物館。

據毛扆跋，可知家藏元王元伯手抄本《雞肋編》，康熙四十九年(1710)據以校勘家藏明抄本《説郛》中《雞肋編》，方知明抄本"紕繆百出"。

王舟瑶跋云："是本僅六十卷，爲汲古閣舊藏，以百廿卷本校之，非僅卷數不同，即編次亦異。凡刻本有而此本無者，約八百六十餘種，此本有而刻本無者，亦約有百餘種，當是南村初稿，其後增益爲百卷耳。唯俗手所抄，誤字如麻，幾不可讀。其第一、第五、第七等卷，雖間經校過，然亦草草，惟第廿卷爲毛子晉(誤，實爲毛扆，丁案)有跋語。其書後爲皖人馬氏所藏，同治間復爲吾鄉王六潭所得,今余爲九峰購之,略記梗概如右。"張宗祥《鐵如意館手抄書目》云:"(涵芬樓本)《説郛》印成後,知台州圖書館尚有六十卷,亦明抄本,王子莊(王子莊爲王棻,誤,實爲王舟瑤)先生曾爲題記,且目録亦全,但未寓目,不敢斷定爲何時寫本。"參見徐三見《汲古閣藏明抄六十卷本〈説郛〉考述》(《東南文化》1994 年第 6 期)、傅增湘《藏園訂補邵亭知見傳本書目》、昌彼得《説郛考》、沈暢《再論臨海市博物館舊藏舊抄分類本〈説郛〉之性質》(《歷史文獻研究》2017 年第 2 期)等。

大方廣佛華嚴經

　　鳳苞較刻《華嚴大經》,願見名本。頂禮吳中石像,隨得宋版全部,乃中峰禪師[1]故物,真奇逢也。復扣龍壽禪院覓継禪師血書者,不遇寺僧,廢然而返,迄今十年矣。因虎丘重新大雄殿,選材爲兩楹,以果宿願,回泊半塘,始得瞻禮是經,併讀宋文憲公手跋,合爪稱慶,遂向佛前逐卷跪展,詳其始末,援筆以志歲月。同觀者王人鑑、沈璜、王咸、沙門法恒。

　　時崇禎十一年十一月六日,虞山弟子毛鳳苞沐手識。

　　注:

　　[1]中峰禪師(1263—1323),名明本,號幻住、幻庵、中峰等,浙江錢塘人,師承高峰原妙禪師,居天目寺,爲繼高峰後一代宗師,著有《中峰廣録》三十卷等。① "願見名本頂禮吳中石像"之"名本"者,即明本,因明諱而改之。毛晉"頂禮"中峰禪師石像時,得宋版《華嚴經》八十卷,隨即重刊,事見下條毛晉跋《大佛廣佛華嚴經》及《大方廣佛華嚴經海印道場十重行願常徧禮懺儀》案語引文。

　　案:《大方廣佛華嚴經》八十卷,元至正二十五年釋善繼血書寫本,今藏蘇州西園寺。《中國古籍善本書目》著録。血經爲蘇州半塘壽聖寺僧善繼發願刺血而寫,壽聖寺特建毗盧閣珍藏此經。其間血經歷盡劫難,險遭散佚、搶掠、灰炬之災,至今已歷六百三十多年,竟完好無缺,彌足珍貴。流傳期間,千餘名僧、學者經眼,如元釋壽寧,明安希范、宋濂、朱鷺、李維楨、鍾惺、嚴澄、謝陛,清徐樹玉、彭冬年、歸莊、曹溶、繆彤、嚴虞惇、宋犖、曹寅、嚴繩孫、劉體仁、王昶、錢大昕、潘奕雋、石韞玉、黃丕烈、韓崇、釋達受、唐翰題

---

　　①　參見釋印旭主編:《元代高僧中峰明本禪師》,宗教文化出版社 2010 年版。

等,近代莫友芝、盛宣懷、康有爲、陸潤庠、吳蔭培、章炳麟、翁同龢、周星詒、吳昌綬、吳昌碩、李根源、朱祖謀、葉恭綽等皆有題跋,計有四百多人,多題於天頭地脚及行間,以卷一、卷二爲多,另集有題名及題跋七册。周永年跋云:"書皆莊楷清勁,血書前半鮮明,成金黃色,後半稍暗。僧前食淡,後食鹽也。"當是爲寫血經,善繼長期食淡齋,其字呈金黃色,後半部稍暗,似因精神體力不支,稍有鹽份攝入所致。善繼於卷一自題云:"時至正乙巳仲春六日,半塘壽聖寺比丘善繼爲書始。"卷八十一題曰:"至正丙午季秋八日,半塘壽聖寺沙彌善繼書畢。"可知自至正二十五年(1365)二月六日至二十六年(1366)九月八日,歷時一年七個月,才寫完全書八十一卷六十餘萬字。不久,因元末戰亂,第五十三卷遺失,明洪武元年(1368),善繼不惜重新刺血補寫,時四十二歲。

　　由於血經藏蘇州西園寺,佛門禁閉,筆者無由得見。幸而民國間吳蔭培將所載諸跋過録,輯成二册,經潘景鄭舊藏,今藏上圖(T26261-62)。本書毛晉跋即據上圖藏本録之。毛晉跋載於第四十八卷末,後又有光緒間藥龕題跋:"汲古閣圮久矣,不意後生得覯子晉先生題字,是日又見卷首西螽畫像,因并記之。"由毛晉跋可知,目見血經在崇禎十一年(1638),時三十九歲,然已於十年前即尋訪未見。關於此事,又明崇禎十六年(1643)毛晉輯刻《明僧弘秀集》卷八《絕宗一首·大雪行》末長跋載之,跋文首段爲釋善繼傳記,次段爲跋文,第三段迻録釋善繼兩跋。茲引第二段跋文以作參考:"余過半塘寺,瞻禮血書《華嚴經》,知是善繼上人手筆,寺僧皆云:'此師宋文憲前身,故曾作贊,又作塔銘。'余因檢宋文憲集中,二文具在,殆同名,非一僧也。據宋文憲作《文明海慧法師塔銘》云:'善繼,世壽七十有二,僧臘六十,卒于丁酉歲七月二十二日。'此至正十七年也。又按善繼自跋血經云:'前于丙午至正二十六年仲秋書畢,爲大軍到,失去一卷。再于戊申洪武元年仲秋寫完,時年四十二歲。'據此二說,則歲月相去,生卒各殊,昭昭矣。但半塘寺善繼上人筆亦典秀,茲附其跋,以露文豹一斑。至若謝少連謂'善繼爲永明師後身,文憲公前身',牧師已正其譌。但此經始于乙巳,終于丙午,補于戊申,不過三秋告成耳。乃謂:'三世淨因,再來勝果。'俾幾百年來緇素名流頂禮瞻仰,展卷合爪,贊嘆希有,甚至有連篇累幅茫然不省,真有不可思議者。或謝少連一跋傳誤,反爲法寶功臣耶? 併贊繼公兩跋,以俟慧辯。"

刻華嚴經緣起

天啓丙寅獻歲[1]之初,發二大願:一願刊經史全部以資後雋;二願刊

《大方廣佛華嚴經》以報四恩[2]：是日伊始，常課行善行，以祈必遂。既而經史皆得善本，次第付梓，而《華嚴》未獲舊刻，如鉤掛臆，不能舍然。辛未六月，晉長跪懇禱吳門開元寺石佛前，經一日夜，寺僧咸以爲不知何求也。及旦，有僧伽語於旁，曰：“鎮山之寶宋刻《華嚴》質於某所，今少凈貲以出之，奈何？”晉驚喜而起，質知始末，遂出金以贖之。拜而启櫝，楮墨精好，古香襲人，因共合掌稱歎，洵如來默應之不爽也。敬奉以歸，取北藏本及南藏本新舊本翻覆讎勘，頗多異同。大抵元刻南藏本與宋本行合，而間有脱落字句，北藏本悉經增入。蓋我成祖篤信三寶，廣搜諸本，精詳勘正，故字句特全備，而新南藏本多與北藏本同，但少雜以流通文義也。晉一以宋本爲宗，而佐之以北藏本，俾善書良匠，大字開板。自崇禎四年八月七日至今十月四日畢工，凡七閱寒暑而告成。忝幸時泰人和，捐貲千金，得成勝果，皆我佛佑助之力，非晉薄福所能致也。卷首佛像既摹宋本開雕，慈悲莊嚴，悉皆具足。又流通本每卷後皆有字母，以便唱歎。按本經中善財尊者所傳不過四十二字，而天下之音聲該焉。今分列各卷，皆後人所爲，諧亦後世增入，宋元及兩藏本皆所不載。宇内本妙嚴而終法界三十餘品，雜思雜議，字字示現大蓮華，由方廣以及行願八十一卷，經劫經塵，重重攝入寶樓閣。所願帝首長輝，先靈永濟，衆生同游，華嚴歷劫，不昧菩提，永惟初志，諸佛證明，普就勝緣，大慈加被者。

崇禎十一年歲在戊寅十月望日，弟子毛晉熏沐識。

注：

[1]“天啓丙寅獻歲”，“天啓丙寅”爲六年（1626），“獻歲”即新年、歲始。宋玉《招魂》：“獻歲發春兮，汩吾南征。”

[2]“四恩”，佛教稱父母恩、衆生恩、國王恩、三寶恩。見唐釋三藏譯《大乘本生心地觀經》卷二《報恩品第二》。

案：《大佛廣佛華嚴經》八十卷，唐釋實義難陀譯。

清抄本《汲古閣珍藏秘本書目》，今藏國圖（目 430/827.3），卷末載此跋，次載《重鎸十三經十七史緣起》。由此跋可知，毛晉於崇禎四年（1631）至十一年刊成是書，歷時七年，所據底本爲宋刻本，並參校明洪武北藏本、永樂南藏本。然今未查到此本，是否存世仍待考察。

大方廣佛華嚴經海印道場十重行願常徧禮懺儀

毘盧[1]性海，本無識浪之奔騰；中道義天，何有業雲之障翳？慨自無始元明，一焰生所，遂爾有情薰染，五住難空。于是大覺世尊[2]悲心無齊，張施教綱，撈摝群機，欲使糠粃聲緣，稻麻佛子皆据涅槃之岸，咸登寂滅之場。此如來不動不離而升而游之弘願也。固知言説盡屬筌蹄，本懷欲明心性。夫衆生流浪，罪有攸歸，頓滅塵沙，計當安出？灸病必求其穴，斫樹須討夫根。善逝既爲與藥之醫王，必授破魔之鎧仗。知執情著，我先淘汰以般若之波；閔我所迷，人復攝歸于因陀之綱。五時三焰，無非解脱之門；七處九會，總爲懺悔之法。迦文所以思惟三七，光召十方，與雲籠大士説此華藏玄文也夫？何事説經旨歸？斷惑則是。經外無懺，懺即是經，豈屬分鑣，固爲合轍。但今習行三昧者，既闇正助之兼資；建立道場者，復昧事理之互説。惟修相福，不飾心壇，遂使懺法雖多，悟道實尟，不有善軌，何以修持？若舍佛華，難凋罪果。予故謂法運之興，當機在此。乃躬逢聖明，正盛弘方廣，而跡淹草莽，亦甚有奇緣。十年發願，初鐫刻以告成。萬里來人，復賫持而下訊。問其方所，則云："來自天末滇南。"叩以指麾，則云："主于木公無姤。"啓函而讀，知爲雜華之懺儀。依經而録，乃是一行之撰述。其爲式也，分布四十二晌，表證位于前阿後荼[3]，題云：海印[4]道場。明取則于發光影現，依普賢[5]之十願，該龍藏之全文，正救世之津梁、爍昏之如意也。祕于古刹，何歷兵火而猶存？出自今朝，固知因緣之有在。生白木公[6]者，雪山香象，麗水珠王。棄榮堪揖，龐公檀波洋溢；傳經可方，龍猛教海翻騰。是以沙劫良因，一朝奇滙。鳳苞雖愆謀面，久屬知心，乃不棄荒愚，俾參得失，寄懷金帛，欲梓流傳，猗歟盛哉！天邪，人也。

　　予方悵群經之有懺，獨《華嚴》[7]而無聞，豈意千載先有同心，不覺一時爭爲合掌。遂以百萬雄文，促其半載竣業。法流寰宇，版貯江南。將使入此門者，燒香散花，即識二音之相貌；低頭舉手，咸植千佛之遠因。善財之烟水百城，何須遍訪？彌勒之莊嚴樓閣，彈指忽開。頓悟本成，無煩塵劫。何有于山河大地，總是法身；不礙夫芥子須彌，融于妙性。重重塵刹，掌果宛然；浩浩天人，鍼鋒徧現。此皆刻期證入，豈屬侈語誇人！果爾則尚有何法以當前，何罪而可滅耶？始知四十九年之説，已屬不如不是。何況四十二晌之儀，猶爲可著可取。是今日猶曇之現，正爲脱後之果成。兹方梨棗之傳，亦爲住前之筏喻。予檮昧無知，罕窺秘奧，當兹盛事，勉爾濡毫。紀勝云耳，弁册豈敢？峕崇禎十有四年歲在辛巳孟夏浴佛日，虞山佛弟子毛鳳苞薰沐頓首謹序。

注：

[1]"毘廬"，爲毗盧舍那之省稱，即大日如來。

[2]“大覺世尊”，即佛祖釋迦牟尼。

[3]“前阿後荼”，“荼”當爲“荼”字之誤。“前阿後荼”，亦即“初阿後荼”，指梵文四十二字之首末二字，阿字爲首，荼字爲末。華嚴、般若經等以此四十二字作觀字義法門，每一字皆有其特殊之佛法意義。

[4]“海印”，《華嚴經》用“海印三昧”描繪圓融無礙的成佛最高境界，認爲在此境界中，世界上一切萬物皆能顯現出來，又能相互圓融，從而説明佛與衆生、净土與穢土、佛國世界與世俗世界並没有本質區別，世上一切相互關聯而又交融統一。

[5]“普賢”，爲中國佛教四大菩薩之一，象徵理德、行德，與象徵智德、正德的文殊菩薩相對應，同爲釋迦牟尼佛的左、右脅侍。

[6]“生白木公”，即木增（1587—1646），字長卿，一字生白，號華嶽。雲南麗江土司，明初木得之裔孫、木青之子。世襲土知府，以助餉征蠻功，晉秩左布政使。壯年隱遁玉龍山南麓，讀書著述。著有《雲薖集》《山中逸趣》等。

[7]《華嚴》，即《大方廣佛華嚴經》，爲大乘佛教重要經典之一，也是中國佛教華嚴宗所依據的主要理論典籍。

案：《大方廣佛華嚴經海印道場十重行願常徧禮懺儀》四十二卷，唐釋慧覺録、宋釋普瑞補注。

明崇禎十四年（1641）毛晉代木增刻本，卷首依次有崇禎十四年虞山錢謙益“華嚴懺法序”、崇禎十四年毛晉“華嚴經海印道場懺儀敘”（敘末鐫印“毛晉字子晉一名鳳苞字子九”“篤素居士”“家在昆湖之曲”）、“華嚴海印道場懺儀題辭”及“華嚴海印道場九會請佛儀”，卷端分兩行首題“大方廣佛華嚴經海印道場十重行願常徧禮懺儀/卷第一”，次分五行署“唐蘭山雲巖慈恩寺護法國師一行沙門慧覺依經録；宋蒼山載山寺沙門普理補注；明欽褒忠義忠藎四川布政佛弟子木增訂正；雞足寂光寺沙門讀徹參閱；天台習教觀沙門正止治定。”卷四十二末刊記云：“欽褒忠義忠藎四川布政雲南麗陽佛弟子木增；同麗江知府授參政男木懿；應襲孫木靖暨諸子孫太學生木喬、木參；生員木宿、木櫟、木櫄、木槎、木極、悟樂等各捐净俸，延僧命役敬奉。”次又有刊記云：“《大方廣佛華嚴經三昧懺儀》一部共四十二卷六十一册，直達南直隸蘇州府常熟縣隱湖南村篤素居士毛鳳苞汲古閣中，鳩良工雕造，起于崇禎庚辰孟夏，終于辛巳暮春，凡一載功成。今寘此版於浙江嘉興府楞嚴寺藏經閣，祈流通諸四衆，歷劫薰修，見聞此法，永持不舍。所願一乘頓教，遍佈人寰，三有群生，俱明性海者耳。齎經僧係雞足山悉檀禪寺比丘道源、玄契等。"(卷一末亦有此記,但無末署名)卷首"華嚴海印道場九會請佛儀"後另葉附題記,云:"南中木道人棲志林泉,雅好浄業,每逢經懺,留意探尋。一日於葉榆崇聖寺中得《華嚴海印道場禮懺儀》四十二卷,傳自大唐一行沙門所録,但大藏中未見載入。惟據父老傳説,因大唐兵燹,有禪師普瑞傳來,付在寺中。第其中字句間有差訛,文意間有未接。余生天末,識見不敏,不敢僭爲參訂。兹欲將《華嚴經》全部輯入其中,刊傳於世,敢以仰質高明弘慈改正,共成濟世津梁,同證菩薩覺路。"四周雙邊,半葉十行二十字,注文雙行字數同。版心上題"支那撰述",中間題"華嚴懺儀卷幾",下題頁數。卷前有釋迦牟尼佛像一幅,版心左下角題"徑山化城恒瑞梓",後半頁有龍紋木記一,題"皇圖鞏固,帝道遐昌;佛日增輝,法輪常轉"。今國圖藏一部(A01549),"中華古籍資源庫"收録。

　　毛晉崇佛,曾多次前往寺院聽經。崇禎十三年(1640)三月三日,毛晉於蘇州華山寺見到木增使者,接受其爲木增刊印《華嚴懺儀》的請求,至次年四月八日刊竣,並由法潤禪師攜歸南詔。毛晉《野外詩・送法潤禪師載華嚴海印儀還南詔》小引亦載此事:"崇禎十三年四月八日,余因汰如明公講《華嚴解制》入華山,蒼雪徹公偕坐蓮花洞。俯瞰法侶,瓢笠蟬聯,如雲出山。獨有一僧,緣紺泉鳥道而上,前异經一篋,狀貌綴飾迥別吴裝,目覩而异焉。彈指間,直至座下,擎一錦函,長跪而請曰:'弟子從雲南悉檀寺而來,奉木生白大士命也。木大士位居方伯,從雞足山葉榆崇聖寺覲《大方廣佛華嚴經懺法四十二晌》,相傳一行依經録者。兵燹之餘,普瑞藏諸寺中。自唐迄今未入大藏,故特發願刊佈,敬授把事,度嶺涉江,就正法眼。'言畢,隨出兼金异香爲供,作禮而退。蒼公合掌向余曰:'异哉! 子向藏中峰禪師華嚴宋本,模勒既成,昨又鐫賢首本傳,汰兄方講《清涼大鈔》第一會,適有三昧海印儀不遠萬里而至,真雜華一會,光召影響也。壽梓以傳,非子而誰?'余遂欣然,鳩工庀材,經始乃事。越歲辛巳,木公再馳一介,遙寄尺書,贈以琥珀薰陸諸异品,諄切鄭重,雲山萬里,如接几席。迨工人告成,又逢如來脅生之誕,何時分之適符,不可思議耶? 一時遠近緇素詫爲奇特,聞風隨喜者,陸不停輪,水不輟棹。至法潤師南旋之日,爇香獻花者,棋布於隱湖之干,或繪無聲,或歌有韻。余亦霑一味之澤,聊賡五際之言,庶幾他日泝岷源,登雪山,訪白水道,與法潤長老共披十萬之正文,不爲生客矣。"自"華嚴海印道場九會請佛儀"後題記及卷一末題記可知,書版刊成後,將版片置於嘉興府楞嚴寺藏經閣,其後收入於《嘉興藏》"續藏經"中,其第十五至十七函即此。由此可知,此書有單行本,有《嘉興藏》本,前者無"華嚴海印道場九會請佛儀"後另附題記。

華嚴經海印道場懺儀題辭

伏聞道原不藉夫言，而非言無以暢其道者，契經也。理雖不舍夫事，而即事可以攝其理者，三昧[1]也。蓋由契經而出三昧，是從顯以入微，由三昧而成懺法，是兼本以及末，此豈非因果不昧之宗、修行漸次之路乎？殆自海影印周於東土，而雜華散落於人間。專袒習者，勤讀誦之紛紜；飭伽譚者，爭搜探之先後。自爾龍經匝地，香軸彌天，寫素呾纜於井光，現窣賭波於冰照，誠運隆金水之盛，歲徵胖稀之符者也。但其線義貴乎貫穿，算沙秖爲觀察，尚未知金外更無師子，又烏識乳外必無醍醐。於是賢者出焉，擬天台行坐半之四禪，造妄盡還源之三觀。更考古華嚴中有《佛名》二卷、《菩薩名》一卷，載録增多，略無遺漏，廼肇斯懺之張本也。

兹華嚴三昧儀者，厥興於大唐蘭山雲巖寺一行沙門[2]，遵十重之願而爲華嚴，依三寶之章而啓歸敬。倣草堂道場之式，而立四十二晌之行布次第焉。前前則配，以勸樂生信；後後則合，以依人證入，中間敘列可知。彼蓋欲扶在纏之迷倒，裂報障之大綱耳。逮歷乎宋，又得載光寺普瑞沙門述而補注之。然皆撰自支那，未充梵夾，手抄筆録，湮没千秋。況兵燹屢經，而獲久存者，殆一奇矣。

曁乎我明，滇中麗江生白木大士輒遇於葉榆之崇聖寺，機因跡顯，道賴人弘，真法界之玄鏡重輝，高山之慧日再朗也。忽於庚辰之端月，星使軺車，懷金萬里，爰來虞山，問詢汲古主人，因命較閱，繡刻流通。一大因緣，不可思議。愚也方且旽然而际，曠然而聽，瞿瞿然互爲短長，而與之更始，遂授之梓人，以告成焉。客有從東方來者，瞪目而讓愚曰：“子胡昧夫大不思議經之旨趣也。子將以《華嚴》爲懺乎？抑以懺爲《華嚴》乎？子不見夫天中天者毘盧遮那也，世界海者華藏揮塵刹也，身而非身，所以説徧一切處境而非境，所以指當前一法無我矣，又無我所，所以超乎般若，而純譚解脱法門。此時而何處容一罪福相，又何處著一懺悔相乎？甚矣！子之不智也。”愚曰：“噫！吾過矣，吾過矣。雖然，遣蕩爲破執情，建立爲除斷見。文殊之答思惟梵天曰：一切言説皆是真實。何以故？諸有言説，皆是如來言説，不出如故。又於《不思議佛境界經》曰：一切凡夫起貪瞋癡處，即是如來所住平等法。蓋貪瞋癡起於言説，故從言説得出離耳。由是諦觀，不妨從《華嚴》中出。”

注:

[1]“三昧”，即止息雜念，使心神平静，是佛教的重要修行方法，借指事

物的要領、真諦。

　　[2]"一行沙門"，一行（673 或 683—727），唐代僧人，天文學家。本姓張，名遂，巨鹿人。少聰敏，博覽經書，尤長曆象、天文、陰陽五行之學。後從荆州景禪師出家，旋從嵩山普寂學禪，後從善無畏、金剛智學密法，又參與善無畏譯場，助譯《大日經》。唐玄宗年間，受命修訂新曆法。爲提高新曆精度，與梁令瓚同制黄道游儀、水運渾天儀，用以重新測定一百五十餘顆恒星位置，演示日、月、星象運轉。后主持修訂《大衍曆》。

　　案：此跋載明崇禎十四年（1641）毛晉代木增刻本《大方廣佛華嚴經海印道場十重行願常徧禮懺儀》卷首，首爲錢謙益序、次即毛晉序。按據文中語氣及内容等，當即毛晉所撰，姑録於此。《中國佛教經論序跋記集》亦載此跋，但間有異文。

釋 莊 義 序

　　世傳蒙莊著書，寓言十九。後之讀其書者，不沾沾於訓詁之迹，而超然神會於言辭之表，乃爲得之。故其言曰："萬世之後，知其解者，旦暮遇之也。"晉説雋稱：初注莊者數十家，莫究其旨，惟向子期[1]於舊注外，妙析奇致，大暢玄風，而卒爲郭子玄所竄取，故有向、郭二《莊》。後時能言之士即有所錯昧，不能自拔於二家之外。惟支道林[2]與馮太嘗相遇於白馬寺，因及《逍遥》，乃能於向、郭之外，别標新義，其言曰："夫逍遥者，明至人之心也。鵬以營生路曠，而失適於體外；鷃以在近笑遠，而矜伐於心内，皆有欲以當其所足，猶饥者不忘於糧糧，渴者不絶於醪醴，苟非至足，豈所以逍遥哉？"乃今生白氏之言曰："'逍遥'者，廣大自在之意也。斷盡煩惱，泯絶智巧，不以生人一身之功名爲累。虚無自然，爲大道之鄉。"則其所爲逍遥者，視支理尤有進焉。夫世之所不足者，功名也。繇功名不足，而智巧生焉；智巧不足，而煩惱熾焉。其爲累也，鵬或不足，鷃豈有餘？外體既失，内心益病。故不惟以功名爲心，而淡然至足，譬猶飽者之忘食，醉者之釋飲，則何往而不逍遥乎？居平妄謂《逍遥》一篇可以苞舉全部，《莊子》"逍遥"二字可以苞舉全篇，予蓋於生白木翁觀其深矣。公，世臣也，功名所固有，豈有不足哉？乃公方且以少年解組，因得脱去一切，而游於化人之都；絶棄智巧，玩心空宗，而以内得之餘，溢爲詩文，譬則大塊噫氣，觸物應聲，雖于喁互宣，吹萬咸叩，而我所爲逍遥者，未數數然也。然則至人之心，其無所待乎？惟是邇年來不遠萬里，兩緘書走幣，以惠顧予，則予曷敢望焉？先是，公以唐一行禪師《華嚴懺》屬予流通,俾東南緇素普被法施,得未曾有。予幸而得僭筆焉。至是,公復以所著《芝山》《淡墨》諸集,並得讀公大父雪山先生之遺文,且俾予得泚筆於公所著《釋莊義》之弁。予惟公家著作,後先濟美,語貴天下,有用修、光遠導其流於前,有董宗伯、周殿閣、陳徵君諸名公揚其徽於後,尚安所容予之一瀋哉? 意者大鵬不以垂天自足,斥鷃不以控地爲嫌,萬有不齊,成其自取,而於至人之心無累也。此則予有得於公逍遥之意,而即以爲公《釋莊義》之引言也。若曰象罔之獲,則予豈敢! 時崇禎十有六年歲在昭陽協洽相月哉生明[3],琴川篤素居士毛晉書於隱湖草堂。

注:

[1]"向子期",即向秀(約227—272),字子期,河内懷縣(今河南武陟)人。魏晉時期文學家,竹林七賢之一。向秀雅好讀書,與嵇康、呂安等人相善,隱居不仕。景元四年(263)嵇康、呂安被司馬昭殺害後,向秀應本郡上計到洛陽,後官至黃門侍郎、散騎常侍。向秀出身河内向氏,喜談老莊之學,曾注《莊子》,被贊爲"妙析奇致,大暢玄風(《世説新語·文學》)",惜注未成便過世。郭象承其《莊子注》餘緒,完成對莊子注釋。另有《思舊賦》《難嵇叔夜養生論》等。

[2]"支道林",即支遁(約314—366),俗姓關,名遁,以字行。世稱"支公""林公"。東晉陳留人,後遷居江南。家世事佛,自幼讀經,二十五歲出家,與謝安、王羲之等交游,好清談玄理。曾注《莊子·逍遥游》,另著有《釋即色本無義》《道行旨歸》和《聖不辯知論》等。其著作大都已佚,清嚴可均《全晉文》輯有殘文。

[3]"歲在昭陽協洽相月哉生明","昭陽協洽"即癸未年,"相月"指夏曆七月。《爾雅·釋天》:"七月爲相。""哉生明",農曆每月初三日或二日。此時月亮開始有光。《尚書·武成》:"厥四月哉生明,王來自商,至於豐。"孔傳:"哉,始也。始生明,月三日。"

案:《釋莊義》一卷,明木增撰,載於《雲薖淡墨》八卷之第六卷。《雲薖淡墨》爲明崇禎十六年(1643)木懿、木宿、木喬、木啓刻本,實爲毛晉代行刊梓,卷首有楊汝成、閃仲儼、楊方盛、傅宗龍等序及木增《小引》,後有王御乾跋。《釋莊義》卷首有常熟趙士春敍及毛晉序,毛晉序後鐫刻印"一名鳳苞""子晉""霜傑"。"霜傑",取自陶淵明"卓爲霜下傑"之意。卷端署"天台陶宗儀纂　雪峰木增釋義　雲間章台鼎較"。今上海圖書館有藏,《四庫全書存目叢書》子部第一百四十五冊收録。

《釋莊義》係木增輯佚之作，依元陶宗儀輯《莊子》三十餘篇，木增皆補輯之，與《雲薖淡墨》其他七卷皆爲讀書筆記不類。趙士春敍云："此生白木翁之有得於《莊》，若爲其寫照而爲之釋也。生白公……不貴金紫之榮，乃慕九霄之衝舉，得三德之解脫，游泳性靈，棲神至道……予非識木翁也，見其著，因識其人；識其人，益佩服其釋莊之義，並與天台陶公而俱識之，真堪併垂不朽焉。因同邑子晉兄素神交木翁，已爲敍之矣，乃介其使臣復請予敍，遂弁之簡端。"由毛晉序可知，自崇禎十四年汲古閣刻成《華嚴懺儀》後，至十六年，木增又派使臣攜《芝山雲薖集》《雲薖淡墨》《釋莊義》等著述及六世祖木公（字恕卿，號雪山）撰《雪山詩選》三卷（明楊慎選輯並撰序跋），祈毛氏代刻。《芝山雲薖集》二卷，今國圖藏兩部殘抄本，蓋據毛氏代刻本抄錄而來，其一卷首署"木增生白父著；華亭董其昌玄宰父改閱；毗陵周延儒挹齊父、燕山張邦紀瑞石父參訂；昆明傅宗龍括蒼父校正；男懿、蒼、喬、宿同刊"，卷末又有木增自題。

高　士　傳

　　《高士傳》三卷[1]，爲有明黃省曾所撰頌言，一時爲之紙貴。鈔胥寫首卷至中卷兩翻而止，彭龍池[2]先生急於騰錄，鈔胥不及終卷，遂自爲書之，藏於家。後余收得，以爲汲古長物。先賢著述已可寶貴，况又加以鄉賢之手澤邪！毛晉識。

注：

　　[1]《高士傳》三卷，晉皇甫謐撰。記述上古至魏晉隱逸高士九十六人生平事蹟。原書只記述高士七十二人，今本係後人雜抄《太平御覽》所引嵇康《高士傳》、范曄《後漢書》等附益而成。皇甫謐（215—282），幼名静，字士安，自號玄晏先生，安定人。從坦席學儒。中年因患風痹疾，乃鑽研醫學，著《甲乙經》，對針灸造詣頗深。另著有《帝王世紀》《列女傳》《玄晏春秋》等。

　　[2]"彭龍池"，即彭年。龍池即隆池，彭年別號。《列朝詩集》丁集卷八"彭布衣年"條稱："年字孔嘉，長洲人。長身玉立，少磊落，嗜讀書，書法宗顏、歐，其名亞於文待詔。家徒壁立，所交多賢豪長者，不肯一言於乞。人有所饋，雖升斗粟，非文字交，峻辭若浼。卒以貧死。"故毛晉曰"鄉賢之手澤"。

　　案:《高士傳》三卷，晉皇甫謐撰，明黃省曾撰頌。

　　明彭龍池手抄本,卷首有吴郡黄魯曾總序、嘉靖十二年(1533)黄省曾《高士傳》序及自序,卷末載毛晉跋。鈐印"龍池山人""毛晉之印""甲子年七十""玉涵寶藏""子重流覽所及""拙菴珍藏""起潛""滋野""有嬀之後""古照軒藏本""玉涵璞""何煌私印""馬曰璐""沈慰祖印""華華韋齋印""轉畫甕藏""乙雲詞客""乙雲印""曉青之印""僧鑒""芳草堂""高吟半閣""起潛印信長壽""潘氏淵古樓藏書記""叔潤藏書""潘叔潤圖書記""潘印介祉""古吳潘介祉叔潤氏收藏印記""紅豆山房校正善本""江鶴亭曾觀""秋聲館主""玉荀""石蓮"等,彭龍池、毛晉、何煌、馬曰璐、沈慰祖、潘介祉、吴重憙舊藏,今藏臺圖(02367)。傅增湘曾經眼,《藏園群書經眼録》卷四著録,云"海豐吳仲惲遺書,甲戌"。《藏園訂補邵亭知見傳本書目》卷五亦著録"吴重憙石蓮闇遺書"。

補續高僧傳

　　《補續高僧傳》[1]者,道開局公[2]成其師未成之書也。其師華山河公[3],號汰如,貫通内外之典,領袖龍象之林,念歷代《高僧傳》搜討未該,事蹟湮没,擔囊負笈,遍游山嶽,剔荒碑於蘚徑,洗殘碣於松岩。嘉言懿矩,會萃良多,因補前人之所未備,續前人之所未完。紙皮墨骨,未酬宿世之緣;獅吼潮音,驟示雙林之疾。囑付局公,補綴成編。局公以鶖子之多聞,兼茂先之博物,既聊師命,遂畢前功。捧瓊函以示余,翻貝葉而眩目。余也踴躍讚歎,得未曾有。巫鳩剞劂之工,遂付棗梨之刻[4],使湧幢現塔不墜荒榛,寶炬華燈長然慧命。石門文字之禪,净土虚玄之體,相需而著,用垂千古。庶蓮花峰下,師徒之志昭然;教海藏中,今昔之蹤宛在。隱湖毛晉謹識。

　　注:

　　[1]《補續高僧傳》,二十六卷,明釋明河撰。此書爲北宋贊寧《宋高僧傳》續作。釋明河(1588—1640),號汰如,華嚴宗僧人。曾遍游南北名山古刹,歷三十年,猶未成書。臨卒,囑弟子道開繼續其事。此書記載自唐代至明萬曆末年高僧事蹟,仍采用十科分類。體裁上,除附傳以外,增加合傳,時常以二三人合爲一傳。

　　[2]"道開局公",即釋自局(1601—1652),俗姓周,字道開,號闓庵,釋明河弟子,鼇溪寺僧人。早年業儒,經史嫻熟,後出家虎丘,通賢首、慈恩二宗之旨。能詩,善書,寫山水得宋、元人法,一丘一壑多意外趣。

[3]“華山河公”，即釋明河。

[4]釋自扃《自跋》可與此毛晉跋相印證：“遑及戈矛，扃抱書之白門。饑荒兩值，變亂相仍，海宇更張，人心鼎沸。遂不能卒業殺青，彷徨無措。歸而謀諸隱湖居士，樂成先志，助襄厥功，始克告竣。其艱難困苦之狀，未易以一言遍告也……惟此數編，乃師之千古。今幸不負所囑，得壽諸梓，實所以報先師於千古也。”

案：《補續高僧傳》二十六卷，明釋明河、釋自扃撰。

清初汲古閣刻本。版框高廣爲22.3釐米×15.3釐米，半葉十行二十字，四周雙邊，版心上方方框内題“支那撰述”，中間題書名，下題卷葉次。卷首依次冠黄端伯“續高僧序”、釋讀徹“補續高僧傳序”和明崇禎十七年(1644)周永年“補續高僧傳序”，卷末有明天啓元年(1621)馬弘道跋、毛晉跋和清順治四年(1647)釋自扃跋。高僧釋明河、釋自扃與毛晉皆爲至交，釋明河用心數年，撰寫是書，然未成已去，托其弟子釋自扃繼之，毛晉則出資刻之。關於此書的撰寫和刊刻經過，除毛跋外，馬弘道跋中交代較詳，云：“扃公諾此遺言，仔肩鉅任，冀挹檀波，用填願海。不意時值迍邅，兵荒洊至，迨皆未定之驚魂，徒重繭四方，毫無克濟，憂心如焚，懼無以報命。因賫稿至虞山，就汲古主人謀焉。子晉本因深遠，乘願現身，契合夙緣，慨然心許。余時在座，亦隨喜贊成，即付梓人，剋期奏績。是舉也，歷朝龍象借以出興，非河公莫傳其神，非扃公孰繼其志？而非子晉，疇與告其成耶？是三人也，應響佛事，迭爲主賓，功成鼎足。藏海流通，信足不朽矣。”臺灣《“國家圖書館”善本書志初稿》據馬弘道作跋時間定爲“明天啓辛酉虞山毛晉刻本”，周彦文於《毛晉汲古閣刻書考》中題“明末刊本”，皆誤。馬跋末署“重光作噩孟夏佛日”，實爲天啓元年，但當時並未實施刊梓。又據釋自扃所跋内容及末署時間(見注釋4)，直至順治四年始刊畢。據此可知，定其爲清順治四年汲古閣刻本當是。

集　部

屈子參疑·凡例

戈　汕、毛　晉

一　古今諸本字句多有參差，今合王、朱二本，兼宋刻、篆刻與諸行本詳定無訛。

一　本文考遵《本義》《説文》《正譌》《正韻》《韻會》等書，並無坊刻俗字相溷，亦無一點一畫之失，如騷騷、脩修、月月、舟舟、辰辰、枉在、妒妬、槩乘、兪俞、皋臯、正足、羌羌、丰牛、產産、叟叟之類皆辯。

一　王逸句讀總見《韻譯》，本文不加圈點。

一　章注不附本文，別列章次之左。

一　字音全譯，韻脚全譯，俱静審古音、楚音之合者直音之，仍存切反。復注計轉韻之數，以便熟讀。

一　《參疑》恒引經傳及諸書，旁證其各本字句增損異同者，亦並載之，以備博覽。

皇明萬曆戊午秋八月，綠君亭[1]識。

注:

[1]“綠君亭”，毛晉早年刻書齋名。錢泳《履園叢話》云:“汲古閣後有樓九間，多藏書板，樓下兩廊及前後俱爲刻書匠所居。閣外有綠君亭，亭前後皆種竹，枝葉凌霄，入者宛如深山。”①“綠君”即綠竹，亭前後皆種竹，毛晉以“君”稱之，或敬其高風亮節之品格。如《陶靖節集》《蘇米志林》《本草經疏》《楚辭》《三家宮詞》等版心下鐫有“綠君亭”三字。“萬曆戊午”即萬曆四十六年(1618)，時毛晉十九歲。

案:《楚辭》不分卷，屈原等撰，《屈子評》一卷、《楚譯》二卷、《參疑》一卷，明戈汕、毛晉輯。

---

① (清)錢泳:《履園叢話》卷二十二《夢幻·汲古閣》，中華書局 1979 年版，第 579 頁。

　　明萬曆四十六年（1618）綠君亭刻本，版心下鎸“綠君亭”三字。其中
《屈子評》卷首有王逸《楚辭章句敍》，分總評、章評兩部分，未署輯者；《屈
子》署題“漢劉向子政編集　王逸叔師章句”“明東吳戈汕莊樂　毛晉子晉
參定”，首有王逸解題，共分離騷、九歌、天問、九章、遠游、卜居、漁父七部
分；次爲《楚辭》原文。《楚譯》《參疑》卷端皆署“東吳戈汕莊樂　毛晉子
晉參定”。《參疑》卷末附《史記·屈原列傳》，次有“綠君亭識”，即凡例。
凡例後鎸“皇明萬曆戊午秋八月綠君亭識”。據《楚譯》《參疑》可推，
《評》一卷輯録古人對屈原之評價，當亦爲兩人之作，或當時刊漏，亦未可
知。凡例與正文字體一致，凡例與署題爲戈汕、毛晉所撰殆無疑問。鈐印
“子晉氏”“毛晉”“毛表之印”“毛氏藏書”“子孫保之”“從吾所好”“太原
氏珍藏記”“闇坡”“真趣”“長樂鄭氏藏書之印”“長樂鄭振鐸西諦善本”
等，毛晉、毛表、鄭振鐸舊藏，今藏國圖（15515）[1]。《北京圖書館古籍善本
書目》著録爲明萬曆四十六年毛氏綠君亭刻本，時毛晉僅十九歲，屬毛晉早
期刻本。

楚 辭 章 句

毛 表

　　今世所行《楚辭》，率皆紫陽[1]注本，而洪氏《補注》[2]絶不復見。紫
陽原本六義，比事屬辭，如堂觀庭，如掌見指，固已探古人之珠囊，爲來學之
金鏡矣。然慶善少時即得諸家善本，參校異同，後乃補王叔師《章句》[3]之
未備者而成書。其援據該博，考證詳審。名物訓詁，條析無遺。雖紫陽病其
未能盡善，而當時歐陽永叔、蘇子瞻、孫莘老諸君子之是正，慶善師承其説，
必無刺謬。表方舞勺[4]，先人手《離騷》一篇，教表云：“此楚大夫屈原所
作，其言發於忠正，爲百代詞章之祖。子長有言：‘國風好色而不淫，小雅怨
誹而不亂，若《離騷》者，可謂兼之。’我之從事鉛槧，自此書昉也，小子識
之。”壬寅秋，從友人齋見宋刻洪本，黯然於先人之緒言，遂借歸付梓。其
《九思》一篇，晁補之以爲不類前人諸作，改入《續楚辭》。而紫陽並謂《七
諫》《九歎》《九思》平緩而不深切，盡删去之，特增賈長沙二賦，則非復舊觀
矣。洪氏合新舊本爲篇第，一無去取。學者得紫陽而究其意指，更得洪氏而
溯其源流，其於是書，庶無遺憾云。汲古後人毛表奏叔識。

----

①　國圖藏另一部《屈陶合刻》本（16775）《參疑》卷末未見所附《史記·屈原列傳》、凡例及凡
　　例後鎸“皇明萬曆戊午秋八月綠君亭識”，亦無《屈子評》，當爲不全本。

注：

[1]“紫陽”，即朱熹。

[2]“洪氏《補注》”，“洪氏”即洪興祖（1090—1155），字慶善，號練塘，丹陽人。政和八年（1118）上舍及第。初爲湖州士曹，尋改宣教郎，後提江東刑獄。建炎三年（1129）春，高宗駐蹕揚州，被召試秘書省正字，專掌圖書及校勘典籍，後遷太常博士。紹興二十四年（1154），爲程瑀《論語解》撰序，言涉怨望，被劾，編管昭州。次年卒。著有《朱子語類》《楚辭考異》《楚辭補注》《論語説》等。所撰《楚辭補注》十七卷，爲補正王逸《楚辭章句》之作。其體例爲先列王逸注，再標“補曰”以申述己説，既補足王逸所未詳，兼糾正王逸疏誤。補注中除訓詁名物而外，還大量徵引歷史傳説、神話故事，頗爲詳贍。

[3]“王叔師《章句》”，“王叔師”即王逸，字叔師，南郡宜城人。曾任豫州刺史、豫章太守。所作《楚辭章句》十七卷，爲《楚辭》最早完整注本，包括釋義、校刊、訓詁、考史、評文，每篇前加小序。其注雖不詳贍，但訓釋文字多傳先儒訓詁，保存若干古説。

[4]“舞勺”，指十三歲。《禮記·内則》：“十有三年學樂誦詩舞勺。成童舞象學射御。”孔穎達疏：“舞勺者，熊氏云‘勺鑰也’，言十三之時學此舞勺之文舞也。”後以指幼年。

案：《楚辭章句》十七卷，漢劉向輯，東漢王逸章句，宋洪興祖補註。

清康熙元年（1662）毛表刻本，九行十五字，小字雙行同二十字，白口，左右雙邊，雙魚尾。各卷首尾兩葉版心中題“汲古閣”，每卷末皆鑴有“汲古後人毛表字／奏叔依古本是正”雙行長方牌記。卷首有“楚辭目録”，次署“漢護左都水使者光禄大夫臣劉向集”“後漢校書郎臣王逸章句”，正文卷端題“楚辭卷第一”，解題後頂格題“離騷經章句第一　離騷”，次署“校書郎臣王逸上”“曲阿洪興祖補注”，卷末載有毛表跋。國圖所藏兩部（一部爲王國維校、一部爲王念孫校，後者僅存首五卷，且有殘缺）皆缺卷末，毛表跋佚去。中國社會科學院文學研究所、山東省博物館等皆有全本。此跋《汲古閣書跋》未録。據毛表跋，所據底本爲宋本。《四庫》底本，《四庫提要》卷一百四十七著録。

汲古閣刻版後入寶翰樓，故有汲古閣清初刻寶翰樓印本，又有素位堂印本。同治十一年，金陵書局覆刻汲古本，亦載毛表跋。又，日本有寬延二年（1749）柳美啓翻刻本，題作《楚辭箋注》，訂正汲古閣本某些明顯誤字。又有寬延三年莊允恭校刻本，末附《楚辭音》。

　　按此書宋代已有刊本，《郡齋》《直齋》等皆有著録，元代未見刊印，至明代始有據宋本翻刻者，《中國古籍善本書目》著録，南京圖書館、天津圖書館等皆有藏本。

陶靖節集

　　“循之”“愔之”，不知何許人。按《晉》《宋》書俱不載，獨先生詩卷末附存聯句：“鳴雁乘風飛，去去當何極。念彼窮居士，如何不嘆息淵明。雖欲騰九萬，扶搖竟何力。遠招王子喬，雲駕庶可餝愔之。顧侶正徘徊，離離翔天側。霜露豈不切，務從忘愛翼循之。高柯濯條幹，遠眺同天色。思絶慶未看，徒使生迷惑淵明。”

　　尚長禽慶贊云：“尚子咨簿宦，妻孥共早晚。貧賤與富貴，讀《易》悟益損。禽生善周游，周游日已遠。去矣尋名山，上山豈知反。”按《藝文類聚》載此二贊是先生作，今集中無之。豈歐陽詢所見唐初本至宋或有缺脱故邪，抑四五言不類，而集者逸之邪？

　　江文通《陶徵君田居》作徒取《歸去來》詞句以充入之，無先生情致：“種苗在東皋，苗生滿阡陌。雖有荷鋤倦，濁酒聊自適。日莫巾柴車，路暗光已夕。歸人望煙火，稚子候簷隙。問君亦何爲，百年會有役。但願桑麻成，蠶月得紡績。素心正如此，開徑望三益。”此詩俗本誤編《園田》末篇，東坡亦因其誤和之。

　　《問來使》詩，諸集皆不載，惟晁文元[1]家本有之：“爾從山中來，早晚發天目。我屋南窗下，今生幾叢菊。薔薇葉已抽，秋蘭氣當馥。歸去來山中，山中酒應熟。”嚴滄浪曰：“此篇體製氣象與陶不類。”湯東澗[2]曰：“此晚唐人筆。”

　　《四時》是顧愷之神情詩，《類》文有全篇：“春水滿四澤，夏雲多奇峰。秋月揚明輝，冬嶺秀孤松。”劉斯立[3]曰：“當是愷之用此足成全篇，或雖顧作，淵明摘出四句，可謂善採矣。”

　　《八儒》：“夫子没後，散於天下。設於中國，成百氏之源，爲綱紀之儒。居環堵之室，蓽門圭竇，甕牖繩樞，併日而食，以道自居者，有道之儒，子思氏之所行也。衣冠中，動作順，大讓如慢，小讓如僞者，子張氏之所行也。顔氏傳《詩》爲道，爲諷諫之儒。孟氏傳《書》爲道，爲疎通致遠之儒。漆雕氏傳《禮》爲道，爲恭儉莊敬之儒。仲梁氏傳《樂》爲道，以和陰陽，爲移風易俗之儒。樂正氏傳《春秋》爲道，爲屬詞比事之儒。公孫氏傳《易》爲道，爲潔净精微之儒。"

　　《三墨》:"不累於俗,不飾於物,不尊於名,不忮於衆。此宋鈃、尹文之墨。裘褐爲衣,跂蹻爲服,日夜不休,以自若爲極者,相里勤、五侯子之墨。俱稱經而背譎不同,相謂别墨以堅白,此若獲已齒、鄧陵子之墨。"按宋子京[4]云:"《八儒》《三墨》二條,似後人妄加。"何燕泉云:"《八儒》《三墨》出。"韓非子云:"孔墨之後,儒分爲八、墨分爲三。"云云。已上所載,雖不盡同,然大段録之彼書者也。

　　廬山東林寺主釋慧遠集緇素百二十有三人,於山西岩下結白蓮社,命劉遺民撰同誓文,以申嚴斯事。其間譽望尤著,爲當世推重者,號社中十八賢。時祕書丞謝靈運才學爲江左冠,而負才傲物,少所推挹,一見遠公,遽改容致敬。因於殿後鑿二池,植白蓮,以規求入社。遠公察其心雜,拒之。靈運晚節疏放不檢,果不克令終。靖節與遠公雅素,寧爲方外交,而不願齒社列,遠公遂作詩博酒,鄭重招致,竟不可得。按遠公持律精苦,雖彼酒米汁及蜜水之微,且誓死不犯,乃欽靖節風槩,顧我能致之者力爲之,不暇恤。靖節反麾而謝之,或與樵蘇田父班荆道舊,於何庸流能窺其趣哉? 靖節一日謁遠公,甫及寺外,聞鐘聲,不覺顰容,遽命還駕。法眼禪師晚參示衆云:"今夜撞鐘鳴,復來有何事? 若是陶淵明,攢眉却回去。"此靖節洞明心要,惟法眼特爲揄揚。張商英有詩云:"虎溪回首去,陶令趣何深。"謝無逸詩云:"淵明從遠公,了此一大事。下視區中賢,略不可人意。"遠公居山餘三十年,影不出山,跡不入俗,送賓游履,常以虎溪爲界。他日偕靖節語道,不覺過虎溪數百步,虎輒驟鳴,因相與大笑而别。

　　柴桑山,在潯陽郡城西南九十里。《寰宇記》云:"柴桑近栗里,陶公此中人。"白樂天《訪陶公舊宅》序云:"予夙慕陶靖節爲人,往歲渭川閒居,有効陶體詩十六首。今游廬山,經柴桑,過栗里,思其人,訪其宅,不能嘿嘿[5],又題此詩云:'垢塵不污玉,靈鳳不啄羶。鳴呼陶靖節,生彼晉宋間。心實有所守,口終不能言。永維孤竹子,拂衣首陽山。夷齊各一身,窮餓未爲難。先生有五男,與之同饑寒。腸中食不充,身上衣不完。連徵竟不起,斯可謂真賢! 我生君之後,相去五百年。每讀《五柳傳》,目想心拳拳。昔常詠遺風,著爲十六篇。今來訪舊宅,森若在君前。不慕樽有酒,不慕琴無絃。慕君遺榮利,老死此丘園。柴桑古村落,栗里舊山川。不見籬下菊,但餘墟中煙。子孫雖無聞,族氏猶未遷。每逢姓陶人,使我心依然。'"

　　栗里兩山間有大石,可坐十數人,仰視玄瀑,陶公嘗醉眠其上,名曰醉石。旁有醉石菴,陳舜俞[6]詩云:"聒聒飛泉青遶石,悠悠天幕翠鋪空。是非分付千鍾裏,日月消磨一醉中。柳絮任飄荒徑畔,菊花仍在舊籬東。水聲山色年年好，甚使游人恥素風。”傍又有歸去來舘，宋朱晦菴建，題詩云：“予生千載後，尚友千載前。每尋高士傳，獨羨淵明賢。及此逢醉石，謂言公所眠。况復巖壑古，縹緲藏風煙。仰看喬木陰，俯聽横飛泉。景物自清絶，優游可忘年。結廬倚蒼峭，舉觴酹潺湲。臨風一長嘯，亂以歸來篇。”

古彭澤城，在今都昌縣北四十五里，先生爲令治此。宋豫章黄山谷《宿舊彭澤懷陶令》云：“潜魚願深渺，淵明無由逃。彭澤當此時，沉冥一世豪。司馬寒如灰，禮樂卯金刀。歲晚以字行，更始號元亮。凄其望諸葛，骯髒猶漢相。時無益州牧，指揮用諸將。平生本朝心，歲月閲江浪。空餘詩語工，落筆九天上。向來非無人，此友獨可尚。屬予剛制酒，無用酌盃盎。欲招千載魂，斯文或宜當。”

柴桑、栗里之間，多先生舊蹟。前賢題詠，獨顔魯公一篇令人感慨：“張良思報韓，龔勝耻事新。徂擊苦不就，舍生悲搢紳。嗚呼陶淵明，奕葉爲晉臣。自以公相後，每懷宗國屯。題詩庚子歲，自謂羲皇人。手持《山海經》，頭戴漉酒巾。興與孤雲遠，辯隨飛鳥泯。”

先生嘗聞田水聲，倚杖久聽，嘆曰：“秫稻已秀，翠色染人，時剖胸襟，一洗荆棘，此水過吾師丈人矣。”

先生日用銅鉢煮粥，爲二食具，遇發火，則再拜曰：“非有是火，何以充腹？”

先生得太守送酒，多以春秫水雜投之，曰：“少延清歡。”

王弘[7]造先生，先生無履，弘顧左右爲之造履，左右請履度，先生便於衆坐伸脚令度焉。

“癡人前不可説夢，達人前不可言命”，宋人《就月録》以爲先生語，不知何據。“已上聞田水聲”諸則散見《雲仙》等書，豈後人好事者摹倣先生把菊漉酒，故爲佻雋以溷之邪？然不類先生遠甚。附存之，以俟來者。

世次。按，陶之先曰：陶唐氏堯始受封於陶，改國於唐，故曰陶唐。堯生丹朱，復有庶子九人。其奉堯祀於陶丘者，世業豢龍。有劉累者，亦堯裔也。以擾龍事孔甲，賜姓御龍氏，武丁封於豕韋。《命子》詩所謂“爰自陶唐，邈爲虞賓”，又云“御龍勤夏，豕韋翼商”是也。至《左傳》載商民七族，陶氏其一。陶氏授民，是爲司徒，蓋豕韋之後，陶姓始見於此。及漢開封愍侯舍，以左司馬從漢破代，封侯，詩所謂“顯兹武功，參誓山河”，指高帝與舍山河盟也。舍薨，夷侯青嗣，青四十八年薨，詩所謂“群川衆流”，喻支派之分析也。“語嘿隆窊”云自青後未有顯者。先生爲長沙公曾孫，故曰“在我中晉，業融長沙”，謂曾祖侃也。又云“肅矣我祖”，當從《晉史》，以茂爲祖，茂爲武昌太守，故曰“惠和千里”。父姿城太守，史軼其名，行事亦無從考見。傳淡、傳云(1)君父子,皆以隱德著稱,風規蓋亦相類。侃女適孟嘉,嘉女適先生父,是生先生。先生子五人:儼、俟、份、佚、佟,見《集》中及《梁・安成王秀刺史》,江州前刺史取先生曾孫爲里司,嘆曰:"靖節之德,豈可不及後世耶?"即日辟爲西曹,而亦不著其名。六代之際,子孫僅見於此。袁郊《甘澤謠》載陶峴爲先生之後,開元中家崑山。及國朝李峭峒督學江右,以星子裔瓊業其所復先生墓田,復以亨爲郡學生,奉先生祠。則瓊與亨,亦先生歷世重光之一綫也。馬永卿[8]曰:"自大司馬侃傳亡,不載世家,後世累經亂離,譜籍散亡,亦士大夫因循滅裂,不及古人,所以家譜不傳於世,惜哉!"

名字。按蕭統《傳》稱,淵明字元亮,或云潛,字淵明,顏延之《誄》亦稱淵明。《宋書》云潛,字淵明,或云字深明,名元亮。《晉書》云潛,字元亮。據先生集中《孟嘉傳》自稱淵明,孟嘉於先生爲外大父,豈得稱字而不稱名哉?及《祭妹文》亦稱淵明,則淵明固先生名,非字也。至《南史》載先生對道濟之言曰"潛也何敢望賢?"此實宋元嘉中更名潛耳。《本傳》當云先生在晉名淵明,字元亮,入宋更名潛,而仍其舊字,得其微矣。至以淵明爲字,元亮爲名,初無明據。其曰深明、潛明者,唐人避高祖諱,故云。

翟氏。按,陶九成[9]云:先生年二十失妻。楚調詩云:"弱冠逢世阻,始室喪其偏。"妻翟氏偕老。所謂夫耕於前,妻鋤於后。翟氏當是翟湯家。按,翟湯字道深,潯陽人,篤行廉潔,耕而後食,不屑世事,人有餽遺,一無所受。永嘉末,寇害相繼,聞湯名德,皆不敢犯。王導、庾亮屢薦不起,子莊以孝友稱,有湯之操,徵辟亦不就。莊子矯,矯子法賜,世有隱德,時號潯陽四隱。

宅。按,先生生於柴桑,晉屬潯陽郡柴桑縣柴桑里,今屬九江府德化縣楚城鄉,去城西南九十里(原注:今《誌》有先生宅)。至義熙四年六月遇火,遂徙居南村。南村即栗里也,晉屬豫章郡彭澤縣,去城西三十五里,即今南康府星子縣丹桂鄉也。《誌》有栗里源、醉石、五柳舘,意先生《自傳》云"宅邊有五柳樹",即此間邪?今九江府彭澤縣非故彭澤也(按,彭澤城在南康府都昌縣北四十五里,先生令此)。《誌》亦有五柳舘及五柳鄉,疑後賢追慕,因爲刱設,綴以舊名,非先生南村宅也。今湖口縣即古彭澤析出,《誌》中有九曲池、洗墨池、翫月臺,俱云先生令時濬築,竝不載五柳遺蹟,後人使縣令事以五柳作故實,如沈彬詩"陶潛彭澤五株柳,潘岳河陽一縣花",又《滕邁楊柳枝》詞"陶令門前宵接䍦,亞夫營裏拂旌旗",皆誤用之矣。

墓。按,在面陽山德化縣楚城鄉。墓北稍折而西,爲鹿子坂。坂前有先生祠,或云即先生故居,今因爲祠。祠之南有池,又南有河,有沙洲;墓前有塘,塘稍折,而東有屋,屋傳舊址疑爲先生饗堂。環墓有田,奉先生蒸嘗[10]

者共六十有二坵。按此即李崆峒[11]宦游廬山諏訪而得之者。先生墓失矣，越百餘年無尋焉。先生《自祭文》云“不封不樹”，豈其時真不封不樹，以啓竊據而葬者邪？崆峒既得其山並田，遂遷諸竊據者數家而封識之，令其裔在星子名瓊者領業，在九江名亨者爲郡學生，實欲久先生之墓於世世云[12]。

祠。按《誌》，一在柴桑山下，一在南康府學東，一在九江府治東，一在彭澤縣治東。又一在縣南，一在瑞州府城南，一在新昌縣之南山，一在湖口縣三學寺前。或專祠，或合祠，皆古今名賢遐淑道風，流範來學，故雖郡邑之沿革非一，而先生之祠則易代而彌新也。祠記惟臨川吳草廬一篇模寫獨得，記云：“晉靖節陶先生家潯陽之柴桑，嘗爲彭澤令。後析彭澤，創湖口縣。湖口，亦彭澤也，故境內往往有靖節遺蹟。孫侯文震宰湖口，行其鄉至三學寺，民間相傳靖節讀書之地，旁有望月臺，侯仍故址，築而新之，就縣學東偏更建祠，以祀先生，請余記其事。竊惟靖節先生高志遠識，超越古今，而設施不少槩見。其令彭澤也，不過一時牧伯辟舉扳授，俾得公田之利自養，如古人不得已而爲禄者爾，非受天子命而仕也。曾幾何時，不肯屈於督郵而去。充此志節，異時詎肯忍耻於二姓哉！覿《述酒》《荆軻》等篇，殆欲爲漢相孔明之事而無其資。責子有詩，與子有疏，志趣之同，苦樂之安，一家父子夫婦又如此。夫人道，三綱爲首，先生一身三綱，舉無愧焉。忘言於真意，委運於大化，則幾於同道矣，誰謂漢魏以降，而有斯人者乎！噫！先生未易知也，後人於言語文字間，窺其髮髴而已。然先生非有名位顯於時，功業著於後，而千載之下，使人拳拳不忘，其何以得此於人哉？於孫侯是舉，惡得不喜談而樂道之也？”[13]

按先生集卷數章次，古今不同，齊梁以前無考矣。至梁太子編入自撰序傳及顏誄爲八卷，而少《五孝傳》及《四八目》。北齊楊僕射以《五孝傳》《四八目》離爲二卷益之，共編十卷。《隋志》云九卷，又云“梁有五卷、録一卷”，《唐志》云五卷，俱泯没無傳。至宋，《宋丞相私記》云：“晚獲先生集十卷，出於江左舊書，其次第最若倫貫。”疑即楊僕射所撰。其序並昭明序、傳、誄等合一卷，別分《四八目》，自《甄表狀》《杜喬》以下爲十卷。今晉(2)徧搜宋元善本，合以今刻。更博稽嚴訂，汰彼淆訛，而卷次互殊，無可確據，特彙詩爲一卷，共一百五十八章，文爲一卷，共十七篇(3)，而《四八目》附焉，至評註竝列本文，繁瑣糺錯，悉用删去，間有一二可疑可采者，另附卷末，以俟賞識君子。

天啓乙丑孟秋七日，東吳毛晉子晉識(4)。

校：

(1)“云”，疑衍。

（2）“晉”，《題跋》《汲古閣書跋》作“予”。

（3）《題跋》《汲古閣書跋》無兩注“共一百五十八章”“共十七篇”。

（4）《題跋》《汲古閣書跋》無“天啓乙丑孟秋七日，東吳毛晉子晉識”。

注：

[1]“晁文元”，即晁迥（951—1034），字明遠，澶州清豐人，自父輩徙家彭門。太平興國五年（980）進士。宋真宗即位，擢右正言、直史館、知制誥。景德二年（1005），拜翰林學士。天禧二年（1018），進承旨，累官集賢院學士、判西京留司御史臺。仁宗朝，遷禮部尚書，以太子少傅致仕。卒諡文元。著有《翰林集》《道院集》《晁文元昭德新編》《晁文元法藏碎金録》等。

[2]“湯東澗”，即湯漢（1202—1272），字伯紀，號東澗，饒州安仁人。曾任饒州教授兼象山書院山長。充國史實録院校勘，旋授太常博士。度宗即位後，累任太常少卿兼國史院編修官、實録院檢討官、實録院同修撰兼直學士、刑部侍郎兼侍讀、權工部尚書兼侍讀，以端明殿學士致仕，諡文清。著有《東澗集》《陶詩注》等，於開慶元年刻印《西山先生真文忠公讀書記》，咸淳間於福州刻印《陶靖節先生詩註》《絶妙古今》等。

[3]“劉斯立”，即劉立之（984—1048），字斯立，大中祥符元年（1008）進士，曾官大理寺丞，通判常州，知潤州。慶曆八年（1048），任主客郎中、益州路轉運使。少孤自立，沉敏少言笑，與人寡合而喜薦士。

[4]“宋子京”，即宋祁（998—1061），字子京。祖籍安州安陸，後徙居開封府雍丘縣。天聖二年（1024）進士，初任復州推官，歷官龍圖閣學士、史館修撰、知制誥。曾與歐陽修等合修《新唐書》。書成，進工部尚書，拜翰林學士承旨。卒諡景文。與兄長宋庠並有文名，時稱“二宋”。著有《宋景文筆記》《宋景文雜説》《益都方物略記》等。

[5]“嘿嘿”，“嘿”古同“默”，下“語嘿隆窊”之“嘿”同。

[6]陳舜俞（1026—1076），字令舉，號白牛居士，秀州人。嘉祐四年（1059）獲制科第一。與歐陽修、蘇東坡、司馬光等交往甚密。知山陰縣時，因反對王安石青苗法遭貶，後隱居白牛村，著書立説。著有《都官集》《應制策論》《廬山紀略》，參與編纂《資治通鑑》。

[7]王弘（379—432），字休元，琅邪臨沂人。初爲東晉會稽王司馬道子驃騎參軍主簿，後輔佐劉裕以宋代晉，文帝時官至司徒。在任曾修訂同伍犯法連坐律，提高百姓服役年齡。爲官不謀私利，家無餘財。

[8]馬永卿，字大年，其先合肥人，遷揚州，流寓鉛山。大觀三年（1109）進士。劉安世謫亳州，寓永城，永卿爲永城主簿，因往求教。又嘗官於江都、

淅川、夏縣及關中。追録安世語爲《元城語録》三卷,著《懶真子》五卷。

[9]"陶九成",即陶宗儀。

[10]"蒸嘗",本指秋冬二祭。後泛指祭祀。《國語·楚語下》:"國於是乎蒸嘗。"《後漢書·馮衍傳下》:"春秋蒸嘗,昭穆無列。"

[11]"李崆峒",即李夢陽(1473—1530),初名莘,字天賜,改字獻吉,號空同子、空同山人。慶陽人,後徙居大梁。弘治六年(1493)進士,任户部主事,遷户部郎中。正德元年(1506),彈劾劉瑾,謫山西布政司,並勒令致仕。正德五年(1510),起爲江西提學副使。後因事削籍,罷職家居二十年而卒。爲"前七子"代表人物。著有《樂府古詩》《空同集》。

[12]李夢陽《空同集·靖節集序》云:"初,淵明墓失也,越百餘年無尋焉。予既得其山並田,遂遷諸竊據而葬者數十冢而封識之,然仍疑焉。及覽夫《淵明集》,有《自祭文》曰'不封不樹',豈其時真不封不樹,以啓竊據而葬者耶?""予既得墓山封識之矣,又得其故屋祠址田,令其裔老人瓊領業焉。然其山並田德化縣屬,而老人瓊星子民。會九江陶亨來言本淵明裔。亨固少年,粗知字義者,於是使爲郡學生焉,實欲久陶墓云。"

[13]此文爲元吴澄撰《湖口縣靖節先生祠堂記》。

案:《陶靖節詩集》一卷、《文》一卷、《集聖賢群輔録》(即《四八目》)一卷,晉陶潛撰,毛晉輯,《總評·章評》一卷、《參疑》一卷、《雜附》一卷,毛晉輯。

明天啓五年(1625)緑君亭刻本,版式同《屈子》,今國圖藏一部(13499)。卷首有蕭統序,次有《總評》《章評》各一卷,不署輯者,次爲《陶靖節集》,分詩、文各一卷,文分爲賦、辭、記、傳、贊、述、疏、祭文等八類,皆署"明東吴毛晉子晉重訂",次爲《集聖賢群輔録》一卷,即版心所題"四八目",次爲《參疑》一卷,署"明東吴毛晉子晉參訂",末附《雜附》一卷。《雜附》末載天啓五年毛晉跋及顔延之誄、蕭統傳。《陶集》所署與《屈子》不同,未有戈汕題署,可知編刻乃毛晉一人所爲。此集刊成後,與萬曆四十六年緑君亭刻本《屈子集》合爲《屈陶合刻》,一併刊印。今國圖亦藏《屈陶合刻》本(16775),脱《總評》《章評》一卷。本書所録爲《雜附》及毛晉跋,《題跋》《汲古閣書跋》録最末一段毛晉跋。

毛晉藏有一部宋槧《陶淵明集》十卷(黄丕烈、海源閣舊藏),此緑君亭本卷一詩相當於十卷本之卷一至四、卷二文即卷五至八,其餘則爲卷九、十爲《集聖賢群輔録》(四八目)。據毛跋可知,此刻當由多部宋元本輯録而成,但其底本或爲毛晉所藏宋槧《陶淵明集》十卷,兩本篇目正文所載基本相同,皆無序跋,但改動甚大:一是合十卷爲二卷;二是删去原本中校勘記;三是標題間有不同,有的篇目删去,如宋槧《問來史》"爾從山中來,早晚發天目。我屋南窗下,今生幾叢菊。薔薇葉已抽,秋蘭氣當馥。歸去來山中,山中酒應熟",題下注云"舊唐本有此一首";《四時一首》"春水滿四澤,夏雲多奇峰。秋月揚明暉,冬嶺秀孤松",題下注云"此顧凱之伸情詩,《類文》有全篇,然顧詩首尾不類此警絶",所注皆删去。《歸園田居》六首中,最末一首末注云"或云此篇江淹雜擬,非淵明所作",卷四末《聯句》亦删去。這些改動正如毛跋所云,"今予徧搜宋元善本,合以今刻,更博稽嚴訂,汰彼淆訛,而卷次互殊,無可確據。特彙詩爲一卷,文爲一卷,而四八目附焉。至評注並列本文,繁瑣參錯,悉用删去"。毛晉初期刊本往往如是,致使刊本與原本面貌相距甚遠,故周彦文曰:"聯成此編,非但詩、文率意删削者不少,全書亦已非原集之貌。毛晉擅改古書,或未有踰於此者!"①

陶　淵　明　集
毛　扆

　　宋板《陶淵明集》二本(1),與世本敻然不同,如《桃花源記》中"聞之欣然規往",今時本誤作"親",謬甚。《五柳先生贊注》云"一本有'之妻'二字",按《列(2)女傳》是其妻之言也。他如此類甚多,不可校舉。即《四八目注》比時本多八十餘字,而通本"一作"云云,比時本多千餘字,真奇書也。籤題係元人筆,不敢易去。十六兩(3)。

校:

　　(1)"二本",《汲古閣書跋》作"十卷"。

　　(2)"列",《汲古閣書跋》作"烈"。

　　(3)"十六兩",《汲古閣書跋》無,末署"康熙壬辰三月望日隱湖毛扆斧季識"。

　　案:此據《汲古閣珍藏秘本書目》迻録。《汲古閣書跋》載此跋。"壬辰"即康熙五十一年(1712),即毛扆卒前一年。

　　《毛扆書跋零拾(附僞跋)》曰:"康熙壬辰三月望日爲康熙五十一年壬

---

① 周彦文:《毛晉汲古閣刻書考》,《古典文獻研究輯刊》三編第一册,花木蘭文化出版社 2006 年版,第 72 頁。

辰三月十五日。筆者嘗考毛扆編寫《秘本書目》的時限，上不早於康熙三十八年重陽，下不晚於康熙四十七年九月潘耒卒，拙説詳見《〈秘本書目〉收録書的歸屬問題》（載上海《圖書館雜志》1986年第1、2兩期）。據《書目》的揭示和扆識内容，大體相同，毛扆爲什麼在卒前一年多要寫這篇題識，不解。"毛扆卒前所寫此跋，似可説明一是《汲古閣珍藏秘本書目》著録之書未售與潘耒，二是此跋當爲後來補之。

陶淵明文集

毛　扆

先君嘗謂扆曰："汝外祖有北宋本《陶集》，係蘇文忠手書以入墨板者，爲吾鄉有力者致之，其後卒燼於火。蓋文忠景仰陶公，不獨和其詩，又手書其集以壽梓，其鄭重若此。此等秘册，如隋珠和璧，豈可多得哉！"扆謹佩不敢忘。一日晤錢遵王，出此本示余。開卷細玩，是東坡筆法。但思悦跋後有紹興十年跋（原注：缺其姓名），知非北宋本矣。而筆法宛是蘇體，意從蘇本翻雕者。初，太倉顧伊人湄[1]賫此書求售，以示遵王。遵王曰："此元板也，不足重。"伊人曰："何謂？"遵王曰："中有宋本作某，非元本而何？"伊人語塞，遂折閲以售。余聞而笑曰："所謂宋本者，宋丞相本也。遵王此言，不知而發，是不智也；知而言之，是不信。余則久奉先君之訓，知其爲善本也。"伊人知之，遂持原價贖之，顔其室曰陶廬，而乞當代巨手爲之記。余謂之曰："微余言，則明珠暗投久矣，焉得所謂陶廬者乎！今借余抄之，可乎？"業師梅仙錢先生[2]書法甚工，因求手摹一本，匼匝而後卒業。筆墨璀燦，典刑儼然，後之得吾書者，勿易眎之也。先外祖諱斿，字德馨，自號約庵，嚴方靖公之孫，中翰洞庭公第四子也。甲戌四月下澣，汲古後人毛扆謹識。

注：

[1]"顧伊人湄"，即顧湄，太倉人，本姓程，嗣顧夢麟爲子，字伊人，號抱山，專力詩古文，與黄與堅等稱"婁東十子"。著有《水鄉集》《虎丘山志》等。順治十七年（1660），刊印吴偉業輯《太倉十子詩選》。康熙七年（1668），刊印吴偉業《梅村集》。康熙八年，刊印錢謙益《重編義勇武安王集》。

[2]"梅仙錢先生"，即錢貹，字子純，號梅仙、堪齋。太倉人，後遷居虞山。陳瑚弟子，毛表、毛扆師。工書，曾著《鄉飲禮辨》《家禮彙參》《三吴水利議》等。

案:《陶淵明文集》十卷,晉陶潛撰,宋蘇軾書,清錢梅仙摹。

清嘉慶十二年(1807)魯銓摹蘇軾寫刻本,國圖、津圖等皆有收藏。其卷首有梁昭明太子蕭統撰《陶淵明文集序》,次有嘉慶十二年魯銓跋及康熙三十三年(1694)毛扆謹識,次爲總目。正文卷端題"陶淵明文集卷第一",次行低一格題"詩",第三行低四格題"停雲并序",正文頂格。半葉九行,行十五字,小字雙行字數同,左右雙邊,白口,單魚尾。魚尾下題"陶集幾",下題葉次及刻工。宋諱缺筆。鈐墨印"毛晉之印""毛氏子晉""毛晉私印"子晉"汲古主人""汲古閣""子孫寶之""筆研精良人生一樂"等。蘇軾寫本《陶集》,兩宋期間多次刊刻。其中北宋刻蘇寫本《陶集》曾藏於毛晉岳父嚴旂家,後歸絳雲樓,火燼不存。其南宋翻刻本曾爲太倉顧湄收藏,轉歸錢曾,後復歸顧氏,毛扆因借之,由業師錢蝦摹錄一本行世。魯銓跋曰:"邇來南北宋槧本如懸黎垂棘,寶貴久矣。丁卯歲,余攝監司事,於鳩玆購得此本,乃琴川毛氏鑒定而倩其師梅仙錢君重摹付刊者。蘇文忠書,結構遒勁,直入王僧虔之室。余生也晚,不獲覿真蹟,取古搨臨摹,輒難得其髣髴。今錢君所摹,玉轉珠回,行間猶有雲霞攢結意象,即置之真宋本中,何多讓焉?"《汲古閣書跋》不載毛扆跋。

《毛扆書跋零拾(附僞跋)》曰:"據南圖藏嘉慶十二年丹徒魯銓刻本抄。按:仿蘇寫本《陶集》版本頗多。筆者在上海圖書館見光緒己卯番禺俞秀山刻本、宣統元年著易堂石印本;又聞臺灣省私立東海大學藏清陶福祥仿宋刻本;而葉德輝《書林餘話》卷下述及者另有四本。葉云:'汲古閣又刻有影宋大字本《陶淵明集》,相傳爲東坡手書者,後有毛扆跋,雕刻極精。後來何氏篤慶堂、章氏式訓堂、縣人胡薊門錫燕手書模刻者皆從之出,未見宋板原書也。'所謂汲古閣又刻,不知是據目驗,抑由扆跋推論?若由扆跋推論,則難作依據。扆言向顧湄借抄,求業師錢蝦手摹,'匝歲而後卒業',未言付梓。有的省館藏'清康熙三十三年汲古閣毛扆刻本',疑據扆識'甲戌四月'著錄。康熙三十三年甲戌,乃扆撰跋之年,非刻書時也,如無其他可靠證據,不能作刻書年。"案潘氏所言,毛扆似未刊《陶集》。然據魯氏跋,其所刊據"琴川毛氏鑒定而倩其師梅仙錢君重摹付刊者",故毛扆跋雖未言刊梓之事,亦摹刻一過。又張之洞《書目答問》著錄"《陶淵明文集》十卷,晉陶潛撰。汲古閣仿宋大字本,同治癸酉何氏成都刻翻毛本,嘉慶十二年京江魯銓刻本,光緒己卯番禺俞氏刻本"。此所指"汲古閣仿宋大字本"是指康熙間毛扆摹刻本抑或錢氏摹寫本,未明言之,但可以確定的是,兩者之一至少在張之洞時仍存在於世。此後又有光緒間胡伯薊臨汲古閣摹本,胡桐生、俞秀山刊行,陳澧題記。但魯銓本在流傳中,書估常將魯銓跋割去,以充康熙摹刻本。

《中國古籍善本書目》著録爲"清康熙三十三年汲古閣毛扆刻本"六部,内蒙古自治區圖書館、牡丹江師範學院圖書館、杭州市圖書館、河南省圖書館等皆有收藏。另臺北故宫博物院亦有藏本,國圖亦藏多部,其中一部爲84177號,另一部爲101517號,梁啟超藏書,因作爲普通古籍,故《北京圖書館古籍善本書目》《中國古籍善本書目》皆不著録。這些版本皆有待進一步對勘。蔡丹君言:"由於至今未見康熙年所刻汲古閣錢氏摹本,筆者與友人董岑仕皆有懷疑,是不是毛氏寫有此本并刻板後,并未刊印發行;或者即便刊印,發行量也極小,以至於完全佚失。因爲一種清代著名刻本至今完全難尋任何蹤跡的情况還是相核對少見的。"①姑存一説。有的甚至將後出的摹刻本冒充魯銓本,如《陶淵明集版本薈萃》收録一部"魯銓本",扉頁誤録爲"清嘉慶十九年摹刻本";卷首蕭統序缺佚,卷一正文卷端題"陶淵明集",缺"文"字;字體與魯銓本有異。總之,與魯銓本對勘,破綻百出。

鮑　氏　集
毛　扆

宋本每幅廿行,每行十六字,小字不等。

丙辰[1]七夕後三日,借吴趨友人宋本,比校一過。扆。

注:

[1]"丙辰",即康熙十五年(1676),時毛扆三十六歲。

案:《鮑氏集》十卷,南朝齊鮑照撰。

明正德五年(1510)朱應登覆刻本,二册。十行十七字,左右雙邊,白口,單魚尾。毛扆校並跋,繆荃孫跋。首跋題於卷首序題天頭,次跋題於卷末,下鈐"西河季子之印"。每卷首末下皆鈐毛扆專用校印"虞山毛扆手校",其他鈐印"席鑑""席玉照讀書記""別字莌山""黄丕烈印""莬圃""士禮居藏""愛日精廬藏書記"等,毛扆、張金吾、席鑑、黄丕烈舊藏,今藏國圖(07610)。《愛日精廬藏書志》卷二十九、《藏園群書經眼録》卷十二及《涵芬樓燼餘書録》皆著録。上圖存一部(756611—12)孫毓修朱筆過録毛扆校本。

---

① 蔡丹君:《書法史視域下的〈陶淵明集〉蘇寫本版本考察》,《中國典籍與文化》2021年第4期。

《愛日精廬藏書志》卷二十九著録:"鮑氏集十卷　舊抄本　毛氏斧季手校""毛氏從宋刊本手校,虞炎序上方有識語云:'宋本每幅廿行,每行十六字,小字不等。'卷一《舞鶴賦》'中拂雨停,九劍雙止'上識語云'欽宗諱桓,故宋本書"丸"字諱去一點,犯嫌名也'。然字形狹長,仍作丸字形而缺一點,與九字不同。每卷首俱有'虞山毛扆手校'印記。"但未載卷末跋文。繆荃孫對毛氏校本《鮑氏集》有過高度評價,跋曰:"此書見《愛日精廬藏書志》,斧季校宋本於明刻上,鈎勒行款,不拘正俗,一筆一畫,無不改從,宋本面目,一望即見,可爲校宋良法。肦、卲、讙、貞、筐、樹、𣅣、恦皆爲字不成,悠①、丗則襲唐諱也。按《隋志》'梁六卷,隋十卷',似後人增益,已非虞奉叔所序之本。惟開卷署'鮑氏集',不曰'鮑參軍集',詩賦間有自序、自注,與他集從類書中輯出者不同,加以斧季精心校讐,可謂至善之本。臨校一過,書此以志欣幸。癸丑三月,荃孫。"《毛扆書跋零拾(附僞跋)》據《藏園群書經眼録》卷十二迻録。《鮑氏集》今存最早之本爲正德本,毛扆所據宋本今已不存,從校記可見宋槧文字及版式等,甚爲珍貴。

張説之文集
毛　扆

此一葉世行本皆缺,牧翁先生從宋本手抄補入。後之讀此書者,勿易視之。毛扆識。

案:《張説之文集》二十五卷,唐張説撰。

清影宋抄本,存一至十卷,卷十缺六、七、八凡三葉,一册。鈐印"鐵琴銅劍樓",錢謙益、毛扆、張金吾、鐵琴銅劍樓舊藏,今藏國圖(06987)。毛扆跋在第六卷第七葉上半葉天頭,此葉字體明顯與前後兩葉不同,當即毛扆所言乃錢謙益從宋本補入者,共録詩《岳州別姚司馬紹之制許歸侍》《岳州別均》《送敬丞》《見諸人送杜承詩因以成作荊州作》《幽州別陰長河》《幽州送隨軍入秦》《幽州送尹忑》凡八首,最後一首詩文在下葉。其中《幽州送隨軍入秦》"獨將馬草心"之"馬草"二字,地脚下注"疑作馬革",當即毛扆筆跡。卷末有黄丕烈跋,曰:"此碧鳳坊顧氏所藏書也,相傳顧氏書雖殘麟片甲,無一不精。宋刻固不待言,即影宋本亦無弗精純者。傳世二十五卷,不可得見,此本雖十卷,尚有缺失,然較舊鈔已無可比擬,矧明刻邪?愛日精廬主人

---

① 案:悠,文内未檢到此字。

聞此書是殘宋刻,欲購之,予曰:‘非也,乃影宋本耳,亦視如宋刻珍之。’可謂知好惡取捨矣。予故爲是書倍珍重焉。甲申孟夏,堯夫。”《愛日精廬藏書志》卷二十九著録此本,並迻録毛扆跋,蓋即此本。

孟襄陽集

余藏襄陽詩甚多,可據者凡三種:一宋刻三卷,逐卷意編,不標類目,共計二百一十首。一元刻劉須溪[1]評者,亦三卷,類分游覽、贈答、旅行、送別、宴樂、懷思、田園、美人、時節、拾遺凡十條,共計二百三十三首。一弘治間關中刻孟浩然者,卷數與宋元相合,編次互有異同,共計二百一十八首。至近來十二家唐詩及王孟合刻等,或一卷,或二卷,或四卷,詮次寡多,本本淆譌。予悉依宋刻,以元本、關中本參之,附以拾遺,共得二百六十六首。間有字異句異、先後倒者,分注“元刻某”“今刻某”,不敢臆改云。湖南毛晉識(1)。

校:

(1)《題跋》《汲古閣書跋》無“湖南毛晉識”。

注:

[1]“劉須溪”,即劉辰翁(1232—1297),字會孟,號須溪,門生後人稱須溪先生。廬陵灌溪人。景定三年(1262),登進士第。曾入福建轉運司幕、安撫司幕。咸淳元年(1265),爲臨安府教授,後入江東轉運司幕。五年(1270),在中書省架閣庫任事,丁母憂辭官。宋亡後,矢志不仕,回鄉隱居。著有《須溪集》。

案:《孟襄陽集》三卷,唐孟浩然撰。

明末汲古閣刻《五唐人詩集》本,卷首有宜城王士源撰“孟浩然詩集敘”,後學東吳戈汕重書,次有孟襄陽集目録,卷末載毛晉跋。

據考,孟浩然詩源出兩個系統,一爲孟洗然所編二百一十首不分類本,一爲王士源所編二百一十八首分類本。其後出劉須溪本、汲古閣本、二卷本、四卷本等等,蓋不出以上兩本。《直齋》卷十九著録《孟襄陽集》三卷,謂其“宜城王士源序之,凡二百一十八首,分爲七類,太常韋滔重序”。即爲王氏編次本無疑,其標誌爲收詩數量二百一十八首,別爲七類,且又易名爲《孟襄陽集》。毛晉所得或即《直齋》著録者。據毛晉跋,汲古閣本所據爲宋刻本,同時參校元本、明本,堪爲善本。汲古閣本多有"審定宋本"木記,此集未見,然毛跋中言之鑿鑿,故不應以"審定宋本"木記爲標準定其是否爲所據之底本。國圖今藏一部宋蜀刻唐六十家集本《孟浩然詩集》三卷(08705),版框高廣20.5釐米×14.5釐米,十二行二十一字,左右雙邊,白口,單魚尾。魚尾下題"孟上""孟中""孟下",下題葉次。宋諱"驚""恒"字缺筆。清黃丕烈跋,元翰林國史院、金德輿、黃丕烈、汪士鍾、于昌進、海源閣、李盛鐸、潘宗周、周叔弢舊藏,未見汲古閣印,但核之汲古閣本多合,毛跋所據"宋本",或爲此本。

明末汲古閣刻《五唐人詩集》本,共收《孟襄陽集》三卷、《孟東野集》十卷《附》一卷、《金荃集》七卷《別集》一卷、《追昔游詩》三卷、《香奩集》一卷。扉頁左邊大字題"五唐人詩集",右上題集名及作者,下題"汲古閣藏"。九行十九字,左右雙邊,白口,無魚尾。版心上題集名,下卷次及葉次,下題"汲古閣"。

常 建 詩

常建字無考,開元十五年進士,大曆中爲盱眙尉。丹陽進士殷璠選《河嶽英靈集》[1],起甲寅終癸巳,上下四十年,品藻二十四人,譔錄二百三十四詩。敘云:"名不副實,才不合衙,縱權壓梁(1)寶,終無取焉。"唯以建詩一十五首,列于卷端,尤稱《弔(2)王將軍》一篇,以爲潘岳[2]弗如也。惜其淪于下僚,且曰"高才無貴士",誠哉是言,可謂感慨極矣。據唐《藝文志》及《通考》俱云一卷,今流傳詩五十有七首,不知何人類而析之爲三卷。又見洪魏公載《吳故宮》一絕,因附焉。隱湖毛晉識。

校:

(1)"梁",《汲古閣書跋》作"果"。

(2)"弔",《汲古閣書跋》無。

注:

[1]《河嶽英靈集》,唐殷璠所編唐詩選本。其《自序》稱:"粵若王維、王昌齡、儲光羲等二十四人,皆河嶽英靈也,此集便以《河嶽英靈》爲號。"選錄從開元二年(734)至天寶十二年(753)二十四位詩人二百三十四首詩歌,並對所選詩人均作評論。

[2]潘岳(247—300),字安仁,滎陽郡中牟縣人。曾任河陽令,轉懷縣令。楊駿輔政,引爲太傅主簿。駿誅,除名。後累遷給事黃門侍郎。趙王司

馬倫執政,遭誣被殺。著有《潘黄門集》。

案:《常建詩集》三卷,附録一卷,唐常建撰。

此爲汲古閣刻《唐人六集》本,卷一卷端下、卷三末下鐫"汲古閣毛晉/據宋本考較",卷末有附録及集外詩《吴故宫》一首,末載毛晉跋。《汲古閣書跋》收録。《四庫》底本,《四庫提要》卷一百四十九著録。

《新唐志》《郡齋》《直齋》《通考》《唐才子傳》《國史經籍志》等均著録一卷本,現存兩部宋臨安府陳宅書籍鋪刻本均爲二卷本,分上下卷,不分體,收詩五十七首,一藏國圖,二藏臺博。三卷本現存最早版本爲明嘉靖間王準仿宋刊本《唐十子詩》十四卷之《常建詩集》三卷。《唐十子詩》統一版式爲十行十八字,與二卷本之書籍鋪本相同,收詩亦同,蓋源於書鋪本,只是重新分體析爲三卷而已。汲古閣本亦爲三卷,分體相同,收詩多出一首,乃據洪邁《萬首唐人絶句》所載《吴故宫》一首,故汲古閣本實有五十八首。但毛晉所輯《吴故宫》作者實爲孟遲,佟培基考曰:"宋臨安本、明活字本《常建集》,俱不載此詩,汲古閣本附此篇作集外詩,跋云見洪魏公載《吴故宫》一首,因附焉。今檢景明本洪邁《絶句》二二載作孟遲,並非常建,不知毛晉何所據?《四庫全書總目》卷一百四十九《常建集》《提要》云:'洪邁《萬首絶句》別載建《吴故宫》一首,此集不載,語亦不類。邁所編舛誤至多,不盡足據,今亦不復增入焉。'則四庫館臣以爲非建詩。"①汲古閣本與王準本行款不同,但收入詩篇排列順序完全一致,兩本對勘,知汲古閣本或出於王準本,只是毛氏將仿宋本誤作真宋槧。《四庫》採爲底本,《四庫提要》卷一百四十九云:"《唐書·藝文志》載《常建詩》一卷,此本三卷,乃毛晉汲古閣所刊,云不知何人類而析之。據《書録解題》作於宋末,尚稱一卷,則元、明人所分矣。"館臣或未見王準本,故不明就里。

李翰林集紀略

此吴門舊本也。余總髪[1]受詩,輒讀此本(1)。遇千干、揚楊、頂項、烏鳥、癖僻、妄忘等,不可數計,形類之別,音義之差,及複出逸去者,即朱竄而玄詮之,藏之篋中已十餘年。購古本磨對,其不下數十餘過。妄意出一定本,公之四方,未遑也。邇訂韋端己、孫可之、李公垂、司空表聖、皇甫持正輩廿餘家秘本,次第傳之。因念兩大家如李、杜者未一修明,爲未快事。輒出

①　佟培基編撰:《全唐詩重出誤收考》,陝西人民教育出版社1996年版,第108頁。

舊時點定者,展讀一過,至李翰林"取掇世上艷,所貴心之珍。相思傳一笑,聊欲示情親",及杜工部"驊騮入窮巷,必脫黃金轡。一論朋友難,遲暮恐失墜",爲之掩卷三歎,顧安得好事者與之揚搉千古哉!今年春,抱戚村居,開荒坐雨,百念俱廢。忽有客自吳門連艫而來,持此本求售,不覺喜動於中,爲之捐緡謝客。挹崑湖之水而洗滌焉,殘缺又過半矣。命良工繕修之,印可於尚卿[2],如月曙,如氣秋,山川草木,色色明媚。余小子抱影銜思,十餘年來未了之中於焉少慰已。第念海内嗜古之士雲蒸霞起,於兩先生評註、序跋者不啻千餘家(2),而顧待予修明邪?余湖曲之波臣也,知見笑於海若云爾。皇明崇禎歲在上章敦牂病月哉生明[3],崑湖南篤素居士毛晉偶記。

校:

(1)"本",詹鍈《李白全集校注彙釋集評》作"書"。

(2)詹鍈《李白全集校注彙釋集評》無"家"字。

注:

[1]"總髮",即束髮,指成童的年齡。漢族男孩十五歲束髮爲髻,表示成童。

[2]"尚卿",紙神。

[3]"崇禎歲在上章敦牂病月哉生明",即崇禎三年(1630)三月初三或二日。"上章敦牂"即庚午年。"病月"即三月。《爾雅·釋天》云:"三月爲病。""哉生明"指每月初三日或二日,此時月亮開始有光。

案:《李翰林集》二十五卷,唐李白撰,宋楊齊賢集注,元蕭士贇補注。

崇禎三年(1630)毛氏汲古閣刻本,今國圖藏有一部(09030)。此刻開版宏大,九行二十字,夾注雙行字數同,白口,左右雙邊,版心鐫"李詩卷幾"。卷首依次有崇禎三年庚午(1630)《盛唐二大家》總序、毛晉崇禎三年《紀略》、蕭士贇《序例》、寶應元年(1226)李陽冰《李翰林序》、咸平元年(998)樂史述後序、貞元六年(790)劉全白《唐翰林李君碣記》及宋宋敏求《後序》、曾鞏《序》、毛漸《序》、《舊唐書·李白傳》、薛仲邕《李翰林集年譜》。卷一卷端署"春陵楊齊賢子見集注,章貢蕭士贇粹可補注,東吳毛晉子晉重訂"。毛晉《李翰林集紀略》載其卷首。《紀略》字大如錢,隸書工整,五行十字,末下鈐木記"字子晉"半朱半白方、"人淡如菊"白方、"篤素居士"朱方三印。此跋《汲古閣書跋》不載。

又,《紀略》之前,尚有手寫上版之陳繼儒《盛唐二大家敘》,詳其刊梓因由："虞山毛子晉氏耽篤嗜古，自《十三經》以迄歷代名人奇文秘册，校讎殆盡，尤僉風雅一脉，正正奇奇，斷當以李、杜爲宗主，就舊刻而新鐫之，持一編過余山示予……竊於子晉總持廣大，集衆法海。子晉特李、杜之功臣也哉。"毛晉極爲推崇李、杜，"風雅一脉""以李、杜爲宗"，故編刊李、杜二家之集，實蓄意已久。亦説明毛晉於崇禎三年同時刻梓李、杜二家集。又據毛晉《李翰林集紀略》云"此吴門舊本也"，而編次内容與嘉靖玉几山人本、許自昌本悉同，則其底本爲萬曆吴門許自昌刻《李杜全集》本。今鄭州大學圖書館藏許本一部。

　　就毛晉《紀略》内容而言，實爲李、杜二集作，非僅李集之作。另汲古閣刻二家集本《杜工部詩集》二十卷，今藏上圖（線善 21308-19）。關於杜集，《杜集書録》云："無文集，前有王洙、王安石、胡宗愈、蔡夢弼四家序，句下先録劉辰翁評語，無圈點。後録高崇蘭所集之註，與玉几、明易、許自昌本全同，惟前增劉將孫序。每行字數與許本同，未集未刻。"①毛刻李杜二家集本，傳世稀少，《中國古籍善本書目》《北京圖書館古籍善本書目》均不著録。今僅見國圖、上圖兩家有藏。

杜　工　部　集

毛　扆

　　先君昔年以一編授扆，曰："此《杜工部集》乃王原叔洙[1]本也。余借得宋板，命蒼頭劉臣[2]影寫之。其筆畫雖不工，然從宋本抄出者。今世行《杜集》不可以計數，要必以此本爲祖也，汝其識之。"扆受書而退。開卷細讀原叔記云："《甫集》初六十卷，今秘府舊藏、通人家所有、稱大小集者，人自編摭，非當時第次。乃搜裒中外書九十九卷，古本一卷，蜀本二十卷，《集略》十五卷，樊晃序《小集》六卷，孫光憲序二十卷，鄭文寶序《少陵集》二十卷，別題《小集》二卷，孫僅一卷，雜編三卷。除其重複，定取一千四百有五篇，凡古詩三百九十有九，近體千有六。起太平時，終湖南所作，視居行之次，若歲時爲先後，分十八卷；又別録賦筆雜著二十九篇爲二卷，合二十卷。寶元二年十月記。"二十卷末有"嘉祐四年四月望日姑蘇郡守王祺（1）後記"，此後又有《補遺》六葉，其《東西兩川説》僅存六行而缺其後，而第十九卷缺首二葉。扆方知先君所借宋本，乃王郡守鏤板（2）於姑蘇郡齋者，深可寶也，謹什襲而藏之。後廿餘年，吴興賈人持宋刻殘本三册來售。第一卷僅存首三葉，十九卷亦缺二葉，《補遺·東西兩川説》亦止存六行，其行數、字

①　周采泉：《杜集書録》，上海古籍出版社 1986 年版，第 108 頁。

數悉同,乃即先君當年所借原本也。不覺悲喜交集,急購得之。但不得善書者成此美事,且奈何? 又廿餘年,有甥王爲玉[3]者,教導其影宋甚精,覓舊紙從鈔本影寫而足成之。嗟乎! 先君當年之授此書也,豈意後日原本之復來? 宸之受此書也,豈料今日原本復入余舍? 設使書賈歸于他室,終作敝屣之棄爾。縱歸于余,而無先君當年所授,不過等閑(3)殘帙視之爾,焉能悉其源委哉? 應是先君有靈,不使入他人之手也。抄畢(4),記其顛末如此。歲在己卯[4]重九日,隱湖毛宸謹識,時年六十。

校:

(1)"祺",原書卷二十末署名作"琪"。

(2)"板",《汲古閣書跋》作"版"。

(3)"閑",《汲古閣書跋》作"閒"。

(4)《毛宸書跋零拾(附僞跋)》脱"應是先君有靈,不使入他人之手也。抄畢"十六字。

注:

[1]"王原叔洙",即王洙(997—1057),字原叔。應天宋城人。仁宗天聖間進士,累遷史館檢討、知制誥、翰林學士,出知濠、襄、徐、亳等州。曾校定《史記》《漢書》,預修《崇文總目》《國朝會要》《三朝經武聖略》《鄉兵制度》等,著有《王氏談録》。

[2]"蒼頭劉臣","蒼頭"指奴僕。《漢書·鮑宣傳》:"蒼頭盧兒皆用致富。"顏師古注引孟康曰:"漢名奴爲蒼頭。"汲古閣抄書數量頗大,並多命奴僕抄書,劉臣爲唯一可考見姓名者。

[3]王爲玉,毛宸甥,曾與劉臣合抄《杜工部集》。

[4]"己卯",即康熙三十八年(1699)。

案:《杜工部集》二十卷,《補遺》一卷,唐杜甫撰,宋王洙編。

宋刻本,十册。卷首有寶元二年(1039)王洙《杜工部集記》,次爲目録,卷末載毛宸跋。卷一首五葉、卷十七、十八、二十及補遺首六葉爲南宋紹興刻本,卷十至十二配宋紹興間建康郡齋刻本,卷一第六葉至卷九、卷十三至十六配清毛宸倩王爲玉抄本,卷首王洙《集記》兩葉,卷十二第廿一後半葉、卷十九第一、二葉及《補遺》第七、八葉由張元濟補録。鈐印"宋本""潘祖蔭藏書記"等,毛宸、趙之謙、潘祖蔭舊藏,今藏上圖(756183—92)。《汲古閣書跋》《毛宸書跋零拾(附僞跋)》《上海圖書館善本題跋輯録》皆載毛宸跋。

1957年《續古逸叢書》及《中華再造善本》收錄此本。

又《汲古閣珍藏秘本書目》亦著錄此本,毛扆跋曰:"先君當年借得宋板影抄一部,謂扆曰:'世行《杜集》幾十種,必以此本爲祖。'乃王原叔本也。原叔搜裒中外書九十九卷,除其重複,以時序爲次,編成詩十八卷,文二卷,遂爲定本,扆謹藏之。後吳興賈人以宋刻殘本來售,取而校之,即先君所抄原本也,其缺處悉同。因倩善書者從抄本補全之,不知先君當年從何處借來,今乃重入余手,得成全書,豈非厚幸?三十兩。"

據以上毛扆兩跋可知,毛晉原借殘宋本,由蒼頭劉臣影寫一部,其後,影寫本分授於毛扆收藏。二十多年後,原宋殘本又爲毛扆所得,毛扆倩王爲玉從抄本影寫補之。據毛扆跋之時間,可知影寫在康熙三十八年(1699),而購得宋本時間當在二十餘年前,時毛扆四十歲左右。故宋本、影抄宋本皆爲毛扆所得。宋本今存上圖,而影宋抄本今存靜嘉堂文庫。影宋抄本自毛扆散出後,爲汪士鍾收藏,轉歸陸心源皕宋樓,《皕宋樓藏書志》《儀顧堂題跋》《靜嘉堂秘籍志》皆著錄。經核,卷十九首二葉,有紙無字。其中卷一首五葉、卷十七、十八、二十及補遺首六葉爲南宋紹興刻本,卷十至十二配宋紹興間建康郡齋刻本,即原毛晉倩劉臣影寫,而卷一第六葉至卷九、卷十三至十六配清毛扆倩工抄本。據對比,原宋本所缺者爲王爲玉寫,而靜嘉堂所藏本所缺者與王爲玉字體明顯不同,但行式、目錄徑接正文等皆相同,證明靜嘉堂本所缺當爲毛扆倩另一寫工抄寫。

《續古逸叢書》(第四十七種)收入時,據張元濟跋謂"其卷一王記之宋刊,卷十二第廿一後半葉、卷十九第一、二葉及《補遺》第七、八葉之錢鈔,均據北京圖書館藏本照補者",其中"其卷一王記之宋刊"者,即卷首王洙《杜工部集記》兩葉。"錢抄"者即錢曾述古堂影抄宋本(今藏國圖),檢《續古逸叢書》本是書影抄補遺末葉版框外左上角手抄"虞山錢遵王述古堂藏書",故知爲張元濟所補。張元濟在補上《續古逸叢書》本所缺的同時,亦將毛扆跋原宋本所缺一同補上,總計六葉又半葉。至此,殘缺宋本終成合璧。張氏所補,在毛扆時亦缺,原宋槧及後來的影抄本均缺此六葉半。今藏靜嘉堂文庫影抄本即缺卷十九首兩葉,靜嘉堂藏本缺首三卷、卷二十首二十葉後缺而無法對質,但從缺卷十九首兩葉來看,毛扆當時並未補全所缺此六葉半,直至張元濟以宋刻本爲底本輯印《續古逸叢書》時才補全。

杼　山　集

上人初名皎然[1],字清晝,晚年名晝,字皎然。故《高僧傳》與于頔[2]

序互異。其集十卷,後中丞李洪搜之人間,相國于頔進于朝,德宗詔藏秘閣。其遺逸頗多,據《紀事》復得詩若干首,録附卷末。又《酬崔侍御見贈》五言律云:"買得東山後,逢君小隱時。五湖游不厭,柏署跡如遺。儒服何妨道,禪心不廢詩。一從居士説,長破小乘疑。"本集逸前四句。又《宿法華寺簡靈澈上人》,首二句云"心與空林但杳冥,孤燈寒竹自熒熒",字句稍異《紀事》云。本集不載,未深考耳。虞山毛晉識。

孟東野云"詩人苦爲詩,不如脱空飛",蓋嗤人效捧學步也。晝公初謁韋刺史,懼詩體不合,乃於舟中抒思,作古體十數篇。韋大不喜。明日獻其舊製,大加歎詠不釋手,因語晝云:"師幾失聲名,何不但以所工見投,而猥希老夫之意。人各有所得,非卒能辨。"晝大服韋精鑒,得毋見誚于東野耶?既閲《詩式》,嚴斥偷語偷義偷勢諸例,晝公殆進乎技矣。同時有二然師,謂皎然、淡然也。嘗見聊復翁載淡然詩二句云:"到處自鑿井,不能飲長流。"令人頌其詩,知其人。韓文公作《嘲淡然鼾睡》詩,孟東野作《送淡公》十二首,極其稱賞。《弘秀集》中不載。昔山谷老人作《貴耳賤目謎》云"驢耳對軒軒,爭酬價十千。耽耽兩虎視,不直一文錢",李和父何以解嘲? 晉又識。

注:

[1]皎然(730—799),俗姓謝,字清晝,湖州人,謝靈運十世孫,唐代詩人、茶僧,吳興杼山妙喜寺主持。存詩四百七十首,多爲送別酬答之作。著有《詩式》《杼山集》。《杼山集》一名《皎然集》。

[2]于頔(?—818),字允元,河南洛陽人。建中四年(783),以攝監察御史充入蕃使判官。後任湖州刺史,與詩僧皎然等唱酬。元和三年(808)拜相。後坐過貶謫,累官太子賓客、户部尚書。卒謚思。《全唐詩》收録詩二首。

案:《杼山集》十卷,《補遺》一卷,唐釋皎然撰。

明末汲古閣刊《唐三高僧詩》本,卷首有"敕浙西觀察司牒、湖州當州皎然禪師集牒、得集賢殿御書院牒、前件集庫内無本交關進奉牒、使請速寫送院記垂報者牒、州寫送使者故牒、貞元八年正月十日牒都團練副使權判兼侍御史李元、使潤州刺史兼御史中丞王緯",唐于頔序、福琳《唐湖州杼山皎然傳》,次有目録,卷端次署"吳興釋皎然清晝撰",《補遺》卷末載毛晉兩跋。卷末並附補遺詩五首,乃毛晉自《唐詩紀事》中輯出。《汲古閣書跋》收録兩跋。《四庫》采爲底本,《四庫提要》卷一百四十九著録。

唐釋皎然集初由湖州刺史于頔於貞元八年(792)奉敕編,題名《晝上人集》,並序之,收詩五百四十六篇,今北大藏明錢穀手抄本爲存世最早之本。其後有明葉氏賜書樓抄本,今藏國圖。此一系統有脱誤,比于頓序中所稱少二十二首。《郡齋》著録爲《杼山集》十卷,與今傳汲古閣刻《唐三高僧詩》本題名同,但比《晝山人集》多二十四首,系明柳僉從《唐僧弘秀集》等録出後補入各卷中,但未必即本集中所脱誤者①。《四部叢刊》所收爲江西傅氏雙鑒樓藏影宋精抄本。

明末汲古閣刊《唐三高僧詩》本,共收此集及《禪月集》二十五卷、《白蓮集》十卷。此三集儘管已有宋刻本,但均未流傳下來。《禪月集》《白蓮集》毛氏所用底本實爲明嘉靖八年柳僉寫本。考汲古閣本《杼山集》與今藏國圖明湖東精舍抄本(16716,存卷一至七,十行十八字)悉同,即卷首所載諸牒排行、空格款式亦完全相同,出於此本無疑。湖東本與汲古閣本于頓序中"桓"字皆缺末筆,宋諱仍存。柳僉本源於宋本,而東湖本源於柳僉本②,故保留宋槧某些特徵。

杼　山　集
毛　扆

戊子[1]閏三月廿六日,粗校一過。毛扆。

注:

[1]"戊子",即康熙四十七年(1708),時毛扆六十八歲。

案:清盧文弨抄本,四册。十一行二十一字,白口,左右雙邊。清盧文弨校並録,陸貽典、毛扆題識,周叔弢舊藏,今藏國圖(08396)。《毛扆書跋零拾(附僞跋)》注"北圖友人自該館藏清盧文紹抄本所録扆跋抄寄"。《自莊嚴堪善本書影》著録。

唐秦隱君詩集
毛　扆

依宋槧本校勘一過。毛扆。

---

① 　傅璇琮總主編:《中國古代詩文名著提要·漢唐五代卷》,河北教育出版社2009年版,第254頁。

② 　成亞林:《明代湖東精舍抄本〈杼山集〉版本考述》,《蘭州大學學報》2013年第2期。

案:《唐秦隱君詩集》一卷,唐秦系撰。

明陳氏帶經堂抄本,一册。卷首有呂夏卿序,毛扆校並跋,毛晉、毛扆、吳銓舊藏,今藏清華大學圖書館。《中國古籍善本書目》著録。又,國圖藏周星詒家抄本(06146),周星詒跋並録毛扆校,十行十八字,小字雙行同,無格。周氏迻録毛扆校及印,印有"子晉""毛扆之印""斧季",周跋曰:"右秦隱君系詩共八葉,借福州陳氏帶經堂毛斧季手校本,命門僕影抄,而自臨校識、圈點,一如其舊。丙寅九月望夕,星詒記。"又記:"原本呂序首葉有'璜川吳氏收藏圖書'朱文方印,蓋蘇州吳企晉家藏書也。又記。"

又,國圖藏有影宋抄本一部(03777),稽瑞樓、鐵琴銅劍樓舊藏,傅增湘跋並以明活字本校。十行十八字,左右雙邊,白口。《藏園群書經眼録》未著録是書,《藏園訂補郘亭知見傳本書目》著録。原宋槧不存,其影宋抄本當即毛扆所據校之本。

劉 隨 州 集
毛 扆

《隨州集》[1]難得佳本,凡校三過,庶無疏略矣。

注:

[1]《隨州集》,唐劉長卿撰,十一卷。劉長卿(?—786),字文房,宣城人。天寶中進士,肅宗時官監察御史,德宗時官隨州刺史,人稱劉隨州。是集以其官地名集,《四部叢刊初編》據明本影印。

案:《唐劉隨州詩集》十一卷,唐劉長卿撰。

明翻宋本,何焯跋曰:"康熙丙戌二月,得見文淵閣不全《隨州集》,校此五卷,南宋書棚本也。毛丈斧季云:'《隨州集》難得佳本,凡校三過,庶無疏略矣'。"《藝風藏書續記》卷六著録,繆荃孫舊藏,今不知何處。《藏園訂補郘亭知見傳本書目》卷十二著録傅增湘臨何校明嘉靖二十九年(1550)蔣孝刻本,今存國圖(271),天頭校記"宋本"云云,蓋據宋本校之,即毛扆所云"佳本"。

孟 東 野 集

據舊跋,東野[1]詩向有汴吳鏤本五卷一百二十餘篇,周安惠本十卷三百三十餘篇,悉泯没無存矣。近來雜刻舛謬多遺,不及四百。既從吳興得一宋本,釐别樂府感興十四類,共五百一十有奇,系以贊書,爲十卷,尾有常山宋敏求[2]跋,真善本也。但聯句止《有所思》《遣興》《贈劍客》三章,而《城南》諸篇因已見韓集,不復具載。先輩云:"此乃潤色退之耳,何必不載之本集耶?"至一讚二書,已章章《英華》《文粹》册中,妄用削去云。湖南毛晉識(1)。

校:

(1)《題跋》《汲古閣書跋》無"湖南毛晉識"。

注:

[1]"東野",即孟郊(751—814),字東野,湖州武康人。曾任溧陽縣尉,放跡林泉,徘徊賦詩以至公務多廢。後因河南尹鄭餘慶之薦,任職河南。元和九年(814),暴疾卒,張籍私謚貞曜先生。工詩,與賈島併稱"郊寒島瘦"。著有《孟東野集》十卷。

[2]宋敏求(1019—1079),字次道,趙州平棘人。寶元二年(1039)賜進士,歷任館閣校勘、集賢校理,知太平、亳州,累遷工部郎中,除史館修撰、集賢院學士,加龍圖閣直學士。卒贈禮部侍郎。曾編《唐大詔令集》,纂《長安志》,撰《春明退朝録》。

案:《孟東野集》十卷,《附》一卷,唐孟郊撰。

明末汲古閣刻《五唐人詩集》本,卷首有宋景定三年壬戌(1262)天台國材成德序,由"後學東吳戈汕重書",各卷首皆有本卷目録,卷末載毛晉跋。浙江圖書館藏有明弘治十二年(1499)楊一清、于睿刻本(004127),上有佚名録毛晉跋。

《新唐志》著録《孟郊詩集》十卷。後世又有汴吳鏤五卷本,收詩一百二十四篇;周安惠十卷本,收詩三百三十一篇;别本五卷,收詩三百四十篇;蜀人寒濬《咸池集》二卷本,收詩一百八十篇。卷數、篇數不一。直至宋敏求"總括遺逸,擿去重複,若體製不類者",編爲十卷,始成定本,餘即失傳。《郡齋》《直齋》均著録宋敏求本。宋元明清均據此宋氏本翻刻,原本有宋氏後序,今存有蜀刻本、江西本兩部,皆出於宋氏本。據汲古閣本卷首所載景定三年(1262)國材成德序,可知國材宰武康時曾刊梓行世。序云"用宋宋敏求本鋟諸梓",上有評語。明嘉靖三十五年(1556),知武康縣事無錫秦禾得國材本,並翻刻之。國材本將孟郊結銜之"平昌"改爲"武康",末附與韓退之聯句十首,目録未載,不僅有《有所思》《遣興》《贈劍客》三章,且《城南》亦載,頗爲難得。汲古閣本有國材序,故毛晉所得之本,當即國材本,並非宋敏求原本。武康,宋屬浙江,故《孟東野集》除有蜀刻本、江西刻本外,又有浙刻本傳世。汲古閣本保留宋槧國材一脉,實屬可貴。

王　建　詩

建字仲初[1],穎川人,大曆十年進士,初爲渭南尉。值内官王樞密名守澄者,盡宗人之分,然彼我不均,復懷輕謗之色。忽過飲,語及漢桓靈信任中官,起黨錮興廢之事。樞密深恨其譏,迺曰:"吾弟所作宮辭,天下皆誦于口,禁掖深邃,何以知之?"建不能對。將奏劾,爲詩以贈之云:"先朝行坐鎮相隨,今上春官見長時。脱下御衣偏得著,進來龍馬每教騎。常承密旨還家少,獨對邊情出殿(1)遲。不是當家頻向説,九重爭遣外人知。"事遂寝。歷官昭應丞、太府寺丞,太和中爲陝州司馬。陳氏云:"長于樂府,與張籍相上下,尤長宮詞[2]。"在本集第十卷録出另行。馬氏云:"宮詞天下傳播,倣此體者雖有數家,而建爲之祖。"計氏[3]止載宮詞百絶及《上李庶子》《王樞密》兩篇,王氏《百家詩集》不列姓氏。余舊刻《三家宮詞》,惜未詳覈,因録《苕溪漁隱叢話》數則于八卷之尾,以爲補註。隱湖毛晉識(2)。

校:

(1)"殿",毛晉校宋本《王建詩集》作"院"。

(2)毛晉校宋本《王建詩集》作"崇禎壬申秋七月,隱湖毛晉跋"。

注:

[1]"建字仲初",王建(765—830),字仲初,許州穎川人。大曆中進士,歷任昭應縣丞、太府寺丞、秘書郎、太常寺丞,累遷陝州司馬,世稱"王司馬"。

[2]"宮詞",王建曾著《宮詞》一百首,描寫宮中生活。《石洲詩話》評述"其詞之妙,則自在委曲深摯中別有頓挫"。

[3]"計氏",即計有功,字敏夫,號灌園居士。大邑安仁人。計用章之孫,張浚之舅。宋高宗紹興五年(1135),以右承議郎知簡州,復提舉兩浙西路常平茶鹽公事。七年,赴臨安奏對,升直徽猷閣,提舉潼川府路刑獄公事。二十八年,知眉州。三十一年,移知嘉州。撰有《唐詩紀事》八十一卷,記述唐代詩人本事,或録其名作。

案:《王建詩》八卷,唐王建撰。

汲古閣刻《唐人六集》本,卷首有目録,目録及各卷卷端下鐫"汲古閣毛晉/據宋本考較"墨記,卷末載毛晉跋。《汲古閣書跋》收録。

　　王建詩集,《新唐志》《郡齋》《直齋》《通考》皆著録爲十卷,宋臨安府陳解元宅刻本爲十卷本,今存兩部,一藏上圖,二藏國圖,爲存世最早刻本。此外尚有第三部宋刻八卷本,清中葉仍存世。浙江圖書館藏一部馮舒抄十卷本,清屠重巽曾據以校之。馮本目録末有屠氏跋:"道光丁亥,桐鄉屠重巽從友人吳小亭處假宋槧本校對一過。"據屠氏校記可知,宋刻本卷端題"唐陝州司馬王建仲初著",收詩四百四十二首,按五言古詩、七言古詩、五言律詩、七言律詩、五言排律、七言排律、五言絶句、七言絶句、宮詞,釐爲八卷。明正德間,監察御史劉成德刻本《唐王建詩集》八卷,其收詩、編次、分卷與宋刻本基本一致,僅少《銅雀臺》《上陽宮》《早發汾南》及《朝天子詞十首寄魏博田侍中》第七首凡四首,當爲漏刻。宋刻本誤者,此本亦誤。據卷中屠氏校記,其出字與劉本同,説明劉本出於宋刻八卷本無疑。明嘉靖二十九年(1550)蔣孝又據劉本刊入《中唐十二家詩集》本。萬曆四十年(1612)朱之藩又據蔣本翻刻入《中唐十二家詩集》。核對汲古閣本,屠氏校記與之悉合,收詩、編次及文字上,與屠氏校記悉合,説明源於宋刻八卷本無疑。《四庫全書》所收爲《王司馬集》八卷,乃清初胡介祉校刻本,胡本出於汲古閣本。

　　又國圖藏一部毛晉校宋本《王建詩集》八卷,唐寅、毛晉、徐炯、汪士鍾、于昌進舊藏,今藏國圖(10397)。毛晉此跋載於卷首,與刻本載跋有兩處異文,其中校宋本末署時間爲崇禎五年(1632)。校宋本底本爲明劉成德刻本,卷端"唐陝州司馬潁川王建仲初著""監察御史河中劉成德編校"。毛晉校並跋,黄丕烈三跋,卷中朱筆校字累累,凡校字右行間皆鈐有小圓印"晉"。卷末毛晉補附録一卷,包括《復齋漫録》《苕溪漁隱叢話》《藝苑雌黄》所載王建事跡,末題"丁酉三月較定付梓",後有毛晉據"據别人補入"七十一首,其中第三卷十首、第四卷十首、第五卷五首、第六卷三首、第九卷四十三首。卷末黄丕烈跋云:"此毛子晉手校本《王建詩集》八卷本,與余舊藏吳匏庵家抄本正同。吳本亦藏自汲古閣,而毛所校,時合時不合。子晉之依宋刻校正,未知所據何本。此刻相傳爲明代川中刻,刻手既劣。印本復糊塗。幸得子晉手校,加以題跋,且經名家收藏。其所知者,'南京解元''六如居士',爲吾吳唐伯虎圖章,'玉峰徐炯',即傳世樓後人,曾住我郡齊門内花溪。竹垞《播芳文粹》云:丙戌三月,留徐學使仲章花溪别業,觀宋槧本,即其人也。其餘'戎郎私印''中文蔣癡''米□頭陀'①,皆未詳其人。古香

---

① "米□頭陀"之"□",黄丕烈不識,該本天頭補註曰:"十月四日,顧千里識其文云是'汁'字,並爲余曰:亦有飲米汁的菩薩語,米汁謂酒也。"此補《蕘圃藏書題識》不載。

醃靄,珍重異常。書之以前賢手澤而足重者此爾。"從毛晉作跋時間爲崇禎五年可知,《王建詩集》蓋在此時已刊就,故毛晉據《苕溪漁隱叢話》及宋刻十卷本等所補附録及諸詩,《唐人六集》本皆未見。

呂和叔文集

從友人處借嘉靖壬午清明日吳門忍齋黄冀録本[1]訂一遍,卷首有"六爻堂""黄女成氏"二印記。崇禎甲申二月初吉。丙戌[2]元宵後五日,又求施師重訂。

注:

[1]此指《呂和叔文集》,呂温撰。呂温(772—811),字和叔,一字化光,河中人。唐貞元末進士,歷任左拾遺、侍御史、户部員外郎等職,因曾被貶,充衡州刺史,世稱呂衡州。《呂和叔文集》十卷,凡詩賦二卷,文八卷,有静嘉堂文庫藏影宋寫本、《四部叢刊》影印清錢氏述古堂抄本等。此處毛晉所借校本爲明嘉靖元年(1522)黄冀抄本,已併爲五卷。

[2]"崇禎甲申",即崇禎十七年(1644),毛晉四十五歲。"丙戌"爲清順治三年(1646)。

案:《呂和叔文集》五卷,唐吕温撰。

明抄本,卷首有彭城劉禹錫撰序,卷末有崇禎十七年(1644)毛晉跋及黄丕烈跋,毛晉朱筆校。十行二十字,左右雙欄,黑口,單黑魚尾。鈐印"毛晉私印""一字子九""汲古閣""毛晉一名鳳苞""隱湖小隱""識字耕夫""莐圃收藏",毛晉、張乃熊舊藏,今藏臺圖(09773)。

黄丕烈跋曰:"近從書友郁某得一毛子晉手跋本,亦祇五卷。"《傳書堂藏書志》卷四著録。傅增湘曾經眼,《藏園群書經眼録卷》十二著録"明末毛氏汲古閣寫本,有崇禎甲申毛晉跋,有朱筆校,黄丕烈跋",蓋即此本。《藏園訂補邵亭知見傳本書目》卷十二著録:"明末毛氏汲古閣寫本,有崇禎甲申毛晉跋。有朱筆校字及黄丕烈跋。黄跋云此五卷本即取十卷本紊亂爲之,而稱葉樹廉家鈔十卷本之佳。又一跋,言後見別一五卷本與此同,而出於錢穀寫本,錢本又自内閣本出云云。然則此五卷本亦淵源有自,非後人紊亂爲之也。"此書現存皆爲清抄本,如清初錢氏述古堂抄本、清葉氏樸學齋抄本、清抱經樓抄本、清初抄本及其他清抄本等多部。

追 昔 游 集

　　字公垂[1]，亳州人，与李文饒[2]、元微之齊名，人號“元和三俊”。爲人短小，俗呼短李。其平生歷官及遷謫略見本序。或謂其飾志矜能，夸榮殉勢，益知子陵、元亮爲千古高人。然紀游述懷，俯仰感慨，一洗唐人小賦柔靡風氣云。湖南毛晉識(1)。

校：

　　(1)《題跋》《汲古閣書跋》無“湖南毛晉識”。

注：

　　[1]“字公垂”，即李紳(772—846)，字公垂，亳州譙縣古城人。出身趙郡李氏南祖。元和元年(806)進士，補國子助教，歷任江、滁、壽、汴等州刺史及宣武軍節度使、宋亳汴穎觀察使，入朝爲中書侍郎、同平章事，擢尚書右僕射，改門下侍郎，封趙國公，出爲淮南節度使。會昌六年逝於揚州，追贈太尉，謐文肅。

　　[2]“李文饒”，即李德裕。

　　案：《追昔游集》三卷，唐李紳撰。

　　明末汲古閣刻《五唐人詩集》本，每卷卷首有本卷目録，首卷卷端題“追昔游集卷上”，次署“東吳毛晉子晉訂”，卷末載毛晉跋。《新唐志》《郡齋》《直齋》皆著録，《郡齋》載卷首有開成戊午紳自序。毛跋云“略見本序”，然此刻未見李紳自序，或已佚序葉。

　　明抄本《唐四十七家詩》收有《追昔游集》三卷(09636)，核之與此刻悉同，蓋其底本。又國圖藏海虞馮氏家藏明抄本，亦出於明抄本。

白 氏 文 集

　　庚午[1]歲，予在疚，不敢研朱。借于昭遠[2]宋版訂句讀，在丁卯春秋，故用印色。

注：

　　[1]“庚午”，即崇禎三年(1630)，此年春，毛晉久病不愈。毛晉跋崇禎

三年汲古閣刻本《李翰林集》亦即此事，云：“今年春，抱戚村居，開荒坐雨，百念俱廢。”

[2]“于昭遠”，即于鑒之，字昭遠，金壇人。錢謙益《列朝詩集小傳》有本傳，云與其弟鑾(字御君)“皆執經事余”。父歿後，“余再過金沙，昭遠坐我書閣下，琴書分列，香茗郁然，文采風流，浮動于研席筆墨之間”。《初學集》卷四又有《謝于昭遠寄廟後茶》詩。可見于氏與錢氏、毛氏皆有往來。

案：《白氏文集》七十一卷，唐白居易撰。

毛晉、毛扆合校本。據毛晉跋，毛晉於天啓七年丁卯(1627)借于鑒之所藏宋版校之，直至崇禎三年(1630)作跋記之。故跋雖未署名，但從紀年及毛晉患病一事，當爲毛晉跋無疑。《愛日精廬藏書續志》卷四著錄，云：“斧季所據宋刊本，今藏金吾家。此本因毛氏父子手跡，故並存之。元稹序……黃氏手跋曰(略)。”黃氏指黃丕烈，黃跋亦見《士禮居藏書題跋記》卷五、《蕘圃藏書題識》卷七，云：“目後雌黃書二行是子晉手跡。卷中句讀有‘晉’字小圓印，其朱筆皆斧季字跡。所補缺頁、畫烏絲欄者，亦出斧季手。”“琴川張君月霄藏有宋刊本《白氏文集》，假歸命長孫秉剛校勘一過，知斧季朱筆校者，即據張君所藏本也。茲校亦用朱筆，恐與斧季混同，因載於格欄外，其行間字以朱筆點於旁，所以識別也。”毛氏校本今不知何所。

白氏長慶集

毛　琛

此書爲汲古閣中校定閱本，可寶也。寶之[1]記，時己丑立秋一日。

注：

[1]“寶之”，即毛琛。

案：《白氏長慶集》七十一卷，唐白居易撰，唐元稹編。

明萬曆三十四年(1606)松江馬元調刻本，毛晉校，毛晉、毛綏萬、毛琛舊藏，卷首序末載毛琛跋，今藏臺圖(09841)。其卷一至四十七經朱墨藍黃四色批校。首卷標題下方、正文後各有綏萬、毛琛朱墨筆手書。書中多處鈐有“晉”字朱文圓印，即毛晉校勘專印。

據毛琛所跋云，此書當先爲毛晉藏校，後分授給毛表。毛表傳於長子毛綏萬，後傳毛琛收藏。書傳直系子孫，乃常理。由此可知，毛琛當爲綏萬後代。又，毛琛跋毛扆撰《汲古閣珍藏秘本書目》：“此卷，琛從曾叔祖手寫與

潘稼堂先生底本。"曾叔祖所指爲毛扆無疑。既稱毛琛稱毛扆爲"曾叔祖",
説明毛琛一定是毛晉之第五世孫,且毛扆排行一定小於毛琛祖父之下,而毛
扆故爲毛表之弟。據以上書之承傳及稱謂,可以斷定毛琛爲毛表曾孫、毛綏
萬孫。至於毛琛之父,則因史料乏缺,目前尚難考釋清楚。

李 文 公 集(1)

　　習之[1],涼武昭王裔也,貞元間進士,調校書郎,知制誥,終爲山南東
道節度使,檢校户部尚書。其性鯁介,喜爲危言,仕不得顯。從昌黎公游,与
皇甫持正[2]並推當時。葉石林評其文詞高古,可追配韓、蘇。舜欽評其理
過於柳。總集凡十有八卷,共一百三首,皆雜著,無歌詩。今逸其《疏引見
待制官》及《歐陽詹傳》二首,惜無從考。邇來抄本末附《戲贈詩》一篇,云:
"縣君好博渠,繞水恣行游。鄙性樂疏野,鑿池便成溝。兩岸植芳草,中央
漾清流。所尚既不同,博鑿各自修。從他後人見,境趣誰爲幽。"鄙拙之甚。
又《傳燈録》載其《贈藥山僧》一篇云:"錬得身形似鶴形,千秋松下兩函經。
我來欲問西來意,雲在青天水在瓶。"風味亦不相類。又韓文公《遠游聯句》
亦載一聯,云:"前之詎灼灼,此去信悠悠。"其詩句僅見此耳。或病其不長
于作詩,信哉。湖南毛晉識(2)。

　　校:

　　(1)《題跋》《汲古閣書跋》皆作"李習之集",據卷首扉頁及卷端皆作
"李文公集"。

　　(2)《題跋》《汲古閣書跋》無"湖南毛晉識"。

　　注:

　　[1]"習之",即李翺,字習之,隴西成紀人。唐貞元中進士,官至山南東
道節度使、檢校户部尚書,韓愈弟子。著有《李翺集》《蒙求》等。

　　[2]"皇甫持正",即皇甫湜(777—835),字持正,睦州新安人。元和元
年(806)進士,授陸渾縣尉。累遷殿中侍御史、内供奉,坐事免官。先後入
山南東道節度使李愬和李逢吉節度幕府,後爲工部郎中,遷東都留守(裴
度)判官。著有《皇甫持正文集》六卷。

　　案:《李文公集》十八卷,唐李翺撰。
　　明末汲古閣刻《三唐人文集》本,卷首有景祐三年(1036)歐陽修序、宋

濂序、景泰六年（1455）邢讓跋，次有目録，卷端題“李文公集卷第一”，次下署“東吳毛晉子晉訂”，卷末載毛晉兩跋。邢讓識云：“暇日於寅友陳君緝熙所獲覯是編，遂躬鈔録，以備一家之言”。《新唐志》《郡齋》《宋志》均著録《李翺集》，但卷數不一。《新唐志》作十卷、《郡齋》作十八卷、《宋志》作十二卷，《直齋》作《李文公集》十卷，並云“蜀本分作二十卷”。宋洪适《盤洲文集》卷六十三《跋〈李文公集〉》云：“右《李文公集》十八卷，以《唐藝文志》校之多八卷，蓋常山宋次道所定也。”可知宋敏求曾編過十八卷本。莫伯驥《五十萬卷樓藏書目録初編》卷十五、葉德輝《郋園藏書志》卷七、羅振常《善本書所見録》均著録宋槧十行十八字本，皆爲十八卷，當即同一版本，今已不存。李翺集在明代刻抄頗夥，有明景泰間邢讓抄本、成化十一年（1475）馮孜刻本、成化馮孜刻嘉靖舒瑞補刻本、嘉靖黃景夔刻本等。成化本卷末載有邢讓跋，蓋據邢讓本刊出，汲古閣本亦有邢讓跋，蓋據成化本翻刻，或徑據邢讓本重刊。《四庫》底本，《四庫提要》卷一百五十著録：“其集《唐·藝文志》作十八卷，趙汸《東山存稾》有《書後》一篇，稱‘《李文公集》十有八卷，百四篇，江浙行省參政趙郡蘇公所藏本’，與《唐志》合。陳振孫《書録解題》則云蜀本分二十卷，近時凡有二本，一爲明景泰間河東邢讓鈔本，國朝徐養元刻之，譌舛最甚。此本爲毛晉所刊，仍十八卷，或即蘇天爵家本歟？”

汲古閣本至清嘉慶道光間又予重修，國圖藏本（06253），卷首有“嘉慶元年孟冬十月東吳邵齊熊松阿氏補敘”，扉頁牌記“道光二十八年歲在戊申仲春海虞蘊玉山房俞氏珍藏”，可知版片歸俞氏後修版再印。

明末汲古閣刻《三唐人文集》本，包括《李文公集》十八卷，《皇甫持正》六卷《補遺》一卷，《孫可之集》十卷，毛晉編。九行十九字，左右雙邊，花口，除《皇甫持正》有一魚尾外，其餘皆無魚尾。版心上刻書名，下刻卷次及葉次，下鐫“汲古閣”三字。扉頁內中大字題“三唐人文集”，小字題“汲古閣藏板”，《李文公集》《孫可之集》署“東吳毛晉子晉訂”。

皇甫持正集

持正，睦州新安人也，元和初進士，爲陸渾尉，仕至工部郎中。辨急使酒，數忤同省，求分司東都留守，裴度辟爲判官。度修福先寺，將立碑，求文於白居易。湜大怒曰：“近捨湜而遠徵居易，請從此辭。”度謝罪未遑。湜即請斗酒，飲酣援筆立就。度贈以車馬繒綵（1）甚厚，湜又大怒曰：“吾自爲顧況集序[1]，未嘗許人，今碑字三千，一字三縑，何遇我薄耶？”度笑曰：“不羈之才也。”從而酬之。今總集六卷[2]，凡三十八篇，而碑文已亡，豈逸稿尚多耶？抑未易輕求，不苟爲人作耶？其歌詩亦不傳。洪容齋曰：“皇甫湜、李翱雖爲韓門弟子，而皆不能詩。”嘗見《浯溪詩》一篇，爲元結而作，其辭云：“次山有文章，可惋只在碎。然長於指敍，約潔多餘態。心語適相應，出句多分外。于諸作者間，拔戟成一隊。中行雖富劇，粹美君可蓋。子昂感遇佳，未若君雅裁。退之全而神，上與千載對。李杜才海翻，高下非可概。文于一氣間，爲物莫與大。先王路不荒，豈不仰吾輩？石屏立衙衙，溪口揚素瀨。我思何人知，徙倚如有待。”此詩乃評論唐人文章風格，殊無可采也。湖南毛晉識(2)。

校：

(1)“繪綵”，《題跋》作“繒綵”，《汲古閣書跋》作“繒采”。

(2)《題跋》《汲古閣書跋》無“湖南毛晉識”。

注：

[1]皇甫湜《顧況集序》記述顧況稱：“君字逋翁，諱況，以文入仕，其爲人類其詞章。嘗從韓晉公於江南。爲判官，驟成其磊落大績。入佐著作，不能慕順，爲衆所排，爲江南郡丞。累歲脱糜，無復北意。起屋於茅山，意飄然，若將續古三仙，以壽九十卒。”

[2]“總集六卷”，即皇甫湜《皇甫持正文集》六卷三十八篇，今存宋蜀刻本，汲古閣刻本所載悉同。

案：《皇甫持正文集》六卷，唐皇甫湜撰。

明末汲古閣刻《三唐人文集》本，卷首有目録，卷端次署“東吳毛晉子晉訂”，卷末載毛晉跋。《新唐志》《國史經籍志》著録爲三卷，《宋志》著録作八卷，《郡齋》《直齋》《通考》均著録爲六卷。《郡齋》云：“今集雜文三十八篇。”今傳諸本皆爲六卷三十八篇，蓋即《郡齋》著録之本。今存最早刻本爲宋蜀刻唐六十家集本《皇甫持正文集》六卷，《四部叢刊》收録，周彦文《毛晉汲古閣刻書考》認爲“取以校毛本，則篇章次第皆同，且毛刻每卷卷首目連接正文，一依宋版舊式，則毛氏所據，必爲宋刻。瞿氏又曾以錢曾王所藏舊抄本校毛本，云卷一《東還賦》‘尼父聘分蔡陳一’下毛本脱二十一，卷二《送丘儒序》‘一人不知子也’下毛本脱十字。今按宋刻皆不闕，則毛氏所據雖善本，然其校刊仍屬草率而未盡善”。今考汲古閣本卷首有總目，而每卷卷首並無目録，而蜀刻本有，兩者顯然不同。周文又認爲蜀刻本不同，毛本脱，屬“草率而未盡善”。考汲古閣本實際上出於明正德十五年(1520)皇甫録世業堂刻本,卷目悉同汲古閣本,瞿氏所指毛本兩處脱文,正德本皆脱。再核異文,兩本同者,而悉與蜀刻本不同。可證汲古閣本出於正德本的無疑問,萬曼《唐集敘録》、李天明《皇甫持正文集版本源流考》皆持此論。《四庫提要》一百五十著録,雖未言及汲古閣本,但經核查,《四庫全書》本與汲古閣本脱文、異文等悉同,汲古閣本當即底本。

又,周彦文《毛晉汲古閣刻書考》云:"惟毛氏此刻多補遺一卷,乃前所未見,毛跋亦未言及,不知是否爲毛氏所輯附。"此《補遺》一卷,遍查汲古閣本皆不見,並非毛氏所輯,而爲光緒間馮氏輯録。光緒二年(1876)南海馮焌光重刻汲古閣本,從《全唐文》卷六百八十五、六百八十六輯出五篇,其中《履薄冰賦》亦見《文苑英華》卷三十九,《山雞舞鏡賦》見《英華》卷一百零五,《鶴處雞群賦》見《英華》卷一百三十八,確爲其作,但唐人應試之作多不入集,其他兩篇《篤終論》,乃删節皇甫謐之文,《晉書·皇甫謐傳》有其全篇;《送陸鴻漸赴越序》乃皇甫冉之作,見冉《集》卷六。《南村輟耕録》卷九輯出一篇《陶母碑》。以上六篇編爲補遺一卷,附於後,余嘉錫已有詳考。①

長 江 集

毛 扆

癸卯[1]重陽前二日,從趙玄度[2]先生所藏宋本勘一過。湖南省庵。

注:

[1]"癸卯",即康熙二年(1663),時毛扆二十三歲。

[2]"趙玄度",即趙琦美(1563—1624),字玄度,號清常道人。常熟人。趙用賢子。以父蔭,官至刑部郎中,授奉政大夫。搜集元、明雜劇二百餘種,編成《脉望館鈔校本古今雜劇》。其藏書處爲脉望館,藏有宋元本頗多,著有《脉望館書目》《洪武聖政記》《容台小草》等。

案:《長江集》十卷,唐賈島撰。

明末汲古閣刻《唐人八家詩》本,卷首有大中八年(854)《唐宣宗賜賈島墨制》及無年月王遠跋,卷末載紹興二年(1132)王遠後序,並附蘇絳撰《賈公墓志銘》《新唐書·賈島傳》及韓愈《送無本師歸范陽》。此爲毛扆校跋本,其跋載卷末,今藏國圖(11397)。曾經張鈞衡舊藏,《適園藏書志》卷十

① 余嘉錫:《四庫提要辨證》卷二十,湖南教育出版社 2009 年版,第 1108 頁。

著録。《藏園群書經眼録》卷十二著録。《毛扆書跋零拾(附僞跋)》亦録。

　　賈島詩集,最早刊本當爲宋蜀刻十卷本,何焯跋明抄本《賈長江詩集》(今藏國圖,何焯校跋)云:“蜀本出於後人掇拾,反雜以他本之作,如《才調集》中所載《早行》《老將》諸篇,足爲出格,顧在所遺,它可知矣。《寄遠》一篇亦《才調集》所載者,勝荆公《百家選》就蜀本録之耳。”《崇文總目》《郡齋》等著録者或即此本。其次爲遂寧刊十卷本,《直齋》卷十九著録“今遂寧刊本首載大中《墨制》”,當出於蜀本,今已不存,明仿宋刻本收録《四部叢刊》中。第三爲南宋臨安府棚北陳宅書籍鋪刻《賈浪仙長江集》十卷本,亦出於蜀刻本,何焯、黄丕烈皆曾見過,孫星衍《孫氏祠堂書目》卷四《長江集》十卷下注云:“一明毛晉刊本,一景校宋臨安府陳宅書籍鋪本。”第四種即毛扆跋“趙玄度先生所藏宋本”。核對毛扆校勘文字,今國圖存明柳僉抄本《唐四十七家詩》(09636)多同宋本,其出於宋本當無疑問。汲古閣本即據此宋本翻刻,參見齊文榜《〈長江集〉版本源流考述》。

　　又,《藝風藏書續記》卷六著録一部《長江集》十卷,盧抱經校,馮定遠、何義門藏本,何焯跋曰:“丙戌初秋,得毛豹孫宋本影鈔《長江集》,復手校一過。張氏書(即阮元刻本)聞尚在,惜吾力不能致之耳。”“庚寅春,借毛丈斧季從趙玄度所藏宋本對校者又校,凡改三字。焯又記。”毛扆用家藏趙氏舊藏宋本校勘家刻本是在康熙二年(1663)。康熙四十五年丙戌,何焯得毛氏先人毛文蔚(字豹孫)影宋抄本校,後於康熙四十九年(1710)以毛扆藏校本再度校勘,改三字,何校本今藏國圖(09625),而毛文蔚本今不知何所。

長　江　集
毛　表

　　癸卯餘月[1]廿五日,宋本勘一過。(卷一末)

　　癸卯餘月廿六日,宋本勘訖。(卷三末)

　　癸卯皋月[2]五日,假錢氏宋本勘校一過。正庵。(卷十末)

注:

　　[1]“餘月”,即閏月。王讜《唐語林·識鑒》:“潤州得玉磬十二以獻,張率更叩其一曰:‘是晉某歲所造也。是歲餘月,造磬者法月,數有十三,今闕其一。’”

　　[2]“皋月”,即五月。《爾稚·釋天》:“五月爲皋。”郝懿行義疏:“皋者,釋文或作高,同。高者,上也。五月陰生,欲自下而上。又物皆結實,纍

韜下垂也。"

　　案：明末汲古閣刻《唐人八家詩》本，毛表校並跋，毛表、鄭文虎舊藏，今藏國圖（00545）。卷端朱筆皆改爲"賈浪仙長江集"，可見宋本原題與毛刻不同。"癸卯"即康熙二年（1663），與毛扆所校爲同一年。宋刻本《長江集》今已不存，以毛氏兄弟兩校宋本，可見原宋槧之文字面貌。

　　又，傅增湘曾藏汲古閣本，並迻錄毛表校跋，其藏本今亦在國圖（00297）。

姚少監詩集

　　《唐書》載合[1]於《姚崇傳》中，甚略。余按合迺宰相崇之曾孫，未詳其字。元和十一年，李逢(1)吉知舉進士，調武功主簿，世號姚武功。又爲富平萬年尉，寶應中，歷監察殿中御史、户部員外郎，出荆、杭二州刺史，爲户、刑二部郎中，諫議大夫給事中，陝虢觀察使。開成末，終秘書監。與馬戴、費冠卿、殷堯藩、張籍游。喜采僧詩，如《清教》云"香連雲舍像"，《雲容》云"木末上明星"，《荆州僧》云"犬熟獲鄰房"，吟之不輟。李頻師之。方玄英[2]哭之云"入室幾人爲弟子，爲儒是處哭先生"，仰止極矣。隱湖毛晉識(2)。

　　天啓丁卯，余梓《極玄集》[3]，迺姚武功取王維至戴叔倫二十餘人詩(3)百首，曰："此詩家射雕手也。"遂願購(4)其本集，卒不可得。偶閱《緇林法語》，見"移花兼蝶至，買石得雲饒"十字，叱(5)謂禪悟後語。既讀《主客圖》，方知出武功手。繼從《紀事》，又讀"一日看除目，終年損衞(6)心"，豈食烟火人能道隻字？廣搜博訪十有餘年，真所謂"求之不得，寤寐思服"也。迨崇禎壬午秋，忽從錫籠中獲此本，凡十卷，蓋吾宗圖記，印抄宋刻。豈武功有靈，"錫我百朋"耶？擊節欣賞三日夜，急授諸梓，未知海内亦有如飢如渴如余者否？但未及招与公[4]于臨頓里中，亦用率更筆法，與浪仙、長吉[5]媲美，洵一恨事。晉又識。

　　此浙本也，川本編次稍異。余向藏宋治平四年(7)王頤石刻《武功縣中詩》三十首，詮次不同："縣去京城遠"一。"方拙天然性"二。"微官如馬足"三。"縣僻仍寥落"四。"簿書多不會"五。"曉鐘驚睡覺"六。"自下青山路"七。"性疎嘗(8)愛卧"八。"日出方能起"九。"客至皆相笑"十。"一日看除目"十一。"作吏荒城裏"十二。"誰念東山客"十三。"鄰里皆相愛"十四。"窮達天應與"十五。"閉門風雨裏"十六。"朝朝眉不展"十七。"簿籍誰能問"十八。"猩氈(9)都不食"十九。"宦名渾不計"二十。"假日都無事"廿一。"一官無限日"廿二。"朝朝門不閉"廿三。"欲依循循術"廿四。"漫作容身計"廿五。"主印三年坐"廿六。"長憶青山下"廿七。"目(10)知狂僻性"廿八。"作吏渾無思"廿九。"門外青山路"三十。其字句差池,夾注行間。石本今已失去,每咏表聖亡書"久似憶良朋"之句,爲之泫然。晉又識。

予梓《姚少監集》[6]十卷既成,又閱《唐文粹》,得《新昌里》一篇,又閱《樂府詩集》,得《出塞》一篇,深嘅逸詩不知凡幾,因附載副葉。《新昌里》:"舊客常樂坊,井泉濁而鹹。新居新昌里,井泉清而甘。僮僕慣苦飲,食美翻憎嫌。朝朝忍飢行,戚戚如難堪。中下無正性,所習便淫訛。一染不可變,甚於茜與藍。近貧日益廉,近富日益貪。以此當自警,慎勿信邪讒。"《出塞》:"磧路三千里,黃雲覆草平。戰須移死地,軍諱殺降兵。印馬秋遮虜,蒸沙夜筑城。故鄉歸未得,都尉欠功名。"晉又識。

校:

(1)"逢",《汲古閣書跋》作"逢"。

(2)"隱湖毛晉識",《汲古閣書跋》作"隱湖晉潛在丁酉春朝識于追雲舫中",蓋據明抄本迻録,見案語。"丁酉",即清順治十四年(1657)。

(3)《汲古閣書跋》"百"前有"一"。

(4)"購",《汲古閣書跋》作"邁"。

(5)"叱",《汲古閣書跋》作"□"。

(6)"衙",《汲古閣書跋》作"道"。

(7)《汲古閣書跋》"治平"後無"四年"。

(8)"嘗",《汲古閣書跋》作"常"。

(9)"猩氈",《汲古閣書跋》作"腥膻"。

(10)"目",《汲古閣書跋》作"自"。

注:

[1]"合",即姚合(777—843),字大凝。陝州人。唐代名相姚崇曾侄孫。元和十一年(816)進士,授武功主簿。歷任監察御史,金、杭二州刺史、刑部郎中、給事中等職,終秘書監。世稱姚武功,其詩派稱武功體。著有《姚少監詩集》,編有《極玄集》。

[2]"方玄英",即方干(836—888),字雄飛,號玄英,睦州青溪人。元和三年(808)進士。客死會稽,門人謚曰玄英先生。著有《方干詩集》。

　　[3]《極玄集》,姚合編,選録盛唐王維、祖詠及大曆以下共二十一家詩一百首,姚合題辭稱"此皆詩家射雕之手也,合於衆集中更選其極玄者"。所録多五律,偏於王維至大曆才子清雋詩風,選詩頗精當,韋莊稱其"已盡精微",《四庫提要》亦稱其"特有鑒裁"。

　　[4]"与公",即王咸,見《采菊雜詠》條。

　　[5]"浪仙、長吉",分別指賈島《長江集》、李賀《歌詩編》。

　　[6]《姚少監集》,姚合撰,凡十卷五百一十首詩。卷一、二爲送別詩,卷三、四爲寄贈詩,卷五、六爲閒適詩,卷七、八爲游宴詩,卷九爲和酬答謝詩,卷十爲雜詠。

　　案:《姚少監詩集》十卷,唐姚合撰。

　　明崇禎十五年(1642)汲古閣刻《唐人六集》本,卷末載毛晉跋。"壬午",即崇禎十五年(1642),當即刊年。《唐人六集》中惟此未見墨記"汲古閣毛晉/據宋本考較""審定宋本"字樣,其他五種皆有此記。《汲古閣書跋》録有前三跋,佚去第四跋。

　　今國圖藏一部明抄本(07642),卷六至十配另一明抄本,毛晉校並跋,其中卷末載首毛晉三跋、黄丕烈跋。《藏書群書經眼録》卷十二著録曰:"前半明寫本,後半亦清嘉道以前寫本,十行十八字。明寫本宋諱缺筆,舊人以朱墨筆校過。後有毛晉三跋,又黄蕘圃丕烈跋,不具録。鈐有毛氏、黄氏各藏印。"《四部叢刊初編》收入此明抄本,首跋末署"隱湖晉潛在丁酉春朝識于追雲舫中",則潘氏未見原刻,其《汲古閣書跋》據此抄本逐録毛跋,故缺末跋。據四跋内容可知,前三跋爲明抄本而作,第四跋爲汲古閣刻本而作。

　　姚合集在宋代有蜀本、浙本兩大系統,卷數雖同,但編次不同,此刻即後者。《新唐志》題《姚合詩集》十卷,《郡齋》卷十八作《姚合集》十卷,《直齋》卷十九著録《姚少監集》十卷,曰:"川本卷數同,編次異。"蜀本五卷依題材分卷,共收詩二百四十八首,卷一、二爲送別、卷三、四《寄贈》,卷五爲《閒適》。據毛晉跋,明崇禎十五年(1642),毛晉得到此明抄"浙本",並言"編次稍異"。後歸黄丕烈,黄氏校以蜀本,"果異"。毛氏據明抄本刻梓入《唐人六集》,並作校改,如總目卷五删《閒居》,卷八删《過梁揆莊》,正文卷八改《哭硯山孫導士》爲《哭費拾遺徵君》,改《哭費拾遺徵君》爲《哭硯山孫道士》,正文卷十《心懷霜》"欲識爲欲苦",改"爲欲"爲"爲詩",卷五《武功縣中作》"縣去帝城遠","帝"下注"一作京",等等。《四庫全書》所收即毛本,其《提要》卷一百五十一曰:"其集在北宋不甚顯,至南宋永嘉四靈始奉以爲宗。其末流寫景於瑣屑,寄情於偏僻,遂爲論者所排。然由摹傚者滯於一家,趨而愈下,要不必追咎作始,遽懲羹而吹齏也。此本爲毛晉所刻,分類編次,唐人從無此例,殆宋人所重編。晉跋稱此爲浙本,尚有川本,編次小異。又稱得宋治平四年王頤石刻《武功縣詩》三十首,其次序字句皆有不同,然則非唐時舊本審矣。"季振宜編《全唐詩》本所據亦爲毛本。

蜀本與明抄浙本多有不同,陳振孫、毛晉、四庫館臣、黃丕烈均曾指出。蜀本曾爲瞿氏鐵琴銅劍樓收藏,瞿氏曾以出於明抄的汲古閣刻本與蜀本對校,亦發現"此本與毛氏刻本不同,卷一送別上,毛本五十首,此則五十二……其編次前後亦參差互異。"綜合言之,首先兩本各卷收録數量稍有不同,有些詩題亦異,其次異文不少,有音近而異者,有形近而異者,有詩題互倒者。蜀本避諱更早,而明抄本較晚,則明抄本之浙本刊印應晚於蜀本;從浙刻本採入蜀刻本異文(明抄本中"一作某"者多同蜀本)可以看出,浙本在刊刻時參校了蜀本。兩本異文達二百餘條,有蜀本、明抄本皆有誤者,有抄本不誤而蜀本誤者,有抄本誤而蜀本不誤者。雖然明抄本有不少訛誤,但其中亦有頗可校正蜀本之誤者,如"聽琴知道性"之"琴",蜀本誤作"禽";"山家百事休"之"山",蜀本誤作"仙";"晴日移虹影"之"虹",蜀本誤作"紅";"憑君亦紀余"之"余",蜀本誤作"餘";"忽欲自受刑"之"受",蜀本誤作"愛";"住城多事達"之"住",蜀本誤作"任",等等,可見此本之優。葉夢得《石林燕語》卷八云:"今天下印書,以杭州爲上,蜀本次之,福建最下。"從此集來看,頗可驗證。

此外,國圖尚藏三部明抄本,亦皆出自於浙本,但遠非毛氏藏本傳播廣泛,利用率高。其原因首先是毛藏本爲《四部叢刊》收録,其次毛氏將其刊梓行世,使浙本流傳愈廣,尤其是爲《四庫》《全唐詩》本收録,影響更大。而另外三部明抄本由於深藏私家,流傳不廣,影響頗微,只有一部爲清康熙四十一年席啓㝢琴川書屋刻入《唐詩百家全集》。因此,毛本之貢獻首先在於保留浙本種子,其雖參校蜀本,但有自己的獨立版本系統。又因訛誤少,並可校正蜀本之誤。故毛本雖非據宋本,然於姚合集之版本系統中仍舉足輕重。

清　塞　詩

此周賀[1]詩也。少年爲僧,號清塞,與無可齊名。寶曆閒,姚合爲杭州,讀其《哭僧》詩云:"凍髭亡夜剃,遺偈病中書。"擊節歎賞,加以冠巾,字南卿。坊間《清塞》《周賀》離爲二集,篇章互混。其《留辭姚郎中》至《送僧》四十五首,乃荷澤李和父[2]編入《唐僧弘秀集》[3]中者也。因汰其重複,又編四十五首,釐爲上下卷,仍其舊名。余嘗謂詩禪古稱韻品,惟唐時鉅公輒欲其反,初不知何意。如韓昌黎亦欲冠巾觀、靈二老,既見觀霜髭種種,爲之潸然,惜其無及先輩。謂其"善戲謔兮,不爲虐兮",然乎?否耶?隱湖毛晉識。

注:

[1]周賀,《唐才子傳》卷六云:"(法名)清塞,字南卿,居廬岳,爲浮屠,客南徐亦久,往來少室、終南間。俗姓周,名賀。"著有《周賀詩集》一卷,收詩七十餘首,多贈答酬和之作。

[2]李和父,字和父,一字仲甫,號雪林,宋平江府吳江人。不樂仕進,居於吳興三匯之交,年登耄期。著有《剪綃集》。

[3]《弘秀集》,即《唐僧弘秀集》,十卷,宋代李龏編纂的詩總集。選録唐釋子"名弘才秀"者五十一家詩五百首,按人編次。其中選皎然詩七十首、貫休六十一首、齊己六十首,餘各有等差。《四庫提要》評其"時有不檢",亦承認其"采摭頗富""收拾散亡,要亦不能謂之無功"。

案:《清塞詩》二卷,唐周賀撰。

明末汲古閣抄本,明毛晉跋、清黄丕烈校並跋,毛晉、黄丕烈、海源閣舊藏,今藏國圖(A00537)。左欄外題"毛氏正本",右欄外題"汲古閣藏",書衣有黄丕烈題曰:"辛未秋收於五柳居。求古居藏。《清塞詩》二卷,毛氏正本,子晉手跋。"《題跋》未著録,《汲古閣書跋》著録。從毛晉跋可知,其重新編輯釐定爲二卷,當是爲刊梓而備,惜未見刊印。《中國古代詩文名著提要·漢唐五代卷》《中國詩詞曲賦辭典》等著録有汲古閣刻本,實誤。此書有宋臨安府陳宅書籍鋪刻本《周賀詩集》一卷,今藏國圖。明代坊間流行者,爲自菏澤李和父所編《弘秀集》中録出者,汲古閣抄本收詩四十五首,蓋據坊本整理而出。黄丕烈跋曰:"此册出自毛子晉,以意竄定,非其舊也。"而陳氏書籍鋪本七十六首,《全唐詩》收九十三首,皆多於汲古閣本。

歌 詩 編

余齠年從莊樂舅氏[1]流憩舟中,見李長吉詩會稽本,誦之不能釋手,匄之而歸。廿年來出入懷袖,敝若砌前腐草,但病其評注多雜眩真,復有圈園、職識之疑。繼獲臨安陳氏本,如《勉愛行》二首,離爲三首,《神絃別曲》《神絃曲》《神絃》三處合編一處,詮次倒顛。又如"空白凝雲遏不流",誤作

“空山凝雲”；“杜若已老蘭苕春”，誤作“繭苕春”；“泣露嬌啼色”，誤作“帝色”；“向壁印狐蹤”，誤作“孤蹤”云云，一一釐正。既而復見鮑欽止[2]手定本，無論《白門前大樓喜》一篇得未曾有，如“碧玉破不復”，陳本作“破瓜後”；“柳臉半眠丞相樹”，陳本作“柳陰”之類。雖同是宋版，不啻涇渭之迴別。“第摩多樓子”作“棲子”，“試伴漢家君”作“漢家書”，此又鮑本白璧微瑕矣。倘古破錦囊中所藏，不遭混中之阨[3]，盡出鮑氏手眼，李藩[4]侍郎不稱大快耶？琴川毛晉識。

據杜牧之敘云：“歌詩離爲四編，凡二百二十三首。”今考鮑欽止手定本四卷所載，共二百二十首。又集外詩二十三首，已多二十首矣。何流傳至北宋大觀戊子冬者，反多於唐太和五年冬沈子明授杜牧之者耶？豈賀鑄氏得于梁鐸氏者，或有贋鼎耶？抑厠鬼有靈，復爾流布人間耶？毛晉又識。

注：

[1]“莊樂舅氏”，即毛晉舅氏戈汕，字莊樂，號豈庵，蘇州府常熟人。戈汕年長毛晉十七歲，能詩善畫，工篆籀，癖古好琴書，爲一時高士。毛晉髫歲喜讀《離騷》，慕陶靖節之爲人，與戈汕頗爲相得。

[2]“鮑欽止”，即鮑慎由，一名由，字欽止，處州龍泉人。元祐六年（1091）進士，除工部員外郎，曾任淮南轉運判官、考功員外郎，崇寧五年（1106），提點元封觀，後起知明州、海州。少從王安石學，嘗注杜詩。著有《夷白堂小集》，今佚。

[3]典出張固《幽閒鼓吹》：“李藩侍郎嘗綴李賀歌詩，爲之集序未成。知賀有表兄與賀筆硯之舊者，召之見，託以搜訪所遺。其人敬謝，且請曰：‘某盡記其所爲，亦見其多點竄者，請得所葺者視之，當爲改正。’李公喜，併付之，彌年絕跡。李公怒，復召詰之。其人曰：‘某與賀中外，自小同處，恨其傲忽，常思報之。所得兼舊有者，一時投於圂中矣！’李公大怒，叱出之，嗟恨良久。故賀篇什流傳者少。”

[4]李藩（754—811），字叔翰，趙郡高邑人。出身趙郡李氏南祖，由節度使幕僚起家，唐憲宗時拜門下侍郎、同平章事，官至華州刺史兼御史大夫，卒贈户部尚書，謚貞簡。

案：《歌詩編》四卷《集外詩》一卷，唐李賀撰。

明末汲古閣《唐人四集》本，卷首有唐大和五年（831）杜牧序，次有目録，卷端題“歌詩編第一”，次署“隴西李賀”，卷末有大觀二年（1108）鮑慎由跋及毛晉兩跋。《汲古閣書跋》載毛晉兩跋。

　　由毛晉跋可知，毛晉先後獲得三部宋刻本，並據以鮑氏手定本，再參校會稽本、臨安陳氏書棚本，始刊梓行世，可謂至善。據鮑氏所跋時間，鮑本當即北宋大觀二年本，爲諸宋槧中最早之本。又據毛晉對校，鮑本有《集外詩》一卷，爲諸家所無，雖鮑本亦“白璧微瑕”，然綜合諸本，仍爲訛誤最少者。故三本比較，毛晉即判斷出鮑本之最優。以此可見，毛晉刻書在選擇底本上，以追求最佳爲目標。今臺圖藏一部宋刻公牘紙印本《歌詩編》四卷《集外詩》一卷（09805），未鈐毛氏印，是否毛晉參校之本，待考。

歌　詩　編
毛　扆

癸卯[1]八月十三日，燈下勘畢。

注：

[1]“癸卯”，即康熙二年（1663），時毛扆二十三歲。

　　案：明末汲古閣刊《唐人四集》本，卷首唐杜牧序卷端欄外題“南宋本校過”，序末有沈寶謙跋“四唐人集曾在東吳沈澮之處”，次後逐録顧湘《汲古閣校刻書目》《汲古閣刻板存亡考》有關《四唐人集》著録内容，《集外詩》卷末載毛扆跋，今藏國圖（11380）。《藏園群書經眼録》卷十二、《毛扆書跋零拾（附僞跋）》收録。

鮑　溶　詩

　　按《新唐書·藝文志》云：“《鮑溶集》[1]五卷，未見列傳。”計氏《紀事》但云与韓愈、李正封、孟郊友善，亦未詳其始末。惟晁氏云：字德源，元和四年進士。《集》中有《別韓博士》詩云“不知無聲淚，中感一顧厚”，蓋退之所嘗推激也。張薦[2]謂溶詩氣力宏贍，博識清度，雅正高古，衆才無不備具。曾子固亦愛其詩，以史館本及歐公所藏互校，得二百三十三篇。今本有一百九十二篇，餘逸，想即馬氏《經籍考》所云五卷者也。余家所藏本凡六卷，又集外詩一卷，共一百七十七首。校之晁氏、馬氏本，又多逸矣。張爲《主客圖》，取溶爲工用博解宏拔主[3]，所采警句具在。但集中《秋懷》五首未見“万里歧路多，一身天地窄”一聯，讀許用晦《過鮑溶宅有感》之作，令人心傷。隱湖毛晉識。

余讀南豐曾氏敘略云"《崇文總目》與史館書,俱疑《鮑溶集》爲《鮑防集》",余甚不解。鮑防,字子慎,襄州襄陽人,工詩,与中書舍人謝良弼友善,時號鮑謝。其列傳甚核,但《藝文志》不載集名,今亦罕傳。其所著《雜感》一篇,訊切當世(1),代宗時中外轟傳。以御史大夫歷福建江南,嘗與謝良輔十二人分《憶長安》十二詠,與嚴維十二人分《狀江南》十二詠,又與呂渭十四人中元聯句,皆在江南時事也。詠江南而憶長安,其意可見矣。諸詩昭昭可考,並未渾入《溶集》。況敏夫亦子固同時人,分別紀載防、溶兩人事,亦昭昭可考,姑附卷末,以析曾敘之疑,後之讀者存而不論可也。晉又識。

校:

(1)"訊切當世",《汲古閣書跋》作"洵切當也"。

注:

[1]《鮑溶集》,唐鮑溶撰。鮑溶字德源,元和四年(809)進士,隱居江南山中,後羈旅四方。《唐才子傳》載其傳記。《全唐詩》存其詩三卷一百九十六首。

[2]張薦(744—804),字孝舉,深州陸澤人。曾任史館修撰,兼陽翟尉。貞元元年(785),任太常博士,參與確定禮儀。後轉任工部員外郎、諫議大夫、秘書少監、工部侍郎,充吐蕃弔祭使,卒於途。著有《五服圖》《宰輔略》《靈怪集》《江左寓居録》等。

[3]"張爲《主客圖》",張爲,唐末江南詩人。著有《詩人主客圖》,論述中晚唐詩人流派,列出六種詩風,白居易爲"廣德大化教主",孟郊爲"清奇僻苦主",鮑溶爲"博解宏拔主"等。其中鮑溶之"博解宏拔"蓋即題材博大、詩思宏偉、詩語警拔之意。

案:《鮑溶詩》六卷《集外詩》一卷,唐鮑溶撰。

明末汲古閣刻《唐人六集》本,卷首有曾鞏序及目録,序首及目録末皆鑴有墨印"琴川毛鳳苞審定宋本",六卷卷端及集外詩皆不署作者及輯者,卷末載毛晉兩跋。

按鮑溶集,《新唐志》《郡齋》《崇文總目》《直齋》《唐才子傳》等均著録爲五卷,《郡齋》稱"今本一百九十二篇,餘逸"。宋本今已不傳,汲古閣本爲最早刊本,共六卷,加外集凡七卷,僅收詩一百七十七首,可知已非原宋槧本所載。據毛晉跋"家藏本",又據所鑴墨印"審定宋本",所據當即家藏宋本,但此七卷宋本,毛晉之前未見著録,待考。

《唐人六集》共收《鮑溶集》六卷《集外詩》一卷、《常建詩集》三卷《附録》一卷、《王建詩》八卷、《韋蘇州集》十卷《拾遺》一卷、《姚少監詩集》十卷、《韓内翰别集》一卷《補遺》一卷,其中除《韋蘇州集》外,其他卷末皆載毛晉跋。卷端序與目録末除《姚少監詩集》外,《常建詩集》《王建詩》《韋蘇州集》《韓内翰别集》四種皆鐫有墨印"汲古閣毛晉據宋本考較"。

丁　卯　集
毛　表

癸卯[1]余月佛浴日,季弟假錢氏宋本勘校一過,其中訛謬止二十有三字,但字畫或依古體,或依今體。如"煙"與"煙"字,"鹵"與"西"字,"歸"與"歸"字,"瀅"與"濕"字,"柾"與"在"字,"明"與"明"字,"聰"與"窓"字,"煌"與"應"字,"侣"與"似"字,"雁"與"鴈"字,"疚(1)"與"夜"字,"艸"與"草"字,"彳亍"與"行"字等,殊與宋本天壤。今一點一畫俱爲改正,非予敢妄爲改擅,亦聊存漢代衣冠之意。恐識者見而笑予之愚也,故拈出識之。汲古後人毛表。

集内《酬邢、杜二員外》前空七行,目録内有《和□□□僕射題》,余别失去。(2)(卷上末)

余月望前三日閲竟,下卷目録失刻。《冬日開元寺贈元孚上人二十韻》,題訛謬止三字,惜宋本(3)中失落二十二首,未爲全璧爾。正菴又識。

宋刻止此二卷,馮寶伯[2]所藏抄本有《續集》一卷,未知是佳本否,命僮(4)子録附於後。(卷下末)

校:

(1)"疚",《文禄堂訪書記》作"疢"。
(2)此則《文禄堂訪書記》不載。
(3)"本",《文禄堂訪書記》無。
(4)"僮",《文禄堂訪書記》作"童"。

注:

[1]"癸卯",即康熙二年(1663)。
[2]"馮寶伯",即馮武。

案:《丁卯集》二卷《續集》二卷《再續集》一卷,唐許渾撰。

汲古閣刻《唐人八家詩》本,無序跋,毛表校並跋,鈐印"臣表""奏叔""奏叔父親""庚申劫後之餘""潘叔坡""硯庭鑑賞""潘氏桐西書屋""周暹"諸印,今藏國圖(08415)。卷一補詩四首,卷末所補《續集》二卷《再續》一卷,目錄後墨書"臨安府洪橋子南陳宅經籍鋪印",可知毛表所據宋臨安府洪橋子南陳宅經籍鋪刻本校勘並補録,再續卷端下題"依元刻勤成堂本增入"。又一部,清佚名録毛表校跋,今藏南圖(GJ/115031)。《文禄堂訪書記》卷五著録。

據下條毛晉跋"余家新刻悉遵宋本",即此刻所據底本爲宋本。核此刻與今上圖藏宋浙刻本收録數量及序次等完全相同。所不同者,汲古閣本目録更詳,與正文中題目一致,而宋本則較簡略。汲古閣本卷首卷上目録有"潁州從事鹵湖亭譙錢""瓜州留別李誗""余謝病東歸王秀才見寄今潘秀才南權奉酬"三首,宋浙本佚去;汲古閣本佚去"和人賀楊僕射",宋浙本不缺。個別文字上有異文,當即刊刻時校勘不審之故。此刻出於宋浙本,當是。《郡齋》卷十八著録《丁卯集》二卷:"賀鑄本跋云:按渾自序,集三卷,五百篇。世傳本兩卷,三百餘篇。求訪二十年,得沈氏、曾氏本,並取《擬玄》《天竺集》校正之,共得四百五十四篇。予近得渾集完本,五百篇皆在,然止兩卷。"王重民《中國善本書提要》云:"賀鑄謂世所傳本兩卷,三百餘篇,近《四部叢刊》影印宋寫本,疑即賀氏所見本,爲汲古閣本所從出。"①《四部叢刊》本據"常熟歸止庵藏影宋鈔本"影印,影宋抄本實出於宋浙本。如此,汲古閣本出自宋浙本,宋浙本出自宋賀氏本,源流明晰。

又明末汲古閣毛氏寫本《丁卯集》二卷,鈐印"述古堂""西畯草堂"各印,顧鶴逸藏書,《藏園群書經眼録》卷十二著録,《藏園訂補邵亭知見傳本書目》卷十二亦著録"明末毛氏汲古閣寫本,行款失記。錢曾、陳墫遞藏,今在顧君麐士處"。所據當即宋本。今不知何所。

《唐人八家詩集》四十二卷,毛晉輯,明崇禎十二年(1639)汲古閣刻本,十二行二十字,左右雙邊,每卷首尾兩葉版心魚尾下鐫"汲古閣"及"毛氏正本"字樣。卷首有崇禎十二年楊文驄②總序,每集卷有目録,間有序跋。共收《李文山詩集》三卷、《長江集》十卷、《臺閣集》一卷、《李義山集》三卷、《丁卯集》二卷、《甲乙集》十卷、《許昌集》十卷、《碧雲集》三卷。楊文驄序

---

①　王重民:《中國善本書提要》,上海古籍出版社1983年版,第508頁。

②　楊文驄(1597—1646),字龍友,號山子,别署伯子,江西吉州人。萬曆舉人,歷青田、永嘉、江寧知縣,官至兵備副使、右僉都御史。兵敗爲清軍所俘,被殺。著有《洵美堂集》。

云："今子晉氏所鑴中、晚八家，余讀之，於曩之所懷，戚戚有所關合，益自信其非謬。而此八家者，聲情風味又故依然具在也。"自明初高棅《唐詩品彙》標舉初盛唐，中經前後七子推波助瀾，崇初盛、黜中晚成爲詩壇風氣。嘉靖中葉後漸有改變，嘉靖十九年朱警輯刻《唐百家詩》，兼收中晚唐詩，其後蔣孝輯刻《中唐十二家詩集》，黃貫曾輯刻《唐詩二十六家》，所收均爲中唐詩。但其時強調中晚唐多基於"備衆體"觀念，所謂"世間少此體不得"，並非從詩歌本身真正肯定中晚唐詩的内在價值。萬曆以後，對中晚唐詩的認識已完全改變，輯刻中晚唐詩蔚成風氣，楊文驄於序中即肯定其"宛轉悠揚，颸颸乎獨行於聲音節奏之外"的"聲情風味"。如萬曆三十一年許自昌《陸魯望、皮襲美二先生集合刻》、萬曆四十年朱之藩刻《晚唐十二家詩集》、天啓四年李之禎《唐十家詩》、天啓間姚希孟編刻《合刻西昆集》等等，而崇禎間毛晉編校的一系列唐集，更顯示出這方面的業績。除《唐人八家詩》外，其他如《五唐人詩集》《唐六名家集》《唐四名家集》《唐三高僧集》尚輯皎然、孟郊、李賀、王建、李紳、鮑溶、姚合、溫庭筠、鄭谷、韓偓、吳融、方干、杜荀鶴、周賀、韋莊、齊己等人詩集，並逐一作跋，考鏡源流，理清本事。同時，毛刊唐集亦在晚明唐詩選本學發展上發揮重要作用。

增廣音註唐郢州刺史丁卯詩集

此元時刻本，其編目与宋刻迥異。故余家新刻悉遵宋本，与此不同。

案：《增廣音註唐郢州刺史丁卯詩集》二卷，唐許渾著，元祝德子訂正。

明抄本，卷首有元大德十一年（1307）王塘序，次有上卷目録，分近體詩七言、七言絶句，下卷目録爲近體詩五言、五言絶句，卷端題"增廣音註唐郢州刺史丁卯詩集卷上"，次署"刺史許渾字用晦撰""信安後學祝德子訂正"，卷末載毛晉跋，未署名。鈐印"元本""汲古閣藏"，汲古閣舊藏，今藏國圖（12284），"中華古籍資源庫"收録。《北京圖書館古籍善本書目》著録，題毛晉跋。此本所鈐兩印均爲汲古閣印，其中卷末題跋下即鈐"汲古閣藏"，並無其他信息，當即毛晉跋。驗其筆記，亦頗似晉體。跋言"元時刻本"，即指所抄底本。今北大圖書館、天一閣博物館等均藏有元大德刊本，核對明抄本與元大德本，卷次、序次及録詩等悉同，明抄本出於元大德本無疑。今存宋刻本兩部，一爲上圖藏浙刻本，二爲國圖藏蜀刻本。汲古閣本出於浙本系統。

檢校記，卷首目録"題勤尊師歷陽山居並序"之"勤"，天頭校曰"宋本作勒”；卷一《咸陽城東樓》之“一上高樓萬里愁”句，天頭校曰“樓，一本作城”；卷一《贈茅山高拾遺》“諫獵歸來綺季歌”句，天頭校曰“諫，一作課”；卷一《送嶺南盧判官罷職歸華陰山居》“還掛一帆青雀畔”句，天頭校曰“雀，一作海”等等。可知所據宋本，當即跋中所言“宋本”。核對異文發現，所校出字與今存兩宋本有合有不合，如首例“勒”字，兩宋本皆作“勤”；次例兩宋本皆作“城”，第三例兩宋本皆作“諫”，不作“課”，第四例兩宋本皆作“海”等，則毛晉所據宋本另有所據。

跋 丁 卯 集

按，潤州有丁卯埭、丁卯橋，以丁卯日成，故名。許用晦居其旁，遂以名集。或云“嘗分司於朱方，丁卯間自編所著，因以爲名”，未知孰是。其詩句中好用水字，故評詩家戲云“許渾千首濕”，或以“羅隱一生身”爲對。蓋謂隱生於唐末，爲時所黜，歡寡愁慇，言多怒張而卒不離乎身也。後人又云“杜甫一生愁”，更覺有致。

案：《丁卯集》，唐許渾撰。

此跋載於明崇禎十六年（1643）汲古閣刻本《題跋續集》，標題爲原文所載。又遍查今存多部崇禎十二年汲古閣刻《唐人八家詩》本，皆不載此跋，是刊成後未及補刊，抑或今存本佚去此跋？跋文未及刊梓之事，爲讀書“碎金”爾爾？未可知也。

李群玉詩集

（前缺）云時。崇禎戊寅[1]中秋跋於追雲舫。虞山毛晉潛在[2]。

注：

[1]“崇禎戊寅”爲崇禎十一年（1638）。
[2]“潛在”，爲毛晉之號。

案：《李群玉詩集》五卷，唐李群玉撰。

明崇禎十一年（1638）毛氏汲古閣影寫南宋臨安書棚本，一冊。版框高廣24.5釐米×16釐米，有框欄，十行十八字，四周雙邊，白口，單魚尾。版心下題“毛氏正本”“汲古閣藏”。卷首載進詩表、敕旨、令狐綯薦狀，卷末題“臨安府棚北大街睦親坊南陳解元宅經籍鋪印”，次有毛晉三跋，《拍賣圖録》僅録毛晉跋最末三行。據版心所題及毛跋等，可知此爲毛晉影抄南宋書棚本。斷句處皆鈐有"晉"字朱印，鈐印"虞山東野適齋許氏鑒藏""慕園""顧公碩印"，毛晉、虞山許氏、顧鶴逸舊藏。用毛氏汲古閣專用紙抄録，雌黄糾錯。中國嘉德拍賣公司 2004 年春第 2560 號拍品，今不知爲何人收去。又，謝國楨《江浙訪書記》著録《李群玉詩集》三卷《後集》五卷，第三卷卷末尚有"臨安府棚前睦親坊南陳宅書籍鋪印"，後集有"臨安府棚北大街睦親坊南陳解元宅經籍鋪印"，則可見上拍時並未將三卷拿出同拍，而只是拿出後五卷拍賣。

　　《藏園群書經眼録》卷十二著録是本，"影寫宋刊本，十行十八字"，著録毛潛在三跋，但未録跋内容，云"顧鶴逸藏書"。《藏園訂補邵亭知見傳本書目》卷十二著録"毛氏汲古閣影寫宋陳宅經籍鋪本，十行十八字，有毛晉潛在跋三葉。顧麐士怡園藏"。上海涵芬樓輯印《四部叢刊》時，未見此書，僅見毛氏刻《李文山詩集》三卷。

　　又毛扆、邢之襄舊藏一部明抄本《李群玉詩集》三卷《後集》五卷，今藏國圖（10240），十行二十字，白口，四周雙邊，雙魚尾。當亦出於書棚本，只是行款已異。

李義山集
毛　扆

癸卯[1]歲四月晦日勘。

注：

[1]癸卯，即康熙二年（1663），時毛扆二十三歲。

案：《李義山集》三卷，唐李商隱撰。

汲古閣刻《唐人八家詩》本，前後無序跋，毛扆據宋本校，張鈞衡、傅增湘藏，今藏國圖（11381）。卷一末載毛扆校跋，惜校至中卷"贈從兄閬之"一首止，校記頗多，以後未校。卷上卷端天頭題曰："北宋本每葉二十行，每行十七字，題目俱低四格"，"李義山集上"之"義山"，改作"商隱詩"。可知據北宋十行本校之，卷端標題"李商隱詩集"。《適園藏書志》卷十著録曰："毛正庵以宋本校，惜卷半而止"。正庵乃毛表字，誤。據字體，當爲毛扆校之。《藏園群書經眼録》卷十二、《藏園訂補邵亭知見傳本書目》卷十二均著録，後者云："余家藏有毛扆校宋本李義山集三卷，爲汲古閣刊《唐人八家詩》

本，毛扆跋云據北宋本校，並稱北宋本題李商隱詩集，十行十七字，題目俱低
四格，均與此舊寫本合，則此本應爲傳鈔自宋刊本矣。友人南陵徐乃昌齋頭
見，擬假歸一校，以視其與毛斧季校本之異同”。

《愛日精廬藏書志》卷二十九著録一部“毛板校宋本”，卷末有太丘陳鴻
跋，曰：“丙戌正月借孫孝若家北宋板本對正，時家南浦，映鈔全部三卷完，
復將此讐校過，筆畫無譌。因記。二月初二日太丘氏。”陳氏以孫孝若家北
宋本校毛刻本。孫孝若爲孫朝肅（1584—1635）子，常熟人，性嗜藏書。可
知清初孫氏確藏北宋本，今已不存，而毛扆所校或與陳氏所校或均爲孫氏
藏本。

玉 溪 生 詩
毛　琛

甲寅秋重九後，從義門先生《讀書記》[1]補閱。

皆何學士語。甲寅秋重九，復從義門先生《讀書記》補閱，壽君[2]記。
（卷首臨何焯跋末）

庚寅三月朔日，臨何學士義門先生閱本。（卷一卷端下）

庚寅寒食，臨義門先生評本。寶之。（卷末）

注：

[1]“義門先生《讀書記》”，“義門”，即何焯。何焯（1661—1722），字潤
千，改字屺瞻，晚字茶仙，號義門，江蘇蘇州人，清代著名學者、書法家，稱義
門先生。康熙四十二年（1703）進士，仍直南書房，入局校書。後授編修，校
書武英殿。以通經史百家之學、長於考訂著稱，著有《義門讀書記》五十
八卷。

[2]“壽君”，毛晉玄孫毛琛號，下文“寶之”爲毛琛字。

案：《玉溪生詩箋注》三卷，唐李商隱撰，清馮浩箋注。

清乾隆四十五年德聚堂刻本，四册。書首有毛琛過録何焯跋，毛琛跋在
卷一卷端下、卷末。卷中天頭又有朱筆過録何焯校記。鈐印“毛琛之印”
“毛壽君”“毛氏壽君”“毛琛之印”“俟盦”“汲古藏書之家”，毛琛舊藏，今藏
上圖（833895-98）。“甲寅”即雍正十二年（1734），“庚寅”即乾隆三十五年
（1770）。

此本卷首毛琛迻録何焯識語：“晚唐中，牧之、義山俱學子美。牧之豪

健跌宕,不免過於放。學者不得其門而入,未有不入於江西派者。不如義山頓挫曲折,有聲有色,有情有味,所得爲多……兼學夢得。"天頭、卷中有毛扆以硃筆、墨筆迻録何焯批注,卷中亦有硃筆標抹圈點,字體皆爲毛琛一人。如第一葉上半葉天頭朱筆批注曰:"小馮云:詩者兩間之文,文必著詞,詞之法,此君爲第一,不然里巷陋語決不可爲詩賦也。義門記。"天頭墨筆題曰:"字之古茂與典雅頌美之體,諷刺之遺也。"卷一《富平少侯》詩天頭墨筆題曰:"此詩刺敬宗。漢成帝自稱富平侯家人,三四言多非望之濫恩,反靳不費之近澤。已蒼云,猶諺所謂'當著不著'。"所録批注内容與《何義門讀書記》所録不同,有不載者,頗有價值。

金 荃 集

飛卿本名岐,并州祈人[1],宰相彥博之裔,與李義山、段柯古等號西崐三十六體[2],而温、李尤著。相傳有《方城令詩集》五卷、《漢南真稿》十卷、《握蘭》《金荃》等集,今不盡傳。僅見宋刻《金荃集》七卷,《别集》一卷,參之遍來分體本子,略有不同。其小詞亦名《金荃集》,尚容嗣鐫。湖南毛晉識(1)。

校:

(1)《題跋》《汲古閣書跋》無"湖南毛晉識"。

注:

[1]"飛卿",即温庭筠,撰有《金荃集》。"祈"通"祁"。
[2]"三十六體",温庭筠文筆與李商隱、段成式齊名,三人都排行十六,合稱"三十六體"。

案:《金荃集》七卷,《别集》一卷,唐温庭筠撰。

明末汲古閣刻《五唐人詩集》本,每卷卷首有本卷目録,卷端次署"東吳毛晉子晉訂",《别集》卷末載毛晉跋。

歐陽炯《花間集序》稱"近代温飛卿復有《金荃集》",未言卷數。《新唐志》著録《金荃集》十卷,《郡齋》著録《金荃集》七卷《别集》一卷,陸游《渭南文集》卷二十六《跋温庭筠詩集》云:"先君舊藏此集,以《華清宫》詩冠篇首。"可知宋時早已刊梓流傳,且有多種版本。自毛晉跋可知,《五唐人詩集》本所採底本爲宋本。宋本在明末清初尚存世,多位學者校勘汲古閣本,下條毛晉孫曾以之校勘；鐵琴銅劍樓舊藏一部校宋本《温飛卿集》七卷《別集》一卷，《鐵琴銅劍樓藏書目録》卷十九著録，云："陳南浦校跋，有題記云：'庚寅春，花朝，假錢遵王鈔宋本重勘。'錢本舊有題記云：'乙酉小春，從錢子健校本對過一次。子健□□□處取宋本校正者。'又記云：'馮定遠云，何慈公家有北宋本，爲何士龍取去，散爲輕煙矣。'案：宋本名《温庭筠詩集》，一卷至七卷目録，連列不分。卷一《湘宮人歌》下即次《黃曇子歌》，不在《別集》之末。"校宋本今藏國圖（07008）。又瞿氏另藏一部明弘治十二年（1499）李熙刻本《温庭筠詩集》七卷《別集》一卷，馮武校跋。跋云："太歲戊子季冬之月望後一日，校練一過。此本不甚精好，先君子曾獲宋刻本，爲友人借去，不復得歸。今更存一鈔本，頗勝此也。"今亦藏國圖（03333）。原宋本今已不見，由毛氏翻刻本尚可覩其舊顔，録詩三百七十三首，但亦有異文，如卷端改爲《金荃集》，蓋據《郡齋》等著録。所幸據毛文光校本、馮武校本、陳帆（字南浦）校本，可還原宋本文字。

金　荃　集

毛文光

照馮定遠先生[1]閲本燈下對畢。

前庚子仲春二十有一日，覲庵先生[2]与先季父省庵[3]同校訂於汲古閣下。今康熙庚子仲秋，予從俟思弟處假歸，再勘一過。先季父校於六十年之前，余校六十年之後，年庚相符，春秋略異，真奇事也。文光識于道東軒雙桂花下。

注：

[1]"馮定遠先生"，即馮班（1602—1671），字定遠，晚號鈍吟老人。江蘇常熟人。明末諸生，從錢謙益學詩，少時與兄馮舒齊名，人稱"海虞二馮"。入清未仕，常就座中慟哭，人稱其爲"二癡"。著有《鈍吟集》《鈍吟雜録》《鈍吟書要》《鈍吟詩文稿》等。毛晉十九歲時，與馮班、沈春澤同受業於魏沖門下，並於魏沖居所與馮班訂交。

[2]"覲庵先生"，即陸貽典（1617—1686），字敕先，號覲庵。江蘇常熟人。明諸生，明末藏書家、虞山詩派遺民詩人。年少即篤志墳典，弱冠後與里中詩人吟詠結社，刻《虞山詩約》，入錢謙益門下，博學工詩。精校審、富藏書，藏書樓名玄要齋、頤志堂。與毛晉爲兒女親家。明亡後出入於牧齋紅豆莊、遵王述古堂、毛晉汲古閣，與馮班、孫永祚、陳南浦等虞山詩人贈答酬

唱亦多。

　　[3]“季父省庵”，即毛扆。

　　案：汲古閣刻《唐人五集》本，康熙五十九年（1720）毛文光以黃筆用馮班所閱宋本校並跋，鈐印“張紹仁”“學安”“執經堂”，今藏國圖（8418）。毛文光跋載於《別集》卷末毛晉跋後。卷一卷端“金荃集卷第一”天頭校記云：“宋本作‘溫庭筠詩集，集後倣此’。”可知原宋刻本題作《溫庭筠詩集》。毛文光，毛晉孫。“前庚子”，即順治十七年（1660）；“今康熙庚子”，即康熙五十九年，正好甲子一輪。“俟思”係毛扆之季子綏節之字。六十年前，毛扆同岳丈陸貽典同校此本。六十年後，文光向毛扆子俟思借此本，用黃筆再校字於書眉校，自然感慨良多。而此時綏節十七歲，翌年即夭折。《文禄堂訪書記》著録，鄭偉章《汲古閣毛氏諸子孫及戚友傳略》録有校記。

薛許昌詩集

毛　扆

甲辰皋月[1]望後四日，從宋本校一過。

　　注：

　　[1]“甲辰皋月”，“甲辰”爲康熙三年（1664）。“皋月”，即五月。時毛扆二十四歲。

　　案：《薛許昌詩集》十卷，唐薛能撰。

　　汲古閣刊《唐人八家詩》本，卷首有北宋咸平六年（1003）張詠序，次有目録，卷端次署“節度使撿技禮部尚書薛能”，卷末有南宋紹興元年（1131）陸榮望跋。毛扆校跋本，傅增湘舊藏，今藏國圖（12384）。卷一卷端右上欄外鈐印“宋本校過”，毛扆跋載卷十末。《藏園群書經眼録》卷十二著録爲毛扆手校，《毛扆書跋零拾（附僞跋）》據以録之。《藏園群書題記》卷十二著録：“毛斧季據南宋本校勘，余辛亥冬在海上所獲校本八唐人集之一也。其撰人署銜爲‘節度使撿技禮部尚書薛能太拙著’，與汲古本已大異矣。”核卷末題字及校勘筆跡，與國圖藏汲古閣本《宋名家詞》（06669）之毛扆校跋字跡悉同，當爲毛扆所校無疑。所據“宋本”或爲南宋紹興元年陸榮望刻本，亦未可知。

　　此書《新唐志》《崇文總目》《郡齋》《直齋》《通考》等均著録爲十卷，據張詠序曰：“薛君詩千餘篇，不得全本。咸平癸卯年，余移自咸鎬，再蒞三川，歲稔民和，公中事簡，時會同列，引滿酬詩。因議近代作者，各出薛集，僅將十本。五言七言，二韻至一百韻，凡得四百四十八篇。爰命通理太常博士王好古、太子中允乞伏矩、節度推官章宿從長參校，依舊本例，編爲十卷，授鬻書者雕印行用。字未盡精，篇亦頗略，與夫世傳訛本，深有可觀。”可知有北宋咸平三年（1000）三川刻十卷本，收詩四百四十八首。南宋紹興元年（1131）山陰陸榮望對張詠本刪減，跋曰：“暇日因取其瑕累之作刪去之，獨取全美者，得二百三十章，俾兒輩録之，藏翠山書院。”《郡齋》《直齋》著録者當即陸氏本。至明代，明抄本《唐四十七家詩》、萬曆間刻本《晚唐十四家詩集》皆著録爲十卷，收詩多於陸選本。胡震亨《唐音統籤》收詩三百零首，殘句十句。明嘉靖間柳僉抄本《唐四十七家詩》收詩二百六十六首，汲古閣本收詩二百六十四首，惟缺卷十兩首《彭門道中作》《行路難》，其他悉同，汲古閣本當出於明抄本，惟刊梓時脱漏。毛本訛誤較多，《善本書室藏書志》《儀顧堂題跋》《藏園群書題記》均已指出。

跋羅昭諫甲乙集

新登鼉江，初有氣横亘於上，晝夜不滅，及羅修古生一子而氣不復見，皆以爲異。命名横，凡十上不中第，更名隱[1]。人謂隱不遇於唐，多懷憤怨，及其力勸武肅討梁，咸欽其義。與司空圖并稱。初受知於武肅，持簡書辟之曰：“仲宣遠托婁荆州，都緣亂世；夫子辟爲魯司寇，只爲故鄉。”可謂知己矣。光啓中，表爲錢塘令，既而辟爲掌書記。時在幕府，屢諫納宣州叛卒及敵樓内向云云，皆其臨大事先幾遠略也。及平居酬對，無事不寓規諷。如西湖漁者日納魚數斤，謂之“使宅魚”。其捕不及者，必市以供，頗爲民害。一日侍坐，壁間有《磻溪垂釣圖》，武肅索題，遂應聲曰：“吕望當年展廟謨，直鈎釣國更誰如？若教生在西湖上，也是須供使宅魚。”武肅大笑，遂蠲其征。非“一箇禰衡容不得，思量黄祖謾英雄”之句，何以感悟至此？其撰述甚富，有《江東集》《湘南集》《讒書》《兩同書》《淮海寓言》《吴興掌記集》。尤膾炙人口者，爲《甲乙集》。吴師道題其後云“右羅昭諫《甲乙集》上中下三卷，《讒書》五卷，淳熙中知新城縣楊思濟所刊者”，今不可得。予得《甲乙集》十卷，皆詩，迺南渡後刻板，與陳氏《書録》同[2]。但所謂《後集》五卷，有律賦五首，已亡之矣。及考之《文苑》《才調》諸書，其歌詩尚多，又作《歌詩外集》附之於後。

又

咸通、乾符中，人號“江東三羅”，謂隱與鄴與虯也。王定保云：“羅虯詞藻富贍,隱才雄而粗疏,鄴才清而綿緻。"先輩又謂"隱與蚪皆不及鄴",未知是定論否? 梅聖俞云:"詩有四得,怒而得之,其詞憤。"引昭諫《曲江春感》一篇爲格。方靈谷讀《封禪寺》作,極稱其"善用事",未聞稱其善書法者,以詩掩也。宣和御府藏其行書《借建帖》《借樂章帖》《米團帖》。《譜》云:"隱雖不以書顯名,作行書猶有典刑,觀其《羅城記稿》諸帖,略無季世衰弱之習,蓋其胸中所養,不爲世俗淺陋所移爾。"其子塞翁善畫羊,世罕見其筆,宣和御府僅得《牧羊》《海物》二圖畫。《譜》云:"隱以詩名於時,塞翁獨寓意於丹青,亦詞人墨客之所致思云。"

又

謝皋羽《睦州詩派序》云:"羅給事隱,新城人。"五代時,錢氏改新城爲新登,故《吳越備史》云"新登人"。《地志》云:"距新城縣一里許,在雞鳴山,爲唐給事中昭諫羅隱宅,溪流繞前,山巒環後。"題詠甚多,惟徐照一首最佳,詩云:"片水静無塵,青山是四鄰。上天如有意,此地着詩人。吟得物俱盡,罰令生世貧。因來尋古蹟,只見石爲麟。"其先本餘杭人,故《甲乙集》卷首署名云"餘杭羅隱昭諫"。

注:

[1]"隱",即羅隱(833—909)。本名横,字昭諫,自號江東生,杭州新城人。未登第。咸通十二年(871),入湖南觀察使於瓌幕。廣明元年(880),隱居池州九華山。光啓三年(887),歸依吳越王錢鏐,歷任錢塘令、司勳郎中、給事中等。著有《江東甲乙集》《讒書》《太平兩同書》《淮海寓言》《廣陵妖亂志》等。

[2]"與陳氏《書録》同",《直齋書録解題》卷十六著録《羅江東甲乙集》十卷、《後集》五卷、《湘南集》三卷,曰:"《甲乙集》皆詩,《後集》有律賦數首,《湘南集》者長沙幕中應用之文也。"今本及汲古閣刻《唐人八家詩集》本皆無《後集》及《湘南集》,當在明末已佚,毛晉所得亦只有《甲乙集》十卷。而南宋淳熙間刻三卷本,或更早佚去。

案:《甲乙集》十卷,唐羅隱撰。

汲古閣刻《唐人八家詩集》本,《甲乙集》居八家之首,版心鐫"汲古閣""毛氏正本",卷首有崇禎十二年楊文驄總序,無其他序跋,卷末亦不載毛晉跋。毛晉三跋據《題跋續集》迻録。據毛晉跋"予得《甲乙集》十卷,皆詩,迺南渡後刻板",可知汲古閣本據宋刻本刊梓。"考之《文苑》《才調》諸書,其歌詩尚多,又作《歌詩外集》附之於後",但今所存汲古閣本卷末皆無《歌詩外集》。增補本或未及刊梓，或所刊今不存，未可知也。

今國圖存宋臨安府陳宅經籍鋪刻本《甲乙集》十卷，黃丕烈跋並藏、鐵琴銅劍樓舊藏，與汲古閣本有同有不同。《鐵琴銅劍樓藏書目録》卷十九著録曰：“當是孝宗以後所刻……汲古毛氏刻本有‘一作某’，此本無之，以之相校，各有勝處。而毛本遜此本者，如……皆可據以訂正也。”《百宋一廛書録》又著録一殘本四卷，卷一至四，汲古閣、席鑑舊藏，當即毛晉跋中“予得”之宋刻本，流傳中已佚去後六卷。黃丕烈跋陳氏經籍鋪本曰：“取四卷殘宋版展對一過，彼印本差後，紙背有至正十一年字跡，蓋元印也。舊藏毛氏汲古閣與席玉照家，未知渠兩家收藏時尚全否。卷中墨釘多同……”1931年傅增湘據陳氏本校汲古閣本並跋，今存國圖（00309）。卷末傅氏跋曰：“此《甲乙集》適有汲古《八唐人集》，因對校一通，改訂處殊少，別取瞿氏宋棚本校之，其字句亦率相合，蓋毛氏彙刻時，似亦曾見宋本，故異字絶少也。”今將汲古閣本與陳氏本對勘，卷首目録悉同，異文偶或有之，至於汲古閣本之“一作某”，當爲毛晉參用他本校勘時録之，出於陳氏本當是。

孫可之集

可之[1]，一字隱之。其爵里始末已略見于自序中。《通志略》載其《經緯集》三卷，今考其集十卷，乃震澤王守溪先生[2]從内閣録出者，其卷次篇目適符可之本序，真善本也。可之與友人論文書，云：“某頑樸無所知曉，然嘗得爲文之道于來公無擇[3]，來公無擇得之皇甫公持正，皇甫公持正得之韓先生退之。”及與王霖《秀才書》又云：“意平生得力真訣，不覺反復自道耳，蘇子瞻謂其不逮持正。”豈定評耶？湖南毛晉識。（1）

校：

（1）《題跋》《汲古閣書跋》亦載其跋，雖文意相通，然與原書之跋文字差異較大，爲比較起見，亦録之。《題跋》云：“可之，一字隱之。晁氏云：‘有《經緯集》三卷。’今已不傳，既獲正德間刻本，乃震澤王先生秘閣手鈔也，其序頗詳，凡卷次篇目俱合可之自序，真稱完璧矣。可之與友人論文云：‘嘗得爲文真訣於來無擇，來無擇得之皇甫持正，皇甫持正得之於韓吏部退之。’至與王霖《秀才書》亦云：‘非自信昌黎後一人耶？蘇長公謂其少遜於持正。’恐未可雌雄云。”足見此跋在刊入《題跋》時，毛晉已做較大修改。

注：

[1]"可之"，即孫樵，字可之，關東人，晚唐著名文學家。大中九年(855)進士，官至中書舍人。廣明初，黃巢入長安。樵隨僖宗奔赴歧隴，授職方郎中，上柱國，賜紫金魚袋。晚年寓居遂州方義縣，卒葬長樂山。著有《孫可之文集》。

[2]"震澤王守溪先生"，即王鏊(1450—1524)，字濟之，號守溪，晚號拙叟，世稱震澤先生，吳縣人。成化十一年(1475)進士，授翰林編修，後任侍講學士、吏部右侍郎等職，拜户部尚書、文淵閣大學士，加少傅兼太子太傅、武英殿大學士。卒贈太傅，謚文恪。

[3]"來公無擇"，即來鵠，又作來鵬。豫章人。大中末年，已有文名。咸通中，"名振都下"，舉進士不第，曾自稱"鄉校小臣"，隱居山澤。黃巢起義時，爲避戰亂，流落荆襄。僖宗中和年間(881—884)，客死於維揚。

案：《孫可之集》十卷，唐孫樵撰。

明末汲古閣刻《三唐人文集》本，卷首有中和四年(884)孫樵自序，卷末載毛晉跋。清道光重修本卷末尚有道光二十八年(1848)邵淵耀跋。孫樵序曰："樵遂閱所著文及碑、碣、書、檄、傳、記、銘、誌，得二百餘篇，聚其可觀者三十五篇，編成十卷，藏諸篋笥，以貽子孫。"可知生前已編成集。《新唐志》《郡齋》《通志》《通考》皆載孫樵《經緯集》三卷，《直齋》著録《孫樵集》三卷，並謂"自爲序，凡三十五篇，蓋其刪擇之餘也。"《孫可之集》現存有兩部宋蜀刻六十家集本，與孫樵自序及《直齋》著録者篇數同，當即同一源流，並無甚變化。明代通行本爲明正德十二年(1517)王鏊、王諤刻本。據王鏊跋，所用底本爲王鏊從内閣録出者。而兩部宋蜀刻本皆曾藏於明内府，故王氏所録者當即蜀本。將王本核對之，兩本所載悉合。但正德本頗有訛誤，顧廣圻曾校之"傳之多失""見宋刻後知正德本之謬，校定書籍可不慎哉！"毛本即從王鏊本出，惟毛本卷二、三恰與宋本互倒，卷八《唐故倉部中康公墓誌銘》"楊巖"以下脱二十四字，毛本又有脱誤。《四庫》底本，《四庫提要》卷一百五十一著録。

禪 月 集

貫休[1]集名不一，卷次亦不倫。計氏云：《西岳集》十卷，吳融爲之序。蓋乾寧三年編于荆門者也。或又云《南岳集》，謂曾隱跡南嶽也。馬氏云：

《寶月詩》一卷。未知何據。其弟子曇域[2]于僞蜀乾德五年編集前後歌詩文贊，題曰《禪月集》[3]，重爲之序，誚吳序或以文害辭，或以辭害志，或以誕飾饒借，殊不解休公意也。宋人相傳凡三十卷，余從江左名家大索十年，僅得二十五卷。其文贊及獻武肅王詩五章章八句俱不載，不無遺珠之憾。今略補一二于後。又工書，人號姜體，以其俗姓姜也。不知者指爲姜白石，何異章草緣章帝得名，誤稱章氏草書耶？又善畫羅漢。郭若虛云，是休公入定，觀羅漢真容後寫之。故悉是梵相，形骨古怪。余曾三見卷軸，或水墨，或設色，未知誰是强氏藥肆中物[4]。余家藏一十六幀，其中伏虎尊者偏袒倚杖，凝然不動，虎蹲座下，如祥麟馴驥。又一幅寫侍者揭瓶傾水，龍從瓶中騰起雲端，尊者托缽仰視，龍湧雲徐徐而下，絕無生擒活掣張拳瞋目之狀，豈庸工俗師能著一筆？至若布景陳器，凡軍遲、鍵銡、震越、摩羅、俱蘇摩、刺竭節、佉陁尼、憍奢耶之類，種種奇妙，絕非耳目間物。《圖畫見聞志》[5]云有真本在豫章西山雲堂院供養，于今郡將迎請祈雨，無不應驗。其落款云：大蜀國龍樓待詔明因辨果功德大師翔麟殿引駕内供奉經律論道門選練教授三教玄逸大師守兩川僧録大師食邑三千户賜紫大沙門云。虞山毛晉識。

　　休公遍謁諸鎮帥，每以詩句不合而去。初謁荆州中令成汭，汭問其筆法，答曰：“此事須登壇而授，豈可草草而言？”汭怒，遞放黔中。因爲《病鶴詩》云：“見説氣清邪不入，不知爾病自何來？”後避亂渚宫[6]，荆帥高氏優待之，館于龍興寺。感時政，乃作《酷吏詞》以刺之，復被黜，鬱悒中題研子云：“低心蒙潤久，入匣始身安。”弟子以爲匣者，峽也，相勸入蜀。遂離荆門，直趨井絡，上蜀主王建《陳情篇》，禮遇甚厚，留居東禪院。二年，建龍華，召令誦近詩。時貴戚同座，休公欲諷之，作《公子行》，貴倖皆不悦。先是錢鏐自稱吳越國王，休公以詩投之，有“一劍霜寒十四州”之語。鏐令改爲“四十州”，乃可相見。休曰：“州亦難添，詩亦難改。孤雲野鶴，何天不可飛？”乃入豫章之西山，後入蜀。此事見《釋氏通鑑》，《唐詩紀事》亦然。惟《高僧傳》云獻詩甚愜王旨，遺贈亦豐。復考《吳越備史》暨錢氏功臣碑，則知贊公之説謬矣。晉又識。

注：

　　[1]貫休(832—912)，俗姓姜，字德隱，婺州蘭溪人，唐末五代時期前蜀畫僧、詩僧。七歲出家和安寺，日讀經書千字，過目不忘。唐天復間入蜀，前蜀主王建封爲“禪月大師”，賜以紫衣，時稱“得得和尚”。能詩，著有《禪月集》。

　　[2]曇域，五代時僧，揚州人。中年後居蜀，以詩僧貫休爲師。貫休卒

後，編次其遺作爲《禪月集》三十卷。又與齊己相知，有詩什來往。工書，尤長篆書，頗傳李陽冰筆意。曾重集許慎《説文》，行於蜀。能詩，有《龍華集》，今佚。

[3]《禪月集》，貫休作，其弟子曇域編爲三十卷。今文集五卷已佚，剩餘二十五卷爲詩集，包括樂府古題雜言一卷、古風雜言古意五卷、五言律詩十二卷、七言律詩及七言絕句六卷、七言律詩一卷。《補遺》一卷，乃毛晉所輯。

[4]《宋高僧傳》卷三十：“（貫休）受衆安橋强氏藥肆請，出羅漢一堂。云每畫一尊，必祈夢得應真貌，方成之，與常體不同。”

[5]《圖畫見聞志》，六卷，宋郭若虛撰，爲繼張彦遠《歷代名畫記》而作的畫史。卷一《敍論》爲專題論文，多有獨到之處。卷二至卷四爲《紀藝》，載唐會昌元年（841）至北宋熙寧七年（1074）間畫家小傳，並有評論。卷五爲《故事拾遺》，記唐、朱梁、王蜀畫家故事。卷六《近事》記宋、孟蜀、遼、高麗等畫壇軼事。

[6]“渚宫”，春秋楚國宫名，故址在湖北江陵，此代指江陵。

　　案：《禪月集》二十六卷，唐釋貫休撰，《補遺》一卷，毛晉輯。

明末汲古閣刻《唐三高僧詩》本，卷首有勅浙西觀察司牒、唐吳融序、處默曇域《梁成都府東禪院貫休傳》，次有目録，卷端次署“浙江東道婺州蘭溪縣和安寺西岳賜紫蜀國禪月大師貫休述”，每卷卷末尾題下鐫“海虞毛晉訂”。《補遺》末載毛晉兩跋，次有蜀乾德五年（967）曇域後序、嘉熙二年（1238）童必明、周伯奮跋、四年僧可燦重刊題記。《題跋》《汲古閣書跋》皆不載。

唐末詩僧貫休詩集，其生前自編本爲《西嶽集》，吳融序之。卒後，弟子曇域重編，改題爲《禪月集》三十卷，收録歌詩文贊約千首，於蜀乾德五年刊梓行世，並序之。至南宋嘉熙二年（1238），僧人可燦以童必明家藏本重刻，四年刊竣，並附童氏及周伯奮跋，即世稱嘉熙四年可燦刻本。可燦本至明末尚存，毛氏曾影宋抄本一部，今存國圖，惜存二十五卷，其文贊及《獻武肅王師》五章已佚，《四部叢刊》收録，收詩七百零一首。然汲古閣刻本實據明柳僉寫本《唐三高僧詩》刊之，並由毛晉輯《補遺》一卷。檢汲古閣本序跋之後尚附柳僉詩一首、江衍詩二首、楊傑一首，當毛氏所刊時，未得宋槧並影抄本，故以柳本爲底本，但柳本出於可燦本。只是經過轉抄刊梓，已與影宋抄本文字上間有不合。

《四庫》所收爲汲古閣本，其《四庫提要》卷一百五十一云：“貫休字德隱，姓姜氏，蘭谿人。舊本曰梁人。案：貫休初以乾寧三年依荆帥成汭，後歷游高季興、錢鏐閒，晚乃入蜀依王建，至乾德癸未卒，年八十一，終身實未入梁，舊本誤也。陶岳《五代史補》稱貫休《西岳集》四十卷，吴融序之，然集未載其門人曇域後序：‘編次歌詩、文贊爲三十卷。’則岳亦誤記矣。此本爲宋嘉熙四年蘭谿兜率寺僧可燦所刊，毛晉得而重刊之，僅詩二十五卷，豈佚其文贊五卷耶？《補遺》一卷，亦晉所輯，然所收佚句，如‘朱門當大道，風雨立多時’一聯，乃《贈乞食僧》詩，今在第十七卷之首，但‘道’作‘路’，‘雨’作‘雪’耳，晉不辨而重收之，殊爲失檢。《文獻通考》别載《寶月集》一卷，亦云貫休作，今已不傳。然曇域不云有此集，疑馬端臨或誤。毛晉又云：‘《西岳集》或作《南岳集》’，考貫休生平，未登太華，疑南岳之名爲近之，西字或傳寫誤也。又書籍刊版始於唐末，然皆傳布古書，未有自刻專集者。曇域後序作於王衍乾德五年，稱‘檢尋稾草及闇記憶者，約一千首，雕刻成部’，則自刻專集自是集始，是亦可資考證也。”

元英先生詩集

干字雄飛[1]，真應仙翁之後，進士蕭之子，協律章八(1)元之甥也。貌寢，又兔(2)闕，晚年遇醫補之，里中呼爲補脣先生。爲人質野，每見客，設三拜，曰“禮數有三”，戲稱爲方三拜，或謂其謁廉帥(3)誤三拜，故云，亦好事者爲之也。樂安孫郃作傳，不若吴融贈詩云：“把筆盡爲詩，何人獻天子。句滿天下口，名聒天下耳。不識朝，不識市。曠逍遥，間(4)徙倚。一杯酒，無萬事，一葉舟，無千里。衣裳白雲，坐卧流水。霜落風高忽相憶，惠然見訪留一夕。一夕聽吟十數篇，水榭林蘿爲岑寂。拂旦舍我亦不辭，攜笻徑去隨所適。無處覓，雲半片，鶴一隻。”宛然畫出元英先生小像。居桐廬邑西南四十里白雲原，又名鸕鶿原，與釣臺遥對。宋范仲淹登臺東望，絶壁插天，林麓蒼秀，白雲徐起。問之，迺知唐處士方干舊隱處。裔孫蒙鼎讀書其上，遂賦詩曰：“風雅先生舊隱存，子陵臺下白雲村。唐朝三百年冠蓋，誰聚詩書到遠孫？”遂繪像于臺，以配子陵。詩云：“高山仰止，景行行止。”雖不能至，爾心尚之。(5)崇禎庚午[2]秋七月四日，虞山毛晉跋於讀禮齋。

《唐志》“《元英先生詩》十卷”，與孫傳、王序相符。馬氏謂《方干詩》一卷，想未見全豹耳。余向藏南宋版，雖亦十卷，傳、序弁首，詩不及三百，考之伊甥楊弇所編三百七十餘之數，散逸已多矣。故張爲《主客圖》所采《貽天台中峰客》一聯云：“枯井夜聞鄰果落，廢巢寒見别禽來。”集中未見。又從別本得如干首，並贈篇紀事數則附録於後。晉陵徐氏刻本，更多逸詩。若五言律《湖上言事》以下九首，七言絶《夜會鄭氏昆季》以下四首，不知何人贋作。第集中"窗接停猿樹，岩飛浴崔(6)泉""雪折停猿樹，花藏浴鶴泉""纔吟五字句，又白幾莖髭""吟成五字句，用破一生心"之類，自用自句頗多。比之王摩詰"水田飛白鷺，夏木囀黄鸝"，又遜庭矣。毛晉又跋。

校：

(1)"八"，《愛日精廬藏書志》同，《汲古閣書跋》作"入"，誤。

(2)"免"，《愛日精廬藏書志》《汲古閣書跋》作"兔"。

(3)"帥"，《愛日精廬藏書志》《汲古閣書跋》作"師"。

(4)"間"，《愛日精廬藏書志》《汲古閣書跋》作"閒"。

(5)"雖不能至，爾心尚之"，《愛日精廬藏書志》《汲古閣書跋》作"雖不能爾，至心尚之"。《史記·孔子世家》："《詩》有之：'高山仰止，景行行止。'雖不能至，然心嚮往之。"又陶淵明《與子儼等疏》："《詩》曰：'高山仰止，景行行止。'雖不能爾，至心尚之。汝其慎哉，吾復何言！"

(6)"崔"，《愛日精廬藏書志》《汲古閣書跋》作"鶴"。

注：

[1]"干字雄飛"，即唐方干。

[2]"崇禎庚午"，即崇禎三年(1630)，時毛晉四十一歲。

案：《元英先生詩集》十卷，唐方干撰。

清抄本，一册，卷首有樂安孫郃撰《玄英先生傳》、乾寧三年丙辰(896)王贊序，卷末載毛晉兩跋，十行二十字，無格。外封題"景宋本繕寫唐方元英集　秘帙　弍册"，"玄"字缺筆。鈐印"小琅嬛福地""小琅嬛福地繕鈔珍藏""涵芬樓""海鹽張元濟經收之印"等，張鶯、張元濟舊藏，今藏國圖(07646)。據外封所題及缺筆等，當據宋槧影抄。至於是否爲毛晉所鈔，則不得而知。《題跋》不載，《汲古閣書跋》據《愛日精廬藏書志》迻録。

方干詩集，由其外甥楊弇與門僧居遠編成，王贊爲之序，初編爲十卷，收詩三百七十餘篇。《崇文總目》《新志》皆著録其十卷本，當即楊氏初編本。《郡齋》著録一卷本，"一"或爲"十"之誤，《通考》亦著録一卷本，當以訛傳訛，因從未見一卷本流傳。毛晉跋曰"想未見全豹耳"。《直齋》著録爲十卷本，當即毛晉跋中所謂"南宋版"。胡震亨《唐音統籤·戊籤》之《方干小傳》中云"干集，宋本俱存，計三百十七篇，少楊弇所綴者五十餘。"可見至明末,南宋本確在流傳,後爲毛晉收藏。但南宋版收録詩篇不及三百,遠少於楊弁初編本,則此南宋本必非原本,中間必又經編刻,而佚失不少。此本收詩二百九十九首,至於毛晉所言,與胡氏數量不合。毛晉又從別本採集遺詩二首,欲於崇禎三年(1630)編刊行世。但今遍查廣搜,亦未見汲古刻本傳世,以毛刻本之影響,當不會失傳,或當時只編未刻,亦未可知。不過,此集抄本能夠流傳下來,亦頗爲難得。

張金吾《愛日精廬藏書志》卷二十九著録一部汲古閣舊藏叢書堂抄本,卷末亦有毛晉兩跋。"叢書堂"乃明藏書家吳寬之室名,善抄書,今傳多本,世稱吳氏叢書堂抄本,所抄一般或版心下題"叢書堂",或鈐有吳氏藏印。今國圖所藏毛晉跋本未見叢書堂標識,亦未見毛晉、張金吾藏印,當非《愛日精廬藏書志》著録者。國圖藏本爲張燮舊藏,張燮,字子和,清乾嘉間常熟人,一門四代皆嗜藏書,藏書處爲"小琅嬛福地",其孫即張蓉鏡。張金吾與張燮同時同鄉,則國圖藏本極有可能是張燮抄録而來。又《愛日精廬藏書志》云:"前有《元英先生傳》,孫郃撰;後有集外詩兩首,《文獻通考》等書十三則。王贊序乾寧丙辰。毛氏手跋曰……"據毛晉跋,原本沒有集外詩,亦無卷末十三則,乃毛晉補録之。國圖藏本收詩二百九十七首,集末附集外詩二首《除夜》《送姚合員外赴金州》,此後又有《文獻通考》《瀛奎律髓》《唐詩紀事》《桐廬志》等所載傳記、遺事及諸家詩論十三則。與《愛日精廬藏書志》著録悉同,則國圖藏本當即從張金吾藏本抄録而來。國圖藏本所載毛晉跋有幾處明顯訛誤,與《愛日精廬藏書志》所録毛晉跋差異較大,當是抄録不審所致。張燮抄録時,將原文及毛晉所補一併抄録下來,目驗國圖藏本正文,與集外詩及所補十三則字跡完全相同,顯爲一人所抄。一般而言,毛藏、毛抄都會有藏印,或其他毛氏標識,國圖藏均無,傳録本可能性最大。據此推知,國圖藏本並非影抄本,亦非毛抄,極有可能是同鄉張燮從張金吾藏本抄録而來,而毛晉、張金吾收藏的叢書堂抄本今已不知何所。

元英先生詩集

毛綏萬

此卷雖鈔録草率,然尚是先王父遺書分授相弟者。予亦分得一黑格條鈔本,頗多異同,並校一過。歲在甲午[1]日唯長至,汲古孫綏萬[2]識。

乙未[3]春正二十有五日,風雨扃户,出東山席氏刻本細訂一過,增詩如右。

席氏刻本與墨筆鈔本同,當是原文。右增删數字,依家藏墨格條本訂入。

注:

[1]"甲午",爲康熙五十三年(1714)。

[2]"綏萬",即毛綏萬(1657—?),字嘉年,號破崖,毛表長子。配肖氏,子一,汝龍;女二。喜藏書,治學有名,著有《破崖居士詩稿》等詩集八部。批校、題跋本今亦存世。毛晉臨終,曾分授一部墨筆抄本《玄英先生詩集》,時綏萬兩歲。同時分授相弟一部,足見毛晉對其孫輩的愛護與厚望。

[3]"乙未",爲康熙五十四年(1715)。

案:明抄本,一册,與《李群玉詩集》三卷《後集》五卷合訂一函,明馮武跋,清毛綏萬、黄丕烈校並跋,馮武跋云"崇禎戊辰年六月馮氏空居閣閲"。十二行二十字,無格。鈐印"汲古閣""汲古主人""士禮居藏""海源閣"等,汲古閣、黄丕烈、海源閣舊藏,今藏國圖(A00539)。《汲古閣書跋》著録。

馮武跋於崇禎元年戊辰(1628),蓋於此時毛氏已藏有此本。因其跋於馮氏書齋空居閣,當然亦有可能是馮武所藏,後歸毛晉;亦有可能借閲。此抄本由毛晉分授孫綏萬。綏萬以家藏黑格本及席氏本用紅筆校之,黄丕烈又用席氏本以黄筆補校。黄跋稱之"校明影宋抄本"。《楹書隅録續編》著録;《藏園群書經眼録》卷十二著録,但言"與《碧雲集》共訂一册",則誤。

此書又有明嘉靖二十六年(1547)王臣抄本,行款與此本同,清馮武校並跋,十二行二十字,無格,今藏國圖(A00538),行格與綏萬校抄本悉同,綏萬本或出於此本;國圖又藏一名抄本十行十八字(11160),行款已異。由上可知,毛氏所抄本至少三部,叢書堂抄本、毛綏萬藏本、綏萬相弟藏本等。

浣　花　集

《端己集》十卷,乃其弟藹[1]所編,因居是杜子美草堂舊址[2],故名。僞史[3]云二十卷,馬氏[4]云五卷,今皆不可考。向有朱氏版頗善,惜逸藹序,余幸獲完璧矣。梓行既久,復閲《才調集》《文苑英華》諸書,又得諸體詩三十首有奇,悉附作《補遺》云。海虞毛晉識(1)。

校：

(1)《題跋》《汲古閣書跋》無"海虞毛晉識"。

注：

[1]"其弟藹"，即韋藹。韋藹搜集其兄韋莊之詩作，於天復元年(901)編成《浣花集》，並於天復三年(903)作序。

[2]杜甫於上元元年(760)在成都西郊浣花溪畔修建茅屋居住。五代前蜀時，詩人韋莊尋得草堂遺址，重結茅屋，意在"思其人而成其處"。其弟韋藹編訂韋莊詩，"目之曰《浣花集》，亦杜陵所居之義也"。

[3]"僞史"，指《蜀檮杌》，一名《外史檮杌》。北宋張唐英著，凡十卷。記載五代前蜀史。南朝梁阮孝緒《七録》將南北朝時期十六國史書稱爲僞史。宋人對五代時期十國史書也列爲僞史類。

[4]"馬氏"，指馬端臨。其《文獻通考》卷二百四十三《經籍考七十》載：韋莊《浣花集》五卷。

案：《浣花集》十卷，唐韋莊撰，《補遺》一卷，毛晉輯。

明末綠君亭刻本，首冠唐天復三年韋莊自序，卷一卷端署"明東吳毛晉子晉重訂"，正集及《補遺》卷首皆有目録，《補遺》卷末附録《唐詩紀事》及韋莊行實，次爲毛晉跋。其中正集十卷版心上題書名卷次，下刻"綠君亭"三字及葉次，即毛氏綠君亭刻本；《補遺》版心下鑴"汲古閣"，後補而刻之，則爲汲古閣刻本。《四庫》底本，《四庫提要》卷一百五十一著録，疑原書五卷，後人析爲十卷。

《浣花集》最早由韋莊弟韋藹於唐昭宗天復三年(903)編成，今已不傳。現在流傳下來的宋刻本爲重編本，與南宋陳氏書棚本行格、字體等悉同，曾爲黃丕烈、陸心源舊藏，今藏日本静嘉堂文庫，黃氏、陸氏及《静嘉堂秘籍志》皆定爲陳氏書棚本，惜僅存七卷二冊。黃丕烈尚藏一部汲古閣毛氏影寫宋書棚本，宋槧所缺序、目録、卷一至三係清人陸損之據毛氏影宋本抄補，蓋毛氏影寫時尚爲全本。毛跋中云"朱氏版"者即明正德間朱承爵刻本，朱本源於書棚本，但缺首序。

又考明徐𤏳《重編紅雨樓·唐韋莊〈浣花集〉》云："偶入秣陵，友人郭聖僕出韋詩一帙見示，乃宋版也，遂命工鈔録，以備觀閲。時謝在杭方爲比部郎，亦喜其詩調新逸，亦寫一帙而去。"此宋刻或即書棚本。據此可知，明萬曆間書在郭處時，徐𤏳與謝肇淛曾分藏一部。毛晉與郭、徐皆有交往，曾於郭處得《尊前集》，並刊之。毛晉跋中所得"完璧"者，是否宋槧抑或影鈔本未知。如是宋槧，則此本毛晉曾收藏一過；如未得宋槧，從郭處鈔録一部亦有可能。再考緑君亭本與書棚本幾無異文，其出於宋本無疑。

　　又，由跋可知，正集十卷刊行既久，又輯録《補遺》一卷，故正集與補遺版心所鐫不同。《補遺》主要採自《才調集》《文苑英華》等集，但《癸丑年下第獻新先輩》一首重出於正集卷八，偶有失檢。

韓内翰别集（1）

　　按《列傳》云："偓字致光，京兆萬年人。"計有功云："字致堯，今曰致光，誤矣。"胡仔云："致元。"未知孰是。自號玉山樵人，小字冬郎，開成六年進士，韓瞻之子。李義山與瞻同年，偓童時即席爲詩送之，一座盡驚。李因贈詩云："十歲裁詩走馬成，冷灰殘燭動離情。桐花萬里丹山路，雛鳳清於老鳳聲。"《藝文志》載詩一卷，《香奩集》一卷。余梓《香奩》已十餘年矣。兹吳匏庵[1]叢書堂抄别集，皆天復元年辛酉入内庭後詩也。自辛酉迄甲戌，凡十有四年，往往借自述入直、扈從、貶斥、復除，互敘朝廷播遷、奸雄篡弑始末，歷然如鏡，可補史傳之缺。第乙卯、丙辰未入翰林，不知何人混入。惜未得慶曆間温陵所刻致光手書詩帖一訂正耳。其亂後依王審知[2]，本傳與李崆諸家言之甚詳。惟劉克莊謂審知據福唐，韓致光迺居南安，曷嘗依之乎？又見墨林方氏所藏《祭裴君文》，自書唐故官，不書梁年號，稱其賢于楊風子輩，且以宋景文不與表聖同列爲欠事，此皆克莊極贊致光不事二姓也。若王審知爲閩王，始於丁卯，卒於乙酉，相去十九年。致光即匿影於三山九曲之間，何損其爲李唐遺民耶？況全忠被刺，刀腹出於背，瘥以敗甎。致光亦可以含笑見昭宗於地下矣。嘗寓沙陽天王院歲餘，其詩奚止與薀明一篇？若得章僚碑記，考其傳外遺事，則群疑涣然冰泮矣。隱湖毛晉識。

　　校：

　　（1）"韓内翰别集"，據汲古閣刻《唐人六集》本卷端所署而録，《汲古閣書跋》作"韓翰林詩别集"。

　　注：

　　[1]"吳匏庵"，即吳寬。

　　[2]王審知（862—925），字信通，號詳卿，光州固始人。光啓二年（886），帶兵攻取泉州。景福初年，攻克福州。乾寧四年（897），任威武軍節

度使、福建觀察使，加任檢校太保、同平章事，封琅琊郡王。後梁開平三年（909），任中書令，封閩王。卒謚忠懿。

案：《韓内翰别集》一卷《補遺》一卷，唐韓偓撰。

汲古閣刻《唐人六集》本，卷首有《新唐書·韓偓傳》，次有韓内翰别集目録及補遺目録，正文卷端、卷末下鐫墨記“汲古閣毛晉／據宋本考較”，卷末爲補遺五篇及毛晉跋。《四庫》底本，《四庫提要》卷一百五十一著録。

又，此書有明吳寬叢書堂抄本一册，毛晉校並跋，毛晉、陸僎、陸心源舊藏，今藏静嘉堂文庫，《皕宋樓藏書志》卷七十一、《静嘉堂秘籍志》卷三十二著録。卷末載有毛晉、陸心源手跋，毛跋與《唐人六集》本同，惟跋尾署“隱湖毛晉跋於續古草廬”，而《唐人六集》本無“於續古草廬”五字。陸氏手跋曰：“右《韓内翰别集》一册，爲叢書堂鈔本。汲古主人加校勘，而附以跋。乾隆甲寅，先君子得于白門書肆，兹重加裝訂，並誌數語。時道光己酉五月十三日。古吳陸僎書於東皋草堂。”因叢書堂本上有毛晉題跋及校記，又毛晉跋逕言“兹吳匏庵叢書堂抄别集”云云，則此刻所據底本爲家藏叢書堂抄本。又據卷端所題“據宋本考較”，而正文中有“一本作某某”，當所用校本或爲源於宋本的舊抄本。據周祖譔《韓偓詩的編集、流傳與版本》考爲“《鐵琴銅劍樓藏書目録》所著録的影宋抄本”，瞿氏所藏“影宋抄本”今藏國圖，核對汲古閣本“一本作某某”出校之字，多與影宋抄本合，則此刻所據校之本當即影宋抄本。

唐風集

杜荀鶴[1]，池州人。《紀事》云，牧之微子也。會昌末，牧之自齊安移守秋浦時，妾有姙，出嫁長林鄉杜筠而生荀鶴。自號九華山人，少有詩名，年四十六始擢第。殷文圭賀詩云：“一戰平酬五字勞，晝歸鄉去錦爲袍。大鵬出海翎猶濕，駿馬辭天氣正豪。九子舊山增秀絶，二南新格變風騷。”可謂叙述曲盡矣。與楊夔、康軿、夏侯淑、王希羽、殷文圭皆爲淮南將田頵[2]上客。及頵遇禍，梁太祖表授翰林學士主客員外郎知制誥。天祐初卒。顧雲詩叙極其推重。或又病其詩近俗，惟宫詞爲第一。諺云：“杜詩三百首，惟在一聯中。”正謂“風煖鳥聲碎，日高花影重”也。《唐風集》以之壓卷，亦此意耶？栞川毛晉識。

注：

[1]杜荀鶴（846—904），字彦之，號九華山人。池州石埭人，唐代詩人。

以詩名,尤長於宮詞。大順二年(891)進士,返鄉閒居。曾以詩頌朱温,後得朱温表薦,授翰林學士,知制誥。著有《唐風集》。

[2]田頵(858—903),字德臣,廬州合肥人。與楊行密同鄉,約爲兄弟。行密據廬州,表爲馬步軍都虞候。唐天祐初,爲宣州節度使,累官至太保、同中書門下平章事。頵求池、歙爲屬州,行密不許,由是結怨,遂募兵與安仁義聯合反行密,戰敗被殺。

案:《唐風集》三卷,唐杜荀鶴撰。

明末汲古閣《唐人四集》本,卷首有顧雲序,次有目録,卷端次署"九華山人杜荀鶴",卷末載毛晉跋。《汲古閣書跋》收入此跋。此集由杜荀鶴友人顧雲編成於景福元年(892)。《郡齋》著録《唐風集》十卷,《崇文總目》作一卷,《宋志》題二卷,均與今本不同。傳世杜集一爲分體本,今以汲古閣本最爲通行,亦爲傳世最早刻本;二爲不分體本,今上圖存宋蜀刻本,毛扆舊藏,稱爲北宋本。清初錢曾《讀書敏求記》著録一部南宋書棚本,曰:"予藏九華山人詩,是陳解元書棚本,總名《唐風集》。後得北宋繕寫,乃名《杜荀鶴文集》,而以'唐風集'三字注於下。"《鐵琴銅劍樓藏書目録》卷十九著録一部校宋本,《鐵琴銅劍樓藏書題跋集録》卷四亦著録,其卷末有陸貽典跋曰:"世傳分體《唐風集》俱出南宋本。余嘗假錢遵王本校過,藏諸家塾。毛斧季新得沙溪黄子羽所藏北宋本,既未分體,且多詩三首,與世本迥異。偶過汲古閣,出以示余,且以家刻本見貽。因校此本鐫攜歸,識於燈下。"陸氏以爲分體本俱出南宋本,自然包括汲古閣本。又汲古閣本各卷銜接中空一行,不另起葉,仍爲唐宋寫本舊式,或源出更早。《中華再造善本》收入蜀刻本,陳先行撰《提要》,云:"前人既誤認此本刻於北宋,遂有不分體本在前而分體本在後之説。惜臨安陳氏本失傳無聞,不獲與蜀本比較刊刻年代之後先,因陳氏所刻唐人集亦在南宋中後期。雖然,毛氏汲古閣本顧雲序題'唐風集敍';兩版本系統之顧雲序皆曰'僕幸爲之敍録,乃分爲上中下三卷目,曰"唐風集";又宋元公私書目亦皆題《唐風集》,則顧雲所編當爲分體本,不分體本爲後人重編;陳氏本或刻在先,而蜀本刻於後也。"如是,汲古閣本作爲不分體本的存世最早傳本,尤爲珍貴。《四庫》底本,《四庫提要》卷一百五十一著録。又,世人責其舛誤多,然宋蜀刻本更多。相對而言,汲古閣本仍是傳世佳本,詳見胡嗣坤、羅琴《杜荀鶴及其〈唐風集〉研究》。

明末汲古閣刻《唐人四集》本,共收《竇氏聯珠集》五卷、《李長吉歌詩編》四卷《集外詩》一卷、《唐風集》三卷、《唐英歌詩》三卷。十二行二十字,左右雙邊,線口,單魚尾。魚尾下題書名卷次,次下題葉次,每卷卷首尾兩葉魚尾下鐫"汲古閣""毛氏正本"字樣,扉頁中間大字題"唐人四集",右上小字題"毛氏正文",左題四家集名"《李長吉集》《吳子華集》《杜荀鶴集》《竇氏聯珠集》",下題"汲古閣藏板"。每集卷首皆有總目。四集所據皆爲宋本,宋諱如"貞""敬""真"等皆有缺筆,且校勘精審,實爲汲古佳作。《四庫》採爲底本。

　　據鄭德懋《汲古閣刻板存亡考》載:"相傳毛子晉有一孫,性嗜茗飲,購得洞庭碧螺春茶、虞山玉蟹泉水,患無美薪,因顧《四唐人集》板而歎曰:'以此作薪,其味當倍佳也。'遂按日劈燒之。"葉昌熾《藏書紀事詩》云:"只因玉蟹泉香洌,滿架薪材煮石銚。"①綏萬亦曾創作多部詩集,據《蘇州府志》卷一百二十六《藝文》五載,其中有《鶴避茶煙稿》一卷。從書名看,鄭德懋所指當此孫。然《四唐人集》今存有吳門寒松堂印本,說明其後版片流入蘇州書肆,繼續刷印。鄭氏之説不實。

唐　風　集

毛　扆

北宋本每葉二十四行,每行二十一字。
玄默攝提格之歲辜月望日[1],燈下校畢。

注:

[1]"玄默攝提格之歲辜月望日",即康熙元年(1662)五月十五日。時毛扆二十二歲。

　　案:汲古閣刊《唐人四集》本,毛扆、陸貽典校並跋,卷叚載首跋,卷末載次跋,今藏國圖(11388)。卷末又載陸貽典跋:"斧季校後,余復勘一過。十一月廿五日識于汲古閣。勅先。壬寅歲。"傅增湘曾經眼,《藏園群書經眼錄》卷十二著錄,並於次跋下括號内注"此斧季筆",又於首跋下加注"按宋本次第與刻不同"。《毛扆書跋零拾(附僞跋)》按:"康熙元年五月,扆年二十三歲。陸貽典爲毛扆岳父,著名校勘學家。時扆年方過冠,校書經驗不多,才過半年,貽典'復勘一過',當是復查扆校,寓校於教。兩人合校之書尚多,此不過一例。"

---

①　(清)葉昌熾:《藏書紀事詩(附補正)》,上海古籍出版社1999年版,第308頁。

雲　臺　編

　　按新舊《唐書》俱不列鄭谷[1]傳,惟《藝文志》載《雲臺編》三卷,又《宜陽集》三卷,注云:"字守愚,袁州人,爲右拾遺,乾寧中以都官郎中卒於家。"歐陽永叔謂兒時曾讀之,其集不行于世。今《宜陽集》不可得見。吴中所傳《雲臺編》[2],迺王文恪公[3]從秘閣抄出,凡三卷。又補遺一十有三首。前有鄭都官自序,從有祖刺史墓表、童參軍後序,洵是善本。余因録《唐詩紀事》《袁州志》二則,洎唐、宋諸家詩附焉。但集中佳篇最多,獨《鷓鴣》之名最著,不解何故。其《輦下冬暮詠懷》一篇,與《才調》迥異,豈韋縠改本耶? 父史,字惟直,開成元年進士,歷官至刺史。《紀事》又云:"終國子博士,著賦百篇,亡。"曾見《永州送侄歸宜春》詩云:"宋玉正悲秋,那堪更别離。從來襟上淚,盡作鬢邊絲。永水清如此,哀江色可知。到家黄菊坼,亦莫怪歸遲。"又經過池陽,廉使崔君悦一妓行雲,有詩云:"最愛鉛華薄薄粧,更兼衣著又鵝黄。從來南國名佳麗,何事今朝在此行?"臨岐,博陵公輒贈之。兄啓,亦能詩,《嚴塘經亂書事》云:"塵生宫闕霧濛濛,萬騎飛龍幸蜀中。在野傅巖君不夢,□□[4]衛懿鶴何功。雖知四海同盟久,未合中原武備空。星落夜原妖氣滿,漢家麟閣待英雄。"又:"梁園皓色月如珪,清景傷時一慘悽。未見山前歸牧馬,猶聞江上帶征鞞。鯤魚爲隊潛鱗困,鶴處雞群病翅低。正是四郊多壘日,波濤早晚静鯤鯢。"雖未得其集,亦足見豹斑矣。隱湖晉潛在跋於載德堂中。

注:

　　[1]鄭谷(851—910),字守愚,唐末詩人。七歲能詩,司空圖"見而奇之"。廣明元年(880),黄巢入長安,谷奔西蜀。光啓三年(887),登進士第,官至都官郎中,人稱鄭都官。晚年歸隱宜春仰山書屋。

　　[2]《雲臺編》,鄭谷撰。原集三卷,有自序。乾寧初,谷隨昭宗出游,途次寓住雲臺道舍,於所作千餘首詩中選定編集。今存宋蜀刻本,題《鄭守愚文集》,下有"雲臺編"三字。《四部叢刊續編》據此影印。

　　[3]"王文恪公",即王鏊。

　　[4]"□□",原缺,《全唐詩》作"乘軒"。

　　案:《雲臺編》三卷,唐鄭谷撰。

　　明王鏊抄本,汲古閣毛氏、愛日精廬張氏遞藏,自後不知下落。《愛日精廬藏書志》卷二十九著録:"後附補遺十三首及祖無擇撰《墓表》。又附録四則、曹鄴等投贈詩八首,則毛氏子晉所輯也。後附毛氏手跋'清'字缺末二筆,蓋避家諱。每頁格闌外有'毛氏正本汲古閣藏'八字。"此據《愛日精廬藏書志》載跋録之。

　　據今存宋蜀刻本《鄭守愚文集》卷首載鄭谷自序,可見其集乃自編而成。鄭谷集在宋代除蜀刻本外,尚有南宋紹興三十年(1160)童宗説刻本。南宋袁州府學教授童宗説《雲臺編後序》云:"自至和甲午迄今百有七年……又得賢使君家藏善本,鋟木流通而序其顛末。"[1]可知至和甲午即北宋仁宗至和元年(1054),下及百有七年即紹興三十年。又據童宗説《文標集序》云:"紹興庚辰,會建安邵公來守是邦,謂宗説:'蒐綴缺文,子職也。'既授以《雲臺編》廣其傳,有俾求子發遺書,鋟木於郡庠。"[2]復據《袁州府志》,紹興間知袁州事者爲邵知柔,亦即"賢使君",童氏刻本所用底本爲邵氏家藏善本。邵氏爲建安人,所藏或爲建安本亦未可知,是否爲刻本亦或抄本亦不知。明代現存最早的本子爲嘉靖十四年(1535)嚴嵩刻本[3],出於蜀刻本,但目次不同,收録二百九十首,較蜀刻本多出二十四首,且糾正了蜀刻本中的一些訛誤,當是嚴嵩進行了校補。次有明萬曆間朱之蕃刻本、李之禎刻本等。今存宋蜀刻本《鄭守愚文集》,正文卷一首行題"鄭守愚文集卷第一",下空兩格題"雲臺編",亦藏於元内府、明内府,蓋王鏊所抄即據蜀刻本,可能署題徑改爲《雲臺編》,毛晉依之翻刻。毛晉所藏王鏊抄本今已不存,幸爲嚴嵩刊梓,行世續傳,而毛氏刻本再添薪火,亦屬難得。

---

①　(唐)鄭谷著,嚴壽熿等箋注:《鄭谷詩集箋注》,上海古籍出版社 1991 年版,第 462—463 頁。

②　《(乾隆)袁州府志》卷三十一,清嘉慶二十五年浮生草堂刻本。

③　嚴嵩刻本有自撰《雲臺編序》云:"此集余得之吳中故少傅王文恪公。公本録自秘閣。"據序可知,嚴嵩所用底本爲王鏊抄本,嚴嵩得後校以付梓。王鏊抄本後歸毛晉,毛晉并撰長跋,云:"吳中所傳《雲臺編》,迺王文恪公從秘閣鈔出,凡三卷。又補遺一十有三首。前有鄭都官自序,從有祖刺史墓表,童參軍後序,洵是善本。余因録《唐詩紀事》《袁州志》二則,洎唐宋諸家詩附焉,但集中佳篇最多,獨鷓鴣之名最著,不解何故。"後轉歸常熟張金吾,《愛日精廬藏書志》著録(并録毛晉跋),云:"《雲臺編》三卷,舊抄本,汲古閣藏書,唐都官郎中鄭谷撰。後附補遺十三首及祖無擇《墓表》,又附録四則,曹鄴等投贈詩八首,則毛氏子晉所輯也。後附毛氏手跋,'清'字缺末二筆,蓋避家諱。每頁格闌外有'毛氏正本汲古閣藏'八字"。自張氏後,毛晉舊藏本不見蹤影。

唐英歌詩

　　吳子華[1]，越州人，與韓偓同學，久困名場。龍紀元年同舉進士，又同直玉堂。故韓詩云："二紀計偕勞筆研，一朝宣入掌絲綸。"落句云："語餘相聚却酸辛。"懷昔敘懇，感慨係之矣。歷官始末，詳見本傳。隴右李巨川才甚敏，儕輩退舍，惟子華對壘。一日，昭宗至華清宮，賜《華帥韓建御容》一軸。時巨川爲建掌書記，草謝表示子華，中有"彤雲似盖以長隨，紫氣臨關而不度"之句。子華吟罷，立成一篇。其略曰："霧開五里，容諧披睹之心。掌拔一峰，兼助捧持之力。"巨川賞歎不已。壬戌[2]卜居閿鄉，與貫休上人結方外交，互多酬寄。琴川毛晉識。

　　集中有《送僧歸破山寺》云："萬里指吳山，高秋杖錫還。別來雙闕老，歸去片雲閒。師在有無外，我嬰塵土間。居然本相別，不要慘離顔。"此詩邑乘失載，因特拈出。余渭陽豈菴先生[3]嘗拈《山居》第四絕云："無鄰無里不成村，水曲雲重掩石門。何用深求避秦客，吾家便是武陵源。"懸之座右，日夕歌之，且笑南陽劉子驥多事，可稱詩林嘉話。晉又識。

注:

　　[1]"吳子華"，即吳融，字子華，越州山陰人。龍紀元年(889)進士，隨韋昭度入蜀平亂，曾任禮部郎中、翰林學士，官至中書舍人、翰林承旨。著有《唐英歌詩》。

　　[2]"壬戌"，即唐天復二年(902)。

　　[3]"渭陽豈菴先生"，"渭陽"，即《秦風·渭陽》，寫外甥從雍城送舅舅到渭陽，從送別舅舅想到已故的母親，表達甥舅之間深厚情誼。後遂代指舅父。"豈菴先生"，即毛晉舅父戈汕。引詩爲吳融《唐英歌詩·山居即事》第四首。

　　案:《唐英歌詩》三卷，唐吳融撰。

　　明末汲古閣《唐人四集》本，卷首有《唐書》本傳，次有目録，卷端次署"翰林學士承旨銀青光禄大夫行在尚書户部侍郎知制誥上柱國漢陽縣開國男食邑三百户吳融"，卷末爲毛晉兩跋。《汲古閣書跋》收録。

　　《新唐志》著録《吳融詩集》四卷，《直齋》《通考》均著録《唐英集》三卷，高儒《百川學海》著録《唐英歌集》三卷"二百九十六首"。可知宋時亦有三卷刊本傳世。錢曾舊藏一部，《讀書敏求記》著録曰："余生平所見子華詩宋槧本，惟此宜寶護之。"《天禄琳琅書目續編》卷六著録《唐英歌詩》三卷，今已不知下落。國圖藏明抄本(10715)、明抄本《唐四十七家詩》、明抄本《唐四十四家詩》及明萬曆刻本《晚唐十四家詩集》亦收録，與汲古閣本多同，蓋均直接或間接源於宋刻本。

鄭德懋《汲古閣刻板存亡考》云《四唐人集》以此集爲最善。葉德輝《書林清話》記唐人四集僅印三百套以廣其傳，可讎校全唐詩之不可讀："《四唐人集》內惟《唐英歌詩》一種，最爲善本，即如席氏《百家唐詩》內亦刻，而空白多至二三百字，令人不可讀。然則汲古此本真秘寶也。"《四庫》採爲底本，《四庫提要》著録。

白　蓮　集

齊巳(1)[1]，俗名胡得生，性喜吟，頸有瘤，人戲呼爲詩囊。跡不入王侯門，惟醉心於鄭都官[2]，投詩謁之云："高名喧省闥，雅頌出吾唐。疊巘供秋望，無雲到夕陽。自封修藥院，別下著僧床。幾夢中朝事，久離鵷鷺行。"谷覽之，云："請改一字，方可相見。"經數日，再謁，稱巳改得云："別掃著僧床。"谷嘉賞，結爲詩友。既因後唐明宗太子從榮招入中秋大醮，巳公窺從榮懷不軌，有"東林莫碍(2)漸高勢，四海正看當路時"之句，幾被戮辱，賴荆帥高公匿而獲免。其不屈節王公，詩寓諷刺，往往如此。後同慧寂仰山禪師[3]住豫章觀音院，總轄庶務，作《粥疏》曰："粥名良藥，佛所贊揚。義冠三檀，功標十利。更祈英哲，各遂願心。既備清晨，永資白業。"此《疏》堪與《食時五觀》併傳，惜未有揭示學人者。其後居西山，金鼓示寂，塔存焉。"龍盤"乃其書堂云。虞山毛晉識。

贊寧[4]作《唐三高僧傳》，未甚詳覈。余各就其詩句拈出數字，如休公云"得句先呈佛，無人知此心"，晝公云"不因尋長者，無事到人間"，巳公云"未曾將一字，容易謁諸侯"。道價詩聲，和盤托出，可作三公自傳。余先得《杼山》《禪月》，未遘《白蓮》。丙寅春杪，再過雲間。康孟修內父[5]東梵川，值藤花初放，纏絡松杉間，如入山谷，皆內父少年手植也，不勝人琴之感。既登閣禮佛，閣爲紫柏尊者[6]休夏之地，破窗風雨，散帙狼籍。搜得紫柏手書《梵川紀略》一幅，末贊一絶云"只因地僻無人到，更爲池清有月來。惱殺藤花能抱樹，枝枝都向半天開"，儼然拈出眼前景相示。又搜得《白蓮集》[7]六卷，惜其未全。忽從架上墮一破簏，復得四卷，咄咄奇哉！余夢想十年，何意憑弔之餘，忽從廢紙堆中現出，豈內父有靈，遺余未曾有耶？既知爲紫柏手授遺編，早向未來際尋契，余小子有深幸焉。晉又識。

校：

（1）"巳"，下"稱巳""巳公"之"巳"，《汲古閣書跋》皆作"己"。
（2）"碍"，《汲古閣書跋》作"礙"。

注：

[1]齊巳（約860—約937），晚唐詩僧，本姓胡，名得生。潭州益陽人。早年拜荆南仰山大師慧寂爲師。成年後，出外游學，聲名漸著。龍德元年（921），被荆州節帥高季興挽留，安置在龍興寺，並任命爲僧正，後圓寂於江陵。著有《白蓮集》。

[2]"鄭都官"，即鄭谷。

[3]"慧寂仰山禪師"，慧寂，俗姓葉。韶州懷化人。與潙山靈祐同爲潙仰宗之祖。又稱仰山慧寂、仰山禪師。年十七，乃依南華寺通禪師剃度，未受具足戒，即四出游方。後往江陵受戒，回潙山，侍靈祐，嗣潙山之法，遷居江西仰山，世稱仰山慧寂。後遷江西觀音院。後梁貞明二年（916），遷韶州東平山，同年去世。

[4]贊寧（919—1001），俗姓高，北宋僧人。吳興德清人。後唐天成年間，於杭州祥符寺出家。清泰初年，入天臺山受具足戒。後往靈隱寺，專習南山律。太平興國三年（978），吳奉阿育王寺真身舍利來汴京，宋太宗賜號通慧大師。六年（981），充右街副僧録。七年（982），回杭州編纂《大宋高僧傳》。淳化元年（990），任左街講經首座。咸平元年（998），加右街僧録，次年遷左街僧録。

[5]"内父"，即岳父。毛晉繼配康氏，此指毛晉岳父康時萬。時萬字孟修，號郎山，晚號了予居士，雲間人。太學生。

[6]"紫柏尊者"，即紫柏真可（1543—1603），俗姓沈，法名達觀，中年後改名真可，號紫柏老人，後世尊稱紫柏尊者。南直蘇州人。萬曆元年（1573），從華嚴遍融真圓、禪宗笑岩德寶等法師參學，十四年（1586），訪憨山德清於東海牢山，三十一年（1603），受"妖書案"牽連事發，被捕下獄。憤死獄中。

[7]《白蓮集》，十卷，唐僧齊巳撰，系巳門徒收集，五代孫光憲編。成書於後晉天福三年（938），存詩八百十篇。毛晉將其與皎然、貫休詩合刻爲《唐三高僧集》。

案：《白蓮集》十卷，唐釋齊巳撰。

　　明天啓六年（1626）汲古閣刊《唐三高僧詩》本，卷首有晉天福三年（938）孫光憲序、梁江陵府隆興寺齊巳傳，次有目録，卷端署"廬岳僧齊巳撰"，卷末載毛晉兩跋。此刻爲現存最早刻本。"齊巳"之"巳"，諸本寫法不一，亦有作"已""己"，今按汲古閣本所題。

　　毛晉舊藏一部明抄本《白蓮集》十卷附《風騷旨格》一卷，墨絲欄，半葉十二行二十字，鈐印"一字子九""毛晉私印""西河""毛氏藏書子孫永寶""汲古閣主人""毛晉之印"，毛晉、李盛鐸舊藏，傅增湘借校一過，今藏北大（李7572）。毛晉跋《津逮》本《風騷旨格》曰："丙寅春，從雲間了予内父遺書中簡得齊巳《白蓮集》十卷，末載《風騷旨格》一卷，與蔡本迥異，急梓之以正諸本之誤。""丙寅"即天啓六年。《唐三高僧詩》本《白蓮集》與《津逮》本《風騷旨格》即據康時萬所藏明抄本刊梓。《藏園群書校勘跋識録》著録，《藏園訂補邵亭知見傳本書目》卷十二則著録此明抄爲"汲古閣寫本"，誤。

　　檢汲古閣本録詩，與柳僉本悉同，雖有異文，當爲傳録或刊印時使然。考毛晉、康時萬所藏明抄本實傳録於明柳僉嘉靖八年抄本，柳本今藏國圖（11390），卷十末附其跋曰："陳氏《直齋書解》云'唐僧齊巳《白蓮集》十卷，《風騷旨格》一卷'。今兼得之，爲合璧矣。元書北宋刻傳世，既久湮滅，首卷數字尚俟善本補完，與皎然、貫休三集並傳。嘉靖八年歲己丑，金閶後學柳僉謹志。"《藏園群書題記》著録柳本時言及此本，云："旋於德化李椒微師許段得汲古毛氏藏鈔本，云從柳大中本録出，因竭二日夜之力對勘終卷，正定字句甚多。今取此本核前校本，凡訂譌補奪之處，大抵皆同，益信此爲柳氏手寫原本無疑。凡何校、馮校、汲古所傳，咸出於此。""何校"者即今藏國圖另一部傳抄柳本（09412），卷末尚有《風騷旨格》一卷，何焯舊藏並跋。

香　籨　集

　　沈夢溪云："和魯公凝[1]有艷詞一編，名《香籨集》[2]。凝後貴，乃嫁其名爲韓偓[3]。今世傳韓偓《香籨集》乃凝所爲也。"此説惟劉潛夫[4]信之。石林、遯齋、虛谷諸公[5]俱以爲誤。引吳融和韓侍郎《無題》詩三首及致光親書《鳥娜》《多情》等詩爲證，則斯編是致光作無疑矣。如凝之《香籨》，乃浮艷小詞，集名偶同耳！況凝自謂"不行于世"，後人又何必借韓侍郎行本以實之耶？湖南毛晉識（1）。

校：

（1）《題跋》《汲古閣書跋》無"湖南毛晉識"。

注:

[1]"和魯公凝",即和凝(898—955),字成績,鄆州須昌人。五代十國時宰相、文學家、法醫學家。後梁貞明三年(917)進士,入宣義軍節度使賀瑰幕府,歷仕後唐、後晉、遼、後漢、後周,於後晉任中書侍郎、同平章事,封魯國公,官至太子太傅。卒贈侍中。長於短歌艷曲,著有《宮詞》百首。

[2]《香奩集》,韓偓撰。所收爲詩、詞、賦,其中《嫋娜》《繞廊》《夜深》等詩作,多抒寫纏綿之情及婦女服飾容貌,風格纖巧綺麗,心理刻畫深刻,用詞真摯,委婉動人。

[3]韓偓(844—923),字致光,號致堯,號玉山樵人,京兆萬年人。晚唐大臣、詩人。龍紀元年(889)進士,曾任左拾遺、諫議大夫、度支副使、中書舍人。唐昭宗遇弒後,依附威武軍節度使王審知,寓居延福寺。擅寫宮詞,多寫艷情,人稱"香奩體"。

[4]"劉潛夫",即劉克莊。

[5]"石林、遯齋、虛谷諸公","石林"爲葉夢得,"遯齋"爲陳正敏,"虛谷"爲方回。

案:《香奩集》一卷,唐韓偓撰。

明末汲古閣刻《五唐人詩集》本,卷首有韓偓自序,次有目録,卷端題"香奩集",次署"明東吳毛晉子晉訂",卷末載毛晉跋。此集沈括、劉克莊疑爲和凝撰而冒韓偓之名,實爲韓偓自撰,僅同名而已。《新唐志》載《香奩集》一卷,《郡齋》著録《香奩集》一卷,《直齋》著録爲《香奩集》二卷,可知宋時確有此集傳世,但卷次不一。今已不傳。國圖藏明天啓元年(1621)楊肇祉輯、閔一栻刻《唐詩艷逸品》四卷,收録《香奩集》一卷,爲存世最早刻本,但爲唐詩混編合集,並非韓氏專集。《四部叢刊》據舊抄本影印,附於《玉山樵人集》後,分體不分卷,亦與此汲古閣本不同。汲古閣本分詩、詞、賦,詩不分體,恐別有所本。

傅增湘以影宋抄本校汲古閣本,跋曰:"己未殘臘,廠市新開小肆運來粵東倫氏書,檢取此本,末有翁山跋語,謂照宋本鈔出。日校於毛刻上,次第不同,字句亦頗多改定。此刻缺時四首,並鈔於目後,洵善本也。記昔年借涵芬樓鈔本玉山樵人《香奩集》,亦係分體本,曾託章式之校於席刻上。今此本異同似與涵芬樓本相合,疑其同出一原也。"①《藏園訂補邵亭知見傳本

① 傅增湘撰,王菡整理:《藏園群書校勘跋識録》,中華書局2012年版,第440—441頁。

書目》卷十二著録"余據明影寫宋刊本校並録屈大均跋"。翁山即屈大均號,傅氏並逐録屈氏跋,屈氏跋謂"辛丑歲游鴛湖,偕竹垞朱丈訪南州草堂徐氏,得际宋槧本《香奩集》,計古今詩一百零一首,《拾遺》四首,無卷數,與《晁志》合,即席借抄,珍存行篋"。此校本今藏國圖(00311),可知影抄本民國間仍存於世。影抄本與涵芬樓本皆分體,當爲同一系統,而與汲古閣本不同。

伊川擊壤集

堯夫先生[1]《擊壤集》二十卷,先君昔年曾依成化本刻入《道藏》八種中,今夏于敕先篋中見元刊本,亦作二十卷,首有宋治平丙午序,爲成化本所無,書中款式悉本宋時原式,因借歸,與家刻對勘,覺成化刊與此本遠遜多矣。留之汲古閣中,窮三閱月之力寫成副本,俟異日有好事者刊刻流布,庶可補先君所刊之遺憾,宸所深願也。康熙甲子仲秋月,汲古後人毛扆謹識。

注:

[1]"堯夫先生",即邵雍(1011—1077),字堯夫,謐康節。天聖四年(1026),隨父至共城蘇門山。皇祐元年(1049),定居洛陽,以教授爲生。嘉祐七年(1062),移居洛陽天宮寺西天津橋南,自號安樂先生、伊川翁。嘉祐、熙寧朝兩度被舉,均稱疾不赴。著有《皇極經世》《觀物內外篇》《先天圖》《漁樵問對》《伊川擊壤集》《梅花詩》等。

案:《伊川擊壤集》二十卷,《集外詩》一卷,宋邵雍撰。

清康熙二十三年(1684)毛扆影元抄本,卷首有邵雍自序,卷末載毛扆跋。鈐印"汲古閣""學古""作賓""乾菴""無盡書室""夷山王氏""毋不敬",另有"大昌德記"朱文長方印,四周飾以花紋,毛扆舊藏,今藏臺圖(10091)。由毛扆跋可知,此影元抄本出自陸貽典所藏元本。《儀顧堂題跋》《皕宋樓藏書志》《静嘉堂秘籍志》著録一部元刻本,云爲汲古閣舊藏,今藏静嘉堂文庫,《静嘉堂宋元本圖録》未著録,是否真元本存疑。未見汲古毛氏印,不知爲何陸氏作此著録。《儀顧堂題跋》載云"以毛氏汲古閣、道藏八種刊本互校,毛本脱落甚多,其他序次之不同、字句之訛謬更難枚舉"。

又,汲古閣刻本《伊川擊壤集》二十卷,無《集外詩》一卷,周彥文《汲古閣刻書考》云"此刻乃毛氏自《道藏》中取出別行者"。今以毛刻校之《道藏》本,兩本差異較大,而與明成化間畢亨刻本多同,且皆有《集外詩》一卷,蓋毛扆所言當是。

丹　淵　集

予昔從牧翁師得覯文與可[1]畫竹,因請曰:"聞之墨竹一派,近在彭城,信然耶。"時孟陽[2]在坐,曰:"擬將一段鵝谿絹,掃取寒梢萬尺長。此之謂矣。"遂乞歸。每風日晴美之際,披圖展對,如身在篔簹叢中已。顧嘗記長公之言曰:"溢而爲書,變而爲畫,皆詩之餘。"思一購其詩文讀之,未逮也。今年花朝[3],過吳門,遇吳蒼木[4]氏,相與放舟虎丘。明月之夜,啜茗劇坐,因尚論宋南渡後諸名家,如周益公、葉水心輩,俱落落無傳。蒼木慨然曰:"向曾偕蜀友李君,訂正《丹淵集》[5]四十卷,能梓而不能行,亦漸入蠹魚腹矣。"因告以獲有墨竹之緣。蒼木曰:"然則在我者,其莫邪耶,行當自合。"明日盡挈其梨棗以相贈。予感蒼木之誼,亟爲之理其殘缺,授之楮君,以廣其傳焉。庶海内慕與可之竹而不獲見者,猶得於其詩文見之。蓋余嘗讀長公《偃竹記》,而想見與可之竹,則夫讀與可之詩文者不想見其人也。舉世有好其德如好其畫者,當於此徵之,亦以見蒼木與予流通之意,不僅以其詩文已也。辛未上巳[6],海虞毛晉題於虎丘僧舍。

注:

[1]"文與可",即文同(1018—1079),字與可,號笑笑居士、笑笑先生,人稱石室先生。北宋梓州人。皇祐元年(1049)進士,遷太常博士、集賢校理,歷官邛州、大邑、陵州、洋州等知州或知縣。元豐初年,赴湖州就任,世人稱文湖州。元豐二年(1079),病逝於陳州。以學名世,擅詩文書畫,深爲文彦博、司馬光等人贊許,尤受蘇軾敬重。著有《丹淵集》。

[2]"孟陽",即程嘉燧(1565—1643),字孟陽,號松圓、偈庵、松圓老人、衍壽等。休寧人,僑居嘉定,歸老徽州。程氏以布衣而精音律,能詩畫,畫筆細煉,論詩不喜七子摹擬之風,與唐時升、婁堅、李流芳合稱"嘉定四先生"。與毛晉往還頗多。崇禎十二年(1639),毛晉贈送錦衾,嘉燧録舊作以謝,毛晉和之。十四年(1641),嘉燧於吳門遇林雲鳳話舊,作詩以贈毛晉。

[3]"花朝",也稱"花神節""百花生日",一般於農曆二月初二、二月十二或二月十五、二月二十五舉行。節日期間,人們結伴到郊外游覽賞花,稱爲"踏青"。清代花朝節,一般北方爲二月十五日,而南方則爲二月十二日。

[4]"吳蒼木",即吳一標,字建先,號蒼木,萬曆間長洲人。刻印過《陳眉公先生訂正丹淵集》四十卷《拾遺》二卷、《諸公書翰詩文》一卷附《年譜雜記》、元伊世珍《瑯嬛記》九卷。

[5]《丹淵集》,四十卷,北宋文同作,同曾孫文族編,南宋家誠之重定。凡詩二十卷,文二十卷。另拾遺二卷,附錄一卷,年譜一卷。

[6]"辛未上巳","辛未"爲崇禎四年(1631),"上巳"爲三月初三。上巳節,人們結伴去水邊沐浴,稱爲"祓禊"。

案:《丹淵集》四十卷《拾遺》二卷,宋文同撰,《墓誌銘》及《年譜》一卷,宋家誠之撰,《附錄》一卷。

明萬曆三十八年(1610)吳一標刊崇禎四年(1631)毛晉重修本,卷首有萬曆三十八年錢允治序及崇禎四年毛晉序,次有目錄,卷端次署"宋蜀文同與可撰　明毛晉子晉、明李應魁務滋、明吳一標建先同參"。毛晉序五行八字,行草,序後鐫"毛鳳苞字子九一名晉字子晉"白方、"篤素居士"墨方兩印。正文半葉九行十八字,四周雙邊,花口,單尾。其中傅增湘校本今藏國圖(00334)。《題跋》不載。明萬曆間,李應魁因宋慶元本罕見,遂校刊之,由陳仲醇校讎,錢允治序,吳一標剞劂。其後雖有刊版,並未印行,且版片腐壞嚴重。崇禎四年(1631),毛晉遇吳氏,吳氏遂將版片相贈。毛氏整理修補後重新印梓,以傳於世。萬曆四十年(1612),蒲以懌亦刻此集,卷末附錄爲雜記一卷、續編諸公事翰詩文一卷,可與汲古閣本相參。《四部叢刊》據毛晉重修本收錄。

又《萬卷精華樓藏書記》卷一百十集著錄《丹淵集》,云:"明本,蜀李應魁、吳毛晉、吳吳一標同校刊於吳郡,前有萬曆庚戌吳郡錢尤治序,毛晉序,次墓誌,范百祿撰,次年譜,家誠之編次,目錄末有誠之跋。"又云:"毛氏序云:詩之次序,則從其舊。惟取其詞賦列於首篇,以見先生用意於古學;樂府次之;古今詩又次之;他文又次之,仍分爲四十卷。又尋訪先生遺文,分爲兩卷;復以諸公往來書翰詩文繫之於末,庶知先生師友淵源所自云。"耿氏所引此段,以爲毛氏著序,實誤。核對序文,實爲宋家誠之題《丹淵集目錄題後》,序末題"慶元乙卯五月既望南窗書"。

無　爲　集

宋名家詩文全集,余家藏亦不少。偶造白門[1],向屯部周浩若[2]索異書,首出楊次公《無爲集》[3]十五卷見貽,乃趙士粲所編,鏤版於紹興癸亥年[4],大書深刻,紙墨雙妙,亟命童子三四,窮五日夜之力,依樣印書。雖字畫不工,皆余手訂正者。又得葉石林《建康集》《章草韻石刻》,皆快事也。崇禎十六年八月九日,石城橋下雨航毛晉。

注：

[1]“白門”，南京別稱。

[2]“屯部周浩若”，“屯部”爲明屯田部簡稱，明代工部下屬的部門，掌屯種、徵商、薪炭、抽分、夫役、墳塋之事。《明史·職官志一》：“（洪武十三年）以屯田部爲屯部。”周鼎瀚，字浩若，江西安福人。以蔭官南京刑部主事。家藏書數萬卷，多秘本。南曹簡暇，鼎瀚開水閣於秦淮，輂藏書其中，四方人士借讀者皆得就讀，仍爲資給之。以是得交遊譽聞。北都陷，思宗皇帝訃至，鼎瀚慟哭投淮水，人吏掖救之，不死。南都陷，走歸里。《船山遺書》之《永曆實錄》卷十八有傳。曾抄《河汾諸老詩集》）。

[3]“楊次公《無爲集》”，“楊次公”即楊傑（約1022—約1091），字次公，無爲軍人，因自號無爲子。嘉祐四年（1059）進士。元豐中，歷官禮部員外郎，出知潤州。元祐四年（1089），除兩江提點刑獄。著有《無爲集》十五卷。

[4]宋紹興十三年（1143）趙士粲刻本，今國圖藏一部（09288），明文淵閣、清內府舊藏。其卷首有紹興十三年（1143）趙士粲序，曰：“……生平所著文集，湮没未傳於世。吁，可惜也！歲在重光作噩之冬，士粲誤恩，假守是邦，服膺侍講公之名舊矣。視事之初，首詢公文於縉紳間，歲餘搜獲不一。公遺辭典麗，立意奥妙，因删除其蕪類，取其有補於教化者，編次成集，將以爲學者標準，上佐吾君偃武修文之意，不其韙歟！其詩賦、碑記、雜文、表啓，共分爲一十五卷。若釋、道二家詩文，則見諸《別渠》云。紹興癸亥歲夏四月，左朝請大夫知無爲軍兼管內勸農營田事趙士粲謹序。”十行十七至十九字不等，宋諱“構”字注“御名”。

案：《無爲集》十五卷，宋楊傑撰，趙士粲編。

明抄本，卷首有紹興十三年（1143）趙士粲序，卷末載毛晉跋，張金吾、陸心源收藏，今藏日本静嘉堂文庫。《愛日精廬藏書續志》卷四、《皕宋樓藏書志》卷七十五、《静嘉堂秘籍志》卷三十三均著録。南宋紹興十三年，由知無爲軍趙士粲搜采楊傑遺文，“删除蕪類，取其有補於教化者”，編次成《無爲集》十五卷，凡賦二卷、詩五卷、文八卷。今國圖藏有一部趙氏刻本（9288），亦爲四册，明文淵閣、清內府舊藏，未知是否爲周氏舊藏本。

據毛晉跋，崇禎十六年（1640），毛晉借周鼎瀚舊藏宋紹興趙士粲刻本，“依樣印書”，然今查汲古閣刻本《無爲集》並不見，當非刊梓之意。或指依樣影抄，則此抄本當爲毛氏影宋抄本。今核宋紹興趙士粲刻本，其行款、册數皆與抄本同,則從宋本出無疑。

渭 南 文 集

放翁富于文辭,諸體具備,惜其集罕見于世。《馬氏通考》載《渭南集》三十卷,今不傳。邇來吳中士夫,有抄而秘其本者,亦頗無詮次。紹興郡有刻本,去《入蜀記》,濶增詩九卷。據翁命子云:"詩家事不可施于文,況十僅一二耶?"既得光禄華君[1]活字印本《渭南文集》[2]五十卷,乃嘉定中翁幼子遹編輯也。跋云:"命名次第,皆出遺意。"但活板多謬多遺,因嚴加讎訂,並付剞劂。自秋徂冬,凡六月而書成。湖南毛晉記(1)。

校:

(1)《題跋》《汲古閣書跋》無"湖南毛晉記"。

注:

[1]"光禄華君",即華珵(1438—1514),字汝德,號尚古生,無錫人。以貢授光禄寺署丞,不樂仕進,遂辭官歸。善鑒別古奇器法書名畫,又喜聚書,其"尚古齋"藏書甚富。所制活版甚精密,每得秘本,不數日即出印本。嘗活字排印《渭南文集》,覆刻宋本《百川學海》等。

[2]《渭南文集》,陸游撰。凡五十卷,分文集四十二卷、《入蜀記》六卷、詞二卷。嘉定十三年(1220),其幼子遹知溧陽縣,始刻《渭南文集》五十卷於學官。陸游曾封渭南縣伯,故集名《渭南文集》。陸游詩稿生前已有付刊,而文集雖已編就,却未付諸剞劂。遹跋稱:"先太史未病時故已編輯,凡命名及次第之旨皆出遺意,今不敢紊。又述游之言曰:'劍南乃詩家事,不可施於文。'故以'渭南'名集。"

案:《渭南文集》五十卷,宋陸游撰。

此本為明末清初汲古閣刻《陸放翁全集》本之一,卷首冠以《宋史·陸游傳》,次為總目,卷一、二為表牋,卷三、四為劄子,卷五為奏狀,卷六至十二為啓,卷十三為書,卷十四、十五為序,卷十六為碑,卷十七至二十一為記,卷二十二為銘、贊、記事,卷二十三為傳、青詞、疏,卷二十四為疏、祝文,卷二十五為勸農文、雜書,卷二十六至三十一為跋,卷三十二至三十八為墓志銘,卷三十九為墓志銘、墓表、壙記,卷四十為墉銘,卷四十一為祭文、哀辭,卷四十二為天彭牡丹譜、風俗記、致語,卷四十三至四十八為入蜀記,卷四十九、

五十爲詞,共一百三十首。各卷卷首又有本卷細目,正文卷端次署"宋陸游
務觀"。卷末載毛晉跋。八行十八字,左右雙邊,白口,無魚尾。版心橫線
上題書名,橫線下中題卷次及葉次,下題"汲古閣"。國圖藏有章鈺校跋本
(14602)。

　　據毛晉跋,《渭南文集》係據錫山華理之明弘治十五年(1502)銅活字印
本翻刻,而華氏本出自宋嘉定十三年(1220)陸子遹溧陽學宮刻本。毛氏翻
刻時,"活板多謬多遺,因嚴加讎訂,並付剞劂",耗時六月而成。可見當時,
毛晉並未見到原刻陸氏溧陽學宮本,即所稱"紹興郡"本。所言"去《入蜀
記》,迥增詩九卷",經核爲八卷。直到六十多年後,其子毛扆始見之,並補
入贈詩二十首,見下毛扆跋《放翁逸藁續添》。

　　汲古閣本《陸放翁全集》共收六種,計有《渭南文集》五十卷、《劍南詩
稿》八十五卷《放翁逸藁》二卷《續添》一卷、《南唐書》十八卷附《音釋》一
卷、《老學庵筆記》十卷、《家世舊聞》一卷、《齋居紀事》一卷,共一百五十八
卷,其中《放翁逸藁》四十三首爲毛晉所輯,《續添》二十首爲毛扆所輯,《齋
居紀事》係毛扆從袁褧《嘉藝録》中摘出。六種中,前五種皆有毛晉跋,《續
添》《齋居紀事》有毛扆跋。其刊印則是陸續刊出,《劍南詩稿》《渭南文集》
刊印最早,當在天啓年間;其次爲《遺稿》《南唐書》,當在崇禎年間;《老學庵
筆記》收入《津逮秘書》,亦在崇禎間,而《家世舊聞》《齋居紀事》兩種則由
毛扆補刊於清康熙間。陸氏之作,自毛氏始有全集之謂,其搜集刊印之功匪
淺。當然,以今日論之,仍有未備,如《天彭牡丹譜》一卷、《感知録》一卷、
《緒訓》一卷、《枕中記》一卷等仍未收録,以當時之情,似未見之。《四庫》
採爲底本,《四庫提要》卷一百六十著録。商務印書館、世界書局、文友書
店、中華書局《四部備要》等所印全集皆據汲古閣本。

劍　南　詩　藁

　　孝宗一日御華文閣,問周益公曰:"今代詩人,亦有如唐李太白者乎?"
益公以放翁對。由是人競呼爲小太白。篇什富以萬計,今古無雙。或評如
怒猊抉石,渴驥犇泉[1],或評如翠嶺明霞,碧溪初月,何足盡其勝概耶? 近
來坊刻寡陋不成帙,劉須溪本子亦十僅二三。甲子秋,得翁子虡[2]編輯
《劍南詩藁》,又吳、錢兩先生嚴訂夭夭者,真名祕本也。亟梓行之,以公同
好。其命名次第,具載跋語云。湖南毛晉記(1)。

校：

(1)《題跋》《汲古閣書跋》無"湖南毛晉記"。

注：

[1]"怒猊抉石,渴驥犇泉",暴怒獅子掀翻石塊,口渴駿馬奔向甘泉,形容書法遒勁矯健的筆勢,也形容文藝作品的雄偉氣勢。語出《新唐書·徐浩傳》:"嘗書四十二幅屏,八體皆備,草隸尤工,世狀其法曰'怒猊抉石,渴驥犇泉'云。"

[2]"翁子虡",陸游子,即陸子虡,字伯業,南宋嘉定間山陰人,嘉定中,曾任朝請大夫,知江州軍事。嘉定十三年(1220),刻印其父陸游《劍南詩藁》八十五卷、《遺藁》七卷。

案：《劍南詩藁》八十五卷,宋陸游撰。

明末清初汲古閣刻《陸放翁全集》本,卷首有"淳熙十有四年(1187)臘月幾望門人迪功郎監嚴州在城都稅務括蒼鄭師尹謹書"及劉克莊"題劍南詩",卷末有"嘉定十三年(1220)十二月既望男朝請大夫知江州軍州事借紫子虡謹書"及毛晉跋,均爲手寫上版。《劍南詩藁》在南宋可知者有三刻,一,宋淳熙十四年鄭師尹嚴州郡齋刻本《新刊劍南詩藁》二十卷,由蘇林搜集、門人鄭師尹編次、陸游審定文字內容,刊於嚴州郡齋。二,宋嘉泰間吉州刻本《放翁先生劍南詩藁》八十五卷。兩種皆爲陸游生前刻本。三,嘉定十三年陸游長子陸子虡江州刻本。據毛晉跋及汲古閣本所載陸子虡刊跋,毛晉所得到的很可能就是嘉定陸子虡刊跋刊本,且保留了原鄭師尹序。跋中"甲子秋",即天啓四年(1624),"亟梓行之",則此本當刊於天啓年間,時毛晉二十六歲。又毛晉跋《宋名家詞》本《近體樂府》云:"余于寅卯間,已鑴放翁詩文一百三十卷有奇。""寅卯"當指天啓六年丙寅(1626)至七年丁卯,"放翁一百三十卷有奇"指《渭南文集》五十卷、《劍南詩藁》八十五卷,合計一百三十五卷。由此可知,此兩書從編輯到刊成即在天啓四年至七年之間。汲古閣本《劍南詩藁》卷首鄭師尹序後鑴有"宋板翻雕",版心下鑴刻工"方榮刁",方榮爲南宋刻工,且序爲七行十二字,手寫大字上版,則毛晉所得定爲宋刻本,並據之翻刻,卷首鄭序摹之上版,而正文則據宋槧翻雕。

放翁逸藁

《渭南文集》皆放翁未病時手自編輯者,其不入韓侂胄《園記》,亦董狐筆也。予已梓行久矣，牧齋師復出賦七篇相示，皆集中所未載。又云：“《閱古》《南園》二記，雖見疵于先輩，文實可傳。其飲青衣泉[1]，獨盡一瓢，且曰視道士有媿，視泉尤有媿已。面唾侂胄，至于南園之亂。惟勉以忠獻事業，無諛詞，無侈言，放翁未嘗爲韓辱也。”因合鐫之，併載詩餘幾闋，以補《渭南》之遺云。湖南毛晉識(1)。

　　據放翁子虞跋云：“先君編前藁，于舊詩多所去取，其遺存者尚七卷，今已無傳。”余刻《劍南詩藁》，凡八十五卷，卒業，復從牧齋師案頭得《續藁》二冊，意即所云七卷者。因類分古風、律絶目録，櫛比而鱗訂之。其間未刻者，止得古詩一首、律詩二十有三首、絶句二十有六首，依舊詮次，作《逸藁》下卷，聊補劍南之遺云。湖南毛晉識(2)。

　　校：

　　(1)《題跋》《汲古閣書跋》無“湖南毛晉識”。
　　(2)《題跋》《汲古閣書跋》無“湖南毛晉識”。

　　注：

　　[1]青衣泉，在臨安吳山寶蓮峰下，有青衣洞，泉自洞出。田汝成《西湖游覽志》卷十二稱：“青衣泉，淅淅出石罅，清鑒毛髮。崖壁有唐開成五年南道士邢令聞、錢唐縣令錢華、道士諸葛鑒八分書題名，旁鐫佛像及大字《心經》……宋慶元間，韓侂胄賜第寶蓮山下，建閱古堂，砌瑪瑙石爲池，引泉注之，名閱古泉。”

　　案：《放翁逸藁》二卷，宋陸游撰，毛晉輯。

　　明末清初汲古閣刻《陸放翁全集》本，上下兩卷末分別載有毛晉跋，説明輯録始末。孔凡禮《陸放翁佚稿輯存考目》(載《文史》1963年第3輯)對毛氏所輯有過辨證，其中混入李綱、鄧肅等人之作。據毛晉跋《南唐書》云：“庚午夏仲，購其焚餘板一百有奇，斷蝕不能讀。因簡家藏鈔本訂正，附梓於全集逸稿之末。”可知《南唐書》刊於崇禎四年庚午(1631)，則此《遺藁》當刊於此年之前。

放翁逸藁續添

　　先君刻《逸藁》後六十餘年，宷購得別本《渭南集》五十二卷。其前後與家刻略同，祇少《入蜀記》[1]六卷，而多詩八卷。細檢《劍南集》中，除其重複,又得未刻詩二十首,並續添於後云。汲古後人毛扆識。

注:

[1]《入蜀記》,南宋陸游入蜀途中日記,共六卷。宋乾道五年(1170),陸游由山陰赴任夔州通判。期間將日常旅行生活、自然人文景觀、世情風俗、軍事政治、詩文掌故、文史考辨、旅游審美、沿革興廢錯綜成篇,名《入蜀記》。

案:明末清初汲古閣刻《陸放翁全集》本,此爲毛扆輯録,附於毛晉輯《放翁逸藁》卷下末,凡二十首,從"別本《渭南集》五十二卷"輯出,而其補刊已距首刻六十餘年。所謂別本當即上文所録之嘉定十三年(1220)陸子遹溧陽學宫刻本《渭南文集》,曾經黄丕烈、汪士鍾收藏,今藏國圖(11552)。黄丕烈《百宋一廛書録》著録曰:"紙白墨新,如新印者然……遇有紅筆描改處,皆與活字本合,則華氏所藏宋本即此。"《百宋一廛賦注》云:"白堤錢聽默,書賈之多聞者也,語予曰:'相傳庚寅(順治七年,1650)一炬(指絳雲樓火災)之先,放翁示夢於汲古主人曰:"有《渭南文集》一部在某所(當指黄氏跋曰'在絳雲樓'),可往借之。"遂免於厄。'噫,文人結習,有如是哉! 通體完好,中有闕葉,錢叔寶手鈔補足。"果若毛晉借刊幸存,毛晉則不會用華氏本作底本了,此乃傳言而已。至於毛扆所得是否此本,因無毛氏藏印,亦未可知。毛扆跋中所言"五十二卷",當爲五十卷。華氏本已佚詩二十首,經毛扆校出,一見華氏本翻刻之粗漏,二見汲古後人之孜孜校讎。上文言及《劍南詩藁》刊於天啓四年,《遺藁》刊於崇禎四年(1631)之前,則此補刊已至清康熙中葉。

《汲古閣書跋》《毛扆書跋零拾(附僞跋)》收録。

齋居紀事

先君搜裒放翁著作,可謂備矣。但不得《老學庵續筆記》[1],以爲欠事。扆近讀袁尚之[2]《嘉藝録》,中有《齋居紀事》一卷,從放翁真跡抄出者,並刊附於後。卷末缺字,想係渝敝處。《嘉藝録》者,尚之手録其家藏及所見法書、名畫題識,都爲一册,亦朱性甫《鐵網珊瑚》[3]之流也。但其記本之紙絹、軸之大小横立、以及若何設色、今昔收藏姓氏,視性甫爲詳密云。汲古後人毛扆識。

注:

[1]《老學庵續筆記》,陸游撰。《宋志》不載,《説郛》卷四有節編本,共録十八條,《永樂大典》載三條,《四庫提要》作二卷,全書未見。

[2]袁尚之,即袁褧,字尚之,號謝湖,明長洲人,諸生。室名嘉趣堂,嘉靖時刻《六家文選》《世説新語》《大戴禮記》等。

[3]"朱性甫《鐵網珊瑚》","朱性甫",即朱存理(1444—1513),字性甫,號野航,長洲人,嗜愛書畫,精於鑒別,與同郡文人學者李應禎、吴寬、沈周、祝允明、文徵明爲莫逆之交。文徵明《朱性甫先生墓誌銘》稱其"聞人有奇書,輒從以求,以必得爲志。或手自繕録,動盈筐篋。群經諸史,下逮稗官小説,山經地志,無所不有,亦無所不窺"。所著《鐵網珊瑚》著録書法一百四十三件、繪畫九十七件,皆直録其文及款識,並録印記、題跋。

案:《齋居紀事》一卷,宋陸游撰。

明末清初汲古閣刻《陸放翁全集》本。此爲毛扆贈補本,卷末載毛扆跋。毛扆跋前有袁褧跋《嘉藝録》,云:"右放翁《齋居紀事》帖藁真迹,内多塗抹。余近得於洞庭陸氏,陸氏得於會稽鬻古書者。欲便觀覽,因録置几席。嘉靖丙戌臘月四日。是日雪片如手,興之所至,呵凍作書,殊不覺寒也。中皋子袁褧尚之在卧雪齋漫志。"據袁氏、毛氏跋,毛晉未見,乃毛扆從《嘉藝録》中摘録而出,《嘉藝録》所載,則抄自陸放翁真跡。毛扆《放翁逸藁續添》《齋居紀事》爲後之補刻,故今存《全集》本有不少未載,如美國加利福尼亞大學伯克利分校藏本等。《汲古閣書跋》《毛扆書跋零拾(附僞跋)》皆收録,後者云:"乃清毛扆增刻,字體與晉刻基本相同,但毛迹細微。"

衆　妙　集

紫芝與徐璣、徐照、翁卷號宋末四靈,葉正則稱其同能爲唐詩者。紫芝雖獨登科,官亦不顯,肆力吟事,欲追開元、元和之盛。其所選《衆妙集》[1],不遜元結、韋穀諸家。余向覓之未得。丙子秋杪,寒山趙靈均[2]忽緘此書與馮定遠見寄,云是嘉興屠用明[3]託予刻者。予狂喜彌日,因憶放翁句云:"名酒過于求趙璧,異書渾似借荆州。"用明與余未識面,乃不惜荆州之借,真藝林同志,亦公心也。以方之偶獲一帙,秘諸枕中不肯示人者,相去何如耶? 余向彙《唐人選唐詩》,甚爲海内快士所賞,復欲梓《宋元人選唐詩》以續之,兹集其嚆矢云。海虞毛晉識(1)。

校：

(1)《題跋》《汲古閣書跋》無"海虞毛晉識"。

注：

[1]《衆妙集》，一卷，南宋趙師秀編選。趙師秀(1170—1219)，字紫芝，號靈秀，宋宗室，世居永嘉，紹熙元年(1190)進士，終於高安推官。《衆妙集》凡選唐代七十六人詩作二百二十八首，多爲五言律詩。

[2]"趙靈均"，即趙均(1591—1640)，字靈均，松江人，徙吳縣。趙宦光之子，善藏喜刻，且鈔書多部。

[3]"屠用明"，明嘉興人，曾藏嘉靖間刻本《楚辭集註》，鈐印"屠用明""屠用明印"等，今藏美國國會圖書館。汲古閣藏蜀杜光庭撰《廣成集》十二卷二冊，載有屠用明題識。

案：《衆妙集》一卷，宋趙師秀撰。

明崇禎九年(1636)汲古閣刻《詩詞雜俎》本，卷首有目錄，卷端題"趙天樂選唐衆妙集家數"，正文卷端題"衆妙集"，次署"汴人趙師秀紫芝編"，卷末載毛晉跋。據跋，崇禎九年丙子，毛氏輾轉從馮班處得抄本付梓。國圖今藏一部明抄本(07145)，半葉十行十八字，項靖、朱彝尊、陳揆、瞿鏞舊藏，卷末題"嘉靖丙申臘月晦日，宋本摹書，時寓繡石室"。將此刻對勘明抄本，目錄卷端題名、目錄及正文等悉同，此刻或源於明抄本，或即馮班所藏抄本。據明抄本跋，可知源於宋本，而此刻爲存世首刻本。《四庫》底本，《四庫提要》卷一百八十七著錄。

明天啓、崇禎間汲古閣刻《詩詞雜俎》本，明毛晉編，共收錄十六種二十六卷，計有《衆妙集》一卷、《翦綃集》二卷、《田園雜興》(目錄署名，卷中署"石湖詩集")一卷、《月泉吟社》一卷、《谷音》二卷、《清江碧嶂集》一卷、《河汾諸老詩》八卷、《三家宮詞》三卷、《二家宮詞》二卷、《元宮詞》一卷、《漱玉詞》一卷、《斷腸詞》一卷、《女紅餘志》二卷。八行十八或十九字，左右雙邊，白口，無魚尾，版心上刻書名，中題卷次及葉次，下題"汲古閣"三字。其中《三家宮詞》《二家宮詞》四周單邊，版心上題卷名，下刻"綠君亭"三字及葉次，乃早期綠君亭刻本。《三家宮詞》下有刻工如徐、范、汪等。除《雜興詩》《女紅餘志》外，其餘皆有毛晉跋。毛晉跋《衆妙集》云："予向彙《唐人選唐詩》，甚爲海內快士所賞，復欲梓《宋元人選唐詩》以續之，茲集其嚆矢。"但檢之，僅有《衆妙集》《翦綃集》爲宋人選唐詩、集句外，餘皆爲宋、元以後詩詞,而《三家宮詞》《二家宮詞》更爲毛晉輯録,則與毛氏初衷相去甚遠。清古松堂曾據以重刻。《女紅餘志》入《四庫存目》,《四庫提要》卷一百三十一著録。

剪綃集

　　和父嘗選唐僧《弘秀集》十卷,序云:"緇流砥柱,藝苑規衡。"其自負不淺。向覓其全集不可得,偶從白門友人架上得《剪綃集》[1]二卷,皆集唐人佳句,諸體具備,如出一手,可謂巧奪天孫[2]矣(1)。古虞毛晉識(2)。

校:

　　(1)《題跋》《汲古閣書跋》於"可謂巧奪天孫矣"後有"較之文山丞相以七言律見長,不更勝一籌耶"兩句。
　　(2)《題跋》《汲古閣書跋》無"古虞毛晉識"。

注:

　　[1]《剪綃集》,二卷,李龏撰。集句至宋漸盛,有别録成集者,《剪綃集》即爲其一。其上卷除五言律詩一首外,餘皆古體詩,共二十八首,下卷共九十首,皆七言絶句。詩句均集自唐人,每詩前標明出於何人。《剪綃集》現存版本甚多,除毛氏汲古閣《詩詞雜俎》本外,又有趙氏小山堂抄本《南宋群賢小集》、知不足齋鈔本《宋八家詩鈔》、金氏文瑞樓鈔本《宋人小集》及清鈔本《兩宋名賢小集》《群賢小集》《南宋群賢詩》等。
　　[2]"天孫",指傳説中巧於織造的仙女。柳宗元《乞巧文》:"下土之臣,竊聞天孫,專巧於天。"

　　案:《剪綃集》二卷,宋李龏撰。
　　明末汲古閣刻《詩詞雜俎》本,卷首有目録,卷一卷端次署"菏澤李龏和父集唐人句"卷末載毛晉跋。
　　今國圖藏兩部汲古閣影宋抄本,卷末皆題"臨安府棚北大街陳解元書籍鋪印行"一行。行款俱爲十行十八字,左右雙邊,白口。一部鈐印"毛晉""汲古主人""宋本""希世之珍""毛氏子晉""汲古閣""斧季""毛扆之印""汪士鍾印""三十五峰園主人""文登于氏小謨觴館藏本"等,毛晉、毛扆、汪士鍾、汪振勛、于昌進舊藏(18285)。另一部(04428),僅鈐有毛晉印"宋本""希世之珍""毛晉之印""毛氏子晉""毛晉""汲古主人"等。上圖又有汲古閣影抄宋六十家集本。《四庫存目叢書》據毛抄本影印。《詩詞雜俎》本所據當是毛晉從白門友人得宋書棚本，不僅將其翻刻傳世，尚影抄兩部。兩本卷端題署、首數及編次悉同。

汪水雲詩抄
毛　扆

丙戌[1]五月二十四日，從《湖山類藳》[2]細勘一過，凡·者《類藳》所無也。毛扆。

注：

[1]"丙戌"，爲康熙四十五年(1706)，時毛扆六十六歲。

[2]《湖山類藳》，六卷，宋汪元量撰。汪元量(1241—1317後)，字大有，號水雲、楚狂、江南倦客。宋末元初錢塘人。通曉音律，善鼓琴，供奉内廷。宋恭宗德祐二年(1276)，臨安陷落，汪元量隨三官遷往大都，出入宮中，侍奉元主。元世祖至元二十五年(1288)，出家爲道士，獲准南歸，次年抵錢塘。後往來江西、湖北、四川等地，終老湖山。著有《水雲集》《湖山類藳》《水雲詞》等。

案：《汪水雲詩鈔》一卷，宋汪元量撰。

明崇禎四年(1631)錢謙益抄本，一册。半葉十行，行二十四字，四周單邊，白口，無格。卷首有汪水雲詩攷，攷後空若干行題"五日廬陵文山文天祥履善甫"。毛扆校並跋，錢謙益跋，首葉正上方鈐"翰林院印"滿漢文朱文方印，今藏國圖(A01202)。《四庫存目》收録，《四庫提要》卷一百七十四著録。

卷末有錢謙益跋："汪水雲詩，雜見於鄭明德《遂昌雜録》、陶九成《輟耕録》、瞿宗吉《詩話》及程克勤《宋遺民録》者不過三四首。夏日曬書，理雲間人鈔詩舊册，得水雲詩二百二十餘首，録成一帙。然廼賢序水雲詩，以爲多記國亡時事，此帙多有之。而所謂文丞相獄中倡和者，概未之見也。惟《浮休道人招魂歌》擬杜《七歌》體製者，今見《文丞相集》後。《水雲詩集》劉辰翁批點刊行者，藏書家必有全本，當更與好古者共購之。崇禎辛未七夕抄完。牧齋記。"可知此抄本爲錢謙益整理抄録。又毛扆跋中所云"《湖山類藳》"者，考毛氏曾據元本抄録一部，後爲蔣韻濤收藏，今不知何所。今臺圖藏一部黃丕烈校抄本《湖山類藳》，即以毛抄本校舊抄本，後爲海源閣舊藏，《楹書隅録續編》卷四著録，黃丕烈跋云："戊寅秋八月，從毛鈔元本甲部本校。毛鈔藏濂溪坊蔣韻濤家,因湖估獲觀。"錢謙益抄錄於崇禎四年(1631),毛扆以家抄本《湖山類藁》校錢抄本於康熙四十五年,校抄本後爲黃丕烈所借,並於嘉慶二十三年(1818)校舊抄本,二百年書緣即此而成。同時知曉毛扆所據毛氏家抄本出於元本。元本今亦不存,據毛扆校記,可知《汪水雲詩鈔》之元本文字面貌,尤爲難得。卷中有朱筆校記,墨筆圈點,間有白粉涂之。《國家圖書館藏汲古閣鈔本叢書》著錄云:"書中有朱筆校勘,每首詩標實心點或空心點於板框上方。空心點意爲此詩亦見於《湖山類藁》,並於天頭記此詩在類藁卷某,實心點意爲此詩未見於《湖山類藁》。"朱筆校記即爲毛扆所爲。

遺山先生詩集(1)

裕之[1]嘗選金人詩十卷,名《中州集》[2],酷似晚唐,足洗戎虜之陋。七歲能詩,鄉里稱爲神童。弱冠作《箕山》《琴臺》諸篇,秉文輩見而異之,名震南國。晚年尤以著作自任,日以寸紙細字,記金源一代故實,今《金史》多出其手筆也。先輩評其詩云:"奇崛而絕雕劌,巧縟而謝綺麗。"但樂府不用古題,未免少遜鐵崖[3]耳。海虞毛晉識(2)。

校:

(1)《題跋》《汲古閣書跋》皆作"遺山詩集",今據卷端題。
(2)《題跋》《汲古閣書跋》無"海虞毛晉識"。

注:

[1]"裕之",即元好問(1190—1257),字裕之,號遺山。太原秀容人。正大元年(1224),以宏詞科登第,授權國史院編修,官至知制誥。金亡,被囚數年。晚年回鄉,隱居不仕,潛心著述。著有《遺山集》,編有《中州集》。

[2]《中州集》,十卷,元好問編,爲金朝詩歌總集,輯錄作家二百五十一人,作品二千零六十二首。其中除"南冠"類收入忠於宋王朝的留金使節或官吏朱弁、滕茂實等五人、八十四首外,均爲金人詩作。由於金朝立國後長期據有中原,中州爲金朝政治、經濟和文化中心,故名《中州集》。

[3]"鐵崖",即楊維楨(1296—1370),字廉夫,號鐵崖、鐵笛道人,又號鐵心道人、鐵冠道人。紹興路諸暨州楓橋人。泰定四年(1327)進士,放天臺縣尹,因懲治作惡縣吏,遭奸吏報復免官。後任職錢清鹽場,官至建德路總管府推官,繼升江西儒學提舉。元末避亂居富春山,後遷居錢塘。著有

《春秋合題著說》《史義拾遺》《東維子文集》《鐵崖古樂府》《麗則遺音》《復古詩集》等近二十種。

　　案：《遺山先生詩集》二十卷，金元好問撰。

　　崇禎十一年（1638）汲古閣刻《元人集十種》本，卷首有徐煻序，次有“遺山先生詩集目錄”，卷端題“遺山先生詩集”，不署著者及編者姓氏，卷末載毛晉跋。版心上鐫刻“遺山詩集”，中右題卷次，左題葉次，下鐫“汲古閣”。此集依次分體有五言古詩、七言古詩、雜言、樂府、五言律詩、七言律詩、五言絕句、六言絕句、七言絕句，共收詩四百多首。

　　元好問詩集今存最早刻本爲明弘治十一年（1498）李瀚刻本，汲古閣本與之悉同，或據此而出。《四庫存目》收錄，《四庫提要》卷一百七十四曰：“此詩集二十卷乃毛晉從全集摘出，刊於《十元人集》中者，別行已久，姑附存其目。案：好問雖入元而未仕元，晉以爲元人，殊誤。顧嗣立《元百家詩選初集》，以好問詩爲冠，又沿晉之失。今仍題曰金人，從其實焉。”李瀚刊梓《虞山先生詩集》二十卷，同時尚刻《遺山先生文集》四十卷附錄一卷，館臣所指“全集”者即此。上圖藏一部清汲古閣刻修補印本《遺山先生詩集》（T02979—88），葉景葵校並跋，《上海圖書館善本題跋輯錄附版本考》著錄。葉氏跋曰：“此汲古閣《元人十集》本，雖係後印，且有補板，尚屬原刊，非施墨莊、擁萬堂翻板也。己巳冬日，有故友以弘治本《遺山詩集》求售，爲二十卷本，前有稷亭段成巳引。每半頁十行，行廿一字。遇‘恩’‘綸’等字，或抬頭，或空格，尚遵元刻款式。疑即邵亭所見之沁水李瀚汝州刊本，惜無重刻人序跋。吾友宗耿吾自虞山來函索購，志在必得，義不可攘，適杭州石渠閣以此書求售，急購之。對校一過，凡弘治本板爛處，汲古本每作墨□，知汲古實從弘治出，且段引内擅删二十一字，改爲‘遺稿若干’四字，子晉後跋亦不言所據何本。毛氏刻書，每犯此病，不足异也。”可知毛氏據李瀚刻本翻刻，證據鑿鑿。

　　崇禎十一年汲古閣刻《元人集十種》本，共收九人十種詩，除宋无撰《翠寒集》《啽囈集》兩種外，其餘皆爲一人一種。版式上除《啽囈集》八行外，其餘皆爲半葉九行十九字，左右雙邊，花口，無魚尾。版心上題書名，中題卷次及葉次，下題“汲古閣”三字。扉頁右邊大字題“元人集十種”，左邊列各集撰人名氏。卷首有崇禎十一年徐煻“元人十種詩序”，每集卷末皆有毛晉跋。徐煻序曰：“海虞友人毛君子晉，博雅鏡古，凡人間所未見之書，殫精搜索。雲間眉道人擬之縋海鑿山以求寶藏，誠然哉。向於宋人詞調及金人選詩，咸付殺青，近又取元人十種，手自讐訂，布諸宇内。如雲林、子虛、仲瑛、伯雨、虛中、南邨輩，皆吳浙英靈，抽毫揉藻，譬之雕陵蘊玉，合浦孕珠，其所產者裕，烏足稱奇……子晉家富宛委之藏，所當不止此，此十種乃先行之。予性癖耽書，亦喜蒐先代遺稿，尚有元集五十餘家，不敢自祕帳中，期與子晉公之同好，是則予之志也夫。崇禎戊寅長至，閩郡徐𤊻書于吳門之蓮華菴。"從徐跋中，一是可以斷定《元人集十種》刊於崇禎十一年（1638），徐氏專爲此書撰序。二是提及徐氏家藏元集五十餘家，至崇禎十三年（1640），毛晉跋汲古閣抄本《存悔齋詩》時又言及這五十餘家，"余家藏元人集未逮百家，意欲擇勝授梓。閩中徐興公許以祕本五十種見寄，奈魚雁杳然，悵如也"。可見，此時徐氏所藏未歸毛氏。此《元人集十種》所據底本是否有徐𤊻所藏者不可知也。

楚國文憲公雪樓程先生文集

　　國初彙刻程文憲《雪樓集》[1]三十卷，校閱家意爲點竄，失其舊恉，識者病之。比愚庵先生[2]得吳門顧氏所藏《玉堂類稿》《奏議存稿》凡十卷，乃元時寫本，未與詩文合輯者。其書爲公門下士揭公手校，審當精密，非如後世刻本之竄亂。因借録一通，爲他日校勘公集之證。始余得元寫本《剡源集》，既已付梓問世[3]，海內許爲善本。今復得此，竊疑神者見餉，使以流傳乎？喜而識此。癸酉八月既望，隱湖毛晉。

　　注：

　　[1]"程文憲《雪樓集》"，"程文憲"即程鉅夫（1249—1318），號雪樓，又號遠齋。建昌軍人。受元世祖賞識，累遷集賢直學士。至元二十四年（1287），拜侍御史，行御史臺事，後歷官大江南湖北道肅政廉訪使、翰林學士承旨。卒贈大司徒、柱國、楚國公，謚文憲。參與編修《成宗實録》《武宗實録》，著有《雪樓集》。

　　[2]"愚庵先生"，即朱鶴齡（1601—1683），字長孺，明諸生。穎敏嗜學，嘗箋注杜甫、李商隱詩。鼎革後，屏居著述。晨夕一編，行不識途路，坐不知寒暑。人或謂之愚，遂自號愚庵。著有《愚庵詩文集》。

　　[3]"元寫本《剡源集》，既已付梓問世"，今查未見有汲古閣刻本，亦未見著録。但毛氏確藏一部舊抄本元戴表元撰《剡源集》三十卷，何焯曾借校一過，鈐印"海寧楊芸士藏書之印"，然抄本今不知何所。何焯跋云："康熙庚寅，始從隱湖毛十丈借得嘉靖以前舊抄本一册，爲文只六十五篇，分甲乙丙丁四卷。以校新刻，則《唐畫西域圖記》一篇，後半幅脱去二百六十餘字。

其他賴以改正處甚多,集中文爲新所逸者凡十二篇,復補録焉。毛丈憐余校之勤也,云家有《㓱源詩》,亦舊抄,將並以借我,乃書以志喜。焯。”見《藝風藏書續記》卷七著録。

案:《楚國文憲公雪樓程先生文集》十卷,元程鉅夫撰。

明抄本,毛晉、汪憲、蔣汝藻舊藏,毛晉跋。王國維《傳書堂藏書志》卷四著録,並迻録毛晉手跋,曰:“明抄本,奉直大夫祕書監著作郎男大本輯録,翰林侍講學士中奉大夫知制誥同修國史同知經筵事門生揭傒斯校正”“每半葉十行,行二十字。僅存前十卷,疑雪樓孫伯崇刻於建陽之本。按《雪樓集》男大本所編、揭文安校正者四十五卷,其孫伯崇復屬文安子法重定爲三十卷,至正癸卯刻于建陽,僅成前十卷,遭亂板毀。語見洪武本曾孫潛跋。此本十卷,恐自建陽刊本出也。有‘汪魚亭藏閱書’一印。”今不知何處。癸酉即崇禎六年(1633)。

翠　寒　集

司空圖敘生平警句,如“人家寒食月,花影午時天”,又如“得劍乍如添健僕,忘書久似憶良朋”云云,即令郊島操觚,恐不免斷數須而下一字。既讀馮海粟、子虛[1]詩序,拈出若干聯,新琢驚人,不讓表聖。亟覓《翠寒全集》讀之,語語如煆歲煉年者,然出之甚易。質之白家老嫗,應亦解頤,直前無唐人矣,元人不足言也。湖南毛晉識(1)。

校:

(1)《題跋》《汲古閣書跋》皆無“湖南毛晉識”。

注:

[1]“馮海粟、子虛”,“馮海粟”,即馮子振(1253—1348),字海粟,自號瀛洲客。湖南湘鄉人。仕至承事郎、集賢待制。著有《梅花百詠》《海粟集》。“子虛”,宋无字,見下《啽囈集》條注釋。

案:《翠寒集》一卷,元宋无撰。

崇禎十一年(1638)汲古閣刻《元人集十種》本,卷首有元貞元年(1295)趙孟頫、延祐七年(1320)馮子振、至元二十六年(1289)鄧光薦、至元二年(1336)宋无子序,次有目録,卷端署“廣平宋無子虛”,卷末載毛晉跋。

據馮子振及宋无自序可知,此集乃宋无晚年自定其詩,馮氏序刻之。今馮氏刻本不傳,此刻據明成化十九年(1483)張習刻本翻刻。

霞 外 詩 集

　　虛中[1],錢塘族也,少時慕陶貞白[2]爲人。師碩翁,著道士服,隱于西湖之濱。嘗畫桑乾、龍門二圖,流傳海内,不見者輒以爲恨。既從褚雪巇[3]游,肆力吟事,風致酷似中州諸名家。伯雨之後,復有虛中,何錢塘多隱君子耶?海虞毛晉識(1)。

　　校:

　　(1)《題跋》《汲古閣書跋》皆無"海虞毛晉識"。

　　注:

　　[1]"虛中",即馬臻(1254—?),字志道,號虛中,錢塘人。宋亡後學道,築別業於西湖上,雜植松竹,徜徉山水間,以樂其志。以畫名於世,尤善花鳥、山水。亦能詩,多豪逸俊邁之氣。著有《霞外詩集》。

　　[2]"陶貞白",即陶弘景。

　　[3]"褚雪巇",即褚伯秀,字雪巇。南宋末錢塘人,杭州天慶觀道士。師事范應元,著有《道德真經義海纂微》《沖虛真經義海纂微》《南華真經義海纂微》等。

　　案:《霞外詩集》十卷,元馬臻撰。

　　崇禎十一年(1638)汲古閣刻《元人集十種》本,卷首有元大德六年(1302)仇遠序、黃石翁序、龔予甫序,次有總目録,卷端次署"虛中馬臻志道",卷末載毛晉跋。《四庫》底本,《四庫提要》卷一百六十七著録。仇遠、黃石翁、龔予甫三序皆爲詩論,未及刊版之事。遍檢史料及目録,亦未見雕版。《汲古閣珍藏秘本書目》載有精抄本,毛氏或據之以刻。明初《文淵閣書目》卷二著録《霞外詩》一部四册,明正統、成化間錢溥《秘閣書目》著録一册,蓋已不全,至萬曆間《內閣藏書目録》《國史經籍志》皆不著録。明末清初《千頃堂書目》及《欽定續通考》卷一百六十二《藝文略》皆著録十卷,所據當即汲古閣本。今查載馬臻詩者,惟《永樂大典》《詩淵》收録其詩,其中有爲汲古閣本不載者,但其收録數量少,如《詩淵》僅存三百七十三首,汲古閣本收録多至九百餘首。馬臻詩得以流傳至今,惟賴汲古閣本。

啽囈集

漢魏迄唐名家集中,詠史詩亦不多見,逮宋末文文山始有《詠史集》,亦不過集杜句耳。至元始盛,如楊鐵崖《詠史樂府》、宋子虚《啽囈集》[1],凡古今朝野褒貶雌黄,直補全史所未備,足稱詩史矣。子虚自稱爲寐叟,又云"懵騰鄉人",又云"吾寐吾寐,據梧而瞑"。其玩世自放,猶五柳先生云"不知何許人也"。鄧中甫以爲謙詞,謬哉。惜《讟迺集》《寒齋冷語》,予未及見耳。海虞毛晉識(1)。

校:

(1)《題跋》《汲古閣書跋》皆無"海虞毛晉識"。

注:

[1] "宋子虚《啽囈集》",一卷,元宋无撰詠史詩集。宋无(1260—1340),字子虚,號晞顔、寐叟。元平江路人。世祖至元末,舉茂才,以奉親辭。工詩,善墨梅。著有《翠寒集》等。啽囈爲夢中語聲,《元詩選》稱:"他如《啽囈集》一卷,雜詠古人軼事,於文山、疊山、陸君實、韓氏諸作,尤有餘悲。鄧中父所謂議論刺,探賾闡幽,又不當徒以詩論之矣。"

案:《啽囈集》一卷,元宋无撰。

崇禎十一年(1638)汲古閣刻《元人集十種》本,卷首至元三十一年(1294)鄧光薦序、至元二年(1336)宋无題記,次有目録,卷端次署"吳郡宋无子虚",卷末載至元六年"吳逸士宋无自銘"、明成化十九年(1483)張習跋及毛晉跋。張習跋曰:"予亦有嶺南之命,遂攜來鍥諸梓。"此集元時未刻,至明成化間張習取此集與《翠寒集》同梓。毛本二集即據張本刻出。

存悔齋詩

毛晉、毛扆

余家藏元人集,未邁(1)百家,意欲擇勝授梓。閩中徐興公[1]許以秘本五十種見寄,奈魚雁杳然,怒如也。適馬人伯出龔子敬《存悔齋稿》[2]示余,得未曾有,真入(2)年第一快事。中有殘闕二處,末有朱性甫補遺一十七首。問所從來,迺荻溪王凱度[3]家藏本,卷帙如新,而凱度已爲玉樓作記人矣。掩卷相對,泫然久之。時崇禎十三年閏正月十三日,毛晉識。

《存悔齋詩》,世不多見,先君(3)從馬師借鈔。讀(4)先君手跋,在崇禎十三年閏正月十三。扆生於是年六月廿六日,則跋書之日,扆尚未生。今犬馬之齒五十有六矣,白首無成,深負父師之訓。一展閱間,手澤如新,音容久杳,不禁淚下沾衣也。偶閱《天平山志》,載子敬詩二首,集中止有其一。又從《六硯齋筆記》得絶句一首,《皇元風雅》得詩五首,並録於右。康熙乙亥[4]花朝後二日,毛扆識。

《存悔菴詩》,先君於崇禎庚辰從馬墊師借抄。馬師本於王凱度,先君跋之詳矣。後扆於沙溪黄氏得吴文定公叢書堂抄本,已稱快意。兹又從張青甫後人借得俞(5)立菴手録本,即凱度所藏也,托友人影寫一册。末幅立菴手跋後有朱性甫手録遺詩二紙,前有張青甫跋,並王雪菴手録本傳,悉命第三男綏德[5]摹寫之。前後諸公印記,亦令摹而鈎之,與原本無毫末之異。雖不免刻舟之誚(6),然古香難得,流風可師,用存老成典刑云爾。歲在丁亥孟夏,汲古後人毛扆識,當年六十有八。

校:

(1)"邁",《汲古閣書跋》作"逮"。

(2)"入",《汲古閣書跋》作"八"。

(3)《汲古閣書跋》"先君"後有"子"。

(4)《汲古閣書跋》無"讀"。

(5)"俞",《蕘圃藏書題識》作"余"。

(6)"誚",《蕘圃藏書題識》作"稍"。

注:

[1]"徐興公",即徐𤊹(1570—1642),字惟起,一字興公。閩縣人。童試後摒棄科舉,終身布衣。家中藏書甚富,善草隸書。萬曆年間,主閩中詞壇,後進皆稱"興公詩派"。著有《鼇峰集》《榕陰新檢》《徐氏筆精》《紅雨樓集》《雪峰寺志》等。

[2]"龔子敬《存悔齋稿》","龔子敬"即龔璛(1266—1331),一作肅,字子敬,號穀陽生。江蘇高郵人,後徙居平江。少爲徐琬辟幕下,後充和靖、學道兩書院山長,以浙江儒學副提舉致仕。與戴表元、仇遠等人交善。存悔齋爲龔璛書齋名。著有《存悔齋集》。

[3]"王凱度",即王廣,字凱度,長洲荻區人,明代學者。

[4]"康熙乙亥",爲康熙三十四年(1695),時毛扆五十五歲。

[5]"綏德"，毛扆三子，克承家學，曾校訂《説文》《劍南詩藁》。汲古閣刻本《劍南詩藁》每卷末題"虞山毛晉宋本校刊，男扆再校，孫綏德又校。"

案：《存悔齋詩》一卷，元龔璛撰，《補遺》一卷，明朱存理輯，毛扆補輯。

明末汲古閣抄本，一冊，卷首有至正九年（1349）俞楨跋，卷末載毛晉跋、毛扆首跋，毛扆校補，鈐印"毛晉印""毛晉秘笈""毛姓秘玩""寶晉"等，毛晉、毛扆、張金吾、鐵琴銅劍樓舊藏，今藏國圖（04281）。

毛扆首跋於康熙三十四年（1695），次跋於康熙四十六年（1707），前後相隔十二年。俞楨跋曰："此詩係元永嘉朱先生抄本，楨從先生游，故假以錄。寔至正五祀歲乙酉也，時楨年十五。"《愛日精廬藏書續志》卷四著錄是本："舊抄本，汲古閣藏書""後附補遺十七首，明朱存理輯，又七首則毛斧季所補也。卷中有紅筆校改上方，注云'某，俞錄本作某'，蓋從元俞楨手錄本校過者。題籤係斧季手筆，前後俱有毛子晉印。"並逐錄俞楨、毛晉、毛扆（首跋）三跋。《鐵琴銅劍樓藏書目錄》卷二十二亦著錄："汲古閣鈔本。舊出至正間俞貞木錄本，但俞本缺詩七首，毛扆補之。前錄《郡乘》一則，後有朱性父補錄十七首，毛斧季復補七首。子晉、斧季俱有跋。"《鐵琴銅劍樓藏書題跋集錄》《汲古閣書跋》逐錄俞楨、毛晉、毛扆三跋。《毛扆書跋零拾（附偽跋）》收錄毛扆跋。

毛扆第二跋錄自國圖藏元至正五年（1345）俞楨抄本（04408），《中華再造善本》收錄。俞本有元俞楨跋，明張丑跋，清嘉慶二年（1797）、七年、十七年黃丕烈跋，清光緒五年（1879）張鳴珂跋，清光緒七年王頌蔚跋，龔易圖跋，清光緒十二年葉昌熾跋，清光緒七年傅以禮題款，清光緒七年魏錫曾題款，嘉慶二年黃丕烈跋後"附錄抱沖本毛斧季跋"。抱沖本今查不見。《中華再造善本提要》汪桂海跋云："俞楨抄本在明代先後爲朱存理、王騰程、王廣、吳寬、王凱度、張丑等收藏；至清代，則與汲古閣鈔本一併爲碧鳳坊顧氏收藏。顧氏之後，汲古閣本歸顧抱沖，輾轉經蔣鳳藻之手，流入鐵琴銅劍樓。""俞楨本則自顧氏轉歸蔣潤濤，繼而經張秋塘，成爲黃丕烈讀未見書齋藏品。"實際上抱沖本爲毛扆跋另一本，並非此本，否則不可能稱"附錄抱沖本"云云。繆荃孫輯《菦圃藏書題識》卷九著錄此本，並錄諸家題跋，然出現誤錄，其後諸家整理本亦誤，潘天禎《毛扆書跋零拾（附偽跋）》曰："據繆荃孫輯《菦圃藏書題識》卷九'《存悔齋詩》不分卷，抄本'下載諸家題附錄跋抄。然繆輯黃跋及諸家題識往往有誤，不可盡據，毛扆此跋中之誤，即是一例。因未見他書載此跋藉校，姑抄之以俟善本勘誤。扆跋中的明顯誤字，如'存悔庵詩'的'庵'當作'齋'；'余立庵'的'余'當作'俞'，元末明

初的俞貞木號立庵；‘刻舟之稍’，‘稍’乃‘誚’字之誤等。至於跋中所稱
‘前’‘後’位置，不見原書，難于標點，只得依樣葫蘆了。”潘文中所指
“庵”，原文作“菴”，屬於異體字，字義相同，但另兩字實爲繆氏迻錄之誤，
原文不誤。

　　此書一直以抄本形式流傳，其源頭之本即爲俞楨抄本。據俞氏跋，則知
源於至正五年朱存理抄本。朱本已佚，而俞楨抄本則爲諸本之源，其後多部
皆出於此本。據毛晉、毛扆跋，崇禎十三年毛晉從馬塾師借抄，馬本即從俞
氏本出，另有吳寬抄本亦出於俞氏本，今馬本、吳本皆不知去向。據毛扆跋
又知，毛晉曾手錄一部，當即國圖藏本；又，靜嘉堂文庫亦存一抄本，亦有毛
晉跋，前後俱有毛晉印，與國圖本同，陸心源舊藏，《皕宋樓藏書志》《靜嘉堂
秘籍志》卷三十九著錄，蓋毛氏傳錄兩部。其後，毛扆又得吳寬叢書堂抄
本，再得友影寫本，命三子綏德摹錄跋文、本傳及印記，當即抱沖本。

楊 仲 弘 詩

　　楊仲弘[1]與范德機，皆少孤也，後同直史館，嘗有詩送德機云：“往歲
從君直禁林，相於道義見情深。有愁併許詩頻和，已醉寧辭酒屢斟。漏下秋
宵何杳杳，窗開晴晝自陰陰。當時話別雖匆遽，衹使離憂攪客心。”合德機
一序併讀，則二人交情若宮商形影之不離，可想見矣。宋濂溪稱仲弘詩出，
一洗宋季之陋，述其語學者曰：“詩當取材於漢魏，而音節則以唐爲宗。”真
白氏《金鍼集》中名句也。都玄敬(1)[2]云：“以虞、楊、范、揭四子方諸宋
人，特泰山之卷石。”《援方正學》一詩云：“天曆諸公著作新，力排舊習祖唐
人。粗豪未脫風沙氣，難詆熙豐作後塵。”(2)豈史法于文字之外，示褒貶之
意也哉？海隅毛晉識(3)。

校：

(1)《題跋續集》“都玄敬”後有“又”。

(2)《題跋續集》“豈”前有“此”。

(3)《題跋續集》無“海隅毛晉識”。

注：

[1]“楊仲弘”，即楊載(1271—1323)，字仲弘，蒲城人，晚年定居杭州。
年四十未仕，戶部賈國英數薦於朝，以布衣召爲國史院編修官，與修《武宗
實錄》。仁宗延祐二年(1315)進士，受饒州路同知浮梁州事，遷儒林郎，官

至寧國路總管府推官。著有《楊仲弘詩》。

[2]“都玄敬”，即都穆（1458—1525），字玄敬，號南濠先生，蘇州吳縣人。明朝大臣、金石學家、藏書家。少時交好書畫家唐寅。弘治十二年（1499）進士，授工部主事。正德三年（1508），轉禮部郎中，累遷太僕少卿。著有《金薤琳琅》《南濠詩話》。

　　案：《楊仲弘詩》八卷，《補遺》一卷，元楊載撰。

　　明崇禎十四年（1641）汲古閣刻《元四大家詩集》本，卷首有元致和元年（1328）范梈序，次有目録，卷末載毛晉跋，次有《補遺》一卷。《題跋續集》載此跋，題名“跋楊仲弘詩”。據首冠范梈序，可知是書首刻於致和元年，惜其不傳。明嘉靖十五年（1536），遼藩朱寵瀼刻八卷，爲現存最早刻本，《四部叢刊》收入。嘉靖本卷首有梅南翁原匯序，云：“仲弘楊先生，推先行輩，淵源有自，法度可循，足爲一代宗匠，其遺集則罕有見焉者。暇日偶檢笥中，獲舊本一帙，讀之，惜其字多磨滅，因手自校訂，爰命梓行，與天下詩人共。”所據當爲元刻本。《四庫提要》稱“八卷本不知爲何人所分”，蓋未見嘉靖本。周彦文據其校勘汲古閣本，《毛晉汲古閣刻書考》云：“取以校毛本，則相異之處甚多。”又，徐燉《寄毛子晉》云：“楊仲弘詩，曾鈔完否？不啻饑渴也。”①可知徐燉曾寄給毛晉《楊仲弘詩》，不然不會有索回之信。毛晉所據當即徐燉藏本，但究竟是刻本抑或抄本未作交代。意者，汲古閣本不載翁氏序，或據元刻本，亦未可知；再者楊載詩明代僅見嘉靖本，未見他刻，元刻本恐亦難存，毛晉所用底本或經轉抄變異，故與嘉靖原刻“相異之處甚多”。《四庫存目》收録，《四庫提要》卷一百九十三著録。

　　元時虞伯生、楊仲弘、范梈、揭曼碩以詩齊名，故後人稱爲“元四大家”。《四庫提要》卷一百六十七著録《楊仲弘詩》云：“元代詩人，世推虞、楊、范、揭，史稱其‘文章一以氣爲主，而於詩尤有法度。自其詩出，一洗宋季之陋’云云。蓋宋代詩派凡數變：西崑傷於雕琢，一變而爲元祐之朴雅；元祐傷於平易，一變而爲江西之生新；南渡以後，江西宗派盛極而衰，江湖諸人欲變之而力不勝，於是仄徑旁行，相率而爲瑣屑寒陋，宋詩於是掃地矣。載生於詩道弊壞之後，窮極而變，乃復其始，風規雅贍，雍雍有元祐之遺音。史之所稱，固非溢美，故清思不及范梈，秀韻不及揭傒斯，權奇飛動尤不及虞集，而四家竝稱，終無怍色，蓋以此也。”毛晉刊此四家，亦欲將元代最著名詩作揭

---

① 《上海圖書館未刊古籍稿本》編輯委員會編：《上海圖書館未刊古籍稿本》第43冊，復旦大學出版社2008年版，第236頁。

之於世,故於明崇禎十四年(1641)將其輯印爲《元四大家詩集》(見下《范德機詩》毛晉跋)。版框高廣爲18.5釐米×14釐米,左右雙邊,半葉九行十九字,注文雙行字數同。花口,無魚尾,版心上方頂格題"××詩",如"伯生詩""仲弘詩"等,下題卷次、葉數,版心底端題"汲古閣"三字。版式行款與《元人集十種》相同。其扉頁中間大字題"元四大家詩集",左下小字刻"汲古閣藏板"。每集首皆有總目,首卷次行均題"明虞山毛晉子晉訂"或"虞山毛晉子晉訂",《補遺》卷端署"虞山毛晉子晉訂"。每集末均有毛晉跋,《題跋》《汲古閣書跋》皆不載。此四種《四庫》入於存目,題云二十六卷,蓋未計入《虞伯生詩》之《補遺》一卷。《四庫提要》卷一百九十三云:"《元四家詩》二十六卷,明毛晉編,晉有《毛詩陸疏廣要》,已著録是編。凡《虞集詩》八卷,《楊載詩》八卷,《范椁詩》七卷,《揭傒斯詩》三卷,集詩乃晉以意摘抄,非其完本,且四家各有專集,亦無庸此合編也。"又《四庫提要》卷一百六十七分別著録四集,蓋據別本"專集"採入。周彦文又云:"按毛氏之意,殆是此四人之詩于元時甚著,故取予合梓。惟毛氏所輯多未全,且皆不據善本,未能與《元人集十種》合爲雙璧,殊爲可惜,故而歷來不甚受藏書家所重。"

虞 伯 生 詩

　　伯生[1]將生之時,外祖楊文仲夢南岳真人來降,心甚異之。三歲即知讀書。繼與弟槃同開(1)闢書舍爲二室,左室書陶淵明詩曰"陶庵",右室書邵堯夫詩曰"邵庵",故世稱邵庵先生。被知于仁宗、英宗,一歎未能顯擢,一斥同列不能相容,皆呼字而不呼名,可(2)謂恩寵極矣。及門弟子訂其在朝應制及歸田方外諸稿爲《道園學古録》[2]。予妄摘其詩,不敢紊其卷次,与楊、范、揭詩集併傳,庶幾四美具云。海隅毛晉識(3)。

校:

(1)《題跋續集》無"開"字。

(2)《題跋續集》"可"後有"可"。

(3)《題跋續集》無"海隅毛晉識"。

注:

　　[1]"伯生",即虞集(1272—1348),字伯生,號道園,世稱邵庵先生。祖籍成都仁壽,臨川崇仁人。曾隨名儒吳澄游學。元成宗大德初年,舉爲大都路儒學教授,歷任國子助教、博士等。元仁宗時,遷集賢殿修撰,除授翰林待制。元文

宗時,累官至奎章閣侍書學士、通奉大夫。卒贈江西行中書省參知政事、護軍、仁壽郡公,謚文靖。領修《經世大典》,著有《道園學古録》《道園遺稿》等。

[2]《道園學古録》,五十卷,分《在朝稿》二十卷、《應制録》六卷、《歸田稿》十八卷、《方外稿》六卷,保存大量碑、銘、墓誌、行狀、傳、記、序、題跋、制詔等史料,内容豐富。

案:《虞伯生詩》八卷《補遺》一卷,元虞集撰。

明崇禎十四年(1641)汲古閣刻《元四大家詩集》本,無編刊序跋,《虞伯生詩》八卷卷末載毛晉跋,次後爲《補遺》一卷。《題跋》《汲古閣書跋》未著録,《題跋續集》載此跋,題名"跋虞伯生詩"。虞集之作存世有元至正五年(1345)撫州路儒學刻本《雍虞先生道園類稿》五十卷、元至正十四年金伯祥刻本《道園遺稿》六卷、元至元六年劉氏日新堂刻本《伯生詩續編》三卷、《題葉氏四愛堂詩》一卷等。其中《道園學古録》五十卷,有明景泰七年(1456)鄭達、黄仕達刻本與明嘉靖四年(1525)陶諧、虞茂刻本兩種,毛晉此刻即從嘉靖本中輯出,但既爲"妄摘",則不免闕失甚多。其中《補遺》一卷共收十八首。《四庫存目》收録,《四庫提要》卷一百九十三著録。

薩天錫集

天錫[1]以蒙古色目(1)入中華,日弄柔翰,遂成南國名家。才正不因乎(2)?今其詩諸體具備,磊落激昂,不獵前人一字。半山[2]云:"看似尋常最奇崛,成如容易却艱辛。"予于天錫詩亦云。湖南毛晉識(3)。

校:

(1)"蒙古色目",《題跋》《汲古閣書跋》作"茹毛飲血之裔而"。

(2)"才正不因乎",《題跋》《汲古閣書跋》作"始信美玉胎於頑石,靈芝芽於朽根,才正不問華夷也"。

(3)《題跋》《汲古閣書跋》無"湖南毛晉識"。

注:

[1]"天錫",即薩都剌(1272—1355),字天錫,號直齋。元代著名詩人、畫家。出生於雁門,泰定四年(1327)進士。授應奉翰林文字,擢南臺御史,累遷江南行臺侍御史,左遷淮西北道經歷,晚年居杭州。著有《雁門集》。

[2]"半山",即王安石。王安石,字介甫,號半山。

案:《薩天錫詩集》三卷《集外詩》一卷,題元薩都剌撰。

崇禎十一年(1638)汲古閣刻《元人集十種》本,每卷卷首皆有本卷目録,卷端署"薩都剌天錫",卷末載毛晉跋。其後爲《集外詩》一卷。

薩都剌詩集可分兩個系統,一即《薩天錫詩集》,其最早本子爲沈文進家藏抄本,明成化二十一年(1485)趙蘭據之刊刻,兩本皆佚,今存最早刻本爲明弘治十六年(1503)李舉刻本《薩天錫詩集》五卷,國圖有藏,《四部叢刊》收録。明萬曆四十三年(1615)潘是仁刻天啓二年(1622)刻《宋元詩六十一種》本即據李舉本而出,其他又有三卷本、四卷本及不分卷本等,汲古閣刻本當即出於其中之一。二即《雁門集》,最早本爲元至正間刻二十卷本,今存最早刻本爲明成化二十年(1484)張習刻八卷本,收詩四百八十三首,卷一爲樂府歌曲,卷二五言古體,卷三七言古風,卷四五言律詩,卷五、六七言律詩,卷七七言絶句,卷八七言、五言、六言絶句,末附詞十一首。又一《雁門集》六卷本,爲後裔薩琪天順三年(1459)刊六卷,已佚。今存最早本《雁門集》六卷爲清康熙十九年(1680)撒希亮刻本,收詩六百餘首。嘉慶十二年(1807)撒龍光重輯爲十四卷,並序其版本源流曰:"《雁門集》二十卷,元至正末年已有刻本,爲直齋公所手定,今不復見矣。其后再刻於明成化乙丑,兗州守關中趙蘭得仁和沈文進家藏舊本,鋟梓於郡齋。三刻於弘治癸亥,東昌守雁門李舉題曰《薩天錫詩集》,前有成化劉子鍾、趙蘭二序……四刻於毛晉汲古閣《元詩十家選》,題曰《天錫集》三卷,字句多同李本……五刻於顧嗣立《元詩選》,兼采趙、李二本,附注異同。"清代諸本蓋不出以上兩個系統。張旭光、葛兆光《薩都剌集版本考》云:"明末毛晉汲古閣刻《元人十種詩》中的《薩天錫詩集》,也以李本爲底本,重分爲三卷,後又從'獲匜王氏'得到趙刻八卷本,於是又抄補了其中李本未收的兩百多首詩,刻爲《天錫集外詩》一卷。"[1]毛本正集當據李舉本,《集外詩》據《雁門集》本(見下條),故毛本是明本中收詩最全本的本子。《四庫存目》收録,《四庫提要》卷一百六十七著録,稱《雁門集》。

薩天錫集外詩

薩天錫詩,曹氏、潘氏選本寥寂,余所梓略備。今復從獲匜王氏[1]得《雁門集》八卷,分體詩四百二十有奇,末附詩餘十有一闋,至正間吳郡干文傳爲序,始詳薩都剌者,即華人所謂濟善也,字天錫,號直齋。祖思蘭不花,

---

①　《揚州師院學報(社會科學版)》1986 年第 1 期。

父阿魯赤,世以觿力起家,累著勳伐,受知于朝,命仗節鉞,留鎮雲代,生天錫于雁門,故爲雁門人。幼歧嶷不群,稍長爲文雄。弱冠登丁卯進士第,應奉翰林文字,除燕南經歷,陞侍御史于南臺,以彈劾權貴,左遷鎮江録事宣差,後陞官閩憲幕。其所作詩,豪放如天風海濤,魚龍出没;險勁如泰華雲開,蒼翠孤聳;其剛健清麗,則如淮陰出師,百戰不折,而雛神凌波、春花霽月之婘娟也。又有巧題七言八句百首,别爲一集,余未曾見。今止采前刻所不載者,又得若干首,一以追表代郡應運之風雅,一以自懺髫年撰録之午舛云爾。隱湖毛晉識。

注:

[1]"荻匾王氏",即王廣。

案:《薩天錫詩外集》一卷,毛晉、馮武輯。

崇禎十一年(1638)汲古閣刻《元人集十種》本,卷端次署"海虞毛晉子晉、馮武竇伯同訂"。

毛晉增補所據爲"《雁門集》八卷"。考署"雁門集"且"八卷"者,惟與明成化二十年(1484)張習刻本恊合,且卷首有"至正丁丑秋八月望通義大夫户部尚書兼總江淮鹽鐵事前史官吴郡干文傳述",分體詩四百餘首。張習刻本流傳極罕,今僅存一帙,鈐印"毛晉私印""子晉""何濚印""五湖游俠""鹿賓""鐵琴銅劍樓""恬裕齋鏡之氏珍藏""瞿啓文印"等,毛晉、何濚、鐵琴銅劍樓舊藏,藏於國圖(04284)。毛晉初刻時未見《雁門集》八卷本,故所據别本只刻三卷。後得此,遂取前三集未載者,又補刻成《集外詩》一卷。

《四庫》底本,《四庫提要》卷一六七,題作《雁門集》:"毛晉得别本刊之,併爲三卷,後得荻匾王氏舊本,乃以此本未載者别爲集外詩一卷,而其集復完。其中《城東觀杏花》一詩今載《道園學古録》中,顯爲誤入,則編類亦未甚確。然八卷之本今不可得,故姑仍以此本著録。晉跋又稱尚有巧題七言八句百首,别爲一集,惜其未見。今距晉又百餘載,其存佚益不可知矣。"

《薩天錫詩集》《倪雲林先生詩集》《句曲外史集》《玉山草堂集外詩》四種均屬毛晉輯印《元人集十種》,刻於明崇禎十一年(1638)。但其後毛晉對此四集又有補遺,即《薩天錫集外詩》一卷、《倪雲林先生詩外集》一卷、《句曲外史集補遺》三卷和《張伯雨集外詩》一卷,且皆撰有題跋以明之,另一種爲《玉山草堂集外詩》一卷,無跋。故《元人集十種》有原刻本、後之增補本之别,《題跋》《汲古閣書目》只收入《元人集十種》正編十種十篇題跋,而增補本中補遺四篇題跋均失載,蓋因後補所致。至於增補時間,或已入清。

薩天錫詩集

毛綏萬

歲在甲申秋九月重陽後，風雨浹旬，檢得《雁門集》鈔本，手校一過，兩集殊多異同，頗有讀書之樂。兩集《雁門集》較勝。破崖居士[1]。

九月十有八日校畢(1)。晚窗略有霽色，然亦明白，陰晴未定也。

校：

(1)《文禄堂訪書記》連寫"破崖居士九月十有八日校畢"，原跋"九月十有八日校畢"及後文另起。

注：

[1]"破崖居士"，毛綏萬號。

案：崇禎十一年(1638)汲古閣刻《元人集十種》本，清毛綏萬以抄本《雁門集》校汲古閣本並跋，沈岩校跋並録，何焯題識。鈐印"穎谷""破崖居士""寶研居士"等，毛綏萬、徐坊、周叔弢舊藏，今藏國圖(08525)。此本書衣有徐梧生題記，曰："《雁門集》汲古閣刻本，用葉石君所藏本及元人寫本校。矩菴。"卷中沈寶研跋曰："此冊爲虞山汲古閣藏書，所改即據樸學齋校本。癸亥二月，雨雪杜門，後從吾師義門先生閱本參勘是正，差爲善本矣。"《文禄堂訪書記》卷五著録。

范　德　機　詩

揭曼碩[1]一敘，直是范德機[2]小傳，評其詩尤無剩義。但其母熊氏守節，及母終，哭之過哀，未朞而亡，其孝行可風，惜未表出。又字亨父，吳草廬爲文，志其墓曰："亨父獨立特行(1)，余惡乎不以東漢君子例之？"知心哉！是集与揭曼碩集，皆芙蓉江周仲榮[3]見貽者。仲榮積學工詩，間以纘事課二女，未十齡，皆墨妙入神，其寫《大士像》《高士圖》暨全部本草，當與管夫人並傳不朽。辛巳春，大雪五日，余擁爐仲榮草堂中，評詩論畫，日夜不輟，不知户外深三尺矣。因論及盧(2)鴻草堂，拈范德機《詠盧鴻》一篇共賞，更喜曼碩多題畫詩，勸予合梓元四大家詩集。九閱月而書成，緘一編寄仲榮。仲榮以兩淑媛所臨《趙松雪留檟圖》及《顧阿瑛像》見贈。喜而筆諸卷末,可仿佛東坡与劉氏畫壁易石否? 海隅毛晉識(3)。

校:

(1)"獨立特行",《題跋續集》作"特立獨行"。

(2)"盧",《題跋續集》作"廬"。

(3)《題跋續集》無"海隅毛晉識"。

注:

[1]"揭曼碩",即揭傒斯(1274—1344),字曼碩,號貞文,龍興富州人。延祐元年(1314),由程鉅夫、盧摯薦於仁宗,授翰林國史院編修官。文宗時,任奎章閣授經郎,與趙世延、虞集等修《經世大典》。順帝時,歷任翰林待制、集賢直學士、翰林侍講學士等官。至正二年(1342),升侍講學士知制誥,同修國史。次年,參修遼、金、宋三史,任總裁官。卒封豫章郡公,謚文安。

[2]"范德機",即范梈(1272—1330),字亨父,一字德機,人稱文白先生。清江人。至大元年(1308),任翰林院編修。後升海北海南道廉訪司照磨、翰林應奉,改任福建閩海道知事。天曆二年(1329),授湖南嶺北道廉訪司經歷。著有《范德機詩集》。

[3]"周仲榮",即周榮起(1600—1686),字硯農,一字榮公,又名周仲榮,明代江陰人。諸生。能詩文,工篆書。平素喜抄舊籍,爲當時著名抄書家。嘗爲常熟毛晉刊正古書。黃丕烈在其《士禮居藏書題跋記》稱:"江陰老儒,書多手抄,精六書之學。毛子晉校刻古書,多其勘正。"與毛晉爲知交,汲古閣刊刻圖書,聘其擔任校勘之職,手校古籍數百種。曾手校朱存理《鐵網珊瑚》等。

案:《范德機詩》七卷,元范梈撰。

明崇禎十四年(1641)汲古閣刻《元四大家詩集》本,卷首有揭傒斯序,次有目錄,卷端署"范德機詩",卷末載毛晉跋。《題跋續集》載此跋,題名"跋范德機詩"。

此集與《揭曼碩詩》之刊梓底本皆芙蓉江仲榮所贈。崇禎十四年春,大雪五日,兩人"評詩論畫,日夜不輟",仲榮"勸予合梓元四大家詩集,九閱月而書成"。《范德機詩》首刻爲至元六年(1340)益友書堂刻本,今存世四部,其中楊氏海源閣舊藏本今藏山東省博物館,《中華再造善本》收錄。周榮起所貽究竟爲何本,未明言之。將元本與毛本對勘,兩本互有異同。考范集除益友書堂刻本外，未見其他刻本，今傳明清抄本皆據元本出，則周氏藏本當據元本出，似抄錄時或另生異文。《四庫存目》收録，《四庫提要》卷一百九十三著録。

揭曼碩詩

揭文安公少時撰功臣列傳，見推於平章李君[1]。晚年以遼、金、宋三史爲己任，詳論作史之法，未卒業而告殂[2]。會稽楊鐵崖作文，偕張伯雨、李孝光輩祭之于孤山之巔，同抱天靳斯文之歡，謂史筆不再見也。至其父子自爲師友，君臣相爲親重，及以蠲采金一事見德於富州，本傳已具載矣。海隅毛晉識(1)。

校：

(1)《題跋續集》無“海隅毛晉識”。

注：

[1]“平章李君”，即李孟。皇慶元年(1312)，揭傒斯作《上李秦公書》，即中書平章政事李孟，强調立志、明道爲做人之首務。《揭公神道碑》亦稱他“受知中書李韓公孟、集賢王文定公約、翰林趙文敏公孟俯、元文敏公明善，而全平章嶽柱禮遇尤至，相爲推挽，不遺餘力”。

[2]“未卒業而告殂”，指揭傒斯撰史，積勞而卒。歐陽玄《元翰林侍講學士中奉大夫知制誥同修國史同知經筵事豫章揭公墓志銘》稱：“當暑濕盛作，移居館中，頗自恃其精力，疏於攝生，遂致疾不起。”

案：《揭曼碩詩》三卷，元揭傒斯撰。

明崇禎十四年(1641)汲古閣刻《元四大家詩集》本，卷末載毛晉跋。《題跋續集》載此跋，題名“跋揭曼碩詩”。今存元至元六年日新堂刻本《揭曼碩詩》三卷多部，另有文集多部，今存明正德十五年刻本殘帙兩部，明抄本《揭文安公集》十卷等。汲古閣本與日新堂本題名、卷數同，當據之刊梓。至於文字有異文，當是傳録之異。周榮起所贈當即日新堂本或據之傳抄本。《四庫存目》收録，《四庫提要》卷一百九十三著録。

清江碧嶂集

余喜《谷音集》，深得楚騷遺意，輒慨想伯原之爲人，堪與“畫蘭不畫地”

鄭思肖並稱。今讀危素[1]所撰墓碑,始知其又名謙,在文文山幕中,毀家以佐軍用,其矢志固有自來。人但異其至正間屢詔不起,豈知其幼時即從隱君子簡先生游,已超然遺世耶?素曰"先生出處之道,非宵人所敢知",真知己也。恨未多見其詩。吳門顧禹功[2]攜《清江碧嶂集》[3]見眎,乃朱堯民[4]家藏本,諸體具備,凡一百四十首。驅蚊讀之,復正數字,擬與鄭所南、謝皋羽二集合梓以傳。因方選我明高僧詩,無餘力爾。有客勸入元人集中,殆未知伯原者也。余尚欲刊去墓碑額上"元徵士"三字,改題"宋遺民",九泉有靈,當必爲之忻然也。因附《谷音》後。虞山毛晉。

注:

[1]危素(1303—1372),字太樸,號雲林。江西金溪人。至正元年(1341),任經筵檢討,負責主編宋、遼、金史,並注《爾雅》。由國子助教升翰林編修、太常博士、兵部員外郎、監察御史、工部侍郎、大司農丞、禮部尚書。至正二十年(1360),拜參知政事。著有《元海運志》《危學士集》。

[2]"顧禹功",即顧殷(1610—?),字禹功。明末清初長洲人。入清隱居,與王時敏、萬壽祺、吳歷、毛晉等交密。喜藏書,工詩,善畫山水,得古人用筆之妙。康熙十七年(1678),曾與萬壽祺合作《東海志交圖冊》。三十一年(1692),仿沈周作《休休庵圖》。

[3]《清江碧嶂集》,元杜本撰。杜本(1276—1350),字伯原,號清碧。清江人。元代文學家、理學家。博學能文,留心經世。與人交,尤篤於義。工篆隸。吳越歲饑,本上救荒策。大吏用其言,米價頓平,遂薦於武宗。召至京。已而去,居武夷山。文宗即位,再徵不起。曾編《谷音》,有汲古閣刻本傳世。《四庫提要》卷一百八十八著錄《谷音》時言及此書:"本所著《清江碧嶂集》詞意粗淺,不稱其名,而是集所錄,乃皆古直悲涼,風格遒上,無宋末江湖齷齪之習。"

[4]"朱堯民",即朱凱,字堯民。明弘治間長洲人。工詩畫,與同里朱存理齊名,人稱兩朱先生。著有《堯民集》《句曲紀游詩》等。

案:《清江碧嶂集》一卷,元杜本撰。

明末汲古閣刻《詩詞雜俎》本,卷首有"至正十有七年五月初吉諸生建陽蔣易拜手謹序",次有杜本《墓志銘》,卷端署"門人程嗣祖芳遠編集黃謨仲言校正",卷末載毛晉跋。可知初由杜本門人程芳遠輯刻,蔣易序之。是書爲後補,附於《谷音》後,故今存《詩詞雜俎》本多不載,惟臺圖藏本(10874)載之。《汲古閣珍藏秘本書目》著錄一部朱堯民手抄本,當即毛刻底本。又南圖藏毛氏抄本一部,《四庫存目》據以影印,《四庫存目標註》卷五十一著録。

句曲外史集

　　伯雨[1]慕米元章爲人,撰《中岳外史傳》,此即句曲外史自傳也。如元章初摹二王,晚入韓平原,伯雨始學雲麾將軍,既逼歐陽率更。元章一見無爲公廨奇石,即欲兄事之。伯雨入燕地,見梅于吳閒閒家,如遇西湖故人,徘徊竟日不忍去。元章多藏玉躞金題,幾埒秘府,而黃蒦樓[2]所儲,不亞寶晉齋。元章愛潤州江山,因爲卜居,而金陵地肺[3]丘壑,更自佳勝。至于元章先一月盡其平生書畫,預置一棺,焚香其中,曰:“衆香國里來,衆香國里去。”舉拂合掌而逝。伯雨預葬冠劍于南山,屏絕外事,飲酒賦詩,焚香兀坐,及期羽化,篋無餘物。安得云米顛而張仙,非其流亞耶? 惜其詩文罕傳,陳節齋[4]所輯《遺集》,兹(1)傳不載,亟爲補諸卷末。海虞毛晉識(2)。

　　校:

　　(1)“兹”,《題跋》《汲古閣書跋》作“本”。
　　(2)《題跋》《汲古閣書跋》無“海虞毛晉識”。

　　注:

　　[1]“伯雨”,即張雨(1283—1350),舊名張澤之,又名張嗣真,字伯雨,號句曲外史,元文學家、書畫家,茅山派道士。錢塘人。曾從虞集受學,詩才清麗。年二十棄家爲道士,後居杭州開元宮,與楊維楨、張小山、馬昂夫、班彥功等均有倡和往來。著《句曲外史集》五卷,徐達《句曲外史集原序》稱:“貞居以儒者抽簪入道,自錢塘來句曲,負逸才英氣,以詩著名。格調清麗,句語新奇,可謂詩家之傑出者。”
　　[2]“黃蒦樓”,張雨藏書畫處。
　　[3]“地肺”,地名,指句容市茅山,世稱金陵之“肺”。
　　[4]“陳節齋”,即陳祐(1221—1277),字慶甫,號節齋。元趙州寧晉人,寓居洛陽。元憲宗時任河南府總管。至元六年(1260),在山東提刑按察使任上,忤權臣阿合馬。十三年(1276),授南京路總管,次年升浙東宣慰使,遇盜被害。謚忠定。著有《節齋集》。

　　案:《句曲外史集》三卷,元張雨撰。

　　崇禎六年（1633）汲古閣刻《元人集十種》本，卷首有徐達序，次有總目，卷端次署“錢塘張雨伯雨”，卷末附録依次有劉伯温撰墓志銘、成化十五年（1479）姚綬撰《句曲外史小傳》、嘉靖十二年（1533）樓野生題識、十三年陳應符跋及毛晉跋。毛晉刻張雨集共有此集三卷及《補遺》二卷、《附》一卷、《集外詩》一卷（見下著録），共録詩三百九十餘篇，其中包括文一卷及酬贈之詩等，實爲詩文全集。

　　此書有嘉靖十三年陳應符編刻本《遺集》三卷，毛晉據以刻之，改題《句曲外史集》，卷數仍同。《四庫》採爲底本，《四庫提要》卷一百六十八云：“雨有《元品録》，已著録。其平生詩文，嘗手録成帙，然當時未及刊版，故零縑斷素，賞鑒家多傳其墨蹟，而集則無傳。明成化間姚綬始購得其槀。嘉靖甲午，陳應符始釐爲三卷，校讎付刊，而以劉基所作墓誌、姚綬所作小傳附之。崇禎中，常熟毛晉後取烏程閔元衢所録佚詩，爲補遺三卷，附以同時酬贈之作。晉又與甥馮武搜得雨集外詩若干首，續刻於後，仍以徐世達原序冠於簡端者，即此本也。”由崇禎十四年閔元衢跋、毛晉跋《補遺》中“余十年前”云云，知此刻早在崇禎六年（1633）已刻梓享世。張雨集，今存最早本爲《四部叢刊》所録影寫元刊五卷本，次有國圖藏明初刻本五卷本，然與毛本相差較大。又，清初毛氏汲古閣精抄本《句曲外史詩集》二卷《集外詩》一卷，清錢大昕、徐惟起、黄丕烈、方若蘅、邵淵耀等跋，遞經毛晉、毛扆、張蓉鏡、黄丕烈、張鈞衡舊藏，今藏臺圖（11002），《潛研堂序跋補遺》卷二著録。將毛刻與毛抄相校，毛刻訛誤頗多，故黄丕烈跋此本曰：“書以刻爲幸，然以刻而不佳者爲不幸，《句曲外史詩》毋乃抱是恨歟！”又，毛扆舊藏一部曹炎抄本《句曲外史貞居先生詩集》七卷，《善本書室藏書志》卷三十四著録，今藏南圖（GJ/EB/111591）。蓋毛晉耗十數年窮搜博稽，付梓之時仍未見以上三本，故校勘仍有訛誤及遺漏。儘管有誤，但若論收録之全，則非此莫屬。明中葉至清代，張雨集之元本流通有限，抄本更無論矣。其傳播惟賴汲古，則毛晉居功至偉！

句曲外史集補遺

　　貞居子[1]黄篾樓手編生平詩文甚富，惜乎紅巾寇杭之餘，不知所在。余十年前所刻《句曲外史集》三卷，蓋陳羽士訪諸貞居經歷之地，寸牋尺練，櫛比而成者也。猶恨未獲楊銕厓所鈔，重窺石室之祕耳。幸湖州康侯閔君[2]窮搜博採，手録遺亡若干幅，數月之内，鱗羽相接，而寄於余。余亦隨開緘之先後，付諸梓人，略無詮次，又得三卷。銕厓所云晉武庫之遺劍不在斯乎？鋗厓爲一代人望，不輕可人，獨醉心于貞居。康侯真今日之鋗厓也，所著《江東外紀》《吳興藝文》諸書，不亞於《史鉞》及《史義拾遺》，亦醉心于貞居，疊疊捃摭無勃色。貞居何幸，而遇此兩知己也！余媿未能學姚公綬[3]以古畫相易，或不至爲胡季城[4]受友人之托，不能共(1)之海內歟！虞山毛晉識(2)。

校：

(1)“共”，《題跋續集》作“公”。
(2)《題跋續集》無“虞山毛晉識”。

注：

[1]“貞居子”，張雨道號貞居子。
[2]“康侯閔君”，即閔元衢。
[3]“姚公綬”，即姚綬(1423—1495)，字公綬，號丹丘生，又號穀庵子、雲東逸史，浙江嘉興人。善書、畫，書法師鍾繇、王羲之，勁婉咸妙。畫初學水墨，後進學唐品，得古意。著有《雲東集》。
[4]“胡季城”，即胡瑜(1309—?)，字季城，元東陽人，胡助之子。舉江浙亞榜，授杭州路照磨，恥屈從藩侯，復流寓大都。

　　案:《句曲外史集補遺》三卷，《附》一卷，元張雨撰。
　　崇禎十四年(1631)汲古閣刻《元人集十種》增補本，卷首有目録上下二卷並《附》目録一卷，上卷爲詩，下卷爲文五篇，卷端次署“錢塘張雨伯雨”，其中《附》收録虞集、黃潛等所著酬贈之詩，《附》末有崇禎辛未十四年閔元衢及毛晉跋。卷中間有毛晉補遺。《題跋》《汲古閣書跋》皆不載，《題跋續集》載此跋，題名“跋句曲外史補遺”。閔元衢跋曰:“外史績學工辭章，名動公卿。獨於我湖趙魏公父子契厚，故往來數冊題詠緐，余已采入我湖《藝文》矣。惜姚侍御一生購求，半付煨燼。非琴川子晉毛君彙梓，何以知羽流中有此異人也？然而較余所采仍有遺者，於是取架上書遍搜，果得詩九十七首，文五首。又抄本詞一卷，則傳之亡友張稚通者也。子晉雖未及面，曾尺一相聞，而雙林存疑上人與子晉交，不啻外史之與松雪，遂屬上人郵致之……敢謂貧兒摭拾盡乎？是在子晉矣……崇禎辛巳冬日，歐餘山人閔元衢書於阹園之一草堂。”由閔元衢、毛晉跋及《集外詩》卷末毛晉跋可知，崇禎十四年(1641)，毛晉由閔元衢所貽《補遺》詩九十七首、文五篇，湖州康與可所寄若干首，輯刻成《補遺》二卷，並附以伯雨與時人往來酬贈之詩於後。

《四庫》底本,《四庫提要》卷一百六十八著録。

張伯雨集外詩

余于《句曲外史》詩文,可謂無奇不探,無隱不索矣。初刻陳節齋手編三卷,繼刻閔康侯搜詩九十七首、文五首,又合王凱度、康與可輩所寄如干首爲《補遺》三卷,以勝國名公酬贈諸詩作附焉,將謂登峰造極矣。今秋病餘,偕馮甥銓次《雲林集外詩》,復鼓餘興,入金陵地肺,再探華陽蓬壺之閟異,又得如干首,豈即風雷大作,鄭栗庵[1]再往而未得者耶!抑玉鈎橋南石室所藏時,隨花片流出人間耶?曾有人過浴鵠灣藥井,題詩云:"石室秘書愁攝電,星池遺劍已成龍。思君不見夜開户,月在金鐘玉几峰。"令我掩卷撫然。隱湖毛晉識。

注:

[1]"鄭栗庵",即鄭環(1422—1482),字瑤夫,號栗庵。浙江仁和縣人。天順四年(1460)進士,授翰林編修,成化十四年(1478),升南京太常寺少卿。參修《英宗實録》《續資治通鑑綱目》,著有《栗庵遺稿》。

案:《張伯雨集外詩》一卷,元張雨撰。

崇禎十四年(1631)汲古閣刻《元人集十種》增補本,卷端題"張伯雨集外詩",次署"海虞毛晉子晉、馮武寶伯訂",卷末載毛晉跋。毛跋中並未明言刻於何時,但從跋中可知,此集當刻於《句曲外史集補遺》和《雲林集外詩》之時,亦即崇禎十四年"秋後"。

麗　則　遺　音

始余讀《東維子集》[1],正訝不載一賦,復簡《鐵崖文集》,僅有《土圭》《蓮花漏》《記里鼓車》三作,亦未見其豁達氣韻。既得元乙亥科湖廣鄉試《荆山璞賦》一册,末載廉夫[2]擬賦三十有二篇,標其首曰:《麗則遺音古賦程氏》[3],其同年進士黃子肅評焉,真能祖騷而宗漢,奚止除完顏之粗獷,洗宋末萎弱之氣而已耶?揚雄云"詞人之賦麗以則",真無愧矣!猶恨太常無逸圖,二程文未得見耳。海虞毛晉識。

注:

[1]《東維子集》,三十卷,楊維楨撰。首有明人孫承序,收録以序文爲

主，次有詩一卷餘。有明沈氏鳴野山房抄本（《四部叢刊》據以影印），《四庫全書》據浙江孫仰曾家藏本編入別集類。

　　[2]"廉夫"，即楊維楨。

　　[3]《麗則遺音古賦程氏》，四卷，楊維楨撰，陳存禮編。簡稱《麗則遺音》，皆爲楊維楨應舉時私擬程氏之作，共收三十二篇賦。揚雄《法言·吾子》："詩人之賦麗以則，詞人之麗以淫。"遺音，古人所遺留之文辭法式。《麗則遺音》爲按古人文辭法式所作之賦。楊維楨《麗則遺音序》："皇朝設科，取賦以古爲名，故求今科文于古者，蓋無出於賦矣。然賦之古者豈易言者……余蚤年學賦，嘗私擬數十百題，不過應場屋一日之敵爾，敢望古詩人之則哉？既而誤爲有司所采，則筐篋所有悉爲好事者持去。近至錢塘，又有以舊所製梓於書坊，卒然見之，蓋不異房桐廬之見故物於破甕中也。且過以'則'名，而吾同年黃子肅君又贅以評語，益表刻畫之過，讀之使人惶焉不自勝也。"

　　案：《麗則遺音》四卷，元楊維楨撰，《附録》一卷。

　　明末毛氏汲古閣刻本，首爲《麗則遺音》四卷，卷首有至正二年壬午（1342）春正月會稽楊維楨自序，次爲目録，共三十二篇，各卷首皆有本卷目録，每篇皆有黃子肅評點，首卷卷端次署"元丁卯（泰定四年，1327）進士邵武黃清老子肅評點"，次後三卷不署，正文卷端署"元丁卯進士紹興楊維楨廉夫著"；正文後接附録：乙亥科湖廣鄉試第三名謝一魯、第四名孔潗、第五名文逢原、第十名范琮、第十五名陳孟賓共五篇《荊山璞賦》，卷末尾題前有至正三年胡助跋和毛晉跋，尾題後有有至正元年門人陳存禮跋。據毛跋，知爲其偶得元乙亥科湖廣鄉試《荊山璞賦》一冊，該集即附於末，而毛氏刊刻時，則將《麗則遺音》置首。

　　《汲古閣珍藏秘本書目》著録一部元刻本《麗則遺音》："最精元板《麗則遺音》一本，藏經紙面，雖係元刻，精妙絕倫，亦至寶也。"今國圖藏元槧孤帙《新刊麗則遺音古賦程式》四卷一冊（06656），即其著録之本。元刻本序、卷一、二配清嘉慶二十三年黃氏士禮居影元抄本，清黃丕烈校並跋，半葉十三行二十三字，黑口，左右雙邊。卷首有楊維楨自序，次有目録，卷端次有長形牌記："麗則之名，其殆傷今之賦之不古乎？觀其《三良》以下追逐屈宋，殆如鐵崖之嶄絕峭刻，人固未易於攀緣也。然而叶律鏗，立格古雅，而陳意正大誠者，場屋之士，果能仿佛□□□□知。至正癸未正月三日。"次爲目録，無黃氏評點，正文卷端題"新刊麗則遺音古賦程式卷之一"，次署"丁卯進士紹興楊維楨廉夫著""丁卯同年邵武黃清老子肅評"，以下每篇首均有黄子肅評，正文亦間有黄評，卷末載至正元年錢塘陳存禮跋。鈐印“元本”
“汲古主人”“毛晉”“毛扆之印”“士禮居”“曾藏汪閬源家”“鐵琴銅劍樓”
等，毛晉、毛扆、黄丕烈、汪士鍾、鐵琴銅劍樓舊藏，嘉慶二十二年（1817）黄
氏跋曰：“首鈐毛氏父子印記，是即《汲古閣珍藏秘本書目》中所載最精元版
《麗則遺音》也。”“元刊十七番，鈔補二十三番。”毛晉所得之本或即此元本，
亦或源於元本的間接之本，據之翻刻時作了調整，即將文中題後之黄子肅評
迻至卷首目録中，並删去正文中大部分黄評，卷端標題縮改爲“麗則遺音”，
署題同。《四庫》底本，《四庫提要》卷一百八十六著録。

　　毛晉將本書與《鐵崖先生古樂府》十卷、《樂府補》六卷、《復古詩集》六
卷合爲一編，附其後一併刊出，則楊維楨之詩、賦盡收於此，甚便研讀。

倪雲林先生詩集（1）

　　予向梓雲林遺事[1]數則，凡處母兄師友間，真不愧古君子，已足見其
品望。但一段悲世憤俗之懷，所謂若子長[2]、長公[3]有不勝其哀者，不讀
其詩，不能令人泣下沾襟也。因復梓其詩若干卷行世。張子宜贈句云：“潔
身穢跡緣時晦，寫竹題詩任夜分。”可謂知言。其《述懷》詩二十六韻，殆即
雲林子自傳云。海虞毛晉識（2）。

校：

（1）《題跋》《汲古閣書跋》皆作“雲林詩集”，今據卷端題。
（2）《題跋》《汲古閣書跋》皆無“海虞毛晉識”。

注：

[1]“雲林遺事”，即前著明末毛氏緑君亭刻本《倪雲林遺事》一卷。
[2]“子長”，即司馬遷，字子長。
[3]“長公”，即蘇軾。蘇軾爲蘇洵長子，其詩文渾涵光芒，雄視百代，時
人尊之爲長公。

　　案：《倪雲林先生詩集》六卷，元倪瓚撰，《附録》一卷。
　　崇禎十一年（1638）汲古閣刻《元人集十種》本，卷首有總目録，卷端次
署“海虞毛晉子晉父訂”，集後《附録》一卷爲雜著及王賓撰《故元處士雲林
先生旅葬誌銘》、周南老撰《故元處士雲林先生墓誌銘》，卷末載毛晉跋。
　　今上圖藏一部明天順四年（1460）襄曦刻本（829202—03），亦有附録一

卷,據校對,毛本與其多同。1915年沈曾植跋曰:"此即汲古刻祖本也。毛氏于雲林若有異世同情之感,既梓《雲林逸事》,又從墨迹輯《集外詩》,用心亦已勤矣。顧所刻卷數次第雖同,而不存寒氏編集之名,又無錢序,第一卷脱《送吕養浩》詩,第二卷脱《泛滄浪》詩。此本諸墨釘,毛本皆爲空格。而卷一《别鄭明德》詩'口體保寧謐',毛本並口'謐'字。卷二《快雪齋對月》詩'心境快然同一潔',毛本脱'同'字,而加'口'于'潔'字下。其它訛脱不少,又似不出此本,而出于傳抄或重刻者,豈此本明季已罕流傳耶? 得此逾年,頃乃見毛本,校其異同。""此刻殊不工,而書體絶佳。"又有萬曆十九年(1591)倪珵翻刻本。按毛氏又藏一部明抄本《倪雲林先生詩集》六卷《附録》一卷《樂府》一卷,後轉歸席鑑、周叔弢舊藏,今藏國圖(08544),《藏園群書經眼録》卷十五著録"似明人抄本,從寒刻出";《藏園訂補郘亭知見傳本書目》卷十四亦著録"從寒曦刊本鈔出"。毛本抑或源於已藏明抄本。

倪雲林先生集外詩

余梓行《雲林詩》已二十有三年矣,酷嗜其書畫,又不可多得,每懸一幅横一卷,或從收藏家及丹房禪榻,見尺楮寸縑,必鈔入攜囊以歸,總貯一筠籠中,藏諸秘室。今籠已盈溢矣! 秋日燕間,托館甥馮寶伯手録成編。興酣未已,又檢毘陵錫山山經水誌,旁及鄰邦雜記,又得如干首,題曰《雲林集外詩》,附于前刻之後。余前刻時,馮甥纔七齡,就外傅,今年已立,工詩賦,嗜古過於余。余頭顱如雪,病狀日增,無力秋畊,不勝老大之慨。隱湖毛晉識。

案:《倪雲林先生詩外集》一卷,元倪瓚撰。

崇禎十一年(1638)汲古閣刻《元人集十種》本,卷端次署"海虞毛晉子晉、馮武寶伯同訂",卷末載毛晉跋。《題跋》《汲古閣書跋》皆不載。按毛跋及署名所言,《集外詩》乃毛晉與甥馮武據"毘陵錫山山經水誌,旁及鄰邦雜記",纂訂而梓。刻正集時,馮武才七歲,二十三年後再刻是集。馮武生於天啓七年(1627),則毛晉刻正集應是崇禎六年(1633)。《元人集十種》刻於崇禎十一年,然《倪雲林先生詩集》早於六年前已經刻成,而刻《集外詩》則在順治十三年(1656)。故毛晉刊刻是書從正集到補集,歷時二十三年,已"頭顱如雪"矣。

金 臺 集

葛邏禄氏與回紇錯壤，去中國甚遠，其俗好射。易之[1]獨不操弓矢，且[2]好利禄。易之絶無意仕進，嘗以詩謁貢御史曰："此心泊然無他好，其有好而得之者，盡在是矣。"真實録也。金山之西北，向不知詩文，自易之始，江南人稱其與韓與玉、王子充爲三絶，名雄京師。一時名公，如虞伯生、揭曼碩輩，莫不歎賞，惟臨川危太樸尤甚。兹集二卷，即其手編。前後諸序跋，不但評論詳覈，書法亦極精妙。因倩友人王與公[3]摹而副諸棗。若初本、臨本予亦不能辨。海虞毛晉識(1)。

校：

(1)《題跋》《汲古閣書跋》皆無"海虞毛晉識"。

注：

[1]"易之"，即廼賢(1309—?)，字易之，又名納新，號河朔外史，合魯（葛邏禄）部人。世居金山之西，後寓居南陽。曾任東湖書院山長。順帝至正間，薦爲翰林編修。著有《金臺集》《河朔訪古記》。

[2]"且"，據上下文，後當有"不"字，疑脱誤。

[3]"王與公"，即王咸。

案：《金臺集》二卷，元廼賢撰，元危素編。

崇禎十一年(1638)汲古閣刻《元人集十種》本，卷首有至正十二年(1352)歐陽玄、至正十二年魏郡李好文、至正十年黄溍、至正十二年監察御史宣城貢師泰四序，次爲目録，卷端次署"南陽廼賢易之學""臨川危素太樸編"，次爲目録，卷末有虞集跋及題詩一首、至正三年揭傒斯後序、八年張起巖題詩四首、九年泰不華篆字題詞、危素跋、十一年程文跋、十五年楊彝跋及毛晉跋，序跋皆手寫上版。今存本卷首尾序跋間有次序不同者，或將序跋皆置於卷首，後置目録蓋裝訂不同之故。

據楊彝跋云："易之與余相會於鄲，則其友已傳刻之。"可知元至正間已有刻本。今國圖藏一汲古閣毛晉倩王咸影元抄本(13323)當源自元刻本。毛抄本一册，十一行二十二字，白口，左右雙邊。舊爲莫伯驥收藏，《五十萬卷樓藏書目録》卷十八著録，惟誤作一卷。影元本卷首尾序跋字體各異，毛刻本悉同，知毛刻本據此摹刻。然《五十萬卷樓藏書目録》所録至正八年余闕序、九年二月五日趙期頤書《潁川老人歌》跋未見，不知何故。毛晉跋云"前後諸序跋，不但評論詳覈，書法亦極精妙。因倩友人王與公摹而副諸棗"。

玉山草堂集

昔人云："平生有三大願：一願讀盡世間好書，二願友盡世間好人，三願看盡世間好山水。"或更作真實論曰："夫盡則安能？但身到處莫放過耳。"顧仲瑛[1]氏折節讀書，直欲津逮秘藏。築別業于玉山、淞江之間，日與騷人韻士淹留觴詠，殆可謂身到處莫放過矣。或頌云："追草玄于西蜀，軼浣花于南杜。"[2]真能無愧。然其晚年廬墓時，直參最上兩公，不反遜金粟道人一籌耶？予初讀《玉山雅集》，非不足見一時名流倡酬佳致，終不若斯集之孤行，更堪仰止云。湖南毛晉識(1)。

校：

(1)《題跋》《汲古閣書跋》皆無"湖南毛晉識"。

注：

[1]"顧仲瑛"，即顧瑛(1310—1369)，字仲瑛。昆山人。家業豪富，性豪爽風流，輕財喜客，常廣邀楊維楨等東南名士詩人在其所築玉山草堂宴飲。執吳中詩壇盟主二十年，與楊維楨併峙江浙。後因天下亂，盡散家財，削髮爲僧，自稱金粟道人。

[2]"追草玄于西蜀，軼浣花于南杜"，出自顧瑛《玉山草堂賦》，代指西漢揚雄、唐代杜甫。"草玄"，指"草玄亭"，在今四川郫縣西友愛鄉子雲村。相傳西漢揚雄(字子雲)曾於此著《太玄經》，故名。又稱"子雲亭"。劉禹錫《陋室銘》有"西蜀子雲亭"之句。軼，超越。浣花，指浣花草堂，即杜甫草堂，在今四川成都市西郊浣花溪畔。南杜，指杜陵，在今陝西省西安市東南，杜甫祖籍，曾於附近居住，杜甫常稱自己爲杜陵布衣、杜陵野老。

案：《玉山草堂集》二卷，元顧瑛撰，《集外詩》一卷，明馮武、毛晉輯。

崇禎十一年(1638)汲古閣刻《元人集十種》本，卷首有至正十年(1350)黃潛、十一年李祁兩序，顧氏傳及殷奎所撰墓志銘，卷末顧瑛自製墓志銘、自題像詩，次有毛晉跋。《集外詩》卷端次署"海虞毛晉子晉、馮武實伯同閱"。正集分上下兩卷，卷上爲詩、卷下爲文，外集亦爲詩。

顧瑛自製墓志銘曰"有玉山等集行於世"，可見生前已編集行世，但是否刊刻不得而知。今傳世者有《玉山璞稿》二卷、《草堂雅集》十三卷等，皆爲清抄本，有明萬曆刻本《玉山名勝集》八卷《外集》一卷，今存臺圖。周彦文《毛晉汲古閣刻書考》云：“此集於毛氏以前未見，《四庫》亦未收。考毛氏所收，正集卷上及《集外詩》所收爲詩，正集卷下所收則傳、考、記、墓銘等，現傳世之顧瑛各集，皆未有與毛本相合者。則此集乃是毛氏雜採諸顧氏集而成，所收甚是寥寂，實非善本。”今上海圖書館藏一部崇禎元年刻本《顧仲瑛玉山草堂集》八卷（線善 756607—10），且爲毛扆、季振宜、翁方綱、吴翌鳳舊藏，但卷次不合，是否爲汲古閣本底本待核。又，《徐氏家藏書目》卷之六亦著録一部同名二卷本。可知二卷本早已出現，並非毛氏“雜採”而成，只是徐乾學藏本出於何本未能知曉。

南　邨　詩　集

九成避兵三吴間，幾二十年，雖播遷羈旅，必以卷帙自隨。遇事肯綮，即採葉書之，投破甕，埋樹下，人以爲六帖、五筆不能及也。晚年結廬泗水之濱，藝菊種瓜，每有所會，即歌所自爲詩，仰天大笑，人莫測其意。嘗述虞伯生論一代詩，謂楊仲弘如百戰健兒，范德機如唐臨晉帖，揭曼碩如美女簪花，自負爲漢廷老吏[1]，何獨不曰陶九成如疏林早秋耶！海虞毛晉識(1)。

校：

(1)《題跋》《汲古閣書跋》皆無“海虞毛晉識”。

注：

[1]“漢廷老吏”，元陶宗儀《南村輟耕録》卷四載：虞集言己詩如“漢廷老吏”，楊載詩如“百戰健兒”，范梈詩如“唐臨晉帖”，揭傒斯詩如“美女簪花”。所謂“漢廷老吏”，是指蒼勁老到，猶如老吏用筆，字錘句鍛，端嚴齊整；“百戰健兒”，是指骨力道勁，氣勢飛動；“唐臨晉帖”，是指沖淡閑遠；“美女簪花”，是指光彩艷麗。

案：《南邨詩集》四卷，元陶宗儀撰。

崇禎十一年（1638）汲古閣刻《元人集十種》本，卷首有總目，卷末載毛晉跋。此集不知何人所編，所收詩多作於明初。《四庫》採爲底本，《四庫提要》卷一百六十九著録，以爲列入《元人集十種》不當，云：“是集不知何人所編。考其題中年月，及詩中詞意，入明所作十之九。惟《鐃歌》《鼓吹曲》諸篇,似爲元時作耳。其編次年月頗爲無緒,殆雜收遺稾而録之,未遑詮次。又顧阿瑛《玉山草堂雅集》所載《澂懷樓》七律一首,《送殊上人》七律一首,皆不見收,知非宗儀自編也。"《明史·藝文志》《千頃堂書目》《續通志》等皆著録,但未見刊本。陶氏著述甚多,但不以詩文稱,或以抄本形式流傳,毛本當屬首刻,有保存傳播之功。《汲古閣珍藏秘本書目》著録一部精抄本,或爲刊梓底本。

棄 草 詩 集

吾師五溪[1]既以病乞歸,晉往侯于鴛湖舟次,進而坐之卧榻,曰:"予從此往矣。吳中人士不以往來易心者,子與天羽[2]耶?"因與言其病狀,寒氣入經而稽遲,正氣留而不行,炅氣從上脉克大而血散亂,不知所以理之方也,相對唏噓久之。晉因請曰:"昔召伯一舍,而後人輒寄思于甘棠。先生嘉惠于吳郡者三餘年,不知所托,以永其思,乞先生所著詩文以傳,庶幾有儀型乎?"先生輾然曰:"此唾棄之餘也,不足以當背憎。"强而後出其若干卷,與天羽諸子謀而授之梓人。既竣,客有過而覽之者曰:"世未嘗棄先生也,而先生乃以棄自名,意何居?"予曰:"棄之時義大矣哉!詩云:'厥初生民,時維后稷。'舜典曰:'棄,黎民阻饑,汝后稷,播時百穀。'以后稷開周家八百之祥,爲天下萬世生民粒食之祖,而乃名曰'棄',然則棄者,天下萬世不能棄者也。立身之大本,無過于孝友,而居官之能事,莫先于謀國。先生承事二人,與其所生吳孺人暨異母兄姪,凡見于狀誌、詩歌,慮無不感人涕泣,不啻如歐陽永叔之《表龍岡》[3]、韓昌黎之《祭十二郎》也。先生以外僚留心内政,最要兵與財賦,其于奴插二因,及紅夷出入侵掠之徑路,與向背竄竊之情形及歲餉盈詘之流弊,靡不著之論策,鑿鑿爲救時之急着,不啻如諸葛武侯之聚米、趙充國之圖邊也。至爲李于吾郡,不知平反者幾何事。一路哭一家哭,寧失出,毋失入,黄童白叟,莫不讚歎,以爲神明,則又不啻如張釋之、于定國之爲廷尉也。乃若生死交情,依然素車白馬,而刑于雅化,猶同舉案賃舂[4],誦其詩,讀其書,知其人,可棄乎?不可棄乎?詩則自六朝而唐宋,貫串而不名一家;文則自六經而秦漢,熔鑄而出大冶。詎惟小子有造其在吾吳之獲有此草也,將與甘棠之什俱遠矣。"客唯唯而退,然晉竊有願焉。久陰之後,天氣清明,正氣復而寒氣散,一切慄疾滑利熏于盲膜、散于胸腹者,如浮雲之去太虚。聖天子軫念能臣,召而置之青瑣、黄扉[4]之間,以備顧問,則棄草且爲之噲矢矣,棄云乎哉!崇禎乙亥秋八月既望,虞山門人毛晉謹撰。

注:

[1]"五溪",即周之夔,字章甫,號五溪。福建閩縣人。崇禎四年(1631)進士,授蘇州府推官,督兑漕糧倉。八年(1635),因病乞歸。早年參加應社活動,後爲復社成員,主講鑪山書院。南明弘光元年(1645),爲尚書張肯堂所賞識,復官給事中。南明政權覆滅,起兵抗清,被張煌言任爲參軍,後居僧寺而卒。

[2]"天羽",即沈際飛,字天羽。明末戲曲評論家,崑山縣人。刊印王叔和《脉經》、湯顯祖《玉茗堂文集》,著有《詞譜》《沈評棄堂詩餘》等。

[3]《表龍岡》,即歐陽修所撰《瀧岡阡表》。

[4]"舉案賃舂",即"舉案齊眉"。《後漢書·逸民列傳》:"(梁鴻)遂至吳,依大家皋伯通,居廡下,爲人賃舂。每歸,妻爲具食,不敢於鴻前仰視,舉案齊眉。伯通察而異之,曰:'彼傭能使其妻敬之如此,非凡人也。'"

[5]"青瑣、黄扉","青瑣",原指裝飾皇宮門窗的青色連環花紋,後借指宮廷。"黄扉",古代丞相、三公、給事中等高官辦事之所,其門塗爲黄色。

案:《棄草詩集》七卷《文集》八卷、《棄草》二集二卷,明周之夔著。

明崇禎八年(1635)汲古閣代刻本,十四册。版框高廣18.8釐米×12.5釐米,八行十九字,版心下鎸"木犀館"三字。詩集卷端次署"閩中周之夔章甫著,東吳門人毛晉訂",文集署"閩中周之夔章甫著,東吳門人沈際飛、吳師錫訂"。詩集卷首有崇禎八年自序,文集卷首有崇禎八年自序、沈際飛序、毛晉序,晉序後鎸墨印"一名鳳苞""子晉";《二集》卷首有崇禎十一年瞿式耜書、崇禎十一年自序,卷端署"閩中周之夔章甫著"。此爲汲古閣代刻本。毛晉序,《題跋》《汲古閣書跋》皆不載。

此乃周之夔詩文集。崇禎八年(1635),之夔因病乞歸,門人毛晉、沈際飛赴吳門相送,臨別時索要詩文以刊。詩集卷首周之夔自序云:"予自童稚至於今多病,不得已晝跪誦,夜篝燈,以補拙。凡二十年不綴他文字,歲月輒有遷變,惟詩之一途,今與十六七時不甚相遠,將無別才別調。天分有限,每自恥爲童子雕蟲可棄也。三十年來,從不敢灾木,貽笑于人,况今以病棄官,凡平昔之見聞覺知,眼前之是非恩怨,宜無不齊,藏之狂言以死,予之志也。毛子晉、沈天羽二君子惓惓取予稿以去,獨有不棄予之心,何哉?昔白樂天自敘作詩之意,司空表聖亦自摘工句于簡端,予不敢援古人也。明予終始疾病憂患中,自祖父外,二三朋友知己,于予至矣。"文集自序云:"稱詩畢,而毛子晉、沈天羽諸君復索予文稿……"文集卷四載書信《與沈天羽、毛子

晉》，云："授梓之日，意自命曰'棄'。僕嘗自嘲曰：凡酬應詩文，落紙之後，
即如唾涕墜地，豈可更取吞咽？"之夔將之名爲"棄草集"，實乃謙詞。而毛
晉不以爲然，其序云："聖天子軫念能臣，召而置之青瑣黄扉之間，以備顧
問，則棄草且爲之嚆矢矣，棄云乎哉！"故是書實由毛晉、沈際飛編刻。三年
後，之夔怨人張溥去世。之夔復將此前未敢發表的與漕糧事有關的文牘及
辭官後所作文章彙爲二集，補刊行世。此書刊印不多，流傳不廣。乾隆間遭
禁毁。《中國善本書提要》集部別集類著録曰："是集詩文刻於崇禎乙亥，即
其棄官，屬門人沈際飛、毛晉所刻者。《二集》自序署崇禎戊寅，乃十一年
也，故二集内載攻訐二張及黄道周諸尺牘。下書口有'木樨館'"。末鈐墨
印"一名鳳苞""子晉"。蓋周之夔作蘇州推官時，毛晉從師學習。此書僅北
大圖書館藏有一部，方功惠舊藏。《四庫禁毁書叢刊》集部第 112—113 册
收録，《福建叢書》第一輯收録。

又詩集卷六載之夔《春夜行七星橋遇風損舟，毛子晉飛棹見濟，遂共渡
婁江，承惠異書，並談經濟，喜贈十二韻》："國計裏飛輓，宵征愧匪躬。暫踈
止坎智，猶賴濟川功。寶護蘭亭本，騷招桂樹叢。重逢周子晉，再見漢毛公。
共泛昆湖月，長乘婁水風。異書分秘帳，遺事叩吳宫。心欲將金斷，交堪借
玉攻。逸群空冀北，芳韻冠江東。百代雙眸遍，千山一舌通。樺櫨乘水利，
則壞考田工。光已傳蔾杖，香應滿藥籠。坐忘爲吏俗，冰炭頓消融。"可知
之夔曾過路汲古閣，船損得毛晉襄助，一同泛舟昆湖，並獲贈毛晉所刊異書。

東　皋　録

師名妙聲[1]，字九皋，吳郡人也。《姑蘇志》云："景德寺僧，有詩(1)
闕，生平多著述，名《東皋録》。命弟子繕寫，藏之山房。總其事者白蓮住山
完敬修、虎丘藏主慧無盡、善士陳君錫也。洪武十七年甲子春，法孫德瓛跋
而授梓，凡詩三卷，序記、贊銘、傳跋、雜文四卷，其中載記同衣行業既多且
詳，劉子威[2]吳釋傳皆拾其餘沫也。尤長於四六儷語，卷末諸山江湖等
疏，堪與月泉吟社[3]往復。"詩、啓並傳，其《興福》《桃源》諸記，余已撰入
邑乘云。東吳毛晉子晉識。

校：

(1)"有詩"後，《明僧弘秀集》有"聲"字，"闕"，同"缺"。

注：

[1]妙聲，字九皋，吳縣人。元末居景德寺，後居常熟慧日寺，又主平江北禪寺。洪武三年(1370)，與釋萬金同被召，莅天下釋教。著有《東皋録》。

[2]"劉子威"，即劉鳳，字子威。長洲人。嘉靖二十三年(1544)進士，官至河南按察僉事。著有《劉子威集》《子威先生澹思集》等。

[3]"月泉吟社"，元初宋遺民創立的遺民詩社，其《月泉吟社詩》爲現存最早的詩社總集。宋末浙江浦人吳渭曾官義烏令，入元隱居吳溪，創此社，請遺民詩人方鳳、謝翺、吳思齊等主持。

案：《東皋録》三卷，元釋妙聲撰。

毛晉家抄本，卷首載毛晉跋，《四庫全書》收録，《四庫提要》卷一百六十九云："(兩淮鹽政採進本)明釋妙聲撰……《明史·藝文志》《明僧宏秀集》皆作七卷。此本有'汲古閣'印，蓋毛晉家鈔本。前有晉題識，亦稱德瓛所刻，凡詩三卷，雜文四卷。而其書、雜文及詩共爲三卷，蓋傳録時所合併也。妙聲入明時年已六十餘，詩文多至正中所作，故顧嗣立《元詩選》亦録是集。然方外者流不嬰爵禄，不能以受官與否爲兩朝之斷限。既已謁帝金門，即屬歸誠新主，不能復以遺老稱矣。今繫之明，從其實也。妙聲與袁桷、張翥、危素等俱相友善，故所作頗有士風。當元季擾攘之時，感事抒懷，往往激昂可誦。雜文體裁清整，四六儷語亦具有南宋遺風，在緇流之内，雖未能語帶煙霞，固猶非氣含蔬筍者也。"毛晉跋據《四庫》本迻録。毛晉輯刻本《明僧弘秀集》亦載此跋，篇幅較長，異文亦多，但不署名，蓋刊入時又予校正。

《東皋録》七卷最早刻本爲明洪武十七年法孫德瓛所刻，《千頃堂書目》《明史》皆載"妙聲《東皋録》七卷"。蓋四庫館臣未見洪武本。今上圖存明刻本卷一至五凡五卷，其他皆爲抄本。國圖藏兩部，一部爲一卷本，另一部爲二卷本。遼圖、南圖皆爲三卷本，其中南圖所藏原爲丁丙舊藏本，《八千卷樓書目》卷十六著録一部抄本即此，然《善本書室藏書志》不載。毛氏抄録時蓋將其合併爲三卷。

寄巢詩
毛表

先君子每與高人名僧爲世外交，吾虞石林源師[1]其一也。師博涉内外典，喜爲詩，長謠短詠，填溢篋衍。方先君選明僧《弘秀集》，嘗語先君曰：

“是編固取陳人,余安得速朽,分選中一席耶?”先君良慰藉之。歷十餘年,師且化去。再易寒暑,而先君亦隨見背。日月奄忽,當時緒言,悠悠莫副,能勿永歎於今昔存歿之間哉？頃觀玄[2]氏裒輯石師遺稿,將付梓人,屬余讐勘,凡與先君倡酬者居十之一。余與家孟、家季樂爲唱導,先梓其半於家塾,聊以慰石師藏山傳人之意,且以終先君弘秀之選之志焉。於其刻成也,觀玄俾題一言於後,因援筆識之如此。辛丑季夏,隱湖毛表。

注:

[1]“源師”,即釋道源(1586—1657),字石林,號寄巢。江蘇太倉人。明末高僧。婁江許氏子。始祝髮於常熟東徐市智林寺,後往無錫北禪寺,晚居高林寺。工詩,嘗箋解李義山詩。著有《寄巢詩集》。光緒《常昭合志》卷四十一:“晚歸虞山,儀貌清古,不招徒衆,專禪講,博極經史。”釋道源校佛經《嘉興藏》百餘種,毛晉與其交游甚密,《隱湖倡和詩》收録其詩多首。

[2]“觀玄”,即陸貽典。

案:《寄巢詩》兩卷,明釋道源撰。

清順治十八年(1661)汲古閣毛表、陸貽典刻本,卷首有清順治十七年錢謙益《石林源上人寄巢詩序》、順治十八年陸貽典《寄巢詩小引》、卷端署“虞山釋道源石林撰”,卷末依次有錢曾、毛表、清猷跋,其後又有補詩十一首及錢謙益劄子兩篇,今藏國圖(02018)。陸貽典《小引》云:“客歲有事於斯集,從文石、法嗣、法具搜訪遺集,得詩幾四千首。子晉毛子隱湖社刻又百餘首,彙梓採輯,得若干篇,分爲上下二卷,請錢先生爲之序,以與《杼山》《白蓮》諸集輝映今古焉。”又據毛表跋,可知該書由陸貽典搜集遺稿,毛表校讎,並校刊行世。

載之詩存紀略

載之乘公[1],姓鄔氏,嘗[2]熟人,幼薙度於邑之東林結。性耿介,好讀幽異書。每到山水深秀處,或遇素心人,相視莫逆,輒留短句而去。一瓢一笠,居無定著。嘗有鉅公讀其詩,慕其人,結茆菴招之,不宵留,留亦突不黔[3]也。傾風蓮子峰汰公,追隨久之。已而汰公往月明古刹,遂挈杖之練川,遇心石堅公,同上徑山,埽餅甸大師塔,復經練川。忽示疾化去,世壽三十有奇。心石爲舉火,藏其骨于西隱寺旁,是爲崇禎戊寅[4]秋也。嗟乎！載之殆所謂“其生若浮、其死若休”,“實際裏地,不染一塵”者歟！越三年,石林源公出其詩一編,授予曰:"載之,孤冷人也。向唯子能賞之,今唯子能傳之,惜其詩之存者寥寥耳。"余爲之潸然,復怡然曰:"載之不死矣! 平生寡交,交公一人足矣。"其詩如干,不已多于趙倚樓[5]、鄭鷓鴣[6]耶? 復有雪濤拾其殘墨數幅,如"花落雨過寒食寺""鳥鳴人到夕陽扉"之句,前後俱已脫落。予重其能存死友也,併授諸梓,而紀其略云。鵝城毛晉題。

注:

[1]"乘公",即釋宗乘(1608—1638),字載之,俗姓鄔氏,常熟人。住江蘇常熟東塔寺,從汰如於華山,後圓寂於嘉定(上海)。性靜僻,與衆落落不合,遂棄去。興有所至,輒爲短章,亦不求人解。素清羸善病,錢謙益招居山莊,不久亦去。馮舒編《懷舊集》有傳。

[2]"甞",避明光宗朱常洛諱,"常"避作"甞"。

[3]"突不黔",漢班固《答賓戲》:"是以聖哲之治,棲棲遑遑。孔席不暖,墨突不黔。"指墨翟東奔西走,每至一地,煙囪尚未燒黑,又至別處。後亦指生活困窘。

[4]"崇禎戊寅",即崇禎十一年(1638),時毛晉三十九歲。

[5]"趙倚樓",指唐渭南尉趙嘏(約806—約853),字承祐,楚州山陽人,唐代詩人。會昌末或大中初復往長安,入仕爲渭南尉。趙嘏工詩,五代王定保《唐摭言·知己》:"杜紫微覽趙渭南卷《早秋》詩云:'殘星幾點雁橫塞,長笛一聲人倚樓。'吟味不已,因目爲'趙倚樓'。"

[6]"鄭鷓鴣",指唐鄭谷。計有功《唐詩紀事·鄭谷》:"鄭谷以《鷓鴣》詩得名,時號爲'鄭鷓鴣'。"事又見元辛文房《唐才子傳·鄭谷》。

案:《載之詩存》不分卷,明釋宗乘撰。

崇禎十四年(1641)汲古閣刻本,卷首載匏園陳宗之敍、吳門徐波敍、華山釋明河敍及毛晉《紀略》,《紀略》末鈐"毛晉子晉""子晉"墨印,卷端署"海虞毛晉閱",卷末有崇禎十四年釋正至《書載之詩存後》及釋通徽跋,今國圖藏有一部(04901)。卷中載詩"衍門師客毛子晉寶月堂",詩云:"一衲久未易,心知別有長。閒雲應宿世,舊業是文章。苦雨寒燈夕,新晴細草廊。愛從佳士語,又見蹋湖光。"據《紀略》,釋宗乘於崇禎十一年(1638)秋化去,世壽僅三十有奇。"越三年",即崇禎十四年(1641),釋道源向毛晉推薦其集,毛晉撰《紀略》,詳其生平並刊之。《題跋》《汲古閣書跋》皆不載。

杜工部集

毛琛

少陵詩自宋黃山谷、劉辰翁而後，多有閱本。至國朝吳門錢湘靈[1]、俞犀月、何義門三先生，多發前人所未發，一掃宋明以來雲霧，獨出手眼，杜詩殆無遺蘊矣。然無如關中李氏本爲最善，蓋能見其大者，不詹詹言也。憶自乾隆甲戌[2]秋得之於崇川李二丈餂山案頭，凡手鴻五過，自謂頗得力於此。今以贈虎觀太守[3]，幸秘藏之，勿輕示人也。嘉慶九年甲子春三月雨牕俟盦學人毛琛識於潭州客舍。（《唱酬題詠附録》末）

李子德[4]先生杜詩批本　壽君手臨。（《杜工部集目録》末）

富平李氏因篤字天生。（《杜工部集目録》末）

嘉慶二年丁巳八月初八日，俟盦臨。（卷一末）

初十日臨。（卷二末）

八月十一日臨。秋暑甚劇，至揮汗。（卷三末）

十二辰刻臨。（卷四末）

十二日臨。（卷五末）

十三日辰刻臨。（卷六末）

丁巳中秋節辰刻臨。（卷七末）

中秋日臨。（卷八末）

十七日□飯後臨。（卷九末）

廿二日臨。（卷十末）

廿三日臨。（卷十一末）

卷中所稱石生者，劉石生也。與兄客生有"二劉"之目。孝轅不知何人，俟攷。壽君記。（卷十二末）

八月廿七日臨。（卷十二末）

九月四日晨臨。（卷十三末）

初五日臨。（卷十四末）

九日晨起臨。（卷十五末）

初十日臨。（卷十六末）

十八日臨。（卷十七末）

嘉慶二年丁巳秋九月，壽君凡臨第五部矣。（卷十八末）

注：

[1]"錢湘靈"，即錢陸燦(1612—1698)，字爾韜，號湘靈，又號圓沙。錢謙益族子，江南常熟人。順治十四年(1657)舉人，以奏銷案黜革。好藏書，教授常州、揚州、金陵間，從游甚衆，以一窮老書生爲東南文壇領袖。晚年居溪山北麓，老屋三間，臨街誦讀，聲如金石。著有《調運齋詩文隨刻》。又從錢謙益《列朝詩集》輯出《小傳》別行，並有所是正。

[2]"乾隆甲戌"，即乾隆十九年(1754)，時毛琛二十一歲。

[3]"虎觀太守"，即李邦燮，字贊庭，號虎觀，別號梁梅湖長。江蘇長洲人，舉人。嘉慶十七年(1812)，任抱香井鹽大使。二十年，任景東廳同知，署楚雄知府。

[4]"李子德"，即李因篤(1632—1692)，字子德，一字孔德，號天生。陝西富平東鄉人。康熙十八年(1679)，薦鴻博，授檢討。深於經學，詩宗杜甫，嘗辨秦中碑版，極有依據。著有《詩説》《春秋説》《漢詩音注》《受祺堂詩集》《受祺堂文集》等。上文"李氏本"即指其批注本。

案：《杜工部集》二十卷，清錢謙益箋注。

清康熙六年(1667)季振宜静思堂刻本，鈐有"毛琛之印""毛氏壽君""壽君""毛壽君""俟盦"等，今藏國圖(96502)。自毛琛臨記可知，此本爲清嘉慶二年(1797)毛琛第五次過録李因篤批注。至嘉慶九年，毛琛又將其贈與"虎觀太守"，並囑"幸秘藏之，勿輕示人"。

東日堂集後序

鄭仲華[1]少年，諸生耳。弱冠拜袞，爲漢中興宗臣，使不值風雲，未免驅馳于郡邑也。諸葛武侯噓漢火於既燼，以區區蜀漢，抗天下之全勢。雖不能踰劍門一步，而四海震動，識者以爲伊、吕。文中子有云："使孔明不死，必能興禮樂者也。"[2]志業不遂，臨敵星殞，天乎？我虞太保瞿公[3]，當天傾之運，立朝廷於草壤之際，所據不過南中一隅，内奉萬乘，外當大敵，俾中原父老翹首而望中興之業，此其略爲何如哉？昊天不惠，梁摧棟折，浩然長吟，神意不撓。嗚呼！公上不得如仲華，次不得爲孔明，獨與文信國[4]比蹤，豈不哀哉？嘗論之矣，昭烈始下成都，蜀中一日數驚，[5]正賴魏武意足，不復望蜀耳[6]。若用劉曄之策[7]，則今日臨桂之事[8]，孔明未必不當之。鄭司徒垂翅關中，應變將略，何如孔明？邂近蹉跌，漢業未可量也。

功名志節,忠心浩氣,常留天地間,正不在成敗之際耳。江馬南渡,舉國方圖晉宋故事,公獨遠擯蠻夷,時論恨之。一旦長江失險,金城千雉無折柳之固,公乃能建立于百粵之間,豈非偉人哉？公居平文章得法師門,敘致娓娓,蓋有味乎其言之也。先君子浮沉里中,幹時之才,不施于世,獨爲東林鉅公楊忠烈[9]諸君所知。公爲誌墓詞,殆無所愛,不肖常心銘之。乃孫昌文[10]萬里扶公喪,攜其奏疏、詩文之存者,先梓行其詩,讀者以爲梁甫之吟、出師之表矣。通家子晉潛在敬識。

注:

[1]"鄧仲華",即鄧禹(2—58),字仲華,南陽新野人。東漢開國勳臣,"雲臺二十八將"之首。禹少遊長安,與劉秀友善。後追隨劉秀定河北、平關中,功勢卓著。劉秀稱帝後,拜禹爲大司徒,封酇侯。

[2]"文中子",即王通。此句見《中説・王道篇》,原文作:"使諸葛亮而無死,禮樂其有興乎？"

[3]虞太保瞿公,虞,指浙江常熟。古稱琴川、海虞、南沙等,簡稱虞、虞城。太保瞿公,指瞿式耜。南明永曆元年(1647)封太保。

[4]"文信國",即文天祥(1236—1283)。祥興元年(1278),封少保、信國公。同年十二月,被俘。

[5]"昭烈始下成都,蜀中一日數驚",建安十九年(214)五月,劉備在攻克雒城後,進圍成都。劉璋開門出降。《三國志・蜀書・劉曄傳》裴松之注引《傅子》曰:居七日,蜀降者説:"蜀中一日數十驚,備雖斬之而不能安也。"太祖延問曄曰:"今尚可擊不?"曄曰:"今已小定,未可擊也。"

[6]"魏武意足,不復望蜀耳",見《晋書・宣帝紀》,"從討張魯,(司馬懿)言於魏武曰:'劉備以詐力虜劉璋,蜀人未附而遠爭江陵,此機不可失也。今若曜威漢中,益州震動,進兵臨之,勢必瓦解。因此之勢,易爲功力。聖人不能違時,亦不失時矣。'魏武曰:'人苦無足,既得隴右,復欲得蜀!'言竟不從。"

[7]"劉曄之策",見《三國志・魏書・劉曄傳》。曹操平張魯後,劉曄進曰:"明公以步卒五千,將誅董卓,北破袁紹,南征劉表,九州百郡,十併其八,威震天下,勢慴海外。今舉漢中,蜀人望風,破膽失守,推此而前,蜀可傳檄而定。劉備,人傑也,有度而遲,得蜀日淺,蜀人未恃也。今破漢中,蜀人震恐,其勢自傾。以公之神明,因其傾而壓之,无不克也。若小緩之,諸葛亮明於治而爲相,關羽、張飛勇冠三軍而爲將,蜀民既定,據險守要,則不可犯矣。今不取,必爲後憂。"

[8]"臨桂之事"，指永曆四年(1650)十一月，清軍攻破桂林，瞿式耜被俘。臨桂，指瞿式耜。南明永曆元年(1647)封臨桂伯。

[9]"楊忠烈"，即楊漣(1572—1625)，明末"東林六君子"之一。天啓五年(1625)，因彈劾魏忠賢二十四大罪，慘死獄中。崇禎元年(1628)，謚忠烈。

[10]"昌文"，即瞿昌文(1629—?)，字壽明，常熟人。瞿式耜孫。順治五年(1648)隨式耜入粵，授翰林院檢討，已而被繫得脱。順治十一年(1654)，扶祖柩歸里。

案:《東日堂詩稿》一卷，明瞿式耜撰。

清順治十四年刻《東日堂詩稿》一卷，末附毛晉此跋。今藏常熟圖書館。跋謂"先梓行其詩"，知此詩稿即由毛晉代刻。順治七年(1650)，瞿式耜抗清殉節。十一年(1654)，其孫瞿昌文扶柩歸里，並將式耜生前詩文、奏疏一併攜歸。十四年(1657)，昌文先以式耜遺詩交毛晉付梓，即《東日堂詩稿》。本跋尚載瞿式耜《虞山集》(瞿昌文輯，清瞿氏保恩堂鈔本)卷十一《書序哀詞祭章》，題"詩稿後序"，下署"毛鳳苞"。

三　家　宮　詞

《小星》《雞鳴》，三百篇之宮詞也。著金環而御夕，鳴玉佩以驚晨。其萬世彤管之輝，耀與嗣後，昭陽寂寂，褕翟[1]之凝彩聯篇；鈎翼沈沈，弓韣之賁章累牘。至於玄雲失護，蕉草同塵，或倚徙雲日，徘徊風月，思雉扇[2]於鳳墀，想羊車[3]於鸞闕。莫不飛華振藻，繪景攄懷，白滴齊紈之淚，紅拭楚袖之血。迨夫才人學士，感思無聊，身設永巷之幽，情寄增城之邈。繡坐移來，疊花牋而屬草；碧窗瑣却，展素紙而揮毫。無非言噴玉屑，筆落珠霏，多者百篇，少亦幾什。自唐迄宋，先輯三家，仍舊本也。若五家之參錯、千家之汗漫，尚容攷訂，以俟續入。時天啓乙丑夏杪，東吳毛晉漫題。

注:

[1]"褕翟"，古代王后從王祭先公之服，因服上刻畫雉形，故名。

[2]"雉扇"，亦稱雉尾扇，古儀仗所用的一種障扇。晉崔豹《古今注·輿服》:"雉尾扇，起於殷世。高宗時有雊雉之祥，服章多用翟羽。周制以爲王后夫人之車服。輿車有翣，即絹雉羽爲扇翣，以障翳風塵也。漢朝乘輿服之，後以賜梁孝王。魏晉以來無常，惟諸王皆得用之。"

[3]“羊車”，宮中裝飾精美、用羊牽引的小車。《晉書·後妃傳上·胡貴嬪》：“（晉武帝）常乘羊車，恣其所之，至便宴寢。宮人乃取竹葉插户，以鹽汁灑地，而引帝車。”

案：明天啓五年（1625）綠君亭刻《詩詞雜俎》之《三家宮詞》本，卷首載毛晉總序①，手寫大字上版。又卷末亦載，惟字體已作“明朝體”，“漫題”改作“識”。“乙丑”即天啓五年。次有三家宮詞目録，凡唐王建一百首，蜀花蕊夫人一百首，宋王珪一百首。卷端署“明東吳毛晉子晉輯”。八行十八字，無豎欄，版心下題“綠君亭”三字，刻工：徐、范、汪。總序署名毛晉，而五家詞跋則省去未署。《題跋》《汲古閣書跋》未收録總序。此書版片乾隆末歸蘇州萃古齋，萃古齋印本封面上有“虎邱太子馬頭萃古齋書坊發兑印”戳記。今傳多爲萃古齋本，但一般割去戳記，以充原印本。掃葉山房據以重刊。

《直齋》《通考》均著録“三家宮詞三卷”，然此本實爲毛晉所輯，宋本恐早已佚去。《藏園群書題記》著録一部明萬曆刻本，校以毛本，毛本訛誤甚多。而毛本與《十家宮詞》本相合者多。②《四庫》底本，《四庫提要》卷一八八著録。《叢書集成初編》收録。

王 建 宮 詞

余閲王建《宮詞》，輒襍以他人詩句。如“奉帚平明金殿開，暫將紈扇共徘徊。玉顏不及寒鴉色，猶帶昭陽日影來”，此王少伯《長信秋詞》之一也。“日晚長秋簾外報，望陵歌舞在明朝。添爐欲爇熏衣麝，憶得分時不忍燒”；“日映西陵松柏枝，下臺相顧一相悲。朝來樂府歌新曲，唱著君王自作詞”，此皆劉夢得《魏宮詞》也。“淚盡羅衣夢不成，夜深前殿按歌聲。紅顏未老恩先斷，斜倚熏籠坐到明”，此白樂天《後宮詞》之一也。“新鷹初放兔初肥，白日君王在內稀。薄暮午門臨欲鎖，紅粧飛騎向前歸”；“黄金桿撥紫檀槽，絃索初張調更高。盡理昨來新上曲，内官簾外送櫻桃”，此皆張文昌《宮詞》也。“銀燭秋光冷畫屏，輕羅小扇撲流螢。天街夜色涼如水，臥看牽牛織女星”，此杜牧之《秋夕》作也。“閒吹玉殿昭華琯，醉打梨園縹蒂花。千年一

---

① 此序亦有在《粟妙集》卷首者，蓋裝訂之誤，如天津圖書館、北大圖書館藏本即此。序文專爲《三家宮詞》而作。

② 周彦文：《毛晉汲古閣刻書考》，《古典文獻研究輯刊》三編第一册，花木蘭文化出版社2006年版，第96頁。

夢歸人世，絳縷猶封繫臂紗”，此又杜牧之《出宮人》之一也。意宋南渡後，逸其真作，好事者攟拾以補之。余歷參古本，百篇具在，他作一一刪去。

　　案：《王建宮詞》一卷，唐王建撰。

　　明末綠君亭刻《詩詞雜俎·三家宮詞》本，卷末載宋魏慶之《詩人玉屑》之王建詩話，次載毛晉跋，未署名。此跋就其内容及語言風格來看，非毛晉莫屬。《四庫提要》著錄，云王建《宮詞》竄入他詞者“晉竝考舊本釐正”，則亦定該跋爲毛晉所撰。毛晉刊《詩詞雜俎》之《三家宮詞》《二家宮詞》卷末所載毛晉跋皆不署名，蓋卷首有其署名總序，分集儘管不署名，實亦甚明。《題跋》《汲古閣書跋》收錄。

花蕊夫人宮詞

　　按蜀主王建納徐耕二女，姊爲淑妃，妹爲貴妃，俱善爲詩，有藻思。妹生衍，衍即位，册貴妃爲順聖太后，淑妃爲翊聖太妃。或即以順聖爲花蕊夫人，如《詩話》所稱小徐妃者是也。及唐莊宗平蜀後，孟知祥再有蜀，傳孟昶。青城女費氏，幼能屬文，尤長於詩，以才貌事昶，得幸，賜號花蕊夫人[1]。然則花蕊夫人果有二邪？但徐妃以汙亂失國，孟昶繼之，寵溺後宮，而猶襲亡國夫人之號，豈大惑者固不知其不祥也。乃陶宗儀以孟昶納徐匡璋女，拜爲貴妃，别號花蕊夫人，而以費氏爲誤，蓋未詳王建之有徐妃，孟昶之有費妃也。意蜀主有前後之異，而世傳夫人爲蜀主妃，不及考其爲王、爲孟、爲徐、爲費、爲順聖、爲花蕊邪？今《宮詞》百首，實孟昶妃費氏作，不聞小徐妃云。

　　宋太祖平後蜀，花蕊夫人以俘見。問其所作，口占一絶云：“君王城上豎降旗，妾在深宮那得知？四十萬人齊解甲，更無一箇是男兒。”楊用修[2]云“《宮詞》之外，尤工樂府”。蜀亡入汴，書葭萌驛壁云：“初離蜀道心將碎，離恨綿綿，春日如年，馬上時時聞杜鵑。”書未畢，爲軍騎催行。後人續之云：“三千宮女皆花貌，妾最嬋娟，此去朝天，只恐君王寵愛偏。”花蕊見宋祖，猶作“更無一箇是男兒”之句，焉有隨昶行，而書此敗節之語乎？續之者不惟虛空架橋，而詞之鄙，亦狗尾續貂矣。

　　注：

　　[1]花蕊夫人（約883—926），後蜀主孟昶貴妃，五代十國女詩人。青城人。幼能文，尤長於宮詞。得幸蜀主孟昶，賜號花蕊夫人。其《述國亡詩》亦頗受人稱道。

［2］"楊用修"，即楊慎。

案：《花蕊夫人宮詞》一卷，唐花蕊夫人撰。

明末綠君亭刻《詩詞雜俎·三家宮詞》本，卷端題"宮詞"，次署"明東吳毛晉子晉輯"，第三行題"蜀"，第四行署"花蕊夫人"，卷末載毛晉兩跋，皆未署名。毛跋之前尚有一跋，《四庫提要》考爲王安國撰。《題跋》《汲古閣書跋》收錄。

王 珪 宮 詞

公［1］自執政至宰相凡十六年，朝廷大典策多出其手。其文閎侈瓌麗，自成一家。詞林稱之，作《宮詞》百首。時本誤刻花蕊夫人者四十一首，而即以夫人三十九首移入公集，復以唐絕二首足之，今悉釐正無錯(1)。

校：

(1)"錯"，《題跋》《汲古閣書跋》作"差"。

注：

［1］"公"，即王珪(1019—1085)，字禹玉，華陽人。慶曆二年(1042)進士。六年(1046)，官大理評事。召試，授太子中允，直集賢院。官翰林學士，知開封府，兼侍讀學士。神宗時，拜尚書左僕射、門下侍郎。哲宗即位，封岐國公。撰仁宗、英宗《兩朝國史藝文志》，著有《華陽集》等。

案：《王珪宮詞》一卷，唐王珪撰。

明末綠君亭刻《詩詞雜俎·三家宮詞》本，卷末載"王岐公，諱珪，字禹玉。早中甲科，以文章、事業被遇四朝。自嘉祐初與歐陽永叔、蔡君謨更直北門。熙寧九年，拜相。務爲安靖之政，遂膺顧託，有定策之言。平生未嘗遷謫，多代言應制之詞，無放逐感憤之作，故詩多富貴氣"。後載毛晉跋，未署名。《題跋》《汲古閣書跋》收錄。

宋徽宗宮詞

五岳山人［1］止選一百六十七首，坊刻或二百八十一首，或二百九十二首，或三百首，或三百首有奇，多混入鄙俚贗作，以取數多。既從雲間得一元本，止缺二首。而時本雜詩十去其半，然風格已遠遜三家矣。

注:

[1]"五岳山人",即黄省曾。

案:《宋徽宗宫词》一卷,宋赵佶撰。

明末绿君亭刻《诗词杂俎·二家宫词》本,卷末载宣和六年(1124)帝姬长公主跋及毛晋跋。卷首有"二家宫词目",宋徽宗三百首,杨太后五十首。卷端署"明东吴毛晋子晋辑",可知此为毛晋自辑。其中前跋偽作,《四库提要》已辨。毛晋跋未署名。《题跋》《汲古阁书跋》皆收录。《藏园群书题记》著录书棚本《四家宫词》及清覆宋本《十家宫词》,皆有《宣和御製》三卷。今存明嘉靖三十一年(1552)郭云鹏刻《四家宫词》本,亦载其宫词,考其两本次序等皆有異,绿君亭本似另有所本。据毛晋跋可知,所据为元本。《四库》底本,《四库提要》卷一百八十八著录。

楊太后宫詞

丁卯花朝,一友密缄遠寄,云是少室山人手訂秘本[1]。即命予附鑴《花蕊》后,以成《宫词快觀》。因檢(1)宋徽宗三百首,合梓二家宫词,以公同好。

考今本止三十餘首,廿首從未之見。但"迎春燕子尾纖纖""落絮濛濛立夏天""紫禁仙輿詰旦來",向刻唐人。又"蘭徑香銷玉輦踪""缺月流光入綺疏""輦路青苔雨後深",向刻元人。今姑仍原本,未便删去。舊跋潛夫,不知何許人也。

校:

(1)"檢",《題跋》《汲古阁书跋》作"簡"。

注:

[1]"少室山人手訂秘本",即"少室山人"胡應麟手訂秘本,亦即此刻所用底本。據諸家考訂,胡本爲宋寫本,歷經名家收藏,卷首有毛晋跋,卷末有嘉慶十五年(1810)黄丕烈跋,鈐印"錢允治印""毛鳳苞印""子晋氏""子晋""鳳苞""孫從添印""慶增氏""耦耕堂印",歷經汪水雲、錢功甫、毛子晋、黄蕘圃、汪士鍾舊藏。2018年秋季蘇富比拍賣行拍出,成交價250萬歐元,爲劉益謙所得。毛晋跋與绿君亭刻本同。黄丕烈跋題宋寫本,曰:"余

粗閱一遍，未及諦視，跋語亦甚模糊。袖歸閱之，識是子晉手跡，且其跋云合梓二家《宮詞》，以公同好。與汲古閣刊書細目《詩詞雜俎》中所云正合，尤幸昔賢手澤不致湮没，可喜亦可危已。"黄氏又跋嘉慶十五年雲間沈氏嘯園摹刻本時又稱"稿本"，並考"潛夫"爲周密，云："《楊太后宮詞》，汲古閣曾刊入《詩詞雜俎》中，其稿本余今始獲之，所謂潛夫輯本也。毛子晉云舊跋潛夫不知何許人，余以稿本核之，其爲宋人無疑。紙係宋時呈狀廢紙，有官印朱痕可證。至潛夫之爲何許人，就其跋云寧宗楊后，而不系以宋，則可斷爲宋朝人。其標題曰'潛夫輯'，余疑爲周密公謹。蓋公謹所撰書皆曰輯，如《武林舊事》則曰四水潛夫輯。《絕妙好詞》則曰弁陽老人輯。公謹入元，追憶故國，故有《武林舊事》之作。而此《楊太后宮詞》輯之，殆亦寓懷舊之思歟？余友海寧陳仲魚廣見博聞，助余曲證斯説，謂《齊東野語》有慈明楊太后事一則，可見公瑾熟于楊后事實。且《癸酉雜識》載咸淳甲戌秋爲豐儲倉，甲戌乃咸淳十年。今跋云癸酉仲春得之江左，甲戌上距癸酉止隔一年。公瑾生于紹定十五壬辰，則癸酉年四十歲矣。得此二證，差信余説之非妄，故用別紙載《齊東野語》一則附於後，而並著仲魚之説云。"繆荃孫《云自在龕隨筆》卷二云："寧宗楊后宮詞五十首，寫在狀紙反面，紙墨甚舊，係汪水雲、錢功甫、毛子晉、黄蕘圃舊藏。功甫有印記，子晉有兩跋，蕘圃亦跋，子晉曾刻入《五家宮詞》。"《藏園群書題記》亦云："毛晉所據原本後人未見，然黄丕烈所跋刻者，即是毛晉所據之本也。黄氏言其爲宋呈狀廢紙抄本，則毛氏乃據宋時輯本而梓。然疑有元人之作，或曾經後人增衍矣。"《善本書所見録》卷五亦著録此本，當爲瞿氏影刊本。

案：《楊太后宮詞》一卷，宋楊桂枝撰。

明天啓七年（1627）緑君亭刻《詩詞雜俎·二家宮詞》本，卷後有潛夫跋，云："右宮詞五十首，寧宗楊后所撰。好事者秘而不傳，世亦罕見。癸酉仲春之江左，何啻和隋之珠璧耶？王建《花蕊》不得專美矣。潛夫識。"次爲毛晉兩跋。毛晉跋未署名。其中首跋乃《二家宮詞》總跋。"丁卯"即天啓七年（1627），則《二家宮詞》即刊於此年。《題跋》《汲古閣書跋》皆收録。《四庫》底本，《四庫提要》卷一百八十八著録。

元　宮　詞

辛未花朝，偶過林若撫[1]齋頭，見《元宮詞》百首，迺是我朝蘭雪主人[2]作，又不著姓氏。雖未若元人親炙宮庭，然風聞於乳嫗，或非浪詠。

且沙漠景光，一换唐宋耳目，亦可嗣刻予昔年三家二家之尾云。湖南毛晉識(1)。

校:

(1)《題跋》《汲古閣書跋》無“湖南毛晉識”。

注:

[1]“林若撫”，即林雲鳳。

[2]“蘭雪主人”，即明朱橚(？—1425)，朱元璋第五子，自題蘭雪軒，卒謚定。著有《救荒本草》。《明史·諸王·周王橚》載:“周定王橚，太祖第五子。洪武三年(1370)封吳王。十一年，改封周王……橚好學，能詞賦，嘗作《元宮詞》百章。”

案:《元宮詞》一卷，不著撰人。

明末汲古閣刻《詩詞雜俎》本，卷首有自序，不署撰者，卷末載龍莊甄及毛晉跋。“辛未”即崇禎四年(1631)，當刊於此年。由毛晉跋可知，此集乃後增補殿後，收詩百首，因此今傳《詩詞雜俎》本多無此集，其卷首目録中未見此目，今惟見臺圖藏本《詩詞雜俎》(13918)中有《元宮詞》。《題跋》《汲古閣書跋》皆收録。民國上海醫學書局影印汲古閣本、《四庫全書存目叢書》亦收録。

關於作者問題，此本卷首有永樂四年(1406)“蘭雪”序，即自序:“元代宮廷事跡無足觀，然紀其事實，亦可備史氏之采擇焉。永樂元年，欽賜予家一老嫗，年七十矣，乃元后之乳母女，知元宮中事悉。閑嘗細訪，一一備知其事。故予詩百篇，皆元宮中實事，亦有史未曾載，外人不得而知者，遺之後人，以廣多聞焉。永樂四年春二月日，蘭雪軒製。”隆慶四年(1570)龍莊甄跋曰:“《元宮詞》百首，勝國事跡燦然在目。昔遷、固最號博洽，後葛洪等《三輔黃圖》等書紀秦故事，多遷、固所不載，觀者每有今古廢興之感。然則是編者不獨可爲多聞之助云爾。”《四庫存目》收録，《四庫提要》卷一百七十五云:“案:朱彝尊《静志居詩話》曰:‘《元宮詞》百首，宛平劉效祖序，稱周恭王所撰。’考定王以洪武十四年之國，洪熙元年薨。序題永樂四年，則爲定王無疑矣。定王名橚，太祖第五子也。《明史·周王橚傳》用彝尊之説，蓋以所考爲允矣。詩凡一百首……尋常宮怨之詞殆居五分之一，非惟語意重複，且歷代可以通用，不必定屬於元，頗爲冗泛。其他切元事者皆無註釋，後人亦不盡解，不及楊允孚《灤京雜詠》多矣。”故作者蓋即周定王朱橚。

樂　府　詩　集

樂，盖六藝之一也。樂部諸書，孟堅著諸經籍之首，貴與列諸經解之後，陳氏直廁諸子録雜藝之間[1]，愈趨而愈微眇。迨陳三山撰《樂書》二百卷，凡雅俗胡部音器歌舞，下及優伶雜戲，無不備載。博則博矣，但腐氣逼人，而泉飛雲散之趣湮没殆盡，能不爲之三歎邪？太原郭茂倩集《樂府詩》一百卷，采陶唐迄李唐歌謡辭曲，略無遺軼，可謂抗行周雅，長揖楚詞，當與三百篇併垂不朽。惜乎至元間童萬元家本，凡目録小序率意節略，歲月既久，鼴滅不能句讀。因句大宗伯錢師[2]榮木樓所藏宋刻，手自讎正，九閱月而告成。恨未得徐陵《玉臺新詠(1)》、吳競《古樂府詞》並付欒氏耳。虞山毛晉識(2)。

己卯二月望日依宋版較正。（卷一末）

十六日較。（卷二末）

十六日較。（卷三末）

十八日較。（卷四末）

校：

(1)"詠"，《題跋續集》誤作"録"。

(2)據毛晉、王咸校宋本《樂府詩集》卷一百末亦載此跋："樂，盖六藝之一也。樂部諸書，孟堅著諸經籍之首，貴與列諸經解之後，陳氏直廁諸子録襍藝之間，愈趨而愈微眇。迨陳三山撰《樂書》二百卷，凡雅俗胡部音器歌舞，下及優伶襍戲，無不備載。博則博矣，但腐氣逼人，而風雅之趣湮没□盡，能不爲之三歎耶？太原郭茂倩彙《樂府詩》一百卷，采陶□迄李唐歌謡詞曲，略無遺□，雖樂府之名肇之於漢，□□□遡太古。自《雲門》以□□代□律，恍然盈耳矣。惜乎歲□□□□□□□□□□□□□□能句讀。因乞錢宗伯□□□□□□□□□□□□□□□未得徐陵玉（下缺）。"可見，此校宋本毛晉殘跋與汲古閣刻本《題跋》之跋稍有出入，蓋刻入時又有潤色校改。卷首有李孝先、周慧孫兩序，但後者缺字較多。《愛日精廬藏書志·續志》卷四亦録卷一百末殘跋，惟今存字跡較張金吾時又稍漫漶。

注：

[1]"陳氏直廁諸子録雜藝之間"，當指陳振孫《直齋書録解題》著録樂類。其"樂類"不著録於經部，而是著録於子部，卷十四著録爲"音樂類"，前爲"醫書類"，後爲"雜藝類"，云："劉歆、班固雖以《禮》《樂》著之六藝略，要

皆非孔氏之舊也。然《三禮》至今行於世，猶是先秦舊傳。而所謂《樂》六家者，影響不復存矣。竇公之《大司樂章》既已見於《周禮》，河間獻王之《樂記》亦已録於《小戴》，則古樂已不復有書。而前志相承，乃取樂府、教坊、琵琶、羯鼓之類，以充樂類，與聖經並列，不亦悖乎！晚得鄭子敬氏《書目》獨不然，其爲説曰：儀注、編年，各自爲類，不得附於《禮》《春秋》，則後之樂書，固不得列於六藝。今從之，而著於子録雜藝之前。”“廁”，同“厠”，混雜。

[2]“大宗伯錢師”，即錢謙益。

案：《樂府詩集》一百卷，宋郭茂倩撰。

明崇禎十二年(1639)汲古閣刻本，卷首有至元六年(1340)李孝光序，次目録二卷，卷一卷端次署“太原郭茂倩編次”，卷末載毛晉跋。每卷首尾兩葉版心中題“汲古閣”，下鐫木記“毛氏正本”。毛晉跋文完整，而所用底本——元刻本(今存國圖)則缺文較多，且略有異文，見注釋録文。又《題跋續集》亦載，與汲古閣刻本同，題名“跋郭茂倩樂府詩集”。

汲古閣刻本《樂府詩集》原有祖本(底本)、初印本、第一次校印本、第二次毛扆重修本之分。經諸本對勘及毛晉跋中可知，汲古閣刻本所用底本即祖本乃爲元至正元年(1341)集慶路儒學刻明修本。毛晉曾借錢謙益所藏宋本，毛晉、王咸於崇禎十二年校勘一過，“補正甚夥”，即毛晉、王咸校宋本。關於兩人校勘情況，張金吾《愛日精廬藏書志·續志》卷四云：“自卷一至卷六《朝日樂章》，毛氏子晉手校，卷末俱有子晉手識校勘時日，其《夕月樂章》以下則長洲王與公所校也。”據統計，毛晉校勘了目録和前五卷半，首四卷卷尾題“卷幾”處皆鈐印“識字耕夫”，其餘部分由王咸完成。全書共有毛晉、王咸校勘手識三十五條，分布於以下幾卷之末：一、二、三、四、五、九、十六、十九、二十三、二十七、二十八、三十、三十三、三十六、三十八、三十九、四十二、四十六、五十、五十三、五十六、五十九、六十三、六十七、六十八、六十九、七十、七十二、七十六、七十九、八十、八十五、八十九、九十二、一百。手識詳記時間，間有賞評。卷末載毛晉跋。

原錢謙益所藏宋本今已不存，但校宋本今存國圖。驗之校宋本，卷一末毛晉識曰“己卯二月望日依宋版較正”、卷一百末王咸識“臘月廿四日燈下閲完，是夕爆聲如雷”，可知二人從崇禎十二年己卯(1639)二月至臘月，耗時十月校畢。毛晉跋云“手自讎正，九閲月而告成”。卷九十二後有王咸題記云：“閲竟前一卷，日將下春，付刻催迫，乃復披閲，不謂遂能終之。初九日識。”可知付梓當即此時，故可定之爲崇禎十二年汲古閣刻本。毛刻祖本(校宋本)鈐印有“毛晉秘篋”“毛姓秘玩”“汲古閣鑒定本”“鐵琴銅劍樓”

“瞿啓科印”“瞿啓文印”“瞿秉淵印”“瞿秉清印”“識字耕夫”等。毛晉之後，曾爲張金吾收藏，其《愛日精廬藏書志·續志》卷四著録甚詳，並録毛晉、王咸諸跋。其後傳於常熟瞿氏，《鐵琴銅劍樓藏書目録》卷二十三、《鐵琴銅劍樓藏書題跋集録》卷四皆著録。故此本遞經毛晉、毛表、張金吾、鐵琴銅劍樓收藏，今藏國圖（07138）。

所謂初印本，即刊成後首次刷印之本，時在崇禎十二年至十三年（1639—1640）之間。首有李孝先序，但無周慧孫序，蓋因缺字較多而删去。初印本流傳至今已頗少，各館亦絶少見之。筆者曾於北京“飛雲閣”書肆見一初印本，扉頁大字兩行題“郭茂倩樂府／詩集”，下鈐“毛氏正本”“汲古閣”兩方朱文方印，每卷末端均作“東吳毛晉訂正”，每卷首尾兩葉，版心中題“汲古閣”，下題“毛氏正文”。毛本初印本常有扉頁，除署書名外，常鈐有“毛氏正本”“汲古閣”兩方朱印，如《五唐人詩集》《四書集注》等，而後印本或修本則未見扉頁。據尚麗新調查，此本尚有兩部存世，一在南京圖書館，陸烜校，沈德潛、陸烜、丁丙舊藏，《中國古籍善本書目》著録；二在上海圖書館，勞權校本，余懷、勞權舊藏。

第一次校印本，每卷末均有“東吳毛晉訂正”，毛扆重修本，公文紙印本，翁曾文、翁同龢跋。後者曰：“此爲初印本無疑。”《上海圖書館善本題跋輯録》著録爲“明末汲古閣毛晉刻清初毛扆重修公文紙印本”。馮武、翁曾文、翁踐孫舊藏，馮武爲毛晉館甥，並加以評點。每册以卷尾千字文朱字結册，共“陽雲騰致雨露結爲霜金生麗水玉出昆”十六字。今藏上海圖書館（773009—24），間有斷版痕跡，當非初印本。莫伯驥曾藏另一部，《五十萬卷樓群書跋文》著録云：“此本用前明公牘紙背印，板新墨妙，當是初次雕成所印。”今不知何所。

第二次校印本，即毛扆校訂本，亦爲汲古閣刻本的最後定本，印數較多，現各館收藏較多。卷末訂正者增加毛扆，校訂時間在康熙年間。經核查，卷末皆鐫有“東吳毛晉訂正，男扆再訂”者，約五十卷，十餘卷没有署名，署“東吳毛晉訂正”者有三十餘卷。此本由於是定本，諸家採用最多。

據尚麗新考證，這兩次校改本均在康熙八年至四十四年（1669—1701）之間。陸貽典於康熙八年第三次校勘初印本，且女婿毛扆亦參與其中，如有毛扆新校改的本子，陸氏不會不參閲。同時産生於康熙四十四年的《全唐詩》之“樂府”部分，係録自毛扆第二次校印本，故在此之前毛扆校改本已刊成發行於外了。① 《四庫全書》《四庫薈要》所收皆爲此定本，《四庫提要》云

① 尚麗新：《〈樂府詩集〉版本研究》，中國社會科學出版社 2012 年版，第 137—141、163 頁。

“誠樂府中第一善本”。《藏園訂補邵亭知見傳本書目》卷十六著録此本,云:“毛本校讎較佳,實優於元刻明補本”。嘉道年間,雕版流出,刷印頻繁,幾易其主,坊間又多有翻刻本出現。同治末年,湖北武昌崇文書局據以重刻,書局本流傳亦廣,1912年再度刷印。《四部叢刊初編》影印第二次校印本,《四部備要》收録崇文書局本。

唐人選唐詩

　　《唐人選唐詩》約十種餘,予數載遍搜,僅得八册。或選聲而奏丹陛,或別調而秘青緗,或流美於既湮,或表章於復振。三百年來風運文流,已大備於斯編。凡百類選,盈案溢篋,俱可束之高閣矣。至有一人一詩,錯見更張,不過作者郵瓢相示,偶定推敲,選者甲乙遞衡,微商思息,固無俟炫異以(1)標新,亦何必强同而畫一? 若乃癡龍未辨,漫易刑天者,恐不能無愧於鼎來[1]。更有《南薰》《又玄》諸集,姑俟續刻。戊辰竹醉日,湖南毛晉記。(2)

校:

(1)“以”,《汲古閣書跋》無,《題跋》不脱。
(2)《題跋》《汲古閣書跋》無“戊辰竹醉日,湖南毛晉記”。

注:

[1]“鼎來”,方來,正來。《漢書·匡衡傳》:“諸儒爲之語曰:‘無説《詩》,匡鼎來;匡説《詩》,解人頤。’”

案:《唐人選唐詩》八種二十三卷,毛晉輯。

明崇禎元年(1628)汲古閣刻本,每卷卷首皆有姓氏總目、目録及編者署名,各集末皆有崇禎元年毛晉跋。八行十九字,左右雙邊,花口,無魚尾。上題書名,中題卷次及葉次,下刻“汲古閣”三字。扉頁右側大字題“唐人選唐詩”,左側題各集集名。卷首有崇禎元年魏浣初序,卷末《才調集》後另起葉載崇禎元年毛晉跋,總跋字體有隸書之藴,與其他跋多行楷手寫體不同。“戊辰竹醉日”指崇禎元年農曆五月十三日。魏浣初序曰:“吾友沈雨若既已獨行秘本,漸布人間,而吾甥子晉留心風雅,廣裒腋瘢,精辨魯魚,見余南銓署中有六家唐詩,遂取而分類合鑴,益以《御覽》,彙成八種。”可知毛氏所採底本六種爲魏氏藏本,但究竟是抄本、刻本未知。今存明嘉靖刻本《唐人選唐詩》六種,與汲古本悉同,當直接或間接淵源於嘉靖本。至於《才調集》《御覽詩》則另有所自。又據毛晉跋,欲續刻《南薰》《又玄》兩集,以成十種,今未見毛氏刻本,蓋未刊成。其後王士禛以汲古閣本爲基礎,又有選本《十種唐人》梓世。

國圖藏本(13453)有吳景恩校跋並録,清葉奕、陸貽典、何焯等批校題識,對其各本底本探究及版本優劣頗有評騭,頗可資借鑒。

御　覽　詩

唐至元和間,風會幾更。章武帝命采新詩,備覽學士,彙次名流,選進妍艷短章三百有奇。至今缺軼頗多,已無稽考。間有頓易原題,新綴舊幅者,無過集柔翰以對宸嚴,此令狐氏[1]引嫌避諱之微旨也,寧曰改竄以立異。覽斯集者,當自得之。戊辰元春日,湖南毛晉記。(1)

校:

(1)《題跋》《汲古閣書跋》無“戊辰元春日,湖南毛晉記”。“戊辰”即崇禎元年(1628)。

注:

[1]“令狐氏”,即令狐楚(766 或 768—837),字悫士,自號白雲孺子。宜州華原人,先世居敦煌。貞元七年(791)登進士第。憲宗時,擢職方員外郎,知制誥。出爲華州刺史,拜河陽懷節度使。入爲中書侍郎,同平章事。憲宗去世,爲山陵使,因親吏贓污貶衡州刺史。諡曰文。著有《漆奩集》一百三十卷,編《元和御覽詩》。

案:《御覽詩》一卷,唐令狐楚輯。

明崇禎元年(1628)汲古閣刻《唐人選唐詩》本,卷末有紹興二十五年(1155)陸游跋、慶元四年(1198)陸游再跋及崇禎元年毛晉跋。陸游跋曰:“案《盧綸墓碑》云:元和中,章武皇帝命侍臣採詩第名家,得三百十一篇……而此才二百八十九首,蓋散佚多矣。”《郡齋》未著録,《直齋》著録:“《唐御覽詩》一卷,唐翰林令狐楚纂,劉方平而下迄於梁鍠,凡三十人、詩二百八十九首。”汲古閣本收録三十人二百八十六首,與陸游、陳振孫所見宋本少三首,是否爲陸、陳誤記,亦未可知。據傅增湘《藏園群書題記》卷十九著録,宋本當即南宋臨安陳氏書籍鋪本,清初尚在,馮班曾以之校他本,何焯借馮氏校本校汲古閣本,其後湮沒無聞。今存明萬曆四十七年(1619)趙均抄本(今藏國圖),亦爲二百八十六首,與毛本合,此刻當出於趙本。《四庫全書》本收録數量與毛本正合,當即底本,《四庫提要》卷一百八十六著録。

篋　中　集

漫士[1]逢天寶之亂,置身仕隱間,自謂與世聱牙,不肯作綺靡章句。先輩譬之古鐘磬,不諧于俚耳,而可尋玩。今讀其《篋中》[2]七人詩,亦皆歡寡愁殷之語,不類唐人諸選。然磊砢一派,實中世所難,宜荆公選録不遺也。或謂漫士自作,編入别集,謬矣。戊辰春分日,湖南毛晉記。(1)

校:

(1)《題跋》《汲古閣書跋》無“戊辰春分日,湖南毛晉記”。

注:

[1]“漫士”,即元結(719—772),字次山,號漫叟、聱叟、漫郎。洛陽人。天寶十二年(753)進士。乾元二年(759),任山南東道節度使史翽幕參謀。代宗時,任道州刺史,調容州,後卒於長安。著有《唐元次山文集》。

[2]《篋中》,即《篋中集》,一卷,元結編,集其親友沈千運、趙微明、孟雲卿、張彪、王季友等七人五言古詩共二十四首。

案:《篋中集》一卷,唐元結編。

明崇禎元年(1628)汲古閣刻《唐人選唐詩》本,卷首有乾元三年(760)元結自序,卷末載崇禎元年毛晉跋。元結序曰:“天下兵興,於今六歲,人皆務武,斯爲誰嗣?已長逝者,遺文散失;方阻絶者,不見盡作。篋中所有,總編次之,命曰《篋中集》,且欲傳之親故,冀其不忘於今。凡七人,詩二十四首。時乾元之三年也。”該集原宋本已不存,但影抄臨安府太廟大街尹家書籍鋪本爲徐乃昌刻入《徐氏叢書》,所録人數、篇數與元結序同,今傳明郭勳刻本《唐元次山文集》、明陳繼儒鑒定本《唐元次山文集》、淮南黄氏刊本《元次山集》及汲古閣本亦同,説明流傳無變化。他集所載,如王安石《唐百家詩選》等皆與此本同,可證七人之詩能夠傳世惟賴《篋中集》。然汲古本亦有可校影宋本之誤者,如王季友《别李季友》“閉匣二千年”,汲古本“千”作“十”,當是。其版本源流詳見傅璇琮《唐人選唐詩新編》前記。

國　秀　集

　　是集[1]既無定本懸之國門，更無散帙廣之鄉塾，景文氏僅僅覓之(1)夕陽亂流中，奚啻玄珠、赤水？第據曾氏跋云：“名欠一士。”兹且虛列三人，如呂令問、敬括、韋承慶是也。又云：“詩增一篇。”兹且復合樓序篇什，然揔非芮侯[2]真面目矣。非敢傳訛，聊以存舊云爾。戊辰寒食後一日，湖南毛晉記。(2)

　　校：

　　(1)《汲古閣書跋》“之”後有“於”字，《題跋》無。
　　(2)《題跋》《汲古閣書跋》無“戊辰寒食後一日，湖南毛晉記”。

　　注：

　　[1]“是集”，即《國秀集》三卷，唐芮挺章編選詩集。編於天寶三年(744)，以“風流婉麗”爲標準，選詩二百一十八首，作者八十八人，最早爲高宗、武後時宮廷詩人李嶠，最後爲祖詠，大體以世次爲先後。

　　[2]“芮侯”，即芮挺章，唐開元、天寶時人，生平不詳。曾任國子博士，或爲太學生。所編《國秀集》中載其詩二首。

　　案：《國秀集》三卷，唐芮挺章編。

　　明崇禎元年(1628)汲古閣刻《唐人選唐詩》本，卷首有樓穎序，卷端署“芮挺章集”，卷末載北宋元祐四年(1088)曾彥和跋及崇禎元年毛晉跋。曾彥和跋云：“《國秀集》三卷，唐人詩總二百二十篇，天寶三載國子省芮挺章撰，樓穎序之……此集《唐書·藝文志》洎本朝《崇文總目》皆闕而不録，殆三館所無。浚儀劉景文頃歲得之鬻古書者，元祐戊辰孟秋從景文借本録之，因識於後。龍溪曾言和題。大觀戊子冬，賀方回傳於曾氏，名欠一士，而詩增一篇。”今傳本當即源於曾氏抄録劉氏藏本，但流傳不廣，北宋及以前公私目録皆未著録，南宋《郡齋》亦未著録，直至南宋末《直齋》始有著録。但宋本今已不存，明刻本存世多種，以明嘉靖本最古，皆爲三卷本。汲古閣本當源於明嘉靖刻本《唐人選唐詩》六種。《四部叢刊》收録明刻本最優，然亦有訛誤之處，汲古閣本可補其空缺，亦可訂其訛誤，參見傅璇琮《唐人選唐詩新編》前記。《四庫》底本，《四庫提要》卷一百八十六著録。

河嶽(1)英靈集

　　《河嶽》《中興》[1]二集，一選開元迄天寶名家，相繼品騭，真盛唐一大觀也。且每人各列小敘，拈出警語，但雄奇逸豔不倫耳。或病其詮次龐雜，或病其議論凡鄙，未敢據爲定評云。戊辰春盡日，湖南毛晉記。(2)

校：

　　(1)《汲古閣書跋》作“岳”，汲古閣刻本《唐人選唐詩》卷首殷璠序、目錄及卷端皆作“嶽”。

　　(2)《題跋》《汲古閣書跋》無“戊辰春盡日，湖南毛晉記”。

注：

　　[1]《中興》，即《中興間氣集》，唐高仲武編選唐人詩集。選録蕭宗至德初(756)至代宗大曆末(779)二十多年間作家作品，凡計二十六人、一百三十餘首。舊史家稱此時爲安史亂後之“中興”時期，書名取此。編選者推崇錢起、郎士元，列二人於上、下卷之首。所選多爲贈別酬和、流連光景之作，也有少數反映民生疾苦的篇什。

　　案：《河嶽英靈集》三卷，唐殷璠編。

　　明崇禎元年(1628)汲古閣刻《唐人選唐詩》本，卷首有殷璠自序、集論，卷末載崇禎元年毛晉跋。

　　此書有二卷本系統與三卷本系統。殷璠自序云：“詩二百三十四首，分爲上下卷，起甲寅，終癸巳。”《新唐志》《直齋》《通考》皆著録爲二卷，今國圖存兩部宋槧十行十八字本，均爲二卷，皆爲汲古閣舊藏。《四庫》以汲古閣本爲底本，《四庫提要》卷一百八十六著録三卷本，力證二卷之誤，實非。至明代始有三卷本，當亦自二卷本出，只是改纂爲三卷本，並有刊本傳世，《四部叢刊》收録明刻本，編次與毛本悉同，蓋毛本所出。然亦有異文，當毛晉又參校《唐詩紀事》等，間有舛誤，蓋刊刻疏忽使然。汲古閣本與宋本異文甚夥，如宋本《夢游天姥山別東魯諸公》“使我不得開心顔”，汲古閣本作“暫樂酒色彫朱顔”，下注“一作‘使我不得開心顔’”，或可一解。殆毛氏後得宋本，故刊梓時未見。

河嶽英靈集
毛扆

壬戌[1]五月廿一日，以舊抄校一過。毛扆。

注：

[1]"壬戌"，即康熙二十一年(1682)，時毛扆四十二歲。

案：明刊本，清毛扆校並跋，黃丕烈跋，邵恩多題款，黃丕烈、涵芬樓舊藏，今藏國圖(07765)。張元濟《涵芬樓燼餘書錄》著錄，云："明刻本，一册，毛斧季校，黃蕘圃舊藏。原分上中下卷，毛斧季據舊抄本校，改爲二卷，與陳振孫《書錄解題》合。校正訛字甚多。儲光羲《訓慕毋校書夢游耶溪見贈》之作一首，改至二十二字；王昌齡咏史《觀江淮名山圖》二首，改至九十三字。知所據非常本矣。"《毛扆書跋零拾(附僞跋)》收錄。將今存宋刻二卷本與毛扆所校對核，所校異文悉合，所據蓋爲舊抄宋刻本。

傅璇綜等輯《唐人選唐詩新編》認爲此明刻本爲毛扆翻刻本，當非。毛晉刻《唐人選唐詩》本爲三卷，此亦爲三卷，且收錄人數、篇數與毛晉本悉同，何以非要重刻？而且未見有任何記載毛扆重刻之事實。《北京圖書館古籍善本書目》著錄爲明刻本，而不言毛扆刻本，當是。

河嶽英靈集
毛琛

戊戌[1]夏五長至日，偶點用西曆。
戊子[2]清和，紅豆邨主人毛琛校正。

注：

[1]"戊戌"，爲乾隆四十三年(1778)，時毛琛四十五歲。
[2]"戊子"，爲乾隆三十三年(1767)，時毛琛三十五歲。

案：明刻本，錢求赤、毛琛校跋，以朱筆、墨筆圈點校正。卷首天頭題"錢求赤先生手閲本""戊子清和十日，紅豆居士再校"。卷上尾題前有毛琛校跋，下鈐印"紅豆辭人"。其他鈐印有"永錫堂""錢求赤讀書記""菴蘿居士"，今藏上圖(線善789156)。從毛琛所題來看，兩次校閲相隔十年。"紅豆邨"爲其齋名。

中興間氣集

　　予家藏《中興間氣集》凡三本,俱逸五人評語,勉爾考訂就梨,殊未快也。既從婁東磁肆中獲蠹餘半篋,内簡得一舊抄本,後又(1)元祐曾氏跋,考覈甚碻,向所缺張衆父、章八元、戴叔倫、孟雲卿諸評具在,獨劉灣無考。始慨金題玉躞,不無紕繆,殘縑敗素,自有綾紋。季仁[1]云:"縱不能讀盡世間好書,惟身到處莫放過耳。"戊辰[2]佛日,湖南毛晉記。(2)

　　諸選逸詩頗多,而兹集尤甚,剞劂告成,殊悒悒也。秋日養痾虎丘僧寮,偕明伯、文初輩,旁搜《紀事》《品彙》諸書,得戴叔倫、鄭常若干篇,亟録之卷末。聊以析疑,匪云補亡也。戊辰中秋前三日,湖南毛晉識。(3)

校:

(1)"又",《題跋》《汲古閣書跋》作"有"。

(2)《題跋》《汲古閣書跋》無"戊辰佛日,湖南毛晉記"。

(3)《題跋》《汲古閣書跋》無"戊辰中秋前三日,湖南毛晉識"。

注:

[1]"季仁",即趙師恕,字季仁,長樂人。宗室子。黃榦門人。嘉定八年(1215),官浙江餘杭令。紹定五年(1232),知江西袁州事。理宗端平元年(1234),以朝請大夫、直徽猷閣知南外宗正司事。二年(1235),遷廣西經略安撫使,有政績,邑人刻石以紀。嘉熙元年(1237),改帥湖南。淳祐三年(1243),辭官歸里。《鶴林玉露·觀山水》載:"趙季仁謂余曰:'某平生有三願:一願識盡世間好人,二願讀盡世間好書,三願看盡世間好山水。'余曰:"盡則安能,但身到處莫放過耳。"季仁因言朱文公每經行處,聞有佳山水,雖迂途數十里,必往游焉。攜榼酒,一古銀盃,大幾容半升,時引一杯。登覽竟日,未嘗厭倦。"

[2]"戊辰",爲崇禎元年(1628),時毛晉二十九歲,刊書當亦在此年。

案:《中興間氣集》二卷,唐高仲武編,《補遺》二卷,明毛晉輯。

明崇禎元年(1628)汲古閣刻《唐人選唐詩》本,卷首有仲武自序,次有姓氏總目及各卷目録,卷末載元祐三年(1088)曾子泓跋及崇禎元年毛晉首跋,《補遺》末載毛晉次跋。《補遺》分上下兩卷,上卷爲張衆甫、章八元、戴叔倫評傳及戴叔倫詩一首,下卷爲鄭常評傳及詩三首、孟雲卿評傳。經核對,汲古閣本底本爲明嘉靖本(《四部叢刊》收録)。《四庫》底本,《四庫提要》卷一百八十六著録,但缺《補遺》二卷。毛氏曾藏一部影宋抄本,版本價值最高,可補缺訂訛刊本,然未作底本之用,蓋刊後得之。

搜玉小集

按《通志》《通考》猥(1)云,《搜玉》[1]一集,迺唐人選當時名士詩,俱不載何人部署。共計三十七人,詩六十三首,第其中先後不倫,彼此相混。如玄成諸君子互虚一二,而延清輩又各浮二三。甚者名存詩逸胡鵠三人,更可訝也。間閲《唐紀事》諸書,洎宋元舊册,因考其世次,稍及章句。如"十五嫁王昌"一首,北海叱爲小兒無禮[2],至今咄咄逼人,久混崔澄瀾,司勲氏寧不叫屈? 洵如此類,未及悉舉。若迺張汯誤張炫,徐晶誤徐晶,其諸姓氏隨點次釐正,謹列目次於首,以俟覽古者再加詳焉。戊辰上巳日,湖南毛晉記(2)。

校:

(1)"猥",當爲"俱"字。《汲古閣書跋》作"俱"。

(2)《題跋》《汲古閣書跋》無"戊辰上巳日,湖南毛晉記"。

注:

[1]《搜玉》,即《搜玉小集》一卷,唐代佚名所編詩集。全書選詩六十二首,作者三十四人,多爲初唐詩人。

[2]此段語出《新唐書》卷二百零三《崔顥傳》:"初,李邕聞其名,虚舍邀之。顥至獻詩,首章曰:'十五嫁王昌。'邕叱曰:'小兒無禮!'不與接而去。""十五嫁王昌"句出崔顥(官至司勳員外郎)《王家少婦》,常誤入崔湜(字澄瀾)集中。

案:《搜玉小集》一卷,不著編者。

明崇禎元年(1628)汲古閣刻《唐人選唐詩》本,卷端不署編者,卷末載崇禎元年毛晉跋。《四庫》底本,《四庫提要》卷一百八十六云:"其次第爲晉所亂,不可復考。既不以人敘,又不以體分,編次參差,重出疊見,莫能得其體例。徒以源出唐人,聊存舊本云爾。"館臣認爲毛晉亂其次第,余嘉錫予以辨駁,云:"毛晉跋中,雖有間閲《唐紀事》諸書洎宋、元舊册,因考其世次及章句之語,蓋但欲考而知之,未嘗自言變易其次第也。如果以世次爲先後,則何以不列魏徵爲壓卷,反次其詩二首於第三十七八耶?《提要》謂次第爲晉所亂,不知何所據而云然。其編次雖不以人敍,亦不以體分。余嘗即其詩以考之,開卷《奉和御製》三首爲應制,其次自《西征軍行遇風》至《燕歌行》凡六首爲從軍,次《塞外》《紫騮》《胡無人行》凡三首爲出塞,次《昭君》三首爲弔古,次《晚度天山有懷京邑》及《送公主和戎》二首爲遠別,其他皆以類相從,先後次序莫不有意,此必唐人原本如此,非晉所能辨也。充《提要》之言,凡編次總集者,必以人敍或以體分而後可,然則如《玉臺新詠》,一人之名前後數見者,亦不免於譏。"①汲古閣本源於今存明嘉靖刻本《唐人選唐詩》六種之一,底本即如是。事實上,毛晉對底本進行了校訂,傅璇琮《唐人選唐詩新編》:"據毛晉汲古閣本總目錄注文,毛氏所見之本,崔顥詩誤入崔湜,魏徵、陳子昂詩誤入宋之問,則此本爲四十三,詩六十一首(詩篇數與陳振孫所記合)。毛晉重加釐定,將誤入者分出,恢復原三十七人目次。但因胡皓、王翰、李澄之三人之詩已佚,故在刊行時,刪去三人姓名,成今之三十四人,詩六十一首。毛晉於此書有考訂之功,功不可没,故此次整理,即以汲古閣刊本爲底本。"②當然亦有整理未盡之處,詳見傅氏《唐人選唐詩新編》前記。

極 玄 集

按武功[1]自題云:此皆詩家鵰射(1)手也。凡廿一人,共百首。今已缺其一,吉光片羽,良可惜也。向傳姜白石[2]點本最善,竟不行於世。即留署中近刻,祇挂空名于簡端。雖然劉須溪點次鴻文典册,奚止什伯?悉爲坊間冒濫,溷入耳目。贋刻之行,日以長僞,何如原本之藏,適以存真也。戊辰花朝,湖南毛晉記。(2)

校:

(1)"鵰射",《題跋》《汲古閣書跋》作"射鵰"。
(2)《題跋》《汲古閣書跋》無"戊辰花朝,湖南毛晉記"。

注:

[1]"武功",即姚合。

① 余嘉錫:《四庫提要辨證》,湖南教育出版社 2009 年版,第 1314 頁。
② 傅璇琮:《唐人選唐詩新編》,中華書局 2014 年版,第 94 頁。

[2]“姜白石”，即姜夔（1154—1221），字堯章，號白石道人。祖籍饒州德興，後遷鄱陽。屢試不第，終生未仕。曾著《大樂議》，寧宗時獻於朝。著有《白石道人詩集》《白石道人歌曲》《續書譜》《絳帖平》等。

案：《極玄集》二卷，唐姚合編。

明崇禎元年（1628）汲古閣刻《唐人選唐詩》本，卷首有至元五年（1339）蔣易序，卷端署“唐諫議大夫姚合選”，卷末載崇禎元年毛晉跋。毛晉跋《唐人六集》本《姚少監詩集》云“天啓丁卯，余梓《極玄集》”，“丁卯”即天啓七年（1627），當指始刻時間。“戊辰花朝”即崇禎元年農曆二月，當即此書刊年。

毛氏影宋抄本《極玄集》一卷，今藏上圖。據行款及字體判斷，當影寫自南宋臨安陳宅書籍鋪本。其卷首有姚合自題曰：“此皆詩家射雕之手也。合於衆集中更選其極玄者，庶免後來之非。凡二十一人，共百首。”《新唐志》《崇文總目》《直齋》《宋志》及元辛文房《唐才子傳》皆稱一卷。至元五年，建陽蔣易刊於白鶴書院，附姜夔評點及跋語，並析爲上下二卷。蔣本今已不存，存世者有明嘉靖《唐人選唐詩》本、明隆慶三年（1569）楊綵刻《六家詩選》本、抄本等，皆出蔣本。汲古閣刻本實出於明嘉靖本，嘉靖本出於蔣本。不過毛刻刪去了明本目録卷端次署“宋白石先生姜夔點”八字。但幾經轉刻，汲古閣刻本已與蔣本有所不同，更與毛氏影宋抄本有異，以最早的毛抄校勘晚出的毛刻，毛抄的校勘價值不言而喻。毛抄本收録於《中華再造善本》，陳雷撰《提要》，云：“是集以明末毛晉汲古閣刻《唐人選唐詩》本最爲通行，取校此本，互異者約有數端：一、分卷。此本一卷，詩即接寫姚合所題後，毛本分爲上、下二卷，無姚合題記。二、排次。此本韓翃在前，暢當在後，毛本則暢當在前，韓翃在後。三、所收詩作。此本較毛本多《送謝夷甫宰鄞縣》一首，毛本戴叔倫詩較此本多《贈李山人》一首，以二者互補，正合一百首之數。二本文字異同處不少，如祖詠《蘭峰贈張九皋》‘輦輅入秦京’，毛本‘輅’作‘路’；‘長懷魏國情’，毛本‘國’作‘闕’；司空曙《經廢寶炎寺》，毛本‘炎’作‘慶’；郎士元《送楊中丞和番》‘漢壘今由在’，毛本‘由’作‘猶’；《送奚賈歸吳》‘霜葉落行舟’，毛本‘霜葉’作‘楓葉’；韓翃《羽林》，毛本‘羽林’下有‘騎’字。毛本前有元後至元五年（1339）建陽蔣易序，蓋源出元蔣氏刻本。是書另有明嘉靖刻《唐人選唐詩》本、明隆慶三年（1569）楊綵刻《六家詩選》本等，皆作二卷，排次、收詩及文字與毛本略同，可同歸爲元本系統。又有清初錢氏述古堂影宋抄本，康熙中何焯曾見之，校異同於毛本上。何校本現藏上海圖書館，凡此本與毛本異同處，述古

堂本悉同此本，知述本與此本源出宋本，可歸爲宋本系統。元刻二卷本系統
諸本流傳較廣，宋刻一卷本系統諸本傳世頗罕。檢《新唐書·藝文志》《宋
史·藝文志》《崇文總目》《直齋書録解題》，是書均作一卷，則當以宋本更爲
接近原貌。宋本久已不傳，此影宋精抄之本，亦罕而可珍。"①傅璇琮《唐人
選唐詩新編》亦指出兩本之異，首爲汲古閣本保存了明本之小傳及校記，影
宋本無，其餘如詩序、異文等亦有不同。藉此可見明刻改纂及反復刻梓發生
的變異。

才　調　集

　　憶戊午[1]偕雨若[2]於十五松下，日焚香讀異書，每思倡調，因而覓句
相賞也。時雨若纔購是集，不亞鴻寶。第惡煤墨瀋，無可著筆蘻處，稍稍點
次，遂投諸梓，意殊未愜。十年來偶于故楮中覓得舊本，不覺爽然。隨刻燭
研露，互參唐名賢舊集，標格無不印合，遂訂爲完書以行，斯無憾于作者，益
有洽于選人。當世説詩者，見海虞刻有二種以此。戊辰端陽前一日，湖南毛
晉記(1)。

校:

(1)《題跋》《汲古閣書跋》無"戊辰端陽前一日，湖南毛晉記"。

注:

[1]"戊午"，爲萬曆四十六年(1618)。
[2]"雨若"，即沈春澤，字雨若，號竹逸。明末常熟人。工畫蘭竹，善草
書。著有《雨若吟稿》。曾刻鍾惺《隱秀軒詩集》《文集》、李龏《唐僧弘秀
集》、韋縠《才調集》等。

　　案:《才調集》十卷，唐韋縠編。
　　明崇禎元年(1628)汲古閣刻《唐人選唐詩》本，卷首有韋縠自序，卷端
署"韋縠集"，卷末載崇禎元年毛晉跋。
　　該書現存最早刊本爲南宋臨安書棚本(今藏上圖)，此後不論刻本、抄
本皆直接或間接出於此。且宋以下官私書目均著録爲十卷，未見宋槧其他
刻本。明清時期，據書棚本刻、抄多部。隆慶時，沈春澤據孫研北家藏舊抄

---

①　《中華再造善本續編總目提要》(明代編)，國家圖書館出版社 2017 年版，第 489 頁。

本新刻一部，萬曆四十六年戊午（1618），被人剜改新印，訛誤較多，世稱沈氏萬曆本。毛晉看到的就是一個剜改本，"意殊未愜"。至崇禎元年，因得舊本，再刊行世。另有焦竑、錢復正、孫研北、趙清常等傳録本，行墨如一，皆出於臨安本。毛晉雖未言明"舊本"爲何本，但以明代多家傳録書棚本頗夥來看，其源於書棚本没有問題。再者，通過校勘亦知，汲古閣本與今上圖所藏書棚本録詩悉同，文字上有異，當是傳刻之誤。

　　據韋縠自序云："暇日因閲李、杜集，元、白詩，其間天海混茫，風流挺特，遂採摭奥妙，並諸賢達章句，不可備録，各有編次。"此爲現存唐人選唐詩中選詩最多的選集，每卷一百首，全書十卷一千首。儘管在選編中有種種缺失，如作者歸屬、一詩兩出、三出、訛誤等，但文獻價值不可小覷。如《四庫提要》卷一百八十六著録《才調集》云："然頗有諸家遺篇，如白居易《江南贈蕭十九詩》、賈島《贈杜駙馬》詩，皆本集所無。又沈佺期《古意》，高棅竄改成律詩。王維《渭城曲》'客舍青青楊柳春'，俗本改爲'誰有'。如斯之類，此書皆獨存其舊，亦足資考證也。"今人冀勤點校的《元稹集》即從《才調集》輯出二十多首集外詩。

分門纂類唐歌詩

毛　扆

　　此書係牧翁先生藏本，後歸先君。先君見背後，余兄弟往見，先生問及遺書，答以宋本皆先君手授。問趙孟奎[1]《唐歌詩》屬誰？答云屬扆。又問《施註蘇詩》，云亦屬扆。先生注目視扆曰："汝何幸也！此二者皆良書也，余與君家俱有之。余爲六丁[2]下取，惟君家獨存，故問。《唐歌詩》，吾家故物，尊府君見而奇之。後余又得綿紙强半部，從内府流出，紙白墨新，燦然奪目。尊府君因求此本，適床頭金盡，遂以相質。内府藏本有序目，并抄去。猶憶其序云：一千三百五十三家，四萬七百九十一首。又云：《蘇詩》王註荒陋，施註典核，即如吹洞簫之客，姓名藝能甚悉，他可類推矣。君家有缺卷，屢從余借抄，未與也，今深悔之。"扆聞之，茫然不知所謂，歸家篝燈，發兩書而讀之。《唐歌詩》無序目，及檢《蘇詩·赤壁賦註》，亦無吹簫人姓名。次日反覆繙閲，果于《次孔毅父詩》註見之（原註小字雙行：載坡公手帖云："綿竹武都山道士楊世昌子京，善畫山水，能鼓琴，曉星曆骨色，及作軌革卦影，通知黄白藥術。"其第三首有"西州楊道士""識音律""洞簫入手"等句，證其自廬山從公，在壬戌之夏；《赤壁賦》中吹洞簫者，殆是楊也。吳文定公[3]《題赤壁圖》詩云："西飛孤鶴記何祥，有客吹簫楊世昌。當日賦成誰與註，數行石刻舊曾藏。見《家藏集》第二十卷。"宸按：施註記飛鶴者，又是一帖。此二帖蜀箋墨蹟，往昔藏施宿家。其所刊石榻，文定公有之。據"賦成誰註"之詞，則公亦未見施註矣）。而所抄趙孟奎序目，奈何失去？後二年，檢書錄中得之。開卷疾讀，二句不誤一字，急錄入册內，按目展玩，雖十存其一，有隱僻姓名從未寓目者，因思以天下之大、好事者之衆，豈無全書？傳聞武進唐孝廉孔明宇昭有之，託王石谷鼌往問，無有也。先是託王子良善長訪于金壇。甲辰二月，子良從金壇來，述于子荊之言曰："唐氏舊有其書，價須百金。"夏日暴書，方讀趙序，忽憶其言，躍然曰："余（1）與唐，姻亞也，果能得之，鳩工而刻之，不過傾家之半，遂可公之天下，俾讀其書者如入建章而睹千門萬户之富。此生樂事，莫踰于此矣，盍再訪諸！即欲鼓棹而前，如石壕吏何！"內兄嚴拱侯坦曰："此韻事，亦勝事也，吾當往。"次日即行，道經丹陽，宿旅店樓中。中夜，聞户樞聲。雞初鳴，鄰壁大呼失金，諸商旅盡啓（2）。將啓行，户皆扃鑰不得出。天明，伍伯來追。宿店者二十三人，拱侯居首，爲與失者比屋也。匍匐見縣令，命各出囊中金，召失金者驗之，布金滿堂下，多者數百，最少者拱侯也。及驗畢，皆非，遂出。拱侯曰："可以行矣。"曰："未也。"令不能決，當質之于神，舁神像坐廣庭，庭中架熾炭，上置巨鍋，傾桐油于中，火炎炎從油上出，向拱侯曰："請浴。"拱侯長歎曰："毛斧季書癖害人，一至此乎？趙孟奎之《唐詩》，其有無未卜，令余死于沸油，何也？"一老人曰："若毋恐。苟盜金，必糜爛，不然無傷也。"試以手探之，痛不甚劇。遂蘸油塗體，果無損，以次二十二人盡無恙。拱侯曰："人謀鬼謀，鑊湯鑪炭，盡嘗之矣，今可以行矣。"又一人亦去。其二十一人者，方與旅店鬨。及事白，盜金者店家也。拱侯抵金壇，促于子荊寓書唐孔明，答曰："無之。"竟不得書以歸。宸趨迎，問《唐歌詩》。拱侯曰："焉得《歌》，不哭幸矣。"宸驚叩之。具述前事，既悵快，復踽踽焉。雖然戚戚焉，猶思他訪也。後讀《葉文莊公集》，謂從雷侍郎錄殘本，完者僅二十七卷。乃幡然曰："公爲英宗朝名臣，前此且二百年，其菉竹堂藏書甲天下，尚止於此，余小子焉得冀窺全豹乎？"敝帚之享，遂欣然自足。汲古後人毛宸謹識。

　　按趙孟奎，字文耀，號春谷，寄貫蘇州，太祖（3）十一世孫，寶祐丙辰文信國榜進士，官至秘閣修撰，博覽工文，善畫竹石蘭蕙。祖希懌，字叔（4）和，淳熙中進士，以江西安撫轉運除知平江，覈財用出入而削浮費無藝者。郡多舞文吏，未及期年，苗薅髮櫛，官寺肅清，以治行進直學士，尋以病告，移知太平州，拜昭信軍節度使。致仕，累贈太師成國公，謚正惠，葬吳縣穹窿山。父蕙[4]，字德淵，別號節齋，嘉熙三年直敷文閣，知平江，兼淮浙發運使。四年，郡中饑，分場設粥，委請董役，全活者數萬人。寶祐三年，以觀文殿學士再守郡,行鄉飲射禮于學宮,復修飾殿堂齋廬,廣弦誦以嚴教養,學宮子弟爲生立祠。明年兼提刑,六年除江東安撫使,知建康府。景定初,再知平江,匄祠,封周國公,謚忠惠。宸按:孟奎祖、父俱典吾郡,有政績,且丘墓在焉,寄貫于蘇宜矣。《唐詩》一集,亦吾郡典故,故其作序在咸淳改元,距今四百餘年,而湮没若此。景仰之餘,可勝扼腕! 宸又識。

略疏隱僻姓名于後

文丙　許大　任生　劉乙

孟翔　姚揆　喬備　狄煥

郭恭　戴公懷

附録葉文莊公書唐歌詩後,見《涇東藁》第十卷

《唐歌詩》殘書十册,録于雷景楊侍郎。此書趙孟奎編,分門纂類,其用志勤矣。舊凡百卷,今存此三十一卷,内三十一、三十二卷見《名類詩逸》,三十九、四十卷僅有首末二紙,所存實二十七卷,蓋三不及一也。景陽云:"尚有一册,尋未得。"

校:

(1)"余",毛氏影宋抄本作"于"。

(2)"啓",毛氏影宋抄本作"起"。

(3)毛氏影宋抄本"太祖"前有"宋"字。

(4)"叔",毛氏影宋抄本同,《鐵琴銅劍樓藏書題跋集録》作"伯",誤。

注:

[1]趙孟奎(1238—?),小名儒孫,字宿道,一字文耀,號春榖。寄居吉州安福。南宋宗室。南宋寶祐四年(1256)進士。咸淳間,以奉直郎權發遣衢州軍州事,官至秘閣修撰。治《尚書》。編著《分門纂類唐歌詩》。

[2]"六丁",道教認爲六丁(丁卯、丁巳、丁未、丁酉、丁亥、丁丑)爲陰神,爲天帝所役使。道士則可用符籙召請,以供驅使。亦指火神。此指冰火之災,當指順治七年(1650)絳雲樓失火,包括宋槧《分門纂類唐歌詩》之内的藏書慘遭焚毁。

[3]"吴文定公",即吴寬。

[4]"與蕑",即趙與蕑(1179—1260),南宋宗室,寄居湖州。其生平事跡見毛宸此跋。南宋寶祐五年(1257),趙與蕑於湖州任上,以嚴陵本《通鑑紀事本末》字小且訛,易爲大字,出私錢重刊之。今湖州本《通鑑紀事本末》存世多部。

案:《分門纂類唐歌詩》一百卷,宋趙孟奎輯。

宋浙刻本,存十一卷十二册,天地山川類五卷、草木蟲魚類三至八卷,卷次俱經剜改,卷首有咸淳元年(1256)正月十五日趙孟奎序,後徑接總目録,皆爲毛扆據絳雲樓藏本抄補。總目卷端題"天地山川類卷第一",下分兩行題"趙孟奎　分門纂類/唐歌詩一"。卷末載清毛扆、顧廣圻、倪稻孫跋,並王子良致毛扆、唐宇昭致于子荆手劄,清嚴元照跋並題詩,沈與文、錢謙益、毛晉、毛扆、蔣千道、嚴元照、張秋月、汪士鍾、鐵琴銅劍樓舊藏,今藏國圖(3737)。

趙孟奎自序云:"予既畢舉子業,先公俾學詩,每相與講論,歎諸家不可盡見。因發吾家藏,手出綱目,合訂分類,志成此編。宦轍東西軸,囑李君足成之,旁收逸墜,慕致平生所未見者,得一千三百五十三家,四萬七百九十一首,大略備矣,列爲若干卷。蓋首尾十餘年而後畢,繕而藏之。予懼成之之難而失之之易也,行必携以自隨,公暇時復倒篋翻閱,因謀鋟梓庋焉。"據序可知,此本當刊於南宋咸淳間。《中國版刻圖録》著録曰:"現存天地山川類四卷,草木蟲魚六卷,餘卷俱佚。紙簾細薄,極似陳氏經籍鋪江湖小集,行款亦同,因疑此書當亦陳氏經籍鋪刻本。"《藏園訂補郘亭知見傳本書目》卷十六著録"此爲僅存宋本,傳世鈔本均從此出"。《鐵琴銅劍樓藏書題跋集録》《毛扆書跋零拾(附僞跋)》皆録毛扆跋,《文録堂訪書記》卷五亦録,但間有訛字。其中影抄本毛扆跋與宋刻本所載間有異文。

又,王子良致毛扆信,曰:"仲春擾别,倏又深夏矣。正相念間,拱候表舅適至,知興居佳勝爲慰。所諭宋板《唐詩》,前于荆老實未知其詳,百金之説,亦擬議之辭。今接華翰,即便作札,特地遣使往毘陵,細問唐雲老,實無此書,云石谷已問過矣,回札呈覽。彼係至戚,諒無欺也。但拱候往返之勞,且中途受累,兼之舍間多慢,弟負罪多多矣。余容秋間荆請,率復不一。眷弟王善長頓首斧老尊舅大人。"唐宇昭致于子荆手劄曰:"今年茶時,司中與牙行狼狽爲奸,大蠹商賈。章蘭瀕發,亦更茶毒,失去片茶十數兩,復值司官不在鎮,無可追查。僕大費脣舌,押弓兵賠償十餘兩(原注:係開美處回出者)帶歸,謂章蘭不久過常,即可攜去,不意遂遲至今。又狂霖載道,難付持歸,僕收好,更俟後便耳。宋板《唐詩》,寒家絶無,當是足下素悉者。毛氏欲覓,向石谷曾言之,已託奉復,豈尚疑僕有所慳秘耶?如此時勢,且值僕如此奇書,而尚有所慳秘不出,愚不至此也。石谷屬期不來,近一徽友欲畫壽屏二架,附託其乃姪,凡三往返于虞山、金閶之間,始蹤跡得之,復以計賺,子身而至。甫於大雨中片刻晤言,仍爲徽友挾之而去。又八越日不通音問,正不知匿之何所,然只怕不到常,到常萬無聽其復還之理。第屏事必須兩月卒

功,秋以爲期,當令兩兒挾之過貴里耳。若絹楮則絕無攜得,足下須先期多
方覓之,勿致臨時掣手可也。時雨快人,插蒔已遍,而霪霪不止。去歲憂旱,
今歲又將憂潦矣。催科之厄,十室九空,真不堪命,豈堪復罹飢饉耶? 正不
知貴里情景若何耳。百里泥途如淖泥,而章蘭告歸甚迫,真神行太保有駕霧
騰雲手段矣。十一日明頓首,子荆足下同心。"觀此與毛扆跋,可明毛扆得
書原委。

　　此書錢謙益曾收藏兩部,一部因手頭金盡,質歸毛晉,毛晉卒前分授毛
扆。另一部內府藏本,有序目,僅存多半,毛扆並錄序目,補於前本之首。清
初汲古閣影宋抄本,存七卷七冊,卷十八、二□、九十一、九十三至九十六,卷
末載毛扆跋,今藏國圖(8590)。此據家藏宋刻本影抄,毛扆跋據之迻錄。
《藏園群書經眼錄》卷十八著錄"汲古閣影宋精寫本"存十六卷,除以上七卷
外,尚有卷二十一、三十二、九十二。又複本六卷,今存僅有七卷,蓋又有散
佚。又《藏園訂補郘亭知見傳本書目》卷十六著錄一部抄本,未知是否此
本,曰:"此本依絳雲樓舊藏過錄,僅存天地山川類五卷,草木蟲魚類六卷。
據毛扆跋稱,葉文莊集謂從雷侍講錄殘本,完者僅二十七卷,前此二百年尚
止乎此云云。缺佚雖多,然全書體例由是可推。其唐人隱僻姓氏,如扆所記
文丙、詳大諸人,未嘗不藉以存也。"《藏園群書經眼錄》卷十八著錄"清曹
棟亭家影寫宋刊本",存十一卷,曹本後有曹寅手跋,云:"是書曾藏虞山錢
宗伯家,首卷子晉借鈔,得脫絳雲之炬,真靈光矣。甲申修《全唐詩》,從斧
季借閱,增入人詩甚多,觀者不可以爲芻草而輕之。寅。"可知曾借曹寅家,
曹氏遂影抄一部。又一部抄本,吳騫、唐翰題題跋本,存十卷,天地山川類四
卷、草木蟲魚類六卷(卷三至八),今亦藏國圖(04719)。

西崑酬唱集

毛　扆

　　宋初,楊文公[1]與錢、劉二公[2]特創詩格,組織華麗,一變晚唐詩體,
而效李義山。取玉山冊府之名,名《西崑酬唱》[3],人因目曰"西崑體"。
其南朝、漢武等篇,僅見于《瀛奎律髓》,先君每以不得見此爲恨。甲辰三
月,同葉君林宗入郡訪朱臥庵之赤。其榻上亂書一堆,大都廢曆及潦草醫
方。殘帙中有繕整一冊,抽視之,乃《西崑酬唱》也,爲之一驚。卷末行書一
行云:"萬曆乙丑九月十七日書畢",下有功甫印,乃錢功甫[4]手抄也。因
與借歸。次日,林宗入城,喧傳得此。最先匄匃而來者,定遠先生也。蒼茫
索觀,陳書于案,叩頭無數而後開卷,朗吟竟日,索酒痛飲而罷。使先君而

在,得見此書,不知若何慰悦! 言念及此,不禁泪下沾衣也。案楊文公序云:
"景德中,忝佐修書之任。紫薇錢君希聖、秘閣劉君子儀,並負懿文而更唱
迭和,而予參訓繼之末,其屬而和者又十有五人。"今三公之外,惟十一人,
代意第七首下,但名秉而無姓,其二人則闕如也。揣當年原本,定係宋刻。
何子道林[5]書法甚工,屬擬宋而精抄之。今流傳轉寫,遍滿人寰,要必以
此本爲勝也。外舅覯庵先生從錢抄影寫一部,亦有跋語,今並考異附録
於後。

注:

[1]"楊文公",即楊億(974—1020),字大年,建州浦城人。北宋大臣、
文學家,"西昆體"詩歌代表作家。淳化中賜進士出身,歷任著作佐郎、知制
誥、翰林學士、户部郎中、史館修撰,官至工部侍郎。卒諡文。參修《宋太宗
實録》,主修《册府元龜》。

[2]"錢、劉二公",即劉筠、錢惟演。劉筠(970—1030),字子儀,大名人,
咸平元年(998)進士,以大理評事爲秘閣校理。錢惟演(977—1034),字希聖,
真宗時授太僕少卿,命直秘閣,知制誥,官至樞密使。參修《册府元龜》。

[3]《西崑訓唱》,即《西昆酬唱集》,二卷,楊億編。景德二年(1005),
楊億等編纂《册府元龜》。修書之餘,寫詩倡和,並編輯成集,收録楊億、劉
筠、錢惟演等十七人倡和詩二百四十八首,以五七律詩爲主。

[4]"錢功甫",即錢府(1541—?),名府,字允治,又字功甫,吴縣人。
明藏書家、文學家、書畫家錢穀之子。錢曾《讀書敏求記》云:"功甫老屋三
間,藏書充棟。白日檢書,必秉燭緣梯上下。所藏多人間罕見之本。"著有
《少室生集》《李師師外傳》等。

[5]"何子道林",即何畋(1639—?),字道林,一字學山,清初常熟人。
陳瑚《從遊集》有傳。從陳瑚學詩,書法摹褚遂良,爲汲古閣毛氏抄書多部。
何畋嘗與毛扆、何焯、陳瑚、陸貽典等人交往。

案:《西崑酬唱集》二卷,宋楊億編。

汲古閣毛氏抄本,卷末載毛扆跋、陸貽典跋,毛扆、席鑑、楊灝、汪士鍾、
楊氏海源閣舊藏,今藏國圖(00921)。據毛扆跋,此書原爲錢允治據宋刻本
抄録,後爲毛扆借歸,並倩書手何畋摹抄而成,因兩次轉抄,恐非影寫。《楹
書隅録》卷五"影宋精鈔本","此本先公得之江南,亦汲古閣影抄之致佳者,
筆精墨妙,雅可寶玩,誠希世珍也。至是書乃子晉生前所未見者,而卷中有
其名字各印,當由斧季補鈐耳。"《北京圖書館古籍善本書目》著録爲清初毛

氏汲古閣抄本。周叔弢《楹書隅録》批注云："毛抄，極精。""此非影宋，特精抄本"。《芸盦群書題記》著録爲"墨格鈔本"。

　　陸貽典跋曰："此書出郡人錢功甫手抄，余從毛倩斧季印録者也。功甫爲磐室先生子，富于藏書，兼多秘本。牧翁先生語余，嘗訪書於功甫。功甫自嘆無子，許悉以藏書相贈，約以次日往。退而通夕無寐，凌晨過其家，晤對移日，都不理昨語。微叩之，詭辭相却，已無意贈書矣，乃悵然而返。後又詣之，時值嚴冬，方映窗日，手抄金人《吊伐録》，且訊郵便，圖與曹能始覓粤西方志。始識其興復不淺，無惑乎前之食言，而求書之意亦遂絶望矣。不逾年，功甫没，所藏俱雲煙散去，不謂此書尚流落人間也。牧翁絳雲未炬時，羽陵秘簡甲于江南，生平慕此，獨未得見。頃斧季從郡友借，牧翁已卧病逾月，未浹旬而仙去。豈秘書出没固亦有數，而前後際終慳一見耶！緬維疇昔，緒言如昨，典刑徂謝，尚期于二三夙素繕録一編，焚諸殯宮，以申挂劍之義也。撫卷爲之三嘆。甲辰六月十有九日，常熟陸貽典敕先識。"可知陸貽典亦曾影鈔一部。毛扆、陸貽典兩跋，《毛扆書跋零拾（附偽跋）》皆録之。

九　僧　詩
毛　扆

　　歐公當日以《九僧詩》[1]不傳爲歎。扆後公六百餘年，得宋本弆而讀之，一幸也。校之晁、陳二氏，皆多詩二十餘首，二幸也（原注：晁公武《郡齋讀書志》"九僧詩一卷，一百十篇"。陳直齋《書録解題》"一百七首"。今扆所得一百三十四首，比晁多二十四首，比陳多二十七首）。此本但有僧名，而不著所産，又從周煇（1）《清波雜志》各得其地名，三幸也。又從《瀛奎律髓》得宇昭《曉發山居》一首，並爲增入。但陳直齋所云"景德初，直昭文館陳充序，目之曰'琢玉工'，以對姚合'射雕手'者"，此本無之，誠欠事也。方虚谷[2]謂司温（2）公得之以傳於世，則此書賴大賢而表章之，豈非千古幸事哉！《雜志》又謂序引崇到長安"人游曲江少，草入未央深"，此亦無之。且謂惠崇[3]能畫，引荊公謂（3）爲據。讀《瀛奎律髓》，有宋景文公《過惠崇舊居》詩，又讀《楊仲弘（4）集》有《題惠崇古木寒鴉》詩，並歐公《詩話》《清波雜志》二則，附録於左。康熙壬辰三月望日，隱湖毛扆斧季識。

　　國朝浮圖以詩名於世者九人，故時有集號《九僧詩》，今不復傳矣。余少時，聞人多稱之，其一曰惠崇，餘八人者忘其名字也。余亦略記其詩，有云'馬放降來地，雕盤戰後雲'，又云'春生桂嶺外，人在海門西'，其佳句多類此。其集已亡，今人多不知有所謂九僧者矣。是可歎也！見《六一詩話》。

　　煇昔傳《九僧詩》，劍南希晝(5)、金華保暹、南越文兆、天台行肇、沃洲簡長、青城維鳳、江東宇昭、峨眉懷古、淮南惠崇也。《九僧詩》極不多，景德五年直史館陳允所著序引，如崇到長安，"人游曲江少，草入未央深"之句皆不載，以是疑爲節本。崇非但能詩，畫亦有名，世謂惠崇小景者是也。"畫史紛紛何足數"，惠崇晚出，吾最許荆公詩云爾。見周煇《清波雜志》第十一卷。

　　雖昧平生契，懷賢要可傷。生涯與薪盡，法意共燈長。遺畫空觀貌，殘詩孰補亡（元注：本院惟有師詩藁數卷）。神期通一語，無乃困津梁（元注云：予爲郡之年，師之去世已二紀矣。方虛谷云，景文年四十四，初得郡壽陽，惠崇舊居院在境内，選此詩以見惠崇之死，宋公年二十也。宋景文《過惠崇舊居》詩，見《瀛奎律髓》第三卷）。

　　江上秋雲薄，寒鴉散亂飛。未明常競噪，向晚復爭歸。似怯霜威重，仍嫌樹影稀。老僧修正觀，寫物固精微（原注：楊仲題(6)《題惠崇古木寒鴉》，見《仲弘詩集》第三卷）。

校：

　　(1)"煇"，《汲古閣書跋》誤作"輝"。

　　(2)"暹"，《鐵琴銅劍樓藏書題跋集録》《毛扆書跋零拾（附僞跋）》作"馬"，《汲古閣書跋》"暹"前有"馬"。

　　(3)"謂"，《鐵琴銅劍樓藏書題跋集録》《毛扆書跋零拾（附僞跋）》無此字，《汲古閣書跋》作"詩"。

　　(4)"弘"，《汲古閣書跋》誤作"引"。

　　(5)"晝"，《鐵琴銅劍樓藏書題跋集録》作"書"。

　　(6)"題"，《鐵琴銅劍樓藏書題跋集録》《毛扆書跋零拾（附僞跋）》作"弘"。

注：

　　[1]《九僧詩》，九僧即劍南希晝、金華保暹、南越文兆、天臺行肇、沃洲簡長、青城惟鳳、淮南惠崇、江東宇昭、峨眉懷古。九僧以詩相友，倡和往來，並與士大夫廣有交游，名重當世。真宗景德初，直昭文館陳充集爲《聖宋九僧詩》，並爲之序云："姚合集群公之作爲'射雕手'，今以九上人爲'琢玉工'。"（《海録碎事》卷十九）元方回云："凡此九人，詩皆學賈島、周賀，清苦工密，但不及賈之高、周之富耳。"（《瀛奎律髓》卷四十七）

　　[2]"方虛谷"，即方回（1227—1305），字萬里，號虛谷。徽州歙縣人。

南宋理宗景定三年(1262)進士,歷隨州教授,累遷知嚴州。宋亡降元,改授建德路總管兼府尹。不久罷官,晚年寓居錢塘,以賣文爲生。著有《桐江集》《瀛奎律髓》。

　　[3]惠崇(965—1017),北宋僧人。福建建陽人。擅詩畫。專精五律,多寫自然小景,尤工小景,善爲寒汀遠渚、瀟灑虚曠之象,忌用典、尚白描。宋初“九詩僧”之一,與寇準、潘閬、楊雲卿等倡和。著有《惠崇集》《百句圖》《菊譜》等。

　　案:《九僧詩》一卷,宋釋希晝、保暹等撰。

　　汲古閣影宋精抄本,卷首有九僧籍貫姓名、篇數之目録,共一百三十四首及續添一首,卷端不署纂者,卷末載毛扆跋。半葉十行十八字,左右雙邊,白口,鈐印“宋本”“希善之珍”“毛晉私印”“子晉”“毛氏子晉”“毛晉之印”“汲古主人”“子晉書印”“汲古得修綆”“卓爲霜下傑”“斧季”“釀華草堂”“汪士鍾”“李盛鐸”“木犀軒藏書”“徐伯郊藏書記”等,毛晉、毛扆、席鑑、汪士鍾、李盛鐸、徐伯郊舊藏,今藏國圖(11559)。毛扆跋年“壬辰”,爲康熙五十一年(1712),即卒前一年。

　　《郡齋》《直齋》著録。司馬光曾於元豐元年得見此書,其所述九僧之名與次序與今本全同(見司馬光《續詩話》),可見今本大體仍爲陳充所集者。今毛氏抄本有一百三十四首,多於《郡齋》著録者,蓋後人有所添補。毛氏影宋抄本所據宋本不存,不知爲何時何地所刻,元明本亦已無存,毛氏抄本遂成爲傳世最早之本,其後各本均自汲古閣本出。此抄摹寫精緻,可窺宋本之版式筆劃。

　　國圖又藏一部清抄本(79905),亦載毛扆跋,佚名傳録,爲鐵琴銅劍樓瞿氏所藏,《鐵琴銅劍樓藏書目録》卷二十三著録,《鐵琴銅劍樓藏書題跋集録》輯録毛扆跋。北大藏一部(李36),卷末載毛扆跋,實爲席氏傳録本。《藏園群書經眼録》卷十八著録“汲古閣影宋精抄本”,《藏園訂補邵亭知見傳本書目》卷十六、《木犀軒藏書題跋及書録》卷四及《北大書録》《第五批國家珍貴古籍名録圖録》著録(12051)爲毛氏影宋抄本,皆誤。其他今存傳録本尚有多部,如國圖藏有兩部,其一爲鐵琴銅劍樓傳録本(07151),其二爲普本110607號。臺圖亦藏一部傳録本(14215)。而著録者則更多,如《郘園讀書志》卷十五總集類著録一部,題“影寫毛氏汲古閣鈔本”,云:“余從常熟瞿氏鐵琴銅劍樓借得毛氏汲古閣鈔本《宋九僧詩》一卷,附毛氏《補遺》一卷,迻録一本,藏之行笥。”《嘉業堂藏書志》卷四亦著録一部。《藝風藏書續記》卷六著録余蕭客抄本,“衍石齋得自陳妙公,有‘妙士名紙’題簽,有'衍石'白文方印。"又有余蕭客(1732—1778)、錢儀吉(1783—1850)跋，余氏跋云："九僧詩在宋屢爲難得，汲古主人更六七百年得見，誠爲幸事。況所傳本，視直齋公武所見，又多二三十首，宜跋語之色飛而神動也。第汲古佳鈔，以謹守宋槧之舊推重士林，而此本首據《清波雜誌》，九僧各冠地里，又以《瀛奎律髓》一篇添入宇昭之下，則與宋本稍齟齬矣。余謂《清波》一條既載跋後，則卷首地里自當刪去。而《瀛奎》一篇，宜列毛公跋後，以還宋本舊觀，以匡汲古主人好古之萬一，或不至以此獲罪於當世諸君子也。九僧詩有唐中葉錢劉韋柳之室，而浸淫輞川、襄陽之間，其視白蓮、杼山有過無不及。然山谷所稱'雲中下蔡邑，林際春申君'，此集不載，而惠崇自定句圖五字百聯，入此集者亦不及十之二三。使汲古主人聞之，則欣躍之餘，更當助我浩歎矣。乙未冬除，假滋蘭堂藏本録畢記之。古農余蕭客。"錢氏跋曰："是書即妙士所貽，是日枉過，攜此書來，是其名刺也。蓋在丙寅之春。"《九僧詩》之清代流傳，惟賴毛抄本。

《汲古閣書跋》迻録首跋，《毛扆書跋零拾(附僞跋)》據《鐵琴銅劍樓藏書題跋集録》迻録首跋及以下四跋，後者曰："繆荃孫輯《菦圃藏書題識》卷十、潘景鄭校訂《汲古閣書跋》附均有扆跋，然繆録自他人代抄，易有誤漏。潘校未收附録，且有異文，附于下。扆跋'引荆公爲據'，潘校荆公下補詩字，與《清波雜録》同，較妥。又扆跋《楊仲弘集》，潘校作《楊仲引集》，引字誤，當正。"

河汾諸老詩

壬午[1]春，寓金陵烏龍潭上。福清林茂之(1)索予所鐫《谷音》，許以《河汾詩》[2]寄予。予適游棲霞，未及相候，遂乘春江花月夜，掛帆歸隱湖。每讀詩至金源氏，輒有河汾諸老往來于胸中。秋來復溯洄秦淮，訪廬陵周浩若，示予斯編，且促與《月泉吟社》同函分布。予欣然訂正，命侍兒效率更令筆法，鳩工鋟木。惜乎段菊軒《山行圖》以後尚逸一十有二篇，隨索諸茂芝[3]。茂芝云即是浩若本。始信異書不多見，藏異書人更不多見也。復索諸智林寺石公，石公曰："予有抄本，藏之久矣。"因逸陳子颺《八詠》，置敝簏中。拂去凝塵，相對展勘，互成完璧。真千秋快事，橫汾隱者當亦爲之解頤矣。昔韓昌黎爲國子博士，與孟郊、張徹、張籍會京師而有聯句。摩圍閣老人跋云："四君子皆佳士，意氣相入，雜之成文。"予今日四人相去數百里外，萍聚南都，輻輳《河汾》一集，豈可無會合聯句(2)以紀其勝？亦他年展卷時一段佳話也。虞山毛晉識(3)。

校：

（1）“之”，《汲古閣書跋》作“芝”。

（2）“會合聯句”，《汲古閣書跋》“作“□□□□”。

（3）《汲古閣書跋》無“虞山毛晉識”。

注：

［1］“壬午”，即崇禎十五年（1642），時毛晉四十三歲。

［2］《河汾詩》，即《河汾諸老詩》，八卷，元房祺所編金遺民詩總集。收入金末元初活動於汾河流域八位詩人麻革、張子、陳賡、陳庚、房皡、段克己、段成己、曹之謙之詩，人各一卷，共録五言、七言古、近體一百九十八首。各家無小傳，僅於每卷卷首標出作者名號。

［3］“茂芝”，即林古度（1580—1666），字茂芝，號那子，別號乳山道士。福清人。明末清初著名詩人。明亡，卜居江寧真珠橋南之陋巷，窮困而琴詩不廢。與曹學佺、王士禎等交好。刻印曹學佺《蜀中名勝記》、周復俊《全蜀藝文志》《全蜀藝文志續集》《林初文先生詩選》《井中心史》等。王士禎擇其詩編訂爲《林茂之詩選》二卷，又著賦一卷。

案：《河汾諸老詩》八卷，元房祺編。

明末汲古閣刻《詩詞雜俎》本，卷首有弘治十一年（1498）車璽序，卷末有大德五年（1301）房祺後序、皇慶二年高昂霄跋及毛晉跋。此書先有元皇慶二年（1313）高昂霄刻本，後有明弘治十一年謝景星重刻本。元刻本今已不存，明本僅存一部，藏於臺博，原爲北平圖書館甲庫善本。崇禎十五年（1642），毛氏據林古度、周浩若及釋道源所藏抄本，合成完璧，再刊傳世，其底本蓋爲弘治本。《題跋》不載。《四庫》底本，《四庫提要》卷一百八十八著録。

谷　音

予初閲杜伯原［1］《懷友軒記》，喜其孤往風標，翛然雲上。急覓本傳讀之。累徵不赴，隱廉于武夷九曲間，殆古之栖逸者流而以翰墨自放者也。正謂其《四經表義》諸書，湮没罕見，扼腕久之。月在［2］從吳門來，攜得《谷音》［3］二卷，乃伯原所集宋末逸民詩也。凡二十有九人，各有小傳，紀其大略，共詩百篇，諸體具備。韓昌黎云：“其歌也有思，其哭也有懷，凡出乎口而爲聲者，其皆有弗平者乎？”宋室既傾，詩品都靡，獨數子者心懸萬里之外、九霄之上。或上書,或浮海,或伏劍沉淵,悲歌慷慨,令人讀其詩,想其人,有齊二客、魯兩生之思焉。不然,紀逡、唐林之節非不苦,韋莊、和凝之詩非不韻,一失身于新莽、僞蜀之朝,恐未免爲後世嗤笑資耳。伯原新編,意有不得其平,復有不忍鳴者,聊借他人章句,竊比靖節不書甲子之遺意歟。湖南毛晉識(1)。

宋逸民如王鼎翁、謝皋羽、方韶卿鳳、唐玉潛珏、林景熙德暘、汪大有、龔聖予開、張毅父、吳子善思齊、梁隆吉棟、鄭所南諸君子,俱豪俠節介士也,惜其詩文不傳,姑俟博識者。毛晉又識(2)。

校:

(1)《題跋》《汲古閣書跋》無“湖南毛晉識”。
(2)《題跋》《汲古閣書跋》無“毛晉又識”。

注:

[1]“杜伯原”,即杜本。
[2]“月在”,即孫房。
[3]《谷音》,二卷,元杜本編,録宋末逸民詩一百零一首,繫以小傳。《四庫提要》卷二八認爲是集所録古直悲涼,風格遒上,無宋末江湖齷齪之習,其人又皆守節仗義之士,足爲詩重。

案:《谷音》二卷,元杜本編。
明末汲古閣刻《詩詞雜俎》本,卷首有目録,次爲杜本傳,卷端次署“清江杜本伯原父輯”,卷末有明洪武十一年(1378)張槧跋、宣德元年(1426)都睦跋及毛晉兩跋。張槧跋曰:“京兆先生早游江湖,得于見聞,悉能成誦,因録爲一編,題曰‘谷音’。若曰山谷之音,野史之類也。刊于平川懷友軒,以傳于世。今歷兵燹,板已不存,余幸藏此本。”此書最早刊本爲明初懷友軒刻本,張槧曾事杜本,幸藏刊本。明初本今已不存。都睦跋曰:“此詩余得之建安楊中舍儆觀,張槧跋謂爲京兆先生者,杜徵君本子伯原,其行具見元史隱逸傳中。”則都睦爲觀款,非刊跋,汲古閣本當出於好友孫房所攜洪武本之抄本,毛晉刊時一併將其觀款刊梓下來。王漁洋曰:“此書毛氏汲古閣本與《月泉吟社》合刻最工。亡友施愚山備兵湖西,又嘗刻之清江,蓋杜清碧,其郡人也。適見黃少司馬《雪洲集》記此書,初得之臨淮顧德光氏,後又見江西刻本,多帝虎、陶陰之憾……”①《四庫》底本,《四庫提要》卷一百八

---

① 王漁洋著,王紹曾、杜澤遜編:《漁洋讀書記》,青島出版社1991年版,第307—308頁。

十八著録。《叢書集成》即據毛本影印。

月　泉　吟　社

　　至元丙戌、丁亥間，吳潛齋[1]執牛耳，分雜興題，共得詩二千七百三十五卷，選中二百八十名。今茲集所載僅六十名，凡四韻詩七十有四首，又附摘句三十有三聯。雖蚓尾一握，然其與義熙人相爾汝，奇懷已足千秋矣。亟合《谷音》付梨，以公同好。客曰："二集選調不倫，未云合璧。"予因借靖節句子作評云："'君子死知己，提劍出燕京'，實獲伯原之隱；'相見無雜言，但道桑麻長'，非即潛翁借題石湖意耶？"客曰："善。何不附於屈陶集後，以供痛飲時一快云？"湖南毛晉識(1)。

　　校：

　　(1)《題跋》《汲古閣書跋》無"湖南毛晉識"。

　　注：

　　[1]"吳潛齋"，即吳渭，字清翁，號潛齋，浦江人。南宋時曾任義烏縣令。宋亡後隱居不仕，退居吳溪，創建"月泉吟社"，與文友飲酒賦詩相往還，飲譽八方。著有《月泉吟社》一卷，詳載吟社成立情況及詩作。

　　案：《月泉吟社》一卷，宋吳渭撰。

　　明末汲古閣刻《詩詞雜俎》本，卷首有明正德十年(1515)田汝耕《刻月泉吟社詩敘》，次有目録，卷端次署"浦陽盟詩潛齋吳渭清翁"，卷末載毛晉跋。此與杜本《谷音》一卷合刻。月泉吟社爲宋吳渭創立詩社，此集即爲詩社徵集之作。此書最早刻本爲元吳渭元至元二十四年(1287)刻本，明正統間，吳渭、孫克文得元本重刊。正德間，田汝耕據正統本刻之。嘉靖間亦有刊梓。但以上諸本皆不存。汲古閣本當據正德本刊梓。

　　陳瑚《從遊集·毛隱君六十乞言小傳》云："崇禎壬午、癸未間，遍搜《宋遺民》《忠義》二録、《西台慟哭記》與《月泉吟社》《河汾》《谷音》諸詩，刻而廣之。"蓋毛晉刻此五種於崇禎十五(1642)、十六年(1643)間。方勇《元初月泉吟社詩集版本考略》據汲古閣《詩詞雜俎》刻本之毛晉所序時間爲"天啓乙丑夏"，定爲天啓間刻本，或誤。此書當爲《詩詞雜俎》後補之書，版心鐫"汲古閣"三字，與早期綠君亭刻本所鐫"綠君亭"不同。又《四庫》採爲底本，《四庫提要》云："此本僅載前六十人，共詩七十四首，又附録句圖三十二聯，而第十八聯佚其名。蓋後人節録之本，非完書也。"實非，參見方勇《元初月泉吟社詩集版本考略》。

又施廷鏞《中國古籍版本概要》云："再以毛晉編刻之書來看，如《寶晉齋四刻》，内戰國楚屈原《屈子》七篇，晉陶潛《陶靖節集》詩一卷文一卷，元杜本（伯原）《谷音》二卷，宋吳渭（清翁）《月泉吟社》二卷。每種書的板心下均有'緑君亭'三字。此書卷首有'崇禎壬申五年嘉平月天台衍門老人正止題於湖南之寶月堂敘'。其大意云：'海虞汲古子篤好屈原、陶淵明兩公之爲人，而酷嗜其詩，顔其齋曰"寶晉"，蓋不寶晉蘭亭諸奇，而寶此陶詩也。又于宋遺民中得伯原之《谷音》和清翁之《月泉吟社》，並刊其詩，以附於屈陶之後云。'"①今查此四種中均未見釋正止敘，或施氏所見其中一種載有其序，故録之。

月 泉 吟 社

二月十九日，從村中掛席越尚湖，夜宿黄庄。二十日，至澄江，泊城南陽柳岸。廿一日，早間過夏茂卿[1]演露堂，談續法喜始末。晚登君山，薄陰微風，江濤不發，漁船賈舶恬如也。黄昏微雨，返棹停雲亭。廿二日閐風[2]歸，歸舍已夜分矣。凡舟居四晝夜，與衍門、月在、元容[2]商訂《鐵崖樂府》《習之》《持正文集》。每遇疑團，輒相仇互難，不知風雨之入簾、波濤之逆舵也。但諸兄就榻頗早，余不喜睡，獨向短檠[3]，再訂斯編，又得訛字一二，此余私課云。

注：

[1]"夏茂卿"，即夏樹芳。

[2]"閐風"，即鬩風，猶乘風，形容速度快。唐元稹《連昌宮詞》："百官隊仗避岐薛，楊氏諸姨車鬩風。"

[3]"衍門、月在、元容"，"衍門"，嘉興陶莊水月庵僧，深研梵學，此即釋正止。"月在"，即孫房。元容，待考。

[4]"短檠"，矮燈架，借指小燈。唐韓愈《短燈檠歌》："一朝富貴還自恣，長檠頲高照珠翠。籲嗟世事無不然，牆角君看短檠棄。"宋楊萬里《跋蜀人魏致堯撫乾萬言書》詩："雨里短檠頭似雪，客間長鋏食無魚。"

---

①　施廷鏞：《中國古籍版本概要》，天津古籍出版社 1987 年版，第 52 頁。此合刻本未見。據毛晉跋可知，《屈陶合刻》刊於萬曆四十六年（1618）至天啓五年（1625），《谷音》《月泉吟社》刻於崇禎十五年（1642）、十六年（1643）。"衍門老人正止"所跋時間爲"崇禎壬申"，即崇禎五年，意者"壬申"或爲"壬午"（崇禎十五年）之誤也。

案：明末汲古閣刻《詩詞雜俎》本，毛晉手校並跋，清黃丕烈、蔣因培手跋，程恩澤觀款，今藏臺圖（14211）。黃丕烈跋曰："余新得此書時，因有毛子晉手校字並手跋語，故珍之。是書出郡故家李明古遺書一單，與余友張訒菴剖分之，此却自留。訒菴借以校毛刻，並補毛刻所無者，而皆未知其校補之何據。暇日繙閱藏書目，見有標題'月泉詩社'者，急檢視之，乃明嘉靖時覆本，毛校補者，悉據是也。"該本又有"正統十年鄉貢進士脩職郎韓府紀善黃灝"《月泉吟社詩集序》、"正德十年六月望日水南田汝𥷚"《刻月泉吟社詩敘》、長沙李東陽《懷麓堂詩話》，卷末"嘉靖二十二年癸卯孟冬朔旦夏沩内方山人童承敘書于沱潛別墅之來巘亭"。然其他《詩詞雜俎》本僅有田汝𥷚敘，其餘序跋皆無。

松　陵　集

嘗考皮襲美《文藪》[1] 及陸魯望《笠澤叢書》[2]，俱不載倡和詩。蓋因襲美從事郡牧，與魯望酬贈，積成十通，別爲一册，名曰《松陵》[3]，爲吳中一時佳話爾。千百年後，僅弘治間重梓，又漫滅不可得，使海内慕皮、陸之風而願見兹集者，謂吾吳好事何。予特購宋刻，而副諸棗，不特松陵爲吾吳之望也。道義志氣，窮通是非，如兩公者，可以相感矣。海虞毛晉識(1)。

校：

(1)《題跋》《汲古閣書跋》無"海虞毛晉識"。

注：

[1]"皮襲美《文藪》"，"皮襲美"，即皮日休（約834—約883），先字逸少，後改襲美。襄陽人。早年隱居鹿門山，號鹿門子。與陸龜蒙友善，以"皮陸"齊名。咸通八年（867）進士，曾官太常博士、翰林學士。《皮子文藪》原名《文藪》，十卷，咸通七年編成。通行本有明公文紙本、許自昌校刊本、盧氏據明仿宋本等。

[2]"陸魯望《笠澤叢書》"，"陸魯望"即陸龜蒙（？—約881），字魯望，自號天隨子、江湖散人。長洲人。舉進士不第，曾充湖、蘇二州刺史幕僚。後隱居松江甫里。乾符六年（879），臥病笠澤時編成《笠澤叢書》四卷，收録詩、賦、頌、銘、記等雜文，不分類次，故名"叢書"。

[3]《松陵》，即《松陵集》，十卷，爲晚唐詩人皮日休與陸龜蒙倡和詩集，以吳中地望而得名。該集保存兩人從咸通十年（869）至十二年間創作

的六百多首作品,間有其他詩人之作,多以酒、茶、漁釣、賞花、玩石等瑣物碎事爲題,抒發閒情逸致。

案:《松陵集》十卷,唐皮日休、陸龜蒙等撰。

明末汲古閣刻清康熙間重修本,卷首有皮日休序,次爲目録,卷末載弘治十五年(1502)都穆跋及毛晉跋。據毛跋,毛晉曾得明弘治劉濟民刻本及宋刻本兩種。此刻所據爲宋本,毛扆在跋校本時亦曰"先君子得古本重刊之,是時扆尚未生也",則毛晉原刻本至少刊於崇禎十三年(1640)以前。今汲古本卷末亦載明都穆跋,當自弘治本迻録以備考。《四庫》底本,《四庫提要》卷一百八十六著録。

松　陵　集
毛　扆

余得宋彫本《松陵集》,凡有異同,校入行間(1)。客見而笑曰:"吾聞讀書觀大意,魯魚必儱,猶之可也。乃字同體異,毫髮必校,毋乃刻舟求劍耶?"余曰:"有説焉。若字體異而音義同,如謌歌、逕徑,勿改可矣。若余予、煙烟,異體異音,苗苗、紙紙,分毫增減,截然兩字,豈可不改? 至于閒字,自古從月,唐碑、宋槧絶無閒字。傳寫之誤,以月爲日,舉世沿習,莫知其非,烏得不正! 其有以謚爲諡、濕爲溼、泒爲派,杇爲朽,郭恕先[1]已早辨之,則宋刻之失也。"客曰:"有是哉? 子盍識之,毋更(2)貽後人之惑也。"因略疏於左。汲古後人毛扆。(卷首)

余:以諸切,我也,平聲讀。予:余吕切,推予也,象相予之形。郭璞云:予,猶與也,上聲讀。本取予字,借用爲余。郭忠恕云:本無余音。

泛:孚劍切,流貌。汎:扶弓切,音馮,与渢同。借爲氾濫字。《玉篇》。

煙:於賢切,火氣也。烟:音因,通作煙。

筭:蘇亂切,計筭也,數也,去聲讀。算:桑管切,數也,擇也,上聲讀。

凋:丁聊切,力盡也。雕:丁幺切,鷲也,能食草。彫:東堯切,琢文也。《書》:峻宇彫牆。

憯:子念切,擬也。從朁,且感切,曾也。朁:從兂,子林切,又音潛,銳意也。兂,從先先,側琴切,首笄也。從人,匕象笄形。

借:他迭切,借促他派切也,從朁,他計切,代也,廢也,衰也,萎靡也。本作替,從竝從白,俗作替。

縛:附博切,纏也。從專,芳夫切,布也。縛:升卷、而卷二切,鮮色也。

從專,之沿切,擅也。

苗:靡驕切,田禾也,又獵名,從田。苗:徒歷切,音笛,蓚草也,从由。

羨:似面切,慕也,从次,叙連切。次,液也,次,从水。羨:以脂切,江夏,地名,从次,且利切,叙也,第也,近也。次,从一二之二。

須:思臾切,面毛也,斯須也,从彡,先廉切,又所銜切。湏:火外切,湏瀾也,又洗面也,从水。

船:士緣切。舡:古容切,帆舡也。

詔:丑冉切,从臽。臽,胡減切。淊,胡感切,淤淊也。舀:士高切,從臽,臽,弋沼切。滔,同滔天也。

紙:之氏切,繭紙也,从氏。紙:丁禮切,絲滓也,從氐。

場:音長,治穀處。場:音傷,耕壟。《佩觿》。

蠶:在含切,吐絲蟲也。蚕:天殄切。蝨,口殄切。蚕蠶於阮、於元二切,蟺市衍切也,即蚯蚓也。

閒:古閑切,隙也,从月。徐鍇曰:夫門夜閉,閉而見月光,是有閒隙也。《玉篇》云:又居莧切,近也;又音諫,厠也。戴侗《六書故》云:兩門之中爲閒,居閑切,因之爲閒,厠爲閒,隙爲閒諜,並去聲。

閑:戶閒切,從門,中有木闌也。《玉篇》云:遮也,暇也。《廣韻》云:防也,禦也,大也,法也,習也,暇也。宸按:唐碑、宋槧俱以閒爲中閒字,以閑爲閑暇字。及至近時,乃以從月者爲閒暇,以從日者爲中間。遍考古今字書,竝無從日字。毛晃云:從日月之月,俗从日,誤,方始曉然。

著:即着字。

絜:即潔字。

景:即影字。

華:即花字。古本俱如此,不可輕改。

誌:時志切,行之跡也,《說文》作䛊。謚:伊昔切,笑貌。

湦:深立切,水湦。濕:他市切,水名。

泒:音孤,水名。派:匹賣切,水源。

朽:虛又切,腐也。柨:乙孤切,秦謂之柨,關東謂之槷。(卷首)

始,余從錢氏借得宋刻第二卷,已有是正處。茲又借得第一卷,"化之"至"踅彈",錢本已缺,"誰敢"至"魑吾",殘本係宋刻原板用墨筆校改。又正十一字:汙、萊、六、五、嘗、補、把、忽、精、直、伐。(卷一末)

《松陵集》,弘治閒有劉濟民刻本,都玄敬跋之詳矣。先君子得古本重刊之,是時宸尚未生也。失怗以來,檢藏本不得,深用悵快。甲寅歲[2],吳興賈人持宋刻四册[3]求售，不惜重價購之。閲第三卷有"都睦"及"虎山樵人"二印。其第八卷《天竺寺桂子詩》已下，板有刓缺，副葉有深柳讀書堂補抄。第十卷自"寂上人院"聯句至末，亦係抄補。大約都本缺譌處，劉本略同。劉與都爲同年友，意此即其原本也。字體整密，款式古雅。凡北宋廟諱俱缺一筆，高宗御名、嫌名，或左或右鑿去半字，其爲北宋本無疑。隨用比校家刻，多所是正。但閒(3)有補版，亦有譌字。後五年，從錢氏借得宋槧殘本第二卷[4]，其首番尚屬原刻，更用比校，又正三字宣、騷、灑。夫書得宋刻亦可矣，尚有原板、補板之不同，因知先輩讀書，必訪求古本，良非無謂。今有云讀書何必宋板者？請以此相質。己未六月朔日，隱湖毛扆識。（卷二末）

校：

(1)"閒"，《中國善本書提要》《毛扆書跋零拾（附僞跋）》作"間"。
(2)"更"，《中國善本書提要》《汲古閣書跋（附僞跋）》作"再"。
(3)"閒"，《中國善本書提要》《毛扆書跋零拾（附僞跋）》作"間"。

注：

[1]"郭恕先"，即郭忠恕(？—977)，字恕先，又字國寶，洛陽人。初仕後周，廣順中爲宗正丞、周易博士，入宋官至國子監主簿。因批評時政，遂遭貶謫。工畫山水，尤擅界畫。兼精文字學，善寫篆、隸書。著有《佩觿》三卷，彙編《汗簡》。

[2]"甲寅歲"，爲康熙十三年(1674)，毛扆三十四歲。

[3]"宋刻四册"，即下文"北宋本"者，今不知何所。今存者尚有一部毛氏影抄宋本，四册。卷一開首爲皮日休撰序，序後不空行，徑接卷一。鈐印"毛晉""義門藏書""劉承幹字貞一號翰怡"等，毛晉、何焯、劉承幹、繆荃孫舊藏，今藏國圖(05958)。《藝風藏書續記》卷六著録"毛氏影宋本"，曰："近時重毛鈔過於麻沙舊刻。荃蓀止存此種，真工絶也。"此本不避南宋諱，且據序與首卷的接駁格式，當出自北宋本或更早的卷子本，這與毛扆所言北宋本相合。毛扆購得宋本後，爲避種子失傳，影抄一部是自然之事。《藏園訂補郘亭知見傳本書目》卷十六著録曰："即自毛扆、何焯所據校之宋本影出。近陶湘涉園已覆刻行世，余爲之作序。"1931年，陶湘將其影刻行世，實由徐世昌文楷齋代刻之。

[4]關於毛扆向錢氏所借宋槧兩卷，何焯跋曰："毛十丈有小字殘本十一弔，不忍捐弃，于故簏檢出，僅一卷之半，費三日工裝裱，此壬辰歲事也。

去年九月毛丈作古,今月望日,其孫持書售人。余感老人愛重宋槧,以三星銀買之。取校所刊之本,更無訛誤。老人恒言,此集校修爲精,信也。康熙甲午萬壽太歲年夏六月十七日,何仲子識于語古東軒。溽暑亢旱,焦灼土田,余得于軒中把卷納涼,爲樂何如? 宋本十二行,廿二字,遇篝俱虛,唯存左傍,似是高宗時刻本,而通字中缺豎畫,又仁宗未親政時所刊,爲不可解。"(見臺博藏汲古閣刻毛扆康熙間重修本《松陵集》卷末顧廣圻迻録) 何焯(1664—1722) 與毛扆爲同時代人或稍晚,此殘本或即向錢氏借得未還者亦未可知,毛扆裝裱在康熙五十一年壬辰(1712),"去年九月"即毛扆作古之時,即康熙五十二年。何焯跋於康熙五十三年甲午,故云"去年九月"。

案:此書有毛晉汲古閣原刻本,即未經康熙間毛扆修補,故各卷末無"男扆再校"四字。原刻雖據宋本,仍有訛舛。康熙十三年(1674),毛扆自吳興書估得北宋刻本四册,影抄一部,今存國圖(見本條注釋),並校以汲古閣本;至十九年(1680),又向"錢氏借得宋槧殘本"兩卷,再校汲古閣本。故毛扆校本實以兩宋本校之,極爲難得。隨後,毛扆據校修版,再度刷印,並在各卷末鐫"男扆再校"字樣。因此,汲古閣刻本《松陵集》有兩個印本,一爲毛晉原刻本;二爲毛扆重修本。今傳本多爲後者。

毛扆跋據臺博藏汲古閣刻毛扆康熙間重修本(平圖 019128—019129) 録之,其卷首有顧廣圻傳録毛扆首跋及釋字,次有顧氏墨書"乾隆甲寅九月潤簹顧廣圻傳録",傳録毛扆次跋在卷一末,毛扆第三跋在卷二末,傳録陸貽典、陳在之兩跋在卷末毛晉跋後,次有嘉慶二年(1797) 黃丕烈跋,傳録何焯跋,顧廣圻嘉慶元年跋。其中毛扆第二跋中"'化之'至'鋋鐔',正文中於"化之"天頭校記云:"'化之'以下至七葉後五行,宋刻係補板",於"鋋鐔"天頭校記云"宋刻補板止化";於"誰敢"天頭校記云:"宋刻'誰敢'以下至十八葉八行皆補板,錢氏殘本係宋刻原板用墨筆補入。"於"魑吾"天頭校記云:"補板至'吾'字止"。原毛扆校本不知去向,今幸存顧廣圻傳録毛扆校記,故可一覽兩宋本之文字,及與汲古閣本之不同。由於宋本不傳,弘治本傳之亦少,而汲古閣本經毛扆校正,故毛扆重修本實爲該書最佳之本,爲世所重。《四庫》所採即毛扆重修本,《四庫提要》云"今所行者皆毛本",可見毛本傳播之廣,無可替代。

又,潘天禎傳録兩跋均抄自王重民《中國善本書提要》所録,由於未見原書,而無毛扆釋字及卷一末第二跋。《中國善本書提要》稱:"毛扆辨字體一跋,開盧抱經、黃蕘圃之先聲,在校勘學上頗爲重要,特爲刊布,至於毛校原本,則恐久已不在人間矣。"潘天禎曰:"然辰說亦有不確處,如謂'閒字自古從月,唐碑宋槧絕無間字'。《中國版刻圖錄》105、106兩號圖板,即宋紹興十八建康郡齋刻本《花間集》,卷端書名即有'間'字。"

竇氏聯珠集

竇叔向[1]五子,曰常,曰牟,曰群,曰庠,曰鞏。西江褚藏言[2]輯其詩,各有小敘(1),大略已見矣。但常、牟、庠、鞏皆登第,群獨夷然不屑,客隱于毘陵。至如齧指置母棺中,及對德宗數語,又五人中傑出者,宜《唐史》獨著其傳,而兄弟附焉。第其父叔向詩,不可多得。據宋洪容齋云:"五竇之父叔向,善五言詩,而略無一首存于今,荊公《百家詩選》亦無之,是可惜也。余嘗得吳良嗣家所抄唐詩,僅有叔向六篇,皆奇作。念其不傳于世,今悉錄之。《夏夜宿表兄話舊》云:'夜合花開香滿庭,夜深微雨醉初醒。遠書珍重何時達,舊事淒涼不可聽。去日兒童皆長大,昔年親友半凋零。明朝又是孤舟別,愁見河橋酒幔青。'《秋砧送包大夫》云:'斷續長門夜,清冷(2)逆旅秋。征夫應待信,寒女不勝愁。帶月飛城上,因風散陌頭。離居偏入聽,況復送歸舟。'《春日早朝應制》云:'紫殿俯千官,春從應合歡。御爐香焰(3)暖,馳道玉聲寒。乳燕翻珠綴,祥烏集露盤。宮花一萬樹,不敢舉頭看。'《過檐石湖》云:'曉發魚門代,晴看檐石湖。日銜高浪出,天入四空無。咫尺分洲島,纖毫指舳艫。渺然從此去,誰念客帆孤。'《正懿挽歌二首》云:'二陵恭婦道,六寢盛皇情。禮遜生前貴,恩追歿後榮。幼王親捧土,愛女復連塋。東望長如在,誰云向玉京。''後庭攀晝柳,陌上咽青笳。命婦羞蘋葉,都人插柰花。壽宮星月異,仙路往來賒。縱有迎神術,終悲隔絳紗。'第三篇亡矣。"又據宋計敏夫云:"竇叔向字遺直,京兆人。代宗時,常袞為相,用為左拾遺內供奉。及貶,亦出為溧水令。有《寒食賜火詩》云:'恩光及小臣,華燭忽驚春。電影隨中使,星輝拂路人。幸因榆柳暖,一照草茅貧。'《端午日恩賜百索》云:'仙宮長命縷,端午降殊私。事盛蛟龍見,恩深犬馬知。餘生倘可續,終冀答明時。'《酬李袁州嘉祐》云:'少年輕會復輕離,老大關心總是悲。強說前程聊自慰,未知携手定何時。公才屈指登黃閣,匪服胡顏上赤墀。想到長安誦佳句,滿朝誰不念瓊枝。'"自宋迄今,歷幾百年,余所見叔向詩,反多于容齋,始信詩文顯晦,故自有時,匪關歲月之先後久暫也。又得《囁嚅翁》絕句六首,《代鄰叟》云:"年來七十罷畊桑,就暖支羸強下床。滿眼兒孫身外事,閒梳白髮對殘陽。"《永寧小園寄接近較書》云:"故里心期奈別何,手栽芳樹憶庭柯。東皋黍熟君應醉,梨葉初紅白露多。"《寄南游弟兄》云:"書來未報幾時還,知在三湖五嶺間。獨立衡門秋水闊,寒霞飛去日銜山。"《新營別墅寄兄》云:"懶性如今成野人,行藏由興不由身。莫驚此度歸來晚,買得山居正值春。"《自京將赴黔南》云:"風雨荆州二月天,問人初雇峽中船。西南一望雲和水,猶道黔南有四千。"《宮人斜》云:"離宮遠路北原斜,生死恩深不到家。雲雨今歸何處去,黄鸝飛上野棠花。"余向讀白樂天《與微之書》,極稱竇七與元八絶句,可見同時早有定論矣。嘗手録一編,併《唐書·列傳》,附于集後。寄友人云:"向謂竇氏聯珠,今可謂竇氏合璧否?"海虞毛晉識(4)。

校:

(1)"敍",《題跋》《汲古閣書跋》作"序"。

(2)"冷",《題跋》同,《汲古閣書跋》作"涼"。

(3)"焰",《題跋》同,《汲古閣書跋》作"燄"。

(4)《題跋》《汲古閣書跋》無"海虞毛晉識"。

注:

[1]竇叔向,字遺直,扶風平陵人,唐代詩人、官員。門蔭入仕,起家貞懿皇后挽郎。大曆初年,考中進士,交好宰相常衮,出任左拾遺、内供奉。常衮失勢後,出貶溧水縣令。卒於家,贈工部尚書。

[2]褚藏言,唐代散文家,自稱西江逸民,江西人。大中(847—860)間在世,約活動於唐懿宗咸通(860—874)年間。編有《竇氏聯珠集》,收録中晚唐詩人竇氏五兄弟詩一百首,人各一卷,每人二十首,詩前各有小傳。

案:《竇氏聯珠集》五卷,唐竇常、竇牟、竇群、竇庠、竇鞏撰,唐褚藏言輯。

明末汲古閣刻《唐人四集》本,卷首有《唐書·竇群列傳》,次爲五家集目,每卷首各有褚藏言《小序》,詳其始末,卷末有晉高祖天福三年(938)張昭、乾德二年(964)和峴、淳熙五年(1178)王崧及毛晉四跋。今存宋刻本《竇氏聯珠集》卷末所載諸跋與毛本悉同,當即毛本之底本,然脱《杏山館聽子規》一首,又有誤字不少。

又,竇叔向爲五人之父,褚藏言《竇常傳》云叔向"善五言詩,名冠流輩",《新唐志》著録《竇叔向集》七卷,早已散佚。毛晉自《容齋四筆》卷六《竇叔向詩不存》及計有功《唐詩紀事》所載,輯録叔向詩九首,並竇鞏絶句六首,以跋録之。《四庫》底本,《四庫提要》卷一百八十六著録。

忠 義 集

毛 扆

　　嚮知家刻有《忠義集》[1]，因失去其板，無可得見。甲寅[2]六月，於伯兄處亂板中得之，喜甚。因令蒼頭拂塵滌穢，手爲甲乙。甲乙甫竟，叔兄走筆來索其板，乃枌與叔兄者也。余嘔覓紙印出，即從叔兄索原本一校。廿二日校起，中因履兒縣試往邑三日，廿六日係母難日，持齋誦經，今日方校畢。然祥溽[3]特甚，精神既憒，心氣亦粗，深知落葉之未掃也。甲寅六月廿七日，省庵識。（序文後）

　　乙酉中元，鳩工修板，計三日畢工。毛扆。

　　戊子年六月廿七日鳩工修板，至晦日修畢。毛扆識，時年六十有九。（以上卷末）

注：

　　[1]《忠義集》，爲元代趙景良所編詠史紀事詩歌總集。

　　[2]"甲寅"，爲康熙十三年（1674），時毛扆三十四歲。

　　[3]"祥溽"，悶熱溽暑。盧炳《念奴嬌》："短髮蕭蕭襟袖冷，便覺都無祥溽。"

　　案：《忠義集》七卷，宋末元初劉壎、劉麟瑞、文天祥等撰，元趙景良編。明崇禎十七年（1644）毛氏汲古閣刻本，陸貽典、毛扆以顧修遠舊抄本校並跋，卷第、字句皆與初刻異，卷首鈐有"虞山毛扆手校"朱印。卷末毛扆跋又附：顧修遠抄本校。甲寅九月十六日，貽典識。是月十八日又校一過，續有是正處。毛扆之後，傳之瞿氏鐵琴銅劍樓，今藏國圖（07154）。《鐵琴銅劍樓藏書目錄》卷二十三、《鐵琴銅劍樓藏書題跋集錄》卷四皆著錄，題爲"《昭忠逸咏》六卷，《補史十忠詩》一卷，校本"。《四庫》底本，《四庫提要》卷一百八十八著錄。

　　此集實爲宋末元初遺老之集，汲古閣本卷首有弘治五年（1492）何喬新總序，次有目錄，卷一劉壎撰《補史十忠詩》，並有自序，卷二至五爲劉麟瑞撰《昭忠逸詩》，有至順三年（1332）岳天祐序及至治元年（1321）劉麟瑞自序，卷六、七爲宋末元初遺老之作"附錄諸公詩"，卷末有劉麟瑞後序，故此編實爲三部分組成，名以《忠義集》。據何喬新序，弘治間，趙璽得此書於農家，持示何喬新。何氏釐爲七卷，並付王廷光梓之，毛氏此刻即從弘治本出。

據錢大成《毛子晉年譜》載：毛晉於崇禎十七年（1644）夏六月，向同邑嚴陵秋借得此集，命陸甥手抄付梓。陸甥四冊手抄本，八行十六字，無格，鈐印"小毛公""臣苞""子晉""叔鄭後裔""毛氏藏書子子孫孫永寶""國立北平圖書館收藏"，今存國圖（A01801）。檢其編排卷次内容、序跋等均同汲古閣本，且有毛晉朱筆標點並校，實即上刻之前的底本。

只是毛晉所據抄本可能與原弘治本差異較多，刊出的刻本與顧修遠抄本差異較大，故毛扆校出卷次、異文頗多。毛氏初刻之三十年後，版片爲叔兄所得，尚能刷印，但與原本已有不同，蓋版片已有損壞。毛扆於康熙十三年甲寅（1674），首次修版。至康熙四十四年乙酉、四十七戊子年又兩次修版，前後三次修版，歷經六十四年。刊成一書，豈是容易之事？《毛扆書跋零拾（附僞跋）》曰："扆跋伯兄謂毛褒，叔兄謂毛表。履兒乃扆長子綏履。甲寅爲康熙十三年，乙酉爲四十四年，戊子爲四十七年。毛晉卒于順治十六年，據扆及貽典跋説明，《忠義集》雖爲晉刻，似未印行。晉卒十五年後，爲康熙甲寅，扆方'手爲甲乙'。又經三十四年爲康熙戊子，前後約五十年，陸、毛三次校勘，斧季兩度鳩工修板，全集方竣工，則汲古閣本《忠義集》之刻印過程，《津逮秘書》之編輯成書相當複雜。近代注意收集毛本的藏書家陶湘説，汲古閣刻書六百種有零；資深的古籍營業人員王文進輯《明毛氏寫本書目》（載1950年鉛印本《周叔弢先生六十生日紀念論文集》），謂毛扆'補刻書百種'，雖是概數，已可見傳世毛本有初印後印、修板與否的區別，作爲研究依據，不可不具體分析，擇善而從也。葉德輝《書林清話》用'昔人謂明人刻書而書亡'以責備毛氏，未免輕率。"

中　州　集

裕之避兵南渡，悼金源氏[1]亡，誓不更仕。晚年以著作自任，曰："不可令一代之迹泯而不傳。"乃築亭於家，寒暑不出，有所聞見，隨以寸楮細字紀録之，名曰《野史》，不下百餘萬言。《中州集》其采詩一種也，凡十卷，共二百四十五人，每人敘略，以寓褒譏。史臣推爲一代宗工，真無忝矣。若卷首載顯、章二作，卷尾附其父兄詩，尤見忠孝。至于俯仰感慨之意，讀其自題五絶句，可想見云。海虞毛晉識(1)。

校：

(1)《題跋》《汲古閣書跋》皆無"海虞毛晉識"。

注：

[1]“金源氏”，“金源”，《金史·地理志》稱：“上京路即海姑之地，金之舊土也。國言‘金’曰‘按出虎’，以按出虎水源於此，故名金源。建國之號蓋取諸此。”金源指金朝女真族發祥興王之地，後泛指金朝。《金史》卷一百二十六稱元好問“晚年尤以著作自任，以金源氏有天下，典章法度幾及漢、唐，國亡史作，已所當任”。“凡金源君臣遺言往行，采摭所聞有所得，輒以寸紙細字爲記録，至百餘萬言。”

案：《中州集》十卷《中州樂府》一卷，元元好問編。

明末汲古閣刻本，卷首有金哀宗天興三年（1234）元氏自序、弘治九年（1496）嚴永濬序，次爲姓氏總目，總目開首爲顯宗二首、章宗一首，下接卷一至卷十。卷末載毛晉跋，尾題後載元至大三年（1310）張德輝後序。每卷卷端下題天干，首卷題“甲集”，從甲集至癸集，共十卷十集。每卷首各列姓氏總目，每人正文首附小傳。

此書最早刻本爲蒙古憲宗五年（1255）刊本，今已不傳。次有元至大二年（1309）張德輝刻本。至大三年，平水曹氏進德齋得張德輝刻版再度刷印。明代有宣德九年（1434）廣勤書堂本、明弘治九年侍御史李瀚託嚴永濬重刊本。毛本有弘治九年嚴永濬序，可知據李瀚本再刊。其後又得九峰書院刻本《中州樂府》，再補刊於後。今傳有元刻本，與之對勘，弘治本、毛本皆有改竄。因元本、明本存世較少，毛本則有傳播之功。《四庫》底本，《四庫提要》卷一百八十八著録。

明僧弘秀集

神駿先驅于吳會，高座多風；瓊柯建誓于廬陰，陵峰競秀。矧寶月不媿休文，義林克繩少傅[1]，猗歟盛哉！無何頻來匡鼎，莫問禪林，由晉屆唐，僅見李龏《唐僧弘秀》一帙也。宋元以降，亦有琢玉工、射鵰手之對，亦有羅嬋娟醉花月之評，搜其遺編，幾乎絕緒。逮皇朙受圖，光宅建業，太祖高皇帝詔天下大浮屠宗泐、弘道蕫，集鍾山，展寶座，聖製首出，華梵賡歌，聳天人龍鬼之聽，所謂瀁音雄富，群立崢嶸，未有盛于昭代者也。自是假瓠翰力，成文句身，燈燈相續，可稱名弘才秀者，若大海無涯隅。晉仰遡太祖壬辰臮武宗辛巳一百七十一年，得一百九十七人，詩一千七百首有奇，仍名弘秀，別以《明僧》[2]，鼇爲全集一十三卷，非敢追躡和父之規衡，妄效次公之筴喻。

惟懼鯨瘖魚寂，題壁塵埋，轍亂旗靡，錦囊灰滅爾。但謏聞眇見多所未周，弘明君子惠縫其綻，幸甚無斁。皇明崇禎第十六春上巳日，琴川毛晉子晉序。

注：

[1]"翙寶月不媿休文，義林克繩少傅"，權德輿《與沈十九拾遺同游棲霞寺上方于亮上人院會宿二首》其二云："名僧康寶月，上客沈休文。"沈約《均聖論》："內聖(周公、孔子)外聖(釋迦)，義理均一。"

[2]"仍名弘秀，別以《明僧》"，即《明僧弘秀集》十三卷，爲明末毛晉編刻的一部專門收錄明代僧人詩歌的總集，刊刻於崇禎十六年(1643)，共輯錄洪武元年(1368)至正德十六年(1521)年間一百九十七位僧人的一千七百餘首詩作，各卷篇幅不一，各家均撰有小傳。

案：《明僧弘秀集》十三卷，明毛晉輯。

明末汲古閣刻本《明四秀集》之一。此爲崇禎十六年毛晉刻本，卷首載毛晉序，卷端題"眀僧弘秀前集序"，次爲總目，卷一卷端次署"虞山毛晉子晉父編"，九行十九字，白口，左右雙邊，雙魚尾。上象鼻題"明僧弘秀集"，每卷首尾兩葉上魚尾下題"汲古閣"(卷十至十二不題)，總目首葉及卷一、卷十三首葉、末葉下題"毛氏正本"，其他卷次不題。其中毛晉序文中多用異體字，或取於佛經，如"晉"作"晉"、"華"作"華"、"明"作"眀"、"暨"作"臮"等。今國圖藏一部(11487)。

此書蓋仿李龏《唐僧弘秀集》而作，毛晉稱明代亦"可稱人弘才秀"。胡玉縉《四庫未收書目提要續編》云："實則明僧能詩者，遠不逮唐僧。其最著名者莫過宗泐、來復，而以視皎然、齊己，終瞠乎在後。故《明史·藝文志》載明僧別集三十九家，迄今流傳者祇有數家。其幸而存者，如克新、德祥、如愚諸集，實未必盡足觀，此時代升降之故。晉在明言明，自不得不以爲'弘秀'，所謂'論其世'也。今觀所錄，校以現行各集，其別裁去取，雖未盡諸僧所長，而薈稡成編，家數四倍於《明志》，殘章斷簡，賴是以存。欲考有明一代僧人之詩，殆不能外是矣。"同時撰有一百八十四篇小傳，可謂明僧傳記史料集大成。足見毛晉搜集之功，於保存有明一代僧人文獻貢獻頗巨。

鄭德懋《汲古閣校刻書目補遺》著錄"明四秀集：國秀、宏秀、隱秀、閨秀"，"汲古閣主人自著未刻，邑中好事者間有藏本，因附著之"。蓋此書已刻，而鄭氏未得見之，其他三種未見刻本傳世。

和　友　人　詩

余自丁巳[1]歲治詩叔子魏師[2]之門,得尚友諸君子,輒以詩篇見贈,或遙寄郵筒,或分題即席,不揣矢和。迄今癸未[3],紙墨遂多。展卷再讀,半屬古人,不勝今昔之感也。倩筆録成副本,且摘佳篇,並附俚句於後。隱湖毛晉。

注:

[1]"丁巳",即明萬曆四十五年(1617),毛晉年十九,受業於魏沖之門。"癸未"即崇禎十六年(1643),毛晉四十四歲,亦即在此時毛晉倩人録副,但並未刊梓。

[2]"叔子魏師",即魏沖,《柳南隨筆》卷六:魏沖,亦字叔子,負才不羈,與馮嗣京輩爲里社。清順治九年(1652)汲古閣刻本《列朝詩集》(錢謙益輯)丁集卷十三下收魏詩兩首,亦載其傳。撰有《詩經闡秘》不分卷。

[3]"癸未",明崇禎十六年癸未(1643),毛晉四十五歲。

案:《和友人詩》一卷,明毛晉等撰。

此書爲毛晉與師友交游倡和之作。原爲《汲古閣集》四種之一,其他尚有《和古人詩》《和今人詩》《野外詩》各一卷,毛晉撰,亦間收他詩。其稿本、刻本今皆存世。原稿本經清王振聲校,曾藏於上海圖書館,今存江蘇常熟圖書館。民國初,丁祖蔭據稿本整理出版,輯入《虞山叢刻》中,書名題爲《汲古閣集》。今據稿本迻録,其卷首載顧夢麟、毛晉序。

隱湖倡和詩

蓋聞樹静風來,深抱擁鐮之痛[1];書存澤在,逾生握卷之悲。父兮,已及强仕之年[2];褒也,方離懷抱之内。元禮攜手以登舟[3],不負花天月地;子驥尋源而叩户[4],時過文虎人龍。苐媿將車持杖,未從聚德之游;炊飯成糜,不諳委火之聽[5]。甫識萬仞之桂,俄崩千丈之松。迸肺摧肝,寢苦[6]席槁。未讀喪禮,忍誦遺吟。邇者腰絰[7]既除,手琴成疊。間翻塵篋,恒多觴詠之篇;重輯殘編,因識交游之盛。玉山名勝[8],清狂頗羨阿暎[9];金谷[10]風流,豪侈曾嫌石氏。挫糟凍飲,停杯競賦連章;蘭燭明膏,摇筆旋成數韻。始乙丑[11],盡己亥,計年已及四旬。登名山,濟勝水,爲詩不下萬首。竊恐擊銅聲下,不逮推敲,刻燭光中,倘留瑕玷。於是齋緗帙於頑潭,求藻鑒於夫子,删其蕪穢,擷彼英華,戲同洛水[12],豐神宛見。當年集此蘭亭,歌飲無殊往日。持杯賞月,元白之興相符;晦雨暝風,皮陸之吟不輟。可謂勝侶勝游,佳時佳詠者也。歲時逝矣,桑海淒然。追松柏之餘風,凋零半盡;念猿鶴之深致,人琴兩非[13]。和淚舐墨,朝書夕寫,兩弟分編三卷,千秋想見一時。家傍隱湖,詩多酬倡,題曰:隱湖倡和詩。間有英年戚友,學步前人,暇日塡簏,效顰往哲。聊竊附驥[14]之義,匪循蹢等之愆時也。玉露金風,山河牢落;虎年猴月[15],村舍荒涼。汲古後人毛褒拜述。

注:

[1]“樹静風來,深抱擁鐮之痛”,典出《韓詩外傳》卷九:“孔子出行,聞有哭聲甚悲。子曰:‘驅之驅之,前有賢者。’至,則皋魚也。被褐擁鐮,哭於路旁。孔子辟車與之言,曰:‘子非有喪,何哭之悲也?’皋魚曰:‘吾失之三矣! 吾少而好學,周遊天下,以殁吾親,失之一也。高尚吾志,不事庸君,而晚事無成,失之二也。與友厚而中絶之,失之三矣。夫樹欲静而風不止,子欲養而親不待。往而不可追者,年也;去而不可得見者,親也。吾請從此辭矣!’立槁而死。”

[2]“强仕之年”,爲四十歲代稱。《禮記·曲禮上》:“四十曰强,而仕。”

[3]“元禮攜手以登舟”,用“元禮同舟”典。李膺,字元禮,東漢賢士,聲名甚高,有“天下楷模李元禮”之譽。《後漢書·郭太傳》:“郭太,字林宗,太原界休人也……乃遊於洛陽。始見河南尹李膺,膺大奇之,遂相友善,於是名震京師。後歸鄉里,衣冠諸儒送至河上,車數千兩。林宗唯與李膺同舟而濟,衆賓望之,以爲神仙焉。”

[4]“子驥尋源而叩户”,《晋書·劉驎之傳》:“劉驎之,字子驥,南陽人,光禄大夫耽之族也。驎之少尚質素,虚退寡欲,不修儀操,人莫之知。好遊山澤,志存遁逸。嘗采藥至衡山,深入忘反,見有一澗水,水南有二石囷,一囷閉,一囷開,水深廣不得過。欲還,失道,遇伐弓人,問徑,僅得還家。或説囷中皆仙靈方藥諸雜物,驎之欲更尋索,終不復知處也。”

[5]“炊飯成糜,不諳委火之聽”,《世説新語·夙惠》:“賓客詣陳太丘宿,太丘使元方、季方炊。客與太丘論議,二人進火,俱委而竊聽。炊忘著箄,飯落釜中。太丘問:‘炊何不餾?’元方、季方長跪曰:‘大人與客語,乃俱竊聽,炊忘著箄,飯今成糜。’太丘曰:‘爾頗有所識不?’對曰:‘仿佛志之。’

二子俱説,更相易奪,言無遺失。太丘曰:'如此但糜自可,何必飯也!'"

[6]"寝苫","寝苫枕塊"之省稱。即鋪草苫,枕土塊,乃古時居父母喪之禮。《儀禮·既夕禮》:"居倚廬,寝苫枕塊。"賈公彦疏:"孝子寝卧之時,寝於苫,以塊枕頭。必寝苫者,哀親之在草;枕塊者,哀親之在土云。"

[7]"腰経",舊時喪服上系於腰間的麻帶或草帶。《儀禮·喪服》"苴経杖絞帶,冠繩纓,菅屨者。"鄭玄注:"麻在首在腰,皆曰経。"

[8]"玉山名勝",即元末顧瑛所筑"玉山佳處"。又筑"玉山草堂",顧瑛還置有多處名勝,日夕與客飲酒賦詩其中。

[9]"阿瑛",即顧瑛。顧瑛(1310—1369),一名德輝,一名阿瑛,字仲瑛,平江昆山(今屬江蘇)人。家世豪富,年三十始讀書。築別業"玉山佳處",盛冠一時。四方文學士張翥、楊維楨、柯九思、李孝光,方外張雨等,咸主其家。有《玉山璞稿》,存詞四首,在集中。

[10]"金谷",晉石崇所築的金谷園。晉潘嶽《金谷集作》:"朝發晉京陽,夕次金谷湄。"石崇常延文士雅集於此。常聚者如潘嶽、陸機、左思等二十四人,號稱"金谷二十四友"。晉元康六年(296),石崇主持著名的"金谷集會"。此處喻指毛晉日與諸文人雅士置酒賦詩,觴詠倡和。

[11]"乙丑",明天啓五年乙丑(1625),時年毛晉二十七歲。

[12]"戲同洛水",典出《世説新語·言語》:"諸名士共至洛水戲,還,樂令問王夷甫曰:'今日戲,樂乎?'王曰:'裴僕射善談名理,混混有雅致;張茂先論《史》《漢》,靡靡可聽;我與王安豊説延陵、子房,亦超超玄著。'"

[13]"人琴兩非",用"人琴俱亡"典。南朝宋劉義慶《世説新語·傷逝》:"王子猷、子敬俱病篤,而子敬先亡……子敬素好琴,(子猷)便徑入坐靈床上,取子敬琴彈。弦既不調,擲地云:'子敬子敬,人琴俱亡!'慟絶良久,月餘亦卒。"後因以"人琴俱亡"爲睹物思人,痛悼亡友之典。

[14]"附驥",蚊蠅附於馬尾上,可行千里。喻依附先輩或賢人之後而成名。《史記·伯夷列傳》:"顔淵雖篤學,附驥尾而行益顯。"司馬貞索隱:"按,蒼蠅附驥尾而致千里,以譬顔回因孔子而名彰也。"

[15]"虎年猴月",即康熙元年(1662)九月。

　　案:《隱湖倡和詩》三卷,明毛晉等撰,清陳瑚選輯,清毛褒、毛表、毛扆訂。

清康熙間汲古閣刻本,卷首有康熙二年(1633)盧紘序、馮班序、陳瑚序,次爲目録,卷端首行題"隱湖倡和詩卷上",卷上署"蔚村陳瑚碻庵選汲古後人毛褒華伯訂",首篇爲吴偉業"題汲古閣",卷中署"蔚村陳瑚碻庵

選　汲古後人毛表奏叔訂”,卷下署“蔚村陳瑚確庵選　汲古後人毛扆黼季訂”,卷末載康熙元年毛褒跋。收錄詩作九百五十八首,其中毛晉詩作一百九十三首(卷上八十四首,卷中五十九首,卷下五十首)。今藏國圖(16731)。

　　順治十六年(1659)毛晉逝,子毛褒等據其遺稿輯《隱湖倡和詩》。其間恐有不足之處,請教陳瑚,爲之審核。然陳瑚因父病重,未能完成此事。至其父過世百日之後,陳瑚重訪毛晉故居,毛褒等已將詩稿編輯成書。陳瑚序云:“請於余,刪而另梓之……會先君子病,未卒業。卒哭之後,重過湖上,則三子已詮次成帙矣。”順治十八年(1661)花朝,毛褒等請馮班序之。康熙二年(1663),盧紘任常熟地方官,亦爲此書作序。由序跋可知,《隱湖倡和詩》刊刻約在康熙二年(1663)前後,即毛晉去世後四年左右。

確菴文藁
毛　褒

　　家君讀書之暇,每留心錢穀之學[1],嘗痛江南漕事之壞,私著條陳一册[2]。因讀吾師[3]此議,所見略同,遂削其稿。褒今梓師議而傳布之,冀當事君子或加意焉。毛褒識。

　　注:

　　[1]“錢穀之學”,古代有專司會計錢糧的幕友,或稱錢糧師爺,此指籌劃管理錢糧的一種職業。清梁章鉅《浪跡續談》卷四:“如刑名、錢穀之學,本非人人皆擅絕技。”

　　[2]此指《確菴文藁》卷二十六末所載《上督兑吳公祖漕兑議》一篇。

　　[3]“吾師”,即陳瑚(1613—1675),字言夏,號確庵、無悶道人、七十二潭漁父,嘗居江蘇太倉小北門外。崇禎間舉人。其父朝典邃於經學,家教有法。貫通五經,務爲實學。值婁江埂塞,江南大饑,上救荒書。明亡,絕意仕進。康熙八年(1669),詔舉隱逸,知州以其名上,瑚力辭乃已。游其門者,多英俊之士。卒後,門人私謚“安道先生”。與同里陸世儀、江士韶、盛敬齊名,合稱“太倉四先生”。《清史》有傳。著有《聖學入門》《求道録》《確庵詩鈔》等。陳瑚與毛晉爲世交,亦是毛晉三子塾師。

　　案:《確菴文藁》四十卷,明陳瑚撰。

　　清順治至康熙間汲古閣刻本,卷首依次有康熙五十三年(1714)張伯行

《陳確庵先生文集序》、順治十六年（1659）錢謙益《確庵集序》、順治十五年白登明序、溯顏《先師確庵族叔私謚安道先生議》、康熙十六年徐元文《陳先生蔚村祠堂碑》、王吉武《安道先生小傳》，次有門人徐釚、翁叔元、毛扆等十二人校閱姓名及子孫姪孫等十一人編次姓名，次爲四十卷目録，卷一至十爲詩，十一爲詩餘，十三至二十三爲序記、傳狀、銘贊、題跋、書、小札、説、雜文、聲學入門書，二十五爲講學全規、蓮社約法、蔚村講歸，卷二十六淮雲問答、講義，卷二十七爲條教，卷二十六以下有目未刊。其中卷二十六末爲《上督兄吳公祖漕兑議》，末附毛褒刊跋，今藏國圖（05718）。卷十一後卷次爲墨釘，前二十六卷中亦間有有目而未刻者，蓋此書未刊完而罷或隨編隨刊。自錢謙益、白登明序可知，陳集自順治末已開始編纂出版，但直到康熙五十三年仍未出齊。今國圖藏另一部（05348），卷首無溯顏《先師確庵族叔私謚安道先生議》、徐元文康熙十六年《陳先生蔚村祠堂碑》，卷末無《上督兄吳公祖漕兑議》及毛扆刊跋，則爲順治間刻本。

又，陳瑚《從遊集》卷一載毛表條曰：“讀予大小學日程而篤信之，曰：‘此作聖之基也。’即更其名爲‘聖學入門書’，授之剞劂，以公同志。”“聖學入門書”即卷二十六“聖學入門書”及“日程”，前有陳瑚序及目次。由此可見，儘管校閱、編次姓名未見毛表，但毛表刊刻此書無疑。考其字體風格，與毛氏所刻他書頗類。由是可推知，此書當由毛褒、毛表兄弟實際刊刻。《藏園群書經眼録》卷十六、《藏園訂補郘亭知見傳本書目》卷十五皆著録爲汲古閣刻本。《四庫禁燬書叢刊》收録。

詩　　品（1）

仲偉[1]爲梁記室（2）參軍，一時頗號知言。採輯漢、魏以來詩家一百有二十人，釐爲上中下三品，實詩話伐山也。大略以“曹、劉爲文章之聖，陸、謝爲體貳之才”。又云：“陳思爲建安之傑，公幹、仲宣爲輔；陸機爲太康之英，安仁、景陽爲輔；謝客爲元嘉之雄，顏延年爲輔。”或軒或輊，宋人詩話數十家，罕見其嚴毅如此。但六朝作者，各自專工一體，後來爭相祖述，故云某出于某也。至若靖節先生詩，自寫其胸中之妙，不屑屑于比擬，乃謂其出于應璩[2]，不知何據。豈以靖節《述酒》諸篇，悼國傷時，彷彿《百一》詩託刺在位遺意耶！湖南毛晉識（3）。

校：

（1）“詩品”，《題跋》《汲古閣書跋》題“鍾仲偉詩品”。

（2）《題跋》《汲古閣書跋》“記室”前有“征遠”二字。

（3）《題跋》《汲古閣書跋》無“湖南毛晉識”。

注：

［1］“仲偉”，即鍾嶸（約468—約518），字仲偉。潁川長社人。魏晉名門“潁川鍾氏”之後。齊代官至司徒行參軍。入梁，歷任中軍臨川王行參軍、西中郎將晉安王記室。天監十二年（513）以後，仿漢代“九品論人，七略裁士”之先例，著成詩歌評論專著《詩品》。以五言詩爲主，將兩漢至梁作家一百二十二人，分爲上、中、下三品進行評論，故名《詩品》。

［2］應璩（190—252），字休璉。汝南南頓人。文帝、明帝時，歷官散騎常侍。曹芳即位，遷侍中、大將軍長史。卒追贈衛尉。受詔撰《魏書》，明人輯有《應休璉集》。

案：《詩品》三卷，梁鍾嶸撰。

明末崇禎間汲古閣刻《津逮秘書》本，卷端題“詩品卷上”，次署“梁潁川鍾嶸仲偉撰　明海虞毛晉子晉訂”，序分三段，置三品之前，小標題頂格，正文低一格，品語正文直接下標題，不另起行。卷末載毛晉跋。“潁”當爲“潁”。

《隋志》《唐志》《宋志》《崇文總目》著録爲《詩評》三卷，元時稱《詩品》。其最早當爲唐三卷本，其後北宋、南宋相繼刊梓。國圖藏明沈氏繁露堂刻本（05602），卷末跋曰：“韓南澗家多藏書，從澗泉借得之，遂爲鋟木……嘉定戊寅六月十六日，東徐丁黼書于上饒之覽悟堂”，可知此書有宋嘉定十一年（1218）丁黼刻本，沈氏據之翻刻。現存最早版本爲元延祐七年（1320）圓沙書院刻宋章如愚輯《山堂先生群書考索前集》本，卷二十二“文章門·詩評類”收入，爲明刻《山堂群書考索》祖本（南京圖書館藏）。明代尚有正德元年（1506）退翁書院抄本，黃丕烈跋，今藏國圖（09648）。正德十一年顧元慶輯刻《顧氏文房小説》本，出於退翁書院本。此外尚有天一閣博物館藏明刻本、明萬曆周履靖輯刻《夷門廣牘》本、萬曆何允中《廣漢魏叢書》本、萬曆間胡文焕《格致叢書》本、明天啓天都閣本等。據曹旭《詩品研究》考證①，元《群書考索》、明《群書考索》、顧氏本、天都閣本、繁露堂本、《廣牘》本、《津逮秘書》本等爲同一系統，如卷端除“下品”部分詩人外，“上品”“中品”詩人名後均有“詩”，與《廣牘》、天都閣諸本亦相同。普林斯頓

---

① 曹旭：《詩品研究》，上海古籍出版社1998年版，第66頁。

大學藏一部正德本《顧氏文房小説》，書影葉爲《集異記》，鈐印"甲""毛晉之印""毛氏子晉""汲古主人"等，則爲毛晉收藏，《津逮》本當據之翻刻。

樂府古題要解

漢武帝時乃立樂府，以李延年[1]爲協律都尉，舉司馬相如等數十人，造爲詩賦，略論律吕，以合八音之調，蓋樂府之所肇也。自漢迄唐，作者焱起雲合(1)，從未有彙成一編者。惟唐史臣吴兢纂采漢魏以來古樂府詞，分爲十卷，惜乎不傳。傳者僅《古題要解》二卷，于傳記及諸文集中，采其命名緣起，令後人知所祖習。又有《樂府解題》，不著撰人名氏，與吴兢所撰差異。今人混爲一書，謬矣。但太原郭氏諸敍中，輒引《樂府解題》，不及《古題要解》，不知何故。余家藏是書凡三本，一得之虞山楊氏，一得之錫山顧氏。二氏素稱藏書家，不意施朱傅墨，較訂數遍(2)。其間脱簡訛字，尚多于几上凝塵。既得元版，頗善，但"會吟行"俱誤作"吴吟行"。按"會"謂"會稽"，謝靈運詩"咸共聆會吟"，故云其致與吴趨行同也。如《採薇操》亦曰"晨游高舉"，琴曲注中引吴兢云云(3)，兹集中不載，豈逸文尚多耶。海隅毛晉識(4)。

吴兢[2]，汴州人，少勵志，貫知經史，方直寡諧。比魏元忠薦其才堪論譔，詔直史館，修國史。私撰《唐書》《唐春秋》，敍事簡核，人以董狐目之。其捃摭樂府故實，與正史互有異同，真堪與《國史補》並垂不朽云。晉又識(5)。

校：

(1)"雲合"，《汲古閣書跋》作"雲會"。
(2)《題跋續集》無"施朱傅墨，較訂數遍"。
(3)《題跋續集》無後一"云"字。
(4)《汲古閣書跋》無"海隅毛晉識"。
(5)《汲古閣書跋》無"晉又識"。

注：

[1]李延年(？—前101)，西漢中山人，漢武帝寵妃李夫人之兄。宫廷樂師。因擅長音律，曾爲武帝獻曲："北方有佳人，絶世而獨立，一顧傾人城，再顧傾人國。寧不知傾城與傾國，佳人難再得。"後因妹得漢武帝寵幸，官至協律都尉。著有《佳人曲》等。

[2]吴兢(670—749)，汴州浚儀人。進士及第，授史館修撰，遷右拾遺、内供奉。累官太子左庶子、相州刺史，封長垣縣開國子，遷鄴郡太守、恒王師傅。開元九年(721)，參編《群書四部録》二百卷，曾别撰《梁史》《齊史》《陳史》《隋史》。卒後，由其子呈上其未定稿《唐史》八十餘卷。著有《貞觀政要》。

案：《樂府古題要解》二卷，唐吴兢撰。

明末崇禎間汲古閣刻《津逮秘書》本，卷首有自序，卷末尾題鐫“東吴毛晉訂正”，卷末載毛晉兩跋，跋文爲楷體，較爲少見，與其他皆爲手寫上版者不同。《題跋續集》載此跋，題名“跋樂府古題要解”。據跋，毛晉先得兩部，“脱簡訛字，尚多于几上凝塵。既得元版頗善”，故此刻當據元版刊出。《汲古閣珍藏秘本書目》著録一部“綿紙精抄”，或爲毛氏收藏兩部之一。《舊唐志》不載，《崇文總目》著録“《樂府古題真解》一卷”，《新唐志》著録“吴兢《樂府古題要解》一卷”。《郡齋》著録爲二卷。北宋之一卷，至南宋或析爲二卷，同時一卷本亦在流傳。

考今存此書最早之本爲明抄二卷本，一部爲明陸東嘉靖十九年(1540)抄本，嘉靖三十三年河間知縣汝南梁梧據以付梓(今亦不存)。陸本據正德十年(1515)柳僉抄本抄寫，後爲陸心源舊藏。孫氏跋曰：“此爲天一閣藏本，爲正德時布衣柳僉手録。檢毛晉刻《津逮秘書》中有此跋，稱凡三本。一得之廣山楊氏，一得之錫山顔氏，最後乃得一元版。則此本明人依元版手録者也。”今存静嘉堂文庫。另一部明抄本，出於梁梧刊本，傅增湘校跋，吴昌綬題詩，今存國圖(02596)。第三部明抄本藏於無錫圖書館。後兩部皆出於柳僉本。傅增湘曾以汲古閣刻本校國圖藏明抄本，互有脱文，異文甚多，《藏園訂補郘亭知見傳本書目》卷十六“毛跋言據元刊本付刊。其元刊本汲古目不載，信否不可知，然余嘗以明人傳鈔嘉靖梁梧河間本校《津逮》本，改正甚多，其不及梁本明矣”。可知汲古閣本並非源於明抄本。《四庫》底本，《四庫提要》卷一百九十七著録，考爲元人贗造。汲古閣本爲存世最早刻本，亦爲通行本，《學津討原》本及《歷代詩話續編》本均出自汲古閣本。

本　事　詩

宋計有功《唐紀事》一書，余酷好之。後微嫌其詳于載詩，略于紀事爾。比覽初中[1]緣情感事七類，皆敘事夾詩句，令人展卷掩卷，美動七情，又不

流于靡豔一派,真所謂好色而不淫者歟? 或病其卷帙太簡,曾見蟹螫鴿臛
羅列方丈者耶。猶覺偪吳處常子未免蛇足云。湖南毛晉識(1)。

校:

(1)《題跋》《汲古閣書跋》無"湖南毛晉識"。

注:

[1]"初中",即孟棨,字初中。唐僖宗乾符二年(875)進士,鳳翔節度
使令狐綯辟爲推官。後爲司勳郎中。《本事詩》爲詩論著作,所記皆詩歌本
事,分情感、事感、高逸、怨憤、徵異、徵咎、嘲戲七類。其中唯宋武帝、樂昌公
主二條爲六朝事,餘皆唐人事。其自序道:"詩者,情動於中而形於言","其
間觸事興詠,尤所鍾情,不有發揮,孰明厥義? 因採爲《本事詩》。"《四庫提
要》收在詩文評類。

案:《本事詩》一卷,唐孟棨撰。

明末崇禎間汲古閣刻《津逮秘書》本,卷首有唐光啓二年(886)自序,卷
端次署"唐孟棨傳　明毛晉訂",卷末載有毛晉跋。《新唐志》《直齋》《宋
志》著録此書曰孟棨撰,此刻卷首跋及卷端皆作啓。《四庫》採爲底本,《四
庫提要》卷一百九十五著録:"《新唐書·藝文志》載此書,題曰孟棨,毛晉
《津逮秘書》因之。然諸家稱引,竝作'棨'字,疑《唐志》誤也。"據孟棨自序
及唐咸通十二年(871)《李琡墓志》、乾符二年(875)《蕭戚墓志》等皆作棨。
陳尚君《〈本事詩〉作者孟棨家世生平考》考爲孟棨,毛晉不誤。

按《郡齋》卷二十著録"《本事詩》一卷,右唐孟棨撰纂歷代詞人緣情感
事之詩,敍其本事,凡七類"。可知宋時亦有傳本,宋元刻本未見。今傳本
皆分七類,當即著録之本。今存最早之本爲明正德顧元慶輯刻《顧氏文房
小説》本,次有明吳琯輯刻《古今逸史》本,明鍾人傑、張遂辰輯刻《唐宋叢
書》本,明程胤兆輯刻《天都閣藏書》本等,核之《津逮》本分七類四十一則,
與毛氏所藏《顧氏文房小説》本悉同,當據之翻刻。

詩品二十四則(1)

此表聖[1]自列其詩之有得于文字之表者二十四則也。昔子瞻論黄子
思之詩,謂(2)表聖之言,美在鹹酸之外[2],可以一唱而三歎。於乎,崎嶇
兵亂之間,而詩文高雅,猶有承平之遺風。惟其有之,是以似之,可以得表聖

之品矣。湖南毛晉識(3)。

校：

(1)"詩品二十四則"，《題跋》《汲古閣書跋》作"表聖詩品"。

(2)"謂"，《題跋》同，《汲古閣書跋》作"爲"。

(3)《題跋》《汲古閣書跋》無"湖南毛晉識"。

注：

[1]"表聖"，即司空圖(837—907)，字表聖，自號知非子，又號耐辱居士。河中虞鄉人。咸通十年(869)進士。歷官禮部郎中、知制誥、中書舍人。歸隱中條山王官谷。著有《司空表聖集》。

[2]語出蘇軾《書黄子思詩集後》："……蓋自列其詩之有得于文字之表者二十有四韻，恨當時不失其妙，予三復其言而悲之。閩人黄子思，慶曆、皇祐間號能文者。予嘗聞前輩誦其詩，每得佳句妙語，反復數四，乃識其所謂。信乎表聖之言，美在鹹酸之外，可以一唱而三歎也。"其中"二十有四韻"，並非指《二十四詩品》，毛晉跋中則將其改爲"二十四則"，説見陳尚君、汪涌豪《司空圖〈二十四詩品〉辨僞》。

　　案：《詩品》十卷，題唐司空圖撰。

明末崇禎間汲古閣刻《津逮秘書》本，卷首有目録，卷端題"詩品二十四則"，次署"唐司空圖表聖撰　明毛晉子晉訂"，卷末載毛晉跋。

關於此書是否爲唐司空圖著，今人已經考定。《舊五代史》《新唐書》《宣和書譜》《唐才子傳》《唐志》以及《崇文總目》《通志·藝文略》《遂初堂書目》《郡齋》《直齋》《通考》《宋志》及明代《文淵閣書目》《國史經籍志》《百川書志》皆不見著録，在一些明人所編詩論、唐集及小傳中，如明高棅《唐詩品彙》、胡應麟《詩藪》、胡震亨《唐音癸籤》等，亦不見著録。直至《汲古閣校刻書目》《隱湖題跋》《孫氏祠堂書目》《四庫提要》始有著録，亦即明萬曆前無人見過此書。綜合考見，當爲明人僞造之書。① 此書最早版本爲明崇禎間吳永輯《續百川學海》本，今存南京大學圖書館。其二即爲汲古閣刻本，當即出於吳永本。入清後諸本則大多出自汲古閣本。

---

① 陳尚君、汪涌豪：《司空圖〈二十四詩品〉辨僞》，周興陸編選：《彌綸群言識鑒奧》，商務印書館 2019 年版。

風騷旨格

莆田蔡氏著《吟窗雜詠》[1]，載諸家詩格、詩評類三十餘種。大略真贋相半，又脱落不堪讀。丙寅春，從雲間了予内父[2]遺書中簡得齊己《白蓮集》十卷，末載《風騷旨格》一卷，與蔡本迥異，急梓之，以正諸本之誤云。湖南毛晉識(1)。

校：

(1)《題跋》《汲古閣書跋》無"湖南毛晉識"。

注：

[1]"莆田蔡氏著《吟窗雜詠》"，即北宋末期蔡傳所編《吟窗雜録》。

[2]"了予内父"，此據毛晉舊藏岳父康時萬舊藏明傳録柳大中抄本《白蓮集》十卷附《風騷旨格》一卷刻之，即此跋中"丙寅春，從雲間了予内父遺書中簡得"云，參見《白蓮集》跋案語。按此，毛晉已於天啓六年丙寅(1626)刻梓《風騷旨格》，後入《津逮》中。

案：《風騷旨格》一卷，唐釋齊己撰。

明末崇禎間汲古閣刻《津逮秘書》本，卷端署"唐廬岳齊己撰　明海虞毛晉訂"，卷末載毛晉跋。

《直齋》著録，可見於宋代亦有單本流傳。據毛晉跋，此刻底本爲明傳録柳大中抄《白蓮集》末附録本，爲存世最早刊本。柳本今藏國圖(11390)。

六 一 詩 話

或云：居士[1]不喜杜少陵詩，今讀其《陳舍人》云云，雖一字，嘆人莫能到，其仰止何如耶？或又云鬬西崑体，亦未必然，大率説詩者之是非多不符作者之意。居士嘗(1)自道云："知聖俞[2]詩者，莫如修。嘗問聖俞，舉平生所得最好句。聖俞所自負者，皆修所不好。聖俞所卑下者，皆修所稱賞。蓋知心賞音之難如是。"其評古人詩，得毋似之乎！湖南毛晉識(2)。

校：

(1)"或云：居士不喜杜少陵詩，今讀其《陳舍人》云云，雖一字，嘆人莫能到,其仰止何如耶?或又云閩西崑體,亦未必然,大率説詩者之是非多不符作者之意。居士嘗",《題跋》《汲古閣書跋》作"六一居士作詩,蓋欲自出胸臆,不肯蹈襲前人。凡《詩話》中褒譏,亦多與前人相左,非好爲已甚也。其"。可見毛晉在編刊《題跋》時,對原跋進行較大修改。

(2)《題跋》《汲古閣書跋》無"湖南毛晉識"。

注:

[1]"居士",指歐陽修。

[2]"聖俞",即梅堯臣(1002—1060),字聖俞,世稱宛陵先生。宣州宣城人。初以恩蔭補桐城主簿,任鎮安軍節度判官。皇祐三年(1051),賜同進士出身,爲太常博士。以歐陽修薦,爲國子監直講,累遷尚書都官員外郎,世稱"梅直講""梅都官"。著有《宛陵集》。

案:《六一詩話》一卷,宋歐陽修撰。

明末崇禎間汲古閣刻《津逮秘書》本,卷端署"宋廬陵歐陽修永叔撰明海虞毛晉子晉訂",卷末載有毛晉跋。汲古閣舊藏一部明弘治十四年(1501)華珵刻本《百川學海》,今藏北師大圖書館,蓋據此翻刻。《四庫》底本,《四庫提要》卷一百九十七著錄。

續　詩　話

文正公一生精力,極于《資治通鑑》暨《目錄》諸書。古今治忽,如列諸掌,與《春秋》並垂不朽。其《傳家集》八十卷[1],惜乎無傳。今所傳者,不過《集略》三十一卷[2]、詩集十餘卷耳。偶閲《學海》,得《續詩話》若干則,每每借詩文托(1)褒刺,非僅如他家參字句正淆譌已也。湖南毛晉識(2)。

校:

(1)"托",《題跋》《汲古閣書跋》作"託"。
(2)《題跋》《汲古閣書跋》無"湖南毛晉識"。

注:

[1]"《傳家集》八十卷",爲《司馬太師溫國文正公傳家集》簡稱,宋司馬光撰,爲作者手自編定,包括賦一卷、詩十四卷、章奏諫議四十卷、制詔一卷、表一卷、書啓六卷、序二卷、記傳二卷、銘箴頌原説一卷、贈諭訓樂詞一

卷、論二卷、議辨策問一卷、《史贊評議》《疑孟》一卷、《史剡》《迂書》一卷、碑誌五卷、祭文一卷,卷首有紹興二年劉嶠所撰序及進書表。最早刻本爲紹興二年(1132)福建刻本,其明翻刻本今藏國圖(03325)。毛晉稱此書無傳,未確。

[2]"《集略》三十一卷",即《司馬文正公集略》三十一卷,有嘉靖四年(1525)吕柟刻本。

案:《續詩話》一卷,宋司馬光撰。

明末崇禎間汲古閣刻《津逮秘書》本,卷首有小引,卷端次署"宋陝州司馬光君實撰　明海虞毛晉子晉訂",卷末載毛晉跋。

《直齋》卷二十二著録"《續詩話》一卷",可知宋時已有單行本流傳。據毛晉跋可知,此從《百川學海》本別裁而出。汲古閣舊藏一部明弘治十四年(1501)華珵刻本《百川學海》,今藏北師大圖書館,蓋據此翻刻。《四庫》底本,《四庫提要》卷一百九十五著録。

中　山　詩　話

貢父[1],一字公非,與兄公是同登慶曆六年進士,一時齊名,貢父尤以博學著。劉斯立初登科,自負多聞,謁貢父。貢父所稱引,皆斯立所未知,自是屈服[2]。晚年游館學,摹仿《公羊》最工。有集六十卷,惜無傳耳。湖南毛晉識(1)。

校:

(1)《題跋》《汲古閣書跋》無"湖南毛晉識"。

注:

[1]"貢父",即劉攽(1023—1089),字貢夫,號公非。臨江新喻人。慶曆進士,歷任曹州、兗州、亳州、蔡州知州,官至中書舍人。參與纂修《資治通鑑》,充任副主編,負責漢史部分,著有《東漢刊誤》等。

[2]此段語出吕本中《紫薇詩話》:"晁丈以道言:劉斯立跂初登科,以賢稱。就亳州見劉貢父,所稱引皆劉(斯立)所未知,於是始有意讀書。"

案:《中山詩話》一卷,宋劉攽撰。

明末崇禎間汲古閣刻《津逮秘書》本,卷端署"宋袁州劉攽貢父撰　明海虞毛晉子晉訂",卷末有毛晉跋。《四庫》底本,《四庫提要》卷一百九十五著録。

《郡齋》《通考》均著録爲三卷，《直齋》《宋志》皆著録爲一卷，《百川學海》亦爲一卷。此刻蓋從汲古閣藏明弘治華珵本《百川學海》中摘出翻刻。

後 山 詩 話

無己[1]，一字履常，每登臨得句，即急歸卧一榻，以被蒙首，惡聞人聲，謂之吟榻。家人知之，即嬰兒稚子，皆抱寄鄰家以避之。其用意精專如此。自詠《絶句》云"此生精力盡于詩"[2]，真無忝矣。朱子云"無己許多碎句子，是學《史記》，殆指《詩話》《談叢》類耶？"或謂此二種非無己作，考其本集，一一具載，今仍之。湖南毛晉識(1)。

校：

(1)《題跋》《汲古閣書跋》無"湖南毛晉識"。

注：

[1]"無己"，即陳師道(1053—1102)，字履常，一字無己，號後山居士。徐州彭城人。"蘇門六君子"之一，江西詩派重要作家。元祐初年，起爲徐州教授，歷仕太學博士、潁州教授、秘書省正字。著有《後山先生集》和《後山詞》等。

[2]陳師道此詩全文爲："此生精力盡於詩，末歲心存力已疲。不共盧王爭出手，却思陶謝與同時。"

案：《後山詩話》一卷，宋陳師道撰。

明末崇禎間汲古閣刻《津逮秘書》本，卷端署"宋彭城陳師道無己撰明海虞毛晉子晉訂"，卷末載毛晉跋。《郡齋》《直齋》《通考》俱作二卷，《百川學海》作一卷。此刻蓋從汲古閣藏明弘治華珵本《百川學海》中摘出翻刻。

《四庫》底本，《四庫提要》卷一百九十五著録："舊本題宋陳師道撰。師道有《後山叢談》，已著録。是書《文獻通考》作二卷，此本一卷，疑後人合併也。陸游《老學菴筆記》深疑《後山叢談》及此書，且謂《叢談》或其少作，此書則必非師道所撰。今考其中於蘇軾、黃庭堅、秦觀俱有不滿之詞，殊不類師道語。且謂：'蘇軾詞如教坊雷大使舞，極天下之工，而終非本色。'案：蔡絛《鐵圍山叢談》稱雷萬慶宣和中以善舞隸教坊。軾卒於建中靖國元年六月,師道亦卒於是年十一月,安能預知宣和中有雷大使? 借爲譬况。其出於依託,不問可知矣。"姑存一説。

石　林　詩　話

余向閲《石林燕語》及《避暑録話》,説詩處不减匡鼎,非墨工槧人所能擬議,恨未睹其詩話全帙耳。今春從吴興賈人購得《詩話》十卷,《石林》其一也。腐蝕幾半,亟爲之補遺正譌。如文同、李廌數則,已見之蘇長公《外紀》中,豈鳳洲先生亦貯之錦囊耶。湖南毛晉識(1)。

校:

(1)《題跋》《汲古閣書跋》無"湖南毛晉識"。

案:《石林詩話》一卷,宋葉夢得撰。

明末崇禎間汲古閣刻《津逮秘書》本,卷端署"宋建康葉少藴夢得撰明海虞毛晉子晉訂",卷末載毛晉跋。

是書南宋初已流傳,《苕溪漁隱叢話》前集多所引用。《直齋》著録爲一卷,《通考》作二卷,《百川學海》作三卷。《郋園藏書志》卷十六著録一部明刻黑口三卷本,校之汲古本及《百川學海》本,云:"以毛氏汲古閣刻本相較,字句多相同,似即毛本所從出。"兩本異文又多同於《百川學海》本,蓋又參校該本。明黑口本今藏湖南省圖書館。國圖藏一部明白口本,與黑口本多同。此書存世最早之本爲元陳仁子刻本《葉先生詩話》三卷,今藏國圖,葉德輝曾以影元本校《津逮》本及《百川學海》本,謂"是此本不獨勝於毛刻,而亦勝於左本也"①。國圖藏一部元陳仁子刻本《葉先生詩話》三卷,《中華再造善本》收録,汪桂海撰《提要》:"明末汲古閣毛晉刻《津逮秘書》本《石林詩話》一卷,所收録條目與此本大多相同,也偶有出入,如此本卷中之'《雪浪齋日記》云高子勉上山谷詩'條,皆不見於《津逮》本。《津逮》本中亦有未有見於此本者。其編次先後與此本亦有不同處……則其所依據底本似非此本。蓋葉氏詩話自南宋之後,傳刻較多,容有版本之差異。清乾隆三十五年何文焕輯《歷代詩話》本《石林詩話》最爲通行,上中下三卷之分卷與此元刻本同,然所收録條目及編次與汲古閣本同,應出自汲古閣本。"②清道光二

---

① (清)葉德輝:《郋園藏書志》,上海古籍出版社 2010 年版,第 727 頁。
② 《中華再造善本總目提要》(唐宋編),國家圖書館出版社 2013 年版,第 1302 頁。

十四年(1844)懋花庵刻本亦出於《津逮》本。

彥 周 詩 話

　　彥周[1]，建炎間人，但全史不載，未詳其始末。嘗閱《苕溪漁隱》，援其詩話最多，意同時仰止不啻後村諸公耶！其簡端數語，雖云自敘，即以作詩話全編捴序可也。湖南毛晉識(1)。

　　校：

　　(1)《題跋》《汲古閣書跋》無"湖南毛晉詩"。

　　注：

　　[1]"彥周"，即許顗，字彥周，開封府拱州人。紹興間，爲永州軍事判官，曾同何麒游陽華岩。著有《彥周詩話》。

　　案：《彥周詩話》一卷，宋許顗撰。

　　明末崇禎間汲古閣刻《津逮秘書》本，卷首有自序，卷端署"宋襄邑許顗彥周撰　明海虞毛晉子晉訂"，卷末有毛晉跋。

　　此書自序末署"建炎戊申六月初吉日"，蓋成書於北宋初建炎二年(1128)。但著録不多，焦竑《國史經籍志》著録爲二卷，未知何據。今存最早之本爲《百川學海》本，明以前別無他本，毛氏此刻當即出於汲古閣所藏明華珵印本《百川學海》。

竹 坡 詩 話

　　余幼時見公[1]集名《太倉稊米》[2]，憎其宋氣大重，急貽一塾師。既從胡元任《叢話》[3]中見竹坡數則，覓其全帙讀之，幽韻可喜，復從塾師索《太倉稊米》，已化作紅腐矣。惜哉！童習之覿面失一竹坡也。但如"刑天舞干戚"之類，往往借舊案作新評，未免貽議于儔輩爾。湖南毛晉識(1)。

　　校：

　　(1)《題跋》《汲古閣書跋》無"湖南毛晉識"。

　　注：

　　[1]"公"，即周紫芝(1082—1155)，字少隱，號竹坡居士。宣城人。紹

興十二年(1142)進士,歷任樞密院編修官、右司員外郎,出知興國軍,後退隱廬山。著有《太倉稊米集》《竹坡詩話》《竹坡詞》等。

[2]《太倉稊米》,即宋周紫芝撰《太倉稊米集》七十卷,其中詩四十卷。書名取義於黃庭堅語"文章直是太倉一稊米耳",有自謙意。本意指大穀倉中一粒小米,喻極其渺小的事物。語出《莊子·秋水》:"計四海之在天地之間也,不似礨空之在大澤乎? 計中國之在海內,不似稊米之在大倉乎?"初刊於南宋孝宗乾道(1165—1173)間,前有天麟於乾道三年(1167)所作序。淳熙十年(1183),陳紹於襄陽學官據所得周家藏善本對乾道本重加修正,重新刷印,後世抄本皆出於淳熙本。明初有刊本,後多以抄本流傳。

[3]"胡元任《叢話》",即胡仔撰《苕溪漁隱叢話》。胡仔(1110—1170),字元任,號苕溪漁隱。徽州績溪人。以父蔭入仕,曾任常州晉陵知縣。約在紹興十五年(1145),胡隱吳興苕溪;後於紹興三十二年(1162)官閩中漕幕,乾道初再次歸隱苕溪。此書共一百卷,分前集六十卷,後集四十卷。前集六十卷成於高宗紹興十八年(1148),後集四十卷成於孝宗乾道三年(1167)。

案:《竹坡詩話》一卷,宋周紫芝撰。

明末崇禎間汲古閣刻《津逮秘書》本,卷端題"竹坡詩話",次署"宋宣城周紫芝少隱撰　明海虞毛晉子晉訂",每條首行頂格,次皆低一格,卷末有毛晉跋。《四庫》底本,《四庫提要》卷一百九十五著錄。

此書宋代已有刊本,《遂初堂書目》著錄爲《周少隱詩話》,《宋志》著錄爲一卷,《百川學海》本分上中下三卷,卷末有"丁亥六月既望論兼書""出其編遺郡丞魏公茂丞,又轉而示守陸子東,併勉鏤板于郡"。《國史經籍志》《也是園書目》等著錄爲三卷。雖有一卷、三卷之別,但內容悉同,蓋析合之故。《百川學海》本收錄此書,汲古閣本當從已藏華珵本別裁而出。但校勘間有訛誤,如"李白、柳公權俱與唐文宗論詩"之"李白",宋刻本、弘治十四年(1501)華珵本、嘉靖十五年(1536)鄭氏宗文堂本等皆作"李石"。李石爲文宗朝宰相,與唐文宗、柳公權論詩,自是常事,而李白與唐文宗、柳公權相去甚遠,顯系錯誤。王士禛《帶經堂詩話》卷十八"《竹坡詩話》云:李白、柳公權俱與唐文宗論詩。夫太白與文宗安得相及? 少隱訛謬不應如此,豈傳錄之誤耶?"蓋王氏所用版本或爲汲古閣本。

紫　薇　詩　話

紫薇公[1],希哲之孫,好問之子,祖謙之祖也。自言傳衣江西,嘗作江西宗派圖[2]，自黄豫章而下，列陳后（1）山等二十五人爲法嗣，蓋以獨師豫章也。又作《夏倪集序》，論學詩當識活法，極其明快，可補入《詩話》中。劉後村跋云"夏倪所作，似未能然，往往紫薇公自道耳"。湖南毛晉識（2）。

校：

（1）"后"，《題跋》同，《汲古閣書跋》作"後"。

（2）《題跋》《汲古閣書跋》無"湖南毛晉識"。

注：

[1]"紫薇公"，即吕本中。

[2]"江西宗派圖"，宋徽宗初年，吕本中作《江西詩社宗派圖》，把以黄庭堅爲首的詩歌流派取名爲"江西詩派"。詩派中並不都是江西人，只是以江西人居多，共有二十五人。其詩歌理論强調"奪胎换骨""點石成金"，即或師承前人之辭，或師承前人之意；崇尚瘦硬奇拗詩風，追求字字有出處。

案：《紫薇詩話》一卷，宋吕本中撰。

明末崇禎間汲古閣刻《津逮秘書》本，卷端署"宋東萊吕本中居仁撰明海虞毛晉子晉訂"，卷末載有毛晉跋。《四庫》底本，《四庫提要》卷一百九十五著録。

《郡齋》雜説類著録："《東萊吕紫微雜説》一卷，《師友雜誌》一卷，《詩話》一卷。右吕本中字居仁之説也。鄭寅刻之廬陵。"可知宋時已有廬陵刊本。《百川學海》本收録，亦爲一卷本，此刻蓋從汲古閣藏明弘治華珵本《百川學海》中别裁而成。

唐 詩 紀 事

唐詩之流傳者，不啻連車充棟（1），而正本絶少。凡分類分體，尤爲可恨。余因據初、盛、中、晚世次，每一人全録一册。卷首著紀略，或載本傳，卷尾拾遺文遺事若干則，可稱有唐大觀。第卷帙浩繁，未能旦晚卒業耳。既讀計敏夫《唐詩紀事》八十一卷，雖詩與事未甚詳，而姓氏已備于他集。且率意散書，無評註眩目，頗令人有匡鼎[1]之思。第嘉定間王慶長本子已不可得。迄國朝一刻于嘉靖乙巳，再刻于萬曆甲午，其間遺逸淆訛，讀者不能意逆。或一人重見，如十三卷、十九卷王熊之類是也。或一詩重見，如第四卷、第九卷《凌潮浮江旅思》之類是也。或脱去本詩，如賀知章"江皋聞曙鐘”，趙冬（2）曦［2］“上月今朝减”之類是也。或誤入他詩，如虞世南“豫游欣勝地”、韋承慶“萬里人南去”之類是也。甚至有幾人溷作一人，幾題溷作一題，或一人一詩反分析幾首者。余參之本集及《御覽》《英華》《文萃》《弘秀》諸書二百餘種，一一釐正，庶幾無遺恨矣。若乃白樂天因九老而再見，非重例也。僧滄浩因畫公而削去，非逸例也。至於綦母潛［3］“鐘聲扣白雲”，向誤“和白雲”；王摩詰“興闌啼鳥換”，向誤“啼鳥緩”；“種松皆老作龍鱗”，向誤“皆作老龍鱗”云云，更定已多，未能悉舉，尚容拈出，另編作詩林一段佳話爾。時崇禎歲在玄黓涒灘陽月下浣［4］，海虞毛晉識。（3）

校:

（1）“連車充棟”，《題跋》《汲古閣書跋》作“稻麻竹葦”。

（2）“冬”，《題跋》《汲古閣書跋》作“東”。

（3）《題跋》《汲古閣書跋》皆無“時崇禎歲在玄黓涒灘陽月下浣，海虞毛晉識”。

注:

［1］“匡鼎”，即匡衡。《漢書·匡衡傳》：“諸儒爲之語曰：‘無説《詩》，匡鼎來；匡説《詩》，解人頤’。”顏師古注：“服虔曰：‘鼎猶言當也，若言匡且來也。’應劭曰：‘鼎，方也。’”解頤指講詩清楚明白，非常動聽。

［2］趙冬曦（677—750），字仲愛，定州人。《新唐書·儒學下》有傳，《新唐書·藝文志》著録其文集。

［3］綦母潛（692—749），字孝通，虔州人。一作綦毋潛。約開元十四年（726）進士，授宜壽尉，遷右拾遺，終官著作郎，後歸隱，游江淮一帶。《全唐詩》收録其詩一卷，共二十六首，内容多爲記述與士大夫尋幽訪隱情趣。

［4］“崇禎歲在玄黓涒灘陽月下浣”，“玄黓”爲干支紀年壬的別稱，“涒灘”爲干支紀年申的別稱，即崇禎五年（1632）。“陽月”，農曆十月的別稱。董仲舒《雨雹對》：“十月，陰雖用事，而陰不孤立。此月純陰，疑於無陽，故謂之陽月。”

案:《唐詩紀事》八十一卷，宋計有功輯。

明崇禎五年（1632）汲古閣刊本，卷首有計有功、王思任、嘉定十七年（1224）王禧、嘉靖二十四年（1545）張子立四序，卷端次署“宋臨功計敏夫有功輯，明海虞毛晉子晉訂”，卷末有崇禎五年毛晉跋。

　　宋計有功輯《唐詩紀事》八十一卷，收一千一百五十家，名篇、斷句皆有，並記本事爵里等，繫作品、本事及評論於一體，保留下來很多其他諸本不傳之文獻。胡震亨《唐音癸籤》道："此書雖詩與事跡評論並載，似乎詩話之流，然所重在録詩，故是編輯家一巨撰。收采之博，考據之詳，有功唐詩非細。"毛晉亦推崇之，並據此輯出多部正集不載者，《四庫提要》予以肯定。首刻於嘉定十七年（1224），由王禧校正，今已不傳。明嘉靖二十四年（1545），洪楩清平山堂及同年張子立刻本皆據王禧本重刻，並各自序。汲古閣本有張子立跋，當據張子立本重刊，《四部叢刊書録》云毛本出自洪楩本，恐誤。然此書雖經王禧校讎，仍然問題頗多，如重出、訛誤、脱漏、竄録等。毛晉據以重刊時，通過廣搜博稽，精審校勘，指出不少訛誤，並於卷中正文下加注小字，予以考釋。經毛晉校勘後，此書質量大大提高，被公認爲最佳版本，毛氏校讎厥功至偉。丁福保《歷代詩話》即據汲古閣本收録。

全 唐 詩 話

　　余刻梁記室參軍[1]《詩品》三卷，上下漢魏六朝，無媿鼎鼎矣。惜有唐諸大家，未有能彙而評之者。偶簡遂初主人《全唐詩話》[2]，約三百餘家，雖片羽點斑，于三百年風會不能無憾。然而三變梗概，已具見矣。更選宋人詩話之最者十册，附存卷末，庶幾稽古饕奇之士採而録焉，或亦秘函之一種云。湖南毛晉識(1)。

　　校：

　　(1)《題跋》《汲古閣書跋》無"湖南毛晉識"。

　　注：

　　[1]"記室參軍"，即鍾嶸。鍾嶸曾任中軍臨川王行參軍、西中郎將晉安王記室，故有此稱。

　　[2]"遂初主人《全唐詩話》"，"遂初主人"，即尤袤，尤袤曾號遂初居士。《全唐詩話》，舊題尤袤撰。内文多與《唐詩紀事》相同。《唐詩紀事》凡八十一卷，收詩人千餘家；《全唐詩話》僅六卷三百二十家。

　　案：《全唐詩話》六卷，題尤袤撰。

　　明末崇禎間汲古閣刻《津逮秘書》本，卷首有咸淳七年（1271）尤袤自序，次爲各家姓名目録，卷端次署"明海虞毛晉子晉訂"，卷末有毛晉跋。

按此書舊題宋尤袤撰,四庫館臣考爲賈似道托廖瑩中撰之,瑩中摘録計有功《唐詩紀事》而成。《四庫》採《津逮》本爲底本,《四庫提要》卷一百九十七著録:"考袤爲紹興二十一年進士,以光宗時卒,而自序年月乃題咸淳,時代殊不相及。校驗其文,皆與計有功《唐詩紀事》相同。《紀事》之例,凡詩爲唐人採入總集者,皆云右某取爲某集。此本張籍條下尚未及删此一句,則其爲後人剌取影撰,更無疑義。考周密《齊東野語》載賈似道所著諸書,此居其一。蓋似道假手廖瑩中,而瑩中又剽竊舊文,塗飾塞責。後人惡似道之姦,改題袤名,以便行世,遂致偽書之中又增一偽撰人耳。毛晉不爲考核,刻之《津逮秘書》中,疎亦甚矣!"

按此書宋元目録未著録,今存三卷本有明正德二年(1507)秦昂刻本、正德十二年鮑繼文教養堂刻本、明刻藍印本等;今存六卷本有明嘉靖二十二年(1543)王教、王政刻本,嘉靖三十三年張鵷翼、伊蔚唐刻萬曆十七年(1589)張自憲重修本,明萬曆三十六年沈㣚炌刻本,萬曆四十二年凌子任刻本等。經核對異文,《津逮》本與王教、王政本異文最少,皆爲六卷,或出於此本。

二老堂詩話

子充[1],一字弘道,集中載褉著述二十三卷,詩話其一也。所載不過四十餘則,多翻駁前人,如唐酒價及斤賣(1)云云,必進竹坡諸公一籌。但載劉賓客《淮陰行》五首,本集止四首。末篇云云,本集作《紇那曲詞》。如"無奈脱萊時",山谷謂不可解,子充疑作"挑菜",時引東坡詩句證之。余考《賓客集》[2]作"無奈晚來時,清淮春浪軟",令讀者爽然。姑存之,以俟博洽君子。湖南毛晉識(2)。

校:

(1)"賣",《題跋》《汲古閣書跋》作"買"。
(2)《題跋》《汲古閣書跋》無"湖南毛晉識"。

注:

[1]"子充",即周必大。
[2]《賓客集》,劉禹錫撰。《新唐志》《宋志》均著録三十卷,題《劉禹錫集》,《宋志》並著録《外集》七卷;《直齋》則稱此書原本四十卷,宋初佚其十卷。宋次道搜其遺詩四百零七篇,雜文二十二首爲《外集》。

案：《二老堂詩話》一卷，宋周必大撰。

明末崇禎間汲古閣刻《津逮秘書》本，卷端署"宋廬陵周必大子充撰明海虞毛晉子晉訂"，卷末有毛晉跋。《四庫》底本，《四庫提要》卷一百九十五著録。

《津逮秘書》收録周氏著述四種，第五集即此種，第八集爲《玉藥辨證》一卷，第十集爲《玉堂雜記》三卷，第三集爲《益公題跋》三卷。除《玉堂雜記》外，其餘三種皆從周氏全集析出。國圖藏一部明祁氏澹生堂抄本《周益文忠公集》二百卷，卷一百七十七至一百七十八凡上下兩卷爲《二老堂詩話》，蓋毛晉從中析出刊梓時合併爲一卷。

滄浪詩話

諸家詩話，不過月旦[1]前人。或拈警句，或拈瑕句，聊復了一段公案耳。惟滄浪先生[2]詩辯、詩體、詩法、詩評、詩證五則，精切簡妙，不襲牙後。其《與臨安表叔(1)吴景仙》一書，尤詩家金鍼也(2)。故其吟卷百餘章，如鏡中花影，林外鶯聲，言有盡而意無窮。自謂參詩精子[3]，豈虛語耶！湖南毛晉識(3)。

校：

(1)"臨安表叔"，《題跋》《汲古閣書跋》無。

(2)"尤詩家金鍼也"，《題跋》《汲古閣書跋》作"尤集大成，真詩家金鍼也"。

(3)《題跋》《汲古閣書跋》無"湖南毛晉識"。

注：

[1]"月旦"，月旦評，東漢末年由汝南郡人許劭兄弟主持，爲對當代人物或詩文字畫等品評、褒貶活動，常在每月初一發表，故稱"月旦評"或者"月旦品"。一經品題，身價百倍，世俗流傳，以爲美談。

[2]"滄浪先生"，即嚴羽，字丹丘，一字儀卿，自號滄浪逋客，世稱嚴滄浪。邵武莒溪人。一生未仕，大半隱居家鄉，與同宗嚴仁、嚴參齊名，號"三嚴"。所著《滄浪詩話》共分詩辯、詩體、詩法、詩評、詩證。著有《滄浪嚴先生吟卷》三卷。

[3]此段語出嚴羽《答吳景仙書》："妙喜自謂參禪精子，僕亦自謂參詩精子。嘗謁李友山，論古今人詩，見僕辨析毫芒，每相激賞。"

　　案：《滄浪詩話》一卷，宋嚴羽撰。

　　明末崇禎間汲古閣刻《津逮秘書》本，卷端署“宋樵川嚴羽儀卿撰　明琴川毛晉子晉訂”，末附《答出繼叔臨安吳景僊書》，卷末有毛晉跋。《四庫》底本，《四庫提要》卷一百九十五著録。

　　此書在宋代已有刊本，《詩人玉屑》多引，今存世最早完本爲元至正二十七年（1290）本《滄浪嚴先生吟卷》三卷，其中卷一專爲詩話，卷二、三爲詩，卷端題“滄浪嚴先生吟卷卷之一　樵川陳士元暘谷編次　進士黃清老子肅校正”，卷首有庚寅黃公紹序，汪士鍾舊藏，今藏臺圖（10660）。單行本今存最早之本爲明正德十一年（1516）刊本，今藏國圖（CBM2446），卷首有正德十一年（1516）胡瓊序，卷端署“嚴滄浪詩話”，次署“宋樵川嚴羽儀卿著邑人陳士元暘谷編”。汲古閣本卷端題署與正德本同，文字多同，蓋出於正德本，刪去編者，替以毛晉。

詩　學　禁　臠
毛　表

　　丁酉[1]臘月八日，隱湖書農毛表手録，戊戌如月[2]望日閲。

注：

　　[1]“丁酉”，爲順治十四年（1657），時毛表十九歲。
　　[2]“戊戌如月”，“戊戌”爲順治十五年（1658），“如月”爲二月別稱。

　　案：《詩學禁臠》一卷，元范德機撰。

　　清吳翌鳳抄本，卷首有無名氏序，丁丙跋，卷末載清吳翌鳳跋並録毛表、馮武跋。鈐印“向山閣”“陳仲魚家圖書”，陳鱣、丁丙舊藏，今藏南圖（GJ/KB1429）。

　　吳翌鳳跋曰：“往丙申歲求《洪覺範天樹廚禁臠》於亡友余景初，景初遂以此本授余，猶是汲古叔子手鈔。惜其疏解粘滯，殊乏風人之旨。重是亡友所貽，重録一通，附諸家詩話之後。時壬寅六月望日，延陵生翌鳳書。”吳氏手録馮武跋曰：“内弟毛奏叔喜而録之，以其副贈余。是書向無刻本，可備案頭清覽。”據以上三跋，可知毛表於清順治十五年曾手録兩部，其中一部贈與姐夫馮武。乾隆四十一年（1775），吳翌鳳得毛表抄本，四十七年重録一部。而原毛表抄本則不知何所。《善本書室藏書志》卷三十九、《中國古籍善本書目》及《四庫存目標註》卷五十九皆著録。

圍 爐 詩 話
毛 琛

戊子浴佛日校畢。

案:《圍爐詩話》六卷,清吳喬撰。

清初抄本,二册,毛琛校並跋,卷中有朱筆標點、校勘。卷首有自序,卷一卷端次署"古吳吳喬修齡氏述"。鈐印"壽君""毛琛印信""紅豆人",卷末朱筆署"戊子浴佛日校畢",下鈐印"壽君",今藏上圖(789168—69)。"戊子"即乾隆三十三年(1768),毛琛時年三十五歲。

樂 章 集

耆卿[1]初名三變,後更名永,官至屯田員外郎,世號柳屯田。所制樂章音調諧婉,尤工于羈旅悲怨之辭、閨帷淫媟之語。東坡拈出"霜風淒緊,關河冷落,殘照當樓",謂唐人佳處不過如此。一日,東坡問一優人曰:"吾詞何如柳耆卿?"對曰:"柳屯田宜十七、十八女郎,按紅牙拍,唱'楊柳岸曉風殘月'。學士詞須銅將軍、鐵綽板,唱'大江東去'。"言外褒彈,優人固是解人。古虞毛晉識(1)。

校:

(1)《題跋》《汲古閣書跋》無"古虞毛晉識"。

注:

[1]"耆卿",即柳永(約984—約1053),原名三變,字景莊,後改名柳永,字耆卿,因排行第七,又稱柳七。崇安人。婉約詞派代表人物。屢試不中,遂一心填詞。景祐元年(1034)及第,歷任睦州團練推官、餘杭縣令、曉峰鹽監、泗州判官等職,以屯田員外郎致仕,世稱柳屯田。著有《樂章集》三卷、《續添曲子》一卷。

案:《樂章集》一卷,宋柳永撰。

明末汲古閣刻《宋名家詞》本,卷末載毛晉跋。《四庫》採為底本,《四庫提要》卷一百九十八著録。關於此本所採底本,有多種説法。《直齋》《通考》著録為九卷,蓋宋時已有九卷本流傳。此刻卷首總目《樂章集》下注"原本九卷",則此刻或爲毛氏據九卷本翻刻,合併爲一卷,周彦文《毛晉汲古閣刻書考》持此説。《善本書室藏書志》卷四十著録明梅禹金抄本《柳屯田樂章》三卷:"毛刻作一卷,且於上卷尾葉原本末全之詞刪削以滅其跡,最爲大謬。"《藝風藏書續記》卷七著録一部傳録梅禹金本,仁和羅矩亭臨校,羅氏跋曰:"右柳永《樂章集》三卷,從梅禹金鈔本過録。梅氏原本詞牌之下,朱筆增入題目,有曰美、曰聖、曰科、曰官者,凡三十餘處,均不可曉。架見前明鈔本柳詞凡數本,均與汲古閣刻本相同。詞牌下注題者,通部不過數闋。此本當爲梅氏以意增添,或僅注一字,令人無從索解,殊爲善本之類。又原本於詞牌之上,朱筆標以圈點,亦有時標於左右,及標於詞牌之下者,未能喻其故。因此本係照鈔,故亦用朱筆,依其位置,照樣標明如右。八千卷樓別藏有明時鈔本一册,楮墨甚舊,當是萬曆以前鈔本。因取以覆校,大致與毛本相同。今用朱筆注於眉間,所稱明鈔本者是也。汲古刊本併三卷爲一卷,又上卷末《駐馬聽》之前,明鈔尚存十六字,下尚有正平調《安公子》一闋,其詞雖全缺,尚可考其舊。第毛氏一併刪去,不爲註明,尤爲大謬。光緒辛丑且月廿三日,仁和羅架揮汗校畢,因記卷尾。"汲古閣本或出於明梅禹金抄本,今不知何所。朱祖謀《樂章集跋》云:"伯苑又寄示常道人趙元度校焦弱侯三卷本,毛子晉所刻似從之出,而刪其《惜春郎》《傳花枝》二調。"焦竑本今亦不知去向,其勞權傳抄本今存國圖,核之汲古閣本,與其説較合,當出於是本。又《汲古閣珍藏秘本書目》著録:"宋板柳公樂章五本,今世行本俱不全,此宋板特全,故可寶也。"是否與毛刻本有關,不可考也。《樂章集》傳世有一卷本、二卷本、三卷本、九卷本等,但所載篇數大致相同,次序亦稍異,如吴訥《唐宋名賢百家詞》收録三卷本、國圖藏明抄二卷本等即是。抛去不存之本,就現存諸本來看,毛本確與焦氏本多合,焦氏本亦直接或間接源於宋本,期間會有一些變異,故毛本多合,亦有不合,實乃自然。

　　《宋六十名家詞》收自晏殊《珠玉詞》至盧炳《哄(原作烘,誤)堂詞》共六十一家,分爲六集,除第六集十一家外,其餘每集十家。每家之後各附毛晉跋,或介紹詞人生平,或評論藝術風格,或交代編纂原委及版本。有些正文前後附有原書序跋。編次不以時代先後爲準,而以得詞付雕先後爲序。第一集卷前有夏樹芳序,第二集前有胡震亨序。據胡序署年,知是集刻於明崇禎三年(1630)前後。《洺水詞》載於第四集中,毛晉跋稱得底本是在崇禎六年中秋,並"急梓其詩餘二十有一調",可知此集或刊於此時。其餘概亦刊於此時或稍後。至於後又增補者,有的則延至清初。各集底本或是宋元刻本,或源自舊抄本,或自全集析出,亦有從《花菴詞選》中輯録者,彙刻成書時,有所校勘取捨、訂訛補遺。宋張炎《詞源》曾提及"刊本《六十家詞》”，明吳訥亦曾彙刻宋元百家詞。前者未能流傳下來，後者存抄本，傳播有限，唯此汲古閣刻本三百年來爲學者傳誦，流播最廣，可謂詞林之淵海。毛晉原擬先刻六集，以後陸續再刻印其他詞集，但因財力不足、諸事不遂等原因作罷，故張先《子野詞》、賀鑄《東山寓聲樂府》、范成大《石湖詞》、楊萬里《誠齋樂府》、王沂孫《碧山樂府》、張炎《玉田詞》等重要詞家未能收入。清末江標據彭元瑞所藏汲古閣未刻詞抄本編輯《宋元名家詞》十七卷，在一定程度上彌補了毛刻之缺，今國圖藏有傅增湘校本。

《四庫全書》選入其中三十七家，《四庫提要》卷二百云：“明常熟吳訥曾彙宋、元百家詞，而卷帙頗重，鈔傳絶少。惟晉此刻蒐羅頗廣，倚聲家咸資採掇……其中名姓之錯互，篇章字句之譌異，雖不能免，而於諸本之誤甲爲乙，考證釐訂者，亦復不少。故諸家詞集，雖各分著於録，仍附存其目，以不没晉蒐輯校刊之功焉。”葉德輝《書林清話》云：“彙刻詞集，自毛晉汲古閣刻《六十家詞》始。”葉恭綽云：“彙刻宋詞始於虞山毛氏，雖編校疏舛。猶夫明人刻書遺習。然天水一代詞集，藉是而存者不尠，實有宋詞苑之功臣也。毛氏所刊，止於五集（案：實爲六字之誤）六十一家，然初意似非限此，明末清初宋詞存者尚富，使當時能繼續付之剞劂，詎非幸事？惜乎潛采堂、傳是樓、静惕堂暨厥後守山閣、小玲瓏山館、知聖道齋之所蒐集，毛氏尚有未及見者，遂不克謂之完璧，然甄采之功匪可没也。自《彊邨叢書》出，人手一編，毛刻或淪桃廟。但若無此基礎，恐古微老人亦未易奏功，斯又先河後海，論者所宜知者矣。”①

樂　章　集
毛　扆

癸亥中秋，借含經堂［1］宋本校一過。卷末續添曲子［2］，乃宋本所無。又從周氏、孫氏兩鈔本校正，可稱完璧矣。毛扆。

注：

［1］“含經堂”，徐元文（1634—1691）室名。元文，字公肅，號立齋。崑山人。清順治十四年（1659）殿試一甲第一名進士，授翰林院修撰。先後任《明史》總裁官、刑部尚書、户部尚書等，拜華殿大學士。元文（徐乾學叔弟）與徐乾學、徐秉義（徐乾學仲弟）號爲“崑山三徐”。長於經史，善書法，好藏

---

① 葉恭綽：《毛刻宋六十家詞勘誤序》，《宋名家詞》，上海古籍出版社2014年版，卷末附。

書,其中以徐乾學最爲有名,所藏宋元本今亦存世不少。元文治學嚴謹,藏書萬卷,大多親手抄校,端楷精雅,著有《含經堂集》《含經堂書目》《得樹園詩集》《明史稿》等。

[2]"卷末續添曲子",是指卷末尾題後又補六首,分別爲《一寸金》《輪臺子》《如魚水》《滿江紅》《臨江仙引》《長壽樂》。

案:《樂章集》一卷,宋柳永撰。

明末汲古閣刻《宋名家詞》本,陸貽典、黃儀、毛扆、季錫疇、瞿熙邦校並跋,何煌、何元錫校,今藏國圖(06669)。由毛扆跋可知,卷末續補六首乃毛扆所爲。毛扆跋前有黃儀跋:"辛亥七月廿三日燈下校。""六月初九日讀訖。"傳録陸貽典、毛扆等校跋本,曾爲陸心源舊藏,今藏靜嘉堂文庫。《皕宋樓藏書志》一百一十九、《靜嘉堂秘籍志》卷五十著録。《汲古閣書跋》《毛扆書跋拾零(附僞跋)》收録毛扆跋。

朱孝臧跋《彊村叢書》本曰:"毛斧季據含經堂宋本及周氏、孫氏兩鈔本校正《樂章集》三卷。勞巽卿傳鈔本,老友吳伯宛得之京師者。《直齋書録解題》:《樂章集》九卷;《汲古閣秘本書目》:柳公《樂章》五本(注云:今世行本俱不全,此宋版,特全),俱不經見。伯宛又寄示清常道人趙元度校焦弱侯三卷本,毛子晉所刻似從之出,而刪其《惜春郎》《惜花枝》二調。然毛刻不分卷,亦不云何本。海豐吳氏重梓毛本,繆小珊、曹君直引柳禹金及諸選本一再校勘,又采案吾郡陸氏藏宋本入記而別刊之。考《皕宋樓藏書志》稱曰:毛斧季手校本,非宋槧也。以校勞氏鈔本,篇次悉同,而字句頗有乖違,往往與萬紅友説合,或傳寫者據《詞律》點竄,已非斧季真面。杜小舫校《詞律》,徐誠齋編《詞律拾遺》,兼舉宋本,又與毛校不盡合符。兹編顯有脱訛,雜采周、孫二鈔,恐非宋槧,未可盡爲依據。繆、杜諸所據本,又未寓目,無從折衷。姑就諸本鈎稽異同,粗爲諟正。其貳文別出,非顯牾謬者,具如疏記,以備參榷。柳詞傳誦既廣,別墨實繁,選家所見,非盡牽較。今止惟是之從,亦依違不能校若也。甲寅三月彊村老民朱孝臧跋。"此可參之。

汲古閣所刻《宋名家詞》網羅散佚,保存傳播之功甚偉,而其中錯誤亦頗遭詬病,《四庫提要》云:"其中名姓之錯互,篇章字句之訛異,雖不能免,而於諸本之誤甲爲乙,考證釐訂者亦復不少。"有鑒於此,陸貽典、黃儀與毛扆乃遍借宋元刻本、舊抄本及此書底本逐卷精校,詳加考訂。校讎批注是書近二十年,圈點勾抹,朱墨爛然。每種有題識,交待校本種類、來源、優劣及校改情況,如《樂章集》據"宋本""趙校本""周氏、孫氏兩鈔本"校;《東堂詞》"七月廿一日校,凡三抄本,其一即底本也。章次皆同而與此刻異。內一小字本最佳，所得脱誤字極多”；《淮海詞》據“宋刻本集校”；《片玉詞》用元刻本《片玉集》及抄本校，又用底本重校，等等。亦有多種書已經陸貽典校過，毛扆又用其校本重校，如《稼軒詞》。每種卷末均書明某年月日、“某某校畢、讀訖”等語。錯訛較多者，毛扆有批云“題詞要毁”（《溪堂詞》）、“跋重刻”（《竹山詞》）、“要重刻”（《近體樂府》《石屏詞》）等語，惜因故未果。陸貽典、黄儀、毛扆校跋本今存現藏中國國家圖書館（06669），鈐有“古愚藏本”“西河”“古愚”“冰香樓”“歙鮑氏知不足齋藏書”等印，毛奇齡、鮑廷博舊藏。又有季錫疇、瞿熙邦、何煌、何元錫等校語數則。今各種參校之本多不存世，賴此校本保留大量異文信息。又此本常有毛扆補遺之作，如《樂章集》毛晉跋後又補六首，乃毛扆所爲，今傳世諸本皆無此補，故其文獻價值極高。《中華再造善本續編》據以影印。

又，陸心源舊藏一部陸貽典、毛扆校《宋詞十九種》本，《皕宋樓藏書志》著録，今藏静嘉堂文庫，陸貽典、毛扆校跋時間及題跋内容悉同國圖本。兩人不可能同時校勘兩部，當爲傳録之本。

珠 玉 詞

同叔[1]，撫州臨川人也，七歲能屬文，張知白以神童薦。真宗召見，與千餘人並試廷中，神氣不懾，援筆立成。帝異之，使盡讀秘閣書。每取諮訪，率用寸方小紙，細書問之。繼事仁宗，尤加信愛，仕至觀文殿大學士，以疾請歸，留侍經筵。及卒，帝臨奠，猶以不親視疾爲恨，特罷朝二(1)日，贈謚元獻。一時賢士大夫，如范仲淹、歐陽修等皆出其門，擇壻(2)又得富弼、楊察。賦性剛峻，遇人以誠，一生自奉如寒士。爲文贍麗，應用不窮，尤工風雅，間作小詞。其暮子幾道[2]云“先公爲詞，未嘗作婦人語也”。古虞毛晉記(3)。

校：

(1)“二”，《題跋》《汲古閣書跋》作“三”。

(2)“壻”，《題跋》同，《汲古閣書跋》作“婿”。

(3)《題跋》《汲古閣書跋》無“古虞毛晉記”。

注：

[1]“同叔”，即晏殊（991—1055），字同叔。江南西路撫州臨川縣人。賜同進士出身，任秘書正字。天禧二年（1018），選爲升王府僚，後遷太子舍

人。歷任知制誥、翰林學士、樞密副使,官拜集賢殿大學士、同平章事兼樞密使,位至宰相。晚年出知陳州、許州、永興軍等地,封臨淄公。卒諡“元獻”。著有《珠玉詞》《晏元獻遺文》《類要》等。

[2]“幾道”,即晏幾道(1038—1110),字叔原,號小山。撫州臨川人。晏殊第七子,北宋著名詞人。歷任潁昌府許田鎮監、乾寧軍通判、開封府判官等。性孤傲,中年家境中落。與其父晏殊合稱“二晏”,詞風似父,而造詣過之。工於言情,其小令語言清麗,感情深摯,尤負盛名。著有《小山詞》。

案:《珠玉詞》一卷,宋晏殊撰。

明末汲古閣刻《宋名家詞》本,明毛晉編,卷末載毛晉跋。國圖藏陸貽典、毛扆校跋本(06669),毛晉跋後又有陸貽典朱筆校跋:“七月廿四日校。凡二抄本,其一即底本也,章次皆同,而此刻獨異。據卷首有潛翁手注云:依宋刻本云。”“潛翁”當即毛晉(號潛在)。晏殊詞今載吳訥《唐宋名賢百家詞》抄本,毛本與此異文甚多,而與國圖藏黃丕烈舊藏明抄本(15407)多同,當即底本,亦即陸貽典所言抄本之一。毛晉按同調歸一重新編次,更改調名,並删去僞詞六首,均在詞調下加注,如《蝶戀花》下注:“舊七首,考‘玉枕冰寒消暑氣’是子瞻作,‘梨葉疏紅蟬韻歇’是永叔作,今删去”;增補一首,《清商怨》下注:“‘關河愁思望處滿’向誤入歐集,按《詩話》或問元獻公‘雁過南云’云云,確是公作,今增入。”實收一百三十一首。《四庫》底本,《四庫提要》卷一百九十八著録。

六　一　詞

盧陵[1]舊刻三卷,且載《樂語》于首。今删《樂語》,彙爲一卷。凡他稿誤入,如《清商怨》類,一一削去。誤入他稿,如《歸自謠》類,一一注明。然集中更有浮豔傷雅,不似公筆者,先輩云:疑以傳疑可也。古虞毛晉記(1)。

校:

(1)《題跋》《汲古閣書跋》無“古虞毛晉記”。

注:

[1]“盧陵”,即歐陽修,歐陽修爲盧陵人。

案:《六一詞》一卷,宋歐陽修撰。

　　明末汲古閣刻《宋名家詞》本,卷末載佚名跋及喬松年跋,次載毛晉跋。
"廬陵舊刻三卷"即今存南宋寧宗慶元間周必大吉州校刻本《歐陽文忠公
集》中的《近體樂府》三卷。毛晉以此爲底本翻刻,只不過將三卷合併爲一
卷,並刪去誤收《清商怨》等十首及卷首《樂語》。吳訥《唐宋名賢百家詞》
亦出於廬陵本,未作刪略。《四庫》底本,《四庫提要》卷一百九十八著録。

　　其中國圖藏陸貽典、毛扆校跋汲古閣刻《宋六十名家詞》本(06669),
毛晉跋後又有陸貽典朱筆校跋:"辛亥七月廿六日,燈下本集校訖,凡分
三卷,後刻邵人羅泌校正。其別作字俱另書,附於各卷之末。""壬子六月
六日,讀於雙松影堂。""雙"字或衍,故用右上兩點鈎去。松影堂爲陸貽
典室名。

壽　域　詞

　　杜壽域[1],不知何許人。據陳氏云,京兆杜安世字壽域。黃氏又云,
字安世,名壽域。未知孰是。儕輩嗤其詞不工。余初讀其《訴衷情》云:"燒
殘絳蠟泪成痕,街鼓報黃昏。碧雲又阻來信,廊上月侵門。愁永夜,拂香裯,
待誰溫? 夢蘭憔悴,擲果淒涼,兩處消魂。"語纖致巧,未嘗不工。此詞載
《花菴詞選》,不載本集。本集載《折紅梅》一首,龔希仲又謂是吳中丞《紅梅
閣詞》,紀之甚詳。吳感字(1)應之,以文章知名。天聖二年省試爲第一,又
中九年書判拔萃科,仕至殿中丞。居小市橋,有侍姬曰紅梅,因以名其閣。
嘗作《折紅梅》詞,曰:"喜輕澌初泮,微和漸入,芳郊時節。春消息,夜來陡
覺,紅梅數枝爭發。玉溪仙館,不是箇尋常標格。化工別與,一種風情,似勻
點胭脂、染成香雪。重吟細閱,比繁杏夭桃,品流真別。只愁共彩雲易散,冷
落謝池風月,憑誰向説。三弄處,龍吟休咽。大家留取,倚闌干,聞有花堪
折,勸君須折。"其詞傳播人口。春日群晏(2),必使倡人歌之。吳死,其閣
爲林少卿所得。兵火前尚存。子純,字晦叔,文行亦高,鄉人呼爲吳先生。
楊元素《本事集》誤以爲蔣堂侍郎有小鬟,號紅梅,其殿丞作此詞贈之。
可見詩詞名篇,互淆者甚多,同時尚未能析疑,何況千百年後耶? 古虞毛
晉識(3)。

　　校:

　　(1)"字",《汲古閣書跋》作"是"。

　　(2)"晏",《汲古閣書跋》作"宴"。

　　(3)《汲古閣書跋》無"古虞毛晉識"。

注:

[1]"杜壽域",即杜安世,字壽域,京兆人。《全芳備祖》稱其爲杜郎中。著有《壽域詞》。

案:《壽域詞》一卷,宋杜安世撰。

明末汲古閣刻《宋名家詞》本,卷末載毛晉跋。《直齋》《通考》著録《杜壽域詞》一卷。毛本與吴訥《唐宋名賢百家詞》所收調數、篇數、編次等悉同,蓋爲同一系統。《四庫存目》收録,《四庫提要》卷二百著録。

小　山　詞

諸名勝詞集删選相半,獨《小山集》直逼《花間》,字字娉娉嬝嬝,如攬嬙、施[1]之袂,恨不能起蓮、鴻、蘋、雲[2],按紅牙板,倡和一過。晏氏父子具(1)足追配李氏父子云。古虞毛晉記(2)。

校:

(1)"具",《題跋》《汲古閣書跋》作"真"。
(2)《題跋》《汲古閣書跋》無"古虞毛晉記"。

注:

[1]"嬙、施",即春秋時期美女毛嬙、西施的併稱。
[2]"蓮、鴻、蘋、雲",《小山詞》自跋,晏幾道好友沈廉叔、陳君友家有蓮、鴻、蘋、雲四位歌女,詞人及其好友的新詞經常由她們在席間歌唱,作者和詞中小蘋亦曾有過一段戀情。後沈殁陳病,小蘋等人亦風飄雲散,不知去向。

案:《小山詞》一卷,宋晏幾道撰。

明末汲古閣刻《宋名家詞》本,卷末載晏幾道跋(未署名)及毛晉跋。晏幾道跋稱《補亡》一編,補樂府之亡也……故今所制,通以'補亡'名之",
"爲高平公綴輯成編",可知生前已有裒集,由高平編輯而成,名曰《補亡》。
《直齋》卷二十一著録:"《小山集》一卷,晏幾道叔原撰。其詞在諸名勝中,獨可追逼《花間》,高處或過之。其爲人雖縱弛不羈,而不苟求進,尚氣磊落,未可貶也。"《文獻通考》録有黄庭堅《小山集序》一篇,吴訥本收之。毛本八首《木蘭花》,吴訥《唐宋名賢百家詞》無,編次稍異,當另有所本。明代有兩個本子流傳,一是無黄跋但有八首《木蘭花》的毛本,二是有黄跋但無八首《木蘭花》的吴訥本。朱孝藏跋《彊村叢書》本曰:"右《小山詞》一卷,趙氏星鳳閣藏明抄本。以校毛氏汲古閣刻,校正八十餘字。"知至清末尚有明抄本流傳。毛氏此刻爲存世最早刊本。

小　山　詞
毛　扆

己巳[1]四月廿七日,從孫氏舊録本校。孫本凡二卷,其次如(1)硃筆所標云。毛扆。

校:

(1)"如",《汲古閣書跋》誤作"加"。

注:

[1]"己巳",爲康熙二十八年(1689)。

案:明末汲古閣刻《宋名家詞》本,陸貽典、黄儀、毛扆、季錫疇、瞿熙邦校並跋,何煌、何元錫校,今藏國家圖書館(06669)。傳録陸貽典、毛扆校本,陸心源舊藏,今藏静嘉堂。《皕宋樓藏書志》卷一百一十九、《静嘉堂秘籍志》卷五十及《汲古閣書跋》《毛扆書跋拾零(附僞跋)》收録。

毛跋之前尚有黄儀跋:"辛亥七月廿二日校,凡三抄本,其一即底本也,章次皆同。而此刻自《玉樓春》後即顛倒錯亂,不知何故。内一本分二卷,自《歸田樂》以下爲下卷。其本極佳,得脱謬字極多,惜下卷已逸去耳。""六月十一日讀。"

東　坡　詞

東坡詩文不啻千億刻,獨長短句罕見。近有金陵本子[1],人争喜其詳備,多渾入歐、黄、秦、柳作,今悉删去。至其詞品之工拙,則魯直、文潛、端叔輩自有定評。古虞毛晉記(1)。

校:

(1)《題跋》《汲古閣書跋》無"古虞毛晉記"。

注：

[1]"金陵本子"，即明萬曆至天啓間焦竑編、曼山館刻《蘇長公二妙集》二十二卷本《東坡先生詩餘》二卷，共收三百二十六首。《二妙集》爲瑯瑯焦竑批點、茂苑許自昌等人校訂，錢塘徐象橒梓，版心下鐫"曼山館"。"二妙"即指蘇軾尺牘（首二十卷）與詞（卷二十一、二十二）兩部分。焦竑出生於江寧，居金陵時築澹園藏書樓，民間俗稱爲"焦狀元樓"，故稱金陵本。據萬曆四十六年（1618）焦竑序《二妙集》稱："余得秘閣藏本，獨綴書、詞二種，揭其妙處，以示同志。"所謂"秘閣藏本"當是一個獨立的專收書、詞之本，有可能是宋元本。劉尚榮以爲"故弄玄虛，經查，此書系取材於明萬曆三十四年（1606）吳興茅維刊七十五卷，而略有增刪"。從金陵本編排來看，確與茅維本《東坡先生全集》之《東坡詞》二卷（凡收三百十六首）同，故其出於茅本。茅本有曾慥跋，當出於宋曾慥本。

案：《東坡詞》一卷，宋蘇軾撰。

明末汲古閣刻《宋名家詞》本，卷末載毛晉跋。

此集凡七十二調，三百二十八首詞，按調編排，以該詞字數多少爲序，字數少者在前，多者在後。體例較嚴密，編排較合理。所據底本爲"金陵本"——明萬曆焦竑本《東坡先生詩餘》二卷。毛晉重刊時，將二卷併爲一卷，同時參校元延祐刊本《東坡樂府》二卷及明茅維刻本《東坡先生全集》之《東坡詞》等，增刪編定。所刪之詞，多與目錄下注曰據宋本或據元本，可知所據參校本之多。但毛晉對"他集互見詞"考訂不審，《四庫》雖採爲底本，但《四庫提要》卷一百九十八斥云"未免泛濫"。劉尚榮云："毛本妄補詞題、詞序，誠如朱祖謀所説'沿選家陋習'，況且也增添了後人校編和整理東坡詞的困難。但毛本《東坡詞》是清初以來流傳最廣的本子，影響大。"據毛本之各種翻刻本、石印本、排印本有六種之多，而用作校本的則更多。①

姑　溪　詞

端叔[1]，趙郡人，辟爲中山幕府，因代范忠宣作遺表得罪，編置當塗，即家焉。自號姑溪居士。客春從玉峰得《姑溪詞》一卷，凡四十調，共八十有八闋，惜卷尾《踏莎行》爲鼠所損耳。中多次韻，小令更長於淡語、景語、

---

① 劉尚榮：《蘇軾著作版本論叢》，巴蜀書社1988年版，第175—177頁。

情語,如"鴛衾半擁空床月",又如"步嬾恰尋床,臥看游絲到地長",又如"時時浸手心頭熨,受盡無人知處涼"。即置之《片玉》《漱玉》集中,莫能伯仲。至若"我住長江頭,君住長江尾,日日思君不見君,共飲長江水",直是古樂府俊語矣。叔陽不列之南渡諸家,得無遺珠之恨耶? 古虞毛晉識(1)。

校:

(1)《題跋》《汲古閣書跋》無"古虞毛晉識"。

注:

[1]"端叔",即李之儀。

案:《姑溪詞》一卷,宋李之儀撰。

明末汲古閣刻《宋名家詞》本,卷末載毛晉跋。黃昇《花菴詞選》不載此集,蓋於宋流傳不廣。《直齋》《通考》皆著録"《姑溪詞》一卷"。此刻所收共四十四調八十八首,《踏莎行》下注"三調,逸二調",實有八十六首。吳訥《唐宋名賢百家詞》所載比毛本多最末兩首爲《南鄉子》《萬年歡》,其餘次第、調名等悉同,蓋爲同一系統。據毛晉跋,"惜卷尾《踏莎行》爲鼠所損耳",所缺當即此兩首。《姑溪居士集》五十卷《後集》二十卷,其中亦有詞集三卷,故有學者以爲毛氏從中輯出,併爲一卷,亦未可知。《四庫》底本,《四庫提要》卷一百九十八著録。

山　谷　詞

魯直少時使酒玩世,喜造纖淫之句。法秀道人誠云:"筆墨勸淫,應墮犁舌地獄。"魯直答曰:"空中語耳。"晚年來亦間作小詞,往往借題棒喝,拈示後人,如效寶寧勇禪師《漁家傲》[1]幾闋,豈其與《桃葉》《團扇》鬭妖豔邪? 古虞毛晉記(1)。

校:

(1)《題跋》《汲古閣書跋》無"古虞毛晉記"。

注:

[1]"效寶寧勇禪師《漁家傲》",黃庭堅原詞小序稱:"江寧江口阻風,戲效寶寧勇禪師作古漁家傲。"其詞爲:"萬水千山來此土,本提心印傳梁

武。對朕者誰渾不顧,成死語,江頭暗折長蘆渡。面壁九年看二祖,一花五葉親分付。只履提歸蔥嶺去,君知否,分明忘却來時路。”

案:《山谷詞》一卷,宋黄庭堅撰。

明末汲古閣刻《宋名家詞》本,卷末載毛晉跋。黄庭堅詞首見載於宋乾道麻沙劉仲吉刻本《類編增廣黄先生文集》五十卷之第五十卷《樂章》,分類編排,收詩九十一首;次爲宋刻本《山谷琴趣外篇》三卷,數量同上。毛本收詩一百七十九首,顯然不出於以上兩種。但宋代亦有單行本流傳,《直齋》《通考》著録爲一卷,《宋志》著録爲二卷。《四庫提要》據一卷本著録,“蓋宋代傳刻已合併之矣”。明嘉靖寧州祠堂刻本《黄先生詞》一卷出於蜀本,收詩一百八十六首,毛本當出於此本,惟編次有異,蓋毛晉據同調歸一原則重編。毛晉删去僞詞八首,凡删去者皆於詞調下注,如《虞美人》下注:“舊刻三調,考‘波聲拍枕長淮曉’是子瞻作,删去。”增補一首爲《滿庭芳·風力驅寒》。

淮　海　詞

晁氏云:“今代詞手,惟秦七、黄九。”或謂:“詞尚綺豔,山谷特瘦健,似非秦比。”朝溪子謂:“少游歌詞,當在東坡上。但少游性不耐聚稿,間有淫章醉句,輒散落青帘紅袖間,雖流播舌眼,從無的本。”余既訂訛搜逸,共得八十七調,集爲一卷,亦未敢曰無闕遺也。古虞毛晉記(1)。

校:

(1)《題跋》《汲古閣書跋》無“古虞毛晉記”。

案:《淮海詞》一卷,宋秦觀撰。

明末汲古閣刻《宋名家詞》本,卷末載毛晉跋。按毛晉跋,當集衆本合編而成。其卷首總目《淮海集》下注“原本三卷”,或爲汲古閣舊藏宋本《淮海居士長短句》三卷;又此刻多於詞下注“元刻作某”,則毛晉曾以元刻校訂。則此刻或以三卷本爲底本,參校元本及其他諸本編輯而成。《四庫》底本,《四庫提要》卷一百九十八著録:“傳本俱作三卷,此本爲毛晉所刻,僅八十七調,裒爲一卷,乃雜採諸書而成,非其舊帙。”《直齋》《通考》均著録爲一卷。

宋刻本《淮海居士長短句》三卷,今存三部,其一爲吳寬、文彭、周天球、李日華、朱之赤、江藩、黄丕烈、張蓉鏡、潘祖蔭、沈均初、吳湖帆舊藏,吳湖帆等跋,今藏上海博物館。其二爲《淮海集》四十卷,《後集》六卷,《長短句》三卷,宋秦觀撰,清嚴繩孫跋,無錫秦松齡、秦蕙田、清内府位育齋舊藏,今藏臺博(故善 004009—004020)。其三爲吳寬、毛晉、毛扆、清内府、故宫博物院舊藏,今藏國圖(12369)。以上三部皆爲宋乾道九年(1173)高郵軍學刻元明遞修本,修補程度不一。毛晉所藏一部,因缺訛不少,故仍"訂訛搜逸,共得八十七調,集爲一卷",就數量而言,却比宋本多十首,可見毛晉搜集之功。且以毛本校之,宋本仍有微瑕。吳湖帆跋曰:"第一卷宋刻本《夢揚州》換頭'長記'二字,誤刻於上疊過拍下。《雨中花》:'滿空寒白,玉女明星迎笑'二句,'白玉'二字,誤刻'皇'字。'在天碧海'句,'在'字下應缺一字。《長相思》歇拍完全,各本皆缺。惟此調又見《賀方回詞》卷一,作《望揚州》。案:楊補之《逃禪詞·長相思》:'己卯歲留塗上,追用方回韻。'第二卷《菩薩蠻》'翠幕',應從毛氏本作'幔'。《滿庭芳》:'搜攬',應從毛作'攬'。第三卷《臨江仙》首句'按藍浦',應從毛作'接'。此皆微有舛誤,應校正。"

琴 趣 外 篇

　　《琴趣外篇》[1]六卷,宋左朝奉秘書省著作郎充秘閣校理國史編修官濟北晁補之无咎長短句也。其所爲詩文,凡七十卷,自名《雞肋集》,唯詩餘不入集中,故云"外篇"。昔年見吳門鈔本,混入趙文寶諸詞,亦名《琴趣外篇》,蓋書賈射利,眩人耳目,最爲可恨。余已釐正《介庵詞》,辨之詳矣。无咎雖游戲小詞,不作綺豔語。殆因法秀禪師諄諄戒山谷老人,不敢以筆墨勸淫耶? 大觀四年,卒于泗州官舍。自畫山水,留春堂大屏上題云:"胸中正可吞雲夢,筆底何妨對聖賢。有意清秋入衡霍,爲君無盡寫江天。"又詠《洞仙歌》一闋,遂絕筆。不知何故逸去,今依花菴詞客附諸末幅。古虞毛晉識(1)。

校:

(1)《汲古閣書跋》無"古虞毛晉識"。

注:

[1]《琴趣外篇》,"琴趣"即詞,此指晁補之之詞集。

案:《琴趣外篇》六卷,宋晁補之撰。
　　明末汲古閣刻《宋名家詞》本,卷首有目錄,卷端署"琴趣外編",卷末載毛晉跋。《直齋》《通考》著録《晁無咎詞》一卷。國圖今藏一部毛氏影寫宋陳氏書棚本（11249），收詞一百五十七首，毛本題名、次序與其悉同，惟毛晉從《花庵詞選》中增補《詠洞仙歌》一首，其餘調數、首數等悉同，蓋出於此本。

　　《四庫》採爲底本，《四庫提要》卷一百九十八著録，題“晁無咎詞”，云：“是集《書録解題》作一卷，但稱《晁無咎詞》。《柳塘詞話》則稱其詞集亦名‘雞肋’，又稱：‘補之常自銘其墓，名《逃禪詞》。’考楊補之亦字無咎，其詞集名曰《逃禪》，不應名字相同，集名亦復蹈襲，或誤合二人爲一歟？此本爲毛晉所刊，題曰《琴趣外篇》……刊本多譌，今隨文校正。其《引駕行》一首，證以柳永《樂章集》及集内‘春雲輕鎖’一首，實佚其後半，無從考補，今亦仍之。至《琴趣外篇》，宋人中如歐陽修、黃庭堅、晁端禮、葉夢得四家詞，皆有此名，併補之此集而五，殊爲淆混。今仍題曰《晁无咎詞》，庶相別焉。”四庫館臣責毛晉改名，實未見宋本，原有所本也。

後　山　詞

　　后(1)山姓氏爵里，已詳載詩話卷尾矣。宋人好著詩話，未有著詞話者，惟《后山集》中略載一二。余漫采録一帙，附于《詩餘圖譜》之後，亦可資顧悮周郎一盼也。后山云：“吴越後王來朝，太祖爲置宴，出内妓彈琵琶。王獻詞云：‘金鳳欲飛遭掣搦，情脉脉，看即玉樓雲雨隔。’太祖起，拊背曰：‘誓不殺錢王’。”

　　尚書郎張先[1]善著詞，有“雲破月來花弄影”“簾幙捲花影”“墮輕絮無影”，世稱頌云“張三影”。王介甫謂“雲破月來花弄影”，不如李冠“朦朧淡月雲來去”也。冠，齊人，爲《六州歌頭》，道劉項事，慷慨雄偉。劉潛，大俠也，喜誦之。

　　往時，青幕之子婦，妓也，善爲詞。同府以詞挑之，妓答曰：“清詞麗句，永叔、子瞻曾獨步，似恁文章，寫得出來當甚强。”[2]

　　黃詞云：“斷送一生惟有，破除萬事無過。”蓋韓詩有“斷送一生惟有酒，破除萬事無過酒”。才去一字，遂爲切對，而語益峻。又云：“杯行到手(2)更留殘，不道月明人散。”謂思相離之憂，則不得不盡。而俗士改爲“留連”，遂使兩句相失。正如論詩云：“一方明月可中庭”，“可”不如“滿”也。

　　柳三變游東都南北二巷，作新樂府，骩骳從俗，天下詠之，遂傳禁中。仁宗頗好其詞，每對，必使侍從歌之再三。三變聞之，作宫詞號《醉蓬萊》，因内官達後宫，且求其助。仁宗聞而覺之，自是不復歌其詞矣。會改京官，乃以無行黜之。後改名永,仕至屯田員外郎。

　　蘇公居潁,春夜對月,王夫人曰:"春月可喜,秋月使人愁耳。"公謂前未及也,遂作詞曰:"不似秋光,只與離人照斷腸。"

　　王斿,平甫[3]之子,嘗曰:"今語例襲陳言,但能轉移爾。"世稱秦詞"愁如海"爲新奇,不知李國主已云"問君能有幾多愁,恰似一江春水向東流",但以江爲海耳。此皆可采韻語也。余按張三影、柳三變二段,與他集不同。客有謂張子野曰:"人皆謂公爲張三中,即心中事、眼中淚、意中人也。"公曰:"何不目爲張三影?"客不曉,公曰:"'雲破月來花弄影''嬌柔懶起,簾籠(3)捲花影''柳徑無人,墮飛絮無影'。此余平生得意句也。"或又曰:"子野云'浮萍過處見山影',又云'雲破月來花弄影',又云'隔牆送過鞦韆影',並膾炙人口,因謂張三影。"柳三變更名永,爲屯田員外郎。會太史奏老人星見,時秋霽宴禁中,仁宗命左右詞臣爲樂章。内侍屬柳應制,柳方冀進用,作《醉蓬萊》奏呈。上見首有"漸"字,色若不懌。讀至"宸游鳳輦何處",乃與御製真宗挽詞暗合,上慘然。又讀至"太液波翻",曰何不言"波澄",投之于地,自此不復擢用。二説未知孰是。古虞毛晉識(4)。

校:

(1)"后山"之"后",《汲古閣書跋》皆作"後"。

(2)《汲古閣書跋》無"行到手"三字。

(3)"籠",《汲古閣書跋》作"攏"。

(4)《汲古閣書跋》無"古虞毛晉識"。

注:

[1]"張先"(990—1078),字子野。烏程人。婉約派代表人物。天聖八年(1030)進士,歷任宿州掾、吳江知縣、嘉禾判官。皇祐二年(1050),晏殊知永興軍,辟爲通判。後以屯田員外郎知渝州,又知虢州。以嘗知安陸,故人稱"張安陸"。治平元年(1064)以尚書都官郎中致仕。著有《張子野詞》。

[2]青幕子婦《減字木蘭花·清詞麗句》:"清詞麗句。永叔、子瞻曾獨步。似恁文章。寫得出來當甚强。"

[3]"平甫",即王安國(1028—1076),字平甫。撫州臨川人。王安石同母弟,與王安禮、王雱並稱爲"臨川三王"。熙寧元年(1068),賜進士及第,歷任武昌軍節度推官、西京國子教授、崇文院校書郎,改著作佐郎、秘閣校理、大理寺丞。著有《王安國集》六十卷。

案:《後山詞》一卷,宋陳師道撰。

明末汲古閣刻《宋名家詞》本,卷末載毛晉跋。王灼《碧雞漫志》卷二:"陳無己所作數十首,號《語業》,妙處如其詩,但用意太深,有時僻澀。"紹熙二年(1191)陸游《跋後山居士長短句》:"陳無己詩妙天下,以其餘作詞,宜其工矣。"《直齋》《通考》《百川書志》均著錄《後山詞》一卷,《宋志》作《語業》一卷。可知宋元時,其詞聞名,亦有單本流傳。吳訥《唐宋名賢百家詞》本題《後山居士詞》,所載篇數同與毛本,編次上基本相同,毛本部分同調歸一,兩本當爲同一系統。《四庫存目》收錄,《四庫提要》卷二百云:"其詞集自宋以來即別行,未入其全集。"今靜嘉堂文庫、臺圖皆藏一部明弘治十二年(1499)馬暾刻本《後山先生文集》,後均附其《長短句》一卷。然《四庫提要》卷一百五十四著錄弘治本:"此本爲明馬暾所傳,而松江趙鴻烈所重刊,凡詩七百六十五篇,編八卷,文一百七十一篇,編九卷,《談叢》編四卷,《詩話》《理究》《長短句》各一卷,又非衍之舊本。"蓋館臣疏忘詞集矣。

片　玉　詞

美成[1]于徽宗時提舉大晟樂府,故其詞盛傳于(1)世。余家藏凡三本,一名《清真集》,一名《美成長短句》,皆不滿百闋。最後得宋刻《片玉集》二(2)卷,計調百八十有奇,晉陽强焕爲敘。余見評注龐襍,一一削去,釐其訛謬。間有茲集不載,錯見《清真》諸本者,附《補遺》一卷,美成庶無遺憾云。若乃諸名家之甲乙,久著人間,無待予備述也。湖南毛晉識(3)。

校:

(1)"傳于",《題跋》《汲古閣書跋》作"行於"。

(2)"二",《題跋》《汲古閣書跋》作"三"。

(3)《題跋》《汲古閣書跋》著錄,無"湖南毛晉識"。

注:

[1]"美成",即周邦彥(1056—1121),字美成,號清真居士。杭州錢塘人。"婉約派"代表詞人之一。神宗時爲太學生,撰《汴都賦》,任太學正。後歷任廬州教授、溧水縣令、國子監主簿、校書郎等職。宋徽宗時提舉大晟府。著有《清真集》《片玉集》等。

案:《片玉詞》二卷,《補遺》一卷,宋周邦彥撰。

　　明末汲古閣刻《宋名家詞》本,卷首有南宋淳熙七年(1180)晉陽強焕《題周美成詞》,次有目録,卷末《補遺》一卷十首,次載毛晉跋。《補遺》爲毛晉據《清真詞》《詞林萬選》《草堂詩餘》等輯録。強焕序云:"溧水爲負山之邑……余欲廣邑人愛之之意,故裒公之詞,旁搜遠紹,僅得百八十有二章,釐爲上下卷,乃輟俸餘,鳩工鋟木,以壽其傳,非惟慰邑人之思,亦薪傳之有所托,俾人聲其歌者,足以知其才之優於爲邑如此,故冠之以序,而述其意云。"據此可知,有南宋淳熙七年強焕溧水刻二卷本,收詞一百八十二首。《直齋》卷十七著録"《清真雜著》三卷。邦彦嘗爲溧水令,故邑有詞集。其後有好事者,取其在邑所作文記詩歌,並刻之"。又卷二十一著録"《清真詞》二卷、《後集》一卷"。所指或即強焕溧水本。又據毛晉跋稱所得"宋刻《片玉集》二卷",而汲古閣《宋名家詞》本共收一百八十三首,亦爲二卷,則當出於強焕本。饒宗頤《詞集考》云:"淳熙庚子強焕序刊於溧水,爲詞一百八十二章,汲古《六十一家》本《片玉集》似從此出……汲古刻《六十一家》本《片玉集》上下二卷,首有淳熙強序,凡詞一百八十四首,間有題序,非如分類本但求應歌之便,僅泛撮兩字爲題也,末有毛氏增輯十首爲補遺,全非周詞。《四庫》著録者即此本,有汪氏覆刊,《四部備要》排印。"《四庫》底本,《四庫提要》卷一百九十八著録。

　　又,宋刻本《詳註周美成詞片玉集》十卷今存兩部,均爲宋陳元龍集註,其中一部爲毛晉所藏,今存國圖(08741)。《汲古閣珍藏秘本書目》著録"元板片玉詞二本",當即此本,疑誤作元本。《宋名家詞》本與此宋本不同:一是宋槧爲十卷本,毛晉跋中所言爲宋刻二卷本;二是宋本卷一至三爲春節,卷四爲夏景,卷五、六爲秋景,卷六末二首爲冬景,卷七、八爲單題,卷九、十爲雜賦,基本按時令分類,《宋名家詞》本按詞調字數多少爲序類;三是宋本有陳元龍集註,且篇幅頗多,《宋名家詞》本間有注釋,但內容與陳註不同;四是宋本共收一百二十四首,《宋名家詞》本共收一百八十三首,外從《清真詞》中輯得十首,共收一百九十三首,宋本少五十餘首。故從以上比較來看,《宋名家詞》本顯然不出於宋刻本。周彦文《毛晉汲古閣刻書考》云:"按《玉片》之名,始見於元陳元龍注刻本,毛氏云其所得本名《片玉集》,且有評注,則是元刻。此刻殆即據元本翻刻,惟尚存一二評註。"此有三誤,一是今存陳註本爲宋刻本,並非元本;二是陳元龍亦爲宋人;三是汲古閣本註評並非陳註,而是毛晉所爲。汲古閣刻本與"元本"差異太大,顯然非出一源。

　　因強焕本今已不存,故汲古閣本爲其保留種子,且爲諸本中收録詞作最多的本子,故異常珍貴。需要指出的是,從汲古閣本之注可揭出很多有價值的信息。據統計，汲古閣本批注共有八十四處，《補遺》未見，參校本計有“坊刻”“元刻”“舊刻”“時刻”“向刻”“或刻”“俗本”等，參校書如《清真集》《絶妙詞選》《草堂詩餘》《詩餘圖譜》等。批注具體内容或辨析詞調，或糾正分段，或異文考釋等，都是毛本《片玉集》所獨有，對於研究其版本、詞體及異文等都具有重要意義。王鵬運《四印齋所刻詞·清真集跋》稱：“美成詞傳世者以汲古毛氏《片玉詞》爲最著。近仁和丁氏《西泠詞萃》所刻，即汲古本。”

溪　堂　詞

　　時本《溪堂詞》[1]，卷首《蝶戀花》以迄禪尾《望江南》，共六十有三闋，皆小令，輕倩可人。中間字句舛謬，無從考索。既獲《溪堂全集》，末載《樂府》一卷，今依其章次就梓。近來吴門抄本多《花心動》一闋，其詞云：“風裏楊花輕薄性，銀燭高燒心熱。香餌懸鈎，魚不輕吞，辜負鈎兒虚設。桑蠶到老絲長伴，針刺眼淚流成血。思量起，拈枝花朵，果兒難結。海樣情深忍撇，似夢裏相逢，不勝歡悦。出水雙蓮，摘取一枝，可惜併頭分折。猛期月滿會姮娥，誰知是初生新月。折翼鳥，甚是于飛時節。”疑是贋筆，不敢溷入，附記以俟識者。湖南毛晉識(1)。

校：

(1)《題跋》《汲古閣書跋》無“湖南毛晉識”。

注：

[1]《溪堂詞》，謝逸撰。謝逸(1068—1113)，字無逸，號溪堂。宋代臨川城南人。北宋文學家，江西詩派二十五法嗣之一。《溪堂詞》，一卷，《直齋書録解題》《述古堂書目》《也是園書目》《佳趣堂書目》俱著録《溪堂詞》，今傳明紫芝漫抄《宋元名家詞》本、明抄《宋二十家詞》本。

案：《溪堂詞》一卷，宋謝逸撰。

明末汲古閣刻《宋名家詞》本，卷首有慢叟序，卷末載毛晉跋。

《直齋》著録“《溪堂詞》一卷”，可見南宋時亦有單行本流傳。據毛晉跋，此刻據《溪堂全集》之《樂府》一卷刊梓。《直齋》著録“《溪堂集》二十卷”，或即毛晉所言《全集》，明末尚在，今已不存。吴訥《唐宋名賢百家詞》與明紫芝漫抄本《宋元名家詞》所載俱同，爲同一系統，而與此刻篇數相差無幾，但編次不同，亦有異文。此刻自全集抽出而行，另出一源，爲存世首刻。《四庫》採爲底本,《四庫提要》一百九十八著録。

溪 堂 詞
毛 扆

己巳[1]三月九日,從孫氏舊録本校。毛扆。

注:

[1]"己巳",爲康熙二十八年(1689)。

案:明末汲古閣刻《宋名家詞》本,陸貽典、黄儀、毛扆、季錫疇、瞿熙邦校並跋,何煌、何元錫校,今藏國家圖書館(06669)。"己巳"爲康熙二十八年。此跋前尚有陸貽典跋:"庚戌四月十三日,兩抄本校。勒先。"黄儀跋:"辛亥六月廿四日重校,五月初三四日讀。"

傳録陸貽典、毛扆校跋本,陸心源舊藏,今藏静嘉堂。《皕宋樓藏書志》卷一百十九、《静嘉堂秘籍志》卷五十及《汲古閣書跋》《毛扆書跋拾零(附僞跋)》收録。

東 堂 詞

澤民[1]自敘少時喜筆硯淺事,徒能誦古人紙上語。嘗知武康縣,改盡心堂爲東堂。簿書獄訟之暇,輒觴咏自娱,托其聲于《驀山溪》,如圖畫然。凡詩文、畫簡、樂府,揔名《東堂集》,盛行于世。昔人謂因《贈瓊芳》一詞見賞東坡[2],得名果爾爾耶! 古虞毛晉記(1)。

校:

(1)《題跋》《汲古閣書跋》無"古虞毛晉記"。

注:

[1]"澤民",即毛滂(1056—約1124),字澤民。衢州江山人。宋元豐七年(1084)出任郢州縣尉,後任杭州法曹。知武康,改建官舍"盡心堂",易名"東堂",獄訟之暇,觴詠自娱其間,因以爲號。歷官祠部員外郎。政和元年(1111)罷官歸里,寄跡仙居寺。後知秀州。著《東堂集》。

[2]蘇軾《薦毛滂狀》稱其"文詞雅健,有超世之韻"。

案:《東堂詞》一卷,宋毛滂撰。

明末汲古閣刻《宋名家詞》本,卷末載毛晉跋。毛滂詞集,有詩文合集本及單集本。《直齋》卷十七著録"《樂府》二卷",乃詩文合集本,有宋淳熙嘉禾郡刻本,今已不存。《直齋》卷二十一著録"《東堂詞》一卷",南宋長沙書坊本《百家詞》、吳訥《唐宋名賢百家詞》均收録,《彊村叢書》本《東堂詞》系據潢川吳氏影寫宋刊本校刊,可知確有宋刻一卷本流傳。汲古閣本與吳訥本相較,將《浣溪沙》《水調歌頭》《臨江仙》《玉樓春》等同調歸一,按字數多少排序,收詞數量相差無幾,《點絳唇》與《水調歌頭》第二首缺字悉同吳訥本。吳訥本殆即汲古閣本底本。

東　堂　詞
毛　扆

鄉謂子鴻[1]深於詞,及閲此,未免尚隔一層。甚矣,學問之難也。
己卯[2]五月十六日,從舊録本校一過。毛扆。

注:

[1]"子鴻",即黄儀。
[2]"己卯",爲康熙三十八年(1699)。

案:明末汲古閣刻《宋名家詞》本,陸貽典、黄儀、毛扆、季錫疇、瞿熙邦校並跋,何煌、何元錫校,今藏國家圖書館(06669)。毛扆跋前有黄儀校記云:"七月廿一日校,凡三抄本,其一即底本也,章次皆同,而與此本異,内一小字本最佳,所得脱誤字極多。"下有毛扆批注曰"不相干"。

傳録陸貽典、毛扆校跋本,陸心源舊藏,今藏静嘉堂。《皕宋樓藏書志》卷一百十九、《静嘉堂秘籍志》卷五十及《汲古閣書跋》《毛扆書跋拾零(附僞跋)》收録。

丹　陽　詞

魯卿[1]、常之[2],雖不逮李氏、晏氏父子,每填一詞,輒流傳絲竹。然紹興、紹聖間,俱負海内重望,其詞亦能入雅字。常之《歸愚集》[3],予梓行既久,復訂《丹陽詞》一卷,以公同好。如魯卿出處大略已詳鴻慶序中矣。海虞毛晉識(1)。

校：

(1)《題跋》《汲古閣書跋》無“海虞毛晉識”。

注：

[1]“魯卿”，即葛勝仲（1072—1144），字魯卿。丹陽郡人。紹聖四年（1097）進士。元符三年（1100），中宏詞科。累遷國子司業，官至文華閣待制。卒諡文康。著有《丹陽詞》一卷。

[2]“常之”，即葛立方。

[3]《歸愚集》，即葛立方（號歸愚居士）著《侍郎公歸愚集》二十卷，今存宋槧九卷，卷五至卷十三，清王士禛、黄丕烈跋，清朱彝尊題款，今藏上圖。另有《四庫》本、《常州先哲遺書》本。經查，毛晉未刊過此書，所刊者爲《歸愚詞》，即前著《宋名家詞》本，蓋毛晉誤記。

案：《丹陽詞》一卷，宋葛勝仲撰。

明末汲古閣刻《宋名家詞》本，卷末載毛晉跋。《四庫》本《丹陽集》亦附葛氏詞集，乃從《永樂大典》中輯出。《直齋》《通考》著録一卷，蓋宋時亦有傳本。吳訥《唐宋名賢百家詞》、紫芝漫抄本《宋元名家詞》所載調數、首數及次序悉同，毛本除少《蝶戀花·只恐夜深花睡去》一首外，其餘悉同，蓋屬同一系統。《四庫》底本，《四庫提要》卷一百九十八著録：“其詞則《書録解題》別載一卷。此爲毛晉所刻，蓋其單行之本也。勝仲與葉夢得酬唱頗多，而品格亦復相垺，惟葉詞中有《鷓鴣天》‘次魯卿韻觀太湖’一闋，此卷内未見原唱。而此卷有《定風波》‘燕駱駝橋’‘次少蘊韻’二闋，葉詞内亦未見，非當時有所刊削，即傳寫佚脱。至《浣溪沙》三首，在葉詞以爲次魯卿韻，在此卷又以爲和少蘊韻，則兩者必有一譌，不可得而復考矣。其《江城子》後闋押翁字韻，益可證葉詞復押宮字之誤。《鷓鴣天》‘生辰’一詞，獨用仄韻，諸家皆無是體，據調當改‘木蘭花’。至於字句譌闋，凡《永樂大典》所載者，如《鷓鴣天》後闋，‘懽華’本作‘懽娱’……皆可證此本校讎之疎。又《永樂大典》本尚有‘小飲’《浣溪沙》一首，‘九日’《南鄉子》一首，‘題靈山廣瑞禪院’《虞美人》一首，爲是本所無，則譌脱又不止字句矣。”

丹 陽 詞
毛 扆

己巳[1]正月十二日，從孫氏舊録本校，大有是正處，且補《蝶戀花》一首,洵善本也。

注:

[1]"己巳",爲康熙二十八年(1689),時毛扆四十九歲。

案:明末汲古閣刻《宋名家詞》本,陸貽典、黄儀、毛扆、季錫疇、瞿熙邦校並跋,何煌、何元錫校,今藏國家圖書館(06669)。卷末毛晉跋後載毛扆跋,毛扆跋前尚有陸貽典跋:"己酉季春十九日,底本校一過。勑先。"後有黄儀跋:"甲寅六月廿三日讀。"《毛扆書跋零拾(附僞跋)》收録。

初　寮　詞

字履道[1],真定人,築室自榜曰"初寮"。年十四薦于鄉,凡四舉乃登第。由東觀入掖垣,由烏府至黿禁,皆天下第一。或謂其受知于蔡元長,密薦于上,故恩遇如此。相傳有《初寮前集》四十卷,《後集》十卷,惜乎罕見。常讀周益公《序略》,極稱其詩文似坡公暮年之作。又云黄、張、秦、晁既没,系文統,接墜緒,莫出公右。尤長于制誥,李漢老[2]歎爲徽宗時一人。第見議于先輩,或云初爲東坡門下士,其後附蔡叛蘇。或又云受學于晁以道,其後但云晁四丈,而不稱先生,未知孰是。要未可與持正、可之輩並列矣。其破子如《安陽好》九闋,《六花冬詞》六闋,爲時所稱。玉林(1)盡録,豈亦疵其人耶?古虞毛晉識(2)。

校:

(1)《題跋》《汲古閣書跋》"玉林"後有一"不"字。
(2)《題跋》《汲古閣書跋》無"古虞毛晉識"。

注:

[1]"字履道",王安中(1075—1134),字履道,號初寮。中山曲陽人。元符三年(1100)進士,徽宗時歷任翰林學士、尚書右丞,曾任建雄軍節度使、大名府尹。靖康初,被貶送象州安置。宋高宗繼位,内徙道州,復任左中大夫。曾從師蘇軾、晁説之。晁説之以爲學當謹初,故築室,榜曰"初寮"。著有《初寮詞》。

[2]"李漢老",即李邴(1085—1146),字漢老,號龍龕居士。濟州任城人。崇寧五年(1106)舉進士第,累遷翰林學士。高宗即位,擢兵部侍郎,兼

直學士院。後爲資政殿學士,上戰陣、守備、措畫、綏懷各五事,不報。卒謐文敏。著有《草堂集》一百卷。

案:《初察詞》一卷,宋王安中撰。

明末汲古閣刻《宋名家詞》本,卷末載毛晉跋。《直齋》《通考》著錄,《四庫提要》論此集乃經後人裒輯,並非陳氏所見原本。吳訥《唐宋名賢百家詞》本載其詞,此本略同,當即底本,惟删去《木蘭花》,增補《洞仙歌》,並同調合併。又毛氏曾有影宋抄本,《學海》出版社曾影《汲古閣抄宋金詞七種》行世,與此刻相較,次第不同,抄本少《洞仙歌》。周彦文《毛晉汲古閣刻書考》曰:"殆毛氏據宋本釐訂,以調類編,再益以宋本未載之《洞仙歌》而梓。"

石　林　詞

少蘊自號石林居士,晚年居卞山下,奇石森列,藏書數萬卷,嘯詠自娛。所撰詩文甚富,有《建康集》[1],審是集燕語。後人合編《石林總集》百卷行世外,《石林詞》一卷與蘇、柳並傳,綽有林下風,不作柔語殢人,真詞家逸品也。其爵里始末,具載年譜及本傳。湖南毛晉識(1)。

校:

(1)《題跋》《汲古閣書跋》無"湖南毛晉識"。

注:

[1]《建康集》,一作《石林居士建康集》,八卷,葉夢得(號石林居士)撰。原總集一百卷已散佚,今存八卷,皆葉氏紹興八年(1138)再鎮建康時所作。

案:《石林詞》一卷,宋葉夢得撰。

明末汲古閣刻《宋名家詞》本,卷首有紹興十七年(1147)"東廡關注書",卷末載毛晉跋。此本與明抄本吳訥《唐宋名賢百家詞》本在收錄數量及編次上悉同,蓋出於吳本。《直齋》《文獻通考》皆著錄。《四庫》底本,《四庫提要》卷一百九十八著錄。

石　林　詞
毛　宸

子鴻[1]校後,手校一過。其不中款處,多抹去。

注：

[1]“子鴻”，黃儀字。

案：明末汲古閣刻《宋名家詞》本，陸貽典、黃儀、毛扆、季錫疇、瞿熙邦校並跋，何煌、何元錫校，今藏國家圖書館（06669）。毛扆跋前尚有黃儀跋：“辛亥六月廿八日，三抄本校。其一即底本也。”後有黃儀跋：“五月朔日讀。”三跋皆在毛晉跋後。傳録陸貽典、毛扆校跋本，陸心源舊藏，今藏静嘉堂。《皕宋樓藏書志》卷一百十九、《静嘉堂秘籍志》卷五十及《汲古閣書跋》《毛扆書跋拾零（附僞跋）》皆著録爲毛扆跋。

竹　坡　詞

　　余昔鐫《竹坡老人詩話》[1]，恨未見其全集，亦未詳其始末。既閲《宣城志·文苑傳》云：周紫芝，字少隱，居陵陽山南。父覺，訓子甚篤，每曰：“是子相法當貴，然肩聳而好吟，其終窮乎？”兩以鄉貢赴禮部，不第。家貧，併日而炊，人嗤之，不顧，嗜學益苦。嘗從李之儀、吕本中游，有美譽。建炎中，吕好問知宣州，每讌集，必與俱。年六十一，始以廷對第三，同學究出身，調安豐軍，不赴。監户部麴院，歷樞密院編修，官右司員外郎，知興國軍。崇政簡静，終日焚香課詩，而事不廢。秩滿，奉祠居廬山。初，秦檜愛其詩，云：“秋聲歸草木，寒色到衣裘。”留京，每一篇出，擊賞不已。後和御製詩云：“已通灌玉親祠事，更有何人敢告猷。”檜怒其諷己，出之。紫芝惟言士遇合有時，吾豈以彼易此。紹興乙亥卒。子槃、栞皆力學不仕。兹集《長短句》凡三卷，末有子栞跋。綴二闋于絶筆之後。但《減字木蘭花》一調，誤作《木蘭花令》，今釐正。紫芝嘗評王次卿詩，云“如江平風霽，微波不興，而洶湧之勢、澎湃之聲固已隱然在其中。”其詞約略似之。古虞毛晉識（1）。

　　紫芝集名《太倉稊米》，余少年得而復失，每爲欺惋。始信表聖詩云：“亡書久似憶良朋。”真箇中語也。去冬，玉峰李青城同張子佩過訪，云篋中有是書，相對擊節，不遠百里見寄，惜非余向所藏耳。名雖相同，乃集金元諸名家詩。但紫芝卒于紹興間，與至元、延祐相去百餘歲，豈能預爲軒輊，敘以問世。況《十臺十雪篇》曾于《滄浪集》中見之，其爲贋本無疑矣。猶記其本集中載《惠泉銘》，乃鉅盜圍宣城，衆無所得飲，太守李公倉卒鑿池，甘泉湧出，惠及一郡，因以得名，非無錫惠山中第二泉也。因記于此，以俟品泉者。又記有《劉高尚傳》云：“劉高尚”者，濱州安定人，家世爲農。生九歲，不茹蕫,亦不語。問以事,則書而對。其語初若不可曉,已而輒驗,家人爲築別室以居。久之,言皆響應,遠近以爲神。聲聞京師,徽宗三使往聘之,辭疾不奉詔。宣和間,賜號高尚處士,而建觀以居其徒,因以其號名之。靖康之擾,棣人白其守,使迎高尚。守具安車,邀之不至。一日,弃濱而來,濱人大恐。後二日,濱州兵叛,屠其城。高尚至棣,棣人喜。守爲埽(2)郵傳,供帳以居之。高尚見之,笑去。乃即城隅,治舍水傍。濱人或持金帛攜家室以就其廬者,人往往笑之。既而虜騎大至,城且陷,人之死于兵者以萬數,而火不及其居,就之者果賴以免。虜人見高尚,皆下馬羅拜,不敢入其室。高尚有言曰:"世之人以嗜欲殺身,以貨財殺子孫,以政事殺人,以學問文章殺天下。"後世識者以爲名言,鏤版以傳。惜乎全集不可復得,聊記此,以見竹坡一班。若劉高尚説,具在《梁谿漫志》中。晉又識。

校:

(1)《汲古閣書跋》無"古虞毛晉識"。

(2)"埽",《汲古閣書跋》作"掃"。

注:

[1]《竹坡老人詩話》,宋周紫芝撰。以品評考訂古今詩篇爲主,詮次高下,抑揚品第。

案:《竹坡詞》三卷,宋周紫芝撰。

明末汲古閣刻《宋名家詞》本,首冠乾道三年(1167)孫兢序,卷末有乾道九年周栞跋及毛晉跋。據孫兢序,可知此集最早由孫兢蒐輯"凡一百四十八詞,釐爲三卷",編輯成書。《直齋》《通考》著録爲一卷,或誤。周栞跋曰:"先父長短句一百四十八闋,先是潯陽書肆開行,訛舛甚多,未及修正。適鄉人經由渭宣城搜尋此,未得其半,遂以金受板東下。未幾,好事者輻湊訪求,鬻書者利其得,又復開成。然比宣城本爲善,蓋栞親校讎也。去歲武林復得二章,今繼於《憶王孫》之後。先父一時交游,如李端叔、翟公巽、呂居仁、汪彥章、元不伐,莫不推重。平生著述綴集成七十卷,槧板襄陽、黄州開《楚辭贊説》《詩話》二集。尚有《尺牘》《大閒録》《勝游録》《群玉雜嚼》藏於家,以俟君子廣其傳云。"可知此集於宋刊刻三次:潯陽版、宣城版、周栞版,而以周栞所纂爲定本。孫兢序云百四十八首,紫芝子栞增《木蘭花令》《採桑子》二首,今傳諸本皆爲一百五十首,蓋即周栞本。是此集自宋以來收詞没有變化,源流清晰。毛本卷首末序跋及篇數、編次均同吳訥《唐宋名賢百家詞》、紫芝漫抄本《宋元名家詞》、明石村書屋抄本《宋元明三十三家詞》，序跋中空格亦同，惟後者卷端題"竹坡老人詞"，而毛本爲統一體例則題"竹坡詞"，吳本、石村書屋本卷三末《木蘭花令》、紫芝漫抄本《木蘭花》，毛晉改爲《減字木蘭花》，故此四本蓋即同一系統，而石村書屋本與毛本更接近，或即底本。

竹　坡　詞
毛　扆

《竹坡老人詞》原本甚善，惜已逸去。昔年僅以宣城近刊集本[1]付子鴻一校；己巳[2]正月，從錫山孫氏本校勘，與家刻若合符契。當時原本雖失，然得此可以無憾矣。不然若依集本脩板，幾乎誤事，其"蓑""莎"、"篷""蓬"，古字通用；"仍""雲"亦非譌字，乃竟乙之。《臨江仙》移"欲"字于"人"字之下，此則智者之一失也。校畢漫記。毛扆。

注：

[1]"宣城近刊集本"，即前引周棐跋中宣城刊本，可知毛扆尚藏有宋宣城刊本《竹坡詞》，今已不存。

[2]"己巳"，即康熙二十八年(1689)。

案：明末汲古閣刻《宋名家詞》本，陸貽典、黄儀、毛扆、季錫疇、瞿熙邦校並跋，何煌、何元錫校，今藏國家圖書館(06669)。卷末毛晉跋後載毛扆跋，"己巳"即康熙二十八年(1689)。毛扆於康熙十三年甲寅(1674)先以"宣城近刊集子"付黄儀校過，十五年後又得錫山孫氏本再次校過。毛扆跋前尚有黄儀跋："六月廿九日校。""甲寅六月廿七日讀。"

漱　玉　詞

黄叔陽云:《漱玉集》[1]三卷。馬端臨云:別本分五卷，今一卷。考諸宋元雜記，大率合詩詞雜著爲《漱玉集》，則釐全集爲三卷無疑矣。第國朝博雅如用修先生，尚慨未見其全，湮没不幾久耶！庚午仲秋，余從選卿[2]覓得宋詞廿餘種，乃洪武三年抄本，訂正已閱數名家。中有《漱玉》《斷腸》二册，雖卷帙無多，參諸《花菴》《草堂》《彤管》諸書，已浮其半，真鴻寶也。急合梓之，以公同好。末載《金石録後序》，略見易安居士文妙，非止雄於一代才媛,直脱南渡後諸儒腐氣,上返魏、晉矣。後附(1)遺事幾(2)則,亦罕傳者。湖南毛晉識(3)。

校:

(1)"矣。後附"三字,《汲古閣書跋》空格。

(2)"幾",《汲古閣書跋》作"數"。

(3)《汲古閣書跋》無"湖南毛晉識"。

注:

[1]《漱玉集》,李清照詞集。李清照(1084—1155),號易安居士。山東歷城人。婉約派詞人,以詞著名,兼工詩文,並撰《詞論》。著有《易安居士文集》《易安詞》等。後人輯有《漱玉詞》一卷。

[2]"選卿",即張應麟(?—1630),字選卿,明初常熟人。著有《虞山記》,編有《海虞文苑》。

案:《漱玉詞》一卷,宋李清照撰。

明末汲古閣刻《詩詞雜俎》本,卷首有紀略,末附《金石錄後序》《李易安賀人孿生啓》《易安軼事逸聞》四則及毛晉跋。《直齋》卷二十一著錄"《漱玉集》一卷""別本分五卷"。《宋志》著錄"《易安詞》六卷"。《通考》著錄五卷本。可知宋元時有一卷本、五卷、六卷流傳。據毛晉跋,所據爲明洪武三年(1370)抄本,得於崇禎庚午三年(1630),"急合梓之",則即刊於此年。毛晉所據洪武本,勞權校,陸心源舊藏,《皕宋樓藏書志》著錄,今藏静嘉堂文庫。《四庫簡目標註》"《漱玉詞》一卷,汲古閣刊本(《詩詞雜俎》本),毛氏與朱淑真詞合梓,名曰《二妙集》"。毛本爲存世首刻,《四庫》採爲底本,《四庫提要》卷一百九十八著錄。《叢書集成》及商務印書館據以影印。

酒　邊　詞

伯恭[1],相家子,欽聖憲肅皇后從姪也。性極孝友,置義莊,贍宗族貧者。其立朝忠節,胡安國、張九成[2]輩極嘉與之。晚忤秦檜意,乃致仕。卜築清江楊遵道故第,竹木池館,占一都之勝。又繞屋手植岩桂,顏其堂曰"薌林"。自詠云:"須知道,天教尤物,相伴老江鄉。"又絕筆云:"真香妙質,不耐世間風與日。"豈米顛有謂"衆香國中來,衆香國中去",薌林亦庶幾耶!湖南毛晉識(1)。

校：

(1)《題跋》《汲古閣書跋》無"湖南毛晉識"。

注：

[1]"伯恭"，即向子諲(1085—1152)，字伯恭，自號薌林居士，臨江人，宋代詞人。元符三年(1100)，蔭補假承奉郎。宣和七年(1125)，以直秘閣爲京畿轉運副使，尋兼發運副使。南渡初，力主抗金。建炎二年(1128)，知潭州。歷任荆湖東路安撫司、兩浙路轉運使、戶部侍郎，後忤秦檜，致仕閑居。卜居臨江軍清江縣，號所居曰薌林。

[2]張九成，字子韶，號無垢，汴京人，後遷海寧鹽官。紹興二年(1132)狀元，授鎮東軍簽判，歷任宗正少卿、侍講、權禮部侍郎兼刑部侍郎。以忤秦檜，謫居南安軍。卒贈太師，封崇國公，謚文忠。

案：《酒邊詞》二卷，宋向子諲撰。

明末汲古閣刻《宋名家詞》本，卷首有胡寅《題酒邊詞》，卷末載毛晉跋。《直齋》著録作一卷，國圖藏有汲古閣毛氏影宋抄本《酒邊詞》一卷，蓋即《直齋》著録者。抄本原分江南新詞與江南舊詞兩部分，不分卷。卷中江南新詞《生查子》"月冷"下十六字，《生查子》又一首、《臨江仙》一首、《七娘子》"語，東流去"以上皆缺，《好事近》"呼兒取舊，據"下十八字及注、《好事近》又一首、《減字花木蘭》兩首(第二首存末三字)，有紙無文，卷首目録不缺。《宋名家詞》本分爲上下卷，上卷爲江南新詞，下卷爲江南舊詞，並於卷首增補胡寅序。抄本中缺者《宋名家詞》本不缺，當據他本補葺。抄本卷端次署"薌林向子諲伯恭"，《宋名家詞》本作"宋向子諲"。儘管毛晉分卷並補缺，但抄本目録、編次等與此刻悉同，且毛晉未作同調歸一處理，《宋名家詞》本蓋據影抄本翻刻。《四庫》底本，《四庫提要》卷一百九十八著録。

友 古 詞

伸道[1]，莆田人，別號友古居士，忠惠公[2]之孫也。其居距城不及五里，舍宇矮欲壓頭，猶是伊祖舊物。劉後村過而詠之曰："廟院蜂房居。"想羡其同居古風歟？但據忠惠公《荔子譜》云："玉堂紅一種佳絶。"正産其地，伸道從無一語詠之，何耶？其和向伯恭木犀諸闋，亦遜《酒邊集》三舍矣。古虞毛晉識(1)。

校：

（1）《題跋》《汲古閣書跋》無“古虞毛晉識”。

注：

[1]“伸道”，即蔡伸（1088—1156），字伸道，號友古居士。莆田人。蔡襄孫。政和五年（1115）進士。宣和年間，出知濰州北海縣、通判徐州。南渡後，通判真州，除知滁州。後爲浙東安撫司參謀官，提舉崇道觀。伸擅書工詞，著有《友古居士詞》。

[2]“忠惠公”，即蔡襄（1012—1067），字君謨。興化軍仙游縣人。天聖八年（1030），進士，先後任館閣校勘、知諫院、直史館、知制誥、龍圖閣直學士、樞密院直學士、翰林學士等職，在朝爲諫官時，以直言著稱。曾知泉州、福州、開封府事。宋英宗即位後正授三司使，再以端明殿學士出知杭州。卒贈少師，謚忠惠。著有《蔡忠惠集》。

案：《友古詞》一卷，宋蔡伸撰。

明末汲古閣刻《宋名家詞》本，卷末載毛晉跋。《直齋》著録《友古詞》一卷。此刻與吳訥《唐宋名賢百家詞》所載調數、篇數及編次悉同，蓋出於吳本系統。《善本書室藏書志》卷四十著録一部明抄本：“毛氏刊《六十家詞》頗多訛舛，此明人鈔本，紙墨古雅，觀其格式，蓋三百年前物也。”《四庫》底本，《四庫提要》卷一百九十八著録。

無　住　詞

陳與義[1]，字去非，其先蜀人。東坡所傳陳希亮公弼者，其曾祖也。後爲汝州葉縣人，每自稱洛陽陳某，又別號簡齋。少年賦《墨梅》詩，受知于徽宗，遂入中秘。建炎中，掌帝制，參紹興大政。以詩名世，劉後村軒輊[2]元祐後詩人，不出蘇、黃二體，惟陳簡齋以老杜爲師。建炎以後，避地湖嶠，行路萬里，詩益奇壯。或問劉須溪：“宋詩，簡齋至矣，畢竟比坡公何如？”須溪曰：“詩論如花，論高品則色不如香，論逼真則香不如色，雌黃具在。”予于其詞亦云。古虞毛晉識(1)。

校：

（1）《汲古閣書跋》無“古虞毛晉識”。

注：

[1]陳與義(1090—1139)，字去非，號簡齋。北宋末、南宋初洛人。著有《簡齋集》《無住詞》。

[2]"軒輊"，車前高後低爲軒，前低後高爲輊。引申爲高低、輕重、優劣。《詩·小雅·六月》："戎車既安，如輊如軒。"

案：《無住詞》一卷，宋陳與義撰。

明末汲古閣刻《宋名家詞》本，卷末載毛晉跋。國圖藏一部元刻本《增廣箋註簡齋詩集》三十卷(08470)，宋胡穉註，清黄丕烈、趙宗建校並跋，卷首有紹熙元年(1190)胡穉序及紹熙三年樓鑰序，可知原刻刊於紹熙年間。元刻本卷三十爲詞集，爲清嘉慶十三年(1808)胡氏夢華館影元抄本，題《無住詞》，卷中有宋胡穉註。《直齋》《通考》均著録《簡齋詞》一卷，疑從宋刻本抽出單行者。《百川書志》著録《無住詞》一卷。吴訥《唐宋名賢百家詞》、紫芝漫抄本《宋元名家詞》著録爲《簡齋詞》，共收十二調十八首。所收調數、首數及次序與毛本悉同。吴本、紫芝漫抄本及毛本均删去宋胡穉註。從題名上，毛本更接近元本。《四庫》底本，《四庫提要》卷一百九十八著録。

無　住　詞
毛　扆

己巳[1]正月穀日，從孫氏舊録本校。
康熙乙未[2]六月十六夜，以許明伯[3]鈔本校改一字。

注：

[1]"己巳"，爲康熙二十八年(1689)。
[2]"康熙乙未"，爲康熙五十四年(1715)。
[3]許明伯，福建莆田人。天順六年(1462)奉徵至北京，以善繪花鳥竹石，授文思院副使。

案：明末汲古閣刻《宋名家詞》本，陸貽典、黄儀、毛扆、季錫疇、瞿熙邦校並跋，何煌、何元錫校，今藏國家圖書館(06669)。卷末毛晉跋後載毛扆跋，"康熙乙未"爲康熙五十四年(1715)，時毛扆已卒。當作"己未"(康熙十八年，1679)，時毛扆三十九歲。誤同前著《樂齋詞》。毛扆跋前尚有陸貽典朱筆跋："六月十四日晚涼，抄本《簡齋集》校。勒先。"黄儀跋："六月廿六日,讀。”

簡　齋　詞
毛　扆

己巳[1]正月六日從集本校,毛扆。

注:

[1]“己巳”,爲康熙二十八年(1689)。

案:《簡齋詞》一卷,宋陳與義撰。

明紫芝漫抄《宋元名家詞》七十種本,今藏北大。卷末載毛扆跋,跋稱“集本”者,當即《簡齋詩集》,末附《簡齋詞》一卷。

蘆　川　詞

仲宗[1],別號蘆川居士,三山人。平生忠義自矢,不屑與奸佞同朝,飄然挂冠。紹興辛酉,胡澹菴[2]上書乞斬秦檜,被謫,作《賀新郎》一闋送之,坐是與作詩王民瞻同除名。兹集以此詞壓卷,其旨微矣。人稱其長於悲憤,及讀《花菴》《草堂》所選,又極嫵秀之致,真堪與《片玉》《白石》並垂不朽。凡用字,多有出處,如“洒窗間惟稷雪”云云,見《毛詩疏》:“稷雪,霰也,形如米粒,能穿窗透瓦。”今本改作“霰雪”。又如“薄劣東風,夭斜飛絮”云云,見《白香山詩》:“錢塘蘇小小,人道最夭斜。”自注:“夭,音歪。”時刻改作“顛斜”,便無韻味。姑記之,以爲妄改古人字句之戒云。古虞毛晉識(1)。

校:

(1)《題跋》《汲古閣書跋》無“古虞毛晉識”。

注:

[1]“仲宗”,即張元幹(1091—約1161),字仲宗,號蘆川居士、真隱山人,晚年自稱蘆川老隱。蘆川永福人。歷任太學上舍生、陳留縣丞。金兵圍汴,秦檜當國時,入李綱麾下,堅決抗金,力諫死守。曾賦《賀新郎》詞贈李綱,後秦檜聞此事,以他事追赴大理寺除名削籍。著有《蘆川詞》。

[2]“胡澹菴”,即胡銓(1102—1180),字邦衡,號澹菴。吉州廬陵人。

與李綱、趙鼎、李光並稱“南宋四大名臣”。建炎二年(1128)進士及第,起家撫州軍事判官,捍禦金軍,出任樞密院編修。紹興八年(1138),抗疏乞斬秦檜、孫近、王倫,聲振朝野,出任昭州知州、知吉陽軍。秦檜死後,出任衡州知州。宋孝宗即位,知饒州,歷任國史院編修官、兵部侍郎,以資政殿學士致仕。著有《澹庵集》。

案:《蘆川詞》一卷,宋張元幹撰。

明末汲古閣刻《宋名家詞》本,卷末載毛晉跋。《四庫》底本,《四庫提要》卷一百九十八著録。

南宋紹興末,張元幹子張靖輯刻《蘆川詞》二卷,張廣敍云:“逮紹興末,忤時相意,語及譏刺者悉蒐去。綴拾其餘,得二百餘首,先叔提舉(張靖)鋟木於家。”①紹興二十一年,張元幹因送胡銓詞得罪秦檜,入獄時被搜散佚,張靖重新掇拾編輯,僅得二百余首。《直齋》卷二十一著録:“《蘆川詞》一卷。三山張元幹仲宗撰,坐送胡邦衡詞,得罪秦相者也。”蓋即紹興末張靖刻本。《四庫》底本,《四庫提要》卷一百九十八云:“陳振孫《書録解題》則作一卷,與此本合。”《宋志》著録《蘆川詞》二卷,今國圖所藏宋槧爲二卷(03789),並有影宋抄本傳世,蓋即著録之本。故此集有一卷本與二卷本之分。毛本與宋槧相較,訛字較多,次序亦異。吳訥《唐宋名賢百家詞》、紫芝漫抄本《宋元名家詞》、明石村書屋抄本《宋元明三十三家詞》、明抄本《宋詞二十二家》(今藏南圖)等均爲一卷本,僅有八十一首,且次序亦不同,顯然與毛本並非同一系統。毛本收詞一百八十六首,宋本同,汲古本《踏莎行》《鶴沖天》,宋本無;宋本《將神子》《楊柳枝》,汲古本無。除個別次序不同外,其餘基本相同,毛本當源於宋本,並將二卷合併爲一卷。

蘆　川　詞
毛　扆

戊午[1]閏三月初八日,從舊録本校一過。汲古閣後人扆。

注:

[1]“戊午”,爲康熙十七年(1678),時毛扆三十八歲。

案:明末汲古閣刻《宋名家詞》本,陸貽典、黃儀、毛扆、季錫疇、瞿熙邦

① (宋)張元幹:《蘆川歸來集》卷首,《文淵閣四庫全書》本。

校並跋,何煌、何元錫校,今藏國家圖書館(06669)。卷末毛晉跋後載毛扆跋,毛跋前尚有黃儀跋,云:"六月望後二日校。""甲寅五月十八日,讀訖。"尾題下又有季錫疇墨筆跋:"咸豐乙卯歲仲冬,以宋本《盧川詞》增校一過,補脫詞一闋,訂正若干字,時踰黃子鴻、毛斧季又二百年矣。再二百年中,當有據是本以重刊者,今之費日力於此,不得謂無功古人也。太倉松雲居士錫疇記。宋本每葉十四行,行十三字。"

聖　求　詞

吕聖求[1],名渭老,或云濱老,攜李人,有聲宣和間。其詠梅詞寄調《東風第一枝》,先輩與坡仙《西江月》並稱,茲集中不載,不知何故。其詞云:"老樹渾苔,橫枝未葉,青春肯誤芳約。背陰未返冰魂,陽梢已含紅蕚。佳人寒怯,誰驚起、曉來梳掠。是月斜窗外棲禽,霜冷竹間幽鶴。雲澹澹、粉痕漸薄;風細細、凍香又落。叩門喜伴金樽,倚闌怕聽畫角。依稀夢裡,半面淺窺珠箔。其時重寫鸞牋,去訪舊游東閣。"又《惜分釵》,其自製新譜也,尾句用二疊字,云"重重",又云"忡忡",較之陸放翁《釵頭鳳》尾句云"錯錯錯""莫莫莫",更有別韻。又喜用險峭字,如"側寒斜雨"之類。楊升菴云其用"側寒"字甚新。唐詩"春寒側側掩重門",韓偓詩"側側輕寒剪剪風",又無名氏詞"玉樓十二春寒側",與此"側寒"相襲用之,不知所出。大意,側,不正也,猶云峭寒爾。今坊本俱作"惻寒",幾認壹关爲壺矢矣。古虞毛晉識(1)。

校:

(1)《汲古閣書跋》無"古虞毛晉識"。

注:

[1]"吕聖求",即吕濱老,一作吕渭老,字聖求。嘉興人。北宋宣和末年朝士,約宋徽宗宣和中在世。著有《聖求詞》一卷。

案:《聖求詞》一卷,宋吕濱老撰。

明末汲古閣刻《宋名家詞》本,卷首有嘉定五年(1212)趙師岊序,卷末載毛晉跋。趙師岊序:"余因念聖求詩詞俱可以傳後,惜不見他所著述,以是知世間奇才未嘗乏也。士友輩將刻《聖求詞》,求序於余,故余得言其大概。"可知其詞由趙氏刊於嘉定五年。《直齋》《通考》著録"《吕聖求詞》一卷",當即著録之本。明吳訥《唐宋名賢百家詞》收録此集,無趙氏序,毛本除卷首目録脱《河傳》外(内文不缺),其餘調數、首數、序次等悉同,毛本當間接源於吳本,爲同一系統無疑。又,國圖藏一部明抄本(05606),卷首有趙序,收詞調數、首數及序次與毛本相同,可知有序本並非始於毛晉,毛本或淵源於明抄本。《四庫》底本,《四庫提要》卷一百九十八著録。

逃　禪　詞

補之[1],清江人,世所傳江西墨梅,即其人也。其詩文亦不多見,向有《補之詞》行世,或謂是晁補之,謬矣。無論字句之舛譌,章次之顛倒,即調名如《一斛珠》誤作《品令》;《相見歡》誤作《烏夜啼》之類,亦不可條舉。今悉一一釐正。但散花菴詞客一無選録,豈謂其多獻壽之章,無麗情之句耶?《草堂集》止載《癡牛騃女》一調,又逸其名,後人妄注毛東堂,可恨坊本無據,反令人疑香籤之或凝或倨云。古虞毛晉識(1)。

校:

(1)《題跋》《汲古閣書跋》無"古虞毛晉識"。

注:

[1]"補之",即楊无咎(1097—1171),字補之,自號逃禪老人、清夷長者、紫陽居士。臨江清江人,寓居洪州南昌。長於繪畫,尤擅墨梅。著有《逃禪詞》一卷。

案:《逃禪詞》一卷,宋楊无咎撰。

明末汲古閣刻《宋名家詞》本,卷首有目録,卷端次署"宋楊无咎",卷末載毛晉跋。

黄昇《花菴詞選》不載此集。據毛晉跋,所據當爲"坊本"。《直齋》《通考》均著録,《直齋》卷二十一著録"《笑笑詞集》一卷"又云:"臨江郭應祥承禧撰。嘉定間人。自《南唐二主詞》而下,皆長沙書坊所刻,號'百家詞'。其前數十家皆名公之作,其末亦多有濫吹者。市人射利,欲富其部帙,不暇擇也。"可知確有南宋長沙坊刻本《百家詞》。又《汲古閣珍藏秘本書目》著録"宋詞一百家,未曾裝訂,已刻者六十家,未刻者四十家,俱係秘本,細目未及寫出,容俟續寄,精抄,百兩。"此精抄本《宋詞一百家》是否源自於長沙坊本,亦未可知。但有一點可以肯定,坊本訛誤頗多,陳振孫斥以"濫吹"

"射利"，毛晉以"可恨"之詞表達不滿。故毛晉對其"一一釐正"，毛扆則以孫氏舊録本校出多條訛誤，見下條。吳訥《唐宋名賢百家詞》、紫芝漫抄本《宋元名家詞》、明石村書屋抄本《宋元明三十三家詞》收録數量及序次等悉同，蓋同一系統。此刻取自坊本，次序不同，篇次稍異，訛誤多於吳本系統。

　　《四庫》採爲底本，《四庫提要》卷一百九十八著録："諸書'揚'或作'楊'。案：《圖繪寶鑑》稱：'无咎祖漢子雲，其字從才不從木。'則作'楊'誤也。高宗時，秦檜擅權，无咎恥於依附，遂屢徵不起，其人品甚高。所畫墨梅，歷代寶重，遂以技藝掩其文章。然詞格殊工，在南宋之初，不忝作者。陳振孫《書録解題》載无咎《逃禪詞》一卷，與今本合。毛晉跋稱'或誤以爲晁補之詞'，則晁无咎亦字補之，二人名、字俱同，故傳寫誤也。集中《明月棹孤舟》四首，晉註云：'向誤作《夜行船》，今按譜正之。'案：此調即是《夜行船》，亦即是《雨中花》，諸家詞雖有小異，按其音律，要非二調。无咎此詞，實與趙長卿、吳文英詞中所載之《夜行船》，無一字不同。晉第見《詞譜》收黃在軒詞名《明月棹孤舟》，不知明月即夜，棹即行，孤舟即船，近時萬樹《詞律》始辨之，晉蓋未及察也。又《相見歡》本唐腔正名，宋人則名爲《烏夜啼》，與《錦堂春》之亦名《烏夜啼》，名同實異，晉註向作《烏夜啼》，誤，尤考之未詳。至《點絳脣》原註'用蘇軾韻'，其後闋尾韻，舊本作'裹'字，晉因改作'堁'字，竝詳載'堁'字義訓於下。實則蘇詞末句乃'破'字韻，此'裹'字且誤，而'堁'字尤爲臆改。明人刊書，好以意竄亂，往往如此。今姑仍晉本録之，而附糾其謬如右。"

逃　禪　詞
毛　扆

己巳[1]上元後二日，從孫氏舊録本校，凡改者仍存其舊。

注：

[1]"己巳"，爲康熙二十八年（1689），時毛扆四十九歲。

案：明末汲古閣刻《宋名家詞》本，陸貽典、黃儀、毛扆、季錫疇、瞿熙邦校並跋，何煌、何元錫校，今藏國家圖書館（06669）。卷末毛晉跋後載毛扆跋，毛扆跋前尚有黃儀跋："三月六日，原校本校訖。""六月十九日讀。"卷中校記，如"無論""即調名如《一斛珠》誤作《品令》；《相見歡》誤作《烏夜啼》之類，亦不可條舉""其名，後人""反"皆圈去；"妄注"之"注"改作"作"；

等等。

海　野　詞

　　純甫[1]與龍大淵[2]同爲建王内知客,孝宗以二人皆潛邸舊人,觴詠唱酬,字而不名。怙寵恃勢,純甫尤甚。故陳俊卿、虞允文輩交章逐之。然文藻頗有可觀,如《過京師望叢臺》諸作,語多感慨,令人有麥秀黍離之悲。與張掄不時賦詞進御,賞賚甚渥。至進月詞,一夕西興,共聞天樂。豈天神亦不以人廢言耶? 湖南毛晉識(1)。

　　校:

　　(1)《題跋》《汲古閣書跋》無"湖南毛晉識"。

　　注:

　　[1]"純甫",曾覿(1109—1180),字純甫,號海野老農。汴京人。高宗紹興三十年(1160),爲建王内知客。孝宗受禪,權知閣門事。出爲福建、浙東總管。乾道七年(1171),遷承宣使、節度使。淳熙元年(1174),除開府儀同三司,加少保、醴泉觀使。《宋史》列於《佞幸傳》。著有《海野詞》。

　　[2]"龍大淵"(?—1168),紹興三十年(1160),與曾覿同爲建王(即孝宗)内知客。孝宗即位,自左武大夫除樞密副都承旨。後升閣門事,與覿相表裏,恃寵害政。參知政事張燾、諫議大夫劉度等奏劾,旋俱以言罷去,龍、曾權勢更盛。坐事出爲江東總管,改浙東。奉敕編《古玉圖譜》百卷。

　　案:《海野詞》一卷,宋曾覿撰。

　　明末汲古閣刻《宋名家詞》本,卷末載有毛晉跋。《直齋》《通考》《秘閣書目》皆著録《海野詞》一卷。吳訥《唐宋名賢百家詞》、明紫芝漫抄本《宋元名家詞》、明石村書屋抄本《宋元明三十三家詞》等均未收録,可見宋時雖有傳本,但於明代罕見流傳,僅見《秘閣書目》《趙定宇書目》著録一卷,《虞山錢遵王藏書目録彙編》著録。毛本爲存世首刻,共收五十六調九十五首。或據上述著録之本翻刻。王兆鵬《宋代文學傳播探源》云"宋本不傳,今傳有毛晉汲古閣刻《宋名家詞》本等,當出自宋本。"①明雖有目録著録,然今不存明抄明刻,更無論宋槧。如無毛本,恐已失傳。《四庫》所採底本當即

---

　　①　王兆鵬:《宋代文學傳播探源》,武漢大學出版社 2013 年版,第 325 頁。

毛本,《四庫提要》卷一百九十八著録。

知 稼 翁 詞

知稼翁[1],字師憲,世居莆田,代多聞人。唐御史滔,即其先也。先是,莆中有讖云:"折却屋,換却椽,望京門外出狀元。"紹興八年,孫守益改創譙門,規橅(1)雄偉。甫成,公果以文章魁天下。公年四十有八,宅邊有大木,可蔽畆,忽仆。又自夢雷電震閃,旗幟殷赫,擁榯而去,金書化字以示。迨屬纊之夕,果雷雨大作,人甚異之。其父静,以本州首貢,作南廟省魁,中上舍兩優之選。既以公貴,贈中奉大夫。從兄泳以童子召見,徽宗賜五經及第。季弟庚以文藝知名,將試禮部,適公捐館,不忍獨留京師,同護喪歸殯。子五人,沃、泮、洧、洙皆力學,南僧幼未名。有文集十一卷,子沃編以行世,丐序于莆田陳俊卿、鄱陽洪邁。洪邁評其詞云:"宛轉清麗,讀者咀嚼于齒頰間,而不能已。"又誦其悲秋之句曰:"'迢迢別浦雙帆去,漠漠平蕪天四垂。雨意欲晴山鳥樂,寒聲初到井梧知。'吾不知謫仙、少陵以還,大曆十才子尚能窺其藩否?"可謂贊揚之極矣。其居官(2)始末,詳于龔茂良《行狀》、林大鼐《墓誌銘》中。近來閩中鏤版甚善,末幅有諱崇翰者,紀録詳摯,倘歷代先賢名集,盡得文孫各爲表章,如知稼翁者,不大快耶! 古虞毛晉識(3)。

校:

(1)"橅",《汲古閣書跋》作"撫",《"中央圖書館"善本序跋集録》作"模"。

(2)"官",《汲古閣書跋》作"家"。

(3)《汲古閣書跋》無"古虞毛晉識"。

注:

[1]"知稼翁",即黃公度(1109—1156),字師憲,號知稼翁。莆田人。紹興八年(1138)進士,簽書平海軍節度判官。後被秦檜誣陷,罷歸。除秘書省正字,罷爲主管台州崇道觀。仕至尚書考功員外郎兼金部員外郎。著有《知稼翁集》十一卷、《知稼翁詞》一卷。

案:《知稼翁詞》一卷,宋黃公度撰。

明末汲古閣刻《宋名家詞》本,卷首淳熙十六年(1189)曾丰序,卷末同年黄公度子沃跋及毛晉跋。曾丰序云："淳熙戊申，故考功郎莆田黄公度之子沃通守臨川。明年，臨川人士得考功樂章，其題爲《知稼翁詞》，請鏒之木。通守重於諾，於余乎質焉。"《直齋》《通考》均著録，蓋即宋淳熙刻本。毛本與吴訥《唐宋名賢百家詞》、紫芝漫抄本《宋元名家詞》均爲十四調、十五首，序跋及編次悉同，當爲同一系統。又毛氏有影宋抄本，《學海》出版社所影印《汲古閣抄宋金詞七種》收録，與毛刻亦同，或據之翻刻。《四庫》底本，《四庫提要》卷一百九十八著録。

知　稼　翁　詞
毛　扆

己巳[1]正月廿三日校。

注：

[1]"己巳"，爲康熙二十八年（1689）。

案：明末汲古閣刻《宋名家詞》本，陸貽典、黄儀、毛扆、季錫疇、瞿熙邦校並跋，何煌、何元錫校，今藏國家圖書館（06669）。卷末毛晉跋後載毛扆跋，毛扆跋後尚有黄儀跋："甲寅六月廿六日晚刻讀。"陸貽典跋："己酉六月十四日，抄本校。抄本多缺字，不可句讀，要有數處可從。勅先識。"

歸　愚　詞

字常之[1]，清孝公書思之孫，文康公勝仲之子，文定公邠之父也。丹陽人。後以文康守吴興，因家于泛金溪，與弟立象同登紹興戊午進士第。所著《西疇筆畊》五十卷、《方輿别志》二十卷、《歸愚集》五十卷，《外制集》五卷。其膾炙人口者，莫如《韻語陽秋》二十卷。前有小引，以晉人褚裒自况，托故人徐林爲之序，未果而卒。復于夢中索之。豈文人平生得力處，至死未能已已耶！其自題草廬曰"歸愚識夷塗，游宦泯捷徑"，故文集與詩餘俱名"歸愚"。第集中如《雨中花》《眼兒媚》諸調俱不合譜，未敢妄爲更定云。古虞毛晉識(1)。

校：

(1)《題跋》《汲古閣書跋》無"古虞毛晉識"。

注：

[1]“常之”，葛立方（？—1164），字常之，自號懶真子。祖籍丹陽，後定居湖州吳興。紹興八年（1138）進士。曾任正字、校書郎及考功員外郎等職。後因忤秦檜而得罪，罷吏部侍郎，歸休於吳興。曾自題草廬：“歸愚識夷塗，游宦泯捷徑。”故名其集爲《歸愚集》。又著有詩論《韻語陽秋》。

案：《歸愚詞》一卷，宋葛立方撰。

明末汲古閣刻《宋名家詞》本，卷末載毛晉跋。《直齋》《通考》皆著錄一卷。此刻與吳訥《唐宋名賢百家詞》相較，除將《滿庭芳》十首、《春光好》兩首同調歸一外，其餘所載調數、篇數及編次悉同，蓋出於吳本系統。《四庫》底本，《四庫提要》卷一百九十八著錄。

歸　愚　詞
毛　扆

目錄、次序與孫本不同，故未校。次日從周氏舊錄本校，次序同此，想家刻當有，原祖此刻也。

己巳[1]正月廿八日，從孫氏抄本校。

次日從周氏抄本校，又正三字。

注：

[1]“己巳”，爲康熙二十八年（1689），時毛扆四十九歲。

案：明末汲古閣刻《宋名家詞》本，陸貽典、黃儀、毛扆、季錫疇、瞿熙邦校並跋，何煌、何元錫校，今藏國家圖書館（06669）。卷首眉批載首跋，卷末毛晉跋後載毛扆後兩跋，毛扆後兩跋前尚有黃儀跋“望日燈下校”“甲寅五月十九日讀”。

樵　隱　詞

平仲[1]，三衢人，仕止州倅。禮部尚書友之子，負才玩世，頗有毛伯成之風。撰《樵隱集》十五卷，尤延之爲序，惜乎不傳。楊用修云：“毛开小詞一卷，惟余家有之，極賞其‘潑火初收’一闋，今亦不多見。”余近得楊夢羽[2]先生秘藏宋元名家詞抄本二十七種,內有《樵隱詩餘》一卷,共四十二首,調名二十有三,呕梓而行之,庶不與集俱湮耳。湖南毛晉識(1)。

校:

(1)《題跋》《汲古閣書跋》無"湖南毛晉識"。

注:

[1]"平仲",即毛开,字平仲。信安人。約宋孝宗淳熙初前後在世。嘗爲宛陵、東陽二州倅。工於小詞,詩文亦甚著名。著有《樵隱集》十五卷,今僅存詞一卷。

[2]"楊夢羽",即楊儀(1488—約1560),字夢羽,號五川。常熟人。嘉靖進士,授工部主事,轉禮部、兵部郎中,官山東副使,後以病辭官歸鄉,日以讀書、著述爲事。著有《金姬傳》《高坡異纂》《隴起雜事》等。祖楊集、父楊舫均愛聚書,楊儀亦然,筑"萬卷樓""七檜山房",多藏宋元珍本、法書名畫及鼎彝古器,歿後書盡歸甥莫是龍。藏書印有"楊儀夢羽收藏圖書""海虞楊儀夢羽圖書""華陰世家""楊夢羽氏"等。工書法,日以讀書、刻書、抄書爲樂,抄有《穆天子傳》《吾郡圖經續記》《支遁集》《織錦回文詩譜》《片玉詞》等,輯刻《黎陽王太傅詩選》,以銅活字刊印《王岐公宮詞》等。楊儀所抄之書皆用格紙,一般爲藍格,十行,白口,單魚尾,左右雙邊,版心下題"七檜山房"或"萬卷樓雜錄"。葉德輝《書林清話》將其列爲"明以來鈔本書最爲藏書家所秘寶者"之一,世稱"楊鈔"。

案:《樵隱詞》一卷,宋毛开撰。

明末汲古閣刻《宋名家詞》本,卷首有乾道二年(1166)王木叔序,卷末載毛晉跋。王木叔序云:"《樵隱詩餘》一卷,信安毛平仲所作也。平仲爲人傲世自高,與時多忤,獨與錫山尤遂初厚善,臨終以書別之,囑以志墓。遂初既爲墓誌銘,又序其集。或病其詩文視樂府不逮,其然,豈其然乎?"傳世詞集當即出於此。《直齋》著錄"《樵隱詞》一卷。"説明南宋確有流傳。長沙坊刻本《百家詞》亦收錄。據毛晉跋稱,其底本爲楊儀舊藏抄本,檢吳訥《唐宋名賢百家詞》本所載調數、篇數均與毛本同,只是編次不同,楊儀本當源於吳本,吳本或直接或間接源於最初的《樵隱詩餘》本。《四庫》底本,《四庫提要》卷一百九十八著錄。

樵 隱 詞

毛 扆

辛巳[1]六月二十三日,從錫山孫氏抄本校,次序標上。毛扆。

惜(1)夢羽先生藏本已失,無從參考。

校:

(1)"惜",《静嘉堂秘籍志》誤作"情"。

注:

[1]"辛巳",爲康熙四十年(1701)。

案:明末汲古閣刻《宋名家詞》本,陸貽典、黄儀、毛扆、季錫疇、瞿熙邦校並跋,何煌、何元錫校,今藏國家圖書館(06669)。毛扆跋在卷尾毛晉跋後,"辛巳"爲康熙四十年。此跋前尚有陸貽典跋:"庚戌四月十三日,抄本校。勅先。"後有黄儀跋:"辛亥六月廿三日校。""甲寅午日,讀訖。"傳録陸貽典、毛扆校本,陸心源舊藏,今藏静嘉堂。《皕宋樓藏書志》卷一百一十九、《静嘉堂秘籍志》卷五十及《汲古閣書跋》《毛扆書跋拾零(附僞跋)》"甲寅午日,讀訖"皆著録爲毛扆跋,實爲黄儀跋。

斷 腸 詞

　　淑真[1]詩集,膾炙海内久矣,其詩餘僅見二闋于《草堂集》。又見一闋于《十大曲》中,何落落如晨星也。既獲《斷腸詞》一卷,凡十有六調,幸覩(1)全豹矣。先輩拈出《元夕》詩詞,以爲白璧微瑕,惜哉。湖南毛晉識(2)。

校:

(1)"覩",《汲古閣書跋》作"觀"。
(2)《汲古閣書跋》無"湖南毛晉識"。

注:

[1]"淑真",即朱淑貞(1135—1180),號幽棲居士。錢塘人。生於仕宦之家,其父曾在浙西做官,家境優裕。幼穎慧,博通經史,能文善畫,精曉音

律,尤工詩詞。著有《斷腸詞》《斷腸詩集》等。

　　案:《斷腸詞》一卷,宋朱淑真撰。

　　明末汲古閣刻《詩詞雜俎》本,卷首有紀略,卷末載毛晉跋。據毛晉《漱玉詞》跋,所據爲洪武三年(1370)抄本,刊於崇禎三年(1630),共載十六調二十七首,其中原集所收《生查子》“去年元夜時”非朱氏作,乃歐陽修所作,載《廬陵集》卷一百三十一。毛本仍載此首,説明並未對底本進行刪減,反而增補《生查子》兩首。其一首爲《年年玉鏡臺》,毛本題下注云:“世傳大曲十首,朱淑真《生查子》居第八,調入大石,此曲是也。集中不載,今收入此。”其二首爲《去年元夜時》,毛本題下注“見《升庵詞品》”,顯係據楊慎《詞品》輯入。

　　《四庫》底本,《四庫提要》卷一百九十九著録:“其詞則僅《書録解題》載一卷,世久無傳。此本爲毛晉汲古閣所刊,後有晉跋稱:‘詞僅見二闋於《草堂集》,又見一闋於《十大曲》中,落落如晨星。後乃得此一卷,爲洪武間鈔本,乃與《漱玉詞》竝刊。’然其詞止二十七闋,則亦必非原本矣。”按毛本就已知非朱氏撰者亦照録不變,則毛氏所據必爲洪武原本,至少未刪減篇數。至於洪武抄本所據是否原本或取自於何本,則不得而知。明弘治間戴冠撰《邃谷詞》附《和斷腸詞》一卷(今存趙萬里輯《明詞彙刊》中)出於洪武本,其與毛本區別有二:一是毛本比戴冠本少《西江月》“辨取舞裙歌扇”一首,多《生查子》毛晉輯補兩首。二是戴冠本按季節排序,而毛本則按調排列,同調歸一,如將戴冠本《浣溪沙》第七首“玉體金釵一樣嬌”同調歸列於第二首“春巷天桃吐絳英”之下,列爲第三首;將《點絳唇》第十九首“風勁雲濃”同調歸列於第一首“黄鳥嚶嚶”之下,列爲第二首。汲古閣《詩詞雜俎》本按調排序,而在此之前,大多按季節前後排序。依此可知,洪武本當按季節排序,戴冠本同之,又戴冠本僅比洪武本多一首,或爲其本人補之。毛本出於洪武本,而戴冠本亦當出於洪武本。毛晉在跋《漱玉詞》中言“訂正已閲數家”,當指除校對文字之異、輯補之外,即指打亂原作按季節,改編爲同調排序。毛本爲朱淑真詞集現存的單集首刻本,此後有《汲古閣未刻詞》本,實與汲古本基本相同。《叢書集成》及商務印書館據以影印。當代冀勤校點本《朱淑真集注》與張璋、黄畬校注本《朱淑真集》皆以毛本爲底本。

嬾窟詞

彦周[1],東武人。晁氏甥也,渭陽之誼[2]甚篤,如《玉樓春》《青玉案》《朝中措》《瑞鷓鴣》諸調,情見乎詞矣。其《席上送行》云:"後夜蕭蕭葭葦岸,一尊獨酌見離情。"不讓徐勉《送客曲》。弇州先生病美成不能作情語,彦周殆能作情語者耶? 湖南毛晉識(1)。

校:

(1)《題跋》《汲古閣書跋》無"湖南毛晉識"。

注:

[1]"彦周",即侯寘,字彦周。東武人。南渡居長沙,紹興中以直學士知建康。著有《嬾窟詞》。

[2]"渭陽之誼",《詩經·秦風》云:"我送舅氏,曰至渭陽。何以贈之?路車乘黃。"詩敘秦穆公之子送晉公子重耳回國之事,後人以此指代舅甥間的親情。此指晁公武與侯寘的舅甥關係。

案:《嬾窟詞》一卷,宋侯寘撰。

明末汲古閣刻《宋名家詞》本,卷末載毛晉跋。《直齋》《宋志》均著録《嬾窟詞》一卷。明紫芝漫抄本《宋元名家詞》所載除卷首目録中脱《秦樓月》一首、但正文有之外,其餘調數、首數、序次等皆與毛本悉同;又國圖藏毛扆、朱彝尊舊藏明石村書屋《宋元明三十三家詞》亦收此集,悉同毛本,且卷端天頭題"汲古查鍥"(另一種《介庵詞》亦有此題),當即底本。《皕宋樓藏書志》著録一部汲古影宋本,今不知何所,待考。毛本爲存世首刻。《四庫》底本,《四庫提要》卷一百九十八著録:"《書録解題》著録一卷,與今本同。毛晉嘗刻之《六十家詞》中,校讎頗爲疎漏。其最甚者,如'秦樓月'即'憶秦娥'。因李白詞中有'秦娥夢斷秦樓月'句,後人因改此名。本屬雙調,晉所刻於前閣之末,脱去一字,與後閣聯屬爲一,遂似此調別有此體,殊爲舛誤。他如《水調歌頭》之'歡傾擁旌旄','傾'字不應作'平';《青玉案》之'咫尺清明三月暮','暮'字與前閣韻複;又'冉冉年光真暗度'句,'元'字文義不可解,當是'光'字;其《遥天奉翠華引》一首,尤謡誤,幾不可讀。今無別本可校。其可改正者改正之,不可考者亦姑仍其舊云。"

嬾 窟 詞
毛 扆

己巳[1]正月廿七日,從錫山孫氏舊録本校。毛扆。

注：

［1］“己巳”，爲康熙二十八年（1689），時毛扆四十九歲。

案：明末汲古閣刻《宋名家詞》本，陸貽典、黄儀、毛扆、季錫疇、瞿熙邦校並跋，何煌、何元錫校，今藏國家圖書館（06669）。卷末毛晉跋後載毛扆跋，毛扆跋前尚有陸貽典跋：“己□三月十九日燈下，寫本校畢。勅先。”“己□”之“□”有塗改痕跡，根據之前時間，當爲己酉年，即康熙八年（1669）。後有黄儀跋：“六月廿三日讀。”《毛扆書跋零拾（附僞跋）》收録。

介　菴　詞

德莊［1］名噪乾淳間，官至朝請大夫，直寶文閣，知建寧府軍府事，賜紫金魚袋，恩遇甚隆，而度量宏博。常戒趙忠定［2］公曰：“謹勿以一魁先置胸中。”可想見其大概矣。余家舊藏《介菴詞》一卷，板甚精良，惜未得其全集。又有《文寶雅詞》四卷，中誤入孫夫人《詠雪詞》。又曾見《琴趣外編》六卷，章次顛倒，贗作頗多，不能悉舉。至如《席上贈人·清平樂》，昔人稱爲集中之冠，反逸去，可恨坊本之亂真也。湖南毛晉識（1）。

校：

（1）《題跋》《汲古閣書跋》無“湖南毛晉識”。

注：

［1］“德莊”，即趙彦端（1121—1175），字德莊，號介菴。汴人。紹興八年（1138）進士。乾道、淳熙間，以直寶文閣知建寧府。終左司郎官。著有《介庵詞》《介庵集》。

［2］“趙忠定”，即趙汝愚（1140—1196），字子直。原籍饒州餘干，生於崇德縣。乾道二年（1166）狀元，歷任簽書寧國事節度判官、秘書省正字、集英殿修撰、知福州、吏部尚書等職。宋孝宗崩逝，奉嘉王趙擴（宋寧宗）即位，以功升任右相。慶元元年（1195），遭韓侂胄誣陷，貶爲寧遠軍節度副使。卒謚忠定，追贈太師、沂國公。編有《國朝諸臣奏議》，著有《趙忠定公奏議》。

案：《介菴詞》一卷，宋趙彦端撰。

明末汲古閣刻《宋名家詞》本，卷末載毛晉跋。《宋志》著録爲一卷，《直齋》《通考》著録爲四卷。吴訥《唐宋名賢百家詞》本題作"介菴趙寶文雅詞四卷",毛本僅多出《喜遷鶯》二首,無《清平樂·悠悠漾漾》,即毛晉跋稱:"《文寶雅詞》四卷,中誤入孫夫人《詠雪詞》……至如《席上贈人·清平樂》,昔人稱爲集中之冠,反逸去,可恨坊本之亂真也。"《詠雪詞》即《清平樂·悠悠漾漾》;至於《席上贈人·清平樂》,吴本、毛本皆有,而毛晉所見坊本則逸去。吴本、毛本僅有兩首棄取相異,其餘收詞及次序全同,毛本作一卷本,吴本則分爲四卷。儘管有一卷、四卷之分,實爲同源,僅是分卷、題名不同而已。據毛晉跋,此刻據"板甚精良"的一卷本翻刻,當即《宋志》著録者。從其一出一入,並同有"集中之冠"《席上贈人·清平樂》,可知所據底本優於吴本及坊本。《四庫》底本,《四庫提要》卷一百九十八著録。

審 齋 詞

東平王千秋[1],字錫老,嘗見自製啓聯云:"少日羈孤,百口星分于異縣。長年憂患,一身蓬轉于四方。"其遭逢概可想已。樂府凡六十餘調,多酬賀篇,絶少綺豔之態。衡山縣令梁文恭讀而贈詩云:"審齋先生世稀有,曾是金陵一耆舊。萬卷胸中星斗文,百篇筆下龍蛇走。淵源更擅麟史長,碑版肯居鱸文後。倚馬常摧鏖戰場,脱腕難供掃愁帚。中州文獻儒一門,異縣萍蓬家百口。恨極黄楊厄閏年,閑却玉堂揮翰手。夜光乾没世稱屈,遠枳卑栖價低售。漂摇何地著此翁,忘憂夜醉長沙酒。豈無厚禄故人來,爲辦草堂留野叟。嗟余亦是可憐人,慚愧阿戎驚白首。一燈續得審齋光,多少達人爲裔胄。睠予憔悴五峰下,頻寄篇來復相壽。年來事事淋過灰,尚有詩情閒情寶。有時信筆不自置,憶起居家吕寬曰。審齋樂府似《花間》,何必老夫疥篇右。"集中《席上呈梁次張·水調歌頭》一闋,其互相溢美,可謂無言不讎矣。古虞毛晉識(1)。

校:

(1)《汲古閣書跋》無"古虞毛晉識"。

注:

[1]王千秋,字錫老,號審齋。東平人,流寓金陵,晚年轉徙湘湖間。與張安世、韓元吉等皆南渡初名士。著有《審齋詞》一卷。

案:《審齋詞》一卷,宋王千秋撰。

明末汲古閣刻《宋名家詞》本，卷末載毛晉跋。《直齋》著録"《審齋詞》一卷"，《通考》不著録卷數。吳訥《唐宋名賢百家詞》、紫芝漫抄本《宋元名家詞》均收録，毛本除卷首未收梁文貢撰《讀審齋先生樂府》外，所收首數、次序皆同，毛晉亦未做同調歸一，故毛本與吳本、紫芝漫抄本屬同一系統。毛本不載梁序，有可能底本佚去。周彦文《毛晉汲古閣刻書考》云："按此集吳訥本收七十三閱，且當有梁文恭序；毛本僅六十一閱，並非完本。"經核，以上三本所收均爲七十三首，但毛本、紫芝漫抄本目録題名下少注十二首，如吳本《生查子》下注"七首"，兩本未注，即作一首，但正文皆不缺，蓋周文僅檢目録，未核正文。《四庫》底本，《四庫提要》卷一百九十八著録。清吳氏石蓮《山左人詞》即據毛本翻刻。

審　齋　詞
毛　扆

己巳[1]穀日，從孫氏舊録本校，其訛缺處略同。《醉落魄》尚存缺文，抄本爲勝矣。

注：

[1]"己巳"，爲康熙二十八年(1689)。

案：明末汲古閣刻《宋名家詞》本，陸貽典、黃儀、毛扆、季錫疇、瞿熙邦校並跋，何煌、何元錫校，今藏國家圖書館(06669)。卷末毛晉跋後載毛扆跋，毛扆跋前有黃儀跋："六月廿六日，讀。"《毛扆書跋零拾(附僞跋)》收録。

樂　齋　詞
毛　扆

乙未(1)人日，從顧裕愍[1]家藏本校一過。毛扆。
己巳[2]三月望前一日，從家藏舊録本校一過。扆。

校：

(1)"乙未"，即康熙五十四年(1715)，毛扆卒於康熙五十二年癸巳(1713)，當爲誤寫，或"己未"之誤。己未爲康熙十八年(1679)，毛扆時三十九歲。

注：

［1］“顧裕愍”，即顧大章（1567—1625），字伯欽，常熟人。萬曆三十五年（1607）進士。歷任泉州推官、常州教授、國子博士、刑部員外郎、禮部郎中、陝西副使等。天啓中，與楊漣、左光斗等“六君子”爲魏忠賢黨誣死。及南明，追謚“裕愍”。《明史》有傳。

［2］“己巳”，爲康熙二十八年（1689）。

案：《樂齋詞》一卷，宋向滈撰。

明紫芝漫抄《宋元名家詞》七十種本，卷末載毛扆兩跋，今藏北大。《毛扆書跋零拾（附僞跋）》失載第二跋。

養拙堂詞

毛　扆

乙丑［1］六月十一日，從周氏舊録本再校一過，時斜風細雨。毛扆。

注：

［1］“乙丑”，即康熙二十四年（1685），時毛扆四十五歲。

案：《養拙堂詞》一卷，宋管鑒撰。

明抄本，毛扆校跋，黄丕烈跋，毛扆、黄丕烈、丁兆慶、張鈞衡舊藏，今藏臺圖（14852），附《省齋詩餘》一卷（見下），合裝一冊，十行二十字，注文小字雙行，字數同正文，左右雙欄，版心黑口，雙黑魚尾。鈐印“楊庭”“平江黄氏圖書”“藝風審定”“莅圃收藏”“中央圖書館收藏”。《汲古閣書跋》《毛扆書跋零拾（附僞跋）》收録。

嘉慶十八年（1813）黄丕烈跋曰：“毛氏舊藏諸詞，余所收最富，精鈔本二種都有，稿本止有廖詞，余皆列諸讀未見齋詞目矣。此二種又出汲古後人毛斧季手校者，非特舊鈔，且於所校之本必溯其原，詳哉言之，小毛公其真知篤好者耶！余往往見毛氏詞本有舊鈔手校者，有謄清稿本者，有畫一精鈔者，雖一詞部不嫌再三講求，余何幸而一一收之，如前人之兼有其本，自幸竊自怪也。癸酉四月朔。復翁。”“同得尚有《詞選》一本。偶檢董鑒詞《水龍吟·夷陵雪中作》‘曉來密雪如篩’，此尚誤‘密’爲‘蜜’，漏校於此，見几塵風葉之論爲不謬矣。復翁。”張鈞衡《適園藏書志》卷十六載云：“此黑口本

舊抄,毛斧季手校,爲黄蕘圃舊藏。"《"國家圖書館"善本書志初稿》著録爲
"明烏絲欄抄本",附於《省齋詩餘》後,"全書行間有朱校",並録毛扆跋。

又,勞權傳録本,後爲陸心源舊藏,今藏静嘉堂。勞權跋曰:"此本從吳
興丁月河借得,爲毛斧季手校。乘暇手寫一帙,以補宋詞之缺。道光己酉七
月十二日校畢誌,蟫盦詞隱勞權。"《勞氏碎金》卷中亦著録此兩書。丁兆
慶,字葆書,號月河,浙江歸安人,多藏書。與陸心源同里,藏書多歸陸氏皕
宋樓。但此書當轉歸張鈞衡,而勞權自丁氏借得傳録一部,其後轉歸陸心
源。《皕宋樓藏書志》卷一百十九、《静嘉堂秘籍志》卷五十皆著録爲"毛斧
季手抄本",所録毛扆跋同。

竹　洲　詞
毛　扆

己巳[1]三月望日,從周氏藏本校。毛扆。

注:

[1]"己巳",即康熙二十八年(1689)。

案:《竹洲詞》一卷,宋吳儆撰。
明紫芝漫抄《宋元名家詞》七十種本,今藏北大。卷末欄外載毛扆跋。

放　翁　詞

余家刻《放翁全集》,已載《長短句》二卷,尚逸一二調,章次亦錯見。因
載訂入《名家》。楊用修云:"纖麗處似淮海,慷慨處似東坡。"予謂超爽處更
似稼軒耳。古虞毛晉記(1)。

校:

(1)《題跋》《汲古閣書跋》無"古虞毛晉記"。

案:《放翁詞》一卷,宋陸游撰。
明末汲古閣刻《宋名家詞》本,卷首有淳熙十六年(1189)陸游自序,卷
末載毛晉跋。卷首目録中"好事近十三調",卷中實有十二調。毛晉跋稱
"余家刻《放翁全集》,已載《長短句》二卷",即汲古閣刻《陸放翁全集》本
《渭南文集》五十卷之卷四十九、五十兩卷詞,又言"載訂入《名家》",可知

所據底本當即《全集》本。只是《宋名家詞》本採録時，將兩卷併爲一卷，並更改調名、調整編次、同調歸一，但亦産生異文。又毛晉跋已發現"尚逸一二調"，當時並未補刊上，今見國圖藏毛扆、陸貽典校跋本《宋名家詞》(06669)之《放翁詞》毛晉跋後共補有《夜遊宮·宴席》《月照梨花·閨思》(兩首)《如夢令·閨思》，凡三條四首，當即其所逸者。此爲黄儀補録，見附録著録。由此亦知，《宋名家詞》本爲重刊，並非徑用汲古閣刻本《渭南文集》刷印，並對原載進行了重輯。《四庫》底本，《四庫提要》卷一百九十八著録。

近 體 樂 府

南渡而下，詩之富實維放翁，文之富實維益公。先輩争仰爲大家，与歐、蘇並稱。但卷帙浩繁，我明尚未副棗。余于寅卯間，已鐫放翁詩文一百三十卷有奇[1]行世。而益公《省齋》諸稿二百卷[2]，僅得一抄本，句錯字淆，未敢妄就剞劂。倘海内同志，或宋刻或名家訂本，肯不惜荆州之借，俾平園叟[3]与渭南伯共成雙璧，真藝林大勝事也。兹《近體樂府》數闋，特公剩技耳。先梓之，以當相徵券。湖南毛晉識(1)。

校：

(1)《題跋》《汲古閣書跋》無"湖南毛晉識"。

注：

[1]"余于寅卯間，已鐫放翁詩文一百三十卷有奇"，"寅卯"當指天啓六年丙寅(1626)至七年丁卯，"放翁詩文一百三十卷有奇"指《渭南文集》五十卷、《劍南詩藁》八十五卷，合計一百三十五卷，兩書刊於天啓六年至七年(1626—1627)之間。參見前《劍南詩藁》條案語。

[2]周必大著有《玉堂類稿》等八十一種，其子綸与門客曾三異等依《歐陽文忠公文集》體例，將其遺作輯爲《周文忠公全集》二百卷，並刊於家塾，凡《省齋文稿》《平園續稿》《省齋別稿》《二老堂詩話》等二十四種。静嘉堂文庫藏一部宋開禧二年(1206)刻本《周益文忠文集》二百卷，殘存七十卷四十册，包括省齋文稿目録及卷一至八、卷二十八至三十六，平園續稿序目及卷一至十五、二十七至三十、三十六至四十。另國圖藏一部明祁氏澹生堂抄本、天一閣亦藏一部明抄本等，毛晉所得當亦出以上諸本。

[3]"平園叟"，即周必大。

案：《近體樂府》一卷，宋周必大撰。

明末汲古閣刻《宋名家詞》本，卷首有目録，共七調十二首，卷末載有毛晉跋。據毛晉跋，毛晉曾得抄本"益公省齋諸稿二百卷"，因"句錯字淆，未敢妄就剞劂"，于是先梓"《近體樂府》數闋"。則毛氏據抄本翻刻。今國圖藏一部明祁氏澹生堂抄本《周益文忠公集》二百卷，卷一百八十五爲《近體樂府》一卷，校之毛本，毛本缺《二老堂會七兄樂語》《點絳唇·醉上蘭舟》兩首，但抄本抄寫極不規範，調名如《滿庭芳》《謁金門》《點絳唇》《朝中措》皆無，且異文甚多。蓋毛本所據抄本又缺，刊刻時重新整理，補加調名，對部分異文進行了勘定。《四庫存目》收録，《四庫提要》卷二百著録。

近　體　樂　府
毛　扆

宋詞六十家，從收藏家徧借舊録本校勘，鎮廿年矣。惟益公詞，昔年以家藏集本付梓，先君所謂句錯字淆者也，未借別本一校，掛懷不釋。己巳正月廿日，因往崑山，從含經堂借得集本，即日返棹，到家已夜分矣。次早比校一過，《點絳唇》前一首脱後段，後一首脱前段，蓋因二首皆是一韻，抄書者但看底字韻便接後段去。所以抄書必當影寫，方無此失。即此可以爲戒。汲古後人毛扆謹識。

案：明末汲古閣刻《宋名家詞》本，陸貽典、黃儀、毛扆、季錫疇、瞿熙邦校並跋，何煌、何元錫校，今藏國家圖書館（06669）。卷末毛晉跋後載毛扆跋，前有黃儀跋："五月初九日讀。""己巳"即康熙二十八年（1689）。"掛懷不釋"前有"自來"二字，後圈去。此集僅録十二首，卷中《點絳唇》前一首脱後段，後一首脱前段，於天頭皆以朱筆補上。此冊封面題目下朱筆批注"校，要重刻"四字，可見毛扆跋中對所刻是集極不滿意。《汲古閣書跋》《毛扆書跋拾零（附偽跋）》均未收録。

克　齋　詞

按《花菴》《草堂》二集，俱不載沈端節[1]，故其品行亦無從考。惟馬端臨云："字約之，家于苕溪。"豈即沈會宗同族耶？會宗詞亦不多見，其膾炙人口者，惟《詠賈耘老苕上水閣》一闋，云："景物因人成勝概，滿目更無塵可礙。等閑簾幕小闌干，衣未解，心先快。明月清風如有待。誰信(1)門前車馬隘,別是人間開(2)老(3)界。坐中無物不清涼。山一帶,水一派,流水白雲長自在。"《苕溪漁隱》云:"賈耘老水閣遺址,正去余水閣相近。景物清曠,悉如會宗之詞,故余嘗有句云:三間小閣賈耘老,一首佳詞沈會宗。"今讀《克齋詞》,風致亦甚相類,獨長于詠物寫景,又不墮鄭衛惡習,殆梅溪、竹屋[2]之流歟! 海虞毛晉識(4)。

校:

(1)"信",《汲古閣書跋》無。

(2)"開",《"中央圖書館"善本序跋集録》作"閒"。

(3)"老",《汲古閣書跋》作"世"。

(4)《汲古閣書跋》無"海虞毛晉識"。

注:

[1]"沈端節",字約之,號克齋。吳興人,寓居溧陽。嘗爲蕪湖令,知衡州,提舉江東茶鹽。淳熙間,官至朝散大夫、江東提刑。著有《克齋集》,已佚。又有《克齋詞》一卷。

[2]"梅溪、竹屋","梅溪"爲史達祖號,"竹屋"爲高觀國號。

案:《克齋詞》一卷,宋沈端節撰。

明末汲古閣刻《宋名家詞》本,卷末載毛晉跋。《直齋》《通考》著録一卷,蓋宋時亦有傳本。吳訥《唐宋名賢百家詞》、紫芝漫抄本《宋元名家詞》所載調數、首數及次序,與毛本悉同,缺字亦同,其爲同一系統無疑。毛本爲存世首刻。《四庫》底本,《四庫提要》卷一百九十八著録。

克　齋　詞
毛　宸

己巳[1]正月廿六日,從孫氏抄本校,稱完本矣。毛宸。

注:

[1]"己巳",爲康熙二十八年(1689),時毛宸四十九歲。

案:明末汲古閣刻《宋名家詞》本,陸貽典、黃儀、毛宸、季錫疇、瞿熙邦校並跋,何煌、何元錫校,今藏國家圖書館(06669)。卷末毛晉跋後載毛宸跋,毛宸跋前尚有陸貽典跋:"己酉三月廿日,兩抄本校,二本相同,此刻異處皆出臆改也。勒先。"《毛扆書跋零拾(附偁跋)》收錄。

于　湖　詞

字安國,號于湖[1],蜀之簡州人也。後卜居歷陽,故陳氏稱爲歷陽人。甲戌狀元及第,出自思陵親擢,故秦相孫壻居其下。檜忌惡之,以事召致于獄。檜亡,上眷益隆,不數載,入直中書。惜其不年,上嘗有用不盡之歎。《玉林集》《中興詞家選》二十有四闋,評云:"舊有紫薇雅詞,湯衡爲序,稱其平昔爲詞,未嘗著稿,筆酣興健,頃刻即成,無一字無來處。如歌頭凱歌諸曲,駿發蹈厲,寓以詩人句法者也。"恨全集未見耳。古虞毛晉記(1)。

校:

(1)《題跋》《汲古閣書跋》無"古虞毛晉記"。

注:

[1]"字安國,號于湖",張孝祥(1132—1170),字安國,別號于湖居士。歷陽烏江人。唐詩人張籍七世孫。紹興二十四年(1154),狀元及第,授承事郎,歷任秘書省正字、秘書郎、著作郎、集英殿修撰、中書舍人,曾出任撫州、平江府、靜江府、潭州等地長官。乾道五年(1169),以顯謨閣直學士致仕。善詩文,尤工於詞。著有《于湖居士文集》《于湖詞》等。

案:《于湖詞》三卷,宋張孝祥撰。

明末汲古閣刻《宋名家詞》本,卷首、版心不署卷次,卷首有乾道二年(1166)陳季陸《于湖先生雅詞序》及湯衡序,首卷卷末載毛晉跋。卷二、卷三卷端及版心始標卷次,且字體與首卷不同,顯然卷二、三爲後刻者。經核,首卷從《花菴詞選》別裁而出,後又補兩首《桃源憶故人》《醉落魄》。後兩卷則據宋乾道間刻本的傳抄本《于湖長短句》五卷《拾遺》一卷補。故卷次有標有不標者,三卷序次與抄本不一。國圖藏陸貽典、毛扆校跋本(06669),首卷卷末毛晉跋後有陸貽典跋,云:"六月望後一日校,有兩抄本,俱五卷,一有《拾遺》一卷,此刻特其十之一二耳。"張氏《愛日精廬藏書志》及瞿氏《鐵琴銅劍樓藏書目錄》皆著錄影宋抄本《于湖長短句》五卷《拾遺》一卷,張氏曰:"是書初刊一卷,繼得全集續刊兩卷,篇次均經移易,並刪去目錄內所注宮調。"瞿氏云:"毛氏《六十家詞》本,章次俱不合。"此爲《宋名家詞》隨得隨刻之明證。《四庫》底本,《四庫提要》卷一百九十八著錄。

惜　香　樂　府

　　長卿[1]自號仙源居士,蓋南豐宗室也。不栖志紛華,獨安心風雅,每遇花間鶯外,輒觸詠自娛。鄉貢進士劉澤集其樂府,以春景、夏景、秋景、冬景及總詞賀生辰,補遺類編,釐爲十卷。雖未敢与南唐二主相伯仲,方之徽宗,則迴出雲霄矣。湖南毛晉識(1)。

　　原本《柳梢青》前載"近豐城"云云,後載"余平生"云云,與本詞語意不甚相屬,姑仍舊附卷末。

校:

　　(1)《題跋》《汲古閣書跋》無"湖南毛晉識"。

注:

　　[1]"長卿",即趙長卿,號仙源居士。江西南豐人。宋宗室。曾赴漕試,約宋寧宗嘉定末前後在世。少時孤潔,厭惡王族豪奢生活,後辭帝京,縱游山水,居於江南,遁世隱居。著有《惜香樂府》。《四庫提要》卷一百九十九云:"長卿恬於仕進,觸詠自娛,隨意成吟,多得淡遠蕭疏之致。"

　　案:《惜香樂府》十卷,宋趙長卿撰。

　　明末汲古閣刻《宋名家詞》本,卷末載有毛晉跋,第二跋載卷三末。《直齋》《宋志》未著錄,《宋史藝文志補》始有著錄,謂"趙長卿《惜香樂府》十卷,南豐,宗室。"吳訥《唐宋名賢百家詞》、紫芝漫抄本《宋元名家詞》、明抄本《宋元明三十三家詞》等均未收錄,流傳罕見。今北大藏李盛鐸舊藏毛氏汲古閣抄本一部(李8054),題作"仙源居士惜香樂府"十卷,鈐印"西河季子""汲古後人"等,墨格,半葉十行十八字,白口,左右雙邊,版心下有"汲古閣"三字,存四卷六至九,《藏園群書經眼錄》卷十九著錄"汲古閣精鈔本",《藏園訂補郘亭知見傳本書目》卷十六著錄。毛刻蓋據其抄本翻刻,乃存世首刻。《四庫》底本,《四庫提要》卷一百九十九著錄:"他如《小重山》前闋,結句用疎雨韻入芭蕉六字,亦不合譜,殆毛晉刊本誤增雨字。又卷六中《梅詞》一首,題曰《一剪梅》,而註曰'或刻《攤破醜奴兒》'。不知此調非《一剪梅》,當以別本爲是。卷五之《似娘兒》即卷八之《青杏兒》,亦即名《醜奴兒》。晉於《似娘兒》下註云:'或作《青杏兒》。'於《青杏兒》下註云:'舊刊《攤破醜奴兒》,非。'不知誤在'攤破'二字,《醜奴兒》實非誤刻。是又明人校讐之失，其過不在長卿矣。”

省齋詩餘
毛扆

壬戌[1]四月十四日，從孫氏藏本校正。毛扆。

注：

[1]“壬戌”，即康熙二十一年（1682），時毛扆四十二歲。

案：《省齋詩餘》一卷，宋廖行之撰。

舊抄本，毛扆校跋，毛扆、黄丕烈、張鈞衡舊藏，今藏臺圖（14852）。無序跋，卷首有目録：省齋詩餘計一卷，收詞牌十八、詞四十一。書前扉頁貼有書名簽，上除有墨題“省齋詩餘”書名外，另有朱書“從孫氏本校，要楷書精寫，要録出”。張鈞衡《適園藏書志》卷十六著録爲“舊抄本”，云“毛斧季從孫氏藏本抄録”。《“國家圖書館”善本書志初稿》云“明烏絲欄抄本”，附《養拙堂詞》一卷。但以上兩目皆未著録毛扆跋，當脱。勞權傳録本有毛扆跋，故録於此。從以上書題及跋等，可知此書或爲毛扆囑門人以孫氏藏本抄録，並以原本校之。《汲古閣書跋》《毛扆書跋零拾（附僞跋）》收録此跋。

又勞權傳録一部，並跋，勞權、陸心源舊藏，今藏静嘉堂。勞權跋曰：“己酉八月，依毛斧季校本手録。巽卿。”“咸豐己未六月二十一日，《大典》本《省齋集》校過，多所改正，惜不及半耳。秋井草堂記。”《皕宋樓藏書志》卷一百二十著録爲“舊抄本”，並録毛扆跋及勞氏跋，《静嘉堂秘籍志》卷五十著録同。

又丁丙收藏一部傳録本，《善本書室藏書志》卷四十著録，云：“此本毛扆從孫藏本校正，勞權又從毛本抄校。《四庫》著録《省齋集》，録自《永樂大典》中，有詩餘，較此少一半，其爲當時別行之本可知矣。”此本或爲勞氏傳録第二部，抑或他人傳録本，今不知何所。又《丁氏持静齋書目》著録一部，題“毛扆手校舊抄本”，或與丁丙所藏同部。

稼軒詞

蔡元（1）工於詞，靖康中，陷虜庭。稼軒以詩詞謁見，蔡曰：“子之詩則未也，他日當以詞名家。”[1]故稼軒晚年來卜築奇獅，專工長短句，累五百首有奇。但詞家爭鬭穠纖，而稼軒率多撫時感事之作，磊砢（2）英多，絶不作妮子態[2]。宋人以東坡爲詞詩，稼軒爲詞論，善評也。古虞毛晉記（3）。

校：

（1）《題跋》《汲古閣書跋》"蔡元"後有"長"字。

（2）"砢"，《題跋》《汲古閣書跋》作"砢"。

（3）《題跋》《汲古閣書跋》無"古虞毛晉記"。

注：

[1]《詞品》稱："廬陵陳子宏云：蔡光工於詞，靖康中陷虜庭。辛幼安嘗以詩詞謁之，蔡曰：'子之詩則未也，他日當以詞名家。'故稼軒歸宋，晚年詞筆尤高。"

[2]劉克莊《後村詩話》："公所作，大聲鏜鞳，小聲鏗鍧，橫絶六合，掃空萬古。其穠纖綿密者，亦不在小晏、秦郎之下。"

案：《稼軒詞》四卷，宋辛棄疾撰。

明末汲古閣刻《宋名家詞》本，卷首有淳熙十五年戊申（1188）門人范開序，次爲目録四卷，卷末載毛晉跋。《四庫》底本，《四庫提要》卷一百九十八著録。

《直齋》卷二十一著録《稼軒詞》一卷，云："信州本十二卷，卷視長沙本爲多。"《文獻通考》著録《稼軒詞》四卷。以上説明宋元間至少有三種刻本，一爲宋刻長沙本一卷，二爲宋刻信州本十二卷，三爲元刻四卷本。此書存世最早刻本爲元大德三年（1299）廣信書院刻本《稼軒長短句》十二卷，今藏國圖，當出於宋刻信州本。次有明嘉靖十五年（1536）歷城王詔開封刻李濂評點本，半葉九行，行二十字，注文、評語爲小字雙行，每行字數同正文。此本出於大德本，但少十一首，缺誤亦多，汲古閣舊藏一部，鈐印"湖南小隱""毛晉之印""子晉""悠然見南山"，今藏臺圖（14845）。又有嘉靖二十四年何孟倫刻本、明刻本、明晉安謝氏小草齋影寫大德本及清光緒間四印齋仿刻大德本等，皆爲大德本系統。經核對，《宋名家詞》本總目此書下注"原本十二卷"，再將開封本卷一至三合併爲第一卷，第四至六合併爲第二卷，第七至九合併爲第三卷，第十至十一卷合併爲第四卷，以成四卷，其餘順序及闕數悉同，只不過改題"稼軒詞"（以合《通考》著録之名及卷數），刪去每題下的李濂批評，從毛氏影抄本補范開序，但出於開封本無疑。《四庫提要》卷一百九十八著録："此本爲毛晉所刻，亦爲四卷，而其總目又註原本十二卷，殆即就信州本而合併之歟?"《五十萬卷樓群書跋文》著録葉德輝舊藏嘉靖開封本,云:"信州刻十二卷,即《宋藝文志》所著録者也,元大德己亥廣信書院本、明嘉靖間大梁李濂評點本則從之,而明毛氏汲古閣重雕此本已並爲四卷。"

又,國圖藏毛氏影宋抄本《稼軒詞》四卷(07866),卷分甲乙丙丁,卷首有淳熙十五年戊申門人范開序,次爲目録。半葉十行十八字,白口,左右雙邊,鈐印"汲古主人""毛晉之印""毛氏子晉""斧季""毛扆之印"等,毛晉、毛扆、顧錫麒、趙宗建、涵芬樓舊藏。據行款,或出於南宋末陳氏書棚本,《藏園群書經眼録》卷十九著録"汲古閣影宋精鈔本"。吳訥《唐宋名賢百家詞》本即出於此宋本。《涵芬樓燼餘書録》著録汲古閣抄本:"汲古閣毛氏《六十家詞》本、萬載辛氏鈔刻本,均各四卷,然編次實與元、明二刻無異,但併十二卷爲四卷耳。四卷均以宮調爲綱,此則以歲時先後爲序。彼此對勘,辭句異同,幾於每闋有之,而要以是本爲勝……此爲汲古閣毛氏鈔本,當彙刻《六十家詞》時,同是四卷,何以舍此原編之本而取彼合併之本,殊不可解。"今考大德本共收詞五百七十二首,嘉靖開封本共收五百六十八首,而毛氏影抄本僅有四百二十七首。毛氏刻書向以收録齊全爲旨,故採用晚出嘉靖本爲底本亦就不足爲怪了。再檢毛刻本與毛抄本對勘,發現間有兩本同而與開封本不同者,蓋毛氏刊梓時參校過毛抄本,又由毛刻本從毛抄本採録范開序。梁啓超《跋四卷本稼軒詞》亦涉此證。

書　舟　詞

正伯與子瞻,中表兄弟也[1],故集中多涉蘇作。如《意難忘》《一翦梅》之類,今悉刪正。其《酷相思》《四代好》《折紅英》諸闋,詞家皆極欣賞,謂秦七、黄九莫及也。湖南毛晉識(1)。

校:

(1)《題跋》《汲古閣書跋》無"湖南毛晉識"。

注:

[1]"正伯",即程垓,字正伯。眉山人。約生於紹興十年(1140)左右。著有《書舟詞》一卷。家有擬舫名"書舟",因以名集。"正伯與子瞻,中表兄弟也",楊慎《詞品》云:"程正伯,東坡中表之戚也。"毛晉之説蓋源於此。據王季平《書舟詞序》,季平與正伯同。東坡卒於建中靖國元年(1101),季平

序作於紹熙五年(1195)。上距東坡之卒，凡九十三年，正伯與東坡安得爲表兄弟乎？考《東坡詩集·送表弟程六之楚州》一首，施元之注云："東坡母成國太夫人程氏，眉山著姓。其侄之才，字正輔，第二。之元，字德儒，第六，即楚州。之邵，字懿叔，第七。"正伯之字與懿叔約略近似，殆即中表之戚之説由來歟？子晉不考，遂沿其誤。① 唐圭璋《讀詞札記·程垓非東坡表》條亦持此説。

案：《書舟詞》一卷，宋程垓撰。

明末汲古閣刻《宋名家詞》本，卷首有紹熙五年甲寅(1194)王季平序，卷末載有毛晉跋。據王季平序，可知程垓此集刊於南宋紹熙五年。《直齋》著録"《書舟詞》一卷，眉山程垓正伯撰，王偁季平爲作序"，或即紹熙本。此書有吳訥《唐宋名賢百家詞》本，梁啓超曰："今據抄本吳文恪《百家詞》校之，闋數同毛刻，所謂删正者，又不知何指也。"②此本與吳本相校，首數相同，毛晉删去蘇軾《意難忘》《一翦梅》等，次序亦間有異，吳本無王氏序。毛本或據之刊梓，從他本迻録王序。丁丙舊藏一部明抄本，前有王序，今藏南圖，未知是否與毛本有關。《四庫》底本，《四庫提要》卷一百九十八著録。《四部備要》收録。

金 谷 遺 音

余初閲《蔣竹山集》[1]，至"人影窗紗"一調，喜謂周、秦復生，又恐白雪寡和。既更得次仲《金谷遺音》[2]，如《茶瓶兒》《惜奴嬌》諸篇，輕倩纖豔，不墮"願奶奶蘭心蕙性"之鄙俚，又不墮"霓裳縹緲、襟珮珊珊"之疊架，方之蔣勝欲，余未能伯仲也。湖南毛晉識(1)。

校：

(1)《題跋》《汲古閣書跋》無"湖南毛晉識"。

注：

[1]《蔣竹山集》，即蔣捷著《竹山詞》。

[2]《金谷遺音》，石孝友撰。石孝友，字次仲。江西南昌人，南宋詞人。

---

① 張守衛：《〈直齋書録解題〉研究》，安徽大學出版社 2015 年版，第 79—80 頁。

② 梁啓超：《跋程正伯書舟詞》，《國學論叢》1929 年第 2 卷第 1 號。

乾道二年(1166)進士,仕途不順,歸隱鄉園,以詩詞自娛。

案:《金谷遺音》一卷,宋石孝友撰。

明末汲古閣刻《宋名家詞》本,卷末載毛晉跋。《直齋》《通考》《秘閣書目》均著録。此刻與吳訥《唐宋名賢百家詞》本、明紫芝漫抄《宋元名家詞》七十種本所載調數、篇數及編次悉同,毛晉將《鷓鴣天》《水調歌頭》等同調者歸一,蓋與吳本、紫芝漫抄本同源。明石村書屋抄本《宋元明三十三家詞》作二卷,實將一卷析分爲二卷,所載篇數及次序並無變化,與以上三本爲同一系統。《四庫存目》收録,《四庫提要》卷二百著録。《全宋詞》據毛扆校汲古閣本收録。

金 谷 遺 音
毛 扆

己巳[1]正月二十九日,從孫氏舊録本校。毛扆。

注:

[1]"己巳",爲康熙二十八年(1689),時毛扆四十九歲。

案:明末汲古閣刻《宋名家詞》本,陸貽典、黃儀、毛扆、季錫疇、瞿熙邦校並跋,何煌、何元錫校,今藏國家圖書館(06669)。卷末毛晉跋後載毛扆跋,毛扆跋前尚有黃儀兩跋:"甲寅五月望前一日讀。""辛亥六月望後二日校。"

東 浦 詞

韓温甫[1]家于東浦,因以名其詞。雖與康順庵、辛稼軒諸家酬唱,其妍媸相去,非啻苧蘿無鹽也。余去冬日事奄甂[2],研田[3]久蕪,托友人較讐諸詞集以行世。入年讀之,如兹集開卷《水調歌頭》,爲之掩鼻。又且坐令其自度曲也,押韻頗峭,但"冤家何處貪歡樂,引得我心兒惡"等語,又未免俳笑矣。古虞毛晉識(1)。

校:

(1)《汲古閣書跋》無"古虞毛晉識"。

注：

[1]“韓温甫”，即韓玉，字温甫。祖籍相州。明昌五年(1194)進士，任翰林應奉、陝西東路轉運使、河平軍節度副使等職。大安三年(1211)，擊敗西夏軍，受妒被殺。著有《東浦詞》一卷。

[2]“畚臿”，亦作“畚鍤”“畚插”。畚，盛土器；鍤，起土器。泛指挖運泥土的用具，亦借指土建之事。

[3]“研田”，指“硯田”，以田喻硯，以耕作代指讀寫。

案：《東浦詞》一卷，宋韓玉撰。

明末汲古閣刻《宋名家詞》本，卷末載毛晉跋。《直齋》《通考》均著録《東浦詞》一卷。吳訥《唐宋名賢百家詞》、紫芝漫抄本《宋元名家詞》均收録，其調數、首數、序次等皆與毛本同，蓋同一系統。《四庫》底本，《四庫提要》卷一百九十八著録：“考集中有‘張魏公生旦’‘上辛幼安’‘生日自廣中出過蘆陵贈歌姬段雲卿’《水調歌頭》三首，‘廣東與康伯可’《感皇恩》一首，則是集爲歸宋後所編，故陳振孫《書録解題》有《東浦詞》一卷著於録也。毛晉刻其詞入《宋六十家詞》，又詆其雖與康與之、辛棄疾倡和，相去不止苧蘿、無鹽。今觀其詞，雖慶賀諸篇不免俗濫，晉所摘《且坐令》中二句，亦體近北曲，誠非佳製。然宋人詞内，此類至多，何獨刻責於玉？且集中如《感皇恩》《減字木蘭花》《賀新郎》諸作，未嘗不淒清宛轉，何獨擯置不道，而獨糾其‘冤家何處’二語？蓋明人一代之積習，無不重南而輕北，内宋而外金。晉直以畛域之見，曲相排詆，非真出於公論也。又鄙薄既深，校讎彌略，如《水調歌頭》第二首前闋‘容飾尚中州’句，‘飾’字譌爲‘飭’字；《曲江秋》前闋‘淒涼颼舟’句，本無遺脱，乃於‘颼’字下加一方空，後闋‘蕭然傷’句，‘傷’字下當脱一字，乃反不以方空記之……排比參錯，備極譌舛。晉刻宋詞，獨此集稱託友人校讎，殆亦自知其疎漏歟？”

坦 菴 詞

介之[1]，汴人，一名師俠，生于金閨，捷于科第，故其詞亦多富貴氣象。或病其能作淺淡語，不能作綺豔語。余正謂諸家頌酒賡色，已極濫觴，存一淡妝，以愧濃抹，亦初集中放翁一流也。湖南毛晉識(1)。

校：

(1)《題跋》《汲古閣書跋》無“湖南毛晉識”。

注：

[1]“介之”，即趙師俠，一名師使，字介之，號坦庵，燕王德昭七世孫。南宋初新淦人。淳熙二年（1175）進士。淳熙十五年，爲江華郡丞。著有《坦庵詞》一卷。

案：《坦菴詞》一卷，宋趙師使撰。

明末汲古閣刻《宋名家詞》本，卷首載門人尹覺敍，次爲目録，卷端次署“宋趙師使”，卷末載有毛晉跋。尹覺敍云：“因爲編次，俾鋟諸木，觀者當自識其胸次云。”可知宋時已有刊本。《直齋》著録：“《坦庵長短句》一卷，趙師俠介之撰。”明紫芝漫抄本《宋元名家詞》本收録，題“坦庵長短句”，卷首有尹覺序，卷端次署“汴人趙師使介之”。明石村書屋抄本《宋元明三十三家詞》（今藏國圖），著録同紫芝漫抄本。毛本目録、署名、篇次、首數等，均同以上兩本，蓋出於其中之一。惟紫芝漫抄本目録中脱“踏莎行”，毛本則不缺。毛本爲存世首刻。惟署名“師使”，《直齋》作“師俠”，陳景沂《全芳備祖》載《梅花》五言一絶，亦稱師俠。又，《夢華録》有淳熙丁未浚儀趙師使後序，署作師使。毛晉跋謂師使一名師俠，則似其人本有兩名。《四庫》底本，《四庫提要》卷一百九十八著録：“蓋二字點畫相近，猶田肎、田宵，史傳亦姑兩存耳。毛晉刊本謂‘師使，一名師俠’，則似其人本有兩名，非事實也。”

龍　川　詞

同甫[1]一名同，永康人。光宗策進士，群臣奏其卷第三，御筆擢第一。既知爲同甫，大喜。又有“天留遺朕”之詔，其恩遇如此。據葉水心序其集云“四十卷”，今行本止三十卷，想尚多佚遺。其最著者，莫如《上皇帝》四書及《酌古論》。自贊云“人中之龍，文中之虎”，真無忝矣。第本集載《詞選》三十闋，無甚詮次，如寄辛幼安《賀新郎》三首，錯見前後。予家藏《龍川詞》一卷，又每調類分，未知孰是。讀至卷終，不作一妖語媚語，殆所稱不受人憐者歟（1）！湖南毛晉識（2）。

余正喜同甫不作妖語媚語，偶閲《中興詞選》，得《水龍吟》以後七闋，亦未能超然。但無一調合本集者，或云贋作。蓋花菴與同甫俱南渡後人，何至誤謬若此？或花菴專選綺豔一種，而同甫子沉所編本集，特表阿翁磊落骨幹，故若出二手。況本集云《詞選》，則知同甫之詞不止於三十闋。即補此花菴所選，亦安得云全豹耶？姑梓之，以俟博雅君子。湖南毛晉又識（3）。

校：

(1)“殆所稱不受人憐者歟”，《汲古閣書跋》脱“者”字。

(2)《題跋》《汲古閣書跋》無“湖南毛晉識”。

(3)《題跋》《汲古閣書跋》無“湖南毛晉又識”。

注：

[1]“同甫”，即陳亮(1143—1194)，字同甫，號龍川，學者稱爲龍川先生。婺州永康人。乾道五年(1169)，上《中興五論》。淳熙五年(1178)，再詣闕上書，極論時事，反對和議。淳熙十五年(1188)，第三次上書，建議由太子監軍，駐節建康。紹熙四年(1193)狀元，授簽書建康府判官公事，未及就任而逝。著有《龍川文集》《龍川詞》。

案：《龍川詞》一卷，宋陳亮撰，《補》一卷，毛晉輯。

明末汲古閣刻《宋名家詞》本，卷首有目録，凡三十首，卷末載毛晉首跋，次有《龍川詞補》七首，卷末載毛晉次跋。《題跋》收録次跋，《汲古閣書跋》收録兩跋次序顛倒。此刻與吳訥《唐宋名賢百家詞》所載調數、篇數及編次悉同，毛晉將《賀新郎》等同調歸併，蓋出於吳本系統。又據毛晉跋，原詞三十首見於本集，然未詮次，後所據家藏《龍川詞》一卷，每調類分，翻刻行世，所補七調七篇蓋從《花庵詞選》補之。《四庫簡目標註》載汲古閣影抄宋本，則此刻所據或爲宋本。《四庫》底本，《四庫提要》卷一百九十八著録。

龍　川　詞

毛　扆

己巳[1]上元後一日校。

注：

[1]“己巳”，爲康熙二十八年(1689)，時毛扆四十九歲。

案：明末汲古閣刻《宋名家詞》本，陸貽典、黃儀、毛扆、季錫疇、瞿熙邦校並跋，何煌、何元錫校，今藏國家圖書館(06669)。卷一末毛晉跋後載毛扆跋，毛跋前尚有黃儀跋“辛亥六月望日校”“五月十九日，讀”。

西 樵 語 業

止（1）濟翁［1］，廬陵人也。西樵乃清海府城西山名，相去數百里。或曰：“曾流寓于此，因以名集。”今亦無傳（2），但其《語業》［2］一卷，俊逸可喜，不作妖豔情態。雖非詞家能品，其品之閒閒，可想見云。湖南毛晉識（3）。

校：

（1）“止”，國圖藏陸貽典、毛扆校跋本（06669）朱筆改爲“楊”。
（2）“今亦無傳”之“傳”，《題跋》《汲古閣書跋》作“攷”。
（3）《題跋》《汲古閣書跋》無“湖南毛晉識”。

注：

［1］“止濟翁”，即楊炎正（1145—?），字濟翁。廬陵人。慶元二年（1196）進士，受知於京鏜，爲寧縣簿。六年（1200），除架閣指揮，尋罷官。嘉定三年（1210），於大理司直任上以臣僚論劾，詔與在外差遣，知藤州。後又被論罷，改知瓊州，官至安撫使。楊炎正與辛棄疾交誼甚厚，多有酬唱。著有《西樵語業》。

［2］《語業》，即楊炎正撰《西樵語業》一卷。清海府城西有西樵山，詞集即以此得名。

案：《西樵語業》一卷，宋楊炎正撰。

明末汲古閣刻《宋名家詞》本，卷末載有毛晉跋。卷端署題“楊炎”，脱“正”字。《直齋》《通考》皆著録，惟誤作楊炎正爲楊炎止。北大藏明紫芝漫抄本《宋元名家詞》七十種、吳訥《唐宋名賢百家詞》皆載，但毛本與其相較異文較多，而與國圖藏明抄本《宋五家詞》幾無異文，當據此翻刻。毛本爲存世首刻。《四庫》底本，《四庫提要》卷一百九十八著録，於作者姓名有詳考。

西 樵 語 業
毛 扆

己巳［1］二月十六日，從孫氏鈔本校。毛扆。

注：

[1]“己巳”，即康熙二十八年（1689），時毛扆四十九歲。

案：明末汲古閣刻《宋名家詞》本，陸貽典、黃儀、毛扆、季錫疇、瞿熙邦校並跋，何煌、何元錫校，今藏國家圖書館（06669）。卷末毛晉跋後載毛扆跋，毛扆前有黃儀跋：“甲寅五月初九日讀。”陸貽典跋：“庚戌四月二十日，底本校。勒先。”傳録陸貽典校本，陸心源舊藏，今藏静嘉堂。《皕宋樓藏書志》卷一百一十九、《静嘉堂秘籍志》卷五十及《汲古閣書跋》《毛扆書跋拾零（附僞跋）》均收録。

烘　堂　詞

盧炳[1]字叔陽，自號醜齋。多與同官倡和，詞中喜用僻字，如“祥瀊皴皵襪子”之類。異花幽鳥，雖屬小品，亦自可人。共六十餘調，長于描寫，令人生畫思。昔陳去非見顏持約畫梅，題詩云：“窗前光景晚清新，半幅溪籐萬里春。從此不貪江路遠，勝拚心力喚真真。”又云：“奪得斜枝不放歸，倚窗乘月看熹微。墨池雪嶺春俱好，付與詩人説是非。”一時賞識家謂詩中有畫，若烘堂可謂詞中有畫矣！古虞毛晉識⑴。

校：

⑴《汲古閣書跋》無“古虞毛晉識”。

注：

[1]盧炳，字叔陽，號醜齋，約宋高宗紹興初前後在世。嘗仕州縣，多與同官倡和。著有《烘堂詞》一卷。

案：《烘堂詞》一卷，宋盧炳撰。

明末汲古閣刻《宋名家詞》本，卷首有目録，卷端題“烘堂詞”，卷末載毛晉跋。《直齋》《通考》皆著録爲《哄堂集》一卷。吳訥《唐宋名賢百家詞》題《哄堂集》，紫芝漫抄本《宋元名家詞》題《烘堂集》，收詞調數、首數及次序等皆與毛本相同，從題名上看，毛本與紫芝漫抄本同，或間接源出此本。《四庫存目》收録，《四庫提要》卷二百著録：“其集《書録解題》本作《哄堂詞》，毛晉刊本則作《烘堂》。案唐趙璘《因話録》‘御史院合座俱笑，謂之“哄堂”’。炳蓋謙言博笑，故以爲名。若作‘烘堂’，於義無取，知晉所刊爲誤。”《善本書室藏書志》卷四十著録一部明抄本,亦題《烘堂集》,明抄本《南詞》、明抄本《宋二十家詞》題同,可知題名之誤由來已久。

烘　堂　詞
毛　扆

己巳[1]春正月六日,从孫氏抄本校一過,正四字,《杏花天》缺八字,抄本亦同,未稱善本也。

注:

[1]“己巳”,爲康熙二十八年(1689)。

案:明末汲古閣刻《宋名家詞》本,陸貽典、黄儀、毛扆、季錫疇、瞿熙邦校並跋,何煌、何元錫校,今藏國家圖書館(06669)。卷末倒數第二葉左欄外載此毛扆跋。

龍　洲　詞

改之[1]家于西昌,自號龍洲道人,爲稼軒之客,故小詞亦多相溷,如“堂上謀臣樽(1)俎”之類是也。宋子虚稱爲天下奇男子,平生以氣義撼當世,其詞激烈,讀者感焉。花菴謂其詞學辛幼安,如《别妾·天仙子》《詠畫眉·小桃紅》諸闋。稼軒集中,能有此纖秀語耶? 古虞毛晉識(2)。

校:

(1)“樽”,《題跋》同,《汲古閣書跋》作“尊”。
(2)《題跋》《汲古閣書跋》無“古虞毛晉識”。

注:

[1]“改之”,劉過(1154—1206),字改之,號龍洲道人。吉州太和人。四次應舉不中,流落江湖間,布衣終身。曾爲陸游、辛棄疾所賞,亦與陳亮、岳珂友善。詞風與辛棄疾相近,與劉克莊、劉辰翁有“辛派三劉”之譽,又與劉仙倫合稱爲“廬陵二布衣”。著有《龍洲集》《龍洲詞》《龍洲道人詩集》等。

案:《龍洲詞》一卷,宋劉過撰。
明末汲古閣刻《宋名家詞》本,卷末載毛晉跋。《直齋》《通考》皆著録爲《劉改之詞》一卷。經核,明抄本吳訥《唐宋名賢百家詞》本《龍洲詞》二卷共收二十五調五十一首,與毛本首數及編次悉同,顯然源於吳本系統。而與明正統間沈愚刊本《懷賢集》附刻收詞六十九首,《龍洲道人集》卷十二收詞十六調二十六首,皆不合。《四庫》底本,《四庫提要》卷一百九十九著録。

白 石 詞

　　白石詞盛行於世,多逸"五湖舊約"及"燕雁無心"諸調。前人云"花菴極愛白石,選録無遺"。既讀《絶妙詞選》,果一一具載,真完璧也。范石湖評其詩云"有裁雲縫月之妙手,敲金戛玉之奇聲"。予于其詞亦云。蕭東夫[1]于少年客游中,獨賞其詞,以其兄之子妻之,不第而卒。惜哉! 湖南毛晉識(1)。

　　校:

　　(1)《題跋》《汲古閣書跋》"湖南毛晉識"無。

　　注:

　　[1]"蕭東夫",即蕭德藻,字東夫,號千巖老人。南宋中期閩清人,遷居烏程。紹興二十一年(1151)進士。曾官烏程令,知峽州,仕終福建安撫司參議。工詩,姜夔之師,著有《千巖擇稿》。

　　案:《白石詞》一卷,宋姜夔撰。

　　明末汲古閣刻《宋名家詞》本,卷首有佚名序,卷末載毛晉跋。此本《白石詞》收三十四首,數量及編次與《花菴詞選》悉同,黄儀跋。國圖藏陸貽典、毛扆校跋本《宋六十名家詞》(06669)云"蓋依《花菴》付梓",當是。《四庫存目》收録,《四庫提要》卷二百著録。

笑 笑 詞
毛 扆

　　己丑六月十三日,從周氏舊録本校。毛扆。

　　案:《笑笑詞》一卷,宋郭應祥撰。

　　明紫芝漫抄《宋元名家詞》七十種本,卷首有笑笑先生傳贊、宋嘉定三年(1210)詹傅序,卷末載嘉定元年滕仲因跋,欄外載毛扆跋。今藏北大。

《毛扆書跋零拾(附偽跋)》失載。

明紫芝漫抄《宋元名家詞》七十種本,共收宋詞六十家、金詞兩家、元詞五家,混入明詞兩家,唐五代十八家歸爲一家,其中《簡齋集》《樂齋詞》《白雪詞》《崔山詞》《秋澗詞》《笑笑詞》《竹洲詞》均有毛扆黃筆跋,又《石林詞》《鶴山詞》卷中有毛扆所粘籤條,前者補録《菩薩蠻》,後者題"鶴山長短句(黃筆)臨印魏了翁華父(墨筆)凡調名下題目俱大字,次行倣夢菴詞寫(黃筆)"。清毛扆、民國震鈞跋,錫山孫氏、毛扆、黃丕烈、陳寶晉、劉沚年、金若琰、張壽鏞、震鈞、李盛鐸舊藏,今藏北京大學圖書館。《中華再造善本》收録。《藏園訂補邵亭知見傳本書目》卷十六著録七十種即此。《藏園群書經眼録》卷十九作八十二家,當誤。《文禄堂訪書記》卷五著録。

洺 水 詞

字懷古[1],休寧人,世系本河北洺川,自號洺水遺民。十歲詠冰,便有"莫言此物渾無用,曾向滹沱渡漢兵"之句。舅氏黃寺丞叱非常兒,挾以自隨。以平生所得二吳之學,及有聞於程大昌者,悉以付之。由鄉薦旅試南宮,時丞相趙公典舉,見其文,曰:"天下奇才也。"擢魁多士。或以道學相猜,實本經第二,論者莫不稱抑。嘗讀《宋史》,詳其功業,恨未得全集讀之。癸酉[2]中秋,衍門[3]從秦淮購得端明《洺水集》二十六卷。雖考之伊子誌中卷次,遺逸甚多,而大略已概見矣。先輩稱其宗歐、蘇,而長於文章,洵哉! 急梓其詩餘二十有一調,以存其人云。古虞毛晉識(1)。

校:

(1)《題跋》《汲古閣書跋》無"古虞毛晉識"。

注:

[1]"字懷古",程珌(1164—1242),字懷古,號洺水遺民,休寧人。紹熙四年(1193)進士,授昌化主簿。累遷守禮部侍郎兼直學士院、同修國史。寶慶元年(1225),除試禮部尚書。紹定元年(1228),出知建寧府,尋除福建路招捕使節制軍馬。淳祐二年(1242),以端明殿學士致仕。著有《洺水集》。

[2]"癸酉",即崇禎六年(1633),時毛晉三十四歲。

[3]"衍門",即釋正止,毛晉好友。

案:《洺水詞》一卷,宋程珌撰。

　　明末汲古閣刻《宋名家詞》本,卷末載毛晉跋。此集載第四集中,由毛晉刊跋"癸酉中秋",可知此集刊於崇禎六年。據跋可知,此刻乃自《洺水集》別裁而梓,所收凡二十調四十首,毛晉誤作二十一闋。《四庫存目》收録,《四庫提要》卷二百著録:"詩餘二十一闋已載集中,此毛晉摘出別行之本也。"《宋志》著録《程珌文集》三十卷,今存明嘉靖三十五年(1556)程元晌刻本《程端明公洺水集》二十六卷,其中卷二十四爲樂府一卷;又明崇禎元年刻本《程洺水先生文集》三十卷,卷三十爲樂府一卷。校之毛本,除略訂詞調外,其餘與嘉靖本甚合,或據之翻刻。

洺　水　詞
毛　扆

　　戊午[1]閏三月八日,雨熜。從本集校一過。扆。

注:

[1]"戊午",即康熙十七年(1678),時毛扆三十八歲。

　　案:明末汲古閣刻《宋名家詞》本,陸貽典、黄儀、毛扆、季錫疇、瞿熙邦校並跋,何煌、何元錫校,今藏國家圖書館(06669)。卷末毛晉跋後載毛扆跋,毛扆跋前尚有黄儀跋:"六月望後一日校。""五月十八日讀。"

石　屏　詞
毛　扆

　　式之有《石屏集》八卷行世,内詞一卷,共廿五闋。先子[1]又從《花菴詞選》得八闋,彙集付梓。近從雲間得宋槧《石屏續集》四卷《長短句》一卷(1),因取校勘。其次序截不相同(2),且多數闋,謹録于後,並標次于上方。昔先子刊過書籍,每得秘本勝于前刻者,即毁去重刊。惜乎床頭金盡(3),未能繼志也,撫卷嘆息。

　　宋本校,亦重刻。(4)

校:

(1)"《長短句》一卷",《毛扆書跋零拾(附僞跋)》無。

(2)"不相同",《毛扆書跋零拾(附僞跋)》作"不同",

（3）“每得秘本勝于前刻者，即毀去重刊。惜乎床頭金盡”，《毛扆書跋零拾（附僞跋）》作“每得秘本勝于前者，即毀乎床頭金盡”。

（4）“宋本校，亦重刻”，《毛扆書跋零拾（附僞跋）》無。

注：

[1]“先子”，指亡父毛晉。

案：明末汲古閣刻《宋六十名家詞》本，陸貽典、黄儀、毛扆、季錫疇、瞿熙邦校並跋，何煌、何元錫校，今藏國家圖書館（06669）。卷一末毛晉跋後爲樓鑰、陶宗儀跋，次由毛扆抄寫補録《水調歌頭》《賀新郎》《滿庭芳》《洞僊歌》《西江月》（兩首）《沁園春》《滿江紅》等八首，無格。後載毛扆首跋，後有黄儀跋：“六月十八日，讀訖。”卷首眉批載毛扆次跋。《皕宋樓藏書志》《静嘉堂秘笈志》《汲古閣書跋》均不載，潘天禎《毛扆書跋零拾（附僞跋）》著録。

毛扆所補據“宋槧《石屏續集》四卷《長短句》一卷”，即南宋臨安府棚北大街睦親坊陳宅書籍鋪本《南宋六十家集》，今藏臺圖；毛氏影抄一部，今藏上圖，其首即載戴復古《石屏續集》四卷《石屏長短句》一卷。毛扆校本所據即此本。《四庫簡目標注》著録汲古閣影宋抄本《石屏集》一卷，或即《石屏長短句》一卷。

石　屏　詞

式之以詩鳴（1）東南，半天下所稱。南渡後，江湖四靈之一也。石屏其所居山名，因以爲號。性好游，南適甌閩，北窺吴越，上會稽，絶重江，浮彭蠡，泛洞庭，望匡廬、五老、九嶷諸峰，然後放于淮泗，歸老委羽之下。讀其《自述·沁園春》一闋、《自嘲·望江南》三闋，可想見其大概矣。一時樓四明、吴荆溪輩，盛稱其痛念先人、固窮繼志，以爲天台詩品莫出其右者。楊用修乃以江西烈女一事，疵其爲人，不幾以小節掩大德耶？至如“胸中無千百字書”云云，是石屏自恨少孤失學之語，指爲方虚谷短之（2），抑謬矣。樓大防、陶南村所紀二則，聊附于左，以俟賞識君子。古虞毛晉識（3）。

樓鑰云：黄巖戴君敏才，獨能以詩自適，號東皋子，不肯作舉子業，終窮而不悔。且死，一子方襁褓中，語親友曰：吾之病革矣，而子甚幼，詩遂無傳乎。爲之太息，語不及他。與世異好，乃如此。子既長，名曰復古，字式之。或告以遺言，收拾殘編，僅存一二，深切痛之，遂篤意古律。雪巢林監廟景思、竹隱徐直院淵子,皆丹丘名士,俱從之游,講明句法。又登三山陸放翁之門,而詩益進。一日,攜大編訪予,且言吾以此傳父業,然亦以此而窮,求一語以書其志。余答之曰:夫詩能窮人,或謂惟窮然後工。笠澤之論李長吉、玉谿生甚悲也,子惟能固窮,則詩愈昌矣,余之言固何足爲軒輊邪?嘗聞戴安道善琴,二子勃、顒並受琴於父。父没,所傳之聲不忍復奏。乃各造新弄,廣陵止息之流,皆與世異。其孝固可稱,然似稍過。果爾,則琴亦當廢矣。式之豈其苗裔邪?而能以詩承先志,殆異於此,東皋子其不死矣。

陶宗儀云:戴石屏先生復古未遇時,流寓江右。武寧有富家翁,愛其才,以女妻之。居二三年,忽欲作歸計,妻問其故,告以曾娶妻。白之父,父怒,妻宛曲解釋,盡以奩具贈夫,仍餞以詞云:"惜多才,憐薄命,無計可留汝。揉碎花箋,忍寫斷腸句。道傍楊柳依依,千絲萬縷,抵不住一分愁緒。月盟言,不是夢中語後回。君若重來,不相忘處,把杯酒澆奴墳土。"夫既別,遂赴水死,可謂賢烈也已。

校:

(1)"鳴",《題跋》《汲古閣書跋》作"名"。

(2)"指爲方虚谷短之",《題跋》《汲古閣書跋》作"方虚谷指而短之"。

(3)《題跋》《汲古閣書跋》無"古虞毛晉識"。

案:《石屏詞》一卷,宋戴復古撰。

明末汲古閣刻《宋六十名家詞》本,卷末載毛晉跋,次後爲毛晉補録樓鑰、陶宗儀跋兩則。經核,此刻所據底本爲明弘治十一年(1498)馬金編刻本《石屏詩集》卷八所收詞,前二十五首編次與其悉同,後八首則從《花菴詞選》補入,毛扆跋亦談及此(見下條)。所補樓鑰跋出於《石屏集》,陶宗儀跋出於《南村綴耕録》。《四庫》底本,《四庫提要》卷一百九十九著録。

梅 溪 詞

余幼讀《雙雙燕》詞,便心醉梅溪。今讀其全集,如"醉玉生春""柳髮梳月"等語,則"柳昏花暝"之句,又不足多矣。姜白石稱其奇秀清逸,有李長吉之韻,益能融情景于一家,會句意于兩得,豈易及耶?湖南毛晉識(1)。

校:

(1)《題跋》《汲古閣書跋》無"湖南毛晉識"。

案：《梅溪詞》一卷，宋史達祖撰。

明末汲古閣刻《宋六十名家詞》本，卷首有嘉泰元年（1201）張鎡序，卷末載毛晉跋。存世首刻。此書初有自編本，《四庫提要》卷一百九十九云："惟序作於嘉泰元年辛酉，而集中有《壬戌立春》一首。序稱初識達祖，出詞一編。而集中有與鎡唱和詞二首。則此本又後來所編，非鎡所序之本矣。達祖人不足道，而詞則頗工。"《直齋》著録《梅溪詞》一卷，《宋志》著録爲二卷，可知宋時亦有單刻本傳世。吳訥《唐宋名賢百家詞》僅載十四調十七首，而汲古閣本載六十餘調一百一十二首，與明紫芝漫抄本《宋元名家詞》悉同，蓋間接源於此本。王鵬運《四印齋所刻詞·梅溪詞跋》云："其集，毛氏叢刻外，絶少單行，爰爲讎校，付之劂氏。"

竹 屋 癡 語

賓王[1]詞，《草堂集》不多選，選入如《玉蝴蝶》，坊刻竟逸去。又如《杏花天》《思佳客》諸作，混入他人。先輩多拈出，以慨時本之誤。陳造序(1)云："高竹屋與史梅溪皆周、秦之詞(2)，所作要是不經人道語。其妙處，少游、美成亦未及也。"湖南毛晉識(3)。

校：

(1)"序"，《題跋》《汲古閣書跋》作"敘"。
(2)"詞"，《題跋》《汲古閣書跋》作"流"。
(3)《題跋》《汲古閣書跋》無"湖南毛晉識"。

注：

[1]"賓王"，即高觀國，字賓王，號竹屋。山陰人。生活於南宋中期，與史達祖友善，常常相互倡和，詞亦齊名。著有《竹屋癡語》。

案：《竹屋癡語》一卷，宋高觀國撰。

明末汲古閣刻《宋名家詞》本，卷首有目録，卷末載毛晉跋。《直齋》著録"《竹屋詞》一卷，高觀國賓王撰，亦不詳何人，高郵陳造並與史達祖二家序之"。毛晉跋中亦引陳造序，可證見過原本，但毛本未載兩序。明紫芝漫抄本《宋元名家詞》載此集，與毛本首數、次序大致相同。毛本改"攤破浣沙溪"爲"山花子"，最末六首次序稍有調整，其餘未變。毛本蓋據紫芝漫抄本間接而出。《四庫》底本，《四庫提要》卷一百九十九著録："高郵陳造與史達祖二家爲之序。此本爲毛晉所刊，末有晉跋，僅録造序中所稱‘竹屋、梅溪語，皆不經人道，其妙處少游、美成不及’數語，而不載全文。然考造《江湖長翁集》亦不載是序，或當時削其棄歟？”

鶴 山 詞
毛 扆

甲子[1]夏五，校于汲古閣下。毛扆。
乙丑[2]中元前三日，命福兒校。又正廿一字，扆又記。

注：

[1]“甲子”，即康熙二十三年(1684)，時毛扆四十四歲。
[2]“乙丑”，即康熙二十四年(1685)。

案：《鶴山詞》一卷，宋魏了翁撰。
明紫芝漫抄《宋元名家詞》七十種本，卷末載毛扆跋。今藏北大。《毛扆書跋零拾(附僞跋)》失載。

蒲 江 詞

盧祖皋[1]，字申之，自號蒲江居士，永嘉人，樓大防[2]之甥也。一時永嘉詩人，爭學晚唐體。徐照，字道暉；徐璣，字文淵；翁卷，字靈舒；趙師秀(1)，字紫芝，稱爲四靈。與申之倡和，莫能伯仲。惜其詩集不傳。黃叔陽謂其樂府甚工，字字可入律呂，浙人皆唱之，《中興集》中幾盡採録。或病其偶句太多，未足驚目。余喜其“柳色津津泫緑，桃花渡口啼紅”，較之秦七“鶯嘴啄花紅溜，燕尾點波緑皺”，不更鮮秀耶？又“玉簫吹未徹，窗影梅花月。無語只低眉，間拈雙荔枝”，直可步趨南唐“孤枕夢回雞塞遠，小樓吹徹玉笙寒”矣。至如“江涵雁影梅花瘦，花片無聲簾外雨”云云，蓋古樂府佳句也。惜乎《蒲江詞》一卷，僅僅二十有五闋耳。古虞毛晉識(2)。

校：

(1)“秀”，《汲古閣書跋》作“季”。
(2)《汲古閣書跋》無“古虞毛晉識”。

注：

[1]盧祖皋（約1174—1224），字申之，一字次夔，號蒲江。永嘉人。慶元五年（1199）進士，初任淮南西路池州教授、歷任秘書省正字、校書郎、著書郎、累官至權直學士院。著有《蒲江詞》一卷。

[2]“樓大防”，即樓鑰（1137—1213），字大防，又字啓伯，號攻媿主人。明州鄞縣人。隆興元年（1163）進士，授溫州教授，遷起居郎兼中書舍人。韓侂胄被誅後，起爲翰林學士，拜吏部尚書，遷端明殿學士。嘉定初年，同知樞密院事，升參知政事，授資政殿大學士，提舉萬壽觀。卒謚宣獻，贈少師。著有《攻媿集》一百二十卷。

案：《蒲江詞》一卷，宋盧祖皋撰。

明末汲古閣刻《宋名家詞》本，卷末載毛晉跋，共收二十五首。《直齋》《通考》著錄《蒲江集》一卷。吴訥《唐宋名賢百家詞》本作《蒲江居士詞》，其調數、首數及編次等與毛本悉同，第二十五首爲吴文英《好事近·秋飲》亦同，毛本當據以刊梓。《絶妙詞選》收二十四首，無吴氏《好事近》。《四庫》底本，《四庫提要》卷一百九十八著錄：“陳振孫《書錄解題》錄著一卷，其篇數多寡，亦不可考。此本爲明毛晉所刻，凡二十五闋。今以黃昇《花菴詞選》相校，則前二十四闋悉《詞選》之所錄，惟最後《好事近》一闋爲晉所增入。疑原集散佚，晉特鈔撮黃昇所錄，以備一家耳。其中字句，與《詞選》頗有異同。如開卷《賀新郎》‘荒詞誰繼風流後’句，《詞選》作‘荒祠’。《水龍吟》‘帶酒離恨’句，‘帶酒’《詞選》作‘帶將’。《烏夜啼》第三首後闋‘昨日幾秋風’句，‘昨日’《詞選》作‘昨夜’，竝應以《詞選》爲長，晉蓋未及詳校。惟《賀新郎》序首‘沈傳師’字，晉註《詞選》作‘傅師’。然今《詞選》實作‘傳師’，則不知晉所據者何本矣。”蓋館臣未見吴訥本《唐宋名賢百家詞》已載《好事近》，並非毛氏首增補。不過，吴本、毛本收詞皆非全本，《南詞》本比毛本多收七十餘首，朱祖謀《彊村叢書·蒲江詞稿跋》：“右《蒲江詞稿》一卷，南昌彭氏知聖齋藏明抄《南詞》本。比毛氏汲古閣刻本多七十一闋，疑即黃叔暘所謂有《蒲江詞稿》行於世者。毛刻與花菴《中興以來絶妙詞選》略同，而增《好事近》‘雁外雨絲絲’一闋，《中興詞選》載之，標爲吴君特詞。今考彭本，亦無是闋，殆非申之作也。”

平　齋　詞

舜俞[1]，於潛人，其功烈載在史册，如毁鄧艾祠，更祠諸葛武侯，告其民曰：“毋事仇讐而忘父母。”尤爲當時稱歎。迨卒時，御筆批其鯁亮忠愨，令抄所著《兩漢詔》[2]暨詩文行世。樓大防又極賞《大冶賦》一篇，予恨未見全集。其詩餘四十有奇，多送行獻壽之作，無判花嗜酒之篇。昔人謂王岐公文多富貴氣，余于舜俞之詞亦云。湖南毛晉識(1)。

校：

(1)《題跋》《汲古閣書跋》無“湖南毛晉識”。

注：

[1]“舜俞”，即洪咨夔(1176—1236)，字舜俞，號平齋。臨安人。嘉泰元年(1201)進士，授如皋主簿，尋爲饒州教授。累官至刑部尚書、翰林學士，知制誥，加端明殿學士。卒諡忠文。著有《春秋説》《西漢詔令攬鈔》。

[2]《兩漢詔》，即《西漢詔令攬鈔》。

案：《平齋詞》一卷，宋洪咨夔撰。

明末汲古閣刻《宋名家詞》本，卷末載毛晉跋。此集流傳甚罕，宋元書目皆不著録。明紫芝漫抄本《宋元名家詞》收録，所收首數、序次等皆與毛本同，只是毛本目録中“行香子”誤作“南鄉子”，兩本必爲同一系統。《四庫》底本，《四庫提要》卷一百九十八著録。《四部叢刊》收録鐵琴銅劍樓舊藏影宋抄本《平齋文集》(静嘉堂文庫收藏本)亦附詞集，毛晉未見。

平　齋　詞
毛　扆

己巳[1]正月廿七日，從孫氏抄本校。毛扆。

案：明末汲古閣刻《宋名家詞》本，陸貽典、黄儀、毛扆、季錫疇、瞿熙邦校並跋，何煌、何元錫校，今藏國家圖書館(06669)。卷末毛晉跋後載毛扆跋，毛晉跋前尚有陸貽典朱筆跋：“己酉三月十有八日辰刻，抄本校。勃先。”黄儀跋：“六月廿二日讀。”

注：

[1]“己巳”，爲康熙二十八年(1689)。

和　清　真　詞

美成當徽廟時，提舉大晟樂府。每製一調，名流輒依律賡唱，獨東楚方千里、樂安楊澤民有《和清真全詞》[1]各一卷，或合爲《三英集》行世。《花菴詞客》止選千里《過秦樓》《風流子》《訴衷情》三闋(1)，而澤民不載，豈楊劣于方耶？湖南毛晉識(2)。

校：

(1)《題跋》《汲古閣書跋》“三闋”後有“而已”二字。
(2)《題跋》《汲古閣書跋》無“湖南毛晉識”。

注：

[1]方千里，衢州信安人，嘗官舒州簽判，著有《和清真詞》一卷。楊澤民(1182—?)，樂安人，曾爲贛州推官，著有《和清真詞》一卷。

案：《和清真詞》一卷，宋方千里撰。

明末汲古閣刻《宋名家詞》本，卷末載有毛晉跋。此方千里及楊澤民所撰《和清真詞》各一卷，爲和周邦彥《清真詞》而作，毛晉欲以《三英集》之名合刻之。今僅見方氏詞刊梓，楊氏詞載《汲古未刻詞》中，蓋晚得底本未及刊出，周邦彥《片玉集》刊入《宋名家詞》，而《清真詞》亦未刊。方氏《和清真詞》，宋元官私書目皆不見著錄。《八千卷樓書目》著錄毛抄本一部，此刻或據之刊梓。《四庫》底本，《四庫提要》卷一百九十八著錄。

竹　齋　詩　餘

《草堂詩餘》[1]若干卷，向來豔驚人目，每秘一册，便稱詞林大觀，不知抹倒幾許騷人。即如次仲、幾叔輩，不乏(1)“寵柳嬌花，燕昵鶯肬”等語，何愧大晟上座耶？《草堂集》竟不載一篇，真堪太息。余隨得本之先後，次第付梨。凡經商緯羽之士，幸兼擷焉。秋分日，湖南毛晉識(2)。

校：

(1)“乏”，《題跋》《汲古閣書跋》作“知”。
(2)《題跋》《汲古閣書跋》無“秋分日，湖南毛晉識”。

注：

[1]《草堂詩餘》，南宋何士信所編詞選。

案：《竹齋詩餘》一卷，宋黃機撰。

明末汲古閣刻《宋名家詞》本，卷末載毛晉跋。吳訥《唐宋名賢百家詞》所載僅十五調七十六首，其中《減字花木蘭》錄有四十八首。毛本有四十七調九十四首，雖《減字花木蘭》僅一首，其總數遠逾吳本，顯然不出於吳本，必另有所本。丁丙舊藏一部明抄本，《善本書室藏書志》著錄，今不知何所，《天一閣書目》亦載一部明抄本，此本或據之而出。此書流傳甚罕，宋元官私目錄未見著錄，毛本爲存世首刻。《四庫》採爲底本，《四庫提要》卷一百九十九著錄。清胡宗懋《續金華叢書》亦據毛本翻刻。

後 村 別 調

攷淳祐辛丑八月御批云：“劉克莊文名久著，史學尤精，可特賜同進士出身。”由是負一代盛名。偶有題跋，後人輒以爲定衡。所撰《別調》[1]一卷，大率與辛稼軒相類，楊升菴謂其壯語足以立懦，余竊謂其雄力足以排奡云。湖南毛晉識(1)。

校：

(1)《題跋》《汲古閣書跋》無“湖南毛晉識”。

注：

[1]《別調》，即劉克莊撰《後村別調》。

案：《後村別調》一卷，宋劉克莊撰。

明末汲古閣刻《宋名家詞》本，卷末載毛晉跋。劉克莊詞多附詩文集中，單行本頗少流傳，宋元目錄未見著錄，至明有從集中析出者，或單獨流傳，或編入宋元詞總集中。今存宋刻《後村居士集》五十卷本之《詩餘》卷十九、二十，共收一百二十一首，明吳訥《唐宋名賢百家詞》即出於此本；舊抄本《後村先生大全集》一百九十六卷之《長短句》一百八十七至一百九十一，共收二百六十二首，後出明清抄本《後村長短句》五卷，皆源於此本。經核對，毛本收一百二十三首，比宋刻五十卷本多出兩首《水調歌頭·君看郭西景》《賀新郎·思遠樓前路》；毛本未分調歸類，次序差異較大。而與《大全集》無論收詩數量上，抑或次序上均大異。毛本當不出於以上兩本。《四庫存目》收錄，《四庫提要》卷二百云："後村之詩餘已附載其《後村集》中，毛晉復摘出別刻。"顯然未經考究。丁丙《善本書室藏書志》卷四十著錄，同《提要》。周彥文《毛晉汲古閣刻書考》則云"隨得隨刻"。意者或另有所本。從收錄數量上來看，當然亦有可能間接源於宋本，只是後人在抄錄時紊其次序。與汲古閣《宋名家詞》本他集的同調歸一不同，毛刻此本顯然刊刻較早，體例尚未同一。

芸 窗 詞

方叔[1]，南徐人，與了翁、虛齋相友善。最喜作次韻、小令，惜諸家詞選不載。余偶得《芸窗詞》全帙，如"正挑燈共聽夜雨"，幽韻不減陸放翁。如"小樓燕子話春寒"，艷態不減史邦卿，至如"秋在黃花羞澀處"，又"苦被流鶯蹴翻花影，一闌紅露"等語，直可與秦七、黃九相雄長。或病其饒貧寒氣，毋乃太貶乎！古虞毛晉識(1)。

校：

(1)《題跋》《汲古閣書跋》無"古虞毛晉識"。

注：

[1]"方叔"，即張矩，字方叔，號芸窗。南宋中期南徐人。約宋寧宗嘉定初前後在世。淳祐間，任句容令。寶祐中，爲江東制置使。著有《芸窗詞》一卷。

案：《芸窗詞》一卷，宋張矩撰。

明末汲古閣刻《宋名家詞》本，卷末載毛晉跋。此書罕見流傳，宋元書目均不著錄。吳訥《唐宋名賢百家詞》、紫芝漫抄本《宋元名家詞》等亦未收錄。此爲存世首刻，共五十首，其底本不詳。《千頃堂書目》《述古堂書目》《也是園書目》著錄，明末清初尚有流傳。《四庫存目》收錄，《四庫提要》卷二百著錄："此本爲毛晉所刻，亦不詳其所自。詞僅五十首，而應酬之作凡四十三首。四十三首之中，壽賈似道者五，壽似道之母者二。其餘亦大抵諛頌上官之作。塵容俗狀，開卷可憎。惟小令時有佳語。"

文 溪 詞

《花菴詞選》云："李俊明[1]，名昂英，號文溪。"升菴《詞品》云："李公昂名昂英，資州磐石人。"余家藏《文溪詞》，又云名公昂，字俊明，番禺人，未知孰是。因送太平州太守王子文詞得名，叔暘亦止選此一調，稱爲詞家射雕手。用修又極稱《蘭陵王》一首，可並秦周。余讀《摸魚兒》諸篇，其佳處寧遜"楊柳外曉風殘月"耶？古虞毛晉識(1)。

校：

(1)《汲古閣書跋》無"古虞毛晉識"。

注：

[1]"李俊明"，即李昂英(1200—1257)，字俊明，號文溪。廣東番禺人。早年受業崔與之門下，主修《春秋》。寶慶二年(1226)探花，後任福建汀州推官。端平三年(1236)後，曾任太學博士，直秘閣，後知贛州。淳祐元年(1241)，爲吏部郎官。二年(1242)，任太宗正卿兼國史館編修，升任龍圖閣待制、吏部侍郎。著有《文溪集》《文溪詞》。

案：《文溪詞》一卷，宋李昂英撰。

明末汲古閣刻《宋名家詞》本，卷末載毛晉跋。卷端次署"宋李公昂"，當誤，實作李昂英。國圖藏一部明嘉靖十年(1531)李翱《李忠簡公文溪存稿》二十卷(13513)，其中之卷十八、十九爲詩餘，署題"宋門人李春叟輯訂"，可知其詞集最初由門人李春叟編輯而成。至明代從全集中摘出，合併爲一卷，收入明人所編詞集中。李翱本、吳訥《唐宋名賢百家詞》、紫芝漫抄本《宋元名家詞》與毛本所載調數均爲十四調、三十首，編次悉同；吳本署"番禺李昂英俊明"，紫芝漫本署"番禺李公昂俊明"，毛本署名同後者；明代三本皆不分卷。三本蓋爲同一系統，毛本更近於紫芝漫抄本。明石村書屋抄本《宋元明三十三詞》僅收首六調二十一首，當是不全本，署同吳本。《四庫存目》收錄，《四庫提要》卷二百曰："《文溪詞集》原本分爲二卷，此本合爲一卷，字句舛謬非一，亦不及集本之完善也。蓋慎與晉均未見《文溪全集》，故有此輾轉譌異也。"蓋此"《文溪全集》"者，即指《李忠簡公文溪存稿》二十卷。

文　溪　詞

毛　扆

己巳[1]上元,燈下從舊録本校。毛扆。

注:

[1]“己巳”,爲康熙二十八年(1689)。

案:明末汲古閣刻《宋名家詞》本,陸貽典、黃儀、毛扆、季錫疇、瞿熙邦校並跋,何煌、何元錫校,今藏國家圖書館(06669)。卷末毛晉跋後載毛扆兩跋,毛扆前尚有黃儀跋:“六月廿二日讀。”後有陸貽典跋:“己酉三月十八日午刻,抄本校。勑先。”《毛扆書跋零拾(附僞跋)》收録,題作“文谿詞”。

夢　窗　詞　稿

余家藏書未備,如四明吳夢窗詞稿[1]。二十年前僅見丙、丁二集,因遂授梓,蓋尺錦寸繡,不忍秘諸枕中也。今又得甲、乙二册,但錯簡紛然,如“風裡落花誰是主”,此南唐後主亡國詞讖也。“無可奈何花落去,似曾相識燕歸來”巧對,晏元獻公與江都尉同游池上一段佳話,久已耳熱,豈容攘美?又如秦少游“門外緑陰千頃”、蘇子瞻“敲門試問野人家”、周美成“倚樓無語理瑤琴”、歐陽永叔“佳人初試薄羅裳”之類,各入本集,不能條舉,但如“雲接平岡”“對宿煙收”諸篇自注附某集者,姑仍之,未識誰主誰賓也。古虞毛晉識。

或云《夢窗詞》一卷,或云凡四卷,以甲、乙、丙、丁釐目,或又云,四明吳君特從吳履齋[2]諸公游,晚年好填詞。謝世後,同游集其丙、丁兩年稿若干篇,釐爲二卷。末有《鶯啼序》,遺缺甚多,蓋絶筆也,與余家藏本合符。既閲《花菴》諸刻,又得《逸篇》九闋,附存卷尾。山陰尹焕序略云“求詞于吾宋,前有清真,後有夢窗”。此非焕之言,四海之公言也。湖南毛晉識(1)。

校:

(1)《題跋》《汲古閣書跋》無“湖南毛晉識”。

注:

[1]“吳夢窗詞稿”,即吳文英《夢窗詞稿》。吳文英(約1200—約

1274），字君特，號夢窗，晚號覺翁。四明人。布衣詞人，一生依人爲幕僚，往來於德清、蘇州、杭州、紹興等地。所著《夢窗詞》甲乙丙丁四卷，共收詞三百四十首。

　　[2]"吳履齋"，即吳潛（1195—1262），字毅夫，號履齋，原籍宣州寧國。嘉定十年（1217）進士，授承事郎，遷江東安撫留守。淳祐十一年（1251），爲參知政事，拜右丞相兼樞密使，封崇國公。開慶元年（1259），任左丞相，封慶國公，後改許國公。被賈似道等人排擠，謫建昌軍。工詞，有《履齋詩餘》。

　　案：《夢窗詞稿》四卷、《絶筆·補遺》一卷，宋吳文英撰。

　　明末汲古閣刻《宋名家詞》本，原爲《夢窗甲稿》一卷《乙稿》一卷《丙稿》一卷《丁稿》一卷《絶筆·補遺》一卷。毛晉首跋載《乙稿》末，次跋載《丁稿》末。《題跋》《汲古閣書跋》僅録次跋，前者題作"夢窗丙稿"，後者題作"夢窗四稿"。首跋爲甲乙稿而作，次跋爲丙丁而作，其中丙丁兩稿刊於二十年前，其後得甲乙後再刊，最後集爲《夢窗四稿》。由於四集刊梓時間不同，且又單獨成冊，初時並非集中裝訂，《四庫》本"丙、丁兩稿原刻第五集中，後附《絶筆》一篇、佚詞九篇。後再得甲、乙兩稿，乃刻入第六集中"，國圖藏本（06999）則是甲、乙集入第十四冊，丙、丁集入第三集第十五冊，當爲調整之後的裝訂順序。

　　按吳文英乃宋詞大家，與辛棄疾、姜夔齊名，存世三百四十餘首，僅次於辛棄疾。然其詞於宋元至明中葉以前流傳不廣，目録著録鮮少，僅見明李廷相《濮陽蒲汀李先生家藏目録》著録"《夢窗詞》二本"，吳訥《唐宋名賢百家詞》、明紫芝漫抄本《宋元名家詞》等均不著録，《中興以來絶妙詞選》僅收詞九首。元大德間張炎《詞源》卷下云："舊有刊本《六十家詞》，可歌可誦者，指不多屈。中間如秦少游、高竹屋、姜白石、史邦卿、吳夢窗……"，可知在宋代已有刊本。《中興以來絶妙詞選》載其小傳，稱"山陰尹焕序其詞"，可知尹焕曾爲其作序。今存吳詞，只有明萬曆二十六年（1598）張廷璋藏舊抄一卷本，今藏國圖，亦是最早抄本，但流傳不廣。汲古閣刻四卷本則爲存世最早刻本，比明抄本多六十餘首。毛本一出，吳詞遂爲人知，並流傳開來，其後刊傳多從毛本而出，如《四庫》本、咸豐十年（1860）杜文瀾輯刊《曼陀羅華閣叢書》本、清光緒間王鵬運《四印齋所刻詞》本等。惟毛本亦有不少訛誤，爲諸家所病，朱祖謀《彊村叢書·夢窗詞集跋》："夢窗詞，毛氏汲古閣刻甲乙丙丁稿外，傳槧極鮮……今遴是編，覆審襄刻，都凡訂補毛刊二百餘事。"王鵬運、鄭文焯、張元濟等皆曾指瑕。

空　同　詞

叔嶼[1]，自號空同詞客，先輩稱其不減周美成。如“燕子又歸來，但惹得滿身花雨”，又“花上蝶(1)，水中鳧，芳心密意兩相於”等語，尤艷驚一時，惜不多見。既讀《空同詞》一卷，真真如(2)游金、張之堂，而攬嬙、施之袂，宜《花菴》全録之。但卷尾《清平樂》一闋，是連可久作。可久十二歲時，其父攜見熊曲肱，適有漁父過前，命陳(3)詞，援筆立成，四座嘆服，後果爲江湖得道之士。何竟混入耶？海虞毛晉識(4)。

校：

(1)“蝶”，《題跋》《汲古閣書跋》作“蜨”。

(2)“真真如”，《題跋》《汲古閣書跋》作“真若”。

(3)“陳”，《題跋》《汲古閣書跋》作“賦”。

(4)《題跋》《汲古閣書跋》無“海虞毛晉識”。

注：

[1]“叔嶼”，即洪琰，字叔璵，自號空同詞客。著有《空同詞》一卷。

案：《空同詞》一卷，宋洪琰撰。

明末汲古閣刻《宋名家詞》本，卷末載有毛晉跋。據毛晉跋，此刻據《花菴詞選》別裁入《宋名家詞》，共收十七首，惟最後一首混入張可久詞。吳訥《唐宋名賢百家詞》本與汲古閣本、《花菴詞選》本悉同，當屬同一系統。此書流傳甚罕，宋元目録未見著録，毛本爲存世首刻。陶湘《景汲古閣鈔宋金詞七種》本收録，可知有宋本流傳，蓋毛晉刊時未見。《四庫存目》收録，《四庫提要》卷二百著録。

散　花　菴　詞

叔陽[1]自號玉林，別號花菴詞客，早棄科舉，雅意讀書，顏其居曰“散花菴”。嘗選唐宋詞及中興以來詞各十卷，曰《絶妙詞選》，末載自製詞四十首，有總跋云：“其間體制不同，無非英妙傑特之作。”昔游受齋稱其詩爲“晴空冰柱”，樓秋房喜其與魏菊莊友善，以“泉石清士”目之。余于其詞亦云。湖南毛晉識(1)。

校:

(1)《題跋》《汲古閣書跋》無"湖南毛晉識"。

注:

[1]"叔陽",即"叔暘"。黃昇,字叔暘,號玉林,又號花庵詞客。建安人。不事科舉,性喜吟詠。以詩受知於游九功,與魏慶之相酬唱。著有《散花庵詞》,編有《絕妙詞選》二十卷,分上下兩部分,上部爲《唐宋諸賢絕妙詞選》十卷;下部爲《中興以來絕妙詞選》十卷。附詞大小傳及評語。後人統稱《花菴詞選》或《花菴絕妙詞選》。明末汲古閣刻《詞苑英華》本末附其作三十八首,胡德方《唐宋諸賢絕妙詞選》序云:"玉林早弃科舉,雅意讀書,間以吟咏自適。閣學受齋游公(九功)嘗稱其詩爲晴空冰柱。閩帥秋房樓公聞其與魏菊莊(慶之)爲友,並以'泉石清士'目之。其人如此,其詞選可知矣。"

案:《散花菴詞》一卷,宋黃昇撰。

明末汲古閣刻《宋名家詞》本,卷端署題"黃昇",卷末載毛晉跋。據毛晉跋可知,此從黃昇輯《絕妙詞選》"末載自製詞四十首"輯出。惟毛晉誤作四十首,實爲三十八首。明末汲古閣刻《詞苑英華》本《花菴絕妙詞選》之《中興以來絕妙詞選》卷末亦附黃昇撰三十八首詞,毛晉曾兩次刊梓此集,因兩本行款不同,版片並未互用。惟《宋名家詞》本共收四十三首,即於卷末附刻《木蘭花慢》、《水調歌頭》、《滿庭芳》(兩首)、《清平樂》共五首,然經考證,實均爲戴復古之作。今有毛氏影宋抄本《花菴絕妙詞選》二十卷存世,此刻蓋據其翻刻。《四庫》底本,《四庫提要》卷一百九十九就著錄。

蘋洲漁笛譜
毛 扆

甲子[1]仲夏,借崑山葉氏舊録本影寫,用家藏《草窗詞》參校,毛扆識。

《西湖十景詞》後缺末二首,偶閲《錢塘志》中載公謹詞三首,缺者恰有之,亟命兒抄補。其餘脱落處,未識今生得見全本否也。己巳[2]端午前一日,扆又識。

注:

[1]"甲子",即康熙二十三年(1684)。

[2]"己巳",即康熙二十八年(1689)。

案:《蘋洲漁笛譜》二卷,宋周密撰。

清乾隆間鮑氏《知不足齋叢書》本,卷端下題"汲古主人摹本開雕",卷末載毛扆二跋。首跋於康熙二十三年甲子(1684),次跋於康熙二十八年己巳(1689)。據跋,毛扆曾影寫一部,後由其子補録所缺,惜今不知何所。《知不足齋叢書》本據其刊梓。

《雲間韓氏藏書題識彙録》著録舊抄本《弁陽老人詞》一卷,上有毛扆首跋,或即《知不足齋叢書》底本,今不知何所。

竹　山　詞

昔人評詞,盛稱李氏、晏氏父子,及耆卿、子野、子(1)游、子瞻、美成、堯章止矣。蔣勝欲[1]泯焉無聞。今讀《竹山詞》一卷,語語纖巧,真《世説》糜也;字字妍倩,真六朝腴也,豈其稍劣于諸公耶? 或讀"招落梅魂"一詞[2],謂其磊落横放,與辛幼安同調,其殆以一斑而失全豹矣。湖南毛晉識(2)。

校:

(1)"子",《題跋》《汲古閣書跋》作"少"。
(2)《題跋》《汲古閣書跋》無"湖南毛晉識"。

注:

[1]"蔣勝欲",即蔣捷(約1245—1305後),字勝欲,號竹山,宋末元初陽羨人。咸淳十年(1274)進士。南宋亡後,隱居不仕,人稱"竹山先生""櫻桃進士"。長於詞,與周密、王沂孫、張炎並稱"宋末四大家"。著有《竹山詞》一卷。

[2]蔣捷此詞爲《水龍吟·效稼軒體招落梅之魂》:"醉兮瓊瀣浮觴些。招兮遺巫陽些。君毋去此,颶風將起,天微黄些。野馬塵埃,汙君楚楚,白霓裳些。駕空兮雲浪,茫洋東下,流君往、他方些。月滿兮西廂些。叫雲兮、笛淒涼些。歸來爲我,重倚蛟背,寒鱗蒼些。俯視春紅,浩然一笑,吐山香些。翠禽兮弄曉,招君未至,我心傷些。"

案:《竹山詞》一卷,宋蔣捷撰。明末汲古閣刻《宋名家詞》本,卷首有元至正二十五年(1365)湖濱散人序,卷末載毛晉跋。卷首湖濱散人序云:"竹山先生出義興鉅族,宋南渡後,有名璨字宣卿者善書,仕亦通顯,子孫俊秀。所居擅溪山之勝,故先生貌不揚,長于樂府。此稿得之於唐士牧家藏本,雖無詮次,庶幾無遺逸云。至正乙巳歲次秋七月十有七日,湖濱散人題。"

"璨"當爲"璨"之誤,宋孫覿《鴻慶居士集》卷三十七《蔣璨墓志》載:璨字宣卿,號景坡,宜興人,之奇之姪,累官至敷文閣待制。善書,獨步一時,紹興二十九年四月卒,年七十五。蔣璨爲蔣捷先人,可知蔣捷出身名門。其集稿本原爲唐士牧家藏,至正二十五年湖濱散人得之詮次。今傳諸抄本皆有此跋,蓋直接或間接從其所出。今臺圖藏黃丕烈舊藏一部元抄本,即出於湖濱散人本。黃丕烈跋曰:"此册近從意香毛公處得之,實枚庵吳君物也。舊題元人抄本,以有他書元人抄本對之,良是。若明抄,不及如是之古拙矣。且《竹山詞》以此爲祖本。"朱祖謀跋《彊村叢書》本《竹山詞》云:"毛子晉刊本似從兹出,而詞佚目存之《謁金門》《菩薩蠻》《卜算子》《霜天曉角》《點絳唇》十四闋及上半闋之《憶秦娥》、下半闋之《昭君怨》,毛本並目不載。《喜遷鶯》毛本二闋復十餘句,兹本並缺而目稱一闋,或傳寫有異耶?"兩本之異,或爲輾轉抄錄之故。紫芝漫抄本《宋元名家詞》雖載其詞,但録詞僅有四十餘首,毛本顯然不出於此。《四庫》底本,《四庫提要》卷一百九十九著録。

白　雪　詞
毛　扆

乙丑[1]六月十一日,從周氏舊録本校一過。《百字謠》,周本亦缺。更脱《水調歌頭》三首。其次序俱標于上,然無足取。彼爲分調,此則編年,當以此本爲勝也。校畢,雨窗漫記。毛扆。

注:

[1]"乙丑",即康熙二十四年(1685)。

案:《白雪詞》一卷,宋陳德武撰。

明紫芝漫抄《宋元名家詞》七十種本,卷末載毛扆跋,今藏北大。《毛扆書跋零拾(附僞跋)》將此跋誤入《秋澗詞》。

菊　軒　樂　府
毛　扆

壬戌[1]上巳後五日,從二妙集[2]勘過。毛扆。

注：

[1]“壬戌”，即康熙二十一年(1682)。

[2]“二妙集”，即金段成己、段克己撰《二妙集》八卷。金段成己、段克己兄弟早年俱以文章擅名當世，趙秉文以“二妙”目之，故合編詩集，即以命名，凡詩六卷、樂府二卷。今存明成化十七年(1481)賈定刻本。國圖藏一部何煌跋明抄本(07146)，陳揆舊藏，卷末何煌跋曰：“此爲竹垞故籍。毛斧老假而不歸。既没之二年，伊子雜售於湖舩，余以銀三錢得之。康熙乙未秋，小山。”此跋毛扆所指“二妙集”者，當淵源於此。

案：《菊軒樂府》一卷，金段成己撰。

明石村書屋抄《宋元明三十三家詞》五十三卷本，毛扆、朱彝尊、汪森、張怡、鄭振鐸舊藏，今藏國圖(15663)。毛扆朱筆圈點、校並跋，墨筆浮籤爲毛扆所録七言古詩。朱彝尊題款曰“彝尊讀過”，下鈐印“朱彝尊印”，卷中間鈐“竹垞”朱文小方印，天頭常鈐印“遺谷”。

秋　澗　詞
毛　扆

戊申[1]重陽前四日，從錫山秦翰林留仙得抄本《宋元詞》十四册，中有《秋澗詞》[2]一卷，即此册也，惜逸其後三卷。後十一年(1)己酉中元後二日，復過錫山，訪于孫氏，又得《宋元詞》五十餘册，中有《秋澗詞》兩卷。是時薄游金陵，即携至秦淮寓中。適訪黄俞邰藏書，見《秋澗文集》自八十四卷至八十七卷載《樂府》四卷，因與借歸。其孫氏所得二册，即于歸舟校過，此册到家校之。其第四卷並擬舊式刻一格紙，命桐子補抄(2)，遂成完書矣。己未八月初三日，虞山毛扆識于汲古閣下。

己未[3]七月廿八日，借俞邰集本校于大江舟次。毛扆。

己未七月廿九日，借黄俞邰集本校于丹陽舟次。毛扆。

校：

(1)“十一年”，《文禄堂訪書記》作“十年”。

(2)“補抄”，《文禄堂訪書記》作“鈔補”。

注：

[1]“戊申”，爲康熙七年(1668)，時毛扆二十八歲。

[2]《秋澗詞》，元王惲撰。王惲(1227—1304)，字仲謀，號秋澗。衛州路汲縣人。中統二年(1262)，授中書省左司都事，入翰林院任事。歷官承直郎平陽路總管府判官、翰林待制、河南河北道按察使、行御史台治書侍御史、山東東西道提刑按察副使。至元二十五年(1288)，受董文用舉薦，出任閩海道提刑按察使。次年請歸。至元二十九年(1292)，歷官翰林學士嘉議大夫、通議大夫、知制誥同修國史。謚文定。著有《秋澗先生全集》《秋澗詞》《書畫目錄》等。

[3]"己未"，爲康熙十八年(1679)。

案:《秋澗詞》四卷，元王惲撰。

明紫芝漫抄《宋元名家詞》七十種本，今藏北大。其中卷一末載毛扆首兩跋，鈐印"西河季子之印"，卷二末題下載第二跋，鈐印同前；卷三末尾題下載第三跋，鈐印同前；卷四末欄外尚有陸貽典跋，曰："前三卷，斧季已校過，並此卷重用集本校一過。己未九月十有八日，覯庵典記。"毛扆將卷端卷尾所題"秋澗詞"皆改爲"秋澗先生樂府"。《藏園群書經眼錄》卷十九收錄首跋，然作八十二家，誤；《文祿堂訪書記》卷五著錄，脫第三跋。《毛扆書跋零拾(附僞跋)》據《文祿堂訪書記》迻錄，云"按跋年'己未'，乃康熙十八年(1679)，而跋首'戊申重陽前四日'乃康熙七年，經十一年後之跋。查《藏園群書經眼錄》卷十九明黑格寫本《宋元詞鈔八十二家》中也有此跋，'後十年己酉'作'後十一年己酉'，均誤。查'己酉'爲康熙八年，應作'後一年己酉'方是。"潘氏所言極是，蓋毛扆將"一"誤作"十一"。

吳文正公詩餘

毛 扆

庚申[1]小除夕，借《陸翼皇集》本録出《詩餘》一類。第九十七卷。辛酉[2]新正四日燈下校于金臺旅館。省庵。

注:

[1]"庚申"，爲康熙十九年(1680)。
[2]"辛酉"，爲康熙二十年(1681)。

案:《吳文正公詩餘》一卷，元吳澄撰。吳澄(1249—1333)，字幼清，晚字伯清，號草廬。撫州崇仁鳳崗咸口人。著有《吳文正集》《易纂言》《禮記纂言》《易纂言外翼》《書纂言》《儀禮逸經傳》《春秋纂言》《孝經定本》等。

此抄本從汲古閣抄本影寫，毛扆校並跋。《藝風藏書再續記》著錄影毛鈔本："此毛斧季校本，從《文正公集》百卷本鈔出。若通行四十九卷，無此詞也。百卷本明初詞，頗罕見。癸丑五月，小珊。"毛抄原本今已不存，今國圖藏一部清光緒三十四年（1908）繆荃孫藝風堂抄本《宋金元明人詞》十七種（06513），其中收錄《吳文正公詞》一卷，當即《藝風藏書再續記》著錄影毛抄本。惟毛扆首跋"《陸翼皇集》"，無考。

花　間　集

據陳氏云："《花間集》[1]十卷，自溫飛卿而下十八人，凡五百首。"今逸其二，已不可考。近來坊刻往往繆其姓氏，續其卷帙，大非趙弘基氏本來面目。余家藏宋刻，前有歐陽炯序，後有陸放翁二跋，真完璧也。隱湖毛晉識(1)。

近來填詞家，輒效顰柳屯田，作閨幃穢媟之語。無論筆墨勸淫，應墮犁舌地獄，于紙窗竹屋間，令人揜鼻而過，不惡惶無地邪！若彼白眼罵坐(2)，臧否人物，自詫辛稼軒後身者，譬如雷大起舞，縱使極工，要非本色。張宛丘云："幽索如屈、宋，悲壯如蘇、李，始可与言詞也已矣。"亟梓斯集，以爲倚聲填詞之祖。但李翰林《菩薩蠻》《憶秦娥》及南唐二主、馮延巳諸篇，俱未入選，不無遺珠之憾云。晉又識(3)。

校：

(1)《題跋續集》《汲古閣書跋》無"隱湖南毛晉識"。
(2)"坐"，《題跋續集》同，《汲古閣書跋》作"座"。
(3)《題跋續集》《汲古閣書跋》無"晉又識"。

注：

[1]《花間集》，後蜀趙崇祚所編詞集，成書於五代後蜀廣政三年（940），收錄溫庭筠、韋莊等十八位花間詞派經典作品，爲存世第一部文人詞選集。

案：《花間集》十卷，後蜀趙崇祚編。

明末汲古閣刻《詞苑英華》九種本，卷首有五代後蜀廣政三年（940）歐陽炯序，卷末陸游跋、開禧元年（1205）陸游跋及毛晉兩跋，皆爲手寫上版。《題跋續集》載此跋，題名"跋花間集"。卷端下鐫木記"琴川毛晉定本"。《直齋》《通考》皆著錄，《直齋》稱此集凡收十八人，詞五百首；毛本則十八人，四百九十八首，佚二首，蓋即《直齋》著録之本。據毛晉跋，毛本所據“家藏宋刻”刊梓，《汲古閣珍藏秘本書目》著録“北宋板花間集四本”，當即跋本。國圖今藏一部宋刻遞修淳熙十一年（1184）、十二年鄂州公文紙印本《花間集》十卷，徐乾學、查有圻、海源閣、周叔弢舊藏，今藏國圖（8615），未見毛氏印記，或因殘破而佚去印頁，亦未可知。毛扆蓋未細審印紙背面公文紀年，遂誤作北宋本。《楹書隅録》卷五著録爲毛氏汲古閣舊藏。將毛本校之國圖所藏宋本，毛本每卷卷端後接本卷目録，目録後接正文，與宋本格式悉同，其源於宋本毋庸置疑。《四庫存目》收録，《四庫提要》卷二百著録：“詩餘體變自唐，而盛行於五代。自宋以後，體製益繁，選録益衆，而溯源星宿，當以此集爲最古。唐末名家詞曲，俱賴以僅存。其中《漁父詞》《楊柳枝》《浪淘沙》諸調，唐人仍載入詩集，蓋詩與詞之轉變，在此數調故也。於作者不題名而題官，蓋即《文選》書字之遺意。惟一人之詞，時割數首入前後卷，以就每卷五十首之數，則體例爲古所未有耳。陳振孫謂所録自温庭筠而下十八人，凡五百首，今逸其二。坊刻妄有增加，殊失其舊。此爲明毛晉重刊宋本，猶爲精審。”

明末汲古閣刻本《詞苑英華》九種四十五卷，由毛晉輯録歷代詞選彙刻而成，包括《花間集》《花菴絶妙詞選》《中興以來絶妙詞選》《草堂詩餘》《尊前集》《詞林萬選》《詩餘圖譜》《少游詩餘》《南湖詩餘》，其中《花菴絶妙詞選》《中興以來絶妙詞選》合帙。根據王象晉及毛晉跋，刊於明崇禎間。其中後三種無毛晉跋，版心無“汲古閣”三字，卷端下無墨記“琴川毛晉定本”（其餘皆有汲古閣刻本之兩標識），實爲毛晉代王象晉刻梓，版式、字體等與前幾種悉同，蓋代刻完後，亦收録此集中。《詩餘圖譜》卷端題“高郵南湖張綖編輯”“濟南霽宇王象乾發刊”“康宇王象晉重梓”“姑蘇子九毛鳳苞訂正”，卷首有崇禎八年（1635）王象晉序，序云：“南湖張子創爲《詩餘圖譜》三卷，圖列於前，詞綴於後，韻脚句法犁然井然，一批閱而調可守、韻可循，字推句敲，無事望洋，誠修詞家南車已。萬曆甲午、乙未間，予兄霽宇刻之上谷署中，見者爭相玩賞，競攜之而去。今書簏所存日見寥寥，遲以歲月，計當無剩本已。海虞毛子晉博雅好古，見予讎校此篇，遂請歸，而付之剞人，使四十年前几案間物頓還舊觀，亦一段快心事也。”則此書初由王象乾初刻於萬曆，毛氏以之爲底本上板。因代刊，故題“王象晉重梓”。《少游詩集》卷端題“高郵少游秦觀撰”“濟南康宇王象晉梓”“姑蘇子九毛鳳苞較”；《南湖詩餘》卷端題“高郵南湖張綖撰”“濟南康宇王象晉梓”“姑蘇子九毛鳳苞訂”。其後《詞苑英華》版片歸洪振珂，並於乾隆間刷印，略有校正，卷首有洪氏序：“去年冬，購得毛氏汲古閣《詞苑英華》原版。喜其字畫尚無漫漶，略有訛謬,悉取他本校正之。"

尊　前　集

　　雍熙間,有集唐末五代諸家詞命名《家宴》,爲其可以侑觴也。又有名《尊前集(1)》[1]者,殆亦類此。惜其本皆不傳。嘉禾顧梧芳氏采録名篇,釐爲二卷,仍其舊名,雖不堪与《花間》《草堂》頡頏,亦能一洗綺羅香澤之態矣。此本予得之閩中郭聖僕[2]。聖僕酷好予家諸刻,必欲一字不遺而後快。癸酉中秋後一日,予訪之南都南關外,鷹門無人,惟檐前白鸚鵡學人語,呼"客到"已耳。老屋二間,不蔽風日。几榻間彝鼎盤缶,皆三代間物。其最珍玩者,一折角漢研,因顏其齋曰"漢研"。出異香佳茗作供,劇談竟日。臨别贈予二書,兹編及《蒭絹集》也。又贈予二畫,一淡墨水仙,一秋林高岫,蓋其愛姬李陀奴(2)、朱玉耶筆也,惜其無嗣。今墓櫕已森,二姬(3)各有所歸,二書予安忍秘諸? 虞山毛晉識(4)。

　　校:

　　(1)《題跋續集》無"集"字。

　　(2)"奴",《題跋續集》作"那"。

　　(3)《題跋續集》"二姬"後有"亦"。

　　(4)《題跋續集》《汲古閣書跋》無"虞山毛晉識"。

　　注:

　　[1]《尊前集》,詞總集名,編者不詳,原書係宋人或五代人所編,与《花間集》並稱。今本題明顧梧芳編,共録唐五代詞家三十餘人,詞二百餘首。今傳其最早版本爲明吳訥《唐宋名賢百家詞》本,收録《尊前集》一卷,又有明萬曆十年(1582)顧梧芳刻二卷本、明梅禹金藏抄本一卷及汲古閣刻《詞苑英華》本,朱祖謀據梅抄本收入《彊村叢書》。

　　[2]"郭聖僕",郭天中,字聖僕,一名俊。福建莆田人,徙秣陵(南京)。明末古籍碑帖收藏大家,精研篆隸之學,窮崖斷碑,搜訪摹拓,寢食俱廢。曾與毛晉交好。故人楊嘉祚守揚州,贈遺數千金,斥以買歌姬數人,購書畫古物。嘗與錢謙益、文震亨友好。錢謙益《列朝詩集》多有記載。明徐𤊹跋《韋莊詩》云:"百家未收,偶入秣陵,友人郭聖僕出韋詩一帙見示,乃宋版也。"藏印有"字聖僕""郭子""郭俊之印"等。郭有二妾,一曰李陀奴,一曰朱玉耶。聖僕殁,龍友得玉耶,並得其所蓄書畫、瓶研、几杖諸玩好、古器,復

擁婉容,終日摩挲笑語爲樂。錢氏《牧齋有學集》卷二《題朱玉耶畫扇》注云:"郭天中,字聖僕,其先莆田人。購蓄古法書名畫,尤精篆隸之學。有姬名朱玉耶,工山水,師董北苑。"

案:《尊前集》二卷,題顧梧芳編。

明末汲古閣刻《詞苑英華》九種本,卷首有明萬曆十年(1582)顧梧芳尊前集引,次爲目録,卷末載毛晉跋。《題跋續集》載此跋,題名"跋尊前集"。卷端下鐫有木記"琴川毛晉定本"。顧梧芳尊前集引云:"余素愛《花間集》,勝《草堂詩餘》,欲播傳之。曩歲刻於吳興茅氏,兼有附補。而余斯編,第有類言。"蓋其顧氏自編自刻本。據毛晉跋,可知據其重刻。

王國維云:"唯朱竹垞《曝書亭集》跋此本則云:'康熙辛酉冬,余留白下,有持吳文定公手鈔本告售,書法精楷,卷首識以私印。取刊本勘之,詞人之先後、樂章之次第,靡有不同,始知是集爲宋初人編輯。'《四庫總目》亦采其説,而頗以其名不見宋人書目爲疑。余按:《碧雞漫志》'清平樂''麥秀兩歧'二條下,均引《尊前集》,《直齋書録解題》'陽春録'條下引崔公度序云:'《花間》《尊前》,往往謬其姓氏。'則宋時固有此書矣。且《南唐二主詞》爲高、孝間人所輯,而《虞美人》以下八首,《蝶戀花》《菩薩蠻》二首,皆注見《尊前集》。"[1]則是書宋人自有是編,此題顧編者或爲失之考證,毛晉亦未深究。阮廷焯《汲古閣本〈尊前集〉跋》[2]已有詳説。《四庫存目》收録,《四庫提要》卷二百著録。

花菴絶妙詞選

據玉林[1]序中稱曾端伯所編乃《樂府雅詞》,所謂"涉諧謔則去之"者也。又稱《復雅》一集,乃陳氏所謂鮦易(1)居士所編,不著姓名者也。二書惜未之見,而兹編獨存,巋然魯靈光矣。先輩云,草堂刻本多誤字及失名者,賴此可証。所選或一首或數十首,多寡不倫。每一家綴數語,紀其始末。銓次微寓軒輊,蓋可作詞史云。海隅毛晉識(2)。

余向謂散花菴乃叔易所居,玉林,其號也。既讀其《戲題玉林》一詞,酷似余水邨風景,不覺卧游而願學焉。其詞曰:"玉林何有,有一灣蓮沼,數間茅宇。斷塹疏籬聊補葺,那羨粉牆朱户。禾黍秋風,雞豚曉日,活脱田家趣。

客來茶罷，自挑塹菜同煮。”又曰：“長作谿山主，紫芝可采，更尋巖谷深處。”殆五柳先生一流人也，恨不能續玉林圖縣（3）之研北。嘗讀詞選數過耳。晉又識（4）。

校：

（1）“易”，《題跋續集》作“陽”，下段“叔易”作“叔陽”。

（2）《題跋續集》《汲古閣書跋》無“海隅毛晉識”。

（3）“縣”，《題跋續集》作“懸”。

（4）《題跋續集》《汲古閣書跋》無“晉又識”。

注：

［1］“玉林”，即黃昇號。

案：《唐宋諸賢絕妙詞選》十卷，《中興以來絕妙詞選》十卷，末附黃昇詞作三十八首，宋黃昇編。合之簡稱《花菴絕妙詞選》或《花菴詞選》。

明末汲古閣刻《詞苑英華》本，《花菴絕妙詞選》首冠淳祐九年（1249）黃昇《絕妙詞選序》，次目錄，卷端題“唐宋諸賢絕妙詞選綱目”，共十卷，收唐至北宋詞人之作，次署“花菴詞客編集”，正文卷端題“花菴絕妙詞選卷一”，下鐫墨記“琴川毛晉定本”；《中興以來絕妙詞選》首冠同年胡德方《詞選序》，次爲目錄，卷端題“中興以來絕妙詞選綱目”，共十卷，收南宋詞作，次署“花菴詞客編集”。正文卷端題“花菴絕妙詞選卷一”，下鐫墨記“琴川毛晉定本”。卷末有明顧起綸跋及毛氏兩跋。《題跋續集》載毛晉兩跋，題名“跋絕奴詞選”。兩集版心上皆題“花菴詞選”。前者宋刻今已不存，後者今存宋淳祐九年（1249）劉誠甫刻本，非毛氏所藏。毛氏藏有影抄宋本二十卷，但毛刻有明顧起綸序，殆據明萬曆舒伯明覆宋本刊出。蓋毛氏刊印在前，影宋抄本得之在後。

中州樂府集

家藏《中州集》十卷，逸其《樂府》。梓人告成，殊怏怏。然既得《樂府》一帙，乃九峰書院刻本也，不勝劍合之喜。第詞俱雙調，淆雜無倫。——按譜釐正，如《望海潮》諸闋，與譜不侔，未敢輕以意改。其小敘已見詩集中，不復贅云［1］。海隅毛晉識（1）。

校:

(1)《題跋》《汲古閣書跋》無"海隅毛晉識"。

注:

[1]《中州樂府》一卷,金元好問編,爲金代唯一詞總集。毛晉先刻《中州集》,又刻《樂府》,遂合二書爲一部。《中州樂府》卷首彭汝實序謂是書收錄"凡三十六人,總一百二十四首,以其父明德翁終焉。人有小叙志之,中間亦有一二憐才者"。毛晉所據嘉靖間九峰書院本《中州樂府》附有詞人小傳,因小傳已見於《中州集》,故刪去《樂府》中小傳,然其中亦有不見於《中州集》之詞家。朱祖謀《彊村叢書·中州樂府跋》:"右《中州樂府》一卷,彭汝實、毛鳳韶序,明嘉靖嘉定守高登刊之九峰書院者。毛子晉刊《中州集》據弘治本,《樂府》即據此本,然頗有異文。且云小叙已見詩集中,不復贅。不知鄧千江、宗室文卿、張信甫、王玄佐、折元禮五人,詩中俱未見小叙,一概不載,疏矣。"

案:《中州樂府》一卷,金元好問編。

《中州樂府》附於明末汲古閣刻《中州集》本之後。卷首有明嘉靖十五年(1536)彭汝實序,卷端下題"閏集",次著"河東人元好問裕之集",卷末有嘉靖十五年毛鳳韶及毛晉跋。

毛晉據明弘治九年(1496)李瀚本翻刻《中州集》時,尚未得《樂府》傳本,其後得陸深家藏、彭汝實校讎並序之嘉靖十五年貴陽高登九峰書院刻本,遂補刊以附集末,但刪去小傳,且有異文。

草 堂 詩 餘

宋元間詞林選本,幾屈百指,惟《草堂》一編飛馳幾百年來,凡歌欄酒榭絲而竹之者,無不拊髀雀躍。及至寒窗腐儒挑鐙閒看,亦未嘗欠伸魚睨,不知何以動人一至此也。其命名之意,楊升庵謂本之李青蓮"簫聲咽""平林漠漠煙如織"二詞,然非歟? 若名調淆訛,姓氏影借,先輩已詳辨之矣。海隅毛晉識(1)。

校:

(1)《題跋續集》《汲古閣書跋》無"海隅毛晉識"。

案:《草堂詩餘》四卷,題武陵逸史編。《草堂詩餘》原爲南宋何士信所編詞選,所收以宋詞爲主,兼收唐五代詞。《直齋》云:"《草堂詩餘》二卷,書坊編集者。"則此書編集系出於書坊。又據《四庫提要》考證:"王楙《野客叢書》作于慶元間,已引《草堂詩餘》張仲宗《滿江紅》詞證蝶粉蜂黃之語",則此書當成於慶元(1195—1200)以前。元刻本今存兩種,元至正三年(1343)盧陵泰宇書堂刻本;元至正十一年(1351)雙璧陳氏刻本。此編於明代被廣泛接受,其繁盛流行情況絕非他編可及,成爲當時詞學界關注焦點。楊慎、李攀龍、唐順之、何良俊、沈際飛、錢允治等紛紛爲其評注、校箋、作序、題跋。書商競刻,今傳明版有三十餘種。

明末汲古閣刻《詞苑英華》本,卷首有陸王建序及目録,卷末載毛晉跋。《題跋續集》載此跋,題名"跋草堂詩餘"。卷端題署"武陵逸史編,隱湖小隱訂",鑴有木記"琴川毛晉定本"。版心中鑴"汲古閣"三字,下鑴"毛氏正本"。汲古閣本按調選入四百多首,明嘉靖二十九年(1550)"武陵逸史"顧從敬重編分調本刊刻流行,爲世所重。毛本收詞、分調、署名等與顧本同,或據此而出。

詞 林 萬 選

予向慕用修先生《詞林萬選》[1],不得一見。金沙于季鸞[2]貽予一帙。前有任良幹序,不啻咽三危之露[3],而聆秋竹積雪之曲矣。但據序云,皆《草堂》所未收者,蓋未必然。其間或名或字或別號或署銜,却有不衫不履[4]之致。惜乎紫子點照之誤,黝鬱魄托之音,向來莫辨。其尤可摘者,如曾晏"桃源深洞"一詞,本名《憶仙姿》,蘇東坡始改爲《如夢令》,即用修《詞品》亦云"唐莊宗自度曲,或傳爲呂洞賓,誤也"。復作呂洞賓《如夢令》,何耶? 又"東風捻就腰兒細"一詞,極膾炙人口。舊注云,有名妓侍燕[5]開府,一士人訪之,相候良久,遂賦此詞,投諸開府。開府喜其豔麗,呼士人,以妓與之。《草堂續集》編入無名氏之例,兹混作東坡,且調是《玉樓春》,迺于首尾及換頭處增損一字,名《踏莎行》,向(1)疑後人妄改。及考"鞋襪輌兩"云云,仍是用修傳誤。至于姓氏之逸,譜調之淆,悉注之本題之下,以質諸季鸞,得毋笑余強作解事邪? □□毛晉識(2)。

校:

(1)"向",《題跋續集》同,《汲古閣書跋》無。

(2)《題跋續集》《汲古閣書跋》無"□□毛晉識"。其中"□□"兩字,國圖藏本殘缺,似作"隱湖",楊萬里編著《草堂詩餘》(崇文書局 2017 年版)識作"急梓",當誤。

注:

[1]《詞林萬選》,四卷,題楊慎編。是書乃楊慎謫居雲南時,委託任良榦從家藏五百家詞中選輯,於明嘉靖二十二年(1543)刻於楚雄,實際選録唐温庭筠至明代高啓等數十家詞。

[2]"于季鸞",金壇人,喜收藏,藏有楊慎編《詞林萬選》。

[3]"咽三危之露",《吕氏春秋》卷十四《孝行覽·本味》:"(伊尹)説湯以至味……曰:'水之美者:三危之露,昆侖之井。'"東漢高誘注:"三危,西極山名。"庚信《庚子山集》卷十三《温湯碑》:"其味美者,結爲三危之露。"相傳三危山之露爲味道最美之水。

[4]"不衫不履",不穿上衫,不穿鞋子,意謂不修邊幅,此指隨意。唐杜光庭《虬髯客傳》:"既而太宗至,不衫不履,褐裘而來,神氣揚揚,貌與常異。"

[5]"燕",即"宴"。

案:《詞林萬選》四卷,題楊慎編。

明末汲古閣刻《詞苑英華》本,卷首有嘉靖二十二年(1543)任良榦序,次有目録,卷端不署編者,卷末載毛晉跋。《題跋續集》載此跋,題名"跋詞林萬選"。每卷卷端卷尾下鐫有木記"琴川毛晉定本"。據卷首任良榦序云:"升菴太史公家藏有唐宋五百家詞,頗爲全備,暇日取其尤綺練者四卷,名曰《詞選萬選》,皆《草堂詩餘》所未收者也。遂假録一本,好事者多快見之,故刻之郡齋,以傳同好。"因知有嘉靖間任氏刻本,編者實爲任良榦,所據爲楊慎家藏"唐宋五百家詞",選入不足八十家。故四庫館臣提出質疑,《四庫提要》卷二〇〇著録:"舊本題明楊慎編","慎所藏者,何至有五百餘家?此已先不可信。且所録金、元、明人,皆在其中,何以止云唐、宋?序與書亦不相符。又其中時有評註,俱極疎陋……疑慎原本已佚,此特後來所依託耳。"毛本即出於此本,但嘉靖本今已不存,則毛本爲存世最早刻本。惟毛氏遇有疑惑之處,分別注於本題下,多有釐正。

詞 海 評 林

毛 宸

《詩餘圖譜》,填詞之法備焉矣。先君此書之作規模之,而更充廣焉。

凡少一字者居前,多一字者居後,旁搜博覽,彙綴成帙,釐爲三卷。一生心力固不僅於是,而孜孜矻矻,已大費詳慎。正欲付梓,而玉樓之召[1]孔迫,惜哉! 今其原本即云守而勿失,然不能成先人之志,以垂將來而傳永久,是則(1)扆之大罪也。將來或遇有力者,不惜多金以登梨棗,其幸爲何如耶! 庚寅秋,大病之後,翻閱是書,草率命兒代書於簡端云。扆。

校:

(1)"是則",《毛扆書跋零拾(附僞跋)》倒作"則是"。

注:

[1]"玉樓之召",文人早逝婉詞,典出唐李商隱《李賀小傳》:"長吉將死時,忽晝見一緋衣人,駕赤虯,持一板,書若太古篆或霹靂石文者,云當召長吉。長吉了不能讀,欻下榻叩頭,言:'阿彌老且病,賀不願去。'緋衣人笑曰:'帝成白玉樓,立召君爲記。天上差樂,不苦也。'長吉獨泣,邊人盡見之。少之,長吉氣絶。常所居窗中,勃勃有煙氣,聞行車嘒管之聲。太夫人急止人哭,待之如炊五斗黍許時,長吉竟死。王氏姊非能造作謂長吉者,實所見如此。"可知毛晉撰成《詞海評林》,正欲刊梓,不意病卒未成。

案:《詞海評林》三卷,明毛晉撰。此書爲毛晉所編詞譜,收詞數量前所未有,集調最多,採用圖譜釋字省文、圖譜式、合律正調三位一體之復合譜式,具有獨創性與科學性,爲詞譜學史上重要之作。

清初毛晉稿本,十二冊。卷首有毛扆序,次詞海評林首卷目録,目録後題"以上詞共一百五十七調,一千四百七十三首",次有《圖譜釋字省文》。正文均先列圖譜,後接詞作。天頭間有校記,以校正異文、用韻爲主。十行二十五字,四周單邊,無格,中縫上題篇名。封面題"副本一　詞海評林,小令",鈐印"汲古閣藏"。鈐印"汲古閣""毛鳳苞印""海虞毛晉子晉圖書記""扆印""抱經樓""許氏秘笈""曾藏吳興許氏申申閣中""申申閣主""博明審定""博明私印""從桂小筑許氏鑒藏",則經毛扆、盧文弨、許厚基遞藏,今藏國圖(18149)。庚寅爲康熙四十九年(1710),扆年七十一歲,蓋作跋於此時。

《藏園群書經眼録》卷十九著録:"《詞苑英華》二十冊,明毛晉撰。明末毛氏汲古閣稿本,題名'詞海評林',亦有毛扆跋……曾經四明盧氏抱經樓收藏,有'抱經樓'白文印。"惟十二冊誤"二十冊",《詞海評林》誤作"《詞苑英華》"。

新刊張小山北曲聯樂府

毛 扆

　　章丘李中麓開先曉音律,善作詞,最愛張小山[1],謂其超出塵俗。其家藏詞山曲海,不下千卷,獨不得小山全詞。僅從選詞入書(原注:《太平樂府》《陽春白雪》《百一選曲》《樂府群珠》《詩酒餘音》《仙音妙選》《樂府群玉》《樂府新聲》)輯成二卷,名曰《小山小令》,序而刻之家(1)塾。余購得元刻,據其標目云,前集今樂府,後集蘇隄漁唱,續集吳鹽,別集新樂府,元分四集,今類一編。每調下仍以四集爲次,然其中仍有重複者,今皆删而不錄。校之李刻,恰多百餘首,可謂小山之大全矣。據中麓後序,鄒平崔臨溪有一册,想亦無以逾此矣。書有先民不得見而後學幸得見者,此類是也。小山名可久,慶元人,以路吏轉首領。首領者,即民務官,如今之稅課局大使也。《太和正音譜》評小山詞,如瑤天笙鶴,既清且新,華而不艷,有不食煙火氣味。又謂如披太華之天風,招蓬萊之海月,良非虛語。昔人以李太白爲詩仙,小山可稱詞仙矣。虞山毛斧季識。

校:

　　(1)"家",《汲古閣書跋》作"海",《毛扆書跋零拾(附僞跋)》輯注曰"含義費解",實爲抄誤。

注:

　　[1]"張小山",即張可久(約1270—約1350),字小山;一説名伯遠,字可久,號小山;一説名可久,字伯遠,號小山;又一説字仲遠,號小山。慶元人,元朝著名散曲家、劇作家,與喬吉並稱"雙璧",與張養浩合爲"二張"。現存小令八百餘首。

　　案:《新刊張小山北曲聯樂府》三卷《外集》一卷,元張可久撰。

　　清初汲古閣抄本,一册。清毛扆校並跋。十二行二十四字,白口,左右雙邊。版心題有"汲古閣"三字。鈐印"毛晉私印""汲古主人"等,毛晉、張金吾、鐵琴銅劍樓舊藏,今藏國圖(03639)。《鐵琴銅劍樓藏書題跋集録》卷四收録此跋。國圖尚藏另一部汲古閣抄本(11490),行款與毛扆跋本俱同。據毛扆跋,此書有元刻本,毛抄本即據元本抄録。元本今已不存,汲古閣抄本彌足珍貴。

　　《汲古閣珍藏秘本書目》著録一部"精鈔本"當即此本。《愛日精廬藏書志》卷三十六著録曰："此本毛氏從元刊本傳録,首頁有毛子晉印,板心有'汲古閣'三字,當即《秘本書目》所載精鈔《張小山樂府》也。"《鐵琴銅劍樓藏書目録》卷二十四著録曰："夙工詞曲。明李中麓嘗搜采其作,刻成二卷,曰《小山小令》。此汲古毛氏從元刻本傳録。前有海粟馮子振、燕山高栻題詞二闋。《目録》後,有刊書人題識云:'《小山樂府》,《前集》《今樂府》,《後集》《蘇隄是漁唱》,《續集》《吳鹽》,《別集》《新樂府》,今類爲一編,與衆本不同。《外集》近間所作'云云。其每調下仍以四集爲次,較李刻多至百餘首,爲《小山樂府》之全書矣。"《國家圖書館藏汲古閣鈔本叢刊》收録。

　　清道光六年(1826)張蓉鏡自毛本抄録一部,馮子振、高栻題辭、李開先跋、毛扆跋均傳録一過,今藏臺圖(14982),其中李跋迻録自明嘉靖本。此書今存最早刻本爲明嘉靖四十五年(1566)李開先刻本《張小山小令》二卷,今國圖藏一部(11490),《藏園訂補郘亭知見傳本書目》卷十六著録毛抄本時云"較李刊多百餘首"。《四庫存目標註》卷六十著録,有詳考可參。

叢　書

重鎸十三經十七史緣起

　　毛晉草莽之臣，檮昧之質，何敢從事於經史二大部？今斯剞劂告成，或有獎我爲功臣者，或有罪我爲僭分[1]者。因自述重鎸始末，藏之家塾，示我子孫之能讀我書者。天啓丁卯，初入南闈，設妄想祈一夢。少選，夢登明遠樓中蟠一龍，口吐雙珠，各隱隱籀文，唯頂光中一山字皎皎露出。仰見兩楹分懸紅牌，金書“十三經十七史”六字，遂寤。三場復夢，夢無異，竊心異之。鎩羽之後，此夢時時往來胸中。是年，余居城南市，除（1）夕夢歸湖南載德堂，柱頭亦懸“十三經”“十七史”二牌，焕然一新，紅光出戶。元旦拜母，備告三夢如一之奇。母听（2）然曰：“夢神不過教子讀盡經史耳，須亟還湖南舊廬，掩關謝客。雖窮通有命，庶不失爲醇儒。”遂舉曆選吉，忽憬然大悟曰：“太歲戊辰，崇禎改元，龍即辰也。珠頂露山，即崇字也。”奇驗至此，遂誓願自今伊始，每歲訂正經史各一部，壽之梨棗。及築簡（3）方興，同人聞風而起，議聯天下大（4）社，列十三人任經部，十七人任史部。更有欲益四人，并合二十一部者。築舍紛紛，卒無定局，余唯閉戶自課已耳。且幸天假奇緣，身無疾病，家無外侮。密爾自娱，十三年如一日。迨至庚辰除（5）夕，十三部板斬新插架。賴鉅公淵匠，不惜玄宴，流布寰宇。不意辛巳、壬午兩歲災祲，資斧告竭，亟棄負郭田三百畝以充之。甲申春仲，史亦哀然成帙矣。豈料兵興寇發，危如累卵。分貯版籍於湖邊嵩畔茆菴草舍中。水火魚鼠，十傷二三，呼天號地，莫可誰何。猶幸數年以往，邨居稍寧。扶病引雛，收其放失，補其遺亡，一十七部連牀架屋，仍復舊觀。然校之全經，其費倍蓰，奚止十年之田而不償也。回首丁卯[2]至今三十年，卷帙從衡，丹黄紛雜，夏不知暑，冬不知寒，晝不知出戶，夜不知掩扉。迄今頭顱如雪，目睛如霧，尚矻矻不休者，惟懼負吾母“讀盡”之一言也。而今而後，可無憾矣。竊笑棘闈假寐，猶夫牧人一夢耳。何崇禎之改元，十三年之安堵，十七年之改步，如鏡鏡相照，不爽秋毫耶？至如獎我罪我，不過夢中説夢。余又豈願人人與我同夢耶（6）？順治丙申年丙申月丙申日丙申時，題于七星橋西之汲古閣中。

編年重鐫經史目録隨遇宋版精本攷校,略無詮次:

崇禎戊辰(1628),開雕《周禮》四十二卷,漢鄭氏註,唐賈公彦疏。唐太宗御撰《晉書》一百三十卷。

順治戊子(1648),補緝脱簡《載記》三十卷。

崇禎己巳(1629),開雕《孝經》九卷,宋邢昺校。《唐書》二百二十五卷,宋歐陽修等奉勅撰。

順治戊子(1648),補緝脱簡曾公亮進《新唐書》表、目録四十三葉。

崇禎庚午(1630),開雕《毛詩》二十卷,漢鄭氏箋,唐孔穎達疏。歐陽脩《五代史》七十四卷,徐無黨注。

順治己丑(1649),補緝脱簡《司天考》二卷、《職方考》一卷、《十國世家年譜》一卷、陳師錫序一葉。

崇禎辛未(1631),開雕《周易》九卷,晉韓伯康註,唐孔穎達疏。姚思廉《陳書》三十六卷。

順治己丑(1649),補緝脱簡《儒林》《文學列傳》二篇。

崇禎壬申(1632),開雕《尚書》二十卷,漢孔氏傳,唐孔穎達疏。令狐德棻《後周書》五十卷。

順治庚寅(1650),補緝脱簡《異域列傳》二篇。

崇禎癸酉(1633),開雕《孟子》十四卷,漢趙氏註,宋孫奭疏。姚思廉《梁書》五十六卷。

順治庚寅(1650),補緝脱簡《孟子註疏題辭解》十一葉、《梁書·皇后太子列傳》二篇。

崇禎甲戌(1634),開雕《公羊傳》二十八卷,漢何休學。沈約《宋書》一百卷。

順治辛卯(1651),補緝脱簡《符瑞志》三卷、《百官志》二卷。

崇禎乙亥(1635),開雕《穀梁傳》二十卷,晉范甯集解,唐楊士勛疏。魏徵等《隋書》八十五卷。

順治辛卯(1651),補緝脱簡《志》三十卷。

崇禎丙子(1636),開雕《儀禮》十七卷,漢鄭氏註,唐賈公彦疏。魏收《魏書》一百三十卷。

順治壬辰(1652),補緝脱簡《志》二十卷原缺天象三、四。

崇禎丁丑(1637),開雕《論語》二十卷,魏何晏集解,宋邢昺疏。蕭子顯《南齊書》五十九卷。

順治壬辰(1652),補緝脱簡《輿服志》一篇、《高逸》《孝異》列傳二篇。

崇禎戊寅(1638),開雕《左傳》六十卷,晉杜氏注,唐孔穎達疏。李百藥

《北齊書》五十卷。

順治癸巳(1653),補緝脱簡《神武本紀》二卷、《後主》《幼主》本紀一卷、《列傳》散失八十八葉。

崇禎己卯(1639),開雕《禮記》六十三卷,漢鄭氏注,唐孔穎達疏。李延壽《北史》一百卷。

順治癸巳(1653),補緝脱簡《本紀》一十二卷。

崇禎庚辰(1640),開雕《爾雅》十一卷,晉郭璞注,宋邢昺疏。李延壽《南史》八十卷。

順治甲午(1654),補緝脱簡《列傳》六十卷至七十卷。

崇禎辛巳(1641),開雕司馬遷《史記》一百三十卷,裴駰集解。

順治甲午(1654),補緝脱簡《周本紀》一卷、《禮》《樂》《律》《曆》四卷、《儒林列傳》五六七葉。

崇禎壬午(1642),開雕班固《前漢書》一百二十卷,顏師古注。

順治乙未(1655),補緝脱簡《藝文志》一卷、《文》三、《王傳》《賈誼傳》《叙傳》四卷。

崇禎癸未(1643),開雕范曄《後漢書》一百三十卷,唐章懷太子賢注。

順治乙未(1655),補緝脱簡八《志》三十卷,劉昭補註。

崇禎甲申(1644),開雕陳壽《三國志》六十五篇,裴松之注。

順治丙申(1656),補緝脱簡《蜀志》二卷至七卷、《上三國志表》一篇。

校:

(1)"除",《汲古閣書跋》作"朝"。

(2)"听",《汲古閣書跋》作"欣"。

(3)"箾",古同"蕭""鞘",《汲古閣書跋》作"翁"。

(4)"大",《汲古閣書跋》作"文"。

(5)"除",《汲古閣書跋》作"朝"。

(6)"耶",《汲古閣書跋》無。

注:

[1]"僭分",越分。《東周列國志》第六十七回:"嘗因出田郊外,擅用楚王旌旗,行至芊邑,芊尹申無宇數其僭分,收其旌旗於庫。"

[2]"丁卯",即崇禎七年(1627),時毛晉二十八歲。

案:《十三經注疏》三百零三卷,明崇禎元年至十三年(1628—1644)汲古閣彙刻本。卷首有崇禎十二年(1639)錢謙益、崇禎十三年張國維與陳函輝及無年月盧世㴶(題《贈毛子晉序》)、張鳳翮、張能麟凡六序,各書首又有註疏者序。框高17.9釐米,寬12.6釐米。序皆四行十字,字大如錢,正文大字九行二十一字,注文中字單行字數同,疏、釋文小字雙行字數同。左右雙邊,白口,無魚尾。上象鼻題書名,下畫橫線,下卷次及葉次,下象鼻題"汲古閣"三字。正文頂格,註、疏、釋文皆低一格,凡"注""疏""釋文"皆墨底白文外加墨圍。各書每卷卷端次下皆署註、疏者朝代及姓名,卷末有毛晉題刊梓年月。

《十七史》一千六百一十卷,明崇禎元年至清順治十三年(1656)汲古閣彙刻本。框高21.5釐米,寬15.3釐米。十二行二十五字,小字雙行,行三十七字。左右雙邊,白口,單魚尾。每卷首尾兩葉魚尾下題"汲古閣"三字與"毛氏正本"四字,其他內葉中魚尾下皆題書名卷次,下題葉次。卷首有清順治十四年錢謙益及侯于唐、不署年月張能麟三序,後附清順治十三年毛晉撰《重鑴十三經十七史緣起》及《編年重鑴經史目錄》。兩《漢書》《三國志》每卷末、其餘每卷首末皆鑴刻雙行墨記"琴川毛鳳苞氏審定宋本"十字。每書卷開首首葉前半葉爲分類目錄,次後下半葉首行題雕版年月,如《前漢書》云"皇明崇禎十有五年歲在橫艾敦牂如月初吉琴川毛氏開雕",次爲分卷目錄,次爲序,卷端所題有兩種方式,其一爲首行頂格大題書名卷次,次行頂格題類名、序次,次行低二格題篇名;其二爲小題在上、大題在下,共有兩《漢書》、《三國志》、《唐書》四部。間有卷端次署作者,如"五代史第一",次署"徐無黨注"。正史中尚有宋、元、遼、金四史未刊,據張能麟序曰:"而詮次失倫、闕茸繁猥未有如《宋史》之甚者……況乎《遼》《金》之錯雜,《元史》之叢穢者乎! 毛生刊史而不及宋、遼、金、元,意以俟之論定者耳!"

津逮秘書

段柯古云:"經爲大羹[1],史爲鼎俎[2],子爲醯醢[3],種種有至味存焉。"然味不貴多而貴奇,書不貴廣而貴秘。今里巷之士第求粗糲,尚一飽之無時,試嘗之以龍醬、蚳醢、獨腴、觿翠[4],有不驚喜以爲異美者耶! 予故謂口之於味,有同嗜焉。得一秘本,輒嚴訂而梓之,以當授粲。而四方同志亦各各不吝見投,數年來有若干卷矣。邇鹽官胡孝轅氏[5]復以《秘册》二十餘函相屬,惜半燼於玉林辛酉之火。予爲之補亡,併合予舊刻,不啻百有餘種,皆玉珧、紫紘,非尋常菽粟也。因念宓義以迄勝國,凡二十二代三千七百餘年間,作者何限! 其或人地隱顯,世代銷沉,可傳而終秘者,又復何限！予所津指，亦僅僅天厨一臠爾。然朝披一卷焉而秘，夕披一卷焉而秘，正如入招摇之山，梁有祝餘，復獲迷穀。既更不飢，且更不惑，齒牙腸胃間俱津津焉。味外有異趣，趣外有異想，快哉！顧篇多吴落，本亦榮繆，棗梨易就，手眼難窮。先行數種，以供同嗜。客過而卒業曰："積書巖罕有津逮者，子其逮之耶？"予曰："聊以此當問津云爾。"遂以名編，惟海内先生長者有以教我。崇禎庚午七夕後一日，海虞毛晉漫識。

注：

[1]"大羹"，不和五味的肉汁。《禮記·樂記》："大饗之禮，尚玄酒而俎腥魚，大羹不和，有遺味者矣。"鄭玄注："大羹，肉湆，不調以鹽菜。"《左傳·桓公二年》："是以清廟茅屋，大路越席，大羹不致，粢食不鑿，昭其儉也。"肉羹是夏商周時期的主要肉食烹飪方式，用於祭祀祖先時則不加任何調料，謂之大羹。大羹不和，全靠自然本色，温和文雅，看似没有味道，却飽含萬種味道，體現無爲而無所不爲的絶頂功夫，是治理國家和寫作文章的最高境界。

[2]"鼎俎"，古代祭祀、燕饗時陳置牲體或其他食物的禮器。《周禮·天官·内饔》："王舉，則陳其鼎俎，以牲體實之。"鄭玄注："取於鑊以實鼎，取於鼎以實俎。實鼎曰脀，實俎曰載。"《禮記·曾子問》："曾子問曰：'大夫之祭，鼎俎既陳，籩豆既設，不得成禮，廢者幾？'"

[3]"醯醢"，醯：指醋；醢：指魚肉做成的醬。醯醢，泛指佐餐的調料。

[4]"龍醬"，蝦醬。"蚳醢"，用蟻卵做的醬。"犓"，謂飼養牲畜，泛指牛羊犬豕等牲畜。《墨子·天志下》："霜露不時，天子必且犓豢其牛羊犬彘，絜爲粢盛酒醴，以禱祠祈福於天。"《墨子·非樂上》："非以犓豢煎炙之味，以爲不甘也。""鱻翠"，燕尾上肉，珍羞。龍醬、蚳醢、犓腹、鱻翠，代指各種奇珍異味。

[5]"胡孝轅氏"，即胡震亨。

案：此序載於明末汲古閣刻本《津逮秘書》卷首。"庚午"即崇禎三年（1630）。《汲古閣書跋》亦載。

《津逮秘書》凡十五集一百四十五種，所收均爲罕見奇秘而又有實用價值的筆記雜録。原爲搜羅胡震亨《秘册彙函》殘版，並增補家藏舊籍而成。半葉八行，行十九字，亦偶有九行、行十八字者，小字雙行字數同。屬於汲古閣刻版者，左右雙邊，白口，無魚尾，下象鼻常題"汲古閣"三字。卷端題名次行下題作者，次行多題"明虞山毛晉訂""明毛晉訂""明虞鄉老農毛晉訂”“明海虞毛晉訂”“海虞毛晉訂”“明古虞毛晉訂”“明古虞毛晉子晉訂”“海虞毛晉子晉甫閱”“明毛晉校”“明海虞毛晉子晉補”等,每集前有扉葉,題“津逮祕書”“汲古閣藏板”及該集目錄。全書首冠胡震亨序、小引及崇禎三年毛晉序,第一集前有崇禎十一年陳函輝總序,第二集前有同年蕭士瑋總序,各書卷末多有毛晉題跋,字體多爲行草,個別有楷體者。胡震亨《秘册彙函》舊版者,則上下象鼻爲空白,中間上下爲雙橫線,上橫線下題書名卷次,下橫線上題葉次,左右雙邊,白口。《秘册彙函》舊版多署“明胡震亨毛晉同訂”,與毛晉獨刻署名不同。清嘉慶間,同鄉張海鵬《學津討原》即在此基礎上增益而成。民國十一年(1922)上海博古齋影印出版。

六十種曲

毛　晉

演劇首套弁語

今世傲古先生正襟皋比[1],居然道德博聞;矜莊少年迴旋驥足,揚揚氣魄自用。間有稱述,多因袘盲史[2]而宗腐令,賓蒙叟[3]而友湘靈[4]。嗣復衙官漢季,爰挾唐之伯仲,導鳴騶[5]焉。若廼詞曲,猥云公孫氏且弗諾。嗟乎! 幾令純忠孝、真節義,黯然不現本來面目。夫何以追維過去,又何以接引未來? 俾天下後世啓孝納忠,植節仗義,亦難爲力矣! 適按《琵琶》《荆釵》善本,暨《八義》《三元》各部,卓然絶調,千秋風華,一代綠韞。簡其清真墉城,標其玄箸大都。類休文[6]入釋,理優於詞;右丞證梵,神超于骨。驟聆則磬音與鶴唳交宣,坐挹則安樂窩介墮淚碑[7]相望。雖然,名則陳矣,事則遒矣。賞識家不以窮耳目之官,僅以充戲娛之役。匪第漢中郎[8]諸君子負屈,即勝國東嘉輩,早拈出風化之本原,俱付之雲煙過眼矣。方今世尚取新,人胥炫異。假饒狎昵百凡,無寧雅正一派。引絲九曲,名誼十全。坐令別陳筐篚,和以填篪。祇見中州《白雪》,傾壓繁華;勝地《陽春》,歷徧下里矣。

登高日,閱世道人題。(第一套卷首)

注:

[1]“皋比”,虎皮。《左傳·莊公十年》:“自雩門竊出,蒙皋比而先犯之。”杜預注:“皋比,虎皮。”古人坐虎皮講學,後因以指講席。

[2]“盲史”,指左丘明。司馬遷《史記·太史公自序》:“左丘失明,厥

有《國語》。"

[3]"蒙吏",指莊周。司馬遷《史記·老子韓非列傳》:"莊子者,蒙人也,名周。周嘗爲蒙漆園吏。"

[4]"湘靈",湘水之神。《楚辭·遠遊》:"使湘靈鼓瑟兮,令海若舞馮夷。"洪興祖補注:"此湘靈乃湘水之神,非湘夫人也。"一説爲舜妃,即湘夫人。

[5]"鳴騶",古代隨從顯貴出行並傳呼喝道的騎卒。

[6]"休文",即沈約。沈約,字休文,南朝梁政治家、文學家、史學家。學問淵博,精通音律,與周顒等創四聲八病之説,其詩注重聲律、對仗,時號"永明體"。

[7]"墮淚碑",紀念曹魏末西晉初著名軍事家、政治家、文學家羊祜的碑石。羊祜死後,每逢時節,周圍百姓至此祭拜,睹碑生情,莫不流涙,故名。

[8]"漢中郎",即東漢蔡邕。蔡邕曾任左中郎將等職,世稱"蔡中郎"。蔡邕精通音律,才華橫溢,通經史,善辭賦,工篆隸,隸書造詣尤深。

題演劇二套弁語

世宙,逆旅也;今昔,駒隙也。春花秋月寔無常主,閒志便是主人。予喜無閒事,得手握閒書,坐銷閒日,逗露閒情。茶香鶴夢之餘,非約束鶯花,則平章風月。何者爲真,何者是幻? 碌碌愍生,無過遞開生面,一登場游演云爾。會日[1]長至,惜年暗銷,偕二三同志,就竹林花樹,攜尊酒,引清謳,復撚合《會真》以下十劇,挑逗文心,開發筆陣[2],乃知此類寔情種,非書淫[3]也。其宛轉關合,鶯之歌、蝶之舞;麗情流逸,如中酒,如着魔。上自高人韻士,下至馬卒牛童,以迄雞林象胥[4]之屬,對之無不剔鬚眉,無不醒肝脾。今翻故帙,度新聲,雨花雲葉,紛紛噴薄人間。政未有歇拍,寧第《三元》《四節》《五倫》《八義》[5],兩兩配合哉! 客嘲余曰:"昔山谷[6]遇秀鐵面道人[7],訶其筆墨勸淫,恐墮犁舌,應以爲戒。"因戲謂:"謔浪皆是文章,演唱亦是説法。從來風流罪過,早已向古佛前懺悔竟矣。"

陽生日,得閒主人題。(第二套卷首)

注:

[1]"會日",聚會的日期。

[2]"筆陣",形容筆力雄健而有法度,有如戰陣。杜甫《醉歌行》:"詞源倒流三峽水,筆陣獨掃千人軍。"

[3]"書淫",沉迷書籍的人。《晉書·皇甫謐傳》:"(皇甫謐)耽翫典

籍,忘寝與食,時人謂之‘書淫’。”

[4]“象胥”,古代接待四方使者的官員,亦指翻譯人員。《周禮·秋官》:“象胥掌蠻夷閩貉戎狄之國,使掌傳王之言而諭説焉。”

[5]《三元》《四節》《五倫》《八義》,《三元》爲沈齡《馮京三元記》,《四節》爲沈采《四節記》,《五倫》爲邱濬《伍倫全備記》,《八義》爲徐元《八義記》。

[6]“山谷”,即黄庭堅。黄庭堅字魯直,號涪翁,又號山谷道人。

[7]“秀鐵面道人”,即法秀,姓辛,少出家,性剛直,面目嚴冷,平生以晉罵爲佛事,人稱“鐵秀面”。陳善《捫虱新語》稱:“黄魯直初好作艷歌小詞,道人法秀謂以筆墨誨淫,於我法當墮泥犁之獄。魯直自是不作。”

題演劇三套弁語

昔汾陽王嗣曖[1]雅尚文墨,爰集諸名雋觴詠。升平公主[2]幃而觀之,得少佳趣。内貽宮錦駿馬,旋相慰藉。洵矣,憐才一脈,匪第天下有心人,即兒女子聊復尔尔。古來文心道氣之流,寧止屈、宋振藻於三湘,司馬揚鑣於兩漢? 諸如供奉[3]霏霏玄屑,坡仙燁燁彩虹,之數子者,早已天星散落,嗣復作劇人間。往往曲臺記奏,華館徵歌,動泣鬼神,俄資諧笑。朝雲初度,引長庚之斗漿;夜色將闌,分太乙之藜火[4]。噫嘻! 始賦雖工,安比新聲入座也。早秋梧桐,初下一葉,鈎月引人,勝地軒際納涼。因拈取數種,披對一過,不禁花縣思潘[5],蘋洲吊柳。雖六朝之金粉渺矣,而數部之玉葉爛焉。初謂鎮方懷玉,究且媚若貫珠。文明閏位,應次於花間;微風乍迴,適披於蘋末。不啻腹有三壬[6],貯紫書而卷翻[7];何減胸藏二酉[8],飴雜俎以樂飢。廣露神風之音,充斥耳目,視架上《西清日彙》《北堂備鈔》,覺漫焉無序,黯然削色矣。

仲秋巧前一日,静觀道人題。(第三套卷首)

注:

[1]“汾陽王嗣曖”,即郭子儀第六子郭曖。《舊唐書》卷一百二十:“曖,子儀第六子,年十餘歲,尚代宗第四女升平公主。時升平年亦與曖相類。大曆中,恩寵冠於戚里,歲時錫賚珍玩不可勝紀。”

[2]“升平公主”,唐肅宗李亨孫女,唐代宗李豫第二女。唐代宗永泰元年(765),嫁名將郭子儀第六子郭曖,生三子二女。爲人賢明,頗有才思,恩禮冠於諸位公主。卒贈號國大長公主,謚“昭懿”。

[3]“供奉”,即李白。李白曾任翰林供奉,故名。

[4]"太乙之藜火",典出王嘉《拾遺記》:漢劉向校書天祿閣,夜默誦,有老父杖藜以進,吹杖端,燭燃火明。取《洪範》五行之文、天文輿圖之牒以授焉。向請問姓名,云"太乙之精"。

[5]"花縣思潘",西晉潘岳擔任河陽縣令時,因地制宜,令滿縣栽桃花,政平訟息,甚得百姓愛戴。後遂喻地方之美或地方官善於治理。

[6]"三壬",指腹部膨大。古人認爲腹部飽滿、腰粗腹圓的人心寬性坦,多福長壽。

[7]"卷翮",收起翅膀。《抱朴子外篇》卷二:"於是斥鷃凌風以高奮,靈鳳卷翮以幽戢。"

[8]"二酉"指湖南沅陵縣西北大酉、小酉二山。二山皆有洞穴,相傳小酉山洞中有書千卷。後即以"二酉"稱藏書豐富。

題演劇四套弁語

春雨新晴,增一番佳麗;水邊林下,雕車延綠,寶馬印紅。頃游衍其際,亦雅意憐風,心期漏月。爰睨采香徑,半是紅綃麗人,薄倖頻頻,有心落落,特未遇黃衫豪客[1],一垂顧盼耳。指畫翡翠圖、鴛鴦牒,當年不知淹留幾許紗人! 俄循桃葉渡,聽柳陌新鶯,斯一部鼓吹,當不減山水清音。夫何好事董,日演《繡襦》[2]諸劇,會見十錦塘,摩肩擊轂,令畫眉郎、柀[3]花女各各捻鼻,旋復合掌碧翁。予不禁目挑心招,踏歌向賓幙,曲几方床,茶煙繚繞,朱絃綵管,酒氣淋漓。因稍稍點次數種,不覺眼快手鬆,時而美滿,時而缺陷,時而現青精氣,時而逗黃鶴縹緲之音[4]。乃今而知迷魂陣中,政不少繡旗女將也。寄語解意人,須索此十劇,合爲一派,佐以異錦名香,出入懷袖,奚啻枕中鴻寶? 從來煙花小史,名媛璣囊,俱可束之高閣矣。

花朝雨過,閒閒道人題。(第四套卷首)

注:

[1]"黃衫豪客",唐蔣防所著傳奇小説《霍小玉傳》中的人物。爲人重義氣,見李益負心娶盧氏,霍小玉積思成疾,遂挾李益至霍小玉處,小玉一慟而亡。

[2]《繡襦》,即明代徐霖撰《繡襦記》。

[3]"柀",即"散"。《説文解字》:"柀,分離也。從攴,從林,分散之意也。"

[4]"黃鶴縹緲之音",指鶴鳴悠遠清屬。《詩經·鶴鳴》:"鶴鳴於九皋,聲聞於天。"

題演劇五套弁語

粵稽軒轅張樂[1]，洞庭之魚龍怒飛；神禹治水，山海之怪異畢現。亘上下古今，人事不齊，守株則綿撮易辦，創獲乃出奇無窮。即色聲一線脉，夫何必屏鄭哇[2]而放吳歈[3]，排燕傖[4]而擯楚駃[5]？若別有紗會，任倒横直豎，覆去翻來，眼底舌端，恣其逸弄，臭腐傳變爲神奇，互開一生面矣。爾廼《拾簫》《分箋》之離奇也，諸如《明玉》《綠蕉》之怪誕也。俄見玉階金埒，倏而拾翠縈花，甚者魯山扣瑛，鮫人裂篋，潛虬唅[6]淵，莊騏喙露。既屬幽奇，復資玄發。往往龜毛兔角[7]，似不從人間世來。謾云金閨之弗貯，寧非玉壘之積埃？從事冶場，不啻飲瑞珉而虹繞，方且叶塤篪以風遒，即石丈亦應點頭[8]矣。

長生日，思玄道人題。（第五套卷首）

注：

[1]“軒轅張樂”，典出《莊子·天運》：“北門成問於黄帝曰：‘帝張咸池之樂於洞庭之野，吾始聞之懼，復聞之怠，卒聞之而惑，蕩蕩默默，乃不自得。’”

[2]“哇”，指靡靡之音。

[3]“吳歈”，春秋時期吳國的歌。

[4]“燕傖”，“傖”譏人粗俗，鄙賤。《列子·周穆王第三》：“燕人生於燕，長於楚，及老而還本國。過晉國，同行者誑之。指城曰：‘此燕國之城。’其人愀然變容。指社曰：‘此若里之社。’乃喟然而歎。指舍曰：‘此若先人之塚。’其人哭不自禁。同行者啞然大笑，曰：‘予昔給若，此晉國耳。’其人大慚。及至燕，真見燕國城社，真見先人之廬塚，悲心更微。”

[5]“楚駃”，“鴃舌”，喻語言難懂。《孟子·滕文公上》：“今也南蠻鴃舌之人，非先王之道。”

[6]“唅”，同“吟”。

[7]“龜毛兔角”，指不可能存在或有名無實的東西。《楞嚴經》卷一：“世間虛空，水陸飛行，諸所物象，名爲一切，汝不著者，爲在爲無，無則同於龜毛兔角。”

[8]“石丈亦應點頭”，典出《蓮社高賢傳》：“竺道生入虎丘山，聚石爲徒，講《涅槃經》，群石皆點頭。”

案：《六十種曲》一百二十卷，毛晉編。

　　明末汲古閣毛氏刻本。此爲毛晉輯明代盛行南傳奇六十種,每種兩卷。全編共分十二集,每兩集成一套,每套前皆有扉頁,右大字題"繡刻演據十本",左列該套所收曲目十種。每種前又各有扉頁,題"某某記定本"。第一至五套首分別有閱世道人、得閒主人、静觀道人、間間道人、思玄道人題語,第六套無,爲編刊者毛晉所撰無疑。《中國古典戲曲序跋彙編》著録爲毛晉著。此實仿效明馮夢龍《三言》之敘,亦不著作者姓名,而是分署"綠天館主人""可一居士""無礙居士"等。每種不題撰者,蓋據當時梨園脚本。初刻刊竣,版片流落他人,其後多次修補,現存者多爲清代修補本,如天津圖書館即爲"實獲齋藏版"。詳見金夢華所撰《汲古閣六十種曲敘録》。明代南劇以此最全,保存文獻以此爲冠。然初未受到重視,入清漸受矚目,流傳愈廣,翻印日多。

　　1935年開明書店出版排印本,僅收弁語一篇,或誤爲總序。1955年文學古籍刊行社再度出版,吳曉玲校訂,補入其餘四篇。

毛晉信劄兩通

致金俊明一通

昨見重其[1]，即詳詢起居。社刻附正[2]持來，爲紀事後集，欲得主持，即日面頓以悉。

教盟弟鳳苞叩首。

耿老[3]社盟翁道長。

注：

[1]"重其"，即袁駿。《(乾隆)長洲縣志》卷二十六："袁駿，字重其，早喪父，傭書養母。以貧甚，母節不能旌，乃徵海内詩文曰'霜哺篇'，多至數百軸。凡士大夫過吳門者，無不知有袁孝子也。弟孤貧，置産以贍之。母老不能行，庭前花開，駿每負母以賞之，作《負母看花圖》。"毛晉與袁駿、金俊明三人關係密切，交往頻繁。金俊明與袁駿同住吳門(今蘇州吳中)。袁駿自幼失怙，家境貧寒，爲旌表母親節烈而乞文於四海，得篇甚夥，皆賴金俊明爲之編選。《穰梨館過眼録》卷三十三薛寀《霜哺篇總目序》云："重其袁子乞得《霜哺篇》累累，輒有社友金孝章先爲裝成一卷，餘以次哀輯，每卷前各有孝章小引。"①據此可窺金、袁交厚。毛晉"昨見重其"，又"即日面叩"金氏，足見三人過從甚密。

[2]"社刻附正"，即將《社刻》附於信後請求正之之意。關於社刻，陳瑚《從遊集》卷一"毛褒傳"載："其爲詩多入'隱湖社刻'中，予選而梓之。"②又，顧鎮編輯、周昂增訂《支溪小志》卷三《人物志·八》"文苑·國朝"顧德基本傳末尾所注資料來源其一即"隱湖社草"③，今人據此揆度"隱湖社刻"

---

① (清)陸心源：《穰梨館過眼録》卷三十三，清光緒十七年(1891)吳興陸氏家塾刻本。

② (清)陳瑚：《從遊集》，《中國文獻珍本叢書·汲古閣叢書(4)》，全國圖書館文獻縮微複製中心 2008 年版，第 101 頁。

③ (清)顧鎮編輯，周昂增訂：《支溪小志》，《中國地方志集成·鄉鎮志專輯(10)》，江蘇古籍出版社 1992 年版，第 52 頁。

即"隱湖社草",爲毛晉"隱湖社"社詩總集,如朱則傑、封樹芬等均持此説。① 然檢索毛晉刻書目,亦未見有"隱湖社刻"著録,倘其果爲毛晉所刻社詩總集,豈有書目不著之理? 因此,筆者認爲"隱湖社刻"並非"隱湖社"詩集,而是泛稱毛晉刊梓的數十年間與諸社友社集唱酬的詩稿,毛褒等據此而編選《隱湖倡和詩》。理由如下:

一、"隱湖社刻"存録的毛晉"德香社""尚齒社"諸社友倡和,並非僅有"隱湖社"詩作。順治十八年(1661),陸貽典編刊釋道源《寄巢詩》,從"隱湖社刻"中輯得道源詩一百餘首。陸貽典《〈寄巢詩〉小引》云:"客歲有事於斯集,從文石法嗣法具搜訪遺集得詩幾四千首,子晉毛子'隱湖社刻'又百餘首。"②細審《寄巢詩》詩目,發現同毛晉唱酬詩作有 109 首,其中 105 首緊密排布於下卷,與陸氏輯得"'隱湖社刻'又百餘首"之説契合。在這些源自"隱湖社刻"的詩中,有《德香社詩之九首(有序)》《和德香社二集詩之四首》兩組,系道源參與"德香社"倡酬詩作。毛晉生前未將"隱湖社刻"系統整理。概因如此,"隱湖社刻"亦被稱爲"隱湖社草"。清顧鎮編輯、周昂增訂《支溪小志》卷三《人物志八》"文苑·國朝"顧德基本傳云:"晚年與毛子晉等爲尚齒分,一時勝流如龔比部淵孟、陸道判孟凫、顧文學麟士、戈山人莊樂、何山人白石及僧石林、夢無,每一宴集,分題擘素,對酒揮毫,累幅連章。"③傳末注有資料來源:"《隱湖社草》及《海雲樓詩集》。"也就是説,顧氏本傳援引"隱湖社草"的内容,實際爲顧氏參與毛晉"尚齒社"交遊唱酬的情況。《支溪小志》卷六《藝文志·詩》中收録顧德基詩兩首:一爲《丙戌除夕續舉尚齒會於海雲樓和陶擬古前二首韻》④,乃顧氏參與"尚齒社"社集倡和之作;另一爲《皇祐緑端歌》⑤,與"隱湖社"亦無關聯。此外,"尚齒社"成員何適(字白石)本傳末尾云:"(何適詩)今所存見於《隱湖社草》及《海虞詩苑》"⑥,其後《藝文志·詩》存何詩一首,題作《毛子晉結尚齒社於隱湖和陶始春》⑦,亦爲何氏參與尚齒社集倡和之作。倘若"隱湖社草"爲"隱湖

① 朱則傑《清初江南地區詩社考——以陳瑚〈確庵文稿〉爲基本綫索》:"《隱湖社草》應該就是《隱湖社刻》……顧名思義,都應該是隱湖社的社詩總集。"(《蘇州大學學報》2012 年第 1 期)黃佳雯、封樹芬《毛晉詩社活動與創作研究》:"《隱湖社刻》與《隱湖社草》應該是同一本作品集,可能是隱湖社的詩歌總集。"(《今古文創》2021 年第 47 期)
② (明)釋道源:《寄巢詩》,清順治十八年(1661)陸貽典、毛褒等合刻本。
③ (清)顧鎮編輯,周昂增訂:《支溪小志》,第 52 頁。
④ (清)顧鎮編輯,周昂增訂:《支溪小志》,第 98 頁。
⑤ (清)顧鎮編輯,周昂增訂:《支溪小志》,第 97 頁。
⑥ (清)顧鎮編輯,周昂增訂:《支溪小志》,第 53 頁。
⑦ (清)顧鎮編輯,周昂增訂:《支溪小志》,第 98 頁。

社"社詩總集,收錄如此多的"尚齒社""德香社"倡酬詩似有不妥。

二、"隱湖社刻"即陳瑚、毛褒等編選《隱湖倡和詩》的詩稿來源。陳瑚《隱湖倡和詩序》云:"仿古人月泉吟社、玉山草堂之遺風。酒酣耳熱,分韻賦詩。家有剞劂良匠,朝落紙而夕上版矣,如是者數十年所。子晉没,其子褒、表、宸度置詩卷不忍讀,曰:'吾父手澤在是也。'明年春,褒入都門遊上舍,將挈之以行,而裒重難舉,請于余,删而另梓之。"①據此可見,毛晉數十年積累的"社刻"詩卷以至"裒重難舉",毛褒進京爲挈行方便而延請陳瑚"删而另梓",此即《隱湖倡和詩》編刊之緣起。"另梓"二字,亦可説明詩稿早已刊刻。其次,陳瑚《從遊集》卷一"毛褒傳"云:"(褒)其爲詩多入'隱湖社刻'中,予選而梓之,近有'西爽齋倡和集',人酬一首,尤多警句,予特録於篇。"②陳瑚編刊《從遊集》從"隱湖社刻"中輯選毛褒詩六首,此六首均見於《隱湖倡和詩》,而《隱湖倡和詩》總計毛褒詩僅七首。可見,《隱湖倡和詩》就是建築在"隱湖社刻"基礎之上的。《隱湖倡和詩》正文詩題下,時有記録倡和詩總數與入選詩數的小注。這些小注或作"是集詩凡幾首,録幾首",或作"是集凡幾人,計詩幾首,録幾首",或作"是集一韻往復,計詩幾首,録幾首",或作"是集計詩幾首,録幾首",可證《隱湖倡和詩》所載多從毛晉與友朋倡和底稿中輯來。陳瑚所謂毛褒詩"多入'隱湖社刻'中……近有'西爽齋倡和集',人酬一首",説明"西爽齋倡和集"亦屬"隱湖社刻"中一組倡和,與《隱湖倡和詩》小注"某集幾首"之體式契合。

三、毛晉與友人社集倡和之詩大多立時刊梓。顧夢麟《和友人詩卷序》云:"子晉生平,佳日有社,尚齒有社,隱湖有社,此三十餘年中者,星橋煙水,無日不來泛雪之船,無夜不連聽雨之榻。朝拈一題,夕而累幅;夕脱一稿,朝而授梓。"③陳瑚《隱湖倡和詩序》:"子晉性好客……仿古人月泉吟社、玉山草堂之遺風。酒酣耳熱,分韻賦詩,家有剞劂良匠,朝落紙而夕上版矣,如是者數十年所。"④據"夕脱一稿,朝而授梓""朝落紙而夕上版"諸語可知,毛晉與友人社集倡和後,常常旋即授梓。歷經數十年積累,授梓倡和詩數量已"不下萬首"⑤。

① (清)顧鎮編輯,周昂增訂:《支溪小志》,第52頁。
② (清)陳瑚:《從遊集》,《中國文獻珍本叢書·汲古閣叢書(4)》,全國圖書館文獻縮微複製中心2008年版,第101頁。
③ (明)毛晉:《和友人詩卷》,民國丁祖蔭《虞山叢刻》甲集第1册,廣陵書社2018年版,第439頁。
④ (清)陳瑚:《隱湖倡和詩·序》,國家圖書館藏清康熙二年(1662)汲古閣刻本。
⑤ (清)毛褒跋《隱湖倡和詩》:"始乙丑,盡己亥,計年已及四旬;登名山,濟勝水,爲詩不下萬首。"

　　[3]"耿老"，當即金俊明（1602—1675），字孝章，初名衮，字九章，號耿庵，又號不寐道人，私謚貞孝先生。江蘇蘇州人。明諸生。入清，傭書自給。家富藏書，詩、書、畫皆絕俗，尤工墨梅。著有《春草閑房詩集》。爲吳中高士，與彭行先、鄭敷教並稱"吳中三老"。王時敏《松壑高士圖》署"辛丑秋日爲耿庵社長先生六十初度壽"。金俊明與毛晉交往頗多：順治六年（1649）九月，陳瑚移居隱湖，賦《湖村晚興》詩，顧夢麟、毛晉等十八人同和。後金俊明賦《閨怨》詩，毛晉與陳瑚和之（《隱湖倡和詩》卷中）；順治八年（1651），金俊明、毛晉、陳瑚、顧夢麟等以《賦得天寒有鶴守梅花》爲題，相互酬唱（《隱湖倡和詩》卷下）。

　　案：《昭代名人尺牘》，清吳修纂，嘉慶十九年（1814）至道光六年（1826）刻本，卷一載《毛處士晉》。中華工商聯合出版社2014年影印本。

　　所謂"社刻"當爲毛晉某次社集後所刊刻的倡和詩稿。毛晉信中不言社名，而請金氏斧正社集，足見毛、金二人同屬社員無疑。毛晉通過袁氏了解金氏近況，以三人之諗熟，袁氏很可能亦屬此社成員。歸莊《吳門倡和詩序》云："吳中近來風雅之士，所在結社。今春四方名彥偶集吳門，吾友毛君子晉、顧君茂倫、袁君重其迭邀詩侶，旬月中再會，人拈一韻，得近體若干首。重其出以相示且索序。余讀竟，所謂豪氣狂才、高懷深致皆有之，洵一時樂事。恨余未得執鞭也……兹者養病僧寮，去重其居一二百武，日夕談話。度鵲橋之夕，猶未他適。重其可語四方名彥，其時倘能過而問騷壇，續勝事，吾將屬囊鞬以從。"①據歸氏序可知，毛晉、袁駿、顧有孝等人曾於吳門興舉詩社，所作詩由袁駿編纂成集，名曰《吳門倡和詩》。歸莊因故未得參與，甚覺遺憾，建議"鵲橋之夕"（此當指七月下旬）復舉社集，並托袁駿告之四方。是年秋日，果又社集於吳門袁駿卧雪齋，歸莊入社。毛晉《隱湖倡和詩》存錄《秋日集重其卧雪齋》倡和組詩，當系秋日社集之作。本組詩七律十首，作者十人。原倡宋廷璋，和者毛晉、顧有孝、歸莊、錢愷、陸世鎏、金是瀛、陳島、程柄、施謹，用韻各不相同，與歸莊序云"人拈一韻"契合。詩題"卧雪齋"即袁駿書齋。清徐崧《百城烟水》："卧雪齋，一額'霜哺'，在荐門上塘新造橋西，袁重其養母處。"②《隱湖倡和詩》爲按年編纂的毛晉與友朋倡和詩集，概知本詩組系於順治六年，進而推知"吳門詩社"即創於是年。另據《歸玄恭先生年譜》載，"順治六年冬，（歸莊）在虞山主陳氏館；十一月，袁重

①　（明）歸莊：《歸莊集》，中華書局1962年版，第191頁。
②　（清）徐崧、張大純輯：《百城烟水》，江蘇古籍出版社1986年版，第191頁。

其來訪。"①虞山位於常熟,與毛晉汲古閣相距不遠。自順治六年冬始,歸莊設館於虞山陳氏。是年十一月,袁駿過訪,揆度毛晉亦前往會見,即"昨見重其"之緣起。循此理路,信中"社刻"或即吳門詩社的《吳門倡和詩》,是集由袁駿編選,歸莊撰序,毛晉刊梓,今據信札知金俊明訂正。當然,"吳門詩社"是由毛晉參與發起並刊梓倡和詩集,故《吳門倡和詩》很可能會被毛晉收入"隱湖社刻"。

綜上,本札繫於順治六年。信中提到,是年袁駿曾過訪常熟,毛晉與之會面,並詳細詢問了金俊明近況;概將《吳門倡和詩》刊竣後,毛晉延請金氏復予校讎,並告知其擬將"社刻"刊入《明詩紀事》作爲"後集"的計劃,希望得到金氏支持。

致金俊明二通

去塵[1]輂事[2],盟兄與弟夙心將謂今臘庚申必完,吾兩人願矣。祇因是日,雖遇寒宗與母黨,俱有必不可舍弟者。弟不能到郡,故先以一金俾吳使僱船裝柩。在郡則求盟兄,在鄉則弟料理。故前於十六日斬草,一切壙磚、沙灰、土工、匠作件件俱備。廿一日,又延關王廟僧禮懺候至。廿二更餘,望眼欲穿,竟爾杳然,惟有淚灑西風已耳。不解何故,又太急足候教。今庚申已過,乘此歲餘百無禁忌之候,或裝柩來,權厝於旁,明春擇吉,告窆何如?因盟兄道義,骨肉與弟同心,故細細相商,統候裁示。

承諭,《國朝詩集》[3]雖將竣工,尚無紙印,今先以甲集茲編呈[4]兄賞選,若云印資,豈吾道契兄弟所應語及耶! 又附素牋拾幅,以供揮毫。

新春孟鼂諸老社長,欲再理尚齒社[5],托石公爲遠公主事,一月一禮佛[6],必欲求盟兄首座[7],但必欲禁酒,恐靖節攢眉耳,欲言萬千,統俟新春面布。

　　　　　　臘月廿三日小弟鳳苞頓首　孝老仁盟兄社長千古

去塵避亂隱湖,遂於子晉有死生之托。未幾旋殁,子晉殯之。不意吳氏族人遽遷其櫬入郡,暴露久之。予乃謀於子晉,子晉曰"固吾責也"。於是復載至隱湖而葬焉。其況甚長,不能縷縷。②

---

① (明)歸莊:《歸莊集》,第 543 頁。
② 潘承厚輯:《明清藏書家尺牘》,中央美術學院圖書館藏民國三十年(1941)珂羅版印本。

注：

[1]“去塵”，即吳拭（？—1646），字去塵，號逋道人，休寧（今屬安徽）人，性豪縱，有潔癖，工書善畫，爲新安派畫家。吳拭作詩清古雋淡，又精於琴理，並善製墨及漆器，著有《武夷遊記》《百粵紀遊》等。《列朝詩集小傳》云：“去塵居新安之上山，宗族多富人，去塵獨好讀書鼓琴，布衣芒鞋，寥然自異。輕財結客，好遊名山水，從曹能始自楚之黔，覽勝搜奇，歸攜一編，以誇示里人，里人爭目笑之。仿易水法製墨，遇通人文士，倒囊相贈。富家翁厚價購之，輒大笑曰：‘勿以孔方兄辱吾客卿也。’坐此益大困。耳聾頭眩，爲悍婦所逐，落魄游吳門，遇亂死虞山舟中。毛子晉爲收葬之。”①據此可知，吳拭流寓蘇州，乃因悍婦所逐。吳拭爲范愷《楚遊草》撰跋云：“余慕范忠侯越十載矣，丙子秋始來虞山。”②顯然，吳拭來吳的時間當不晚於崇禎九年（1636）丙子秋，自此與吳中名士多有交往。如崇禎十四年二月，吳拭與錢謙益同遊黃山，並代邵幼青延請錢氏撰序，事見《邵幼青詩草序》③。

[2]“塋事”，毛晉收葬吳拭，頗爲曲折。毛褒等《先府君行實》：“吳去塵，名拭。好遊，旅食吳市。兵後被劫，八口裸身歸府君。府君掃室容之，給其廩食。”④順治二年（1645）六月，毛晉將吳拭安置於戈莊。⑤《隱湖倡和詩》存錄吳拭《乙酉夏六月避地戈莊奉和〈夏日田園雜興〉》《乙酉夏日攜家避兵戈莊子九載酒相咶感賦二章》二首，詩題即爲參證。九月，吳拭過訪毛晉，《隱湖倡和詩》存錄《小重陽日偕蘭如、孟芳過訪毛子晉》詩。未久，吳拭染疾，臨終前將家眷託付毛晉，二人定生死之交。毛褒等《先府君行實》：“無何，（拭）舉家病瘧。去塵且死，贈府君詩曰：‘顧我願將妻子托，知君已定生死交。’比卒，府君爲經理其後事，如所言。”⑥關於吳拭準確的離世時間，明許楚《青岩集·〈舟夢吳去塵〉序》云：“友人吳拭，死國六年矣。辛卯

---

① （清）錢謙益：《列朝詩集小傳》丁集，上海古籍出版社1983年版，第636頁。
② （明）吳拭：《楚遊小草跋》，《常熟文庫》第67冊，國家圖書館出版社2021年版，第382—383頁。
③ （清）錢謙益撰，（清）錢曾箋註，錢仲聯標校：《牧齋初學集》卷三十二，《錢牧齋全集》第2冊，上海古籍出版社2003年版，第934—935頁。
④ （清）毛褒等：《先府君行實》，附錄於錢大成《毛子晉年譜稿》，《國立中央圖書館刊》1947年第1卷第4號，第21頁。
⑤ 戈莊，古村名，現屬江蘇常熟琴川街道。戈莊原名過莊，後因毛晉舅太祖戈子新遷入而改名。順治五年戊子（1648），毛晉曾於戈莊先墓木束結矮屋數椽，曰“小西林”，延釋道源休老。參見《隱湖倡和詩·喜石林源公住錫子晉小西林次韻奉贈兼束莊樂》。
⑥ （清）毛褒等：《先府君行實》，附錄於錢大成《毛子晉年譜稿》，《國立中央圖書館館刊》1947年第1卷第4號，第21頁。

二月廿日，余雨宿蘭陵舟中，夢拭雙眸炯炯，面如澱芝，赤臂索書，語余曰：'古人能用淡墨，蓋欲書神奔軼，氣不留筆，止此丸硯漬汁，可縱橫數萬字，今人罕識也。'旋寤而追紀其事"①據許楚所言，辛卯爲順治八年（1651），則吳拭卒於順治二年（1645）。考慮到順治二年小重陽吳氏尚且過訪毛晉，則其病逝於是年冬當較爲可信。

　　吳拭卒後，毛晉殯之。後因吳氏族人作梗，遲遲不得下葬。金俊明於札末後附語披露："不意吳氏族人遽遷其櫬入郡，暴露久之。予乃謀於子晉，子晉曰'固吾責也'，於是復載至隱湖而葬焉。"據金氏所言，吳拭卒後即由毛晉殯之，未及下葬，吳拭族人忽至常熟將棺櫬遷往吳縣（蘇州府治）。至於緣何如此，不得而知。此後數年間，吳拭棺柩暴露數載，竟無人經理。毛晉得知此況，遂與金氏商定，復載吳柩至隱湖而葬之。葬期初擬於"今臘庚申"，即順治九年壬辰（1652）臘月二十二。又因是日臨近年關，毛晉不得不應酬諸多家族事務，未能親往吳縣迎柩。毛晉札云："祇因是日，雖遇寒宗與母黨，俱有必不可舍弟者。弟不能到郡，故先以一金俾吳使催船裝柩。在郡則求盟兄，在鄉則弟料理。"可見，毛晉雖不能親往吳縣，然出資僱船裝柩，並請金氏予以料理。在常熟，毛晉對吳拭葬禮可謂做了精心籌備："故前於十六日斬草，一切壙磚、沙灰、土工、匠作件件俱備。廿一日，又延關王廟僧禮懺候至。"所有喪葬事宜皆已就緒，然不知何故，時至二十二日吳拭棺柩並未載來。札云："廿二更餘，望眼欲穿，竟爾杳然，惟有淚灑西風已耳。"毛晉對此頗感疑惑，故而致信於金氏以詢其況。同時，考慮到既定葬期已過，且年關將近，毛晉主張推遲葬禮，明春另擇吉日："乘此歲餘百無禁忌之候，或裝柩來，權厝於旁，明春擇吉告窆何如？"至於金氏是否接受了毛晉建議，尚無法得知。然就札末説明來看，吳拭靈柩"復載至隱湖而葬焉"，此事最終得以圓滿解決。對於原定葬日爲何吳柩未到，金氏表示"其況甚長，不能縷縷"，概當日裝柩並不順利，其中原委恐金氏復函毛晉時會一一道明。

　　[3]《國朝詩集》，即《列朝詩集》，是由錢謙益編輯的明代詩人詩集。全書分爲乾、甲、乙、丙、丁、閏六集，共八十一卷，計三千零八十七頁，收録一千六百四十四位詩人詩作，並附見一百八十八人詩，可謂明詩之集大成者。錢氏曾告訴友人周安期："易代之後，惟恐有明一代之詩湮没無聞，欲仿照元遺山《中州集》體例，編選明詩，使一代詩人流傳於世，亦爲晚年一大樂事矣！"②清順治六年（1649），《列朝詩集》殺青，即刻交由毛晉刊印。

---

① （清）許楚：《青岩集》卷二，清康熙五十四年（1715）許象緒刻本。
② （清）錢謙益：《錢牧齋先生尺牘》卷一《與周安期》，《錢牧齋全集》第7冊，第236頁。

　　錢謙益《歷(列)朝詩集序》云:"毛子子晉刻'歷朝詩集'成,余撫之憮然而歎……集之告成,在玄黓執徐之歲,而序作於元月十有三日。"①據序言可知,是集告成於"玄黓執徐之歲",即順治九年壬辰,後人多據此認定《列朝詩集》刊畢於是年,如《中國古籍善本書目》著録該集爲"清順治九年毛氏汲古閣刻本"②。毛晉此札作於同年臘月二十三日,直言是集"雖將竣工",說明此時該集尚未完全刻竣。而錢序謂是集"告成"於九年,則只能成於臘月二十三至除夕間的七日内,序署"作於元月十有三日"顯然是指次年(即順治十年)正月十三。有意思的是,錢謙益在序中稱是集爲"歷朝詩集",而先於此序二十日的毛晉信札則稱是集爲"國朝詩集",皆未稱《列朝詩集》。實際上,《列朝詩集》原名《國朝詩集》,錢謙益爲避懷念舊朝之嫌,曾專門致信毛晉以求易名:"此間望此集真如渴饑,躇求者苦無以應。惟集名'國朝'二字,殊有推敲,一二當事有識者,議易以'列朝'字,以爲千妥萬妥,更無破綻,此亦篤論也。版心各欲改一字,雖似瑣屑,亦不容以憚煩而不爲改定也。幸圖早之。"③據錢氏"千妥萬妥""不容……不爲改定"諸語可知,錢氏對於修改是集之名態度非常明確。進而推知,毛晉札中仍稱是集爲《國朝詩集》,未予修正,說明是時毛晉尚未收到錢氏易名請托,否則將集名、版心皆作修改的"甲集"呈贈金氏,爲有不附解釋之理? 而錢序亦不稱"國朝詩集",而稱"歷朝詩集",則説明是時錢氏雖未決定以"列朝詩集"爲名,但已覺察鼎革後再以"國朝"冠名委實不妥。循此理路,錢氏致信毛晉以求易名應當在其撰序之後。綜上,《列朝詩集》雖然大抵刊竣於順治九年年末,然以毛晉此札來看,是集完成易名刊改的時間應在順治十年(1653)。

　　[4]"尚無紙印,先以甲集兹編呈",足見是時汲古閣用紙已頗爲匱乏。早在崇禎間,毛晉好友徐𤊹便有披露:"去歲客吳門,交毛子晉。此君家梓古書甚多,苦於買紙之難。一遇紙商到價貴,又不夠用。"④徐𤊹目驗了毛晉汲古閣用紙之鉅,並交待其時常印紙不足的原因,即"遇紙商到價貴"。據此可知,每當紙價上漲時,毛晉或出於對成本因素的考量,自然減少對紙張的購進,從而導致用紙不足。現此札亦云"尚無紙印",揆度是時紙價頗貴,

<hr />

① (清)錢謙益:《歷朝詩集序》,《列朝詩集》卷首,許逸民、林淑敏點校,中華書局 2007 年版,第 2 頁。
② 中國古籍善本書目編輯委員會:《中國古籍善本書目·集部·總集類》,上海古籍出版社 1998 年版,第 1718 頁。
③ (清)錢謙益:《錢牧齋先生尺牘》卷一《與毛子晉》,《錢牧齋全集》第 7 册,第 313 頁。
④ (明)徐𤊹:《紅雨樓文集·鼇峰文集》,《上海圖書館未刊古籍稿本》第 43 册,復旦大學出版社 2008 年版,第 175 頁。

以至存量不足。抑或出於歉意,毛晉贈送金俊明"素牋拾幅,以供揮毫",亦可見二人之交厚。

[5]"尚齒社",尚齒社是由毛晉發起的文人詩社。順治三年丙戌(1646)正月十五,毛晉集緇素十三人於寶晉齋,初舉此社。陳瑚《頑潭詩話》卷下存錄顧夢麟《元夕寶晉齋初舉尚齒社,和陶始春懷古田舍韻》①詩,可爲參證。另外,《隱湖倡和詩·丙戌元宵集緇素一十有三人禮三教師像序》中詳列首批入社成員,計十三人:顧慈明、施於民、陸銑、戈汕、楊彝、顧夢麟、釋道源、顧德基、何適、釋大惺、馬弘道、毛晉和嚴陵秋。所有成員均加郡望或寺宇,姓名或法名與表字並出,以齒爲序。毛晉序云:"偶讀五柳先生《懷古田舍》詩悵然有感,遂書素幅傳示同人,或疊韻或用韻,或一章或二章,各率其真云爾。"②可知尚齒社首次社集,便以陶淵明《懷古田舍》爲韻倡和。此外,該社約定每年以社員生日爲期,按月輪流主持。陸瑞徵《頤志園小集序》云:"尚齒會之約,本以誕期輪次,按月主賓。"③即可爲證。自此以後,尚齒社會集頻繁,經爬梳《隱湖倡和詩》《汲古閣集》《織簾居詩》④等可知。順治六年後,尚齒社似乎突然輟舉,諸集未復見倡和存錄。尚齒社復舉於順治十年新春。毛晉云:"新春孟鼍諸老社長,欲再理尚齒社。""孟鼍"即常熟陸銑。陸銑早年曾任無錫教諭、潯州(今廣西桂平)府推官、養利(今廣西大新)知州等職,明亡歸里,爲"尚齒社"首批成員之一。雖陸銑等人主張復舉社集,然"托石公爲遠公主事",概知本次社集真正主持者爲"石公"。"石公"即明末高僧釋道源,曾先後住錫智林寺、北禪寺、高林寺,爲毛晉方外至交,亦屬"尚齒社"首批成員。《(光緒)常昭合志稿》卷四十一:"道源,字石林,妻江許氏子。居郡之北禪,晚歸虞山……著有《寄巢詩集》,嘗注李義山詩,吳江朱長孺作箋,多取其說。"⑤釋道源對毛晉校刊書籍多有襄助。道源晚年,毛晉在戈莊建小西林延其休老。

[6]"一月一禮佛",其一,此後"尚齒社"集會活動之一爲"禮佛"。所謂"一月一禮佛",即每月一次禮佛,體現了此時尚齒社成員對佛教信仰的統一。實際上,順治三年"尚齒社"初舉時社員共同"禮三教師像"(參見

---

① (清)陳瑚:《頑潭詩話》,《續修四庫全書》第 1697 册,上海古籍出版社 2002 年版,第553 頁。

② 《隱湖倡和詩》卷上《丙戌元宵集緇素一十有三人禮三教師像序》。

③ 《隱湖倡和詩》卷上《頤志園小集序》。

④ (明)顧夢麟:《織簾居詩》,《中國文獻珍本叢書·汲古閣叢書(4)》,全國圖書館文獻縮微複製中心 2008 年版。

⑤ (清)龐鴻文等纂,鄭鍾祥、張瀛修:《常昭合志稿》,《中國地方志集成·江蘇府縣志集(22)》,江蘇古籍出版社 1991 年版,第 707 頁。

《隱湖倡和詩·丙戌元宵集緇素一十有三人禮三教師像》），而“三教師”分別指儒、道、釋代表人物孔子、老子和釋迦牟尼。順治五年（1648）上巳社集，依然“堂中高懸三教聖人像”（參見《隱湖倡和詩·上巳集問漁莊賦得風俗猶傳晉永和·殷時衡和），可見“禮三教師像”是“尚齒社”社集一貫的活動，亦表現出入社成員的多元化信仰。今據毛晉信札可知，時至順治十年新春，“禮佛”似乎取代“禮三教師像”而成爲“尚齒社”集會的活動儀式。需要說明的是，隨著南明王朝的不斷衰落，越來越多的遺民選擇遁跡空門，而“尚齒社”成員皆爲遺民，這種“一月一禮佛”活動便具有了守節明志的内涵。

[7]“必欲求盟兄首座”，毛晉邀請金俊明加入尚齒社，即懇請其參與社集禮佛。以二人之交情，金氏自然不會拒絶。就此可見，金氏亦入“尚齒社”無疑。至此，有明確記載的“尚齒社”成員計有 17 人：顧慈明、施於民、陸銑、戈汕、楊彝、顧夢麟、釋道源、顧德基、何適、釋大惺、馬弘道、毛晉、嚴陵秋、陸貽典、孫永祚、孫朝讓和金俊明。另外，毛晉還委婉地向金俊明表達了本次社集的要求：“但必欲禁酒，恐靖節攢眉耳。”“靖節”即陶淵明。《蓮社高賢傳》載：“遠法師與諸賢結蓮社，以書招淵明，淵明曰：‘若許飲則往。’許之，遂造焉，忽攢眉而去。”①顯然，毛晉援引“攢眉”之典似乎是希望金氏不要像陶淵明那樣介意禁酒。

按：民國潘承厚輯《明清藏書家尺牘》，中央美術學院圖書館藏民國三十年（1941）珂羅版影印本。

關於本札的寫作時間，毛晉自署“臘月廿三日”，未提及何年。札云：“去塵薶事，盟兄與弟凤心將謂今臘庚申必完……廿二更餘，望眼欲穿，竟爾杳然。”據此可知，毛晉與金俊明原擬臘月二十二下葬吳拭，是日干支即庚申。檢索發現，順治九年（1652）的臘月二十二日干支恰爲庚申。另據錢謙益《列朝詩集》（亦名《國朝詩集》）序云“集之告成”於順治九年（1652），此與毛晉札中“《國朝詩集》雖將竣工”相吻合。因此，本札寫於順治九年壬辰臘月二十三日無疑。毛晉在信中與金俊明商量收葬吳拭之事，並附贈金氏《國朝詩集》甲集及“素牋十幅”，還邀請金氏參與明年新春“尚齒社”的社集活動。信末附有金俊明補釋一條，並鈐“明”字朱印，彌足珍貴。

（注：《毛晉信劄兩通》注，參見王騰騰、丁延峰《毛晉信劄兩通考釋》，《古典文獻研究》2024 年上卷）

---

① 撰人不詳：《蓮社高賢傳》卷一《不入社諸賢傳》，《叢書集成新編》第 100 册，臺北新文豐出版公司 2008 年版，第 355 頁。

附録一:毛氏書跋考異

詩經闡秘
毛　表、毛　扆

余自弱冠時,仝弟黼季師事叔子先生[1],講求經義,亦既朝考夕稽,耳提面命。余兄弟並能敬奉師傅,罔敢廢業。而先生猶懼記誦之學未必能堅且固也,更爲之窮源極委,正其訛,核其寔,芟其蔓,振其綱,雖張華之博物,少遜其能;弘景之多聞,難出其右。可見先生負奇才,具大略。流覽群書,積畢生學力成《闡秘》一書,其於四始六義之要,殆無餘蘊焉。不惟此書之成歷幾歲月,即翻閱點定,又反覆再三。今先生往矣,而著作猶存,吟詠篇章,奚啻函丈追隨,講求一室也。受業毛表奏叔氏百拜謹跋。

商丘宋公,博學君子也,每見異書,輒焚香誦讀。巡撫江南歷十餘載,境內名人碩士無不折節下交。戊子春,來登汲古舊閣,羈留信宿,凡閣中所藏書籍,逐一觀覽。及展閱魏師《闡秘》,遂擊節歎賞,以爲名人著作,惜未流通,雅欲捐資購得,商確付梓。余以吾師手授,枕秘多年,不忍廢去。且是書之成,歷數載苦功,取材富,考覈精,即魏氏子孫尚無從寓目,一旦應商丘之求,不且負吾師之傳乎? 後之人其能善體吾志,什襲藏之,則幸甚幸甚。康熙辛卯,汲古後人毛扆黼季氏,跋於此静坐。

注:

[1]"叔子先生",即魏沖。

案:《詩經闡秘》不分卷,明魏沖撰。

明天啓間清稿本,四册。十行二十八字,注文小字雙行,字數不定。卷首有魏沖按語及"詩經闡祕序",末署"天啓四年秋七月上浣眷友生魏沖識於汲古閣之東軒",卷末載清毛表、毛扆、丁斌跋。鈐印"魏沖之印""叔子""毛晉字子晉一名鳳苞字子九""汲古閣""毛奏叔讀書記""毛表""小字阿苓""毛扆印信""丁賓之印""蕛山""清白傳家""子孫保之(朱文葫蘆形印)""海寧陳鱣觀""吳兔床書籍印""莊圃收藏",魏沖、毛晉、毛表、毛扆、丁斌、吳騫、張乃熊、劉承幹舊藏，今藏臺圖（00289）。《適園藏書志》卷一、《嘉業堂藏書志補》著録。臺灣《“中央圖書館”善本題跋真迹》影印本收録此跋。

　　魏沖（1583—1640），字叔子，東安人。卒於崇禎十三年，錢謙益作《哭魏三叔子沖》二首以悼之。錢謙益《列朝詩集》丁集有傳。毛表生於崇禎十一年（1638），毛扆生於崇禎十三年（1640）。魏沖卒時，毛表兩歲，毛扆是否出生未知。毛表跋曰：“余自弱冠時，仝弟斧季師事叔子先生，講求經義。”毛扆跋曰：“余以吾師手授，枕秘多年，不忍廢去。”故此跋所載並非事實。潘天禎《毛表、毛扆師事魏沖質疑》認爲“表、扆‘手跋’‘真跡’不真，他們根本没有師事魏沖的可能”。故兩人之跋自然是“僞跋”，可信。師事魏沖者乃毛晉，據毛晉跋《和友人詩》云“余自丁巳歲治詩叔子魏師之門”，“丁巳”即萬曆四十五年（1617），毛晉十九歲。當時尚有馮班、沈春澤一同受業於魏氏門下。

　　又，魏沖序曰：“詩三百篇，孔子删之，要非大小毛公傳序，學詩者又安適從哉？則知毛氏之於詩，固大有功於世，而後世子孫宜其永守家學而不變者也。今汲古主人毛子晉雅好藏書，家藏萬卷，其於六經義蘊無所不明，然從事舉子業者，夫人必有專經，詩固毛氏之家學也，不得其傳可乎？遂屬意於余，令其子奏叔、斧季，執經請業，平日講求經義，皆能默識心融，余猶恐其少年學力，未必其永久而不忘也，更爲之發藏櫝臆，舉生平父兄師長之心傳，與百家衆説之精義，採録全編，名曰《毛詩闡秘》。其書既成，則奏叔、斧季之於詩也，不惟得親承余之口授，而且得揣摩余之著作。蒭蕘倘有一得，錦繡竟爾成章，藉以掇巍科、擢高第，亦易易事。余也雖不敢自詡明經，特承汲古主人之高誼，思立微功，而兩弟之明睿，相期上達，余耄矣，數年聚首，豈能久而不變哉？作此《闡秘》一書，細加圈閲，爲知己贈。時天啓四年（1624）秋七月上浣，眷友生魏沖識於汲古閣之東軒。”據魏沖所序時間爲天啓四年，此時毛表、毛扆皆未出生，何以“令其子奏叔、斧季，執經請業”？按其序意，魏氏此作乃承毛晉之意屬而作，此時毛晉不過二十六歲，且已拜師於魏氏，哪有老師受囑學生而作耶？如此斷不合常理。故此魏沖之序亦不可信。參見潘天禎《毛扆書跋零拾（附僞跋）》及《毛表、毛扆師事魏沖質疑》。

漢　書

　　辛巳余借牧翁宋本繕寫，凡二周而未及列傳。後其本爲四明謝象三攜去，遂不克全，迄今幾十年矣。偶翻閲舊帙，因爲誌其始末若此，後之觀者慎弗視爲殘編斷簡，而勿諒余之苦心也。己丑仲夏望日，毛子晉記。

案：《漢書》一百卷，漢班固撰。

清初影宋抄本，半葉十行，行十九字，注雙行二十七至三十字不等，黑口，左右雙邊。存《漢書》帝紀十二卷，志八卷，凡二十卷，又《後漢書》存帝紀后紀十卷，志注補三十卷，計四十卷。兩書行款、字跡悉同。除卷末載毛晉跋外，尚有朱錫庚、翁同書、李盛鐸、袁克文跋。鈐印"笥河府君遺藏書記""朱錫庚印""大興朱氏竹君藏書印""葉志詵印""東卿過眼""錫庚閱目"等，朱錫庚、翁同書、袁克文舊藏，今藏國圖（18135、18036）。"辛巳"爲明崇禎十四年（1641），"己丑"爲清順治六年（1649）。

道光三年（1823）朱錫庚跋曰："是卷爲明毛子晉從宋槧本影寫，格式大小一如其舊，而字體遒勁，筆畫斬然，與精槧無別。但有紀志而無列傳，蓋當時假鈔匪易，未克録完，卷末有子晉跋尾，可按而知也……此本亦自錢氏寫出，足稱連城無價，豈得云趙璧未完耶！"道光二十四年翁同書跋曰："汲古閣影寫《漢書》舊藏大興朱孝廉錫庚家，見桂未谷札樸，孝廉跋其卷尾，鈙得書始末甚詳。朱氏衰落，鬻此書於市上，索直甚昂，予以其爲汲古舊物，且曾屬笥河、石君兩先生，當爲是書增重。"李盛鐸跋曰："此影宋寫本兩《漢書》。惟闕列傳，經藏大興朱氏、常熟翁氏，筆墨精妙，字畫斬方，真印鈔之極工者，相傳出自汲古閣，但無毛氏圖記，爲可疑耳。然開卷標題、師古結銜、行款字數皆與景祐本及福唐本爲爲近，決非三劉刊誤以下所能比擬。偶檢高紀二年六月置中地郡，服虔注'中地在扶風'，宋祁曰'注文在字改作右'，此本正作右，可爲源出景祐本之一證。矧如此巨帙閱二百餘年完好如新，豈非毛氏所謂在在有神物護持者耶！"袁克文跋曰："此書通體精雅如一，決非書胥所能爲，審毛跋語意，必爲毛氏手自繕寫，故非其他毛抄所可企及。"朱錫庚、袁克文以爲毛氏故物，言之鑿鑿，李盛鐸則因無毛氏印記稍有懷疑。傅增湘曾經眼此書，《藏園群書經眼録》卷三著録"清影寫宋景祐刊本"，曰："有清初毛晉跋，恐不足據。"筆者以爲當爲僞跋。其一，按毛晉跋，毛晉於崇禎十四年借抄於師錢謙益，至清順治六年始記之，中歷九年，但曰"幾十年"，難以理解。其二，今存毛氏抄本，一般有毛氏印章，而此書如此重要，竟無印記，確實可疑。毛抄另一標志是版心常題"毛氏正本""汲古閣藏"，此書亦無。其三，考北宋本《漢書》，今存兩部，其中一部即爲汲古閣所藏，王世貞、潘仲履、彭年、毛晉、毛表、季振宜、徐乾學、黃丕烈、汪士鍾、鐵琴銅劍樓、陳清華舊藏，今藏國圖（9592）。如果此書在崇禎十四年（1641）之前收藏，何必再借抄寫？如在此之後，至順治六年（1649）之前得之，其跋文一定會有不同。那麼，得此書只能在順治六年之後了。而以毛晉於清初際遇及困境，購藏如此巨帙宋槧可能性極小。毛晉晚年購書極少，所藏已陸續分授三子。只能是早期收藏。既如此，毛晉何以再借抄？其四，比對毛晉筆跡，亦不似。疑竇重重，恐藏家作僞跋以獲善價。

但錢謙益、毛晉師生二人於宋槧《漢書》確有故事發生。明崇禎十年（1637）三月，錢謙益因本邑張漢儒疏奏其“居鄉不法事”，列罪五十八條而被捕下獄，被迫求救於司禮太監曹化淳，需要“周旋打點”，而“當時家貲愈落，罄田園房室，不及中人”。十一月，錢謙益致函李孟芳，欲售《漢書》與毛晉，云：“空囊歲莫，百費猬集，欲將弇州家《漢書》，絕賣於子晉，以應不時之需。乞兄早爲評斷。此書亦有人欲之，意不欲落他人之手。且在子晉，找足亦易辦事也。幸即留神。”①次年春，再致函李孟芳曰：“子晉並乞道謝。《漢書》且更議之，不能終作篋中物也。歸期想當在春夏之交，把臂亦非遠矣。”②崇禎十一年（1638）五月，錢謙益獄解歸里。崇禎十三年（1640），經濟狀況已有好轉，先“娶柳入門”，爲其筑“我聞室”，又建絳雲樓。崇禎十五年（1642），又“得周氏廢圃於北郭”，建留仙館、玉蕊軒。因大興土木、刻印《初學集》、爲柳氏治病等各項開支，資金又成問題。崇禎十五年（1641）冬，又致函李孟芳，以《漢書》爲抵押，向毛晉告貸，云：“歲事蕭然，欲告糴於子晉。藉兄之寵靈，致此質物，庶幾泛舟之役有以藉手，不致作監河侯也。以百石爲率，須早至爲妙，少緩則不及事矣。”③崇禎十五、十六年，不意常熟連年災荒，毛晉“資斧告竭，亟棄負郭田三百畝以充之”，無力購買。之後，錢謙益損二百金售《漢書》於謝象三。據錢大成《毛子晉年譜稿》載：崇禎十六年（1642）“錢謙益以貧乏故，鬻王世貞舊藏北宋版前後《漢書》於鄞縣謝氏。是書昔曾質於先生，先生亦有意購藏，想以議價不洽而罷”。去書之日，殊難爲懷，錢謙益爲此連題兩跋，云：“趙文敏家藏前後《漢書》，爲宋槧本之冠，前有文敏公小像。太倉王司寇得之吳中陸太宰家。余以千金從徽人贖出，藏弆二十餘年，今年鬻之於四明謝象三。床頭黃金盡，生平第一煞風景事也。此書去我之日，殊難爲懷。李后主去國，聽教坊雜曲‘揮淚對宮娥’一段，淒涼景色，約略相似。”又云：“京山李維柱，字本石，本寧先生之弟也。書法模顔魯公。嘗語余：‘若得趙文敏家《漢書》，每日焚香禮拜，死則當以殉葬。’余深愧其言。”④陳登原慨云：“以失《漢書》而淒涼景色，比擬亡國，

① （清）錢謙益：《錢牧齋先生尺牘》卷二《與李孟芳》，《錢牧齋全集》第7冊，第279頁。
② （清）錢謙益：《錢牧齋先生尺牘》卷二《與李孟芳》，《錢牧齋全集》第7冊，第276頁。
③ （清）錢謙益：《錢牧齋先生尺牘》卷二《與李孟芳》，《錢牧齋全集》第7冊，第279頁。
④ （清）錢謙益：《初學集》卷八十五《跋宋版前後漢書》，《錢牧齋全集》第3冊，第1780頁。

非徒絳雲樓主人也。荒山有鬼，慟哭其書，亦非限於脉望館之主人。以此嗜尚之癖而聚書矣，書城聚矣。然充此精神而藏書，則書之幽囚閉禁，固藝林之一劫也。"①王世貞所藏北宋本《漢書》當即錢謙益舊藏，鈐有王世貞兩印"貞·元""仲雅"，又鈐有毛氏父子之印多方，蓋此書質押於汲古閣時所鈐。基於此，書賈或某藏家一定了解兩人質押故事，故以毛晉之名僞造此跋，以冀求購者信之。

孔子家語
毛　扆

丁卯秋，得北宋刻本，其卷二第十六葉以前已蠹蝕。繼于己卯春，復得一本，缺末二卷。合之始全。今校改注字脫落顛倒者，自卷首至卷二第十六葉以前爲多。蓋初得宋本即刻，其闕者仍參通行本。迨續得全本，不及追改矣。

案：此跋載《毛扆書跋零拾（附僞跋）》："跋文抄自南圖藏瞿鏞撰《恬裕齋藏書記》，清抄本，勞格校。瞿記卷三儒家類著録《孔子家語》兩部，前一部是'影抄宋本，題王肅注，有後序。汲古毛氏刻此書，得一宋本，闕卷首至卷二凡十六葉，因參用通行本，故注字脫落顛倒最多。此本完善無僞，足以訂正甚多。每半葉九行，行十七字；注用雙行，行三十一字。相傳有毛斧季校宋本，覈之一一吻合。'後一部記云：'《孔子家語》十卷，校宋本，魏王肅注。此陳子準録毛斧季校宋本。硃筆從北宋本，墨筆從南宋本。按斧季跋謂：……'省略號即上録跋文。則瞿鏞《藏書記》乃傳抄陳揆抄自毛扆校宋本。"《鐵琴銅劍樓藏書目録》卷十三亦著録兩書，但後一種"按斧季跋謂"改稱"按子晉跋謂"，下録跋文與《恬裕齋藏書記》悉同。根據跋文内容，實爲瞿氏據汲古閣刻本《孔子家語》卷末所載毛晉首跋概述其先後得兩宋本經過及刻梓原委，並非毛晉原跋。但概述簡練準確，甚至連毛晉誤記"己卯"亦照録。瞿氏《恬裕齋藏書記》所題爲毛扆，實爲誤題。毛扆所跋載於蜀刻本《孔子家語》卷末，且無"己卯"，而是"崇禎丙子"，可參見正文《孔子家語》案語。再者跋文中没有稱謂及署名，如是毛扆跋，所敍父毛晉得書經過，不可能没有敬稱"先君"及本人署名等，因此該跋作者顯非毛扆。《恬裕齋藏書記》《鐵琴銅劍樓藏書目録》著録的第二部校宋本《孔子家語》，今藏

① 陳登原：《古今典籍聚散考》，華東師範大學出版社 2009 年版，第 384 頁。

國圖(03765)，爲汲古閣刻吳郡寶翰樓印本，鈐印"稽瑞樓""鐵琴銅劍樓"，兩目著録爲"此陳氏子準傳録"，《北京圖書館古籍善本書目》著録爲"佚名録，清毛扆校"，但細檢全書，並無毛扆此跋或毛晉跋。潘氏未見汲古閣刻本所載毛晉跋、蜀刻本所載毛扆跋及瞿氏所藏校宋本，僅據《恬裕齋藏書記》所録，以訛傳訛。

集千家注批點杜工部詩集

毛　晉、毛　扆

余家存《杜集》數種，意欲擇勝授梓，終不得。適馬人伯以元大德刻《集千家注須溪批點杜詩》一集贈予。展閱之，乃長洲文衡山先生藏本，不勝欣慰之至。惟中有缺頁，以待抄補耳。崇禎十三年閏正月十三日毛晉記。（扉葉，墨筆，鈐印"汲古主人"朱文印、"毛·晉"朱文印）

敬讀先君手跋，在崇禎十三年閏正月十三日。扆生於是年六月廿六日，則跋書之日，扆尚未生。今犬馬之齒五十有六矣，白首無成，深負父師之訓。一展閱間，手澤猶新，音容杳然，不禁淚下沾衣也。扆謹識。（扉葉，墨筆）

康熙乙亥五月十四日，檢元刻《杜詩》□十卷，手勘一過，帙缺補抄。毛扆又識。（扉葉，墨筆，鈐印"斧季"朱文印）

康熙乙亥三月十二日，閱于汲古閣之東偏書屋。毛扆。時年五十有六。（卷一首葉，墨筆，鈐印"斧季"朱文印）

乙亥三月十六日，毛氏斧季閱訖，記於汲古閣之東偏書屋燈下。（卷二末葉，墨筆，鈐印"斧季"朱文印）

康熙乙亥，虞山後學毛扆於三月十七日閱起。大風。（卷三首葉，墨筆，鈐印"斧季"朱文印）

乙亥三月二十日，汲古後人毛扆閱訖。（卷四末葉，墨筆）

乙亥，虞山後學毛扆於三月廿二日閱起。（卷五首葉，墨筆，鈐印"斧季"朱文印）

康熙乙亥三月廿六日，汲古後人斧季毛扆閱訖。（卷六末葉，墨筆，鈐印"斧季"朱文印）

康熙乙亥，虞山後學毛扆於三月廿七日閱起。（卷七首葉，墨筆，鈐印"斧季"朱文印）

康熙乙亥四月廿日閱訖，中間抄王同祖學詩初稿一卷十七頁，毛斧季識。（卷八末葉，墨筆，鈐印"斧季"朱文印）

虞山後學毛扆於四月廿一日閱起。（卷九首葉，墨筆，鈐印"斧季"朱文印）

康熙乙亥四月二十四日閲訖,斧季識於汲古閣之東偏書屋。(卷十末葉,墨筆,鈐印"斧季"朱文印)

康熙乙亥虞山後學毛扆於四月二十八日閲起,時年五十有六。(卷十三首葉,墨筆,鈐印"斧季"朱文印)

乙亥五月初二日,汲古後人毛斧季閲訖。(卷十四末葉,墨筆,鈐印"斧季"朱文印)

康熙乙亥,虞山後學毛扆於五月□□日閲起。(卷十五首葉,墨筆,鈐印"斧季"朱文印)

康熙乙亥,汲古後人毛氏斧季於五月端陽後二日閲訖。(卷十六末葉,墨筆,鈐印"斧季"朱文印)

康熙乙亥,虞山後學毛扆於五月初七日閲起。(卷十七首葉,墨筆,鈐印"斧季"朱文印)

康熙乙亥五月初九日,斧季閲訖。(卷十八末葉,墨筆,鈐印"斧季"朱文印)

康熙乙亥,虞山後學毛扆於五月初十日閲起。時年五十有六。(卷十九首葉,墨筆,鈐印"斧季"朱文印)

康熙乙亥五月十四日,汲古後人湖北毛扆閲訖,時年五十有六也。(卷二十末葉,墨筆,鈐印"斧季"朱文印)

案:《集千家註批點杜工部詩集》二十卷《年譜》一卷,唐杜甫撰,宋黄鶴補注,宋劉辰翁評點,元高崇蘭編。元明間刻本,二十册四函。半葉十行十六字,小字雙行同。四周單邊,白口,雙魚尾。卷首有大德癸卯冬廬陵劉將孫尚友《杜詩序》。卷一卷端"集千家注批點杜工部詩集卷之一",次行"須溪先生劉會孟評點"。卷一、三、四、六、十二後附《補遺》。每卷首尾有題毛扆手書閲讀題記,均鈐"斧季"朱文印,唯卷四末尾題記無印。因卷十一、十二系題何焯補鈔,故失毛扆題記。前有題毛晉手跋、題毛扆手跋、王承祐手跋。《序》後有題何焯手跋。題何焯手跋:"辛酉春三月,友人以毛校元本《杜集》示予。因缺兩卷,請爲鈔補。次年九月借得竹垞所藏善本,命館童照抄,親加校正,合爲完璧,始爲一慰而歸之。壬戌,焯志。(鈐"焯校"朱文印)"王承祐手跋:"乾隆元年秋初游虞山,購得《檀弓》合本及□□校元本《劉須溪批點杜工部詩集》廿卷,均長洲文氏舊物。惟此集爲汲□後人校勘□十一二兩卷失去,而何義門補鈔校正,乃爲完書,真希世奇珍也。子子孫孫,永保勿失。西京王承祐識於心省齋。(鈐"王承祐君典章"白文印、"西京文獻世家"白文印)"書中校讀批點字體多種,當出自遞藏多人。有朱筆句讀。其餘鈐印有"文徵明印""衡山""蓮丹主人""緱氏仙家""藜照圖書府塵空天馬邊""庭諫""五陵豪""王季子""茂陵勝事""信卿父""二華生""蓮華峰下人家""墨池一派"等。今藏山東大學圖書館。

　　經楊勝祥考證,此書所録毛晉、毛扆二十一篇跋文及何焯跋蓋僞託之作。其一,時間。毛扆校書"康熙乙亥"爲康熙三十四年(1695)。據毛扆閱讀題記之接續時間,則毛扆閱讀時,卷十一、十二尚存。今本卷十一、十二系補鈔,鈐"焯校",又聯繫何焯題記,則何焯補鈔時間當在毛扆校閱之後。而據《翰林院編修何先生焯行狀》"以(康熙)六十一年六月九日卒,年六十二",則何焯跋中所謂"辛酉"校補,是康熙二十年(1681),卻反在毛扆校閱之前,兩相矛盾。又,若從王承祐跋中得書時間乾隆元年(1736)上推。以毛扆校書康熙乙亥爲上限,則無辛酉之年。故疑毛晉、毛扆、何焯之手跋有僞。其二,字跡。以《雲薖淡墨》卷六前所刻毛晉手書上版《釋莊義序》與此書毛晉跋對照,再以《上海圖書館善本題跋真跡》第八册毛扆墨筆跋《管窺外編》與此書毛扆跋對照,《上海圖書館善本題跋真跡》第十六册何焯朱筆跋《新刊古今歲時雜詠》《唐音戊籤》二則與此書何焯跋對照,筆體風格皆不類,當不出於三公之手。其三,鈐印。以《中國國家圖書館古籍藏書印選編》第一册《六經三注粹鈔》書影之"汲古主人"朱文印與此書"汲古主人"朱文印對照,字畫皆類,唯一筆劃失真,故疑此書"汲古主人"朱文印爲僞。①就題跋內容來看,亦有不實。毛晉跋曰:"余家存《杜集》數種,意欲擇勝授梓,終不得。"今考毛晉早在崇禎三年已刊《盛唐二大家》本劉須溪注《杜工部集》,今上圖藏一部,參見前《李翰林集紀略》條案語。十年後再作跋時,竟不記得自己親梓之書?僞跋者不知毛氏曾有刊梓之舉,遂露破綻,作僞不攻自破。再者,毛扆半年內諸跋中五次提及其年紀"五十有六",以毛扆之惜字如金,如此重複,絕非毛扆作僞,恐有湊夠字數之嫌。

貴　耳　集
毛　表

　　庚戌重陽前四日,借季弟所藏楊夢羽[1]先輩抄本勘校一過。夢羽本尾有"嘉靖壬辰八月朔日在京邸借謝吏部本鈔完"十八字,不知謝吏部爲何人。卷中雖(案:原字爲邸,旁改爲雖)多是正,惜係抄本,不無傳寫之譌,故

---

①　楊勝祥:《汲古閣毛氏書跋續補及辨僞》,《天一閣文叢》第19輯,浙江古籍出版社2022年版,第74—77頁。

逐一記於每行之下，不敢妄改。當更覓善本，再一較訂，以決疑似，方稱全璧。正庵識。（卷上末）

婁東王帆仙用硃筆句讀，予用墨筆校勘誤謬。庚戌重陽前二日，正庵。（卷中末）

案：《貴耳集》三卷，宋張端義撰。

明末汲古閣刻《津逮秘書》本，卷端次署"宋鄭州張端義著；明虞山毛晉訂"，卷末有崇禎十五年壬午（1642）閏月閏元衢識："甫聞子晉樂善好古，促余巫副墨授之。"可知毛本乃據閔氏抄本梓行。《四庫》底本，《四庫提要》卷一百二十一著録。

今南圖藏一部汲古閣刻本（GJ/KB1806），鈐印"計曦伯家珍藏""漢侯藏書""貞白己酉以後得""呂貞白又字井""碧雙樓藏書記"。卷中天頭、地脚皆有校記，"一作某"頗多，當刊本與此抄本文字歧義較多。"正庵"跋分別載於卷上末及卷中末。南圖書目數據庫著録爲"佚名録毛表校跋"，《中國古籍總目》著録同，蓋據跋文末署"正庵"。正庵乃毛表號，但此本並無毛氏印章及其他相關信息。又卷首有佚名跋，曰："計光炘，字曦伯，號正庵。性高尚，厭舉業，孝事二母，雖撝蒲迷藏之戲，亦舉以娛親，親疾即戚容，稱水量藥必手檢。慕石田、南田品高志潔，自署其齋曰'二田'。藏書六千餘卷，校刊族祖《菉村遺集》，爲里人錢彦矄刊《脉法》一書，風雅主持，又喜搜藏畫帙，遐方文士造訪者群集。小滄浪重結詩社，有《守覽齋詩集》，子飴孫力學，貢成均，有《辛畲書屋詩稿》。"跋後鈐印"碧雙樓"。"碧雙樓"爲汪東（1890—1963）室名，吳縣人，原名東寶，字叔初、旭初。出身書宦之家，父鳳瀛，曾爲張之洞幕僚，任長沙知府。佚名跋實爲汪氏所作。汪東曾任總統府咨議、復旦大學中文系教授，蓋跋即爲其所撰。呂貞白（1907—1984），江西九江人，古典文獻家，曾爲華東師範大學、復旦大學教授，富藏書。汪東、呂貞白曾有交往。此本蓋經計光炘、汪東、呂貞白收藏。計光炘（1803—1860），浙江秀水人，富藏書，筑澤存樓、二田齋。計氏亦號正庵，此本又有其藏印，故跋文末署"正庵"者當即其人。南圖書目數據庫及《中國古籍總目》因疏於考證而誤。

壽　域　詞

毛　扆

甲寅[1]六月廿七日，讀。

注：

[1]“甲寅”，即康熙十三年（1674）。

案：國圖藏陸貽典、毛扆校跋本《宋六十名家詞》（06669），卷末毛晉跋後載毛扆跋，毛扆跋後尚有陸貽典朱筆跋：“己酉五月十六日，勅先校鈔本一過，鈔本頗有訛字，不慎混入者多弗録。”經鑒定，實爲黄儀跋。

關於陸貽典、毛扆校跋本《宋六十名家詞》所載諸跋是否爲毛扆所著，國家圖書館劉鵬兄致函曰：此本毛、陸、黄三家跋語極多，且黄氏跋語多未署名，今略作説明，以便讀者。此書刻於明末，三家跋語均作於清初。今以唯一可確定時間之“戊午”（康熙十七年）閏三月毛扆跋爲核心，梳理三家跋如下：一、毛扆跋。毛氏先後於己巳（康熙四年，1665）正月至四月、戊午（康熙十七年，1678）閏三月、癸亥（康熙二十二年，1683）中秋、己卯（康熙三十八年，1669）五月、辛巳（康熙四十年，1701）六月、乙未（康熙五十四年，1715）六月六次抽校此本，時間跨度近四十年。因毛扆卒於康熙五十二年（1713），故“康熙乙未六月”之跋，疑爲“己未”（康熙十八年，1679）之誤。二、陸貽典跋。陸跋多有署名，題於己酉（康熙八年，1669）三月至六月、庚戌（康熙九年，1670）四月，凡二校。校勘時間集中於康熙十年前。三、黄儀跋。據毛扆跋，可知辛亥（康熙十年，1671）六月至七月跋爲黄所書；又辛亥六月跋復自署“漢威”，知其爲黄之別字（“儀”與“漢威”義相連，如清乾隆中廣州有陳志儀字漢威）。又黄儀諸跋多題於一處，或前後密接，或上下相連，結合字跡（如“讀”字“口”之柳體寫法），可知壬子（康熙十一年，1672）六月至七月、甲寅（康熙十三年，1674）三月至七月、壬戌（康熙二十一年，1682）正月黄氏亦嘗校此本（《淮海詞》卷末題“壬戌正月十一日重閲，儀”）。前後凡四次抽校。三家中，黄校言及陸校，毛校言及黄校，惟陸、毛二家翁婿（毛娶陸女），於彼此之校勘，則片言未及。黄儀（1636—?），字子鴻，又字吉羽，常熟人。隱居博學，精熟輿地，能詩詞、精書法。清康熙二十九年（1690）與顧祖禹、閻若璩等助徐乾學修《一統志》，著有《訂晉書地理志》《紉蘭集》等。針對此本所載毛扆、黄儀、陸貽典諸跋，經與劉鵬多次核對辨認，綜合研判，析出非毛扆跋若干，見本部分以下所載。

東　坡　詞
毛　扆

六月初九日，雨窗讀。

案：國圖藏陸貽典、毛扆校跋本《宋六十名家詞》（06669），此跋載毛晉跋後。傳録陸貽典、毛扆校跋本，陸心源舊藏本，今藏静嘉堂。《䀱宋樓藏書志》卷一百一十九、《静嘉堂秘籍志》卷五十、《汲古閣書跋》皆著録爲毛扆跋，實爲黄儀跋。

姑 溪 詞
毛 扆

甲寅[1]五月二十日，讀。

注：

[1]“甲寅”，即康熙十三年（1674）。

案：國圖藏陸貽典、毛扆校跋本《宋六十名家詞》（06669），卷一末毛晉跋後載毛扆跋。經鑒定，實爲黄儀跋。

卷一末毛晉跋後載此黄儀跋，其後有陸貽典跋，云：“底本校過，原本頗有訛字。此刻多出臆改，未敢遽信，仍取原本字面筆于行間，以備他日按圖之索耳。己酉三月一日，勅先識。”毛晉跋中間有朱筆校改，根據字跡判斷，乃陸貽典所爲：“客春從玉峰得”改爲“傳世”；“凡四十調，共八十有八闋，惜卷尾《踏莎行》爲鼠所損耳。中多次韻，小令更長於淡語、景語、情語，如‘鴛衾半擁空床月’，又如‘步嬾恰尋床，卧看游絲到地長’，又”改爲“八十有六首，而《踏莎行》‘何’字下都缺，余從集中補全，又後集載《朝中措》以下五首並足成之，稱完璧云”。可知陸氏校對更細，而毛晉則有不謹之處。

琴 趣 外 篇
毛 扆

七月初三日，讀訖。

案：國圖藏陸貽典、毛扆校跋本《宋六十名家詞》（06669），卷末毛晉跋後載毛扆跋，毛扆跋後尚有陸貽典朱筆跋：“己酉六月十四日毒暑中，鈔本校一過。勅先。”經鑒定，實爲黄儀跋。

後 山 詞
毛 扆

六月廿六日，讀。

　　案：國圖藏陸貽典、毛扆校跋本《宋六十名家詞》(06669)，卷末毛晉跋後載毛扆跋，毛扆跋前尚有陸貽典朱筆跋：“己酉六月十四日晴時，抄本校。勒先。”經鑒定，實爲黃儀跋。

片 玉 詞
毛 扆

　　辛亥[1]七月一日，元刻本《片玉集》及一抄本校，二本同。是日，又得底本重校。按卷首云《美成長短句》，非《清真》，亦非《片玉》也。故多異同云。

　　甲寅[2]三月望後二日，讀訖。

注：

[1]“辛亥”，即康熙十年(1671)。
[2]“甲寅”，即康熙十三年(1674)。

　　案：國圖藏陸貽典、毛扆校跋本《宋六十名家詞》(06669)，首跋在卷二尾題前，次跋在《補遺》毛晉跋末。傳録陸貽典、毛扆校跋本，陸心源舊藏，今藏静嘉堂，《皕宋樓藏書志》卷一百一十九、《静嘉堂秘籍志》卷五十均著録爲毛扆跋，實爲黃儀跋。

初 寮 詞
毛 扆

五月十九日，讀。

　　案：國圖藏陸貽典、毛扆校跋本《宋六十名家詞》(06669)，卷末毛晉跋後載毛扆跋，毛跋前尚有陸貽典跋，云：“辛亥六月望日校。”經鑒定，實爲黃儀跋。

酒　邊　集
毛　扆

甲寅[1]五月初二日,讀。

注:

[1]"甲寅",即康熙十三年(1674)。

案:國圖藏陸貽典、毛扆校跋本《宋六十名家詞》(06669),此跋載毛晉跋後。毛扆跋前尚有陸貽典跋:"庚戌四月十三日,兩抄本校。勃先。辛亥荷日重校。""庚戌""辛亥"分别爲康熙九年、十年。"甲寅"爲康熙十三年。傳録陸貽典、毛扆校跋本,陸心源舊藏,今藏静嘉堂。《皕宋樓藏書志》卷一百一十九、《静嘉堂秘籍志》卷五十均著録毛扆跋,實爲黄儀跋。

友　古　詞
毛　扆

六月十八日,讀訖,時方病眼。

案:國圖藏陸貽典、毛扆校跋本《宋六十名家詞》(06669),卷末毛晉跋後載毛扆跋,毛跋前尚有陸貽典跋,云:"抄本校,己酉上巳記。"《毛扆書跋拾零(附僞跋)》著録爲毛扆跋,實爲黄儀跋。

聖　求　詞
毛　扆

七月初三日,讀訖。

案:國圖藏陸貽典、毛扆校跋本《宋六十名家詞》(06669),卷末毛晉跋後載毛扆跋,經鑒定,實爲黄儀跋。

海　野　詞
毛　扆

甲寅[1]六月二十日讀。

注：

[1]“甲寅”，即康熙十三年(1674)。

案：國圖藏陸貽典、毛扆校跋本《宋六十名家詞》(06669)，卷末毛晉跋後載毛扆跋。《毛扆書跋拾零(附僞跋)》著録爲毛扆跋，實爲黄儀跋。

介 庵 詞
毛 扆

甲寅[1]六月廿二日，讀訖。

注：

[1]“甲寅”，即康熙十三年(1674)。

案：國圖藏陸貽典、毛扆等校跋本《宋六十名家詞》(06669)，卷末毛晉跋後載毛扆跋，毛晉跋前尚有陸貽典朱筆跋：“己酉三月十七日，抄本較完此卷。”下又有墨筆題曰：“又一抄本，大略相同，較有勝處，兹就異同稍一辨勘，標之上方，宜須更一細校也。同日識。”左又有藍筆題曰：“又一抄本，譌字百出，聊舉異同，校一過，是□。”核卷中天頭皆有朱筆、墨筆、藍筆校記若干。潘天禎《毛扆書跋拾零(附僞跋)》著録爲毛扆跋，實爲黄儀跋。

放 翁 詞
毛 扆

辛亥[1]七月廿一日抄本校。外有《夜游宫》一、《月照梨花》二、《如夢令》一(1)，共四闋。見《花菴詞選》中，宜刻作《拾遺》。
六月十三日曉刻，雨窗讀訖。

校：

(1)“《夜游宫》一、《月照梨花》二、《如夢令》一”之“一”“二”“一”三字，《毛扆書跋拾零(附僞跋)》無。

注：

[1]“辛亥”，即康熙十年(1671)。

案:《放翁詞》一卷,宋陸游撰。

明末汲古閣刻《宋名家詞》本,陸貽典、黄儀、毛扆、季錫疇、瞿熙邦校並跋,何煌、何元錫校,今藏國家圖書館(06669)(以下簡稱國圖藏陸貽典、毛扆校跋本《宋六十名家詞》)。此跋載毛晉跋後,又抄補《夜游宫》一、《月照梨花》二、《如夢令》一凡四首。傳録陸貽典、毛扆校跋本,陸心源舊藏,今藏静嘉堂。《皕宋樓藏書志》卷一百一十九、《静嘉堂秘籍志》卷五十及《毛扆書跋拾零(附僞跋)》均著録爲毛扆跋,經鑒定,實爲黄儀跋並補。

惜 香 樂 府
毛 扆

甲寅[1]五月初九日,讀訖。

注:

[1]"甲寅",即康熙十三年(1674)。

案:國圖藏陸貽典、毛扆校跋本《宋六十名家詞》(06669),卷末毛晉跋後有陸貽典跋,云"庚戌四月十八日晚,刻抄本校畢。勑先。""辛亥六月廿二日,漢威重校。"傳録陸貽典校本,陸心源舊藏,今藏静嘉堂。《皕宋樓藏書志》卷一百一十九、《静嘉堂秘籍志》卷五十均著録爲毛扆跋,實爲黄儀跋。

稼 軒 詞
毛 扆

七月二日校。
七月三日校,壬子[1]七夕後六日讀完。
辛亥[2]七月三日,勑翁所校元板本重校訖。
甲寅[3]三月望日,讀訖。

注:

[1]"壬子",即康熙十一年(1672)。
[2]"辛亥",即康熙十年(1671)。
[3]"甲寅",即康熙十三年(1674)。

案:國圖藏陸貽典、毛扆校跋本《宋六十名家詞》(06669),首跋在卷一尾題前,次跋在卷二尾題前,第三、四跋在卷末毛晉跋後。辛亥、壬子、甲寅分別爲康熙十年(1671)、十一年、十三年。諸跋皆爲黄儀所撰。卷四末有瞿熙邦跋:"癸酉春,以汲古閣刊本有批校者對校一過。是本亦曾經多人校讀,但俱未留名。其原校之用紅筆者,今於字旁用'○',其黄筆者用'ㄴ',其墨筆者用':',所以别於舊校。各字俱注下端,免魚目混珠。原校黄筆謂校元刊本,但此本亦曾經前人用元刊本校過,而仍有異。其所據另一元刊本乎? 紅筆則據舊抄本,今彙録之,以俟善本出而待證也。熙邦志。"

《皕宋樓藏書志》卷一百一十九、《静嘉堂秘籍志》卷五十著録第三、四條,《汲古閣書跋》《毛扆書跋零拾(附僞跋)》均著録第三條。又,陸心源舊藏陸貽典、毛扆校本,今藏静嘉堂,《静嘉堂秘籍志》卷五十著録此本,缺卷一、二,僅存卷三、四兩卷,故無法迻録卷一、二尾兩跋。《静嘉堂秘籍志》卷五十著録"校"作"授",無首跋中"記"字,實據原陸藏本迻録之。《毛扆書跋拾零(附僞跋)》云:"按:'敕翁',《皕宋樓藏書志》卷一百二十、潘景鄭校訂《汲古閣書跋·附毛扆跋》均作'敕先',欠妥。陸貽典乃毛扆岳父,扆跋不宜直書其字,今據丁瑜抄北京圖書館《宋名家詞》扆校改。"原文即作"勅翁",蓋《皕宋樓藏書志》及《汲古閣書跋》迻録之誤。

《嘉業堂藏書志》著録《稼軒長短句》十二卷與此本非同:"陸敕先先生以朱筆校勘元本,至六卷爲止,惟卷四後補出'中秋餘酒'一首,想見元刻之佳,惜未全校耳。"並録陸貽典跋云:"斧季借郡友元刻行書大字本,屬校此本。己酉五月七日,敕先記。元本九行十六字,名空三格,題空四格。"《稼軒詞》《稼軒長短句》分爲兩書,且時間上亦不一致,所指非此顯然。

東　浦　詞
毛　扆

六月廿六日,讀。

　案:國圖藏陸貽典、毛扆校跋本《宋六十名家詞》(06669),卷末毛晉跋後載毛扆跋,毛扆跋前尚有陸貽典朱筆跋:"己酉五月十六日,漏下二鼓,鈔本校。勅先。"經鑒定,實爲黄儀跋。

龍　洲　詞
毛　扆

五月十九日,讀。

案：國圖藏陸貽典、毛扆校跋本《宋六十名家詞》（06669），卷末毛晉跋後載毛扆跋，毛跋前尚有陸貽典跋，云："辛亥六月望日，以兩抄本校，内俱無咏《美人指》《足》及末《西江月》共凡三首，而卷末俱有《長相思》一闋，一本又有新增《沁園春》一首。"經鑒定，實爲黄儀跋。

白　石　詞
毛　扆

甲寅[1]四月晦日，讀。

注：

[1]"甲寅"，即康熙十三年（1674）。

案：國圖藏陸貽典、毛扆校跋本《宋六十名家詞》（06669），此跋載毛晉跋後。傳録陸貽典、毛扆校跋本，陸心源舊藏，今藏静嘉堂，《皕宋樓藏書志》卷一百一十九、《静嘉堂秘籍志》卷五十均著録，但又著録"六月廿九日，二抄本校。章次題注與此本全别。按一本卷面有云，宜依《花菴》章次。則此本蓋依《花菴》付梓云"，仍作毛扆跋。按其字體及内容等，當爲黄儀跋。

梅　溪　詞
毛　扆

六月二十九日，二抄本校，其一即底本也。
甲寅[1]四月晦前一日，讀。

注：

[1]"甲寅"，即康熙十三年（1674）。

案：國圖藏陸貽典、毛扆校跋本《宋六十名家詞》（06669），此跋載毛晉跋後。傳録本爲陸心源舊藏，今藏静嘉堂，《皕宋樓藏書志》卷一百一十九、《静嘉堂秘籍志》卷五十均著録爲毛扆校跋，實爲黄儀跋。前者將"二抄本校"之"抄"，誤作"杪"。

竹 屋 癡 語
毛 扆

六月二十日,兩抄本校。

五月初十日,讀訖。

　　案:國圖藏陸貽典、毛扆校跋本《宋六十名家詞》(06669),卷末毛晉跋後載之。經鑒定,首跋爲陸貽典,次跋爲黃儀。傳録本又爲陸心源舊藏,今藏静嘉堂,《皕宋樓藏書志》卷一百一十九著録,並録兩跋爲毛扆作,《静嘉堂秘籍志》卷五十著録同。

蒲 江 詞
毛 扆

六月廿六日,讀。

　　案:國圖藏陸貽典、毛扆校跋本《宋六十名家詞》(06669),卷末毛晉跋後載毛扆跋,毛扆跋前尚有陸貽典朱筆跋:"己酉六月十四日晴時,抄本校。勑先。"經鑒定,實爲黃儀跋。

和 清 真 詞
毛 扆

五月望日,讀。

　　案:國圖藏陸貽典、毛扆校跋本《宋六十名家詞》(06669),卷末毛晉跋後載毛扆跋,毛跋前尚有陸貽典跋:"望後三日校。"經鑒定,實爲黃儀跋。

竹 齋 詩 餘
毛 扆

五月十三日,讀。

案：國圖藏陸貽典、毛扆校跋本《宋六十名家詞》（06669），卷末毛晉跋後載此跋，毛跋前尚有陸貽典跋："六月望後三日校，蓋即原底本也，故所得誤脱字殊少。"經鑒定，實爲黄儀跋。

後 村 別 調
毛 扆

甲寅[1]五月十七日，雨窓讀。

注：

[1]"甲寅"，即康熙十三年（1674）。

案：國圖藏陸貽典、毛扆校跋本《宋六十名家詞》（06669），卷末毛晉跋後載毛扆跋，毛跋前尚有陸貽典跋："辛亥六月望後二日，將後村本集校，集中凡二卷，兹刻凡前卷者脱誤居十之二三，其後集者則頗完善云。"經鑒定，實爲黄儀跋。

芸 窓 詞
毛 扆

六月廿六日，讀。

案：國圖藏陸貽典、毛扆校跋本《宋六十名家詞》（06669），卷末毛晉跋後載毛扆跋，毛扆跋後尚有陸貽典朱筆跋："己酉五月十六日，鈔本校。勑先。"《毛扆書跋零拾（附僞跋）》著録爲毛扆跋，實爲黄儀跋。

夢 窓 詞 稿
毛 扆

五月十二日，讀訖。
辛亥[1]六月廿一日，底本校。
六月二十日校。
甲寅[2]五月十三日，讀訖。

注：

[1]"辛亥"，即康熙十年(1671)。

[2]"甲寅"，即康熙十三年(1674)。

　　案：國圖藏陸貽典、毛扆校跋本《宋六十名家詞》(06669)，《夢窗乙稿》卷末毛晉跋後載首二跋，《夢窗丁稿》卷末載第三跋，《夢窗補遺》卷末載第四跋。此四跋皆未署名。《皕宋樓藏書志》卷一百二十著錄《甲稿》爲"毛斧季手校本"，《靜嘉堂秘籍志》卷五十著錄。國圖藏本《甲稿》後無跋，故陸心源藏本亦未錄。然從陸氏所題"毛斧季手校本"來看，其他三集及補遺無疑視作毛扆校並跋的。戈載《吳君特詞選》跋曰："後其子斧季，深明其弊，曾求善本重校。今六十一家中，或刻本或抄本，自宋至今，尚有流傳……惟夢窗詞則絕無宋本。略有斧季校語，惜不全備。"①可見戈載亦是將其視作毛扆跋。孫虹、陽國梁《吳夢窗詞校勘札記——毛晉本及毛扆校本》②云："毛扆等校夢窗四稿時，明鈔本尚未行世，毛扆本校語雖然不多，但對於無宋元舊槧留傳的夢窗詞集來說，因所見爲自宋至明的善本，校勘價值亦不言可知。下面也以明鈔本爲參照，對毛扆校語分類縷述"，以下並分三點剖析"整理出脫字、奪字、衍字、錯字""從韻律的角度校改""校句"，並舉出具體實例，言必稱"毛扆校曰"，可見該文是將題跋及卷中校記視爲毛扆所作。然經鑒定，"五月十二日，讀訖""甲寅五月十三日，讀訖"兩條爲黃儀作，其餘兩條爲陸貽典作，毛扆並未校勘此集。故以上著錄有誤。

空　同　詞
毛　扆

　　六月十九日，讀。

　　案：國圖藏陸貽典、毛扆校跋本《宋六十名家詞》(06669)，卷末毛晉跋後載毛扆跋，毛扆跋前尚有陸貽典跋："三月六日鼓，抄本校。勃先。"經鑒定，實爲黃儀跋。

---

① （清）戈載：《宋七家詞選》，《曼陀羅華閣叢書》，清光緒十八年(1892)席氏掃葉山房重刊本。

② 《井岡山大學學報(社會科學版)》2012年第6期。

散 花 菴 詞
毛 扆

五月望日，讀。

案：國圖藏陸貽典、毛扆校跋本《宋六十名家詞》（06669），卷末毛晉跋後載毛扆跋，毛跋前尚有黄儀跋："望後三日校。"鄧子勉《宋金元詞籍文獻研究》著録爲毛扆跋，誤。經鑒定，實爲黄儀跋。

彙 編 自 序

余韶齒就學，嗜性好古。每于目睹耳聞，得有秘笈，無不珍求構賞。今歲之春，養疴閭里，及將平素所輯前賢遺墨極意搜羅，採輯成編，彙訂四十餘種，名之曰彙編。且予鄙識謭陋，抑不敢一己之編爲傳永寶，商諸廣學，通行評論，曰可，當付剞劂。閱年竣成，惟愿後之博雅君子以見予之鄙懷嗜古不虛也夫。是爲序。吳郡毛氏題。

案：《毛氏彙編》四十四種二百六十二卷，明毛晉編。

明末清初毛氏汲古閣刻本，原爲一百六十册，現改裝爲四十六册。卷首有"吳郡毛氏題"序及"乾隆十七年（1752）春正月錢江倪嘉謙敘"，毛晉序爲手寫行草上版，倪嘉謙敘後鎸墨印"倪嘉謙字有光""丙辰聯捷"，次爲目録，卷端題"毛氏彙編"，共四十三種，目録版心下皆鎸"汲古閣"三字。九行十九字或八行十九字，左右雙編，白口，版心上横綫下題書名卷次、葉次，卷中各書間有題"汲古閣"者，如《韓詩外傳》無，《本事詩》題。無藏書印。今藏國圖（T01025）。國圖書目數據庫著録爲明末清初毛氏汲古閣刻本，題"（明）毛晉編""毛氏彙編""四十四種"。民國間上海二酉書店曾收藏此書，《二酉書店舊書目目録》第一期著録，題"毛氏彙編　明毛晉　汲古閣刊本初印""百六十本　實洋八十元"。

但此書是否爲汲古閣刊梓，頗爲懷疑。首先，毛晉跋没有任何實質性内容，僅僅交代編刊原因，篇幅不足百四十字。這麽大套叢書，寥寥幾句交代了事，這在毛晉同類題跋中未見。再者毛晉跋用典頗多，多有例證，且文采飛揚，本序没有體現毛晉題跋寫作風格。跋署"吳郡毛氏題"，不合毛晉題名習慣。毛晉撰有二百多篇題跋，尾署從來不用"吳郡""毛氏"稱名，籍地一般稱"虞山""海隅""湖南"等，姓名徑作"毛晉"或"子晉"等，"毛氏"乃後人稱呼,自稱不用。倪嘉謙序文僅言韓詩特點及淵源問題,實際上針對本叢書第一部《韓詩外傳》而言的,根本不是整個叢書的序言。

其次,《彙編》篇目共四十三篇,其中明楊慎《漢雜事秘辛題辭》爲一篇序文,載於《漢雜事秘辛》卷首,此兩目實爲一書,合計應爲一書,實有四十二種。細檢篇目竟全在毛晉所刊《津逮秘書》中,這就很讓人不解,既然已收在《津逮秘書》中了,爲何還要另出一套呢? 當然亦可能有疑問,是否毛晉從《津逮秘書》二百多部中精選四十餘種另外發行呢? 如是此種想法,毛晉不可能不在序中交代,而且從毛晉序中看,這四十餘種是獨立刊成,與《津逮秘書》沒有關係。今檢《津逮》本,大多數卷末都有毛晉跋尾,如《韓詩外傳》《東坡題跋》《益公題跋》《宛丘題跋》《石門題跋》《水心題跋》《五色線》等等,而《彙編》本有的無跋,如《韓詩外傳》等。如果毛晉親自編訂出版的,爲何不載?

再次,比對《彙編》與《津逮》兩個版本發現,儘管行款相同,但字跡明顯不同,而且不少文字寫法差別很大,甚而出現異文,如《津逮》本《韓詩外傳》之卷首《韓嬰本傳》首葉第二行“韓嬰,燕人也,孝文時博士”之“孝”,《彙編》本作“孝”。《漢書·儒林傳》載本傳作“孝文”,“孝”同“教”,《津逮》本顯然訛誤。版刻形式上,版心差異更大,如《津逮》本《韓嬰本傳》版心上題“韓本傳”,下橫線下題“卷首”,下題“汲古閣”三字,而《彙編》本版心上題“傳”,下橫線下不題字,僅題葉次。這些不同説明《彙編》本與《津逮》本是兩個版本,而是據《津逮》本版式重刊之,但因目録版心下鑴“汲古閣”三字,再加僞造卷首毛晉序等,則《彙編》本顯然是有意用新刻冒充原汲古閣本。根據倪序内容,肯定也是僞造之序。再查倪氏文獻,竟查不到任何關於該文的蛛絲馬跡。再者,毛晉既有《津逮》本,何必重複再刊呢? 是否有可能如《二酉書店》所言“初印”本呢? 一般而言,如有初印本,後印本也一定是在原版上修補,兩版應該基本上一致,但比較此兩版,差異很大,不可能是同版印出的。故據以上可證《彙編》本乃後人僞造之本。諸家著録不辨真僞,遂據卷首序及版心所題而誤作汲古閣刻本。

附録二:毛氏傳記資料彙編

毛君墓志銘
錢謙益

吾有布衣之友曰繆希雍仲醇,國之高義,不輕爲然諾者也。應山楊忠烈公爲常熟令,問邑之耆老於仲醇,仲醇首舉毛君以對。歲大水,屬耆老分賑。君載官粟,益以私困,扁舟掀舞,白浪巨門。比返,則突煙四起矣。石塘之役,君爲植土實石堅,湍悍遠徙。楊公迎而拜焉,勞以酒帛,請以遺八十老母。楊公歎曰:“今之毛義也。”君娶戈氏,於仲醇爲彌甥婿,仲醇數爲余稱君,因遣其子鳳苞執經余門,故知君爲詳。君少讀書,諳曉經義,内行修謹,彊力耆事,指麾風發,其中寬然長者也。母七十,斷右臂,垂死,君頓踊哭禱。日中,有人持雄冠雞箁門疾呼曰:“傅其血,可以療媼。”如其言而差,不知饋雞何人也? 兄久客歸卧疾,上雨旁風,穿漏床席,趣僦工新其廬。病起,兩榮翼然,負日而歎:“吾弟之暗我多矣。”天啓四年六月,君卒,年五十七。楊公哭之慟,爲文以祭,以仲醇之言爲徵。崇禎二年十一月,戈孺人卒,年六十三。君殁而二親未葬,戈襄事有加禮,臨穴慟絶,日移晷而蘇,其純孝如此。君諱清,字叔漣,祖父居東湖之濱,以孝弟力田世其家。君尤精於農事,重湖複陂,隄塍相輬,爲溉爲陸,百穀蕃廡。鄉邑有蠶鼓之召,急病讓夷,望君如望歲焉。毛於是乎始大。萬曆間,貴溪徐貞明建京東水田策,其議實自仲醇發之。當是時,戚將軍欲藉南兵願農者以實屯,而仲醇謂當辟召南人善田者量能授官,課最實效。徐公去國,事遂寢。今天下多故,軍興繹騷。天子采用群策,設專官,建節鉞,慨然舉行矣。誠令踵泰定之蹟,考徐公之書,采仲醇之議,放漢人趙過、蔡癸以農爲大官之意,得如毛君者數輩,布列爲農官,《周官·大司徒》教稼穡樹藝制地徵之法可舉,漢二千石遺授田器學耕稼養苗之制可放,前元海口萬户之官可復,屯種可興,漕輓加派可漸省。而今也爲人擇官,不爲官擇人,畢牘書生,置之田畝,不知南東,何屯政之爲也? 天下之事,利害相蒙,而名實不相副也,可勝歎哉! 余志毛君之墓,追思徐公、仲醇故事,俛仰太息,而系之銘曰:

國初立法,經界既均。乃立巨室,以聯細民。惟蘇、沈氏,以方穀聞。高帝召見,錫予便蕃。卓犖毛君,奮跡力田。聯事急公,鄉黨歸仁。賈其材略,芻牧興屯。通侯虎符,何足以云。戈莊之阡,昆湖之濱。禾黍芃芃,達於墓門。德則富有,請考斯文。

案:此爲毛晉父毛清《墓誌銘》,録自《初學集》卷六十一,《錢牧齋全集》第三冊,上海古籍出版社2003年版。

毛母戈孺人六十序

錢謙益

毛生子晉之母戈孺人,年六十矣。誕辰在今年孟秋,而稱慶以履端之月。子晉之父,以孝弟力田,稱爲鄉老,而孺人以勤儉佐之。廣延名人碩儒,縱其子游學,以成其名。稱觴之日,親知賓從,雜遝致辭,咸相與頌孺人之壽豈,而祝子晉他日之顯融高明,以受福於其母,爲未可量也。予讀《七月》之詩,説《詩》者以謂一篇之中具有《風》《雅》《頌》。而其詩曰:"十月穫稻,爲此春酒,以介眉壽。""十月滌場,朋酒斯饗。"先王之世,教化行而風俗美,人知有力田養老而已。《豳雅》之興,《小雅》之所以作也。始于《南陔》《白華》,而達于《由庚》《由儀》,《七月》之詩,《雅》《頌》之所以兼舉也。治古既遠,士大夫騖于聲華富貴,以求娛説其親,如潘安仁《閒居賦》之所稱者,於稽其世,蓋有不勝嘅嘆者矣!孺人夫婦,以孝弟力田起家,其於所謂食鬱剥棗,築圃滌場之事,皆躬親爲之,以率先其家人。而子晉之所以壽其親,雖盡志盡物,亦不失其素風,如所謂"穫稻釀酒,以助養老"者。毛氏傳曰:"春酒,凍醪也。"疏以謂即"三酒之清酒",今之中山冬釀接夏而成者也。時和年豐,禾稼既納,冬釀凍醪,田家作苦,在在有之。子晉以此獻于其親,慈顏懌和,賓朋燕喜,不已足乎?輕軒之扶御,長筵之羅列,如潘氏之所誇詡者,殆不足當其一盼已矣,而又何述焉?子晉有志于學古之道者,又少而授毛氏《詩》,予故爲之頌《豳雅》,使之自致于《小雅》詩人之義,而知夫世之以顯融福祉相頌祝者爲不足道也。

案:録自《初學集》卷三十九,《錢牧齋全集》第二冊,上海古籍出版社2003年版。

又魏浣初亦撰《戈孺人六十壽序》,今未查到。

壽毛姊序

魏浣初

余中表兄弟，兄興卿而弟莊樂。今冬，莊樂南來，持阿兄書，曰："明歲之七月，毛姊六十屆矣，貧無以爲祝。姊即汝姊也。汝善頌，可預頌其幽微，而藉手乞文人之言廣祝之，此我兄弟願也，亦甥願也。"余得書，憬然曰："姊遂六十耶！憶余覓梨栗時，隨吾母與姨過從，聞姊方結褵。已歸寧，猶摩余鬖鬖髮頂也，昨事耳，而今遂六十耶！余又焉得不速老耶！噫！人間之六十，日中之年也，壽母也。而姊之六十，以日爲歲之年也，劬勞勞瘁之母也，則請以頌姊之勤。"曰："姊適毛氏，起家田間。每三時，稷稷之粗，斜斜之笠，動百指計。雞初鳴，爨煙已蒸，躬臨砧几，擊鉢集之，聲如唉桑之蠶。午炊晚餉，若量人腹而進焉。諸婢授以枲絲，有札其杯，髻鬟之影，共參差於燈檠月幌之間，可不謂勤乎？"

曰："如是如是，請以頌姊之儉。"曰："吾未見姊一飯先人之食食也，未見姊效時粧之顰而御寸縠尺錦也。楚楚縞綦，尚經澣濯，未三十即禮佛茹齋，常至日旰未遑餐，略加匕而已。客過村中，則必腆必潔，上自供帳之設，下至青芻秣馬，白飯以犒從者。種種周旋無失墜，其素所節縮然也，可不謂儉乎？"

曰："如是如是，請以頌姊之慈。"曰："常見姊長人利物，真具婆心。臧獲、婢子有疾苦，視湯藥惟時，反執奔走，禮得其愈，始爲之霍然。群兒牽裾來嬉，恒儲餅餌以飼，分甘悉遍始爲樂，可不爲慈乎？"

曰："如是如是，請以頌姊之莊。"曰："入姊室，內外梱政，望而肅然。我兄弟燕見，猶必衿裾如見賓，盛夏未嘗見體。雖村居廣莫，頭垂白矣，尚不識閣子下有繞舍綠疇也。可不謂莊乎？"

曰："如是如是，然則可以肖姊而壽姊乎？可以肖余之所以壽姊者乎？"曰："足矣。移之他人母，不得他人筆，亦不得矣。"余曰："未也。姊有丈夫，所難者二。當其相夫子，自中人產，拮据以有成，駸駸素封矣。其夫子即稍溢其挈瓶之守，而姊顧憂形于色，常懼及爾顛覆不在，恐鞠之日而或在履滿後也。陰劑之以厚，而晶之以讓，此不謂難乎？生長壠上之耕，所見無非桑麻秔秫者，而語及詩書課子，即不惜陶母之髢。見人一善，勿論爲戚，爲疏，爲本業，爲末業，偲偲加勉，煦煦然曲護之，此不謂難乎？毛氏之福基，其在姊矣。姊之壽源，其又在斯矣。夫君子務其大者、遠者；小人務其小者、近者，豈獨爲男子道？即竿帷之流，尤多近小之見，心計秋毫，目不覩睫，故其報之也,亦多在目前,鮮衣豐食長子孫止耳。其中有女士焉,忽現人天之眼,能遠大之圖,此非結爲大年,不足報無涯之智矣。向微姊,則今者偕老之盟中道舍捐,爾室爾子,風雨攸除,伊誰之力? 而阿甥溫文玉立,嗜書近有道。詎易得寧馨,振家聲而符宅相? 吾與汝尚可觀厥成哉。"

莊樂拍掌稱善,曰:"固知經汝落唾,必有超乎碧桃丹棗之諛詞者已,是則吾姊已。"

　　案:録自魏浣初《躡庵集》,《常熟文庫》(第62冊)據明鈔本影印,第410—411頁。

毛虛吾先生傳

海虞有毛虛吾先生者,今之古人也。生而穎異,九歲博洽群書,才具敏給,可拾青紫如芥。父璽公,艱嗣,至六十誕日始舉先生。以遲莫得子[1],不忍苦之以學,惟冀其成立克家。又以素信命理,與日者推先生造,大書"孝弟力田"四字授先生。先生佩服父命,不干進取,人即以先生爲孝。先生既承父業,惟盡子職,思拓大之,以順親意。未弱冠,即行丈夫事,綜理上下,條井內外,儼如創立老成人。璽公年未半百,思見肖子作爲舉動,老病見此,目爲之瞑。先生哀毀終喪,事死如生,百計以奉母。母顧稱未亡人體璽公意,撫先生加重。先生懼己有失,以貽母望,益奮力弘家。家用日弘,母心愉悦如其父。母偶蹶,折右臂,先生狂叫失措,感格天神。神授生雛,俾傅之,母臂如故,繇是康安,遂享稀齡有餘,人更欽先生孝。吳俗稱薄,先生厚之。凡鄉之難任事,先生任焉。天之篤生先生,似有所待。神廟末年,海虞歲凶,民用饑。虞令楊忠烈公漣出帑以賑,苦無長者可委,委先生。先生裹公帑,暗佐以私橐,沿門手給,全活無慮千百家。先生家匱,官民罔知,先生亦不使人知。有石塘之役,役宜合力,力有不給者,以令嚴毅弗敢告免。先生陽爲綴合,陰代給之。名列乏者,實出先生。塘用鞏固,令擢兵垣去,終不及知之。第於長安寓書先生,以君家及之夢蟻事譽先生。先生天性樂善任俠,事有不可爲者,世皆留以俟之。有以假命被訐者,幾至喪滅。先生未與謀面,力爲白之。其人心感,丙夜挈女,願奉箕帚,先生變色峻拒。又有以事餉兼金盈簏者,先生笑謝以去。此二事先生隱德,里人未之知,僅見於身後其子鳳苞文學《狀》。至於養諸母以老,延醫視叔,周婚從弟以延叔脈,棺殮婦翁以厚妻黨,皆先生餘事。獨能始終勤劬於邑里,後楊公宰邑者,遇大事莫弗踵前令,以詢先生。先生受任,一如前令時。廟院火而復建於煨燼之後,杏壇設置於文廟之前，先生沐風櫛雨成之。勞瘁太過，未艾而頓衰，頭皓白而鼻齇紅，忘身忘家，急公急人，世所稀有。天寔篤先生生而又不永似年，僅五十有七而終於疾。嗟嗟！天道亦未嘗無。天之戮民，比比皆是。獨生先生，俾以多行，善事不朽，在世何必非大年？視彼悠悠虛生、一無所爲、徒至耄耋者，孰得孰失？先生臨逝而呼其子，手記璽公隱德十事，欲子子孫孫識記不忘。此誠孝之至也。事在狀中，莫可殫述。先生生年、卒日，俱載陽城總憲張巏山公志《銘》，兹弗復載。先生諱清，字叔漣，虛吾其別號也。

野史氏曰："天之報施善人，毫釐弗爽。"以觀於毛虛吾先生之生平，不必自薦捧檄，惟以"孝弟力田"四字，守父命以終其身。不藉名位而爲政於一鄉，能使一鄉之人生而仰之，没而思之，此莊周所謂"真人"也。天報以佳兒，爲名文學，馳譽天下，枕籍詩書，光大先業。行將與諸孫麟鳳勃然以興，繼趾玠而起者，可立待天道見矣。若先生之爲人，予則曰，今之古人也。

注：

[1]"遲莫得子"，據清道光十九年(1839)修《東湖汲古閣毛氏世譜》、光緒丙申(1896)修《西河毛氏宗譜》卷十七"常熟南門外毛家場支世系圖"，毛璽爲毛清祖父，所載與本傳抵牾。然二譜均成於晚清，故孰是孰非，未易論斷。

案：(清)林古度：《林茂之文草》，《清代詩文集彙編》第一册，上海古籍出版社2010年版，第29—30頁。

毛母戈孺人墓誌銘

蕭士瑋

虞山毛姥戈氏，長者毛公叔漣之妻，而鳳苞之母也。將葬，鳳苞以狀來請曰："吾父則宗伯錢先生幸誌而銘之矣。維吾母艱勤乞彰，是在夫子。"余嘗數游虞山，固稔毛公義至高，佐楊忠烈堤水平賑，以能著。其卒也，忠烈時爲總憲，自長安遣賻致誄焉。他具錢宗伯誌。戈、毛皆望族，世爲婚姻。戈父諱希周，出贅於錢，生男女七人，姥於次爲仲。三歲，父以家歸，其外王母獨留仲，顧爲姨舅荼毒。比十年所，乃歸，許字毛公。既笄而翁死，毛公以大父命，越苫而婚，遂用變禮廟見。衰絰受管鑰，治家作苦，稍益饒矣。生子凡七，而僅克舉苞也。跋疐湯液火齊間，幾危得之。自就傅，迨入學，朝夕眤明，未嘗不須臾在子身。苞昏，又遭其王母喪。再世以縞素咠醋，姥見之，一慟幾絕。嗚呼！世有爲人母、爲人婦如此者乎？姥弟國禎言曰："姊生平未嘗衣寸帛，食未嘗二簋。自爲兒時，憂勞孝謹，其質勤樂儉，亦天性也。"鳳苞狀母皆質語，無溢辭，殆終身未嘗見齒，歲無連夕交睫者。毛公没，持家益力，視孤意益危。鳳苞更三娶，姥將諸孫，拮据多事，日益瘁生死於憂勤，以成厥家。相夫無違，誨子有立，爲母爲婦，可謂盡道爾已。雖然，而爲姥者苦矣。生嘉靖丁卯七月四日午，殁天啓己巳十一月廿七日，崇禎癸未十二月十二日祔葬於戈莊之新阡泗澤之原。姥一男鳳苞，取范氏，再取康氏，三取嚴氏。孫男五人，襄，范出；褒、袞、表、扆，俱嚴出；孫女三人，俱康出。銘曰：

戈維姒裔，自汴徙虞；爰有名淑，苦集厥軀；囍大埤遺，盡瘁靡他；嗣雖文孝，吁克酬邪；白日謝只，漠漠玄陰；永隔子舍，閟此艱貞。

案：録自《春浮園文集》卷下《墓銘》，《四庫禁燬書叢刊》集部第 108 册，北京出版社 1997 年版。

爲毛潛在隱居乞言小傳

陳　瑚

今海内皆知虞山有毛子晉先生，云：毛氏居昆湖之濱，以孝弟力田世其家。祖心湖、父虛吾，皆有隱德。而虛吾强力耆事，尤精于九九之學。佐縣令楊忠烈隄水平賑，功在鄉里者也。子晉生而篤謹，好書籍。父母以一子，又危得之，愛之甚。而子晉手不釋卷，籦燈中夜，嘗不令二人知。蚤歲爲諸生，有聲邑庠。已而入太學，屢試南闈不得志，乃棄其進士業，一意爲古人之學。讀書治生之外，無他事事矣。

江南藏書之富，自玉峰菉竹堂、婁東萬卷樓後，近屈指海虞。然庚寅十月，絳雲不戒于火，而巋然獨存者，惟毛氏汲古閣。登其閣者，如入龍宮鮫肆，既怖急又踴躍焉。其制上下三楹，始子迄亥，分十二架。中藏四庫書及釋、道兩藏，皆南北宋内府所遺，紙理縝滑，墨光騰刻。又有金元人本，多好事家所未見。子晉日坐閣下，手繙諸部，讐其訛謬，次第行世。至滇南官長萬里遺幣，以購毛氏書，一時載籍之盛，近古未有也。

蓋自其垂髫時即好鋟書，有《屈》《陶》二集之刻。客有言於虛吾者曰："公拮据半生以成厥家，今有子不事生產，日召梓工弄刀筆，不急是務，家殖將落。"母戈孺人解之曰："即不幸鋟書廢家，猶賢于樗蒲、六博也。"廼出橐中金助成之。書成，而雕鏤精工，字絶魯亥，四方之士購者雲集。于是向之非且笑者，轉而嘆羨之矣。其所錄諸書，一據宋本。或戲謂子晉曰："人但多讀書耳，何必宋本焉？"子晉輒舉唐詩"種松皆老作龍鱗"爲證，曰："讀宋本，然後知今本'老龍鱗'之爲誤也。"

子晉固有鉅才，家畜奴婢二千指，同釜而炊，均平如一。躬耕宅旁田二頃有奇，區別樹藝，農師以爲不逮。竹頭木屑，規畫處置，自具分刌。即米鹽瑣碎，時或有貽一詩、投一劄者，輒舉筆屬和，裁答如流。其治家也有法，旦望則率諸子拜家廟，以次謁見師長，月以爲嘗。以故一家之中，能文章、嫺禮義，彬彬如也。生平無疾言遽色，凝然不動，人不能窺其喜慍。及其應接賓朋，等殺井井。顧中庵嘗笑曰："君胸中殆有一夾袋册耶！"

崇禎壬午、癸未間，徧搜《宋遺民》《忠義》二錄、《西臺慟哭記》與《月泉吟社》《河汾》《谷音》諸詩，刻而廣之。未幾，遂有甲申、乙酉南北之事。每自歎人之精神意思所在，便有鬼物憑依其間，即予亦不知其何謂也。變革以後，杜門却掃，著書自娛，無矯矯之跡，而有淵明、樂天之風。與耆儒故老、黄冠緇衲十數輩，爲佳日社，又爲尚齒社，烹葵剪鞠，朝夕唱和以爲樂。間或臨眺山水，當其得意處，則留連竟日。遇古碑文碣志，急呼童子摩搨數紙，然後去。嘗雨後與予探鳥目諸泉，窮日之力。予饑且疲矣，回顧子晉，方行步如飛，登頓險絶，樂而忘返，其興會如此。

居鄉黨，好行其德，篤于親戚故舊。其師若友，如施萬賴、王德操輩，或橐饘終其身，或葬而撫其子。建黄、涇諸橋，一十八里無褰涉之苦。歲大饑，則賑穀代粥，周隣里之不火者。司李雷雨津嘗贈之詩，曰："行野樵漁皆拜賜，入門童僕盡鈔書。"人謂之實錄云。

所著有《和古人詩》《和今人詩》《和友人詩》《埜外詩》若干卷，《題跋》若干卷，《虞鄉雜記》若干卷，《隱湖小識》若干卷。所輯有《方輿勝覽》若干卷，《明詩紀事》若干卷，《國秀》《隱秀》《弘秀》《閨秀》等集，《海虞古文苑》《今文苑》若干卷。

予與子晉交閲數年矣，久而敬之如一日也。明年丁酉（1657）改歲之五日，爲其六十初度之辰，其子褒、表、扆，猶子天回、象謙、雲章暨其倩陳錯、張溯顔、馮長武輩，請予一言介壽。予因作一小傳，以乞言於綴文之家，亦書予之所及知者而已。子晉初名鳳苞，字子九，後更名晉，字子晉。潛在，其別號也。

案：此文載《確庵文藁》卷十六，清康熙間毛褒等刻本。

汲古閣詩

馮　武

　　余年十六登汲古閣，又六年，外舅命余校書其上。如身在珠宮，所見皆非人間寶也。敬賦一篇，以呈外舅，非敢强作解事者，亦以見海內之有此閣，非偶然者爾。

　　大道在天地，聖賢得其微。微乎無所著，發言標指歸。經以明正學，史以辨是非。九流兼百氏，玉屑自霏霏。上足益仁智，下亦贍文辭。所以幾千載，無不尊仲尼。春秋與禮樂，易象暨詩書。闡發前人奧，留爲傳述資。水有星宿海，山有崑崙巍。後遇祖龍炬，文教皆淪夷。金刀啓炎運，一改亡秦規。始除挾書律，廣闢獻書達。帝命謁者農，旁求天下遺。絕學久無主，紛紜競所師。設官分繕寫，向歆校其疑。無何新莽亂，《七略》盡焚之。世祖起南陽，文雅以開基。儒生負帙至，蘭臺日益滋。是正文字者，班傅總厥司。靈帝熹平世，五經靡所依。諸儒共校定，三體刊石碑。董賊驟移都，圖書遭亂離。小者爲縢囊，大者爲車帷。王公載無幾，又復兵燹隨。曹氏篡漢祚，父子善羽儀。鄭默掌研校，收集盡公私。典午接其武，縑軸萃於斯。荀勖定四部，惜盡惠懷時。劉裕平東晉，殘編無足披。復詔王祕書，《七志》別其宜。竟遭侯景寇，蕩盡江東陲。楊氏平陳土，尚文猶未期。阿麼嗜著述，明與四海期。一卷償匹帛，寫訖仍自持。異書出草萊，典籍得整釐。修文三十萬，大備實所希。李唐貞觀中，股肱悉瑰奇。君臣交好古，奄有隋所貽。集賢置學士，鈔譔不少疲。月給蜀麻紙，歲給秋兔皮。分書置四庫，籤軸各異施。未幾安史叛，京國被瘡痍。散毀如雲煙，文不復在茲。文宗甫完輯，黃巢動鼓鼙。昭宗徙雒陽，簡牘同見隳。後唐長興間，卷帙已久虧。始從瀛王請，雕刻用棗梨。九經敕印賣，儒林得共治。有宋並吳蜀，崇文煥門楣。冊府八萬卷，爲世作元龜。靖康蒙塵際，存亡無復知。江東鼎遷久，民間善剞劂。官書多魚魯，私刻各參差。有明掃元騎，二祖秉乾維。爰詔修大典，文明發睿思。兩都貯板籍，光彩耿星輝。留都餘舊刻，修補多更移。燕京勒新梓，古意杳難追。彼蒼不悔禍，宗社驟顛危。頖宮鞠茂草，天祿已傾圮。吳下儒生家，獨備諸典彝。其志屆千古，其居傍水麋。謂從長興前，寫本安可闚。二宋既雕板，遺編或庶幾。身外無所愛，求書勝渴飢。闤策遂雲集，真贋莫可欺。構閣顏汲古，充棟而連樌。武也時一登，恍似入龍池。瓊函與玉笈，四面擁皋比。慨念歷代書，人間半陵遲。又念歷代書，未得恒久垂。幸而聚善本，何爲不共伊。鳩工晨夕鐫，點勘髮成絲。寒暑不少間，五夜然青藜。四十餘年閒,藏書海内推。或曰晉唐世,匠刻無能爲。往往嗜古士,手寫不爲罷。今者得之易,萬卷非所稀。無復觀大義,疇克號書櫥。公曰姑舍是,道廢已可悲。願得廣所傳,爲道作藩籬。豈無好事者,開卷有端倪。

　　案:録自馮武《遥擲稿·筠溪集》,清康熙寶稼堂刻本。原詩首小序爲標題,此"汲古閣詩"標題爲筆者據内容加。

汲古閣主人歌

陳　帆

　　世人窮高託玄賞,海外神遊軼蓬閬。世人喜新將炫俗,畫影求真同刻鵠。世道如此成江河,蕩心移志勞如何。文采風流滿人世,欲往從之豈迢遞。昆湖之陽隱者居,主人帶經還倚鉏。早馳文譽動京國,近甘肥遁投林於。層軒複壁著庋几,環擁遝閣寬前除。羅列四庫百代書,名山蒐討如畋漁。荔支簇鳳蟠錦螭,裝池法古籤瓊琚。盛以花楠文石之匱箱,熏以都梁甲煎之名香。文杏藻井謹蓋藏,葳蕤魚鑰銀銀鐺。下陳髤几白石床,璆碾細斸橫開張。商彝周鼎秦漢章,吳鈎蜀桐星斗芒。倉籀蝌蚪歷海桑,斯邈晶鼂摧風霜。荊關顧陸豪素蒼,杜李韓柳金玉相。撫拊反覆諧宮商,周覽次第何輝煌。主人燕息此静坐,西疇事竟饒清課。抉剔紫蠹搜酉藏,點勘魯魚過丙夜葉羊和。似此潛真在農圃,詎知聲望流寰宇。玄纁實筐升中堂,朱履停驂過華塢。主人倒屣如不及,揖讓雍容妙譚吐。一時體裁南北宗,廿載情深今舊雨。淹旬嘯歌湖上頭,評花賭墅交觥籌。柳眠柳起雙啼鳥,湖雨湖晴一釣舟。有時摳衣登此閣,徘徊几案俱錯愕。汗牛充棟不足論,儳從華藏深鈎索。轉如種種殊勝輪,見此令人消刦塵。欲去不去重惜別,恐懼嘆羨回逡巡。嗟嗟主人居此勝,光風霽日當全盛。卅載以後氛塵侵,剩覺霜華點朝鏡。此閣此藏忻獨存,故舊爲之額手慶。天心固欲壽此藏,令君長年畢真興。矧復賢胤皆龍媒,宮牆濟濟賈馬才。鴻騫鶴翥天衢上,覃恩繹絡日邊來。烏衣子弟如王謝,綠窗嬌客多崔裴。風雲萬里在咫尺,一時看上黄金臺。主人獻歲臨華節,辛盤玉膾鸞刀切。内外交親共一堂,玳梁歌管停雲徹。余亦躬逢勝賞時,主人夙昔爲良知。我歌長歌當尊醑,敢道盛美非諛辭。我觀斯閣斯主人,禮義爲圃賢聖鄰。庫露摇晃重湖色,房櫳開卷西山雲。我觀此閣此藏玩,世代神物昭雲漢。竹廊新火煮紅泉,詩壇潑酒澆柔翰。嗟乎鳳麟迢遥莫可知,世人窮高徒爾爲。雕脂鏤水竭智力,轉輾喜新無所施。窮高喜新類如此，求之益堅昧至理。何如主人臨此閣，博綜萬彙隨床几。借問古人誰得似，襄陽寶晉差足儗。同時又有王晉卿，嗜古博物稱好事。平生溢慕顧阿瑛，玉山草堂敦素履。取法無非古爲式，紛紛紀載備史翼。鍐鏤精詳摩榻工，流播滇黔越裳國。吁嗟舉世勞紛爭，兩眸矇瞀如晦盲。撑腸拄腹懷妒癖，主人目此爲青蠅。海内猶傳有此閣，閣中之人久棲託。歌竟從容語主人，庶幾永保齊康樂。

案：此詩載清初刻本《以介編》卷下。

汲古閣歌並序
殷　麗

毛氏汲古閣書，校翻宋刻，梓行遍宇内。予習隱居名久矣。往嘗訂今小馮君定遠，介訪昆湖，欲盡觀善本不果。歲丁酉，偶從申比部所見婁東陳子言夏，爲隱居乞言小傳。予夙有書淫，慕君學海，爰作是歌。

汲古閣，汲古閣，萬卷圖書恣揮攉。百城南面主者誰，毛君子晉司其鑰。毛君年華六十春，閉門卻掃昆湖濱。童顏矍鑠無所好，惟有玉軸牙籤三十乘，一生長與古人親。古人風流去已杳，結繩湮没方册少。壁經石鼓久失真，漆書竹簡難稽考。祖龍怒燒千聖血，漢儒襲舛蒲空截。兵燹寥寥晉復唐，秘閣徵求四庫藏。鼠須側理小楷利，師弟抄寫傳書香。自刊梨棗廣明後，印板模糊生紕繆。宋朝天子右文章，敕下良工賜雕鐫。皇明制科時藝興，不求識字名專經。陰陶亥豕魚作魯，金銀蹲鴟甄紇丁。梓人葫蘆賈人便，讀之捧腹飯噴案。君恐承訛誤後生，點畫偏傍細讎勘，遍購唐抄宋刻元翻。國初内府宣德本，上下三楹閣充牣。等身汗牛書畫船，不惜黃金費輸運。經史沉酣暨百家，詩文雜集相聲牙。兼譯金經貝多葉，旁參瓊笈琅函差。展帙乍披閱插架，何衡從目眩丹鉛。五色迷疑遊鮫肆，投龍宮，龍宮海藏虯螭守，徑寸驪珠探却有。五都六幹賈胡身，不換君家窺二酉。予亦玩充玩市流，願君久視仍丹丘。盡收海内名山業，三瓿借我窮冥搜。冥搜萬卷氣磅礴，此書不朽君壽若。君不見昔人嘗羨鄴侯家，今日予歌汲古閣。汲古閣，集遺編。毛子晉，千年傳。

案：此詩載清初刻本《以介編》卷下。

汲古閣歌

釋照影

　　汲古之閣在何處？虞山之左昆湖涘。東接滄溟朝日紅，西連劍門暮雲紫。君不見亭臺層叠籠碧紗，迴樓縹緲生煙霞。閣中人物皆太古，縹緗紛還三十車。古人有書皆讀盡，還向湖邊作高隱。豈道今人非古人，古人尚與今人近。先生獨垂千尺綆，汲盡不測之深淵。孰知遊心無極外，翻然託蹟窮崖巔。深淵瓊崖靜無始，年年但見春風起。春風吹上十二樓，玉檻珠簾望中歸。文章炳耀流榮光，笙簧迭奏心翱翔。閣上秘書逼星漢，階前玉樹棲鳳凰。高卧松雲達明發，拂花弄琴向瀛渤。仙人控鶴來隱湖，逍遥共弄湖中月。湖中有田剗玉耕，種芝亦復栽蘭英。襟懷落落非常度，仙人遐與陳幽盟。著書滋閣不知久，日與仙人酌醇酒。粲粲華燈錦瑟張，玉盤皎皎羅春韭。我歌汲古意漫陳，閣中吟詠皆輕新。興來索筆爲君壽，長嘯今人是古人。

　　案：此詩載清初刻本《以介編》卷下。

汲古閣觀書記

李　清

　　夫世人謂頡有字，恬有筆，倫有紙。是三物畢備，後而欲史，闕一未有之奇。使先民羞儉，而後人詡富，則亦難乎其爲闕矣。及觀毛子晉汲古閣藏書，乃嘆曰：若是者爲闕，謂《十三經》與《十七史》皆不以藏以刊耳。乃所尤難者，則購斯摹，摹斯梓，必宋本是準，其他野乘家集未易枚舉，富哉！觀乎世次間，子晉述麗江僧言多異。麗江，雲南郡也。其郡伯木增曾獲唐《華嚴經懺儀》，以中土未傳，不遠萬里，就刊子晉家。其使乃僧也，僧言："奉常木郡伯命，率從者往小西天，以土貢爲贄，總計四十八色。而每色析計又各四十八盤，雖金銀珠亦然。及行至中途，彌望無際，日且暮，咸野棲是懼。獨同行一僧以棒擊地，忽有人從地中揭板纍纍出，蓋穴居也。僧入宿，問居此何爲？皆云有琥珀生其下，每登山，視烟氣上罩，則可掘而獲。初入握時，質甚軟，須裹置腰間，移時乃堅凝可貿。與世所傳茯苓化琥珀異也。及抵小西天，則去雲南萬里，去大西天尚八千里，而雪山隱然，望之峩峙。其王不理他政，止務齋修。每將寂滅，則集諸練行國人會食，互相扣擊，以數百計。其辨難不勝者,相次引去。最後餘二人,相詰鬧不休。待一人辭窮,方伏地拜,其勝者坐受,即代爲王。又使者初至,其王於四十八色外,復堅索水與牛二種,如前數方止。時有僧數十從他國來者,以筒吸水入鼻,方飲。飲已,又群誦胡咒,作喃喃狀,則牛皆跪。僧顧而喜,競提其角,裂至腹。先取血肉至,置盂中,咒之,立化盡。食之已,取所餘巨骨,咒而化,化而食,食而盡,與血肉不異。"蓋子晉述僧言如此。或曰僧言妄也,無徵不信。然使子晉家藏諸秘,非出予目擊,而謂《十三經》宋本爲可購,《十七史》宋本可購,又《册府元龜》宋本與《文選》諸宋本,雖一種至五六本亦可購,或梓,或未梓,森列鄴架。其不等于是僧安言,而互相詆諆者幾希。子晉又言金本尤工,亦購致數種,惜予不及觀而返。嗟乎,天下事詎可目論? 此魏文帝火浣布一辨,所以抱死懟于刊石也。

《新府志》:汲古閣在虞邑東湖南七星橋,處士毛晉所構,藏經史子集處,今僅存遺址。

案:録自《吳郡文編》卷一百二十五,上海古籍出版社 2011 年版。

李清曾致信言及此事,其《與毛子晉》云:"……小記、小序各一,聊識藏書盛事,皆蕪辭也。若酒瓿足覆,恐君家所儲,盡皆醒醐,翻以近旨爲福過,不若裂而焚之。轉深知我之感於此日耳。"①小序今未查到。

汲古閣制義序
陳　瑚

虞山之陽,星橋之偏,望之巋然而傑出者,曰汲古閣,昆湖毛氏藏書處也。閣之下梓工數百人,翻宋刻《十三經》《十七史》以行世。當世學士大夫博聞彊記之家無不思購而讀之,以故子晉先生名滿天下云。其二子襄、扆從余遊,予得時時登其閣而覽其書。其間秦碑周鼓、國史邑乘、山經水志、梵筴道書、唐宋詩歌、金元詞曲,或縹而囊,或韋而編,或版而束,或櫝而函,五車所未載、四庫所未收,其穹如墉,其齒如林。予爲之目眩心移,而不能舍也。子晉寢食於中者數十年,以此誨其二子有餘,而顧命之請業於予。今二子出其制義,將以求正於四方君子,予何能無一言? 予聞之,文以理爲主,詞以輔,高者簡質而疏通,大者縱橫而曲折。簡質而疏通,得於經者也;縱橫而曲折,得於史者也。譬之將兵,得於經者正正之旗、堂堂之陣也;得於史者,如

① (清)周亮工:《結鄰集》,張静廬點校,貝葉山房本,上海雜志公司 1936 年版,第 112 頁。

處女，如脱兔，入百萬軍取大將頭，直探囊中物耳。二子之文，伯氏簡質而疏通矣，仲氏縱横而曲折矣。子晉簡閲藏書，授其鏤版，分爲世業，伯以經、仲以史，蓋從其性之所近而磨切之。知子莫若父，信哉。今天下窮巷布衣家無載籍，晨饔暝鹽，膏火焦涸，或頭白不得志於有司。若者皆足以耗其雄心，而短其氣。二子籍高堂之麻，廡良田美池，力足自給，年未弱冠，已爲諸生，而又坐擁萬卷，充棟汗牛，百城南面，不以易其樂也，其得於天者，不既優歟！語云：觀千劍者善劍。二子樹幟於壇坫之上，何必他求？入而求之汲古閣可也。

　　案：此文載清康熙毛氏汲古閣刻本《礏庵文稿》卷十三，當寫於陳瑚館於毛氏之順治六年至十一年間（毛襃卒於順治十三年），亦即毛襃、毛袞從師於陳湖期間，此時毛扆尚幼，故未及之。字裏行間，陳瑚流露出對擁有汲古閣可以無限覽書治學的方便與羡慕。從汲古閣命名、刻書、所藏及師從、治學特點、優渥條件等，於治學、刻書上，根據本人學術興趣，毛晉對其子有所分工，毛襃重經，毛袞重史。毛表、毛扆的分工，此處没有交代，但通過現存藏書、校書及參與刻書情況來看，毛表重在子部，而毛扆則以集部爲主，如毛扆對宋詞、唐集的校刊即可説明。

毛子晉六十壽序

錢謙益

　　余誦古人詩，至魏武帝《短歌行》及韓退之《南溪》詩，未嘗不彷徨追歎也。夫以魏武之雄姿，經營八極，一不得志于江東，則有老驥暮年之感，而其詩曰：“越陌度阡，枉用相存。契闊談讌，心念舊恩。”退之之文章，亦一世之雄也，及歸老城南莊，則賦詩曰：“不惟兒童輩，亦有杖白頭。饌（1）我籠中爪，勸我此淹留。願爲同社人，雞豚燕春秋。”此二公者，其才力志氣横鶩側出，可以無所不之。及其才騁而旋，志放而返，則退而思息機摧撞，謀田園鄉社之樂，勞歌而役夢，千載而下，猶有餘情也。

　　余少有四方之志，老而無成。海内知交彫謝迨盡，及門之士晨星相望，亦有棄我如遺跡者。唯毛子子晉契闊相存，不以老耄舍我，而子晉年已六十矣。憶子晉摳衣升堂，年方英妙，今已巋然爲鄉老。余西垂之歲，塊然獨處，其與子晉過從，眂古之度阡陌而燕雞豚者，則有間矣。於其生辰爲壽，諷詠曹、韓之詩，其亦不能無慨然也已。

　　子晉有三才子，撰書幣過余，謀所以壽其親者。余觀介壽之辭備矣，頌

其文則游、夏,頌其行則曾、史,頌其藏書則酉陽、羽陵,頌其撰述則《珠林》
《玉海》。余雖善頌,何以加此?而余之所聞於内典者,五天聲明之論,六歲
至十五歲童子,習學闇誦,比於神州上經,孔父三絶,婆羅門《四圍陀論》,此
方之五車四部,未足闚其緒餘也。彼其淺淺者而猶若是,而况其深深者乎?
日吾友蕭伯玉、范質公議藏(2)大藏方册,子晉誓願荷擔,續佛慧命,皮紙骨
筆,不遑恤也。余晚探教海,思以螢光爝火,照四含而鏡三宗。子晉獨踴躍
印讚,以爲希有。然則子晉之志願,固在乎威音已後,月光已前。世所謂名
人魁士登汲古之閣,旋其面目,望洋向若而歎者(3):“繇子晉觀之,不啻河
中之一沙,手中之一葉,宜其修然視下,欿然而不自有也。”

余嘗觀魏武遺令,與陸士衡之憤懣獻(4)弔者矣。又觀張籍敘退之養
病詩,所謂“又出二女子,合彈琵琶筝”者矣。英雄之伯心,文人之習氣,俛
仰耗磨,留連踠晚,回環思之,又有不勝其歎惋者。今吾与子晉委心法門,一
鐙迢然,懸鏡相對,以多生文字結習,廻向般若,餘年末光,與斯人孰多?斯
可以爲子晉壽也矣。往余六十初度,謝客湖南。子晉爲設南岳應真像,清齋
法筵,唄讚竟日。今將偕一二名僧遺民,往修故事,恐子晉之或避匿也,告夫
三子,俾曙戒以待我。而先之以斯文,以道余所以往賀之意。

強圉作噩之歲立春之三日,友生錢後人謙益再拜爲序,又三日書於碧梧
紅豆之邨莊。

校:

(1)“饌”,《有學集》作“饋”。
(2)“葳”,《有學集》作“藏”。
(3)“者”,《有學集》作“曰”。
(4)“獻”,《有學集》作“歙”。

案:此文載清初刻本《以介編》卷首。又載《有學集》卷二十三,但無末
署題,《錢牧齋全集》第五册,上海古籍出版社2003年版。

隱湖毛公(君)墓誌銘
錢謙益

兵興以來,海内雄駿(俊)君子,不與劫灰俱燼者,豫章蕭伯玉、徐臣源、
德州盧德水、華州郭胤伯。浮囊片紙,異世相存,各以身在相慰藉。不及十
年,寢門之外,赴哭踵至。余乃喟然歎曰:“古之老于鄉者,杖屨來往,不在

東阡,即在西(北)陌。今諸君子雖往矣,江鄉百里,雞豚近局,南村河渚之間,尚有人焉,吾猶不患乎無徒也。"少年間,黄子子羽、毛子子晉,相繼捐館舍,咸請余坐榻前,抗手訣别。嗟夫! 陸平原年四十,作《歎逝賦》,以途暮意迋爲感。今余老耄殘軀,慣爲友朋(朋友)送死,世咸指目以爲怪鳥惡物,而余亦不復敢以求友累人。所謂"託末契於後生"者,將安之乎? 斯其可哀也已。

子晉初名鳳苞,晚更名晉,世居虞山東湖。父清,孝弟力田,爲鄉三老。而子晉奮起爲儒,通明好古,强記博覽,不屑儷花鬭葉,争妍研(缺研字)削閑。壯從余游,益深知學問之指意。謂經術之學原本漢唐,儒者遠祖新安,近考餘姚,不復知古人先河後海之義。代各有史,史各有事有文,雖東萊、武進以鉅儒事鈎纂,要以岐枝割剥,使人不得見宇宙之大全。故于經史全書勘讎流布,務欲使學者窮其源流,審其津涉。其他訪佚典、搜秘文,皆用以裨輔其正學。於是縹囊緗帙,毛氏之書走天下,而知其標準者或鮮矣。經史既竣,則有事于佛藏。軍持在户,貝多溢(濫)几,捐衣削食,終其身芒芒如也。蓋世之好學者有矣。其于内外二典,世出世間之法,兼營並力,如饑渴之求飲食,殆未有如子晉者也。余老歸空門,捐(撥)棄世間文字,每思以經史舊學、朱黄油素之緒言,悉委付于子晉。子晉晚思入道,觀余箋注《首楞》《般若》,則又思刊落枝葉,迴向文字因緣,以從事于余,而今將(皆)不可得矣。悠悠人世,可爲興悲,豈但東阡西(北)陌而已哉! 子晉爲人,孝友恭謹,遲重不洩,交知滿天下。平生最受知者,故令應山楊忠烈公。所莊事者,繆布衣仲淳、張冢宰金銘、蕭太常伯玉也。與人交,不翕翕熱,撫王德操之孤,恤吳去塵、沈璧甫之亡,皆有終始。著書滿家,多未削稿,其子皆鏃礪嗜學,能弆而讀之,異時有聞焉。子晉娶范氏、康氏,繼嚴氏。生五子:襄、褒、衮、表、扆。襄、衮皆先卒。女四人,孫男女十一人。(生于己亥歲之正月五日),卒于己亥歲之七月二十七日,年六十有一。(越三年辛丑十一月朔)葬于戈莊之祖塋。銘曰:

君爲舉子,提筆如虹。丁卯鎖院,訊於掌夢。明遠麗讟,蟠龍正中。口銜珠書,山字冠空。兩幡旁列,史右經東。明年改元,歲集辰龍。高山崔巍,觀象在崇。爰刻經史,敬嗣辟雍。秦鏡漢囊,表應受終。魯誥既藏,竺墳攸崇。玉牒縹筆,昱耀龍宫。劫塵浩然,噩夢衝衝。維兹吉夢,帝命克從。罤如嵲如,有丘宛隆。文字海光,長賁柏鬆。

上章困敦之歲塗月朔日,江村老友蒙叟錢謙益制。濟宗頭陀行達嚴栻篆蓋。長樂同學馮班上丹。

案：此文録自出土毛晉墓志。1964 年 4 月 1 日，藕渠公社戈莊社員發現青石墓誌四塊，高約 30 釐米，闊約 80 釐米，係《隱湖毛公墓志銘》。案此，毛晉葬於戈莊無疑。銘文與錢謙益《有學集》所載略有不同，録文中括號内爲《有學集》異文。《有學集》卷三十一（《錢牧齋全集》第六册，上海古籍出版社 2003 年版）載銘文末未署作者、篆蓋、書丹。宣統元年（1909），《常昭月報》第四期載《記毛子晉宅墓》云："墓地，子晉先生墓在虞山維摩寺後。光緒癸未秋，其八十孫廷熊，曾重修立碑其側。"所記當誤。出土墓碑今存常熟市碑刻博物館。碑文載《常熟碑刻集》，上海辭書出版社 2007 年版，第 348—349 頁。

毛子晉像贊
錢謙益

蔷畬油素，枕籍縑湘。考六經爲鐘鼓，奏四部爲笙簧。蠹飽羽陵，獺祭幾將。逐康成之車後，呼子慎于道旁。重之以貫花妙典，寫葉秘章。抑揚夏楚，雛勘梵唐。梨棗疊架，貝多滿堂。慭墨穴之昏黑，備石室之弆藏。斯人已矣，誓願不亡。河沙重重，墨海茫茫。固將聽犍椎聲，分瓶水于喜海，抑亦持丹漆器，理科斗于廣桑？

案：録自《有學集》卷四十二，《錢牧齋全集》第六册，上海古籍出版社 2003 年版。

先府君行實
毛褒等

毛氏之先，有周之苗。文王第八子，封於毛，子孫以國爲氏。至漢有大小毛公，傳子夏詩，代有聞人，見於史牒。末冑流移，散居吴中。府君家世居蘇州常熟縣昆湖之東。曾祖諱璽。祖諱聖，以力田起家。考諱清，號虚吾。内行修謹，有幹識，首知於應山楊忠烈公。忠烈令常熟，以柱後惠文彈治疲俗，人吏不敢欺。邑有大繇役興造，倚公而集事。應山廉介絶人。公歿，應山爲文祭之，稱公無欲。則應山之知公，非直以材，蓋其道合也。生府君，諱鳳苞，字子九，一名晉，字子晉，別號潛在。有異姿。外家戈氏，舅莊樂君名汕，僻古好琴書，爲一時高士。府君髫歲喜讀《離騷》，慕陶靖節之爲人，與舅氏相得。戈與魏中外。方伯仲雪名浣初，孝廉叔子名沖，一時名人。府君師事叔子先生。先生築室於虞山之趾,曰花溪,有水石之玩。聚徒教授,常數十人。先生常問諸徒曰:"讀《離騷》,痛飲酒,何以稱名士?"諸徒罔對。府君曰:"名士當觀其性情,但使哀樂過人,可已,材不足問也。讀《離騷》飲酒,故非俗人所知。"其自托如此。府君爲程試之文,□絶於人。叔子先生常稱之不去口。屢試不得意。□遭鼎革,乃隱湖上,與名輩爲詩文之會,號隱湖。春秋佳日,放舟湖山間,探尋古蹟,未嘗少倦。所至皆有題詠。賓客酬和,至累千篇,皆在家集。交游遍四海,縉素高人在門者,日常數十人。府君待之,賢否無失。其貧老者,歲時有粟帛之餽,或爲經理其家事,一時稱長者。購異書,嗜之如飢渴。四方名勝争以所有郵致之,無虛日。多得宋版及舊家故籍,築閣庋置之,扁曰"汲古"。閣中不事華飾,板扉壁素而已。裝潢卷帙,皆質素。每曰:"錦標牙軸,非儒家之玩也。"居家無裘馬聲色之好。樂施長厚,而不爲豪舉。動以前輩名人爲法,見者以爲似顧仲瑛、倪雲林,府君以此自喜。虛吾公殁後,口未嘗道家諱。年已帶白,有事必稟於戈孺人。朔望必率子弟拜家廟,以次謁師長。僮僕皆令寫書,字畫有法。鋟書數千卷,天下皆行毛氏汲古閣書。書板多,室中至不能容。賑貧乏,多方略。急公嗜事,不替虛吾公之志。動止有度,無疾聲朱顏。家畜童婢千指,撫愛有方。誨諸子曰:"陶公有云,是亦人子也。汝曹慎無刻薄寡恩。"平生多佳事可傳者,長老皆能道之。孤子褒、表、扆等不文,懼不足以稱德光,耀來世,□次其十一,敢頓首假詞於立言大人君子,惟不棄而賜之言焉。

府君事二尊有至性。生事死葬,祭無違禮。居虛吾公喪,每慟輒絶。賓客有爲少年戲者,戈孺人怒,踧而戒之。終身不視蒱博葉子諸戲具。虛吾公殁,曾祖考心湖公未葬。府君具營葬事,起域兆,樹松檟,所費不貲,同堂兄弟無所與。曰:"此吾先人之遺憾也。"聞之長者曰:"繆徵君仲淳,意氣巋然,少所許可,於府君爲從舅祖。府君髫年,便相嘉歎。謂王父曰:'此子風氣日上,足散人懷,其善訓之。'"後執經錢太保牧齋先生之門,先生待之以游、夏,相與揚推今古,三十餘年未嘗有間。府君殁,先生哭之,有喪予之痛。四方交游甚盛,張大司農藐山、顧太學麐士、蕭太常伯玉、丁客部長孺、徐處士元歎、周文學仲榮、華山釋蒼雪徹公,尤爲莫逆。申酉之交,府君遊金陵,藐山、伯玉諸君子皆在位,相與日夕賦詩飲讌。一日,藐山、先君共飲於識舟亭,與先君執手曰:"子且歸,吾亦從此逝矣。"府君遂凄然解維。未幾,南都覆矣。確菴陳夫子隱於七十二潭,府君物色得之,定交於孤蘆釣艇之間,恨相見之晚。其平生之善於親仁也。

楊忠烈公遺府君書,如親子弟,勗以"讀書寡欲"。書中點此四字,府君終身誦之。忠烈中寺人之禍以卒,府君爲撰《忠烈實録》,率邑人重建祠堂以報之。唐解元伯虎墓，在吳門之橫塘。府君泛舟經其下，叢薄翳然，披荆榛而拜之。問其主祀者，有農人言，僅一姪孫婦，老而孀居於桃花塢。感之，悽然曰："唐公歿無後，祝希哲誌之，王履吉書誌，袁胥臺撰集刻行，皆其友也。今遺風未沫，牛羊踐其墟墓，習聞其遺事，誦其詩若文，尚而友之，何必同時哉？此吾輩之責也。"爲立祠堂，採石爲碑，雷司李起劍文以記之。吳去塵，名拭。好游，旅食吳市。兵後被劫，八口裸身歸府君。府君掃室容之，給其糜食。無何，舉家病瘥。去塵且死，贈府君詩曰："顧我願將妻子托，知君已定生死交。"比卒，府君爲經理其後事，如所言。王德操，名人鑑。耿介絕俗，與府君定交於杯酒間，俾其子溈出，拜曰："吾暮齒有子，今尚髫齔。桑榆之景，量難見其成立。公今之范巨卿也，願以相累。"府君悽然諾之。德操死，移其家於舍傍，延師訓迪，二十年如一日也。王凱度，名廣。家藏元末至洪武以後文集三百餘種。一見促膝兩日夜，論詩書不及雜語。死無子，露棺五年。府君爲出金祔於其墓，且爲文誌之。邑鮮好事，游客至虞，或窘無所得，皆以隱湖爲歸。林若撫，名雲鳳。沈璧甫，名璜。詩人宿士，有詩萬篇。老而貧，府君常餽遺之。鄉里待以舉火者數十人。輯亡友詩一編，爲昔人詩存，懼其無傳也。始，楊忠烈發官帑賑荒，虛吾公肩其事，益以私廩。府君有心計，樂施與，酷似虛吾公。爲《救荒四說》，皆平直可行。自正月至三月，六月至八月，發單給穀，飢者賴之。邑人役不均，府君立議白於當事，富者不得規避。或靳之曰："君獨不自爲計乎？"府君曰："食天子水土，當率鄉里供賦役。自爲計，是何言耶！"邑苦水災，朝廷蠲賦，多爲猾胥所侵，邑令難之。府君爲設法，立册高下，皆井然可稽，吏無所容奸。家世居昆湖之曲，距城一十八里。水道蜿蜒，支流四方。萬曆戊申，湖水漲溢，橋梁飄蕩，虛吾公修之，民不病涉。至天啓甲子，復遇暴水，緣涇廬舍盡毀，木杠石梁皆沒於清溪白浪間。府君采石於金山，求木於胥口，糜金鑼二百八十兩有奇，一十八里無揭厲之患，自爲文記之。

　　歲壬午，大水，里人飢儉。歲除，家人方聚讌。府君停杯惻然曰："此夕不知幾人當病飢，我不忍獨歡笑也。"命載米遍給貧者。元旦，謝賑者盈門。雷司李贈府君詩曰："行野田夫皆謝賑，入門僮僕盡鈔書。"實錄也。

　　兵起時，道路劫剝，就府君避兵者數十家。府君與飲讌賦詩如平時，皆賴以濟。十餘年來，豪胥桀吏以睚眦中人，猗頓之家或化爲黔婁。繡衣使者按虞，以折簡召府君。友人楊子常錯愕曰："是意不善，子晉且破家矣！"及見，但問書史，握手勞苦，不及他事。藏書好古，名稱遠聞，爲人所欽如此。府君年五十，賀客宴於陸氏之頤志堂，自言其事。友人馮定遠在座，詠馮瀛王詩曰："但能方寸無諸惡，狼虎叢中也立身。"府君笑而頷之，以爲得其意也。嘗讀史,見游俠之流,吏不窺門,曰:"是盜賊居民間者,終且敗矣,不足慕也。"見名德高人,潔身勵行,盜賊避之,曰:"真吾師也。"身殁,家無餘財,盡於好事,惟有遺書滿室耳。

好古金石刻。嘗經焦山下,方冬月水涸,北風栗然。求瘞鶴銘所在,泊舟旬日,盡拓得之,一點一畫無所棄。施金修古妙清寺,柱礎下得片石,洗視之,梁貞明五年蕭章墓志也,字畫草草。府君曰:"古物不可棄。"拓數十本藏之。游破山寺,於空心亭故址下,得斷石埋没草中,蘚剥生金,洗而讀之,元人段天祐記也。府君感之,爲建亭,俾復其故。分常尉破山寺四十字爲韻,與同人唱和,以紀其事。家藏常自比歐趙也。

天啓丁卯,府君在闈中,心禱曰:"辛苦場屋,所求一名。神理不遠,得否當有佳夢。"已而寐見明遠樓中,蟠一龍,口吐雙珠,皆隱隱有籀文。唯頂上一山字皎然。仰見兩楹,分懸紅牌。金書"十三經十七史"字。至第三場,又夢如初。鎩羽後,居邑城南。除夕,夢還隱湖,堂柱有此六字,焕然紅光照户。元旦以白戈孺人。孺人曰:"此教若盡讀經史耳。"還湖南,掩關謝客讀書。開曆擇佳日,忽悟曰:"今年歲在辰,龍也。崇禎改元,山字崇也。"遂鳩工開梨棗,分部校讎,數年而成。兵興多損失,復補完之,其費不啻倍蓰也。當洪武時,收書板入國子監,皆宋元舊板。歷朝補刻,稍改舊觀。至北雍重刻,古字盡矣。府君慨古本將不復見,所刻經史,皆得宋刻。補正文字,視兩官書爲善焉。府君讀《孔子家語》,謂經近代改竄,非復古本,今殆亡矣,誓必得之。一念經年,果從錫山酒家得宋版,乃開雕行之。欲刻《華嚴經》,無佳本。長跪吳中石像前,竟一日夕。寺僧怪之。至次晚,聞僧言,有經質某所;欣然起問之,以二十金贖歸。皆若有神者命之也。昔智者設臺拜經,楞嚴後至震旦,府君殆似之也。

毛氏書行海内,或自累千里外購之。汰如明公講華嚴於華山,有異僧自雲南賣《華嚴懺法》至,麗江土司木生白之命也。此書自西夏一行禪師録出,惟雞足山崇聖寺有本,未行於中夏。木公遣使度嶺越江,詣吳中求刻布之。府君欣然不辭。越歲,木公又遣使致兼金琥珀薰陸諸品購府君書,捆載越海而去。自來書行之遠,乃爲夷裔所慕,未有如此者也。

府君屢躓於場屋。時闈中有以徑竇倖進者。府君謝却曰:"士人進身之始,不當如此苟且也。"甲申之變,弘光立於留都。富人爭入金爲官。布衣之豪,得知於當事者,或崛起居清要,留都金紫照路。府君(下缺)。

右毛子晉先生行實,其子毛褒、表、宷所撰,吾友曹菊生修立訪書隱湖,得自先生後裔者也。尚是清初舊鈔本。附有楊忠烈祭先生父虚吾公文,暨魏浣初壽先生母戈孺人六十祝詞,則係明刻本。行實尤多隱湖掌故,彌可珍貴。移録於此，以補年譜之缺失。

　　錢大成記。

　　案：録自錢大成《毛子晉年譜稿》卷末附録，《國立中央圖書館館刊》1947 年第 1 卷第 4 號。

祭虞山毛子晉文
陸世儀

　　嗚呼！虞山有毛子晉，亦虞山之人傑也。在昔萬歷盛時，虞山牧齋錢公以文章名海内，子晉從之游最早。凡牧齋所讀之書，子晉無不讀；牧齋所交之人，子晉無不交。而又能搜求善本，不惜重價，聘宇内名師宿儒互相讎訂，剞劂之美甲於天下。至殊方異域，亦莫不知有汲古先生藏書之富，與絳雲樓埒。四方之賢豪、長者或吏兹土，或游虞山，無不造盧請謁，蓋幾與牧齋公平分半席。嗚呼！可謂盛矣。或曰：“以子晉之才之學，可以黼黻盛明，螫聲皇路，爲一時名臣碩輔，而顧埋名畎畝，終老山林，僅可與石田、衡山比肩。”以是爲子晉缺望，予謂不然。人生之遇與不遇，時也運也，惟讀書之樂，則性命以之者也。昔人謂“萬卷自擁，何假南面百城。”今子晉坐隱湖之濱，所居有良田廣宅，聚書至數萬卷，搆傑閣貯書其中，背山臨湖，日與名人逸士校讎緗閲，暇則一觴一詠，暢敘幽情，而又有賢子弟禮賢賓師，講道論德，修身復古。以視夫僕僕長安，車塵馬足，營營終日，寵辱驚心者，得耶？失耶？且邇者，天下亦多故矣。食人之食者，憂人之憂。子晉身不登仕籍，足不履廊廟，置身局外，理亂不聞，其生也爲江湖之逸民，其歿也爲兩朝之處士，蓋棺之日，家無餘財，天下莫不重其人，嘉其行。予嘗謂宋之趙明誠，其藏書之富，私居之樂，似頗勝於公矣。而卒以身丁喪亂，所蓄盡失。讀《金石録》者，無不悲之。以視公之屢經喪亂，田園宴如，其擇地之善，藏身之固，又加於人一等矣。謂之人傑，不亦宜乎？予與子晉交，因予友確菴數年中數過其盧，登樓讀書，見其品題位置，無不精絶，而又能以其餘力，庀治田園，經理公私諸務，莫不井然咸中條理，嚛中陳子義扶常歎其有大司農才，然則子晉豈不能以功名顯者耶？彼固有所不必也，嗚呼！子晉可謂人傑矣！

　　案：録自《陸桴亭先生文集》卷六，《陸桴亭先生遺書》二十三種四十一卷，清光緒二十五年（1899）太倉唐受祺京師刻本，今藏天津圖書館。

毛晉初名鳳苞字子晉常熟人有《野外詩卷》
朱彝尊

隱君問業於愚山及魏孝廉叔子，性好儲藏秘册，中年自羣經、十七史以及詩詞曲本，唐、宋、金、元别集，稗官小説，靡不發雕，公諸海内，其有功於藝苑甚鉅。韻語有《和古人詩》《和今人詩》，大約和平之音，無鏤肝鉥腎之苦。《過徐元歎落木菴》云："十年離舊榻，賀九又重登。山翠連郭合，花香繞屋凝。尋僧過略彴，呼酒洗瘦藤。重覓題詩處，苔封厚幾層。"《移竹編籬》云："活竹移來帶野泥，安排疏影與檐齊。歸鴉頓失常棲處，穉子難尋舊釣隄。曉露潤生根畔草，晚風吹斷隔鄰雞。老僧相伴逢迎少，話到斜扉落日低。"

案：録自《静志居詩話》卷二十二，清嘉慶二十四年（1819）扶荔枝山房刻本。

汲古閣主人小傳
鄭德懋

毛晉，原名鳳苞，字子晉，常熟縣人，世居迎春門外之七星橋。父清以孝弟力田起家。當楊忠愍公漣爲常熟令時，察知邑中有幹識者十人，遇有災荒工務，倚以集事，清其首也。晉少爲諸生，蕭太常伯玉特賞之，晚乃謝去。以字行。性嗜卷軸，榜於門曰："有以宋槧本至者，門内主人計葉酬錢，每葉出二佰。有以舊抄本至者，每葉出四十。有以時下善本至者，别家出一千，主人出一千二佰。"於是湖州書舶雲集於七星橋毛氏之門矣。邑中爲之諺曰："三百六十行生意，不如鬻書於毛氏。"前後積至八萬四千册，搆汲古閣、目耕樓以庋之。子晉患經史子集率漫漶無善本，乃刻十三經、十七史、古今百家及二氏書，至今學者寶之。方汲古閣之炳峙於七星橋也，南去十里爲唐市，楊彝鳳基樓在焉。東去二十里爲白茆市，某公紅豆莊在焉。是時海内勝流至常熟者，無不以三處爲歸。江干車馬時時不絶，而應接賓客，如恐不及，汲古閣主人爲最。尤好行善，水道橋梁，多獨力成之。歲饑則連舟載米，分給附近貧家。雷司理贈詩云："行野田夫皆謝賑，入門僮僕盡鈔書。"蓋紀實也。子晉生前明萬曆二十七年己亥歲之正月五日，至本朝順治十六年己亥歲七月二十七日卒，享年六十有一。葬於戈莊之祖塋。生五子：襄、褒、袞、表、扆。扆字斧季，精於小學，最知名。余嘗於友人處得陳君秉鑰所録《汲古閣校刻書目》一卷,爲校正若干字,附《補遺》一卷、《刻板存亡考》於後。録畢,因著《汲古閣主人小傳》一通冠諸簡端。滎陽悔道人記。

　　案:此文載《汲古閣校刻書目》卷首,清同治間顧湘刻《小石山房叢書》本。

毛鳳苞傳

　　毛鳳苞,字子九,諸生,後改名晉,字子晉,號潛在。以布衣自處。父清,以孝弟力田起家。楊忠烈爲令時,擇縣中有幹識者十人,每有大役,倚以集事,清其首也。晉奮起爲儒,好古博覽,搆汲古閣、目耕樓,藏書數萬卷。延名士校勘,開雕十三經、十七史、古今百家及從未梓行之書。天下之購善本書者,必望走隱湖毛氏。所用紙,歲從江西特造之,厚者曰毛邊,薄者曰毛太,至今猶沿其名不絶。晉爲人孝友恭謹,與人交有終始,又好施予。遇歲歉,載米徧給貧家。水鄉橋梁,獨力成之。推官雷某贈詩曰:"行野漁樵皆謝賑,入門僮僕盡鈔書。"所著有《和古今人詩》《野外詩》《題跋》《虞鄉雜記》《隱湖小志》《海虞古今文苑》《毛詩名物考》《宋詞選》《明詩紀事》《詞苑英華》《僧宏秀集》《隱秀集》,共數百卷。其所藏舊本,以"宋本""元本"橢圓印別之,又以"甲"字印鈐於首。其餘藏印,用姓名及汲古字者以十數。別有曰"子孫永寶"、曰"子孫世昌"、曰"在在處處有神物護持"、曰"開卷一樂"、曰"筆硯精良人生一樂"、曰"旅𮀥"、曰"弦歌草堂"、曰"仲雍故國人家"、曰"汲古得修綆"。子五,俱先晉卒。襄,字華伯,號質庵。表,字奏叔,號正庵。季子扆,字斧季,陸貽典婿也,最知名,尤耽校讎,有"海虞毛扆手校"及"西河汲古後人""叔鄭後裔"朱記者,皆是也,兼精小學,何義門輩皆推重之府縣誌參諸家藏書志。孫綏萬,字嘉年,工詩,著有《破匼詩稿》詩苑。

　　案:録自《(光緒)常昭合志稿》卷三十二,《中國地方志集成》影印本,江蘇古籍出版社1991年版。

嚴孺人墓志銘
朱彝尊

　　常熟隱湖之濱,隱君子毛翁居焉。其繼室曰嚴孺人。孺人者,明光禄大夫、太子太保、吏部尚書、武英殿大學士、贈少保、諡文靖、諱訥之曾孫,隆慶丁卯鄉貢進士、承蔭中書科中書舍人諱治之孫,國子監生諱栩之女。年二十有三,嬪于毛氏。孺人生長高族,既嫁,却綺紈金翠之飾,簪蒿裙布,甘與翁偕隱。翁先有母戈,甫昏,疾篤。孺人居姑喪,所以致其孝者,無不盡也。翁先有一子三女,孺人撫之若己出,所以用其慈者,無不周也。翁于家祭,折衷司馬氏《書儀》、朱子《家禮》行之。孺人潔治錡釜,所以將其敬者,無不專也。

翁從游錢尚書謙益之門,勤學嗜古,博覽典籍,謂經術必本漢唐,庶窮源得以津逮。乃于崇禎元年開梨棗之局,發雕經十三、史十七於所居汲古閣下,時諸務未中條理。明年,孺人來主中饋,分命傔僕,各執其役,讎勘之賓、剞劂之工、裝潢熟紙之匠各從其宜,秩然有序,則孺人內助之力居多。自《元典章》用宋熙寧經義取士,所主傳注,率本淳熙諸儒,明因之,經生立異義者黜。又以灑埽應對進退易古小學,其後書數方名,均置不講,而識文字者寡矣,挾三家村夫子《兔園冊》,足以取高第,縻好爵而有餘,無事洽聞周見也。翁深憂之,力搜秘冊,經史而外,百家九流,下至傳奇、小説,廣爲鏤板,由是毛氏鋟本走天下。

翁既没,孺人持門户又二十一年,其季子扆精小學,傳寫諸家金石書畫記及古五曹、九章算經,思盡刊刻以行,可謂善述先人之事者已。翁初名鳳苞,字子晉,後更名晉,別字潛在。天啓、崇禎間,屢試于鄉,不利。兵後,遂高蹈不出。有子五,孺人出者四:曰褒、曰袞、曰表,存者扆也。孫二十人,曾孫二十三人。翁之葬也,錢尚書銘其藏矣。今以孺人祔,扆率其諸兄之子來請銘。銘曰:

裴宗五眷,李族三祖,志尚《詩》《書》。相門之女,河間汲郡,抱經以傳。隱君嘉耦,其功媲焉,同穴既封,考宅永久。我作斯銘,竊附蒙叟。

案:此文載《曝書亭集》卷七十九《墓志銘六》,清嘉慶二十二年(1817)刻本。

昆湖毛氏祠堂記

陳 瑚

聞之先儒《家禮》曰:"君子將營宮室,先立祠堂於正寢之東,爲四龕,以奉神主,所以尊祖敬宗,大報本也。"海虞毛氏家昆湖之濱,凡四世,而虛吾公以力田大之,凡五世,而潛在公以讀書成之。今三子彬彬,十孫濟濟,君子卜其光遠而有耀焉。三子褒、表、扆念世德之不可忘也,將以二公爲不祧之祖,而禮無明文,鰓鰓以爲疑,乃向余而請質。予惟古者宗廟之制,各有等差,先儒拘於古者,固已謂祭四代爲僭矣。至於始祖先祖之祭,伊川方有是説,而嘗疑其近於禘祫,遂不敢行。考亭亦謂士大夫家世次久遠,當遷毀,而不當更祭也。愚竊以爲不然,禮也者,非從天降也,非從地出也,人情而已矣。萬物本乎天,人本乎祖,昔江州陳氏、浦江鄭氏皆爲始祖立廟,而近世歟睦大姓,雖子孫百世,必率之以祀其先祖。平和李氏不忍祧其始祖,以義立廟,歸震川以爲宜。蓋三代以上,六德而爲諸侯,三德而爲大夫,故先王制禮以爵位爲降殺者,降殺以德也。後世之有德而無位者比比矣。爲子孫者能及見聞其先代之賢,追崇而報享之。俾傳之世世,知水之有源,木之有本,毋念爾祖,聿脩厥德,此固孝子之志,人情之寬也,又何僭焉?愚嘗論郡縣之世,與封建不同,欲舉古今喪葬祭祀之禮,勒爲一書,而與學者極論之也。因三子之請,姑記此以發其端。

案:録自《確庵文稿》卷十五,清康熙間毛襃等刻本。此爲毛晉三子欲建堂以奠毛清、毛晉二公,請記於陳瑚。蓋撰於毛晉卒後不久,即順治十六年(1659)後,陳瑚卒之前,即康熙十四年(1675)以前。

汲 古 閣

錢 泳

虞山毛子晉生明季天、崇間,時流賊橫行,兵興無定。子晉本有田數千畝、質庫若干所,一時盡售去,即以爲買書刻書之用。創汲古閣於隱湖,又招延海内名士校書,十三人任經部,十七人任史部,更有欲益四人,並合二十一部者。因此大爲營造,凡三所:汲古閣在湖南七星橋載德堂西,以延文士;又有雙蓮閣在問漁莊,以延緇流;又一閣在曹溪口,以延道流。汲古閣後有樓九間,多藏書板,樓下兩廊及前後,俱爲刻書匠所居。閣外有綠君亭,亭前後皆種竹,枝葉凌霄,入者宛如深山。又二如亭左右則植以花木,日與諸名士宴會其中,商榷古今,殆無虛日。又有所謂一滴庵者,爲子晉焚脩處,中揭一聯云:"三千餘年上下古,八十一家文字奇。"爲王新城尚書筆也。當崇禎末,年穀屢荒,人民擾亂,凡吳郡鄉城諸富家,莫不力盡筋疲。而子晉處之自若,其用意良深矣。子晉没後,其子名扆字斧季者,於諸子中最爲知名,又補刻書數十種,以承父志,實爲海内藏書第一家也。初子晉自祈一夢,夢登明遠樓,樓中蟠一龍,口吐雙珠,頂光中有一山字,仰見兩楹懸金書二牌,左曰"十三經",右曰"十七史",自後時時夢見。至崇禎改元戊辰,忽大悟曰:"龍,即辰也。珠頂露山,即崇字也。"遂于是年誓願開雕,每年訂證經史各一部,其餘各種書籍,亦由此而成焉。

案：録自《履園叢話》卷二十二《夢幻》，上海古籍出版社 2012 年版。

毛襃
陳瑚

毛襃，字華伯，常熟人。華伯天性醇謹，所居宅西南有古墓當道，青烏家以爲來龍處，説華伯夷之。華伯笑不應，加封植焉。弟補仲早夭，令次子爲其後，視孀婦有加禮，人皆以爲難。居家喜遵司馬儀，巫祝尼媪無敢造其室者。其爲詩多入隱湖社刻中，予選而梓之。近有《西爽齋唱和集》，人酬一首，尤多警句，予特備録於篇。

案：録自陳瑚《從游集》卷下，共録六首，民國元年（1912）昆山趙詒琛據婁東繆氏藏本校刊本，《叢書集成三編》收録。

西爽齋後記
錢謙益

子晉之長子華伯，顔其讀書之齋曰西爽。厭烏目之囂塵，招延郡西山于百里外，移置筆床硯池間，其託寄甚遠。確菴子記之備矣。

余聞之，昔者周原伯魯，語不説學，閔子馬曰：“夫必多有是説。而後及其大人。大人患失而惑。”又曰：“可以無學，無學不害。不害而不學，則苟而可。”夫所謂多有是説者，則莫多于家庭私語，閭巷左右塾之間，口耳四寸，郵傳滲溺，忽然而不自知也。曰不學無害，曰苟而可，則《詩》《書》《禮》《樂》之分日薄，而傲嚾隱瞀，日流于小人之歸。《荀子》曰：“陋也者，天下之公患也，人之大殃大害也。”《荀子》之所謂陋，馬父之所謂苟也。子晉弱冠游吾門，讀書考文，没身不倦，可謂能説學矣。有穀詒子，再世不替，誦《詩》讀《禮》，親師樂交，蛾子時術，以勤學爲能事。世有君子如閔馬父，固將喜説學之有人，而不復以不殖將落，致嘆于周之末俗也矣。

華伯昆弟，執喪以毀聞。居是齋也，將以爲禫廬焉，將以爲堊室焉。先人之手澤在是，先人之書策琴瑟在是，先人之居處笑語志思在是。入室而僾然有見乎其位，出户而肅然愾然有聞乎其歎息之聲。明發不寐，有懷二人，又豈在離經鼓篋、操縵安絃之外乎？善歌者之繼聲也，善教者之繼志也，國人稱願然曰：幸哉有子！則唯是説學而已矣，而又何他求焉？余于子晉之亡也，一哭之後，舍南社北，不忍扁舟過南湖。今于華伯之請記，稱道古人之言以懋勉之。既以幸子晉之不亡，而山陽聞笛之悲，亦可以少自解也。作西爽齋後記。庚子七月二十一日。

案：録自《有學集》卷二十六，《錢牧齋全集》第五冊，上海古籍出版社2003年版。

又陸貽典《覯庵詩抄》卷二《題毛氏西爽齋》，見國圖藏清雍正元年（1723）張道淙刻本《覯庵詩抄》六卷。

西 爽 齋 記
陳　瑚

華伯治其讀書之室於宅之池上，名之曰西爽齋，而乞吾友歸玄恭大書於楹，凡嘉客至，止有題詩，以紀其勝者。華伯輒依韻和之。戊戌之夏，予坐其齋中，長日如年，幽曠可喜，左圖右書，粲然成列。斲石爲磴，編竹爲屏，蓋松爲棚，階除之下，名花香草，婀娜自得。門有榆柳之陰，芰荷之芬，瓜畦豆圃之美，青菰緑蒲，臨流交映，浴鳧飛鷺，往來親人。遥睇浮雲之外，群峰纍纍，羅立乎其前。華伯顧而樂之，指謂予曰：“此西山也，齋以是得名。”予笑曰：“烏目近不越几席，而子志在西山，何其貴遠而忽近哉？”華伯正襟而對曰：“不然。三春之月，城闉士女，笙歌畫舫，喧闐襍還乎尚湖之濱，此庸夫濁子俠邪游冶者之爲，匪予心之所存也。兹山僻處郡西，去吾地百餘里，悠然静遠，可望而不可即，似君子之有守。當夫天高日朗，風物晴和，則層見叠起，連類以出，盲風怪雨，陰霾毒霧，往往伏而不見，其與時隱顯似智，或蹲若坐，或拱若立，或傴僂若俯。其參差交讓，又似彬彬有禮也。《詩》曰‘高山仰止’。請以此山當吾仰止，不亦可乎？”予歎其言，以爲幾於道也。遂書以記之。

案：録自《確庵文稿》卷十五，清康熙間毛褒等刻本。

毛　　袞
陳　瑚

毛袞，字補仲，常熟人。補仲，昆湖子晉先生之仲子也。子晉以能詩好古，藏書鏤板，名滿天下。子四人，克世其家。而補仲尤異敏，不幸羸疾以殀。知與不知，無不惜之。補仲之爲舉子業也，剗削陳言，刻濯新異，務爲幽深曲折從横自喜之論。世俗抄撮腐爛之習，一切非其所屑。每逢三六九日，課業寶晉齋，同學畢至，補仲輒詼諧啁笑，目中虛無人，或竟日不肯下一字。

至籌燈促席，則落紙如飛，洋洋灑灑，自成一家機軸。雖殫精覃思，無以過也。喜法書名畫，精於鑒賞。有可其意，不惜橐中金購之。又極愛整潔，地灑掃無纖埃，筆牀茶具必方列。明窗淨几，命童子日揩摩數四，始就坐。入其室者不敢涕唾，比於倪迂清閟閣云。平生無孌童侍女之好，有婺婦竊窺，歎其美丰儀，疾急避之。嘗一夕宿於外，或問之，曰：“内有乳媪，吾以謹嫌也。”讀書能究心其奥質難能曉者。病少閒，與予同論六書文字之學，頗見原委。又與瞿有仲極言天文左旋右旋、中曆西曆之辯，必求勝後已。蓋補仲志好高，不肯居人後。使天予之年，進未可量。學未成而化爲異物，是以深爲可惜。卒前一日，予執其手而與之訣，怡然曰：“某無恙也。”語不及身後事，對妻女無苦憐之色。嗚呼，可哀也已！予是以圖其像，復刻其詩而傳之。

案：録自陳瑚《從遊集》卷一，共録詩十二首，民國元年（1912）昆山趙詒琛據婁東繆氏藏本校刊本，《叢書集成三編》收録。

毛　表
陳　瑚

毛表，字奏叔，常熟人。《管子》曰：“士群萃而州處閒燕，少而習焉，長而安焉，不見異物而遷焉，則父兄之教不肅而成，子弟之學不勞而能。”誠哉是言也！汲古主人鏤書萬卷，前人詩集當十之四五。其叔子奏叔，方攻進士業，未暇以詩鳴，而興會感觸，輒有佳句驚人，出乎意外之想，豈非所謂不勞而能者乎？憶其初見予，年十二，靜秀娟好，如翠竹碧梧，光映左右。當是時，即知爲稱其家兒。今三易閏矣，吾年漸老，白首無聞，而奏叔學日益進，與梅仙、禹思、竇伯輩鏃礪名行，交相有成。取抑詩“爾室”二字顔其齋。讀予大小學日程而篤信之，曰：“此作聖之基也。”即更其名爲“聖學入門書”，授之剞劂，以公同志。其勇於好善，又與人爲善如此！年雖少，倜儻多能，治家斬斬，早見頭角。舉而措之，可以卜其用焉。

案：録自陳瑚《從遊集》卷一，民國元年（1912）昆山趙詒琛據婁東繆氏藏本校刊本，《叢書集成三編》收録。

汲古閣元人標點五經記
魏　禧

常熟毛君扆字黼季，承其家學，好搜輯古槧本，考訂討論，正世本之失。

嘗悼《五經》爲萬世文章之祖，古聖賢道統、治統所寓，而字義訛錯，章句倒置，莫由考定。於是頓首告先聖，願得《五經》古本訓正世俗。未幾，得元板《春秋胡傳》於書賈丁氏，己從錢君頤得元板《詩集傳》，從馮君班得元板《易傳義》，從陸君廷保得元板《書傳輯錄纂註》，而《禮記》舊本，求訪百端，終不能得。久之，之震澤葉君樹蓮所，見架上有舊書，隨手抽覽，則元板《禮記集説》也。然止八卷，餘悉逸去。宸乞以歸，且喜且恨。於是更頓首告先聖："願得《禮記》之闕者。"後以語何君畋，畋云："曾見陸君貽謨有《禮記》舊本，亦殘缺。"貽謨，宸外舅貽典字敕先從弟也。宸欣然，立折柬往索之來，則適合前書，九卷以下標識皆出一手，於是五經咸具。宸募工補綴裝潢，以五色紙分護五經。既成，肆几以拜先聖，及告其先君晉字子晉，號潛在。自是每歲元旦設先君遺像，則必陳五經而拜之。蓋宸先君博雅好古，多藏古本書，所自校讎剞劂之書，精工絕天下，天下所稱"毛氏汲古閣書"是也。宸其季子云。

　　壬子九月，禧從虞山訪宸。出藏書相示，自盥手捧《五經》置几上，曰："宸不肖，不能繼先人志，獨得此，藉手報先人，若有神焉相之者。願子屬筆記之。"因隨手指示《毛詩》經文與世本不同者三十三字。嗚呼！《五經》列學宮，爲三百年教士育才之本，士功名於是乎出，而謬訛苟且，沿襲相踵，不知其非。一經之誤至三十三字，況其他諸子史百家之書？非朝廷所建置，海内户誦而童習，其訛謬又可勝道哉？《書傳纂註》，有至順壬申二月吳壽民識云："《尚書》標點，王魯齋先生凡例，朱抹者，綱領大旨；朱點者，要語、警語也；墨抹者，考訂制度；墨點者，事之始末及言外意也。"大略與《四書》標點例同。《詩集傳》亦墨朱標點。《易傳義》黃朱，有元人印記，後入袁氏有五印，又傳馮班。宸云："班字定遠，與先君子同執經於邑魏叔子先生名冲之門，有馮班印，以世誼，遂贈此書。"《禮記集説》亦有元人標題。按《三經》標點皆類黃魯齋先生義例。魯齋名栢，金華人，博學精義，以古今自任。德祐間賜謚文憲，天下學者宗師之。所閱書多手摹户識，諸經咸出其本，理有固然。獨《春秋胡傳》用筆五色點抹，以《左氏》《公羊》《穀梁傳》標於上，視諸經尤工密。禧反覆其五色殊例處，了不能得識云。至元三年後丁丑秋八月七日，陳留邊子昌手整於姑蘇鄧仲明家塾，有邊氏印記。宸云："先君子於天啓中得宋板《胡傳》，亦五色筆閱，例與此本同。宋板序後有《論名諱剳子》《進表》及《綱領類例》等十三番，爲此本所無，悉倩善書者摹寫補入，標點出魯齋與否未可知，要於此想見古人窮經之學，致精極研，不敢鹵莽如此。

　　禧惟宸少年窮經，志尊往聖，詔來者，卒得畢所願。而此書傳四百餘年，屢經兵燹，幸存不毀，以至於今，又獲全書，標點如出一人，蓋亦天下之神物也。末世多故，後此流傳聚散，都不可知。禧故纖悉記載，不敢避煩冗，用以示後人，彰宸之志。宸又云：近見元人臨魯齋標點《四書》，在泰興季御史振宜家，款例與《五經》同云。寧都魏禧敬記。

案：録自《魏叔子文集》卷十六，《寧都三魏全集》五十九卷附二十四卷，清林時益編，清康熙間易堂刻本，今藏國圖。文後附有評語"陸敕先曰：有開有闔，有詳有簡，敘事議論間出。觀其通篇間架、分扇合笱處，長短、大小，斤兩悉稱，自是造凌雲臺手。""錢梅仙曰：絶無《五經》鋪敘套語，又須看其化五段之板處，筆法高老。"中華書局2003年胡守仁、姚品文點校本，間有異文。清顧沅編《吳郡文編》卷一百二十五《第宅園林》十五、錢泰吉《曝書雜記》所録皆不全。

毛子晉年譜稿
錢大成

先生，姓毛氏，原名鳳苞，字子九，改名晉，字子晉，別號潛在。弱冠前字東美，晚號隱湖，別署汲古閣主人，篤素居士。錢謙益《有學集·隱湖毛君墓誌銘》、毛褒《先府君行實》、馮班《鈍吟集·壽毛子晉六十》、《以介編·陸(1)帆汲古閣主人歌》、陳乃乾《別號索引》。毛氏之先，有周之苗，文王第八子封於毛，子孫以國爲氏。至漢，有大小毛公，傳子夏詩。代有聞人，見於史牒。末冑流移，散居吳中。先生世居常熟縣昆湖之東。《行實》。或傳其先世本靳姓，由河南東徙常熟。朱超然《汲古毛氏家譜序》。無確考。曾祖璽，字朝用。是爲遷常熟之始祖，以耕讀傳家。《東吳汲古閣毛氏家譜》。曾祖妣氏顧。《家譜》。祖父聖，字心湖。以力田起家。《家譜》《行實》祖母氏沈。《家譜》。父清，字虛吾，一字叔漣。諳曉經義，內行修謹。彊力耇事，指麾風發，其中則寬然長者也。精於周髀，尤精於農事。重湖複陂，隄塍相輞，爲漑爲陸，百穀蕃廡。鄉邑有鼛鼓之召，急病讓夷，望公如望歲焉。毛於是乎大。母七十，斷右臂垂死。公頓踣哭禱。日中有人持雄冠雞篷門，疾呼曰："傅其血，可以療媼。"如其言而差，不知饋雞何人也。兄久客歸卧疾，上雨旁風，穿漏牀席。趣僦工新其廬。病起，兩榮翼然，負日而歎："吾弟之暄我多矣。"其內行純篤有如是者。公儲書數萬卷，甲於東南。錢謙益《初學集·毛君墓誌銘》、陳瑚《確庵文稿·爲昆湖毛隱君六十乞言小傳》、王昶《國子監生陸君潤之墓誌銘》。母氏戈，文甫□□女。虛吾公以孝弟力田稱爲鄉老，而戈以勤儉佐之。廣延名人碩儒，縱其子游學以成其名。虛吾公歿，而二親未葬。戈襄事有加禮。臨穴慟絶，日移晷而蘇，其純孝如此。《家譜》、錢謙益《初學集·毛母戈孺人六十序》、《毛君墓誌銘》。

　　明神宗萬曆二十七年己亥（1599）　一歲
　　是年正月初五日，先生生於常熟昆湖七星橋故宅。《家譜》。是年，先生父虛吾公三十二歲。先生母戈三十三歲。先生元配范。貢士濬源□□女。二歲。據《家譜》推算。先生之師同邑錢謙益十八歲。金鶴沖《錢牧齋先生年譜》。
　　萬曆二十八年庚子（1600）　二歲
　　萬曆二十九年辛丑（1601）　三歲
　　萬曆三十年壬寅（1602）　四歲
　　是年，友人馮班生。馮班生年，錢大昕《疑年錄》、吳榮光《歷代名人年譜》均謂在萬曆四十二年甲寅。實誤。按陸貽典《馮定遠詩序》曰：“定遠長余年十五年。”貽典則生於萬曆四十五年丁巳。據馮武《遙擲稿·壽敕先詩》。核之班當生於本年。且先生野外詩中有壽馮定遠五十詩。先生卒年六十一。班倘生於萬曆四十二年，則先生卒時，班尚四十六歲耳，是亦一旁證。按之班壽先生六十詩中，所言亦符合云。
　　萬曆三十一年癸卯（1603）　五歲
　　萬曆三十二年甲辰（1604）　六歲
　　萬曆三十三年乙巳（1605）　七歲
　　是年三月十二日，先生繼配康氏太學生了予女。生。《家譜》。
　　萬曆三十四年丙午（1606）　八歲
　　同邑繆希雍爲先生從舅祖，意氣嶷然，少所許可。於先生髫年便相嘉歎，謂虛吾公曰：“此子風氣日上，足散人懷，其善訓之。”《行實》。先生手不釋卷，篝燈中夜，嘗不令二人知。《爲毛隱居六十乞言小傳》。此二事俱無確切年月，以肥繫于是年。
　　萬曆三十五年丁未（1607）　九歲
　　是年閏六月初九日，先生繼配嚴氏太學生約庵女。生。《家譜》。
　　萬曆三十六年戊申（1608）　十歲
　　是年，應山楊忠烈公漣爲常熟令，問邑之耆老於繆希雍。希雍首舉先生父虛吾公以對，且謂有才而無欲者也。忠烈遂擇縣中有幹識者十人，每有大役，倚以集事，以虛吾公爲首。是歲值大水，屬耆老分賑。公載官粟，益以私困，扁舟掀舞白浪巨門。比返，則突煙四起矣。石塘之役，公爲植土實石堅，湍悍遠徙。忠烈迎而拜焉，榮以酒帛，請以遺八十老母。忠烈歎曰：“今之毛義也。”忠烈在任四年，公始終服役如一日。《毛君墓誌銘》、言如泗《常昭合志稿》《行實》。是以忠烈亦視先生如親子弟。《行實》。

萬曆三十七年己酉(1609)　十一歲

是年,友人吴偉業生。吴榮光《歷代名人年譜》。

萬曆三十八年庚戌(1610)　十二歲

萬曆三十九年辛亥(1611)　十三歲

是年,友人陳瑚生。《歷代名人年譜》。

萬曆四十年壬子(1612)　十四歲

萬曆四十一年癸丑(1613)　十五歲

是年,先生至蘇州應童子試,受業於高伯瑋。伯瑋爲府學博士員,率先生登大成殿,禮孔子像,以謁韋刺史祠,見西廡方策半架,塵封蠹蝕,抽而視之,乃《吴郡志》,是實宋紹定刻板。先生是時尚不知何人所作,更不知何代所編,故等閑視之。汲古閣刊《吴郡志跋》。是年,楊忠烈公去常熟縣任,虚吾公走送,灑涙而別。忠烈後尚有書遺先生,勖以讀書寡欲,書中點此四字,先生終身誦之。《常昭合志稿》、楊漣《寄奠虞山毛公文》(本集不載,毛氏家刻本)、《行實》。此數年間,先生即喜讀離騷,更慕陶靖節之爲人,且已好鋟書。乃有屈陶二集之刻。客有言於虚吾公者曰:"公拮据半生,以成厥家。今有子不事生産,日召梓工,弄刀筆,不急是務,家殖將落。"母戈解之曰:"即不幸鋟書廢家,猶賢於撑蒱、六博也。"迺出囊中金助成之。書成,而雕鏤精工,字絶魯亥,四方之士購者雲集。於是向之非且笑者,轉而歎羨之矣。先生以後所刻諸書,每據宋本。或謂之曰:"人但多讀書耳,何必宋本!"先生輒舉唐詩"種松皆老作龍鱗"爲證。曰:"讀宋本,然後知今本老龍鱗之誤也。"先生刻書之不苟有如是者。其發端實自髫年云。《行實》《爲毛隱君六十乞言小傳》。《陳瑚爲毛隱君六十乞言小傳》,稱先生垂髫時即好鋟書,有屈、陶二集之刻,以理推之,當更不能早於是年。

萬曆四十二年甲寅(1614)　十六歲

萬曆四十三年乙卯(1615)　十七歲

萬曆四十四年丙辰(1616)　十八歲

萬曆四十五年丁巳(1617)　十九歲

是年,先生始受業於同邑魏沖之門。沖,先生舅氏也。築室虞山之趾,曰花溪,有水石之玩。聚徒教授,常數十人。常問諸徒曰:"讀《離騷》,痛飲酒,何以稱名士?"諸徒罔對。先生曰:"名士當觀其性情,但使哀樂過人可已,材不足問也。讀《離騷》飲酒,固非俗人所知。"其自托如此。先生爲程試之文,亦迥絶於人。沖常稱之不去口。先生自撰《和友人詩卷·自序》、《行實》。是年,始與馮班訂交。班時亦受業於魏氏。《鈍吟集·壽毛子晉六十》。是年,友人同邑陸貽典生。馮武《遙擲稿·壽陸觀庵五十》。

萬曆四十六年戊午（1618）　二十歲

是年虛吾公遣先生受業錢謙益之門。謙益待之以游、夏，相與揚榷古今，三十餘年未嘗有間。《初學集·毛君墓誌銘》《有學集·西爽齋後記》《行實》。是年，先生日夕偕同邑友人沈春澤於十五松下焚香讀異書。《隱湖題跋·才調集跋》。

萬曆四十七年己未（1619）　二十一歲

是年十月二十九日，先生元配范氏卒，年二十二。《家譜》。春，輯東坡外紀，自爲跋。《蘇米小品》。

光宗泰昌元年庚申（1620）　二十二歲

熹宗天啓元年辛酉（1621）　二十三歲

是年秋，重編《東坡外紀》。友人請合米元章梓行，因並輯《米元章志林》，合爲一册，名曰《蘇米小品》，付之梓人。《隱湖題跋·米元章志林跋》。

天啓二年壬戌（1622）　二十四歲

天啓三年癸亥（1623）　二十五歲

天啓四年甲子（1624）　二十六歲

是年，先生補博士弟子員。鈔本《虞邑科名録》（龐士龍君藏）。六月初十日，虛吾公卒。年五十七。《家譜》。楊忠烈聞訃悲悼，千里寄奠文。此文忠烈本集不載，故據毛氏家刻備録之。曰："憶昔歲在戊申，承乏虞邑。凡邑之興廢利病，茫如也。詢之吾友繆仲醇。仲醇曰：'尚有老成人可詢也。'余詢老成人謂誰。首舉毛公名清者，且掀髯撲案曰：'老成人中有才而無欲者也，實我外孫壻也。'余喜仲醇内舉不避親。竊疑有才易，而無欲難也。時值大饑，余出粟俾公賑，數百室咸飽而安堵焉。復有且頌且泣而來告者曰：'願通邑委牒於毛公，則通邑無飢矣。'此豈有欲而然耶？余深信仲醇不我欺也。既而往郡，見兩岸俱失，舟人號寒。歸而謀諸公。公曰：'此塘抵長洲界，約四十五里，郡邑往來之要津，東接昆承，西連尚湖，華蕩、潭塘左右囓其脅，非巨石堅峙不可以久。'余然公言，俾同二三老成人戮力經始。公慨然存其艱者。惟華蕩、吳塔二處，水深百尺，不兩月而奏功。余嘉公才，真百夫之特，酌以斗酒。公曰：'請歸以貽八十老母。'余不覺下拜曰：'孝哉，毛義也。'深感仲醇不我欺，且怪仲醇知公不盡也。余何幸而遇公，匡余過，補余不逮，閱四載如一日也。近聞公有令子，克紹君家兩漢詩系，且歌采芹。將謂公指日邀一命之榮，享百年之禄，何竟溘然長逝耶！曾記雲陽道上別淚潸然，余媿短丈夫氣，奮袂登車，豈知與公永別耶！引領虞岡，繼公而起，有能擘劃利病、勷襄廢興者，伊誰人哉！嗚呼哀哉！千里聞訃，退食未遑。一觴再酹，如在公旁。寸香尺帛，封淚遠將。匪物之貴，斯念孔莊。嗚呼哀哉，尚享！天啓四年孟冬下浣應山楊漣頓首拜撰。"（2）繆仲醇亦有祭文輓章。忠烈之言如是,可以知虛吾公之爲人矣。自公之殁,先生克紹箕裘,有心計,樂施與,酷似先德。爲救荒四説,皆平直可行。自正月至三月,六月至八月,發單給穀,飢者賴之。邑人役不均,先生立議,白於當事,富者不得規避。或靳之曰:"君獨不自爲計乎?"先生曰:"食天子水土,當率鄉里供賦役,自爲計,是何言耶!"邑苦水災。朝廷蠲賦,多爲猾胥所侵。邑令難之。先生爲設法,立册高下,皆井然可稽,吏無所容奸。家世居昆湖之曲,距城一十八里,水道蜿蜒,支流四分。萬曆戊申,湖水漲溢,橋梁飄蕩。虛吾公修之,民不病涉。本年秋,復遇暴水,緣湮廬舍盡毀。木杠石梁,皆没於清溪白浪間。先生采石於金山,求木於胥口,靡金鏹二百八十兩有奇。一十八里,無揭厲之患,自爲文記之。《行實》。秋,得陸放翁子虛所輯《劍南詩稿》,暨吳錢兩先生嚴訂夭天者,真名祕本也,亟梓行之,自爲跋。《隱湖題跋·劍南詩稿跋》。

天啓五年乙丑(1625) 二十七歲

是年三月,舅祖繆希雍以所撰本草經疏授先生。乃集同邑李校、雲間康元泫、松陵顧澄先及舅氏戈汕相與校讎,六月遂付梓人。繆希雍《本草經疏題辭》。夏杪,合唐王建、蜀花蕊夫人、宋王珪所作,輯爲三家宮詞付梓,自爲序。《詩詞雜俎·三家宮詞跋》。此書《四庫全書》采入總集類。提要稱:"王建詩集別著録。其《宮詞》百首,舊刻雜入王昌齡《長信秋詞》一首,劉禹錫《魏宮詞》二首,白居易《後宮詞》一首,張籍《宮詞》二首,杜牧《秋夕作》一首、《出宮人》一首,晉並考舊本釐正。花蕊夫人,蜀孟昶妃費氏也。宋熙寧五年,王安國檢校官書,始得其手書於敝紙中,以語王安石。王安石以語王珪、馮京,始傳於世。珪所撰《華陽集》,明代已佚。今始以《永樂大典》所載裒輯著録。惟此宮詞有別本孤行,而集俗傳寫,誤以其中四十一首竄入花蕊夫人詩中,而移花蕊夫人詩三十九首屬之於珪,又摭唐詩二首足之,顛舛殊甚,此本亦一一校改。建贈王守澄詩,有'不是當家親向説,九重爭得外人知'句,雖一時劫制之詞,而宮禁深嚴,集傳瑣事,亦未必不出於若輩,其語殆不盡誣。費氏身備掖庭,述所見聞,珪出入禁闥,歷仕四朝,不出國門,而至宰相。耳擩(3)目染,亦異乎草野傳聞。晉裒而編之,皆足以考當日之軼事,不但取其詞之工也。"《四庫全書總目提要》。七月十九日,先生遇友人沈春澤于昌亭舟中。春澤題詩寫蘭以贈,先生和之。《和友人詩》。七月二十四日,魏忠賢殺楊忠烈、左忠毅諸公。先生聞耗,爲撰《忠烈實録》,率邑人建祠,以報其德。《行實》《初學集·楊忠烈公墓誌銘》。

天啓六年丙寅(1626) 二十八歲

是年,先生母戈太孺人年六十,誕辰在七月初四日。正月,先生即爲稱慶,錢謙益撰壽序。《初學集》。魏浣初撰祝詞。僅見毛氏家刻殘本。春,從岳父康了予遺書中簡得齊己《白蓮集》十卷,末載《風騷旨格》一卷,與蔡本迥異,急梓之,以正餘本之誤。自爲跋。《隱湖題跋·風騷旨格跋》。冬,從舅氏魏沖舉游鄧尉。《和今人詩·看梅九首》。

天啓七年丁卯(1627)　二十九歲

是年春,借于昭遠宋版白氏文集,訂正句讀。《愛日精廬藏書續志·白氏文》。是年花朝,一友密緘《楊太后宮詞》遠寄云:"是少室山人明胡應麟手訂祕本,請以附鐫花蕊夫人《宮詞》後,以成宮詞快觀。"因簡宋徽宗宮詞三百首,合輯爲《二家宮詞》,以付梓人,自爲跋。此書《四庫全書》亦采入。《隱湖題跋·楊太后宮詞跋》。秋,於吳興賈人處得北宋板王肅注本《孔子家語》,惜二卷十六葉前皆已蠹蝕。先生自謂是書之亡久矣,一亡於勝國王氏,其病在割裂。一亡於包山陸氏,其病在倒顛。先輩每慶是書未遭秦焰,至於今日,何異與焦炬同煙銷耶?予每展讀,即長跽宣尼像前,誓願遵止。及見郴陽何燕泉敍中云云,不覺泣涕如雨。夫燕泉生於正德間,又極稽古,尚未獲一見,余又何望哉,余又何望哉! 撫卷浩歎,愈久愈痛。汲古閣《孔子家語跋》。先生篤學嗜古之心,於斯可見。乍獲祕書,其狂喜復何如耶! 是年刻《極玄集》。《四部叢刊》本《姚少監集》　是年,先生初入南闈,中心禱曰:"辛苦場屋,所求一名。神理不遠,得否當有佳夢。"已而寐見明遠樓中蟠一龍,口吐雙珠,皆隱隱有籀文,唯頂上一山字皎然。仰見兩楹分懸紅牌,金書十三經、十七史字。至第三場,又夢如初。心異之。下第後,居邑城南。除夕,夢還隱湖,堂柱有此六字,煥然紅光照戶,心更異之。先生自撰《重鐫十三經十七史緣起》《行實》。是年,繆希雍卒。錢謙益《初學集·歸田詩集下》。壻馮武生。馮武《遙擲稿·戊子大水紀事》。

思宗崇禎元年戊辰(1628)　三十歲

元旦,先生拜母,備告去歲三夢如一之奇。母忻然曰:"夢神不過教汝讀盡經史耳。須亟還湖南舊廬,掩關謝客,雖窮通有命,庶不失爲醇儒。"遂舉曆選吉。忽大悟曰:"太歲戊辰,崇禎改元。龍即辰也。珠頂露山,即崇字也。奇驗至此。"遂誓願自今伊始,每歲訂正經、史各一部,壽之梨棗。及築簡方興,同人聞風而起,議連天下大社十三人任經部,十七人任史部。更有欲益四人,並合二十一部者。築室紛紛,卒無定局。先生唯閉戶自課已耳。當洪武時,收書板入國子監,皆宋元舊板。歷朝補刻,稍改舊觀。至北雍重刻,古字盡矣。先生慨古本將不復見,所刻經史,皆得宋刻補正文字,視兩官書爲善焉。《重鐫十三經十七史緣起》《行實》。同日,跋《御覽詩》。正月十五日,開雕晉書一百三十卷。花朝日,跋《極玄集》。春分日,跋《篋中集》。寒食後一日,跋《國秀集》。上巳日,跋《搜玉小集》。春盡日,跋《河嶽英靈

集》。佛日,跋《中興閒氣集》。五月初四日,跋《才調集》。五月十三日,撰
《重刻唐人選唐詩總跋》,魏浣初更爲之序。同日,繼配康氏卒,年二十四。
《家譜》。是年,開雕《周禮》四十二卷。(漢)鄭氏注,(唐)賈公彦疏。

崇禎二年己巳(1629)　　三十一歲

是年,繼配嚴氏來歸。先生於去歲開梨棗之局,發雕十三經、十七史,時
諸務未中條理。迨嚴氏來主中饋,命傭僕各執其役,讎勘之賓,剞劂之工,裝
璜熟紙之所,各從其宜,秩然有序,實嚴內助之力居多。朱彝尊《曝書亭集·嚴
孺人墓誌銘》。元旦,開雕唐書二百二十五卷。春杪,購得宋刻數種,《芥隱筆
記》其一也。《隱湖題跋·芥隱筆記跋》五月十三日,於白龍潭舟次撰《五色線
跋》。《津逮秘書》。十一月二十七日,母戈氏卒,年六十三。與虛吾公合葬戈
莊好字號。先生請錢謙益撰《合葬墓誌銘》。《家譜》《初學集·毛君墓誌銘》。
是年,開雕《孝經》九卷。(宋)邢昺校。是年,友人錢曾生。《海虞錢氏支譜》。

崇禎三年庚午(1630)　　三十二歲

是年二月十七日,於虎丘僧寮撰《芥隱筆記跋》,遂以付梓。《津逮秘
書》。三月初二日,撰《甘澤謠跋》。《津逮秘書》。五月,購得鹽官胡震亨《祕
册彙函》燼餘板一百有奇。《隱湖題跋·南唐書跋》。六月十五日,開雕歐陽修
《五代史》七十四卷。徐無黨注。七月四日,跋《元英先生詩集》。是時,先生
名讀書之所曰"讀禮齋"。張金吾《愛日精廬藏書志·元英先生詩集條》。七月初
八日,撰《刻津逮秘書序》。此書《四庫全書》入子部雜家類存目。提要稱:
"此爲毛晉所纂叢書,分十五集,凡一百三十九種。中《金石録》《墨池篇》有
録無書,實一百三十七種。卷首有胡震亨序。震亨初刻所藏古笈,爲《祕册
彙函》,未成,而燬於火,因以殘版歸晉。晉增爲此編。凡版心書名在魚尾
下用宋本舊式者皆震亨之舊,書名在魚尾上而下刻"汲古閣"字者,皆晉所
增也。大成按:有下刻"綠君亭"者,亦先生所增也。晉家富藏書,又與游者多博
雅之士,故較他家叢書去取頗有條理。"《四庫提要》。是年,開雕《毛詩》二十
卷。(漢)鄭氏箋,(唐)孔穎達疏。九月,得見元鈔大定本《重刊增廣分門類林
雜説》十五卷。王文進《文禄訪書記·卷三》。是年,烏程閔元衢爲先生撰《刻貴
耳集序》。《津逮秘書》。是年,友人胡震亨爲先生撰《刻宋六十名家詞序》。
此書《四庫全書》入集部詞曲類存目。提要稱:"晉此刻蒐羅頗廣,倚聲家咸
資採掇。其所録分爲六集,自晏殊《珠玉詞》,至盧炳《哄堂詞》,共六十一
家。每家之後,各附以跋語。其次序先後,以得詞付雕爲準,未嘗差以時代。
且隨得隨雕,亦未嘗有所去取。故此外如王安石《半山老人詞》,張先《子野
詞》,賀鑄《東山寓聲》,以暨范成大《石湖詞》,楊萬里《誠齋樂府》,王沂《碧
山樂府》,張炎《玉田詞》之類,雖尚有傳本,而均未載入。蓋以次開雕,適先

成此六集,遂以六十家詞傳,非謂宋詞止於此也。其中名姓之錯互,篇章字句之譌異,雖不能免,而於諸本之誤甲爲乙,考證釐訂者或復不少。故諸家詞集雖各分著於録,仍附存其目,以不没晉蒐輯校刊之功焉。"《四庫提要》。是年,松江府知府襄西方岳貢創議修府志,馳書招先生往與陳繼儒共主其事。先生因攜錢謙益舊藏宋紹定本《吴郡志》往。繼儒開卷,見門類總目,擊節歎賞,得未曾有,題數語於後。時有史口伯在座。繼儒指謂先生曰:"貴郡文獻,都在此老腹笥中。"史因掀髯縱談。撫卷曰:"此志爲趙宋紹定刻,板藏學宫韋刺史祠中。"先生乃恍然昔年所見,深媿童蒙覿面失之。亟理棹入吴門,再拜韋祠。但見析木五片,疊香爐下。摸板尋行,與藏本無異。訪其餘,已入庖丁爨煙矣。先生嘅异代异寶,不遇知音,竟付煨爐。因亟鋟諸梓,自爲跋。汲古閣刊《吴郡志跋》、(宋)如林纂修《松江府志》卷八十三《拾遺志》。陳繼儒修《志始末記》。

　　崇禎四年辛未(1631)　三十三歲

　　是年二月十二日,先生偶過林雲鳳齋頭,見元宫詞百首,因即刻於三家二家宫詞之尾。《隱湖題跋·元宫詞跋》。是日,先生至吴門,遇吴蒼木,相與放舟虎丘。明月之夜,啜茗清談。蒼木稱向曾偕蜀友李某訂正文與可《丹淵集》四十卷,能梓而不能行,已漸入蠹魚腹矣。次日,蒼木挈其梨棗以歸先生,遂爲之理其殘缺,以授梓人。於三月初三日自撰《刻丹淵集序》。此書《四部叢刊》有景印本。七月七日開雕《陳書》三十六卷。八月十五日復游虎丘,登蓮子峰,有詩。《和友人詩》。是年,開雕《周易》九卷。(晉)韓康伯注,(唐)孔穎達疏。

　　崇禎五年壬申(1632)　三十四歲

　　是年十月,跋《唐詩紀事》,遂以付梓,山陰王思任爲之序。十一月,開雕《後周書》五十卷。是年,開雕《尚書》二十卷。(漢)孔氏傳,唐孔穎達疏。是年,友人王肇吴歷生。《歷代名人年譜》。

　　崇禎六年癸酉(1633)　三十五歲

　　是年春,季穀爲先生撰《隱湖題跋》。序稱:先生自甲子以來,校刻經史子集及唐宋元名人詩詞凡二百餘種,每刻必求宋元善本折衷焉。輒跋數語於篇終,俾讀者考其世,知其人,非僅僅清言冷語逞詞翰之機鋒而已。至是彙爲一編。同時名人如陳繼儒、孫房、王象晉、夏世芳、胡震亨、釋正止皆先後爲此書撰序題詞。以不著年月,並繫於此。此書後尚有所增益。《隱湖題跋》。

　　十一月,《酉陽雜俎續集》刻成。《隱湖題跋·酉陽雜俎續集跋》。十二月十六日,撰《西溪叢話跋》。《津逮秘書》。同月,開雕《梁書》五十六卷。是年,開雕《孟子》十四卷。(漢)趙氏注,(宋)孫奭疏。刻《雲林詩集》。《雲林集外詩跋》。

崇禎七年甲戌(1634)　三十六歲

是年二月八日,偕沈璜等入鄧尉探梅,三日始返。先生有《看梅九首和高季迪韻》。《和今人詩卷》。四月八日,開雕《宋書》二百卷。八月十五日,邀客汎月西湖,幾達晨始返。《和友人詩卷》。是年,開雕《公羊傳》二十八卷。(漢)何休學。

崇禎八年乙亥(1635)　三十七歲

是年八月十五日,先生又爲主人,邀客汎月西湖,仍達晨而返。與斯會者,魏沖、楊日補、戈汕、嚴陵秋、李孟芳、李校、王成之、金介甫,齊有詩。《和友人詩》。同日,開雕《隋書》八十五卷。是年,開雕《穀梁傳》三十卷。(晉)范寧集解,(唐)楊士勛疏。

崇禎九年丙子(1636)　三十八歲

是年五月,開雕《魏書》一百三十卷。秋,寒山趙均緘《衆妙集》,與馮班見寄,云是嘉興屠用明託先生付刻者。先生覓此書已久,得之狂喜彌日。先生自謂與用明未嘗識面,乃不惜荆州之借,真藝林同志也。先生向曾彙刻《唐人選唐詩》,甚爲海内快士所賞,復欲梓《宋元人選唐詩》以續之,因即以此集爲嚆矢云。先生自爲跋。《隱湖題跋·衆妙集跋》。是年,開雕《儀禮》十七卷。(漢)鄭氏注,(唐)賈公彥疏。

崇禎十年丁丑(1637)　三十九歲

是年十月十五日,開雕《南齊書》五十九卷,及《論語》二十卷。(魏)何晏集解,(宋)邢昺疏。

崇禎十一年戊寅(1638)　四十歲

是年二月二十五日,四子表生。《家譜》。五月,開雕《北齊書》五十卷。冬,南昌蕭士璋爲先生撰《刻易十家序》。《津逮秘書》小寒山陳函輝爲先生撰《刻毛詩津序》。《津逮秘書》。是年,福建徐㷼爲先生撰《刻元人十集序》。是年,開雕《左傳》六十卷。(晉)杜預注,(唐)孔穎達疏。

崇禎十二年己卯(1639)　四十一歲

是年正月,徐㷼、林雲鳳來隱湖訪先生,互有詩酬答。《和友人詩》。是月十五日,雲間楊文聰爲先生撰《刻八唐人集序》。春,先生從錫山酒家又得宋刻王肅注《孔子家語》,冠冕巋然,所逸者僅二卷。先生喜極,不覺合掌頓足,急倩能書者補丁卯秋所購得者以首,補今所得者以尾,儼然雙璧。遂據是本以付梓人,公諸同好。汲古閣《孔子家語·毛跋》。夏,先生赴吳門,入華山寺訪釋明河。明河新得圓至《牧潛集》抄本,及殘破元板各一册,即以畀先生,遂付梓。明河爲作序。七月十六日,撰《毛詩草木鳥獸蟲魚疏》成,自爲序,遂以付梓。此書《四庫全書》采入經部。提要稱:"晉嘗刻《津逮秘書》十五集，皆宋元以前舊帙，惟此書爲所自編。陸璣原書二卷，每卷又分二子卷，蓋儲藏本富，故徵引易繁，採摭既多，故異同滋甚。辨難考訂，其説不能不長也。其中如南山有臺一條，則引韻書證其佚脱。有集維鷮一條，則引詩緝證其同異。其考訂亦頗不苟。至於嗜異貪多，有傷支蔓，如鶴鳴於九皋一條，後附《焦山瘞鶴銘考》一篇，蔓延及於石刻，於經義渺無所關。核以詁經之古法，殊乖體例。然雖傷宂碎，究勝空疏。明季説詩之家，往往簸弄聰明，變聖經爲小品。晉獨言言徵實，因宜過而存之，是亦所謂論其世矣。"《四庫提要》。九月初九日，開雕《北史》一百卷。十一月，錢謙益爲先生撰《新刻十三經注疏序》。《初學集》。是年，開雕《禮記》六十三卷。（漢）鄭氏注，（唐）孔穎達疏。是年，從長干里得《容齋題跋》二卷，尾有匏庵吳氏印，較之隨筆所載，互有異同。先生珍之，不異木難。遂與六一居士《集古録》並付梓人。《津逮秘書·容齋題跋跋》。

　　崇禎十三年庚辰（1640）　　四十二歲
　　是年閏元夕，先生在湖莊作文酒之會，有詩。《野外詩》。是年閏正月十三日，跋元龔璛《存悔齋詩》。《愛日精廬藏書續志·存悔齋詩條》。寒食後一日，跋《國秀集》。四月八日，先生至吳門華山寺，聽明河和尚講華嚴解制，與釋讀徹偕坐蓮花洞，頰瞰法侶飄笠，蟬聯如雲。出山，獨有一僧，緣紺泉鳥道而上。前舁經一簏，狀貌綴飾，迴別吳裝，目覩而異焉。彈指間，直至座下，擎一錦函，長跪而請曰："弟子從雲南悉檀寺而來，奉麗江土司木增之命也。木公從雞足山葉榆崇聖寺覯《大方廣佛華嚴經懺法》四十二響，相傳一行依經録者。兵燹之餘，普瑞藏諸寺中，自唐迄今，未入藏。故特發願刊布，敬授執事。度嶺涉江，就正法眼。"言畢，隨出兼金異香爲供，作禮而退。讀徹合掌謂先生曰："異哉，子向藏中峰禪師華嚴宋本，模勒既成。昨又鐫賢首本傳，汰兄方講清凉大鈔第一鈔。適有三昧海印儀不遠萬里而至，真雜華一會光召影響已。壽梓以傳，非子而誰。"先生欣然應諾。即於本年鳩工庀材，經始其事。《野外詩》《行實》。六月二十六日，五子扆生。《家譜》。十一月初三日，開雕《南史》八十卷。是年，開雕《爾雅》十一卷。（晉）郭璞注，（宋）邢昺疏。是年，魏沖卒。《初學集·移居詩集·哭魏叔子二首》。吳門王人鑑耿介絕俗，與先生定交於杯酒間。是年，挈其子滉過先生載德堂而拜曰："吾暮齒有子，今尚髫齔。桑榆之景，量難見其成立。公亦今范巨卿也，願以相累。"先生悽然諾之。人鑑死，移其家傍先生居，爲之延師訓迪，二十年如一日也。《行實》《以介編·王僧祐詩自注》。

　　崇禎十四年辛巳（1641）　　四十三歲
　　是年元旦，開雕《史記》一百三十卷。裴駰集解。九月二十六日，錢謙益六十初度,避客隱湖。先生開法筵,供貫休十六應真,爲之祝延。《有學集·毛子晉六十壽序》《紅豆二集·贈子晉詩自注》。是年,常熟水災,先生刻書之資告竭,亟棄負郭田三百畞以充之。《重鐫十三經十七史緣起》。是年,麗江土司木增又遣使寄先生書,致兼金琥珀薰陸諸異品,購汲古閣所刻書,捆載越海而去。自來書行之遠,乃爲夷裔所慕,未有如是者也。《行實》。

崇禎十五年壬午(1642) 四十四歲

先生平生愛梅,探梅於吳郡西山、古杭西谿者,屢矣。是年春寒,勒花信。既越花朝,始見窗前碧萼瑤葩,酡顏黃額,爭妍並吐。乃選其各種之尤者,貯以銅鐏,伴以石硯,烘晴照夜,不異寸珠尺璧。先生爲賦瓶中四色梅花詩。《野外詩》。花朝,江陰周榮起爲先生撰《和古人詩序》。徐遵湯亦有一序,不著年月。同時,先生彙輯平生所爲詩爲《野外詩》一卷,吳門金俊明爲之序。《和今人詩》一卷,日後陳瑚爲之序。二月,開雕《前漢書》一百二十卷。顏師古注。是春,寓金陵烏龍潭上。福清林古度索先生所鐫《谷音》,許以《河汾諸老集》見寄。時先生適游棲霞,未及相候。遂乘月夜掛帆歸隱湖。每讀詩至金源氏,輒有河汾諸老往來於胸。《河汾諸老詩跋》。秋,從錫籠中獲得明景宋鈔本《姚少監集》十卷。此書先生求之已十有餘年,得之驚喜不置,欣賞三日夜,急授諸梓。《四部叢刊》本《姚少監集》。秋,先生赴金陵鄉試,偕王咸孫房諸人游赤石磯,旁有古大會菴,負山枕流,在萬木中。遂維舟岸側兩閱月焉。凡陰晴朝暮,水色山光,領略殆盡。八月十五日,先生從闈中出,諸人焚香洗盞以待,泛月中流,共唱王建"今夜月明人盡望,不知秋思在誰家"句,並共拈韻,賦迤萬舫中秋詩。《野外詩》。同時,先生游秦淮,訪廬陵周浩若。浩若以《河汾諸老詩》示先生,促與月泉吟社同付梓人。先生欣然承諾。下第歸後,即爲之校訂,命侍兒效歐陽率更令筆法鳩工鋟木。惜乎《段菊軒山行圖》以後尚逸十二篇,隨索諸林古度。古度謂即是浩若本。乃復索諸智林寺釋道源。道源謂有鈔本,藏之已久,因逸陳子颺八詠,置敝籠中。拂去凝塵,相對展勘,互成完璧。《河汾諸老詩跋》。九月九日,開雕《大學衍義》,自爲跋。秋,先生出鵝溪素絹,請長洲王咸作《汲古閣圖》。今有石印本。咸在汲古閣襄助勘校已數十年。是年,常熟復大水,里人飢儉。歲除,先生方聚家人讌,忽停杯惻然曰:"此夕不知幾人當病飢,我不忍獨歡笑也。"命載米遍給貧者。《行實》。是年,壻馮武始至汲古閣。《遙擲稿》。

崇禎十六年癸未(1643) 四十五歲

是年元旦,謝賑者盈先生門。雷司李起劍贈先生詩曰:"行野田夫皆謝賑,入門僮僕盡鈔書。"實録也。《行實》。春,輯明僧《宏秀集》十三卷成,自爲序。遂以付梓。《丁氏善本室書目》。三月三日,開雕《後漢書》一百三十卷。(唐)章懷太子賢注。是年，先生輯《和友人詩》爲一集，自撰序曰：“余自丁巳歲，治詩叔子魏師之門，得尚友諸君子，輒以詩篇見贈，或遥寄郵筒，或分題即席，不揣矢和，迄今癸未，紙墨遂多。展卷再讀，半屬古人，不勝今昔之感也。倩筆録成副本，且摘佳篇，並附俚句於後。”更請太倉顧夢麟爲之序曰：“吾友子晉，近裒次其詩刻之，凡四卷。惟野外爲率然自命之言，和古、和今、和友，皆次韻作也。然和古、和今，僅列所以次其韻者而止。和友則附見其友之詩，如美人臨鏡，明月在水，彼此互照，妍好悉敵。甚者乃以影眎形，殆欲過之。讀之不覺爲起舞盤旋也。蓋子晉之言曰：‘吾和古今詩，則彼之爲詩者既有專集流布海内，可檢而觀耳。獨吾之友，而其人自達官高流至閒客野衲，有顯晦，其地自滇蜀關隴，至閩楚吳越，有遠近，詩雖甚佳者，未必盡傳。且吾所與游，由丁巳迄癸未，則此三十餘年之中，少者壯，壯者老，或篇軸尚存，委運觀化者，亦已多矣。吾類而收之於一册，而凡昔之登山臨水，聯袂接席，與夫郵筒驛使問訊往來者，每一披覽，常在目前。雖一時之絶塵瞠後、切磋是正者，并記髣髴。若是乎，是卷之不可以已也。’乃予竊念，自古詩家唱和，莫著於元白，莫多於皮陸。若合一世之元白皮陸，而皆與爲敵，以子晉處松陵、長慶之間，似得其難。且就所屬和於友者，而各舉其一，亦略示梗概，寓懷抱焉耳。子晉生平，佳日有社，尚齒有社，隱湖有社，此三十餘年中，星橋煙水，無日不來泛雪之船，無夜不連聽雨之榻。朝拈一題，夕而累幅，夕脱一稿，朝而授梓。其託之煙煤、等於魚雁者，固不知流傳小本今幾何也。和友不盡子晉之詩，而子晉和友之詩，亦不盡此卷，不又舉世之所共見哉！”云云。《和友人詩》。先生平生好事風流，略盡於此序，故節録其文。十月，《大學衍義》刻成。冬，錢謙益構絳雲樓落成。上梁日，賦詩八首。先生登其樓，次韻和之。《初學集·東山詩集》《野外詩》。是年，錢謙益以貧乏故，鬻王世貞舊藏北宋版前後《漢書》於鄞縣謝氏。是書昔曾質於先生，先生亦有意購藏，想以議價不洽而罷。謙益致李孟芳書中，嘗及其事。《牧齋尺牘》。

　　崇禎十七年　清世祖順治元年(1644)　四十六歲

　　是年二月，開雕《三國志》六十五卷。裴松之注。同月二十四日，西湖胡豹生，吳門沈璜、林雲鳳、殷介平、馬宏道咸來隱湖訪先生。或尋花陌上，或聽鶯橋邊。一觴一詠，晝夜不輟。次日，破山寺僧請先生入山修大悲懺法，遂與諸友人偕住。是日，輕雲翳空，微風扇和。午後山雨欲來，諸人猶豫不前，先生力促之往。舟抵山麓，遂度伏虎橋，循破龍澗，過高僧墓。萬松森立，二幢分峙。入寺已報暮鐘矣。及登懺壇，燈燄燭天，香雲拂地，威儀肅穆，梵唄宣流。薰心歷耳者，無不合掌贊歎。遂宿東軒。明日，同禮大悲香像、六祖古銅像、阿育王舍利塔,看病鶴舞於古檜下,蓋梁時植也。已復游破龍澗。澗水奔湧,爲一山之冠。三春無雨,僅涓涓不絶。已爾過空心潭上,見二石碑卧荒棘中。先生喟然歎曰:"元泰定間段天祐立亭潭北,爲文記之。又分常建詩四十字爲韻,徵緇素名流各爲五言詩一首。歲久亭圮,我朝李文安公重建,亦爲文記之,想二碑即二公文也。"嘔呼土人扶植,汲泉洗剔。惜爲霜露侵蝕,非復全文矣。遂與寺僧謀復其舊,擬面潭構亭,旁結一菴,祀其舅氏繆希雍,及先師魏沖兩先生。蓋痛其高風卓犖,皆無嗣也。並與同游諸人,賦詩以紀其事。《野外詩》《行實》。三月十六日,偕徐波、葉羽逸、馬宏道、孫房、雷起劍、釋道源諸人,放舟吳門之橫塘。羽逸指野小叢薄間曰:"是乃唐伯虎先生之墓。童烏之嗣既乏,若敖之鬼已餒矣。其墓牛羊是踐,是可悲已。"先生遂與諸友人披棘拜之。訪於田夫之鄰者,間其遺族。云族並乏亡,城内桃花塢一老嫗,尚屬伯虎姪孫婦之嬬者。先生與其友人並悽然歎曰:"是朋友之罪也。千載下,讀伯虎之文者,皆其友,何必時與並乎?理厥封樹,構數楹而祠之,是在吾儕今日耳。"先生欣然任之。同儕各賦詩以紀事。閲二月而祠成,更勒石以遺千古。井研雷起劍爲之作碑記。《野外詩·唐伯虎墓》《行實》。三月十九日,流寇李闖入京師,明思宗殉社稷。先生聞變,作《題崇禎曆》一詩。自注:淚書十七年三月十九日下。曰:西北天崩度幾旬,猶呼萬歲薦茶新。自注:江南立夏望闕薦新茶,尚未聞變。雨暘引咎辜明主,日月交微罪黨人。告急軍儲忘向歲,殷憂割土望頒春。微臣洗硯渾無事,書得今年是甲申。《野外詩》。是年春,十七史刻成。豈料兵興寇發,危如累卵,乃分貯板籍於湖邊巖畔茆庵草舍中。水火魚鼠,十傷二三。《重鎸十三經十七史緣起》。夏六月,向同邑嚴陵秋借《忠義集》(後附《宋遺民録》),命陸甥手抄付梓。秋,先生游金陵,友人山西張慎言南昌蕭士瑋皆在位,相與日夕賦詩飲讌。九日,與慎言共飲於讌舟亭。執先生手曰:"子且歸,吾亦從此逝矣。"相與贈詩賦别。先生遂凄然解維。次年,而南都覆矣。《和友人詩》《行實》。冬,友人同邑錢謙貞以所著《未學庵詩稿》請先生付梓。《未學庵詩稿·錢龍惕序》。

　　順治二年乙酉(1645)　　四十七歲

　　二月,開雕《未學庵詩稿》。五月,與釋道源結德香社於智林寺。先生賦詩二十章。自撰啓事曰:"道無樓炭,學有龍魚。開卷輒議古人,生生習氣。得句便稱佳士,刻刻藏心。非敢附人龍文虎之儔,亦豈似行潦醇乳之别。無奈懶同秋蝶,拙比春鳩。況今作噩紀年,蓤賓臨月。攜錦囊者空谷,佩魚服者蔽江。慟哭無門,嘯歌有侶。燦花鋪於髹几,蠧苴引於礫堆。韞匵三年,斷輪一瞬。虎頭壇坫,驚冀北之空群;鶡羽城壕,學周南而得所。儳承貂乏，愧作蚓鳴。難稱東國越之雄，漫效西家施之麗。廿章求伐，一字稱師。定推敲於宿鳥池邊，辨思息於秣駒道左。景仰智林之座主，願爲寶月之門生。遙寄八行之書，高尋百里之契。"《野外詩》。七月十三日，清兵至常熟，屠殺淫虜至慘酷。《馮舒默庵遺稿》。就先生避兵者數十家。先生與之飲讌賦詩如平時，皆賴以濟。《行實》、徐康《前塵夢影錄》曰："汲古閣在虞山郭外十餘里，藏書刊書皆於是，今析隸昭邑界。剞劂工陶洪、湖孰、方山、溧水人居多。開工於萬曆中葉，至啓禎時，留都沿江觥觚，毛氏廣招刻工，以十三經、十七史爲主。其時銀串每兩不及七百文，三分銀刻一百字，所刻經史子集、道經釋典，品類甚繁。當其時盜賊蠭起，毛氏賴工多保家。"秋九月，兵科主事同邑時敏避難至隱湖七星橋，求匿先生所，爲鄉兵所殺。《虞陽説苑甲編·七峰遺編》《乙編虞書》《居亭雜記》。友人吳拭好游，旅食吳市。兵後被劫，八口裸身歸先生。先生掃室容之，給其廩食。無何，舉家病瘠。拭且死，贈先生詩曰："顧我願將妻子託，知君已定生死交。"比卒，先生爲經紀其後事，如所言。《行實》《讀徹南來堂詩集》。是年，繡衣使者按虞，以折簡招先生。友人同邑楊彝錯愕曰："是意不善，子晉且破家矣。"及見，但問書史，握手勞苦，不及他事。藏書好古，名稱遠聞，爲人所欽如此。《行實》。

　　順治三年丙戌（1646）　四十八歲

　　是年春分，先生病起，見庭前落梅，爲之憮然。適雷起劍兄弟至，呼酒對酌，先生有詩。《野外詩》。是春，釋讀徹有詩寄先生。《南來堂詩集》。秋，友人錢謙貞卒。先生復以其《未學庵集外詩》開雕。

　　順治四年丁亥（1647）　四十九歲

　　是年正月五日，先生生日，賀客宴於陸氏頤志堂。先生語及前歲繡衣使者按虞時見招事。友人馮班在座，詠馮瀛王詩曰："但能方寸無諸惡，狼虎叢中也立身。"先生笑而頷之，以爲得其意也。先生嘗讀史，見游俠之流，吏不窺門。曰："是盜賊居民間者，終且敗矣，不足慕也。"見名德高人，潔身勵行，盜賊避之。曰："真吾師也。"《行實》。六月十五日，友人林雲鳳七十初度，先生壽之以詩。《和友人詩》。

　　順治五年戊子（1648）　五十歲

　　是年，次子褒、三子裒同入常熟縣學。《虞陽科名錄》《家譜》。是年，始令壻馮武登汲古閣校書。《遙擲稿》。是年，於先墓水東結矮屋數椽，顏曰"小西林"。延釋道源休老焉。道源能詩，乃與先生時相酬唱焉。《和友人詩》。是年，補緝《晉書》脫簡載記三十卷。《唐書》脫簡曾公亮進新唐書表目錄四十三葉。三月，與錢曾定交於尚湖舟中。《錢遵王詩稿》，常熟圖書館抄本。

　　順治六年己丑（1649）　五十一歲

　　元旦，跋《錦帶書》，遂刻入《津逮秘書》。春，錢謙益釋南囚歸里，乃以

《列朝詩集》付先生鏤板。《牧齋年譜》。大成按：《列朝詩集》，舊名《國朝詩集》。《謙益致先生書》中云："此間望此集真如渴飢，踵求者苦無以應。惟集名"國朝"兩字，殊有推敲。一二當事有識者，議易以列朝字，以爲千妥萬妥，更無破綻，此亦篤論也。板心各欲改一字，雖似瑣屑，亦不容以憚煩而不爲改定也。"（《牧齋尺牘》）。七月，先生偕太倉顧夢麟往訪太倉陳瑚於蔚村，是爲訂交之始。陳書列毯四拜，訂千秋之約，相與樂甚。瑚烹葵剪韭，草蔬同飮，賦詩投贈，盡醉而別。《確庵文稿·婁江集·和陶挽歌辭·哭毛子晉》。九月，瑚移家隱湖，以就先生。先生和陶《移居》詩以贈，瑚和之。先生並請授褒、袞二子讀，壻馮武亦從學。《確庵文稿·隱湖集》。瑚居隱湖，有《湖村晚興》十首。有句云："隔岸便通汲古閣，夜來聞到賣書船。"據鄭德懋所撰《汲古閣主人小傳》謂："先生嗜古籍，榜於門曰：'有以宋槧本至者，門内主人計葉酬錢，每葉二佰。有以舊抄本至者，別家出一千，主人出一千二百。'於是湖州書舶，集於七星橋毛氏之門矣。邑中爲之諺曰：'三百六十行生意，不如鬻書於毛氏。'前後積至八萬四千册"云云。先生嗜書成癖，於此可見一斑矣。《汲古閣校刻書目》《隱湖集》。是年，補緝《五代史》脫簡司天考二卷、職方考一卷，十國世家年譜一卷，陳師錫序一葉，《陳書》脫簡儒林、文學列傳二篇。

順治七年庚寅（1650） 五十二歲

先生家昆承湖南，諸水環抱，東折一曲，俗呼曹家浜。是年秋八月，結一庵於水東之滸，顏曰"曹溪一滴"，庵中供如來香像。是像在汲古閣中已二十餘年，因燈火香穗未能六時恒照，特延嶨上印初禪師駐錫焉。並附詩以招之。《野外詩》。十月，錢謙益藏書所絳雲樓災，凡所藏書及宋元精本皆燼。謙益自謂："甲申之亂，古今書史圖籍一大劫也。庚寅之火，江左書史圖籍一小劫也。"自是江左藏書之家，遂以先生汲古閣及錢曾述古堂爲巨擘矣。《有學集·書舊藏宋雕兩〈漢書〉後》。當絳雲未火之先，有白鬚老人自稱放翁，示夢於先生。謂："我有集在絳雲樓，曷假歸之？"既寤，異其夢，遂向謙益假宋板放翁集以歸。越日，火發，是集得免於厄。《士禮居題跋記》《渭南文集五十卷》宋本。是年，太倉吳偉業至虞山，來隱湖先生齋中，讀吳寬手鈔宋謝翱《西臺慟哭記》，有詩。並爲先生賦《汲古閣歌》，曰："嘉隆以後藏書家，天下毗陵與琅邪。整齊舊聞收放失，後來好事知誰及。比聞充棟虞山翁，里中又得小毛公。搜求遺逸懸金購，繕寫精能鏤板工。鷇來斯事推趙宋，歐虞楷法看飛動。集賢院印校讎精，太清樓本裝潢重。損齋手跋爲披圖，蘇氏題觀在直廬。館閣百家分四庫，巾箱一幅盡三都。本朝儒臣典制作，累代縹緗輸祕閣。徐廣雖編石室書，孝徵好竊華林略。兩京太學藏經史，奉詔重修賜金紫。高齋學士費湌錢，故事還如寫黃紙。釋典流傳自洛陽，中官經廠護焚香。諸州各請名山藏,總目難窺内道場。南湖主人爲歎息,十年心力恣收拾。史家編輯過神堯,律論流通到羅什。當時海内多風塵,石經馬矢高丘陵。已壞書囊縛作袴,復驚木册摧爲薪。君家高閣偏無恙,主人留宿傾家釀。醉來燒燭夜攤書,雙眼摩挲覺神王。古人鬮書借三館,羨君自致五千卷。又云獻書輒拜官,羨君帶索躬耕田。伏生藏壁遭書禁,中郎祕惜矜談進,君獲奇書示好人,雞林巨賈爭募印。讀書到死苦不足,小學雕蟲置廢簏。君今萬卷盡刊訛,邢家小兒徒碌碌。客來詩酒話平生,家近湖山擁百城。不數當年清閟閣,亂離蹤迹似雲林。"程穆衡《吴梅村先生詩箋》。是年,補緝《後周書》脱簡異域列傳二篇,《孟子注疏》脱簡題辭解十一葉,《梁書》脱簡皇后、太子列傳二篇。

　　順治八年辛卯(1651)　五十三歲

　　是年五月,吴門沈顥來隱湖。先生飲之以酒,以栟櫚佐餐。顥因賦《栟櫚歌》,先生和之。《和友人詩》。是年,補緝《宋書》脱簡符瑞志三卷、百官志二卷,《隋書》脱簡志三十卷。

　　順治九年壬辰(1652)　五十四歲

　　是年元旦,先生對酒有詩曰:"初日南枝上,年開六九春。醉鄉真廣漠,無地著愁人。"《野外詩》。冬杪,釋讀徹將續起《華嚴經》講期,自郡城來候先生,並過婁東訪王時敏、吴偉業。《南來堂詩集》。是年,孫一飛生。《家譜》。是年,補緝《魏書》脱簡志二十卷。原缺天象三四。《南齊書》脱簡輿服志一篇,高逸、孝義列傳二篇。

　　順治十年癸巳(1653)　五十五歲

　　是年正月十五日,先生赴郡城中峰寺聽釋讀徹《華嚴經》大鈔。徐波同往。《和友人詩》。三月三日,攜子姪輩踏青湖上。《和友人詩》。夏初,偕陳瑚、釋道源游虞山諸泉。瑚有詩。《確庵文稿·隱湖集》。五月,南州徐遵湯寄《上巳詩》至。其首句云:"巳年上巳剛逢巳。"先生爲之擊節歎賞不已,因和之。時先生二子表、扆侍側,展曆按日,乃是己巳。先生不覺拍案曰:"巧會哉,千春一日也。"因闡述上巳古義,作《示兒説》,以喻表、扆。《和友人詩》。歲暮,長洲李寔訪先生於荇溪草堂。《確庵文稿·玉山集》。是年,命子扆第五次校改《説文解字》。四次以前微有校改,此次則校改特多,往往取諸小徐《繫傳》,亦間用他書。段玉裁《汲古閣説文訂》。是年,補緝《北史》脱簡本紀十二卷。

　　順治十一年甲午(1654)　五十六歲

　　是年,先生四子表、五子扆同入常熟縣學。《虞陽科名録》。是年,《列朝詩集》刻成。《牧齋年譜》。是年,補緝《南史》脱簡列傳六十卷至七十卷,《史記》脱簡周本紀一卷、禮樂律曆書四卷、儒林列傳五六七頁。

　　順治十二年乙未(1655)　五十七歲

是年，先生和白香山《我年五十七》三首。友人同邑蔣棻、孫永祚、嚴炳亦先後有作，合爲《同庚和白詩》一集，陳瑚爲之序。《和古人詩》《確庵文稿·和白詩序》。是年，補緝《前漢書》脱簡藝文志一卷、文三王傳敘傳四卷，《後漢書》脱簡八志三十卷。劉昭補注。

順治十三年丙申（1656）　五十八歲

是年正月七日，雪中，馮班來訪先生，互有詩酬答。《和友人詩》《鈍吟集》。五月，釋讀徹圓寂，遺命以《山繭袍詩文集》屬先生。《宗統編年》。是年，補緝《三國志》脱簡蜀志二卷至七卷，上三國志一篇。是年，十七史成，先生復請錢謙益爲之序。《有學集·汲古閣毛氏新刻十七史序》。七月丙申，先生自述重鐫"十三經""十七史"之緣起曰："毛晉草莽之臣，樗朽之質，何敢從事於經史二大部。今斯剞劂告成，或有罪我爲僭分者，因自述重鐫始末，藏之家塾，示我子孫之能讀我書者。天啓丁卯，初入南闈，設妄想祈一夢。少選，夢登明遠樓。中蟠一龍，口吐雙珠，各隱隱有籀文。惟光中一山字，皎皎露出。仰見兩楹，分懸紅牌金書"十三經""十七史"六字。遂寤。三場復夢，夢無異，心竊異之。鎩羽之後，此夢往來胸中。是年，余居城中南市。除夕，夢歸湖南載德堂，柱頭亦懸"十三經""十七史"二牌，焕然一新，紅光出户。元旦拜母，備告三夢如一之奇。母欣然曰：'神夢不過教子讀盡經史耳。須亟還湖南舊廬，掩關謝客。雖窮通有命，庶不失爲醇儒。'遂舉曆選吉。忽憬然大悟曰：'太歲戊申，崇禎改元，龍即辰也。珠頂露山，即崇字，奇驗至此。'遂誓願自今伊始，每歲訂正經史各一部，壽之梨棗。及築削方興，同人聞風而起，議聯天下大社列十三人任經部，十七人任史部，更有欲益四人，并合二十一史。築室紛紛，卒無定局。余惟閉户自課而已。且幸天假奇緣，身無疾病，家無外侮。密邇自娱，十三年如一日。迨庚辰除夕，十三部板斬新插架。賴巨公淵匠，不惜玄晏，流布寰宇。不意辛巳、壬午兩歲災祲，資斧告竭。亟棄負郭田三百畝以充之。甲申春仲，史亦哀然成帙。豈料兵興寇發，危如累卵。分貯板籍於湖邊岩畔、茆菴草舍中。水火魚鼠，十傷二三。呼天號地，莫可誰何。猶幸數年以往，村居稍寧。扶病引雛，收其放失，補其遺忘，一十七部，連牀架屋，仍復舊觀。然較全經其費倍蓰，奚止十年之田而不償也。回首丁卯至今三十年，卷帙縱橫，丹黃紛雜。夏不知暑，冬不知寒，晝不知出户，夜不知掩扉。迄今頭顱如雪，目睛如霧，尚矻矻不休者，惟懼負我母讀盡之一言也。而今而後，可無憾矣。竊笑棘闈假寐，猶夫牧人一夢耳。何崇禎之改元，十三年之安堵，十七年之改步，如鏡之相照，不爽秋毫耶？至如獎我罪我，不過夢中説夢，余又豈願人人與我同夢耶？順治丙申年丙申月丙申日丙申時題於七星橋西之汲古閣中。"是年，三子袞卒。《確庵文稿·玉山集·哭毛補仲》。錢謙益馳書慰唁，勸以學佛。《牧齋尺牘》。是年刻《雲林集外詩》，自爲跋。先生生於萬曆己亥正月五日，時尚未立春，日者推爲戊戌，故自稱戊戌生。有戊戌毛晉一印。明年先生五十九，故已稱六十。是年，陳瑚因爲撰《昆湖毛隱君六十乞言小傳》。《確庵文稿》。

順治十四年丁酉(1657)　五十九歲

是年正月五日，先生生日。子姪輩爲奉觴稱慶。錢謙益撰壽序。海内名人魁士、高僧道流悉有介壽之文，都數百首。張宗芝、王濔輯爲《以介編》一集。《虞山叢刻·乙集》。春朝，跋明景宋鈔本《姚少監集》十卷，授梓。《四部叢刊》本《姚少監集》。三月秒，三原侯于唐爲先生撰《刻十七史序》，尚有宛平張能麟一序。不著歲月。重九日，馮班來湖上登雙蓮閣，有詩。《鈍吟集下》。是年，孫綏眉、綏萬、綏履生。《家譜》。

順治十五年戊戌(1658)　六十歲

是年中秋，錢謙益之孫佛日殤，先生馳書奉唁，並欲爲謙益刻《桂殤詩》。謙益復書辭謝。時先生復欲刻《心經》。《謙益尺牘·致毛子晉》。冬，先生過紅豆山莊，謁錢謙益。《有學集·又書汰如塔銘後》。

順治十六年己亥(1659)　六十一歲

是年正月十三日，錢謙益過先生湖南草堂，張燈夜飲。飲罷歸舟，被酒不寐，申旦成詩四首。越七日，迴舟過玉峰，書之以贈先生。先生和之。《有學集·紅豆二集》《和友人詩》。三月，往蔚村，訪陳瑚，綢繆繾綣，似有不忍去者。《確庵文稿·哭毛子晉詩》。六月，先生病痢。陳瑚過訪，尚強起爲一持觴。《趙某唇亭雜記》《確庵文稿·哭毛子晉詩自注》。七月二十七日，先生卒。《家譜》《墓誌》。彌留之際，請錢謙益撰墓誌銘。後由馮班書丹，嚴栻篆蓋。據舊抄本《先生墓誌銘》。清史列入《文苑傳》，府縣志均有傳。《清史列傳》、馮桂芬《蘇州府志》、龐鍾璐《常昭合志》。先生著述有《毛詩陸疏廣要》二卷，因陸璣《毛詩草木鳥獸蟲魚疏》爲之注釋，多所考證，著錄《四庫》。《津逮秘書》本、《孫星衍祠堂書目》刊本、《稽瑞樓書目》刊本作四卷，併每卷中二子卷計之。《海虞藝文目錄》並同。《千頃堂書目》作《草本蟲魚疏廣要》四卷。見列傳。《毛詩名物考》三十卷，《通志詩餘圖譜補略》，《恬裕齋書目》鈔本。《方輿勝覽錄》，鄭德懋《汲古閣校刻書目補遺》首有明字云未刻，錢陸燦《常熟縣志》無錄字。《汲古閣刊書細目》，《拜經樓藏書題跋記》云：每部皆記頁數，每類又記總頁數。《小石山房叢書》本刊書細目作《校刻書目》，顧湘序。《隱湖小識》，《汲古閣校刻書目補遺》云，未刻。《虞鄉雜記》三卷，《汲古閣校刻書目補遺》、張海鵬《借月山房叢鈔》刊本《虞山叢刻》刊稿本，不分卷，文略異。上二種見列傳。《救荒四説》《永思錄》《宗譜先賢》，上三種《汲古閣校刻書目補遺》云未刻。《蘇米志林》三卷，《彙輯子瞻題跋元章雜事遺文》，《稽瑞樓書目》刊本。《雲林遺事》一卷，就顧元慶原書删汰俚陋，重爲採補，末附題畫詩百餘篇。緑君亭刊本、《汲古閣校刻書目》。《香國》二卷，羅列各種香名，具有數本。自序《山居清玩》刊本、《四庫全書存目》《孫氏祠堂書目》作三卷，誤。《和古人詩》一卷，《和今人詩》一卷，《和友人詩》一卷，《野外詩》一卷，與一時名流唱和之作。《千頃堂書目》《汲古閣校刻書目補遺》著録《隱湖遺稿》，即此四種。上四種《恬裕齋書目》，毛氏寫本，《虞山叢刻》刊行。《遺稿》見列傳。《隱湖唱和詩》三卷，《汲古閣校刻書目補遺》云未刻。初園丁氏鈔本存二卷。《隱湖題跋》二卷，《續集》一卷，汲古閣刊本、《稽瑞樓書目》《恬裕齋書目》《虞山叢刻》重刊本、《孝慈堂書目》刊本作汲閣題跋。《海虞古文苑》《海虞今文苑》《明詞苑英華》，《錢志》作明朝，《海虞藝文志》作有明。《明詩紀事》《明四秀集》，《國秀》《弘秀》《隱秀》《閨秀》四集，《善本書室藏書志》"《明僧弘秀集》十三卷"，毛氏單刊本，昚自序。《昔友詩存》。歸莊序。上六種《汲古閣校刻書目補遺》云未刻。以上並據丁祖蔭《常熟藝文志》。錢謙益撰先生像贊曰："蔺畬油素，枕籍縑緗。考六經爲鐘鼓，奏四部爲笙簧。蠹飽羽陵，獺祭幾將。逐康成之車後，呼子慎于道旁。重之以貫花妙典，寫葉祕章，抑揚夏楚，讎勘梵唐。梨棗疊架，具多滿堂。慇墨穴之昏黑，備石室之弃藏。斯人已矣，誓願不亡。河沙重重，海墨茫茫。固將聽犍椎聲，分瓶水于喜海，抑亦持丹漆器，理科斗於廣桑。"《牧齋有學集》。

　　附録毛褒等撰《先府君行實》，見前録。

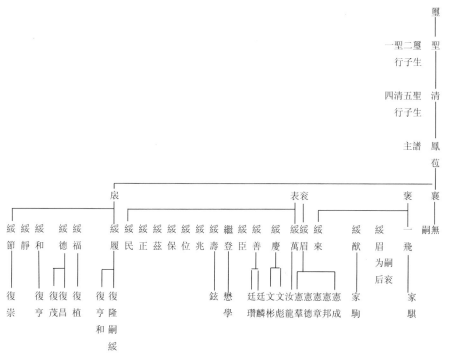

毛子晉年譜稿世系

校：

(1)“陸”,誤,清初刻本《以介編》作“陳”。

(2)“天啓四年孟冬下浣應山楊漣頓首拜撰”,此句原文在引號後,案内容應爲本文署名,當在引號内,與正文字體相同。

(3)“擩”,通“濡”。

案：録自錢大成《毛子晉年譜稿》,《國立中央圖書館館刊》1947 年第 1卷第 4 號。

又案：晚出之毛氏傳記尚夥,如《明詩紀事》《清史列傳》《碑傳集補》《國朝耆縣類徵初編》《清代七百明人傳》《昭代明人尺牘小傳》《明遺民録》《皇明遺民傳》《小腆紀傳》《皇清書史》《清人别集總目》等,因内容不出以上所載,故不再録出。

後　　記

關注汲古閣是從研究海源閣開始的。2004 年底，當定下博士論文《海源閣藏書研究》後，即對海源閣藏書進行專題研究，其間發現海源閣收藏了很多汲古閣舊藏善本、汲古閣刻本、毛氏校本以及清代著名學者如何焯、黃丕烈、顧廣圻等校跋本，尤其是《楹書隅錄》著錄了毛扆題跋本《五經字樣》《新刊九經字樣》等，毛扆對其家族刻書規模及校書等有非常系統的獨家介紹。這些雖多爲第二手材料，但極爲珍貴，同時亦爲汲古閣研究開啓了大門。

由於當時正在作海源閣研究，尚無力專心汲古閣，但已開始輯錄有關汲古閣的史料。2007 年 6 月從南京大學中文系取得博士學位離開南都時，其中有關汲古閣的論文、專著及部分複印本資料已積累滿滿一篋，準備下一個課題就是汲古閣研究。2009 年，關於汲古閣研究的第一篇論文《〈汲古閣珍藏秘本書目〉的著錄體例及其價值述論》發表於《圖書館理論與實踐》；同年，《汲古閣毛氏題跋輯考》發表於《古籍研究》；次年《汲古閣毛氏影抄宋本〈鮑氏集〉及其價值》發表於《圖書館理論與實踐》。2009 年 8 月去國家圖書館追隨陳力先生作博士後，由於主要精力放在《存世宋刻本敘錄》上，直到 2012 年 8 月出站，汲古閣的課題研究只能作爲附屬工作。其間，迻錄點校潘景鄭《汲古閣書跋》及毛扆的《汲古閣珍藏秘本書目》，其後又點校毛晉詩集《汲古閣集》。2012 年 12 月底從北京拉回的 27 篋中，就有 5 篋爲汲古閣資料，主要包括汲古閣抄本、藏本的影印本及平時收藏的部分汲古閣刻本，另外還有一個多 T 的電子版資料。在作宋刻本專題研究的同時，對汲古閣所藏宋刻本給予了關注，《汲古閣藏宋刻本存佚考錄（上、下）》發表於《古典文獻研究叢刊》2011 年至 2012 年總第 2、3 期。至 2014 年 7 月獲批國家社科基金項目《汲古閣藏書、刻書、抄書研究》，對其研究開始納入正軌。之後對汲古閣之藏書進行廣泛調查，並輯成《汲古閣藏書目錄》，同時對其刻書、抄書及校書亦進行搜集，並分別編出簡目。在積累材料的同時，特別關注毛氏所撰書跋。經研究對勘，發現毛氏書跋雖經五次輯錄，仍有很多未能收錄進去，頗感極有必要在前人基礎上再次輯錄。於是經過十餘年持續不斷的蒐集，陸陸續續又得百餘篇書跋，共得四百餘篇。至此，毛氏題跋始較完備。但是欲得全部亦極爲困難，一方面，毛氏藏書、刻書、抄書及校書頗多，必須一一查驗才能知曉是否有跋；而且所涉之書極爲分散，給查找帶來難度。另一方面,雖知曉但獲得不易,例如 2004 年春季嘉德拍賣會驚現毛氏影宋抄本《李群玉詩集》,上有毛晉三跋,《嘉德拍賣圖錄》僅錄最末葉幾行。其後雖經多方尋找,仍未知藏主爲誰,致使本書只能以缺文形式錄之,至爲遺憾。又如元至正二十五年釋善繼寫本《大方廣佛華嚴經》八十卷,原爲蘇州半塘壽聖寺僧善繼發願刺血寫成,已歷六百餘年,其間歷盡劫難,險遭散佚、搶掠、灰炬之災,至今完好無缺,彌足珍貴。流傳期間,千餘名僧、學者經眼,撰寫了四百篇題跋。① 毛晉作爲信士,亦有幸目睹此經,並撰跋以識。然因蘇州西園寺守護森嚴,雖經多方努力,仍無法目驗晉跋,無法迻錄。後經蘇州博物館李軍老師告知,民國間吳蔭培將所載諸跋過錄,輯成二册,潘景鄭舊藏,今藏上圖(T26261-62)。晉跋赫然在上,但原書之跋仍無緣目睹。汲古閣刻本《明僧弘秀集》載有善繼小傳及毛晉跋,與之對勘,揭出諸多真相。在搜輯毛跋過程中,發現有並非毛跋而誤錄者,爲此亦進行甄別,附錄於後。

　　汲古閣毛氏的書跋從形成到刊印出版、再到後人整理,經歷了一個漫長的過程。期間産生多個版本,異文叢生。爲此,我們再度整理時,以原書所載爲底本,校以後出的刊印本及整理本,力圖將原始文字呈現給讀者的同時,亦將部分有價值的異文校出,並勘出通行本之訛。毛跋包含豐富的故實、版本、評騭、交游等信息,讀者閱讀時如不了解,很難準確把握其內容及意圖。爲此,我們進行全面系統的箋注,同時加注案語,對其出處、背景及源流進行鈎稽闡釋。在整個整理過程中,我主要進行了前期蒐集、輯錄、標點、迻錄,對校異本,亦作部分注釋,撰寫案語。其後賢弟廣寪再對書跋全面補注、校對,至此或備。其終極目的就是給讀者提供一個可靠、準確、翔實的文本。

　　國家圖書館劉鵬師兄襄助辨證毛扆題跋。賢弟王騰騰博士因作毛晉交游專題研究,協助查錄多篇遺文。在出版過程中,人民出版社翟金明編輯爲該書申報國家古籍整理出版資助及校編付出勞動。在此一併深表感謝。當然,由於筆者學殖謭陋,其中肯定亦有不足之處,祈請方家多多批評指正。

丁延峰書於小汲古閣

2023 年 6 月 18 日

---

① 參見釋安上:《蘇州珍藏的元僧善繼血書〈華嚴經〉》,《蘇州文史資料選輯》第 11 輯,1983年;《中國古籍善本書目》子部下册釋家類著錄。

特約編輯:王　冲
責任編輯:翟金明
封面設計:汪　陽

圖書在版編目(CIP)數據

汲古閣毛氏書跋校箋/丁延峰,周廣騫 校箋. —北京:人民出版社,2025.3
ISBN 978－7－01－025996－3

Ⅰ.①汲…　Ⅱ.①丁…②周…　Ⅲ.①題跋-作品集-中國-清代
　Ⅳ.①I264.9

中國國家版本館 CIP 數據核字(2023)第 192717 號

汲古閣毛氏書跋校箋
JIGUGE MAOSHI SHUBA JIAOJIAN

丁延峰　周廣騫　校箋

人民出版社 出版發行
(100706　北京市東城區隆福寺街 99 號)

北京中科印刷有限公司印刷　新華書店經銷

2025 年 3 月第 1 版　2025 年 3 月北京第 1 次印刷
開本:710 毫米×1000 毫米 1/16　印張:40.25　插頁:4
字數:712 千字

ISBN 978－7－01－025996－3　定價:198.00 元

郵購地址 100706　北京市東城區隆福寺街 99 號
人民東方圖書銷售中心　電話 (010)65250042　65289539